LIVRO das MIL E UMA NOITES

LIVRO DAS MIL E UMA NOITES

TRADUZIDO DO ÁRABE POR
MAMEDE MUSTAFA JAROUCHE

VOLUME 5 — Ramo egípcio
A saga de Umar Annuman +
Fábulas de Sherazade

BIBLIOTECA AZUL

Texto fixado conforme as regras do Acordo Ortográfico da Língua Portuguesa
(Decreto Legislativo no 54, de 1995).

Título original: *Kitāb alf layla wa layla* (كتاب ألف ليلة وليلة)

Editora responsável: Lucas de Sena
Assistente editorial: Jaciara Lima
Preparação: Erika Nakahata
Revisão: Jane Pessoa
Diagramação: Jussara Fino
Capa: Tereza Bettinardi
Ilustração de capa: Bruno Algarve

1ª edição, 2021

CIP-BRASIL. CATALOGAÇÃO-NA-FONTE
SINDICATO NACIONAL DOS EDITORES DE LIVROS, RJ

L762
v. 5
Livro das mil e uma noites: volume 5: [ramo egípcio: a saga de ᶜUmar Annuᶜmān e fábulas de Šahrazād] / tradução Mamede Mustafa Jarouche. – 1. ed. – Rio de Janeiro: Biblioteca Azul, 2021. 664 p.; 23 cm.

Tradução de: Kitāb alf layla wa layla
Sequência de: Livro das mil e uma noites: volume 4: ramo egípcio + Aladim & Ali Babá. Apêndice

ISBN 978-65-5830-132-5

1. Contos árabes. I. Jarouche, Mamede Mustafa.

21-70919 CDD: 892.73
CDU: 82-34(394)

Camila Donis Hartmann – Bibliotecária – CRB-7/6472

Direitos de edição em língua portuguesa para o Brasil
adquiridos por Editora Globo S.A.
Rua Marquês de Pombal, 25 – 20230-240 – Rio de Janeiro – RJ
www.globolivros.com.br

SUMÁRIO

NOTA INTRODUTÓRIA: RETORNO À VORAGEM NARRATIVA 7

LIVRO DAS MIL E UMA NOITES

História do rei ^{c}Umar Annu^{c}mān e dos seus descendentes 11
- O conflito entre bizantinos e *ifranjes* 16
- A verdade sobre os três avelórios 43
- A exposição de Nuzhat Azzamān 99
- O relato do vizir Darandān 154
  - A exposição das cinco jovens e da velha 155
- A expedição contra os bizantinos 187
- As fezes do patriarca 191
- As artimanhas da velha Šawāhī 205
- A história do mosteiro 215
- Os dois apaixonados e o intermediário 259
  - O bem-amado ^{c}Azīz e seus amores 275
- Os amores de Tāj Almulūk e Dunyā 324
  - O pesadelo da princesa Dunyā 349
- Ġānim, o cativo do amor, e sua amada Qūt Alqulūb 376
  - O primeiro escravo 382
  - O segundo escravo 392
  - Qūt Alqulūb, o califa e Zubayda 402
- O ladrão de cavalos 448
- O desafortunado comedor de haxixe 481
- O adormecido acordado e o califa 485
  - O motivo que tinha um rabo 488
- A artimanha de Abū Alḥasan Alḫalī^{c} 503
- Os amores de Jamīl e Buṯayna 519
- O relato da aia Marjāna 575
- O mercador espoliado 580
- O beduíno ladrão e seus comparsas 582
- A perfídia do beduíno 583

ANEXO: AS FÁBULAS DO *LIVRO DAS MIL E UMA NOITES*

OS ANIMAIS NA FALA DE ŠAHRAZĀD 599
Curiosa história com aves e outros animais 602
O eremita e os pombos 611
O pastor e o anjo disfarçado 611
O pastor e o homem piedoso 613
O pássaro marinho, o cadáver humano e a tartaruga 614
O lobo e o raposo 616
O falcão e a perdiz 622
O homem e a serpente 628
O governo dos animais ferozes 630
O casal de águias, os peixes e o mangusto 631
A periquita, a rata e o sésamo 632
O corvo e o gato 633
O raposo e o corvo 634
O rato e a pulga 635
O falcão envelhecido 637
O passarinho, o abutre e o pastor 638
O porco-espinho e o casal de torcazes 639
O mercador e os trapaceiros 640
A mulher do açougueiro 641
O ladrão, seu macaco e as roupas usadas 642
O fiandeiro que quis mudar de ofício 643
O passarinho e o pavão 643
O pequeno tordo e o mangusto 645
Os gatos, a natureza e o aprendizado 646

POSFÁCIO: AS *MIL E UMA NOITES* E O SEU DUPLO 649

NOTA INTRODUTÓRIA: RETORNO À VORAGEM NARRATIVA

> [...] no caso das *Mil e uma noites*, precisamos pensar que o livro é extenso, que a história prossegue, que talvez nunca cheguemos ao fim.
>
> Jorge Luis Borges, *Esse ofício do verso*

Eis aqui, finalmente traduzida em português, a saga do rei ^{c}Umar Annu^{c}mān e dos seus descendentes, sem cujas histórias nenhuma tradução ou edição do *Livro das mil e uma noites* pode ser considerada satisfatória. Dois fatores a tornaram fundamental e estratégica no conjunto mileumanoitesco: primeiro, a sua extensão, que fez a obra ganhar corpo, facilitando a chegada ao tardiamente ambicionado número de 1001,[1] e, segundo, a qualidade, tanto da narrativa principal como das narrativas nela encaixadas, que ampliaram o horizonte ficcional das *Noites*, povoando-as de cenários que não recuam ante nenhuma possibilidade: seu risonho relativismo moral navega sobejamente por mundos de traição e leal-

[1] Sempre defendemos a hipótese de que o importante nas *Noites* é a divisão, e não a numeração. Pesquisas recentes têm demonstrado, com efeito, que em vários manuscritos antigos das *Noites* – como por exemplo o fragmento do século VIII que traduzimos no prefácio do primeiro volume desta coleção, ou o manuscrito do século XIV que contém a história amorosa de Sūl e Šumūl – afirma-se simplesmente: "E quando foi a noite seguinte, Dunyāzād disse..." etc., sem numeração, e que semelhante falta de numeração, longe de consistir num defeito, era uma das características da obra. Mais tarde, ocorreu alguma alteração de parâmetros que levou à adoção de números. Contudo, o claro descaso com o rigor da numeração, verificável em diversos manuscritos, também evidencia que, de início, a tarefa nem sempre foi realizada com a devida seriedade. Entre vários outros trabalhos, consulte-se o de Aboubakr Chraïbi e Ibrahim Akel, "The tale of Sûl and Shumûl", in: Chraïbi, Aboubakr (org.). *Arabic manuscripts of Thousand and one nights*. Paris, Espaces&Signes, 2016, pp. 115-260.

dade, cinismo e sinceridade, amor e ódio, pudicícia e pornografia, ensinamento e descaramento, alinhavando, ao lado das já familiares e nem sempre bem-sucedidas tentativas de domesticação das almas e dos corpos femininos, a manipulação explícita dos corpos masculinos, agora submetidos a rituais, hoje legíveis como sádicos, nos quais são sucessivamente eviscerados, envenenados, castrados, degolados, narcotizados, humilhados, escravizados e violados, não raro por mãos femininas e em meio ao cenário de batalhas grandiosas ou negociações mercantis.

Ao se embrenhar pelos labirintos das páginas que se seguem, o amante da literatura encontrará um pouco de tudo em suas histórias, nas quais se associam, de maneira indelével, poder e amor, covardia e coragem, brutalidade e delicadeza, generosidade e mesquinharia, sempre sob a batuta da voz de Šahrazād. Ademais, os olhares mais sagazes e perscrutadores não deixarão de perceber reverberações das histórias aqui narradas em obras significativas da literatura universal, sobretudo as novelas de cavalaria, a picaresca espanhola, o *Decamerão*, *Dom Quixote*, *Gulliver* e, por que não dizer, muito do próprio romance moderno. Desconhecendo a divisão por gêneros familiar às letras ocidentais, as histórias reunidas neste volume parecem fundi-los todos, disso resultando uma narrativa peculiar que subverte valores e expectativas o tempo todo.

Para finalizar estas palavras iniciais, é necessário destacar que a presente tradução tomou por base os manuscritos mais antigos da narrativa de ^{c}Umar Annu^{c}mān, os quais apresentam enormes diferenças — em extensão e qualidade — relativamente aos textos estropiados e expurgados das edições impressas. Contudo, mesmo entre essas fontes mais antigas, as divergências não são de pouca monta, o que obrigou o tradutor a efetuar — antes do trabalho de tradução propriamente dito — uma espécie de fixação virtual do texto em árabe. Embora isso não atenue o considerável atraso na publicação deste volume, decerto serve para justificá-lo, sobretudo caso se atente para o fato de que o texto ora traduzido não tem similar nas demais traduções feitas até hoje, todas elas baseadas, sem exceção, nos precários textos impressos em árabe. O leitor interessado nos pormenores desse árduo e gratificante processo poderá consultar com proveito as notas e o posfácio a este volume.

Mamede Mustafa Jarouche
São Paulo, janeiro de 2021

LIVRO das MIL E UMA NOITES

HISTÓRIA DO REI ^{c}UMAR ANNU^{c}MĀN E DOS SEUS DESCENDENTES[1]

QUANDO FOI A NOITE

281ª

Disse Dunyāzād à sua irmã Šahrazād: “Como é bela e agradável a sua história, minha irmã![2] Se não estiver dormindo — por Deus! —, conte-nos outra para atravessarmos esta nossa noite!” Šahrazād respondeu: “Com muito gosto e honra”.

[1] Fontes para a tradução: 1) manuscrito “Arabic 646”, da John Rylands Library, em Manchester (Varsy); 2) manuscrito “Ma VI 32”, da Biblioteca da Universidade de Tübingen (Tübingen); 3) manuscrito “Arabe 3612”, da Biblioteca Nacional da França, em Paris (Maillet); 4) manuscrito “Gayangos 49b”, da Real Academia de la Historia, em Madri (Gayangos). Além dessas fontes principais, fizemos uso, amiúde, do manuscrito “Arabe 3893”, da Biblioteca Nacional da França, do século XVII (Paris 1), que pertenceu a Galland, constituído pela história de ^{c}Umar Annu^{c}mān, mas sem divisão por noites nem menção a Šahrazād, e cujas primeiras cem folhas foram perdidas, sendo substituídas por outras cujo corpus pouco tem em comum com o que se conhece dessa história. Lançamos mão, aqui e acolá, da primeira edição de Būlāq, de 1835, da segunda de Calcutá, de 1839-1842, dos manuscritos “Z13523”, da Biblioteca Nacional Egípcia, no Cairo, e “Arabe 4675”, da Biblioteca Nacional da França (Paris 2), ambos do século XIX, fontes essas que, em conjunto, foram eventualmente mencionadas como “compilação tardia” (em vez do mais usual “ZER”, de Zotenberg Egyptian Recension). Por fim, consultamos, com maior parcimônia, o assim chamado “manuscrito Reinhardt”, assaz tardio, copiado no Egito em 1831-1832 e hoje depositado na Biblioteca de Estrasburgo, e o manuscrito “Z12188”, da Biblioteca Nacional Egípcia (Cairo 2), na verdade um fragmento cujo corpus parece calcado no das edições impressas.

[2] Nos manuscritos Varsy e Maillet, essa história é “O rei Qāṣim Ala^{c}mār e sua filha Sitt Alaqmār”, contada por Albāz Alašhab ao delegado, cuja história, por sua vez, é contada pelo xeique ^{c}Awbaṭān. Está traduzida no terceiro volume desta coleção, durante as noites 273-275 (lá, seguiu-se a numeração de Maillet; em Varsy, que estamos seguindo agora, a numeração é 278-280).

Eu tive notícia, ó rei venturoso, de que havia na cidade de Bagdá — a morada da paz —, antes do califado de ^{c}Abdulmalik Bin Marwān,[3] um rei chamado ^{c}Umar Annu^{c}mān, poderoso entre os poderosos, senhor de muitos soldados e auxiliares, grande soberano que não deixava apagar-se o fogo da vingança: quando se encolerizava, saíam-lhe raios pelas narinas. Ele havia se assenhorado de várias regiões e submetido muitas praças-fortes; estendera seu domínio por todos os países do Extremo Oriente, o Ḥijāz, a Índia, o Sind, a terra do Iêmen, a Indochina até a China, bem como pelas terras do Norte, Diarbaquir, as terras férteis do sul do Iraque,[4] além de toda a extensão do rio Eufrates até o mar salgado, e ainda por tudo quanto é cidade e país, enfim.[5] Enviou mensageiros às cidades e aos países mais remotos, e eles retornaram com a informação de que prevaleciam a justiça, a submissão, a segurança e os rogos em favor do sultão ^{c}Umar Annu^{c}mān.

[3] Um anônimo leitor árabe do manuscrito Varsy apontou criticamente, na margem, a incongruência histórica da narrativa, fazendo uma lista dos califas anteriores a ^{c}Abdulmalik Bin Marwān (646-705 d.C.). O fato é que Bagdá só foi fundada em 762 d.C. pelos abássidas, doze anos após a queda da dinastia omíada, à qual pertencia o referido califa, cujo poder se exercia a partir de Damasco. Nas edições impressas, "Bagdá" é substituída por "Damasco", sem maiores ganhos para o pretendido efeito de verossimilhança (uma vez que, como é sabido, não havia rei algum em Damasco na época do califa em questão). Curioso notar que esse anônimo leitor, certamente muçulmano, finaliza sua anotação a respeito dessa narrativa "mentirosa" com a seguinte afirmação: "Como este livro é parecido com os Evangelhos!" (*wa ma ašbah hāḏā alkitāb bil-injīl*).

[4] "As terras férteis do sul do Iraque": no original, consta *Arḍ Assūdān*, "Terra do Sudão", cuja grafia é facilmente confundível com *Arḍ Assawād*, expressão árabe usada pelos conquistadores muçulmanos para designar a fértil região sul da Mesopotâmia, entre os rios Tigre e Eufrates. Claro que estamos diante de um texto ficcional que embaralha toda verossimilhança geográfica e histórica, como se percebeu na nota anterior, mas o imaginário, *ça va sans dire*, não é incondicionado. Na compilação tardia, introduziu-se também o termo *Alḥabaša*, "Abissínia", que não consta das fontes antigas e parece ter sido acrescentado a posteriori, na esteira do termo "Sudão". O espaço geográfico da narrativa, ou o seu cenário, caso assim se prefira, pretende-se estritamente asiático, com a solitária – e compreensível – exceção de Constantinopla, capital de um reino cuja maior parte se situava na Ásia Menor, além de fugazes incursões pela Berbéria, pelo Sudão e pela Índia, na noite que nesta tradução recebeu o número 449. Malgrado o lugar de produção da maioria dos manuscritos seja o Egito, e mesmo os seus dialetalismos sejam egípcios, o Egito propriamente dito mal é mencionado nesta história. Note-se, ainda, que no texto do escriba do século XIX que completou as partes faltantes no início do manuscrito de Tübingen (século XVI ou XVII) não se faz referência nominal a nenhuma região abarcada pelo poder do rei ^{c}Umar Annu^{c}mān, limitando-se a dizer que ele submetera os "reis cesáreos", *qayāṣira*, e os "reis sassânidas", *akāsira*, formulação rimada (*saj*^{c}) bem ao gosto árabe.

[5] Das localidades citadas, por "Extremo Oriente" deve-se entender, conforme as possibilidades do imaginário árabe de então, a região islamizada da China, atual Xinjiang, que já aparece em outras histórias do livro, como na do barbeiro de Bagdá, no primeiro volume da coleção. "Indochina" traduz *Jazā'ir Alhind*, "Ilhas (*ou*: Penínsulas) da Índia". O Ḥijāz ("Hejaz" em português) é uma região da parte ocidental da Península Arábica, onde se situam as cidades de Meca e Medina, sagradas para os muçulmanos, não sendo incomum, aliás, que os árabes, e em especial os muçulmanos, se refiram à Arábia inteira, metonimicamente, como Ḥijāz. O Sind é uma região situada ao sul do atual Paquistão. E Diarbaquir (em árabe, *Diyār Bakr*, conhecida em tempos remotos como *Āmid*) é uma cidade muçulmana situada na Anatólia, e hoje faz parte da Turquia.

E este ^{c}Umar Annu^{c}mān, ó rei do tempo, tinha uma ascendência tão magnífica que a língua é incapaz de descrevê-la. Todos os reis levavam-lhe tributos, presentes e joias. Ele tinha um filho ao qual dera o nome de Šarrakān,[6] que era a pessoa mais parecida do mundo com o pai, e se transformara num dos grandes flagelos daqueles tempos, tendo derrotado todos os campeões e eliminado inúmeros bravos guerreiros. O pai lhe devotava um amor tão extremado que não existia maior, e indicara o rapaz como seu sucessor ao trono. Šarrakān cresceu até atingir idade de homem, e com vinte anos desfrutava a obediência de todos, mercê da sua imensa valentia. Seu pai, ^{c}Umar Annu^{c}mān, tinha quatro esposas legítimas, mas por essas mulheres não fora agraciado senão com Šarrakān, filho de uma delas; as outras eram estéreis e nenhum filho lhe deram. Apesar disso, ele tinha ainda trezentas concubinas e sessenta esposas secretas, na quantidade dos dias do ano,[7] de todas as raças, e construíra para cada uma delas um aposento dentro de seus palácios, pois ele erigira doze palácios, na quantidade dos meses do ano, cada palácio com trinta aposentos; eram, portanto, trezentos e sessenta aposentos, no mesmo número dos dias do ano, e ele instalou cada uma das mulheres num aposento, lado a lado, dormindo a cada dia com uma mulher, à qual somente retornaria no ano seguinte. Assim ele permaneceu por um bom tempo, enquanto seu filho Šarrakān se destacava em todos os horizontes, a todos sobrepujando[8] e dominando com soberba, e castelos e países conquistando.

Estava escrito, porém, que uma das concubinas do rei ^{c}Umar Annu^{c}mān engravidasse; a notícia dessa gravidez se espalhou e chegou ao conhecimento do rei, o qual, exultante de felicidade, disse: "Quiçá assim cresça a nossa prole e a minha descendência", e registrou o dia da gravidez, passando a tratá-la com distinção. Ao ser informado daquele fato, que considerou muito grave, Šarrakān disse: "Veio quem irá disputar o reino comigo", e pensou: "Se essa concubina der à luz um varão, irei matá-lo", e escondeu aquilo em seu íntimo. Isso foi o que se deu com Šarrakān.

[6] Nome que conjuga as palavras "mal" (*šarr*) e o verbo "ser" no passado ("era" = *kān*), o que daria algo como "era o mal". Existe outra possibilidade de leitura desse nome: *Šarkān*, cuja raiz, *š r k*, tem, entre outras, as ideias de "rede" e de "associação". Em Paris 1, ele é inicialmente chamado (em papéis sem dúvida mais recentes) de *Šarkastān*.

[7] Trata-se aqui de um evidente arredondamento, pois tal número de dias não corresponde ao ano lunar utilizado pelos muçulmanos (que tem 354 dias, e 355 nos bissextos), e tampouco ao ano solar. No manuscrito Reinhardt, copiado no Egito, acrescenta-se: "ano copta".

[8] Tanto o manuscrito Varsy como o manuscrito Maillet registram *fariḥa*, "ficou contente", o que não faz sentido; trata-se, provavelmente, de erro de cópia por *fara^{c}a*, "sobrepujar", cuja grafia é muito semelhante.

Quanto à concubina, era ela bizantina e fora enviada ao rei ^{c}Umar Annu^{c}mān pelo rei bizantino que governava Cesareia,[9] junto com outros presentes e muitas joias; chamava-se Ṣafiyya[10] e, dentre as concubinas, era a de melhor aparência e a mais pudica, dotada de vasta inteligência; o rei a preferia às outras, e ela o servia muito bem, arrebatando-lhe a mente ao dizer coisas como: "Eu queria tanto que Deus do céu me agraciasse com um filho varão seu, a fim de que eu lhe ministre excelente educação e me esmere em seu decoro e nos cuidados com ele...". O rei ficava contente com aquilo, pois as palavras da concubina o agradavam. E assim prosseguiu até que seus meses se completaram e ela se sentou na cadeira de parto. Durante a gravidez, Ṣafiyya jejuara, orara, praticara o bem e rogara a Deus altíssimo — tanto em seu íntimo como em voz alta — que a agraciasse com um varão sadio e lhe facilitasse o parto; quando chegou a hora de dar à luz, o rei ^{c}Umar Annu^{c}mān manteve um criado a postos para informá-lo se ela teria menino ou menina, e também Šarrakān enviou alguém que o deixasse informado. Quando ela deu à luz a criança, as parteiras examinaram-na e, constatando ser uma menina de rosto mais esplendoroso que a lua, informaram aos presentes, e os enviados de Šarrakān foram até ele e lhe deram a notícia, deixando-o sumamente contente. Quanto aos enviados do rei ^{c}Umar Annu^{c}mān, eles, tal como os enviados de Šarrakān, fizeram menção de se retirar a fim de informá-lo daquilo, mas Ṣafiyya lhes disse: "Deem-me um tempo, pois sinto que em minhas entranhas há ainda alguma coisa"; então, gemeu, agarrou-se às parteiras e teve um novo parto, que Deus facilitou, e uma nova criança foi dada à luz; as parteiras olharam para ela, e eis que era um menino semelhante ao plenilúnio quando surge, de testa rosada e face radiante! A concubina, a criadagem e todos os demais presentes ficaram muito

[9] Como logo se verá, o texto refere, ao que parece, duas facções de *rūm*, palavra aqui traduzida como "bizantinos": 1- a do rei de Qaysāriyya (*ou*: Qayṣariyya), "Cesareia" (*Abrawīz* é o nome constante dos manuscritos, que pode corresponder ao nome persa "Parvez", ao passo que *Ḥardūb* é o nome adotado pelas edições impressas, mas inexistente nos manuscritos consultados; talvez se trate da forma árabe do nome armênio "Marzop", em árabe *Marzūb*, cuja grafia nessa língua pode ser confundida com *Ḥardūb*), provavelmente um vassalo de Bizâncio, que aparecerá com maiores detalhes mais adiante; 2- a facção do rei de Constantinopla propriamente dita, aqui chamado de *Afrīdūn*. A antiquíssima cidade de Cesareia, também chamada de Mázaka, atual Kayseri, capital da Capadócia, na Anatólia Central, foi alvo de intermitentes disputas, com tomadas e retomadas, entre árabes e bizantinos, sendo conquistada pelos seldjúcidas em 1082, e pelos otomanos em 1515. Note que, no presente da narração, a cidade pertence aos cristãos. Não deve ser confundida com a cidade homônima na Palestina, fundada por Herodes e localizada nas proximidades de Tiberíades. Em árabe ocorre uma pequena confusão na grafia do nome dessas duas cidades.

[10] Em ambos os manuscritos, os escribas puseram o diacrítico que representa a vogal curta *a* sobre o *ṣ*, o que dá a leitura *Ṣafiyya*, literalmente "pura", forma mais habitual desse nome em árabe. Porém, como se trata de uma bizantina, seria possível ler o nome como "Sofia", cuja etimologia, "sabedoria", é bem diversa.

contentes com ele. Mal Ṣafiyya soltou a placenta, as criadas inundaram o palácio com seus gritos de alegria, untando-se de açafrão. Quando as outras concubinas ouviram a notícia, invejaram-na. Informado, o rei ^{c}Umar Annu^{c}mān ficou muito contente, soltou alvíssaras, foi até o aposento da mulher, postou-se à sua cabeceira, olhou para as duas crianças, inclinou-se sobre elas e as beijou, bem como à cabeça de Ṣafiyya; então, as criadas começaram a bater nos adufes e a tocar flauta, bem como outros instrumentos musicais. O rei ordenou que o menino fosse chamado de Ḍaw Almakān, e a menina, de Nuzhat Azzamān,[11] e a sua ordem foi cumprida, com audição e obediência. O rei também encarregou, dentre as amas de leite, uma que as amamentasse, e, dentre as criadas e aias, quem delas se encarregasse, concedendo-lhes salários e pondo à sua disposição toda sorte de beberagens e unguentos, em quantidade tal que a língua seria incapaz de descrever.

Ao ouvir falar a respeito dos filhos com os quais o rei fora agraciado, a população de Bagdá ornamentou a cidade, tocando instrumentos de percussão e tambores; chegaram os comandantes, os vizires e os principais do Estado, pondo-se todos a parabenizar o rei ^{c}Umar Annu^{c}mān por seu filho Ḍaw Almakān e sua irmã Nuzhat Azzamān; o rei lhes agradeceu por aquilo, regalando-os com trajes honoríficos, outorgando-lhes mais benesses e dispensando bom tratamento a todos os presentes, pertencessem eles à nobreza ou ao vulgo.

E nessa situação se passaram quatro anos, com o rei, a todo instante, indo perguntar sobre as crianças à mulher, a cuja disposição ordenou que fossem deixadas muitas joias, muito dinheiro, muitas pedras preciosas e ornamentos. Tudo isso ocorria e seu filho Šarrakān ignorava que o pai fora agraciado com outro filho varão:[12] ele não sabia senão que o pai fora agraciado com Nuzhat Azzamān, apenas, pois esconderam dele o nascimento de Ḍaw Almakān; deixaram que passassem dias e anos, durante os quais Šarrakān se manteve ocupado em conviver com cavaleiros e campeões. Ocorreu então que, certo dia, estando seu pai, ^{c}Umar Annu^{c}mān, sentado no trono, vieram ter com ele os secretários, que beijaram o chão e lhe disseram: "Ó rei, chegaram até nós emissários do rei dos bizantinos, o senhor da magnífica Constantinopla, querendo falar-lhe e ficar diante de você". O rei lhes concedeu permissão e os emissários, ao entrar, beijaram o chão diante dele e disseram:

[11] *Ḍaw Almakān*, literalmente, "luz do lugar", e *Nuzhat Azzamān*, literalmente, "recreio (*ou*: espairecimento) do tempo".

[12] O mesmo anônimo leitor árabe do manuscrito Varsy deixou anotada, à margem, uma pergunta que talvez esteja ocorrendo a muitos leitores: "Como, se isso era do conhecimento da nobreza e do vulgo?".

Ó rei excelso, senhor de grande piedade, saiba que quem nos enviou até você foi o poderoso rei Afrīdūn,[13] governante das terras gregas e dos exércitos cristãos, estabelecido no reino de Constantinopla. Ele o informa, ó rei, estar hoje travando uma luta renhida, repleta de batalhas, contra o senhor de Cesareia e contra a Armênia, e o motivo disso é que existe, entre o rei Afrīdūn e certo rei árabe das terras do interior e das cidades bizantinas, um acordo e uma trégua desde períodos remotos, e de tempos em tempos ele recebe notícias desse rei árabe. Ocorreu então que, numa de suas conquistas, esse rei árabe encontrou um tesouro da época de Alexandre Magno, apoderando-se de valiosas e incontáveis riquezas, entre elas três avelórios[14] redondos como bolas, cada qual do tamanho de um ovo de pomba. Esses avelórios eram constituídos de certo metal precioso branco, puro, absolutamente ímpar, e todos os três levavam gravadas, em caligrafia grega, palavras mágicas, apresentando, por conseguinte, muitos benefícios e bons predicados, entre os quais o seguinte: todo nascituro em quem se amarre um desses avelórios não será atingido por nenhuma das pragas deste mundo, nem febre, nem oftalmia, nem qualquer outra doença enquanto o avelório estiver pendurado nele. Assim que encontrou tais avelórios e conheceu o seu segredo, o rei mandou carregar todo o dinheiro, todas as joias e tesouros para os seus depósitos, enviando um pouco daquilo ao rei Afrīdūn; entre as coisas que enviou estavam os três avelórios. A remessa foi transportada em duas naves, uma com as joias e o dinheiro e a outra com os homens encarregados de vigiar aquilo e impedir eventuais tentativas de ataque e roubo. O rei sabia que, no fundo, ninguém teria coragem de atacar os seus barcos, pois ele era o rei dos árabes e, mais ainda, os presentes estavam sendo enviados ao poderoso rei Afrīdūn. Os navios zarparam e singraram o mar até se aproximarem do nosso país, quando então foram atacados por salteadores de estrada armênios, entre os quais se incluíam soldados do rei de Cesareia.[15] Eles

[13] Segundo o iranista F. Steingass, *Farīdūn* (ou *Firīdūn*, ou *Afrīdūn*) "foi o nome de um antigo e celebrado rei da Pérsia, que reinou cerca de 750 anos antes da era cristã". Em transcrição do pahlevi, sua forma é *Thraētaona*. O nome foi também usado entre outros povos: historiadores árabes citam um líder militar turco que tinha esse nome, e que, nomeado em 854 d.C. para governar Damasco, não chegou a tomar posse, tendo sido morto antes disso por um coice.

[14] "Avelório" traduz *ḫaraza*, que normalmente se traduziria como "conta". Porém, para evitar confusões, uma vez que tal palavra é polissêmica em português, preferiu-se o termo mais restrito "avelório" (conquanto desusado), que apresenta a peculiaridade de provir do árabe *alballūr*, "cristal".

[15] O rei de Cesareia, naturalmente, é Abrawīz. Essa associação com os "bandoleiros armênios" será explorada mais adiante.

roubaram tudo quanto havia nos dois barcos, joias e dinheiro, bem como os três avelórios, e mataram os homens. Tão logo lhe chegou a notícia, o rei Afrīdūn enviou um exército contra os tais salteadores, mas eles o trucidaram. Furioso, o rei jurou ir em pessoa atacá-los com todos os seus soldados, e não voltar a Constantinopla antes de reduzir a ruínas tanto a Armênia como Cesareia e as terras governadas por seu rei. E o que se solicita ao rei deste tempo e de todas as épocas, o rei ᶜUmar Annuᶜmān, é que nos forneça os seus soldados, a fim de que a glória pertença somente a ele. O rei Afrīdūn enviou conosco, para servi-lo, algo à guisa de presente, e roga que o rei tenha a bondade de aceitá-lo.

Em seguida, os emissários beijaram o chão diante de ᶜUmar Annuᶜmān. O presente consistia em cinquenta concubinas, todas belas, graciosas e jovens.

E o amanhecer alcançou Šahrazād, que parou de contar.

QUANDO FOI A NOITE

282ª

Disse Šahrazād:

Eu tive notícia, ó rei venturoso, de que o presente consistia em cinquenta belas, graciosas e jovens concubinas, filhas da nobreza bizantina. Também faziam parte do presente cinquenta escravos com chapéus de brocado colorido na cabeça, com tiras de seda vermelha. Cada escravo trazia na orelha um brinco de pérola equivalente a 25 quilates de ouro, ao passo que as jovens usavam tecidos que valiam muito dinheiro. Ao ver tal presente, o rei o aceitou e se alegrou, ordenando que os emissários fossem dignificados. Voltando-se para os seus vizires, consultou-os sobre o que fazer, e então um deles, um ancião chamado Darandān,[16] levantou-se e, após beijar o chão diante do rei, disse: “O único parecer possível, ó rei, é preparar um formidável exército e colocar no comando o seu filho Šarrakān. Estamos aqui como seus criados. Este meu parecer tem dois aspectos. O primeiro é que outro rei está pedindo o seu socorro e lhe enviou

[16] Outra grafia possível no alfabeto latino é *Darindān*. Na verdade, as duas primeiras vogais dessa palavra podem ser “a”, “i” ou “u”. Nas edições impressas, o nome do vizir se transformou em *Dandān*.

presentes que você aceitou. O segundo aspecto é que esse inimigo desafiou ousadamente o nosso país. Assim, se o seu exército avançar contra ele e o derrotar, o mérito será nosso e a sua memória se espalhará por todos os demais países e terras, sobretudo porque a notícia chegará aos arquipélagos e aos povos do Ocidente, e então eles lhe trarão presentes e dinheiro todos os anos".

O rei apreciou as palavras do vizir, deu-lhe uma veste honorífica, considerou correto o seu parecer e disse: "São homens como você que devem ser consultados pelos reis. Você estará à frente do exército que será comandado por meu filho Šarrakān". Ato contínuo, o rei ^{c}Umar Annu^{c}mān mandou chamar seu filho Šarrakān, que, ao chegar, beijou o solo e se sentou diante do pai. ^{c}Umar Annu^{c}mān lhe contou a história e o informou do que haviam dito os enviados, bem como o vizir Darandān, e depois lhe recomendou que aprontasse as tropas, se preparasse para viajar, não divergisse do vizir Darandān e escolhesse, no exército, dez mil cavaleiros totalmente armados e equipados. Šarrakān obedeceu às ordens de seu pai ^{c}Umar Annu^{c}mān: imediatamente entrou em seu palácio, fez o exército se perfilar, distribuiu dinheiro aos soldados e lhes disse: "Vocês têm três dias de prazo". Os homens beijaram o solo diante dele, em obediência às suas palavras, saíram e usaram o dinheiro para comprar apetrechos de guerra e providenciar o que lhes fosse necessário. Šarrakān entrou nos arsenais e recolheu tudo quanto precisava de armas e equipamentos, bem como cavalos para o transporte de materiais e belas montarias, além de burros e camelos. Depois de três dias, as tropas se dirigiram em marcha até as cercanias de Bagdá. O rei ^{c}Umar Annu^{c}mān saiu para despedir-se de seu filho Šarrakān e, voltando-se para o vizir Darandān, que estava acompanhado dos emissários do rei Afrīdūn, senhor de Constantinopla, recomendou-lhe o filho. Em seguida, virou-se para os emissários e os cumulou de vestes honoríficas e dinheiro, recomendando-lhes os soldados de seu filho. Eles beijaram o chão diante de ^{c}Umar Annu^{c}mān e disseram: "Ouvimos e obedecemos". O rei voltou-se para o filho, abraçou-o, beijou-o e o instruiu a consultar o vizir em todos os assuntos. Šarrakān concordou e beijou o chão aos pés do pai, que se despediu e regressou à cidade. Depois, o rapaz ordenou aos capitães que perfilassem os soldados, constituídos por dez mil cavaleiros, sem contar os seus serviçais. Os soldados colocaram os fardos sobre os animais e se aprontaram. Rufaram-se tambores, tocaram-se trombetas, hastearam-se bandeiras, estandartes e flâmulas. Šarrakān montou, tendo a seu lado o vizir Darandān, enquanto as bandeiras drapejavam sobre as suas cabeças, e se puseram a conversar durante a cavalgada, com os emissários à frente, até que o dia se findou e anoiteceu; então, descavalgaram para descansar e dormiram naquela noite. Quando amanheceu, montaram, retomando a marcha, e assim continuaram firmes, conduzidos pelos emissários, durante vinte dias. No vigésimo primeiro dia, alcançaram um vale com densa vegetação e águas abundantes, repleto de árvores e plantas. Eles ali chegaram à noite, e Šarrakān mandou-os descavalgar e permanecer no local por três dias. Os soldados apearam-se, ergueram as tendas e se dispersaram à direita e à esquerda. O vizir Darandān e os emissários do rei Afrīdūn, senhor de Constantinopla, instalaram-se no centro do vale, e ele entrou em sua tenda para descansar. Quanto ao rei Šarrakān,[17] quando os soldados chegaram àquele vale...

E o amanhecer alcançou Šahrazād, que parou de contar.

QUANDO FOI A NOITE

283ª

Disse Šahrazād:

Eu tive notícia, ó rei venturoso, de que, quando os soldados chegaram àquele vale, o rei Šarrakān retardou-se um pouco até que todos se apeassem e se espalhassem entre a vegetação do vale. Então, pegou as rédeas do cavalo e quis explorar aquele vale, encarregando-se da vigilância ele próprio, por causa da recomendação que o pai lhe fizera sobre os soldados: eles já estavam perto das terras do inimigo. Avançou sozinho, após ter ordenado a seus lacaios e acompanhantes que se apeassem e se instalassem nas proximidades do vizir Darandān. Cavalgou pela orla do vale até que se passou um quarto da noite, quando então se cansou, entediou-se e sentiu sono; tentou espantá-lo, mas não conseguiu, pois era necessário que se realizasse aquilo que estava predeterminado. Šarrakān tinha o hábito de dormir no dorso de seu cavalo, que continuou avançando até o meio da noite, quando então penetrou em certa floresta repleta de árvores. Šarrakān só acordou com a batida dos cascos do cavalo no solo, e então se viu entre árvores e rios, e a lua já nascera, iluminando os horizontes. Espantado por se ver

[17] A partir deste ponto, sem nenhum motivo claro, os manuscritos começam a se referir a Šarrakān como "rei".

naquele local, Šarrakān disse: "Não existe poderio nem força senão em Deus altíssimo e poderoso!".

E foi assim, assustado em meio àquele denso arvoredo, receoso das feras, que Šarrakān notou que a lua estendida sobre aquele prado fazia-o parecer um dos prados do paraíso; ouvindo então palavras graciosas e risos altos que lhe sequestravam o coração, ele se apeou do cavalo, amarrou-o a uma das muitas árvores que ali havia, sob cujas sombras caminhou até chegar a um rio caudaloso, e ouviu uma mulher dizer em árabe: "Por Jesus Cristo[18] que essa não é uma boa atitude! Bom mesmo vai ser o seguinte: cada uma de vocês que eu derrotar na luta,[19] eu amarro com a própria cinta". Šarrakān caminhou na direção da voz até chegar às bordas do vale; avistou então um rio de águas correntes, aves canoras, gazelas correndo soltas, animais andando; as aves cantavam em suas diversas línguas, tal como disse triunfalmente um poeta:

A terra só é bela com as suas flores,
e com a água correndo forte e farta,
obra de um Deus excelso e poderoso,
doador de tudo que se deu a cada ser.

Disse o narrador: Então Šarrakān examinou aquele lugar, aquele prado, e eis que ali havia um convento, e dentro do convento uma torre muito alta, iluminada pela luz do luar, e no centro um rio corrente, e na beira daquelas campinas uma velha [com nariz de moringa e dentes para fora da boca, espertalhona que só ela, tal como disse a respeito um poeta nos seguintes versos:

Desejando ser jovenzinha, certa velha,
já de cabelo encanecido e costas curvadas,
vai ao perfumista para arrumar os cabelos:
poderá consertar o que o tempo estragou?][20]

[18] "Cristo" ou "Jesus Cristo" traduz sempre o termo árabe *Almasīḥ*, de raiz semítica, que significa, como se sabe, "ungido". Embora em português "Cristo" e "Messias" convivam, preferiu-se utilizar o termo de origem grega, pois "Messias" pode ter outros usos, ao passo que "Cristo" se usa exclusivamente para Jesus.
[19] Por "luta" (*ṣirāᶜ*), como se evidenciará a seguir, o texto refere a peculiar modalidade conhecida como "luta grega" ou "pále" (πάλη), na qual o contendor tenta derrubar o adversário forçando-lhe as costas em direção ao solo.
[20] O trecho entre colchetes foi traduzido do manuscrito Gayangos. Os versos fazem parte de uma poesia de ᶜUrwa Arraḥḥāl, poeta pré-islâmico, recitada numa circunstância semelhante.

Tinha ela diante de si dez[21] garotas, cada qual semelhando a lua; usavam diversas espécies de joias, e eram virgens de seios formados, tal como disse a seu respeito o poeta:

O prado e tudo quanto contém rebrilha
com as lindas e brancas
de graça e formosura,
de beleza sem igual,
virgens fascinantes, dengosas e mimadas,
de cabelos soltos como os cachos das vinhas,
encantadoras, com os olhos a disparar setas
certeiras, que matam os homens mais valentes.

Ao olhar para a velha e as dez jovens, Šarrakān vislumbrou entre elas uma que parecia o plenilúnio quando se completa, de cabelos pretos, fronte morena, olhar mimoso, madeixas encaracoladas, olhos pintados e cintura esbelta, tal como disse a seu respeito o poeta:

Ela me desdenha com olhar encantador,
jovem pudica de origem sassânida,
a quem vejo com as faces rosadas,
com os olhos dotados de várias graças,
cintura iluminada pela luz de seu semblante,
noite escura sobre manhã de alegrias.

Disse o narrador: Šarrakān a ouviu dizendo às outras jovens: "Venham para que eu as derrube antes que a lua se recolha e amanheça!". Então as jovens a enfrentaram, e ela rapidamente foi derrubando uma por uma e amarrando-as com a própria cinta, até que não restou nenhuma. Ato contínuo, a jovem se voltou para a velha e disse: "Resta alguma jovem para eu derrubar?". A velha respondeu como que encolerizada: "Sua safada, está contente por ter derrubado estas jovens? Por Deus que eu, mesmo sendo velha, as derrubaria de quarenta em

[21] Em Gayangos, "vinte".

quarenta. Está envaidecida? Se de fato tiver força, então me derrube. Vou até você e lhe enfio a cabeça no meio das suas pernas".

Disse o narrador: A jovem deu um sorriso irritado, furioso, e a enfrentou, dizendo: "Cara senhora Ḏāt Addawāhī,[22] eu lhe peço, por Jesus Cristo, que lute comigo de verdade". A velha disse: "Sim". A jovem disse: "Levante-se para lutar se tiver mesmo força e prazer". Ao ouvir aquilo, a velha se encolerizou, e os pelos de suas mãos[23] se eriçaram como se ela fosse um porco-espinho. De um salto se pôs diante da jovem e disse: "Por Jesus Cristo que não lutarei com você senão pelada". Despojou-se dos mantos, enfiou as mãos por debaixo deles, pegou um lenço de seda carmesim, amarrou-o à cintura, arrancou o resto das roupas e também o que lhe cobria a cabeça, ficando parecida com uma ursa[24] depilada ou uma cobra pintada,[25] e então se curvou e gritou para a jovem: "Vamos, faça de novo!".[26]

Disse o narrador: Šarrakān riu daquilo. Desafiada, a jovem pegou uma toalha de algodão colorido, dobrou-a e arregaçou as ceroulas; surgiram então coxas opulentas e um peito como que de mármore ou entalhado na pedra da Caaba, e seios semelhando romãs machos,[27] e uma barriga com dobras e vincos como se fosse cristal cercado de anêmonas. Šarrakān ergueu a cabeça aos céus e rogou a Deus altíssimo que a jovem derrotasse a velha.

E o amanhecer alcançou Šahrazād, que parou de contar.

[22] *Ḏāt Addawāhī*, literalmente, "Senhora das Astúcias" ou "Senhora dos Infortúnios". Mais adiante, a esse epíteto se acrescentará outro, *Šawāhī*, "desejos" ou "apetites", e sua denominação se estabilizará como *Šawāhī Ḏāt Addawāhī*, algo como "Senhora dos Desejos (*ou*: Apetites) e dos Infortúnios (*ou*: Calamidades)". Nas edições impressas, é esse o nome usado o tempo todo.

[23] "De suas mãos": em Gayangos e Maillet, "de seu corpo". As grafias de "suas mãos" e de "seu corpo" são muito semelhantes em árabe.

[24] "Ursa": em Gayangos, "loba". São grafias semelhantes em árabe.

[25] "Pintada": em Gayangos, "empertigada".

[26] "Vamos, faça de novo!"; em Gayangos: "Vamos, faça como eu!".

[27] "Romãs machos" (Varsy e Maillet) traduz a locução *faḥlayn rummān*. A palavra *faḥl* designa os animais machos destinados à reprodução (e igualmente os homens viris e capazes; um livro do século IX sobre as várias categorias de grandes poetas árabes usa essa palavra, *faḥl*, para se referir a eles). Trata-se de uma imagem inusitada no livro, que certamente se refere ao tamanho, embora possa haver algum erro de cópia em ambos os manuscritos. O copista de Gayangos tornou a descrição mais tradicional: "seios como duas romãs".

QUANDO FOI A NOITE

284ª

Disse Šahrazād:

Eu tive notícia, ó rei venturoso, de que Šarrakān ergueu a cabeça aos céus e rogou a Deus altíssimo que a jovem derrotasse a velha. A jovem entrou debaixo da velha, colocando a mão esquerda em sua racha e a direita em seu pescoço, por trás; agarrou-a com força, erguendo-a com a mão, mas a velha escorregou e caiu de costas, com as pernas para cima; sua boceta apareceu à luz do luar e ela soltou um peido que perfurou o solo. Šarrakān riu até cair sentado, e depois se levantou, desembainhou a espada e se virou à direita e à esquerda, mas não viu ninguém. Olhou para a velha caída de costas e disse: "[Enganou-se][28] quem a apelidou de Ḏāt Addawāhī, pois você já tinha visto a força que a moça demonstrou na luta com as outras". Então se calou para ouvir o que ocorria entre as duas: a moça se aproximou da velha, jogou sobre ela um fino lençol, vestiu-a e se desculpou, dizendo: "Senhora Ḏāt Addawāhī, eu não queria derrubá-la, mas você escorregou da minha mão. Graças a Deus que está bem!".

Disse o narrador: A velha Ḏāt Addawāhī não respondeu, e rolou até sumir das vistas, restando então as demais moças, todas amarradas e caídas, além da própria moça, sozinha em pé. Šarrakān pensou: "Todo golpe de sorte tem um motivo. Só caí no sono e fui conduzido até aqui pelo cavalo para obter como butim essa moça e quem está com ela". Montou então no cavalo e o cutucou: o animal disparou como uma flecha na direção das jovens, e ele, espada desembainhada em punho, gritou ao se aproximar delas, mas a jovem, mal o viu, pulou com os pés leves para a outra margem do rio — que tinha doze braças de largura —, mantendo-se em segurança e pondo-se a dizer com voz aguda: "Você aí! Interrompeu a nossa alegria! Por que exibe assim a espada, como se estivesse enfrentando um exército? De onde vem e para onde vai? Fale a verdade, pois é melhor para você, e não minta, pois a mentira faz parte do caráter dos perversos. Não duvido que tenha se perdido por estas florestas, e considere que se salvar será o seu maior butim. Você está no meio do nosso prado, e, se eu der um único grito,

[28] Traduzido de Gayangos e Maillet; em Varsy, "não se enganou quem a chamou de Ḏāt Addawāhī", num evidente desvio de interpretação quanto ao sentido do nome da personagem.

pronto se verá cercado por quatro mil nobres guerreiros. Diga-nos sem delongas o que pretende. Se quiser que lhe indiquemos o caminho, nós lhe indicaremos, e se quiser socorro, nós o socorreremos".

Ao ouvir tais palavras, Šarrakān disse: "Sou um muçulmano que cavalgou sozinho nesta noite em busca de um butim, e não existe butim melhor do que essas dez jovens nesta noite enluarada. Vou capturá-las e voltar para os meus companheiros". A jovem lhe disse: "Saiba que você não chegou a butim nenhum, e que estas jovens — por Deus! — não serão o seu butim esta noite. Se elas não estivessem amarradas pulariam todas para o meu lado nesta outra margem do rio [e você não as alcançaria e nem sequer as veria].[29] Como então você diz que elas são o seu butim? Não falei que a mentira é uma desonra?". Ele disse: "Feliz de quem é amparado pelos outros!". Ela disse: "Não fosse o meu temor de que isso causará a sua aniquilação, eu daria um grito que faria este prado se encher de cavalos e homens. Mas tenho piedade dos estrangeiros. Quer descavalgar e me jurar, por sua religião, que não me atacará com arma nenhuma? Lutemos nós dois. Se você me derrubar, pode me juntar às outras moças e nos levar, e se eu o derrubar farei o que bem entender com você. Vamos, jure, pois temo alguma traição da sua parte. Conheço uma tradição do profeta[30] na qual ele afirma: 'Se a traição for uma natureza, então acreditar em qualquer um será fraqueza'. Assim, se você jurar, eu pularei o rio e irei até você". Šarrakān, já cobiçoso de capturar aquele butim, pensou: "Ela não sabe que sou um grande campeão", e lhe disse: "Faça-me jurar pelo que quiser, pois não lhe farei mal enquanto você não estiver preparada para a luta e não me disser: 'Aproxime-se para lutarmos'. Se você me derrubar, tenho dinheiro suficiente para pagar o meu próprio resgate, e, se eu a derrubar, então terei alcançado o maior dos butins". A jovem disse: "Acordo feito!". Perplexo com tais palavras, Šarrakān disse: "Juro pelo profeta que aceito isso". Então ela disse: "Jure agora por aquele que instalou os espíritos nos corpos e fez as leis do islã para a humanidade, e que, caso aja de maneira contrária, você morrerá como incréu! O único mal que poderá me fazer é me derrubar na luta". Šarrakān disse: "Por Deus que nem mesmo um jurisconsulto me faria jurar desse jeito!", mas jurou certinho, da manei-

[29] O trecho entre colchetes foi traduzido de Gayangos.

[30] "Tradição do profeta": referência a Maomé. Em Gayangos, "conheço um provérbio". O copista desse manuscrito, um cristão, ou a fonte da qual ele copiou, parece não haver assimilado a ideia subjacente a essa conversa, cujo pressuposto é o de que a jovem bizantina, apesar de cristã, tinha familiaridade com a lei muçulmana. Mais adiante, por exemplo, esse manuscrito faz Šarrakān pensar, espantado: "Essa daí não deve ser senão muito inteligente e conhecedora das religiões".

ra que ela exigia, e amarrou o cavalo a uma árvore; mergulhado num mar de reflexões, pensou: "Exalçado seja quem a fez de um líquido desprezível".[31]

Em seguida, aprumou-se e preparou-se para a luta. Ela riu e disse: "Eu é que não vou até aí; se quiser, venha você até aqui". Šarrakān respondeu: "Não posso ficar pelado para pular esse rio". A jovem gritou: "Então eu vou até você, meu jovem!", arregaçou as roupas e pulou, caindo do lado dele, que se aproximou e lhe contemplou a beleza, vendo então aquela imagem vertida pela mão da providência naquele recipiente de beleza, e esculpida na pedra da graciosidade; havia soprado sobre ela a brisa do bom augúrio, e o signo da bem-aventurança a recepcionara. Ela gritou: "Venha, muçulmano, avance para a luta antes que raie a aurora", e, de mangas arregaçadas, mostrou braços que pareciam de prata, iluminando aquele lugar. Perplexo, Šarrakān se curvou e bateu palmas; ela agiu de igual modo, e ambos se agarraram. A mão dele pousou sobre a delgada cintura dela, e seus dedos se afundaram nas dobras de seu ventre; então o seu corpo amoleceu, e ele ficou paralisado no campo da aflição. Percebendo-lhe a dispersão, ela o balançou e ele ficou em suas mãos como se fosse um pé de bambu exposto à ventania potente; em seguida, ela o ergueu e o derrubou, montando-lhe sobre o peito como se fosse um monte de areia, antes que ele pudesse raciocinar. Ela disse: "Pois é, muçulmano! Já que matar cristãos é permitido entre vocês, o que acha de eu matá-lo?". Ele respondeu: "Minha senhora! Isso de matar você seria pecado em todas as religiões! Nosso profeta Muḥammad, seja a paz sobre ele, proibiu o assassinato de mulheres, crianças, velhos e sacerdotes". Ela disse: "Bem, se o profeta lhes recomendou isso, então devemos dar-nos reciprocidade. Vá, levante-se, estou lhe concedendo a vida. 'A boa ação não se perde entre os homens de bom coração'",[32] e saiu de cima dele. Šarrakān se pôs de pé e começou a sacudir o pó da cabeça, inteiramente amofinado. Ela lhe disse: "Não se avexe! Quem invade a terra dos bizantinos com a intenção de obter butins e ajudar reis, como é que não tem forças para se defender daquela que foi feita de uma costela torta? Você está mais precisado dos bizantinos do que eles de você!". Šarrakān disse: "Isso não é justo, minha senhora! Não foi a sua força que me derrubou, mas sim a sua beleza! Se você tiver a bondade de aceitar uma revanche, eu já não estarei tão absorto". Ela riu e disse: "Aceito a sua proposta, mas as

[31] "Líquido desprezível" é locução corânica (77,20), *mā' muhīn*, literalmente, "água desprezível", óbvia alusão ao líquido seminal.
[32] Provérbio popular.

jovens estão amarradas já faz tempo e devem estar com os braços e os ombros cansados. O mais correto é que eu as solte, pois talvez a nossa luta demore mais nessa revanche". Em seguida, voltou-se para as jovens, desamarrou-as e lhes disse em grego: "Vão para algum lugar onde fiquem a salvo, até que esse muçulmano pare de cobiçar vocês". Então elas se foram, enquanto Šarrakān as observava.

E o amanhecer alcançou Šahrazād, que parou de contar.

QUANDO FOI A NOITE

285ª

Disse Šahrazād:

Eu tive notícia, ó rei venturoso, de que as jovens se foram enquanto Šarrakān as observava discretamente, sem pronunciar palavra. Em seguida, ambos se aproximaram um do outro. A jovem já erguera a túnica até a altura do pescoço, e o vestido até as coxas. Agarraram-se, barriga contra barriga, e ele começou a babar, molhando as ceroulas.[33] Percebendo o seu estado, a jovem agarrou-o e, mais rápida que um relâmpago, ergueu-o e o derrubou ao solo, onde ele caiu de costas. Ela disse: "Levante-se, pois pela segunda vez eu lhe concedo a vida. Da primeira vez eu o dignifiquei por causa do profeta, que proibiu vocês de matar mulheres, e desta segunda vez por causa da sua fraqueza, da sua solidão e da sua condição de forasteiro. Mas eu lhe recomendo: se acaso houver, no exército muçulmano enviado pelo rei ᶜUmar Annuᶜmān para socorrer o rei de Constantinopla, soldados fortes, envie-os para mim, mande-os me procurar. A luta possui várias estratégias e recursos, entre os quais a trapaça, o ataque frontal, a corrida, o enfrentamento, o trança-pés, a joelhada, a mordida na coxa, o enroscamento e a rasteira".[34] Šarrakān respondeu, bem exasperado: "Por Deus, mesmo

[33] Em Gayangos acrescenta-se o seguinte a essa passagem: "e então a natureza se manifestou". Aliás, esse manuscrito tende a apresentar formulações cujo propósito é tornar mais óbvia a narrativa. Quanto ao uso de "babar" como metáfora da ejaculação e da perda de controle por causa da excitação sexual, compare-se com o epíteto "babão", corrente no Brasil até pelo menos meados do século XIX, e decerto proveniente de Portugal.

[34] Não foi possível ter certeza quanto ao sentido exato dessas expressões.

que eu fosse um grande historiador, como Aṣṣafadī ou outros,[35] não conseguiria decorar tudo isso que você mencionou. Seja como for, minha senhora, por Deus que você não me derrubou com a sua força, mas sim quando virou o seu traseiro para mim, pois nós no Iraque apreciamos as bundas grandes! Perdi o juízo e a visão. Se quiser lutar de novo e me dar uma nova revanche, essa então será a luta da força e da habilidade, pois minha capacidade retornou a mim neste momento". Ela disse: "Ainda não enjoou de lutar, seu perdedor? Então venha, mas fique sabendo que esta será a última luta!", e depois se curvou, chamando-o para a luta. Šarrakān também se curvou. Muito sérios, tomavam cuidado para não ser derrotados, e lutaram por algum tempo. Notando nele uma força à qual não estava acostumada, a jovem disse: "Ó muçulmano, agora você está bem precavido!". Ele respondeu: "Sim, pois talvez não me reste contra você senão esta revanche, e depois cada um de nós tomará o seu rumo!". Ela riu para ele, ele riu para ela, e assim que ele riu ela se antecipou, agarrou-o pela coxa naquele instante de desatenção e o atirou ao chão, de costas. Depois, começou a rir dele e disse: "Você é um papa-farelos! Ou então parece um beduíno fracote que cai com qualquer tapinha, ou então folha de murta, que qualquer brisa derruba, ou então uma moedinha que cai das mãos de criancinhas, ou então pelo de cu, que qualquer peido faz cair! Ai de você, seu pobre-diabo! Levante-se, vá até o exército dos muçulmanos e me traga outro, seu pobre coitado. Clame entre os árabes, os persas, os turcos, os daylamitas,[36] enfim, por alguém que tenha força e venha me enfrentar!". Em seguida, ela fugiu, voltando para a outra margem do rio e, aos risos, disse para Šarrakān: "Para mim é difícil abandoná-lo, meu amo! Volte aos seus companheiros antes do amanhecer, antes que avancem contra você os guerreiros patrícios e o levem carregado na ponta das lanças. Se você não consegue se defender nem de mulheres, o que dizer então de homens e cavaleiros?".

Perplexo, Šarrakān a chamou enquanto ela lhe dava as costas de volta para o convento: "Minha senhora, você vai embora e deixa este pobre cativo, estrangeiro, miserável, triste e com o coração despedaçado?". Ela então se voltou rindo e respondeu: "E porventura existe tanta camaradagem assim entre nós para que a minha partida deixe você tão derretido de tristeza e amor? Seja como for, me

[35] Além do historiador Aṣṣafadī (1296-1362 d.C.), são citadas outras personalidades que não foi possível identificar. Claramente, há erro de cópia, pois os nomes variam nos três manuscritos. As edições impressas eliminam por completo essa passagem e resumem o restante.

[36] "Daylamitas", povo iraniano da região de Daylam, ao norte do planalto do Irã.

diga do que está precisando que eu o atenderei". Ele disse: "Minha senhora, como então eu chego à sua terra, sou brindado com a doçura de suas palavras e agora tenho de voltar sem provar da sua comida? Ademais, passei a ser um dos seus criados!". Ela respondeu: "Só os miseráveis recusam hospitalidade. Atenderei o seu pedido, claro, com a cabeça e os olhos. Monte o seu cavalo e cavalgue pela margem deste rio ao meu lado. Agora você é meu hóspede e, se quiser, por um mês inteiro".

Muito contente, Šarrakān montou o cavalo e avançaram ambos, lado a lado, até chegarem a uma ponte feita de nogueira, na qual havia roldanas com correntes de ferro, fechaduras e ganchos. Observando aquela ponte, eis que Šarrakān avistou as jovens que tinham lutado com a sua companheira. Estavam em pé a esperá-la. Assim que se aproximou, ela falou em grego a uma delas: "Vá até ele e conduza-o com o cavalo através do convento". Šarrakān então avançou, passando pela ponte, assombrado com o que via, e pensou: "Quem dera o vizir Darandān estivesse aqui comigo, e seus olhos pudessem contemplar essas belas e formosas garotas!". Em seguida, disse à jovem: "Agora eu desfruto duas proteções com você: a primeira, graças à amizade, e a segunda por ter vindo a sua casa, aceitando a sua hospedagem e comida. Estou sob o seu governo e controle! Ah, quem dera se você tivesse a generosidade de aceitar ir comigo até a terra dos muçulmanos! Lá você veria cada guerreiro bravo como leão!". Ao ouvir-lhe as palavras, a jovem se irritou com ele.

E o amanhecer alcançou Šahrazād, que parou de contar.

QUANDO FOI A NOITE

286ª

Disse Šahrazād:

Eu tive notícia, ó rei venturoso, de que, ao ouvir Šarrakān, a jovem se irritou e disse: "Por Jesus Cristo que eu o estava considerando ajuizado e correto, até que enfim você me revelou a corrupção que existe em seu coração! Como se permite utilizar palavras que contenham tanta trapaça? Como poderia eu fazer isso, sabendo que, tão logo eu esteja diante do seu grande rei, ^{c}Umar Annu^{c}mān —

senhor de Bagdá e de Ḫurāsān, detentor de doze palácios, em cada qual existem trinta aposentos, e em cada aposento uma jovem, totalizando a quantidade dos dias do ano —, ele não me deixaria em paz, pois, segundo a sua religião, no caso de sermos presas nos tornamos lícitas para vocês, tal como consta do seu livro sagrado[37] e de tudo quanto se refira à sua crença? Como confiar em vocês? Quanto a essa história de ver os valentes dentre os muçulmanos, juro por Jesus Cristo que você disse palavras não verdadeiras, pois eu vi o seu exército logo que vocês entraram em nosso país. Não notei nele uma organização digna de um exército enviado por reis. O que vi não passava de bandos dispersos que alguém ajuntou. Quanto a essa história de saber quem é você, não estou lhe fazendo favores por alguma reverência, mas sim por nobreza e brio. Alguém como você não poderia dizer essas coisas para alguém como eu, nem que fosse o próprio Šarrakān, filho do rei ᶜUmar Annuᶜmān, famoso por sua valentia neste nosso tempo".

Então Šarrakān lhe perguntou, perplexo com as palavras dela: "Minha senhora, você já ouviu falar de Šarrakān, filho do rei ᶜUmar Annuᶜmān?". Ela respondeu: "Sim, e sei igualmente o motivo da vinda dele até aqui com esse exército, na quantidade de dez mil cavaleiros. O pai dele os enviou para socorrer o senhor de Constantinopla. Juro por minha fé que, não fosse o temor da infâmia, sendo eu uma moça virgem, arriscar-me-ia no meio desses dez mil soldados e mataria o seu líder, o vizir Darandān, e derrotaria Šarrakān, o mais bravo cavaleiro dentre eles. Isso em si não seria uma infâmia, mas eu li os livros e aprendi o decoro[38] a partir do que falam os árabes, e agi, com base nisso, da maneira que bem entendi. Conquanto eu não me descreva como corajosa, você deve ter percebido meu conhecimento, meus artifícios e minha força tanto na luta como na retórica. Se o próprio Šarrakān, filho do rei ᶜUmar Annuᶜmān, aparecesse neste local, e lhe dissessem 'Pule este rio', ele seria incapaz de fazê-lo. Eu gostaria que Jesus Cristo o lançasse aqui, agora, diante de mim, neste convento. Eu então o enfrentaria vestida de homem, o aprisionaria e o meteria num calabouço". Ao ouvir as palavras da jovem, Šarrakān foi invadido pelo orgulho, pelo ardor e pelo zelo dos grandes campeões, mas, por outro lado, foi contido pela beleza da jovem, por sua formosura, seu talhe, sua esbelteza, e então recitou o seguinte:

[37] Aqui, Abrawīza reproduz um trecho de versículo corânico (4,36) em que se fala da posse de escravos. Tal passagem aparece em outros pontos do Alcorão.

[38] "Decoro" traduz, como temos sempre feito em nossas traduções, o termo árabe *adab*.

Há em sua face um intercessor protegendo os males
de amor que ela faz aos corações, sejam onde forem!
Quando a contemplas, teu espanto te faz clamar pelo
plenilúnio brilhante na noite do seu maior brilho;
se o tão valente ᶜAntara[39] numa luta a enfrentasse,
apesar de toda a sua força logo seria derrotado.[40]

Disse o narrador: Continuaram caminhando até uma porta abobadada revestida de mármore. A jovem a abriu e entrou, seguida por Šarrakān, e avançou por um longo corredor que atravessava dez abóbadas, em cada abóbada um lustre de cristal que luzia como os raios do sol. No final do corredor, as jovens a receberam com velas perfumadas, as cabeças cobertas por turbantes enfeitados com pedras preciosas de toda espécie e gênero. Continuaram caminhando até o centro do convento, e ali Šarrakān viu camas colocadas umas diante das outras, colchões adornados e cortinas cravejadas de ouro. O piso daquele convento era de mármore colorido, e havia uma piscina com vinte e quatro pontos de esguicho de ouro vermelho; no ponto mais alto do local, uma cama com lençóis da seda mais luxuosa. A jovem lhe disse: "Suba, meu amo", e então Šarrakān subiu. A jovem soltou as cortinas e sumiu de suas vistas. Ele perguntou às criadas aonde ela fora, ao que lhe responderam: "Ela foi dormir, pois está com sono, mas nos ordenou que o servíssemos". Em seguida, ofereceram-lhe uma mesa com as mais exóticas espécies de alimento, e ele comeu até se fartar. Depois lhe ofereceram uma bacia de ouro e uma jarra de prata para lavar as mãos. Enquanto isso, ele pensava em seu exército, sem saber o que ocorrera após a sua partida. Lembrou-se das instru-

[39] ᶜAntara Bin Šaddād al-ᶜAbsī (525-608 d.C.), poeta pré-islâmico considerado modelo de bravura e destreza. Um herói, em resumo.
[40] Essa passagem é um bom exemplo do processo de reescritura do texto. No manuscrito Gayangos, neste ponto semelhante às versões tardias que afinal acabaram se fixando nas edições impressas, a travessia das personagens pelo convento foi assim descrita: "[...] mas foi contido por sua beleza e formosura, esplendor e perfeição, condição e dengo; então a língua da sua situação recitou a seguinte poesia: 'Quando o formoso comete um pecado,/ sua beleza traz intercessor de tudo quanto é lado'. *Disse o narrador*: em seguida, ambos subiram até o convento; ao ver as ancas dela se batendo como ondas, Šarrakān ficou interiormente agitado e perplexo, a língua de sua situação recitando o seguinte: 'Em sua face há um intercessor que lhe apaga o mal/ Que aos corações fazem suas pálpebras, em todo local;/ Clamei, quando meu olhar se cruzou com o seu:/ "Já chegou a noite, é nela que o plenilúnio apareceu!"/ Mesmo que com o valente ᶜAntara ela lutasse,/ Apesar da força dele, não tardaria o transpasse'". Note que tal acréscimo não tem importância alguma para a produção de sentido da narrativa, ao contrário, por exemplo, da passagem anterior em que Abrawīza derrota Šarrakān três vezes, as quais na versão tardia foram reduzidas a uma única vez, com evidente prejuízo, aí sim, para a produção de sentido.

ções de seu pai quanto aos soldados, e ficou perplexo, arrependido do que fizera. Dormiu até o alvorecer, quando a claridade se anunciava, e ao despertar refletiu, suspirou fundo, lamentou-se e se pôs a recitar o seguinte:

Não perdi o meu vigor, porém
me enganei e perdi a segurança;
alguém há de denunciar o ocorrido,
e depois do elogio já sou censurado:
meu coração persegue a sua paixão,
e aflições e terrores me perseguem.

Disse o narrador: Tão logo concluiu a poesia, Šarrakān se viu diante das vinte criadas, as quais chegaram como se fossem luas cercando a jovem, que vestia o brocado da realeza cravejado de moedas de ouro. Um cinturão feito de várias espécies de pedras preciosas lhe apertava a cintura, destacando-lhe as ancas, que pareciam dunas sob uma bengala de prata, e seios semelhando romãs machos. Šarrakān esteve a ponto de perder a razão, esquecendo-se do exército e do vizir, e viu sobre a cabeça dela uma rede de pérolas enfeitada com várias gemas; enquanto as vinte jovens ao seu redor lhe carregavam a barra do vestido com ganchos de ouro, ela se requebrava e se inclinava em seu caminhar. Šarrakān se pôs de pé, totalmente absorto em sua beleza e formosura, e gritou, consumido pela beleza daquele cinturão:

Ancas pesadas, andar exibido,
moça elegante, seios empinados,
ela me esconde a sua paixão;
também vou esconder a minha;
parece um ramo de árvore alta
para a qual a mão do tempo é curta;
suas criadas caminham ao seu redor,
semelhando contas num belo colar.[41]

Disse o narrador: A jovem ficou a observá-lo por um bom tempo, tentando se certificar de quem ele era, e, quando afinal o reconheceu, disse: "Este lugar se

[41] Poesia com trechos obscuros e incompreensíveis. A tradução se apoiou em algumas passagens assemelhadas constantes das edições impressas de Būlāq e Calcutá.

iluminou com a sua presença, Šarrakān! Como passou a noite, ó rei corajoso, depois que saímos e o deixamos a sós por causa do cansaço da luta?". Ele respondeu, perplexo com as palavras da jovem: "E quem é Šarrakān, minha senhora?". Ela disse: "A mentira é uma infâmia, uma falha na lei, sobretudo no caso de um grande rei! Você é Šarrakān, filho do rei ^{c}Umar Annu^{c}mān. Já não me faça mistério, e é melhor que eu não torne a ouvir esse despautério. A mentira provoca cólera, ódio, hostilidade. A flecha do decreto divino já acertou você; portanto, é melhor aceitar e entregar-se ao fato consumado". Assim impossibilitado de negar, ele confirmou, dizendo: "Sou Šarrakān, filho de ^{c}Umar Annu^{c}mān; meu desatino, urdido pelo tempo e pelo destino, conduziu--me a este lugar tão fino, e agora vou ser por você punido, imagino", e ficou cabisbaixo. A jovem se voltou para ele e disse: "Esteja tranquilo e sem medo, pois você é meu hóspede e dividimos o pão e o sal; agora está por minha conta. Juro por Jesus Cristo: mesmo que todo mundo pretenda fazer-lhe mal, eu darei a minha vida por você, que está sob a minha proteção e a de Jesus Cristo". Ato contínuo, sentou-se ao seu lado e se pôs a distraí-lo, a fim de que o seu medo se dissipasse. Ele compreendeu que, se acaso ela tivesse alguma pretensão de matá-lo, teria feito isso na noite anterior. Ela falou em grego a uma das jovens, que saiu e logo retornou trazendo taças, copos e uma mesa com as comidas mais opulentas. Mas Šarrakān não comeu nada, e ela logo percebeu o motivo, pois que ele pensava: "Vai saber se ela pôs alguma coisa nessa comida!". A jovem disse: "Juro por Jesus Cristo que não é nada disso! Se eu tivesse a intenção de matá-lo, já o teria feito!", e, dirigindo-se à mesa, comeu um bocado de cada tipo de comida.

Disse o narrador: Então Šarrakān também comeu, deixando contente a jovem. Banquetearam-se juntos até a saciedade; ele lavou as mãos[42] e então a jovem ordenou que se trouxessem murtas, frutas e utensílios de prata e cristal para beber, além de outros recipientes. Depois, ela encheu a primeira taça e bebeu antes dele, tal como fizera com a comida, e somente então encheu a segunda taça, dando-a a ele, que a bebeu. Ela disse: "Veja, muçulmano, como você está gozando a vida mais deliciosa e feliz", e continuaram bebendo até que ele perdeu a cabeça por causa da sua beleza. Ela ordenou que se trouxessem instrumentos de

[42] Tanto Varsy como Maillet trazem a incompreensível formulação "e então olhou para um grande rei [*ou*: anjo]" (*wa naẓara ilà malik* [*ou*: *malak*] ^{c}*aẓīm*), inexistente nas demais fontes. Deve haver aí algum erro de cópia.

música, e trouxeram um alaúde sírio,[43] um violão persa, uma flauta tártara e uma cítara egípcia. As jovens pegaram os instrumentos e uma delas cantou em grego acompanhando o alaúde, com voz mais suave que a brisa. Šarrakān se emocionou e a jovem lhe perguntou: "Você compreende o que diz esta moça?". Ele respondeu: "Por Deus que não! Mas não me emocionei senão por causa da destreza dos seus dedos tocando o alaúde". Rindo de suas palavras, a jovem lhe perguntou: "Se eu cantar em árabe para você, o que fará?". Šarrakān respondeu: "Eu perderei o controle". Nesse momento ela modificou a maneira de tocar e passou a recitar em árabe os seguintes versos:

> Separação tem sabor de paciência:[44]
> será que para isso haverá paciência?
> Já me foram oferecidas três coisas:
> separação, distanciamento e abandono,
> mas em mim a força do sentimento
> já não suportaria nenhuma delas:
> é o amor por uma casa distante,
> mas isso me parece mera desculpa.

Disse o narrador: Ao concluir a poesia, ela verificou que Šarrakān desmaiara; ficou deitado, estendido por um bom tempo, e ao acordar lembrou-se da canção e se curvou de emoção. Começaram a beber e continuaram brincando e se divertindo até o anoitecer, quando então ela se retirou para o seu quarto — foi o que responderam a Šarrakān, e ele disse: "Que fique sob a guarda e a proteção de Deus altíssimo!"; disseram-lhe: "É bom você também dormir". Pela manhã, uma das moças, que era conselheira da jovem, foi até ele e lhe disse: "Meu senhor, a patroa está chamando você". Ato contínuo, ele a seguiu, e quando se aproximou as jovens o conduziram ao som de adufes e flautas. Logo chegaram a uma grande porta de marfim cravejada de ouro reluzente, na qual entraram, vendo-se então numa enorme casa em cuja parte mais elevada havia um espaçoso aposento forrado com várias espécies de seda; por toda a sua extensão, viam-se janelas que

[43] "Sírio" traduz uma palavra incompreensível (*ḥalfitī*, *ḥallītī*?) que consta de ambos os manuscritos. Supôs-se que indicasse uma localidade síria citada nos compêndios geográficos de então, *Ḥillit*.

[44] Na versão constante das edições impressas, esse verso assim se traduziria: "A separação tem o sabor da amargura".

davam para um bosque com flores e regatos. A jovem estava sentada numa ampla cadeira, observando o bosque. Em torno da casa havia aves de gesso por cujas bocas o vento entrava, fazendo-as se mexer e levando quem as observasse a imaginar que estavam falando. Mal o viu, a jovem se pôs em pé, pegou-o pela mão e o fez sentar-se ao seu lado, perguntando-lhe sobre a sua estadia. Ele rogou por ela e logo entabularam conversa. Ela perguntou: "Porventura você conhece alguma poesia, ó filho do rei dos árabes?".

E o amanhecer alcançou Šahrazād, que parou de contar.

QUANDO FOI A NOITE

287ª

Disse Šahrazād:

Eu tive notícia, ó rei venturoso, de que a jovem lhe perguntou: "Você conhece alguma poesia a respeito de apaixonados cativos?". Ele respondeu: "Talvez". Ela disse: "Pois me deixe ouvir algo". Então ele recitou para ela poesias do poeta Kuṯayyr, nas quais falava de sua amada ᶜIzza.[45] Foram os seguintes versos:

Faça muito bom uso, e com saúde:
nossa honra ᶜIzza detém amiúde!
Em sua casa meus camelos vou amarrar
com corda fina que lhes permita escapar.

Disse o narrador: Ao ouvi-lo, a jovem disse: "A eloquência de Kuṯayyr era tanta que o levava a exagerar na descrição de ᶜIzza, tal como nos seguintes versos:

[45] Poeta nascido nas proximidades de Medina, na Arábia (665-723 d.C.). Tornou-se célebre pelas poesias que dedicou à sua amada ᶜIzza. Relatam as crônicas que ela, à primeira vista, não gostou de Kuṯayyr, um sujeitinho feioso e baixote, mas que em seguida se apaixonou por ele, embora tenha se casado com outro. As crônicas também relatam que o amor dele não era sincero. Os versos aqui atribuídos a Kuṯayyr foram extraídos de poesias diferentes.

Se em beleza ᶜIzza contendesse com o sol
da manhã, o juiz justo decidiria por ela;
e se mulheres vierem fuxicar contra ᶜIzza,
que Deus faça de suas faces o sapato dela".

A jovem prosseguiu: "Já se disse que ᶜIzza nem era tão bela nem tão formosa assim. O que Kuṯayyr diria, então, se ela fosse de fato tão bela e formosa? Se você souber algo das poesias de Jamīl sobre Buṯayna,[46] ó filho de rei, faça-me ouvir!". Ele respondeu: "Sim, conheço um pouco das poesias de cada um". E recitou:

Se eu disser: "O que tenho, Buṯayna, vai me matar
de amor", ela responderá: "Isso mesmo, e vai piorar".
E se eu disser: "Devolva um pouco da minha razão
para eu viver em paz", responderá: "Devolvo não".

A jovem disse: "Muito bem, ó filho de rei! E o que Jamīl quis dizer com:

Tu não queres senão me matar e mais nada!
Na minha morte, senhora, o que tanto te agrada?".

Šarrakān respondeu: "Bom, minha senhora, ele quis dizer o mesmo que você quer de mim, mas não a agrada", e a jovem sorriu ao ouvir as palavras de Šarrakān. Assim, permaneceram bebendo até o dia partir e a noite chegar, quando então ela foi para a cama, e Šarrakān dormiu no local que lhe fora destinado, até que amanheceu. Ao acordar, foi rodeado por jovens carregando adufes, as quais, conforme o hábito, beijaram o solo diante dele e disseram: "Por favor, a nossa patroa está chamando o senhor". Šarrakān se levantou, rodeado pelas jovens, que tocavam os adufes e outros instrumentos musicais, e caminhou até sair daquele aposento e entrar em outro, bem maior, com estátuas e pinturas de aves e inúmeras espécies de animais, panteras, tigres, hienas, gazelas e antílopes. A jovem estava sentada numa cama de zimbro cravejada de pérolas e gemas. Šarra-

[46] Poeta também nascido nas proximidades de Medina em 660 e morto em 701 d.C. O objeto de seus amores era uma prima paterna, Buṯayna, cuja mão lhe foi negada. Continuou a galanteá-la com versos mesmo depois que ela se casou com outro, e acabou tendo de se refugiar no Egito, onde morreu. É um dos grandes líricos amorosos da poesia árabe antiga. Veja, próximo do final deste volume, uma história de amor cujas personagens têm esses mesmos nomes.

kān ficou espantado com o que viu. Assim que olhou para ela, a jovem se pôs em pé, pegou-o pela mão e o acomodou ao seu lado, perguntando-lhe: "Você por acaso sabe jogar xadrez?". Ele respondeu: "Sim, jogarei com você. Mas não seja como disse a seu respeito o poeta:

> Premido e dobrado pelo afeto, eu falo,
> enquanto o anseio nos leva de embalo,
> e quem eu amo e adoro joga comigo,
> brancas e pretas, fazendo picuinha,
> como se eu fosse o rei, e a torre meu jazigo,
> e me dificultasse a jogada o vulto da rainha:
> se acaso me volto para seu olhar mimoso,
> é tanto mimo, minha gente, ficou perigoso".

Disse o narrador: Então ela trouxe o tabuleiro de xadrez e jogou com ele, mas, em vez de prestar atenção em suas jogadas, Šarrakān prestava atenção no seu rosto, e então punha o bispo no lugar do cavalo, e vice-versa. Rindo dessas jogadas, ela se virou para ele e disse: "Desse jeito fica parecendo que você não sabe nada!". Ele respondeu: "É só a primeira partida", e voltou a arrumar as peças para jogar novamente. Então ela o derrotou pela segunda vez, e pela terceira, pela quarta, pela quinta... Voltou-se enfim para ele e disse: "Em tudo você é um derrotado". Ele respondeu: "Minha senhora, pessoas como você sempre vencem, e atiçam chamas no coração".[47] Ela lhe ofereceu comida e ele comeu, e depois bebida. Pegou uma cítara, que ela tocava de modo versátil, e pôs-se a cantar uma canção ritmada, dizendo:

> O destino varia, dobrado ou estirado,
> podendo estar numa fôrma, ou sem ela;
> em nosso encontro, de beldades povoado,
> e todo pleno de ornamento e de estrela,
> beba por sua beleza, mesmo se aprisionado,
> e não me abandone, não faça querela.[48]

[47] O episódio do xadrez não aparece em Gayangos nem em Maillet.
[48] Esses versos são adaptados de uma composição do poeta egípcio Aššarīf Alᶜaqīlī (*c.* 1000-1058 d.C.). Mas o que nele é poesia que canta a natureza aqui se transforma em poesia amorosa.

Disse o narrador: Assim continuaram até o anoitecer. Aquele dia fora melhor que o anterior. A jovem se retirou para dormir, e Šarrakān, vendo-se entre as outras jovens, prostrou-se ao solo e dormiu até o amanhecer, quando então, conforme o hábito, a jovem veio e ele se levantou. Ela se sentou, acomodou-o ao seu lado e lhe perguntou como passara a noite; ele lhe rogou vida longa e plena, e ela, pegando o alaúde, começou a tocar e a recitar:

Mal falaste em separação e já estou sem dono:
como será, portanto, depois do abandono?,
se, mesmo ao chegares, já o lacrimejo fatal
me enlaça o rosto antes do teu abraço final?[49]

Disse o narrador: E continuaram nessa situação, desfrutando o maior prazer e conversando, até que, de repente, ouviram uma enorme algazarra e viram homens que avançavam contra eles: generais[50] carregando espadas brilhantes e dizendo em grego: "Perdeu, Šarrakān, seu filho de mil cornudos!". Ao olhar para eles, Šarrakān teve certeza de que estava aniquilado e morreria, e pensou: "Por Deus que essa garota fez um ardil contra mim, segurando-me aqui até que eles chegassem. Eu me precipitei na aniquilação!". Voltou-se para a jovem a fim de censurá-la, mas notou que a cor do seu rosto se alterara: estava pálido; pondo-se em pé, ela os enfrentou, dizendo: "Quem são vocês?". O chefe dos generais respondeu: "Ó rainha generosa, pérola preciosa, por acaso você sabe quem é seu hóspede?". Ela perguntou: "E quem seria ele?". Responderam: "Esse é o destruidor de países, o aniquilador de cavaleiros, Šarrakān, filho de ᶜUmar Annuᶜmān. É ele o invasor de praças-fortes e o conquistador de castelos inexpugnáveis. A notícia da chegada dele foi transmitida ao nosso rei pela senhora D̲āt Addawāhī. Ela conversou com o seu pai, o rei Abrawīz,[51] a respei-

[49] Esses versos foram igualmente extraídos de uma poesia amorosa do mesmo Aššarīf Alᶜaqīlī. A tradução, aqui, se cingiu mais à poesia tal como se encontra nas antologias dedicadas aos seus versos do que às diferentes versões que recebeu nos manuscritos, nas quais se evidenciam grosseiros erros de cópia, falta de coerência e má leitura.
[50] "Generais" traduz *baṭāriqa*, plural de *baṭrīq*, "patrício".
[51] O nome *Abrawīz*, conforme já se mencionou, corresponde, na historiografia sarracena, ao persa "Parvez". Preferiu-se manter a forma árabe do nome, até porque mais adiante, em alguns pontos, esse rei aparecerá associado aos armênios. Nas edições impressas, tenta-se retificar essa aparente incongruência (um rei bizantino com nome persa) dando-lhe outro nome: *Ḥardūb*. Porém, do ponto de vista dos registros históricos em árabe, essa palavra tampouco faz sentido. Da perspectiva etimológica, sua suposta raiz árabe, *ḥrdb*, indica uma espécie de grão semelhante à lentilha, e, no dialeto levantino, tem a ver com "corcova" ou "corcunda". Historiadores houve que sugeriram uma forma latinizada do nome: "Hardobius" (assim como fizeram com *Afrīdūn*, para o qual sugeriram "Afridonius"). E, conforme já se observou, pode ser resultado da má grafia árabe do nome armênio "Marzop", *Marẓūb*.

to desse grave assunto. Que Jesus Cristo lhe prolongue a vida, pois você auxiliou o exército bizantino a capturar esse leão sanguinário".

Disse o narrador: A jovem encarou o chefe e perguntou: "E quem é você, ó general?".

E o amanhecer alcançou Šahrazād, que parou de contar.

QUANDO FOI A NOITE

288ª

Disse Šahrazād:

Eu tive notícia, ó rei venturoso, de que a jovem perguntou ao chefe: "E quem é você, ó general?". Ele respondeu: "Sou seu servo Māsūra, filho de Barsūma, filho de Tāsūma, general dos generais". Ela perguntou: "E como você entrou aqui sem permissão?". Ele respondeu: "Minha senhora, quando cheguei não fui impedido por nenhum secretário ou porteiro. Pelo contrário, todos os porteiros abriram caminho para nós e nos conduziram até aqui. Não é habitual que os enviados do rei, seu pai, sejam instados a esperar à porta aguardando permissão para entrar. E este não é o momento de prolongar a conversa, pois o rei espera a chegada desse homem, que é o mais perigoso soldado dos muçulmanos, para matá-lo e forçar o seu exército a retirar-se". Ao ouvir aquilo, a jovem disse: "Essas não são boas palavras. A senhora Ḏāt Addawāhī mentiu, falando de coisas que ela não conhece. Por Jesus Cristo, esse Šarrakān de quem você fala não é meu prisioneiro! Este homem chegou aqui e veio até nós em busca de hospedagem, e nós o hospedamos, sem saber, até agora, quem é ele. Não é adequado que eu lhes entregue quem comeu da minha comida e ficou sob a minha proteção. Não me envergonhem diante do meu hóspede nem me desmoralizem. Volte ao rei, beije o chão diante dele e informe-o de que a situação é diferente do que disse a senhora Ḏāt Addawāhī". O general disse: "Cara rainha Abrawīza,[52]

[52] Esse nome, constante das fontes antigas, é o feminino de *Abrawīz*, e traduzível, portanto, como "Parveza". Na compilação tardia consta *Ibrīza*, que significa "ouro puro". A existência, nas versões mais antigas, desses nomes aparentemente persas para denominar governantes bizantinos – incongruência que as edições mais recentes tentaram remediar – é um resquício que não deve ser negligenciado, e faz supor que essa história foi reescrita mais de uma vez. Como se verá adiante, o reino de Abrawīz, na Cesareia da Anatólia, é descrito como bizantino, embora o basileu, de fato, seja o governante de Constantinopla, Afrīdūn. Mais adiante, Abrawīz será associado aos armênios.

não posso voltar ao rei senão levando esse inimigo". Ela disse: "Ai de você! Volte a ele com essa resposta e não será criticado!". Ele disse: "Não voltarei senão levando-o". Então as cores de Abrawīza se alteraram e ela disse: "Ouça bem o que lhe digo. Esse homem entrou aqui totalmente seguro de si; pode, sozinho, enfrentar cem soldados. De fato, eu lhe perguntei: 'Você é Šarrakān, filho do rei ᶜUmar Annuᶜmān?', e ele respondeu: 'Sim, sou Šarrakān, e não irei embora até matar todos quantos estão neste lugar'. Ei-lo agora diante de você, e a sua espada e os seus equipamentos estão com ele".[53] O general disse: "Se eu ficar a salvo de sua cólera, irei com os outros generais e o levaremos humilhado até o rei". Ao ouvir aquilo, Abrawīza disse: "Isso jamais! É indigno. Ele é só um, e vocês são cem generais. Porém, se vocês aceitarem, enfrentem-no um por um, a fim de que fique claro para o rei quem, dentre vocês, é o mais valente". O general respondeu: "Por Jesus Cristo que você está falando a verdade! E o primeiro a enfrentá-lo serei eu". Ela disse: "Espere até eu deixá-lo a par do que conversamos, e ver qual a resposta. Se ele aceitar, está tudo certo, mas, se ele recusar, vocês não poderão chegar perto dele. Eu e todos quantos vivem neste convento, inclusive as jovens, daremos a nossa vida para defendê-lo". Em seguida, ela foi até Šarrakān e o informou do ocorrido. Ele sorriu ante as suas palavras, percebendo que tudo aquilo se dera sem o conhecimento nem a anuência dela, e começou a censurar-se, pensando: "Como é que eu fui me meter no meio de inimigos, sozinho, sem nenhum companheiro que me auxilie?". Depois, voltando-se para a jovem, disse: "Minha senhora, essa condição está correta. Um contra um". Nesse momento, o general avançou com tamanha força e valentia que a jovem ficou receosa e pensou: "Juro por Jesus Cristo, se Šarrakān não conseguir se defender do general eu irei socorrê-lo". Šarrakān investiu contra o general como um leão furioso. Avançaram um contra o outro, golpearam-se, atacaram-se e atracaram-se. Numa das investidas, Šarrakān golpeou o general no ombro, fazendo a espada sair brilhando de suas entranhas. O general caiu, e, ao ver Šarrakān e a sua coragem no embate, Abrawīza percebeu que se tratava de um campeão a quem ela não derrotara na luta senão graças à beleza e à formosura. Em seguida, voltando-se para os demais generais, disse-lhes: "Ó adoradores de Cristo, vinguem-se por seu chefe, seu maioral".

E o amanhecer alcançou Šahrazād, que parou de contar.[54]

[53] Neste ponto, o manuscrito Maillet e as edições impressas apresentam narrativas discrepantes.

[54] Neste ponto, a divisão da noite se baseia no manuscrito Maillet, pois a narrativa do manuscrito Varsy se estende por várias folhas sem divisão, numa evidente, e infelizmente não mágica, distração do copista.

QUANDO FOI A NOITE

289ª

Disse Šahrazād:

Eu tive notícia, ó rei venturoso, de que, voltando-se para os demais generais, Abrawīza lhes disse: "Ó adoradores de Cristo, vinguem-se por seu chefe, seu maioral". Apresentou-se então para a luta outro general, irmão do que fora morto. Tratava-se de um cavaleiro intrépido que não deixava apagar-se o fogo da vingança. Šarrakān arremeteu contra ele, e sem demora golpeou-o na testa com a espada, fazendo a sua cabeça voar, e ele desabou no chão. A jovem gritou: "Generais! Tomem a vingança por seus líderes e maiorais!", mas ninguém se apresentou. Ela repetiu as palavras uma segunda vez, dizendo-lhes: "Jesus Cristo ficará encolerizado com vocês". Então outro general se apresentou para a batalha, e Šarrakān também o matou. E assim, um após o outro, foram enfrentando Šarrakān, que lhes dava espadeiradas, até que matou vinte dos mais fortes dentre eles diante das vistas de Abrawīza. Deus altíssimo lançou o terror no coração daqueles generais, que cessaram de desafiar Šarrakān. Disseram entre si: "Vamos atacá-lo juntos", e assim fizeram. Ele os enfrentou e investiu contra os generais com o coração mais forte do que o ferro, até que os pulverizou, decepando-lhes a cabeça e extirpando-lhes a vida. A jovem então gritou com suas criadas, dizendo-lhes: "Quais homens restam no convento?". Responderam: "Não restam senão os porteiros". Abrawīza entrou num aposento, lá permanecendo por algum tempo. Ao sair, vestia uma cota de malhas com pequenos botões e portava uma espada indiana; disse: "Por Jesus Cristo que não serei avara com minha vida para proteger meu hóspede, ainda que fique estigmatizada na terra dos bizantinos". Ela havia observado Šarrakān durante o combate, ficando admirada com sua maneira de lutar; compreendera que se tratava de um cavaleiro invencível, e lhe disse: "É de homens como você que as mulheres se orgulham, Šarrakān. Por Jesus Cristo! Se acaso você estivesse sendo derrotado, eu o salvaria das mãos deles". Šarrakān se pôs a limpar o sangue de sua espada, a refletir sobre a sua situação e a recitar:

São essas minhas ações no dia da batalha:
a campeões e bravos sempre faço sangrar,

e no campo de luta desbaratei muito exército
que me atacava violento como fera selvagem;
antes de lutar comigo, perguntem sobre mim
a tudo quanto é gente, como sou no dia do medo:
na guerra deixei-lhes as tropas todas prostradas
e mortas na terra calcinada de todo lugar;
pelo Deus da Caaba, nunca fui derrotado,
a não ser no dia daquela luta fatal,
pois a luz do plenilúnio[55] me desorientou, e fui
conduzido pelas mãos da mulher misteriosa,
em cuja casa me hospedei na melhor vida,
tratado com uma bondade além de todo limite;
eu me lembrarei de suas ações pelo resto da vida,
e rogarei por ela enquanto Deus me preservar.

Quando Šarrakān concluiu a recitação de sua poesia, Abrawīza se voltou para ele rindo, beijou-lhe as mãos e tirou a cota de malha que vestira. Šarrakān perguntou: "Minha senhora, por qual motivo você vestiu essa cota de malha, e por que está portando essa espada?". Ela respondeu: "Por Jesus Cristo, Šarrakān, não vesti esta cota de malha nem carreguei esta espada senão por medo de que esses generais lhe fizessem mal. Se eles tivessem derrotado você, eu os atacaria e desbarataria". Em seguida, ela convocou os porteiros e lhes perguntou: "Por que vocês permitiram aos generais que entrassem sem permissão minha?". Responderam: "Ó rainha vitoriosa, o hábito determinou que nunca impedíssemos a entrada dos emissários do rei. Aliás, não temos poder para rechaçar as pessoas ligadas ao seu pai". Ela disse: "Com isso, vocês não quiseram senão causar a minha morte e a do meu hóspede!". Em seguida, ela ordenou a Šarrakān que cortasse o pescoço de todos os porteiros, e ele assim agiu, enquanto ela dizia: "É isso que vocês merecem, seus cachorros!". E, voltando-se para Šarrakān, disse: "Agora se revela o que estava oculto. Vou deixá-lo a par da minha história. Saiba que sou filha de Abrawīz, o rei dos bizantinos. Meu nome é Abrawīza. E a velha

[55] No geral, essa poesia apresenta problemas para a compreensão nos três manuscritos. "Plenilúnio" traduz *badr*, que é o que consta de Gayangos; em Maillet, consta *nidà*, "orvalho", e em Varsy há uma palavra incompreensível.

chamada Ḏāt Addawāhī[56] é nada mais nada menos que minha avó, mãe do meu pai Abrawīz. Foi ela que motivou esta sedição ao informar o rei sobre o fato de você estar hospedado comigo. Saiba e tenha certeza de que ela agirá para me destruir, me matar, sobretudo porque você matou os generais do rei, e já se espalhou entre os bizantinos a notícia de que eu estou encantada pelos muçulmanos. Não me resta senão deixar de morar neste local enquanto essa velha estiver viva, pois ela nunca me dará trégua. Quero que você, filho de rei, me retribua a generosidade com que o tratei, pois a hostilidade já se instalou entre mim e o meu pai. Ouça, portanto, as minhas palavras, sem perder nenhuma, pois todo esse tumulto ocorreu por sua causa, devido aos seus caprichos".

Ao ouvir aquilo, e compreender que o propósito dela era ir com ele para a sua terra, Šarrakān quase perdeu o juízo de alegria e, com o peito estufado e apaziguado, disse, feliz: "Por Deus, minha senhora, que ninguém poderá lhe fazer mal algum enquanto você estiver ao meu lado. Enquanto eu tiver vida, não a entregarei a ninguém, a não ser depois que o sopro vital se esvair do meu corpo. Mas será que você suportará abandonar o seu país e a sua gente?". Ela respondeu: "Sim, mas com a condição de que você não se oponha à minha religião nem tente me converter ao islã quando eu entrar no seu país. Jure para mim que você não se oporá à minha religião", e então ele jurou que não o faria, e estabeleceu um inquebrantável compromisso nesse sentido. Ela disse: "Agora meu coração ficou tranquilizado para acompanhá-lo ao seu país. Contudo, tenho ainda outra condição". Šarrakān perguntou: "E qual é essa condição?". A jovem respondeu: "Que você retorne ao seu país com o seu exército". Ele disse: "Minha senhora, meu pai, o rei ᶜUmar Annuᶜmān, me enviou para fazer guerra ao seu pai, por causa do navio que ele capturou a outro rei, no qual havia, além de dinheiro, três grandes avelórios cheios de bênçãos, um tesouro". A jovem disse: "Vou deixá-lo a par disso tudo".

E o amanhecer alcançou Šahrazād, que parou de contar.

[56] Aqui, como em outros pontos do manuscrito Varsy e dos outros manuscritos, bem como das edições impressas, a velha é referida pelo nome completo: *Šawāhī Ḏāt Addawāhī*, algo como "Senhora dos Apetites e das Astúcias", também compreensível como "aquela que goza com a ocorrência de infortúnios".

QUANDO FOI A NOITE

290ª[57]

Disse Šahrazād:

Eu tive notícia, ó rei venturoso, de que a jovem disse a Šarrakān:

A VERDADE SOBRE OS TRÊS AVELÓRIOS

Vou deixá-lo a par de tudo. A origem da hostilidade do rei de Constantinopla ao meu pai se deve ao seguinte: os cristãos têm um feriado, uma festividade chamada de "Dia do Convento", no decurso da qual se reúnem, anualmente, as filhas dos reis e de todos os maiorais de vários países. Os festejos duram sete dias. Desde pequena eu participava dessa festividade, mas, quando se iniciou a hostilidade entre nós, meu pai me proibiu de participar, e isso por sete anos. Veio então a época da festividade; provindas de vários lugares, as jovens se dirigiram ao convento, entre elas a filha do rei de Constantinopla, cujo nome era Ṣafiyya. Ali permaneceram por seis dias, e no sétimo as pessoas foram embora. Mas Ṣafiyya disse: "Não voltarei ao meu pai senão por mar", e então lhe prepararam navios. Ela embarcou, juntamente com as suas criadas pessoais. Quando fizeram vela e avançaram, soprou uma violenta ventania que os desviou da rota, deixando-os extraviados em meio ao mar bravio. E quis o destino já traçado que elas topassem com um navio de cristãos da Ilha da Cânfora e da Torre de Cristal,[58] no qual havia quinhentos *ifranjes*[59] armados, que navegavam havia um bom tempo. Tão logo divisaram as velas da embarcação na qual estavam Ṣafiyya e suas criadas, lançaram-se contra ela, enganchando-a com correntes e arrastando-a. Destarte, apossaram-se da embarcação, capturando todos quantos nela se

[57] A partir deste ponto, devido à intervenção feita na noite anterior, a numeração teve de ser modificada.
[58] Localidades absolutamente fictícias. "Cristal", *ballūr*, parece estar aí apenas para rimar com "cânfora", *kāfūr*.
[59] *Ifranjī* é palavra árabe que provém do grego bizantino *frangoi*. Hoje designa qualquer estrangeiro, e mesmo em tempos antigos, que remontam às Cruzadas, referia quaisquer católicos da Europa Ocidental. Assim, a oposição parece situar-se, nesse ponto, entre *rūmī*, "bizantino" (basicamente, cristão grego), e *ifranjī* (cristão da Europa ocidental). A tradução preferiu utilizar, como se viu, "*ifranje*(*s*)". A oposição entre esses grupos é historicamente fundamentada, tanto na historiografia árabe como na ocidental. No fundo, trata-se da adoção, por parte dos árabes, da perspectiva dos bizantinos, que se consideravam "romanos" e viam os europeus ocidentais como "*frangoi*".

encontravam; amarraram-na e lhe arriaram as velas, dirigindo-se então para a ilha a eles pertencente, que era a sua terra. Quando já estavam próximos, os ventos passaram a soprar na direção contrária, e a sua embarcação se espatifou contra os rochedos, rompendo-se-lhe as velas e arrastando-os a contragosto para a nossa terra. Saímos então para atacá-los, vendo que aquela embarcação que vinha para o nosso lado se constituía num butim para nós. Tomamos-lhes tudo, matamos os homens e encontramos nessa embarcação muito dinheiro, joias e as quarenta jovens, entre as quais Ṣafiyya, filha do rei Afrīdūn. Recolhemo-la, bem como às suas acompanhantes, e as levamos todas à presença do meu pai. Ninguém sabia que se tratava da filha de Afrīdūn, rei de Constantinopla. Meu pai escolheu para si dez delas, incluindo a filha do rei, distribuindo as restantes entre os seus cortesãos. Cinco dessas moças que meu pai reservou para si — entre as quais estava Ṣafiyya — ele enviou para o seu pai, ^{c}Umar Annu^{c}mān, juntamente com algumas joias e vestimentas. Seu pai as aceitou e, dentre as cinco jovens enviadas, escolheu para si Ṣafiyya, filha do rei de Constantinopla. Quando foi neste ano, o pai dela nos escreveu uma carta cujo conteúdo completo seria inadequado descrever, e se pôs a ameaçar e a amedrontar meu pai, dizendo: "Há alguns anos vocês se apoderaram de um navio dos *ifranjes* que estava no mar. Minha filha Ṣafiyya estava com eles, bem como suas criadas pessoais. Já está aí faz dois anos, e vocês nem sequer mandaram me informar. Eu, que só soube do fato há pouco, não tinha contado nada a ninguém, pois isso consistiria numa desonra para mim, e me carrearia a infâmia entre os reis. Você estava conspurcando a minha honra até este ano, até o momento em que capturei alguns bandidos *ifranjes* e os interroguei sobre a minha filha. Eles me disseram que a haviam sequestrado e me fizeram um juramento de fé de que não chegaram a sair com ela do seu país, e que tudo quanto haviam roubado, bem como a filha e as suas criadas, estão no seu país. Eles me contaram toda a história e tudo quanto lhes sucedeu, e então pude me certificar de que vocês desejam ser meus inimigos e pretendem me desmoralizar maculando a minha filha. Assim, exijo que, imediatamente após receberem esta carta, vocês me devolvam a minha filha. Se acaso não a devolverem, vou procurar saber quem é o responsável por mantê-la aí entre vocês por tanto tempo. É absolutamente imperioso que eu os encontre e puna tal como merecem pelo que fizeram".

Quando essa correspondência chegou ao meu pai, ele a leu e compreendeu, pondo-se então a raciocinar. Aquilo lhe pareceu muito grave, e ele se arrependeu por não ter sabido que se tratava da filha do rei Afrīdūn. Perplexo, ele já não podia escrever pedindo ao rei ^{c}Umar Annu^{c}mān que a devolvesse depois de tanto tempo, pois já havíamos recebido a notícia de que ela lhe tinha dado filhos. Meu pai se viu a braços com um terrível problema. Sua única resposta foi escrever ao pai de Ṣafiyya se desculpando, jurando que não sabia tratar-se de sua filha e dizendo não ter notícias dela, pois a havia enviado como presente ao rei ^{c}Umar Annu^{c}mān, que a tomara como concubina e dela tivera filhos. Quando a carta com tais informações chegou ao rei Afrīdūn, pai de Ṣafiyya, ele ficou furioso e disse: "Aprisionou a minha filha, tratou-a como se tratam as criadas e a enviou para ser possuída pelos muçulmanos! Juro por Jesus Cristo e pela religião verdadeira que não deixarei de tomar vingança, desfazer a infâmia e fazer coisas que serão comentadas em todos os países por séculos e séculos". E ficou pacientemente esperando até conseguir arquitetar uma artimanha e preparar uma armadilha, mandando emissários para o seu pai, o rei ^{c}Umar Annu^{c}mān, informando-o de tudo quanto eu já informei a você, falando-lhe a respeito da situação e fazendo-lhe um falso pedido de socorro, para que ele equipasse você e o enviasse, com seu exército, a fim de socorrer o rei Afrīdūn. Essa artimanha foi armada com o único intuito de capturar você e todo o seu exército e mantê-los prisioneiros por causa de sua filha Ṣafiyya. Quanto aos três avelórios dos quais eles lhes falaram por meio dos enviados, tampouco isso está certo, pois eles estavam com a filha do rei, Ṣafiyya, e meu pai os tomou dela e entregou para mim; estão guardados num pote que me pertence. Levante-se e vá até os seus soldados para avisá-los antes que se embrenhem mais na terra do inimigo; volte com eles antes que se vejam num caminho muito estreito, cercados de *ifranjes* por todos os lados, sem conseguir se safar nem encontrar uma saída, pois, se forem aprisionados, não escaparão nem até o dia do Juízo Final. Saiba, Šarrakān, que o seu exército ainda está acampado no mesmo lugar. Já enviei a eles alguém para informá-los de que você está comigo e lhes determinar que o esperem três dias, embora eles estejam sentindo a sua falta todo esse período, sem saber onde você se encontra, perplexos, indecisos sobre a atitude a tomar.

Após ouvir as palavras de Abrawīza, Šarrakān mergulhou em reflexões por alguns instantes, dizendo em seguida à jovem filha do rei Abrawīz: "Graças a Deus, que foi generoso comigo me fazendo encontrar você, e colocou a minha salvação e a minha integridade nas suas mãos. Não a tivesse encontrado, seria preso junto com todo o meu exército e meus companheiros. Contudo, separar-me de você é muito difícil, e não sei o que lhe sucederá quando eu partir. O que fazer?". Abrawīza respondeu: "Meu senhor, vá você até os soldados e conduza-

-os de volta ao seu país. E, se os emissários enviados pelo rei Afrīdūn estiverem com eles, prenda-os e não os solte até chegar à sua terra. Conduza-os à presença do seu pai e informe-o do ocorrido, e do que eles pretendiam fazer com você. Quanto a mim, não se preocupe. Daqui a três dias me prepararei e irei alcançá-lo. Só entre em Bagdá quando eu estiver com você. E não renuncie em hipótese alguma ao pacto existente entre nós". Em seguida, ela se despediu dele, beijou-o, abraçou-o e ambos choraram copiosamente a separação. Ele recitou:

Quando o adeus nos uniu, nossos corações
sofreram de infortúnio e amor; ela chorou
úmidas pérolas, e de meus olhos escorreu
cornalina, traçando-lhe no pescoço um colar.[60]

Disse o narrador: Depois da despedida, Šarrakān saiu da sua presença e do convento a fim de se dirigir a seu exército. Devolveram-lhe o cavalo, e ele montou e avançou até sair do convento; quando atravessava o bosque, divisou três cavaleiros ao longe e foi na direção deles, alerta. Ao se aproximarem, os cavaleiros, certificando-se de que se tratava de Šarrakān, apearam-se e foram recebê-lo. Ele então os reconheceu: era o vizir Darandān, acompanhado por dois comandantes; apeou-se, saudou-os e os informou de tudo quanto lhe sucedera com a jovem Abrawīza, filha do rei Abrawīz. O vizir Darandān disse: "Louvores a Deus, meu filho, por você estar bem". Šarrakān disse: "Vamos embora deste lugar, pois os emissários que estavam conosco já devem ter ido até o rei deles, Afrīdūn, avisá-lo da nossa chegada para que ele nos ataque". Então todos galoparam até a borda do vale, e, ao se aproximarem dos soldados, gritaram: "Vamos embora, marchem rápido, voltemos ao nosso país!". Todos marcharam por aquele vale, viajando pelo período de três dias sem ver ninguém. Continuaram a viagem por mais dez dias, em marcha acelerada, e assim se mantiveram por mais vinte e cinco dias, quando então se aproximaram dos limites do seu país. Foram recepcionados e hospedados, e a seus animais foi dada forragem. Puderam afinal descansar, pois já estavam em sua terra, sentindo-se em segurança. Permaneceram três dias naquele lugar, e depois partiram para sua cidade. Šarrakān ficou na retaguarda, acompanhado de cem cavaleiros, e ordenou ao vizir Darandān que avançasse com o restante do exército, o que foi feito.

[60] Note que as metáforas são semelhantes às de muita poesia do período dito barroco das letras ibéricas.

Quando o vizir já estava à distância de um dia, Šarrakān se dispôs a prosseguir viagem, e montou, juntamente com os cem cavaleiros, e avançaram cerca de duas farsangas,[61] entrando enfim num estreito entre duas montanhas. Foi então que avistaram uma poeira se levantando, e pararam os cavalos a fim de verificar o que ocorria; mal a poeira se dispersou, eles viram cem bravos cavaleiros. Šarrakān e seus companheiros os examinaram e eis que eram cristãos, que gritaram, dizendo: "Por Jesus Cristo, atingimos nosso objetivo e procura! Estávamos em seu encalço: desde que vocês saíram permanecemos em marcha forçada noite e dia, até que enfim os alcançamos e os surpreendemos neste estreito. Se acaso vocês descavalgarem, depuserem as suas armas e se entregarem sem luta, seremos generosos e lhes pouparemos a vida, mas se não aceitarem tal proposta nós os mataremos e aprisionaremos os seus líderes". Ao ouvir tais palavras, faíscas saltaram dos olhos de Šarrakān, e ele replicou: "Por Deus, seus cachorros, que vocês não merecem senão a morte! Atrevem-se a entrar em nosso país, o lugar que governamos, e aqui querem nos fazer guerra, em nossa própria terra? Como se isso não bastasse, ainda nos dirigem essas palavras injuriosas, supondo que escaparão das nossas mãos. Isso é absurdo e inconcebível! Por Deus que nunca os deixaremos retornar à sua terra! Morrerão e ninguém terá notícia de sua morte". Ato contínuo, Šarrakān gritou para os seus cem cavaleiros: "Acabem com esses cachorros! Eles estão no mesmo número que vocês. Um para um!", e, desembainhando a espada, arremeteu contra os cristãos, juntamente com seus companheiros. Os cristãos os combateram com o coração mais duro do que pedra: homens enfrentando homens, campeões contra campeões. A batalha se iniciou, os horrores se agigantaram, e a gritaria se avolumou. A guerra e a luta continuaram, com golpes de espada e de lança, até que o dia e sua luz desapareceram, e chegou a noite e sua escuridão, quando então ambos os exércitos se separaram.

Šarrakān se reuniu com os seus soldados, verificando que todos estavam bem, com exceção de quatro feridos. Šarrakān lhes disse: "Por Deus que nunca na minha vida, eu que sempre arrosto as dificuldades e enfrento toda espécie de homens, vi gente mais valente do que esses soldados cristãos". Então os seus acompanhantes e soldados

[61] "Farsanga" é o étimo português mais adequado para a medida árabe de origem persa *farsaḫ*, que equivale a cerca de seis quilômetros. Portanto, o avanço foi de doze quilômetros. Ainda a propósito de "farsanga", o termo é consignado no vetusto dicionário de Moraes. Encontramo-lo na primeira edição, de 1813, e na quinta, de 1858, ambas publicadas em Lisboa, e provavelmente consta de todas as suas outras edições. O termo "parasanga", que volta e meia é utilizado (o foi inclusive por nós nos outros volumes desta tradução), deveria ser definitivamente abolido e substituído pelo mais legítimo "farsanga".

disseram: "Ó rei, há entre eles um *ifranje*, seu comandante, que aplicou golpes certeiros e deu gritos aterrorizantes, mas evita nos atacar diretamente; se ele quisesse, mataria quem quer que o enfrentasse; aliás, poderia ter nos matado a todos, mas, assim que se via prestes a matar algum de nós, ele o abandonava". Ao ouvir tais palavras, Šarrakān ficou espantado com aquele cavaleiro e disse: "Amanhã cedo, vamos nos enfileirar diante deles e enfrentá-los. Eles são cem cavaleiros, e nós também. Pediremos o auxílio do Senhor dos céus". Firmado esse acordo, dormiram aquela noite.

Quanto aos *ifranjes*, eles se reuniram com o seu comandante e lhe disseram: "Hoje não alcançamos o nosso propósito contra os muçulmanos. Não pudemos com eles". O comandante disse: "Amanhã cedo vamos nos enfileirar diante deles e desafiá-los um atrás do outro". Firmado esse acordo, acenderam uma fogueira e foram dormir. Os dois grupos ficaram se vigiando até que bem amanheceu, quando então Šarrakān montou.

E o amanhecer alcançou Šahrazād, que parou de contar.

QUANDO FOI A NOITE

291ª

Disse Šahrazād:

Eu tive notícia, ó rei venturoso, de que, quando bem amanheceu, Šarrakān montou com os seus cem cavaleiros e se dirigiram à arena, onde encontraram os *ifranjes* já enfileirados para a luta, prontos para o combate e a contenda. Šarrakān se voltou para os seus companheiros e disse: "Vejam que os seus inimigos fizeram o mesmo que nós havíamos combinado esta noite. Eia, à luta!", e se enfrentaram um contra um. Então, um dos soldados de Šarrakān saiu, conduzindo seu cavalo para a arena,[62]

[62] Neste ponto, ocorre mais uma noite (neste caso, seria a 289ª, num claro erro de numeração), além de outro tipo de divisão, que anuncia uma nova "parte" ou "capítulo" (*juz'*), segmentação essa característica do ramo egípcio: "Capítulo oitavo das mil e uma noites". Tais divisões ocorrem igualmente no manuscrito Maillet, embora não nos mesmos lugares. Na abertura desta noite, dá-se voz a Dīnāzād, ao contrário do que se vinha fazendo até aqui: "Disse Dīnāzād à sua irmã Šahrazād: 'Por Deus, minha irmã, se você não estiver dormindo, conte-nos a história do que ocorreu ao filho do rei ᶜUmar Annuᶜmān, o qual se chama Šarrakān'. Esta é a noite 289ª. Disse Šahrazād:...". A partir deste ponto, a tradução poderá utilizar também o manuscrito de Tübingen, pois seu corpus antigo começa aqui, e sua letra é melhor que a do manuscrito Varsy.

e passou entre os dois grupos enfileirados. Eis que disse: "Existe alguém que me enfrentaria, alguém que me desafiaria, seus generais associacionistas?".[63]

Disse o narrador: Mal terminou de pronunciar essas palavras e já um cavaleiro *ifranje* surgiu na sua frente, inteiramente armado e com roupas de ouro, montado num cavalo cinza,[64] sem nenhum pelo nas faces. Conduziu o cavalo ao centro da arena e estacou, pondo-se então a lutar e a dar estocadas. Passados alguns momentos, o *ifranje* lhe deu um golpe com o lado cego da lança que o derrubou do cavalo, levando-o então prisioneiro e arrastando-o humilhado e acanalhado. Seus pares se alegraram e o impediram de regressar à arena, mandando outro em seu lugar. Do meio dos muçulmanos também surdiu outro soldado, que era irmão do aprisionado. Pararam e fizeram carga um contra o outro por pouco tempo. Novamente, o *ifranje* confundiu o muçulmano e o acertou com o lado cego da lança, levando-o também prisioneiro. E assim continuaram os muçulmanos saindo um por um e sendo derrotados e aprisionados pelos *ifranjes*, até que o dia partiu e chegou a noite: vinte muçulmanos haviam sido feitos prisioneiros.

Vendo a enormidade daquilo, Šarrakān reuniu os seus companheiros e disse: "O que é que nos está acontecendo?". E prosseguiu: "Por Deus que amanhã cedo serei eu, e nenhum outro, que desfilará pela arena e desafiará o comandante deles. Vou aprisioná-lo e ver quem motivou a entrada dele, e adverti-lo para que pare de nos mover guerra; se ele se recusar, combateremos, e se pedir a paz, aceitaremos". Concordaram e foram dormir. Quando amanheceu, os dois grupos montaram e se enfileiraram para a luta. Šarrakān fez tenção de entrar na arena a fim de desafiar os *ifranjes*, e eis que mais da metade deles se apeou, postando-se e depois caminhando na frente de um dos cavaleiros, até que ele chegou ao centro da arena, e eis que esse cavaleiro era o comandante deles, vestido com uma túnica de seda azul, nele resplandecendo como o plenilúnio quando surge, e sobre a roupa trazia uma cota de malha com pequenos botões semelhantes a olhos de rato,[65] nas mãos carregava uma espada indiana, montado num

[63] "Associacionistas" traduz *mušrikīn*, ofensa usada pelos muçulmanos para estigmatizar os cristãos como pessoas que associam algo ao Deus único. No fundo, trata-se de uma caracterização cujo propósito é negar o caráter estritamente monoteísta do cristianismo, diga-se assim.

[64] No manuscrito Maillet, acrescenta-se a seguinte descrição, com o objetivo de destacar a força do desafiante: "era um enorme vaso, ou então um pedaço de montanha, e Deus determinou prevenção com ele na luta".

[65] "Com botões semelhantes a olhos de rato" traduz *ḍayiqat al*ᶜ*idad ka-annahā* ᶜ*uyūn al-jirad*. Trata-se, também, de um jogo sonoro que busca a rima e a eufonia. Na verdade, não se encontrou o sentido dessa descrição em nenhum dicionário. Os "botões pequenos" não passam de ilação devida à comparação com os "olhos de rato". No manuscrito Maillet, lê-se *jārya*, "moça", em vez de *jirḏ*, "rato".

cavalo negro, esbelto e portentoso, com uma mancha na cabeça que parecia uma moeda de dirham. Já no centro da arena, aquele *ifranje* imberbe esporeou o cavalo e apontou para os muçulmanos, dizendo em língua árabe escorreita: "Ó Šarrakān, ó filho do rei ᶜUmar Annuᶜmān, ó conquistador de castelos e destruidor de países, vertedor de sangue, derrotador dos homens, corruptor da terra, venha combater o cavaleiro que ora o desafia! Você é o líder do seu grupo, e eu sou o líder do meu. Assim, o vencedor dentre nós ganhará a obediência do grupo do derrotado".

Disse o narrador: Mal terminara as suas palavras e já Šarrakān saía de suas fileiras, com o coração cheio de fúria; galopou e se postou diante do *ifranje* na arena, cercando-o como um leão encolerizado, enquanto o *ifranje* o enfrentava com habilidade e capacidade, e o golpeou como um leão. Tanto lutaram e trocaram estocadas, entre avanços e recuos mútuos, golpes e contragolpes, que pareciam duas montanhas se chocando, ou dois mares se encontrando, e continuaram a luta até que o dia partiu e a noite chegou, quando então se separaram.

Šarrakān se reuniu com seus companheiros e disse: "Eu jamais havia visto alguém lutar como esse cavaleiro. Notei-lhe características que ainda não notara em nenhum outro: quando tem a oportunidade de acertar o adversário em algum ponto fatal, ele vira a lança e golpeia com o lado cego. Não sei o que será de mim nem dele. O que eu gostaria mesmo é de ter no meu exército cavaleiros como esse *ifranje* e seus soldados". E, quando amanheceu, o primeiro a surdir na arena foi o *ifranje*. Assim que chegou ao centro, Šarrakān também apareceu e se lançou sobre ele; puseram-se a lutar, ampliando o espaço do enfrentamento, todos os pescoços se virando na direção em que estavam, [e assim permaneceram até que anoiteceu,][66] quando então se separaram e retornaram aos seus companheiros, cada qual contando o que vira no adversário. O *ifranje* disse aos seus soldados: "Amanhã vai ser o dia decisivo". E todos dormiram até que Deus fez amanhecer, quando então os dois montaram e fizeram carga um contra o outro.

E o amanhecer alcançou Šahrazād, que parou de contar.

[66] Trecho traduzido de Gayangos e Maillet.

QUANDO FOI A NOITE

292ª

Disse Šahrazād:

Eu tive notícia, ó rei venturoso, de que os dois fizeram carga um contra o outro e continuaram em violenta batalha até o meio-dia. O *ifranje*, ao tentar uma artimanha, esporeou o cavalo, que se balançou, tropeçou e o lançou ao solo. Šarrakān se atirou sobre ele com o propósito de golpeá-lo com a espada, receoso de que aquilo se prolongasse demasiado. Então o *ifranje* gritou com ele, dizendo: "Não é assim, Šarrakān, o verdadeiro proceder de um cavaleiro! Uma ação tão ignominiosa contra mulheres?".

Disse o narrador: Šarrakān ficou confuso ao compreender o sentido daquelas palavras. Aguçou a vista e eis que se tratava da rainha Abrawīza, filha do rei Abrawīz, com a qual sucedera tudo aquilo no convento! Ao reconhecê-la, jogou a espada e beijou o solo diante dela, dizendo: "O que a levou a fazer isso?". Ela respondeu: "Eu pretendia testar você no campo de batalha, e descobrir qual a sua categoria na guerra, e qual o seu grau de bravura como cavaleiro. Essas que você vê comigo são todas minhas criadas, mocinhas virgens, e derrotaram os seus soldados no fragor da luta. Não fosse o tropeço do meu cavalo, você veria minha força e capacidade na guerra".

Disse o narrador: Šarrakān sorriu e disse: "Minha senhora, eu sou o seu derrotado constante. Louvores a Deus por ter me encontrado com você, rainha do tempo". Em seguida, a rainha Abrawīza gritou para suas criadas que se apeassem após libertar os vinte soldados de Šarrakān que haviam sido aprisionados, e também as criadas beijaram o chão diante dele, que se voltou para elas e disse: "É de gente como vocês que os reis precisam nos momentos de dificuldade",[67] fazendo em seguida um sinal aos seus soldados, que se apearam todos e beijaram o solo diante da rainha Abrawīza, já cientes de toda a história. Em seguida, os duzentos cavaleiros montaram e avançaram pela noite adentro, caminhando por cerca de seis dias, após os quais enfim se aproximaram da cidade.

[67] Em Varsy e Tübingen, é Abrawīza quem diz isso às jovens. Em Maillet (e nas edições impressas), essa fala é de Šarrakān. Tendo em vista o posterior andamento da narrativa, parece mais coerente que tal fala seja de Šarrakān, e não de Abrawīza. Em Gayangos, é Abrawīza quem o diz, mas para o próprio Šarrakān.

Disse o narrador: Šarrakān determinou que Abrawīza e suas criadas tirassem os seus trajes *ifranjes* e vestissem trajes bizantinos.

Disse o narrador: E elas assim procederam. Em seguida, enviaram um grupo de seus companheiros para Bagdá a fim de avisar seu pai, o rei ᶜUmar Annuᶜmān, da chegada da rainha Abrawīza, filha do rei bizantino Abrawīz, e evitar que ele enviasse pessoas para receberem-na.

Disse o narrador: Eles saíram imediatamente, enquanto Šarrakān se apeava e dormia até o amanhecer. Quando amanheceu, Šarrakān, a rainha Abrawīza e todos quantos estavam com eles montaram, cavalgando até as portas da cidade, onde, subitamente, o vizir Darandān surgiu com mil cavaleiros, os quais, a um sinal do rei ᶜUmar Annuᶜmān, haviam saído para recepcioná-los: assim que se aproximaram, descavalgaram e beijaram o solo diante deles. Em seguida, tornaram a montar, colocaram-se à sua disposição e os acompanharam até que entraram na cidade, dirigindo-se ao palácio do rei. Šarrakān foi ter com o pai, que se levantou, abraçou-o e o indagou sobre o que sucedera. Šarrakān relatou o que a rainha Abrawīza, filha do rei Abrawīz, tinha lhe contado, bem como o que ocorrera entre ambos, como ela havia abandonado o seu reino e o seu pai, e escolhido "viajar conosco e ficar entre nós. O rei dos bizantinos pretende fazer alguma artimanha contra nós por causa de sua filha Ṣafiyya. O rei Abrawīz contou a Afrīdūn o sucedido com sua filha Ṣafiyya, e o motivo pelo qual a dera ao senhor, pois não sabia tratar-se da filha do rei Afrīdūn. Enfim, nós somente nos salvamos por causa desta jovem Abrawīza. Nunca vi alguém mais corajoso do que ela!". Em seguida, passou a contar-lhe o que lhe acontecera do começo ao fim, inclusive as lutas e os desafios entre ambos. Ouvindo aquilo, aquela mulher se agigantou aos olhos do rei ᶜUmar Annuᶜmān, pai de Šarrakān, e ele ansiou por vê-la. Então Šarrakān se retirou da presença do pai — que havia dispensado todo mundo, não restando ali senão os criados — e a jovem Abrawīza entrou, beijou o solo diante do rei ᶜUmar Annuᶜmān e lhe dirigiu as melhores palavras. Impressionado com a sua eloquência, o rei agradeceu o que ela fizera por seu filho, e ordenou que se sentasse, o que Abrawīza prontamente fez, também desvelando o rosto. Ao vê-la, o rei a aproximou de si, encantado com a sua beleza,[68] determinou que lhe destinassem um palácio, o que foi providenciado, e estabeleceu pensões e

[68] Trecho confuso em todos os manuscritos. Procurou-se uma leitura verossímil. Em Gayangos e Maillet, a atração do rei por Abrawīza é mais explícita.

regalias para ela e para suas criadas. Depois, passou a indagá-la sobre os três avelórios supramencionados. Ela respondeu: "Ei-los aqui nas suas mãos", beijou-os e os entregou ao rei. Depois retirou-se, levando junto o coração dele. Tão logo ela se retirou, ᶜUmar Annuᶜmān mandou chamar o filho e lhe deu um dos três avelórios. Šarrakān beijou a mão do pai. Deu o segundo para o seu outro filho, Ḍaw Almakān, e o terceiro para a sua filha, Nuzhat Azzamān,[69] irmã de Ḍaw Almakān.

Disse o narrador: Quando soube que tinha um irmão chamado Ḍaw Almakān — ele, que não sabia senão de sua irmã, Nuzhat Azzamān —, Šarrakān voltou-se para o pai e perguntou: "Ó rei, por acaso você tem outro filho homem além de mim?". O rei respondeu: "Sim. Ele está agora com seis anos". E o informou de que Ḍaw Almakān e sua irmã, Nuzhat Azzamān, haviam nascido durante o mesmo parto. Aquilo foi difícil de aceitar para Šarrakān, mas ele ocultou seu sentimento e disse ao pai: "Deus o abençoe"; o avelório chegou a cair de sua mão enquanto ele sacudia a roupa. O rei disse: "Vejo que o seu estado se alterou, embora você seja o senhor do reino depois de mim. Já fiz o exército jurar obediência a você e lhe dei um dos três avelórios". Šarrakān se conservou cabisbaixo, com vergonha de retrucar ao pai, e se retirou, mas tão encolerizado que nem sabia onde punha os pés; caminhou até entrar no palácio destinado à rainha Abrawīza, sendo por ela recebido ao chegar. Abrawīza agradeceu-lhe o que fizera e rogou por ele e por seu pai; depois, sentou-se e fê-lo sentar-se ao seu lado, só então percebendo a cólera em seu semblante.

E o amanhecer alcançou Šahrazād, que parou de contar.

[69] Neste ponto, Varsy e Tübingen trocam o nome da menina para *Nūr Almakān*, locução sinônima de *Ḍaw Almakān*: "luz do lugar". A tradução manteve o nome constante de todas as demais versões. Linhas adiante, intenta-se corrigir o nome da personagem para *Nūr Azzamān*, "luz do tempo". Isso e outros evidentes equívocos e incoerências do enredo (em passagens imediatamente anteriores, por exemplo, sugere que Šarrakān ficou com o pai durante a sua entrevista com Abrawīza, ou que ele jogou o avelório fora ao saber da existência de um irmão, o que é desmentido pelo posterior andamento da narrativa) evidenciam que o texto deste corpus provém de uma elaboração primitiva.

QUANDO FOI A NOITE

293ª

Disse Šahrazād:

Eu tive notícia, ó rei venturoso, de que a jovem, notando a cólera no semblante de Šarrakān, perguntou o motivo. Ele lhe relatou então que o seu pai, o rei ᶜUmar Annuᶜmān, fora por Ṣafiyya agraciado com um filho varão e uma filha, e que dera ao varão o nome de Ḍaw Almakān, e à fêmea o de Nuzhat Azzamān, e que lhes dera dois dos avelórios, "e deu o terceiro para mim. Mas eu até então não sabia disso, só fiquei sabendo neste momento. Não esconderei de você: fui acometido por uma grande cólera. E agora temo por você, temo que o meu pai queira desposá-la, pois ele ficou de olho em você. O que me diz disso?". Ela respondeu: "Saiba, Šarrakān, que seu pai não tem poder sobre mim, nem pode me desposar sem o meu consentimento. Se ele quiser me obrigar, eu me mato. Quanto aos avelórios, eu nem imaginava que ele os daria de presente a alguém; não supus senão que ele os acrescentaria ao seu tesouro, ou então os guardaria em seus depósitos. Mas eu gostaria, de sua generosidade, que você me presenteasse com esse avelório que o seu pai lhe deu". Šarrakān respondeu: "Ouço e obedeço", e lhe entregou o avelório. Ela disse: "Não tenha medo", e conversou com ele por algum tempo, após o que disse: "Meu único receio é que o meu pai ouça que estou aqui entre vocês e então resolva me buscar, firmando algum acordo com o rei Afrīdūn, por causa da filha dele, Ṣafiyya, e então venha atacá-los. Vai ser uma enorme confusão". Ao ouvir aquilo, Šarrakān disse: "Minha senhora, se você está satisfeita em ficar conosco, não pensemos neles, ainda que se juntem contra nós todos quantos vivem na terra e no mar". Ela disse: "Não ocorrerá senão o bem. Se me tratarem bem, ficarei com vocês, e se me tratarem mal, vou-me embora". Em seguida, ela ordenou às criadas que lhe trouxessem algo para comer, e então elas puseram a mesa; Šarrakān comeu bem pouquinho, após o que se retirou preocupado para os seus aposentos. Isso foi o que sucedeu a ele.

Quanto ao rei ᶜUmar Annuᶜmān, após a saída de seu filho Šarrakān, ele foi até sua concubina Ṣafiyya com os dois avelórios. Ao vê-lo, a mulher se pôs em pé, e, quando ele se sentou, ela trouxe os dois filhos, Ḍaw Almakān e sua irmã, Nuzhat Azzamān. ᶜUmar Annuᶜmān beijou-os e lhes amarrou os avelórios nos braços. Felizes, as crianças beijaram as mãos do pai e o chão diante dele, indo depois para a mãe, que, também feliz, rogou ao rei vida longa e permanência. Ele disse: "Durante esse tempo em que estamos juntos, você nunca me disse ser filha de rei. Se o tivesse feito, a trataríamos melhor ainda e elevaríamos a sua posição, deixando-a mais forte". Ao ouvir aquilo, a jovem Ṣafiyya respondeu: "E o que eu poderia querer mais do que isso, meu rei? Não existe posição mais forte do que a minha. Estou coberta por suas benesses e pelo bem que você me proporciona. E Deus me agraciou com dois filhos seus, macho e fêmea". Admirado com as palavras dela, ᶜUmar Annuᶜmān se retirou e mandou que colocassem à sua disposição, e das crianças, um palácio suntuoso, com serviçais e criados, bem como teólogos, sábios, astrólogos, a fim de que as crianças aprendessem teologia, sabedoria e coisas sobre o destino.[70] A todos recomendou as crianças, aumentou-lhes as pensões e ampliou extraordinariamente sua prodigalidade para com os dois filhos e a mãe deles; depois, retornou ao palácio de governo, onde julgava as contendas entre os súditos.

Enquanto isso, seu coração ardia em chamas pela rainha Abrawīza, filha do rei Abrawīz, fazendo-o pensar no amor por ela noite e dia; toda noite ele ia ter com ela para conversar e fazer alguma insinuação a respeito dos seus sentimentos. Ela nada respondia a tais menções, limitando-se a dizer: "Ó rei do tempo, não tenho interesse em homens",[71] o que fazia o seu sentimento crescer. Ordenou então que trouxessem o vizir Darandān à sua presença e revelou o que havia em seu coração de afeto pela rainha Abrawīza, filha do rei Abrawīz, contando ainda que ela não se submetia a seus desígnios,[72] ["e por isso, ministro Darandān, o amor por ela está me matando! Se eu não obtiver o que desejo dela, morrerei de tristeza e ninguém saberá o motivo". O vizir disse: "Essa questão é fácil. À noite, pegue um metical de narcótico de Creta, vá até ela e bebam vinho juntos. Quando terminarem, faça-a ingerir o narcótico, e assim que a droga penetrar em seu

[70] "Coisas sobre o destino" traduz uma palavra que foi lida, para manter a coerência com "astrólogos", como *ḥaẓẓ*, "sorte", "destino", mas que também poderia ser facilmente lida como *ḫaṭṭ*, "caligrafia". Trecho claramente lacunar em Varsy, sem correspondência direta em nenhum dos outros manuscritos. Em Maillet, cuja redação é aqui mais coerente, o rei providencia para as crianças "um teólogo para fazê-las ler [o Alcorão], sábios para lhes ensinar as várias espécies de decoro, sabedoria, poesias, saber e tudo quanto fosse necessário aos filhos de rei".

[71] Em Maillet, acrescenta-se: "Sou hóspede de vocês; portanto, dignifiquem-me até eu voltar ao meu país".

[72] Neste ponto, faltam duas páginas ao manuscrito Varsy. No século XIX, o então proprietário europeu do manuscrito, Jean Varsy, procurou remediar a lacuna acrescentando duas outras páginas copiadas por ele mesmo – provavelmente do manuscrito Maillet, à época já disponível na Biblioteca Nacional de Paris. Seja como for, o trecho entre colchetes foi traduzido com base na complementação de Jean Varsy, mas com apoio no manuscrito Gayangos, cujo texto neste ponto vinha sendo mais próximo do manuscrito Varsy.

estômago ela já estará entorpecida; então você poderá possuí-la, alcançar seu propósito e satisfazer seu desejo. Essa é a opinião que posso oferecer-lhe". ᶜUmar Annuᶜmān disse: "Excelente sugestão".

Disse o narrador: O rei foi até os seus depósitos, pegou meio metical de narcótico, escondeu-o consigo e esperou anoitecer, caminhando então até o palácio da rainha Abrawīza, que o recebeu de maneira respeitosa. Sentou-se, pediu que ela se sentasse e lhe falou a respeito de bebida. Abrawīza concordou, e ele ordenou que trouxessem bebida, a qual chegou prontamente. Puseram-se ambos a beber até a metade da noite, quando ele pegou a taça da rainha, jogou o narcótico na bebida e lhe ofereceu. Mal a droga chegou ao seu estômago e já os membros da jovem se amoleceram, seus braços se enfraqueceram e ela procurou sua cama, logo adormecendo.[73] Nesse momento, as criadas se dirigiram cada qual para a sua cama; o rei se retirou por alguns instantes, mas retornou rápido, encontrando-a deitada de costas, sem calças,[74] a túnica erguida acima dos peitos. Ao vê-la naquela situação — havia uma vela acesa na cabeceira da jovem, e outra aos seus pés —, o rei perdeu a cabeça e, sem fazer nada além de arrancar as calças, caiu em cima dela e lhe tirou a virgindade. Depois, levantou-se de cima dela e foi até uma de suas criadas, chamada Marjāna,[75] a quem disse: "Vá lá conversar com a sua patroa". A criada foi imediatamente até a rainha, e viu o sangue escorrendo dela, deitada de costas como se morta estivesse. A criada ajeitou-a, limpou o sangue e lavou-a.

Disse o narrador: Já era questão predeterminada e assunto predestinado que a semente do rei ᶜUmar Annuᶜmān crescesse em seu ventre e morasse em suas entranhas, isso porque assim Deus altíssimo o queria. Assim, passou-se aquela noite. Quando amanheceu, a criada a fez levantar-se, lavou-lhe o rosto, as mãos e os pés com água fresca, e ela vomitou o narcótico que a levara àquela prostração. Em seguida, lavou a boca e as mãos, e disse a Marjāna: "Conte-me o que me aconteceu, pois estou me sentindo alterada", e então a criada lhe relatou o estado em que a encontrara, e a rainha Abrawīza soube enfim que o rei ᶜUmar

[73] Na complementação copiada por Jean Varsy, bem como no manuscrito Maillet, sua provável fonte, a descrição dos preparativos para esse encontro é mais detalhada (o que foge às características do manuscrito Varsy, em geral mais lacônico): taças, panelas, lâmpadas, velas, perfumes, flores etc. Na verdade, a passagem, tal como está nesses manuscritos, induz a ver certa cumplicidade no comportamento de Abrawīza, o que contraria o andamento da narrativa no manuscrito Varsy, onde fica claro que ela fazia tudo a contragosto, premida pelas circunstâncias.
[74] Na complementação copiada por Jean Varsy, acrescenta-se: "que ela tirara antes de adormecer totalmente".
[75] *Marjāna* significa, literalmente, "coral".

Annu^c^mān havia urdido uma artimanha contra ela enquanto bebiam. Angustiada, permaneceu recolhida e disse às criadas: "Digam a quem quer que venha me ver: 'A rainha está doente, com alguma indisposição', até eu pensar no que farei". Após alguns dias, a notícia chegou ao rei ^c^Umar Annu^c^mān, que lhe mandou remédios e beberagens. Abrawīza permaneceu recolhida por um bom período. O fogo do rei ^c^Umar Annu^c^mān esfriara, sua paixão se apagara após havê-la possuído, e ele se desinteressou dela.

E se passaram dias e meses; a barriga de Abrawīza cresceu e a sua gravidez apareceu. A terra, apesar de toda a sua extensão, tornou-se pequena para ela, que disse a uma de suas criadas: "Marjāna, veja só o que fizeram comigo os reis muçulmanos. Mas note bem, eles não são opressores injustos; fui eu mesma que me oprimi e me injusticei ao expor a minha honra e abandonar minha família e meu país. Juro por Jesus Cristo, querida, passei a detestar a minha vida; estou quebrada, humilhada, nem sequer me restam forças para montar a cavalo. Assim que eu parir aqui nesta terra, ficarei exposta ao ridículo diante dos grandes e dos pequenos, diante de suas concubinas e de todos quantos vivem em seus palácios; vai se espalhar a notícia de que o rei ^c^Umar Annu^c^mān tirou a minha honra e me engravidou, mas ninguém saberá que ele o fez por meio de uma trapaça, à força; dirão, isso sim, que me entreguei a ele. Com que cara vou encontrar o meu pai quando eu voltar? Será como se diz no provérbio: 'Não trouxe lenha e ainda por cima voltou prenha'". Ao ouvir tais palavras, Marjāna disse: "Minha senhora, a questão está em suas mãos. Estou às ordens; aja como quiser". Abrawīza disse: "Minha vontade, Marjāna, é ir embora agora, sem que ninguém além de você saiba. Quero voltar ao meu país, à minha família, à minha gente, ao lugar onde me respeitam. Como se diz no provérbio, 'se a tua carne estragas, retorna às tuas plagas'. E que o meu pai aja como melhor lhe aprouver". Marjāna disse: "É o melhor a fazer".][76]

Durante alguns dias, Abrawīza se preparou para partir, mas manteve tudo em segredo. Esperou mais algum tempo, até que o rei ^c^Umar Annu^c^mān saísse numa expedição de caça,[77] e Šarrakān fosse passear numa praça-forte; então, dirigindo-se à sua criada Marjāna, disse: "Esta será a noite da viagem; partire-

[76] Retorna-se aqui ao manuscrito Varsy.

[77] "Expedição de caça" traduz *ṣayd wa qanṣ*, palavras praticamente sinônimas, ainda que a primeira também pudesse indicar "pesca", o que poderia justificar a tradução "caça e pesca", mas isso seria improvável em tais circunstâncias; na realidade, esse sintagma, *ṣayd wa qanṣ*, costuma indicar a prática da caça, sobretudo de gazelas, em espaços previamente delimitados (*ḥalaqat aṣṣayd*) para os quais os animais eram tangidos pelos próprios caçadores ou por seus ajudantes.

mos. Mas como vou fazer com aquilo que o destino predeterminou? Já senti que vou parir; a criança já quer sair. Se eu ficar por mais dois dias, vou dar à luz aqui, e não poderei voltar à minha terra, à minha família. Isso tudo está inscrito na minha testa".[78] Depois de refletir algum tempo, prosseguiu: "Marjāna, consiga para mim um homem que viaje conosco e um outro que nos sirva durante o trajeto. Eu já não tenho forças para portar armas". A criada disse: "Senhora, por Deus que não conheço aqui senão um escravo negro chamado Ġaḍbān,[79] que pertence a ᶜUmar Annuᶜmān; corajoso, é o encarregado da porta do nosso palácio, e tem ordem de nos servir. Nós o cumulamos de bons tratos e gentilezas. Irei até ele para falar deste assunto; vou prometer-lhe algum dinheiro e dizer: 'Se você quiser ficar conosco, prometemos casá-lo com quem você escolher das nossas criadas'. A sua coragem é espantosa, e ele me contou que, antes de servir aqui, era salteador de estrada. Se ele aceitar, teremos alcançado o nosso objetivo e chegaremos à nossa terra". Abrawīza disse: "Chame-o para conversar comigo". Marjāna respondeu: "Sim", e saiu para chamá-lo; gritou: "Ġaḍbān! Deus e o destino lhe trarão a felicidade se você aceitar a proposta que a minha patroa vai fazer". E, conduzindo-o pela mão, levou-o à presença de Abrawīza, cujas mãos o servo beijou. Com o coração repugnado ante a sua visão, a rainha pensou: "A necessidade tem lá seus imperativos". Voltando-se a ele, dirigiu-lhe a palavra, apesar da aversão: "Ġaḍbān, você pode nos ajudar contra os infortúnios do destino? Se eu lhe revelar um segredo, você o guardará?".

Disse o narrador: Ġaḍbān olhou para ela, que se apossara de sua mente e seu coração: ficara imediatamente apaixonado, e não lhe foi possível senão responder: "Minha senhora, dê-me as ordens que quiser e eu não me desviarei dos seus propósitos". Ela disse: "Quero que nesta noite você leve a mim e à minha escrava Marjāna, que nos traga dois dos cavalos do rei, colocando um saco de dinheiro em cada um deles, bem como um tanto de provisões. Você vai viajar conosco à nossa terra, e nos proteger de ataques durante o caminho. Quando chegarmos ao nosso país, se você quiser morar lá, vamos casá-lo com a criada que você desejar e escolher, e também iremos tratá-lo muito bem. Mas, se preferir voltar para a sua terra, nós lhe daremos prêmios e provisões". Ao ouvir tais palavras, Ġaḍbān ficou muito feliz.

E o amanhecer alcançou Šahrazād, que parou de contar.

[78] Em Maillet, "isso tudo está escrito há muito tempo". Trata-se da ideia do destino predeterminado desde sempre.
[79] *Ġaḍbān*, literalmente, "colérico".

QUANDO FOI A NOITE

294ª

Disse Šahrazād:

Eu tive notícia, ó rei venturoso, de que, ao ouvir tais palavras, Ġaḍbān ficou muito contente e disse: "Sim, minha senhora, eu a servirei com os olhos e o coração. Agora vou trazer-lhes os cavalos". Ela disse: "Vá", e ele pensou, contente: "Consegui o que eu pretendia! Se ela não se submeter, vou matá-la e roubar o seu dinheiro", e escondeu os seus propósitos. Preparou três cavalos, montando ele em um, a rainha em outro e Marjāna em outro; também levou consigo seus equipamentos e armas, e avançaram no meio da noite. Como Abrawīza, incapaz de se controlar, sentia-se mal por causa da gravidez e do parto iminente, transida pelas dores, Ġaḍbān tomou-lhe as rédeas do cavalo, com Marjāna atrás. Foi nesse estado que prosseguiram a viagem, no dorso dos animais, por dias e noites, até que, não restando senão um único dia para chegarem à terra da rainha, ela, sem conseguir mais segurar o momento do parto, disse: "Faça-me descavalgar, Ġaḍbān, pois chegou a hora de dar à luz". E, gritando por Marjāna, disse: "Descavalgue, fique ao meu pé e me ajude a parir".

Disse o narrador: Então Marjāna descavalgou, bem como Ġaḍbān, que amarrou as rédeas de seu cavalo. Abrawīza descavalgou, e então o demônio apareceu diante da cara de Ġaḍbān, que a deitou ao solo — ela estava quase desmaiada por causa das dores do parto — e, apontando-lhe a espada, disse: "Minha senhora, tenha misericórdia de mim e deixe-me possuí-la". Ao ouvir tais palavras, ela se voltou para ele e pensou: "Só me faltava ser assediada por escravos após eu ter rechaçado reis valorosos! Vou aceitar agora escravos?". Depois disse: "Ai de você! Que conversa é essa? Ai de você! Não faremos nada do que você está propondo, nem que eu seja obrigada a beber da taça damorte!". E continuou, aos prantos: "Saiba que o parto está para acontecer. Espere até eu dar à luz; vou me ajeitar e ficar livre desse feto; aí então faça de mim o que quiser.[80] Deixarei este mundo e me livrarei de todo esse sofrimento". Em seguida, chorou mais e passou a recitar:

[80] Neste ponto, no manuscrito Maillet, encerra-se "a sétima parte" do livro, iniciando-se a oitava na página seguinte. A divisão em partes ou capítulos, como se observou alhures, é característica do ramo egípcio do livro.

Ġaḍbān, deixa-me com o que já me basta!
Após a segurança, minha sorte ora se afasta!
O meu senhor me alertou contra a fornicação,
e disse: "O destino dos fornicadores é a danação"
Tu, miserável, me enxergas como uma rameira!
Não temes que teu Deus veja como é tua maneira?
Se não fores embora nem me deixares em paz,
darei um grito com toda a fúria de que sou capaz,
e aproximarei quem está longe e quem está perto,
pois já estou no país do meu pai, não num deserto;
Se nem retalhada em postas deixaria alguém me tocar,
muito menos um escravo filho da puta eu vou deixar.[81]

Ao ouvir aquilo, Ġaḍbān ficou irado, esticou os beiços, inflou as narinas e recitou o seguinte:

Deixa-me em paz, Abrawīza, acabou a paciência!
A paixão por ti exacerbou a minha sofrência;
meu corpo se esfalfa, já chega de ser passivo,
anseio por teu corpo, da tua sedução estou cativo;
minha razão se afasta, e a atração se aproxima;
quem dera tu ficasses com quem o amor vitima;
o fato é que eu só te ajudei a fugir naquela hora
para poder satisfazer o meu desejo aqui e agora.

Disse o narrador: Ao ouvir aquilo, a rainha Abrawīza chorou e disse: "Ai de você! Uma pessoa do seu nível se atreve a falar comigo dessa maneira, seu escravo filho da puta, criado na indecência? Você acha que todo mundo é igual?". Ao ouvir tais palavras, aquele escravo nojento se encolerizou e puxou a espada, avançando na direção dela e ameaçando agredi-la. Nesse momento, a bolsa se rompeu e ela se acocorou, pondo-se a gritar para a sua criada que a balançasse, e eis que uma poeira voou na direção deles, e então, assustado e temeroso por sua

[81] Essa poesia encontra-se deveras desconfigurada no manuscrito Varsy. A tradução se viu forçada a lançar mão dos manuscritos Gayangos e Maillet para constituir um texto minimamente aceitável. As mesmas palavras valem para a próxima poesia, e, na verdade, para a maioria das poesias da presente narrativa.

vida, o escravo a golpeou com a espada e a matou, escapulindo em seguida na direção da montanha e levando consigo os dois alforjes de dinheiro.

Isso foi o que se deu com o escravo Ġaḍbān. Quanto à rainha Abrawīza, ela deu à luz um varão que, com a permissão de Deus, mamou de seus seios, mesmo com ela morta. Quanto à criada Marjāna, ela começou a berrar, rasgou as roupas, jogou terra sobre a cabeça e se estapeou no próprio rosto até sangrar, aos gritos: "Oh, minha querida, você foi morta pelas mãos de um escravo canalha! E isso apesar de toda a sua bravura!". E continuou chorando até que a poeira se dispersou, e surgiu por debaixo dela um enorme exército, o exército do rei Abrawīz, pai da assassinada rainha Abrawīza. E eis como isso se deu: quando soube que a sua filha fugira com as criadas para Bagdá, e que ela estava com o rei ᶜUmar Annuᶜmān, ele saiu com todos quantos conseguiu juntar em busca de notícias, e a informação lhe foi confirmada por alguns viajantes que a viram com o rei ᶜUmar Annuᶜmān, conforme ele ouvira; então Abrawīz saiu, até ficar à distância de um dia do seu país, e, avistando ao longe três cavaleiros, saiu-lhes no encalço a fim de indagá-los de onde haviam vindo e, quiçá, obter alguma notícia de sua filha. Esses três cavaleiros eram justamente sua filha, sua criada e o escravo Ġaḍbān. Quando as tropas estavam chegando perto, o escravo, temeroso por sua vida, matou-a e escapou.

E o amanhecer alcançou Šahrazād, que parou de contar.

QUANDO FOI A NOITE

295ª

Disse Šahrazād:

Eu tive notícia, ó rei venturoso, de que, quando o rei Abrawīz os alcançou, o escravo, temendo pela própria vida, matou Abrawīza e fugiu. Assim, ao chegar, o rei Abrawīz divisou uma jovem morta e outra chorando;[82] avançou um pouco para investigar e, vendo a jovem morta, certificou-se de que se tratava de sua filha. Atirou-se então do cavalo sobre ela, e caiu no chão desmaiado. Todos

[82] Nos manuscritos Maillet, Gayangos e Tübingen, o rei divisa três pessoas: além da sua filha e da criada, o escravo Ġaḍbān. Como os três manuscritos coincidem nisso, talvez falte algo no manuscrito Varsy.

quantos o acompanhavam descavalgaram, comandantes e vizires, e imediatamente montaram suas tendas, bem como a tenda redonda do rei, diante da qual se postaram os principais do reino. Percebendo a presença de seu senhor, o choro de Marjāna aumentou; ao acordar, o rei olhou para Marjāna, indagou-a a respeito, e ela o informou da história, "e quem a matou foi um escravo negro do rei ᶜUmar Annuᶜmān", e lhe contou a respeito desse rei, e de como ele a narcotizara e fizera tudo aquilo com ela.

Disse o narrador: Ao ouvir o relato, o mundo se escureceu diante dos olhos do rei Abrawīz, que chorou, arrancou as barbas, atirou sua coroa ao solo e tornou a chorar, e com ele todo o exército chorou; depois ordenou que a transportassem numa maca, e então a carregaram e a conduziram para a cidade de Cesareia, onde Abrawīz foi ter com sua mãe, Ḏāt Addawāhī: "Os muçulmanos corromperam a minha filha, e o rei ᶜUmar Annuᶜmān a possuiu à força. E, depois disso tudo, um dos seus escravos negros a matou. Juro por Jesus Cristo que é imperioso me vingar dele e limpar essa infâmia; caso contrário, vou me matar com minhas próprias mãos", e chorou. Embora intimamente ela estivesse satisfeita com a morte de Abrawīza, pois a detestava, Ḏāt Addawāhī disse ao rei: "Não fique aflito para tomar vingança, meu filho. Juro por Jesus Cristo que não deixarei esse rei ᶜUmar Annuᶜmān em paz até matá-lo, bem como aos seus filhos. Farei, inclusive, coisas que nem mesmo os homens e os mais bravos cavaleiros seriam capazes de fazer, e que serão comentadas em tudo quanto é quadrante e lugar". E prosseguiu: "Ajude-me no que pretendo fazer". [Ele disse: "Sim".][83] Ela disse: "Dê-me jovens de seios formados, virgens, e também os melhores sábios deste nosso tempo. Faça esses sábios ensinarem essas moças: sabedoria, decoro, eloquência e conversa de reis, recepção, poesia, e que elas aprendam a falar de sapiência e de admoestação; que tais sábios sejam muçulmanos, a fim de que lhes ensinem também as notícias sobre os árabes, a história dos califas e as notícias dos reis pretéritos do islã. Mesmo que isso demore quatro anos, tenha paciência, pois alguns árabes dizem: 'Mesmo que a vingança só venha após quarenta anos passados, ainda assim teremos sido apressados'. Se conseguirmos adestrar essas moças, teremos o que quisermos do nosso inimigo, pois ele é viciado em mulheres, tem trezentas e sessenta concubinas, que aumentaram em cem com as criadas da sua falecida filha. Assim, quando essas garotas das quais lhe falei tiverem completado o aprendizado, eu

[83] Trecho confuso, no qual não fica claro quem fala. A frase entre colchetes é do manuscrito Maillet.

viajarei com elas até o rei ᶜUmar Annuᶜmān e as oferecerei a ele, preparando então uma artimanha para liquidá-lo, bem como aos seus filhos".

Disse o narrador: Ao ouvir aquilo de sua mãe, Abrawīz ficou contente, beijou-lhe a cabeça e, ato contínuo, enviou emissários e viajantes que lhe trouxeram, das partes mais recônditas de seu reino, sábios muçulmanos, para os quais ele deu trajes honoríficos e estipulou salários, estipêndios e prêmios, prometendo-lhes muito dinheiro se eles adestrassem as moças a ser escolhidas. Eles beijaram a mão do rei, acataram as suas determinações e, então, Abrawīz lhes escolheu as moças e as colocou diante deles.

Isso foi o que aconteceu com eles. Quanto ao rei ᶜUmar Annuᶜmān, ele, ao retornar da caçada, dirigiu-se a seu palácio e procurou pela jovem Abrawīza, mas dela não encontrou notícia. Considerando aquilo muito grave, mandou chamar seu filho Šarrakān, mas lhe disseram: "Foi passear em uma fortaleza", e também aquilo o rei considerou muito grave; pensou: "Como é que uma jovem sai dos meus domínios sem que ninguém saiba? Todo o meu reino está nesta situação, com os interesses perdidos e sem nada que o regule! Nunca mais sairei para a caça sem deixar nos portões alguém que os vigie". Em seguida, ainda com o peito opresso pela partida de Abrawīza, mandou chamar os sábios que estavam com as suas concubinas, aos quais ele instruíra que lhes ensinassem os filhos,[84] e para os quais estipulara salários. Estando ele nessa condição, eis que seu filho Šarrakān chegou de viagem. O rei o deixou a par do ocorrido, ou seja, de que Abrawīza fugira enquanto ele caçava, e o rapaz foi tomado por intensa amargura.[85]

O rei ᶜUmar Annuᶜmān passou a inspecionar diariamente os seus filhos Ḍaw Almakān e Nuzhat Azzamān, sua irmã, dignificando-os e dignificando os sábios que lhes ministravam ensino, para os quais, aliás, ele estipulara salários e estipêndios, recomendando-lhes enfaticamente as duas crianças. Toda vez que via o pai agindo assim com seus irmãos, Šarrakān era acometido por grande inveja.

E o amanhecer alcançou Šahrazād, que parou de contar.

[84] Trecho pouco coerente, uma vez que, além de Šarrakān, o rei tem apenas outros dois filhos, ambos da mesma mulher, Ṣafiyya, o que torna sem sentido a presença de sábios "com as suas concubinas". Gayangos apresenta redação semelhante e, em Maillet, a passagem é omitida.

[85] No manuscrito Maillet, colocam-se as seguintes palavras na boca de Šarrakān: "Ai, meu pai, uma jovem como essa, filha de um rei bizantino que descuidou dela! [*ou*: filha de um rei bizantino, não deveríamos ter descuidado dela!] Por Deus, meu pai, que como amazona ela era mais corajosa do que eu, e me superava na [*ou*: me ensinou a] luta grega".

QUANDO FOI A NOITE

296ª

Disse Šahrazād:

Eu tive notícia, ó rei venturoso, de que Šarrakān era acometido por grande inveja quando via o pai agindo daquele modo com seus irmãos, a tal ponto que, certo dia, o pai lhe disse: "Por que vejo o teu corpo cada dia mais esquálido e o teu rosto cada dia mais pálido?". Šarrakān respondeu: "Saiba, papai, que, quando o vejo aproximar meus irmãos, dignificando-os e dando-lhes tratamento generoso, minha mente se transtorna por causa deles; temo que, em meu íntimo, a inveja cresça a ponto de eu matá-los, e então você me mate por eu os haver matado. Contudo, eu desejo que a sua generosidade me conceda uma fortaleza na qual eu me estabeleça pelo resto da vida, pois o provérbio corrente diz 'ficar distante de vocês[86] é melhor e mais belo: olhos que não veem, coração que não se entristece'". Em seguida, conservou-se cabisbaixo. Ao compreender as palavras de seu filho, o rei percebeu o quanto ele estava amargurado, e lhe beijou a cabeça, dizendo: "Sim, eu lhe concedo esse pedido. Na vastidão do meu império não existe cidade maior que Damasco, e faço dela o seu reino".[87] Para expedir a concessão, mandou chamar os escribas e lhes determinou que redigissem a nomeação de seu filho Šarrakān, concedendo-lhe o governo da Síria. Então ela foi escrita, prepararam-no e o rei fez o vizir Darandān viajar com ele. Recomendou o reino, os súditos e o governo ao filho, tornando-o o líder; depois de se despedir de todos — seu pai, os vizires, os maiorais do reino —, Šarrakān avançou até entrar em Damasco, onde se tocaram tambores e trombetas,[88] e o reino foi enfeitado. Šarrakān distribuiu trajes honoríficos e presentes; a felicidade se tornou verdade, e o bem-estar se tornou realidade. Isso foi o que sucedeu a Šarrakān.

Quanto a ᶜUmar Annuᶜmān,[89] os sábios foram até ele após a partida de Šar-

[86] Em Maillet e Gayangos, consta "do meu amor", o que talvez seja mais adequado.

[87] Nas outras versões, acrescentam-se conselhos genéricos sobre a arte de governar.

[88] Neste ponto, faz-se referência a um terceiro instrumento musical, chamado *šāwīšiyyāt* (salvo erro de cópia), que não aparece em nenhuma outra fonte, e cujo significado não foi possível descobrir.

[89] A partir daqui, será possível utilizar com maior constância o manuscrito Tübingen. Como se trata de uma fonte da mesma importância do manuscrito Varsy – são da mesma época e copiados no mesmo lugar (leia o posfácio) –, raramente serão citadas as exíguas diferenças entre um e outro.

rakān e lhe disseram: "Amo, os seus filhos completaram o aprendizado da sabedoria, do decoro e do pudor". O rei mandou chamá-los imediatamente e os indagou sobre alguns assuntos, e eles lhe responderam bem, deixando-o tão contente que distribuiu mais benesses aos sábios.

Ḍaw Almakān cresceu e se desenvolveu, e aos doze anos,[90] pouco mais ou menos, já montava a cavalo. Tornou-se um rapaz preocupado com a religião e a adoração a Deus; gostava de pobres e desvalidos, bem como de sábios, e o povo da cidade passou a amá-lo, tanto mulheres como homens.

Certo dia, passou por lá a caravana iraquiana que iria peregrinar a Meca a fim de visitar o túmulo do profeta, e, desejoso de também peregrinar, Ḍaw Almakān pediu permissão ao pai para ir junto, mas ele o proibiu, dizendo: "Tenha paciência até o próximo ano e nós iremos juntos".

Disse o narrador: Quando percebeu que aquilo ainda iria demorar, Ḍaw Almakān foi ter com sua irmã, Nuzhat Azzamān, a quem encontrou rezando. Assim que ela terminou, ele disse: "Maninha, estou morto de vontade de fazer a peregrinação à sagrada casa de Deus e visitar o túmulo do profeta, que a paz esteja sobre ele, e já entendi que o rei não me permitirá viajar este ano. Mas o meu plano é pegar um pouco de dinheiro e me juntar esta noite, em segredo, à caravana de peregrinos, sem que o meu pai saiba nada disso". Ao ouvir aquilo, Nuzhat Azzamān disse: "Por Deus, meu irmão, é imperioso que você me leve junto e me faça sua companheira de viagem. Não me impeça de visitar o profeta, a paz esteja com ele!". Ḍaw Almakān respondeu: "Com muito gosto e honra!", e saiu para alugar camelos, retornando em seguida à irmã, a quem disse: "Ao escurecer, saia sem comunicar a ninguém". Ela disse: "Ouço e obedeço". Quando a noite já ia ao meio, Nuzhat Azzamān recolheu algum dinheiro, vestiu trajes masculinos — estava então com quinze anos — e caminhou até chegar à porta do palácio, onde encontrou seu irmão, que já encilhara os camelos, e montaram ambos, avançando pela noite afora, misturados aos peregrinos, até ficarem no meio da caravana iraquiana. Viajaram dias e noites, e Deus escreveu que a viagem chegaria a bom termo. Entraram na honrada cidade de Meca, pararam dian-

[90] Por um problema de má leitura relacionado à passagem logo adiante sobre a idade de Nuzhat Azzamān, os manuscritos Gayangos e Maillet, bem como as edições impressas, trazem "catorze anos", na suposição de que houvesse algum erro. Mas quem fez essa correção não percebeu que, apesar das poucas linhas que separam a menção aos "doze anos" da menção aos "quinze anos", o trecho quer produzir intensidade para mimetizar a passagem do tempo.

te do monte ᶜArafa e cumpriram as outras partes do ritual,[91] indo depois visitar o túmulo do profeta, a paz esteja com ele. Quando terminaram, fizeram tenção de retornar à sua terra com os peregrinos, mas Ḍaw Almakān sugeriu: "Mana, estou com vontade de mais uma coisa: visitar a honrada Jerusalém, bem como Hebron, terra do amado Abrahão, a paz esteja com ele". Ela disse: "Eu também". Então Ḍaw Almakān saiu e, entre os que faziam a peregrinação a Jerusalém, alugou montarias para ambos, e se aprontaram para a viagem. Naquela noite, no entanto, Ḍaw Almakān foi atingido por uma friagem e seu estado de saúde piorou tanto que a irmã se pôs a consolá-lo e a distraí-lo daquela doença.[92] Continuaram avançando até Jerusalém, com Ḍaw Almakān já bem fraco. Hospedaram-se num albergue, alugando um de seus quartos, enquanto o estado do rapaz só fazia piorar; chegou ao ponto de perder a consciência e parou de falar. A irmã chorou por ele, dizendo: "Não existe força e poderio senão em Deus altíssimo e poderoso, e foi isso que ele decidiu". Nesse momento, o cameleiro, após ter recebido sua paga, foi-se embora, deixando-os sozinhos naquele albergue. O estado do rapaz se agravara, e a irmã cuidou dele até que todo o dinheiro de que dispunham se esgotou; empobreceram, não lhes sobrando uma única moeda, e isso lhes aumentou as preocupações. Chamou um empregado do albergue e o mandou vender algumas de suas roupas, usando o dinheiro obtido para tratar o irmão, até que a penúria não lhe deixou senão um tapete em trapos, e Nuzhat Azzamān chorou, dizendo: "A questão pertence a Deus, tanto o antes como o depois". Ḍaw Almakān disse: "Minha irmã, estou me sentindo um pouco melhor, e me deu vontade de comer um pouco de carne assada, mas estamos sem nada e não tenho coragem de pedir esmola. Por isso, meu plano é amanhã entrar na casa de alguém e servir como empregado, pois assim teremos algo para comer". Ela disse: "Para mim é muito difícil deixar você sair nesse estado".

E o amanhecer alcançou Šahrazād, que parou de contar.

[91] Parar diante do monte ᶜArafa, em Meca, é a parte inicial do ritual de peregrinação. A locução "partes do ritual" traduz *manāsik*, que é o que consta no manuscrito de Tübingen; no de Varsy, consta *maṣāliḥ*, "interesses". O fato de existir uma discrepância de tal monta em dois manuscritos copiados da mesma fonte constitui mais uma evidência do que já foi chamado de "distração do copista". Neste caso, a lógica impunha traduzir Tübingen, e não Varsy, já que os irmãos faziam uma peregrinação religiosa. Ademais, *manāsik* é o que consta também dos manuscritos Maillet e Gayangos. O túmulo do profeta, para o qual eles se dirigirão em seguida, fica na cidade de Medina, a quatrocentos quilômetros de Meca.

[92] Esta passagem está confusa nos cinco manuscritos, o que evidencia tratar-se de uma falha que remonta ao original comum de todos eles. Nas edições impressas tal passagem foi reescrita, fazendo com que a irmã primeiro adoeça e sare, mas transmita a doença para o irmão. Não é uma solução convincente.

297ª

Disse Šahrazād:

Eu tive notícia, ó rei venturoso, de que a jovem disse ao irmão: "Para mim é muito difícil deixar você sair nesse estado. Assim, quem vai fazer isso sou eu". Ele disse: "Depois de ter tido tanto poder, você agora vai se humilhar! Não existe força nem poderio senão em Deus altíssimo e poderoso", e choraram ambos. Ela disse: "Irmão, aqui somos meros forasteiros. Mesmo que se passe um ano inteiro, ninguém baterá à nossa porta. Só o que temos pela frente é morrer de fome. Deixe-me sair para servir como empregada; assim, poderei ir lhe trazendo algo para comer, até que você se cure dessa fraqueza e viajemos para a nossa terra", e se pôs a chorar por algum tempo, após o que cobriu a cabeça com um albornoz em trapos que o cameleiro ali esquecera, beijou a cabeça do irmão e saiu em prantos, sem saber que rumo tomar. Ausentou-se e quando anoiteceu ainda não havia retornado; ele a esperou até o amanhecer e nada... E ausente ela continuou por dois dias. Considerando aquilo muito difícil, Ḍaw Almakān rastejou até sair do quarto e gritou pelo empregado do albergue, pedindo-lhe: "Será que você me carregaria até o mercado?". O rapaz respondeu: "Sim", e o carregou até o mercado, onde a população de Jerusalém se aglomerou ao seu redor, chorando ao vê-lo naquele estado. Por sinais, ele pediu algo para comer, e então recolheram algumas moedas no próprio mercado, compraram um pouco de comida e o alimentaram. Carregaram-no e o colocaram numa loja, estendendo debaixo dele um pedaço de esteira e pondo à sua cabeceira uma moringa d'água. Ao anoitecer, as pessoas foram embora, cheias de preocupação com o seu estado.

No meio da noite, ele se lembrou de sua irmã, Nuzhat Azzamān, o que lhe aumentou a debilidade: parou de comer e beber e perdeu a consciência. As pessoas no mercado então recolheram, junto aos mercadores, trinta dirhams de prata e lhe alugaram um cameleiro, a quem disseram: "Leve este rapaz até Damasco e conduza-o ao hospital para ser tratado pelos médicos". Após conduzi-lo por algum tempo, o cameleiro pensou: "De que adianta levá-lo se já está quase morto?", e, desviando-se para um local isolado, ali se escondeu até o anoitecer, quando então pegou o rapaz e o jogou num monturo de lixo, ao lado do forno de uma casa de banho[93] situada numa das ruelas de Jerusalém, e depois tomou o seu rumo.

Pela manhã, o foguista encarregado de acender o forno da casa de banho chegou e encontrou Ḍaw Almakān, filho de ᶜUmar Annuᶜmān, jogado de costas, e então foi até ele e disse: "Não acharam de jogar este morto senão aqui?", e o chutou. Ele se mexeu. O foguista disse: "Vocês engolem lá a sua porcaria de haxixe[94] e depois se atiram em qualquer lugar". Mas, ao observar-lhe o rosto, notou que se tratava de um rapaz ainda imberbe, belo e esplendoroso, e foi invadido pela piedade ao constatar que se tratava de um forasteiro, e que ainda por cima estava doente. Disse: "Não existe força nem poderio senão em Deus altíssimo e poderoso! Cometi um pecado contra esse garoto. O profeta recomendou que o estrangeiro seja dignificado, em especial se estiver doente". Assim, carregou-o e o levou para casa, mostrando-o à sua mulher, a quem pediu que cuidasse dele, e que lhe ajeitasse um lugar para dormir. A mulher esvaziou um cômodo, estendeu-lhe um pedaço de tapete de tecido e outro de couro, colocou uma almofada debaixo da sua cabeça e esquentou água para lhe lavar o rosto, as mãos e os pés; enquanto isso, o foguista foi ao mercado e voltou trazendo um pouco de açúcar e água de rosas, que espargiu no rosto do rapaz, dando-lhe o açúcar para beber após recostá-lo na almofada e vesti-lo com uma camisa limpa. O rapaz recuperou um pouco as forças, alegrando o coração do foguista, que disse: "Deus seja louvado. Ó Deus, eu lhe peço, em seus desígnios ocultos, que a vida desse rapaz seja salva pelas minhas mãos", e durante três dias lhe deu açúcar, água de rosas e água de nenúfar, até que enfim ele abriu os olhos. O foguista foi até onde ele dormia e perguntou: "Como você está agora?". O jovem respondeu: "Bem, graças a Deus".

Disse o narrador: O foguista agradeceu a Deus altíssimo, foi até o mercado e comprou dez frangos, levando-os para a sua mulher, a quem disse: "Sacrifique dois frangos por dia, um pela manhã e outro no fim do dia, e faça-o comer". Então ela matou um frango, cozinhou-o, levou-o para o rapaz, desfiou-o e o fez comer o frango e beber o caldo. Tão logo ele terminou, ela lhe ofereceu uma bacia limpa e

[93] "Casa de banho" traduz *ḥammām*, espécie de banho público muito comum no mundo muçulmano.

[94] Como não poderia deixar de ser, o tema do consumo de haxixe estava presente no imaginário árabe, e várias obras foram compostas a respeito no período mameluco, associando, como seria inevitável, o consumo dessa substância à glutoneria, aos delírios e ao infortúnio. Essa difusão de obras indica também a popularização e o aumento no consumo, e parece que inúmeros poetas escreveram versos sob a sua inspiração. Isso explica, como o leitor não deixará de notar, não só as referências ao haxixe e a incorporação, mais adiante, de uma história encaixada sobre o tema, mas também a recorrência do uso de narcotizantes no decorrer das histórias.

bonita e lavou as suas mãos; o rapaz se estendeu, ela o cobriu com um lençol e ele dormiu até a chamada para as orações da tarde, quando então a mulher lhe cozinhou outro frango, levou até o rapaz, desfiou e disse: "Coma, meu filho". Enquanto ele comia, eis que o marido chegou e a encontrou desfiando o frango e dando para o rapaz comer; sentou-se à sua cabeceira e perguntou: "E agora, como você está?". Ḍaw Almakān respondeu: "Graças a Deus. Que Deus o recompense com todo o bem por isso que está fazendo por mim". Muito contente, o foguista voltou ao mercado e lhe comprou bebidas, água de flores egípcias[95] e água de nenúfar, deu-lhe de beber e disse à mulher: "Cozinhe-lhe um frango", e ela obedeceu. Quando terminou, o foguista foi até o rapaz, colocou-o sentado, trinchou o frango e o fez comer. Recebendo diariamente da casa de banho o valor de cinco dirhams de prata, o foguista gastava um dirham com açúcar, água de flores egípcias e água de nenúfar, e um dirham com frango, só para cuidar de Ḍaw Almakān. Continuou nessa situação por cerca de um mês, gastando com ele, até que Deus lhe restabeleceu a saúde, deixando felizes o foguista e a sua mulher. O foguista então se voltou para o rapaz e lhe disse: "Gostaria de ir comigo até a casa de banho?".

E o amanhecer alcançou Šahrazād, que parou de contar.

QUANDO FOI A NOITE

298ª

Disse Šahrazād:

Eu tive notícia, ó rei venturoso, de que o foguista perguntou a Ḍaw Almakān: "Você gostaria, meu irmão, de ir comigo até a casa de banho?". O rapaz respondeu: "Ouço e obedeço, faça como quiser". O foguista se dirigiu até o dono da casa de banho e lhe disse: "Patrão, eu tenho um irmão de fora que chegou aqui doente, mas agora se restabeleceu. Eu gostaria de trazê-lo até a casa de banho, e por isso lhe peço que providencie um espaço reservado para que ele se banhe". O dono do banho

[95] "Água de flores egípcias" traduz *mā' ḫilāf*: "líquido perfumado que se extrai das flores do solo egípcio" (R. Dozy, *Supplément aux dictionnaires arabes*. Beirute, 1991 [reimpressão de Leiden, 1881]).

disse: "O local é seu e está nas suas mãos". O foguista agradeceu, voltou para casa, colocou Ḍaw Almakān num burro e o conduziu até o banho, onde o fez sentar-se, pôs carvão no forno, foi até o mercado, comprou jujuba e sabão em pó e, voltando ao banho, disse a Ḍaw Almakān: "Meu senhor, levante-se, em nome de Deus". Conduziu-o pela mão até a porta de entrada, tirou-lhe as roupas, despiu-se, pendurou tudo no gancho, entrou com Ḍaw Almakān, massageou-lhe os pés, pôs-se a banhá-lo com a jujuba e o sabão em pó e lhe disse: "Graças a Deus que a recuperação da sua saúde se deu pelas minhas mãos". Ḍaw Almakān, filho de ^{c}Umar Annu^{c}mān, disse: "Que Deus bem o recompense por mim, meu irmão!".

Enquanto ele banhava Ḍaw Almakān, eis que chegou um banhista[96] enviado pelo dono do estabelecimento para banhar o rapaz. Ao ver o foguista exercendo uma função que era dele, o banhista se sentiu incomodado e disse: "Mas isso é um desrespeito aos direitos do patrão"; o foguista respondeu: "Por Deus que o patrão nos cobriu de benesses", e então o banhista se pôs a aparar o cabelo de Ḍaw Almakān e a banhá-lo, recostando-o na banheira. Assim, o foguista pôde também se banhar, indo depois para casa, de onde voltou lhe trazendo uma túnica, um gabão usado de seda, com mangas largas,[97] um bonito turbante e um xale. Disse ao banhista: "Entregue-me as roupas do rapaz e pegue estas", e ele assim o fez. O banhista colocou o turbante em Ḍaw Almakān, enrolou-lhe o xale no pescoço, pegou-o pela mão, conduziu-o para fora da casa de banho, recostou-o nas mastabas, aspergiu-lhe água de rosas no rosto e disse: "Agora deite-se de lado para relaxar um pouco". Nesse ínterim, o foguista beijou a mão do dono da casa de banho e pagou dois dirhams de prata ao banhista. Depois saiu, fez Ḍaw Almakān montar no burro e o conduziu para a sua casa, onde a mulher já havia cozinhado dois frangos. O foguista diluiu uma jarra de bebida com açúcar, nela misturando água de flores egípcias e água de nenúfar, e lhe deu para beber; em seguida, montou no burro, indo para o seu trabalho no forno da casa de banho, e ao voltar lhe serviu a comida, pondo-se a desfiar os frangos, a alimentá-lo e a fazê-lo beber do caldo, até que ele, saciado, lavou as mãos, agradeceu a Deus altíssimo pelo restabelecimento e disse ao foguista: "Foi Deus quem me concedeu a graça de me trazer até você e colocar a minha vida nas suas mãos". O foguista disse: "Deixe

96 Aqui, "banhista" é a pessoa encarregada de dar banho nos clientes da casa de banho. Embora possa ser confundido com o sentido contemporâneo de "pessoa que toma banho de mar", em português não existe nenhum outro termo adequado a esse ofício, pois de ofício se tratava.

97 "Gabão de seda de mangas largas" traduz *malūṭa*, que segundo os dicionários é indumentária típica do período mameluco.

isso para lá e me conte o que o trouxe a esta cidade. Quem é você? Em suas faces vejo vestígios de uma boa vida". Ḍaw Almakān disse: "Conte-me primeiro como você me encontrou, e então eu lhe contarei a minha história". O foguista disse: "Quanto a mim, meu senhor, eu o vi atirado numa pilha de lixo, pela manhã, à porta do forno da casa de banho. Não sei quem o jogou lá nem nenhuma outra coisa a seu respeito. E Deus é quem sabe mais". Ḍaw Almakān disse: "Louvado seja Deus altíssimo, que faz ressuscitar os esqueletos quando já se tornaram cadáveres! Seja como for, meu irmão, você não praticou esta bela ação senão com quem é dela merecedor. Você colherá os frutos disso", e perguntou: "Agora eu estou em que lugar?". O foguista respondeu: "Na sagrada cidade de Jerusalém". Ḍaw Almakān perguntou: "Qual a distância entre nós e a cidade de Bagdá?". E o outro respondeu: "Não sei, meu senhor. Eu nunca saí daqui".

Disse o narrador: Nesse momento, recordando-se de seu desterro e da perda da irmã, Ḍaw Almakān se contraiu, gemeu, suspirou e recitou, revelando ao foguista o que lhe ia no peito:

> Fizeram-me carregar tanta paixão que fiquei mal,
> e por causa deles me vejo em pleno Juízo Final;
> tende consciência, ó tiranos, tende sentimento,
> pois vossa injustiça fez até meu inimigo se apiedar;
> não sejais mesquinhos, permiti um último olhar,
> que alivie meu amor excessivo e meu sofrimento.
> Paciência com a tua distância, pedi ao meu coração,
> e ele disse: vira-te, esse não é o meu costume, não.[98]

Disse o narrador:[99] Ao terminar a recitação, ele chorou mais ainda. O foguista disse: "Não chore, mas sim dê graças a Deus por estar bem e recuperado". Ḍaw Almakān perguntou: "Qual a distância entre nós e Damasco, meu irmão?". O foguista res-

[98] Esses versos encontram-se registrados com ligeiras diferenças em Varsy e Tübingen. Nos outros manuscritos – Maillet e Gayangos –, bem como nas edições impressas, os registros são bem diversos entre si. Ou seja, as redações não concordam, nelas evidenciando-se má leitura dos materiais de onde foram copiadas. Na origem, esses versos são de Bulbul Alġarām Alḥājirī, poeta sufi de origem turca, morto à traição em Irbil em 1235 d.C. Preferiu-se, dada a incongruência do texto da poesia nas fontes aqui usadas, traduzi-la diretamente de seu divã poético. Ao introduzi-la nas *Noites*, por algum motivo o copista pulou o terceiro e o quarto hemistíquios: "Não fosse o abandono e a resistência que vocês não reveem/ eu não teria esta doença de cuja cura os médicos descreem".

[99] Curiosamente, neste ponto todos os quatro manuscritos coincidem nessa marcação: "*disse o narrador*" (*qāla arrāwī*), o que indica que ela constava dos originais comuns a eles.

pondeu: "Seis dias". Ḍaw Almakān perguntou: "Porventura você me enviaria para lá com algum conhecido seu? Irei caminhando aos poucos até chegar". O foguista respondeu: "Meu senhor, eu não o deixarei caminhar sozinho. Você ainda é um menino, e, o que é pior, forasteiro. Apesar de tudo, irei com você e o conduzirei. E, se a minha mulher me der ouvidos e aceitar viajar comigo, irei morar lá por sua causa, pois separar-me de você se tornou algo difícil para mim", e, levantando-se, disse à mulher: "Você gostaria de viajar comigo até Damasco, ou terá paciência de esperar que eu conduza o meu senhor e depois retorne? Ele pretende ir a Damasco, e depois retornarei para você". Ela respondeu: "Por Deus que agora não me é possível ficar longe desse menino! Já nos acostumamos a ele. Temo que lhe aconteça algo em terra estrangeira. Eis aí, viajarei com vocês". Então o foguista vendeu as suas propriedades, as de sua mulher, e comprou um camelo e um burro; montou a mulher no camelo, com Ḍaw Almakān na garupa, e montou no burro, que carregou também os víveres, com os quais eles se mantiveram até entrar em Damasco, onde alugaram uma casa, ali ficando três dias para descansar da viagem. No quarto dia, o foguista se dirigiu ao dono de uma das casas de banho de Damasco e começou a trabalhar com ele. No final do dia, saiu, comprou comida, voltou para casa e dormiram até o amanhecer, quando então ele foi para o trabalho, e ao final do dia comprou comida e bebida e levou para casa, conforme o hábito.

Assim procedeu até o quinto dia, levando comida para casa, mas ao se completar o sexto dia sua mulher adoeceu, e passados poucos dias ela mudou-se para a misericórdia de Deus altíssimo. Aquilo amargurou deveras Ḍaw Almakān, já muito habituado à mulher, que o servia como uma empregada serve o patrão.[100] Após o tempo de luto, o foguista se voltou para Ḍaw Almakān e perguntou: "Meu senhor, gostaria de dar uma volta aqui por Damasco para espairecer?". O rapaz respondeu: "Boa sugestão"; então o foguista o pegou pela mão e caminharam até chegar ao estábulo de Maṭārima,[101] onde encontraram camelos carregados com caixas de dinheiro, cavalos, corcéis ajaezados e tecidos, cerâmicas, brocados, selas de ouro, rédeas de prata e cobre, escravos, efebos, mamelucos, todo mundo em grande alvoroço. Ḍaw Almakān então abriu a boca em direção aos cameleiros e perguntou: "Para quem são todos esses preparativos?". Responderam: "São os

[100] Somente as edições impressas registram uma reação do marido, o foguista, à morte da mulher: "ficou muito triste".

[101] Não foi possível encontrar referências sobre essa localidade damascena, que foi omitida ou alterada nas demais fontes.

impostos de Damasco que vão ser levados para o rei ^{c}Umar Annu^{c}mān". Ao ouvir aquilo, os olhos do rapaz marejaram de choro, e ele se pôs a recitar:

Se nos queixarmos da distância, o que dirás?
Se falarmos de nossos anelos, para onde irás?
Ou se, para falar de nós, mandarmos um enviado,
será que ele conseguirá transmitir nosso recado?
Se acaso esperamos, então já não haverá amado:
poucos amores, após extravio, terão se conservado.
Ai! Ó quem há tanto se ausenta da minha retina,
ocupar todo o espaço do meu coração é uma sina.
Tua beleza ausente, a paciência é feia, e a vida, ruim,
mas, quando nos juntarmos, a conversa não terá fim.

Ao concluir a poesia, Ḍaw Almakān chorou copiosamente, e o foguista lhe disse: "Meu senhor, mal acreditamos quando você sarou e recuperou a saúde pouco a pouco, mas eis-me agora receoso de uma recaída no seu corpo", e ficou agradando-o, divertindo-o com histórias e brincando com ele, enquanto o rapaz refletia, suspirava e se condoía pelo exílio e pela perda da irmã e da família, com o reino no coração. Pôs-se a recitar:

Colhe do mundo os frutos, pois partir tu irás,
e sabe que a morte te abaterá, disso não duvides;
ilusão e aflição: eis o que é teu bem-estar, mas
a verdade do mundo é a falsidade, com ela lides;
que estejas no mundo na condição de visitante
que chegou à noite e de manhã já seguiu adiante.

E continuou a chorar e a gemer. Embora também chorasse por causa da perda da mulher, o foguista se pôs a consolá-lo até que Deus fez amanhecer. O foguista disse: "Parece que você está se lembrando da sua terra, meu irmão". O rapaz respondeu: "Sim, e já não posso ficar aqui. Não me leve a mal, mas vou viajar com esse grupo, caminhar com eles pouco a pouco até chegar à minha terra". O foguista disse: "Eu lhe fiz um favor e pretendo que seja completo". Ḍaw Almakān ficou contente com aquilo. O foguista saiu imediatamente, vendeu o camelo, comprou um burro, carregou-o de provisões e disse ao rapaz: "Monte, e quando cansar de montar, caminhe". Contente, o rapaz disse: "Que Deus o recompense com todo o bem, pois o que você fez por mim ninguém jamais fez por ninguém". Esperaram até o anoitecer, carregaram e avançaram.

E o amanhecer alcançou Šahrazād, que parou de contar.

QUANDO FOI A NOITE

299ª

Disse Šahrazād:

Eu tive notícia, ó rei venturoso, de que eles esperaram até o anoitecer, quando então carregaram e partiram em marcha rápida. Isso foi o que lhes sucedeu.

Quanto a Nuzhat Azzamān, eis o que lhe sucedeu: quando se separou do irmão no albergue, envolvida naquele pedaço de manto, ela saiu com o propósito de trabalhar como empregada para algum morador de Jerusalém, a fim de comprar um pouco de carne assada para o irmão. Saiu chorando, ignorando que direção tomar, preocupada com o irmão, ansiosa, pensando na família e na terra natal; recitou:

> Maldito destino que nos atingiu com mau-olhado:
> desterro e separação, terão os acidentes religião?
> Se a distância degrada, o que dizer do desterrado?
> Mas bela paciência com o tempo: melhoras virão.

Ao terminar a recitação, ela chorou, pondo-se a caminhar, e eis que um velho vagamundo, que estava acompanhado de cinco beduínos e criados, prestou atenção nela e a considerou bonita, apesar daquele manto em trapos na cabeça, que o deixou espantado. Pensou: "Esta é uma beldade disfarçada. Se for daqui, é imperioso que eu a tenha, e se for estrangeira, é imperioso que eu a sequestre". Seguiu-a por algum tempo, até que, incomodada com o assédio, ela saiu do caminho principal e entrou numa viela estreita, onde ele a encurralou, dizendo: "Ó adorno dos olhos, você é livre ou escrava?". Ao ouvir as palavras daquele velho beduíno, ela sentiu repulsa, mas ele prosseguiu: "Por vida minha, não me renove as tristezas! Eu tive seis filhas, mas cinco delas morreram e só restou uma, que é mais nova do que você. Por isso, eu quis averiguar se você é desta terra ou forasteira, para levá-la e deixá-la com a minha filha, a fim de que você a distraia e a faça esquecer a tristeza pela perda das irmãs, pois as lágrimas dela não secam. E se porventura você não tiver ninguém, vou tratá-la como se fosse uma filha, e até mais cara do que uma filha". Ouvindo aquilo, Nuzhat Azzamān pensou: "Quem sabe... Talvez eu fique em segurança com esse senhor", e respondeu cabisbaixa: "Tio, sou filha de árabes e tenho um irmão que está doente, em estado grave. Irei com você à sua casa com a condição de fazer companhia para a sua filha durante o dia inteiro, até o anoitecer, e depois irei até o meu irmão contar tudo para ele. Se você aceitar a condição, irei com você, pois sou estrangeira, estava numa boa condição e depois fiquei humilhada, pobre e necessitada. Meu irmão fez a peregrinação a Meca, e eu receio que você me atraiçoe e eu me perca dele". Ao ouvir tais palavras, o beduíno disse de si para si: "Por Deus que logrei o meu intento!", e, voltando-se para ela, disse: "Ninguém me é mais caro do que você, nem mesmo a minha filha, e não quero que você fique a serviço dela, mas apenas que a distraia, e tão logo a noite se inicie você retornará ao seu irmão; se quiser trazê-lo até nós, esteja à vontade". O beduíno continuou a agradá-la, falando macio, até que ela cedeu; então, ele caminhou na sua frente, dando piscadelas para os outros beduínos que o haviam seguido, e eles correram, carregaram os camelos, levaram a água e as provisões — "e quando ela chegar escondam os camelos e partam"; [tais eram as instruções do] tal beduíno ancião, que não passava de um salteador de estradas, um bandoleiro, um demônio cheio de artimanhas e trapaças, sem filhas nem coisíssima nenhuma; tratava-se de um mero viajante que passara por ali [para arranjar alguma negociata] e, tendo casualmente avistado aquela pobre coitada, [pensou: "Eis aí mercadoria sem investimento"].[102] Continuou conversando com ela até chegarem aos limites de Jerusalém, onde os beduínos já tinham preparado os camelos conforme o ancião ordenara, e também haviam carregado a água e as provisões. Quando chegou, a um sinal seu eles pegaram a jovem e a atiraram num camelo. O ancião e os outros montaram e avançaram noite adentro. Nisso, percebendo que o beduíno a atraiçoara e que não tinha como se salvar, Nuzhat Azzamān começou a chorar e a pensar no irmão. Gritou a noite toda, enquanto eles viajavam por roteiros desusados, trafegando por cumes de montanha e vales profundos, temerosos de que alguém visse a jovem sequestrada. Quando a noite estava para findar, pararam os camelos, e o ancião, dirigindo-se a

[102] Os trechos entre colchetes foram traduzidos de Gayangos. Em Maillet, a narrativa neste ponto é muito falha, por evidente defeito da fonte de onde foi copiado.

Nuzhat Azzamān, disse: "Que chororô é esse, desgraçada? Por Deus que, se não parar, vou espancar você com a minha sandália até matá-la, sua arrombada de merda!".[103] Ao ouvir aquilo, a menina detestou a vida e desejou a morte e, voltando-se para ele, disse: "Velho nojento, encanecido dos infernos! Eu lhe confiei a minha vida e você me traiu. Isso é um ato que honra os homens? É coisa de beduínos?". Ao ouvi-la dizendo aquilo, o coração do beduíno se endureceu mais ainda, e ele disse: "Ai de você, putinha nojenta! Tem língua para me desafiar?". E, pegando um chicote, surrou-a nas costas até ela quase desmaiar.

E o amanhecer alcançou Šahrazād, que parou de contar.

QUANDO FOI A NOITE

300ª

Disse Šahrazād:

Eu tive notícia, ó rei venturoso, de que, ao ouvir as palavras da menina, o velho a surrou com o chicote até fazê-la quase desmaiar. Então ela se atirou de cara no chão para lhe beijar os pés, e só assim ele parou de surrá-la; começou a xingá-la, dizendo: "Juro pelo meu chapéu de cone[104] que, se você tornar a chorar, vou lhe cortar a língua e enfiá-la no seu útero, sua putinha de merda". Nesse momento, ela não respondeu e se calou. Dolorida por causa da surra, agachou-se de cócoras, abaixou a cabeça e — observando a condição em que estava, tão humilhada após ter tido poder e prosperidade, abatida pela fome e pela surra — chorou naquela noite tão longa, recitando:

São próprias do destino as idas e vindas:
de um estado a outro nós somos levados,
e tudo, por pior que seja, tem um prazo

[103] "Desgraçada" traduz o coloquialismo exclusivamente egípcio (ainda hoje reconhecível, embora já em desuso) *madyūba*, ao passo que "arrombada de merda" traduz *qiṭᶜat kūra*. Para a explicação sobre esta última palavra, veja a nota 12 da página 48 do primeiro volume desta coleção.
[104] "Chapéu de cone" traduz *ṭarṭūr*, e o ato de jurar por ele pode ser irônico, pois esse item, usado por condenados na justiça, era associado a criminosos e delinquentes.

para acabar, tal como a vida dos homens;
quanta opressão, terror e tristeza eu sofri,
numa vida tão cheia de injustiça e horror;
nas mãos de beduínos o destino me pôs;
sou jovem e ainda tenho alguma esperança;
o exemplo do meu coração virou proverbial;
Deus não felicitou os meus dias de conforto,
pois riu da minha fortuna, e depois tudo virou:
perdi a árvore da minha vida e meus membros,
e quem dera hoje eu tivesse árvores e membros!
Ó conhecedor das desgraças desde que me conhece,
a minha esperança era só ter um pouco de paz.[105]

Quando ela concluiu a poesia, o beduíno teve compaixão por ela, limpou-lhe as lágrimas e lhe deu um bolo de cevada, dizendo: "Ouça, garota, nunca mais me dirija palavras obscenas daquela espécie, entendeu? Coma este bolo de cevada, e, veja, você está montada, não a obrigo a caminhar. Quer mais o quê? Se Deus quiser, não a venderei senão a um homem bom e pudico igual a você, temente a Deus altíssimo, e que lhe fará o bem, tal como eu". Ela disse: "É o melhor a fazer". A noite e a fome foram longas para a jovem, que comeu um pouco daquele bolo. Passada metade da noite, o beduíno ordenou que carregassem e seguissem viagem, e então eles colocaram Nuzhat Azzamān sobre o camelo e viajaram até o amanhecer. Após três dias, hospedaram-se num albergue chamado "Albergue do Sultão", nos arredores do Portão de Aljābya.[106] A essas alturas, a cor de Nuzhat Azzamān havia se alterado, e ela estava comendo bem pouco. O beduíno lhe disse: "Putinha do cão, se você não parar de chorar agora, eu juro pelo meu chapéu de cone que não a venderei senão prum judeu ou prum cristão, e aí você

[105] Poesia traduzida na medida do possível. A tentativa de reescrever as poesias originais – pois é disso que se trata – foi obviamente precária nos manuscritos Tübingen e Varsy. No caso, é provável tratar-se da reescritura de versos atribuídos ao poeta ᶜAlī Bin Aljaham (804-863 d.C.) discorrendo sobre o destino e suas reviravoltas, tema bastante caro à poesia, à literatura, à historiografia, enfim, à cultura árabe como um todo. Mas essa tentativa de reescrever os versos para adaptá-los à circunstância específica do enredo é tão precária que foi inteiramente refeita nas outras fontes: os manuscritos Maillet e Gayangos, e as versões impressas, todas muito diferentes entre si. Essa é a tônica da presente história no que tange ao uso das poesias.
[106] Essa palavra, como seria de esperar, apresenta várias grafias nas fontes. A correta é esta aqui apresentada, *Aljābya*, constante do manuscrito Gayangos. Trata-se de um portão situado a oeste de Damasco (também conhecido como "Portão de Damasco"), o que é bem verossímil, uma vez que eles estão vindo de Jerusalém.

vai se lembrar de todas as bondades que lhe fiz". Em seguida, conduziu-a até um armazém e lá a deixou, indo então caminhar pela alcaçaria persa, e dali foi até os mercadores que vendiam escravas e escravos, pondo-se a conversar com eles. Voltando-se para um desses mercadores, disse: "Tenho uma escrava que eu trouxe da terra dos quipchacos,[107] ela e o irmão dela, mas ele ficou doente e eu o enviei aos meus pais, em Jerusalém, para que o mediquem até que sare. Restou comigo a escrava. Sou forçado a vendê-la, pois desde o dia em que o irmão adoeceu ela não parou de chorar por ele e pela separação. Chora noite e dia. Eu gostaria que quem a comprar de mim lhe dirija palavras afáveis, e lhe diga: 'Seu irmão está comigo em Jerusalém, doente', a fim de que consiga comprá-la. Farei um bom preço". Um dos mercadores se levantou e perguntou: "Qual é a idade dessa escrava, ó xeique dos árabes?". O velho respondeu: "É virgem, já adulta, dotada de juízo, decoro, sagacidade, senso e beleza. Mas, desde que enviei o irmão dela para Jerusalém, seu coração e sua mente estão ocupados com isso. Parou de se alimentar, seus encantos se alteraram e suas feições se transtornaram. Pode examiná-la!".[108] Ao ouvir aquilo, o mercador se pôs em pé diante do beduíno e lhe disse: "Saiba, ó xeique dos árabes, que eu só irei com você sob a condição de comprar essa garota cuja inteligência, decoro, beleza e formosura você tanto louva. Não lhe pagarei o preço senão após apresentar-lhe as minhas condições a respeito dela; se você as aceitar, pago o preço, mas, caso não aceite, devolvo-a". [O beduíno voltou-se para ele e perguntou: "E qual é a condição?". O mercador prosseguiu:][109] "Vou oferecê-la ao sultão de Damasco, e fixar para essa jovem, como condição, a maneira pela qual ela deve dirigir-se a ele, o decoro e tudo o mais, quando estiverem face a face. Trata-se do glorioso rei Šarrakān, filho de ᶜUmar Annuᶜmān, soberano de Bagdá e das terras de Ḫurāsān. Tenho precisão de que ele mande escrever em seus registros uma isenção total de

[107] Povo turco das estepes da Ásia Central. As grafias estão confusas. No manuscrito Varsy, consta "da terra do Iêmen".

[108] No original, o equivalente a "exame" é *taqlīb*, palavra que indica o ato de revirar. Escreveram-se em árabe pelo menos dois tratados sobre a "arte de revirar", isto é, examinar minuciosamente escravos e escravas para a compra, bem como sobre as artimanhas dos vendedores para lhes disfarçar os defeitos quando "revirados": o primeiro – *Risāla fī širà arraqīq wa taqlīb alᶜabīd*, "Tratado sobre o comprar e revirar escravos e servos" – por um médico cristão de Bagdá chamado Yūwānīs Bin Buṭlān, morto no século XI d.C., e o segundo – *Hidāyat almurīd fī taqlīb alᶜabīd*, "Guia para quem quer aprender como revirar escravos" – por um certo Muḥammad Alġazālī, egípcio (talvez médico, ou pelo menos conhecedor da linguagem médica), que viveu durante o período do domínio otomano, possivelmente no século XVI ou XVII d.C.

[109] Traduzido de Gayangos e Maillet.

impostos para mim, que ninguém me cobre taxas nem nada, e, depois, que ele escreva ao seu pai, ᶜUmar Annuᶜmān, fazendo recomendações a meu respeito. Se ele fizer isso e aceitar a garota, pagarei o preço dela, e ainda por cima deixarei você bem com ele". O beduíno disse: "Em nome Deus! Aceito essa condição", e rumaram para o lugar onde estava a jovem. O beduíno parou à porta do armazém e a chamou: "Nājya!", que era o nome que a própria garota tinha se dado.[110] Ao ouvir o chamado, ela chorou e não respondeu. O beduíno voltou-se para o mercador e disse: "É aquela que está ali sentada. Vá lá falar com ela, uma conversinha amável, conforme eu o orientei".

Disse o narrador: O mercador então foi até ela com muita calma, e constatou que era de beleza exuberante, que ele jamais vira igual, e o melhor era que conhecia bem a língua árabe! Pensou: "Se ela de fato for como eu quero, sem dúvida alcançarei o meu intento diante do sultão". E, acercando-se mais, disse-lhe com suavidade: "A paz esteja contigo! Como você está, filhinha?". Ela não respondeu, mas, voltando-se para o mercador e notando que se tratava de um homem de pudor, pensou: "Foi esse daí que veio me comprar? Não existe força nem poderio senão em Deus altíssimo e poderoso! Se eu me recusar, terei de ficar com esse beduíno iníquo que quase me matou de tanto bater. Seja como for, esse homem pudico é preferível ao beduíno. Ele não veio senão para verificar a maneira como eu falo. Vou dar-lhe uma resposta gentil", e, voltando a cabeça para o chão, encarou-o e disse, com palavras doces: "Contigo esteja a paz, bem como a misericórdia de Deus e suas bênçãos. Foi assim que nos ordenou o profeta, a paz esteja com ele. Quanto à sua pergunta 'como você está?', estou como o inimigo",[111] calando-se em seguida. Ao ouvir tais palavras, o mercador ficou desconcertado e muito contente com ela. Voltando-se para o beduíno, disse: "Qual é o preço dela? É uma senhora distinta". Bastante irritado, o beduíno retrucou: "Que Deus não o recompense! Você corrompeu a minha escrava com essas palavras. De onde você tirou que ela é 'uma senhora distinta'? Por Deus que se trata de uma salteadora, cujo pai não passava de um bandoleiro fugitivo! Aqui termina a nossa conversa". Ao ouvir as palavras do beduíno, o mercador compreendeu tratar-se de um imbecil que odiava a jovem com todas as forças, e então disse: "Mantenha a calma. Vou comprá-la apesar dos defeitos que você

[110] *Nājya* significa "salva". Também pode ter o sentido de "camela ligeira".

[111] Os quatro manuscritos coincidem nessa formulação seca. Talvez a interpretação adequada esteja no que consta da edição impressa: "estou na situação em que se deseja que o inimigo esteja".

mencionou". O beduíno perguntou: "Quanto você pagaria por ela?". O mercador respondeu: "É o pai quem dá o nome à criança".

E o amanhecer alcançou Šahrazād, que parou de contar.

QUANDO FOI A NOITE

301ª

Disse Šahrazād:

Eu tive notícia, ó rei venturoso, de que o mercador disse: "É o pai quem dá o nome à criança. Você é o dono dela; faça o seu preço". O beduíno disse: "É você quem deve falar". O mercador pensou: "Este beduíno é um idiota, um cabeça-seca. Por Deus que, à altura do valor dela, só mesmo estando com um rei, e nem mesmo um rei conseguiria alguém igual. E se ela souber ler e escrever, então será uma bênção perfeita. Mas este beduíno a está vendendo sem lhe conhecer o valor nem o preço. Vou dizer qualquer coisa para ver o que responde", e, voltando-se para ele, disse: "Ó xeique dos árabes, tome lá, com todos os defeitos dela, uns dois mil dirhams pagos à vista, agorinha, na sua mão, sem contar o seguro e o imposto do sultão". Ouvindo aquilo, o beduíno se irritou com o mercador e gritou: "Suma já daqui! Por Deus que por dois mil dirhams não lhe vendo nem esses trapos que ela tem na cabeça. Vá embora, não vou mais vendê-la para você. Deixe-a comigo para me servir, pastorear os camelos e moer farinha". Em seguida, gritou para a garota: "Venha aqui, sua cadela fedorenta. Não vou mais vendê-la". E voltando-se para o mercador: "Por Deus que eu o considerava um homem inteligente. Juro por meu chapéu de cone — uma jura que me obriga a me divorciar até das minhas ceroulas — que, se você não sumir daqui, vou fazê-lo ouvir coisas bem desagradáveis". O mercador pensou: "Esse beduíno é careca de juízo na cabeça, mas não resta dúvida de que ele sabe o valor dela. Por ora não vou falar mais nada sobre isso. Se ele tivesse juízo, não juraria pelo chapéu de cone — que Deus o enfie no seu rabo. Por Deus que essa jovem é digna de reis! E eu — por Deus! — não disponho do valor dela, mas — por Deus! — eu bem que lhe daria tudo o que possuo". E, voltando-se para o beduíno, disse: "Ó comandante e senhor dos beduínos, contenha o seu ímpeto! Que tecidos você tem para essa jovem?". O beduíno respondeu: "E quais tecidos serviriam para essa arrombada? Por Deus que esse trapo de manto no qual está enrolada já é muito para ela". O mercador disse: "Por gentileza, descubra-lhe o rosto e revire-a tal como se reviram as servas neste país". O beduíno disse: "Esteja à vontade. Vá fundo e cuidado para não sujar a roupa. Pode revirá-la por fora e por dentro, e, se quiser, pode despi-la e examiná-la pelada". O mercador disse: "Deus me livre, não examinarei senão o rosto e revirarei os flancos, conforme o costume". E, avançando para ela, envergonhado ante tanta beleza, sentou-se ao seu lado e perguntou: "Qual o seu nome, minha senhora?". Ela respondeu: "Você pergunta do meu nome hoje ou antes de hoje?". Ele disse: "Hoje e antes de hoje". Ela disse: "Meu nome antes de hoje era Nuzhat Azzamān, mas agora passou a ser Ġuṣṣat Azzamān".[112]

Disse o narrador: Os olhos do mercador marejaram ao ouvir aquilo, ainda mais ao lhe notar tanta beleza e formosura. Ele perguntou: "É verdade que você tem um irmão?". Ela respondeu: "Sim, meu senhor, por Deus! O destino nos separou. Ele está em Jerusalém, doente". O mercador, impressionado pela doçura de seu discurso, pensou: "De fato, o beduíno falou a verdade". Ao lembrar-se do irmão, da separação mútua entre ambos, ele doente, em perigo, e de como lhe sucedera aquilo tudo com o beduíno, da distância entre ela, seu pai, sua mãe e seu reino, enfim, ao lembrar-se dessas coisas as lágrimas escorreram por suas faces, molhando-lhe as roupas, e ela recitou:

Em segurança tu chegaste e partiste,
ó viajante que mora em meu coração;
Deus seja por ti onde quer que pernoites,
me salvando das desditas que me matam;
desapareceste ao longe: isso me desespera,
e minhas lágrimas escorrem sem controle.
Quem me dera saber em que terra ora vives,
onde habitas, em que casa e com que gente;
que o teu dia seja sempre da água mais pura,
e do frescor de rosas (as lágrimas, eu as sorvo),
e que te alegres um dia com bom sono, pois eu,
meus flancos já estão grudados ao meu colchão;

[112] *Ġuṣṣat Azzamān*, sintagma cuja primeira palavra pode significar, além de "angústia", "desgosto", "mágoa", "engasgo", "nó na garganta" etc. Portanto, "desgosto do tempo"; na verdade, o antônimo de *Nuzhat Azzamān*.

tirando essa tua distância, tudo o mais me é fácil
pr'o coração, e as outras coisas não são difíceis.

Ao ouvir o que ela disse sobre o irmão nesses versos, o mercador chorou, e ela também chorou. Então ele estendeu a mão para lhe enxugar as lágrimas do rosto, mas ela o cobriu, dizendo: "Você está acima disso, meu senhor". Ao vê-la esconder o rosto e as lágrimas, o beduíno, supondo que ela queria impedir o mercador de revirá-la, levantou-se correndo, com o relho do camelo nas mãos, e a golpeou nas costas com força. Ela caiu de cara no chão, e uma pedra lhe atingiu a testa, entre as sobrancelhas, fazendo-a gritar, chorar e desmaiar. Também chorando, o mercador pensou, enquanto ela estava desmaiada: "Vou comprá-la, nem que tenha de pagar o seu peso em ouro e prata, para livrá-la desse iníquo". Quando ela acordou, limpou as lágrimas e o sangue, amarrou a cabeça com um trapo que tinha consigo e, dirigindo os olhos ao céu, na direção de seu Senhor, rogou-lhe com o coração dolorido, e recitou os seguintes versos:

Humilhada foste, e aprisionada,
vítima de um crime de sequestro,
oprimida e no cárcere esmagada,
e logo de um canalha sofres o estro,
para o qual nada encontras de pior!
Ó meus irmãos, hoje em dia, que dor!
o amigo trata o amigo com secura,
o que a meu coração só amargura.
O teu decreto, destino, ri do horror!

Em seguida, ela enxugou as lágrimas e sua tristeza cresceu. Virou-se para o mercador e disse: "Por Deus, meu senhor, não me deixe com esse ignorante, esse cachorro iníquo que não conhece Deus. Se eu ficar aqui esta noite, ou me mato ou ele me mata. Compre-me com tudo quanto dispuser. Salve-me dele e Deus salvará você do fogo do inferno". Então o mercador, enxugando as lágrimas, foi até o beduíno, beijou-o na altura do peito e disse: "Ó xeique dos árabes, não se irrite! Essa garota não está à sua altura. Venda-a para mim". Ele respondeu: "Leve-a e pague o quanto quiser. Caso contrário, deixe-a aqui recolhendo bosta e apascentando camelos". O mercador sorriu-se de tais palavras.

E o amanhecer alcançou Šahrazād, que parou de contar.

QUANDO FOI A NOITE

302ª

Disse Šahrazād:

Eu tive notícia, ó rei venturoso, de que o mercador sorriu de tais palavras e disse: "Meu irmão, se você aceitar desse jeito, eu a levarei para minha casa e farei dela minha filha, como se tivesse nascido lá. Não se encontra uma jovem como essa na face da terra. Só pegue o dinheiro e aceite-o, pois agora pouco me importa que ela aceite ou não aceite as condições que eu estabelecera antes. E aqui mesmo nos separamos de você". O beduíno disse: "Que Deus ajude! Quanto você paga por ela?". O mercador respondeu: "Pago por ela — é minha última palavra — cinquenta mil dirhams". O beduíno disse: "Deus faça melhorar". O mercador disse: "Sessenta mil dirhams". O beduíno disse: "Deus faça melhorar". O mercador disse: "Setenta mil dirhams". O beduíno disse: "Eu lhe disse quanto capital investi nela! Ela consumiu setenta mil dirhams em bolos de cevada". O mercador disse: "Por Deus que nem você e seus familiares todos juntos jamais consumiram, durante a vida inteira, setenta mil dirhams em comida. Só posso acreditar que você não passa de um desajuizado. Por Deus que, se não vender a menina para mim, vou denunciá-lo ao senhor de Damasco. Minha última palavra: não pago mais do que cem mil dirhams". O beduíno disse: "Vendida! É como se você estivesse gastando todo esse dinheiro para comprar água salobra". O mercador riu, pôs-se em pé, voltou para sua casa, pegou o dinheiro, pesou-o e pagou ao beduíno, que pensou: "Vou voltar a Jerusalém, quem sabe não encontro o irmão dela, e aí o sequestro e o vendo".

Disse o narrador: O mercador colocou um vestido largo sobre ela, pegou-a pela mão e a conduziu até a sua casa em Damasco, na Estrada do Almíscar. Entraram e ele disse: "Minha senhora, partiu a apatia e chegou a alegria". Ato contínuo, fez a menina tomar uma beberagem e lhe medicou a ferida na cabeça, curando-a; comprou galinhas e as cozinhou para ela; em seguida, comprou doces e acendeu velas. Ela comeu, bebeu, tranquilizou-se e recobrou um pouco o ânimo. No segundo dia, o mercador dirigiu-se à alcaçaria e lhe comprou quatro cortes de seda, lenços e tudo o mais de que ela necessitava e levou para ela. Entrou em casa acompanhado de um alfaiate, que tirou as medidas da jovem [para lhe costurar roupas, acessórios, mantos de seda e lenços; pagou o alfaiate e lhe disse: "Termine o serviço em três dias". E durante esses três dias o mercador a serviu noite e dia, dando-lhe carne de galinha para comer, açúcar, beberagens, doces e frutas, e então ela recobrou mais ânimo e retomou a beleza e formosura. No quarto dia, o alfaiate lhe entregou as roupas, que o mercador recolheu, indo em seguida até o mercado comprar um turbante para ela].[113]

E o amanhecer alcançou Šahrazād, que parou de contar.

QUANDO FOI A NOITE

303ª

Disse Šahrazād:

Eu tive notícia, ó rei venturoso, de que o mercador foi até o mercado comprar um turbante para ela; depois, acondicionou tudo num cesto de seda acetinada e entregou à jovem, dizendo: "Minha senhora, isso tudo é seu. O meu único desejo é que, quando eu a conduzir ao sultão de Damasco e apresentá-la a ele, você o informe quanto eu gastei para comprá-la, muito embora tal preço — por Deus! — seja barato até mesmo para as unhas dos seus pés. Seja como for, quando chegar até ele, lembre-se do que fiz por você, e peça-lhe uma carta, assinada pelo próprio sultão, para o senhor de Bagdá, o rei ᶜUmar Annuᶜmān, pedindo-lhe isenção de impostos para os meus tecidos e para todos os demais produtos que eu mercancio". Ao ouvir o nome do seu pai, as lágrimas saltaram dos olhos de Nuzhat Azzamān e lhe escorreram pelas faces como brasas incandescentes. O mercador enxugou-as com a manga e disse: "Minha senhora, notei que, sempre que menciono Bagdá, seus olhos lacrimejam, como se você tivesse alguém por lá". Ela respondeu: "Sim". Ele disse: "Por Deus, quem seria essa pessoa? Mercador ou o quê?". Ela respondeu: "Não, por Deus! Eu tenho conhecimento com o rei ᶜUmar Annuᶜmān, senhor de Bagdá". Ao ouvir aquilo, o mercador ficou muito feliz e pensou: "Cheguei aonde eu queria!", e perguntou: "Você foi oferecida a ele, minha senhora?". Ela respondeu:

[113] O trecho entre colchetes foi traduzido de Gayangos, pois em Varsy e Tübingen há uma visível lacuna nesse episódio. Note que essa noite é mais curta que as outras. A lacuna deve remontar aos originais mais antigos dessa narrativa, uma vez que nem Maillet nem as edições impressas apresentam soluções satisfatórias para esse trecho. A única versão com alguma coerência é a constante de Gayangos.

"Não, eu me criei com a filha dele, que era muito cara ao seu coração. Eu prestei muitos serviços a ele. Se o seu propósito for que o rei ᶜUmar Annuᶜmān lhe assine um certificado daquilo que você mencionou, dê-me papel e tinteiro para que eu lhe escreva uma carta. Quando você viajar a Bagdá, entregue essa carta diretamente ao rei ᶜUmar Annuᶜmān e lhe diga: 'Sua criada Nuzhat Azzamān foi tão atingida pelas desgraças da vida que chegou ao ponto de ser vendida de lugar em lugar. Ela lhe envia cumprimentos'. E, se acaso ele perguntar sobre mim, informe-o que estou com o governador de Damasco".

Disse o narrador: Impressionado com a sua eloquência, o mercador ficou gostando mais ainda dela, e disse: "Não suponho senão que você tenha sido, primeiramente, criada dele, mas devem ter feito algo contra você e a sequestrado, e então a venderam. Você sabe ler e escrever?". Ela respondeu: "Sim, e aprendi, para além disso, em livros de sabedoria, de medicina, introdução ao conhecimento, explicações sobre os discursos dos sábios Hipócrates e Galeno, bem como as explanações a respeito dadas por Ibn Abī Ṣādiq;[114] li o livro da 'Pequena lembrança', e as 'Explicações sobre os livros da prova'[115], de Ibn Buṭlān;[116] estudei o vocabulário de Ibn Albayṭār[117] e aprendi o 'Cânone da realeza', cujos símbolos decifrei; tracei formas geométricas, discuti aritmética e tenho ressalvas ao 'Livro de Euclides'. Tudo o que mencionei eu domino bem. Depois disso, ocupei-me com a ciência dos corpos, li, estudei e examinei os livros do teólogo Aššāfiᶜī,[118] bem como as tradições do profeta, livros de gramática e redação, o compêndio 'O fim da procura', de Aljuwaynī,[119]

[114] Abū Alqāsim ᶜAbdurraḥmān Bin ᶜAlī Bin Aḥmad Bin Abī Ṣādiq (m. 470 H./1077 d.C.), médico natural de Nisapur, na Pérsia, que por seus conhecimentos e abnegação foi apelidado de Hipócrates.

[115] "Livros da prova" é tradução literal, mas trata-se dos *Analíticos posteriores*, de Aristóteles, comentados em árabe, entre outros, pelo filósofo cordobês Ibn Rušd, ou Averróis (1126-1198 d.C.).

[116] Abū Anīs Almuḫtār Bin Buṭlān (391 H./1001 d.C.-456 H./1064 d.C.), já citado, renomado e habilidoso médico natural de Bagdá. Cristão, seu nome de batismo era Yūwānīs. Enriqueceu os conhecimentos médicos da época e, além dos compêndios que escreveu, deixou um tratado, já citado em outra nota, que por critérios atuais seria considerado infame, contendo recomendações a eventuais compradores de escravos para evitar que fossem tapeados.

[117] Alcunha do botânico, herborista, farmacêutico e droguista Ḍayā'uddīn Abū Muḥammad ᶜAbdullāh Bin Aḥmad (593 H./1197 d.C.-646 H./1248 d.C.). Nascido em Málaga durante o período muçulmano, é considerado o mais importante estudioso dessas áreas em sua época.

[118] Abū ᶜAbdillāh Muḥammad Bin Idrīs Aššāfiᶜī (150 H./767 d.C.-204 H./820 d.C.), o terceiro dentre os quatro fundadores das doutrinas jurídicas do islã. Nasceu em Gaza, na Palestina, no seio de uma família muito pobre. Sua escola, de tendência branda, era, e ainda é, preponderante no Egito. O cerne de suas concepções está distribuído pelas inúmeras e volumosas obras que escreveu.

[119] Abū Almaᶜālī Aljuwaynī (419 H./1028 d.C.-478 H./1086 d.C.), respeitado teólogo natural de Nisapur, na Pérsia, oriundo de uma ilustre família de doutores da lei muçulmana. Sua principal obra é *Nihāyat almaṭlab fī dirāyat almaḏhab*, "O fim da procura para a compreensão da doutrina", que em edições modernas alcança catorze volumes bem fornidos.

teólogo das duas mesquitas sagradas, a compilação 'O mar da correção', de Arrawiyānī,[120] o 'Compêndio completo', de Ibn Aṣṣabbāġ,[121] bem como as obras de Alġazālī.[122] Discuti com sábios e questionei sapientes. Discorri sobre os mais diversos saberes, entre os quais jurisprudência religiosa, hermenêutica, língua árabe, filologia, teologia, lógica, semântica e eloquência, aritmética, dialética, álgebra, astronomia, filosofia, hierarquia dos versículos corânicos, espiritualidade, alquimia, uso do astrolábio, ciência das esferas e das letras, enfim, incontáveis saberes, sobre os quais dissertei na medida mesma do meu entendimento. Portanto, traga-me um tinteiro para eu escrever uma carta que lhe proporcione proveito em suas viagens pelo país". Ao ouvir tudo aquilo, o mercador gritou, dizendo: ["Que excelente! Feliz daquele em cujo palácio você estiver", e foi ao mercado, de onde lhe trouxe uma resma de papel e um tinteiro.][123]

E o amanhecer alcançou Šahrazād, que parou de contar.

QUANDO FOI A NOITE

304ª

Disse Šahrazād:

Eu tive notícia, ó rei venturoso, de que o mercador prontamente os depositou diante dela, e depois beijou o chão. A jovem se agigantou ante os seus olhos. Nuzhat Azzamān pegou a resma de papel e escreveu:

[120] Abū Almaḥāsin Arrawiyānī (n. 415 H./1025 d.C.), nascido em Rawiyān, no norte do Irã, era juiz e doutor em lei religiosa, adepto da escola *šāfiᶜīta*, preponderante no Egito. Afirmava conhecer completamente essa doutrina, dizendo: "Ainda que todos os livros de Aššāfiᶜī fossem queimados, eu os ditaria de cor". Sintomaticamente, a sua principal obra se chama *Albaḥr fī maḏhab Aššāfiᶜī*, "O oceano a respeito da doutrina de Aššāfᶜī".
[121] ᶜAbdussayyid Bin Aṣṣabbāġ (400 H./1010 d.C.-477 H./1084 d.C.), teólogo da escola *šāfiᶜīta*, natural de Bagdá. Entre outras obras, escreveu o *Aššāmil fī alfiqh*, "Tratado completo sobre jurisprudência islâmica".
[122] Abū Ḥāmid Muḥammad Alġazālī (450 H./1058 d.C.-505 H./1111 d.C.), teólogo muçulmano sunita natural de Ṭūs, na Pérsia, escreveu obras de polêmica contra os filósofos (*Tahāfut alfalāsifa*, "A destruição dos filósofos", respondida algumas décadas depois por Averróis no livro *Tahāfut attahāfut*, "A destruição da destruição"), e contra as doutrinas ismaelitas (*Faḍā'iḥ albāṭiniyya*, "Os escândalos do bāṭinismo"). Seus trabalhos, em especial o livro *'Iḥyā' ᶜulūm addīn*, "A revivificação dos saberes religiosos", tiveram grande importância no contexto da renovação do islã tradicional.
[123] O trecho entre colchetes foi traduzido de Gayangos, dado que existe uma visível lacuna em Varsy e Tübingen.

Em nome de Deus, misericordioso, misericordiador
O sono contra os meus olhos se rebela;
tu lhes ensinaste, ao partires, a insônia,
e a tua lembrança meu fígado inflama!
É essa a lembrança que deixam os amados?
Ó ausente que eu não desejava abandonar!
No entanto, não pude manipular o destino!
Eram férteis os nossos dias, quanta delícia!
Partiram sem que eu me fartasse do seu gosto.
Se o sono, por engano, me cobrir os olhos,
um sono leve: mesmo nele verei teu vulto;
vou implorar aos ventos para que me tragam,
deste cativo, qualquer notícia de sua sombra!
Amor meu, por Deus!, já não suporto a distância
nem a paciência, ainda que o porvir possa ser bom;
anseio por ti como o exilado por sua terra!
O vento da juventude cedo te agita as aflições;
faço para a ausência uma queixa sem apoiador:
a separação traz desgraças que ferem até as pedras.

Em seguida, ela escreveu:

"Uma jovem transtornada beija o chão de tanto cismar, debilitada por uma insônia cujo motivo é a sua distância, que lhe amputou as asas e fez seu dia se juntar à sua noite.[124] Ela já não tem manhãs, e seu escuro nunca é atingido pela luz; é atacada por cabrestos, pinta os olhos com insônia, revira-se em camas de angústia, adorna-se com os pincéis da aflição; vigiadora das estrelas, inspetora da escuridão. A descrição do seu estado muito tempo levaria, e por isso ela recita a seguinte poesia:

É como se minhas pálpebras se pintassem com espinhos,
e deixassem meus olhos sem poder descansar e se fixar,
e eu digo, nesta minha noite que parece não ter mais fim:
será que depois da tua partida o dia não sucederá a noite?

[124] "Fez seu dia se juntar à sua noite" é o que consta de Gayangos e Maillet. Em Tübingen e Varsy, "fez seus gritos atravessarem a sua noite".

Meus olhos, já não os consigo fechar de modo algum, e
parece que minhas pálpebras se tornaram curtas para eles".

No final da folha, ela escreveu: "Daquela que está distante de sua terra, senhora das lágrimas de pérola, Nuzhat Azzamān", e, selando o envelope, entregou-o ao mercador, que o pegou e o beijou após ficar a par do seu conteúdo. Muito contente com aquilo, pressagiou boas novas e se espantou de sua eloquência, dizendo: "Exalçado seja quem a desenhou, e fez um desenho tão belo". Ampliou ainda mais o seu bom tratamento à jovem durante o dia inteiro. Ao anoitecer, foi ao mercado e mandou preparar comida numa casa de pasto.[125] Depois levou-a à casa de banho, entregando-a aos cuidados de uma banhista [e da administradora do local], às quais disse: "Tão logo vocês terminarem, vistam-na com estas roupas e me avisem". Elas assim procederam, e então ele lhes enviou a comida que fora preparada na casa de pasto, além de doces, frutas e velas, sendo tudo aquilo colocado sobre os bancos da casa de banho. Quando Nuzhat Azzamān saiu do banho, a administradora da casa de banho e a banhista conduziram-na pela mão até onde estava o banquete, e todas comeram, dando o que sobrou ao dono da casa de banho. Após sair do banho, a jovem dormiu até o amanhecer.

E o amanhecer alcançou Šahrazād, que parou de contar.

QUANDO FOI A NOITE 305ª

Disse Šahrazād:

Eu tive notícia, ó rei venturoso, de que, após sair do banho acompanhada pela banhista, Nuzhat Azzamān dormiu até o amanhecer, enquanto o mercador ficava sozinho e isolado em outro lugar. Assim que despertou, ele foi acordá-

[125] "Casa de pasto" traduz *sarā'ijī*, "vendedor de comida", palavra que está mal grafada em Varsy e Tübingen. Aliás, esse trecho todo apresenta grande confusão nos dois manuscritos, certamente derivada de má leitura dos originais de onde foram copiados. Mais adiante, acrescentou-se "administradora do local" entre colchetes porque os verbos estão no plural, e logo depois essa personagem é citada.

-las, e Nuzhat Azzamān foi envolvida num manto novo de seda, comprado por mil dirhams, chamado de *ᶜaṣīṣān*, com bolsos em bordado novo, uma túnica *ṣalag̈namšī*[126] com gorro, mangas largas, colete, cauda e essências aromáticas, num custo de mil dirhams, roupas ornamentadas e um turbante por mil dirhams; roupas bordadas a ouro e uma *kūfiyya*[127] por mil dirhams; a roupa estava enfeitada com um manto azul, e a *kūfiyya* com duas borlas de ouro e fechos de âmbar bruto exalando almíscar, no valor de mil dirhams, além de um cinturão com duas hastes de ouro enfeitadas à egípcia, nas quais se liam os seguintes versos:

Somos fechos de seda sobre uma cintura macia,
e não nos abrimos senão nas horas da alegria.

Havia também um cafetã azul à moda egípcia, com largura de seis dedos, e uma túnica mameluca no valor de mil dirhams; em suas orelhas, brincos constituídos por duas grandes pérolas, no valor de mil dirhams; em seu pescoço, um colar de ouro com três romãs de ouro, entre as quais havia pingentes de esmeralda, no valor de dois mil dirhams; sob o colar, uma pequena gargantilha de ouro, e sobre os seus seios um rosário de âmbar que ia até a cintura; acima do umbigo, um cinturão com dez discos que traziam no centro engastes de rubi, e nove luas crescentes, que traziam no centro engastes de coríndon, ao custo de dois mil dirhams. No conjunto, tantas roupas e joias custaram uma quantia considerável.

Assim que terminou de se vestir e se enfeitar, e tendo colocado sobre os olhos o véu de seda fina,[128] ela tomou a frente do mercador e voltaram para casa. Pela manhã, ele a levou para a cidade, e os homens dali, espantados com ela, disseram: "Louvado seja Deus, o melhor dos criadores! Que sorte da casa na qual esta jovem entrar!". O mercador continuou caminhando na frente, e ela

126 "*ᶜAṣīṣān*" e "*ṣalag̈namšī*" (ou *ṣalafnamšī*), ambas constantes dos manuscritos Tübingen e Varsy, são palavras cujo sentido foi impossível descobrir. Não existem em nenhuma outra fonte, e estão modificadas ou suprimidas nas demais fontes. Pode ser, aliás, que a sua grafia esteja errada.
127 "*Kūfiyya*", espécie de lenço que se usa sob o turbante.
128 "Véu de seda fina" traduz *ḫātūniyya*, vocábulo constante de todos os manuscritos. Na edição de Calcutá, consta *ḫāqūniyya*, palavra que Dozy, em seu dicionário, afirmou desconhecer. Trata-se, contudo, de erro de revisão, e o que consta dos manuscritos aqui consultados está correto, embora o sentido preciso de *ḫātūniyya* seja obscuro. É uma derivação de *ḫātūn*, palavra de origem turca que significa "senhora da casa", "patroa". Com base nisso, a ilação mais plausível é a de que fosse algo sofisticado e caro.

atrás dele, a cabeça em paralelo com os pés,[129] até que chegaram ao castelo, cuja ponte atravessaram, e foram ter, após a devida permissão, com o rei Šarrakān, filho de ᶜUmar Annuᶜmān. Quando se viu diante do rei Šarrakān, o mercador beijou o solo repetidas vezes e disse: "Ó rei venturoso, senhor do correto parecer e do apoio que o faz vencer, este seu escravo lhe traz um presente oriundo de terras longínquas, sem igual neste nosso tempo! Ela possui beleza, generosidade e eloquência; ocupa-se de todos os saberes, detendo sobre eles argumentos claros; tipos como ela neste nosso tempo são raros". Disse o rei Šarrakān: "Quero vê-la com os meus próprios olhos, ouvir-lhe as palavras, a melodia, os sentidos e a exposição". O mercador saiu por alguns instantes e voltou com ela atrás de si, colocando-a diante do rei. Então, o sangue se compadeceu do sangue...

E o amanhecer alcançou Šahrazād, que parou de contar.

QUANDO FOI A NOITE

306ª

Disse Šahrazād:

Eu tive notícia, ó rei venturoso, de que Nuzhat Azzamān parou diante de seu irmão Šarrakān, mas nem ele sabia dela, nem ela sabia dele, uma vez que, quando ela nascera, sua mãe a escondera até que crescesse, e Šarrakān de nada sabia.[130] Então ele lhe disse: "Sente-se, minha jovem", e ela se sentou sem pronunciar palavra. Voltando-se para ela, o rei lhe disse: "Fale para que eu ouça, conforme o seu senhor disse, as suas máximas sapienciais e advertências, se isso lá for verdade!". A jovem disse: "Graças a Deus, que fez da língua o intérprete do coração, e tornou o homem superior, com o intelecto e a capa-

[129] Formulação curiosa para indicar que ela ia de espinhaço ereto, impando de orgulho: *wa ra'suhā yuwāzin mawḍiᶜ qadamihā.*

[130] Neste ponto, as edições impressas introduzem explicações com o fito de remediar essa aparente incongruência – pois já ocorreu o episódio em que Šarrakān fica furioso ao saber da existência dos seus dois irmãos, Ḍaw Almakān e Nuzhat Azzamān. Porém, o que o texto diz aqui, muito simplesmente, é que ele não a conhecia, conforme se evidenciará logo adiante.

cidade de expressão, a todo o restante da criação. Louvado seja quem fez do árabe a melhor língua falada, expurgando dos seus vocábulos toda impureza — pois ela é pura para os seus falantes —, e a tornou instrumento para manifestar o que vai pela consciência e enunciar o que se rumina no foro íntimo, traduzindo o que está no peito dos homens e expondo o que ele contém. Saiba, ó rei venturoso, que o melhor desígnio para esta nação é procurar a sabedoria, sendo o decoro[131] o seu grau mais elevado e a sua mais bela doutrina. Pergunte-me e terá as respostas, ó rei, pois não se dirige a palavra senão aos dotados de inteligência".

Disse o narrador: Ao ouvir aquilo, entre encantado e perplexo, o rei Šarrakān pensou: "Por Deus, essa jovem só pode ser filha de nobres[132] ou de reis. Como é que alguém assim pode ser escrava? Vou ficar com ela e usá-la para provocar o meu pai, ᶜUmar Annuᶜmān, dizendo-lhe: 'Eis esta jovem. Você tem a sua filha Nuzhat Azzamān e o seu filho Ḍaw Almakān, com os quais gastou mais dinheiro — contratando alfaquis, professores e sábios — do que o próprio fogo poderia consumir. E esta jovem, sozinha, derrotará os dois!'".[133] Então Šarrakān dispensou todas as autoridades presentes, ali permanecendo somente o mercador, a jovem e um empregado, e, voltando-se para ela, perguntou com suavidade: "Minha jovem, você sabe algo dos discursos dos sábios?". Ela respondeu: "Sim, bem como de discursos de homens eloquentes. Se você quiser, ó rei, posso fazer-lhe relatos acerca das crônicas históricas,[134] dos relatos resultantes de reflexões, das curiosidades sobre viagens seletas e das mais belas poesias — pois a limpidez foi substituída pela turvação, e as desgraças do destino, invejosas, me mudaram; o tempo se corrompeu, os irmãos se atraiçoaram, os companheiros se estranharam e os comensais se amedrontaram; a detestável solidão agora se procura, e a adorá-

[131] "Decoro" traduz, como temos feito, nem sempre com a devida exatidão, a controvertida palavra árabe *adab*. Outras possibilidades são: cultura, literatura, cortesia, humanidades etc. Em traduções espanholas medievais de textos árabes, em geral se usa o termo "saber", que hoje se reserva para *ᶜilm*. Enfim, stricto sensu, nenhuma dessas possibilidades é perfeitamente adequada.

[132] "Nobres" traduz *aḥrār*, literalmente "livres", mas cuja acepção é esta: gente superior.

[133] Maillet acrescenta: "Também direi a ele: 'Quero que você compare os dois com esta jovem, que é a maravilha deste nosso tempo'".

[134] Em Maillet, em vez de "crônicas históricas" (*tawārīḫ al'aḫbār*), consta "histórias dos homens bons" (*tawārīḫ al'aḫyār*). A diferença é de apenas um pingo a mais sob a letra que seria o "b", o que a transforma em "y". Um pouco mais adiante, acrescentamos "as mais belas poesias" com base no mesmo manuscrito Maillet, muito embora essa expressão também possa derivar de algum erro de grafia. Mas, nesse caso, o excesso é preferível à falta. Em Maillet se acrescenta ainda: "e igualmente a sabedoria e suas artes, e as falas do profeta e suas derivações".

vel reunião se proíbe.[135] Pergunte o que desejar, e peça informações do que mais gostar". Quando ela terminou de falar e se calou, o rei, excitado e ansioso pela jovem, pensou: "É alguém igual a ela que eu procurava!". Olhou para o mercador e perguntou: "Qual o seu preço?". O mercador respondeu: "É um presente meu para você, pois de fato ela não tem preço". Šarrakān disse: "É verdade. Quem poderia pagar? Fale-nos, minha jovem, algo disso que você mencionou, ou seja, um pouco de tudo, uma palavrinha, duas ou três, não mais". Ela disse: "Sei de cor cinquenta temas de discussão,[136] cada um dos quais dividido, por sua vez, em cinquenta partes".

E o amanhecer alcançou Šahrazād, que parou de contar.

QUANDO FOI A NOITE

307ª

Disse Šahrazād:

Eu tive notícia, ó rei venturoso, de que a jovem Nuzhat Azzamān disse ao seu irmão: "Das palavras e predicações dos sábios e dos sapientes, e de tudo o mais que eles sabiam, sei de cor cinquenta assuntos, cada assunto dividido em cinquenta partes, e cada parte contendo cinquenta histórias curiosas. O primeiro tema de discussão engloba predicações e decoros religiosos, e se divide em cinquenta partes. O segundo engloba decoros, política religiosa e protocolos dos reis e dos súditos, e ele se divide em cinquenta capítulos, contendo duas mil e quinhentas histórias curiosas, que é melhor não nomear aqui para não tomar muito tempo. O terceiro engloba honra, liderança, dignidade da alma, elevação de desígnios, soberania, generosidade, manutenção da boa vizinhança e prote-

[135] Essa parte da fala foi em algum momento, com certeza, uma poesia ou parte de uma poesia, mas aqui se transmitiu como se prosa fosse. Por causa dos erros de cópia, em todas as fontes há incongruências que a tradução, como sempre, buscou remediar. As edições impressas, desnecessário dizê-lo, omitem o trecho.

[136] "Temas de discussão" traduz o árabe *bāb*, literalmente "porta", termo utilizado, por exemplo, como equivalente de "capítulo" em muitas obras clássicas, tais como o fabulário *Kalīla e Dimna*. De início, cogitou-se traduzi-lo como "assunto" ou simplesmente "tema", mas, como o leitor decerto notará adiante, tais termos não são adequados, dada a variedade que se agrupa sob a rubrica *bāb*. Já "história curiosa" traduz *nukta*, "anedota".

ção dos lares, e ele se divide em cinquenta partes, contendo duas mil e quinhentas histórias curiosas. O quarto engloba o que é bom e o que é ruim na moral, e ele se divide em cinquenta partes, contendo duas mil e quinhentas histórias curiosas. Já o quinto, o sexto, o sétimo e o oitavo assuntos englobam a avareza, a prodigalidade e o que nelas é ruim, divididos cada qual em cinquenta partes, contendo duas mil e quinhentas histórias curiosas. O nono engloba a modéstia e o orgulho, dividido em cinquenta partes, contendo cinquenta histórias curiosas. O décimo engloba a parcimônia, o zelo e a ambição.[137] O décimo primeiro engloba as especificidades do mal e da intriga, dividido em cinquenta partes, contendo cinquenta histórias curiosas. O décimo segundo engloba a justiça e a injustiça, dividido em cinquenta partes, contendo cinquenta histórias curiosas. O décimo terceiro engloba o intelecto e a estupidez, dividido em cinquenta partes, contendo cinquenta histórias curiosas. O décimo quarto engloba o bom parecer e o aconselhamento, dividido em cinquenta partes, contendo histórias curiosas. O décimo quinto engloba compromissos e testamentos, dividido em cinquenta partes, contendo cinquenta histórias curiosas. O décimo sexto engloba o orgulho e a jactância, dividido em cinquenta partes, contendo cinquenta histórias curiosas. O décimo sétimo é sobre o elogio e a gratidão, dividido em cinquenta partes, contendo cinquenta histórias curiosas. O décimo oitavo é sobre as congratulações e os pêsames, dividido em cinquenta partes, contendo cinquenta histórias curiosas, entre as quais histórias sobre congratulações por conquistas, pelo governo, por prêmios, por filhos, por ganhos, por retorno de viagens e passeios, pelo casamento, bem como histórias sobre reis, vizires, governadores, inspetores,[138] escribas e birôs governamentais. O décimo nono é sobre as artimanhas e astúcias das mulheres, dividido em cinquenta partes, contendo cinquenta histórias curiosas. O vigésimo é sobre o tratamento de doentes, dividido em cinquenta partes, contendo cinquenta histórias curiosas. O vigésimo primeiro é sobre presentes e preciosidades, dividido em cinquenta partes, contendo cinquenta histórias curiosas. O vigésimo segundo é sobre a sátira e as formas de introduzi-la, dividido em cinquenta partes, contendo cinquenta histó-

[137] Em Varsy e Tübingen, os itens nono e décimo estão fundidos, por possível falha do original de onde eram copiados. Por isso, traduziu-se de Gayangos. Em Maillet e na compilação tardia, essa parte está muito resumida, mas talvez isso seja mais adequado para evitar o tédio do leitor com semelhante enumeração, demasiado prolixa.

[138] "Inspetores" traduz a palavra *šādīn*, termo de origem mongol, corrente durante o período mameluco, mas hoje de uso extinto. Consta tanto de Varsy como de Tübingen. A esses grupos, Gayangos acrescenta: alfaquis (isto é, doutores da lei religiosa), juízes e batedores.

rias curiosas. O vigésimo terceiro é sobre as repreensões, dividido em cinquenta partes, contendo cinquenta histórias curiosas. O vigésimo quarto é sobre as críticas contundentes e as objurgatórias, dividido em cinquenta partes, contendo cinquenta histórias curiosas. O vigésimo quinto é sobre a promessa e a ameaça, dividido em cinquenta partes, contendo cinquenta histórias curiosas. O vigésimo sexto é sobre descrição[139] e caracterização, dividido em cinquenta partes, contendo cinquenta histórias curiosas. O vigésimo sétimo é sobre a caracterização de cavalos, muares, camelos, elefantes, leões, bestas e feras do deserto, da caça e pesca, dos lugares onde vivem as diversas espécies de aves, das várias espécies de animais, répteis e insetos, das mulheres, suas vestes e ornamentos, dos efebos, dos negros, das bebidas, do céu, das estrelas, das noites, do amanhecer, das nuvens, da chuva, dos ventos, da fertilidade, das oferendas, das águas, dos riachos, dos rios, dos navios, das campinas, das flores, das árvores, da guerra, do exército, das armas, e de outras coisas assemelhadas.[140] O vigésimo oitavo é sobre o encanecimento dos cabelos e o seu tingimento, dividido em cinquenta partes, contendo cinquenta histórias curiosas que virão em seu respectivo lugar, se Deus altíssimo quiser. O vigésimo nono é sobre o mercadejar e o ganhar a vida, dividido em cinquenta partes, contendo cinquenta histórias curiosas. O trigésimo é sobre os diversos aspectos dos sermões, dividido em cinquenta partes, contendo cinquenta histórias curiosas.[141] O trigésimo primeiro é sobre as correspondências fraternas, dividido em cinquenta partes, contendo cinquenta histórias curiosas. O trigésimo segundo é sobre citações, argumentos eficientes e respostas cortantes.[142] O trigésimo terceiro é sobre as crônicas a respeito dos

[139] Varsy, Tübingen e Gayangos coincidem aqui em trazer *ṣafā*, "pureza", o que não faz sentido se combinado com *na*^{c}*t*, "caracterização". Por isso, supôs-se que tenha ocorrido metátese, e que o termo correto é *waṣf*, "descrição".

[140] Essa enumeração a princípio caótica, e que sem dúvida teria divertido Borges e Foucault, é provavelmente fruto de algum erro de cópia, ou, pelo menos, de alguma distração por parte de quem elaborou o original da história, uma vez que, com pequenas diferenças provocadas pela semelhança das grafias, consta dos três manuscritos que a contêm, ou seja, Varsy, Tübingen e Gayangos. Parece, antes, ser cópia desleixada, talvez de memória, da introdução de algum dos vários compêndios escritos no período mameluco a respeito dos vários ramos do saber.

[141] Traduzido de Gayangos, pois Tübingen e Varsy contêm falhas neste ponto (embora falar de "falhas" num texto como este seja essencialmente falho): em vez de "diversos aspectos dos sermões", eles falam em "alguns sermões". Varsy tampouco cita a divisão em cinquenta partes.

[142] A partir deste ponto, até o item 43, não aparece a numeração, e a narrativa se limita a citar os assuntos, um após o outro. Portanto, a enumeração é, de 33 a 43, do tradutor. Tampouco se faz menção à divisão em "cinquenta partes", ou às "cinquenta histórias curiosas" que os ilustram, e nesse caso considerou-se mais prudente manter essa omissão.

árabes. O trigésimo quarto é sobre as grandes autoridades em decoro e boas letras.[143] O trigésimo quinto é sobre a facilidade após a dificuldade. O trigésimo sexto é sobre a esperança após a paciência. O trigésimo sétimo é sobre a riqueza e a pobreza. O trigésimo oitavo é sobre o alívio e a angústia. O trigésimo nono é sobre as viagens e o abandono da terra natal. O quadragésimo é sobre o adiamento da satisfação das necessidades. O quadragésimo primeiro é sobre os maus e os bons augúrios e a fisiognomonia. O quadragésimo segundo é sobre as artimanhas, os ardis, os equipamentos mecânicos e seus assemelhados.[144] O quadragésimo terceiro é sobre os propósitos e os objetivos, dividido em cinquenta partes, contendo cinquenta histórias curiosas. O quadragésimo quarto é sobre vinho e bebidas alcoólicas, dividido em cinquenta partes, contendo cinquenta histórias curiosas. O quadragésimo quinto é sobre o canto e as cantoras, dividido em cinquenta capítulos, contendo cinquenta histórias curiosas. O quadragésimo sexto é sobre avarentos e intrujões, dividido em cinquenta partes, contendo cinquenta histórias curiosas. O quadragésimo sétimo é sobre histórias, datações e seus assemelhados. O quadragésimo oitavo é sobre ocorrências insólitas e as artes da poesia. O quadragésimo nono é sobre rogos, preces fervorosas e assemelhados. O quinquagésimo é sobre a primeira e a segunda chamadas para a prece, e assemelhados.[145]

E o amanhecer alcançou Šahrazād, que parou de contar.

[143] "Decoro e boas letras" traduz *adab*, vocábulo sobre o qual já se discorreu.

[144] Os elementos desse item estavam associados. Uma importante obra da segunda metade do século XII ou inícios do XIII, de Ismā^{c}īl Bin Arrazāz Aljazarī (1165-1210 d.C.), matemático, construtor e inventor, denominava-se *Aljāmi^{c} bayna al^{c}ilm wa al^{c}amal annāfi^{c} fī ṣinā^{c}at alḥiyal*, "Reunião do saber e do trabalho útil para a produção de artimanhas", e tratava da construção de artefatos mecânicos, aliás bastante avançados para a época. As pranchas da obra podem ser consultadas com proveito e deleite no portal Muslim Heritage, um projeto da Foundation for Science Technology and Civilisation. Disponível em: <http://www.muslimheritage.com>. Acesso em: 15 mar. 2021.

[145] Essa curiosa exposição de conhecimentos e saberes reproduz, de maneira um tanto ou quanto desleixada (decerto pelo fato de o autor estar utilizando, exclusiva e descuidadamente, a memória), itens que costumavam constar das vastas compilações enciclopédicas elaboradas então. Cite-se, a título de exemplo, a muito disseminada obra de Šihābuddīn Al'ibšīhī (1388-1448 d.C.), *Almustaṭraf fī kull fann mustaẓraf*, "O mais curioso de toda bela arte", que contém, não obviamente nessa disposição, a maioria dos itens mencionados pela personagem.

QUANDO FOI A NOITE

308ª

Disse Šahrazād:

Eu tive notícia, ó rei venturoso, de que, mal Nuzhat Azzamān terminou de falar, o rei Šarrakān, o senhor de Damasco, ficou espantado com a sua declamação e — trêmulo de espanto e curvado de emoção — disse: "Por Deus que você é o prodígio do tempo, a raridade do momento e todos os momentos! Será que você aceitaria, de bom grado, falar algo sobre as coisas que nomeou? Eu gostaria que me contasse, de cada um desses temas, uma história curiosa, e, de cada uma de suas partes, outra história curiosa, bem como uma parcela de cada assunto e duas ou três notícias, não mais, e de cada história curiosa um, dois ou três provérbios, não mais". Ela disse: "Ouço e obedeço. Tudo isso será sob os auspícios da sua boa ventura".

Disse o narrador: Sumamente espantado, o rei Šarrakān pensou: "Por Deus que escreverei para o meu pai, ᶜUmar Annuᶜmān, informando-o a respeito desta garota, com a qual vou me pavonear diante dos seus nobres filhos e de todos quantos viverem na sua cidade de Bagdá. Que esta jovem tenha uma grande posição. E que posição!".[146] Isso tudo e o rei Šarrakān não sabia que se tratava de sua irmã, Nuzhat Azzamān, e nem ela sabia que Šarrakān era seu irmão, pois fora escondida dele e não sabia de sua existência. [A jovem tampouco sabia que o pai tinha outro filho além de seu irmão Ḍaw Almakān.][147] Quanto a Šarrakān, ele somente a avistara uma única vez quando pequena, sem lhe prestar muita atenção, pois a odiava; afinal, ele só ficara ciente de que tinha aquela irmã e um irmão chamado Ḍaw Almakān seis anos após o nascimento deles, e passara a nutrir por ambos um ódio enorme por causa da herança do reino. Era esse o motivo de os irmãos não se conhecerem.

Disse o narrador: Então o rei Šarrakān voltou-se para o mercador e disse: "Determine você o preço e me deixe a sós com a minha criada". O mercador disse: "Ouço e obedeço. A propósito, escreva para mim uma ordem que me libere para sempre do pagamento de impostos". Šarrakān disse: "É a primeira coisa

[146] Aqui, é possível rastrear vários temas e tópicas literárias, desde o involuntário incesto, de origens difusas, até a comicidade ácida de autores do *siglo de oro* espanhol, como Cervantes, Quevedo e o Lope de Vega de *La vida es sueño*, entre outros.

[147] Trecho traduzido de Gayangos, pois neste ponto a narrativa de Varsy e Tübingen é falha.

que farei por você.[148] Mas também quero que estipule o preço dela". O mercador disse: "Cem mil dirhams. Também lhe dei roupas por outros cem mil dirhams".

Disse o narrador: Ao ouvir aquilo, o rei Šarrakān disse: "Aceito de bom grado" e, mandando chamar o tesoureiro, disse-lhe: "Traga-me trezentos mil dirhams", e o dinheiro foi imediatamente providenciado. O rei separou os trezentos mil dirhams, juntando-lhes outros vinte mil dirhams, e disse ao mercador: "Toma aí cento e vinte mil dirhams, mais cem mil dirhams de lucro e ainda cem mil dirhams pelas roupas dela". Em seguida, o rei mandou chamar os quatro juízes[149] e entregou o dinheiro ao mercador. Ato contínuo, voltando-se para os quatro juízes, o rei disse: "Eu os faço testemunhas de que declaro liberta esta jovem, que passa a ser mais uma muçulmana livre, dona de si mesma", e os juízes escreveram a sua carta de alforria. [Em seguida, pediu-lhes que escrevessem uma carta de compromisso de casamento entre ambos.[150] Um dos juízes disse: "Com muito gosto e honra.[151] Serei o tutor dessa jovem", e os juízes então lançaram sobre os presentes doces e moedas tirados de bandejas de ouro e prata, e tudo foi recolhido pelos criados e pelos jovens servos.][152]

Disse o narrador: Depois disso, e já lhe tendo entregado o dinheiro, o rei Šarrakān voltou-se para o mercador e lhe escreveu uma ordem assegurando que nunca mais deveria pagar impostos, além de determinar que lhe dessem uma túnica. Então, mandou que todos se retirassem, com exceção dos quatro juízes, aos quais disse: "Quero que vocês ouçam algumas palavras sobre as coisas mencionadas por essa jovem de pouca idade e muito saber". Eles responderam: "Não há problema nenhum nisso".

Disse o narrador: O rei ordenou que fossem baixadas as cortinas onde estava a jovem; as criadas entraram e, informadas de que ela era esposa do rei Šarrakān, puseram-se a beijar-lhe as mãos. Cercaram-na, tiraram-lhe o vestido e a deixa-

[148] Curiosamente, por um visível erro de cópia, Varsy traz "isso eu não farei". Em todas as outras fontes, manuscritas e impressas, a isenção de impostos é de pronto concedida.

[149] O número quatro indica que cada um desses juízes pertencia a uma das escolas de jurisprudência muçulmana: *šāfiᶜī*, *mālikī*, *ḥanafī* e *ḥanbalī*. Note que tal sistema – utilizar simultaneamente os juízes dessas quatro escolas – foi fundado pelo célebre sultão mameluco Baybars Albunduqdārī, que governou o Egito e a Síria entre 1260 e 1277 d.C.

[150] Trata-se de uma espécie de noivado. A ideia é que, tão logo se torne legalmente capaz, ela se case com ele. A possibilidade de incesto é, por óbvio, o ponto de tensão na narrativa.

[151] "Com muito gosto e honra" traduz uma locução árabe típica, *ᶜalà alᶜayn wa arra's*, literalmente, "sobre o olho e a cabeça".

[152] O trecho entre colchetes foi traduzido de Gayangos, pois em Varsy e Tübingen ocorre uma solução de continuidade na narrativa, certamente devida a um defeito constante no original comum de ambos.

ram um pouco mais leve daquele tanto de roupas que usava. Contemplando a sua beleza e formosura, disseram: "Louvado seja Deus, o melhor dos criadores!". Tão logo ouviram falar que o rei Šarrakān comprara uma jovem douta em jurisprudência religiosa, ciência, sabedoria, filosofia, arquitetura, atribuições e aritmética, e que dominava todos os saberes, e que mandara pagar por ela cem mil dirhams, vinte mil dirhams, duzentos mil dirhams, e que ordenara o comparecimento dos quatro juízes para que ela lhes respondesse sobre o que quisessem perguntar-lhe e para que debatessem, enfim, tão logo ouviram falar isso tudo, as jovens esposas dos comandantes, dos maiorais, dos vizires e dos oficiais de chancelaria pediram aos seus maridos permissão para ficar num local onde pudessem ouvir aquilo. Os homens pediram tal permissão de comparecimento ao rei Šarrakān, e então as mulheres acorreram até a esposa de seu senhor, no lado de dentro das cortinas, e também se puseram a beijar-lhe as mãos e os pés, sentando-se a seguir ao seu redor, enquanto as criadas se mantinham de pé diante dela.

E o amanhecer alcançou Šahrazād, que parou de contar.

QUANDO FOI A NOITE

309ª

Disse Šahrazād:

Eu tive notícia, ó rei venturoso, de que, após ser cumprimentada pelas mulheres dos comandantes, dos vizires e dos maiorais do Estado, a jovem Nuzhat Azzamān ficou de pé diante delas, com as criadas atrás de si, e lhes deu boas-vindas, pondo-se a sorrir para todas, conquistando-lhes os corações e transmitindo-lhes as mais belas expectativas. Colocou cada uma delas num lugar adequado à sua posição, como se com elas tivesse sido criada. Espantadas com sua beleza, inteligência, decoro, pronúncia e recepção, as mulheres comentaram entre si: "Deus nos livre de que essa jovem seja uma criada! Ela não é senão uma rainha, filha de reis". E, instaladas ao pé dela, a fim de melhor magnificá-la, disseram: "Ó senhora, você iluminou o nosso país e honrou a nossa cidade. Este reino é seu reino, este palácio é seu palácio, e todas nós somos suas criadas. Que Deus altíssimo não nos prive da sua beleza!".

Disse o narrador: Ela lhes agradeceu. Isso tudo ocorria com a cortina baixada entre elas, o rei Šarrakān e os quatro juízes. Nesse momento, o rei a chamou: "Faça-me ouvir um pouco das coisas que você prometeu". Ela disse: "O primeiro capítulo é sobre a política e os decoros dos reis, e quais as obrigações dos governantes em relação aos súditos, e o que devem fazer quanto aos bons caracteres". E prosseguiu:[153]

A EXPOSIÇÃO DE NUZHAT AZZAMĀN

Saiba que os propósitos dos seres humanos, todos eles, estão nas coisas da fé e nas coisas do mundo, pois a fé não se efetua senão por intermédio do mundo, que é o caminho para a outra vida. As questões do mundo não se organizam senão por meio das atividades nele praticadas, e tais atividades se dividem em três, e alguns dizem quatro. A lavoura, que é para a alimentação; a tecelagem, que é para a vestimenta; a construção, que é para a moradia; e a política, que é para a boa convivência, a reunião e a cooperação a fim de que bem se executem as demais atividades. Saiba, ó rei, que Deus altíssimo criou o mundo como suprimento para a eternidade, a fim de que, nele, os seres humanos colham aquilo que os enviará para a outra vida. Se acaso levassem o mundo na base da justiça, acabariam as disputas, mas eles levam o mundo na base da injustiça e da busca de prazeres, gerando-se então confrontos entre eles, e por isso precisam de uma autoridade[154] que os conduza e administre os seus misteres. Não fosse o escudo[155] do rei, o forte derrotaria o fraco.

[153] A partir deste parágrafo, e até indicação em contrário, a exposição de Nuzhat Azzamān é, toda ela, extraída, muita vez com "salto" de largos trechos, de uma vasta compilação do século XII denominada *Attaḏkira alḥamdūniyya*, traduzível como "As apostilas de Ḥamdūn", elaborada pelo letrado Muḥammad Bin Alḥasan Bin Muḥammad Bin ᶜAlī (m. 1166 d.C.), e cuja edição moderna ocupa oito volumes. Como, não raro, determinados trechos constam também de outras obras, faremos aqui, quando eventualmente se imponha a necessidade de consultá-las, referência genérica a "fontes históricas". Mas a sequência da matéria exposta não deixa dúvidas de que o autor tinha diante dos olhos alguma versão de "As apostilas de Ḥamdūn".
[154] No original, *sulṭān*, "sultão". Optou-se aqui por "autoridade", e, em outros pontos da exposição de Nuzhat Azzamān, por "detentor do poder" ou alguma formulação análoga. A ideia é que, em árabe, a palavra *sulṭān*, cognata de *sulṭa*, "poder" ou "autoridade", nomeia aquele que possui poder ou autoridade. Contudo, o étimo português "sultão", embora seja tradução (e quase transcrição) da palavra árabe, apresenta o porém de denotar uma situação particular de exercício de poder relacionada ao mundo muçulmano e a suas instituições, quando, na realidade, as formulações da exposição pretendem ter validade universal.
[155] "Escudo" está em Gayangos. Em Varsy e Tübingen, "piedade"; em Maillet, "sombra".

Já dizia o rei Ardašīr:[156] "A religião é o alicerce, e o rei é o vigia; aquilo que não tem alicerce destruído está, e o que não tem vigia perdido está". As leis e os intelectos apontam, em todos os tempos e momentos, para a necessidade de uma autoridade maior cujos passos sirvam de exemplo. Saiba, ó rei, que o tempo será conforme o caráter de quem detém o poder.

O profeta disse: "Entre os seres humanos, existem dois [tipos] que, se forem bons, os demais humanos serão bons, e, se forem ruins, os demais humanos serão ruins: os sábios e os líderes".

Disseram os sapientes: "São três as categorias dos governantes: o rei que governa pela fé, o rei que governa pela firmeza e o rei que governa pela paixão.[157] O rei que governa pela fé deixa os súditos satisfeitos quando oferece as condições para que ela seja praticada — sendo a fé o que lhes determina os direitos e os deveres — e lhes fornece quem os defenda; assim, ele deixa os súditos satisfeitos, contentando os descontentes por meio de tal ratificação e concessão. O rei que governa pela firmeza mostra-se mais poderoso do que as questões que enfrenta, mas não ficará imune a críticas e ao descontentamento, conquanto o descontentamento dos fracos não consiga prejudicar a firmeza dos fortes. Já o rei que governa pela paixão, nesse caso será o jogo de uma hora e a destruição pelo resto da vida".[158]

Os sapientes também disseram: "O rei precisa de muitos homens, ao passo que os homens precisam de um único rei. É por isso que a generosidade do rei deve corresponder aos sonhos[159] dos homens, e o seu entendimento deve abarcar os entendimentos deles; o rei também deve distribuir entre os homens a sua justiça e cobri-los com os seus favores".

E o amanhecer alcançou Šahrazād, que parou de contar.

[156] Rei persa (180-242 d.C.) que fundou a dinastia sassânida. Máximas e ditos a ele atribuídos encontram-se profusamente distribuídos nos tratados árabes sobre ética e política, e o seu testamento, traduzido ao árabe por volta do século VIII ou IX, teve o texto reconstituído em 1967 pelo eminente estudioso Iḥsān ᶜAbbās. Tanto em Varsy como em Tübingen há um pequeno erro de cópia (falta a palavra *aṣl*, "alicerce" ou "origem") que foi corrigido na tradução. Trata-se de uma máxima deveras conhecida, omitida em Gayangos e Maillet.

[157] "Paixão" traduz *hawà*, termo aqui tomado no sentido aristotélico de algo ruim, irracional, desenfreado.

[158] Esta fala encontra-se também, praticamente ipsis litteris, no interessante compêndio *Lubāb Al'ādāb*, "O âmago dos decoros", do letrado e político Usāma Bin Munqiḏ (1095-1188 d.C.), que combateu os cruzados a serviço do mítico sultão Saladino (Ṣalāḥuddīn Al'ayyūbī, 1138-1193 d.C.).

[159] Interessante notar que as fontes históricas, em vez de "sonhos", *aḥlām*, trazem "caracteres", *aḫlāq*. São grafias bem assemelhadas.

QUANDO FOI A NOITE

310ª

Disse Šahrazād:

Eu tive notícia, ó rei venturoso, de que Nuzhat Azzamān disse:

Saiba, ó rei, que Jamšīd, terceiro rei dos persas, governou vastas regiões e cunhou quatro anéis: um para a guerra e a polícia, no qual escreveu *calma*; um para os tributos e a coleta de impostos, no qual escreveu *prosperidade*; um para o correio, no qual escreveu *rapidez*; e um para as queixas dos súditos, no qual escreveu *justiça*. Tal tradição perdurou entre os reis da Pérsia até que surgiu o islã.[160]

Saiba, ó rei, que o imã ᶜAlī[161] — que Deus lhe dignifique a face! — disse: "Os homens têm, em relação ao governante, o direito de que ele zele por seus misteres, e que inspecione os seus auxiliares, a fim de que não se lhe ocultem os benfeitos de algum benfeitor, nem os malfeitos de algum malfeitor, e que não deixe nenhum deles sem a devida recompensa, pois, se acaso o governante não o fizer, o benfeitor se tornará negligente, e o malfeitor, atrevido, destarte corrompendo-se o governo e perdendo-se os esforços". Também são suas palavras, que Deus esteja satisfeito com ele: "Afugente o malfeitor por meio da recompensa ao benfeitor". Ibrāhīm Bin Alᶜabbās Aṣṣūlī[162] tomou esse sentido ao dizer: "Se o benfeitor receber, por seus benfeitos, aquilo que o beneficia, dispenderá mais ainda com boa vontade".

[160] Essa fala consta de várias obras árabes de história, com pequena variação nas palavras gravadas nos anéis. Em Tübingen e Varsy, o nome desse rei está grafado *Jamrašīd*, mas optou-se por transcrevê-lo em conformidade com as fontes históricas. Na historiografia árabe, esse mítico rei persa, também conhecido como *Ḏū Alqarnayn*, "o bicorne", ao qual se chegou a atribuir a invenção do vinho, foi não raro confundido com Alexandre Magno, conhecido em árabe como *Iskandar Ḏū Alqarnayn*, "Alexandre Bicorne". "Prosperidade" traduz *ᶜamāra*, literalmente "construção", "edificação".

[161] Quarto califa e primo do profeta, nascido em 599 e morto em 661 d.C., cultuado especialmente entre os xiitas. Seu nome é ligado à justiça social. São dele, entre inúmeros outros, dois ditos merecidamente célebres: "Se a pobreza fosse um homem, eu o mataria", e "A fome do pobre é o gozo do rico".

[162] Letrado e poeta bagdali de origem persa do século VIII d.C. Essa sua máxima (um texto escrito, segundo as fontes históricas) se encontra resumida no discurso de Nuzhat Azzamān. Ei-la completa: "Se o benfeitor tiver uma recompensa que o convença, e o malfeitor, uma punição que o reprima, o benfeitor disporá, por boa vontade, do que for necessário, e o malfeitor se entregará, por medo, à correção".

Cosróes[163] escreveu ao seu filho, que estava no exército: "Não seja pródigo, de modo algum, em enriquecer seus soldados, pois nesse caso você se tornará dispensável, nem seja muito duro com eles, pois nesse caso se irritarão com você; quando lhes der algo, que seja com parcimônia, e quando lhes negar algo, que seja com gentileza; cumule-os de esperança, e não os cumule de dádivas". E conta-se que, ao ouvir tais palavras, Almanṣūr[164] disse prontamente: "Está certo o beduíno que disse 'Esfomeia o teu cão, e ele te seguirá'",[165] ao que Abū Alᶜabbās Aṭṭūsī lhe redarguiu: "Eu temo, ó comandante dos crentes, que outra pessoa balance diante dele um pedaço de pão e o cachorro o siga e te abandone", e então, percebendo que se tratava de uma resposta irretocável, Almanṣūr se calou.

Aristóteles escreveu o seguinte para Alexandre: "Domine os súditos por meio de benfeitos e obterá o amor deles, pois procurar o amor por meio de benfeitos é mais duradouro do que a coação. Saiba que você domina somente os corpos, e o favor é a maneira de marcar os corações".[166]

Disse certo rei dos persas: "Eu só domino os corpos, não as intenções, e governo por meio da justiça, não por meio de agrados, e investigo as ações, não o íntimo".

Disse o autor de *Kalīla e Dimna*:[167] "Se acaso o rei souber que algum homem lhe equivale em posição, opinião, importância, cabedais e seguidores, que o liquide, pois se não o fizer será ele o liquidado".

[163] Em árabe, Kisrà Anū Širwān, rei persa da dinastia sassânida, morto em 579 d.C. Ressalve-se que, nas fontes históricas, a fala é atribuída a outro rei persa, Abrawīz, ou Abarwīz, membro da dinastia sassânida morto em 591 d.C. (este, curiosamente, é também o nome de um rei cristão que já apareceu nesta história). Nas fontes históricas, ele se dirige ao seu filho Šīrwayh (em persa, "o leonino"), e nesse ponto ocorre divergência entre elas: em algumas, diz-se que o filho se encontrava encarcerado; em outras, que fora o filho quem encarcerara o pai. O fato histórico é que Šīrwayh aprisionou e em seguida mandou matar o pai a fim de, previsivelmente, apossar-se do trono. No relato de Nuzhat Azzamān, tanto os nomes como as circunstâncias sofrem modificação.

[164] Referência a Abū Jaᶜfar Almanṣūr (714-775 d.C.), segundo califa da dinastia abássida, fundador da cidade de Bagdá. Não foi possível entrar em detalhes sobre a personagem que lhe responde em seguida, mas, pelo que se insinua nas fontes históricas, tratava-se de algum líder militar.

[165] A fala de Nuzhat Azzamān omite a segunda parte do provérbio, que consta de algumas fontes históricas: "Engorda-o, e ele te morderá".

[166] De novo, a fala omite o último trecho dessa recomendação de Aristóteles: "Saiba que os súditos, quando puderem falar, poderão agir; esforce-se, portanto, para que eles não falem, e assim você ficará a salvo de que ajam".

[167] Trata-se de ᶜAbdullāh Bin Almuqaffaᶜ, morto em meados do século VIII d.C., letrado muçulmano de origem persa que, além de traduzir para o árabe a referida obra, deixou vários escritos e máximas sobre ética e relações com o poder.

E consta das palavras dos sábios:[168] "Se o rei tornar inexpugnáveis os seus segredos, selecionar os melhores vizires, for respeitado no espírito do vulgo e nunca revelar o que lhe vai pelo íntimo, então dele não ficará a salvo nenhum delinquente;[169] pois, de fato, o poder causa certos tipos de embriaguez, entre os quais aprovar quem merece indignação, e indignar-se com quem merece aprovação. É por isso que se diz que quem se lança ao mar corre riscos, mas maiores riscos corre o companheiro do rei, que é um jovenzinho quando aprova e um velho quando se irrita, ora ordenando mortes enquanto sorri, ora aniquilando o povo pela raiz enquanto graceja. Mistura o cômico ao sério e ultrapassa, na punição, o grau da transgressão, ora encolerizando-se com uma transgressão menor, ora perdoando uma transgressão mais grave. Os caminhos da vida e da morte estão pendentes de sua língua. Ignorante da dor da punição, não sabe preservar, e, incapaz de ouvir alguém, a tudo proíbe".[170]

Disse o sábio Platão: "O rei é como o grande rio para o qual afluem outros rios; se ele for potável, eles serão potáveis, e se ele for salobro, serão salobros".

[*Prosseguiu Nuzhat Azzamān*:] Que nos limitemos a isso, ó rei, no que se refere ao primeiro tema, e comecemos agora com a primeira parte sobre as crônicas e as histórias.

E o amanhecer alcançou Šahrazād, que parou de contar.

[168] Nas fontes históricas, essa longa explanação é atribuída a Sahl Bin Hārūn (m. *c.* 830 d.C.), escriba e letrado de origem persa que foi secretário pessoal de Zubayda (766-831 d.C.), filha do supracitado califa abássida Ja^cfar Almanṣūr e mulher do califa Hārūn Arrašīd (766-809 d.C.). Além das fontes históricas, essa explanação está registrada em uma obra ficcional a ele atribuída, *Kitāb annamir wa aṯṯa^clab*, "Livro do tigre e do raposo", cuja tradução foi publicada no Brasil em 2010. Sahl Bin Hārūn é uma figura intrigante, parecendo ter sido pioneiro, no mundo muçulmano, no papel do "intelectual de aluguel", isto é, do letrado que disponibilizava seus conhecimentos e sua capacidade argumentativa e retórica ao poder, sem maiores considerações de ordem ética.

[169] O trecho apresentado como "palavras dos sábios" está quase ipsis litteris no fabulário *Kalīla e Dimna* (p. 144 da tradução brasileira [São Paulo: Martins Fontes – Selo Martins, 2005]). Aqui, a tradução se fez com apoio na citada compilação "As apostilas de Ḥamdūn". Em Gayangos, por um evidente erro de cópia, o final da formulação é: "dele não ficará a salvo senão o seu harém" (erro de cópia porque a palavra *jarīma*, "crime", tem quase a mesma grafia de *ḥarīmuh*, "seu harém"). Na esplêndida compilação *Albaṣā'ir wa aḏḏā'ir*, "Clarividências e tesouros", do letrado bagdali Abū Ḥayyān Attawḥīdī (922-1023 d.C.), tal fala é atribuída ao gramático e crítico de poesia Abū ^cUbayda Mu^cammar Bin Almuṯannà (728-824 d.C.). O trecho que se segue, embora apresentado como continuidade do anterior, consiste, ao menos nas fontes, em outro item atribuído a outro autor.

[170] A última frase dessa formulação encontra-se em total dissonância com as outras fontes, mas, tendo lá sua lógica, foi mantida.

311ª

Disse Šahrazād:

Eu tive notícia, ó rei venturoso, de que a rainha Nuzhat Azzamān disse:

Saiba, ó rei, que o califa ᶜAbdulmalik Bin Marwān[171] escreveu ao seu irmão ᶜAbdulᶜazīz quando o enviou para o Egito: “Mantenha sob vigilância o seu escriba, o seu conviva e o seu secretário, pois o ausente terá notícias a seu respeito a partir do seu escriba, o solicitante vai conhecer você por meio de seu secretário, e quem sai da sua casa vai conhecer você por meio do seu conviva”.

Quando enviava um administrador para alguma região, o califa ᶜUmar Bin Alḫaṭṭāb,[172] que Deus esteja satisfeito com ele, estabelecia quatro condições: que não montasse cavalo estrangeiro, que não usasse roupas finas, que não comesse tutano e que não tivesse porteiro.

[*Prosseguiu Nuzhat Azzamān*:] Agora, o capítulo sobre a arte de governar o povo.[173]

Diz-se:[174] “Não há cabedal que dê mais retorno do que o intelecto, nem solidão[175] pior do que a vaidade, nem inteligência como a boa preparação, nem firmeza como a religiosidade, nem companheiro como o bom caráter, nem balança como o decoro, nem ganho como o bom êxito, nem comércio como o trabalho honesto, nem lucro como a recompensa de Deus, nem piedade como a interrupção diante do equívoco, nem ascetismo como evitar o pecado, nem saber como a

[171] Quinto califa da dinastia omíada (646-705 d.C.). Seu irmão ᶜAbdulᶜazīz (647-705 d.C.) foi governador do Egito e pai do futuro califa ᶜUmar Bin ᶜAbdilᶜazīz (681-720 d.C.), que será citado amiúde no decurso desta exposição.

[172] Companheiro do profeta e segundo califa do islã, do qual é considerado uma espécie de herói, morreu assassinado em 644 d.C. Sua reputação de capacidade e justiça atravessou várias culturas, tornando-se um lugar-comum. Tinha e ainda tem grande popularidade no mundo árabe e muçulmano, inclusive entre os cristãos árabes, os quais, até tempos bem recentes, costumavam dar o seu nome aos filhos. É nome constantemente lembrado quando se fala do islã. Cite-se, no caso brasileiro, uma frase da crônica de Machado de Assis, datada de 1 jul. 1876 e publicada na revista *A ilustração brasileira*, a propósito da angústia de um sultão turco contemporâneo: “Ah! quem me dera Omar! Ah! quem me dera Omar!”.

[173] “Arte de governar” traduz *siyāsa*, atualmente traduzível por “política”, mas que apresentava outra conotação. E “povo” traduz *jumhūr*, hoje traduzível como “massa”. O leitor já deve ter percebido que essa divisão parece um tanto ou quanto aleatória.

[174] Nas fontes históricas, essa fala ora aparece anônima, ora é atribuída ao profeta Muḥammad, ora é atribuída a seu primo ᶜAlī.

[175] Em Tübingen e Varsy, “coleira” em vez de “solidão”; e em Gayangos, “ninguém”. São todas grafias parecidas.

reflexão, nem adoração a Deus como o cumprimento das obrigações religiosas, nem fé como o pudor e a paciência, nem amor[176] como a modéstia, nem honra como o saber;[177] portanto, conserve a cabeça e o que ela contém, e o ventre e o que nele se junta, e lembre-se da morte e da longa decomposição".

^{c}Alī — dignifique-lhe Deus a face — disse: "Cuidado com os segredos[178] das mulheres, e sempre estejam de sobreaviso com elas; não lhes obedeçam por meio de favores a fim de que elas não cobicem o que é condenável. Quem se desvia desse objetivo fica perplexo".[179] E ^{c}Alī, a paz esteja com ele, tem ainda muitas falas decorosas divulgadas, e vamos mencioná-las em diversos pontos.

Disse ^{c}Umar Bin Alḫaṭṭāb, que Deus esteja satisfeito com ele: "As mulheres são de três espécies, e os homens são de três espécies. A mulher muçulmana, casta, fácil de lidar, maleável, amistosa,[180] que ajuda o marido na labuta, mas que nunca labuta contra o marido.[181] Essa raras vezes é encontrada. A outra é mero invólucro para a criança, nada mais do que isso. E a terceira é um grilhão insuportável e causador de piolhos,[182] que Deus coloca no pescoço de quem Ele bem entender. Os homens são igualmente de três espécies. O homem inteligente, o qual examina os problemas que lhe chegam no que eles têm de semelhante e adota o melhor parecer. Já o outro, quando lhe sucede algum problema que ele não conhece, dirige-se aos que tenham um bom parecer e o adota. Quanto ao terceiro tipo, é opressor e sem serventia; não segue o bom senso nem obedece a um bom orientador".

A justiça é absolutamente imperiosa em todas as coisas, e até mesmo a injustiça precisa da justiça, tanto que para isso se aplica um exemplo a respeito dos bandoleiros de estrada cuja união é para oprimir, e sobre os quais se disse: "Se não fossem equânimes na repartição entre si, nem usassem de justeza no que dividem, seus interesses se corromperiam e sua organização se dissolveria".

[176] "Amor", *ḥubb*, é o que consta em Tübingen e Varsy, mas nas fontes históricas, bem como em Gayangos, consta *ḥasab*, "prestígio" ou "nobreza".

[177] Nas fontes históricas consta ainda: "nem apoio como o aconselhamento".

[178] Nas fontes históricas consta, em vez de "segredos", *asrār*, "maldades", *širār*, palavras de grafia muito parecida.

[179] Nas fontes históricas, em vez de "fica perplexo", *ḥāra*, consta "se extravia", *jāra*. A grafia é quase idêntica.

[180] Neste passo, a fala de Nuzhat Azzamān omite o adjetivo *walūd*, "parideira", que consta das "Apostilas". As fontes históricas não são unânimes em atribuir essa fala ao califa ^{c}Umar.

[181] "Marido" aqui traduz *ahl*, "família", mas que no presente contexto tem o sentido restrito, conforme se explicita nas edições impressas.

[182] "Grilhão insuportável e causador de piolhos" traduz o original *ġulla qamala*, expressão proverbial e intraduzível, empregada para caracterizar os prisioneiros de guerra que, amarrados com cordas no pescoço, permaneciam imobilizados por tanto tempo que ficavam empesteados de piolhos.

Disse Zuhayr:[183] "As piores características dos reis são a covardia diante dos inimigos, a dureza com os fracos e a avareza no doar". E se disse nesse sentido:

Na generosidade há gentileza, e no perdão, valentia;
na veracidade, salvação do mal; seja veraz, portanto!
Quem busca o melhor louvor com os seus cabedais
protege sua honra de qualquer escândalo devastador,
mas quem não protege a honra antes que seja tarde,
precavendo-se, então terá a honra infamada e violada.

E o amanhecer alcançou Šahrazād, que parou de contar.

QUANDO FOI A NOITE

312ª

Disse Šahrazād:

Eu tive notícia, ó rei venturoso, de que, quando a rainha Nuzhat Azzamān falou a respeito da política dos reis, os juízes disseram ao rei: "Nunca vimos eloquência igual à desta jovem! Congratulações pelo que Deus lhe deu! Quem sabe agora ela não nos faz ouvir algo diferente desse tema". Ouvindo tais palavras, ela entendeu a ordenação e disse:

Eu encontrei, ó rei, uma história a respeito de Al'aḥnaf Bin Qays, a qual, sendo falsa ou verdadeira, contém decoro e arte de governar o povo em seus propósitos e atitudes. Ele foi ter com o califa Muᶜāwya, e então mencionou o povo do Iraque e o bom parecer desse povo, enquanto a mulher do califa, Maysūn, mãe de Yazīd, lhe ouvia as palavras. Quando Al'aḥnaf se retirou, ela disse: "Comandante dos crentes, gostaria da sua permissão para que um grupo de pessoas do Iraque viesse ter com você. Assim, eles falarão e eu poderei ouvir o que dizem. Então o califa Muᶜāwya disse: "Vejam quem está às portas". Res-

[183] Trata-se do poeta árabe pré-islâmico Zuhayr Bin Abī Sulmà (520-609 d.C.). Nas fontes históricas, essa fala não é atribuída a ele, mas sim os versos que vêm a seguir.

ponderam: "Gente da tribo de Tamīm".[184] Ele disse: "Que entrem", e então eles entraram, e no meio deles estava Al'aḥnaf Bin Qays, a quem Muᶜāwya disse: "Aproxime-se". Uma tenda fora montada para Maysūn, de modo que ela pudesse ouvir o que conversavam. Muᶜāwya perguntou a Al'aḥnaf: "Como você procede com o corpo?". Ele respondeu: "Penteio os cabelos, aparo o bigode, corto as unhas, arranco os pelos das axilas, depilo as pudendas, uso constantemente o *siwāk*, pois ele possui vinte e dois méritos,[185] e me banho para as sextas-feiras, pois é uma expiação entre uma sexta e outra". O califa perguntou: "E como procede com a vestimenta?". Ele respondeu: "Alargo as sandálias, encurto as mangas, aumento o tamanho dos mantos, ergo o cinto e mantenho a circunspecção". O califa perguntou: "E como procede com o seu caminhar?". Ele respondeu: "Ponho os pés no chão com leveza, dando meus passos lentamente, vigiando-os com meus olhos, e não fico olhando ao meu redor". O califa perguntou: "E como procede quando vai ter com seus superiores que não sejam seus líderes?". Ele respondeu: "Aplico o pudor, não choro,[186] falo pouco e retribuo as saudações". O califa perguntou: "E como procede quando encontra os seus iguais?". Ele respondeu: "Contesto-os de maneira circunspecta, troco conversas sobre aquilo de que estou certo, respondo-lhes quando perguntam, ouço-os quando falam e não passo por onde eles já passaram". O califa perguntou: "E como procede quando vai ter com os seus líderes?". Ele respondeu: "Saúdo sem espalhafato e espero o

[184] Eis os dados das personagens referidas nesse trecho: Al'aḥnaf Bin Qays (619-691 d.C.), político e um dos líderes da importante tribo árabe de Tamīm, era temido por Muᶜāwya, que dizia a seu respeito: "Se ele se encoleriza, juntam-se a ele outras cem mil pessoas, sem nem saber o motivo da cólera". Nas crônicas, é mencionado como senhor de proverbial generosidade. Muᶜāwya Bin Abī Sufyān (608-680 d.C.), dotado de excepcional habilidade política (os inimigos o apelidaram de *dāhyat alᶜarab*, "a calamidade [*ou*: 'o malandro'] dos árabes"), foi o califa fundador da dinastia omíada, e, na opinião de muitos muçulmanos, sobretudo os xiitas, usurpou o califado de ᶜAlī Bin Abī Ṭālib (599-661 d.C.), primo do profeta e então ocupante do posto. Maysūn Bint Baḥdal Bin Anīf Alkalbiyya (m. 700 d.C.), mulher do califa e mãe de Yazīd Bin Muᶜāwya (646-683 d.C.), que sucedeu o pai no califado. Maysūn pertencia à numerosa tribo árabe cristã dos Banū Kalb, que vivia na Síria, e o seu casamento com Muᶜāwya permitiu a este último consolidar o seu poder na região. Diz-se que ela era poeta, mas, nesse caso, pesquisas recentes indicam que parece ter ocorrido confusão entre o seu nome e o de uma poeta contemporânea homônima. Conta-se ainda que Muᶜāwya se divorciou dela logo depois de ter ficado grávida de Yazīd.

[185] *Siwāk* é uma espécie de palito, extraído de certa planta, que o profeta usava para limpar os dentes. Seu uso é disseminado até hoje na Península Arábica e entre muitos muçulmanos. Nas fontes históricas, em vez de "pois ele possui vinte e dois méritos", consta: "pois ele é um purificador da boca, agrada a Deus e aumenta as benesses da prece".

[186] Na única fonte em que consta esse texto, em vez de "aplico o pudor" e "não choro", consta "abro a capa" e "não me esparramo". Outra vez, trata-se de grafias semelhantes.

sinal;[187] se ele quiser que me aproxime, eu me aproximo, mas, se ele fizer um gesto, eu me afasto". O califa perguntou: "E como procede com a sua mulher?". Ele respondeu: "Poupe-me de falar disso, comandante dos crentes!". O califa disse: "Juro que você vai ter de falar!". Ele disse: "Melhoro as minhas disposições, exibo um sorriso e me expando em gastos, pois a mulher foi criada de uma costela torta". Perguntou o califa: "E como procede quando quer possuí-la?". Ele respondeu: "Eu lhe rogo novamente que me poupe disso, comandante dos crentes!". O califa disse: "Eu o conclamo, por Deus, a contar!". Ele disse: "Falo com ela para que se anime, depois a beijo na boca para que se excite e, após ocorrer aquilo que você já sabe, eu a deito de costas e finalizo;[188] quando a semente se estabiliza em suas entranhas, eu digo: 'Ó Deus, faça-a afortunada e abençoada, e não miserável e compartilhada,[189] e dê-lhe a melhor imagem'. Em seguida, vou fazer as minhas abluções, e derramo água sobre as mãos, uma de cada vez, e então a faço escorrer abundante pelo meu corpo; depois, agradeço a Deus altíssimo pelas grandes benesses que me deu e pelo saboroso lícito".[190] Disse Muᶜāwya: "Você deu uma excelente resposta! Peça-me o que precisar". Ele respondeu: "Eu preciso, comandante dos crentes, que você tema a Deus pelos súditos, e seja igualitariamente justo com eles", e em seguida se levantou. Quando ele foi embora, Maysūn disse: "Se não existisse no Iraque ninguém além desse homem, isso já seria suficiente para o povo".[191]

E o amanhecer alcançou Šahrazād, que parou de contar.

[187] Nas "Apostilas", "espero a resposta".

[188] "Eu a deito de costas e finalizo" está em Maillet e nas edições impressas das *Noites*. Em Tübingen e Varsy, bem como nas "Apostilas", a formulação é incompreensível: "coloco nas costas uma proteção". Em Gayangos, em vez de "minhas costas", registra-se "costas dela", mas a formulação continua obscura.

[189] "Compartilhada" traduz *mušāraka*, e, nesse caso, o rogo provavelmente é para que não produza gêmeos, contra os quais havia prevenções de ordem por assim dizer biológica. Sobre essa questão, pode-se consultar o ensaio "Lábios rachados e gêmeos: a análise de um mito", de Claude Levi-Strauss (in: *Mito e significado*. Lisboa, Edições 70, 2000, pp. 41-51).

[190] É evidente que, para muitos leitores, essa parte do discurso parecerá, na melhor das hipóteses, infame. É mister, contudo, matizar-lhe o conteúdo, contextualizando-o para evitar anacronismos. O que se pensa hoje como misoginia era norma e, a bem da verdade, ela era muito menos acentuada no mundo do islã. Ademais, é fato que essa fala atravessa, no plano ficcional e formal das *Noites*, três personagens femininas, o que, para além de outras considerações, implica a naturalização dos seus pressupostos, com o seu consequente compartilhamento por todas as esferas da população.

[191] Em princípio, esta história, para cuja narração se criou grande expectativa – tanto externa, com as palavras que Nuzhat Azzamān utiliza para introduzi-la, como interna, com a admiração expressa por Maysūn –, parece um tanto ou quanto deceptiva. Contudo, impõe-se observar, primeiro, que a maneira como Al'aḥnaf dá as suas respostas tem uma harmonia, inclusive sonora, que foi impossível reproduzir na tradução; segundo, que o implícito lógico da narrativa opera na fronteira, diga-se assim, entre o público e o privado, evidenciando-se que somente por meio do bom exercício do primeiro pode existir felicidade no segundo; e, terceiro, embora pareça banal, a maneira como Al'aḥnaf refere as suas relações com a mulher denota extrema candura para os padrões da época, sendo esse o motivo dos elogios feitos pela mulher do califa.

313ª

Disse Šahrazād:

Eu tive notícia, ó rei venturoso, de que a rainha Nuzhat Azzamān disse: "Estas histórias curiosas fazem parte das cinquenta do primeiro tema".

[*E prosseguiu:*] Não olhe, ó ser humano, para a pequenez do pecado, mas sim para a enormidade daquele contra quem você pecou, pois, se você considerar tal pecado enorme, estará assim magnificando a Deus altíssimo, mas, se considerá-lo pequeno, você estará diminuindo a Deus.[192]

Saiba, ó rei, que Muᶜayqīb,[193] tesoureiro do califa ᶜUmar — Deus esteja satisfeito com ele —, ao fazer certa feita uma inspeção na Casa do Tesouro, encontrou um dirham no chão e o deu ao filho de ᶜUmar. E o próprio Muᶜayqīb relata: "Retirei-me em seguida para minha casa, mas eis que um enviado de ᶜUmar veio me chamar. Fui então até ele, e eis que o dirham estava em suas mãos. Ele disse: 'Ai de você, Muᶜayqīb! Tem algo contra mim? Existe algum problema entre nós?'. Perguntei: 'O que aconteceu?'. Ele respondeu: 'Você quer que a nação de Muḥammad faça querelas contra mim no Juízo Final por causa deste dirham?'". ᶜUmar, que Deus esteja satisfeito com ele, escreveu o seguinte a Abū Mūsà:[194] "Quando você receber esta minha carta, dê a cada pessoa a sua paga, e me envie o que sobrar por meio de Ziyād",[195] e ele assim agiu. Quando

[192] Nas "Apostilas", essa fala é atribuída ao iemenita Uways Alqarnī Almurādī (598-658 d.C.), fiel seguidor do profeta Muḥammad, embora sem jamais tê-lo encontrado pessoalmente, e profundo conhecedor do *ḥadīṯ* profético.

[193] Muᶜayqīb Bin Abī Fāṭima Addūsī, um dos primeiros convertidos ao islã, morto em meados do século VII d.C., era o responsável pelo sinete (que consistia numa espécie de carimbo para decisões de cunho administrativo) do profeta. Não obstante tratar-se de uma personagem relativamente conhecida para quem tenha alguma familiaridade com a história dos primórdios do islã, o seu nome aparece grafado de maneira errônea nas edições impressas.

[194] Referência ao companheiro do profeta Abū Mūsà ᶜAbdullāh Bin Qays Al'ašᶜarī, morto em 666 d.C., conhecido por sua grande erudição e conhecimento sobre o islã, e ancestral de um importante teólogo muçulmano que fez escola, Abū Alḥasan Al'ašᶜarī (874-936 d.C.).

[195] Referência a Ziyād Bin Abī Sufyān (620-673 d.C.), também conhecido como Ziyād Bin Abīhi, isto é, "Ziyād, filho do pai dele", pelo fato de seu pai biológico, Abū Sufyān, que era omíada (ou seja, da nobreza árabe de Meca), não haver reconhecido a paternidade, pois sua mãe, Sumayya, era uma criada de baixa condição social, dizendo-se mesmo que exercia eventualmente o meretrício, e, segundo relato atribuído ao próprio Abū Sufyān, "tinha peitos caídos e axilas fedorentas"; mas o mais importante é que Abū Sufyān,

foi ao califado de ᶜUṯmān,[196] que Deus esteja satisfeito com ele, este escreveu a mesma coisa para Abū Mūsà, e ele procedeu da mesma forma. Ziyād levou o dinheiro e o depôs diante de ᶜUṯmān, e então veio um filho de ᶜUṯmān, pegou uma moeda de prata e saiu. Ziyād chorou, e ᶜUṯmān lhe disse: "O que o faz chorar?". Ele respondeu: "Eu trouxe a ᶜUmar, ó comandante dos crentes, o mesmo que eu trouxe agora, e então veio um filho dele e pegou um dirham. ᶜUmar o chamou e o fez devolver o dirham. Este seu filho veio e pegou a moeda, mas não vi ninguém lhe dizer nada". ᶜUṯmān respondeu: "ᶜUmar vedava aos seus parentes em busca de agradar a Deus.[197] Jamais encontraremos alguém igual a ele. Repita isso três vezes".

E Zayd Bin Aslam[198] contou que seu pai relatava o seguinte: "Certa noite, saí com ᶜUmar e caminhamos até nos aproximar de uma baixada desolada, e eis que vimos uma fogueira acesa. Ele disse: 'Eu acredito, Aslam, que se trate de viajantes aos quais a noite e o frio estão fazendo mal. Vamos até eles'. Caminhamos rapidamente até lá, e eis que era uma mulher que acendera a fogueira sob uma panela, e ela tinha consigo alguns meninos gemendo. ᶜUmar, que Deus esteja satisfeito com ele, disse: 'A paz esteja convosco, ó gente da luz!', [pois repugnou-o chamá-los de gente do fogo.] 'Posso me aproximar?' A mulher disse: 'Aproxime-se ou deixe pra lá'. Ele perguntou: 'O que está ocorrendo?'. Ela respondeu: 'O frio e a noite nos prejudicam'. Ele perguntou: 'Qual o problema desses meninos? Por que gemem?'. Ela disse: 'Por causa da fome'. Ele perguntou: 'O que há nessa panela?'. Ela respondeu: 'Água com a qual pretendo silenciá-los. Deus está vendo o que ᶜUmar não faz por nós'. Ele perguntou: 'E como ᶜUmar poderia saber?'. Ela respondeu: 'Ele conquistou o poder e depois nos abandonou'. Então ᶜUmar se voltou para mim e disse: 'Vamos!'. Saímos a toda pressa e fomos até a Casa de Provisões, onde ele pegou um grande fardo de trigo com bolas de carne

na verdade um membro hipócrita da aristocracia mequense, temia a condenação moral (e a consequente punição pela fornicação) por parte do rigoroso e austero califa ᶜUmar Bin Alḫaṭṭāb. Tal bastardia impediu Ziyād, ao que tudo indica, de alçar voos mais altos no contexto político do islã nascente, uma vez que era muito hábil e possuía grande talento militar, tendo servido lealmente à dinastia omíada, que lhe havia negado reconhecimento. Trabalhou como secretário do supramencionado Abū Mūsà.

[196] ᶜUṯmān Bin ᶜAffān (576-656 d.C.), terceiro califa do islã, pertencia à nobreza de Meca. Sob seu governo, o poder muçulmano se expandiu pela África. Foi por suas ordens que se estabeleceu o texto do que é hoje conhecido como a vulgata corânica. Acusado de nepotismo, foi morto durante uma revolta de soldados que haviam retornado da África.

[197] Nas "Apostilas" se acrescenta: "ao passo que eu dou aos meus em busca de agradar a Deus".

[198] Alfaqui de Medina, morreu em 753 d.C. Seu pai, Aslam, morto em 702, era servo de ᶜUmar.

e me disse: 'Ponha-o sobre as minhas costas'. Eu disse: 'Eu carrego por você, comandante dos crentes!'. Ele disse: 'E por acaso você vai carregar o meu peso no Juízo Final? Seu desalmado!', e então eu pus o fardo em suas costas e saímos de novo a toda até depormos o fardo diante da mulher. ᶜUmar tirou um tanto de trigo e começou a dizer à mulher: 'Jogue aqui que eu mexo e misturo', e se pôs a soprar a fogueira debaixo da panela. Ele tinha uma barba imensa, e eu via a fumaça passando no meio dela, até que a comida ficou pronta, e então ᶜUmar pegou as bolas de carne, misturando-as na comida, e disse à mulher: 'Me dê algum recipiente!'. Ela lhe estendeu uma travessa na qual ele esvaziou a panela e disse à mulher: 'Alimente os meninos enquanto eu esfrio a comida'. E assim permaneceu até eles comerem e se saciarem. Em seguida, deixou as sobras com eles. A mulher lhe disse: 'Que Deus o recompense do melhor modo! Você é mais merecedor disso do que o comandante dos crentes!'. Ele disse: 'Diga coisas boas. Se você for até o comandante dos crentes, vai me encontrar lá'. Depois ele se afastou um pouco e se acocorou tal e qual uma fera. Eu lhe disse: 'Você tem outras tarefas que não essa', mas ᶜUmar não me respondeu até ver os meninos brincarem de luta, rirem e depois dormirem, e só então se levantou, dando graças a Deus. Voltou-se para mim e disse: 'Eu vi que a fome os fazia chorar, Aslam, e então desgostou-me ir embora antes de ver como ficou a situação'".[199]

E o amanhecer alcançou Šahrazād, que parou de contar.

QUANDO FOI A NOITE

314ª

Disse Šahrazād:

Eu tive notícia, ó rei venturoso, de que a rainha Nuzhat Azzamān disse: "Saiba, ó rei, que agora virão as histórias curiosas da primeira parte".

[199] A tradução desse relato, com formato diferente, consta nas pp. 324-325 do quarto volume desta coleção. A fonte ali traduzida, copiada de uma obra do teólogo Alġazālī (Algazel, 1058-1111 d.C.), citava erroneamente a cadeia de transmissão, fazendo do próprio Zayd Bin Aslam participante do evento, enquanto aqui fica claro que, na verdade, o que ele faz é transmitir uma história originariamente contada por seu pai.

[*E prosseguiu:*] ᶜĀ'iša,[200] que Deus esteja satisfeito com ela, irritou-se com uma criada e disse: "Como é bom o temor a Deus, que não deixa os iracundos saciarem a ira".

Quando Saᶜd Bin Abī Waqqāṣ[201] construiu sua casa em Alᶜaqīq, disseram--lhe [em Medina]: "Você abandonou as assembleias com os seus amigos e os mercados daqui, e se mudou para Alᶜaqīq!". Ele respondeu: "Vi que os mercados deles são inúteis, e que as assembleias deles são fúteis; então, constatei que me isolar por lá é saúde".

Abū Ḏarr[202] perguntou ao seu servo: "Por que você levou as ovelhas para comer a ração[203] dos cavalos?". O servo respondeu: "Para irritar você". Ele disse: "Então unirei à irritação uma recompensa: você está livre, pelo amor de Deus altíssimo!".

Salmān, o persa,[204] que Deus esteja satisfeito com ele, recebia como salário cinco mil dirhams, comandante que era de trinta mil muçulmanos. Discursava sobre metade de um manto, do qual usava a outra metade para se cobrir. Quando recebia o salário, distribuía-o como esmola, e vivia do seu trabalho como tecelão de palmas.

Abū Bakr, que Deus esteja satisfeito com ele, costumava dizer à hora da reza: "Levantem-se e apaguem o fogo que vocês acenderam".[205]

[200] Nascida em 604 d.C., esposa favorita de Muḥammad, filha do primeiro califa, Abū Bakr, era chamada de "mãe dos crentes". Envolveu-se em disputas políticas e até mesmo em batalhas contra ᶜAlī, quarto califa do islã e primo de Muḥammad. Morreu em 678 d.C.

[201] Dos primeiros convertidos ao islã, foi um dos dez homens que o profeta anunciou que irão ao paraíso. Nasceu em Meca em 595 d.C. e migrou para Medina antes mesmo da Hégira do profeta. Morreu em 674 no vale de Alᶜaqīq, que dista dez milhas de Medina.

[202] Abū Ḏarr Alġifārī (m. 653 d.C.), um dos primeiros convertidos ao islã e companheiro do profeta, tinha sido na juventude salteador de estradas. Após a morte do profeta, participou da conquista da Síria. Nas "Apostilas", o relato está posto na boca de Alḥasan Bin Yasār de Basra (641-729 d.C.), célebre teólogo muçulmano que viveu e morreu na cidade de Basra, considerado um dos principais nomes da mística muçulmana, o sufismo.

[203] Em Tübingen e Varsy, consta "o pescoço" em lugar de "a ração", óbvio erro de cópia. Traduzido de Gayangos.

[204] Um dos companheiros preferidos do profeta, relatou ser filho de um sacerdote zoroastra e ter fugido à procura da verdadeira religião, encontrando primeiramente monges cristãos, um dos quais lhe falou da profecia de Muḥammad, e então partiu em sua busca. Participou da invasão muçulmana do Iraque, e o salário referido no relato, pago pelos califas sucessores de Muḥammad, deve-se ao fato de ele ser ali o comandante. Nasceu na aldeia de Jay, em Isfahan, na Pérsia, em 568 d.C., e morreu em 655 em Almadā'in (localidade próxima a Ctesifonte), no Iraque.

[205] Abū Bakr (573-634 d.C.), cognominado de *Aṣṣiddīq*, "o veraz", foi sogro, grande companheiro e conselheiro de Muḥammad, além de primeiro califa do islã, nomeado por consenso da comunidade muçulmana após a morte do profeta. Neste relato, o verbo "apagar" consta de Gayangos, mas não de Tübingen e de Varsy.

Conta-se que ᶜUmar, que Deus esteja satisfeito com ele, enviou um correio para o imperador dos bizantinos, e a sua mulher, Umm Kultūm, filha de ᶜAlī, comprou, no valor de um dinar, certo perfume que colocou em dois vasilhames, enviando-os como presente para a mulher desse imperador. Quando o correio voltou, os dois vasilhames vieram cheios de joias. ᶜUmar foi ter com a mulher e, vendo-a com as joias espalhadas no colo, perguntou: "De onde você obteve isso?", e ela lhe contou. Então ele as tomou dela, dizendo: "Isto pertence aos muçulmanos". Ela disse: "Como assim? É uma retribuição ao meu presente!". ᶜUmar disse: "Bom, entre mim e você é o seu pai quem vai decidir". Então ᶜAlī disse: "O que pertence a você dessas joias é o que equivale ao valor de um dinar. O restante pertence aos muçulmanos, pois foi transportado pelo correio dos muçulmanos".

Conta-se que ᶜUmar passou por um escravo pastor e fez tenção de comprar uma ovelha. O pastor respondeu: "Ela não me pertence". ᶜUmar disse: "É de você que estou falando",[206] e o comprou, alforriando-o imediatamente. O pastor disse: "Ó meu Deus, você me concedeu a pequena alforria; conceda-me agora a grande alforria".

Disse Alfaḍīl:[207] "Ninguém tem o direito falar com a boca inteira. Você por acaso sabe quem falava com a boca inteira? ᶜUmar Bin Alḫaṭṭāb! Aos outros, dava de comer do fino e do melhor, enquanto ele só comia comida ruim; vestia os outros com roupas finas, enquanto ele só vestia roupas grosseiras; dava aos homens os seus direitos e ainda mais; entregou certa vez a um homem o seu próprio salário de quatro mil dirhams, acrescentando-lhes outros mil dirhams, e então lhe perguntaram: "Por que você não dá ao seu filho como deu a esse homem?". Ele respondeu: "Porque o pai do meu filho ficou firme no dia da Batalha de Uḥud,[208] e o pai desse homem não".

[206] O texto é o mesmo nos manuscritos e nas "Apostilas". Mas é curioso notar que, em outra obra na qual consta esse relato, *Muḥāḍarāt Al'udabā'*, "Palestras de letrados", de Arrāġib Al'aṣfahānī (m. 1109 d.C.), o diálogo entre ambos é diferente após a negativa do pastor em vender a rês: "ᶜUmar perguntou: 'Onde está a justificativa [para não vender]?', com o propósito único de testá-lo. O pastor respondeu: 'E onde está Deus?', e então ᶜUmar o comprou e o alforriou [...]", e daí em diante o relato continua conforme consta das fontes aqui traduzidas.

[207] Alfaḍīl Bin ᶜAyyāḍ (725-803 d.C.), teólogo sunita.

[208] Importante batalha travada no ano de 625 d.C., perto do monte Uḥud, situado nas cercanias de Medina, entre os muçulmanos que lá viviam e os coraixitas, os quais haviam feito uma expedição contra eles, a partir de Meca, para vingar-se de uma derrota anteriormente sofrida na batalha de Badr, em que os muçulmanos os derrotaram. Os coraixitas, em número muito maior (três mil contra mil muçulmanos, dos quais trezentos desertaram antes do início dos combates), venceram a batalha, matando setenta muçulmanos e sofrendo vinte e duas baixas. Enfim, o que ᶜUmar quis dizer foi que ele permaneceu firme e não se juntou aos trânsfugas no decorrer daquela adversidade, e que, portanto, ele tinha "resiliência", como se diria hoje. O relato foi traduzido com apoio nas "Apostilas", uma vez que, nos manuscritos, se encontra desfigurado por grosseiros erros de cópia.

Disse Alḥasan de Basra: "ᶜUmar, que Deus esteja satisfeito com ele, recebeu uma grande quantidade de dinheiro, e então sua filha Ḥafṣa lhe disse: 'O direito dos seus parentes, comandante dos crentes, pois Deus recomenda que sejam bem tratados!'. Ele respondeu: 'O direito dos meus parentes é relativo somente ao meu dinheiro, Ḥafṣa, mas não ao dinheiro dos muçulmanos. Você quer beneficiar a sua gente enganando o seu pai, Ḥafṣa?'. E então ela saiu com o rabo entre as pernas".

Disse o filho de ᶜUmar Bin Alḫaṭṭāb: "Durante um ano, roguei a meu Deus que me fizesse ver o meu pai em sonhos, até que enfim o vi limpando o suor da testa, e então o indaguei a respeito. Ele respondeu: 'Não fora a misericórdia de Deus, o seu pai teria sido aniquilado! Ele me questionou até mesmo sobre as amarras apertadas dos animais de carga e sobre os cochos de água dos camelos!'".[209]

Quando ouviu o relato mencionado, o califa ᶜUmar Bin ᶜAbdilᶜazīz[210] gritou, estapeou-se na cabeça e disse: "Se isso aconteceu até mesmo com o puro temente a Deus, o que será de ᶜUmar Bin ᶜAbdilᶜazīz, mero filho de um esbanjador?".

[*Prosseguiu Nuzhat Azzamān*: "Agora ouça, rei venturoso, a segunda parte do primeiro tema, com as crônicas a respeito da primeira geração dos discípulos do profeta e dos homens venturosos e bons".[211]

Disse Alḥasan de Basra: "A alma do ser humano não abandona este mundo senão com três pesares: não ter desfrutado o que amealhou, não ter alcançado o que desejou e não ter sabido acumular para aquilo que lhe adviria".

209 Em outras fontes, como na compilação *Rabīᶜ al'abrār*, "A primavera dos piedosos", do polímata Azzamaḫšarī (1074-1143 d.C.), acrescenta-se, talvez para realçar a mensagem, "O que dizer então dos seres humanos?". Necessário observar, ainda, que a expressão "amarras dos animais de carga", *ᶜiqāl baᶜīr aṣṣadaqa*, não é gratuita: ela tem historicidade própria no contexto do islã nascente, remetendo às amarras das montarias que eram enviadas pelas tribos convertidas ao islã, montarias essas carregadas com a *ṣadaqa*, isto é, o pagamento da contribuição ao Estado islâmico.

210 Nascido em 681 em Medina, na Arábia, e morto em 720, em Dayr Samᶜām, na Síria, foi o oitavo califa da dinastia omíada, da qual é considerado o mais virtuoso. Teve vários biógrafos, e todos fizeram a sua apologia, chegando a extremos de exagero. Era notório seu afã em imitar seu grande homônimo, ᶜUmar Bin Alḫaṭṭab, que ele tomava como modelo exemplar. Lidas hoje, muitas de suas atitudes sabem a morbidez, mas conviria contextualizá-las: seus biógrafos tinham por propósito constituí-lo como campeão de virtudes morais, e entre as virtudes morais estava o ascetismo, que é desapego do mundo e dos bens materiais, e apego à justiça e à vida além-túmulo.

211 A partir deste parágrafo, até o fechamento do colchete, o texto foi traduzido de Gayangos, das edições impressas e das "Apostilas", uma vez que em Tübingen e Varsy existe uma lacuna, e Maillet é extremamente defeituoso e omisso.

Sufyān Aṯṯawrī[212] escreveu para um irmão: "Cuidado com o amor da glória, pois abster-se dela é mais difícil do que se abster do mundo".

Perguntaram a Sufyān Aṯṯawrī: "Um homem pode ser asceta e ter dinheiro?". Ele respondeu: "Sim, desde que fique satisfeito quando perder, e agradeça quando der".

Conta-se que um homem foi ter com certo asceta, que lhe perguntou: "O que o trouxe aqui?". O homem respondeu: "Tive notícias do seu ascetismo". O asceta perguntou: "Posso lhe indicar quem é mais ascético do que eu?". O homem disse: "E quem seria?". O asceta lhe respondeu: "Você". O homem perguntou: "Como assim?". O asceta respondeu: "É porque você renunciou ao paraíso e ao que Deus nele preparou, ao passo que eu apenas renunciei ao mundo em sua efemeridade e à condenação de Deus a ele. Portanto, você é mais asceta do que eu".

Quando a morte se avizinhou de ᶜAbdullāh Bin Šaddād,[213] ele chamou seu filho Muḥammad e lhe fez as seguintes recomendações: "Meu filho, vejo agora que o convocador da morte não vai embora; na verdade aqueles que partiram não voltam, e quem fica acaba por ser visitado por ele. Meu filho, que o seu assunto prioritário seja o temor a Deus no seu íntimo e no seu exterior, bem como o louvor a Deus e a veracidade na fala e na intenção, pois o louvor é um excedente, e a devoção é a melhor provisão, como disse o poeta Alḥuṭay'a:[214]

> Não creio que juntar dinheiro seja felicidade,
> pois o temente a Deus é que é feliz de verdade;
> a devoção é o melhor tesouro e provisão,
> e os próximos de Deus têm maior devoção;
> o inevitável não deve tardar a chegar,
> e quando chegar não vai mais acabar.

Então Nuzhat Azzamān disse: "Ouça, ó rei, estas histórias curiosas da segunda parte do primeiro tema".

Conta-se que, ao se tornar califa, o omíada ᶜUmar Bin ᶜAbdilᶜazīz começou cortando da própria carne, com os membros de sua família, dos quais

[212] Alfaqui e místico muçulmano. Nasceu no Ḫurāsān em 717 d.C. e morreu em Basra em 777.
[213] Alfaqui muçulmano morto em 702 d.C.
[214] Poeta pré-islâmico que alcançou o islã e a ele se converteu.

confiscou todas as posses — que foram entregues ao tesouro público — e todas as regiões por eles administradas — que foram entregues aos cuidados dos corregedores. Então os omíadas bateram às portas da tia paterna dele, Fāṭima Bint Marwān, que lhe escreveu o seguinte: "Tenho interesse numa questão a respeito da qual me é imprescindível encontrar com você". Foi visitá-lo à noite, e ele a ajudou a descavalgar. Quando ela se acomodou, o califa disse: "O direito de falar é seu, tia, pois você tem um pedido. Fale sobre o que quiser". Ela disse: "Fale você, comandante dos crentes".[215] Ele disse: "Deus altíssimo e glorioso enviou o profeta como misericórdia para a maioria, e não como sofrimento, a não ser para alguns,[216] elegeu-o para o que deveria fazer e depois o levou para junto de si...".

E o amanhecer alcançou Šahrazād, que parou de contar.

QUANDO FOI A NOITE

315ª[217]

Disse Šahrazād:

Eu tive notícia, ó rei venturoso, de que a rainha Nuzhat Azzamān disse:

Prosseguiu o califa ᶜUmar Bin ᶜAbdilᶜazīz: "Deus altíssimo e glorioso enviou o profeta como misericórdia, e não como sofrimento para todos, elegeu-o para o que deveria fazer e depois o levou para junto de si, deixando para os seres humanos um rio do qual todos bebessem. Em seguida, veio Abū Bakr, que deixou o rio tal e qual. Depois veio ᶜUmar Bin Alḫaṭṭāb, que fez tantas coisas e foi tão zeloso que ninguém conseguirá imitá-lo. Quando veio ᶜUṯmān, daquele rio se derivou outro rio.[218] Em seguida, Muᶜāwya foi entro-

[215] Assim em Gayangos e nas "Apostilas". Nas edições impressas: "Você tem a primazia em falar, comandante dos crentes, pois o seu parecer revela o que se oculta à compreensão".

[216] Traduzido com apoio em todas as versões, pois umas completam as outras, ou as explicam.

[217] Manteve-se neste ponto a divisão das noites das edições impressas, uma vez que em Gayangos isso não ocorre. Adequou-se, porém, a numeração à de Tübingen e Varsy.

[218] Nessa enumeração de califas, ou seja, de sucessores de Muḥammad como líderes políticos e religiosos da comunidade muçulmana, todas as versões aqui utilizadas "pulam" o quarto califa, ᶜAlī, citado em outras

nizado, e então desse rio se derivaram vários rios, e depois, com Yazīd, Marwān, ᶜAbdulmalik, Walīd e Sulaymān, continuaram a derivar desse rio outros rios, até que o poder chegou a mim, agora que o rio maior já secou. Você não verá os responsáveis por esses rios até que o rio maior volte ao que era". Ela disse: "Eu só quis falar com você e lembrá-lo de algo. Porém, sendo essa a sua palavra final, não vou lembrar-lhe nada", e, voltando aos omíadas, disse-lhes: "Provem agora o desgosto por terem casado seus filhos com a descendência de ᶜUmar Bin Alḫaṭṭāb, pois a mãe de ᶜUmar Bin ᶜAbdilᶜazīz é filha de ᶜĀṣim, que é filho de ᶜUmar Bin Alḫaṭṭāb".

Conta-se que, quando a morte se avizinhou de ᶜUmar Bin ᶜAbdilᶜazīz, ele reuniu os filhos ao seu redor, chorou copiosamente e disse: "Ai, meu pai! Ai, minha mãe! Vou morrer e deixá-los na pobreza!". Então Maslama Bin ᶜAbdilmalik[219] lhe disse: "Ó comandante dos crentes, mude o seu proceder e os enriqueça, pois em vida ninguém o impedirá, e quem tiver o poder depois de você não revogará tal decisão". Lançando-lhe um olhar entre colérico e espantado, ᶜUmar disse: "Ó Maslama, eu, que os impedi de ter essas coisas em vida, iria me desgraçar com isso depois da minha morte? Meus filhos são um desses dois homens: ou obediente a Deus altíssimo, que lhe endireitará a vida e lhe dará o suficiente, ou desobediente a Deus, e a esse eu não ajudarei nessa desobediência. Maslama, do seu pai eu acompanhei o enterro, durante o qual meus olhos devanearam, e quando vi onde Deus exalçado e poderoso o fez parar fiquei aterrorizado; então, comprometi-me com Deus que eu não agiria como ele se me tornasse califa, e nisso me esforcei durante toda a vida. Por isso, espero chegar ao benefício e ao perdão de Deus". Depois, Maslama contou: "Compareci ao funeral de ᶜUmar Bin ᶜAbdilᶜazīz, e quando terminou o enterro meus olhos devanearam, e eu o vi como num sonho, num vasto jardim com rios correntes, vestido de branco; voltou-se para mim e disse algo como: 'Que se façam as boas obras para atingir uma condição igual a esta, Maslama!'".

passagens da exposição de Nuzhat Azzamān. Pode tratar-se de erro de cópia, mas também de omissão proposital. Pode haver, também, confusão entre ᶜAlī e ᶜUṯmān, uma vez que a metáfora do rio que se derivou do rio principal só pode ser alusão ao xiismo, que está relacionado a ᶜAlī, como é de conhecimento geral, e não a ᶜUṯmān.

219 Líder militar omíada (685-738 d.C.), filho do califa ᶜAbdulmalik Bin Marwān. Lutou no Cáucaso e combateu os bizantinos. Em 726, entre outras localidades, conquistou a cidade de Cesareia, na Anatólia, muito citada na presente narrativa (reconquistada pelos cristãos, a cidade só foi retomada definitivamente pelo islã no século XI). Maslama era cunhado do califa ᶜUmar Bin ᶜAbdilᶜazīz.

Disse o açougueiro Maᶜrūf Bin Ḥasan:[220] "Eu era ordenhador de ovelhas[221] durante o califado de ᶜUmar Bin ᶜAbdilᶜazīz e, certa vez, passei por um pastor em meio a cujas ovelhas havia cerca de trinta lobos. Supus inicialmente que se tratasse de cachorros, {pois até então eu jamais havia visto lobos, e perguntei: "O que você quer com tantos cachorros, pastor?". Ele respondeu: "Meu filho, não são cachorros, mas lobos!".} Eu disse: "Louvado seja Deus altíssimo! Lobos no meio de ovelhas, sem lhes fazer mal?". O pastor disse: "Meu filho, quando a cabeça é virtuosa, o corpo não corre perigo".[222]

ᶜUmar Bin ᶜAbdilᶜazīz proferiu um sermão num púlpito de argila. Agradeceu a Deus altíssimo e o louvou, pronunciando em seguida três sentenças: "Ó gente, corrija sua ação e seu íntimo, e assim se corrigirá o seu exterior. Faça obras para a sua vida eterna e ficará livre dos danos causados por sua vida terrena. Saiba que um homem que não tem um pai vivo entre si e Adão está afundado na morte. E a paz esteja convosco".[223]

Quando morreu seu filho 'Abdulmalik, ᶜUmar Bin ᶜAbdilᶜazīz chorou por ele e o elogiou, e então Maslama perguntou: "Se ele continuasse vivo, comandante dos crentes, você o teria feito seu sucessor?". ᶜUmar respondeu: "Não". Maslama perguntou: "Então por que o está elogiando?". Ele respondeu: "É porque temo que os meus olhos o adornem para mim tal como os olhos de quaisquer pais lhes adornam os filhos".

Conta-se que um funcionário de ᶜUmar Bin ᶜAbdilᶜazīz lhe disse quando ele

[220] Esse é o nome constante de Gayangos; nas "Apostilas" consta: "um homem conhecido como Jisr, o açougueiro" (o que não faz diferença, visto que não existe registro algum nem de um nem de outro). Nas edições impressas, consta: "uma pessoa confiável", o que tampouco tem cabimento, porquanto alguém com tal característica fatalmente teria o nome mencionado, a não ser que se tratasse de algo muito comprometedor e secreto, o que não é o caso.

[221] Nas "Apostilas", em lugar de "eu era ordenhador de ovelhas", consta "eu trazia [isto é, comprava] ovelhas". A grafia é praticamente a mesma, com mera diferença de um pingo.

[222] O trecho entre chaves foi traduzido das "Apostilas", bem como a sentença final, que em Gayangos e nas edições impressas é mais simplória: "Meu filho, quando a cabeça é virtuosa o corpo também é". Seja como for, ambas as afirmações derivam da concepção, muito disseminada entre os muçulmanos, de que o governante é a cabeça do corpo político.

[223] Neste ponto, as edições impressas apresentam grande divergência no relato, fruto de confusão nos materiais escritos que constituíam a fonte do seu manuscrito original comum. Para a tradução, seguiram-se Gayangos e as "Apostilas" (onde se acrescenta que o referido sermão se deu na Síria). A última parte da fala é obscura, tanto que foi omitida em algumas obras que recolhem os ditos e feitos desse califa, como é o caso de *Ḥilyat al'awliyā'*, "O adorno dos santos", de Abū Naᶜīm Al'aṣfahānī (948-1038 d.C.).

retornava do funeral de Sulaymān Bin ᶜAbdilmalik:[224] "Por que o vejo angustiado?". ᶜUmar respondeu: "A situação em que estou é angustiante. Não existe ser humano a quem, nesta nação do profeta Muḥammad, de Ocidente a Oriente, eu não queira conceder os seus direitos, sem que ele tenha de me escrever ou de me pedir pessoalmente".

Disse ᶜUmar Bin ᶜAbdilᶜazīz a um dos companheiros que o frequentavam: "Esta noite tive insônia de tanto refletir". O homem perguntou: "Sobre o quê, comandante dos crentes?". Ele respondeu: "Sobre o túmulo e quem nele mora. Com efeito, se você vir um morto depois de três dias em seu túmulo, certamente vai estranhar essa proximidade depois de ter gozado amiúde a sua companhia, pois o que se verá é uma casa na qual os répteis rastejam, a purulência a tudo empapa e vicejam os vermes, além do fedor e do apodrecimento da mortalha; isso tudo após o morto ter tido boa aparência, aroma agradável e roupas limpíssimas". Em seguida, bufou longamente e caiu desfalecido. Fāṭima, sua mulher, gritou pelo ajudante de ordens do califa: "Muzāḥim, ai de você! Tire este homem daqui, já! Desde que o comandante dos crentes tomou posse, ele lhe tornou a vida um desgosto! Quem dera ele não existisse!". O homem foi expulso do local, e Fāṭima, aos prantos, começou a aspergir água no seu rosto até que ele despertou do desmaio; ao vê-la chorando, perguntou: "Por que está chorando, Fāṭima?". Ela respondeu: "Eu vi você se finando na nossa frente, comandante dos crentes, e isso me fez pensar na sua morte diante de Deus altíssimo e poderoso, sua renúncia às coisas do mundo e o deixar-nos sós! Foi isso que me fez chorar". O califa disse: "Já chega, Fāṭima! Você está exagerando", e quase caiu novamente. Ela o abraçou e disse: "Por meu pai, comandante dos crentes, não conseguimos lhe falar sobre tudo o que sentimos por você!". O califa continuou naquele estado até que chegou a hora da prece, quando então ela tornou a lhe aspergir água no rosto e o chamou: "A prece, comandante dos crentes", e ele se levantou assustado.

Então Nuzhat Azzamān disse ao seu irmão Šarrakān e aos quatro juízes: "Ouçam a conclusão da segunda parte do primeiro tema".

E o amanhecer alcançou Šahrazād, que parou de contar.

[224] Antecessor de ᶜUmar Bin ᶜAbdilᶜazīz, Sulaymān foi o sétimo califa da dinastia omíada; nasceu em Damasco em 674 d.C. e morreu em 717, durante o cerco a Constantinopla, a qual ele, na esteira do ímpeto expansionista do islã naquele período, tentou em vão conquistar. Sulaymān havia indicado ᶜUmar, que não era seu filho, como sucessor.

QUANDO FOI A NOITE

316ª[225]

Disse Šahrazād:

Eu tive notícia, ó rei venturoso, de que Nuzhat Azzamān disse a Šarrakān — que ela não sabia ser seu irmão —, na presença dos quatro juízes: "Ouçam a conclusão da segunda parte do primeiro tema".

Conta-se que o califa ᶜUmar Bin ᶜAbdilᶜazīz escreveu às tribos que apoiavam os omíadas:

Indo direto ao ponto. Faço Deus altíssimo testemunha, e n'Ele me ponho a salvo neste mês sagrado e nesta terra sagrada, no dia da Grande Peregrinação, e digo que estou isento da culpa de quem os injustiçou e agrediu; não lhe ordenei isso nem o abençoei ou incitei, a não ser por alguma distração minha, ou por algo que permaneceu oculto para mim, mas que não premeditei. Rogo que não me atribuam isso, e que eu seja perdoado tão logo se saiba do meu zelo e esforço para resolver o assunto. Por acaso não sou eu, recurso de todo e qualquer injustiçado, o único que tem permissão para sofrer injustiças? Por acaso vocês não estão sempre desobrigados de obedecer a qualquer um dos meus servidores que se afastar da verdade e não agir conforme o Alcorão e a Tradição? Por acaso não encaminhei a decisão sobre ele para vocês, a fim de que tal servidor, condenado, reavalie a verdade? Por acaso causamos adversidades entre os seus homens ricos, ou praticamos favoritismo entre os seus homens pobres, no tocante às rendas que lhes são pagas? Por acaso não se pagam de cem a trezentos dinares a quem quer que venha com uma demanda mediante a qual Deus beneficiará um interesse particular ou público no que é relativo à nossa religião, segundo o bem que tenciona fazer ou as dificuldades que pretende arrostar? Tenha Deus misericórdia do homem que não se engrandece com o Livro por meio do qual Deus ressuscita uma verdade para quem o lê. Se acaso eu não fosse distraí-los dos seus rituais de devoção, eu lhes traçaria questões sobre a verdade tal como Deus as fez ressurgir, e questões sobre a falsidade que Deus eliminou

[225] Também aqui a divisão das noites segue a das edições impressas (mas não a numeração). Em Gayangos, embora inexista tal divisão, ocorre neste ponto a mesma anotação das edições impressas quanto à divisão do discurso de Nuzhat Azzamān.

do seio de vocês. Como Deus é o único nisso, não louvem senão a Ele, e se acaso Ele tivesse me encarregado somente de mim mesmo, eu seria como qualquer outro. Adeus.

Disse ᶜUmar Bin ᶜAbdilᶜazīz: "Não gostaria que Deus tornasse leve a minha morte, pois a morte é a última recompensa do muçulmano".

Disse Rajā' Bin Ḥaywa:[226] "Quando ᶜUmar era califa, suas vestes foram avaliadas em doze dirhams", e mencionou uma camisa, um manto, uma túnica, calções, um turbante, seu barrete e seu par de sandálias.[227]

Ḫālid Bin Ṣafwān contou o seguinte:

Yūsuf Bin ᶜUmar me incluiu na delegação iraquiana que foi enviada para visitar o califa Hišām Bin ᶜAbdilmalik.[228] {Dirigi-me então até lá, e ele já havia saído para a recepção com seus parentes, cortesãos, funcionários e comensais, instalando-se num pátio amplo e reto. Naquele ano, as chuvas do início da primavera tinham começado mais cedo, adornando o solo, que tinha o melhor aspecto; haviam sido montados pavilhões com um tecido especial, nem grosso nem fino, que Yūsuf mandara tecer para o califa no Iêmen, e no interior desses pavilhões havia tendas com quatro colchões de popelina vermelha, tal como suas bases; o califa vestia um colete também de popelina vermelha, tal como seu turbante.} Quando os visitantes se acomodaram, voltei a cabeça em direção àquela

[226] Alfaqui palestino, nasceu em Bisān em 660 d.C. Foi um dos encarregados do projeto da famosa "Cúpula do Rochedo", em Jerusalém. Morreu em 731.

[227] A esse relato, tanto em Gayangos como nas edições impressas, segue-se outro em que há graves erros de cópia, mas cuja fonte é a mesma, ou seja, as "Apostilas". Porém, ele repete, em síntese, o que já apareceu em outro relato sobre a austeridade do califa ᶜUmar com seus próprios filhos, aos quais preferiu deixar na pobreza a enriquecê-los às custas do erário público. Por esse motivo – aliado à já mencionada precariedade das cópias, que evidencia certo desleixo do autor e dos escribas com o material utilizado, além da evidente desatenção para com o fato de que um relato semelhante já havia sido incluído –, deixamos de traduzi-lo.

[228] As personagens do relato são: o narrador, Ḫālid Bin Ṣafwān Bin Al'ahtam Attamīmī (m. 753 d.C.), eloquente pregador muçulmano, celebrizou-se por sempre calar os seus contendores e convencer os admoestados mercê de sua insuperável retórica. Yūsuf Bin ᶜUmar Aṯṯaqafī (685-745), líder militar e governador do Iraque, sofreu um fim terrível, tendo sido executado na prisão e arrastado pelas pernas nas ruas de Damasco, após várias reviravoltas nas lutas pelo poder em que esteve envolvido; Yūsuf fora nomeado governador do Iraque pelo califa Hišām Bin ᶜAbdilmalik (641-743), décimo da dinastia omíada, da qual foi o último governante cujo poder era inconteste. Os trechos entre chaves são das "Apostilas", e não constam de Gayangos; foram traduzidos porque fundamentais para o sentido de eficácia que se pretende dar ao discurso. A primeira impressão é que esses trechos foram omitidos de Gayangos por conterem termos raros e de difícil compreensão, que o copista, cuja flagrante insipiência se evidencia em seus contínuos e brutais erros de transcrição, preferiu "pular". Nas edições impressas, a fonte parece ter sido outra, pois a forma e o léxico do discurso são diferentes. E em Maillet, além de truncado e desfigurado, o episódio está igualmente eivado de erros de cópia.

fileira, e ele olhou para mim como se quisesse falar comigo; então eu disse: "Que Deus complete as benesses sobre você, comandante dos crentes, e que Ele transforme em boa orientação aquilo de que o encarregou, e em louvor o resultado daquilo a que Ele o conduz. Que Deus faça que tudo isso redunde em fé e amplie o seu crescimento, e não polua aquilo que purificou para você, nem misture prejuízo à sua alegria! Você se tornou a referência dos crentes, {o ponto de descanso deles;} é a você que procuram com suas queixas, e é em você que se refugiam quando de seus problemas. Não vejo nada, comandante dos crentes, mais eloquente do que as histórias dos reis anteriores a você. Se o comandante dos crentes me permitir, eu lhe contarei uma delas". Então Hišām, que estava deitado, apoiado em seu braço, sentou-se e disse: "Conte, ó Ibn Al'ahtam!". Eu disse: "Um dos reis anteriores a você, comandante dos crentes, saiu em certo ano, que estava tão agradável quanto este ano, para os palácios de Ḫawaranaq e Sadīr, em Kūfa, no Iraque. {Apesar de sua juventude, esse rei fora agraciado com luxo, vitórias e conquistas; olhou para longe e} disse aos seus convivas: 'Acaso vocês já viram alguém em condição igual à minha? Alguém que tenha sido agraciado com o mesmo que eu?'. Havia entre os convivas um homem, o único que sobrara entre os dotados de argumentos e os que seguiam resolutamente a trilha e o método do verdadeiro decoro {— pois nunca falta na Terra quem, mediante argumentos, lute por Deus altíssimo e poderoso diante de Seus servos —}; esse homem disse, enfim: 'Ó rei venturoso, já que você perguntou sobre essa gravíssima questão, me permite uma resposta?'. Ele respondeu: 'Sim'. O homem disse: 'Porventura isso que você desfruta é algo que sempre teve ou algo que recebeu?'. O rei respondeu: 'Exato, é algo que recebi'. O homem disse: 'Contudo, não o vejo senão feliz com algo banal que pouco estará presente, e muito estará ausente, e do qual você será amanhã refém'. O rei disse: 'Ai de você! Do que fugir, e o que buscar?'. O homem respondeu: 'Ou você se mantém no reino agindo em obediência a Deus, no infortúnio e na alegria, no desgosto e na dor, ou então você tira a coroa, veste andrajos e passa a adorar ao seu Senhor até a cláusula dos seus dias'. O rei lhe disse: 'Assim que alvorecer, bata à minha porta, pois vou escolher um dentre esses dois pareceres. Se eu optar por permanecer no trono, você será um conselheiro a quem não se desobedece, e se eu optar pelos desertos do mundo e pelas regiões estéreis do país, você será um companheiro de quem não se discorda'. Destarte, o homem foi bater à porta do rei tão logo alvoreceu, e eis que já o encontrou sem a coroa, vestido com roupas de lã grosseira, preparado para a viagem e para a renúncia a tudo quanto possuía. {Por Deus que foram morar numa montanha até a cláusula dos seus dias. É sobre esse assunto que ᶜAdīy Bin Zayd discorre em sua poesia:}[229]

Ó folgazão, que ao destino ofendes,
serias tu o perfeito, o inocente?
Ou tens da vida uma firme promessa?
Não, não passas de um tolo iludido!
Acaso viste as desgraças pouparem
alguém, ou quem da injustiça se evada?
Onde estará Cosróes, rei dos reis,
e antes dele, onde estará Šāpur,[230]
{que a grande cidade erigiu, pois do rio
Tigre e afluentes o fruto era seu?
De mármore a ergueu, e com cal
concluiu, pássaros por todo canto.
Não temeu infortúnios, mas, findo
seu poder, já ninguém o buscou;
lembrou do senhor dos palácios, mas
o poder se findara, e a redenção cogitou:}
desfrutou o dinheiro, e o muito que
tinha, o mar todo seu, e ainda o palácio;
coração pesaroso, pensou: qual o deleite
dos viventes que p'ra morte caminham,
{se mesmo após triunfos, poderes e luxo,
cobertos serão pelo escuro das tumbas?}
Ficarão decerto tal folhas bem secas,
desfeitas por ventos do leste e do oeste.[231]

[229] Poeta cristão pré-islâmico, teve uma vida tumultuosa. Trabalhou na corte do rei sassânida Cosróes, de quem foi turjimão de árabe, tendo até mesmo atuado como intermediário em negociações entre persas e bizantinos. Envolveu-se com a dinastia árabe dos Banū Mundir, também cristã, que tinha um reino cuja capital era Ḥīra, no atual Iraque, e, vítima de intrigas palacianas, acabou sendo morto por sufocação em 587 d.C. Em Gayangos, por provável distração do copista, essa poesia é atribuída ao próprio homem que admoesta o rei.
[230] Em árabe, *Sābūr*. Houve mais de um rei persa da dinastia sassânida com esse nome. Aqui, trata-se do segundo, o mais poderoso deles, chamado em árabe *Sābūr dū Al'aktāf*, "o dos ombros" (307-379 d.C.).
[231] A temática desses versos – as ruínas e a morte após o poder –, de grave ressonância na poética árabe e oriental, seria mais tarde explorada no esplêndido "Ozymandias", de Percy Shelley, inspirado por uma ruína faraônica.

Prosseguiu Ḫālid Bin Ṣafwān:[232]

Então Hišām chorou até molhar as barbas e o turbante, ordenando que as tendas fossem desmontadas e isolando-se no interior do palácio. Os funcionários e membros da corte me cercaram e disseram: "O que está querendo fazer com o comandante dos crentes? Você lhe degradou o prazer e lhe tornou o acampamento um desgosto!". Respondi: "Deixem-me em paz! Eu já havia me comprometido diante de Deus: ficando a sós com qualquer rei que fosse, não deixaria de lembrá-lo de Deus altíssimo e poderoso".][233]

E o amanhecer alcançou Šahrazād, que parou de contar.

QUANDO FOI A NOITE

317ª[234]

Disse Šahrazād:

Eu tive notícia, ó rei venturoso, de que Nuzhat Azzamān disse a Šarrakān: "Ó rei venturoso, se você quiser que eu continue falando e transmitindo o que sei a respeito das questões mencionadas, isso terá de ser ao longo de dias, e não numa só reunião. Esse evento poderá ocorrer com o bom auxílio da ventura do rei". Os juízes disseram: "Essa jovem é uma das maravilhas do tempo, e o encanto dos séculos e de todos os momentos! Ela pronunciou palavras que nós jamais ouvíramos dos livros dos antigos, [tais como o livro do "Colar", de Ibn ᶜAbd Rabbihi, as "Apostilas", de Muḥammad Bin Alḥasan Bin Muḥammad Bin Ḥamdūn, e o

[232] Neste ponto, em todas as fontes, Ḫālid Bin Ṣafwān deixa de ser o narrador e passa a ser terceira pessoa, isto é, matéria narrada. Dada a já extensa cadeia de narradores, considerou-se melhor corrigir tal incongruência.

[233] Aqui se encerra a parte na qual o autor da história resolveu, para destacar os méritos intelectuais de Nuzhat Azzamān, transcrever (e não adaptar) trechos das supramencionadas "Apostilas de Ḥamdūn", num processo de seleção levado a cabo por critérios específicos de produção de sentido que atualmente já não é possível rastrear. Conforme se realçou, boa parte dessa explanação não consta, por falha de cópia, de Varsy e Tübingen, e foi traduzida de Gayangos, mas com apoio nas outras fontes mencionadas no decorrer da tradução.

[234] Em Varsy e Tübingen, ora retomados, a numeração dessa noite é, respectivamente, 316 e 311.

"Tesouro", de Ibn Bassām].[235] Eis aí um dos espantos humanos, cujas palavras deixam perplexo qualquer entendimento!". Em seguida, rogaram pelo rei, despediram-se, desmobilizaram a assembleia e se retiraram.

Disse o narrador: Nesse instante, o rei Šarrakān se voltou para os seus criados e disse: "Vamos, rápido, aprontem as coisas para a festa de casamento. Preparem comida de toda sorte, doce e salgada, e quitutes, com os cem mil dirhams que reservei para a festa". Imediatamente eles obedeceram à ordem, ouvindo e obedecendo, e arrumaram as coisas. O rei ordenou que as mulheres dos seus comandantes, vizires e notáveis do governo permanecessem a fim de presenciar a festa. Mal a tarde caiu e já estavam estendidas as toalhas com assados, arroz, galinha e outros alimentos requintados. Montaram-se banquetes iguais para homens e para mulheres, determinando-se ainda que todas as cantoras de Damasco comparecessem, bem como as grandes concubinas do rei que soubessem cantar, e todas foram para o palácio. Damasco se encheu com o batuque nos adufes e, quando anoiteceu e escureceu, acenderam-se velas desde o portão da torre até o interior do palácio, à esquerda e à direita. Os comandantes carregaram as velas do rei Šarrakān, e ele ordenou que todas fossem acesas. As criadas e as cabeleireiras foram cuidar da jovem, mas nada puderam fazer, pois o seu rosto, de tão luminoso, não precisava de nenhum adorno. O rei Šarrakān foi para o banho, e ao sair se acomodou no palanque. Nuzhat Azzamān foi exibida diante dele sete vezes, com sete vestes diferentes, até que houve o chamado para a prece da alvorada,[236] quando então as criadas a aliviaram daqueles tecidos todos e lhe fizeram as recomendações que sempre se fazem às jovens nuben-

[235] O trecho entre colchetes foi traduzido de Gayangos. As duas primeiras menções são uma clara referência a duas compilações importantes e substanciosas: *Al^c^iqd alfarīd*, "O colar singular", do letrado e poeta cordobês Aḥmad Bin ^c^Abd Rabbihi (860-940 d.C.), e a já citada *Attaḏkira alḥamdūniyya*, "As apostilas de Ḥamdūn", de Muḥammad Bin Alḥasan Bin Muḥammad Bin ^c^Alī (m. 1166 d.C.), trabalhos cujas características são as mesmas, sendo evidente que o primeiro foi modelo do segundo. Já a citação do terceiro livro é problemática, pois em Gayangos consta "Ibn Hišam", mas nenhum autor com esse nome tem uma obra com tal título; daí concluímos que se trata do santareno Ibn Bassām (1058-1147 d.C.), autor de *Aḏḏaḫīra fī maḥāsin ahl aljazīra*, "Tesouro sobre as belezas do povo da Península", extensa compilação sobre os letrados de Alandalus. Contudo, a referência é equívoca, pois essa obra, destinada a realçar a qualidade das letras árabes na Península Ibérica, apresenta características bem distintas das outras duas. Tanto é assim que, em Maillet, na noite 289, são citados apenas o "Colar" e as "Apostilas". Seja como for, da maneira como é feita nessa fala dos juízes, a afirmação é irônica (pois eles alegam que a fala de Nuzhat Azzamān, cópia escancarada de uma compilação célebre, não tinha igual no mundo) ou então autoirônica (pois, como juízes, ou seja, como homens letrados, não poderiam desconhecer que a explanação provinha inteiramente dessa compilação, qual seja, as "Apostilas", e que o único mérito da jovem seria ter decorado esses trechos).

[236] Em Maillet, "até que os galos cantaram, sem que ela se fartasse de se exibir e sem que ele se fartasse de olhar"; em Gayangos, "até que o dia raiasse". Tanto Maillet como Gayangos trazem "dezessete vezes" em vez de "sete vezes".

tes. O rei a possuiu e a desvirginou, engravidando-a de imediato, pela vontade e decreto divinos, e ela o avisou disso. Extremamente feliz, ele ordenou aos médicos[237] que registrassem a data da gravidez. Quando amanheceu, ele se acomodou em seu trono, e os notáveis do reino vieram felicitá-lo. Ele imediatamente convocou o seu secretário e lhe ordenou que escrevesse uma carta ao pai, ᶜUmar Annuᶜmān, informando-o de tudo quanto lhe sucedera: que ele comprara uma jovem virtuosa, de muito decoro, que conhecia integralmente todos os livros de sabedoria, e que era imperioso enviá-la para visitar os seus irmãos Ḍaw Almakān e Nuzhat Azzamān. Informava-o ainda que a alforriara de imediato, escrevera o compromisso de casamento, a possuíra e ela ficara grávida dele já naquela noite; ele a louvava por seu intelecto e eloquência, e enviava saudações a seus irmãos e ao seu vizir Darandān, bem como a todos os comandantes e demais vizires. Em seguida selou a carta e a enviou por intermédio de um dos empregados do correio, ordenando-lhe que saísse naquele mesmo dia. O mensageiro viajou e se ausentou por um mês inteiro, ao cabo do qual retornou com a resposta; informou-o que o seu pai estava vestido de preto, por luto, bem como os moradores de Bagdá, em virtude do desaparecimento de seu irmão e de sua irmã, e lhe entregou a carta resposta, cujo selo Šarrakān rompeu e leu, e eis que ela continha, após a reverência ao nome de Deus, o seguinte:

Do perplexo, desesperado e entristecido pela perda dos seus entes amados; daquele de quem os filhos se separaram e abandonaram as suas terras; de ᶜUmar Annuᶜmān para o querido Šarrakān. Saiba, ó meu filho, que após você ir embora eu senti o peito opresso devido à sua ausência, a ponto de já não conseguir ter paciência nem ocultar a impaciência, e então saí em cavalgada para caçar. Seu irmão, Ḍaw Almakān, me pedira para viajar até a Arábia, mas eu, temeroso de que alguma das desgraças do tempo o colhesse, proibi-o, adiando a viagem para dali a dois ou três anos. Meus receios por ele é que me levaram a fazê-lo esperar. Porém, quando saí neste ano em viagem de caça, acabei me enveredando por longos caminhos, e me ausentei por dois meses. No retorno, constatei que o seu irmão e a sua irmã haviam pegado um pouco de dinheiro e viajado, às escondidas e anônimos, com os peregrinos a Meca. Entrei em desespero, sem saber o que fazer...

E o amanhecer alcançou Šahrazād, que parou de contar.

[237] "Médicos" traduz *ḥukamā'*, "sábios". Contudo, a palavra pode também ser empregada para "médico", porquanto não haveria cabimento em pedir aos "sábios" que registrassem a data da gravidez. Maillet assim descreve a cena do incesto involuntário: "Deixaram-na a sós com o irmão, e ninguém sabia dessa desgraça, a não ser o Criador dos céus".

QUANDO FOI A NOITE

318ª

Disse Šahrazād:

Eu tive notícia, ó rei venturoso, de que, após ler que seu pai, ᶜUmar Annuᶜmān, escrevera "entrei em desespero, sem saber o que fazer", Šarrakān chegou ao final da carta:

Meu filho, esperei o retorno dos peregrinos, mas seus irmãos não voltaram com a caravana, nem ninguém tinha notícias a respeito deles; eis-me agora chorando-os noite e dia. Será que o chão os engoliu? Estou de luto, com o coração dilacerado.

E recitou a seguinte poesia:

A sombra deles não some nem um só momento,
e para ela dediquei no coração o mais nobre ponto;
não fora a esperança do retorno eu já não vivera,
e não fora por sonhar com eles eu já não dormira.

[*A carta terminava assim*:]

Esteja em paz, você e todos ao seu redor. Não descure da busca de notícias, pois o sumiço de seus irmãos é para nós uma infâmia.

Após ler e compreender o conteúdo da carta, Šarrakān — triste pelo pai, mas contente com o desaparecimento dos irmãos — guardou-a e foi até a sua mulher, Nuzhat Azzamān, que ele ignorava ser sua irmã, assim como ela ignorava ser ele seu irmão. Isolou-se com ela por dias e noites, muito feliz, até que os dias de Nuzhat Azzamān se completaram e ela foi entregue às parteiras;[238] Deus facilitou o nascimento e a jovem deu à luz uma menina, [o que deixou Šarrakān felicíssimo, fazendo-o determinar que Damasco fosse engalanada e se servissem banquetes durante sete dias, passados os quais Nuzhat Azzamān o chamou e lhe disse:][239] "Tome a sua filha e dê-lhe o nome que preferir, pois o hábito é só nomear a criança após o sétimo dia".

[238] Em Maillet se intercala uma frase para não deixar o leitor esquecer a outra personagem: "enquanto tudo isso ocorria, Ḍaw Almakān continuava em Damasco com o foguista".
[239] O trecho entre colchetes foi traduzido de Maillet, cuja narrativa neste ponto é mais coerente.

Disse o narrador: Ao se inclinar para beijar a filhinha, Šarrakān notou, pendurado no pescoço dela [por meio de um fio de seda vermelha],[240] um dos três avelórios que tinham sido trazidos da terra dos bizantinos pela rainha Abrawīza. Olhou bem, certificando-se do que estava ali no pescoço da filha; perplexo e desnorteado, arregalou os olhos e disse a Nuzhat Azzamān: "Ai de você, sua empregadinha! Como conseguiu este avelório?". Ao ouvir a admoestação de Šarrakān, ela respondeu: "Criada é a sua mãe, criada é a sua avó, criadas são as mulheres da sua laia! Eu tenho irmãos! Não tem vergonha de me chamar de criada? Eu sou é a patroa, rainha, filha de rei, por cima do seu nariz! Bom, já que agora o segredo está revelado e as coisas ficaram mais claras, eu sou Nuzhat Azzamān, filha do rei ^{c}Umar Annu^{c}mān, senhor de Bagdá e de Ḫurāsān. O único problema é que o tempo foi cruel comigo e me atirou nas ásperas trilhas do infortúnio".[241]

Ao ouvir aquilo, o coração de Šarrakān estremeceu e, tomado por calafrios, o rapaz empalideceu, permaneceu cabisbaixo por algum tempo e, percebendo que se tratava de sua irmã paterna, perdeu o senso; assombrado, perguntou-lhe, ainda sem lhe revelar quem era: "Minha senhora, você é mesmo filha do rei ^{c}Umar Annu^{c}mān?". Ela respondeu: "Sim". Ele disse: "Conte-me então qual o motivo de você ter sido vendida como escrava, e de ter se separado de seu pai", e a jovem lhe contou tudo quanto lhe sucedera do começo ao fim, e como havia deixado o irmão doente em Jerusalém, e como fora sequestrada pelo beduíno e vendida para o mercador.

Disse o narrador: Quando ouviu aquilo, o seu irmão Šarrakān, o rei, teve certeza de que era a sua irmã paterna. Assombrado por ter desposado a própria irmã, ele pensou: "A única artimanha possível nesse caso é casá-la com algum dos meus secretários, e enviar uma carta ao meu pai informando-o de que ela acabou se casando com o grão-chanceler". Em seguida, levantou a cabeça na direção dela e disse, compungido pelo que fizera: "Maninha Nuzhat Azzamān, na verdade você é minha irmã. O decreto e a vontade divina se abateram sobre nós, e consumamos aquilo que já estava escrito. Não há poderio nem força senão em Deus altíssimo e poderoso! Pertencemos a Deus e a ele retornaremos! Que Deus me perdoe por este pecado! Eu sou seu irmão Šarrakān, filho de ^{c}Umar Annu^{c}mān". Nuzhat Azzamān olhou bem para ele, reconheceu-o e, agora certa

[240] Traduzido de Maillet.

[241] Nesse trecho, a fala da personagem é toda em prosa rimada, e isso pode indicar que, em algum momento do processo de elaboração, a resposta foi dada em versos, sendo reelaborada em prosa mais tarde.

de quem se tratava, perdeu os sentidos, gritou forte e depois chorou, estapeou-se no rosto e disse: "Não há poderio nem força senão em Deus altíssimo e poderoso! Incidimos numa grande abominação! O que fazer? Quando eu voltar ao meu pai, se ele me perguntar 'onde você arranjou essa criança?', o que lhe direi?". Šarrakān respondeu: "O que imaginei é casá-la com o meu grão-chanceler e deixá-la criar minha filha com ele, sem informá-lo de que você é minha irmã — nem a ele nem a nenhum vivente de Deus altíssimo. Foi esse o destino que Deus altíssimo determinou para nós, e contra isso não existe artimanha. A única coisa que vai manter esse assunto em sigilo é o seu casamento com o grão-chanceler". Em seguida, ele a beijou na cabeça, e ela lhe perguntou: "Que nome você dará à menina?". Ele respondeu: "Vou chamá-la de Quḍya Fakān[242] [Que ela tenha a melhor criação]". Após dois meses, Nuzhat Azzamān foi dada em casamento ao grão-chanceler, e ao mesmo tempo entregou a criança aos cuidados das amas de leite: assim, a menina foi criada nos ombros das servas e dos empregados, alimentada com sucos especiais, doces e bastante frango. Enquanto tudo isso ocorria, Ḍaw Almakān continuava em Damasco com o foguista.

Disse o narrador: Certo dia, chegou um correio trazendo uma carta do rei ᶜUmar Annuᶜmān para o seu filho Šarrakān, que a pegou e leu. Eis o que ela continha, após citar o nome de Deus:

Saiba, meu venturoso filho, que estou mergulhado em imensa tristeza pela separação dos meus filhos. Não durmo nem saio de cima do travesseiro. O motivo desta carta é pedir-lhe que deixe pronto o dinheiro dos tributos e o envie a nós por meio da criada que você comprou e com a qual se casou. Como você mencionou que ela é sábia, inteligente e ajuizada, eu gostaria de vê-la e ouvi-la por causa de um assunto deveras importante, que é o seguinte: há cerca de dois meses veio até mim, da terra dos bizantinos, uma velha bondosa, devota, temente a Deus — diante da qual sempre nos ajoelhamos e prosternamos —, andarilha por desertos e terras inóspitas; que Deus nos beneficie, bem como a você, com as bênçãos dela. Essa velha chegou trazendo cinco garotas de seios virgens, as quais têm tamanho domínio do saber e dos livros de sabedoria[243] que deixam o ser humano perplexo e a língua incapaz de descrever...

E o amanhecer alcançou Šahrazād, que parou de contar.

[242] *Quḍya Fakān*, literalmente, "decretou-se e então foi", "assim estava decretado". Em seguida, o trecho entre colchetes é de Maillet.
[243] Maillet, Gayangos e as edições impressas também mencionam "decoro" e "sermões de admoestação".

QUANDO FOI A NOITE

319ª

Disse Šahrazād:

Eu tive notícia, ó rei venturoso, de que na carta estava escrito:

As garotas dominam tanto saber, mérito e sapiência que nenhum intelecto humano pode alcançar, e por isso a minha mente as apreciou e meu ser está de todo ocupado com elas. Quero que permaneçam em meu palácio, nas minhas mãos, para que por meio delas eu possa me orgulhar diante dos outros reis. Perguntei à boa velha sobre o preço das garotas, e ela me disse que não as venderia senão pela totalidade dos tributos recolhidos em Damasco. Por Deus que não considerei caro, pois cada uma delas vale sozinha esse preço, motivo pelo qual eu aceitei e já as trouxe para dentro do meu palácio, onde elas se encontram sob a minha proteção. A boa velha está aqui conosco à espera, para receber o valor dos tributos e ir embora. Apresse-se, portanto, e envie junto com o dinheiro a garota da qual você falou, a fim de que ela debata com as cinco garotas daqui, diante dos sábios. Se acaso ela as derrotar, eu a enviarei de volta para você junto com todos os tributos recolhidos em Bagdá, como um presente meu.[244] Por Deus, por Deus, prepare isso logo!

Disse o narrador: Ao tomar ciência do conteúdo da carta, Šarrakān foi até o seu cunhado, o grão-chanceler, e lhe disse: "Traga o que depositei em confiança com você". Quando Nuzhat Azzamān chegou, ele a deixou a par da carta e disse: "Maninha, qual é a sua resposta?". Ela disse: "O que lhe parecer melhor". Ele disse: "Nada farei sem o seu conselho e a sua aprovação". Ela, que já estava com saudades dos pais e da terra natal, disse: "Envie-me, meu irmão, na companhia do meu marido, o grão-chanceler, a fim de que eu conte a papai a história do beduíno que me vendeu para o mercador, e então do mercador que me vendeu para [você, que por fim me casou com o grão-chanceler depois de me alforriar".][245] Ele res-

[244] Em Maillet se acrescenta: "Mas, se acaso elas a derrotarem, então eu é que ficarei com os tributos recolhidos em Damasco, e também com a garota. Adeus!".

[245] O trecho entre colchetes é das edições impressas, uma vez que a sucessão de eventos neste ponto é defeituosa em Varsy e Maillet ("e então o mercador me vendeu para o grão-chanceler, que me alforriou e se casou comigo") e resumida em Gayangos ("e a instruiu sobre o que dizer ao pai"). Em Tübingen, a folha correspondente foi extraviada.

pondeu: "Concordo, com a condição de que a minha filha permaneça aqui comigo até você voltar". Ela disse: "Sim".

Disse o narrador: Então Šarrakān pegou a sua filha, Quḍya Fakān, e a entregou aos cuidados das amas de leite e das criadas, e depois começou a ajuntar o dinheiro dos tributos, que foi entregue ao grão-chanceler. Ordenou-lhes que se pusessem em marcha, e que fosse montada uma liteira para o casal, no que foi prontamente obedecido. O grão-chanceler foi se preparar, providenciando carregadores e criados para transportar água, portar tochas e serviços de viagem. Šarrakān dotou a caravana de camelos, dromedários,[246] cavalos de reserva e burros carregados com o dinheiro dos impostos recolhidos em Damasco, e escreveu uma carta, que remeteu por intermédio do grão-chanceler. Autorizou-o a partir e se despediu dele e de sua irmã, Nuzhat Azzamān, da qual tomou o avelório, pendurando-o no pescoço de sua filha Quḍya Fakān.

Naquela mesma noite em que eles viajaram — por coincidência e graças a um desígnio de Deus —, o jovem Ḍaw Almakān, acompanhado pelo foguista, saíra para passear pelo bairro de Maṭārima, no mercado de cavalos, quando então avistaram ao longe camelos, fardos, corcéis, burros de carga, arcas carregadas, e no meio de tudo uma liteira cercada por homens portando tochas e lampiões: era a caravana que despontava no início da viagem.[247] Então Ḍaw Almakān, irmão de Nuzhat Azzamān, quis saber para quem se destinavam aqueles fardos, e lhe responderam: "São os tributos recolhidos em Damasco que estão sendo levados para o rei ᶜUmar Annuᶜmān, senhor de Bagdá". Ele perguntou: "E quem está naquela liteira?". Responderam-lhe: "O grão-chanceler e a mulher dele". Ao ouvir tudo aquilo, Ḍaw Almakān chorou, tangido pelas saudades de sua terra natal, e disse ao foguista: "Eu é que não vivo mais aqui! Quero muito viajar com essa caravana; fico na rabeira e vou me aproximando aos poucos". O foguista disse: "Eu não senti segurança de deixá-lo viajar sozinho de Jerusalém até Damasco, e agora quer que o deixe ir até Bagdá? Só se eu for junto", e começou a preparar as coisas para a viagem: encheu o cantil, pegou o burro e nele amarrou um alforje com um pouco de comida, apertou bem o cinto e se preparou até que a caravana, com a liteira no meio, passou por ele. O grão-chanceler estava montado num pangaré, cerca-

[246] Num procedimento raro nas *Noites*, o texto faz, neste ponto, diferença entre o chamado dromedário ou camelo árabe (*jamal*), de uma só corcova, e o chamado camelo bactriano (*baḫtī*), de duas corcovas.

[247] Trecho traduzido mediante leitura cruzada de Varsy e Maillet.

do por criados a pé e seguido por um bando de vagabundos cujo propósito era ganhar algumas provisões da caravana, além de várias outras pessoas. Ḍaw Almakān montou e disse ao foguista: "Monte". O foguista respondeu: "Não farei isso de jeito nenhum. Só viajo se eu puder servir você". Ḍaw Almakān disse: "Se for mesmo imperioso, vamos nos revezar: cada um vai montado durante uma hora, e caminha durante a outra hora". O foguista disse: "Ouço e obedeço".

E o amanhecer alcançou Šahrazād, que parou de contar.

QUANDO FOI A NOITE 320ª[248]

Disse Šahrazād:

Eu tive notícia, ó rei venturoso, de que Ḍaw Almakān montou, acompanhado do foguista, e foram atrás da caravana. Seus alimentos e equipamentos eram escassos. Ḍaw Almakān disse: "Você nem imagina, meu irmão, o bem que lhe farei quando eu chegar aos meus pais". A caravana avançou até o nascer do sol, quando então, no momento do calor mais abrasador, o grão-chanceler ordenou que todos se apeassem e montassem acampamento; assim foi feito, e puderam descansar e dar ração e bebida às montarias. Ficaram nisso até o entardecer, quando veio a ordem para retomar a viagem, e por cinco dias mantiveram o ritmo, até que chegaram à cidade de Hama,[249] onde se apearam e acamparam por três dias, após os quais carregaram e se mantiveram em viagem até Alepo,[250] onde também ficaram três dias, e dali avançaram até cruzar o rio Eufrates, chegando então a Mardin, para finalmente pisarem o solo de Diarbaquir, onde foram bafejados pela brisa do Iraque, tanto estavam próximos dessa terra; em seguida, chegaram à cidade de Mossul,[251] onde permaneceram alguns

[248] Neste ponto, a numeração das noites voltou a bater com a numeração do manuscrito Varsy.

[249] Uma das mais antigas cidades do mundo, situa-se na região centro-oeste da Síria e dista 210 quilômetros de Damasco.

[250] Em árabe *Ḥalab*, outra cidade muito antiga. Fica mais ao norte, a 135 quilômetros de Hama.

[251] Mardin e Diarbaquir hoje se situam na Turquia, região da Anatólia, e Mossul fica no norte do Iraque.

dias, e enviaram um correio a Bagdá informando onde estavam acampados e sua iminente chegada. O foguista e Ḍaw Almakān também acamparam. O foguista se encontrava exaurido pela caminhada, pela falta de dinheiro e pelo fim dos alimentos. Ḍaw Almakān compreendeu a situação dele. Ambos estavam acampados nas proximidades da tenda do grão-chanceler; quando anoiteceu e a lua surgiu, eles foram bafejados pelos ventos do Iraque, e Ḍaw Almakān se lembrou da irmã, Nuzhat Azzamān, de seu pai, de sua terra natal, pensou em como iria encarar o pai sem ter a irmã consigo, e então chorou, gemeu, queixou-se e disse: "Meu irmão, preciso aliviar a angústia do meu coração e buscar conforto recitando um pouco de poesia". O foguista disse: "Não faça isso, meu irmão! Estamos próximos da tenda do grão-chanceler e da liteira". O rapaz disse: "É absolutamente imperioso recitar uma poesia!". O foguista disse: "Que Deus nos proteja! Deixe as coisas continuarem bem. Só mais um pouquinho e a gente chega à sua terra; lá nos separamos dessas pessoas e aí então você faz o que bem entender". O rapaz disse: "É absolutamente imperioso fazê-lo agora", e, virando o rosto na direção de Bagdá, passou a recitar a sua poesia. A lua já estendera o seu halo, e as pessoas já tinham terminado de contar e ouvir histórias. Nuzhat Azzamān ainda não estava dormindo, atingida que fora, naquela noite, por uma enorme aflição, pois se lembrou do irmão, que naquele momento recitava o seguinte:

Brilhou o relâmpago iemenita,[252]
e me provocou emoção infinita,
lembro de outro tempo e destino,
tão bom, sem risco nem desatino!
Clarão de luz, amigo, terei então
de minha família aproximação?
O que se afastou será reunido,
em nova segurança refundido?
A seta p'ra separar foi tão certeira
que me acertou p'ra vida inteira!
Ai, meus amados, se me alegrar
não querem, podem me expulsar!

[252] A palavra "iemenita" é usada como adjetivo em várias situações, sem que os dicionários deem conta do seu sentido de maneira precisa. Aqui, pode significar "colorido".

Longe está o tempo encantador,
da juventude em todo esplendor,
a salvo, toda a juvenil esperança
vivia outrora na maior segurança!
P'ra sempre se interrompeu o sorriso
daquele jovem puro e inda sem siso;
e a mais amarga de todas as vidas
é a vida daqueles a quem olvidas.
Socorrei um pobre apavorado,
choroso, o coração aprisionado,
triste e solitário: eis o contratempo,
de quem já fruiu alegrias do tempo.[253]

Disse o narrador: Ao concluir a recitação, o rapaz gritou, berrou, chorou e caiu desmaiado. Quanto à jovem Nuzhat Azzamān, insone e aflita, nesse mesmo instante ela estava a pensar no irmão, as lágrimas lhe escorrendo pela face, mas, quando ouviu aquela voz no meio da noite, sentiu grande alívio e seu coração palpitou; ela se remexeu, ficou de sobreaviso e acordou o chefe dos serviçais, que ficava à porta da tenda. Ele perguntou: "Está precisando de alguma coisa?". Ela respondeu: "Vá e traga para mim a pessoa que acabou de recitar a poesia". Ele perguntou: "E quem é que recitaria poesias se todo mundo está dormindo?". Ela respondeu: "O recitador é quem você encontrar acordado. Leve consigo estes cem dinares".

E o amanhecer alcançou Šahrazād, que parou de contar.

[253] Os versos são do poeta Ḥusāmuddīn Alḥājirī, conhecido como "rouxinol da paixão". De origem turca e nascido na cidade de Arbīl, no norte do Iraque, envolveu-se em atividades políticas e foi morto à traição em 1235 d.C. Não constam de Gayangos, onde foram substituídos por uma poesia bem mais curta. Nos outros manuscritos há erros crassos de cópia que desfiguram os versos e os fazem perder o sentido, motivo pelo qual se preferiu traduzi-los diretamente da versão atribuída ao poeta. Contudo, no último hemistíquio há uma evidente adaptação para produzir a coincidência com o nome da irmã do protagonista, que significa, conforme se disse antes, "alegria do tempo". A título de curiosidade, o último hemistíquio dessa poesia, elidido nos manuscritos, pode ser assim traduzido: "E ficamos sob o jugo biruta/ de um bando de filhos da puta".

321ª

Disse Šahrazād:

Eu tive notícia, ó rei venturoso, de que o chefe dos serviçais pegou os cem dinares, empunhou um comprido bastão, passou por cima de quem estava dormindo e se pôs a deambular no entorno do acampamento a fim de ouvir quem estaria recitando versos. Aquele serviçal era um sujeito colérico e de maus bofes, em cujas missões sempre espancava ou machucava alguém, e por isso quem estava acordado fingiu dormir, tamanho era o medo que sentiam dele. Concluída a volta completa no acampamento, a única pessoa que o serviçal encontrou acordada — pois Ḍaw Almakān continuava desmaiado — foi o foguista, o qual ficou bem assustado ao vê-lo na sua frente. O serviçal perguntou: "Seu safado, era ocê que tava agorinha me'mo recitano? Pó piá!".[254] Acreditando que a mulher do grão-chanceler se incomodara com a recitação, o foguista, amedrontado e trêmulo, disse: "Juro por Deus que eu não estava recitando coisa nenhuma!". O serviçal ordenou: "Então ocê vai me amostrá quem tava recitano!". Receando que algum mal pudesse suceder a Ḍaw Almakān por causa daquilo, o foguista disse: "Não sei quem era". O serviçal disse: "Canaia mintiroso, é só ocê que tá cordado! Cê sabe sim quem é!". O foguista disse: "Chefia, o cara que estava recitando era um caminhante que também me aborreceu e me acordou. Que Deus altíssimo o aniquile. Como era desagradável!". O serviçal disse: "Ocê num tem curpa. Se ele passá de novo aqui e recitá, vê se pega ele e leva pra porta da tenda da patroa". O foguista respondeu: "Sim", e o serviçal se retirou, indo informar a patroa o que descobrira, ou seja, que ninguém conhecia o tal recitador da poesia, o qual não passava de um mero caminhante solitário. Só então Nuzhat Azzamān se aquietou.

Quanto a Ḍaw Almakān, ao recobrar os sentidos ele avistou a lua já no centro da abóbada celeste, e sentiu, vinda do centro do Iraque, uma brisa que excitava o

[254] Aqui, a fala do serviçal é propositalmente marcada por erros de pronúncia e concordância, cujo nível é diverso dos "erros" distribuídos pelos manuscritos, os quais se devem a evidentes deficiências linguísticas dos copistas. No caso da fala do serviçal, a marca é bem característica, com o reiterado uso, por exemplo, do feminino para referir o masculino, o que em árabe é um desvio cômico da norma. Na tradução, procurou-se marcar tais "erros" de uma maneira condizente com certos padrões do português do Brasil. Note-se que, na conversa com a "patroa", a fala do chefe dos serviçais não é marcada por tais erros.

saudoso e trazia lembranças ao apaixonado; teve vontade de recitar versos, mas eis que o foguista chegou e lhe disse: "O que você vai fazer agora?". Ele respondeu: "Recitar um pouco de poesia, e quem sabe assim diminui um pouco a minha angústia e obsessão". O foguista disse: "Você nem está sabendo do que aconteceu. Escapei por pouco de ser morto pelo chefe dos criados da caravana, um que dorme à porta da tenda da patroa". Ḍaw Almakān disse: "Por que não me conta o que aconteceu?". O foguista respondeu: "Meu senhor, agora há pouco o chefe dos serviçais veio até mim enquanto você estava desfalecido. Carregava um comprido bastão de galho de amendoeira, e começou a encarar todos os que dormiam, à procura de quem havia recitado a poesia. O único homem que ele encontrou acordado fui eu. Escapei da morte por um triz, e faltou pouco para acontecer algum desastre. Neguei saber de quem se tratava e lhe disse: 'Só pode ser algum caminhante solitário'. Ele respondeu: 'Qualquer um que você vir recitando poesias, pegue-o se você estiver acordado e leve-o até mim'. Por isso lhe digo, meu irmão, que Deus nos proteja! Deixe a recitação de poesias para lá!". Ao ouvir aquilo, Ḍaw Almakān chorou e disse: "Mesmo na tristeza e nas lágrimas me proíbem de recitar poesias! Pois vou recitar, aconteça o que acontecer. Já estou próximo da minha terra, e não vou me preocupar com um mero serviçal, e nem sequer com o grão-chanceler". Cheio de medo, o foguista disse: "Está ficando louco? Que história é essa de 'estou próximo da minha terra e já não tenho medo de grão-chanceler nem de serviçal nenhum'? Afinal de contas, quem é — Deus nos proteja! — o seu pai em Bagdá? O que faz? É alfaiate, perfumista ou alveitar de algum líder militar?". O rapaz respondeu: "Não, por Deus que ele não é nada disso que você citou". O foguista disse: "Então que fanfarronice é essa? Por Deus, meu irmão, a partir daqui e de agora estamos separados! Minha intenção era não nos separarmos até você entrar na sua casa e se reunir aos seus pais. Já faz um ano e meio que você está comigo, e até hoje não tinha havido nenhuma confusão, mas justo agora, que estamos perto da sua cidade, você me vem com essa maluquice? O que é que você ganhou com essa recitação de poesia? Por acaso viu alguém numa situação como a nossa? Estamos esgotados de tanto caminhar, de tanta insônia, todo mundo está consumido pela exaustão, nossa comida acabou, estamos necessitados de um arrátel de pão, e você me vem cantar? A Deus pertencemos e a Ele retornaremos!". Perturbado pela tristeza, mas igualmente feliz pela proximidade de seu pai, ᶜUmar Annuᶜmān, o jovem Ḍaw Almakān revelou seu segredo e recitou…

E o amanhecer alcançou Šahrazād, que parou de contar.

QUANDO FOI A NOITE

322ª

Disse Šahrazād:

Eu tive notícia, ó rei venturoso, de que o jovem Ḍaw Almakān recitou o seguinte:

Não me acusasse quem me largou,
não cantaria a fortaleza aonde vou;
moreno lindo, néctar saliva,
sorriso doce, é dor ativa;
a face é turca, almiscarada,
a face imita a lua cheia alçada;
me quis por perto, mas se afastou:
acho que minha morte ele desejou;
se fosse justo, não se afastava,
mas me deixou pior que estava.[255]

Quando concluiu a recitação, o jovem deu três gritos e caiu no chão desmaiado. O foguista correu para cobri-lo com seu turbante, dizendo: "Que Deus não o levante!".[256]

Quanto a Nuzhat Azzamān, ela, desde que ouvira a primeira recitação, não conseguiu mais pregar o olho; pelo contrário, lembrou-se de seu irmão Ḍaw Almakān: como tinha podido deixá-lo para trás, doente, estrangeiro, sozinho e abandonado naquele albergue, sem saber o que lhe sucederia? Assim, quando ouviu a segunda recitação cantada, cujo sentido se aplicava ao caso dela e do

[255] Não foi possível determinar o autor nem o corpus correto dessa poesia, que padece, nos quatro manuscritos, de indescritíveis descalabros de transcrição, embora se trate (ou talvez justamente por isso) de poesia popular, o que é visível no vocabulário e no ritmo. A cópia menos ruim é a de Maillet. Nas edições impressas, utiliza-se outra poesia.

[256] Xingamento comum em árabe, uma espécie de "bem feito!" com mais força, usado quando a pessoa toma um tombo após ter causado irritação. Em Gayangos, o xingamento é mais longo, mas no mesmo sentido: "Que Deus só te faça levantar no dia do Juízo Final, quando as pessoas prestarão contas a seu Senhor". Nas edições impressas não resta nenhum vestígio dele.

irmão, e correspondia ao que lhe ia pelo coração, ela chorou e gritou com o chefe dos serviçais, dizendo: "Ai de você! Esse é o mesmo que recitou da primeira vez, e está próximo da nossa tenda! Você não passa de um criado preguiçoso, nem procurou nada direito!". E continuou: "Vou fazer o grão-chanceler lhe dar uma surra e expulsar você daqui! Vai, pegue esses cem dinares, procure quem recitou, dê-lhe este dinheiro, não o maltrate e traga-o até mim. Se ele não vier com você, entregue-lhe o saco de dinheiro, descubra onde ele está acampado, quais os seus predicados, de onde ele vem e qual o seu ofício. Depois, volte e deixe-o em paz". E finalizou: "Rápido, e muito cuidado para não dar uma sumidinha e depois voltar com o papo de que 'não o encontrei', pois nesse caso o que acontecerá com você não vai ser nada bom".

O serviçal saiu irritadíssimo com ela, dando encontrões em todo mundo e pisando duro no acampamento, por cujo perímetro circulou sem encontrar ninguém que estivesse acordado; todos dormiam devido à fadiga e às noites em claro. Dirigiu-se então ao local onde estava o foguista, a quem encontrou sentado e de cabeça descoberta; aproximou-se dele, pegou-o pela mão e perguntou: "Deus te proteja! Num é ocê que toda hora canta poesia?". Temendo pela própria vida ao ver a face do serviçal tisnada pela cólera, o foguista respondeu: "Não! Deus me livre, chefia, não fui eu". O serviçal disse: "Ocê conhece, juro que sim... Num saio do teu lado até ocê falá. Num vô ficá apanhano por tua causa. É mió mi contá di boa vontade quem é o cantô. Num quero mais ouvi xingo por causa dele. Só por Deus escapei de apanhá... A essa hora só tem ocê cordado". Chorando, o foguista pensou: "Ai, ai... Vamos morrer todos... Ele tinha de cantar", e então beijou a mão do serviçal, chorou e disse: "Chefia, não fui eu que recitei a poesia, e não sei quem recitou. Não cometa esse pecado contra mim. Sou estrangeiro, das terras de Jerusalém e Hebron". O serviçal disse: "Vem cumigo pr'eu dizê pra patroa o seguinte: 'O único que eu achei cordado é esse aí'". O foguista disse: "Chefia, agora você já sabe onde eu estou. Ninguém pode abandonar o seu lugar, caso contrário será roubado. Volte de onde veio. Se acaso você escutar de novo alguém recitando poesia, estarei aqui e saberei de quem se trata. Eu mesmo vou informá-lo, e ninguém mais", e lhe beijou a cabeça, dizendo: "Ó aquele que se parece uma árvore preta com miolo branco". O serviçal então o deixou, deu meia-volta e se escondeu ali por perto, entre os camelos ajoelhados, à espreita para ouvi-lo recitar poesia, receoso de voltar para a patroa de mãos abanando.

O foguista, mal podendo acreditar [que o serviçal tinha ido embora, foi até o jovem Ḍaw Almakān, acordou-o e lhe disse:][257] "Aconteceu isso e aquilo...", e lhe contou o que sucedera.

E o amanhecer alcançou Šahrazād, que parou de contar.

QUANDO FOI A NOITE

323ª

Disse Šahrazād:

Eu tive notícia, ó rei venturoso, de que o foguista contou a Ḍaw Almakān tudo quanto sucedera entre ele e o serviçal, mas as suas palavras entraram por uma orelha e saíram pela outra, e o jovem disse apenas: "Deixe-me em paz, pois aqui eu não penso em ninguém. Já estou próximo da minha terra". Muito irritado, o foguista disse: "Você não passa de uma besta selvagem! Nunca imaginei que fosse assim. Acabou a nossa parceria! Não vou perder a vida nem pretendo me desfazer do meu pescoço. Parece que aquela jovem sofre de alguma debilidade, ou então está insone por causa desta longa viagem, [e agora resolveu descer aqui para espairecer, mas você a todo momento grita e canta, assustando-a e incomodando-a. Juro que estou temendo pela sua vida. Esse burro, que me pertence, eu o doo a você, por Deus! Agora vou seguir o meu rumo", e se afastou um pouco. Desdenhando da inteligência do foguista, o jovem pensou: "Nunca vi ninguém enforcar um recitador! Censurar um cantor, então, só esse sujeito. Bom, que morra de raiva e melancolia; não vou ligar para a conversa dele"],[258] e em seguida recitou o seguinte:

Você tem uma beleza	*	que me deixou rendido,
com o coração cindido:	*	veja só a minha tristeza;
eu fujo de todo censor	*	se a sua fala me causa dor;
cativo ele me deixou, mas	*	nem parece que notou

[257] Traduzido de Gayangos. Em Maillet esse trecho também está coerente, embora mais prolixo.
[258] Tradução hiperinclusiva, combinando Gayangos e Maillet.

Diz um traíra: "Acabou!". * Respondo: "Boa tentativa".
Dizem: "Como é bonito!". * Digo: "Estou gamado".
Dizem: "Como é querido!". * Digo: "Estou humilhado".
Que meu cabresto continue * sendo a paixão por ele;
de nenhum censor aceitarei * censuras ao meu amor.[259]

Disse o narrador: Mal Ḍaw Almakān concluiu a recitação e já o chefe dos serviçais, que a tudo ouvira, estava em cima dele. Ao vê-lo, o foguista recolheu com os dentes o turbante e saiu em disparada, pondo-se a espreitar de longe, à espera do que aconteceria. O chefe dos serviçais disse ao jovem: "A paz esteja contigo, meu senhor!". Ḍaw Almakān respondeu, sem medo algum: "Convosco estejam a paz, a misericórdia e as bênçãos de Deus! Chefia, notei que esta noite você veio para cá três vezes. Qual o motivo?". O chefe dos serviçais respondeu: "Foi por sua causa, meu senhor, pois a nossa patroa, mulher do grão-chanceler, está chamando-o para ir ter com ela". O jovem disse: "Para quê? E o que quer comigo essa cadela? Que Deus a amaldiçoe, e amaldiçoe junto o seu marido!", e crispou-se diante do serviçal, que não pôde retrucar, pois a patroa lhe ordenara que somente o trouxesse de bom grado, "e se ele não quiser vir, dê-lhe os cem dinares"; começou então a falar-lhe com ternura, dizendo: "Meu filho, nós erramos e bancamos os atrevidos com a sua nobreza; tenha a bondade de dirigir os seus passos gentis em direção à nossa patroa, e depois voltaremos bem e íntegros. Temos para você uma esplêndida surpresa, se assim o permitir Deus altíssimo".

Disse o narrador: Ao ouvir aquilo, Ḍaw Almakān disse: "Sim, com a permissão de Deus", e, dando a mão ao serviçal, caminhou com ele, passando no meio das pessoas e por cima delas; continuou caminhando até chegar perto da tenda maior, enquanto o foguista os observava, murmurando: "Ai, ai! O garoto está morto! Não existe força nem poderio senão em Deus altíssimo. O pobrezinho perdeu a juventude, e amanhã cedo será enforcado ou chicoteado...". O foguista continuou caminhando até as proximidades do local aonde tinham ido, e pensou: "Nesta noite dormirei por aqui, e quando amanhecer pego o meu burro...".

E o amanhecer alcançou Šahrazād, que parou de contar.

[259] Em Varsy e Tübingen, os versos constituem uma mixórdia incompreensível. Nas demais fontes, varia o grau da distorção. Utilizou-se aqui Maillet, com algum apoio nas edições impressas. No original de onde foram copiados e/ou adaptados, eram versos em métrica popular.

QUANDO FOI A NOITE

324ª

Disse Šahrazād:

Eu tive notícia, ó rei venturoso, de que o foguista pensou: "Amanhã pego o meu burro e volto para a minha terra". E continuou pensando: "Bonito mesmo vai ser se ele confessar contra mim e disser que fui eu que o mandei cantar e recitar... Ai meu Deus do céu!". Isso era o que estava acontecendo com o foguista. Quanto ao chefe dos serviçais, ele pegou Ḍaw Almakān pela mão e não parou de conduzi-lo até chegarem à porta da tenda, na qual ele entrou e foi ter com Nuzhat Azzamān, dizendo: "Eu lhe trouxe o que você me pediu, minha senhora. É uma bela figura, e apresenta vestígios de já ter levado uma vida próspera". Ao ouvir aquilo, o coração da jovem palpitou forte — o sangue se inclinou pelo sangue — e ela disse: "Faça-o recitar alguma coisa para eu ouvi-lo de perto, e depois pergunte-lhe o nome, a terra natal e o ofício".

Disse o narrador: O chefe dos serviçais foi até o rapaz e lhe perguntou: "Quantas poesias mais você sabe? A patroa está aqui pertinho para ouvi-lo. Ela também pergunta qual o seu nome, a sua terra natal e o seu ofício". O jovem respondeu: "Meu nome foi apagado, e meus vestígios feneceram".[260] Ao ouvir aquilo, Nuzhat Azzamān chorou e disse ao criado: "Pergunte-lhe: 'Acaso você se perdeu de alguém de sua família, da sua mãe, do seu pai, ou de alguém que ama?'". Ele respondeu: "De todos me perdi, e a mais cara era uma irmã, que de mim foi separada pelas mãos do tempo e pelos infortúnios do destino". Ela chorou e disse: "Esse se separou dos pais e da irmã... E eu — por Deus! — me separei do meu irmão... Eu lhe rogo, Senhor, que me reúna ao meu irmão e que o reúna à sua

[260] Nas edições impressas, que apresentam alguma divergência neste ponto, ocorrem acréscimos interessantes. Em Calcutá: "meu corpo se debilitou, e minha história não tem um começo que se conheça nem um fim que se descreva [em Būlāq: "e tenho uma história que deveria ser registrada com agulhas no interior das retinas"]; estou aqui na mesma situação de um bêbado que exagerou na bebida e nela abundou, e que, fustigado pelas dores, fugiu de si mesmo, ficou perplexo e submergiu num oceano de preocupações". Como não constam dos manuscritos aqui consultados, esses acréscimos são uma evidência de como trabalhou o editor que, na segunda metade do século XVIII, fixou o corpus do que viria a ser a vulgata impressa das *Noites*: corrigiu o texto, suprimiu o que lhe pareceu incompreensível ou inadequado, substituiu trechos em prosa e poesia e acrescentou floreios, muita vez interessantes e não isentos de qualidade estética.

irmã". E, dirigindo-se a ele, ela disse: "Deixe-me ouvir algo sobre a sua separação dos seus familiares". Então ele recitou o seguinte:[261]

A paixão por ela deixou marcas entre nós,
pois o seu amor é tão singular e sem igual
que nada há antes dele, menos ainda depois;
o dono das longas espadas é seu protetor,
protegido por quem não teme os leões;
o orvalho do vale vai ser âmbar
se a amada por suas terras passar.
Saudações do protetor-mor à amada,
poderosa, cercada por escravos;
após nossa vida, querido, já não há
conforto, pois ela foi tudo, ser e cerne;
ocupe-se do meu coração, que está
tão preso à paixão que já não responde;
Deus dê a Nuzhat Azzamān tanto néctar
puro que ela jamais falte ao pacto
do lar onde gozamos da juventude o frescor,
sem sermos avisados da separação.[262]

Ao ouvir a menção ao seu nome, Nuzhat Azzamān arrancou o véu que havia na tenda e olhou: seus rostos se contemplaram, e ela, reconhecendo-o, disse: "Meu maninho Ḍaw Almakān!", e ele, vendo-a, reconheceu-a e gritou: "Minha irmã Nuzhat Azzamān!". Ela se atirou sobre ele, que a recebeu em seu regaço, e ambos caíram desfalecidos. Atônito com a situação deles, o chefe dos serviçais atirou o seu turbante sobre os dois e esperou até que despertassem. Muito feliz, Nuzhat Azzamān disse: "Maninho!", e o abraçou pela segunda vez, chorando e recitando:

É nos encontros que nos queixamos do que nos sucedeu,
pois queixas comunicadas por mensageiro não têm valor,

[261] As poesias recitadas antes do reconhecimento dos dois irmãos variam.

[262] Poesia quase ininteligível, com graves problemas de transcrição nas fontes, com previsíveis (más) consequências para a tradução. Talvez tenha sido esse um dos motivos que levou o editor de Būlāq a omiti-la.

nem é o choro da carpideira igual ao da verdadeira enlutada;
jamais, e nenhuma desgraça vai falar pela minha desgraça.

Ao ouvir aquilo, o jovem Ḍaw Almakān chorou, estreitou a irmã ao peito e recitou o seguinte:

Me arrependi tanto da nossa separação,
que as lágrimas me alagaram as pálpebras.
Jurei que se o destino de novo nos unisse
minha língua não pronunciará mais separação.
A alegria me invadiu a tal ponto
que de tão feliz me fez chorar!
Ó olho, chora, que o choro é o teu
costume, seja alegria, seja tristeza.

Disse o narrador: E o amanhecer alcançou Šahrazād, que parou de contar.

QUANDO FOI A NOITE

325ª

Disse Šahrazād:

Eu tive notícia, ó rei venturoso, de que Nuzhat Azzamān e Ḍaw Almakān se sentaram na porta da tenda por um breve tempo. Ela disse: "Vem pra dentro; conte-me o que lhe aconteceu e eu lhe conto o que me aconteceu". Ele disse: "Não, conte você primeiro". Ela disse: "Sim", e começou a contar tudo quanto lhe sucedera desde que se separara dele no albergue, falou do beduíno e do mercador, mas escondeu a história do casamento com Šarrakān, dizendo: "O mercador me vendeu para este grão-chanceler, que me alforriou e se casou comigo. O rei, nosso pai, ouviu falar a respeito e enviou uma carta para nosso irmão Šarrakān ordenando-lhe que me enviasse a ele. Dou graças a Deus por ter me atendido em reencontrar você, meu irmão. Da mesma maneira que nos fez sair juntos da casa do nosso pai, juntos nos faz voltar a ela. Foi isso o que me aconteceu".

Disse o narrador: Depois de contar, ela disse: "Agora é a sua vez de contar o que lhe sucedeu", e então ele contou tudo, e como Deus fora generoso consigo por meio daquele foguista, e como o foguista viajara com ele, nisso dispendendo todo o seu dinheiro e cuidando dele dia e noite. Louvou-o repetidas vezes e disse: "Por Deus, minha irmã, o que esse foguista fez por mim ninguém faz por ninguém, nem mesmo um pai pelo filho; passou fome para me alimentar, passou sede para me dar de beber, andou a pé para que eu ficasse montado. Enfim, Deus manteve a minha vida por intermédio dele". Nuzhat Azzamān disse: "Que Deus lhe dê a melhor recompensa", e completou: "Por Deus que irei compensá-lo no que eu puder", e então gritou pelo serviçal, que acorreu de imediato. Ela disse: "Tome de volta o pano de seda. Eis aqui sua recompensa, ó face do bem! Foi pelas suas mãos que me reuni ao meu irmão. Considere o saco que ficou com você, bem como o conteúdo, um presente meu. E agora vá chamar o seu patrão, depressa!".

Muito contente, o serviçal beijou a mão de Ḍaw Almakān e lhe disse: "Louvores a Deus, meu senhor! A sua chegada consistiu numa bênção para nós". E, após também beijar a mão de Nuzhat Azzamān, foi até onde estava alojado o grão-chanceler, a quem disse: "A patroa o chama". O grão-chanceler foi até Nuzhat Azzamān, e ao ver aquele rapaz ali, perguntou quem era, e ela lhe contou de quem se tratava. Em seguida, voltando-se para ele, continuou: "Saiba, ó grão-chanceler, ó grave senhor, que você não se casou com uma escrava qualquer, mas sim com a filha do rei do tempo. Eu sou Nuzhat Azzamān, filha do rei ᶜUmar Annuᶜmān, e este é o meu irmão Ḍaw Almakān", e lhe contou tudo quanto lhes sucedera, de cabo a rabo; a realidade se demonstrou e a verdade transpareceu para o grão-chanceler, o qual, feliz por ter se tornado parente do rei ᶜUmar Annuᶜmān, pensou: "Meu destino final é me tornar vice-rei de Damasco", e, dirigindo-se a Ḍaw Almakān, felicitou-o por estar bem, por ter se reunido à irmã e por estar próximo de sua terra natal. O jovem agradeceu. Imediatamente o grão-chanceler ordenou aos seus criados e servidores que destinassem uma tenda para seu cunhado Ḍaw Almakān, bem como criados e a melhor montaria. Sua irmã, Nuzhat Azzamān, disse: "Eis-nos bem próximos da nossa terra. Para mim, o melhor é curar as saudades que tenho do meu irmão, descansar e conversar com ele, a fim de que nos saciemos um com a presença do outro, pois de há muito estamos separados". O grão-chanceler respondeu: "Ouço e obedeço", e lhes preparou velas e doces, saindo em seguida. Providenciou para Ḍaw Almakān três vestimentas completas e três trajes honoríficos, que ele levou pessoalmente até onde estavam, em reconhecimento da importância do seu hóspede. Nuzhat Azzamān disse: "Mande o chefe dos serviçais vigiar o foguista; destine-lhe um cavalo, três arráteis de biscoitos e uma tigela de comida pela manhã e outra no decorrer do dia".

O grão-chanceler ordenou ao chefe dos serviçais que vigiasse o foguista dia e noite e não o largasse. O chefe dos serviçais apanhou sua roupa, seus chinelos, sua provisão de pães especiais,[263] seu cavalo e todos os demais pertences, indo então vigiar o foguista, a quem encontrou preparando o burro para partir, com os olhos rasos d'água por ter se separado de Ḍaw Almakān; ele dizia: "Em nome de Deus, eu o aconselhei! Eu disse 'chega de recitação à noite!', mas ele não ouviu nem quis parar de dar aqueles gritos! E ficava dizendo 'já estou perto da minha terra'... Não faço ideia do que aconteceu... Será que ele me denunciou e me atraiçoou?". Mal terminara essas palavras e já o chefe dos serviçais chegava e o cercava com os seus criados. Ao vê-lo, fraquejou e empalideceu, pensando: "Deus me livre! Não preservou a amizade nem reconheceu o tanto que fiz por ele! Deve ter me denunciado falsamente e me envolvido nesse delito". O chefe dos serviçais disse aos berros: "Muleque que tá amarrano o burro, mintiroso, demônio dos inferno, ocê disse que num conhecia quem tava recitano! Mas ele falô que é teu amigo. Agora num ti largo mais até Bagdá. Tudo que acontecê vai sê tua curpa". Ao ouvir aquilo, o foguista disse: "Não há poderio nem força senão em Deus altíssimo! A Deus pertencemos e a ele retornaremos! Aconteceu o que eu temia...". O chefe dos serviçais gritou para os seus criados: "Tirem o foguista do burro e tragam-lhe o cavalo com o alforje cheio de biscoitos, açúcar e um odre de água fresca",[264] e disse ao foguista: "Monte", e ele montou, cercado e observado pelos criados, aos quais o chefe dos serviçais disse em segredo: "Se ele perder um só fio de cabelo será culpa de vocês. Sirvam-no, dignifiquem-no e não o humilhem". Ao se ver alvo de tantos cuidados, o foguista perdeu todo alento, certo de que iria morrer, e, voltando-se para o chefe dos serviçais, disse: "Por Deus, che-

[263] Aqui se tem um bom exemplo da dificuldade apresentada pelos manuscritos Tübingen e Varsy: há neles erros de transcrição em "roupa" e "chinelas", que foram registradas, respectivamente, como "irmã" (*uḫt*) e "porta" (*bāb*), o que seria absurdo, sem dúvida. Presumimos que se tratasse dos termos *raḫt* (roupa), e *nān*, da expressão *nān ʿaẓīẓī*, expressão de origem persa que indica um tipo de pão de luxo feito especialmente para oficiais. As outras fontes optam pela simples omissão desses termos, e não põem nada no lugar.
[264] Em Tübingen e Varsy consta "um odre cheio d'água com açúcar", o que parece improvável.

fia, que eu não sou irmão dele, nem primo, nem parente, e nem ele é nada meu! Sou um mero foguista de casa de banho, e encontrei esse rapaz jogado e doente numa pilha de lixo atrás do estabelecimento, em Jerusalém…".

E o amanhecer alcançou Šahrazād, que parou de contar.

QUANDO FOI A NOITE

326ª

Disse Šahrazād:

Eu tive notícia, ó rei venturoso, de que o foguista, vendo-se em meio à caravana que avançava para Bagdá, cercado pelos criados, começou a chorar e a fazer mil cálculos funestos, com o chefe dos serviçais a seu lado, num corcel preto, sem lhe contar nada; pelo contrário, ameaçava-o, dizendo: "Ocê incomodou a patroa — arre! — com a cantoria daquele muleque. Ocê nem chamô a atenção dele", enquanto encarava o foguista, mas depois ria à socapa. A cada interrupção da marcha, enviavam-lhes uma tigela de comida feita pelos cozinheiros, da qual ambos comiam juntos. Quando terminavam, o chefe dos serviçais mandava trazer uma jarra de suco doce, bebia e dava o resto para o foguista, cujas lágrimas não secavam — ele chorava por sua própria vida, por ter se separado do jovem Ḍaw Almakān e por tudo quanto lhes ocorrera desde que saíram de sua terra natal.

A caravana avançava para Bagdá comandada pelo grão-chanceler, a postos à beira da liteira, supervisionando a criadagem colocada à disposição da filha do rei ᶜUmar Annuᶜmān e de seu irmão Ḍaw Almakān, ambos os quais estavam lá dentro conversando e se queixando da longa separação. Nessas condições, continuaram a avançar, felizes com a aproximação da terra natal, até que Bagdá ficou a três dias de viagem, quando então pararam para descansar, voltando a carregar no início da alvorada. Nesse momento, vislumbraram uma poeira que se estendeu e espalhou, e o dia escureceu até se transformar em trevas. O grão-chanceler ordenou aos gritos que diminuíssem o ritmo e não carregassem a carga, enquanto ele e os seus mamelucos marchavam na direção da poeira a fim de verificar o que sucedia.

Depois de algum tempo a poeira se assentou, surgindo por debaixo dela um exército tão vasto que parecia um oceano encapelado, com bandeiras, estandartes, tambores, cavaleiros, infantes, e sucessivos esquadrões de cavalaria, deixando espantado o grão-chanceler, de cujo séquito o exército se aproximou em grupos compostos de quinhentos cavaleiros, que o cercaram e o colocaram sob vigilância, com cada um de seus mamelucos se vendo cercado por quatro ou cinco soldados. O grão-chanceler perguntou: "O que está ocorrendo? Afinal, de quem é esse exército para fazer uma coisa dessas?". Perguntaram-lhe: "Quem é você? De onde vem? Para onde vai?". Ele respondeu: "Minha gente, eu sou o grão-chanceler de Damasco. Vim da parte do rei Šarrakān visitar o pai dele, o rei ^{c}Umar Annu^{c}mān, com presentes e os tributos da cidade".

Disse o narrador: Quando ouviram aquilo, os soldados esconderam o rosto atrás dos seus véus e choraram, dizendo: "Ó grão-chanceler, o rei ^{c}Umar Annu^{c}mān morreu! E não morreu senão envenenado! Mas você não corre perigo. Venha conosco para se encontrar com o nosso líder, o vizir Darandān".

Disse o narrador: Ao ouvir aquilo, o grão-chanceler, assaz entristecido, disse: "Não há poderio nem força senão em Deus altíssimo. Que viagem malsinada!", e foi conduzido com o seu séquito, cercado pelos soldados, misturando-se com o exército. Aconselhado a ir conversar com o grão-chanceler, o vizir abriu a sua tenda, em cujo centro se acomodou, e ordenou ao grão-chanceler que se sentasse. Quando ele o fez, o vizir indagou do assunto de que se tratava, e, informado de que ele trazia o dinheiro e os tributos de Damasco para o rei ^{c}Umar Annu^{c}mān da parte de seu filho Šarrakān, começou a chorar. Voltando-se para o grão-chanceler, disse-lhe: "Magnifique Deus a sua recompensa pelo rei ^{c}Umar Annu^{c}mān! Ele morreu envenenado... A notícia de sua morte é longa, e este não é o lugar adequado para falar a respeito. O fato é que o exército entrou em grande desacordo após a sua morte, a ponto de seus membros terem lutado entre si, o que só cessou mercê da intervenção dos notáveis do reino. Foi então sugerido que os quatro jurisconsultos e os sábios do reino se reunissem para discutir a questão, e que se acatasse a sua decisão, fosse ela qual fosse, sem divergência. Apresentamos tal proposta aos membros do exército, que juraram lealdade, e concordamos em marchar conjuntamente até Damasco, até o rei Šarrakān, trazê-lo para cá e nomeá-lo sultão do reino de seu pai. Muitos dos militares que não desejavam Šarrakān afirmavam que o rei tinha um filho chamado Ḍaw Almakān e uma filha chamada Nuzhat

Azzamān, e que ambos tinham ido para a honrada terra da Arábia, mas agora já faz dois anos que não temos notícia deles, nem conseguimos saber nada a seu respeito. Eis-nos agora marchando, malgrado nosso, até Šarrakān, pois a necessidade tem lá as suas imposições. Essa é a nossa história, e nada mais tenho a dizer".

Ao ouvir aquilo, o grão-chanceler refletiu longamente e, percebendo enfim que as ocorrências com a sua mulher Nuzhat Azzamān eram verdadeiras, ficou perplexo, regozijando-se imensamente por causa do irmão de Nuzhat Azzamān, pois ele se tornaria sultão de Bagdá no lugar do pai, e o teria como parente! Voltando-se então para o vizir, disse: "Exalçado seja Aquele que tudo motiva, e que dá a fortuna ao homem sem lhe exigir prestação de contas, e que não tem parceira nem filhos, [e que não tem secretário nem porteiro!][265] Por Deus que a sua história é espantosa, espanto dos espantos, e deveria ser registrada em livros!".

E o amanhecer alcançou Šahrazād, que parou de contar.

QUANDO FOI A NOITE

327ª[266]

Disse Šahrazād:

Eu tive notícia, ó rei venturoso, de que o grão-chanceler disse: "Ó grande vizir, ó grave senhor, o fato é que Deus altíssimo os poupou de fadigas, encaminhando-lhes a concórdia celeste por vias tais que lhes trarão conforto e evitarão

[265] A referência ao fato de que a divindade "não tem parceira nem filhos" é uma crítica ao cristianismo – considerado sob a ótica muçulmana, naturalmente. Em seguida, o trecho entre colchetes (traduzido de Gayangos, com base num contraste verificado, nesse ponto, entre Varsy e Tübingen) ironiza o modo como o poder era exercido, por meio de vários intermediários, que iam de chanceleres (em árabe *ḥājib*, isto é, aquele que vela, que impede o livre acesso) a porteiros. E, por fim, a menção ao fato de que a divindade dá fortuna a quem bem entender é princípio que se encontra no Alcorão (não exatamente dessa forma), no *ḥadīṯ* do profeta Muḥammad e em autores antigos.

[266] Embora isso careça de importância, registre-se que, neste ponto, a numeração das noites em Varsy, que vinha sendo aqui seguida, sofre um "pulo", e vai para o número 328; em Tübingen, é 321; em Maillet, 302; e em Calcutá e Būlāq, 77.

cansaço. Aconteceu o que vocês desejavam para si, pois Deus está lhes devolvendo o seu rei Ḍaw Almakān, e com ele a sua irmã, Nuzhat Azzamān. E assim as coisas já se podem considerar consertadas e facilitadas". Ao ouvir tal notícia e fato, tanto o vizir Darandān como os demais ouvintes foram tomados por uma felicidade extrema e inexcedível, e agradeceram a Deus altíssimo por poupá-los daquele terrível desgaste. Dirigindo-se ao grão-chanceler, o vizir disse: "Ó chanceler, revele-me qual o aspecto oculto desse assunto", e então, voltando-se para ele, o chanceler lhe contou a história de Nuzhat Azzamān, que se tornara sua mulher, bem como a história de Ḍaw Almakān, do começo ao fim, e na repetição não há informação.

Concluído o relato, o vizir, já ciente de tudo, agradeceu e prosternou-se em louvor a Deus altíssimo pelas tramas do destino, e enviou a notícia a todos os líderes e notáveis do reino; muito felizes e espantados com tais coincidências, eles se reuniram e foram juntos até o grão-chanceler, beijando o solo diante dele e colocando-se à sua disposição. Naquele momento, o vizir, ciente de que a partir daquele dia seria ele próprio o preceptor do novo sultão, colocou-se à frente do grão-chanceler, que agradeceu a todos e se sentou à entrada da tenda, tendo ao lado o vizir Darandān. Chegaram os grandes líderes, seguidos pelos comandantes militares, e depois deles os proprietários de terras;[267] dissolveram açúcar em suco de limão[268] e se sentaram para discutir e fazer consultas aos maiorais. Concederam ao restante do exército permissão para montar e avançar [até o sultão] bem devagar, e então os soldados beijaram o solo diante do grão-chanceler e do vizir, montaram e avançaram [para buscar o sultão], precedidos por um batedor. O grão-chanceler encarou o vizir e disse: "O melhor parecer é que eu vá até o sultão Ḍaw Almakān antes de vocês, a fim de contar-lhe tudo quanto aconteceu, e que foram vocês que o preferiram ao irmão, Šarrakān, bem como avisá-lo da sua iminente chegada". O vizir disse: "Esse é o melhor parecer", e todos se levantaram. O

[267] "Proprietários de terras" traduz a palavra legível como *muqṭiᶜīn*, ou seja, líderes militares agraciados pelos governantes com o *iqṭāᶜ*, "feudo". Supôs-se isso devido à hierarquia encenada nesse trecho, no qual se lida com rituais de poder que, já à época das cópias mais antigas, não eram mais praticados, tanto que foram excluídos das outras fontes, sabidamente mais tardias. Note-se, ainda, que *muqṭiᶜīn* pode ser também lida – hipótese remota – como *muqaṭṭiᶜīn* e significar outra coisa, talvez "militares de baixa patente" ou algo que o valha.

[268] Por gosto ou por força das circunstâncias, o procedimento de "dissolver açúcar em suco de limão" em comemorações e encontros foi adotado por vários governantes mamelucos, em especial os da segunda fase, chamados de "mamelucos circassianos", como alternativa ao hábito de ingerir bebidas alcoólicas.

vizir ofereceu ao grão-chanceler seis cavalos de raça,[269] insistindo para que ele aceitasse, e assim procederam os demais notáveis do reino e os chefes dos cargos oficiais, oferecendo cavalos das mais variadas raças, e disseram: "Quiçá você fale a nosso respeito com o sultão Ḍaw Almakān, e o convença a nos manter em nossos postos". O grão-chanceler tudo aceitou, agradeceu--lhes e ordenou aos seus criados e mamelucos que marchassem. Nesse instante, o vizir Darandān ordenou que as tendas e o grande pavilhão pertencentes ao rei ^{c}Umar Annu^{c}mān, bem como a sua tenda de campanha e outros objetos, além dos criados encarregados de cuidar de tudo, fossem enviados ao novo sultão, e ainda os tecidos reais, o tendilhão e os trajes de gala. O grão-chanceler retornou ao seu acampamento, do qual estivera ausente, tão contente que parecia estar alienado do mundo, e pensando:[270] "Mas que viagem abençoada!". A esposa já devia estar assustada com a demora, bem como o jovem Ḍaw Almakān, e por isso ele cavalgou a toda pressa naquele dia. Tão logo chegou, ordenou a todos que descansassem, e anunciou que ali permaneceriam por três dias, ao cabo dos quais chegaria o sultão Ḍaw Almakān, filho de ^{c}Umar Annu^{c}mān. No mesmo instante, dirigiu-se à tenda onde estavam os dois irmãos, descavalgando a uma boa distância dela, juntamente com os seus mamelucos, e ordenou a alguns servos e criados que pedissem à senhora Nuzhat Azzamān permissão para uma conversa. Só então se reuniu com ambos na tenda e lhes revelou a história, dando pêsames pela morte do pai e parabéns pelo reino. Os dois irmãos choraram a perda do pai e indagaram sobre o motivo de sua morte. O grão-chanceler respondeu: "A notícia completa está com o vizir Darandān, que amanhã virá para cá com o exército inteiro. Só o que nos resta fazer, ó rei, é aceitar aquilo que lhe foi sugerido: você foi o escolhido para ser sultão".

E o amanhecer alcançou Šahrazād, que parou de contar.

[269] A oferta de seis cavalos de raça traduz a expressão *taqādum*, usada durante o período mameluco para referir esse tipo de presente. Mais adiante, a expressão "chefes dos cargos oficiais" traduz *'arbāb alwaẓā'if*, sintagma que designa os homens que chefiavam - e naturalmente distribuíam - os cargos, em especial os militares, do aparelho de Estado no período mameluco. Dado o contexto, era bem compreensível para os leitores e receptores o apego desses homens a tais posições.

[270] A redação desse trecho, confusa nos manuscritos, mais especificamente em Tübingen e Varsy, evidencia que, na origem remota, várias de suas partes estavam compostas em verso ou *saj*^{c}, "prosa rimada".

QUANDO FOI A NOITE

328ª

Disse Šahrazād:

Eu tive notícia, ó rei venturoso, de que o grão-chanceler disse: "Só o que nos resta fazer, ó rei, é aceitar aquilo que lhe foi sugerido: você foi o escolhido para ser sultão. Se não aceitar, eles darão o poder a outro, em relação ao qual você não estará em segurança. Além de perder o reino, poderá ser morto por quem tomar o poder". Ḍaw Almakān abaixou a cabeça por algum tempo, já aceitando a questão, ciente de que não havia escapatória, e de que o grão-chanceler falara a verdade. Perguntou então: "Mas e o meu irmão, Šarrakān, tio?". Ele respondeu: "Meu filho, o seu irmão já é sultão em outro lugar, em Damasco, e você será sultão de Bagdá e da terra de Ḫurāsān. Seja forte e resoluto, e esteja tranquilo! Quem lhe deu isso foi Deus, que nunca é avaro". Ḍaw Almakān acatou o conselho do grão-chanceler, que lhe entregou o traje real enviado pelo vizir, bem como o espadim sultanesco; em seguida, saiu dali, chamou alguns camareiros, escolheu um ponto elevado do acampamento e lhes disse: "Montem aqui a tenda real, bem como os pavilhões", e então os camareiros e arrumadores foram até onde estavam os camelos, descarregaram os fardos e subiram um pavilhão de sete cúpulas, firmaram as bases, estenderam a seda, montaram o trono, e depois de uma hora arranjaram a cozinha com as panelas e acenderam os fogos. Depois de providenciarem água para cozinhar e prepararem comidas opulentas nas panelas, os aguadeiros se postaram em círculo, montaram os tanques de água e os encheram. Passado algum tempo, a poeira subiu, preencheu o espaço e logo cedeu, surgindo por baixo dela os exércitos de Bagdá e de Ḫurāsān, com o vizir Darandān na dianteira; todos estavam felizes, em regozijo com a ascensão de Ḍaw Almakān ao poder, usando os trajes específicos para a ocasião e portando cada qual a espada adequada. O grão-chanceler, conduzindo a égua honorífica, avançou, com seus mamelucos, e todos quantos estavam no acampamento seguiram a pé, em reverência, até o pavilhão, enquanto Ḍaw Almakān se encaminhava, montado na égua honorífica, para o pavilhão-mor, em direção ao trono; o grão-chanceler o acompanhou, e Ḍaw Almakān descavalgou, subiu ao trono, sentou-se e colocou o espadim sultanesco sobre a coxa, enquanto o grão-chanceler se punha em posição de reverência, e os seus mamelucos se conservavam em pé com as espadas desembainhadas.[271] O acampamento virou de pernas para o ar com os relinchos de cavalo e a gritaria.

E o amanhecer alcançou Šahrazād, que parou de contar.

QUANDO FOI A NOITE

329ª

Disse Šahrazād:

Eu tive notícia, ó rei venturoso, de que Ḍaw Almakān mal se desincumbira desse ritual quando chegaram os soldados dos exércitos, descavalgaram no começo do acampamento e se dirigiram ao pavilhão, onde pediram permissão para vê-lo. O grão-chanceler entrou, consultou o sultão Ḍaw Almakān e então foi autorizada a entrada dos militares em grupos de dez: toda vez que saíssem dez, entrariam outros dez. O grão-chanceler saiu e os informou desse protocolo, que eles ouviram e ao qual obedeceram, postando-se todos à entrada do pavilhão. Entraram os primeiros dez, com os quais o grão-chanceler atravessou o corredor, encaminhando-os ao sultão Ḍaw Almakān; tão logo o viram, beijaram o chão, parabenizaram-no pelo reino e rogaram por ele, o qual, encarando-os, comprometeu-se a fazer as melhores coisas; então, felizes, eles lhe prestaram o juramento de lealdade, e o sultão os tratou de maneira

[271] Toda essa cena está confusamente descrita nos manuscritos. Ela decerto retrata os rituais de nomeação dos primórdios do período mameluco, mas a redação um tanto ambígua evidencia que diversos elementos desse processo já não eram familiares na época das cópias, mesmo as mais antigas. Por exemplo, não fica claro quem exatamente está caminhando, se o vizir, se o grão-chanceler, se o próprio Ḍaw Almakān. Também é difícil saber quem usava as "roupas próprias para a ocasião". Optou-se aqui por entender que os militares as usavam, mas onde as teriam providenciado? Tampouco é claro a quem o grão-chanceler entrega a "égua honorífica" (*faras annawba*, literalmente, "égua da vez", montaria de uso exclusivo da autoridade-mor, expressão que remonta ao período mameluco). No manuscrito Tübingen, fl. 46 f., há uma ilustração legendada em que Ḍaw Almakān já está no trono, com o grão-chanceler diante dele e sua irmã, Nuzhat Azzamān, atrás de si (e, curiosamente, de espada na cintura), embora no texto que descreve tal cena ela não seja mencionada. Enfim, o certo é que, no ritual, Ḍaw Almakān recebe a montaria exclusiva dos sultões e nela cavalga até o local onde será entronizado. Quanto a colocar o espadim na coxa, parece que esse gesto equivalia a colocar a coroa na cabeça. Enfim, a função precípua dessa cena é evidenciar a importância do ritual no processo de nomeação de um sultão.

calorosa,[272] dando-lhes, em seguida, permissão para se retirarem, ao que eles tornaram a beijar o chão e se retiraram. Depois, entraram os outros dez, e o sultão agiu com eles da mesma maneira que agira com os outros, e também eles se retiraram; assim, foram se sucedendo os grupos de dez em dez até que não restou senão o vizir Darandān, que entrou e o reconheceu assim que o viu,[273] beijando o solo e começando a chorar lágrimas copiosas, no que foi acompanhado pelo grão-chanceler e pelo rei Ḍaw Almakān, que lhe disse: "Muito bem-vindo, vizir íntegro e grande pai! Isso tudo foi obra do Rei Todo-Poderoso, contra o qual não há providência possível, pois toda a providência pertence ao Sutil Conhecedor.[274] Mas agora saia imediatamente e ordene que as toalhas sejam estendidas e o banquete seja servido lá fora. Ordene aos meus soldados que descansem por dez dias, a fim de que eu possa ficar a sós com você. Quero que me conte o motivo da morte do meu pai". O vizir obedeceu à ordem e saiu do pavilhão, ordenando aos camareiros que estendessem as toalhas no chão e servissem a comida, e anunciou aos soldados uma folga de dez dias. Então as pessoas desceram para descansar e começaram a montar as tendas. Os comandantes e soldados comeram à farta e chamaram os passantes para compartilhar. O povo chegou e comeu, e só então o banquete foi levantado. O vizir autorizou os soldados a não montarem a trabalho durante três dias, e todos puderam ficar à vontade, rogando pelo rei Ḍaw Almakān. O vizir voltou e informou-o do que fizera.

Ḍaw Almakān esperou o anoitecer, foi até a tenda onde estava a irmã e disse: "Talvez você queira vir para que ouçamos a história de como se deu a morte do nosso pai". Ela respondeu: "Sim", e à noite foi até o pavilhão, onde lhe haviam preparado, num canto, uma cortina de seda bizantina. Ḍaw Almakān acomodou-se do lado de fora da cortina e mandou chamar o vizir, que compareceu. O rei lhe disse: "Gostaria que você me contasse o motivo da morte do meu pai. Eu e minha irmã estamos ouvindo". O vizir disse:

[272] "Tratou-os de maneira calorosa" traduz *ṭayyaba qulūbahum*, literalmente, "adoçou-lhes (*ou*: perfumou-lhes) o coração".

[273] Esse detalhe – o reconhecimento imediato por parte do vizir – nos levou a supor que Ḍaw Almakān não estava presente na cena da chegada dos exércitos ao acampamento, caso contrário já teria sido visto pelo vizir, o que tornaria o reconhecimento, nesta cena, totalmente improcedente.

[274] "Sutil Conhecedor" traduz dois dos 99 epítetos de Deus no islã: *Laṭīf* e *Ḫabīr*. O primeiro pode ser também "bondoso" ou "benevolente". Após esse ponto, no manuscrito Maillet, inicia-se, sem mudança de folha ou de página, a "oitava parte das *Mil e uma noites*, completas e integrais; graças a Deus por tudo" (fl. 186 v.).

Saiba que o seu pai, o falecido ^{c}Umar Annu^{c}mān, ao voltar da expedição de caça, foi para a cidade, procurou você e, sem lograr nenhuma notícia a seu respeito, percebeu que você fora peregrinar a Meca. Muito aborrecido e choroso, mandou procurar a rainha Nuzhat Azzamān, e tampouco a encontrou. Ele chorou mais ainda ao descobrir que a sua querida irmã, Nuzhat Azzamān, tinha ido com você. O mundo se lhe tornou opressivo, e ele vestiu luto por causa da perda dos filhos. Ficou naquela tristeza, chorando noite e dia, por meio ano ou mais. Como ninguém lhe dava notícias sobre vocês, ele perdeu a esperança de revê-los, e supôs que haviam morrido. Certo dia, estando eu sentado diante dele — e já passado um ano completo do sumiço de vocês —, eis que veio até nós uma velha em cuja aparência havia vestígios de adoração a Deus, de integridade e de religiosidade; estava com cinco jovens de seios virgens, que pareciam luas, tão belas e formosas que a língua é incapaz de descrever. Elas tinham lido coisas do Alcorão, das palavras dos sábios e das notícias dos povos antigos, e conheciam discursos exortatórios e decoros em quantidade tal que deixavam a mente atônita. A velha, que era dona dessas jovens, pediu permissão para ver o rei, e ele permitiu. Ela entrou, cumprimentou-o, narrou e falou com eloquência. Eu estava sentado diante dele. Ao notar nela os sinais da religiosidade e da integridade, o rei a aproximou de si.

E o amanhecer alcançou Šahrazād, que parou de contar.

QUANDO FOI A NOITE

330ª

Disse Šahrazād:

Eu tive notícia, ó rei venturoso, de que o vizir Darandān disse ao rei Ḍaw Almakān:

Assim que se viu devidamente acomodada, a velha se voltou para o rei ^{c}Umar Annu^{c}mān e disse: “Saiba, ó rei, ó sultão, senhor deste tempo e de todas as eras, que eu tenho comigo cinco jovens de seios virgens, as quais nenhum rei poderoso e bem apoiado possuiu iguais; elas têm inteligência, perfeição, beleza e formosura, leram livros de sapiência, decoraram crônicas históricas de povos remotos e nações antigas; ei-las aqui paradas diante de você, e é ao ser experimentado que o ser humano se eleva ou é rebaixado". Então o seu falecido pai olhou para as jovens escravas e, com o júbilo transparecendo em sua face, disse a elas: "Que cada uma de vocês me faça ouvir algo do que sabe, em prosa e verso". A velha olhou para elas e disse: "Falem sobre os decoros dos sagazes". Então a primeira jovem se adiantou e disse, após beijar o chão três vezes e apontar para nós:

A EXPOSIÇÃO DAS CINCO JOVENS E DA VELHA[275]

É necessário,[276] para quem busca o decoro, conhecer os princípios e as consequências, evitando agir como quem busca a consequência mas perde o princípio, pois nesse caso o seu conhecimento não será verdadeiro; a obtenção do princípio já seria o bastante, e será melhor ainda se acaso depois disso ele obtiver a consequência. O princípio da fé é a crença correta, praticando-se as obrigações e evitando-se as enormidades. Apegue-se a isso com o mesmo apego de quem morrerá caso esse apego falhe. O princípio da coragem é não cogitar da fuga enquanto os seus companheiros avançam contra o inimigo, e será melhor ainda que você seja o primeiro a atacar e o último a se retirar, sem perder o cuidado. O princípio do discurso é ficar a salvo das quedas por meio da prevenção, e será melhor ainda se você atingir a correção. O princípio da sobrevivência é não hesitar na busca do que é lícito, e bem avaliar tanto o que você recebe como o que você investe, sem se deixar iludir por alguma abundância em que você se encontre, porquanto os homens mais poderosos são os mais necessitados de fazer uma boa avaliação,

[275] Como no caso da exposição de Nuzhat Azzamān, todas as falas foram extraídas da supracitada compilação *Attaḏkira alḥamdūniyya*, "As apostilas de Ḥamdūn", às vezes em ordem enviesada, possivelmente para dificultar eventuais rastreamentos e acusações de *sariqa*, "roubo", comuns nas letras árabes antigas. Até o fim da matéria exposta, o que se encontra entre colchetes é acréscimo, a partir das "Apostilas" (ou das fontes das "Apostilas"), de trechos que o tradutor considerou terem sido pulados por engano do copista. Nos manuscritos, a transcrição, como de hábito, é de péssima qualidade, ao passo que nas edições impressas das *Noites* o texto ora foi corrigido com base em suposições (nem sempre acertadas) do revisor, ora foi simplesmente suprimido.

[276] Esse parágrafo é, todo ele, de *Al'adab alkabīr*, "O grande decoro", curto e agudo tratado ético de Ibn Almuqaffaᶜ, do século VIII, autor já citado em nota anterior. As citações aqui colhidas são de várias partes da obra, e foram escolhidas pelo autor das *Noites* a partir da seleção efetuada na já citada compilação "As apostilas de Ḥamdūn", do século XII. Como também a transcrição das "Apostilas" nem sempre é boa, recorreu-se à edição crítica de *Al'adab alkabīr* publicada no Cairo em 1948, a cargo do grande estudioso Muḥammad Kurd ᶜAlī.

e disso os reis são mais necessitados do que o vulgo, pois este vive sem dinheiro, [ao passo que os reis não se sustentam senão por meio do dinheiro;] e será melhor ainda se você puder ser hábil e sutil na busca e na consciência a respeito do que se busca. Dê ao seu amigo o seu sangue e dinheiro, e ao seu conhecido [as suas dádivas e a sua presença,] e ao vulgo o seu sorriso e cumprimento,[277] e ao seu inimigo a sua justiça [e equanimidade]. E preserve a sua fé e honra perante quem quer que seja. Quando você vir algum homem falando algo que você já sabe, ou dando uma notícia que você já ouviu, não se associe a ele nisso nem faça comentários no afã de que as pessoas saibam que você já sabia de tudo, pois em tal procedimento haverá frivolidade, mesquinharia, falta de educação [e inépcia]. Que a sua finalidade, [entre você e seu inimigo, seja a justiça, e] entre você e seu amigo seja a concórdia, e isso porque o inimigo é um adversário que você dispensa com argumentos e derrota mediante julgamentos, ao passo que não existe juiz entre você e o seu amigo, e o julgamento dele é a concórdia; [...][278] se acaso ele for um dos adeptos da outra vida, que seja perspicaz, e não fingido e cobiçoso, e se for um dos adeptos da vida mundana, que seja nobre, e não ignorante nem mentiroso ou detestável, pois o ignorante é merecedor de que até os seus pais fujam dele; o mentiroso jamais será um companheiro sincero, pois a mentira que corre em sua língua é a sobra da mentira alojada em seu coração, e o amigo só é chamado de amigo [*ṣadīq*] por causa da sua veracidade [*ṣidq*]; e, se a veracidade do coração fica sob suspeita mesmo quando a língua é veraz, o que dizer então quando a mentira já transparece na língua? Já o perverso lhe granjeará inimizade, e você não tem necessidade de uma amizade que lhe carreará inimizades. E o homem detestável torna o seu companheiro detestável também. Se porventura você arrumar um bom companheiro, não rompa com ele, ainda que dele transpareça algo que você não aprecia, pois não é o mesmo caso de uma mulher abjeta da qual você pode se divorciar quando quiser, tratando-se, antes, da sua própria honra e brio, e, ainda que justificado, isso rebaixará você, ante a maioria das pessoas, à condição de traidor da amizade.

E o amanhecer alcançou Šahrazād, que parou de contar.

[277] No texto de Ibn Almuqaffaᶜ, "afetação de gentileza" (*taḥannun*) em vez de "cumprimento" (*taḥiyya*).
[278] Aqui, a fala da jovem dá um longo "salto" em relação à sua fonte, mas a inteligibilidade é mantida.

QUANDO FOI A NOITE

331ª

Disse Šahrazād:

Eu tive notícia, ó rei venturoso, de que o vizir Darandān disse ao sultão Ḍaw Almakān:

Então, ó rei, a primeira jovem disse ao final de sua exposição, apontando para nós:

Disse o autor de *Kalīla e Dimna*:[279] "O melhor dos irmãos e dos auxiliares é o mais redundante em seus conselhos; a melhor das obras é a de consequências mais excelsas; o melhor elogio é o que sai da boca dos homens bons; o melhor dos amigos é o que não pratica a hipocrisia; o melhor dos caracteres é o que mais auxilia no temor a Deus; o melhor dos sultões é o que não pratica a insolência; o mais rico dos ricos é o que não se deixa aprisionar pela cobiça; o mais incapaz dos reis é o que mais se deixa levar pela lentidão e o que menos enxerga as consequências". Ele também disse: "Quem faz coisas importantes e não se torna petulante? Quem corre atrás de suas paixões e não se arruína? Quem se avizinha de mulheres e não se deixa seduzir? Quem milita ao lado de um poderoso e não se vê em apuros? Quem pede aos mesquinhos e não é humilhado? Quem faz contato com malvados e sai ileso?". E já se disse: "O ser humano não deve acreditar em duas coisas, a saúde e a riqueza, pois você o vê com saúde mas logo depois ele adoece, e o vê rico mas logo depois ele empobrece". Também se disse: "Quem honra a própria alma despreza o próprio desejo, e quem magnifica os pequenos infortúnios Deus lhe envia grandes desgraças.[280] Desprezar quem gosta de você é diminuir a sorte, e gostar de quem o despreza é humilhar-se. Quem segue cegamente as paixões[281] perde os direitos, e quem segue cegamente os intrigantes perde os amigos. Se alguém pensa bem a seu respeito, torne veraz esse pensamento. Quem exagera numa querela[282] peca, e quem a despreza se prejudica. Quem se envolve em querelas

[279] Alusão ao supracitado Ibn Almuqaffaᶜ.
[280] Fala atribuída ao já mencionado califa ᶜĀlī Bin Abī Ṭālib.
[281] Nas "Apostilas", consta "negligência" (*tawānī*) em vez de "paixão" (*hawà*). As duas grafias são semelhantes.
[282] A palavra "querela" remete, aqui, ao contexto jurídico.

não consegue temer a Deus". Ó rei, empregue a justiça e previna-se contra a injustiça, pois o uso da espada ela atiça.

O califa ^{c}Umar Bin Alḫaṭṭāb — Deus esteja satisfeito com ele — escreveu a Abū Mūsà Al'aš^{c}arī[283] uma carta na qual exemplificava como deveria ser o decoro do jurisconsulto, e cujo resumo é:

O direito é uma obrigação com regras, e uma tradição que se segue. Então entenda que, [quando o seu julgamento for buscado,] não há benefício algum em falar em direitos que não serão efetuados. Trate equanimemente as pessoas no seu modo de recebê-las, de olhar para elas e de lhes distribuir justiça, de tal sorte que o homem importante não ambicione dobrar você, e que o desvalido não desanime de obter a sua justiça. O ônus da prova é de quem acusa, e o juramento é para quem nega. Fazer acordo entre os crentes é aceitável, desde que não torne o ilícito lícito nem torne o lícito ilícito. Uma decisão que você tomou hoje não deve impedi-lo, após uma nova avaliação que o guie mais corretamente, de retomar a verdade, pois a verdade é antiga, e reavaliá-la é melhor do que persistir na falsidade. Saiba discernir — e faça-o bem: muitas das coisas que se agitam no seu peito podem não constar de nenhum livro ou tradição, e nesse caso tome ciência dos exemplos e dos casos parecidos, comparando as questões que se lhe apresentam com as assemelhadas, e dê preferência à que for mais próxima de Deus poderoso e excelso, e à mais semelhante à verdade. Determine um prazo para quem alega possuir provas documentais de um direito extraviado, e se acaso ele trouxer a prova você lhe dará esse direito; se assim não for, a questão se voltará contra ele: se ocultou algo, foi para produzir dúvida, e se mostrou [algo falso], foi para enganar. Os muçulmanos são justos uns com os outros, com exceção do açoitado por ter transgredido a lei, ou de alguém que comprovadamente testemunhou em falso, ou então de alguém que tenha ligações ou parentesco suspeitos, pois Deus conduz o seu foro íntimo e os torna insuspeitos mediante provas e fé. Evite a intranquilidade e o tédio, bem como ser prejudicado por alguma das partes, ou ter antipatia por alguma delas, pois Deus magnifica a recompensa de quem colocar a verdade em seu devido lugar, e lhe melhora a provisão para a outra vida. Aquele cujas intenções são boas, e é honesto consigo mesmo e com os outros, Deus o recompensará em suas relações, e aviltará quem simula para as pessoas

[283] Árabe natural do Iêmen que cedo se converteu à religião muçulmana. Foi companheiro do profeta, serviu como governador aos três primeiros califas e foi o juiz escolhido pelo quarto califa, ^{c}Alī, na primeira grande contenda político-militar do islã. Morreu em 666 d.C. em Kūfa, no atual Iraque.

aquilo que Ele sabe ser falsidade. [Então, o que pensa você sobre a recompensa de Deus em sua rápida fortuna no curto prazo e nos depósitos de sua misericórdia?]

[*Prosseguiu a primeira jovem*:] Disse Azzuhrī:[284] "Existem três coisas que, caso estejam num juiz, ele não será juiz: se não gostar de censuras, se amar os louvores e se não gostar de isolamento". Disse Ibn Wahb:[285] "Se o juiz não tiver estes três predicados, então ele não será juiz: consultar mesmo que saiba, não ouvir a queixa de ninguém sem que o queixoso esteja ao lado do querelado, e só julgar quando souber". O califa ᶜUmar Bin ᶜAbdulᶜazīz destituiu um juiz, [e este lhe perguntou: "Por que me destituiu?".] O califa respondeu: "Porque eu soube que você fala mais do que os litigantes". Disse Alexandre ao chefe de sua guarda: "Você é o guardião da minha vida; portanto, preserve essa posição para si mesmo e para a sua descendência". E disse ao seu secretário: "Você é o dono da minha face; portanto, impeça que os ciscos entrem em meus olhos para que eu possa ver por você". E disse ao seu cozinheiro: "Você tem o poder sobre a minha vitalidade; esforce-se, portanto, e eu o louvarei". E disse ao seu escriba: "Você tem o meu intelecto em suas mãos; portanto, preserve-me consigo". E disse ao seu conviva: "Você é o meu jardim de espairecimento; portanto, evite coisas ruins e intrometidos, e assim o meu recreio e o meu repouso em você persistirão. [E adeus]".

E o amanhecer alcançou Šahrazād, que parou de contar.

QUANDO FOI A NOITE

332ª

Disse Šahrazād:

Eu tive notícia, ó rei venturoso, de que o vizir Darandān disse ao sultão Ḍaw Almakān:

[284] Ibn Šihāb Azzuhrī (678-746 d.C.), teólogo muçulmano, transmitiu 2.200 *ḥadīṯes* considerados legítimos do profeta.
[285] Saᶜīd Bin Wahb viveu no século VII e converteu-se ao islã ainda em vida do profeta, do qual transmitiu vários *ḥadīṯes*.

Então [a primeira jovem] deu um passo atrás e a segunda jovem [deu um passo adiante], beijou o chão sete vezes, apontou para nós e disse:

Disse o sábio Luqmān[286] a seu filho: "Três não se conhecem senão em três situações: não se conhece o generoso senão na cólera; não se conhece o corajoso senão na guerra, quando enfrenta campeões; e não se conhece o seu irmão senão quando se precisa dele".

E já se disse:[287] "O opressor se arrependerá, ainda que as pessoas o louvem, e o oprimido se salvará, ainda que as pessoas o censurem; quem se satisfaz com pouco é rico, ainda que passe fome, e o cobiçoso é pobre, ainda que tenha posses".

Disse o califa ᶜUmar Bin Alḫaṭṭāb: "Dentre vocês, aqueles de quem mais gostamos são os de melhor nome, e, se acaso os virmos, os de melhor aparência, e, se acaso os experimentarmos, os que se derem melhor na experiência". Disse Yaḥyà Bin Muᶜāḏ Arrāzī:[288] "Não admire a generosidade de um homem até observar o seu comportamento quando se encoleriza, e nem a sua honestidade até vê-lo num momento de ambição, pois você não sabe para qual das duas metades ele se inclinará".

Certo dia, ᶜAlī, a paz esteja com ele, fez um sermão no qual disse: "O que existe de mais espantoso no ser humano é seu coração, que contém matérias sapienciais e também o seu contrário; assim, se lhe ocorre a esperança, a ambição o excita, e quando a ambição o excita, a cobiça o aniquila; se a desesperança o domina, a aflição o mata; se lhe ocorre a cólera, o rancor se fortalece; se é felicitado pela satisfação, esquece-se da precaução; se o medo o alcança, a tristeza o invade; se algum infortúnio o atinge, o desespero o despedaça; se ganha dinheiro, a riqueza o torna prepotente; se a pobreza o morde, a desgraça o ocupa; se a fome o confronta, a debilidade o paralisa. Toda falha é nociva, e todo exagero é corruptor". Ele também disse: "Deus altíssimo impôs a fé para a purificação contra a idolatria, e a prece para rechaçar a arrogância, e o donativo como caminho para a riqueza, e o jejum como provação para salvar as criaturas, e a peregrina-

[286] Personagem incerta, envolta pela lenda. Existe um Luqmān citado no Alcorão, com um capítulo em seu nome, contemporâneo do rei David, e outro ao qual se atribuem fábulas semelhantes às de Esopo, e que foram provavelmente redigidas não antes do século XI d.C. Suas máximas e sermões circulam em várias edições entre os árabes e muçulmanos.

[287] Nas "Apostilas", o dito é atribuído ao sufi (místico) muçulmano Alḥāriṯ Bin 'Asad Almuḥāsibī (787-858 d.C.).

[288] Teólogo e místico muçulmano (830-872 d.C.).

ção como fortificação do corpo,[289] e o *jihād* como glorificação do islã, e o ordenar o bem como interesse para o vulgo, e a proibição do condenável como freio aos mentecaptos, e o Talião para impedir o derramamento de sangue, e o estabelecimento de penas para magnificar as proscrições, e o abandono da bebida para fortalecer o intelecto, e o evitar roubos para atender à honestidade, e o abandono do adultério para a correta determinação da origem, e o abandono da sodomia para aumentar a procriação, e os testemunhos de fé para derrotar a apostasia, e o abandono da mentira como dignificação da veracidade, e a paz como segurança contra os temores, e a honestidade como ordem para a nação, e a obediência para magnificar a boa liderança". [E ele disse, ainda: "O amigo do ignorante está sempre em exaustão".]

E ele também disse: ["Para o que ainda não aconteceu, oriente-se pelo que já aconteceu, pois as coisas são semelhantes.] Quem ultrapassa a verdade perde o caminho. Quem se limita ao seu próprio tamanho se mantém melhor. O homem que não conhece o seu próprio tamanho está aniquilado. O homem está escondido sob a própria língua. O valor de cada homem está naquilo que ele sabe fazer bem. O que remanesce da espada se mantém melhor em quantidade e prole. Muita vez acontece de o clarividente errar o caminho e o cego encontrar sua boa senda. O rompimento com o ignorante equivale ao contato com o inteligente. [Quando o poder muda, o tempo muda. A certeza é o que melhor expulsa a aflição]".

Perguntaram a certo sábio: "Qual é a pessoa em pior situação?". Ele respondeu: "É aquela cujo desejo é forte, cuja importância é grande, cujo conhecimento é vasto, e cuja capacidade diminuiu".

Disse o poeta Qays Bin Alḫuṭaym:[290]

Dos homens, sou aquele que mais dispensa o esnobismo
de quem acha perdidos os homens, mas ignora o caminho;
tanto o dinheiro como o caráter não são senão emprestados:
por isso, regale-se com quanto puder de suas benesses;

[289] Assim em todos os manuscritos, bem como nas "Apostilas", o que evidencia a origem comum de todos eles. E se trata de um erro claríssimo, pois, conforme consta em outras fontes, o correto é "aproximação da fé", e não "fortificação do corpo". A grafia de ambos os sintagmas é semelhante em árabe.
[290] Poeta pré-islâmico morto em 620 d.C. Era um valente cavaleiro e se envolveu em batalhas tribais. Não chegou a converter-se ao islã.

conduzida pela mentira, a verdade refuga,
mas, retamente guiada, ela se deixa levar;
quem as questões aborda pelo lado errado
se perde, mas, pelo lado certo, será bem guiado.

E o amanhecer alcançou Šahrazād, que parou de contar.

QUANDO FOI A NOITE

333ª

Disse Šahrazād:

Eu tive notícia, ó rei venturoso, de que o vizir Darandān disse ao sultão Ḍaw Almakān:

Em seguida, a segunda jovem disse:

Agora eu quero transmitir-lhes algumas notícias a respeito dos ascetas:

Disse Hušaym Bin Bišr: "Eu disse a ᶜAmrū Bin ᶜAbīd: 'Descreva-me Alḥasan'. Ele disse: 'Sempre que surgia em algum lugar, parecia estar vindo do enterro da própria mãe. Parecia que o gemido do inferno vivia em seus ouvidos, e se sentava como se fosse um prisioneiro cuja cabeça logo seria decepada'".[291]

[291] As personagens desta narrativa são: Hušaym, teólogo muçulmano (722-800 d.C.); ᶜAmrū, asceta da linha *muᶜtazilī* (699-761); e Alḥasan (625-671 d.C.), filho de ᶜAlī, quarto califa do islã. Nas "Apostilas" (fonte das *Noites* nesta exposição), esta narrativa difere da narrativa constante em outras compilações. A pretensão é destacar o aspecto negativo do despojamento de Alḥasan, que o tornava taciturno e desagradável – despojamento esse reforçado pelo fato de que o autor da descrição é, ele próprio, um *zāhid*, ou seja, um asceta, alguém que em geral, e sobretudo na tradição muçulmana, despreza os bens materiais e os prazeres da vida mundana em nome da recompensa na outra vida, num nível próximo da morbidez. É nesse sentido que deve ser entendida a afirmação de que "o gemido do inferno vivia em seus ouvidos": o que se quer dizer, muito simplesmente, é que ele não pensava em outra coisa que não fosse o castigo da outra vida, o que o levava a praticar o ascetismo de uma maneira exagerada até mesmo para os padrões de um asceta rigoroso como ᶜAmrū. Ressalte-se que, diferentemente do seu irmão mais novo, Alḥusayn, Alḥasan não lutou pelo poder nem reivindicou o califado para si, e quando o proclamaram califa, em 660, logo após a morte do seu pai, ele pouco depois (em cerca de seis meses) renunciou em favor de Muᶜāwya Bin Abī Sufyān e saiu de cena. Ocupa posição destacada na hierarquia espiritual xiita.

Disseram a Alḥasan que Abū Ḏarr[292] costumava dizer: "Gosto mais da pobreza do que da riqueza, e da debilidade mais do que da boa saúde". Então ele disse: "Deus tenha piedade por Abū Ḏarr! Quanto a mim, eis o que digo: quem confia nas boas escolhas de Deus não deseja uma situação diferente daquela que Deus escolheu para si".

Disse ᶜAwn Bin Ḏakwān: "Zurāra Bin Awfà comandou a prece matinal entre nós, e começou a recitar: 'Ó agasalhado', até chegar ao oitavo versículo da fala de Deus altíssimo: 'Quando se tocar o clarim', quando então caiu morto".[293]

Conta-se que Ṯābit Albanānī[294] chorou até quase perder a visão, e então, para tratar dele, trouxeram-lhe um médico que lhe disse: "Tratarei a sua vista desde que você me obedeça". Ele perguntou: "Obedecer em quê?". O homem respondeu: "Em não chorar". Ṯābit perguntou: "Mas qual benefício advirá dos meus olhos se eles não chorarem?", e recusou o tratamento.

Certo homem pediu a Muḥammad Bin Wāsiᶜ:[295] "Faça-me recomendações". Ele respondeu: "Eu o aconselho a ser rei neste mundo e no outro mundo". O homem perguntou: "Como poderei ser isso?". Ele respondeu: "Seja asceta neste mundo, e assim você será rei aqui e no outro mundo".

Disse ᶜAwn Bin ᶜAbdullāh:[296] "Havia dois irmãos israelitas. Um deles disse ao outro: 'Qual a coisa mais temerária que você já fez?'. O outro respondeu: 'A minha ação mais temerária foi quando passei entre duas fileiras de trigo plantado e roubei uma espiga. Arrependi-me e quis atirá-la de volta, mas não soube de qual das fileiras a retirara, e então a atirei numa delas. Temo tê-la atirado na fileira da qual não a retirei. E você, qual foi a sua ação mais temerária?'. Ele respondeu: 'Quando me levanto para orar, temo colocar um peso maior numa das pernas'.

[292] Nos quatro manuscritos, essa fala é equivocamente atribuída a um personagem chamado Hammām, e isso por má leitura dos originais das "Apostilas" (mais um sinal de que o autor tinha essa compilação diante dos olhos enquanto escrevia ou reescrevia a presente história). Quanto a Abū Ḏarr Alġifārī, morto em 653 d.C., ele foi um companheiro do profeta, conhecido por seu ascetismo, pela defesa dos pobres e pela antipatia aos ricos. Atualmente, muçulmanos de esquerda o consideram uma espécie de precursor do socialismo no islã.

[293] Não foi possível encontrar dados sobre o narrador dessa história. Quanto à personagem que morre durante a prece por ele conduzida, trata-se de um teólogo e asceta, e o incidente se deu no início do século VIII d.C. O capítulo corânico cuja recitação aparentemente o leva à morte é o 74, intitulado *Almudaṯṯir*, "O agasalhado", e fala do rigor dos castigos que serão sofridos pelos que negam a verdade da pregação do profeta.

[294] Teólogo e asceta muçulmano, morto em 745 d.C. aos 86 anos.

[295] Teólogo e asceta muçulmano, morto em 743 d.C. Todas as versões das *Noites*, sejam manuscritas, sejam impressas, trazem "Muḥammad Bin ᶜAbdullāh", que na verdade é o nome do próprio profeta (e, nesse caso, não faz o menor sentido). Por outro lado, todas as demais fontes das quais consta esse relato – as "Apostilas" e outras três – trazem o nome que foi aqui escolhido.

[296] Teólogo muçulmano, morto na primeira metade do século VIII d.C.

Enquanto isso, o pai deles, que ouvia a conversa, disse: 'Deus do céu! Se eles estiverem falando a verdade, leve-os para junto de si antes que o mundo os seduza!', e ambos os irmãos morreram imediatamente. Yazīd Bin Hārūn[297] perguntou: 'Qual deles é melhor, o pai ou os filhos?'. Respondeu ^{c}Awn: 'O pai é o melhor'".

Disse ^{c}Abdullāh Bin Muḥayrīz: "Fiz companhia a Faḍāla Bin ^{c}Ubayd,[298] [companheiro do profeta,] e lhe disse: 'Dê-me conselhos'. Ele disse: 'Decore estas [três] coisas que vou dizer, pois elas lhe serão úteis. [Se você puder conhecer e não ser conhecido, faça-o; se puder ouvir e não falar, faça-o;] e se puder sentar-se e ninguém tiver de ficar em pé para você, faça-o'".

Disse o poeta Al'a^{c}šà, cujo nome é Maymūn Bin Qays:[299]

Se você não viajar com uma provisão de fé,
e encontrar após a morte quem se provisionou,
vai se arrepender de não ter agido como ele,
e não ter tomado os cuidados que ele tomou.

E o amanhecer alcançou Šahrazād, que parou de contar.

QUANDO FOI A NOITE

334ª

Disse Šahrazād:

Eu tive notícia, ó rei venturoso, de que o vizir Darandān disse ao sultão Ḍaw Almakān:

[297] Teólogo muçulmano, morto no início do século IX d.C.

[298] Os dois personagens deste relato também pertencem à tradição religiosa muçulmana. O primeiro viveu na Síria e em Jerusalém, tendo falecido no início do século VIII d.C., e o segundo se mudou para Damasco, onde morreu na segunda metade do século VII d.C. Trabalhou como juiz para o califa Mu^{c}āwya Bin Abī Sufyān, fundador da dinastia omíada. No último quesito, a ideia central, conforme pode ser depreendida em outras fontes, é que o homem não reverencie a ninguém e não tenha quem o reverencie.

[299] Um dos grandes poetas pré-islâmicos. Tardio, chegou a alcançar o islã, mas a ele não se converteu. *Al'a^{c}šà* significa "aquele que não enxerga à noite", e foi apelido de mais de um poeta.

[Enquanto a segunda jovem dava um passo atrás, a terceira jovem se adiantou e disse:][300]

Ṣāliḥ Almarrī disse: "Parei diante da casa de Almawriyānī quando ela ficou em ruínas, e então vi ali expostos cerca de dez versículos corânicos,[301] tais como: 'São suas aquelas moradas, e depois deles foram pouco habitadas'[302] e 'Quantos bosques e fontes eles abandonaram!',[303] e outras nesse sentido. Enquanto eu lia, veio de dentro da casa um homem negro e me disse: 'Ó Abū ᶜAbdillāh, esse é o resultado da cólera de uma criatura contra outra criatura. Qual será então o resultado da cólera do criador?', saindo em seguida. Fui atrás dele e não vi ninguém".[304]

Ṣāliḥ Almarrī também disse: "ᶜAṭā' Assulamī[305] me disse: 'Ó Abū Bišr, desejo a morte porque, embora eu não ache que nela terei repouso, estou ciente de que ocorre uma interrupção entre o morto e as ações, e então ele fica livre de praticar alguma desobediência que o leve à aniquilação, ao passo que o vivente está todo dia receoso por sua alma, e o fim de tudo isso é a morte'".

Quando terminava de se abluir, ᶜAṭā' Assulamī súbito se erguia, estremecia e chorava copiosamente. Questionado a respeito, eis a sua resposta: "Vou ter de fazer algo muito grandioso, e quero estar de pé diante de Deus poderoso e exal-

300 Neste ponto ocorreu uma falha de cópia nos manuscritos, que deve remontar ao original comum de todos eles, uma vez que não se dá destaque algum à entrada da terceira jovem na cena. O trecho entre colchetes foi traduzido das edições impressas.

301 Aqui há um bom exemplo da deformação constante dos manuscritos: o sintagma "cerca de dez versículos corânicos", *biḍaᶜ ᶜašarata āya*, se transforma, em Varsy, Tübingen e Gayangos, em "algumas desnudas", *biḍaᶜ ᶜarāya*, um ridículo despropósito, pois em seguida se transcrevem versículos corânicos, que qualquer muçulmano, ao menos naquela época, conhecia. A única explicação é a absoluta desídia no processo de cópia.

302 Alcorão, 28,58 (Sura da Narração). Referência aos idólatras de Meca, que resistiam ao profeta.

303 Alcorão, 44,25 (Sura da Névoa). Referência ao povo do faraó, constituído como tirano prepotente.

304 O narrador deste relato, Ṣāliḥ Almarrī, originariamente um escravo alforriado, tornou-se notável jurisconsulto e asceta. Morreu em 793 d.C. Já a personagem de quem se fala é Abū Ayyūb Sulaymān Almawriyānī, morto em 771 d.C., escriba favorito do califa abássida Almanṣūr, em cuja cólera acabou incorrendo e, acusado de corrupção, teve os bens expropriados e foi executado. Parece ter sido um dos responsáveis, mercê das suas intrigas, pela morte de Ibn Almuqaffaᶜ. O relato se debruça sobre o momento em que, diante de sua casa arruinada durante o processo de expropriação – que em geral envolvia a depredação dos imóveis do expropriado –, o narrador fala sobre o que viu; e a fala do homem negro, que aqui simboliza uma entidade sobre-humana, talvez um anjo, sugere uma reflexão de fundo ascético.

305 Seguidor do profeta, morto na segunda metade do século VII d.C. Não há concordância nas fontes quanto ao seu segundo nome, que pode ser Assulamī, Assulaymī, Assalīmī ou Alᶜabdī. São-lhe atribuídos vários ditos e procedimentos que evidenciam ascetismo e devoção tão intensos que hoje chegam a parecer cômicos.

çado". O mesmo atingia ᶜAlī Bin Alḥusayn Zayn Alᶜābidayn,[306] e, questionado a respeito, ele dizia: "Vocês porventura sabem diante de quem ficarei em pé, e para quem pretendo confidenciar a minha devoção?".

Um homem cego sentava-se [durante as preces] ao lado do asceta Sufyān Aṯṯawrī.[307] Quando foi o mês de Ramadã, o cego ia rezar onde havia maior concentração de pessoas, sendo então agraciado com roupas e doações. Sufyān lhe observou: "No dia do Juízo Final, quando todos os leitores do Alcorão forem recompensados por sua leitura, dirão à gente da sua espécie: 'Você já antecipou a sua recompensa lá no mundo!'". O cego lhe disse: "Ó Abū ᶜAbdillāh, você me fala desse modo mesmo eu me sentando sempre ao seu lado?". Ele respondeu: "Eu receio que me digam no dia do Juízo Final: 'Esse aí se sentava ao seu lado e você não lhe deu bons conselhos!'".

Sufyān Aṯṯawrī disse: "Se a certeza se firmasse no coração tal como deve, ele voaria de alegria e de tristeza — de anelos pelo paraíso e de temores do fogo infernal". Também se conta que ele disse: "O simples olhar para a face do opressor é um pecado! Não olhem para os líderes extraviados senão os condenando em seus corações, a fim de que as suas obras não se malogrem".

E o amanhecer alcançou Šahrazād, que parou de contar.

QUANDO FOI A NOITE

335ª

Disse Šahrazād:

Eu tive notícia, ó rei venturoso, de que o vizir Darandān disse ao sultão Ḍaw Almakān:

Então a terceira jovem foi se sentar e a quarta se levantou, beijou o chão e disse:

[306] Figura de proa do xiismo (658-714 d.C.), neto do califa ᶜAlī e bisneto do profeta, cognominado de *assajjād*, "o prosternador", por rezar amiúde. Derrotado em sua revolta contra o poder omíada, não foi morto devido à intervenção da tia do comandante que o prendeu, e chegou à cláusula dos seus dias na cidade de Medina, na Península Arábica, onde foi enterrado ao lado de seu tio paterno Alḥasan.

[307] Teólogo e asceta (716-777 d.C.) da cidade iraquiana Kūfa, assaz citado em compilações árabes devido ao seu rigorismo e sabedoria.

Saibam — que Deus lhes tenha piedade — que Bišr [Bin Alḥāriṯ Alḥāfī][308] disse: "Ouvi Ḫālid Aṭṭaḥḥān dizendo, quando fazia as pessoas se lembrarem de Deus: 'Cuidado com as profundezas da apostasia!'. Perguntaram-lhe: 'E como são as profundezas da apostasia?'. Ele respondeu: 'É quando algum de vocês reza e se demora tanto na genuflexão e na prosternação que é observado pela pupila dos olhos'". Bišr também disse: "Esconda as suas boas ações tal como você esconde as suas más ações".

Disse Ibrāhīm Alḥarbī:[309]

Meu pai me levou até Bišr Bin Alḥāriṯ e lhe disse: "Ó Abū Naṣr, eis aqui o meu filho, que desdenha da escrita do *ḥadīṯ* e do saber!". Bišr me disse: "Meu filho, este é um saber no qual você deve trabalhar. Se não trabalhar nele inteiro, então de cada duzentos trabalhe com cinco, tal como o donativo em dirhams". Meu pai lhe perguntou: "Você rogaria por meu filho, ó Abū Naṣr?". Ele respondeu: "O seu rogo por ele será mais efetivo, pois o rogo do genitor pelo filho é como o do profeta por sua nação". Então tomei para mim as suas palavras, e as considerei belas. Certo dia, caminhando para a prece da sexta-feira, vi Bišr rezando numa tenda, e logo me postei atrás dele, ajoelhado, esperando o momento da chamada para a prece. Então, um homem de aparência e condição bem aviltadas disse: "Ó gente, precavei-vos de que eu esteja certo; não há escolha quando da necessidade, e não cabe silenciar ante o nada, nem indagar ante a existência; temos aqui uma carência, que Deus se apiede de vós!". Notei que Bišr lhe deu uma moedinha no valor de um sexto de dirham, e então me levantei, dei-lhe um dirham e disse: "Dê-me a moedinha". Ele respondeu: "Não o farei". Eu disse: "Eis aqui dois dirhams", e o homem disse: "Não o farei". Como eu tinha dez dirhams de boa qualidade, disse-lhe: "Eis aqui dez dirhams". O homem perguntou: "Ei, fulano, o que te faz apreciar tanto assim esta moedinha, a ponto de por ela dispenderes dez bons dirhams?". Respondi: "Ele é um homem íntegro". Ele disse: "Eu aprecio mais do que tu os favores dele, e não trocarei a benesse pelo castigo. Comer com esta moedinha me trará rápida libertação ou morte inevitável". [Eu disse: "Vejam só quem faz o favor e quem o recebe!", e continuei: "Ó senhor, rogue por mim!". Ele disse: "Vá embora, que Deus faça reviver o teu coração, e só te mate quando o teu corpo morrer, e faça de ti alguém que se compra a si mesmo por qualquer coisa, e que não se vende por nada".]

[308] Asceta e sufi (místico) muçulmano (769-842 d.C.) nascido em Bagdá. Sua família era oriunda da região persa de Merv. A outra personagem do relato é um teólogo da mesma época.
[309] Teólogo muçulmano (813-899 d.C.).

Conta-se que a irmã de Bišr Bin Alḥārit̠ foi até Aḥmad Bin Ḥanbal[310] e lhe disse: "Pertenço a um grupo de mulheres que tece à noite, e disso extraímos nosso sustento. Às vezes passam por onde moramos os carregadores de tochas do clã de Banū Ṭāhir, que governa Bagdá, e se estivermos no telhado tecemos à luz dessas tochas um ou dois fardos de roupas. Você considera isso lícito ou proibido?". Ele perguntou: "Quem és tu?". Ela respondeu: "Sou irmã de Bišr". Ele disse: "Oh, família de Bišr! Que eu jamais vos perca, e sempre ouça de vós o mais puro temor reverencial a Deus!".

Conta-se que [Maᶜrūf Alkarḫī][311] disse: "Quando Deus deseja o bem para algum de seus adoradores, abre-lhe as portas da ação e fecha-lhe as portas da discussão, [e quando deseja o mal para algum de seus adoradores, abre-lhe as portas da discussão e fecha-lhe as portas da ação".]

Disse Aḥmad Bin Abī Alḥawārī: "Ouvi Abū Sulaymān Addārānī dizendo: 'Quem acredita em Deus na riqueza, seu bom caráter aumenta, sendo seguido pela generosidade, e sua alma se prodigaliza nos gastos por ele, e diminuem as suas preocupações durante a reza".[312]

[Alḥasan Bin ᶜAlī] dizia: "Quem se sente mal por um pecado será perdoado, mesmo que não peça perdão".

E o amanhecer alcançou Šahrazād, que parou de contar.

QUANDO FOI A NOITE

336ª

Disse Šahrazād:

Eu tive notícia, ó rei venturoso, de que o vizir Darandān disse ao sultão Ḍaw Almakān:

A quarta jovem disse:

[310] Importante jurisconsulto muçulmano (780-855 d.C.), fundador de uma das quatro escolas jurídicas do islã, considerada a mais intolerante, da qual deriva, modernamente, o fundamentalismo islâmico sunita.
[311] Teólogo muçulmano de Bagdá (750-816 d.C.).
[312] As duas personagens citadas no relato são teólogos e místicos sírios. O primeiro viveu entre 780 e 845, e o segundo, entre 757 e 831 d.C.

Quando Mālik Bin Dīnār[313] passava pelo mercado e via algo que desejava, dizia: "Tenha paciência, alma, eu só a proíbo de ter o que quer devido à sua dignidade para mim".

Disse [Manṣūr Bin ᶜAmmār]:[314] "A integridade da alma está em divergir dela, e sua desgraça está em segui-la". Ele também disse:

Numa das minhas peregrinações, entrei por um dos arvoredos da cidade de Kūfa, só saindo quando a noite se fez treva espessa, e eis que uma voz berrava no ventre da noite: "Meu Deus! Por seu poder, por sua magnificência, juro que eu não quis, com o meu pecado, desobedecer-lhe! Pequei sim, e pequei sem ignorar a sua punição. Contudo, um pecado surgiu e para cometê-lo fui auxiliado por minha miséria, e compelido pela sua proteção estendida sobre mim. Insubordinei-me por meu esforço e divergi por minha ignorância. Agora, quem vai me salvar dos seus sofrimentos? A que cordas me agarrarei, se você me cortou as suas cordas? Ai de mim, juventude! Ai de mim, juventude!". Depois de ouvir a conclusão dessa fala, recitei um versículo do livro de Deus poderoso e exalçado: "Ó crentes! Fortaleçam-se a si mesmos e aos seus contra um fogo cujo combustível são os homens e as pedras",[315] e então ouvi uma batida após a qual tudo silenciou. Fui-me embora. No dia seguinte, voltando da minha caminhada, eis que topei com um funeral que acabava de sair, e vi uma velha cujas forças se esvaíam; perguntei-lhe sobre o morto, e ela respondeu: "Ontem um homem [— Deus não o recompense! —] passou por nós enquanto meu filho rezava, e recitou um versículo do nobre Alcorão e, súbito, a vesícula do meu filho estourou e ele caiu morto, que Deus tenha dele misericórdia".

E o amanhecer alcançou Šahrazād, que parou de contar.

QUANDO FOI A NOITE

337ª

Disse Šahrazād:

[313] Importante teólogo muçulmano de Basra. Morreu em 748 d.C.

[314] Teólogo e místico muçulmano de origem persa. Morreu em 840 d.C.

[315] Alcorão, 66,6 (Sura da Proibição).

Eu tive notícia, ó rei venturoso, [de que o vizir Darandān disse ao sultão Ḍaw Almakān:

Então a quarta jovem deu um passo atrás, e a quinta jovem deu um passo à frente,][316] beijou o solo dez vezes diante de nós e disse:

Ó rei do tempo, Abū Ḥāzim Salama Bin Dīnār[317] dizia: "Quando as consciências se tornam sadias, são perdoados os pequenos e os grandes pecados, e se o crente se dispuser a abandonar os delitos, obterá conquistas". E também disse: "Toda benesse que não aproxima de Deus é uma desgraça". E disse ainda: "O pouco que é este mundo faz desviar do muito que é o outro mundo, e esse muito o fará esquecer aquele pouco. Se porventura você busca neste mundo apenas o que lhe baste, então qualquer coisa lhe bastará, mas, se o que lhe basta não lhe for suficiente, então nada deste mundo lhe será suficiente".

[O califa Sulaymān Bin ᶜAbdulmalik foi a Medina em peregrinação, e disse ao chegar: "Vive aqui alguém que tenha convivido com alguns dos companheiros do profeta?". Responderam-lhe: "Sim, é Abū Ḥāzim". Então ele mandou chamá-lo e][318] lhe perguntou: "Ó Abū Ḥāzim, qual é a melhor das criaturas?". Respondeu: "Os dotados de brio e discernimento". Perguntou: "Qual a justiça mais justa?". Respondeu: "A palavra veraz diante de quem você deseja ou teme". Perguntou: "Qual o rogo que mais rápido se atende?". Respondeu: "O rogo do benfeitor pelo benfeitor". Perguntou: "Qual o melhor donativo?". Respondeu: "O esforço do despossuído em favor do pobre miserável não implica nenhum desejo de recompensa ou prejuízo". Perguntou: "Ó Abū Ḥāzim, quem é a mais esperta das pessoas?". Respondeu: "Quem alcançou a obediência a Deus, agiu em conformidade com ela e logo a ensinou aos outros". [Perguntou: "Quem é a mais estúpida das pessoas?".] Respondeu: "O homem que se encolerizou com as paixões de seu irmão sendo ele próprio opressor, pois nesse caso terá trocado a outra vida por este mundo". O califa disse: "Dê-me conselhos, ó Abū Ḥāzim!". Ele respondeu: "Sim. Eu o aconselharei e serei breve. Engrandeça a Deus, e livre-O de ver você em situações que Ele proibiu, e de não ver você em situações nas quais Ele deter-

316 O trecho entre colchetes foi traduzido de Maillet, que neste ponto apresenta um fato curioso: a noite anterior a essa tinha o número 310, e nessa ocorre um salto, por evidente distração do copista (que, bem possivelmente, estava ele mesmo colocando a numeração nas noites), e se passa ao número 411.

317 Pregador muçulmano rigorista e ascético da cidade de Medina, na Península Arábica. A data da sua morte, que ocorreu em meados do século VIII d.C., é incerta.

318 Nas "Apostilas", o relato do diálogo resultante desse encontro é bem mais extenso do que o registrado nas *Noites*. Aqui, limitamo-nos a acrescentar a tradução do introito desse encontro, sem o qual o relato não faz sentido.

minou que você estivesse". Em seguida, Abū Ḥāzim se levantou, e quando ia saindo o califa disse: "Ó Abū Ḥāzim, eis aqui cem dinares para você gastar. De onde veio isso há muito mais". O asceta atirou o dinheiro ao chão e disse: "Não aceito nem mesmo que esse dinheiro esteja com você, quanto mais que esteja comigo! Eu lhe rogo por Deus que o que você me pediu não tenha sido chacota, e que a minha resposta não tenha sido gratuita. Moisés, filho de ᶜImrān — a paz esteja com ele —, disse, quando alcançou água na terra de Madiã: 'Senhor meu, eu de fato preciso deste bem com que me agraciastes'.[319] Assim, Moisés pediu ao seu Senhor, mas não aos homens, e então duas jovens perceberam, mas os pastores não perceberam o que ambas perceberam. Foram as duas até seu pai, que era Jetro,[320] a paz esteja com ele. Elas lhe deram a notícia sobre Moisés, e Jetro disse: 'Ele decerto está com fome', e depois disse a uma delas: 'Vá até ele e o chame'. Quando ela chegou até Moisés, [reverenciou-o,] cobriu o rosto e disse: 'Meu pai o chama para lhe dar a paga por ter dado de beber ao rebanho'.[321] [Moisés não gostou quando ela disse: 'A paga por ter dado de beber ao rebanho'".]

E o amanhecer alcançou Šahrazād, que parou de contar.

QUANDO FOI A NOITE

338ª

Disse Šahrazād:

Eu tive notícia, ó rei venturoso, de que o vizir Darandān disse ao sultão Ḍaw Almakān que a [quinta] jovem disse:

[Abū Ḥāzim disse:] "Quando a jovem [disse: 'A paga por ter dado de beber ao rebanho'], Moisés não gostou e desejou não ir atrás dela, mas não encontrou escapatória, pois estava numa terra repleta de feras e temores, e então foi com ela, que era uma mulher de grande traseiro, e os ventos lhe batiam as roupas, mostrando as suas formas a Moisés, a paz esteja com ele, e Moisés ora fechava os

[319] Alcorão, 28,24 (Sura da Narração).

[320] Em árabe, *Šuᶜayb*. Essa personagem do Alcorão nem sempre corresponde ao Jetro da Torá.

[321] Alcorão, 28,25 (Sura da Narração).

olhos, ora desviava o olhar, e então disse: 'Ó serva de Deus, fique atrás de mim'. Quando entrou na casa, o jantar estava servido, e Jetro disse: 'Coma!'. Moisés respondeu: 'Não'. Jetro perguntou: 'Você não está com fome?'. Moisés respondeu: 'Sim, mas pertenço a uma família que não troca a obra do outro mundo nem por todo o ouro da terra. Temo que isto seja o pagamento por eu ter dado de beber ao rebanho'. Jetro disse: 'Não, meu jovem. Este é o meu costume, e o costume dos meus pais: tratar bem os hóspedes e dar-lhes alimento'. Só então Moisés se sentou e comeu. Assim, se esses cem dinares forem pagamento pelo que eu lhe disse, então a carniça, o sangue e a carne de porco serão mais lícitos, nos casos de necessidade, do que esse dinheiro. Se esses cem dinares pertencerem ao tesouro dos muçulmanos, então neles tenho sócios e parceiros que merecem tanto quanto eu; caso contrário, não preciso desse dinheiro. Os filhos de Israel persistiram na boa conduta e na fé enquanto os seus governantes se dirigiram aos seus sábios em busca de saber, mas, quando eles decaíram, perderam-se e diminuíram-se aos olhos de Deus, passando a acreditar em ídolos e trapaceiros, os seus sábios começaram a ir aos seus governantes para se associar a eles nas mundanidades, e caíram com eles nas tentações do mundo". Perguntou Ibn Šihāb:[322] "Ó Abū Ḥāzim, é de mim que está falando? Ou é a mim que está pondo em escândalo?". Ele respondeu: "Não é a você que me refiro, mas as coisas são assim como está ouvindo". O califa Sulaymān perguntou: "Acaso você o conhece, ó Ibn Šihāb?". Ele respondeu: "Sim, é meu vizinho, e faz trinta anos que não lhe dirijo uma única palavra". Disse Abū Ḥāzim: "Você se esqueceu de Deus, e então se esqueceu de mim; se gostasse de Deus, gostaria de mim". Ibn Šihāb perguntou: "Por acaso está me ofendendo, Abū Ḥāzim?". O califa Sulaymān interveio: "Ele não o está ofendendo, mas foi você, isso sim, que ofendeu a si mesmo. Por acaso você não sabe que o vizinho tem direitos semelhantes aos do parentesco?". [Quando Abū Ḥāzim foi embora, um dos convivas do califa Sulaymān perguntou: "Ó comandante dos crentes, você gostaria que todos fossem iguais a Abū Ḥāzim?". O califa respondeu: "Não".]

Um dos filhos do califa Sulaymān Bin ᶜAbdulmalik sentou-se ao lado de Ṭawūs Bin Kīsān,[323] que não olhou para ele. Disseram-lhe: "Sentou-se ao seu lado o filho do comandante dos crentes e você não olhou para ele!". Ṭawūs respondeu: "Eu quis que ele soubesse que Deus tem adoradores que desprezam o seu poder".

[322] Teólogo muçulmano de Medina. Morreu em 742 d.C.

[323] Teólogo muçulmano (634-725 d.C.) extremamente ascético, natural do Iêmen.

Disse Mūraq Al^cajalī:[324] "O ridente que reconhece seu pecado é melhor que o choroso que se atreve contra Deus por ter certeza do Seu amor".

Disse Alḥasan: "Vocês não alcançarão o que amam senão abandonando o que desejam, e não obterão aquilo que esperam senão suportando aquilo que detestam".

Disse Ḥuḏayfa Almar^cašī:[325] "Entrei em Meca com Ibrāhīm Bin Adham,[326] e eis que Šaqīq Albalḫī[327] peregrinava naquele ano. Encontramo-nos enquanto dávamos as sete voltas em torno da Caaba, e Ibrāhīm perguntou a Šaqīq: "Qual o fundamento do vosso ascetismo?". Šaqīq respondeu: "Nosso fundamento é que comemos quando recebemos algo, e nos resignamos quando não obtemos". Ibrāhīm disse: "É assim que agem os cães de Balḫ". Šaqīq perguntou: "E qual o fundamento do vosso ascetismo?". Ibrāhīm respondeu: "Nosso fundamento é que consideramos muito bom quando recebemos algo, e, quando não obtemos, agradecemos e louvamos". Então Šaqīq se levantou, sentou-se diante de Ibrāhīm Bin Adham e disse: "Tu és o nosso mestre".[328]

Disse Muḥammad Bin Abī ^cUmrān:[329] "Ouvi Ḥātim Al'aṣamm,[330] que era um dos grandes companheiros de Šaqīq Albalḫī, responder a um homem que o indagara 'quais as bases da sua entrega a Deus'. Eis a resposta: 'São quatro. Aprendi que aquilo que eu ganhar não será comido por nenhum outro, e por isso minha alma se aquietou. Aprendi que tenho uma dívida que não será resgatada por nenhum outro, e por isso estou com ela ocupado. Aprendi que a morte me sobre-

[324] Teólogo muçulmano de Basra. Morreu em 724 d.C.

[325] Asceta muçulmano natural de Antioquia. Morreu no primeiro quarto do século IX d.C.

[326] Asceta muçulmano de origem persa (718-781 d.C.), descendia de família opulenta, mas caiu em crise mística durante uma viagem de caça: quando se preparava para matar uma raposa, ouviu uma voz que lhe dizia: "Não foi para isso que foste criado, nem essa a ordem que recebeste". No mesmo instante apeou-se do seu cavalo, entregou os seus pertences a um camponês e renunciou à vida mundana.

[327] Teólogo e asceta muçulmano de origem persa, morto em 810 d.C., muito renomado.

[328] Os termos desse curto relato, que consta de outras fontes, não são muito claros. O melhor, nesse sentido, é o relato colhido numa bonita compilação do século XIII d.C., intitulada *Uns almasjūn wa rāḥat almaḥzūn*, isto é, "Aconchego do encarcerado e conforto do entristecido", do letrado alepino Ṣafīyyuddīn Abī Alfatḥ ^cĪsà Bin Albuḥturī. Eis a tradução: "Conta-se que um sufi saiu de Bagdá em peregrinação e se encontrou no caminho com outro sufi proveniente de Balḫ, que lhe perguntou: 'Como você deixou os seus irmãos em Bagdá?'. O bagdali respondeu: 'Se recebem algo, agradecem, e se não recebem, resignam-se'. O de Balḫ disse: 'Foi assim que deixei os cães de Balḫ'. O bagdali perguntou: 'Como você deixou os seus irmãos em Balḫ?'. Ele respondeu: 'Se recebem algo, consideram muito bom, e se não recebem, agradecem'". Entre outras, a maior dificuldade, no caso, está no verbo *'āṯara*, que é transitivo e cujo sentido, mesmo no Alcorão, é o de "dar preferência a". No caso desse relato, a dúvida é: dar preferência a quê? Presumiu-se aqui que, "intransitivado", esse verbo possa ser traduzido como "considerar (algo) muito bom".

[329] Teólogo de Kūfa, morto no século IX d.C.

[330] Teólogo e asceta muçulmano que viveu na Pérsia. Morreu em 852 d.C.

virá de surpresa, e por isso eu me apresso a ela. E aprendi que, esteja onde estiver, jamais me isolarei do olho de Deus, e dele eu tenho pudor'".

E o amanhecer alcançou Šahrazād, que parou de contar.

QUANDO FOI A NOITE

339ª

Disse Šahrazād:

Eu tive notícia, ó rei venturoso, de que o vizir Darandān disse ao sultão Ḍaw Almakān:

Então, rei do tempo, [a quinta jovem deu um passo atrás, e] a velha se levantou, beijou o chão [dez vezes][331] e disse, enquanto nós ouvíamos:

Ó rei, estas jovens todas falaram a respeito do ascetismo, e eu vou segui-las.

Conta-se que o imã Abū Muḥammad Bin Darīs,[332] que Deus o tenha, era um asceta douto na lei religiosa, e conta-se a seu respeito que ele dividia a noite em três partes: um terço para o saber, um terço para a prece e um terço para o sono.

Quanto a Abū Ḥanīfa, ele costumava ficar às claras, em adoração, durante metade da noite. Certa feita, enquanto fazia uma caminhada, um homem apontou para ele e disse a outro homem: "Ele fica em adoração, às claras, a noite inteira". Abū Ḥanīfa disse: "Tenho vergonha de ser descrito diante de Deus com o que não faz parte de minha adoração a Ele", [e passou a ficar em adoração, às claras, a noite inteira].[333]

Disse Arrabīᶜ: "No mês de Ramadã, Aššāfiᶜī lia o Alcorão sessenta vezes durante as suas preces".[334]

[331] Complementos de Maillet. Nas edições impressas, "nove vezes" no lugar de dez.

[332] Teólogo muçulmano da escola *šāfiᶜīta*, morto no primeiro quartel do século IX d.C.

[333] Esse é um dos raros itens em que a lição dos manuscritos das *Noites* é melhor do que a constante das "Apostilas", a qual, neste passo, não tem o menor sentido, o que, surpreendentemente, escapou à argúcia do erudito responsável pela fixação de texto, Iḥsān ᶜAbbās. A personagem citada no relato, Abū Ḥanīfa Annuᶜmān (699-767 d.C.), é um jurisconsulto muçulmano nascido na cidade iraquiana de Kūfa, fundador de uma das quatro escolas jurídicas do islã, considerada a mais tolerante.

[334] O jurisconsulto Muḥammad Bin Idrīs Aššāfiᶜī (767-820 d.C.) é o fundador de uma das quatro escolas jurídicas do islã, que é a preponderante no Egito. O narrador, Arrabīᶜ Bin Sulaymān, é um teólogo egípcio, morto em finais do século IX d.C., adepto da sua escola.

Disse Aššāfi^cī: "Faz dezesseis anos que não me sacio com alimento, pois a saciedade torna o corpo pesado, endurece o coração, desfaz o entendimento, provoca o sono e enfraquece a devoção a Deus".

Indagado sobre certa questão, Aššāfi^cī se calou, e então lhe disseram: "Não vai responder, que Deus lhe tenha piedade?". Ele disse: "Só quando eu me certificar se o melhor é o meu silêncio ou a minha resposta".

Conta-se que ^cAbdullāh Bin Muḥammad Albalawī[335] disse:

Estava eu sentado junto a ^cUmar Bin Nubāta[336] conversando sobre os grandes devotos e ascetas, quando ele disse: "Nunca vi ninguém mais piedoso nem mais eloquente do que Muḥammad Bin Idrīs Aššāfi^cī. Certa vez, fui com ele e com Alḥāriṯ Bin Labīd[337] para o monte Aṣṣafā,[338] em Meca. Alḥāriṯ era discípulo de Ṣāliḥ Almarrī, e iniciou a recitação com sua bela voz: "Será este um dia em que não se pronunciarão, nem se lhes permitirá que se desculpem".[339] Notei então que Aššāfi^cī empalideceu e se arrepiou todo, ficando extremamente confuso, e caiu desmaiado. Quando despertou, pôs-se a dizer: "Eu busco refúgio em vós contra a postura dos mentirosos e a recusa dos negligentes! Ó Deus, a vós se submeteu o coração dos sabedores, e ante a vossa majestade se humilharam os apaixonados![340] Meu Deus, dai-me vossa generosidade e envolvei-me com a vossa proteção! Perdoai as minhas faltas com a bondade da vossa face!". Em seguida nos levantamos e saímos dali. Depois voltei para Bagdá — Aššāfi^cī morava no Iraque. Certo dia, estando sentado às margens do rio Tigre a fim de me abluir para a reza, eis que um homem passou por mim e disse: "Meu jovem, ablua-se bem que Deus o tratará bem neste mundo e no outro". Voltei-me para ele e me vi diante de um homem seguido por um grupo. Terminei rapidamente a ablução e pus-me em seu encalço. O homem se voltou para mim e perguntou: "Precisa de algo?". Respondi: "Sim, que você me ensine algo do que Deus lhe ensinou". Ele disse: "Saiba que quem é veraz com Deus se salva, e

[335] Teólogo muçulmano sobre o qual não há mais informações, exceto a de que vários críticos o consideravam mentiroso e carente de seriedade. Viveu no século IX d.C.

[336] Não foi possível encontrar informações sobre essa personagem.

[337] Teólogo muçulmano sírio do século IX d.C.

[338] Um dos rituais da peregrinação muçulmana a Meca é fazer o percurso entre os montes Aṣṣafā e Almarwa, situados a leste da Caaba.

[339] Alcorão, 77,35-36 (Sura das Enviadas).

[340] "Ante a vossa majestade se humilharam os apaixonados" foi traduzido de Maillet, cuja leitura, neste ponto, é melhor que a dos outros manuscritos e a das "Apostilas" – "diante de vós se humilhou a majestade dos apaixonados". Na verdade, a palavra "apaixonados", *muštāqīn*, deve ser erro de cópia. Nas edições impressas, essa incômoda passagem foi suprimida, sem mais.

quem é zeloso com a sua religião escapa da apostasia, e quem é asceta com as coisas deste mundo aproxima os olhos de verem a recompensa de Deus amanhã. Quer mais?". Respondi: "Sim!". Ele continuou: "Será perfeita a fé de quem tiver três predicados. Quem ordena a prática do bem e por ela se ordena; quem condena a prática do condenável e dela se afasta; e quem mantém os limites estabelecidos por Deus altíssimo. Quer mais?". Respondi: "Sim". Ele disse: "Seja ascético neste mundo, e seja desejoso do outro mundo; seja veraz com Deus em todos os seus assuntos e você se salvará com todos os que se salvarão". Em seguida ele foi embora. Perguntei então sobre quem era, e me responderam: "É Aššāfiᶜī".

Aššāfiᶜī era daqueles que desejavam a sabedoria por causa do amor a Deus, e não para adquirir fama ou liderança. Foi por isso que ele disse: "Eu gostaria que as pessoas se beneficiassem desse saber, mas que nada disso fosse atribuído a mim".

Ele também disse: "Nunca falei com alguém sem lhe desejar êxito, correção e auxílio, e proteção e socorro de Deus poderoso e exalçado. Nunca debati com alguém preocupando-me se Deus mostrava que a verdade estava em minha fala ou na dele".

Aššāfiᶜī — esteja Deus satisfeito com ele — também disse: "Se você teme ficar vaidoso com as suas obras, lembre-se daquele a quem você pedirá a satisfação, e qual o bem-estar que deseja, e qual o castigo que teme, e por qual vitalidade agradece, e de qual desgraça se lembra. [Se você pensar numa dessas características, as suas obras diminuirão ante os seus olhos]".

E o amanhecer alcançou Šahrazād, que parou de contar.

QUANDO FOI A NOITE

340ª[341]

Disse Šahrazād:

Eu tive notícia, ó rei venturoso, de que o vizir Darandān disse ao sultão Ḍaw Almakān:

A velha em questão disse ao seu falecido pai:

[341] Nos manuscritos, a numeração das noites é: Varsy, 341; Tübingen, 334; Maillet, 310. Na compilação tardia, embora com conteúdo diverso, a numeração correspondente é: Cairo e Calcutá, 85; e Būlāq, 84.

Ó rei do tempo, eu o informo de que Abū Ḥanīfa — Deus tenha dele misericórdia — permanecia longo tempo calado, refletia muito e pouco conversava com as pessoas. [Mencionado diante de Ibn Almubārak,[342] este disse: "Por acaso vocês se lembram de um homem a quem se ofereceu o mundo inteiro, e ele fugiu desse mundo?".]

Disseram a Abū Ḥanīfa: "O comandante dos crentes Abū Jacfar Almanṣūr[343] ordenou que fossem entregues dez mil dirhams a você". Abū Ḥanīfa não ficou satisfeito com aquilo. No dia determinado para a entrega do dinheiro, ele rezou pela manhã, depois se cobriu com seu manto e se calou. Chegou então o emissário de Alḥasan Bin Qaḥṭaba[344] trazendo o dinheiro, e entrou, mas Abū Ḥanīfa não lhe dirigiu uma única palavra.[345] Depois disse: "Sei muito bem que esse dinheiro é lícito para mim, mas me desgosta que, por causa dele, eu passe a gostar dessas pessoas".[346] Disseram-lhe: "Você poderia frequentá-los com todo cuidado". Ele disse: "Como assim? Vocês estão me sugerindo que nade no mar sem que as minhas roupas se molhem?".[347]

Eis as palavras de Sufyān Aṯṯawrī quando aconselhou cAlī Bin Alḥusayn Assulamī:[348]

Sê veraz em todas as situações. Muito cuidado com a mentira, a traição e a companhia dos que as praticam, pois tudo isso é uma carga excessivamente pesada. Evita a todo custo, meu irmão, o fingimento nas palavras e nas obras, pois isso sim é a própria idolatria. Evita a todo custo a vaidade, pois as boas obras não se elevam se nelas houver vaidade. Não imites jamais, em tua fé, senão quem é cioso dessa fé, pois o paradigma de quem não é cioso da própria fé é semelhante

[342] Historiador e teólogo muçulmano (736-798 d.C.) de origem persa.

[343] Líder religioso e político muçulmano (714-775 d.C.), foi o segundo califa da prestigiosa dinastia abássida, cujo poder ele consolidou.

[344] Político e líder militar (716-797 d.C.) do início do período abássida, ocupou vários postos administrativos e militares, tendo dirigido expedições contra o Império Bizantino, cujos cronistas o apelidaram de "dragão". No presente desse relato, ele seguramente ocupava algum posto ligado ao Tesouro.

[345] A partir deste ponto, a narrativa das *Noites* diverge do que consta nas "Apostilas".

[346] "Essas pessoas": os detentores do poder.

[347] A diferença da narrativa constante das "Apostilas" pode ser considerada uma continuação. Eis a tradução: Um dos presentes disse: "Abū Ḥanīfa não nos dirigia senão palavras contadas, ou seja, agia conforme o seu hábito. Ele disse: 'Enfiem o dinheiro dentro daquele saco ali no canto da casa'". Depois, quando fez recomendações relativas ao que havia na sua casa, Abū Ḥanīfa disse ao filho: "Quando eu morrer, após o meu enterro, pegue este saco, leve-o até Alḥasan Bin Qaḥṭaba e diga-lhe: 'Este é o depósito que você deixou com Abū Ḥanīfa'". O filho contou depois: "Agi conforme o meu pai determinou, e então Alḥasan Bin Qaḥṭaba me disse: 'Que a misericórdia de Deus esteja com o seu pai! Ele era muito zeloso com a religião'".

[348] Não foi possível encontrar informações sobre essa personagem, que era possivelmente xiita.

ao paradigma do médico que tem uma doença da qual não consegue tratar-se nem fazer prescrições para si mesmo; como então poderia tratar a doença dos outros e fazer-lhes prescrições? Esse que não é zeloso da própria fé, como poderia ser zeloso com a tua fé? Que o teu conviva seja quem te estimula ao ascetismo em relação ao mundo, e te faz ansiar pelo outro mundo. Evita a todo custo a companhia daqueles que chafurdam nas conversas mundanas, pois eles corromperão a tua fé e o teu coração. Multiplica o pensar na morte, bem como o pedido de perdão dos teus pecados pretéritos. Pede a Deus a integridade nos anos que te restam de vida. Aconselha todo crente que te pedir conselhos sobre a fé. Evita a todo custo trair a confiança de algum crente, pois quem assim age trai a Deus e seu profeta. Se amares o teu irmão em Deus, dispende por ele a tua alma e o teu dinheiro. Evita a todo custo os litígios, as discussões e as suspeitas, pois isso te tornará opressor, derrotado, traiçoeiro e criminoso. Sê paciente em todas as situações. Evita a todo custo o exagero e a cólera, pois ambos arrastam para a iniquidade, e a iniquidade arrasta para o fogo. Não polemizes com um sábio, pois ele te abominará. Frequentar os sábios é uma bênção, e afastar-se deles é ira do Senhor. Deixa de lado a maior parte do que te causa suspeitas e detém-te no que não tem causa suspeitas, e assim ficarás bem. Ordena a prática do bem e proíbe a prática do condenável, e assim serás querido por Deus. Diminui a alegria e o riso com o que obténs deste mundo, e assim tua força aumentará perante Deus. Age em prol da tua outra vida que Deus te dará o bastante neste mundo. Melhora o que te vai pelo íntimo e Deus melhorará o teu exterior. Se te preocupares com alguma das questões da outra vida, então dedica-te a ela e sê rápido, antes que o Demônio se coloque entre ti e ela. Sê puro de coração, de corpo limpo de pecados e delitos, de mãos limpas de injustiças, coração íntegro contra embelecos, trapaças e traições, ventre vazio de pecados, pois no paraíso não adentram carnes geradas pelo ilícito. Desvia as tuas vistas dos homens. Não caminhes, de modo algum, sem destino. Diminui os tropeços. Aceita os pedidos de desculpas, e não odeies ninguém que obedeça a Deus. Aproxima-te de quem se distanciou de ti, bem como dos teus parentes. Passa ao largo de quem te injustiçou, e assim serás camarada dos profetas e dos mártires.[349] Que a primeira das tuas questões seja o fortalecimento de Deus, interna e externamente; teme com o temor de quem sabe que morrerá e será ressuscitado, e depois da ressurreição haverá a parada diante

349 Pula-se aqui um longo trecho das "Apostilas", mas o conjunto mantém a coerência.

do Avassalador poderoso e exalçado, quando então prestarás contas das tuas obras, e em seguida a destinação derradeira para uma das duas moradas: ou para o paraíso suave e eterno, ou para o fogo, com várias espécies de sofrimento, numa eternidade sem morte.

E o amanhecer alcançou Šahrazād, que parou de contar.

QUANDO FOI A NOITE

341ª

Disse Šahrazād:

Eu tive notícia, ó rei venturoso, de que o vizir Darandān disse ao sultão Ḍaw Almakān:

Saiba, ó rei, que a velha foi se sentar ao lado das cinco jovens. Após ter ouvido as palavras delas, o seu pai percebeu que eram as melhores jovens do tempo. Observando-lhes a beleza e a formosura, desejou-as para si. Passou a tratar com a maior deferência a boa velha, que era a senhora delas, e as hospedou todas num palácio só para elas, que era o palácio em que vivera a rainha Abrawīza, filha do rei bizantino Abrawīz. Forneceu-lhes tudo quanto precisavam em termos de provisão: alimentos, frutas, doces e outras coisas. Ele a hospedou por dez dias, e toda vez que ia vê-la encontrava-a mergulhada em preces e jejum; por isso, o afeto por ela encontrou o caminho para o seu coração, e ele me disse: "Não resta dúvida, ó vizir, de que essa velha é uma das crentes de bem", e ela cresceu aos seus olhos. No décimo primeiro dia, o seu pai se reuniu com ela para discutir o preço das jovens.[350] Ela disse: "Saiba, ó rei, que você não as obterá se não pagar o preço delas, que não é em ouro, nem prata, nem cobre, nem grãos, nem joias,

[350] Nenhuma das fontes explica a razão de o rei ᶜUmar Annuᶜmān ter ordenado ao seu filho que enviasse toda a renda tributária de Damasco, uma vez que em nenhum momento a velha lhe faz tal exigência, nem se faz menção alguma à disputa intelectual que seria travada entre Nuzhat Azzamān e as cinco jovens. Pode-se tratar de uma falha de transmissão dos manuscritos, mas também é verossímil que, na lógica interna da narrativa, o rei, ao encantar-se com as jovens e ávido por comprá-las, tenha mandado preventivamente, antes mesmo de discutir o preço, que lhe fossem enviados os tributos de Damasco, a fim de poder pagar assim que o preço lhe fosse cobrado.

nem terras, nem metais". Ao ouvir tais palavras, o falecido rei ficou espantado e perguntou: "E qual seria o preço delas, minha boa senhora?". Ela respondeu: "Eu não as darei de presente senão mediante um mês completo de jejum, com seus dias e noites. Se fizer isso, elas lhe pertencerão, e você poderá fazer com elas o que bem entender em seu palácio". Nesse momento, o rei a respeitou deveras, e ela cresceu aos seus olhos. Pensou: "Deus nos beneficie com essa boa mulher", e em seguida combinou com ela que faria jejum durante o mês. A velha disse: "Eu o ajudarei com rogos que farei por você. Tragam-me uma moringa de água", e nós trouxemos. Ela a pegou, fez umas preces, balbuciou sobre a água da moringa e ficou por um bom tempo só falando coisas que não compreendíamos, e palavras que não conhecíamos. Em seguida, cobriu a moringa com um trapo, selou-a e a entregou ao seu pai ^{c}Umar Annu^{c}mān, dizendo: "Transcorridos os dez primeiros dias do mês, quebre o jejum tomando água desta moringa, pois isso retirará do seu coração o amor pelas coisas mundanas, e as suas mãos ficarão mais fortes na obediência a Deus. Seu coração se encherá de luz e fé. Amanhã cedo eu irei até os meus irmãos, os adivinhos,[351] pois deles estou saudosa, e retornarei quando tiverem passado os dez primeiros dias".

O sultão ^{c}Umar Annu^{c}mān reteve consigo a moringa, sem confiá-la a mais ninguém; levantou-se e a escondeu num lugar do palácio conhecido somente por ele. Durante o dia, o rei começou o jejum, e a velha saiu sozinha. O sultão se manteve em jejum os dez dias, e no décimo dia abriu a moringa e bebeu. Seu coração teve uma reação agradável, seu corpo se revigorou e ele se sentiu feliz consigo mesmo.

Disse o narrador: No segundo dia da dezena intermediária, a velha voltou trazendo um doce enrolado numa folha verde que não se parecia com as folhas de nenhuma árvore. Ela cumprimentou o sultão, que ao vê-la se pôs em pé, beijou-lhe as mãos e disse: "Muito bem-vinda, virtuosa senhora!". Ela disse: "Ó rapaz,[352] os adivinhos lhe enviam saudações e dizem que você se lhes tornou um

[351] "Adivinhos" traduz *rijāl alġayb*. A primeira palavra significa "homens", e a segunda, "aquilo que está oculto". Tratar-se-ia, portanto, de adivinhos, pessoas que leem o que está oculto. É e foi comum entre os muçulmanos, desde sempre, a formulação *wa lā ya^{c}lamu alġayba illā allāh*, isto é, "é só Deus que conhece o que está oculto". Nesse sentido, "o oculto", *alġayb*, é o que ainda não aconteceu, ou aquilo que todos desconhecem.

[352] "Ó rapaz" traduz *'ayyuhā alwalad*, que é a formulação de todos os manuscritos. Na compilação tardia, consta *ayyuhā almalik*, "ó rei". Esse é um bom exemplo de como o editor da vulgata (e não exatamente das edições impressas) adequou as falas da narrativa ao lugar-comum.

irmão, pois eu estabeleci uma fraternidade entre você e eles. Eles lhe enviaram comigo este doce, que é o doce da outra vida. No final deste dia, quebre o jejum comendo-o, pois é o doce daquilo que está oculto". Extremamente feliz, o rei ^{c}Umar Annu^{c}mān disse: "Graças a Deus que agora tenho irmãos que são homens conhecedores do que está oculto". Agradeceu à velha, beijou-lhe as mãos, reverenciou-a e lhe dispensou o melhor tratamento, a ela e às suas servas. Passaram-se mais dez dias, com o seu pai em jejum durante o dia e acordado durante a noite. No início do vigésimo dia de jejum, a velha foi falar com ele e disse: "Saiba, ó rei, que eu descrevi para os seus irmãos, os adivinhos, o que ocorreu entre mim e você no tocante ao preço das servas, e eles, deveras contentes, desejam ver as garotas para se despedirem delas. E talvez, ao verem as garotas, eles se apiedem delas, sabendo que ficarão com um rei como você, e então as abençoem. Assim, quiçá as garotas retornem para cá trazendo um dos grandes tesouros da terra, a fim de que você não tenha problemas com a manutenção delas". O rei agradeceu à velha e disse: "Por Deus, minha senhora, se eu não receasse discordar de você não aceitaria o tesouro nem nada. O dinheiro que temos é suficiente para o nosso sustento. Mas quando você pretende levá-las até os adivinhos?". A velha respondeu: "No vigésimo sétimo dia do mês. Ausentar-me-ei com elas por três dias e retornarei no início do outro mês, quando você terá pagado o valor e elas já serão suas e estarão ao seu dispor. Por Deus que cada uma delas vale várias vezes mais que o seu reino". Ele disse: "Reconheço este seu favor, minha virtuosa senhora. Deus não nos prive do seu retorno, e nos capacite a recompensá-la". Ela disse: "Meu filho, é absolutamente imperioso que você envie comigo uma das suas servas do palácio, a fim de que as garotas se familiarizem com ela, e que ela própria ganhe as bênçãos dos adivinhos". Ele disse: "Minha senhora, eu tenho uma serva bizantina chamada Ṣafiyya, da qual tive dois filhos, um varão e uma fêmea, os quais estão desaparecidos há dois anos. É ela mesma que enviarei com as suas garotas; talvez os adivinhos a vejam, apiedem-se e roguem por ela para que Deus, quem sabe, devolva-lhe os filhos e ela possa reunir-se novamente a ambos". A velha disse: "Excelentes palavras". E era esse mesmo o principal objetivo dela.

E o amanhecer alcançou Šahrazād, que parou de contar.

342ª

Disse Šahrazād:

Eu tive notícia, ó rei venturoso, de que o vizir Darandān disse ao sultão Ḍaw Almakān:

Saiba, ó rei do tempo, que o seu falecido pai praticou o jejum e a prece durante exatos vinte e seis dias, e no dia seguinte se reuniu com a velha, que lhe disse: "Saiba, meu filho, que, como já estou de saída [para os adivinhos, gostaria que mandasse trazer sua serva Ṣafiyya, conforme você prometeu]", e ele mandou chamar Ṣafiyya, que veio imediatamente. Após pegar Ṣafiyya pela mão e introduzi-la no meio das suas servas, a velha voltou ao sultão e, entregando-lhe uma taça cheia e selada, disse: "Pegue isto. Quando for o trigésimo dia, o início do mês, vá ao banho sozinho. Não deixe que ninguém o veja nesse dia. [Depois de sair do banho,] quando você estiver sozinho, beba desta taça, durma e você terá logrado o que busca, sem mais, constatando então [a veracidade do] meu argumento, [e recebendo] a minha bênção e a [resposta aos] meus rogos".

Disse o narrador: Muito contente com tais palavras, o rei lhe agradeceu, [louvou-a], pediu-lhe a bênção,[353] pegou a taça e a manteve consigo. A velha partiu levando as suas servas, às quais se acrescentou a rainha Ṣafiyya. O rei ᶜUmar Annuᶜmān aguardou três dias após a partida dela, e no final do mês entrou no banho, saiu, meteu-se num aposento — ordenando que ninguém entrasse —, fechou a porta, bebeu a taça dada pela velha e dormiu. Esperamo-lo até o fim do dia, mas ele não saiu. Dissemos: "Deve estar cansado do banho, da vigília noturna e do jejum. Amanhã ele sairá". [Como no segundo dia ele também não saísse,] entramos no aposento e verificamos que a sua carne havia se soltado dos seus ossos, que estavam corroídos. Consideramos a questão muitíssimo grave, examinamos a taça e vimos que em sua tampa havia um pedaço de papel no qual estava escrito:

[353] "Pediu-lhe a bênção" traduz *tamallasa bihā*, expressão constante apenas de Varsy e Tübingen, e suprimida de todas as demais fontes. Trata-se de um bom exemplo de como a má leitura pode provocar amputações no texto: *tamallasa bihā*, "amaciou-a", não faz sentido nessa passagem, o que deve ter concorrido para a sua supressão nas cópias mais tardias. O que ocorreu, porém, foi uma metátese: em vez de *tamallasa bihā*, o correto é, certamente, *talammasa bihā*, expressão que também tem o sentido aqui traduzido.

Quem fez o mal não estranhe agora.[354] Quem age contra as filhas dos reis e as corrompe não está imune a que se faça com ele aquilo que já é do conhecimento de todo aquele que estiver lendo este papel. Este rei enviou o seu filho, Šarrakān, que corrompeu contra nós a nossa rainha Abrawīza, e, não lhe bastando isso, expulsou-a junto com um dos seus escravos, que a matou. Nós a encontramos assassinada no deserto, jogada! Essa não é atitude de reis. E a punição de quem fez algo assim só pode ser essa que estão vendo. Eu sou a vencedora, a clarividente. Šawāhī[355] é o meu nome, e Ḏāt Addawāhī é a minha alcunha. E eis-me agora levando a princesa Ṣafiyya de volta para o seu pai, o rei dos bizantinos, o grande rei [Afrīdūn], com quem faremos um tratado de paz e em seguida atacaremos o seu país. Vamos matá-los e tomar-lhes as terras. Nem a rogo deixaremos em pé casa ou soprador de fogo, com exceção de quem adore a cruz e o cordão do padre. Vocês logo verão a veracidade destas informações.

No final do papel estavam escritos os seguintes versos:

Você pensa bem dos dias quando tudo vai bem,
e não teme as reviravoltas que o destino reserva;
nas noites você passa bem, e com elas se ilude,
mas no sossego da noite é que sucede a torpeza.[356]

[*Prosseguiu Darandān*:] Quando lemos tais palavras, ó rei, percebemos que aquela velha havia urdido essa artimanha e montado essa armadilha, que deu certo para ela, pois matou o rei. Começamos a gritar e a nos estapear no rosto, rasgamos as túnicas pela gola e choramos, mas de nada adiantaram as lágrimas. Os nossos militares entraram em divergência: uma parte queria você como rei e pretendia esperá-lo, e outra parte queria o seu irmão, Šarrakān. Ficamos nessa divergência por um mês, e em seguida entramos num consenso: ir até o seu

[354] Trata-se de um suposto *ḥadīṯ* do profeta, *man asā'a lā yastawḥiš*. Suposto porque, segundo os críticos e especialistas, não é um *ḥadīṯ* legítimo, embora tenha sido tratado como tal em algumas fontes. É curioso que tenha sido empregado na fala de uma personagem cristã.

[355] *Šawāhī*, literalmente, "apetites" ou "desejos". Em seguida, *Ḏāt Addawāhī*, como já se disse, pode significar tanto "senhora das astúcias" como "senhora dos infortúnios".

[356] Esses versos, constantes de Tübingen, Varsy e Gayangos, já tinham sido recitados pelo mercador na primeira noite desta coleção (vol. 1, p. 61), e reproduzidos em vários outros pontos ao longo das *Noites*. Em Maillet os versos são outros, embora na mesma linha elegíaca: "Seguros, dormistes iludidos pela trégua/ mas vos esquecestes do destino, que trai!/ Cuidado com a derrota do tempo, pois,/ se ela ainda não veio, logo virá".

irmão, após termos perdido a esperança de tornar a ver você, e assim iniciamos uma viagem de dias, mas graças a Deus encontramos você no caminho e pudemos nos reunir.

Quando o vizir concluiu o relato, Ḍaw Almakān chorou, bem como o grão-chanceler e todos os presentes. O grão-chanceler disse afinal: “Ó rei, já não adianta chorar; você deve, isto sim, fortalecer o coração e a disposição, e governar o seu reino. Quem gerou alguém igual a você nunca morrerá”. Nesse momento, Ḍaw Almakān parou de chorar e ordenou que o trono fosse montado fora do pavilhão, e que em seguida as tropas fossem passadas em revista.

E o amanhecer alcançou Šahrazād, que parou de contar.

QUANDO FOI A NOITE

343ª

Disse Šahrazād:

Eu tive notícia, ó rei venturoso, de que o rei Ḍaw Almakān, filho do rei ^{c}Umar Annu^{c}mān, senhor de Bagdá e Ḫurāsān, montou o trono e se sentou nele, ordenando que as tropas fossem passadas em revista. O grão-chanceler se postou ao seu lado, o mestre de armas atrás de si e os comandantes e notáveis do reino cada qual em sua posição adequada. Nesse momento, ele chamou o vizir Darandān, que se colocou diante dele, e lhe disse: “Mostre-me as reservas de dinheiro do meu pai”. O vizir respondeu: “Ouço e obedeço”, e lhe mostrou. Ḍaw Almakān distribuiu o dinheiro entre os soldados, e deu ao vizir um traje honorífico, dizendo-lhe: “Você continuará no mesmo lugar e na mesma posição”. O vizir beijou o chão e rogou por ele. Em seguida, o rei distribuiu trajes honoríficos aos comandantes e demais vizires. Voltando-se para o grão-chanceler, ordenou-lhe que mostrasse tudo quanto havia trazido de Damasco. O grão-chanceler obedeceu à determinação e expôs toda a arrecadação e as arcas de dinheiro, joias e tudo o mais que estava consigo. O rei Ḍaw Almakān distribuiu tudo entre os militares, sem ficar com nada: quando distribuiu o dinheiro, todos, muito contentes, beijaram o chão diante dele e lhe rogaram vida longa, dizendo: “Nunca vimos, em toda a nossa existência, um rei que fizesse tantas dádivas”, dirigindo-se então para as suas tendas e moradias.[357] Depois, retomaram a viagem, avançando por três dias; no quarto, aproximaram-se da cidade de Bagdá, na qual entraram, verificando que todas as suas ruas e mercados haviam se engalanado para recebê-los. O sultão subiu ao palácio de seu pai, instalando-se no trono.

E o amanhecer alcançou Šahrazād, que parou de contar.

QUANDO FOI A NOITE

344ª

Disse Šahrazād:

Eu tive notícia, ó rei venturoso, de que, ao entrar no palácio do seu pai, o sultão Ḍaw Almakān instalou-se no trono. Diante dele pararam os militares, e, nas suas proximidades, o vizir Darandān e o grão-chanceler de Damasco. O rei ordenou que o secretário-escriba escrevesse uma carta ao seu irmão Šarrakān informando-o do que sucedera ao pai deles. E mandou dizer no final da carta: "Tão logo você fique informado do conteúdo desta carta, prepare-se e venha até nós com os seus soldados para que combinemos como fazer uma expedição para atacar os infiéis, tomar a vingança pelo nosso pai e nos livrar da infâmia".

Em seguida selou a carta e disse ao seu vizir Darandān: "Esta carta não será levada senão por você. Dirija palavras gentis ao meu irmão, pois ele é o mais velho, e diga-lhe que, se porventura ele desejar o reino do nosso pai, ei-lo aqui à disposição dele, e eu posso ficar em Damasco e ser o seu substituto eventual. Nós não discordaremos de nada do que ele disser, e não trilharemos com ele senão a trilha da equidade", recomendando então ao vizir que partisse. O vizir recolheu a carta, arranjou as coisas para a viagem e partiu. Em seguida, o rei Ḍaw Alma-

[357] Neste ponto, Gayangos contém acréscimos de cerca de quatro páginas, nas quais se discorre sobre as providências de Ḍaw Almakān em relação ao seu cunhado, o grão-chanceler, e, principalmente, ao foguista, cujas características cômicas são aí acentuadas, dando-lhe traços que o aproximam de uma espécie de bufão. O manuscrito Gayangos, é bom lembrar, não está dividido em noites, suas referências a Šahrazād são minguadas e parece ter sido copiado de uma fonte cujo corpus, embora refundido, era mais antigo, e claramente anterior à introdução dessa história nas *Noites*.

kān ordenou que destinassem abrigo, roupas e boa posição ao foguista,[358] e que lhe dispensassem o melhor tratamento.

[Após a partida do vizir Darandān,] Ḍaw Almakān quis sair para caçar, e se internou fundo pelo deserto, montando sua tenda, delimitando o espaço de caça e abatendo inúmeras presas. Voltou então para Bagdá, onde os comandantes lhe ofereceram cavalos de raça, bem como algumas jovens, e ele se agradou de uma delas, cujo preço mandou pagar e a possuiu naquela mesma noite, engravidando--a de imediato, condição essa que o deixou bem contente.[359]

Depois de um mês, o vizir Darandān retornou informando que ele deveria sair para receber o seu irmão Šarrakān, e Ḍaw Almakān ouviu e obedeceu. Šarrakān chegava com os exércitos da Síria, tanto as forças especiais como as locais. O rei Ḍaw Almakān saiu com os notáveis do governo, afastando-se de Bagdá a distância de um dia e montando acampamento à noite. Pela manhã, surgiu o rei Šarrakān com o exército da Síria, formado por cavaleiros audazes e bravos campeões, bem como falanges e a guarda pessoal do rei, e atrás deles os estandartes reais bordados a ouro drapejando sobre a enorme coorte. Assim que se avistaram um ao outro, Ḍaw Almakān avançou, fazendo tenção de apear-se, mas Šarrakān o instou a continuar montado, apeando-se ele mesmo e dando dois passos. Quando ficou diante do cavalo do irmão, Ḍaw Almakān se atirou em seus braços; Šarrakān o estreitou ao peito e Ḍaw Almakān o abraçou; choraram por um bom tempo e se deram pêsames recíprocos, após o que ambos cavalgaram e avançaram, sendo seguidos pelos exércitos da Síria, até se aproximarem de Bagdá, [onde o rei Ḍaw Almakān e seu irmão Šarrakān subiram ao palácio real, ali passando a noite. Pela manhã, Ḍaw Almakān saiu e ordenou que se convocassem soldados de todas as plagas,][360] e pregou o ataque e o *jihād* no meio das tropas reunidas. Ficaram à espera dos exércitos das demais regiões, recebendo-os, hospedando-os, dignificando-os e lhes prometendo tudo de bom durante um mês completo; as delegações não paravam de acudir, provenientes de toda parte.

[358] Em Maillet, se acrescenta: "E esse foguista tem uma história espantosa, e uma questão emocionante e assombrosa, que será mencionada a seu tempo".

[359] A evidente precipitação dos eventos ocorre em todas as fontes. Trata-se, provavelmente, de resquícios de um estágio primitivo da narrativa, em que tais eventos (caça e posse sexual) representavam um ritual de passagem da personagem para uma fase definitivamente adulta. Em Gayangos, é inserido um longo episódio descrevendo a chegada do vizir Darandān a Damasco e sua conversa com Šarrakān.

[360] Trecho entre colchetes traduzido de Maillet.

[*Disse o narrador*: Enquanto isso acontecia, certa noite, antes de saírem em viagem,][361] o rei Šarrakān disse: "Conte-me, meu irmão, a causa de toda essa história que lhe sucedeu", e então Ḍaw Almakān lhe contou a sua história com o foguista, e todo o bem que este lhe fizera. Espantado com o proceder do foguista, Šarrakān perguntou: "E você até agora não o recompensou, meu irmão?". Ele respondeu: "Quando eu retornar da batalha, meu irmão, irei me dedicar a ele". Nesse momento, Šarrakān percebeu que tudo quanto sua irmã Nuzhat Azzamān lhe contara era verdade, mas escondeu o que sucedera entre ambos e enviou-lhe saudações por meio do marido, o grão-chanceler, e ela mandou chamá-lo e perguntou sobre a filha, Quḍya Fakān. Ele a informou de que a criança estava bem, e tinha a maior força e vigor que se podia desejar. Então Nuzhat Azzamān louvou e agradeceu a Deus, e Šarrakān voltou ao irmão para discutir sobre a viagem. Ḍaw Almakān respondeu: "Sim, vamos esperar um mês, meu irmão, até que as tropas se reúnam todas e venham, para nos ajudar, beduínos de todo lugar". Ordenou que se providenciassem roscas, biscoitos e demais provisões, e que o vizir Darandān ficasse encarregado de tudo. Ordenou ainda que se fornecesse criadagem à sua mulher, que já estava grávida de cinco meses; ele também contratara sábios, astrólogos e matemáticos, para os quais concedera salários e prêmios.

A EXPEDIÇÃO CONTRA OS BIZANTINOS

No terceiro mês da chegada dos soldados da Síria, ele se pôs em marcha, com os exércitos e os soldados, que foram se distanciando de Bagdá, passando por sucessivas circunscrições e vilas. Na vanguarda estava o vizir Darandān; o comandante das tropas daylamitas era Rustum,[362] e o das tropas turcomenas[363] era Bahrām. Ḍaw Almakān ficou no centro das tropas, tendo à direita seu irmão Šarrakān e, à esquerda, seu cunhado, o grão-chanceler.

E o amanhecer alcançou Šahrazād, que parou de contar.

[361] Trecho entre colchetes traduzido de Gayangos.

[362] Rustum, nome de uso constante entre os persas, na literatura e na vida comum. Em Tübingen e Varsy consta *Rasīm* em vez de *Rustum*, num provável erro de cópia. O nome deveria estar borrado nos originais mais antigos, pois é omitido em Gayangos.

[363] Todas as fontes trazem *atturk*, "os turcos", com exceção de Maillet, que traz, bem claramente grafada, a palavra *atturkmān*, "os turcomanos", que parece mais acertada neste ponto. Note que, na geografia imaginária *ma non troppo* do texto, o exército marcha para o noroeste, em direção à Anatólia.

345ª

Disse Šahrazād:

Eu tive notícia, ó rei venturoso, de que os exércitos de Bagdá e Ḫurāsān, mais as tropas da Síria, [avançaram por um mês,] parando a cada sexta-feira para descansar por três ou quatro dias, pois era gente demais, até que chegaram à [divisa com a] terra dos bizantinos, e ali a população das aldeias e das vilas, bem como os bandoleiros que viviam nessa região a serviço dos bizantinos,[364] enfim, todos fugiram em polvorosa para Constantinopla.

Ao ouvir a notícia da chegada dos muçulmanos, o rei Abrawīz também batera em retirada, a conselho da mãe, Šawāhī, a qual se certificou de que o seu plano dera certo: a sua artimanha, além de provocar a morte do rei ᶜUmar Annuᶜmān, conforme escrevera naquele papel, permitira-lhe manter as cinco jovens e de quebra levar a rainha Ṣafiyya. Logo após haver logrado os seus propósitos, a velha malvada retornara ao reino de seu filho Abrawīz,[365] pondo-se em segurança, e dissera ao filho: "Pode ficar tranquilo e sossegado, pois eu matei o rei ᶜUmar Annuᶜmān, vingando assim a sua filha Abrawīza. Agora, vá até o rei de Constantinopla. Devolva-lhe a filha e deixe-o a par do sucedido, a fim de que todos estejam prontos e mobilizados para a batalha. O que estou dizendo é que os muçulmanos já estão se preparando para isso". Abrawīz respondera então: "Espere um pouco, até que ouçamos notícias sobre a vinda deles, e enquanto isso vamos preparando os nossos homens e arrumando nossa situação". Então eles começaram a se preparar, e a preparar seus homens, e a fortificar suas torres, e a resguardar seus bens. Destarte, tão

[364] "Bandoleiros que viviam nessa região a serviço dos bizantinos" traduz *ṣaᶜālīk arrūm*, "vagabundos (*ou*: andarilhos) [a serviço dos] bizantinos". Não obstante certa vaguidade, a redação de Tübingen, Varsy e Maillet reflete uma situação historicamente registrada, qual seja, o uso de uma população à margem do império para servir como anteparo nas fronteiras, sob o comando dos "barões das fronteiras, os *akritai*, homens que passavam a vida atacando as terras de inimigos ou repelindo as investidas destes. Eram homens sem lei, independentes", segundo a definição do nada imparcial historiador britânico Steven Runciman. As tentativas de reformulação levadas a cabo em manuscritos posteriores são mais pobres e historicamente menos informadas. Na tradução francesa de Bencheikh e Miquel consta *éclaireurs chargés de surveiller l'ennemi*, "batedores encarregados de vigiar o inimigo". A tradução de Mardrus elimina a passagem, e a italiana, coordenada por Gabrieli e feita por *un piccolo gruppo di studiosi*, traz *gli animali selvatici et i viandanti*, "os animais selvagens e os viandantes".

[365] Lembre-se de que o reino de Abrawīz (chamado de *Ḥardūb* nas edições impressas) se situa na Capadócia, Anatólia Central, e sua Cesareia (Kayseri) não é a Cesareia palestina.

logo chegou a notícia da invasão muçulmana, Abrawīz reuniu seus exércitos e eles se puseram em marcha, com a velha Šawāhī — Deus a amaldiçoe! — na vanguarda, e abalaram para Constantinopla, onde o grande Afrīdūn,[366] rei de todos os bizantinos, saiu para receber Abrawīz e lhe perguntou como estava. Abrawīz comunicou o que ocorrera, e que sua mãe havia agido contra o rei dos muçulmanos, entrando em sua casa e matando-o em seu próprio palácio, e que ele lhe trouxera de volta Ṣafiyya, a bizantina. "E agora ouvimos dizer que eles reuniram seus exércitos e vêm para nos atacar. Quero que sejamos uma só mão e os enfrentemos". Muito contente com a volta de sua filha e com a morte de ^{c}Umar Annu^{c}mān, o rei Afrīdūn os hospedou no melhor ponto do seu palácio, e enviou um apelo a todas as regiões, pedindo socorro e informando o que ocorrera relativamente ao assassinato do rei ^{c}Umar Annu^{c}mān, e depois se acomodou ao lado de Abrawīz.

Acorreram a eles os exércitos dos cristãos e as diversas facções dos *ifranjes*, de tudo quanto é mar e ilha; não eram passados nem três meses e já haviam se mobilizado os exércitos bizantinos, completados pela chegada de *ifranjes* de todas as localidades.[367] Como não havia terras suficientes para abrigar tais tropas, o grande rei Afrīdūn ordenou-lhes que entrassem em Constantinopla, onde os exérci-

[366] Em Tübingen, Varsy e Maillet, bem como no manuscrito do Cairo, o nome do rei aparece diferente: *Lāwī*, em vez de *Afrīdūn*. Como o nome Afrīdūn é mantido somente nas edições impressas (Būlāq e Calcutá), pode-se considerar, entre outras coisas, que: 1) a alteração do nome de Afrīdūn para Lāwī remonta às fontes antigas, e passou despercebida pelos escribas; 2) nessas fontes antigas, provavelmente Afrīdūn era uma personagem diferente de Lāwī – fala-se de uma possível corruptela de "Luís", mas supomos tratar-se da corruptela de Ibn Liyūn, também chamado de Malīḥ Bin Lāwyn, governante armênio do século XII d.C. vassalo dos bizantinos, governante do pequeno reino da Cilícia, na Anatólia, cuja capital era a cidade de Sīs; 3) as duas personagens foram fundidas numa só por efeito de uma economia narrativa cujo sentido hoje nos escapa; 4) foram os editores e revisores das edições impressas de Būlāq e Calcutá que se deram conta da incongruência e corrigiram o nome da personagem. Na presente tradução, dada a inexistência de motivos para seguir os manuscritos e alterar o nome da personagem de Afrīdūn para Lāwī, optou-se por manter Afrīdūn, tal como aparecera no início da história, e em conformidade com a opção dos revisores das edições impressas. Em Gayangos, a personagem passa a ser chamada somente de "o rei", sem indicação do nome próprio, e nas primeiras menções a Lāwī o copista se confunde, passando a impressão de não ter assimilado a questão. De qualquer modo, neste ponto a narrativa de Gayangos se afasta bastante das demais fontes.
[367] Maillet e Gayangos omitem as localidades. Em Tübingen e Varsy, elas são variadas, a maioria das quais deformada por erros de cópia: *Alkarḫ*, talvez por *Alkurj*, "Geórgia"; *Al'anjād*, talvez por *Al'amjār*, plural irregular para *majar*, "húngaros"; *Almaġlabīṭ*, talvez por *Almalṭiyya*, "malteses"; *Al'istitār*, grafia claramente equivocada de *Al'isbitār*, "hospitalários"; *Addayriyya*, "templários"; *Alḫarāṭiyya*, ou *Alḥawāṭiyya* (?); *Albanādiqa*, "venezianos"; *Alburġul*, corruptela de "Borgonha" ou talvez de *Alburtuġāl*, "Portugal"; *Alkaytalān*, "catânios"; *^{c}Akkārat Arrūm* (?); *Ṣa^{c}ālīk Al'arman*, "os bandoleiros (*ou:* vagabundos") da Armênia"; *Ḫiyālat Alifranj*, "a cavalaria dos *ifranjes*"; *Ṭammā^{c}at Aljaẓā'ir*, "os mercenários das ilhas" (?). Na compilação tardia, as referências são claras: franceses, austríacos, venezianos e genoveses, além das menções a *Dūbra* e *Jūrna*, que a tradução italiana identifica com Zara, na Eslovênia, e Ragusa, na Sicília.

tos treinaram por dez dias, indo para um vale chamado Annuᶜmān, próximo do mar salgado; ali descansaram três dias, e no quarto, quando faziam tenção de marchar, receberam notícias da chegada das tropas muçulmanas, e então os soldados se mobilizaram para o combate, armando-se para a guerra e o confronto.

Permaneceram no vale por mais três dias, e no quarto subiu a poeira dos exércitos muçulmanos e surgiram as suas bandeiras e estandartes; os cavaleiros chegavam aos bandos, como se fossem gado, e os olhos se encontraram com os olhos. O primeiro a aparecer foi o vizir Darandān com seus soldados sírios, que eram trinta mil cavaleiros. O vizir era secundado pelo comandante dos turcos, Bahrām, e pelo comandante dos daylamitas, Rustum, que juntos tinham vinte mil soldados com sangue nos olhos. Mal os cinquenta mil soldados se reuniram no campo de batalha e eis que se viram cercados pelos soldados dos bizantinos e atacados, pela retaguarda, por homens vindos do mar salgado vestidos de peças de ferro, tantos que pareciam a noite escura, gritando "Jesus! Maria! Cruz grandiosa!". O vizir Darandān e seus soldados sírios se viram cercados, e tudo isso seguindo o parecer da velha Šawāhī, também conhecida como Ḏāt Addawāhī, pois o rei Afrīdūn, antes de sair para a batalha, dirigira-se a ela, perguntando: "O que fazer? Que providências tomar nesta grave questão?". Ela respondera: "Ó grande rei, eu lhe sugiro que mande sair os navios do porto, e que sejam abarrotados de homens. Nossa frota é de mil e duzentos navios, que devem ser ocupados por homens armados. Que naveguem noite e dia até alcançarem o sopé da Montanha da Fumaça. Quando vocês ali chegarem por via terrestre, acampem por alguns dias e fiquem estacionados naquele lugar até a chegada das vanguardas do exército muçulmano; então ataquem, e eu farei os nossos homens saírem do mar e os surpreenderem pela retaguarda; assim, nenhum muçulmano escapará. O sofrimento vai acabar e você conseguirá o que almeja dos seus inimigos".

Disse o narrador: Considerando correto tal parecer, o rei Afrīdūn disse: "Graças a Cristo, que foi generoso conosco dando-nos alguém como você", e adotou a sugestão dela. Os soldados estacionaram no Vale Annuᶜmān, conforme já mencionamos, e, quando as tropas muçulmanas chegaram, mal puderam recuperar o fôlego e já o fogo tomava conta das tendas de campanha e as espadas agiam sobre os corpos. Passado pouco tempo, porém, chegavam as tropas de Bagdá, constituídas por cento e vinte mil soldados, com Ḍaw Almakān à frente. Massacrados pelos bizantinos, os muçulmanos tropeçavam uns nos outros e fugiam de si mesmos, enquanto o vizir Darandān gritava: "Voltem! Voltem, ó homens da fé! Ó partido de Deus!", e Rustum e Bahrām, com a cabeça descoberta, gritavam: "Ó muçulmanos! Se sua fé for verdadeira, saibam que Deus já comprou as almas dos crentes! E esta é a hora de entregá-las! Voltem para lutar contra os infiéis", mas os soldados fugiam — a maioria tinha largado as armas — esmagados pelas espadas e armas dos bizantinos. Porém, assim que chegou, Ḍaw Almakān gritou: "Voltem, homens do partido de Deus! Voltem para lutar contra os sequazes da impiedade e os adeptos da apostasia e da agressão!".

E o amanhecer alcançou Šahrazād, que parou de contar.

QUANDO FOI A NOITE

346ª

Disse Šahrazād:

Eu tive notícia, ó rei venturoso, de que o sultão Ḍaw Almakān e seu irmão Šarrakān surgiram naquele momento com cento e vinte mil cavaleiros, ao passo que os bizantinos tinham um milhão e seiscentos mil soldados. Quando as tropas de Ḍaw Almakān apareceram e se misturaram aos demais muçulmanos, seus corações se fortaleceram e eles se aproximaram, gritando: "Sem desespero! Não há perigo!". Chocaram-se então com os inimigos perversos, cujas fileiras e coortes Šarrakān rompeu, travando um combate cuja ferocidade encanecia as tranças. A espada não parou de agir, enquanto o grão-chanceler gritava e atacava, até que os bizantinos foram empurrados de volta para o litoral, trôpegos como bêbados sem vinho. Naquele dia foram mortos quarenta e cinco mil bizantinos e três mil e quinhentos cavaleiros muçulmanos. Šarrakān, um leão da fé, e seu irmão Ḍaw Almakān não dormiram naquela noite, preferindo circular entre os soldados, acompanhar os feridos e estimular os soldados à luta, dizendo-lhes que venceriam, que ficariam bem e que seriam recompensados no dia do Juízo Final.

AS FEZES DO PATRIARCA

Isso quanto aos muçulmanos. Já quanto ao rei bizantino Afrīdūn, a Abrawīz e à maldita Šawāhī, eles reuniram a guarda especial e seus principais comandantes, e disseram: "Nós já havíamos atingido nosso propósito e aplacado a sede do coração, mas a arrogância subiu à cabeça de vocês e lhes causou esse prejuízo. A saída é se penitenciarem diante de Cristo e obedecerem à verdadeira fé. Por Cristo! O que fortaleceu os soldados muçulmanos foi esse demônio chamado Šarrakān, filho do rei ᶜUmar Annuᶜmān! Não fora ele, os seus exércitos teriam sido destroçados. Amanhã estou disposto a deixá-los enfileirados e trazer-lhes o célebre cavaleiro Lūqā Bin Šalmūṣ. É o único que pode enfrentar o rei Šarrakān. Também resolvi, nesta noite, santificá-los com o incenso sagrado". Ao ouvir aquilo, os soldados fizeram o sinal da cruz sobre as faces[368] e beijaram o chão. Esse incenso era produzido com as fezes do grande patriarca. Conta-se que as tais fezes do patriarca eram disputadas para a produção de incenso. Conta-se também que as jovens bizantinas as colocam em seus perfumes, e que o patriarca as envia para várias regiões, enroladas em pedaços de seda, nelas se aspergindo almíscar e cânfora; quando as enviava para os reis, o patriarca recebia cem dinares por medida de fezes. Quando não dispunham de nada para dar de presente, os reis mandavam pedir essas fezes para com elas fumigar as suas noivas. Às vezes, tais fezes eram adulteradas, a elas se acrescentando as de outras pessoas, pois é sabido que, sozinhas, as fezes do patriarca são insuficientes para as dezessete regiões do império.[369]

Disse o narrador: Quando amanheceu, os gritos se elevaram e os soldados se lançaram ao combate com as espadas desembainhadas e as lanças em riste. O rei Afrīdūn chamou os seus principais generais e os notáveis do seu governo, e, enquanto o patriarca os fumigava com o supracitado incenso, distribuiu-lhes trajes honoríficos, fez o sinal da cruz sobre as faces deles e convocou Lūqā Bin Šalmūṣ, a espada de Cristo. Depois de aspergi-lo e quase sufocá-lo com o que o patriarca descomia, esfregou o resto em suas costeletas e bigodes. Esse maldito Lūqā era o mais corajoso dos bizantinos: não havia melhor flecheiro, nem espadachim, nem lanceiro. Também não havia ninguém de aparência mais feroz: cara de burro preto e figura de macaco lúbrico; quando aparecia, provocava a sensação da perda de um ente amado; da noite ele tinha as trevas; do leão, o bafo; do tigre, a desfaçatez; e da impiedade, os modos.

[368] "Fazer o sinal da cruz sobre as faces" é tradução literal de *ṣallaba ᶜalà wajhihi*.

[369] Esse trecho satírico de sabor swiftiano *avant la lettre* tem redações diferentes, e não raro confusas, nos quatro manuscritos ora utilizados. Procurou-se combinar todas. Na tradução italiana, em nota, o organizador faz referência à "coprofilia", o que talvez seja inexato, pois parece que estamos, antes, diante de um caso de coprolatria, restrita ao descomer da personalidade santificada pelos bizantinos. No manuscrito Tübingen, a palavra "fezes" foi rabiscada em alguns pontos. A falsificação da própria fecalidade, desnecessário dizê-lo, é metáfora de inusitada versatilidade.

O rei Afrīdūn o aproximou de si e disse: “Quero que você desafie Šarrakān, o rei de Damasco, filho do rei ^{c}Umar Annu^{c}mān. Que esse mal que surgiu se afaste de nós!”. Nesse momento, o maldito Lūqā beijou o chão, fez o sinal da cruz sobre a face e montou num cavalo alazão sobre o qual havia um manto de seda amarela e uma corrente de ouro vermelho; na mão, levava três lanças que pareciam brasas de fogo. À sua passagem, milhares de homens descavalgaram, enquanto ele passava no meio deles como se fosse o próprio Satanás montado nas costas do demônio. Diante dele, um homem gritava em árabe: “Ó soldados da nação de Muḥammad, rezem por ele e o saúdem! Este é um desafio ao seu maior cavaleiro, o herói de todos conhecido, a espada do islã, senhor de Damasco, o rei Šarrakān! Aquele que derrotar o oponente terá a vitória e o triunfo!”. Enquanto ele falava, eis que um alarido se elevava nas fileiras dos dois exércitos; os olhos se arregalaram e todos gritaram: “O que aconteceu?”. Disseram que o rei Ḍaw Almakān, ao ver as tropas enfileiradas, perguntou ao seu irmão Šarrakān: “Que arranjo é esse?”. Šarrakān respondeu: “Não resta dúvida de que eles desejam um combate. Isso é bem melhor do que ficar de conversa fiada”. E eis que o maldito pregoeiro bradava: “Não compareça à arena senão o seu cavaleiro Šarrakān. Este é o campeão de todos os bizantinos! Do fogo da batalha é ele o acendedor, e das questões difíceis é ele o solucionador. Se acaso ele não livrar esta terra dos muçulmanos, será então um cão filho de um cão!”. Ante tais palavras, os fígados se incendiaram, e, ante a perversidade do guerreiro, os soldados se amedrontaram, turcos, daylamitas e curdos; foi então que Šarrakān surgiu diante dele, semelhando leão irado ou tigre encolerizado, montado num corcel mais veloz do que as gazelas. Cavalgou até emparelhar-se com Lūqā na arena e recitou a seguinte poesia:

Você se arroga, maldito, nos desafios,
exigindo enfrentar o herói dos árabes!
Pelo respeito ao profeta escolhido,
que nos trouxe o discurso eloquente
e claro, o senhor de todas as obras,
você vai se arrepender desse seu desafio,
morrendo fulminado na praça de guerra.[370]

[370] Poesia traduzida de Tübingen e Varsy. Os versos em Maillet e Cairo apresentam variações, embora na mesma linha. Em Calcutá e Būlāq, os versos são outros, e perdem a referência religiosa. Em Gayangos não há poesia.

Disse o narrador: Sem entender o sentido de tais dizeres, Lūqā fez o sinal da cruz sobre a face e apontou a lança para Šarrakān, tomou impulso e atirou-a, até que ela desapareceu das vistas de ambos os combatentes. A lança saiu das mãos do maldito como se fosse brasa perfurante, e as pessoas se agitaram, temendo pela vida de Šarrakān.

E o amanhecer alcançou Šahrazād, que parou de contar.

QUANDO FOI A NOITE

347ª [371]

Disse Šahrazād:

Eu tive notícia, ó rei venturoso, de que Šarrakān concluiu sua poesia, e Lūqā Bin Šalmūṣ, sem entendê-la, fez o sinal da cruz sobre a face, apontou-lhe a lança, tomou impulso, pegou-a pela extremidade e atirou-a, até que ela desapareceu das vistas de quem estava observando. Os bizantinos muito se orgulhavam desse maldito, e a lança saiu de suas mãos como se fosse brasa cortante; as pessoas se agitaram, receosas pela vida de Šarrakān enquanto a lança dele se aproximava e dava ao maldito inimigo de Deus a certeza de que já o liquidara. Mas Šarrakān agarrou a lança em pleno ar, deixando perplexas as mentes dos assistentes, que exclamaram: "Mas isso é algo que ninguém consegue fazer!". Ato contínuo, Šarrakān tomou tanto impulso que quase quebrou a lança, pegou-a pela extremidade e gritou do recôndito de seu coração: "Por Quem criou e construiu os sete firmamentos, e cobriu a terra e a estendeu, e ergueu as montanhas e as fixou,[372] farei deste amaldiçoado uma lição para quem ler a respeito e um espanto para quem estiver vendo!". Isso dito, arremessou a lança, e Lūqā quis fazer com ela o mesmo que Šarrakān fizera, agarrando-a no ar, mas não se protegeu com o escudo, estendendo a mão para agarrar a lança, que foi mais veloz: penetrou em seu flanco descoberto pelo lado esquerdo e saiu pelo direito, e Deus o precipitou à profundeza dos infernos.

[371] Neste ponto, o manuscrito Varsy, cuja noite anterior tinha o número 347, pula para o número 350. Em Tübingen, a noite é 341; em Maillet, 410. Nas edições impressas e no manuscrito do Cairo não ocorre divisão de noites neste ponto, e o manuscrito Gayangos não é dividido em noites.

[372] A fraseologia dessa jura é toda ela islâmica.

Ao verem Lūqā Bin Šalmūṣ morto, os armênios[373] fizeram o sinal da cruz sobre as faces, gritaram e arremeteram todos, em conjunto com os bizantinos, e as espadas agiram entre os adversários. O pó subiu, os espíritos se desprenderam dos corpos, os cavaleiros cruéis arremeteram, o forno se incandesceu, os venenos se atiçaram, as armas pontiagudas se terçaram, os soldados enfrentaram os soldados, os peitos foram pisoteados pelos cascos dos cavalos, as espadas agiram sobre as nucas, braços e pulsos se extenuaram, e os cavalos pareciam já ter nascido sem patas.

Entrementes, o arauto continuava a clamar pela guerra, até que as mãos se exauriram, o dia partiu e chegou a calmaria da noite, quando então os dois exércitos se separaram, os soldados se retiraram e cada homem se quedou embriagado de tudo quanto lhe sucedera, atarantado com tanto ataque e golpe, a terra saturada de mortos e do gemido cada vez mais estridente dos feridos. Reunido com seu irmão Ḍaw Almakān, com o grão-chanceler e com o vizir Darandān, Šarrakān disse ao primeiro: "Ó rei, [Deus altíssimo atendeu nossos rogos e nos revigorou, mas os inimigos provenientes do litoral são muitos, e se acaso não fizermos algo para romper as suas linhas][374] ficaremos desguarnecidos naquele flanco. Deus abriu para mim uma porta mediante a qual se dará a aniquilação dos infiéis, com a ajuda do Senhor dos mundos, o Senhor dos senhores, o Dono das vidas de seus adoradores". Ḍaw Almakān disse: "Graças a Deus, meu irmão, você continua a ser o desvelador das angústias dos árabes e dos persas".

E o amanhecer alcançou Šahrazād, que parou de contar.

QUANDO FOI A NOITE

348ª

Disse Šahrazād:

Eu tive notícia, ó rei venturoso, de que o rei Ḍaw Almakān disse ao seu irmão Šarrakān: "Graças a Deus, meu irmão, você continua a ser o desvelador da

373 "Armênios", *al'arman*, é o que consta em Varsy, Tübingen e Maillet, bem como no manuscrito do Cairo, acrescida de "os generais" (*albaṭārika*); em Gayangos, "os bizantinos" (*arrūm*); nas edições impressas, "os infiéis" ou "os incréus" (*alkuffār*). Preferiu-se manter "armênios", visto que Abrawīz foi mais de uma vez mencionado como seu rei.
374 Traduzido de Maillet.

angústia e a arma dos árabes e dos persas. As pessoas vão falar amiúde sobre o que você fez hoje, apanhando a lança em pleno ar e arremessando-a contra o inimigo de Deus diante de todos. Vai se falar disso até o fim dos tempos!". Šarrakān disse: "Ó grão-chanceler! [Ó audaz lidador!]", e este respondeu colocando-se ao seu inteiro dispor. Šarrakān prosseguiu: "Leve consigo vinte mil dos soldados da Síria e se dirija para o lado direito do litoral; desloque-se mais rápido que o relâmpago pelo espaço de quatro farsangas[375] em direção à praia, de modo que haja duas farsangas entre você e o inimigo. Fique entocado por lá até o amanhecer. Quando você ouvir a algazarra dos bizantinos nos navios — uma gritaria que aumentará por todos os lados, com espadas cortantes atuando entre nós e eles —, e quando vir os nossos soldados recuando duas farsangas, como se estivessem em fuga, e atraindo os malditos hipócritas para longe da praia e do seu acampamento, para depois darem meia-volta e atacarem-nos, então, nesse momento, quando você avistar os estandartes do islã drapejando com os dizeres 'Não há divindade senão Deus', erga as bandeiras verdes e grite: 'Deus é o maior!', e faça carga contra eles pela retaguarda. Envide todos os esforços para interpor-se entre os fugitivos e o mar". Ele respondeu: "Ouço e obedeço".

Em seguida, Šarrakān voltou-se para o vizir Darandān e disse: "Ó grão-senhor, você é o comandante e nós somos seus servos! Leve consigo vinte mil soldados turcos e daylamitas e dirija-se ao lado esquerdo do litoral. Fique lá de tocaia até o amanhecer, e quando você vir os sabres em ação, e me vir em situação de guerra e batalha, e os cavalos recuando, desmontados, e os bizantinos, cobiçosos, certos de que nos derrotaram, perseguindo os soldados muçulmanos, então saia você pela retaguarda dos seus soldados e interponha-se entre eles e o mar". O vizir respondeu: "Ouço e obedeço". Assim, a questão foi resolvida naquele instante. Eles se ajaezaram e se puseram em marcha conforme o citado.

Quando amanheceu, os cristãos montaram, duvidando da paz, espadas desembainhadas e lanças em riste, incomodando as pessoas nas colinas e nas planícies. Os padres gritaram, as cabeças se descobriram e as cruzes se alçaram sobre os mastros das embarcações, que se dirigiram à praia, onde os cavalos foram desembarcados em terra firme, pois eles estavam dispostos a empregar a tática guerreira de ataques e recuos.[376] As fileiras se posicionaram, as espadas brilharam, as falan-

[375] Ou seja, a ordem era avançar 24 quilômetros.

[376] "Ataques e recuos" traduz o sintagma *alkarr wa alfarr*, muito comum como tática guerreira dos beduínos e outros grupos nômades, e não só deles, obviamente.

ges se aproximaram, os escudos coriscaram, e o moinho da morte começou a girar sobre aqueles homens e cavaleiros; cabeças voaram dos corpos, línguas se calaram, olhos se arrancaram, vesículas se romperam, espadas afiadas cortaram, crânios voaram, pulsos se deceparam e se encheram de vermes, cavalos chafurdaram no sangue, soldados se agarraram pelas barbas. Os combatentes da fé se agitaram louvando o Misericordioso, enquanto os soldados da heresia agradeciam ao cíngulo do padre.[377] O rei Šarrakān e seu irmão Ḍaw Almakān se conservaram na retaguarda, ao passo que o exército recuava e arrefecia o combate, fazendo os hereges ambicionarem a vitória e crescerem para cima do povo da Sura da Vaca;[378] os cavalos pisotearam os mortos, cujos ossos voavam espatifados, e os mais eloquentes se calavam, enquanto o arauto dos bizantinos gritava: "Ó adoradores de Cristo e da verdadeira religião, ó servidores do *Catholikós*![379] A bandeira da vitória já tremula diante de vocês! Este exército de maometanos já está em debandada. Preparem as suas espadas para um grande massacre, caso contrário terão renunciado a Jesus Cristo, filho de Maria, que já no berço falou!". Šarrakān pôs-se a atraí-los, e o decreto de Deus pôs-se a contá-los.

E o amanhecer alcançou Šahrazād, que parou de contar.

QUANDO FOI A NOITE

349ª

Disse Šahrazād:

Eu tive notícia, ó rei venturoso, de que Šarrakān pôs-se a atraí-los, e o decreto de Deus pôs-se a contá-los. Vendo aquilo, o rei Abrawīz supôs que ele já se

[377] "Cíngulo do padre" traduz *zunnār*. Trata-se de referência jocosa ao que os muçulmanos constituíam como tendência dos cristãos, qual seja, a idolatria, isto é, adoração de objetos. A palavra aqui traduzida como "heresia", *alkufr*, expressão deveras ofensiva em árabe, foi raspada no manuscrito de Tübingen, provavelmente por algum religioso cristão.

[378] "Sura da Vaca" é o segundo e mais longo capítulo do Alcorão. Note, neste trecho, a preferência pelas referências metonímicas: "povo da Sura da Vaca" são os muçulmanos.

[379] Em árabe, *jāṯulīq*. Palavra de origem grega, indica um posto somente inferior ao do patriarca na Igreja Ortodoxa Oriental. Não possui equivalente na Igreja Católica no Ocidente.

assenhorara dos muçulmanos, e enviou uma mensagem para o rei maior dos bizantinos dando-lhe a boa nova do triunfo e da vitória, e informando-o: o que lhes garantira a vitória, além da decisão e do decreto de Deus, havia sido os excrementos do grande patriarca untados nos bigodes dos soldados; ele jurou por todos os prodígios do Espírito, e por sua filha Abrawīza, a nazarena, e pelos Domingos de Ramos cristãos, e pelas águas batismais, que "o meu plano é não deixar um único minarete sobre a face da terra". O mensageiro saiu com essa mensagem, enquanto os armênios gritavam: "Vinguem Lūqā!", e o rei[380] Abrawīz gritava: "Oh, vinguemos Abrawīza, a senhora valiosa!".

Nesse momento Šarrakān gritou: "Ó adoradores do Rei Justo, ataquem o povo da heresia e da opressão com a agudeza da espada iemenita,[381] e perfurem-nos com as suas lanças", e fez meia-volta, atacando com grande vigor, dos pescoços decepador. Šarrakān gritava, elevando muito a voz: "Ó muçulmanos, estes são infiéis! Ataquem-nos em obediência ao Avassalador! Sejam verazes em Deus! Nunca fracassa aquele que ama o senhor escolhido![382] O Senhor dos humanos já prometeu auxílio e constância aos devotos do Deus Único! Empregamos nossas espadas para agradar a Deus, e tememos amanhã o castigo do fogo. Trouxemos nossas espadas para atuarem na guerra contra os infiéis!". Enquanto Šarrakān atacava, eis que surdia um cavaleiro sob um véu que parecia de luz, mais luminoso do que o amanhecer, gracioso de formas e de movimentos leves; esse cavaleiro abrira naquela terra uma arena e exterminara vários campeões cristãos com golpes de espada e lança, deixando o solo atulhado de cabeças e corpos; os golpes desse cavaleiro, que se assemelhava a um antílope sedento, provocavam temor nos soldados, tal como disse a seu respeito o poeta ᶜUṯmān:[383]

Cavaleiro que, na luta, como a lua surgiu,
caçando e encantando com a sua beleza;
do seu véu se veem os olhos pintados:

[380] Neste ponto, Tübingen, Varsy, Maillet e Cairo trazem: "rei dos armênios", cabendo mencionar que, no último, o nome do rei é Afrīdūn em vez de Abrawīz. Repita-se que tal confusão é reflexo de um estágio anterior da redação desta história.

[381] "Espada iemenita", segundo o manual de guerra e cavalaria do século XII escrito por um certo Najmuddīn Ḥasan Arrammāḥ, "o lanceiro", "tem quatro palmos de comprimento e de três a quatro dedos de largura [...] pesando entre três e três e meio arráteis".

[382] Neste caso, "o senhor escolhido" é o profeta Muḥammad.

[383] A frugalidade da referência impede a correta identificação desse poeta.

seu mágico encanto já nos tornou cativos,
o olhar irradiante já nos deixou doentes,
embora a ninguém ele dê qualquer atenção.

Ao vê-lo, Šarrakān lhe disse: "Pelo Alcorão e pelo Misericordioso, eu lhe pergunto: quem é você, ó cavaleiro dos cavaleiros? Pois, com suas ações, você agradou ao Rei Julgador, a quem nada distrai". Então o cavaleiro o chamou e disse: "Ó rei Šarrakān, quão rápido você se esqueceu de mim!", e, descobrindo o rosto, eis que era Ḍaw Almakān! Muito feliz, Šarrakān somente demonstrou receio pelo irmão devido à grande quantidade de bravos guerreiros naquele lugar, e isso por dois motivos: primeiro, por Ḍaw Almakān ser ainda demasiado jovem e nunca ter participado de uma batalha, e, segundo, por causa do reino e da segurança dos soldados. Ele disse: "Por Deus, ó rei! Você colocou a sua vida em risco. Deixe o seu cavalo colado ao meu, pois não estou seguro de que os inimigos não farão algo contra você. O mais apropriado era que você se mantivesse na retaguarda e não viesse para o campo de batalha". Disse o rei Ḍaw Almakān: "Eu quis, meu irmão, me igualar a você e não parecer mesquinho na sua frente. Essa é a minha primeira algara", e em seguida atacaram juntos os inimigos, esforçando-se em bem obedecer aos desígnios do Rei Orientador.

O rei Abrawīz via as coisas terríveis que sucediam aos bizantinos, os quais fugiam desbaratados para os navios, quando repentinamente os soldados do vizir Darandān, que estavam de tocaia, saíram do litoral e da terra para atacá-los, iniciando o cerco aos cavaleiros cristãos e liquidando os seus soldados com a espada, a lança e as flechas; assim também procedeu o grão-chanceler, com os seus vinte mil bravos soldados; os soldados muçulmanos apareceram e fecharam o cerco sobre os bizantinos e os miseráveis armênios, passados a fio de espada. Os soldados bizantinos correram em direção às embarcações para se salvarem da aniquilação, atirando-se ao mar, e grande quantidade deles acabou se afogando, mais de cem mil porcos.[384] Dos navios, não se salvaram senão vinte, e os muçulmanos capturaram um enorme butim, jamais alcançado por nenhum outro rei, apossando-se de quase todos os navios, que estavam forrados de dinheiro, equipamentos, prata, ouro e armas, em quantias tais que jamais olho algum vira, nem

[384] Em Maillet, "cerca de cinquenta mil porcos".

ouvido algum ouvira. Entre as coisas das quais se apoderaram estavam mil e quinhentos navios,[385] além de cavalos e incontáveis despojos de guerra.

E o amanhecer alcançou Šahrazād, que parou de contar.

QUANDO FOI A NOITE

350ª

Disse Šahrazād:

Eu tive notícia, ó rei venturoso, de que, tendo derrotado os infiéis e lhes tomado as embarcações e demais posses, os muçulmanos ficaram numa felicidade que não poderia haver maior, e agradeceram a Deus e o louvaram. Isso quanto aos muçulmanos.

Quanto aos derrotados da seita associacionista,[386] eles chegaram a Constantinopla, e a primeira notícia divulgada era a de que Abrawīz, rei dos armênios,[387] se saíra vitorioso contra os muçulmanos. A velha Šawāhī disse: "Eu sabia que o meu filho Abrawīz destroçaria os exércitos muçulmanos e devolveria a gente desta terra à religião nazarena, pois Cristo lhe concedeu essa disposição", e ordenou ao rei Afrīdūn que mandasse ornamentar a cidade, enquanto a alegria crescia entre eles e se consumiam bebidas alcoólicas, pois presumiam que a questão estava inteiramente em suas mãos, ignorando o que fora predeterminado. Essa alegria excessiva foi

[385] A quantidade de navios foi traduzida de Maillet, muito embora, em passagem anterior, tenha-se mencionado que o total da frota bizantina era de 1.200 navios. Os manuscritos Tübingen e Varsy, por prováveis problemas nos originais de onde foram copiados, trazem as inacreditáveis – mesmo para os padrões da ficção mais desbragadamente fantástica – cifras de "um milhão, cem mil e trinta e sete navios".

[386] "Seita associacionista", *ṭā'ifat almušrikīn*, é referência ofensiva aos cristãos, por acusá-los de associar outros seres ao Deus único. Em suma, tacha-os de não monoteístas.

[387] "Abrawīz, rei dos armênios" é o que consta de Tübingen, Varsy, Maillet e Gayangos; no manuscrito do Cairo, "Afrīdūn, rei dos armênios"; nas edições impressas, "Afrīdūn", somente. Aqui, o implícito narrativo, não enunciado, é que Afrīdūn retornara para Constantinopla e entregara o comando da batalha a Abrawīz. Já o ápodo "rei dos armênios" (que, por erro de cópia, aparece também como "rei da terra", uma vez que a grafia de "terra", *arḍ*, pode ser facilmente confundida com a grafia de "armênios", *arman*,) talvez seja reflexo de certas circunstâncias históricas, tais como o fenômeno das "cortes móveis", isto é, grupos dominantes nômades que impunham a sua dominação a certos povos e regiões ao sabor de vicissitudes políticas, econômicas e militares. No começo da narrativa, como o leitor se lembra, Abrawīz aparece associado aos armênios em ações guerreiras e de rapina.

logo interrompida pela visita da ave da tristeza e das calamidades: as embarcações derrotadas, nas quais estava Abrawīz, pronto chegaram, e seus tripulantes logo informaram tudo quanto haviam sofrido da parte dos muçulmanos; seu choro e seus gemidos se alçaram, e a boa nova se transformou em pesares e recriminações.

Quando soube que o guerreiro Lūqā Bin Šalmūṣ fora morto na frente de todos, prostrado ao chão, isso para o rei Afrīdūn foi como se tivesse chegado o dia do Juízo Final: jogou a sua coroa lá de cima ao solo, fizeram-se velórios, sua coragem se enfraqueceu, suas carpideiras gemeram, e se ouviram choros em toda parte. Abrawīz foi ter com o rei Afrīdūn e o deixou a par da situação, dizendo-lhe que a fuga dos muçulmanos fora uma trapaça, uma armadilha — "e não lhe restam senão os soldados que chegaram aqui e vieram ter com você". Desmaiando de medo, o rei Afrīdūn disse: "Talvez Cristo tenha se encolerizado conosco, fazendo esses muçulmanos chegarem até nós". Enquanto isso acontecia, o patriarca chegou preocupado para a reunião, e o rei Afrīdūn lhe disse: "Ó meu senhor,[388] parece que não foram senão as suas fezes que causaram a nossa aniquilação!". O patriarca respondeu: "Juro por Cristo que naquele incenso não havia medida[389] alguma das minhas fezes, pois vocês me dão obrigações maiores do que posso suportar! Como é que eu poderia produzir tantas fezes para distribuir a milhões de bigodes? Não posso decepcioná-los! Nessa nossa derrota, o motivo são as jovens. Digo que a filha de um dos combatentes fez uma recitação, e essa atitude dela anulou a bênção do exército.[390] Agora, só nos resta trabalhar com os rogos nos templos e nas igrejas, até que Deus afaste de nós estes soldados maometanos. Os povos somente se salvam por meio dos rogos".

Nesse momento, a velha Šawāhī disse: "Saiba, ó rei, que os soldados inimigos são numerosos, e não os derrotaremos senão mediante uma artimanha que estou disposta a urdir. Montarei a minha armadilha. Irei até esses soldados islamitas, até o seu comandante geral, e executarei o plano que tenho para ele, matando-o tal como matei o seu pai. Quando a artimanha se efetuar contra eles, nenhum desses soldados retornará ao seu país. O único que vai dar trabalho é esse tal cavaleiro Šarrakān. Contudo, para a consecução da artimanha eu vou precisar dos merca-

[388] O tratamento em árabe para autoridades religiosas cristãs é *abūnā*, "nosso pai". Isso ficaria estranho em português. Optamos por "meu senhor". "Padre" talvez constituísse uma boa solução.

[389] Em árabe usa-se, para o termo traduzido como "medida", a palavra *miṯqāl*, traduzível como "metical", termo bíblico.

[390] Existe na explicação do patriarca alguma falha de transmissão que levou os copistas de Maillet, Gayangos e Cairo, bem como as edições impressas, a excluírem-na. Ela consta somente em Tübingen e Varsy, e em ambos os manuscritos a redação é a mesma, canhestra e um tanto ou quanto incompreensível.

dores cristãos sírios que vêm todo ano para cá e visitam diariamente a Igreja de Santa Sofia,[391] pois por meio deles é que alcançarei o meu objetivo". O rei Afrīdūn respondeu: "Isso se fará assim que você quiser". [Ela disse: "Agora mesmo".] Então ela mandou convocar cem cristãos sírios de Harrã,[392] aos quais o rei Afrīdūn disse: "Vocês bem sabem o que se abateu sobre a religião cristã por obra dos muçulmanos. Esta boa mulher devotou a vida a Cristo, e está disposta a ir até o exército dos muçulmanos vestida com roupas monoteístas a fim de administrar uma artimanha que redundará em nosso benefício e impedirá os muçulmanos de chegarem até nós. Será que vocês, à semelhança dela, estão dispostos a dar sua vida por Cristo? Acresce que eu darei um quintal de ouro para aqueles que, dentre vocês, se salvarem. Quanto aos que morrerem, Cristo os recompensará". Eles disseram: "Ó rei, nós daremos nossa vida por Cristo. Seremos o seu resgate, e o resgate do cristianismo". Nesse momento, Šawāhī foi recolher, nos depósitos reais, as drogas que ela conhecia e das quais necessitava: colocou-as de molho, ferveu-as ao fogo [até ficarem pretas,][393] esperou que esfriassem e verteu ácido sulfúrico[394] sobre elas, após o que entrou [no tacho] e se banhou com aquele líquido. Em seguida, ficou debaixo do sol quente, e se tornou uma negra retinta toda brilhosa. Vestiu trajes de grão-senhor da nobreza, colocou um grande e comprido

[391] O trecho traduzido como "cristãos sírios que vêm todo ano para cá e visitam diariamente a Igreja de Santa Sofia" apresenta uma questão relevante para a tradução. Primeiro, toda a argumentação da velha Šawāhī desaparece, por provável erro de revisão, na edição de Būlāq. Segundo, existe confusão nos manuscritos relativamente ao que faziam os "cristãos sírios". Em Gayangos e na edição de Calcutá, afirma-se que eles estavam em Constantinopla para ir ao *sūq*, "mercado", ou *sūqunā*, "nosso mercado" (seriam, portanto, mercadores), ao passo que em Tübingen, Varsy, Maillet e Cairo esses cristãos sírios estão lá para ir a algo que se pode ler como *bīᶜat sūfiyyā*, "Templo de Sofia", ou seja, a Igreja de Santa Sofia. Ambas as palavras, *sūqunā* e *sūfiyyā*, têm grafias muitíssimo semelhantes em árabe, de modo que é fácil confundi-las. Para complicar mais as coisas, a palavra árabe *bīᶜat*, "templo cristão", tem na raiz as mesmas letras do verbo *bāᶜa/yabīᶜu*, "vender". Tal confusão foi provocada pela semelhança gráfica das palavras que indicam as funções comercial e religiosa, e que, certamente, estavam próximas umas das outras.

[392] Nos manuscritos, há problemas nos pingos das letras, o que torna a leitura problemática. A edição de Calcutá traz *Najrān*, aldeia do extremo sul da Síria, próxima da Península Arábica. Mas deve tratar-se de *Ḥarrān*, "Harrã", antiga cidade de população síria situada às margens de um dos afluentes do Eufrates, incorporada à República da Turquia em 1923. Localiza-se no extremo sul da Anatólia, na fronteira com a Síria, e é, naturalmente, bem mais próxima de Constantinopla do que Najrān, cuja grafia em árabe se assemelha a Ḥarrān.

[393] O trecho entre colchetes foi traduzido do manuscrito do Cairo: *fa-njalā assawād*. Nas outras fontes, consta algo como "até extrair delas uma substância negra", *fa-nḥalla assawād*. De novo, a confusão se deve a palavras de grafia deveras assemelhada.

[394] "Ácido sulfúrico" traduz *ẓāj*, invenção do químico árabe Jābir Bin Ḥayyān (721-815 d.C.), que, a princípio, precedido da palavra *ẓayt*, "óleo", designa o ácido sulfúrico ou óleo de vitríolo. Na compilação tardia (aqui, o manuscrito do Cairo e a edição de Calcutá), o processo, que nas fontes antigas é químico, se torna mágico, uma vez que, em vez de "ácido sulfúrico", consta *ṭaraf* [*mindīl*] *ṭawīl*, "um pedaço [de lenço] comprido". O curioso é que os vários editores da edição de Calcutá não tenham se dado conta da inconsistência dessa formulação.

turbante, com uma ponta bem alongada, pôs sobre as roupas uma ampla túnica de mangas largas, com dois bordados, produzida na Síria, e foi então ter com o rei Afrīdūn. Ninguém a reconheceu, e quando ela se revelou não houve quem não se espantasse com a sua astúcia. Muito contente, o seu filho Abrawīz disse: "Que Cristo não nos prive da sua presença!". Então ela saiu com os cristãos da Síria, pondo-se em marcha para o lugar no qual se encontrava o exército de Bagdá.

Essa maldita Šawāhī era uma astróloga habilíssima, onirócrita, sagacíssima, praticante da cristalomancia e manejadora de astrolábio;[395] trapaceira, traiçoeira, devassa, prostituta, perversa, parecia uma porca com vitiligo na cara, olhar com catarata, nariz esmagado, aparência grosseira, voz selvagem, cabelo cinzento, perna curta, boca fedida, cabeça empelotada, postura curvada, cor desbotada, catarro escorrendo, cagona e bunda magra. Apesar disso, ela havia lido livros e viajado para a sagrada casa de Deus,[396] tudo isso com o fito de estudar as religiões e doutrinas dos monoteístas, e as crenças dos hebreus, em cuja religião entrou, convertendo-se ao judaísmo junto aos judeus em Jerusalém, e decorando alguma coisa do Alcorão, e outro tanto da Torá.

E o amanhecer alcançou Šahrazād, que parou de contar. Então a sua irmã Dīnāzād lhe disse: "Como é bela a sua história, minha irmã!", e ela respondeu: "Isso não é nada perto do que vou contar na próxima noite, se eu viver e se o rei me poupar. Será mais espantoso e mais assombroso".[397]

Disse o narrador:[398]

[395] "Praticante da cristalomancia" traduz *taḍrib almandal*, locução que indica uma prática adivinhatória que consistia em ler os reflexos de um vidro. Quanto ao astrolábio, seu uso estava associado a práticas mágicas, zodiacais e divinatórias. "Onirócrita" é quem se dá à interpretação dos sonhos, prática comuníssima desde sempre.

[396] Isto é, para a Caaba, em Meca.

[397] Assim é a redação das duas fontes mais antigas, Tübingen e Varsy. Em ambas, depois disso, "terminou bem a oitava parte". Em Varsy consta o seguinte no fim da folha: "O copista deste livro abençoado é o servo desprezível e humilde, incapaz e coitado, cujos pecados são mais altos do que ele, que por isso se prosterna repetidas vezes aos pés de todos quantos o lerem, pedindo-lhes que roguem pelo perdão dos pecados e delitos dele e dos seus pais. Quem disser algo uma vez será compensado em dobro. O desprezível Nasīm Bin Yūḥannā Bin Abū Almasā (*ou*: Alminā) copiou isto para o mais excelso, bem servido e honrado dos senhores, o mestre Maṣarā (*ou*: Miṣrī, "egípcio"), porque ele lê sobre as reviravoltas dos tempos remotos, e o que neles ocorreu relativamente às condições do mundo, e o que ocorreu aos reis antigos, distraindo-se com os assuntos mundanos e suas reviravoltas. E é a Deus que se pede ajuda". O nome do escriba é claramente cristão, mas não se pode ter a mesma certeza em relação ao *muᶜallim*, "mestre", para quem ele afirma estar fazendo a cópia.

[398] Neste ponto, em Varsy e Tübingen, o texto é encimado pelos dizeres: "Parte nona das mil noites", em letras ornamentadas e cercadas por desenhos florais. A tradução dessa abertura, em que Dīnāzād é citada, foi feita a partir de Varsy.

QUANDO FOI A NOITE

351ª

Disse Dīnāzād à sua irmã Šahrazād: "Por Deus, minha irmã, se você não estiver dormindo, conte-nos o restante da sua história". Šahrazād respondeu: "Com muito gosto e honra". E prosseguiu:

Eu tive notícia, ó rei venturoso, de que a velha Šawāhī decorou algo do Alcorão e da Torá. Essa mulher era a maior calamidade, a maior desgraça. Sua crença era corrupta em qualquer religião. Ela permanecia a maior parte do tempo com seu filho Abrawīz, o rei dos armênios, por causa de suas jovens servas virgens, pois amava o lesbianismo: trepava com toda garota para quem ensinasse sabedoria e decoro, praticando o lesbianismo com ela mediante o uso do açafrão,[399] até chegar ao orgasmo e à perda dos sentidos. Nisso ela sentia um imenso prazer. Quando a garota lhe obedecia, Šawāhī fazia o seu filho gostar dela, mas agia para destruir quem quer que desobedecesse às suas ordens. Fora ela a mestra de Marjāna e Rīḥāna,[400] criadas de sua neta Abrawīza, a quem ela detestava, pois a jovem não lhe dava ouvidos nem lhe fazia companhia: a velha tinha um fedor que provocava desmaios, e dos seus sovacos emanava um odor pestilencial, sendo seu hálito pior ainda. Abrawīza sempre fugia dela.[401] Mas retomemos a narrativa de suas trapaças.

Vestindo as roupas já descritas, ela avançou com os afamados mercadores cristãos sírios até os exércitos muçulmanos. Depois que ela saiu, o rei Abrawīz foi ter com o rei Afrīdūn e lhe disse: "Ó rei, essa não é uma coisa que se obterá mediante as conversas e os rogos do patriarca, nem mediante as conversas e artimanhas da minha mãe. Veja você mesmo qual procedimento adotar, porquanto os exércitos muçulmanos estão chegando até nós, e logo estarão aqui", dando ao assunto uma dimensão tão ampla que Afrīdūn se assustou, e imediatamente escreveu várias cartas a todas as regiões, dizendo: "Não deixem nenhum dos adeptos da religião nazarena, dos que vivem em castelos e torres, sem vir até nós, trazendo inclusive mulheres e

[399] "Açafrão" é tradução literal de *zaᶜfarān*. Poderia, eventualmente, tratar-se de "cúrcuma". Não se sabe se a referência se deve ao suposto efeito afrodisíaco dessa planta, ou a algum uso mais esotérico.

[400] A edição de Būlāq acrescenta, tirado sabe-se lá de onde, o nome de uma terceira criada, *Utruja*.

[401] Nas edições impressas se acrescenta: "e [Abrawīza] se inocentava dela diante do Sapiente Onisciente. Como é excelente aquele que disse: 'Ó quem se submete aos ricos, humilhado/ e aos pobres humilha, arrogante,/ adornando seu horror por meio do dinheiro:/ o perfume não disfarça a flatulência da feiosa'".

crianças. Que nenhum homem se atrase, pois os soldados muçulmanos já pisaram a nossa terra e a invadiram. Rápido, rápido, antes que seja tarde!". As cartas foram encaminhadas de imediato a todos os países. Isso foi o que sucedeu a eles.

AS ARTIMANHAS DA VELHA ŠAWĀHĪ

Quanto à velha Šawāhī, cognominada Ḏāt Addawāhī, durante o caminho ela se voltou para os seus acompanhantes e os fez vestir roupas de mercadores muçulmanos. Carregou cem burros com roupas de Antioquia, seda de Áden, brocados reais e outras coisas. Ela pedira ao rei Afrīdūn uma carta assinada que continha o seguinte: "Já dei garantias de vida aos mercadores recém-chegados da Síria, tanto os grandes como os pequenos, e agora peço ao grandiosamente equânime rei Šarrakān que não cobre deles direitos de passagem nem impostos sobre mercadorias nem selos, pois os mercadores constituem a prosperidade de um país, e não são guerreiros ou arruaceiros. Assinei esta carta para eles e a redigi de próprio punho. Adeus".

Disse o narrador: Em seguida, a maldita Šawāhī disse aos seus acompanhantes: "Estou disposta a aniquilar os muçulmanos". Eles disseram: "Ó rainha, você dá as ordens e nós obedecemos. Faça o que tiver de ser feito. Que Cristo não desperdice a sua fadiga". Então ela vestiu roupas finas de lã branca, e esfregou a testa com um alho até criar uma grande marca.[402] A maldita era bem magra e tinha os olhos fundos. Amarrou, bem apertada, uma tira nas pernas, dos pés aos joelhos, e continuou avançando até chegar às proximidades do exército muçulmano, quando então desamarrou as tiras, que haviam deixado marcas, e as pintou com tintura de dragoeiro,[403] ordenando aos seus acompanhantes que lhe dessem golpes leves e localizados nas mãos, até que surgissem em suas mãos marcas que pareciam ter mil anos,[404] e lhes disse:

[402] Essa marca na testa é até hoje considerada sinal de grande religiosidade entre os muçulmanos, sendo normalmente adquirida pela prática contínua, durante a reza, da prosternação seguida do rebaixamento da testa, fazendo-a tocar o solo. Circula hoje a anedota de que muitos indivíduos, no afã de parecerem verdadeiros crentes, batem a testa com um pouco mais de força (ou a esfregam) no chão durante a reza, com o propósito de parecerem religiosos. Essa marca na testa, em geral arredondada, se chama *ᶜalāmat attiqà*, "marca da fé".
[403] "Tintura de dragoeiro" traduz *dam al'aḫawayn*, literalmente, "o sangue dos dois irmãos". O dragoeiro é uma árvore, hoje ameaçada de extinção, nativa da ilha de Socotra, no litoral do Iêmen. De sua resina se produziam remédios ou tinturas. O mito que deu origem a esse nome é que ela é resultado do sangue derramado durante uma briga de dois irmãos.
[404] Em Maillet: "até que nas suas mãos surgissem marcas semelhantes a mordidas". Na compilação tardia fala-se simplesmente que ela pede para lhe aplicarem uma surra (*ᶜanīfa*, "violenta", nas edições impressas, e *laṭīfa*, "suave", no manuscrito do Cairo), sem especificar as mãos.

Agora me atirem dentro desse baú e me introduzam entre os soldados muçulmanos. Declarem, em voz alta, "Deus é o maior", e utilizem a expressão da unidade divina, que assim não correrão nenhum risco nem terão quaisquer receios, pois se trata, na verdade, de um triunfo para a fé de vocês. Quando algum muçulmano os interpelar, entreguem-lhe os burros e todo o dinheiro com que estão carregados, e dirijam-se ao rei deles, Ḍaw Almakān, a quem vocês devem pedir socorro, dizendo: "Estávamos na terra dos infiéis, onde ninguém nos tomou nada, e ainda por cima nos deram cartas assinadas e decretos para que ninguém nos tomasse nada. Agora vêm vocês e tomam o nosso dinheiro? Eis aqui conosco a carta do rei dos bizantinos, exigindo que nenhum cristão nos interpele. E fizemos uma boa obra que nos tornou merecedores de que o rei dos muçulmanos escreva uma carta para o seu representante em Damasco determinando que ninguém nos faça nenhum mal ou nos cause prejuízo". Quando lhes perguntarem: "E o que vocês fizeram?", respondam: "Salvamos um asceta devoto que estava numa masmorra subterrânea havia quinze anos pedindo socorro sem que ninguém o socorresse, e buscando ajuda sem que ninguém o ajudasse. Pelo contrário, era espancado noite e dia. Nós não tínhamos notícia alguma a respeito dele; estávamos em Constantinopla, já havíamos vendido as nossas mercadorias, comprado as coisas que nos interessavam e ido passear pelo templo. Quando nos deitamos em nosso dormitório,[405] eis que vimos uma imagem ali desenhada na parede, e essa imagem nos dirigiu a palavra na linguagem dos medinenses,[406] dizendo: 'Vocês gostariam, ó muçulmanos, de encontrar o Senhor dos mundos?'. Perguntamos, já dominados pelo susto e pelo medo: 'E como poderíamos alcançar isso?'. A imagem respondeu: 'Deus está me fazendo falar para que as suas almas se fortaleçam e saibam da veracidade da sua religião. Saiam do país deste maldito e busquem o exército dos muçulmanos, pois quem está nesse exército é o campeão do tempo, Šarrakān. Será ele o conquistador de Constantinopla e o destruidor da comunidade nazarena. Três dias após terem saído deste país, encontrarão no sopé da mon-

[405] Nas edições impressas de Calcutá e Būlāq, a marcação do tempo e das atividades é mais precisa, mas nem por isso melhor: "[...] Não sabíamos nada sobre ele, a despeito de ter passado um bom tempo em Constantinopla, onde vendemos as nossas mercadorias, compramos outras diferentes, nos equipamos e preparamos para viajar à nossa terra. Dormimos aquela noite conversando sobre assuntos da viagem, e quando amanheceu vimos uma imagem desenhada na parede [...]".

[406] "Linguagem dos medinenses", *luġat almadaniyīn*, consta apenas de Tübingen e Varsy. "Medinenses", *madaniyīn*, pode ser erro de cópia por *mutadayyinīn*, "devotos".

tanha, na parte central do Mosteiro de Maslaḥūtā,[407] um eremitério no qual está aquilo de que necessitam e que fará o seu profeta abençoá-los. Lá está um homem de Jerusalém chamado ᶜAbdullāh, filho de pessoas muito devotas e conhecedoras do Livro de Deus altíssimo. Ele pratica os prodígios dos homens santos. Um dos monges armou contra ele uma artimanha e o aprisionou na masmorra, onde está há vários anos sofrendo punições e castigos humilhantes...'".

E o amanhecer alcançou Šahrazād, que parou de contar.

QUANDO FOI A NOITE

352ª

Disse Šahrazād:

Eu tive notícia, ó rei venturoso, de que a célebre velha Šawāhī disse aos mercadores:

Digam-lhes: "A imagem continuou dizendo: '... ele está há vários anos sofrendo dolorosas torturas. Quando vocês saírem de Constantinopla e estiverem no eremitério, salvem-no e conduzam-no aos muçulmanos. Vocês o ouvirão chorando, gemendo e recitando:

> Enfrento as correntes nesta estreita prisão;
> de tristeza, meu Deus, o cabelo encaneceu;
> sem liberdade, a morte rápida eu prefiro;
> mais fácil escapam pombas de infortúnios!
> Ó relâmpago, se acaso brilhares nesta terra,
> e te sobrepujar o esplendor da aproximação,
> transmite a saudação de quem afasta seus ais,
> cuja vida parece ligada a fiapos de ansiedade.

[407] Como esse nome, aqui transcrito de Tübingen e Varsy, nada significa em árabe, ele varia em todas as versões: Gayangos, *Malḫūnā*; Maillet, *Maslaḥūn*; Cairo, *Salḥūq*; edições impressas, *Maṭrūḥannà* (deve ser *Maṭar Yūḥannà*, tal como se sugere na tradução francesa, corruptela árabe da expressão grega que em francês se traduziu como "monastère du Métropolite Jean").

Como podemos nos encontrar, se entre nós
existe um silêncio cruel e uma porta trancada?
[Transmite saudações aos amados e dize-lhes
que no convento bizantino estou preso e peado.]'"[408]

Prosseguiu a velha: [Digam a eles que em seguida a imagem disse a vocês que o devoto lhes diria:] "Se vocês me salvarem, conduzam-me ao exército dos muçulmanos". Quando eu estiver entre eles, saberei como administrar as coisas para acabar com aquela gente.

Ouvindo as palavras da velha, os mercadores cristãos sírios rodearam-na, beijaram-lhe as mãos, colocaram-na dentro do baú e foram até o exército dos muçulmanos, conforme dissemos.

Enquanto isso acontecia entre os cristãos e a maldita Šawāhī, os exércitos muçulmanos, após terem recebido auxílio de Deus para derrotar os inimigos e alcançado, mediante os cuidados do Atendedor dos Pedidos, um imenso butim — peças, pratos, travessas e joias de ouro e prata —, eles escolheram as maiores embarcações, as que estavam em melhor estado, encheram-nas de homens, provisões e tesouros, e afundaram as restantes. O rei Ḍaw Almakān disse ao seu irmão Šarrakān: "Meu irmão, Deus foi dadivoso com os muçulmanos ao dar-lhes alguém como você, pois todas essas conquistas foram por intermédio das suas mãos. Você é o único perfeitamente adequado para o reino. Por isso, gostaria que você aceitasse o que tenho em mente. Meu propósito não é senão matar dez reis para vingar meu pai, sacrificar cinquenta mil bizantinos e invadir Constantinopla". Šarrakān respondeu: "Seja minha vida o seu resgate e a sua proteção contra a morte! O *jihād* é absolutamente imperioso contra os inimigos. Deveríamos permanecer nesta região por um longo período. Porém, eu tenho em Damasco uma filha à qual meu coração está preso. Seu nome é Quḍya Fakān, e ela é um dos espantos do tempo. Terá um destino grandioso, pois se tornará uma

[408] O trecho entre colchetes foi traduzido das edições impressas, nas quais o resto da poesia difere do que consta nos manuscritos. Essa passagem inteira, aliás, apresenta problemas de concatenação e continuidade devido ao acúmulo de narrativas no tempo: a velha está instruindo os mercadores sobre o que deverão falar, e ao fazê-lo constitui a voz de uma imagem que, por sua vez, constitui a voz de um devoto muçulmano aprisionado num mosteiro bizantino. Simultaneamente, tal narrativa se produz num presente por assim dizer condicional, pois sua função é ser repetida durante a ação futura dos ouvintes. Essa complexidade – ou complicação – nos níveis narrativos não foi bem resolvida pelo autor, apresentando falhas em todas as fontes consultadas.

das maiores amazonas". Ḍaw Almakān disse: "Também eu, meu irmão, deixei uma concubina minha grávida, prestes a parir, e não sei com o que me agraciará o Senhor dos Mundos, uma menina ou um menino. Contudo, meu irmão, quero que me prometa o seguinte: se acaso Deus me agraciar com um varão, você permitirá que eu o case com sua filha Quḍya Fakān, para que ela seja minha nora. Quero que você me prometa isso, me dê garantias e jure!". Muito contente com aquilo, Šarrakān estendeu-lhe a mão para selar o compromisso e a promessa, e disse: "Se o seu filho viver, eu lhe darei a minha filha Quḍya Fakān em casamento, e ela será uma dentre as várias mulheres dele".

Disse o narrador: Os dois irmãos ficaram bem contentes com aquilo, e foram felicitados pelo vizir, que lhes disse após os cumprimentos de praxe: "Meus venturosos senhores, Deus poderoso e excelso nos deu a vitória, e nós dedicamos nossas vidas a Deus poderoso e excelso, abandonando nossas famílias e terras. Não nos resta agora senão ir atrás dos inimigos, cercá-los e combatê-los, e Deus altíssimo nos fará alcançar nossos propósitos, e saciará a sede de vingança que trazemos no coração. Essas embarcações devem avançar por mar, e nós devemos avançar por terra. Vamos encontrá-los e esperar pelo combate, pela guerra, pelo confronto. Deus altíssimo engrandecerá a nossa recompensa, pois Ele tudo pode quando quer, e sabe mais a respeito dos seus adoradores". E recitou os seguintes versos:

Nossos olhos já não conhecem repouso,
nossos sóis, do bom destino apartados,
nossa terra natal, em ruínas transformada;
por paixões nossa alma vendemos.
Mas, bravos!, um de nós foi valente.
Louvado seja quem nos deu a vitória,
para longe de nós afastando a desgraça,
e assim o inimigo disperso deixamos,
pois a espada de Deus a todos cortou.[409]

[409] Esses versos constam apenas dos manuscritos mais antigos (exceto Gayangos, que não tem poesias neste trecho), e em todos eles apresentam defeitos, de modo que se impôs uma leitura combinada. As edições impressas os omitem e fazem o vizir recitar, em seu lugar, duas poesias diferentes: 1) "A delícia das delícias é matar os inimigos/ ou então montar o dorso dos corcéis/ ou o aviso da chegada de um amado/ ou um amado que chega sem aviso"; 2) "Se vida longa eu tiver, da guerra farei minha mãe/ e da lança um irmão, e da espada meu pai,/ o cabelo revolto, sorrindo ao encontro da morte/ como se morrer fosse uma de suas metas".

Disse o narrador: Tão logo o vizir concluiu os versos, o sultão Ḍaw Almakān determinou a partida para Constantinopla, e o exército se pôs em marcha para lá, avançando rapidamente até se aproximar de um vasto e agradável prado, onde se viam fontes de águas puríssimas provenientes das montanhas, árvores, pássaros, uma terra resplandecente, enfeitada por bosques, plantas e flores, com rosas que anunciavam a primavera para os povos do mundo; as murtas, como que ébrias, se inclinavam à brisa; as violetas exalavam seu perfume oloroso e encantador em cem direções; o vermelho das anêmonas ardia e o amarelo dos goiveiros brilhava; nas árvores, em melodias distintas, as aves louvavam a Deus, o Eterno, o Atendedor dos Pedidos, suas sombras se agitando por cima das folhas. Era um prado digno do encontro dos amantes, obra daquele que é o Único Criador, tal como disse o poeta a respeito:

> Um prado cujas aves tanto gorjeiam;
> entre suas árvores suspira o apaixonado;
> suas fragrâncias semelham o paraíso;
> e tem sombras, e frutas, e água corrente.[410]

E o amanhecer alcançou Šahrazād, que parou de contar.

QUANDO FOI A NOITE

353ª

Disse Šahrazād:

Eu tive notícia, ó rei venturoso, de que, enquanto Ḍaw Almakān contemplava o prado, o seu irmão Šarrakān o chamou e disse: "Sabe Deus, meu irmão, que até os campos férteis de Damasco[411] são inferiores a este lugar. Não saiamos

[410] Esses versos foram traduzidos de Maillet, pois os constantes de Tübingen, Varsy e Cairo são incompreensíveis. As edições impressas os substituíram por duas poesias. Em todos os casos, trata-se de versos convencionais, bucólicos, celebrando a natureza e fazendo as comparações habituais, com os mesmos elementos: coroas, brisa, ouro, prata, amantes, flores, frutos, sombras etc. etc.

[411] "Campos férteis de Damasco" traduz *ġūṭat Dimašq*, região fértil que cerca a cidade de Damasco, cantada em prosa e verso.

daqui senão após três dias, para que os nossos soldados repousem o coração, revigorem o espírito e fortaleçam as suas montarias". Assim, ali atravessaram a manhã, após terem montado suas tendas e trincheiras, e eis que ouviram gritos e choros. Ḍaw Almakān e seu irmão indagaram a respeito, sendo informados de que "uma caravana de mercadores sírios passou por aqui para descansar e topou com soldados que, sem dúvida, roubaram alguma coisa de sua carga e mercadoria, pois eles haviam passado pela terra dos infiéis. Os membros da caravana estão gritando e pedindo socorro ao rei".

Ḍaw Almakān prontamente ordenou que os mercadores fossem trazidos à sua presença; eles foram trazidos, da maneira já descrita, mostraram suas cartas e disseram: "Estas são cartas do rei dos bizantinos recomendando que nos ajudem. Se nem mesmo os infiéis nos tomaram nada, como isso pôde acontecer conosco na terra dos muçulmanos?". Ḍaw Almakān disse: "Tudo quanto lhes foi tomado será devolvido. Mas a sua obrigação seria não fazer comércio com o país dos infiéis". Eles disseram: "Amo, Deus nos enviou naquela direção por causa de algo que Ele queria que conquistássemos. Ninguém jamais conquistou algo igual, nem mesmo vocês, em toda a sua vida. Graças a Deus, que nos atendeu por meio de vocês. Estávamos tomados pelo medo". Šarrakān perguntou: "E o que é que vocês conquistaram?". Responderam: "Só revelaremos isso se ficarmos a sós com você, em sua tenda. Aí então lhe entregaremos a nossa conquista. Não passamos de um grupo de mercadores. Se isso que conquistamos se tornar público, reverterá na nossa aniquilação, bem como na aniquilação de todo e qualquer mercador que viaje para cá".

Ato contínuo, levaram o baú no qual estava a maldita velha Šawāhī para a tenda de Ḍaw Almakān, e isso na presença do seu irmão Šarrakān, e lhes contaram a história do asceta tal como haviam sido instruídos por Šawāhī, a ponto de fazê-los chorar. Šarrakān ficou transtornado por causa do seu amor a Deus poderoso e excelso, e lhes perguntou: "Vocês já salvaram esse asceta ou ele continua no mosteiro?". Responderam: "Não, amo, nós o salvamos e matamos o dono do mosteiro. Mas receamos tanto por nossas vidas que forçamos a marcha para fugir e evitar desgraças. Disseram-nos que nesse mosteiro existem arrobas de ouro, prata, cruzes e outras coisas mais". Em seguida, rodearam o baú, abriram-no e tiraram lá de dentro a maldita Šawāhī, que de tão escura, magra e ensebada mais parecia um pau de canafístula. Estava com aquelas correntes e grilhões, e tinha na testa aqueles vestígios de adoração reforçados pela esfregação do alho.

Disse o narrador: Quando Ḍaw Almakān e seu irmão Šarrakān a viram naquele estado, começaram a chorar copiosamente, levantaram-se, beijaram-lhe as mãos e os pés, não desconfiando de que ali existisse algo de ruim, e sem saber se se tratava de homem ou de mulher. Como a choradeira e o zum-zum-zum ao seu redor se intensificassem, ela fez um sinal, dizendo: "Já basta de choro. Eu não me queixo de nada, e me resigno ao que fez comigo o Senhor, exalçado e altíssimo, pois considero que a desgraça pode constituir a mais excelsa dádiva, e quem não acredita no amor do seu Senhor não alcançará do paraíso o esplendor senão mediante várias espécies de provação. Eu só procurava a libertação com o propósito de voltar ao meu país para morrer sob o casco dos cavalos dos guerreiros muçulmanos". E recitou a seguinte poesia:

Ó guerreiro que a destra exauriu,
combatendo em louvor ao Senhor:
seu anelo por Deus o faz prosseguir,
invadindo na guerra os castelos;
à terra dos bizantinos ele se apressa,
e quem o vê sempre a Deus glorifica;
quando se inclina, ele parece um arco,
e os escudos lhe exauriram a destra,
e o arco em seu pulso é uma arma,
que dispara quando o infiel[412] dispara;
suas setas na batalha nunca se esgotam,
e com a paciência Deus o fortaleceu;
nos desertos os cavalos lhe falam,
e as aves no céu lhe carregam os olhos;
as virgens vieram ficar suas noivas
e o doce paraíso é o seu abrigo:
tão logo da sua chegada soubemos,
de imediato nós viemos saudá-lo:
ó mártir que mostra a palma da mão
em sinal de vitória, já perto do Senhor;
o Paraíso do Éden para você se oferece,

[412] "Infiel", aqui, traduz a palavra árabe *ʿilj*, que significa "bárbaro", termo de conotação pejorativa usado na Idade Média sobretudo para os cristãos europeus e bizantinos. A palavra entrou no léxico da língua portuguesa sob a forma "elche", curiosamente indicando, em nossa língua, o renegado, isto é, o cristão convertido ao islã.

pois isso é conforme o que você fazia.
Alvíssaras! Célere você obteve seu anelo,
do Glorioso cujas dádivas são generosas,
entre elas uma virgem muito formosa,
que o amor esconde em seu peito,
e escreve na face palavras de louvor,
uma linha graciosa quando se lê:
"Terá a sorte de estar comigo amanhã
quem fizer o que ao Senhor satisfaz:
você virá até mim e me desfrutará
num cenário em que dá gosto viver,
montado num corcel feito de joias,
tais como pérolas, e olhos de ouro puro";
a porta lhe será aberta depressa,
e se não vier até mim, até ele eu irei.[413]

Quando a maldita concluiu a poesia, das pálpebras as lágrimas escorreram pelas faces. Šarrakān se levantou, foi na direção dela e soltou as correntes e os grilhões, enquanto ela ficava parecendo um palito de dentes; depois, colocou um pouco de comida na frente dela, dizendo: "Por favor, coma", mas ela se recusou e disse: "Sabe Deus que não me alimento faz quinze anos, e não será justo agora que eu irei me alimentar, quando o meu Senhor foi generoso comigo me libertando e salvando, e me afastando de um sofrimento insuportável".

Šarrakān então esperou o anoitecer e, com o rei Ḍaw Almakān, foi sentar-se perto dela para comer; disseram-lhe: "Venha, por favor", e ela respondeu: "Esta não é hora de comer e se alimentar, mas sim de adorar o Rei Sapientíssimo", e se pôs a rezar por toda a noite, até que Deus fez amanhecer. Ela ficou nessa situação durante três dias e noites, só se sentando no momento da prece em que se fazem as saudações aos anjos. Para Ḍaw Almakān e seu irmão, o mundo virou de cabeça para baixo: ordenaram que se montasse para ela uma das tendas deles próprios, e colocaram um camareiro à sua disposição. Tamanha veneração caiu em cheio no coração dos dois reis irmãos, bem como de todos no acampamento. Ao final do quarto dia a velha enfim pediu comida,

[413] Essa longa poesia consta somente de Tübingen, Varsy e Maillet. Foi objeto de um drástico resumo no manuscrito do Cairo, e substituída por outra mais curta, de sentido inteiramente diverso, nas edições impressas.

que lhe foi oferecida de várias gêneros, mas ela nada comeu e pediu um pouco de sal, que prontamente lhe foi trazido, e então ela comeu um pão com um pouquinho de sal; em seguida, fez tenção de jejuar e foi rezar. Šarrakān disse: "De onde ele tira tanto ascetismo e resignação para o jejum e a adoração? Por Deus que, não fora o *jihād* no qual estamos, esse *jihād* em prol do Senhor dos Mundos, eu também ficaria numa casa adorando a Deus, até encontrá-lo. Gostaria de entrar e conversar por algum tempo com esse asceta". Ḍaw Almakān disse: "Eu também, por Deus grandioso! Amanhã cedo marcharemos em direção a Constantinopla, e aí é que não conseguiremos passar tempo nenhum com ele". O vizir Darandān disse: "Por Deus, eu gostaria que rogássemos a Deus altíssimo para atender esse asceta...".

E o amanhecer alcançou Šahrazād, que parou de contar.

QUANDO FOI A NOITE

354ª

Disse Šahrazād:

Eu tive notícia, ó rei venturoso, de que o vizir Darandān disse: "... por Deus, eu gostaria que rogássemos a Deus altíssimo para atender esse asceta, e para que eu morra logo e me reúna ao meu Senhor, pois estou renunciando a este mundo". Na calmaria da noite, quando todos os olhos já dormiam, eles foram ter com a maldita em sua tenda, e eis que ela estava rezando e olhando fixamente para o local onde se prosternava. Eles começaram a chorar e a se lamuriar, mas ela não se voltou para eles até a metade da noite, quando encerrou a reza, e só então os cumprimentou e perguntou: "Quando vocês entraram aqui?". Eles responderam: "E por acaso você não ouviu o nosso choro, ó asceta?". Ela disse: "Não, por Deus! Quem está diante de Deus não está em nenhum destes mundos". Disseram: "Gostaríamos que você nos contasse a sua história, e rogasse por nós nesta noite, que nos é mais valiosa do que o próprio reino de Constantinopla". Ao ouvir tais palavras, ela disse:

Não fossem vocês líderes dos muçulmanos, eu nada lhes contaria, pois só me queixo a Deus altíssimo. Mas o fato é que eu estava em Jerusalém, vivendo ao lado de certos homens santos e místicos com os quais eu agia de modo arrogante por causa das benesses que Deus me concedera.[414] A vaidade se apossou de mim porque, certa noite, eu caminhei sobre as águas. Olhando aquilo que eu recebera, e que fora vedado aos demais seres humanos, molhei-me com aquelas águas e o meu coração foi invadido por uma grande dureza. Pensei então: "Por Deus que não ficarei na terra dos muçulmanos com o coração assim perturbado", e fui para a terra dos bizantinos, por cujas regiões perambulei durante um ano inteiro, não deixando um único lugar sem praticar a adoração a Deus. Cheguei então a este prado, onde permaneci por três meses, subindo às vezes aquela montanha, na qual [há um mosteiro, e no mosteiro] há um monge chamado Maṭarṭūnā. Ele, que tinha me visto durante esses três meses, saiu para me encontrar; beijou-me as mãos e os pés e disse: "Nós o temos visto desde que entrou nesta terra. Você me deu vontade de conhecer a terra do islã". Ato contínuo, pegou-me pela mão e me introduziu no mosteiro, e dali num cômodo [escuro]. Eu só queria ficar em paz. [Quando me vi dentro do cômodo,][415] ele fez uma artimanha e trancou a porta, deixando-me lá dentro por quarenta dias, sem comida nem bebida. Seu propósito era me matar. Certo dia, chegou um nobre[416] chamado Aftīmārūs Bin Mīḫā'īl acompanhado de dez criados, bem como de uma filha sua chamada Tamāṯīl,[417] a qual, verdade seja dita, não tinha igual. Quando eles entraram no mosteiro, o monge Maṭarṭūnā os informou da minha história. Disseram: "A essa hora, ele já deve estar putrefato. Que se tire o resto das suas carnes para dar aos pássaros". Abriram a porta, entraram e me encontraram de pé, ereto, orando e suspirando. Ao me ver, Maṭarṭūnā saiu correndo e gritando: "Fujam atrás de mim! Esse

414 Na compilação tardia, a formulação é oposta a essa, o que contraria, conforme se verá, o espírito da narrativa.

415 O trecho entre colchetes é acréscimo do tradutor. Na verdade, parece implícito que esse cômodo se localiza numa espécie de porão, no subsolo.

416 Aqui, "nobre" traduz *baṭrīq*, "patrício", palavra de origem grega que em outros pontos, cujo cenário era bélico, fora traduzida como "general".

417 No manuscrito do Cairo, o nobre, ou general, chama-se *Fīmāws*, e nas edições impressas, *Diqyānūs* (Decianus?). Já o nome da filha – o mesmo em todas as fontes – é uma palavra árabe que significa "estátuas". Por várias vezes, seu nome é citado seguido da afirmação de que ela "não tinha igual". O efeito buscado, no caso, é sonoro, pois o nome da personagem, *Tamāṯīl*, rima com *maṯīl*, "igual".

homem é um grande feiticeiro que invadiu estas terras!". Mas Aftīmārūs e seu grupo me agarraram e espancaram. Nesse momento, minha alma se acalmou e eu pensei: "Ó alma, a punição de quem veste os trajes da vaidade é ser expulso das portas do Senhor e maltratado nas terras dos infiéis". Colocaram grilhões nas minhas pernas e correntes no meu pescoço, e me devolveram ao subsolo. A cada três dias jogavam um bolinho de cevada para mim, e a cada um ou dois meses o nobre ia ao mosteiro acompanhado de sua filha Tamāṯīl, a qual, na primeira vez em que a vi, contava sete anos, e, como eu fiquei lá aprisionado por quinze anos, estava com vinte e dois anos.[418] Não havia nas terras bizantinas mulher mais formosa, e Aftīmārūs não a levara a Constantinopla por medo de que o rei a tomasse dele, pois a jovem devotara a vida a Cristo, muito embora cavalgasse com o pai, vestida como cavaleiro".[419]

E o amanhecer alcançou Šahrazād, que parou de contar.

QUANDO FOI A NOITE

355ª

Disse Šahrazād:

Eu tive notícia, ó rei venturoso, de que [a velha continuou contando:]

Aftīmārūs não levara a filha Tamāṯīl a Constantinopla por medo de que o rei a tomasse dele, pois a jovem devotara a vida a Cristo, muito embora cavalgasse com o pai, vestida como cavaleiro. Ela não tinha igual em beleza, mas ninguém sabia tratar-se de uma mulher. O seu pai depositara todos os seus bens no mosteiro. Entre esses bens eu vi taças de ouro e prata, diversas joias e pedras preciosas e cruzes, em quantidades tamanhas que cem camelos não bastariam para car-

[418] Em Tübingen, Varsy e Maillet, que refletem o corpus mais antigo da história, a conta está errada: nos três manuscritos se afirma que a garota tinha nove anos. Mas deve-se notar que, escritas por extenso, as grafias de "sete", *sab*^{c} e "nove", *tis*^{c}, podem ser facilmente confundidas, e o erro passaria despercebido por escribas apressados e/ou pouco atenciosos aos pormenores do enredo. Na compilação tardia preferiu-se corrigir aumentando a idade da personagem para 24 anos.

[419] Em Tübingen e Varsy existe, no final dessa noite, uma falha de cópia, pois ela se encerra com a expressão "e se reuniu", que sofre solução de continuidade.

regar. Isso tudo poderia ser distribuído às tropas dos muçulmanos, que são mais merecedores disso do que os miseráveis infiéis. Quando, após a imagem lhes ter dirigido a palavra, aqueles mercadores invadiram o mosteiro para me salvar, tentaram matá-los, mas eles agarraram Maṭarṭūnā, surraram-no e o arrastaram pela barba, dizendo-lhe: "Mostre-nos quem está aqui com você", e então ele lhe mostrou onde eu estava preso. Ao me encontrarem naquelas condições, pegaram-me, sem outro cuidado que não o de fugir, por medo da aniquilação. A noite de amanhã será a terceira do mês, que é uma importante data festiva no mosteiro; imperiosamente, Tamāṯīl irá, acompanhada do pai e de seus criados. Se quiserem, eu os conduzo até lá e lhes mostro onde estão os bens e as joias para que vocês distribuam tudo entre as tropas muçulmanas. O depósito do nobre Aftīmārūs fica sob o sopé da montanha, e eu os vi dali retirando taças de ouro e prata quando iam beber. Também vi, meus senhores, a jovem Tamāṯīl cantando em árabe para eles, ao som de alaúdes. Ai, que pena! Como seria graciosa aquela voz recitando o Alcorão! Se quiserem, eu os guiarei para que se escondam no mosteiro até a chegada do nobre Aftīmārūs e da filha, e quem sabe vocês não a capturam. Por Deus que ela não é adequada senão a Šarrakān, o rei do tempo, ou a seu irmão, o rei Ḍaw Almakān.

Ouvindo tais palavras, ambos os irmãos se mostraram contentes, mas não o vizir Darandān, que ficou bem desconfiado, a mente confrangida e o coração opresso: a conversa da maldita devassa não o havia enganado, mas, por causa dos dois reis, ele se acabrunhou e receou provocar algum incidente, mantendo-se portanto cabisbaixo, pálido e calado, indeciso quanto ao que fazer. Já a maldita Šawāhī se voltou para eles e disse: "Temo que, ao chegar e ver as tropas muçulmanas no prado, o nobre Aftīmārūs não se atreva a entrar no mosteiro".

Disse o narrador: Então eles logo ordenaram aos soldados que marchassem em direção a Constantinopla. [Šawāhī disse:][420] "Quando chegarmos [ao mosteiro], ficarei com vocês dois. Que estejam conosco cem dos seus mais bravos cavaleiros monoteístas. O butim pertencerá inteiramente a vocês, pois eu não tenho necessidade de posses nem de dinheiro. Seja como for, levem consigo cem burros potentes para carregar o tesouro", e eles lhe responderam ouvindo e obedecendo.

420 Acréscimo da tradução. Todas as fontes apresentam falhas neste ponto. A compilação tardia eliminou boa parte do trecho devido à sua quase ininteligibilidade. A lacuna deve remontar ao primitivo processo de elaboração da história.

Disse o narrador: Quando Šawāhī concluiu as suas palavras, Ḍaw Almakān mandou convocar o grão-chanceler, que compareceu acompanhado dos comandantes militares dos turcos e dos daylamitas, Rustum e Bahrām. O rei disse: "Tão logo amanhecer, partam com o exército em direção a Constantinopla. Você, grão-chanceler, será o meu representante e substituto no governo, nos pareceres e na administração. Você, Rustum, será o representante do meu irmão na guerra. Não contem para ninguém que não estamos com vocês, pois depois de três dias iremos alcançá-los". Em seguida, selecionou cem dos mais bravos cavaleiros de Ḫurāsān, conhecidos pela valentia, força e eloquência, muito embora Šarrakān e seu irmão Ḍaw Almakān pudessem se bastar a si mesmos graças às suas amplas virtudes. Também levaram consigo cem burros e baús para carregar o tesouro e o butim.

Quando amanheceu, os oficiais anunciaram a partida. Todos supunham que o sultão Ḍaw Almakān e seu irmão Šarrakān estavam indo juntos, conforme o hábito. Foi desse jeito que os soldados partiram. Já Šarrakān e seu irmão ficaram ali até o fim do dia. Os mercadores já haviam ido embora, não sem antes terem ido falar com a velha Šawāhī para lhe beijar as mãos e os pés, enquanto ela lhes dizia: "O *jihād* é necessário para que as pessoas se misturem. Eu já não tenho nenhum objetivo no mundo, pois a ânsia de encontrar Deus altíssimo já me matou. Quero morrer como mártir".

Quando escureceu, todos se dirigiram à montanha, deixando os cavalos na base, com cinco de seus cavaleiros. Os restantes subiram, conduzidos por Šawāhī, que voava na montanha, tamanha era a sua felicidade pela consecução de sua artimanha. Notando isso, Ḍaw Almakān dizia: "Glorificado seja Aquele que carrega este asceta sobre a terra. Se ele quisesse voar, voaria! Quem dera minha irmã Nuzhat Azzamān estivesse aqui comigo para ser agraciada com os rogos deste asceta e beijar-lhe as mãos, este asceta que afirmou caminhar sobre as águas". A maldita Šawāhī havia enviado uma mensagem para Constantinopla por meio de pombos, informando o rei Afrīdūn do que ocorria. Na carta, ela lhe disse:

Quero que você me envie mil cavaleiros dentre os mais poderosos bizantinos. Que eles percorram o caminho mais inóspito, pelo sopé da montanha, a fim de que nenhum soldado muçulmano os aviste. Que eles se dirijam ao mosteiro, pois a artimanha já se consumou contra os reis Šarrakān e Ḍaw Almakān e o vizir Darandān. Eles têm consigo cem cavaleiros. Eu entregarei a eles as cruzes e os objetos de ouro e prata que estão no mosteiro graças aos votos dos crentes e de outros. Já decidi matar o monge Maṭarṭūnā, pois a artimanha não se consumará senão com a sua morte: é só assim que ela dará certo, e quando isso ocorrer não sobrará dos muçulmanos ninguém, nem mesmo para soprar fogo. Maṭarṭūnā será o preço a ser pago pela cristandade.

Quando a ave chegou a Constantinopla, o adestrador de pombos levou o papel ao rei Afrīdūn, que o leu e imediatamente despachou o exército, cada soldado com um cavalo comum, um cavalo de raça, um burro e provisões. Em dois dias, os soldados chegaram ao prado, que era conhecido como Maqrafūnā.[421] Isso foi o que sucedeu com eles.

Quanto a Šarrakān, o cavaleiro da fé, ele entrou com seus companheiros no mosteiro e logo toparam com o monge Maṭarṭūnā, que viera checar quem estava ali. O asceta começou a gritar: "Matem esse maldito", e então eles o golpearam com as espadas e o fizeram beber do cálice da morte. A maldita os conduziu para o lugar onde os fiéis depositavam os seus votos, e dali eles extraíram um tesouro magnífico. O rei Šarrakān e seu irmão Ḍaw Almakān ficaram contentes e enfiaram tudo nos baús, que foram colocados no dorso dos burros. Quanto a Tamāṯīl, nem ela nem seu pai apareceram, por medo aos muçulmanos. Ḍaw Almakān a esperou pelo resto do dia, bem como pelo segundo dia. No terceiro dia, Šarrakān disse: "Por Deus que o meu coração está com as tropas muçulmanas. Não sei o que lhes aconteceu".[422] Seu irmão disse: "Já nos apoderamos desse enorme tesouro. O mais correto é irmos atrás dos soldados. Não acredito que Tamāṯīl nem ninguém virá a este mosteiro depois da terrível derrota sofrida pelo exército bizantino. E, se Deus conceder, conquistaremos Constantinopla e capturaremos Tamāṯīl e outras mais". Então resolveram ir embora, e o asceta, temendo provocar desconfianças, não pôde se opor. Avançaram até o começo do desfiladeiro, e eis que estavam ali acoitados dez mil cavaleiros cristãos que os cercaram por todos os lados, aos gritos. As espadas afiadas trabalharam, os infiéis bradaram os termos da sua infidelidade e dispararam as brasas da sua maldade.

E o amanhecer alcançou Šahrazād, que parou de contar.

[421] Assim em Tübingen. Como essa palavra nada significa em árabe, devendo ser corruptela de algum termo grego, sua grafia varia: *Mafraqūnā* em Varsy, e *Maġraqūnā* em Maillet.

[422] Neste ponto, numa rara menção a Šahrazād, o manuscrito Gayangos dá por encerrada o que nele é "a quinta parte" do livro. Folhas depois, inicia-se a "sexta parte da história das *Mil e uma noites*".

QUANDO FOI A NOITE

356ª

Disse Šahrazād:

Eu tive notícia, ó rei venturoso, de que, atacados pelos infiéis, Šarrakān e Ḍaw Almakān pronto perceberam que a situação estava terrivelmente difícil. Ḍaw Almakān perguntou: “Como estes soldados chegaram até nós? Quem os guiou? Quem lhes deu informações a nosso respeito? Como chegaram até aqui sem o conhecimento de nenhum dos nossos soldados, que estavam no caminho deles?”. Šarrakān disse: “Essa não é hora de perguntas, meu irmão, mas sim de luta e arrojo! Apoiem as costas nas paredes da garganta do desfiladeiro e lutem por suas vidas, pois este lugar parece uma viela com duas entradas. Por Muḥammad, o senhor dos árabes e dos persas, se este lugar não fosse tão estreito eu os derrotaria a todos, agora mesmo, ainda que fossem cem mil”. Disse o rei Ḍaw Almakān: “Por Deus que arriscamos as nossas vidas. Seria mais correto se tivéssemos trazido conosco cinco mil soldados do nosso exército”. O vizir Darandān disse: “Por Deus que, se estivéssemos com dez mil soldados neste lugar estreito, eles nos deixariam mais encurralados e não nos ajudariam em nada. Eu sei, da época em que fiz algaras por aqui com o rei ^{c}Umar Annu^{c}mān, que atrás deste desfiladeiro existe uma grande caverna. Estávamos num cerco a Constantinopla e vínhamos descansar nessa caverna, que tem uma fonte de água pura e fresca. Subamos lá antes que os bizantinos atinjam o cume da montanha e comecem a nos atirar pedras. Vamos agora!”.

Quando se aproximaram, verificaram que a caverna cabia mil cavaleiros. Ḍaw Almakān ficou muito contente e disse: “Quem dera nossos camaradas soubessem onde estamos para nos acudirem deste sofrimento”. O asceta disse: “Minha gente, que medo é esse? Vocês já não haviam dito que devotariam as suas vidas a Deus? Por Deus, eu fiquei no subsolo durante quinze anos e nunca me opus ao que dispunha o meu Senhor! Lutem pela causa de Deus, pois aquele que o faz terá a sua morada nos jardins do paraíso, e quem for morto será por Ele recompensado”.

Disse o narrador: Ao ouvirem as exortações do asceta, suas preocupações e aflições se dissiparam; os bizantinos os atacaram por todos os lados, e as espadas afiadas começaram a trabalhar, decepando mãos e pulsos, e cavalos tiveram as patas cortadas; os crentes combateram pela causa de Deus, sem temer censuras de quem quer que fosse. Enquanto golpeava os adversários violentamente com sua espada — decepando-lhes a cabeça de cinco em cinco e de dez em dez, dando-lhes de beber um mar inteiro com o cálice da morte e fazendo-os desabar na poeira —, Ḍaw Almakān recitava:

A todos vocês, ó bando de infiéis,
liquidarei com minha espada, em fúria:
a noite ataca o dia se o dia ataca a noite;
se alguém foge da luta, este não sou eu;
hoje os vestirei de roupas rubras de sangue,
e de mim irão ver, no fragor da batalha,
placidez tão enganosa quanto a do rio;
com a espada os derrubarei, e os deixarei,
no dia do Juízo Final, no deserto atirados;
no dia da agitação, eu os liquidarei
de cinco em cinco, e dez em dez;
este é um lugar onde não pouparei
aqueles que escolheram ser infiéis.
Ai de quem abjura da outra vida,
e ao Clemente atribui coisas ruins!
Deus se isentou da fala dos cristãos.[423]

Disse o narrador: Enquanto ele assim lutava, a maldita Šawāhī fazia sinais com a espada aos bizantinos, orientando-os quanto a quem enfrentar: fazia-os desviarem-se dela e irem combater Šarrakān; quando ele revidava, sua espada trabalhando no meio deles, os bizantinos se esquivavam da sua frente e atacavam outro. Šarrakān pensou: "Por Deus que os soldados infiéis estão se desviando da frente deste asceta adorador por causa do temor que a sua autoridade inspira! Incapazes de enfrentá-lo, dão-lhe as costas e se esquivam dele, preferindo vir me combater e lutar contra mim. Ele desfruta uma posição grandiosa!".

423 "A fala dos cristãos", *qawl annaṣāra*, é a Santíssima Trindade, que os muçulmanos consideram ofensiva ao Deus monoteísta. Essa poesia, que consta somente de Tübingen, Varsy e Maillet, apresenta diversas dificuldades de leitura, e, tendo em vista a maneira como está transcrita em Maillet, é composta em metro popular. Note que a transcrição de poesias em Tübingen e Varsy não difere do restante do texto em prosa, o que por vezes dificulta a localização precisa do final de cada verso ou hemistíquio.

E assim eles lutaram pelo restante da noite, indo então se esconder na caverna, tantos eram os danos e as pedradas que se abateram sobre eles. Suas perdas haviam sido de quarenta e cinco homens.

E o amanhecer alcançou Šahrazād, que parou de contar.

QUANDO FOI A NOITE

357ª

Disse Šahrazād:

Eu tive notícia, ó rei venturoso, de que o rei Ḍaw Almakān, seu irmão Šarrakān e o vizir Darandān, ao entrar na caverna após a perda de tantos homens, procuraram o asceta, mas dele não encontraram vestígio. Considerando aquilo muito grave e difícil, disseram: "Não resta dúvida de que ele tombou como mártir, e alcançou aquilo que buscava". Šarrakān disse: "Eu o vi arremetendo contra os infiéis durante a luta". Estavam nessa conversa quando a maldita Šawāhī apareceu carregando uma enorme cabeça decepada com o sangue ainda escorrendo. A devassa a havia recolhido dentre os mortos durante a batalha. Era a cabeça de um grande general, comandante de vinte mil cavaleiros, um dos mais poderosos guerreiros infiéis, que havia sido morto por um soldado turco: a flecha tinha-lhe entrado pelo peito e saído pelas costas, [brilhando, e então ele tombou morto de seu cavalo, e Deus lhe precipitou a alma ao inferno. Quando os bizantinos viram o que o turco fizera com o seu comandante, cercaram-no por todos os lados e o despedaçaram a golpes de espada, e Deus lhe precipitou a alma ao paraíso.][424]

Disse o narrador: No final do dia, quando os bizantinos recuaram para as suas posições iniciais, a velha Šawāhī decepou a cabeça do general e a levou para a caverna, pensando: "Se eles saírem para o combate não restará um só, e se não

[424] Trecho traduzido de Maillet. Em Tübingen e Varsy, os erros de cópia causam a impressão de que foram os próprios bizantinos que retalharam o seu general, o que não tem cabimento e é desmentido pelo curso da narrativa. O que ocorreu, certamente, foi o que os filólogos chamam de "salto-bordão", que consiste no pulo de um trecho devido à ocorrência de palavras semelhantes no original de onde se copia, o que pode deixar o copista confuso. Pelo modo como se apresenta, essa lacuna remonta ao original de ambos os manuscritos, e em Varsy ocorre uma tentativa, inconsistente, de remediá-la.

saírem tocamos fogo na entrada da caverna e os matamos a todos". Quando a viu, o rei Šarrakān ficou de pé e disse: "Graças a Deus que o vemos bem, ó asceta adorador!". Ela disse: "Por Deus, meu filho, que hoje eu procurei o martírio me atirando entre os bizantinos, mas eles não paravam na minha frente. Quando vocês se afastaram da luta, fui tomado pelo zelo e voltei, atacando o grande general, comandante de todos eles. Estava protegido por mil cavaleiros, mas eu o golpeei com a minha espada e lhe separei a cabeça do corpo. Nenhum bizantino ousou se aproximar de mim. Recolhi a cabeça dele e a trouxe para vocês a fim de que os seus corações se acalmem e se fortaleçam os seus cuidados com o *jihād* em prol de Deus, o Senhor dos adoradores. Amanhã quero deixá-los ocupados com a luta e ir procurar o seu exército; mesmo que ele já esteja às portas de Constantinopla, trarei para vocês vinte mil cavaleiros para liquidar esse bando de miseráveis que aqui estão". Šarrakān perguntou: "E como você poderia sair daqui de dentro e partir, se os cavaleiros bizantinos bloquearam a entrada do vale por todos os lados?". Ela deu um riso frio e disse: "Deus me manterá protegido do olhar deles. Não me verão, e quem acaso me vir não terá coragem de me cortar o passo".

O rei Šarrakān disse: "Por Deus que você fala a verdade, ó asceta. Eu já havia testemunhado esse fato. Contudo, se você puder sair no começo da noite talvez seja melhor e mais adequado para nós". Ela disse: "Sairei agora mesmo. Se você quiser ir também sem que ninguém o veja, me acompanhe. Se o seu irmão quiser, deixe-o vir conosco, e mais ninguém, pois a sombra dos homens santos[425] não pode proteger mais do que duas pessoas". Šarrakān disse: "Não posso abandonar os meus companheiros, o meu grupo. Mas leve consigo aquele em cuja salvação está a preservação dos muçulmanos, o rei Ḍaw Almakān, e que o vizir Darandān vá junto para poder nos enviar dez mil cavaleiros, conquanto seja difícil abrir mão dele na luta contra esses miseráveis". O asceta disse: "Antes de pôr a sua vida e a do seu vizir em risco, deixem-me sair para ver se o milagre da invisibilidade continua operante e se de fato os inimigos não me verão".

Disse o narrador: Em seguida, a maldita devassa saiu, enquanto Šarrakān dizia ao irmão: "Por Deus, meu irmão, se o asceta não fizesse milagres manifestos, não teria conseguido matar esse general e trazer-lhe a cabeça, pois se tratava de um guerreiro muito poderoso. Agora, o ímpeto dos cristãos se quebrou por causa da morte do seu maior general". Ainda conversavam quando a velha malvada

[425] "Homem santo" traduz *waliyy Allāh*. A primeira palavra do sintagma, cuja tradução se sedimentou como "santo", tem, do ponto de vista etimológico, o sentido de "protegido".

regressou e disse: "Em nome de Deus, e a Ele nos confiemos! Onde está Ḍaw Almakān, o rei do tempo?". Ele respondeu e se pôs em pé, juntamente com seu irmão Šarrakān. Ela continuou: "Chame o seu vizir e conselheiro e venham atrás de mim. Sigam-me". A velha Šawāhī fora informar os bizantinos da sua estratégia e da tramoia que pretendia administrar, e os deixou extremamente felizes, augurando a vitória sobre Šarrakān e seu irmão Ḍaw Almakān; disseram: "Não curaremos a quebra sofrida com a perda do nosso comandante senão mediante a captura do rei deles. Só assim nos desculparemos perante o rei Afrīdūn".

Šawāhī disse a Ḍaw Almakān e Darandān: "Vamos, com a bênção de Deus altíssimo!", e saiu, conduzindo atrás de si os dois homens,[426] já transpassados pelas setas do decreto e da decisão divina. Ela não parou de avançar, seguida pelos dois, até passarem no meio do exército bizantino e o atravessarem, chegando à entrada do desfiladeiro. Os bizantinos ficaram esperando e não se interpuseram por causa da recomendação da velha Šawāhī.

Disse o narrador: Vendo que os olhos dos bizantinos estavam fixados neles, mas que apesar disso não se lhes interpunham, Ḍaw Almakān disse: "Não existe divindade senão Deus! Eis aí uma das marcas dos santos bem-aventurados. O único olhar que os bizantinos têm para nós é o da reverência". O vizir Darandān disse: "Quanto a mim, eu não acredito que eles sejam cegos e que não nos estão vendo. Não sei o que os impede de nos capturar". Estavam nessa conversa quando os soldados avançaram sobre os dois, cercaram-nos e os agarraram, dizendo: "Ai de vocês! Estão com mais alguém?". O vizir Darandān respondeu: "Sim, sim, não estão vendo esse outro homem que vai na nossa frente?". Responderam: "Não, pela vida de Cristo que não estamos vendo mais ninguém. Só vocês dois". Ḍaw Almakān disse: "Essa é a punição de Deus para você, ó vizir, por causa do que disse a respeito do asceta. Você disse: 'Não sei o que os impede de nos capturar', duvidando e descrendo dos milagres feitos pelos bem-aventurados!".

Disse o narrador: Então a maldita Šawāhī, cognominada de Ḏāt Addawāhī, saiu de perto deles, desaparecendo de suas vistas, como se não tivesse notado o que lhes sucedeu. Os soldados imediatamente lhes colocaram correntes no pescoço e grilhões nas pernas.

E o amanhecer alcançou Šahrazād, que parou de contar.

[426] Em Tübingen e Varsy, nesse trecho, ocorre certa confusão, e a narrativa, equivocadamente, faz com que Šarrakān também participe da saída.

QUANDO FOI A NOITE

358ª[427]

Disse Šahrazād:

Eu tive notícia, ó rei venturoso, de que os bizantinos capturaram Ḍaw Almakān e o vizir Darandān. Quanto a Šarrakān, tão logo amanheceu ele saiu para o combate com os seus soldados, e eles então enfrentaram os infiéis. Os bizantinos lhes disseram: "Ai de vocês! Nós capturamos o seu sultão e o seu vizir, e agora vocês já não têm quem os organize, e com as nossas espadas vamos despedaçá-los. Mas, se vocês porventura se renderem, talvez o rei amanheça ao seu lado, contanto que vocês se retirem do nosso país e voltem para o seu".

Disse o narrador: Ao ouvir o que sucedera ao irmão, o rei Šarrakān sofreu um baque e sentiu suas forças esmorecerem. Ficou certo, bem como os seus homens, da aniquilação, e por isso começaram a lutar sem maiores esperanças, assim ficando até o final do dia, quando então Šarrakān e seus soldados retornaram à caverna, já demonstrando sinais de humilhação e tristeza: trinta e cinco de seus melhores cavaleiros tinham sido mortos, e os restantes estavam feridos. Quando amanheceu, Šarrakān disse aos soldados: "Se vocês saírem, ninguém conseguirá voltar. Aqui temos um pouco de água e provisões. Portanto, mantenham as espadas desembainhadas e postem-se à entrada da caverna para defendê-la no caso de alguém tentar invadir". E prosseguiu: "Talvez Deus tenha ocultado o asceta das vistas dos bizantinos, e ele tenha ido até as tropas muçulmanas. Eis-nos aqui, portanto, à espera da salvação pelo Senhor dos mundos". Os soldados disseram: "É o mais correto a fazer", e com paciência resistiram aos infiéis na entrada da caverna, até que o dia acabou e caiu a noite com seu embaçamento. Quando escureceu totalmente e as sombras passaram a se confundir, os bizantinos disseram uns aos outros: "Até quando vamos passar os dias nessa inutilidade? Eles já são bem poucos.[428] Vamos tocar fogo na caverna. Ou bem eles se entregam a nós, ou então alimentam as chamas e se tornam uma lição para os dotados de inteligência e cla-

[427] Neste ponto ocorre concordância quanto à divisão da noite, mas não quanto ao número, evidentemente: Varsy, 361; Tübingen, 352; Maillet, 429; na compilação tardia, em que a divisão ocorre um pouco antes, os números são: Cairo, 100; Calcutá e Būlāq, 98.

[428] Em Maillet e na compilação tardia, precisa-se o número: "vinte e cinco homens".

rividência. Que a misericórdia de Cristo para com eles seja menor que o espaço de uma espetada de agulha.[429] Como são corajosos e fortes!".

Disse o narrador: Então se puseram a carregar lenha para a entrada da caverna e atearam fogo. Certos de que estavam liquidados, Šarrakān e seus camaradas pronunciaram a frase que jamais deixa alguém desamparado: "Não existe força nem poderio senão em Deus altíssimo e poderoso! Deus é grande! O fogo do mundo, sim; o fogo da outra vida, não! Entregamos nossa vida a Deus!". Então ouviram os gritos dos bizantinos, dizendo: "Ai de vocês! Entreguem-se, caso contrário podem perder a esperança de ver o seu sultão Ḍaw Almakān e seu vizir Darandān, que estão acorrentados e agrilhoados. Se vocês não se entregarem, vamos decepar a cabeça dos dois", e os exibiram. Assim que os viram, os muçulmanos choraram, e Ḍaw Almakān gritou ao seu irmão Šarrakān: "Entregue-se, meu irmão! Quiçá Deus tenha tornado próximo o caminho da nossa liberação!". Ao ouvir as palavras do irmão, Šarrakān voltou-se para os seus camaradas e disse: "É o mais correto a fazer", e gritaram para os bizantinos: "Apaguem o fogo da entrada da caverna e do caminho que nós nos entregaremos a vocês". Os bizantinos começaram a jogar terra e água até que o fogo se apagou, e Šarrakān e seus companheiros saíram e foram presos pelos bizantinos, que os amarraram e se apoderaram do dinheiro e dos baús que estavam no dorso dos burros.

Quando Deus fez amanhecer, saíram do desfiladeiro e avançaram pelo lado oposto durante o dia inteiro, até que a escuridão baixou e eles pararam para descansar. Šarrakān perguntara ao irmão como eles haviam caído, e o que sucedera ao asceta. Ḍaw Almakān lhe disse que os bizantinos não se lhes interpuseram "enquanto estávamos avançando à sombra dele. Não nos viram até que o vizir Darandān disse tal e tal coisa. Foi esse o motivo da desgraça". Šarrakān disse: "Era isso que estava predestinado a nos ocorrer. Suplicamos a Deus que o asceta tenha transmitido as notícias sobre nós aos nossos soldados muçulmanos, e então eles chegarão amanhã de manhã". Continuaram na mesma situação até que passou a maior parte da noite. Após descansar, Šarrakān espreguiçou-se, esticando o corpo, e conseguiu soltar as amarras; encontrou as chaves das correntes sob a cabeça dos vigias, pegou-as, abriu os cadeados e disse ao irmão: "Ó rei do tempo, quero degolar...".

E o amanhecer alcançou Šahrazād, que parou de contar.

[429] "Que a misericórdia [...] agulha" traduz *falā raḥima Almasīḥ fīhim maġraz 'ibra*, uma espécie de maldição em árabe que pode ser usada por muçulmanos ou cristãos. O sujeito dessa falta de misericórdia é mais comumente *Allāh*, "Deus".

QUANDO FOI A NOITE

359ª

Disse Šahrazād:

Eu tive notícia, ó rei venturoso, de que Šarrakān disse ao seu irmão: "Quero degolar três dos vigias e pegar as suas roupas para nos vestirmos com elas. Assim poderemos caminhar entre eles sem que nos reconheçam e ir atrás dos nossos soldados". Ḍaw Almakān disse: "Esse parecer não é correto, meu irmão. Temo que, se os bizantinos despertarem com o barulho e nos agarrarem novamente, acabem não nos poupando desta vez. Vamos embora com nossa roupa mesmo, e Quem já nos salvou pode muito bem nos proteger". Šarrakān lhe disse: "Então vá você e o vizir Darandān, e conduzam aqueles dois cavalos como se fossem lhes dar água, até que eu vá atrás de vocês. Meu coração não ficará satisfeito se eu deixar os outros muçulmanos aqui com eles para serem mortos pela manhã, sem escapatória".

Em seguida, Šarrakān, fingindo dormir, foi se deitando ao lado de um por um dos muçulmanos aprisionados, abrindo os seus cadeados e soltando-os todos, que eram pouco mais de vinte, e os fez irem atrás de Ḍaw Almakān. Deus mergulhara os bizantinos num sono profundo graças à misericórdia existente em seus depósitos para os seus adoradores. A maioria dos bizantinos estava embriagada, pois são uns malditos viciados em bebidas fermentadas. Šarrakān roubou até não mais poder as espadas que estavam largadas aos pés dos soldados, bem como outras armas, e depois escolheu um cavalo e saiu, protegido por Deus. Os bizantinos supunham que eles não conseguiriam fugir no meio de tantos soldados.

Disse o narrador: Quando Šarrakān chegou aos seus companheiros, encontrou-os fervendo em fogo devido à expectativa da espera, cheios de medo por ele e por si próprios, achando que seriam descobertos e recapturados. O rei Šarrakān disse: "Nada temam. Deus altíssimo vai lhes dar a vida do mesmo modo que os salvou. Vamos, rápido, o caminho está à nossa frente, e só nos resta caminhar e confiar em Deus, o Senhor Onipotente. Só que há no meu coração um assunto, um plano no qual eu quero que vocês me ajudem". Perguntaram-lhe: "E qual é esse plano?". Ele respondeu: "Subam nessa colina e gritem 'Deus é grande' em uníssono, e digam aos bizantinos: 'Os exércitos muçulmanos e as falanges maometanas vieram pegar vocês! Avancem, ó soldados de Deus, e cortem o pescoço dos inimigos de Deus!'. Vamos todos unir a voz fazendo um grande alarido, pois nesta noite tão escura os gritos ganharão intensidade, fazendo com que o inimigo se disperse. Ao nos procurarem e não nos encontrarem, eles vão presumir que os nossos soldados já deram uma batida por lá. Nessa hora entraremos no meio deles e os atacaremos com nossas espadas até o amanhecer". Ḍaw Almakān disse: "O mais correto é que partamos sem falar nada, caso contrário os inimigos nos procurarão e talvez venham em nosso encalço com cavalos ligeiros. Desta vez não poderemos nos entregar, pois seremos liquidados. Deus altíssimo diz: 'Não se lancem à aniquilação pelas suas próprias mãos'".[430] Disse Šarrakān: "Eu gostaria, ó rei do tempo, que você concordasse comigo nessa ação. Não vai ocorrer senão o bem. Quero que você faça isso que eu planejei". Ḍaw Almakān disse: "Aja como quiser".

Ato contínuo, Šarrakān subiu numa colina elevada dali das proximidades, pois Ḍaw Almakān concordara com os seus propósitos, e todos se puseram a gritar "Deus é grande!" com a voz mais alta que podiam, e naquela noite escura as montanhas, colinas, árvores, pedras e aldeias lhes responderam fazendo eco, e o mundo estremeceu com os gritos, afinal ouvidos, de todos os lados, pelos infiéis bizantinos, os quais, enganados, se atropelaram apavorados para recolher suas roupas e armas, e montar em seus cavalos dizendo: "Os inimigos vão fazer uma ofensiva contra nós, e nos cercaram! Pela religião de Cristo!".

Disse o narrador: Em seguida, procuraram os prisioneiros muçulmanos que haviam feito, mas deles não viram rastro nem tiveram notícia, e então se dispuseram a fugir no escuro da noite espessa, mas seus comandantes lhes disseram: "Ai de vocês! São aqueles seus prisioneiros que estão fazendo isso tudo! Vão atrás deles e deixem-nos próximos da morte. Não se enganem com os gritos que eles deram no meio destas montanhas, e que lhes causaram tanto medo e terror. Deixem os seus corações prontos para a guerra e a luta!". Seus corações imediatamente se acalmaram, e eles procuraram os combatentes muçulmanos por todos os lados da colina.

Disse o narrador: Vendo aquilo, Ḍaw Almakān, ainda mais amedrontado, disse ao irmão: "Se foi esse o cálculo que você fez, aí está o resultado! Já não podemos evitar o *jihād* em obediência ao Senhor dos humanos", forçando o irmão a lhe atender a fala. Angustiado, Šarrakān lançou-se do alto da colina contra o inimigo,

[430] Alcorão, 1,195 (Sura da Vaca).

bradando "Deus é grande!", e com ele bradaram os seus homens, todos dispostos a sacrificar a vida em obediência a Deus, o rei, o santificado. Estavam nisso quando ouviram vozes elevadas vindo atrás deles, também bradando "Deus é grande!", jubilosas e alçando preces pelo portador da boa nova e da advertência:[431] havia chegado o exército dos muçulmanos monoteístas. Ao ver os soldados, o coração do rei Šarrakān se fortaleceu, e ele disse "Deus é grande", entrando em júbilo. Já os bizantinos imaginaram que ocorria algum terremoto, e que eles estavam aniquilados. Os animais da região se assustaram e fugiram espavoridos por causa do relincho dos cavalos. Todos esses sons juntos levaram os bizantinos à certeza de que o exército muçulmano fazia uma ofensiva, e tentaram se dispersar por aqueles ermos desolados, mas a espada desabou sobre eles, e suas cabeças voaram como se fossem bolas. O decreto e a decisão divina haviam sido favoráveis. Šarrakān desceu da colina e atacou, pondo-se a golpear o peito dos bizantinos com a lança, deliciando-se com o som dos gritos, e eis que ouviu a voz de Bahrām, comandante dos turcos, e Rustum, comandante dos daylamitas.[432]

E o amanhecer alcançou Šahrazād, que parou de contar.

QUANDO FOI A NOITE

360ª

Disse Šahrazād:

Eu tive notícia, ó rei venturoso, de que Šarrakān ouviu as vozes de Bahrām e Rustum, que estavam acompanhados por vinte mil cavaleiros, enquanto a espada trabalhava, o sangue corria e a guerra se incendiava sem cessar contra os infiéis que exerciam a iniquidade, e isso do início da noite até a claridade da aurora. Os adversários conheceram quem os desafiava. Vendo o exército muçulmano, Ḍaw Almakān agradeceu a Deus, o rei justo, e todos se apoiaram; Bahrām e Rustum

431 "Portador da boa nova e da advertência", *albašīr annaḏīr*, é Muḥammad, o profeta do islã.
432 Em todas as fontes, houve uma inversão: Rustum passa a ser comandante dos turcos, e Bahrām, dos daylamitas, ao contrário do que se leu quando do surgimento dessas personagens. Isso se deve, decerto, à desimportância dos nomes. Mas a tradução corrigiu essa distração do autor.

se apearam com seus cavaleiros e beijaram o chão diante dele, do seu irmão Šarkān e de todos quantos estavam com eles, congratulando-os por estarem bem.

Šahrazād continuou contando ao rei:[433]

O motivo da vinda deles àquele lugar era espantoso, sendo absolutamente imperioso que o relatemos em pormenor. O fato é que os generais Bahrām e Rustum, comandantes dos exércitos muçulmanos, haviam avançado, com os estandartes drapejando sobre as suas cabeças, até Constantinopla, onde encontraram os infiéis bizantinos já nas muralhas da cidade e sobre as torres; suas vozes se alçaram tão logo avistaram os soldados muçulmanos e ouviram o tropel da cavalaria por debaixo da poeira levantada; trombetas tocaram e o vozerio se confundiu, e os infiéis olharam fixamente até que a poeira se dispersou na estrada, e a estrela do exército muçulmano em suas terras brilhava: suas vozes se elevaram aos céus, e os combatentes do *jihād* se emocionavam com seus cânticos e vozes recitando o Alcorão. Nesse momento, os infiéis ergueram as suas cruzes, e responderam com suas falsidades, calúnias, mentiras e despropósitos, até que os seus soldados acorreram, enchendo o solo e o mar encapelado com uma multidão que não tinha começo nem fim. Olhando bem e notando que as muralhas de Constantinopla estavam apinhadas de homens e abarrotadas de cavaleiros infiéis defensores da opressão, o grão--chanceler disse [a Bahrām]: "Estamos em grande perigo, comandante, expostos a inimigos tão numerosos. Veja só a quantidade de soldados que estão nessas muralhas e torres; parecem um mar agitado. Eles são dez vezes mais do que nós. Ademais, não estamos a salvo de que algum espia vá até eles e os avise de que estamos sem o nosso sultão, o cavaleiro do islã Ḍaw Almakān, nem o seu irmão, o rei Šarkān, e nem o vizir Darandān, e então eles passem a nutrir a ambição de nos derrotar, e isso tem mais outra face, ou seja, eles podem, ainda por cima, enviar soldados contra os nossos camaradas sem que nós saibamos. Assim, ficamos expostos por causa da ausência dos nossos líderes, pois os corpos precisam de suas cabeças tal como os céus precisam das estrelas. O melhor parecer é que você escolha dez mil dos melhores cavaleiros dentre os curdos e os homens de Mossul, [e que Rus-

[433] Neste ponto, existe um problema de cópia que remonta aos originais antigos, pois se repete em Tübingen, Varsy e Maillet. Nos dois primeiros, há uma divisão de noite, o que é estranho, uma vez que acabara de acontecer uma divisão. Em Varsy, ademais, há uma anotação que, embora não seja do copista, é possivelmente contemporânea da cópia: "falta algo aqui". Em Maillet, o copista se apercebeu do problema e deu a solução que adotamos aqui. Nas demais fontes, quais sejam, Gayangos, Cairo e as edições impressas, a narrativa continua com os mesmos eventos. Isso evidencia que, se alguma lacuna existe, ela é irremediável. Aparentemente, contudo, a narrativa mantém a coerência.

tum escolha outros dez mil cavaleiros, e que vocês dois retornem][434] ao mosteiro do monge Maṭarṭūnā e ao prado de Maqrafūnā[435] em busca dos nossos companheiros. Se o que eu tenho em mente estiver correto, vocês irão salvá-los, e se não estiver correto, não haverá nenhuma censura contra nós, pois vocês poderão voltar rapidamente para cá. Esperar o pior é sempre a melhor disposição". Então o comandante Bahrām escolheu dez mil cavaleiros para cada um e ambos irromperam pelo caminho, na maior velocidade, em direção ao prado, ao mosteiro e à montanha. [Isso foi o que sucedeu aos soldados muçulmanos.

Quanto à][436] devassa Šawāhī, ela, depois de haver tapeado o sultão Ḍaw Almakān, o seu irmão Šarrakān e o vizir Darandān, arranjou um cavalo e pensou: "Quero alcançar os soldados muçulmanos e afastá-los de Constantinopla dizendo-lhes que os seus companheiros foram mortos. Quando ouvirem isso, irão se desnortear e dispersar, e sua energia se esgotará. Então irei ter com o rei Afrīdūn e o meu filho Abrawīz para deixá-los a par da situação, e eles atacarão os muçulmanos, destroçando o que tiver restado deles. Não permitirei que nenhum deles continue inteiro". E assim foi avançando no dorso do cavalo pelo resto do dia e da noite.[437]

Quando amanheceu, ela vislumbrou ao longe os soldados de Bahrām e Rustum, e entrou num desvio da estrada, ali escondendo o seu cavalo; então, avistou as bandeiras muçulmanas e os estandartes da ortodoxia maometana. A devassa Šawāhī acreditava que o exército muçulmano inteiro voltaria derrotado, e ao ver as bandeiras e os estandartes não abaixados, mas sim hasteados, mencionando o Deus único, percebeu que aqueles soldados, receosos pela vida dos seus companheiros, estavam voltando para resgatá-los. Saiu correndo do desvio em que se enfiara, semelhando um demônio na imagem de um ser humano, e foi até eles dizendo: "Rápido, rápido, soldados do Misericordioso!". Ao vê-la aparecer, Bahrām se voltou para a velha, beijou o chão diante dela e disse: "Ó protegido de Deus, quais são as notícias?". A velha respondeu: "Nem me pergunte! Após terem se apropriado do dinheiro escondido no mosteiro do monge Maṭarṭūnā, nossos companheiros se apressuraram para se reencontrar com vocês em Constantinopla,

[434] Trechos entre colchetes traduzidos de Gayangos, cuja versão é a única que se preocupou com a exatidão numérica.

[435] Agora, Tübingen, Varsy e Maillet concordam no nome do prado, que sofreu alteração por evidentes problemas nos originais copiados: *Maslaḫūnā*. A tradução manteve o nome primitivamente atribuído ao local.

[436] Traduzido de Maillet.

[437] Neste ponto, que corresponde ao início da noite numerada como 433 no manuscrito Maillet, encerra-se a "nona parte" das *Mil e uma noites*, anunciando-se logo em seguida o início a "décima parte".

mas foram atacados por soldados em enorme quantidade" — e lhes repassou a história toda, finalizando: "Alguns deles foram aprisionados. Eram menos de vinte".

Ante as palavras da velha, Bahrām disse de imediato: "Não existe poderio nem força senão em Deus altíssimo e poderoso!", e perguntou: "Ó asceta adorador, quando você se separou deles?". Ela respondeu: "Esta noite mesmo". Bahrām disse: "Exalçado seja Deus, que diminuiu o tamanho das terras distantes que você percorreu a pé, por fazer parte daquele grupo de santos que planam!", e, deixando-a, tornou a montar em seu cavalo e cavalgou, como se tivesse perdido a razão, dizendo: "Por Deus, todo esse esforço foi em vão. Por Deus, Šarrakān, que na sua ausência todo mundo se perdeu". E foram avançando céleres, noite e dia, até o alvorecer, quando então se aproximaram do pico do desfiladeiro — conforme já lhe contei, ó rei do tempo[438] —, onde descortinaram, ao longe, Šarrakān mergulhado na luta, jubilosamente bradando "Deus é grande". Reconhecendo-os e reconhecendo-lhes as vozes, atacou com eles, e assim cercaram os malditos soldados bizantinos, para os quais gritaram: "Este é um amanhecer de mau agouro para vocês!". Quando o dia clareou totalmente, eles se reconheceram em detalhe. Bahrām, Rustum e os demais cavaleiros apearam-se, beijaram o chão e, dirigindo-se ao sultão Ḍaw Almakān, ao seu irmão Šarrakān e ao vizir Darandān, bem como seus companheiros, oficiais e soldados, felicitaram-nos por estarem a salvo.

E o amanhecer alcançou Šahrazād, que parou de contar.

QUANDO FOI A NOITE

361ª

Disse Šahrazād:

Eu tive notícia, ó rei venturoso, de que Ḍaw Almakān e seu irmão Šarrakān ordenaram a seus companheiros que montassem e agradeceram o seu proceder. Depois lhes relataram tudo quanto lhes sucedera, o que havia acontecido na caverna e no vale. Bahrām e Rustum se assombraram e disseram: "Vamos rápido

[438] Essa intervenção é de Šahrazād, e consta somente das três fontes mais antigas – Tübingen, Varsy e Maillet –, o que indica que ela remonta ao primeiro original que incluiu essa história nas *Mil e uma noites*.

para Constantinopla, pois lá deixamos os soldados muçulmanos, e o nosso coração está preocupado com eles", e imediatamente partiram, com Šarrakān à frente, coração apaziguado e tranquilo, incitando os seus companheiros e o seu irmão a recitar os seguintes versos:[439]

Tens o louvor, Senhor do louvor e da gratidão:
sempre me atendes, ó Senhor do eterno louvor;
poderoso fui criado em vários países, e tu foste
meu garante, o melhor dos garantes e tesouros;
tudo me deste: dinheiro, propriedades e benesses,
com a espada da coragem e da vitória me investiste,
e uma longa vida sob a sombra do rei verdadeiro,
e quase me afogaste com as tuas amplas benesses
e me salvaste dos flagelos contra os quais alertaste,
mediante os conselhos do melhor vizir do tempo;
com tua força atacamos os bizantinos e os dobramos;
nossos golpes os fizeram fugir com rubros adornos;
eu fingira haver sofrido a maior de todas as derrotas,
mas depois retornei contra eles como um leão furioso;
deixei-os pelo chão prostrados e mortos, tal como se
ébrios da taça da morte estivessem, e não do vinho;
todas as embarcações deles em nossas mãos caíram,
e o poder nos pertence, tanto em terra como em mar;
veio ter conosco o asceta, o adorador de Deus, cujas
bênçãos encheram tanto o deserto como a cidade;

[439] Neste ponto ocorre uma divisão de noite no manuscrito Maillet. Vale a pena traduzi-la para que se conheçam seus termos (que nem sempre são estes): "E o amanhecer atingiu Šahrazād, que interrompeu seu discurso autorizado. O coração do rei Šāhriyār ficou ocupado com o restante da história e com a recitação. Quando amanheceu, Dīnāzād disse à sua irmã Šahrazād: 'Como estava bonita a sua história, maninha!', e ela respondeu: 'Isso não é nada perto do que vou contar na próxima noite, se eu for poupada por este rei tão polido'. O rei pensou: 'Por Deus que não a matarei até ouvir dela o restante da história', e levantou-se, saindo para o divã do seu governo e reino. Sentou-se em seu trono acolchoado, e o vizir [*pai de Šahrazād*] ficou espantado com aquilo, e soube que a sua filha estava a salvo da morte. O rei continuou governando o seu Estado até o fim do dia, quando então entrou em seu palácio. *Quando foi a noite 434ª*, disse Dīnāzād para sua irmã Šahrazād: 'Por Deus, maninha, se você não estiver dormindo, conte-nos uma de suas belas historinhas para com ela atravessarmos o serão desta noite, na companhia deste rei perfeito'. O rei disse: 'Que seja a complementação da história da maldita Šawāhī, a paciência do rei Ḍaw Almakān e o que disse em seus versos Šarrakān'. Ela disse: 'Com muito gosto e honra. Eu tive notícia, ó rei venturoso, de que [...]'".

a vida e o espírito de todo infiel nós arrancamos;
os teimosos a Deus desafiavam com a sua heresia.
Os bizantinos contra nós arremeteram de todo lado,
e, na encruzilhada, mais renhida a luta foi se tornando;
muitos dos nossos homens foram mortos, e ganharam,
nos eternos jardins do paraíso, palácio sobre palácio;
conduziram-nos aprisionados, mas eu havia jurado aos
meus homens lealdade absoluta para a grande vitória;
quando a noite desceu e a escuridão se fez mais espessa,
rompi minhas amarras, e dali me voltei, sem terror,
para os grilhões das pernas, os quais eu ligeiro soltei
antes que as estrelas brilhassem, e logo nos ermos corri.
Meu Senhor me gratificou, e transformou a dificuldade,
tal como o manso galope de um corcel, em facilidade.[440]

Disse o narrador: Quando Šarrakān concluiu a poesia, Ḍaw Almakān gritou-lhe: "Que Deus jamais lhe emudeça a boca nem mantenha vivos os seus inimigos". Continuaram avançando velozmente em busca do seu exército. Isso foi o que lhes sucedeu.

Já quanto à velha Šawāhī Ḏāt Addawāhī, após ter se encontrado com os soldados de Bahrām e Rustum e os visto partir, ela retornou ao desvio onde ocultara o cavalo, pegou sua bengala, montou e cavalgou até se aproximar do exército muçulmano em Constantinopla. Ali ela se desapeou, afugentou o cavalo e se dirigiu à entrada das tendas e dos pavilhões, onde estava alojado o grão-chanceler, que ao vê-la se pôs em pé, beijou-lhe a mão e lhe fez sinal para sentar-se, dizendo: "Muito bem-vindo, ó asceta adorador de Deus!", e perguntou-lhe como estava passando. A velha lhe relatou o que ocorrera e disse: "Os comandantes Bahrām e Rustum não estão em segurança, pois eu me encontrei com eles e seus comandados no caminho. Eram vinte mil cavaleiros, mas os infiéis são em número bem maior. Apressem-se, apressem-se!". Quando ouviram tais palavras, os muçulmanos perderam o arrojo e a disposição, os guerreiros choraram e os sol-

[440] Essa poesia, na verdade uma redundância que repassa em versos tudo quanto sucedera à personagem, e que o leitor já conhece, encontra-se bastante estropiada nas fontes. A compilação tardia a mutila de vários versos, e os manuscritos Tübingen, Varsy e Maillet contêm óbvios erros de cópia. Impôs-se a leitura combinada de todas as fontes.

dados murmuraram entre si, agitados. A velha Šawāhī lhes disse: "Ó muçulmanos! Busquem ajuda em Deus, mantenham puros os seus propósitos e tenham paciência com este infortúnio! Vocês têm um pio exemplo nos ancestrais que escreveram a lei maometana. Vocês não vieram para cá senão com o propósito de fazer o *jihād* e suportar os sofrimentos em obediência ao Senhor das criaturas. Tem seu preço o paraíso, cujos palácios serão o abrigo de quem morrer como mártir. A morte é absolutamente imperiosa!".

Tão logo ouviu essa exortação, o grão-chanceler convocou o sobrinho do comandante Bahrām, que era um bravo cavaleiro, um lutador destemido chamado Dukāš, selecionando para ele dez mil cavaleiros corajosos e severos e lhe recomendando que partisse, e nesse dia mesmo ele partiu. No dia seguinte, os soldados muçulmanos se aproximavam quando Šarrakān, divisando aquela poeira, receou-se por suas tropas e disse: "Não existe força nem poderio senão em Deus exalçado e poderoso! Por Deus, aqueles são soldados se aproximando! Ou eles são bizantinos, ou então aconteceu algo aos nossos soldados. Não existe oposição ao que o destino decidiu". E, voltando para perto do irmão, disse: "Mantenha-se em sua posição para que eu possa protegê-lo com a minha própria vida. Se forem soldados inimigos, ser-me-á absolutamente imperioso enfrentá-los, nem que eu tenha de beber da taça da morte, e talvez assim me torne mais um mártir. Eu só gostaria mesmo de ver o asceta mais uma vez antes da minha morte, a fim de que ele faça por mim o rogo dos bem-aventurados. Não morrerei senão numa situação de guerra, de luta, de batalha".

Estavam ambos nessa conversa quando as bandeiras surgiram e nelas estava escrito "Não existe divindade senão Deus, e Muḥammad é o Seu enviado". Šarrakān gritou no dorso do seu cavalo e saiu como um relâmpago, alcançando o exército em cuja vanguarda ia o comandante Dukāš, para quem gritou: "Qual a situação dos muçulmanos?". Dukāš respondeu: "Estão muito bem e com saúde! Nós só viemos atrás de vocês por preocupação". Descavalgou, beijou o chão em louvor a Deus altíssimo e perguntou a Šarrakān: "Amo, onde está o sultão? Onde está o vizir Darandān? E o comandante Rustum, e meu tio Bahrām?". Šarrakān respondeu: "Ei-los aqui todos muito bem, graças a Deus, o Senhor dos mundos", e perguntou: "Quem lhes deu a informação sobre nós?". Dukāš respondeu: "O santo asceta. Ele nos contou ter visto meu tio Bahrām e Rustum, e determinou a ambos que fossem até vocês. Também disse que os infiéis que se juntaram contra vocês eram inúmeros. Não sei se as coisas foram diferentes disso. Graças a Deus altíssimo vocês foram agraciados com a vitória". Em seguida, Dukāš repetiu como fora a chegada do asceta e o que ele dissera: havia percorrido a pé, num dia e numa noite, uma distância que um bom cavaleiro levaria três dias para cobrir. Šarrakān disse: "Sim, meu irmão, aquele homem é um dos santos de Deus. Onde ele está agora?". Dukāš respondeu: "Deixei-o protegendo os soldados da fé contra os sequazes da iniquidade, conclamando-os a recitar o Alcorão". Šarrakān ficou muito contente com aquilo e Dukāš tomou o caminho de volta com o exército monoteísta, todos entoando louvores a Deus altíssimo por estarem bem, e fazendo preces de misericórdia por aqueles que haviam tombado no *jihād*.

E o amanhecer alcançou Šahrazād, que parou de contar.

QUANDO FOI A NOITE

362ª

Disse Šahrazād:

Eu tive notícia, ó rei venturoso, de que eles começaram a fazer preces pelos que haviam tombado, e disseram: "Isso já estava escrito". Depois, avançaram céleres até se aproximarem do exército estacionado em Constantinopla, quando então Šarrakān avistou uma poeira que subia, enchendo o horizonte, e ouviu uma gritaria que a todos atordoava; pensou: "Temo que os bizantinos tenham rompido as defesas do exército muçulmano, pois essa algazarra invade todos os quadrantes, de leste a oeste", e avançou na direção da poeira, a fim de enxergar melhor, e eis que viu um homem correndo feito filhote de avestruz;[441] os cavalos se acercaram dele por todos os lados, e eis que era o santo asceta gritando: "Lembrem-se de nós, ó campeões do monoteísmo! Sigam-nos, ó membros da nação de Muḥammad, o selo da profecia! Eles foram atacados pela maldita matilha bizantina, em suas próprias tendas, onde se julgavam em segurança! Agora eles estão lhes infligindo sofrimentos humilhantes!".

Ante tais palavras, o coração de Šarrakān bateu com tamanha violência que quase saiu voando; descavalgou diante de Šawāhī, bem como seu irmão Ḍaw Almakān. O vizir Darandān, porém, não descavalgou e disse: "Por Deus que o meu

[441] "Filhote de avestruz" é o que consta em Maillet e Cairo, e se trata sem dúvida de uma imagem mais apropriada; em Tübingen e Varsy, "cavalo".

coração se tomou de antipatia por esse tal asceta... Até o momento não lhe vi bênção nenhuma. Deixem de lado as conversas e os disparates dele, e alcancemos os nossos irmãos muçulmanos, os campeões do monoteísmo. Receio que esse asceta seja um daqueles que foram expulsos das portas do Senhor dos mundos, e não esteja senão incitando os ímpios contra nós. De quantas batalhas eu participei com o seu pai, o falecido ᶜUmar Annuᶜmān, e nunca vi uma guerra tão letal como esta". Šarrakān lhe disse: "Contenha essa suposição degradante! Você e o rei Ḍaw Almakān foram capturados, mas ele conseguiu avançar entre as fileiras inimigas sem ser visto! A maledicência é condenável, e roer a carne dos santos virtuosos é veneno! Veja como ele estimula o *jihād* contra os infiéis! Se porventura Deus altíssimo não o amasse, não lhe teria encurtado aquele caminho tão longo, que ele percorreu a pé".

Em seguida, ordenou que oferecessem uma mula ao asceta, dizendo-lhe: "Suba e monte, ó asceta", mas ele não aceitou, preferindo correr ao lado dos cavalos como se fosse um tigre.[442] Os soldados elevaram a voz, recitando do Alcorão e bradando, exultantes, até que Šarrakān se aproximou do exército que cercava Constantinopla e o encontrou quebrado. O grão-chanceler estava quase derrotado, e as espadas dos infiéis trabalhavam sobre os inocentes.

E o amanhecer alcançou Šahrazād, que parou de contar.[443]

QUANDO FOI A NOITE

363ª

Disse Šahrazād:

Eu tive notícia, ó rei venturoso, de que o motivo da quebra dos soldados e do grão-chanceler fora a devassa Šawāhī, porque ela, após ver que Bahrām e Rustum haviam partido a fim de socorrer Šarrakān e seu irmão Ḍaw Almakān, alcançou o exército e fez com que o comandante Dukāš também fosse enviado.

[442] As edições impressas introduzem formulações para tornar mais evidente a traição do falso asceta, e incluem o conhecido hemistíquio "Rezou e jejuou por algo que desejava/ e quando alcançou não mais rezou nem jejuou", do poeta abássida Salam Alḫāsir, morto no início do século IX.

[443] Aqui o ponto de divisão da noite coincide nas fontes: Tübingen, 359; Varsy, 366; Maillet, 437; Cairo, 104; Calcutá e Būlāq, 102.

Seu objetivo era dispersar as forças muçulmanas e desagrupá-las. Depois, deu um jeito de ir até as muralhas de Constantinopla, onde chamou alguns generais e lhes disse em grego: "Desçam-me uma corda para que eu amarre nela esta carta, e façam-na chegar ao rei Afrīdūn e meu filho Abrawīz[444] a fim de que fiquem cientes do seu conteúdo". Então eles lhe desceram uma corda na qual ela amarrou e eles puxaram a carta, em cujo início se dizia: "Saiba, ó rei, que esta carta é da monja Šawāhī, conhecida pelo nome de D̠āt Addawāhī". E prosseguia assim:

Para o grande rei Afrīdūn: Preparei uma urdidura que vai lhe proporcionar a aniquilação dos muçulmanos e o aprisionamento do seu maior cavaleiro, o rei Šarrakān. Já aprisionei para você o sultão deles e o vizir, e em seguida fui até os soldados muçulmanos, contando a eles sobre a prisão do sultão e do vizir, o que lhes quebrou a resistência, destroçou-lhes o coração e destruiu a sua coesão; ademais, enviei doze mil de seus cavaleiros, acompanhados do comandante Dukāš, atrás dos aprisionados. Durante o dia, saia da cidade com seu exército e ataque as forças muçulmanas. Cristo olhará para vocês com os olhos da misericórdia, e fará a vitória e o atendimento dos anelos choverem sobre vocês. Também rogo a Cristo que não se esqueça da minha virtude nem desta minha ação contra os muçulmanos.

Disse o narrador: Quando a carta chegou a Afrīdūn, o rei dos bizantinos, ele mandou chamar o filho dela, Abrawīz, o rei dos armênios;[445] ambos leram a carta, compreenderam o seu conteúdo e fizeram o sinal da cruz no rosto, tamanha foi a felicidade que sentiram com o que leram na carta. O rei Afrīdūn disse: "Que Cristo não me prive da presença da senhora Šawāhī, pois ela é de fato a mãe de todas as astúcias". Em seguida, disse aos seus generais que ordenassem a mobilização geral e saíssem para o ataque, e a notícia se alastrou em Constantinopla. Os soldados cristãos saíram com suas espadas pontiagudas, algaraviando o seu discurso herético e ofendendo o Senhor dos humanos.

Disse o narrador: Tão logo viu aquilo, o grão-chanceler disse aos seus companheiros muçulmanos: "Os bizantinos já receberam a notícia da ausência do nosso

[444] Nas fontes, com exceção das impressas, neste ponto ocorre confusão entre os nomes, o que evidencia que eles causavam estranheza aos copistas. Em Tübingen e Varsy, "ao rei Lāwī e seu filho Abrawīz"; em Cairo, "ao seu rei Lāwī e seu filho Afrīdūn"; em Gayangos, "ao rei Lāwī e Abrawīz"; Maillet omite os nomes. Não se sabe, repita-se, por qual motivo, a certa altura da narrativa, o nome *Afrīdūn* foi substituído por *Lāwī*. A hipótese mais provável é que, nas fontes utilizadas pelo autor para elaborar a história, tratava-se de personagens distintas que ele resolveu fundir numa só.

[445] Deste ponto em diante, parece definitivamente superada nos manuscritos a variação entre "rei da terra" e "rei dos armênios" na qualificação de Abrawīz. Tal variação, conforme já se observou, deriva da forte semelhança gráfica, em árabe, das palavras *arḍ*, "terra", e *arman*, "armênios".

rei e da dispersão das nossas forças. Agora, persuadidos da nossa derrota, já estão partindo para o ataque"; ato contínuo, bradou: "Ó muçulmanos, caso fujam serão derrotados, e caso se resignem ao combate serão recompensados e vencerão! A coragem é a paciência de uma hora! Deus os bendiga e olhe com misericórdia para vocês!". Nesse momento, os muçulmanos gritaram "Deus é grande", exultantes, e os monoteístas se agitaram, e o moinho da guerra se movimentou, a espada iemenita trabalhou, padres e monges rezaram, cruzes foram erguidas, e os muçulmanos anunciaram o nome do Rei Atendedor e se agitaram bradando "Deus é grande" e recitando o Alcorão, e o partido do Misericordioso se misturou com o partido do Tinhoso, e as cabeças voaram de cima dos corpos, e os arcanjos do paraíso circularam entre os homens pios, bem como suas belas huris.[446]

A luta ganhou intensidade: as mãos dos infiéis foram decepadas, e suas vidas, abreviadas, enquanto os pios arcanjos zelavam pela nação de Muḥammad, o eleito. As espadas continuaram trabalhando, e o sangue não parou de escorrer até que a noite começou a escurecer, e os bizantinos cercaram os muçulmanos por todos os lados, acendendo fogos, cobiçosos de derrotar o povo da fé verdadeira, até que a alvorada despontou e apareceu. O grão-chanceler e os muçulmanos montaram, entrando no meio dos soldados infiéis, as duas nações se entrechocaram e a guerra se pôs de pé: corpos e cabeças voaram, os valentes se firmaram e os covardes se afugentaram, derrotados. O juiz da morte expediu seu decreto já julgado: homens desabavam de selas e campos se enchiam de mortos. No entrechoque com os infiéis, os muçulmanos começaram a perder terreno, enquanto os bizantinos se apoderavam de alguns de seus pavilhões, e já contemplavam a quebra, a derrocada e a fuga, com os infiéis gritando contra eles. Mas eis que naquele instante surgiu o restante do exército dos pios muçulmanos, tendo à testa o rei Šarrakān, intrépido cavaleiro, que tão logo chegou pôs-se a soltar brados de guerra, a atacar e a dizer "Deus é grande", nisso seguido pelo rei Ḍaw Almakān e pelo vizir Darandān; também se ouviram os atordoantes gritos de guerra dos bravos comandantes Bahrām e Rustum, e do comandante Dukāš. A poeira subiu tanto que encobriu o horizonte. Os virtuosos muçulmanos se uniram aos seus companheiros piedosos, e o rei Šarrakān se encontrou com o grão-chanceler, a quem agradeceu por sua paciência no combate. Felizes e com os corações revigo-

[446] Neste ponto, existe nos manuscritos algum erro de transmissão que o copista de Maillet tentou em vão remediar. Nas edições impressas, a passagem foi excluída. "Huri", transcrição de *ḥawriyya*, é a virgem do paraíso na crença maometana, e já se encontra incorporada ao léxico do português.

rados, os muçulmanos avançaram contra o inimigo, devotando suas vontades a Deus na condução do *jihād*. Vendo as bandeiras islâmicas e os estandartes da fé verdadeira, nos quais estava inscrita a sincera frase da salvação no dia do Juízo Final, os bizantinos gritaram as suas palavras heréticas e infiéis: "Ó João! Ó Maria! Ó cruz santificada!", e pararam de lutar; seus soldados se postaram em várias fileiras, com o rei Afrīdūn no meio, Abrawīz, rei dos armênios, à direita, e o general Armānūs à esquerda. Nesse momento, Šarrakān voltou-se para Ḍaw Almakān e disse: "Ó rei do tempo, esses daí se enfileiraram porque, sem dúvida, querem fazer desafios de luta na arena de batalha. E esse é o nosso maior desejo. Para nós, o melhor é que os nossos batalhões, soldados e peões se enfileirem, e de cada lado se apresente aquele que tenha uma forte disposição para combater. A boa administração já é metade da sobrevivência". O sultão Ḍaw Almakān respondeu: "Aja como quiser, meu irmão". Šarrakān disse: "Eu ficarei no centro, o vizir à direita, o grão-chanceler à esquerda, o comandante Bahrām na ala direita e o comandante Rustum na ala esquerda. E você, ó rei, ficará na retaguarda, sob os estandartes e as bandeiras, pois você é a garantia de todos nós, a nossa fortaleza elevada, a quem protegeremos com nossas vidas, que são o seu resgate". Ḍaw Almakān lhe agradeceu e os gritos de guerra se elevaram...

E o amanhecer alcançou Šahrazād, que parou de contar.[447]

QUANDO FOI A NOITE

364ª

Disse Šahrazād:

Eu tive notícia, ó rei venturoso, de que Šarrakān arrumou as fileiras para o combate tal como descrevemos. Os gritos se elevaram, as espadas se desembainharam e, estando eles nessa posição, eis que irrompeu, em meio ao exército bizantino, uma mula cinzenta que avançava num galope estupendo, de patas tão fortes que pareciam pilastras, e manta de lã branca ao dorso, sobre o qual estava

[447] Aqui o ponto de divisão da noite coincide nas fontes: Tübingen, 359; Varsy, 366; Maillet, 437; Cairo, 104; Calcutá e Būlāq, 102.

montado um ancião de cãs à mostra e boa aparência, vestido com uma cota de malha preta, na cabeça um albornoz também preto, e na mão um báculo de ébano. Atravessou as fileiras dos soldados até se aproximar do exército muçulmano e clamou, alto e bom som: "Ó muçulmanos, sou um mensageiro para vocês todos. No seu livro sagrado consta que 'Não cabe ao mensageiro senão a clara transmissão da mensagem'.[448] O seu profeta também os proibiu de matar crianças, mulheres e sacerdotes. Trago-lhes, da parte do grande rei, uma mensagem, dirigida em especial para o senhor destes soldados, na qual há proveito para ambos os exércitos, e benefício para os cavaleiros. Deem-me a sua palavra de honra de que não me farão mal para que eu me desapeie, vá até vocês e lhes transmita a mensagem". Šarrakān respondeu: "Garantia concedida". Nesse momento, fizeram-no desapear, tiraram-lhe a cruz do pescoço[449] e o conduziram, através das fileiras, até diante do sultão Ḍaw Almakān, quando então lhe disseram: "Diga as palavras que está portando e o que tem a pedir". Ele disse:

Sou mensageiro do rei Afrīdūn, a quem eu disse que degradar estas figuras humanas é pecado, e que o mais correto é evitar banhos de sangue. Para tanto, basta que a luta se limite a dois ou quatro cavaleiros desta multidão de soldados. O rei Afrīdūn lhes diz: "Minha vida será o resgate dos meus soldados. Que o rei dos muçulmanos faça o mesmo e adote o meu proceder. Se ele me matar, os bizantinos não terão mais nenhuma estabilidade, e, se eu o matar, terá sido a batalha decisiva. Foi dito que o seu exército tem dois pilares e alicerces, o sultão Ḍaw Almakān e seu irmão Šarrakān. Desses dois, quem quiser se apresentar para o combate que o faça. Para o outro combate, apresentar-se-á o seu conselheiro e administrador dos seus misteres, o caro irmão e rei Abrawīz; que se apresente para combatê-lo o vizir Darandān. Destarte, toda essa multidão será poupada. Adeus".

Ao ouvir essas palavras, Šarrakān disse: "Aceitamos a proposta, ó monge. Eu me apresentarei e o combaterei. Sou Šarrakān, o cavaleiro do tempo. Caso ele me mate, obterá o triunfo, e aos soldados muçulmanos não restará senão a fuga. Volte até ele, portanto, e diga-lhe que a luta será amanhã, porque só chegamos hoje, e estamos esgotados, precisando descansar nesta noite. Amanhã a coisa se dará". O monge voltou feliz e contente, indo dar a notícia ao rei Afrīdūn e a

[448] Alcorão, 23,54 (Sura da Luz). Trata-se da frase final do versículo, que também aparece, sem o adjetivo "clara", em 5,99 (Sura da Mesa Posta), onde é a frase inicial do versículo.

[449] Curiosamente, na compilação tardia e em Maillet é possível entender que o homem é que tira a cruz do pescoço ao se ver na presença do rei.

Abrawīz. Afrīdūn exultou e disse: "Não resta dúvida de que Šarrakān é o homem descrito", pois já da primeira vez a maldita Šawāhī lhes escrevera uma carta dizendo que Šarrakān era o protetor do exército, e os advertira contra ele. Afrīdūn era um magnífico cavaleiro, campeão poderoso, que combatia com laço, conforme o costume dos bizantinos, atirava pedras e lanças, disparava com o arco e sabia manejar a maça e a espada, e até mesmo operar uma catapulta.[450] Ao ouvir do monge que Šarrakān atendera ao desafio, quase planou de felicidade, pois era muito confiante em si próprio. E todos dormiram até o amanhecer, quando então se armaram com lanças e acorreram aos seus cavalos.

De repente avançou um guerreiro montado num cavalo bem alto, semelhante aos cavalos do povo de ᶜĀd,[451] de patas potentes, descendente dos melhores cavalos; o cavaleiro usava cota de ferro chinês banhado a ouro, no peito trazia um espelho de aljôfar, nas mãos uma espada afiada e uma longa lança curvada. O cavaleiro mostrou a face e disse: "Quem já me conhece do meu mal foge, e a quem me desconhece vou fazer que conheça. Sou o rei Afrīdūn, e estou sob as bênçãos de Šawāhī!". Mal concluiu sua fala e já se apresentava diante dele um cavaleiro muçulmano, Šarrakān, montado em seu cavalo baio, alto, resistente, no valor de dez bolsas de ouro, completamente equipado, portando uma espada indiana[452] decepadora de pescoços e facilitadora das dificuldades; conduziu-se em meio aos cavaleiros, ficando de frente para ele na arena, e logo gritou: "Ai de você, maldito! Porventura me considera igual aos que já enfrentou?".

Em seguida, ambos fizeram carga um contra o outro, e ficaram parecendo duas montanhas que se chocavam, ou dois mares que se encontravam; aproximaram-se, colaram um no outro, separaram-se e continuaram em ataques e recuos, avanços e golpes. Os bizantinos se puseram a dizer entre si: "Esse é o cavaleiro do tempo!", ao passo que os muçulmanos rogavam por Šarrakān. Os cavaleiros continuaram se digladiando e trocando estocadas até que o dia começou a declinar, tendendo a se amarelar, quando então o rei Afrīdūn gritou: "Tempo! Tempo!", e bradou: "Muçulmano, muçulmano, pela verdade da minha fé, pela

[450] "Operar uma catapulta" traduz *yuᶜāliju biṣṣuḫūr*, literalmente, "tratava com os rochedos". Na bibliografia consultada nada se encontrou sobre o assunto, nem mesmo em manuais sobre a arte da guerra. A tradução, neste caso, deriva de mera suposição (talvez não muito coerente, dado que todas as demais modalidades de luta mencionadas na descrição dizem respeito ao combate individual, agonístico, o que não é o caso da catapulta, obviamente). Na compilação tardia a expressão foi eliminada.

[451] Poderosa tribo mítica da Arábia pré-islâmica, que segundo a crença islâmica foi aniquilada por sua arrogância.

[452] Semelhante à iemenita, porém produzida de um metal mais escuro, "ferro da Índia", segundo a expressão árabe.

verdade da minha fé! Você é de fato um cavaleiro intrépido, campeão do tempo, mas traiçoeiro, e sua natureza não tem nenhuma nobreza. Suas ações são muito boas, e sua luta é de um valente, mas o seu povo o trata como escravo! Agora estão querendo que você troque o seu cavalo por outro, que não corresponde ao seu merecimento, e por um equipamento inferior à sua capacidade! Estão propondo que você troque tudo e só depois retorne à arena. Por minha fé! Estou exaurido pela luta e desgastado por suas estocadas e golpes certeiros. Se você pretende continuar lutando comigo esta noite, não troque nenhum dos seus equipamentos nem o seu cavalo, e recomende aos seus que se retirem, a fim de que todos os cavaleiros presenciem a sua generosidade, o seu caráter e a sua lealdade". Irritado com aquela atitude de seus companheiros — como poderiam tê-lo relacionado à traição?! —, Šarrakān se virou para trás, fazendo tenção de gritar-lhes para retornarem aos seus lugares, e eis que Afrīdūn balançava a sua lança...

E o amanhecer alcançou Šahrazād, que parou de contar.[453]

QUANDO FOI A NOITE

365ª

Disse Šahrazād:

Eu tive notícia, ó rei venturoso, de que Afrīdūn balançou a sua lança até o fim e a arremessou, fazendo-a disparar como uma flecha. Šarrakān tinha se virado para trás, mas, não vendo ninguém, percebeu que se tratava de artimanha e armadilha do maldito. Voltou o rosto depressa e viu que a lança já o havia alcançado, aguda, para matá-lo; flexionou-se tanto para trás que sua cabeça ficou na altura do arção traseiro da sela, e a lança passou por cima do seu peito — que era alto, com seios saltados que pareciam romãs —, rasgando-lhe a pele e os mamilos. Šarrakān soltou um grito e desfaleceu. O maldito Afrīdūn ficou feliz, crente de que o matara, e gritou, enquanto o povo da iniquidade se agitava e o da fé verdadeira chorava.

[453] Aqui o ponto de divisão da noite coincide nas fontes: Tübingen, 359; Varsy, 366; Maillet, 437; Cairo, 104; Calcutá e Būlāq, 102.

Ḍaw Almakān viu o irmão se curvando sobre o cavalo e sinalizou aos cavaleiros muçulmanos e aos campeões do monoteísmo que o resgatassem, e eles acorreram até ele, enquanto os bizantinos faziam o mesmo; os dois exércitos se entrechocaram, os valentes lutaram, os covardes fugiram e as espadas iemenitas trabalharam. Quem mais ligeiro chegou até Šarrakān foi o vizir Darandān e o comandante dos turcos, Bahrām; alcançaram-no já caindo do cavalo, carregaram-no e o conduziram de volta ao seu pavilhão, entregando-o aos cuidados dos criados e regressando para a luta e a batalha, cujos golpes se intensificavam, cujo tremor se agigantara, cujos terrores se avolumaram e cujos dardos se disparavam. Interrompeu-se o falatório, a escuridão cresceu e a treva mais se avultou; a noite chegou, toda fala cessou e já não se ouviam senão cavalos bufando, ou golpes ressoando, ou sangue escorrendo; as espadas continuaram a trabalhar, e os homens a matar, até que, passada a maior parte da noite, os dois grupos, exaustos, clamaram por uma interrupção, e cada qual voltou para sua tenda.

Os bizantinos, felizes, apearam-se todos diante de Afrīdūn. Padres, monges, o grão-patriarca e o bispo saíram para receber o maldito Afrīdūn, que entrou em Constantinopla e se instalou em seu trono. Velas foram acesas. Abrawīz foi vê-lo e disse: "Cristo fortaleceu o seu braço e atendeu a virtuosa Šawāhī no rogo que ela fez por Vossa Excelência. Os muçulmanos já não podem se manter aqui após a perda de Šarrakān". Afrīdūn respondeu: "Amanhã será o dia decisivo. Quando você sair, peça para combater o sultão deles e mate-o na arena de luta". E, exultantes, ambos foram dormir. Isso foi o que sucedeu aqui.

Quanto aos soldados muçulmanos, o fato é que, no regresso ao acampamento, Ḍaw Almakān não teve outra ocupação que não fosse seu irmão, a quem encontrou desequilibrado, gemendo fortemente. Chamou então o vizir Darandān, Rustum e Bahrām, e sentaram-se para discutir, isso depois de chorarem e verem que os médicos haviam envolvido Šarrakān em ataduras e curativos. Disseram: "Em tempo algum se produziu alguém igual a ele". Guardaram vigília ao pé dele naquela noite, ao fim da qual o asceta apareceu chorando e se carpindo. Ao vê-lo, Ḍaw Almakān se pôs de pé, bem como os demais presentes, com exceção do vizir Darandān, que não se mexeu do lugar, mantendo-se à cabeceira de Šarrakān. O asceta chorou e fez todos chorarem, e em seguida passou a mão em sua ferida e em sua cabeça, e recitou alguns versículos do Alcorão, persistindo na vigília até o amanhecer.

Sentindo-se melhor, Šarrakān abriu os olhos e mexeu a língua na boca, alegrando o sultão, que disse: "Isso é bênção do asceta!". Perguntou-lhe como se sentia, e ele respondeu: "Agora eu estou bem, meu irmão. Aquele maldito fez uma artimanha contra mim. Se eu não tivesse me desviado mais rápido do que um relâmpago, a lança teria me matado. Louvores a Deus, que me salvou! Como estão os muçulmanos?". Ḍaw Almakān respondeu: "Chorando e se carpindo por sua causa". Šarrakān disse: "Graças a Deus que estou bem e me sentindo forte. Onde está o asceta?". Ḍaw Almakān respondeu: "À sua cabeceira". O asceta disse: "Meu filho, tenha paciência, pois ela magnifica a recompensa, que será tão grande quanto foi o sofrimento". Šarrakān fez-lhe um sinal dizendo "rogue por mim", e ela rogou.

Amanheceu, e o alvorecer iluminou e brilhou. Os soldados muçulmanos montaram seus corcéis puro-sangue, enquanto os soldados bizantinos saíam em investida, aos gritos, espadas desembainhadas, movimentando as lanças pela base. Os muçulmanos queriam a luta e o combate; os dois lados pretendiam se atacar mutuamente, mas eis que Ḍaw Almakān se apresentava na arena, precedido pelo vizir Darandān, pelo grão-chanceler e por Bahrām, que lhe disseram: "Seremos nós o seu resgate, nada mais". Ele disse: "Juro pela Casa Sagrada, e por todos quantos já peregrinaram, que não deixarei de desafiar os cães infiéis". Já no centro da arena, manejou sua espada e as rédeas do cavalo, com tamanha destreza que aturdiu ambos os exércitos. Atacou a ala direita do inimigo, desbaratando-a, e matou dois de seus generais; depois atacou a ala esquerda, e matou um dos seus generais. Isso feito, parou de novo no centro da arena e disse: "Onde está Afrīdūn? Hoje vou prostrá-lo por terra!". O rei dos bizantinos fez tenção de aceitar o desafio…

E o amanhecer alcançou Šahrazād, que parou de contar.

QUANDO FOI A NOITE

366ª

Disse Šahrazād:

Eu tive notícia, ó rei venturoso, de que Ḍaw Almakān disse: "Onde está Afrīdūn? Hoje vou prostrá-lo por terra!". O rei dos bizantinos fez tenção de aceitar o desafio, mas o seu conselheiro Abrawīz decidiu que seria ele a encarar o desafio, e disse: "O seu combate foi ontem, meu rei. Deixe que hoje seja o meu combate", e adentrou a arena na melhor das condições, com uma espada afiada nas mãos e montado num cavalo que parecia Abjar, o cavalo de ᶜAntara, bem melhor que os cavalos de César, tornando a descrição difícil para quem pretenda fazê-la, tal como disse a seu respeito Al'aštar[454] nos versos:

Mais veloz que o olhar, de nobre raça,
como se buscasse ultrapassar o destino;
preto, de um preto escuro resplandecente
como se fosse a noite quando se escurece;
seus relinchos afugentam quem os escuta,
como se fossem trovões quando ribombam;
se corresse com o vento chegaria na frente,
e nem um súbito relâmpago o alcançaria.

Disse o narrador: Ato contínuo, eles arremeteram um contra o outro, cada qual se esquivando das estocadas inimigas e exibindo todas as espantosas habilidades que dominava. Persistiram nos ataques e recuos, deixando opressos todos os peitos. Impaciente, Ḍaw Almakān se agitou nervosamente e lançou-se contra Abrawīz, o rei dos armênios, aplicando-lhe com ambas as mãos um golpe tal que lhe fez voar a cabeça do corpo. Ao verem aquilo, os armênios atacaram e as espadas começaram a agir sobre os corpos, e os golpes e estocadas perduraram, fazendo o sangue jorrar aos borbotões. Os muçulmanos bradaram, exultantes, "Deus é grande", combateram tenazmente e Deus altíssimo fez com que a vitória recaísse sobre eles, os crentes, e a humilhação se abatesse sobre o povo infiel. Darandān gritou: "Ó falanges da fé verdadeira, vinguem-se pelo seu cavaleiro Šarrakān! Vingança pelo rei ᶜUmar Annuᶜmān! Contra o povo da infidelidade e das cruzes!". E, descobrindo a cabeça, exortou os turcos, que o acompanhavam, e eram mais de vinte mil cavaleiros, todos habilíssimos arqueiros, e eles efetuaram seus disparos de uma só vez, não restando aos infiéis senão debandar às carreiras, enquanto as espadas dos muçulmanos agiam, matando cerca de cinquenta mil deles, e aprisionando outros cinquenta mil. Na aglomeração, enquanto entravam pelos portões da cidade, morreu muita gente; os soldados em fuga se penduraram nos portões e escalaram as muralhas.

Felizes com a vitória, os esquadrões muçulmanos e os campeões monoteístas regressaram às suas tendas e nelas entraram, sem outra preocupação que não fosse

[454] Possível referência ao guerreiro e poeta árabe Mālik Bin Alḥāriṯ Al'aštar, morto em 657 d.C. Mas pode se tratar de erro de cópia.

Šarrakān, que foi visitado por seu irmão Ḍaw Almakān e pelo vizir Darandān. Encontraram-no deitado, bem-disposto, com o devoto asceta diante de si dando-lhe notícias sobre o profetismo e a lei religiosa. Contente, o sultão se prosternou em agradecimento a Deus poderoso e excelso, e, voltando-se para seu irmão Šarrakān, felicitou-o por seu bom estado. Šarrakān disse: "Todos nós, meu irmão Ḍaw Almakān, estamos sob as bênçãos deste asceta devoto. A vitória não lhes adveio senão mediante os rogos dele, que passou o dia inteiro em ascetismo e devoção a Deus, rogando que os muçulmanos vencessem o povo infiel. Por Deus, minha vontade era estar com vocês, e para tanto eu teria encontrado forças, mas quando os ouvi gritando, exultantes, 'Deus é grande', percebi que vocês haviam sido agraciados com a vitória, e que seus inimigos estavam derrotados. Conte-me o que lhes aconteceu, e como correram as coisas". Então Ḍaw Almakān lhe relatou tudo quanto sucedera entre eles e os infiéis bizantinos, e que ele matara Abrawīz, o rei dos armênios.

Disse o narrador: Quando a amaldiçoada Šawāhī ouviu sobre a morte do filho, sua cor empalideceu e seus olhos marejaram e escorreram, mas ela se conteve e nada demonstrou, fingindo, ao contrário, que seu choro se devia a uma grande satisfação. Ela pensou: "Minha vida perdeu toda utilidade. Por Deus, vou fazê-lo enlutar-se pelo irmão tal como ele me enlutou pelo meu filho", mas ocultou os seus sentimentos.

O rei Ḍaw Almakān e o vizir Darandān trouxeram curativos, pomadas e unguentos para Šarrakān, untando-lhe os ferimentos. Também passaram nele substâncias em pó, e verificaram que a sua pele já estava engrossando, e que sua tendência era de melhora e recuperação da saúde. Satisfeitos, comunicaram o fato ao exército, e todos se rejubilaram, dizendo: "Se Deus quiser, ele voltará a cavalgar, dará continuidade ao cerco e só irá embora quando destruir este país". A velha[455] disse aos soldados: "Hoje vocês estão fatigados de tanto que lutaram e sofreram. Por Deus, não me venham fazer vigília noturna ao meu lado! Levantem-se e vão para as suas tendas, que Deus os bendiga". Então todos saíram da sua presença, depois de lhe pedirem as bênçãos. O sultão Ḍaw Almakān e o vizir Darandān foram cada qual para a sua tenda, apenas restando ao lado de Šarrakān, além de alguns jovens criados, a velha Šawāhī, alcunhada de Ḏāt Addawāhī. Ambos conversaram um pouco no decorrer da noite, e então Šarrakān, sentindo-se confortável, deitou-se sobre o seu flanco direito, teve sono e dormiu

[455] Neste ponto não fica claro quem dispensa os soldados, mas o desenrolar dos eventos evidencia que a fala é da "asceta" Šawāhī.

— exalçado seja Aquele que não dorme! —, bem como os criados e os soldados, estes últimos cansados, porém seguros, em relação a Šarrakān, que afinal estava na companhia do devoto asceta.

E o amanhecer alcançou Šahrazād, que parou de contar.

QUANDO FOI A NOITE

367ª

Disse Šahrazād:

Eu tive notícia, ó rei venturoso, de que Šarrakān, sentindo-se confortável, dormiu, bem como os criados e os soldados, fatigados por aquele dia de batalhas e contentes pela vitória contra os infiéis e pela morte do tirânico e obstinado rei dos armênios. Quanto ao sultão Ḍaw Almakān e ao vizir Darandān — que tinham passado a noite anterior em claro e ido para o combate pela manhã —, ambos mal acreditaram que estavam enfim deitados em suas camas, sobre as quais desabaram como se estivessem mortos. Destarte, a velha Šawāhī D̲āt Addawāhī era a única acordada na tenda com Šarrakān; tão logo verificou que ele dormia a sono solto e roncava alto, ficou rapidamente em pé, como se fora uma loba sem pelos, ou uma cobra bicolor, ou uma leoa hedionda, e puxou da cintura um alfanje envenenado que teria dividido em dois um rochedo de montanha. Empunhou o alfanje e foi lentamente se aproximando da cabeceira de Šarrakān, tapando-lhe a boca e as narinas com a mão esquerda, e com agilidade passou-lhe o alfanje pela garganta, degolando-o de orelha a orelha e separando a sua cabeça do corpo. Em seguida, avançou sobre os criados e os degolou, decepando a cabeça de trinta deles, receosa de que se dessem conta do que fizera, e saiu da tenda rastejando como uma serpente e pensando: "Isso não me basta para vingar o assassinato do meu filho Abrawīz".

Disse o narrador: Ela então se dirigiu ao pavilhão do sultão Ḍaw Almakān, pois o sacrifício de Šarrakān não apagara totalmente o fogo da sua vingança nem a confortara; pensou: "Por Cristo e pela fé verdadeira! Meu filho não será vingado senão matando todo potentado e comandante muçulmano. E o primeiro será o sultão Ḍaw Almakān", e foi para o seu pavilhão, mas logo viu que os numerosos vigias ali postados a impediriam de chegar até ele. Temendo ser agarrada por alguém, desviou-se para a tenda do vizir Darandān, e ao se aproximar esticou a cabeça para espiar e o viu sentado lendo o Alcorão. Naquela noite, o vizir, invadido por maus pressentimentos, despertou cheio de disposição, rogou proteção contra o demônio abominável e se pôs a ler alguns trechos do Alcorão. Quando seus olhos toparam com os olhos da maldita, traiçoeira e ardilosa Šawāhī, ele gritou para ela, dizendo: "Boas-vindas ao asceta devoto! Aproxime-se e quiçá as suas bênçãos recaiam sobre mim!". Ao ouvi-lo dizer-lhe tais palavras, o coração da velha estremeceu em suas entranhas, e ela respondeu com palavras assustadas: "Deus o bendiga, ó vizir e grande conselheiro! Saiba que venho para cá a esta hora porque, enquanto dormia, ouvi a voz de um dos santos de Deus me chamando: 'Vinde a mim', e resolvi ir até ele. Termine a sua leitura do Alcorão e recorde-se do Misericordioso. Que Deus o bendiga!", e foi embora, mal acreditando que se safara.

Disse o narrador: Mas o vizir se levantou, dizendo: "O melhor a fazer é seguir você, ó asceta, nesta noite escura". Ao ouvir o vizir e vê-lo levantar-se para ir atrás dela, disposto a caminhar ao seu lado, a velha receou ser desmascarada e pensou: "Se eu não fizer nada para impedi-lo as minhas ações serão descobertas", e, voltando-se para ele, disse de longe: "Ó magnífico vizir, honrado senhor, eu irei sozinho atrás desse santo, que me chamou dizendo 'Vinde a mim', a fim de conhecê-lo e saber de qual santo se trata. Mais tarde voltarei. Só levarei você depois que me aproximar do santo ancião e obtiver a permissão dele. Receio que, se você for comigo antes da sua anuência, ele se irrite conosco, e então talvez o tempo feche, meu filho. Volte para a sua cama, e por volta do amanhecer eu estarei aqui. Vou até ele pedir que rogue por mim e pelo rei Šarrakān, para que Deus lhe devolva a saúde e o cure logo, pois ele é o sustentáculo dos muçulmanos e o comandante dos exércitos monoteístas".

Ao ouvir tais palavras, o vizir teve vergonha de lhe dar qualquer resposta que fosse e temeu que Ḍaw Almakān o censurasse. Portanto, deixou-a ir embora, mesmo desconfiado dela, e adentrou sua tenda, mas não conseguiu conciliar o sono, perseguido por maus pressentimentos tão terríveis que lhe davam a sensação de que o mundo se fechava sobre ele. Tornou a se levantar, saiu da tenda e disse: "Vou até o rei Šarrakān ficar ao seu lado até o amanhecer, para ver o que aconteceu com os seus ferimentos", e caminhou até a sua tenda. Ao entrar, olhou para ele e, vendo que a sua cabeça estava num lugar e o corpo em outro, soltou um grito enorme que assustou todos quantos estavam nas proximidades. As pessoas se precipitaram até ele e o cercaram, vindas de todos os lados, e então, ao notarem o sangue escorrendo escuro como a noite e tanta gente morta, prorromperam em choros e gemidos. O sultão Ḍaw Almakān, acordado por aquele estrépito de prantos e lamúrias, indagou sobre o que sucedera, e lhe disseram que Šarrakān fora encontrado assassinado com os seus criados. Seu choque foi tão tremendo que ele gritou e saiu correndo para a tenda do irmão, onde encontrou o vizir Darandān gritando e jogando terra sobre a cabeça. Ao ver seu irmão com a cabeça decepada, aquele corpo inerte e sem vida, tombou desfalecido.

O exército inteiro acordou e foi informado da questão, e todos se revoltaram, choraram, gritaram e disseram: "Não existe força nem poderio senão em Deus altíssimo e poderoso! Pertencemos a Deus e a Ele retornaremos!". Cercaram o rei e esperaram que despertasse. Quando despertou e olhou aquela situação, chorou copiosamente, rasgou as roupas e se estapeou no próprio rosto, sendo socorrido pelo vizir Darandān e pelos grandes comandantes Rustum, Bahrām e Dukāš, bem como pelos criados restantes. Quanto ao grão-chanceler, esse gritava e se carpia; na verdade, todos gemeram e se carpiram muito, e o choro e os gritos persistiram até o brilho do amanhecer, com tamanha intensidade que todos quase pereceram.

O sultão Ḍaw Almakān virou-se para o vizir Darandān e perguntou: "Vocês por acaso souberam quem fez isso com o meu irmão Šarrakān? Por que não estou vendo o devoto asceta, nem dele vislumbro notícia ou sombra?". O vizir Darandān respondeu: "E porventura foi outro que não esse maldito devoto asceta que nos carreou todas essas tristezas? Aquele filho de mil putanheiros! Por Deus, isso não é senão obra dele! Ai desse asceta! Juro por Deus grandioso que o meu coração estava desconfiado...".

E o amanhecer alcançou Šahrazād, que parou de contar.

QUANDO FOI A NOITE

368ª

Disse Šahrazād:

Eu tive notícia, ó rei venturoso, de que o vizir Darandān disse: "Por Deus, isso não é senão obra dele! Juro por Deus grandioso que o meu coração desconfiou dele do começo ao fim", e em seguida relatou ao rei como o encontrara durante a noite, e como quisera segui-lo, mas ele o impedira, pois tinha acabado[456] de cometer o crime. Quando as pessoas se inteiraram da notícia, agitaram-se, choraram, carpiram-se e pediram a Deus altíssimo que lhes mostrasse o miserável asceta e os conduzisse até ele. Depois disso, prepararam Šarrakān e o enterraram no alto de uma colina; chorando, cobriram-no de terra, e se carpiram diante de seu túmulo, aos berros, enquanto esperavam que a cidade abrisse os portões, mas não havia som nem notícia, nem apareceu nenhum bizantino sobre as muralhas para fazer qualquer espécie de mal. Ficaram extremamente aturdidos com aquilo, e o sultão disse ao seu vizir Darandān: "Juro por Deus que não sairei deste lugar, mesmo que tenha de permanecer por muitos anos, até vingar a morte do meu mano Šarrakān, destruindo Constantinopla e matando os reis cristãos, ou então a aniquilação me alcança e morro enfim, descansando deste mundo abjeto". Em seguida, mandou que trouxessem o dinheiro e os baús tomados do mosteiro do monge Maṭarṭūnā,[457] reuniu os soldados ao seu redor e dividiu tudo entre eles, com equidade, dando também aos criados e camareiros: não ficou ninguém sem receber uma quota do dinheiro. [Em seguida, preparou três mil cavaleiros, cento e cinquenta de cada comunidade,][458] e disse aos soldados: "Enviem esse dinheiro às suas casas e àqueles que vocês devem sustentar. Ficarei dois anos diante desta cidade, até vingar Šarrakān ou então morrer neste lugar". Quando ouviram tais palavras, e viram quanto dinheiro Deus lhes proporcionava, ficaram contentes e rogaram pelo sultão Ḍaw Almakān; enviaram uma parte do dinheiro para suas casas e famílias por intermédio de três mil cavaleiros, aos quais o vizir Darandān recomendou que cuidassem do que em suas mãos se depositava em confiança, e que fizessem as cartas chegarem aos familiares, aos quais se deveria informar que os soldados estavam vivos e derrotando os inimigos: "Cercamos os infiéis. Ou destruímos Constantinopla ou morreremos todos, nem que tenhamos de ficar anos e séculos. Só sairemos daqui após nos vingar-

[456] Neste ponto, que está confuso em Tübingen e Varsy, ocorre uma curiosidade linguística esclarecedora no manuscrito Maillet: a locução dialetal *kāna kamā* sucedida de verbo no pretérito (ou no modo perfectivo, como preferiam os antigos arabistas). A função dessa locução era indicar ação recentemente concluída, e aparece em poucos pontos das *Noites*, como na primeira noite, por exemplo. Seu uso aqui indica que o copista foi fiel, copiando um dialetalismo em desuso na sua época.

[457] Embora o evento tenha sido silenciado, seu pressuposto parece ser o de que, durante a fuga do aprisionamento ao qual foram submetidos pelos bizantinos, eles haviam conseguido recuperar o butim surrupiado do mosteiro.

[458] Traduzido de Maillet. Em Tübingen, Varsy e Gayangos, "em seguida, preparou mil cavaleiros, divididos em grupos de dez". A redação de Maillet parece mais coerente neste ponto, ainda que o processo de repartição continue um tanto ou quanto obscuro. Na compilação tardia, "em seguida, convocou trezentos soldados de cada comunidade".

mos dos infiéis e nos despirmos da infâmia". O rei Ḍaw Almakān recomendou ao vizir Darandān que escrevesse à sua irmã, Nuzhat Azzamān, dando-lhe pêsames pela morte de seu irmão Šarrakān, e recomendando-lhe que cuidasse do seu filho recém-nascido, que o criasse e lhe ensinasse sabedoria, decoro, caligrafia, cálculo e tudo quanto fosse necessário, e o vizir escreveu a carta.

Ḍaw Almakān convocou o comandante dos três mil cavaleiros, entregou-lhe a carta e disse: "Faça-a chegar à minha irmã, a senhora Nuzhat Azzamān. Informe-a do ocorrido e dos nossos objetivos. Recomende o meu filho a ela, pois por ocasião da minha partida ele estava para nascer. Agora minha mulher certamente já deu à luz. Se for um varão, diga-lhe para dar a ele uma boa criação. Volte rápido e me traga notícias. Que Deus o bendiga". Após receber uma veste honorífica e algum dinheiro, o mensageiro partiu imediatamente com os três mil cavaleiros colocados a seu serviço. Os fardos já tinham sido carregados, e as pessoas já haviam se despedido e lhe recomendado os seus parentes e bens.

O rei Ḍaw Almakān foi ter com o vizir Darandān, dizendo-lhe que ordenasse aos soldados que marchassem até as proximidades das muralhas de Constantinopla, e eles assim fizeram, mas ninguém estava nelas, fato que todos estranharam. O sultão continuava aflito e triste pela morte de seu irmão Šarrakān, e arrependido de ter deixado escapar o asceta traiçoeiro. Os muçulmanos se postaram diante das muralhas naquele dia, bem como no segundo dia e ainda no terceiro, sem avistarem nenhum inimigo. Constantinopla era tão bem fortificada e protegida que, mesmo se o cerco durasse anos, ainda assim não conseguiriam tomar vingança. Isso foi o que sucedeu aos muçulmanos.

Quanto aos bizantinos e ao motivo de seu sumiço da frente de batalha por três dias, o fato é que a maldita Šawāhī Ḏāt Addawāhī, após ter matado Šarrakān e deixado para trás o vizir Darandān, caminhou célere em direção ao pé da muralha da cidade, e dali gritou para as sentinelas, em grego, que lhe baixassem uma corda, na qual se amarrou e foi içada para o alto da muralha, indo diretamente entrevistar-se com o rei Afrīdūn, a quem perguntou: "Que história é essa que eu ouvi entre os soldados muçulmanos? Eles estão falando que Abrawīz foi morto". Afrīdūn respondeu: "É verdade". Então ela gritou, berrou, estapeou-se e chorou tanto que fez o rei Afrīdūn chorar junto, bem como os demais presentes. A velha contou que matara Šarrakān e trinta de seus criados, o que fez o rei exultar, levantar-se, tornar a sentar-se, rogar por ela e consolá-la pela perda do seu filho Abrawīz. Ela disse: "Juro por Cristo que não me basta a morte de um dos cães muçulmanos para vingar a morte de um dos reis do tempo. É absolutamente imperioso que eu faça algo, produza uma artimanha, monte uma armadilha por meio da qual mate o sultão, seu vizir Darandān, o grão-chanceler, os comandantes Rustum e Bahrām e mais dez mil cavaleiros muçulmanos. Caso contrário, terá sido a cabeça do meu filho apenas pela cabeça de Šarrakān — oxalá nunca tivesse existido, e jamais tenha paz nem nenhuma terra lhe guarde a memória! Saiba, rei do tempo, que agora vou entrar em luto por meu filho, o rei Abrawīz. Vou viver a minha tristeza, chorar, cortar cíngulos[459] e quebrar cruzes. O luto vai durar uns dois ou três anos". O rei Afrīdūn disse: "Aja como bem lhe aprouver, e a tudo nós acataremos. Mesmo que o luto dure anos e séculos, ainda assim seria pouco em vista do merecimento daquele intrépido rei. E, mesmo que os muçulmanos mantenham o cerco por anos, nada conseguirão contra nós, e nada obterão além de fadiga e sofrimento".

Disse o narrador: Sem mais perda de tempo, a velha pediu papel, pena e tinteiro, e escreveu o seguinte:

Esta é a carta da rainha Šawāhī, alcunhada de Ḏāt Addawāhī, endereçada à sua senhoria Ḍaw Almakān, rei dos muçulmanos, e ao seu vizir, aos seus comandantes, ao grão-chanceler, aos soldados e aos criados. Em primeiro lugar, saibam que entrei em seu país, ataquei seus administradores e matei o seu rei ᶜUmar Annuᶜmān bem no meio do seu palácio, a despeito de todo aquele aparato. E eis-me aqui agora, após ter matado, durante a batalha da caverna e das veredas, [muitos de seus homens; os últimos que matei por meio das minhas tramoias foram] trinta criados, e degolei Šarrakān. Se o destino tivesse me ajudado, teria também degolado o sultão Ḍaw Almakān e o vizir Darandān. Ora, sou o devoto asceta cuja artimanha foi administrada contra vocês. Depois disso tudo, se quiserem, vão embora, ou então fiquem se quiserem, pois, ainda que o façam por anos e anos, não atingirão seus propósitos contra nós. Adeus, pois já nos vingamos de vocês e nos descobrimos do véu da infâmia.

Em seguida, ela manteve o luto por três dias, chorando noite e dia. No quarto dia, entregou a carta, ordenando a um general que a remetesse por meio de uma flecha disparada em direção ao exército muçulmano. Após entregar o papel ao general, ela entrou em seu aposento e continuou a se carpir, a gemer e a chorar pela juventude do seu filho. Ela garantira ao rei Afrīdūn que mataria Ḍaw Almakān e o vizir Darandān tão logo se desenlutasse. Isso foi o que sucedeu a ela.

[459] Referência a um ritual do luto cristão ortodoxo.

Quanto aos muçulmanos, o sultão ficou três dias sem notícia alguma dos bizantinos e sem nada saber a seu respeito. No quarto dia, olharam para a direção da muralha e eis que um general, lá de cima, disparava uma flecha na qual estava pendurado um papel, que logo eles perceberam tratar-se de uma mensagem. Assim que a flecha chegou até eles, recolheram a carta e a levaram ao sultão Ḍaw Almakān, que determinou a sua leitura por parte do vizir Darandān, o qual, por sua vez, lhe rompeu o lacre e a leu. Quando ouviram o seu conteúdo e lhe entenderam o sentido, gritaram e se revoltaram com as ações de Šawāhī e com as suas artimanhas. O vizir Darandān disse aos berros: "Por Deus, o meu coração estava desconfiado e receoso dela, e vocês a tratando como se ela de fato caminhasse sobre as águas!". O sultão Ḍaw Almakān disse: "Essa velha feiticeira cometeu tantas ousadias contra nós! Por duas vezes nos atingiu com duas desgraças. Juro por Deus que só saio daqui quando eu a tiver ao alcance das mãos; aí vou enfiar esta lança na sua vagina, vou violá-la e deixá-la pendurada pelos cabelos no portão de Constantinopla! Nem que eu tenha de ficar aqui dias, meses, anos ou séculos!". E, lembrando-se de seu irmão Šarrakān, chorou amarga e copiosamente, secundado pelos demais presentes.

Entrementes, os bizantinos estavam na maior alegria, comendo, bebendo e se divertindo, ao passo que a velha Šawāhī persistia no luto pelo filho. E os muçulmanos mantinham o cerco à cidade, com o dinheiro distribuído entre eles de maneira equânime, de modo que podiam sustentar o cerco com tranquilidade, [também certos de que aquilo se prolongaria, e o sultão lhes prometera que, em caso de conquista da cidade, distribuiria o butim entre eles com justiça].[460] Já os olhos de Ḍaw Almakān não secavam, e ele abandonara totalmente o sono, debilitando-se até ficar parecendo um alfinete. Como o seu estado se agravasse, o vizir Darandān foi ter com ele e disse: "Ó rei do tempo, tente acalmar a sua mente. Já basta de tristezas! O que passou, passou. Saiba que um poeta disse:

Digam a quem as setas do tempo atingiram:
a quantos as desgraças das eras pouparam?
Se você dorme, os olhos de Deus não se fecham!
O tempo e o mundo foram constantes com quem?[461]

[460] Traduzido de Maillet.

[461] Esses versos, que constam com graus variados de deturpação em todos os manuscritos, foram inteiramente substituídos nas edições impressas: "O que não for não o será por meio de artimanhas/ jamais, e o que tiver de ser será;/ o que tiver de ser o será a seu tempo/ e o irmão da ignorância será sempre enganado".

Portanto, crie coragem e fortaleça a sua disposição!". Ḍaw Almakān respondeu: "Em meu coração, vizir, existem preocupações que não são devidas somente ao meu irmão, mas também à ausência da nossa terra. Penso no meu filho". O vizir e os demais presentes choraram.

Disse o narrador: Passado mais de um ano do cerco,[462] vieram notícias de Bagdá trazidas pelo comandante Ṭūz Madān, ajudante de ordens do sultão, informando que a sua mulher havia parido um varão ao qual a sua irmã, Nuzhat Azzamān, dera o nome de Kān Mākān.[463] Ḍaw Almakān se alegrou um pouco e aquela longa tristeza foi-se embora. Todos os soldados e seus acompanhantes receberam informações de que os seus filhos e mulheres estavam bem, e lhes entregaram as respostas às suas cartas, que os deixaram muito contentes quando foram lidas.

E o amanhecer alcançou Šahrazād, que parou de contar.

QUANDO FOI A NOITE

369ª

Disse Šahrazād:

Eu tive notícia, ó rei venturoso, de que o rei Ḍaw Almakān contentou-se um pouco ao saber que a sua mulher tivera um filho varão ao qual a sua irmã dera o nome de Kān Mākān, e aquela longa tristeza se dissipou. Todos os soldados foram disso informados, bem como de que suas mulheres e seus filhos estavam bem. As cartas enviadas em resposta foram prontamente lidas, causando-lhes alegria, e os soldados se congratularam por estar tudo bem com os seus entes queridos. O sultão recebeu, entregue por seu ajudante de ordens, uma carta de Nuzhat Azzamān. Rompeu-lhe o lacre e leu o seguinte, após o cumprimento mais completo, as saudações e as honrarias de praxe:

[462] O manuscrito Varsy é o único em que o tempo é de "seis dias", e não de um ano. Nas edições impressas, o revisor preferiu o impreciso torneio "algum tempo".

[463] Locução árabe que significa algo como "foi e não foi". É também usada, na forma *kān yā mākān*, de modo análogo a "era uma vez...", e consiste num decalque da locução persa *būd-u-nabūd*, literalmente, "foi e não foi".

Saiba, meu irmão, que Deus o agraciou com um filho varão ao qual eu dei o nome de Kān Mākān. Esse garoto vai longe! Tão longe quanto os espantos e os assombros da mais variada espécie que estou enxergando nele: será o homem mais valente do seu tempo. Já determinei aos alfaquis, juízes e pregadores que roguem por vocês em tudo quanto é minarete, a cada reza. Estamos vivos, bem e com boa saúde. As chuvas têm sido abundantes e os preços das coisas estão baixos. Quanto ao seu companheiro foguista, ele está muitíssimo bem, com uma pensão ininterrupta e criadas e criados à disposição. Ele até agora não sabe o que aconteceu a você, e não tem notícia alguma a seu respeito. Adeus.

Ao ficar a par do nascimento do seu filho Kān Mākān, o rei Ḍaw Almakān deu graças a Deus, sentiu-se mais fortalecido e disse ao vizir Darandān: "Vou romper o luto. Já estamos no final do ano. No último dia deste ano, quero promover uma sessão de recitação do Alcorão[464] em memória do meu irmão". O vizir disse: "É a melhor atitude". Então ele ordenou que rapidamente se montassem tendas em torno do túmulo do seu irmão Šarrakān. Foram feitos diversos pratos e se produziu um banquete. Os soldados reuniram quem sabia recitar o Alcorão; alguns fizeram isso e outros se puseram a recitar o nome de Deus, em meio a velas e candeeiros. Isso perdurou até o amanhecer, quando então o sultão Ḍaw Almakān deu alguns passos em direção ao túmulo de seu irmão Šarrakān, para o qual apontou e recitou a seguinte poesia elegíaca:

Terá da estrela a luz se perdido na tumba?
Por isso, ao meu coração é penoso chorá-lo.
Não censures olhos que hoje choram sangue,
pois amanhã chorar por ele já será muito feio;
aquele do qual me despedi no dia da ausência,
após a despedida o reencontro está bem longe;
quantos e quão enormes angústias você resolveu
quando sua bandeira se apresentou para a batalha;
com efeito, a sua morte é uma doença fatal,
para a qual os homens não encontram remédio;
para o islã você era um arsenal de acertos!
Quem dera durasse para que a fé perdurasse.

464 "Uma recitação do Alcorão" traduz *ḫatma*, palavra que falta em Tübingen, Varsy e Gayangos, mas consta das outras fontes. É uma homenagem ao morto.

Disse o narrador: Quando o sultão Ḍaw Almakān concluiu a sua poesia, todos os presentes choraram. Em seguida, o vizir Darandān deu um passo adiante e recitou sua elegia poética:

Abandonaste o efêmero e alcançaste o sempiterno;
foste desafiado por homens de véspera vencidos,
e nos abandonaste sem demonstrar nenhum pesar
por este mundo, e no outro foste bem recompensado.
Contigo Bagdá[465] gozava de invencível proteção
quando as setas das batalhas iniciavam o disparo;
em ti, choro não a perda de um homem determinado:
o que choro, isto sim, é a perda de todos os homens.
Existe alguma maneira para ficarmos tranquilos,
como era praxe quando surgia a sua face serena?
Agora aquele plenilúnio está vedado a todo falante,
e tem como compensação do paraíso o horizonte.
Neste mundo ele bem enxergava toda falsidade,
e o seu único desejo era o de procurar a verdade.[466]
Ele, que tanto quis dos homens ocultar seu valor,
quimera! — pois o perfume todos podem aspirar.
O Deus dos humanos entre nós o moldou e criou,
perfeitos lhe deu tanto o caráter como a imagem.
Ao chorar sua perda só rogo o favor da outra vida:
pois com isso não almejo obter glória ou riqueza;
não passo de um escravo como tal conhecido, e só
quero, com meu rogo, ser merecedor de alforria.

[465] Curiosamente, "Bagdá" é o que consta de Tübingen, Varsy e Maillet (embora nos dois primeiros a transcrição dos versos seja muito ruim); em Gayangos não há poesias nesse trecho, no qual a narrativa se encontra bem resumida, e em Cairo os versos estão mutilados. Nas edições impressas, "Bagdá" foi substituída por "contra os inimigos".

[466] Esses dois versos, em tradução literal com base em Maillet, ficariam assim: "Para mim, tudo o que há neste mundo é falsidade/ e dos homens o único desejo deveria ser a verdade". Porém, com a modificação de pequenos detalhes na cópia (que está ruim, repita-se), julgamos que a nossa tradução é mais próxima do que deveriam ser os versos, cuja proposta é falar do morto, e não da Humanidade.

[Quando concluiu sua poesia, o vizir chorou copiosamente, e então um homem, que era um dos convivas de Šarrakān, deu um passo à frente e recitou os seguintes versos em pentâmetro:

Onde o doar, se a mão generosa está nas estrelas,
e o corpo, após tua partida, ficou bem debilitado?
Ó guia dos palanquins, ai de ti! Por acaso não vês
que as lágrimas em minhas faces linhas escrevem
para ti, deliciosas de se ver?
Por Deus, sobre ti não conversei comigo mesmo,
nunca! Nem tamanha desgraça jamais me ocorreu!
Porém, minhas órbitas as lágrimas estão ferindo,
e se em outro eu procuro depositar minhas vistas,
a paixão me faz o olho escorrer.

Quando concluiu a sua poesia, o homem chorou, bem como Ḍaw Almakān, o vizir Darandān,][467] o grão-chanceler, Bahrām, Rustum, Dukāš, Ṭūz Madān e todos os soldados, que explodiram em gemidos e praguejaram contra a velha, desejando-lhe tudo quanto é desgraça. Depois dobraram o tapete do luto e se retiraram para as suas tendas.

O sultão Ḍaw Almakān concentrou-se na direção do cerco e do combate por dias e noites, mas, não obstante, queixava-se constantemente ao vizir de suas preocupações e obsessões, dizendo-lhe: "Eu gostaria tanto, ó vizir, de ouvir relatos que todas as pessoas contam, e histórias sobre reis, califas e gente dos tempos de outrora, narrativas a respeito daqueles que sofreram humilhações... Quem sabe assim Deus não me livra de tanto choro e de tanta lástima". O vizir lhe disse: "Meu amo e sultão, se as suas preocupações e tristezas somente forem dissipadas ouvindo histórias de reis e sultões, ou narrativas sobre gente dos tempos de antanho e outros, saiba que este seu pobre vizir não tinha outra função durante a vida do seu falecido pai ᶜUmar Annuᶜmān que não fosse contar histórias, relatos, contos, narrativas noturnas. Se Deus altíssimo assim o permitir, esta noite eu lhe contarei a história

[467] Traduzido da compilação tardia, com preferência, quando possível, pelo manuscrito do Cairo. Considerou-se importante incluir esses versos porque eles dão voz a um anônimo conviva do sultão, ainda que do modo mais convencional.

dos dois apaixonados e do seu intermediário". Então o coração do sultão Ḍaw Almakān se tranquilizou com essa promessa de história noturna, e ele mal conseguiu esperar a chegada da noite. Acendeu velas e candeeiros e mandou chamar o vizir, Bahrām, Rustum, o grão-chanceler, Dukāš e Ṭūz Madān. Com todos presentes e acomodados, o sultão fez um sinal para o vizir Darandān e lhe disse: "Saiba, grande vizir, que promessa é dívida. A noite já caiu e a cortina já desceu. Nossos companheiros estão aqui presentes. Portanto, conte a história que você mencionou". O vizir Darandān disse: "Com muito gosto, meu amo e sultão".

E o amanhecer alcançou Šahrazād, que parou de contar.

QUANDO FOI A NOITE

370ª

Disse Šahrazād:

Eu tive notícia, ó rei venturoso, de que o vizir Darandān disse ao sultão Ḍaw Almakān:

OS DOIS APAIXONADOS E O INTERMEDIÁRIO

Saiba, ó rei do tempo, que houve em épocas passadas e remotas, em priscas eras enfim, atrás das montanhas de Isfahan, uma cidade chamada Terra Verde, que tinha um rei chamado Sulaymān, senhor de tanta generosidade, benesse, justiça, lealdade, virtude e benemerência que as caravanas trafegavam por sua mercê, e as notícias a seu respeito se espalharam por todos os países. Ele permaneceu no governo por um bom par de anos, satisfeito e seguro, mas sem filhos nem mulheres. Ele tinha um vizir que se equiparava a ele em benemerência e justiça, e o igualava no atendimento às necessidades das pessoas.

Certa feita, o sultão Sulaymān mandou chamá-lo à sua presença e lhe disse: "Ó vizir, meu peito está opresso e minha paciência se esgotou. Como posso estar assim sozinho, sem mulher nem filho? Desse jeito não vou perenizar meu nome.[468] Esse não é o costume dos reis, pois não é do interesse deles senão ter prole numerosa. Se eu tiver um filho, ele vai me beneficiar, e uma prole numerosa multiplica o número e amplia a força; a descendência aumenta, os outros reis passam a ter medo, o apoio se fortalece. O profeta já dizia: 'O casamento é a minha tradição, e foi a tradição dos profetas anteriores a mim'. O enviado de Deus também disse: 'Casem-se e procriem, para que eu me orgulhe de vocês diante das outras nações no Dia do Juízo Final'. Qual é o seu parecer, ó vizir? Fale e seja breve". Ao ouvir as palavras do rei Sulaymān, o vizir disse: "Tais são os predicados do islã e de sua fé. Saiba, ó sultão, que eu tenho servas que você apreciará e escolherá. Se quiser, posso dá-las de presente a você, e trazê-las à sua presença". O rei ouviu as palavras e a disposição do vizir e disse: "Alto lá, vizir! Você quer que eu me precipite em direção ao fogo e chore devido à cólera do Todo-Poderoso?". O vizir perguntou: "Como assim, meu amo e sultão?". O rei disse: "Saiba, ó vizir, que o rei, caso tome uma concubina sem lhe conhecer a origem nem a constituição, e a possuir, e ela engravidar, o filho que tiverem será hipócrita, iníquo, tirânico e sanguinário. O exemplo dele será o mesmo da terra salobra na qual [do que quer que se plante só medram ervas daninhas ou plantas sem qualidade,][469] nela nada brotando de útil por mais que se cultive. Agir assim, portanto, é expor-se à cólera de Deus. Isso, juro, é uma coisa que não farei jamais. Pelo contrário, gostaria que você pedisse para mim em casamento alguma filha de rei cuja linhagem seja contínua e conhecida, e cuja beleza e formosura sejam célebres; peça a mão dela e eu a tomarei em casamento, na presença de testemunhas e de acordo com o Alcorão e a tradição dos pios ancestrais. Assim, alcançarei meu propósito". O vizir disse: "Ó sultão, nesse caso a sua necessidade já está satisfeita e a sua esperança já está alcançada!". O sultão perguntou: "Como isso se dará?". O vizir disse: "Saiba, ó rei, que me chegou a informação de que o

[468] Assim em Tübingen e Varsy (*ḍaᶜuftu min an uẖallad*). Nas demais fontes, "minha firmeza se enfraqueceu", *ḍaᶜufa minnī aljalad*. A lição das duas primeiras fontes nos parece superior, pois evidencia a comuníssima tópica da perenização por meio da descendência, ao passo que nas outras a afirmação é débil e sem muito sentido.

[469] O trecho entre colchetes foi traduzido da compilação tardia, cujo revisor por certo se deu conta da incoerência da comparação constante das outras fontes: "o exemplo dele será o mesmo da terra salobra na qual nada brota por mais que se cultive". A comparação, obviamente, não deveria aludir à pura esterilidade, mas sim à má qualidade da eventual reprodução.

rei Nazdišāh,[470] senhor da Terra Branca, tem uma filha tão boa que neste nosso tempo não existe jovem melhor do que ela; sua beleza e formosura são estupendas, bem como seu talhe e altura; elegante como um pé de moringa, rosto luminoso como a lua crescente, face suave, cabelo comprido, cintura esbelta, nádegas opulentas, saliva de néctar; quando chega, encanta, e quando sai, mata; voz extasiante e testa radiante, tal como disse a seu respeito o poeta:

Esbelta, humilha ramos de salgueiro,
e sua luz tapa o sol e a lua por inteiro;
se ela é um paraíso para os seus ungidos,
os que rejeita no inferno estão perdidos;
delicada e elegante, branca embelezada,
tal ramo de salgueiro curvo na alvorada,
a sua saliva mais parece néctar misturado
a vinho, brilho de pérola na face estampado;
de paradisíacas ninfas é seu talhe perfeito,
e o preto e o branco dos olhos, lindo efeito!
quantos não deixou mortos de pura agonia?
A trilha do amor por ela é medo todo dia![471]
Se eu viver, será ela a paixão sempre lembrada,
mas se eu morrer sem ela, que vida desgraçada!"

Após descrever os predicados da jovem por meio desses versos, o vizir disse: "Ó rei, meu parecer é que você se apresente ao pai dela e se ofereça para desposá-la, a fim de conquistar a boa vontade dela e deixar o seu pai satisfeito, pois o profeta diz que no islã não há celibato monástico". As faces do rei exultaram de alegria, o seu peito se estufou e as suas aflições se dissiparam; encarou o vizir e disse: "Saiba que a questão surgiu e ficou bem clara. Você e ninguém mais vai se encarregar disso, e assim dissipar as minhas tristezas e preocupações. Vá agora

[470] O nome, como seria de esperar, varia. Em Tübingen e Varsy, *Šāh Nazd*; a primeira palavra desse sintagma, *šāh*, significa "rei" em persa e tem, em português brasileiro, a forma já sedimentada de "xá", enquanto a segunda, *nazd*, tem vários sentidos em persa: "perto", "a respeito de", "com" etc. Portanto, o nome significa "perto do rei". Em Maillet e Cairo, o nome é *Šāh Barad* (*ou*: *Barad*); em Gayangos, *Šāh Yazan*; nas edições impressas, *Zahr Šāh*. Como a grafia do nome se altera no decorrer da história, adotamos a forma *Nazdišāh*.
[471] Esse hemistíquio foi traduzido das edições impressas, pois nos manuscritos ele não faz sentido: "e quantos cativos matou por medo e perigo".

mesmo para casa, resolva os seus assuntos e prepare-se para viajar amanhã de manhã, a fim de pedir para mim em casamento essa jovem que você fez invadir a minha mente e os meus pensamentos. Não regresse senão na companhia dela!". O vizir respondeu: "Ouço e obedeço", e se dirigiu para casa. Mandou que se providenciassem presentes e joias adequados aos reis, tais como aljôfares, zircões, pérolas, rubis, esmeraldas e tudo o mais que fosse apropriado para encontros com reis, a tal ponto que a língua seria incapaz de enumerar, coisas de peso baixo e valor alto, cavalos árabes, escudos, cotas de malha, baús cheios de moedas de ouro; tudo isso foi carregado no dorso de burros e camelos, e assim o aspecto do vizir ficou perfeitamente majestoso, com cinquenta escravos que marchavam carregando bandeiras e estandartes.

O rei, que fervia de impaciência, recomendou-lhe rápido retorno, e então o vizir partiu avançando em ritmo acelerado noite e dia, dobrando jornadas e atravessando regiões inóspitas, até que só restou entre ele e a cidade procurada um único dia. Fez alto diante de um lago, chamou um de seus ajudantes de ordens e lhe determinou que fosse na frente para informar o rei Nazdišāh de sua iminente chegada. O ajudante saiu célere e avançou até se aproximar da cidade. O momento de sua chegada coincidiu com uma cavalgada que o rei Nazdišāh realizava durante um cortejo. Ao avistar aquele estranho, o rei ordenou que fosse trazido à sua presença, e lhe indagou o que desejava. O rapaz o informou da iminente chegada do vizir do poderoso rei Sulaymān, senhor de Terra Verde, de ᶜAmūdān e das montanhas de Isfahan. Ao ouvir sobre a chegada, o rei Nazdišāh deu boas-vindas ao mensageiro, colocou-o do seu lado e voltou com ele para o palácio. Perguntou-lhe: "Quando você se separou do vizir?"; ele respondeu: "No início do dia. Amanhã cedo ele estará aqui e virá vê-lo, que Deus altíssimo mantenha as benesses dele para você, e tenha misericórdia para com seus pais". Nazdišāh ordenou aos seus cortesãos, secretários, deputados e principais do governo que saíssem para recepcionar o vizir do modo mais ordeiro, devido à imensa importância do sultão a quem ele servia, que era deveras influente.

Quanto ao vizir, o fato é que ele descansou até o meio da noite, saindo a seguir em direção à cidade. Mal avançou e já se viu recepcionado pelos secretários, principais do governo e cortesãos do rei Nazdišāh. Galoparam juntos e, quando estavam a uma farsanga dos muros da cidade, foram recebidos pelo exército e pelos cortesãos restantes do xá e seus vizires. O vizir teve então certeza de que os seus desígnios se cumpririam. Saudou os que o recepcionaram e se desapearam ao vê-lo, e se mantiveram caminhando à sua frente até os portões da cidade, e depois até o portão do palácio, até que ele chegou ao sétimo vestíbulo, um lugar no qual somente o rei podia entrar montado. Nesse momento, o vizir descavalgou e se dirigiu ao interior do palácio com o secretário à sua frente; contemplando a parte mais alta do palácio, avistou um pavilhão elevado em cujo centro havia um trono de zimbro cravejado de pérolas e aljôfares, com quatro pés de marfim, e sobre o trono um acolchoado de seda vermelha cravejada de pérolas e aljôfares. Nazdišāh estava ali sentado, com os principais do Estado posicionados em pé para servi-lo. Ao entrar, o vizir tomou ares de autoridade, soltou a língua e exibiu toda a sua eloquência, revelando-lhes e anunciando o segredo que trazia. E, apontando para o rei, recitou a seguinte poesia:

Apareceu e surgiu, com sua leve túnica coberto,
dando fim à paz de quem foi colhido e descoberto,
e encantando, sem que rezas e amuletos impedissem.
Acorra ao chamado daqueles olhos de olhares agudos.
Dize aos censores: "No amor, ele não falhou comigo,
não retrocedeu, não cessou, nem a nada se curvou,
e até mesmo o meu coração me traiu e a ele foi fiel,
e a insônia, que por ele faz prece e de mim se entedia!
Ó coração, que sozinho não consegues ter descanso!
Quando te verei? Como podes me atormentar tanto?
Nenhuma conversa me emociona mais a audição
que o elogio das virtudes de Nazdišāh, o benfeitor,
o maior, o grande rei, que se gastares toda a vida
a lhe contemplar a face, de fazê-lo não te cansarás,
e se acaso optares por fazer por ele um rogo honesto,
nele não encontrarás senão um companheiro leal!
Que grande rei! Quem acaso tiver perdido a ocasião
de o contemplar, eu não o considero um bom crente.[472]

E o amanhecer alcançou Šahrazād, que parou de contar.

[472] Deixamos de traduzir, por absoluta ininteligibilidade, um dos versos dessa poesia. Nas fontes, o sentido geral é o mesmo, mas os detalhes variam. Demos, como de hábito, preferência ao sentido esboçado nas fontes mais antigas, lançando mão das soluções adotadas nas edições impressas somente em último caso.

QUANDO FOI A NOITE

371ª

Disse Šahrazād:

Eu tive notícia, ó rei venturoso, de que o vizir Darandān disse ao sultão Ḍaw Almakān:

Quando o vizir concluiu a poesia e o panegírico, ó rei do tempo, Nazdišāh lhe agradeceu as palavras e os versos bem-compostos, retribuindo-lhe a saudação, dignificando-o e deixando-o assaz próximo de si, pois o fez sentar-se ao seu lado, riu para ele e soltaram as rédeas da conversa, nisso persistindo até o amanhecer, quando então foi servido um banquete naquele pavilhão. Todos comeram, inclusive o vizir, até a saciedade, a mesa foi recolhida e todos se retiraram da assembleia, com exceção do vizir e de alguns cortesãos. Ao ver o lugar vazio, o vizir se pôs de pé, enquanto o rei aguardava o que lhe seria sugerido. O vizir disse: "Ó grande rei, grave senhor, saiba que eu vim até você para um assunto no qual está o seu interesse, seu bem e seu triunfo, pois vim como mensageiro operoso de um rei desejoso. Sou enviado do grande rei, senhor da justiça e da lealdade, da virtude e da benemerência, denominado xá Sulaymān, rei da Terra Verde, de ᶜAmūdān e das montanhas de Isfahan. Dê alvíssaras pelo que eu trouxe de dinheiro, homens, presentes em profusão e joias abundantes. O meu rei está desejoso de ser seu parente. Porventura esse desejo seria recíproco?". Dito isso, sentou-se e se calou à espera de uma resposta.

Em face daquelas palavras, Nazdišāh se pôs em pé, beijou o chão, deixando a assistência aturdida, agradeceu a Deus e respondeu, dizendo: "Ó vizir dignificado e senhor potentado, ouça o que digo. Sou apenas um dos servos e criados do rei Sulaymān, e minha filha será mais uma dentre as suas criadas. Ele é o mais excelso de quantos desejaram, e o mais grandioso de quantos pediram a mão de alguém. Ela será sua criada, tal como eu sou seu criado. Isso é o que tenho a dizer. E é o bastante". Imediatamente, Nazdišāh mandou convocar juízes e testemunhas, e todos testificaram, consoante a sua própria declaração, que ele encarregava o vizir do casamento. Em seguida, o juiz registrou a certidão e redigiu o contrato de casamento da jovem com o grande rei Sulaymān.

Nesse momento, o vizir foi buscar tudo quanto havia trazido de presentes, joias, aljôfares, ouro, prata, cavalos e o mais que fosse, sendo tudo oferecido à sua majestade o rei Nazdišāh, o qual, enquanto a filha se preparava, hospedou o vizir e o dignificou por dois meses completos. Todos os obstáculos que a noiva poderia ter para a viagem foram superados. Quando ela enfim se aprontou, o xá ordenou que se montassem tendas na saída da cidade, e todos os seus tecidos foram acondicionados no interior de baús; também foram levadas as suas criadas bizantinas e empregadas turcas e abissínias, que eram duzentas. O xá mandou fazer para a filha uma liteira esplendorosa e destinou-lhe dez burros para a viagem. A liteira parecia um dos aposentos do paraíso, e sua dona parecia uma huri da qual Raḍwān[473] se distraíra. Em seguida, carregaram os burros e os camelos com os baús. Nos camelos se colocaram pequenas liteiras para transportar as criadas virgens, que pareciam luas, e cuja esbeltez semelhava a dos galhos de árvore, e cujos seios eram como romãs. Nazdišāh e seus homens cavalgaram com o séquito por três farsangas, e então ele se despediu da filha, bem como do vizir, a quem recomendou a garota, e então retornou para a sua cidade.

O vizir prosseguiu viagem quase voando de alegria: dobrou jornadas e atravessou regiões inóspitas noite e dia até que, quando só restava entre ele e o seu país a distância de três dias, ele enviou a toda pressa uma mensagem informando o rei Sulaymān da chegada da noiva. Muito contente, o rei presentou o mensageiro com um traje honorífico e um pouco de dinheiro, e ordenou a seguir que todos os seus soldados saíssem, em roupas de guerra, as bandeiras tremulando sobre as suas cabeças, a fim de recepcionar a noiva a uma distância de três dias da cidade. Eles obedeceram e agiram de acordo com a determinação. Um arauto anunciou pela cidade que "não ficasse uma única jovem, nobre ou recatada, nem velha alquebrada que não saísse para recepcionar a noiva". Também se ordenou que quinhentas jovens de famílias respeitáveis fossem postas em marcha para receber a noiva e ficassem a seu serviço, e a conduzissem à noite ao palácio, cujos criados foram convidados a se retirar. O rei ordenou ainda aos notáveis do governo que se organizassem e se posicionassem na estrada, nas cercanias da cidade, engalanados com suas melhores vestimentas.

Disse o narrador: Foi nesse momento que surgiu a noiva com os criados na sua dianteira, e as criadas caminhando à sua frente. O vizir surgiu montado, usando o traje honorífico que lhe fora presenteado pelo pai da noiva, a qual estava na liteira, cercada à direita e à esquerda por criadas e soldados, em

[473] *Raḍwān*, na tradição muçulmana, é o arcanjo celestial que funciona como uma espécie de guardião do paraíso. O termo foi excluído da compilação tardia.

número tão grande que abarrotavam o solo, exibindo bandeiras e estandartes e tocando tambores; os atabales tocaram sons de guerra, afugentando os animais para o meio do deserto, e muita gente achou que se tratava do Dia do Juízo Final. A liteira continuou avançando até as proximidades do palácio, e dos habitantes da cidade não houve sequer um que tenha deixado de sair para assistir a essa chegada. Os cortesãos se aproximaram da liteira e atiraram peças de ouro e prata, e grandes aljôfares, enquanto os tambores e as cornetas continuavam a ser tocados, e as hastes com bandeiras drapejavam, e os cavalos galopavam. Quando o cortejo chegou à porta do palácio, os criados se aproximaram para tirar a cortina da liteira, e então o lugar se iluminou, tamanhas eram a sua beleza e formosura.

E o amanhecer alcançou Šahrazād, que parou de contar.

QUANDO FOI A NOITE

372ª

Disse Šahrazād:

Eu tive notícia, ó rei venturoso, de que [o vizir Darandān disse ao sultão Ḍaw Almakān:][474]

Quando a noiva adentrou a tenda, o lugar se iluminou, tamanhas eram a sua beleza e formosura. Ali ela passou o resto da noite, de cortinas abertas e com os criados em torno. Após tudo isso se ter passado, a noiva surgiu entre as criadas e as jovens virgens, que a conduziram a um dos aposentos do palácio, onde lhe haviam montado uma cama de zimbro. Tão logo ela se acomodou, o rei entrou, e assim que a viu Deus depositou o amor por ela em seu coração. Sozinho ali com ela, desvirginou-a, e ficaram juntos por um mês completo. Ela engravidou naquela mesma noite.

Decorrido aquele mês, o rei retomou seu lugar de governante na assembleia; instalou-se no trono do reino, julgando com justiça as demandas dos seus súdi-

[474] Essas marcações de fala, traduzidas de Maillet (cuja divisão de noites em geral não coincide com as outras fontes), faltam em Tübingen e Varsy, nos quais é a voz de Šahrazād que narra a história, diretamente.

tos, distribuindo trajes honoríficos, fazendo doações e prêmios e determinando a soltura de presos. Enquanto isso, a gravidez da noiva progrediu até os seus meses se completarem. Na última noite do nono mês, perto da alvorada, ela se sentou na cadeira, já tomada pelas dores do parto e do esforço. As camareiras estavam com ela, o Criador da humanidade lhe facilitou o parto e ela deu à luz um bebê varão que parecia um pedaço da lua. Os criados acorreram ao rei para transmitir a boa nova. Ao receber a alvissareira informação, ele exultou e lhes deu bastante dinheiro; depois, distribuiu vestes honoríficas e muitos donativos aos soldados e oficiais, concedeu benesses às viúvas e roupas aos órfãos, mandou atender às queixas dos súditos por todo o país, deu festas e comemorou. O recém-nascido foi levado pelas camareiras, que cortaram o seu cordão umbilical, passaram *kajal* em torno dos seus olhos, deram a ele o nome de [Ġāzān e a alcunha de] Tāj Almulūk,[475] ministrando-lhe a melhor das criações, muito bem cuidado pelas camareiras e pelos criados.

Assim se passaram as coisas e os anos, e o garoto foi crescendo, até que, ao completar quatro anos, seu pai, o rei Sulaymān, mandou convocar alfaquis e sábios para lhe ensinarem caligrafia, sabedoria, decoro, língua e tudo quanto fosse necessário aos filhos de rei. Quando ele aprendeu tudo quanto se queria dele, foi tirado da escola, sendo entregue aos cuidados de mestres que lhe ensinaram a arte da cavalaria e a luta com lanças. Tāj Almulūk continuou a crescer e a se desenvolver, dominando com destreza, capacidade e bravura cada nova porta da arte da cavalaria que os seus sucessivos mestres iam lhe abrindo, até completar a idade de catorze anos. Quando ia visitar os amigos ou saía para alguma atividade, todos quantos o viam se encantavam e recitavam versos, e as mulheres, tanto as casadas como as solteiras, perdiam o pudor. E a seu respeito certo coração dilacerado recitou o seguinte:

> Abracei-o e com seu aroma me embriaguei,
> trescalante ramo que da brisa se alimenta;
> embriagado, do vinho não bebeu, mas só
> ficou, com o vinho de sua saliva, alterado.

[475] Trecho traduzido de Maillet. Na compilação tardia, o nome é ligeiramente diverso: *Ḫāẓān*. Já a alcunha *Tāj Almulūk* consta de todas as fontes, e significa "coroa dos reis". Em Gayangos e na compilação tardia, quem dá o nome é o pai, e não as camareiras. Possivelmente, a ideia é que o pai lhe deu o nome e os empregados lhe atribuíram a alcunha.

A beleza escreveu na página do seu rosto:
"Que formoso!". Não faz mal que se benza,
pois toda beleza do mundo é sua presa,
e é por isso que os corações ele domina.
Vieram os censores com suas censuras
depois que a paixão por ele me cativou.
Não paro, não me curvo, não retrocedo,
e que ironize o meu amor quem desejar!
Por Deus, não me ocorre buscar consolo
enquanto vivo eu estiver, mesmo que eu
passe a vida nessa paixão, e se eu morrer
de afeto e amor lancinante por ele, viva![476]

Prosseguiu o vizir:

Quando [o rei Ġāzān, alcunhado de] Tāj Almulūk, atingiu a idade de dezoito anos, ó rei do tempo, um buço escuro lhe sombreou as maçãs de sua rubra face, na qual as pintas pareciam pequenos círculos de âmbar, tal como disse a seu respeito o poeta ^{c}Antara:[477]

José já tem na beleza um sucessor,
temido por quem se derrete de amor;
venha comigo para ver e ter certeza:
em sua face, a negra pinta da beleza.

Quando completou vinte anos e atingiu idade de homem, o seu rosto foi circundado pela barba, tal como disse a seu respeito um dos tantos que o descreveram:

[476] Ocorre uma curiosidade nessa poesia: as quatro primeiras linhas (correspondentes a quatro hemistíquios e, portanto, a dois versos) são de Jamāluddīn Bin Maṭrūḥ (1196-1260 d.C.), poeta, político e administrador egípcio natural de Assiut, no Alto Egito, ao passo que todo o resto é obra do poeta e historiador sírio de origem turca Ṣalāḥuddīn Ḫalīl Bin Aybak Aṣṣafadī, morto de peste em Damasco no ano de 1363 d.C.

[477] Esse é o nome que consta de Tübingen e Varsy. Em Maillet, consta Ibn Mu^{c}ammar. Nas demais fontes, não se dá nome ao poeta. De ^{c}Antara, o já referido poeta árabe pré-islâmico, tais versos não são, nem tampouco desse incerto Ibn Mu^{c}ammar; na realidade, são de Alḥusām Alḥājirī (ou Ḥusāmuddīn Alḥājirī), poeta-guerreiro de origem curda morto por volta de 1234 d.C. Os versos da poesia seguinte também são dele.

Dizem que quando se completou sua barba,
todo coração que por ele adoeceu se curou;
[eu, que tanto quis visitar-lhe as rosas da face,
que direi agora, então, quando ali vou morar?][478]

Crescido, Tāj Almulūk se afeiçoou às expedições de caça, prática da qual nunca se fartava, conquanto o rei Sulaymān tenha advertido e criticado tal paixão, temeroso de que as feras selvagens lhe causassem alguma desgraça no deserto ou nas montanhas, mas o rapaz não aceitou as suas palavras; pelo contrário, mais e mais se aferrou à caça, dizendo ao séquito que o acompanhava durante essas expedições: "Levem consigo provisões e ração suficientes para dez dias", e eles agiam conforme essa determinação. Agora, Tāj Almulūk tinha companheiros e amantes, e todos quantos dele se aproximavam nutriam a esperança de assumir algum posto de comando caso o pai dele morresse.

Certa feita, o filho do rei saiu para caçar, enfronhando-se no deserto. Continuou avançando com o seu séquito até se aproximarem, após quatro dias, de uma região verdejante na qual havia feras em abundância pastando, árvores frondosas e um córrego de água corrente, para o qual Tāj Almulūk se dirigiu, distribuindo as flechas entre os seus companheiros e dizendo-lhes: "Vamos nos encontrar no começo da área delimitada para a caça,[479] no lugar tal e tal", e traçou os limites da área, ampla o suficiente para caber as mais variadas espécies de feras selvagens e gazelas. Continuaram nisso até deixarem o espaço tão estreito que os animais se irritaram e se agitaram diante dos cavalos, em busca de fuga, e então os cachorros, panteras e falcões foram soltos contra eles, e tocaram-se os tambores dos falcoeiros; dispararam-se flechas, atingindo pontos mortais dos bichos, e quando o espaço de caça se estreitou de vez muitos deles haviam sido capturados e outros tantos tinham conseguido fugir. Concluída a caça, Tāj Almulūk entrou na água para nadar e depois repartiu a caça, destinando ao seu pai Sulaymān os animais mais nobres e carregando tudo no dorso dos burros, e depois enviou para o pai. O restante ele dividiu entre os seus companheiros.

[478] Versos completados por meio dos originais do supracitado poeta Alḥusām Alḥājirī.

[479] Era o costume, quando se saía para caçar, delimitar o espaço (*ḥalaqat aṣṣayd*) para o interior do qual os animais eram tangidos a fim de que a atividade fosse praticada.

Tāj Almulūk permaneceu naquele local até o amanhecer. Quando o sol brilhou, os camelos blateraram assustados, pois acabava de aportar uma grande caravana com escravos, criados e mercadores, que ali faziam tenção de acampar. Ao vê-los, Tāj Almulūk disse a alguns de seus companheiros: "Tragam-me notícias dessa caravana. Por que motivo acamparam neste lugar? Digam-lhes que nos informem e sejam rápidos na resposta". Interpelados pelos companheiros do rapaz, os membros da caravana responderam: "Somos mercadores e acampamos aqui para descansar. Percorremos uma grande distância, e não viajamos para cá senão por termos ouvido falar da justiça do senhor dessa cidade, o rei Sulaymān. Também ouvimos que todo aquele que se acerca desse rei fica em paz e segurança. Temos tecidos em nome do seu filho, Tāj Almulūk". Os enviados voltaram e colocaram o filho do rei a par da situação, do que haviam dito os mercadores e das informações que passaram, e ele disse: "Se eles têm mercadorias em meu nome e a mim destinadas, então não voltarei à cidade nem sairei daqui antes de vê-las e me apossar delas". E, pegando as rédeas de seu cavalo, galopou, com os escravos atrás de si, até alcançar o acampamento da caravana. [Ao reconhecê-lo,][480] os mercadores se puseram de pé, rogaram por sua vitória e prosperidade, e logo mandaram montar-lhe uma tenda de seda fina cravejada de ouro, e os camareiros lhe prepararam um assento digno de sultões, com uma dupla camada de seda sobre a qual puseram um tapete com enfeites de ouro e almofadas com bordados. Tāj Almulūk se acomodou e os escravos se puseram a seu serviço. Nesse momento, chamou os mercadores e lhes ordenou que mostrassem tudo quanto carregavam; eles beijaram o chão diante dele e trouxeram seus fardos, exibindo todas as suas mercadorias. Tāj Almulūk recolheu para si o que lhe interessava, pagando bem barato, após o que fez menção de se retirar, mas notou de relance, num canto da caravana, um rapaz de boa compleição, roupas imaculadas, aspecto gentil, fronte radiosa, rosto em forma de lua e pescoço de mármore, dono de boas palavras, sorriso e bom gosto para falar; a beleza desse jovem, porém, sofrera alterações devido à separação das pessoas amadas, encontrando-se por isso pálido e deprimido, razão pela qual o ouviu recitar o seguinte:

Já são longas a separação, a preocupação e a dor,
e das minhas órbitas as lágrimas desabam, amigo!

[480] Traduzido de Maillet.

Do coração me despedi no dia da separação, e
sozinho me quedei, sem coração nem esperança;
pare, meu amigo, e vamos nos despedir daquela
cuja mera visão na despedida nos deixa curados.
Ó coração, se você se resignar após a desunião,
morrerá de tristeza, alvejado pelas setas dos olhos.

Ao concluir a poesia, o jovem chorou por tanto tempo que desfaleceu. Enquanto isso, Tāj Almulūk o observava, espantado. Quando o rapaz acordou, suspirou melancolicamente, as lágrimas lhe escorrendo às mancheias por toda a extensão da face, e ele fez um sinal, recitando o seguinte:

Estejam alerta com seu olhar, que enfeitiça:
quem por ele for atingido não pode escapar,
pois os seus negros olhos, mesmo sonolentos,
são mais cortantes do que afiadas espadas;
não se enganem com a doçura de sua fala,
pois se sabe que o álcool transtorna a razão;
tão delicada que, se as rosas lhe tocam a face,
das órbitas lhe escorrem gotinhas de orvalho;
dentre as de curto olhar, invejaram sua beleza
as rivais, mas que são cegas em busca de luz;
caso uma brisa ligeira por seu vulto passasse,
do perfume dela para sempre se impregnaria;
os seus colares, aos reclamos, querem mais,
mas nos seus pulsos brilham forte as pulseiras;
distantes do espaço que vai da canela à cabeça,
os olhares diante dela se esquivam, acanhados,
mas se o chocalho quiser saber como ela anda,
quanta coisa suas tranças não lhe iriam contar!
Ó censor, por Deus que você não é nada justo!
Para uma formosura dessas se colocam espias?[481]

[481] Poesia do supracitado Jamāluddīn Bin Maṭrūḥ, da qual o compilador das *Noites* suprimiu um hemistíquio e alterou algumas palavras, às vezes melhorando o sentido.

Disse o narrador: Em seguida, o jovem soluçou com força e tornou a desmaiar. Tāj Almulūk a tudo observava, perplexo, e o jovem, ao despertar, viu-o parado à sua cabeça.

E o amanhecer alcançou Šahrazād, que parou de contar.

QUANDO FOI A NOITE

373ª

Disse Šahrazād:

Eu tive notícia, ó rei venturoso, de que [o vizir Darandān disse ao sultão Ḍaw Almakān:]

Ao despertar, o rapaz viu o filho do rei ali parado à sua cabeça, e se pôs de pé, beijando o chão diante dele. Tāj Almulūk disse: "Por que você não me mostrou as suas mercadorias?". O rapaz respondeu: "Amo, as minhas mercadorias nada contêm que lhe seja adequado. É tudo coisa simples". Tāj Almulūk disse: "É absolutamente imperioso que você me mostre o que traz consigo e me informe o que faz nesta caravana, pois lacrimosos vejo os seus olhos, e entristecido o seu coração, recitando poesias entre prantos e gemidos. Se tiver sofrido alguma injustiça, eu a desfarei, e se estiver endividado, saldarei a sua dívida. Com essa sua atitude, você me queimou o coração". Em seguida, dobrou a perna, descavalgou, e imediatamente os camareiros acorreram e montaram uma cadeira de marfim e ébano com apoios de prata entrelaçada com ouro puro, e estenderam um tapete de seda. Tāj Almulūk se acomodou na cadeira e ordenou ao jovem que se sentasse no tapete, ao que ele prontamente obedeceu, e só então lhe disse: "Agora me mostre as suas mercadorias". O rapaz respondeu, após um longo suspiro: "Pelo amor de Deus, meu amo, não veja as minhas mercadorias. Não faça isso". Tāj Almulūk disse: "É absolutamente imperioso!", e então o rapaz trouxe as mercadorias para mostrar, mas só de vê-las ele súbito começou a chorar, e recitou com os olhos escorrendo:

Tens nas pálpebras mimo e *kajal*,
e nos contornos, suavidade e graça,
e na boca, mel e vinho, não faz mal;

orvalho, é cura a tua saliva sem jaça.
Ó meu visitante, cuja visita foi mais
segura para quem tem medos fatais;
dois dias distantes o destino não nos deu:
hoje o dia é teu, mas amanhã será o meu.[482]

Em seguida, abriu os fardos com as próprias mãos e mostrou as mercadorias a Tāj Almulūk, peça por peça, tecido por tecido. Tirou um traje inteiramente confeccionado com fios de pura seda dourada, no valor de dois mil dinares, e ao abri-lo caiu de dentro dele uma sobra de pano que o rapaz recolheu, pôs debaixo do joelho, suspirou forte, chorou e recitou o seguinte:

Quando a cura deste coração atormentado?
As setas da morte estão mais perto que você!
Distância e emoção, ansiedade e obsessão,
adiamentos com os quais minha vida se esvai;
estamos juntos: não vivo; e separados: não morro;
nem a distância me consola, nem você se aproxima;
não tem senso de justiça e muito menos piedade,
nem dá nenhum socorro, mas não há onde fugir!
O amor por você tornou estreitas todas as vias
para mim, e agora já não sei para onde fugir.[483]

Sumamente impressionado com o rapaz, e ignorando o motivo que o levara a esconder aquela sobra de pano sob o joelho, Tāj Almulūk perguntou: "O que é esse pano?". O rapaz respondeu: "Meu amo, isso é sobra de uma peça de tecido,

[482] O último hemistíquio dessa poesia (*alyawmu yawmuka wa-l'ātī ġadan hua liyya*), que não consta da compilação tardia, retoma um tema caro à lírica amorosa em árabe, qual seja, o do revezamento entre os amantes, isto é, cada dia pertence a um deles, num sentido que pode ir desde o da visita até o da preferência no prazer erótico, passando pelo sofrer de amor, a "coita d'amor". Absorvido pela lírica galaico-portuguesa, esse tema é rastreável, por exemplo, no estribilho "lelia doura", da belíssima cantiga de amigo "Eu, velida, non dormia", atribuída ao trovador galego Pedr'Eanes Solaz (século XIII). Esse estribilho, "lelia doura", é decalque do árabe *liyya addawra*, "é a minha vez".

[483] As três primeiras linhas dessa poesia (ou seja, um hemistíquio e meio) são do célebre poeta lírico Qays Bin Almulawwiḥ (645-688 d.C.), mais conhecido como Majnūn Laylà, isto é, "o Louco de (*ou*: por) Layla". O restante da poesia é de autoria desconhecida, e diverge deveras dos versos seguintes da mencionada poesia do "Louco por Layla".

e não serve para o senhor". Tāj Almulūk disse: "Deixe-me vê-la!". O rapaz respondeu: "Não posso, ó rei. Aliás, foi por causa desse pedaço de pano que eu antes me recusara a exibir as minhas mercadorias. Mas agora não posso permitir que a veja". Tāj Almulūk disse: "Isso é absolutamente imperioso", e tanto insistiu e falou grosso que o rapaz tirou o pano de baixo do joelho, desdobrou-o, contemplou-o por um longo tempo, chorou, queixou-se e se pôs a recitar:

Se te consola, a paixão não me deixa esperar:
meu coração, por inteiro, é só a ti que ele ama,
e ainda que outra formosura meus olhos avistem,
só o que os alegra, depois da separação, é te ver.
Minha paixão por ti eu tornei emblema e doutrina,
e pronto te atendo assim que te ouço o chamado;
se em minha morte estiver tua satisfação, ó amado,
com muita honra e gosto eu buscarei contentar-te.
A paixão me deu de beber uma pura taça de amor:
quem dera que ao me dar de beber te desse também;
e quem dera o magistrado do amor julgasse entre nós,
e o pregador da paixão, ao me chamar, te tivesse chamado.
Não me esquecer de ti foi a sagrada promessa que fiz;
na verdade, porém, o meu coração não ama senão a ti.
Leva o peso dos meus ossos aonde quer que tu vás,
e então os enterra bem perto do lugar em que morares,
e chama o meu nome diante da tumba — a resposta
será o vagido dos meus ossos ao te ouvirem a voz.[484]

Disse o narrador: Quando concluiu a recitação, Tāj Almulūk lhe disse: "Garoto, estou vendo que você está meio abatido. Conte-me o motivo pelo qual chora quando olha para esse pedaço de pano". O rapaz suspirou fundo e disse: "Amo, a minha história e a história deste pedaço de pano são espantosas e assombrosas;

[484] Alguns desses versos fazem parte de uma poesia cujo *incipit* (*matà yā kirām alḥay*, "quando, ó nobres do meu bairro") é bem conhecido na literatura árabe, e cujo autor é Abū Madyan Šuᶜayb Bin Alḥusayn Al'anṣārī (1115-1197 d.C.), poeta sufi (místico) natural de Cantillana, nas proximidades de Sevilha, fundador de uma escola de sufismo e cognominado de "mestre dos mestres" pelo eminente sufi murciano Ibn ᶜArabī (1165-1240). A poesia aqui traduzida consta somente de Tübingen e do manuscrito do Cairo. Nas edições impressas, foi substituída por outra inteiramente diversa.

meu choro não é senão por causa deste pedaço de pano, da sua dona e da dona desta imagem e desta efígie", e, estendendo o pano, mostrou que nele se estampava a imagem de uma gaze bordada a ouro e pura seda, com um dos chifres trançado com ouro egípcio e o outro com prata, e em cujo pescoço havia um colar de ouro vermelho com três ramos de esmeralda, e com arreios desenhados com fios de seda de várias cores, cravejado de pérolas e cornalinas. Ao ver aquela linda confecção — a gazela parecia que iria falar —, Tāj Almulūk disse: "Exalçado seja Quem ensinou ao homem a sabedoria e a eloquência! Por Deus, quem será que confeccionou esta gazela? Não existe nada igual!". O jovem respondeu: "Quem confeccionou esta gazela, meu senhor, foi uma mulher com a qual tenho uma história espantosa e uma narrativa assombrosa". Com o coração fissurado para ouvir essa história espantosa, Tāj Almulūk disse: "Garoto, quero que você me conte a sua história com a dona desta gazela". O rapaz disse:

O BEM-AMADO ᶜAZĪZ E SEUS AMORES[485]

Ouço e obedeço. Saiba, meu amo, que meu pai era um grande mercador, e não foi agraciado com nenhum outro filho além de mim.

E o amanhecer alcançou Šahrazād, que parou de contar.

QUANDO FOI A NOITE

374ª

Disse Šahrazād:

Eu tive notícia, ó rei venturoso, de que [o vizir Darandān disse ao sultão Ḍaw Almakān:]

O rapaz disse a Tāj Almulūk:

Amo, meu pai não foi agraciado com nenhum outro filho além de mim. Então cresci e me desenvolvi, até que atingi força de homem. Eu tinha uma prima

[485] O cineasta italiano Pier Paolo Pasolini (1922-1975), grande aficionado das *Noites*, dizia que esta narrativa, que ele considerava "divina", mereceria ter sido musicada pelo maestro russo Igor Stravinski (1882-1971).

paterna junto com quem fora criado, na mesma casa, que pertencia ao meu pai, pois, como o pai dela havia morrido, o meu se encarregara da sua criação. Nossos pais haviam assumido o compromisso mútuo e prometido um ao outro de que me casariam com ela e a casariam comigo.[486] Crescemos ambos e atingimos a idade adulta, eu a de homem, e ela, a de mulher, mas, mesmo assim, já crescidos, não a isolaram de mim nem me isolaram dela. Meu pai conversou com a minha mãe e lhe disse: "Este ano escreveremos o compromisso de casamento do nosso filho ᶜAzīz com sua prima Dāma Alᶜizz".[487] Assim, entraram ambos em acordo. Minha mãe disse: "É o melhor a fazer, pois já não existe nenhum obstáculo para o casamento entre os dois", e então meu pai foi sem mais delongas cuidar dos banquetes da festa.

Enquanto isso ocorria, eu e minha prima dormíamos na mesma cama, sem saber da nossa condição, muito embora ela fosse mais esperta do que eu, mais inteligente e mais conhecedora das coisas. A nossa situação já estava arranjada, meu amo, não restando senão escrever o contrato de casamento e a consumação da posse carnal da minha prima. Marcou-se a cerimônia do contrato para depois da prece da sexta-feira, e então meu pai foi avisar seus amigos mercadores, tanto os grandes como os pequenos, e minha mãe foi convidar as amigas, os parentes e os pais.

Quando chegou a sexta-feira, o grande pátio da nossa casa foi esvaziado e varrido; lavaram e enfeitaram o seu piso de mármore, encheram de água os seus jarros, estenderam tapetes nele e lhe providenciaram cadeiras e almofadas com bordado.

E o amanhecer alcançou Šahrazād, que parou de contar.

[486] Na tradução, manteve-se a redundância do original: *yuȥawwijūhā biya wa yuȥawwijūnī bihā*.

[487] Em Tübingen e Varsy, que são as versões mais antigas da história, bem como em Gayangos, que em certos aspectos reflete um corpus antigo, é esse o nome da garota: *Dāma Alᶜiȥȥ*, "que o poderio permaneça". Nas demais fontes, o nome é ᶜAzīza, feminino de ᶜAzīz. Porém, o propósito de tais denominações não é o da simples correspondência masculino/feminino, mas sim o da complementaridade: *ᶜAȥīȥ* significa "poderoso, forte", ao passo que *Dāma Alᶜiȥȥ* significa "que o poderio (*ou*: a força) permaneça", o que constitui a união entre ambos como fortalecimento do sentido primitivo do nome do rapaz, e não como a mera reunião dos aspectos masculino e feminino, o que, aliás, não é o caso, conforme se perceberá pela leitura da história. Na linha aqui proposta – partindo-se do realce que a narrativa dá a termos como "símbolo", *ramȥ*, "sinal" ou "gesto", *išāra* e *ᶜalāma*, e "interpretação", *tafsīr* –, supôs-se que a ideia subjacente é a de que a permanência do polo masculino resultará desastrosa caso redunde no sacrifício do polo feminino.

QUANDO FOI A NOITE

375ª

Disse Šahrazād:

Eu tive notícia, ó rei venturoso, de que [o vizir Darandān disse ao sultão Ḍaw Almakān:]

O rapaz disse a Tāj Almulūk:

Meu pai e minha mãe arrumaram o pátio, forraram-no e providenciaram tudo quanto fosse necessário, convidando as pessoas para a cerimônia, que teria lugar depois da prece de sexta-feira. Meu pai preparou os assados, doces, pratos de carne com vinagrete[488] e vasos com flores fragrantes; ele também mandou trazer vinte garrafas de água de rosas e rodelas de doce de limão. Como só faltava mesmo escrever o contrato de casamento, minha mãe me enviou para uma casa de banho, e depois mandou um escravo levar para mim um novo traje. Entrei no banho, fui banhado pelo encarregado, vesti o luxuoso traje perfumado com algália, água de rosas e almíscar; a intensa fragrância desses aromas se espalhava e me acompanhava pelo caminho. Ao sair do banho a fim de ir à mesquita fazer a prece da sexta-feira, lembrei-me de um amigo a quem eu não convidara, e então me pus a procurá-lo para que assistisse à escritura do meu contrato de casamento. Perguntei a seu respeito e me indicaram o lugar onde ele estava. Enveredei-me por uma ruela e fiquei procurando-o até o horário da reza. Acabei entrando em outra ruela onde eu jamais entrara. Estava suado e cansado por efeito do banho e do peso das roupas que eu usava, todas novas em folha. Meu suor escorreu e o meu aroma se espalhou. Sentei-me num banco de pedra na ponta da ruela para descansar por alguns instantes e depois ir embora. Forrei o banco com um lenço que trazia em minha manga, bordado e costurado com pontinhos de ouro. Sentei-me em cima dele...

E o amanhecer alcançou Šahrazād, que parou de contar.

488 "Carne com vinagrete" traduz *sikbāj*, prato que aparece em várias ocasiões nas *Noites*, e deu origem ao nosso "escabeche". Foi traduzido de Maillet, onde está grafado de maneira errônea como *sakarj*, que nada significa, possivelmente porque o copista ignorava a palavra.

QUANDO FOI A NOITE

376ª

Disse Šahrazād:

Eu tive notícia, ó rei venturoso, de que o vizir Darandān disse ao sultão Ḍaw Almakān:

O rapaz disse a Tāj Almulūk:

O lenço era bordado e costurado com pontinhos de ouro, e me sentei em cima dele. O calor me invadira tanto que o suor cobriu minha testa e me escorreu pelo rosto, que ficou molhado e começou a pingar sobre a minha roupa. O meu lenço estava debaixo de mim. Fiz tenção de virar a gola do meu sobretudo para enxugar o rosto, e, antes que eu me apercebesse, um fino lenço, mais fino do que a brisa, caía no meu colo. Peguei-o com as mãos, ergui a cabeça para ver de onde viera e então os meus olhos depararam com os olhos da dona desta gazela bordada, e eis que ela estava na varanda de uma janela de metal, com um dedo na boca; meus olhos jamais haviam pousado em alguém mais belo nem mais formoso, a tal ponto que a língua é incapaz de lhe descrever as qualidades. E eis que ela, juntando o dedo indicador ao médio, colocou-os no peito, entre os seios; em seguida, tirou a cabeça, fechou a varanda e se retirou, deixando meu coração em chamas. Minha mente e meu íntimo ficaram ocupados com ela, cuja aparição foi seguida de mil ais; aquela mulher conquistou o meu coração inteiro e a minha alma, e então me alienei desta existência, sem nem saber o que ela quisera dizer e muito menos entender para onde ela tinha sinalizado. A varanda permanecia fechada, e fiquei ali até o pôr do sol, sem ouvir um som sequer nem ver ser humano algum. Recobrei então o ânimo, apanhei o lenço dela, desdobrei-o e ele exalou um aroma que me subiu ao meio da cabeça, sobrepujando todos os outros perfumes que tinham sido passados em mim. Senti-me como que no paraíso; ao estender o lenço, caiu dele um fino papel no qual estava escrito:

Eu lhes envio uma queixa sobre as dores do amor,
em finas letras, pois a caligrafia tem vários estilos.
Ela disse: “Amado meu, por que a sua letra é assim,
tão precisa e delicada que mal se consegue entrever?”
Respondi: “Quando você está tão magro e debilitado,
a sua letra o imita; é assim que escreve o apaixonado”.

Então olhei para as pontas do lenço, e notei que tinham três nós nos quais havia algo escrito. Desfiz e li o primeiro nó, e eis que nele se escrevera:

> Meu afeto é tanto que me sinto aguilhoado,
> pois estou no colo do melhor dos humanos:
> ora comigo limpa a testa,
> ora me enrola e estende;
> mas os eloquentes dizem:
> quem espera sempre alcança.

No segundo nó se escrevera:

> Sou um lenço fiel às promessas,
> que retomou contato após a partida,
> e de toda gente bonita sou servidor:
> limpo as lágrimas dos apaixonados.
> Promova Deus a união dos amantes,
> e comece por mim, que fui afastado.

Olhei o terceiro nó e nele se escrevera...

E o amanhecer alcançou Šahrazād, que parou de contar.

QUANDO FOI A NOITE

377ª

Disse Šahrazād:

Eu tive notícia, ó rei venturoso, de que o vizir Darandān disse ao sultão Ḍaw Almakān:

O rapaz disse a Tāj Almulūk:

Olhei o terceiro nó e nele se escrevera:

Resignei-me com a costura e com agulhadas,
e fui compensado com bela paciência: vou ver,
pois a minha posição é nos dois lados do rosto,
e em todo casamento você me verá numa lua.[489]

Quando vi tantas poesias escritas no lenço, um fogo se acendeu no meu coração, e minha obsessão se exacerbou. Recolhi o lenço e o papel, enrolei-os e fui para casa, sem saber como agir. Não cheguei senão quando a noite ia bem alta, e encontrei a minha prima sentada, com a cabeça entre os joelhos, chorando. Ao me ver, ela limpou as lágrimas, levantou-se, arrancou as minhas roupas e me questionou sobre o meu estado e minha ausência. Respondi: "Prima, não me pergunte sobre a minha ausência nem sobre nada; conte-me, isto sim, o que ocorreu hoje, quais são as novas". Ela disse: "Primo, compareceram grandes mercadores, reuniram-se muitas pessoas, gente importante, trouxeram o juiz e as testemunhas. Estendemos uma esplêndida mesa de banquete, demos de comer a todo mundo. Só faltou a sua presença para fazer o contrato de casamento. Procuraram você mas não o encontraram, nem ninguém obteve notícias suas. Então o seu pai, furioso com a sua ausência, jurou por Deus altíssimo que não celebraria o nosso contrato de casamento senão no ano que vem, pois você sabe que a festa o fez arcar com despesas altíssimas, tais como comida e bebida, entre outras coisas. O que foi que lhe aconteceu hoje? Qual o motivo da sua ausência? Conte-me!". Então eu disse: "Prima, aconteceu-me isso e aquilo", e, tirando o lenço, mostrei-o a ela. Minha prima o pegou, abriu, leu o que estava escrito, ficou um tempo balançando a cabeça enquanto as lágrimas lhe escorriam pelas faces, e afinal recitou os seguintes versos:

Quem ama faz sinais quando você olha,
que parecem indício de pequena censura:
por fora, fragilidade, por dentro, tormento;
no começo, lembrança, no fim, pensamento.[490]

[489] Essas quatro poesias em sequência, como seria de esperar, variam nas fontes. Foram inteiramente modificadas nas edições impressas, no manuscrito do Cairo falta uma, Gayangos exclui as três últimas e as leituras de Tübingen, Varsy e Maillet são defeituosas.

[490] Nas edições impressas, o revisor substituiu esses versos por uma longa poesia.

Depois minha prima perguntou: "O que ela lhe disse? Quais sinalizações lhe fez?". Respondi: "Prima, essa mulher nada falou nem pronunciou palavra alguma. Só o que ela fez foi colocar o dedo indicador na boca e depois, colado ao dedo médio, levou-os ao peito e apontou para o chão, e enfim se retirou, fechando a varanda. Não tornei a vê-la, e ela levou o meu coração consigo. Fiquei ali sentado até o pôr do sol, e só então vim-me embora. Essa é a minha história, foi isso que me sucedeu. Contudo, eu gostaria que você me ajudasse neste sofrimento que estou passando". Ela ergueu a cabeça para mim e disse:

Primo, se algum dos meus olhos se queixasse de você eu o arrancaria.[491] Vou ajudar vocês dois a alcançarem o que desejam. Quanto ao que ela quis dizer colocando o dedo na boca, a interpretação é: "Você é a minha alma e o meu coração"; o sinal apontando para o chão se interpreta como: "Juro por Quem estendeu a Terra e ergueu o céu que você é a vida entre os meus flancos e os olhos entre as minhas pálpebras". Quanto ao lenço, trata-se da saudação dos apaixonados. Já o papel quer dizer: "Minha alma está presa a você". Quanto aos dedos no peito, entre os seios, esse gesto quer dizer: "Venha daqui a dois dias para dissipar o nosso sofrimento e ficar a sós comigo". Quanto a mim,

> Juro por Quem disse: "Eu é que sou Deus",
> e por quem peregrinou em torno do monte,
> por toda minha vida te desejei e não te tive;
> dizem: "Já viste alguém que de ciúmes morreu?";
> grito: "Sim!". Indagam: "Quem?". Respondo: "Eu!".

Mas essa moça, primo, está apaixonada por você, ela crê em você, os sinais dela exprimem concordância com você. Essa é a minha interpretação. Se eu tivesse livre trânsito, reuniria vocês dois e os protegeria com as minhas próprias roupas.

Agradeci as palavras da minha prima e disse: "Não existe artimanha possível nessa questão".

E o amanhecer alcançou Šahrazād, que parou de contar.

[491] Na compilação tardia, "se você pedisse um dos meus olhos, eu o arrancaria para você".

QUANDO FOI A NOITE

378ª

Disse Šahrazād:

Eu tive notícia, ó rei venturoso, de que o vizir Darandān disse ao sultão Ḍaw Almakān:

O rapaz disse a Tāj Almulūk:

Amo, agradeci as palavras da minha prima e disse: "Não existe artimanha possível nessa questão. Só me resta esperar dois dias", e assim fiquei em casa por dois dias, sem entrar nem sair, porém triste e com a cabeça no colo da minha prima Dāma Al^{c}izz. Permaneci insone durante aquelas duas noites, e minha prima também se manteve em vigília para me consolar. Ela tinha por mim um amor grandioso. Quando se completaram os dois dias, minha prima disse: "Levante-se, recobre o ânimo e fortaleça a sua disposição". Levantou-se, trocou a minha roupa e me fumigou com incenso. Saí de lá com as minhas forças combalidas, fui caminhando vagarosamente até a tal ruela e, tão logo me sentei no banco de pedra, a varanda se abria e eis que nela surgia uma jovem cujos olhos, ao se encontrarem com os meus, me fizeram desfalecer. Em seguida reuni minhas forças e fortaleci o coração. Ela olhou para mim, desapareceu por algum tempo e voltou trazendo um espelho e um lenço vermelho. A primeira coisa que fez foi arregaçar as mangas e mostrar os cinco dedos abertos, com os quais bateu no peito. Que bela palma de mão com cinco dedos! Depois retirou a mão e mostrou o espelho, que pôs para fora da varanda, e tornou a pôr para dentro; pegou o lenço vermelho e o estendeu da varanda em direção à ruela, repetindo essa ação três vezes. Em seguida, espremeu o lenço, enrolou-o nas duas mãos, abaixou a cabeça e fechou a varanda, indo embora e levando junto o meu coração. Não voltou mais, e me deixou perplexo, sem saber o que ela havia sinalizado. Isso tudo ocorreu sem que ela me dirigisse uma única palavra, a tal ponto que imaginei tratar-se de uma pessoa muda. Levantei-me ao anoitecer e caminhei até a minha casa, aonde só cheguei por volta da meia-noite.

Entrei e encontrei minha prima com as mãos espalmadas na face, cabisbaixa, aparvalhada, recitando os seguintes versos:

Não me toca o teu rude difamador!
Não quero outrem, ó esbelto ramo!
A pintura dos teus olhos feiticeiros
à paixão virginal não deixa espaço!
Olhar turco, mexe com as entranhas
como nem a espada afiada consegue.
A fraqueza por ti me fizeste provar,
e nem minha roupa eu suporto levar.
Chorei tanto sangue que alguém disse:
"Este garoto pelas pálpebras sangra!"
Fosse eu igual a ti, não me esfalfaria:
meu corpo está fino como tua cintura!
Ensina esse duro coração a inclinar-se
como teu talhe, e quiçá maleável fique.
Príncipe, tua beleza tem quem observe:
um que me humilha, outro que é injusto!
Quem me socorrerá, se o teu talhe surge,
indiferente às queixas, a cabeça erguida?
Mentiu quem disse que toda a formosura
está em José, pois em tua beleza és José!
Custa-me desviar de você por medo do
denunciante; trata-se de esforço penoso:
os cabelos são negros, a fronte, luminosa,
olhos bem traçados, esbeltos os membros.[492]

Ao ouvir os versos dela, meu infortúnio aumentou; chorei e caí num canto da casa. Minha prima acorreu até mim, carregou-me, arrancou as minhas roupas e pôs a minha cabeça no seu colo, limpando-me o rosto com a manga e me acompanhando no choro; pediu que eu tivesse paciência e me perguntou sobre

[492] A maioria desses versos é do já referido poeta Ḥusāmuddīn Alḥājirī (m. 1235 d.C.), cognominado *bulbul alġarām*, "rouxinol da paixão". As diferenças podem remontar tanto a erros de cópia como a modificações efetuadas por algum dos compiladores das *Noites*, ou, ainda, a variantes da lavra do próprio poeta. Alguns desses versos já haviam aparecido na noite 280 da história do rei Qamaruzzamān, no ramo sírio, segundo volume desta coleção. Quanto ao patriarca bíblico José, na cultura muçulmana ele é considerado um modelo de beleza.

o que acontecera. Contei-lhe então o que sucedera daquela segunda vez, e ela disse: "Primo...".

E o amanhecer alcançou Šahrazād, que parou de contar.

QUANDO FOI A NOITE

379ª

Disse Šahrazād:

Eu tive notícia, ó rei venturoso, de que o vizir Darandān disse ao sultão Ḍaw Almakān:

O rapaz disse a Tāj Almulūk:

Minha prima me disse:

Primo, o sinal dela com a mão espalmada e os cinco dedos abertos se interpreta como: "Venha daqui a cinco dias". Quanto a espremer o lenço, significa que a reconciliação se dará depois desses cinco dias. Quanto ao sinal com o espelho, e o fato de aparecer na varanda e logo desaparecer, deve-se interpretar que ela está dizendo: "Ao nascer do sol". É como se ela estivesse dizendo: "[Daqui a cinco dias,] quando o sol nascer, esteja na loja do tintureiro — pois é essa a interpretação do lenço vermelho — e o meu mensageiro irá até você".

Ao ouvir as palavras da minha prima, o meu coração se inflamou, e eu disse: "Por Deus, prima, você com efeito acertou na interpretação, pois eu vi na ponta da ruela um tintureiro judeu! Mas quem é que suportará esperar cinco dias?". Chorei e me entristeci, mas minha prima me fez ter paciência, dizendo: "Tenha juízo! Outros além de você se apaixonaram e esperaram por anos, e agora você não consegue aguentar uma simples semaninha de afastamento?". Assim, ela foi me entretendo com as suas palavras e me trouxe comida. Peguei um naco para engolir, mas me lembrei da jovem, da sua beleza e formosura, e perdi todo e qualquer apetite. Parei de comer e beber, abandonei o sono, empalideci, meu ser se transtornou e meus belos traços se alteraram, pois eu ainda era um jovenzinho e não estava habituado à paixão; aquele era o meu primeiro amor. Minha prima emagreceu e me acompanhou nas vigílias noturnas, contando-me histórias de apaixonados e amantes até que eu dormisse um pouquinho. Sempre que eu despertava, a via desperta, com as lágrimas a lhe escorrer pela face, tudo por minha causa. Fiquei nesse estado durante os cinco dias, ao cabo dos quais minha prima esquentou uma bacia de água, me lavou, me enxugou e disse: "Vá, que Deus satisfaça a sua necessidade e o faça atingir o que deseja da sua amada. Eu não preciso de nada além disso". Saí de casa e caminhei sem parada até a ponta da ruela onde a mulher morava. Era um sábado, e a loja do judeu tintureiro estava fechada. Sentei-me ali na frente até o chamado para a prece do meio-dia, e depois o chamado da prece da tarde — o sol começou a ficar pálido —, e então o chamado para a prece do pôr do sol, e enfim a noite fez tudo escurecer, mas não ouvi voz alguma nem obtive nenhuma notícia. Amedrontado com a noite, levantei-me e caminhei vagarosamente de volta para casa, trôpego, irritado, enfraquecido, sem comer quase nada havia sete dias. Cheguei, entrei e fui recebido por minha prima Dāma Al^{c}izz, cujo amor por mim era grandioso: mantinha-se em pé apoiada numa estaca fincada no chão, com a outra mão repousada no peito. E chorava.

E o amanhecer alcançou Šahrazād, que parou de contar.

QUANDO FOI A NOITE

380ª

Disse Šahrazād:

Eu tive notícia, ó rei venturoso, de que o vizir Darandān disse ao sultão Ḍaw Almakān:

O rapaz disse a Tāj Almulūk:

Encontrei minha prima chorando e recitando os seguintes versos:

Falem com a gazela do vale, que um amor perdeu:
poderá alguém apagar o fogo do seu sentimento?
Digam à pomba na árvore salvadora pousada:
ela sofre como eu sofro com a perda do amado?[493]

[493] Versos iniciais de uma longa poesia do já citado Ḥusāmuddīn Alḥājirī. Nas edições impressas, os versos são outros. "Salvadora" traduz *arāk*, certo gênero botânico.

Ao me ver, ela enxugou as lágrimas com a manga, sorriu na minha cara e disse: "Primo, boa saúde para o seu coração! Por que não dormiu com a sua amada? Por que não satisfez nela o seu desejo?". Então eu a empurrei pondo a mão no seu peito,[494] e ela se virou e caiu, batendo a cabeça no bico do defumador; sua testa se abriu e o sangue escorreu, mas ela não disse nada, nem sequer uma palavra; levantou-se de imediato, rasgou um pedaço de seda, colocou-o sobre o local machucado, enfaixou-se e limpou o sangue, que escorrera pelo tapete, como se nada tivesse acontecido, dizendo-me sorridente, com doces palavras: "Por Deus, primo, eu não disse aquelas palavras com ironia nem sarcasmo. Hoje eu estava passando muito mal, precisada de uma sangria, e essa abertura na minha testa me deixou a cabeça mais leve; a tontura e a dor diminuíram por causa dessa perda de sangue. Agora me conte o que aconteceu hoje entre você e ela". Então eu lhe contei a sucessão de eventos, chorando ao finalizar o relato, e ela me acompanhou no choro, dizendo:

Primo, receba a boa nova do seu reto proceder e da realização dos seus anelos. Esses são sinais de concordância,[495] pois ela quer ver até onde vai a sua paciência e se o seu amor por ela é veraz ou não. Amanhã volte até ela, no lugar do primeiro encontro, e observe quais sinais ela irá fazer. Suas alegrias já se aproximam, e suas tristezas já se distanciam. Até agora você me deixou muito preocupada, vencida por aflições, tristezas e obsessões.

Minha prima me ofereceu comida, mas eu chutei tudo e a travessa caiu estilhaçada num canto. Eu disse: "Porventura os enlouquecidos pela paixão se alimentam ou desfrutam o sono?". Minha prima Dāma Al^{c}izz respondeu: "Por Deus que não, primo. O amor é assim mesmo", e, engasgando-se com as suas próprias lágrimas, recolheu os cacos da travessa, limpou a comida e se pôs a me entreter e a rogar por mim, enquanto eu pedia a Deus que amanhecesse depressa; tão logo isso ocorreu, saí de casa, caminhei até a ruela da mulher, sentei-me no banco de pedra e eis que a varanda se abriu e a jovem surgiu sorrindo; sumiu por instantes e voltou carregando um espelho, um saco, um vaso cheio de plantas verdes e um lampião. Assim que ressurgiu, ela pegou o espelho, abriu o saco, amarrou-o e atirou-o no interior da casa; em seguida, soltou o cabelo no rosto, pôs o lampião por uns instantes sobre as plantas, entrou levando tudo consigo e fechou a varanda. Meu coração se irritou com tal situação e com tamanho sofri-

[494] Na compilação tardia, a cena ganha contornos demasiado violentos: "dei-lhe um chute no peito".
[495] Neste ponto, perdeu-se uma folha, o correspondente a duas páginas, do manuscrito Varsy.

mento. Por que ela me fazia gestos e sinais, mas não me dirigia a palavra? Senti o meu coração se fender em dois. Durante esses dias eu me debilitara, empalidecera e meus traços se alteraram.

Regressei então para casa, sem interromper a marcha, os olhos chorosos, o coração entristecido e visivelmente aflito. Quando cheguei e entrei, encontrei minha prima de olhos vendados, sentada, com o rosto encostado na parede, debilitada pelo tanto de preocupações e ciúmes que carregava no coração. Seu amor por mim a impedia de falar a respeito daquilo com alguém, e por isso ela nada contara aos meus pais. Olhei para ela e vi em sua cabeça duas faixas por causa dos sangramentos, uma por causa do tombo, e outra sobre o olho, por causa da dor provocada pelo choro excessivo e pela aflição demasiada a que eu a submetia.

E o amanhecer alcançou Šahrazād, que parou de contar.

QUANDO FOI A NOITE

381ª

Disse Šahrazād:

Eu tive notícia, ó rei venturoso, [de que o vizir Darandān disse ao sultão Ḍaw Almakān:

O rapaz disse a Tāj Almulūk:]

A jovem amarrara uma faixa para conter o sangramento nos olhos, de tanto chorar, e recitou o seguinte:

Na paz de Deus, se vieres em caravana,
ó viajante que mora em meu coração!
Deus esteja contigo aonde quer que vás,
a salvo dos azares e desditas do destino!
Sumiste e os meus olhos sentiram falta,
e minhas lágrimas correram sem cessar.
Pudera eu saber em que coisa e sentido
tu habitas, em que casa, qual a tua vereda;
se a água que bebes for de fato bem pura,

então traze flores, pois lágrimas se bebem,
e se te alegra permanece aqui, meu amor,
pois tudo é bobagem, salvo tua ausência,
que para o meu coração é dura e amarga.[496]

Quando me viu, ela enxugou as lágrimas dos olhos e levantou-se para mim, sem ousar dizer nada, mas perguntando somente: "Como foram as coisas, primo?". Respondi-lhe com os olhos lacrimosos, contando o que sucedera e tudo quanto me ocorrera. [Minha prima, triste também por causa do que carregava em seu coração, disse:][497]

Tenha paciência, primo, pois o seu tambor já está tamborilando e a sua flauta já está tocando. O sinal dela com o espelho e o fato de enfiá-lo dentro do saco significa que ela está dizendo: "Paciência até o sol mergulhar!". Quanto a soltar os cabelos diante do rosto, isso significa: "Quando anoitecer e o escuro se estender, cobrindo o dia", ou seja, o cabelo dela cobrindo-lhe o rosto. Já o vaso de plantas significa que o compromisso será no jardim que fica atrás da ruela. O lampião significa: "Quando você entrar no jardim, procure e encontrará este lampião fincado no solo; sente-se debaixo dele e espere, pois eu estarei vigiando você".

Após lhe ouvir as palavras, gritei: "Até quando tanta tortura, tanto distanciamento, tanto abandono?". Minha prima se levantou e me disse: "Só lhe resta o fim deste dia, até que a claridade se vá e chegue a noite com a sua escuridão", e chorou lágrimas abundantes, recitando o seguinte:

Quando não encontras o calor da paixão juvenil,
que é a base da doença, a morte estará próxima:
senão, como o meu peito vai se curar da paixão,
se para falar com meu amado só tenho o médico?

[496] Neste ponto, correspondente ao fim da noite que nele se enumera como 465, o manuscrito Maillet dá por encerrada a décima parte da obra. Na página seguinte, curiosamente, a narrativa sofre solução de continuidade, e se introduz, na décima primeira parte e sob a noite numerada como 245, a história do príncipe Qamaruzzamān e da princesa Budūr, já traduzida no segundo volume desta coleção. Ela vai até a noite 289, fl. 244 f., e aí a história se interrompe antes do final. Na folha seguinte, 245 f., inicia-se a décima terceira parte da obra, com a retomada da história de ᶜUmar Annuᶜmān, cujas noites continuam divididas, mas doravante sem numeração. Nesse manuscrito, ocorre um lapso nessa narrativa devido à perda da décima segunda parte da obra, motivo pelo qual o seu corpus somente voltará a ser usado bem adiante, no final da história do apaixonado e espoliado Ġānim.

[497] Trecho entre colchetes traduzido de Gayangos.

Em seguida, virou-se para mim, ainda limpando as lágrimas — já adoentada e sem comer nem beber, num estado pior do que o meu —, sem outro propósito que o de tirar as minhas roupas...

E o amanhecer alcançou Šahrazād, que parou de contar.

QUANDO FOI A NOITE

382ª

Disse Šahrazād:

Eu tive notícia, ó rei venturoso, [de que o vizir Darandān disse ao sultão Ḍaw Almakān:

O rapaz disse a Tāj Almulūk:]

Minha prima não tinha outro propósito que o de tirar as minhas roupas; não trouxe comida, por medo de me irritar, e disse: "Sente-se próximo de mim, primo, e converse comigo, me distraia e deixe que por hoje eu me farte com a sua presença, pois à noite você estará com outra", mas eu não lhe dei atenção. Fiquei espreitando o anoitecer e gritando: "Meu Senhor, que anoiteça logo!". Anoiteceu, e a minha prima, chorando, me deu alguns grãos de almíscar puro e disse: "Primo, leve estes grãos de almíscar e ponha na boca. Quando você se encontrar com a sua amada, e estiver satisfeito com ela, e ela permitir que você retorne a mim, transmita-lhe essas palavrinhas, pelo amor de Deus, primo. Não se esqueça. São elas:

A todos os amantes, pelo amor de Deus deem notícias:
quando a paixão aumenta, o que deve um jovem fazer?"

Em seguida, minha prima me beijou, abraçou e me fez prometer que recitaria esses versos para a jovem quando eu fosse embora. Bufando na cara dela, respondi: "Sim, em nome de Deus, direi para ela a poesia", e saí no início da noite. Caminhei até o jardim, cujo portão encontrei aberto; coloquei a cabeça para dentro, avistei uma claridade tremeluzindo à distância e acorri em sua direção.

E o amanhecer alcançou Šahrazād, que parou de contar.

QUANDO FOI A NOITE

383ª[498]

Disse Šahrazād:

Eu tive notícia, ó rei venturoso, [de que o vizir Darandān disse ao sultão Ḍaw Almakān:]

O rapaz disse [a Tāj Almulūk]:

Segui na direção da luz até chegar a um quiosque com base de mármore numa superfície também de mármore, sobre o qual havia uma abóbada de marfim e ébano, com o lampião pendurado no centro; o quiosque estava mobiliado com bancos forrados de seda e bordados, e uma grande vela, acesa num candelabro sob o lampião; no interior do quiosque se via uma fonte em cuja beirada havia uma mesa coberta por uma toalha de seda, e ao lado da mesa um grande jarro de porcelana chinesa cheio de vinho, e ao lado do jarro uma taça de vidro branco banhado a ouro; ao lado disso tudo estava uma grande travessa de prata legítima coberta por uma toalha de seda. Desvelei-a e eis que vi todas as espécies de quitutes e acepipes. O local era cercado por pés de laranja, toranja, cidra e de tudo quanto é espécie de árvores cítricas, entre as quais havia plantações de murtas silvestres, cítricas e selvagens, rosas silvestres, narcisos e várias espécies de plantas aromáticas. Encantado e profundamente feliz com o que vi naquele lugar, minhas aflições e tristezas se dissiparam, embora eu não visse nenhuma criatura de Deus naquele quiosque: nem mulher, nem escravo, nem criada, nem mesmo um vigia que cuidasse do lugar e daquelas coisas todas. Sentei-me, portanto, à espera da amada do meu coração, até que se passou a primeira hora da noite, e logo a segunda, e a seguir a terceira. Comecei então a me preocupar e exasperar; o aroma da comida na mesa estava me matando, pois já fazia alguns dias que eu não provava nenhum alimento nem bebida.

Quando a minha estadia naquele local se prolongou, meu coração, seguro e cobiçoso de encontrar a minha amada, teve apetite: avanço então em direção à mesa, tiro a coberta e deparo em seu centro com uma travessa chinesa com quatro

[498] Preferimos manter a divisão da noite, conquanto tenha sido muito curta. Em Tübingen, seu número é 369, e em Varsy, 389. No manuscrito do Cairo e nas edições impressas não ocorre divisão de noite neste ponto.

galetos assados, recheados de açúcar de pilão[499] e condimentos apimentados, cercada por quatro bandejas, uma com *zīrbāja*, outra com *ḥabb rummān*, a terceira com *ṭabāhāja*, e a quarta com *šatanšaġ*, tudo coberto com *sanbūsak*[500] doce e azedo, tripas recheadas e outras coisas mais. Daquilo tudo, comi um pastel, uma fatia de carne, que mergulhei no caldo bem cremoso da *zīrbāja*, do qual tomei umas duas, três ou quatro colheradas, um pedaço de tripa recheada, um bocadinho disso, outro bocadinho daquilo, e então meu estômago se forrou, minhas articulações relaxaram e a preguiça venceu a vigília. Meus olhos adormeceram e mal pude me manter desperto; limitei-me a lavar as mãos e, colocando a cabeça numa almofada, dormi e submergi no sono. Não soube o que me ocorreu senão após acordar, tostado pelo sol, pois fazia dias que eu não provava o sono. Ao acordar, encontrei em cima da minha barriga um punhado de sal e um pedaço de carvão. Levantei-me, limpei as roupas, que haviam se sujado, e olhei à direita e à esquerda, mas não vi nenhuma criatura de Deus.[501] Já não havia nada no lugar: eu estava dormindo sobre o mármore, simplesmente. Atônito, perplexo, com os pensamentos desvairados, imaginei estar num pesadelo: dominado pela tristeza, minhas lágrimas escorreram e me arrependi de ter dormido. Tornei a levantar e fui-me embora para casa; ali, eis que encontro a minha prima batendo no peito com a mão, chorando e dizendo:

Soprou um vento febril e fez dunas,
excitando a paixão com o seu sopro;
ó brisa da juventude, trazei até nós
todo enamorado, sua sorte e fortuna;
se a paixão permitisse, nos daríamos

499 "Açúcar de pilão" traduz *qalūbāt* conforme o sentido que lhe atribui F. Corriente (*Diccionario árabe-español*. Madri, 1977). Dozy, no seu dicionário, afirma desconhecer o sentido da palavra. Talvez não seja exatamente "açúcar de pilão", mas se trata de substância doce, decerto. Essa combinação doce/apimentado não era estranha às receitas da época, conforme se pode verificar no *Kitāb aṭṭabīḫ*, "Livro da cozinha", de Muḥammad Bin Alḥasan Albaġdādī (1184-1240).

500 *Zīrbāja*: cubos de carne temperados com grão-de-bico, vinagre vermelho, açúcar e amêndoas; *ḥabb rummān*: doce de romã; *ṭabāhāja*: fatias finas de carne com sal bem fino, açafrão, cebola e hortelã; *sanbūsak*: neste caso, pasteizinhos. As descrições foram extraídas da obra supracitada. Nas edições impressas, utilizaram-se nomes de quitutes mais modernos, como *baqlāwa* e *qaṭā'if*. Não se encontrou sentido para a palavra transcrita como *šatanšaġ*, provável erro de cópia constante de Tübingen e Varsy, o que evidencia que o erro remonta ao original comum de ambos, e foi suprimido nas demais versões da história.

501 "Mas não vi nenhuma criatura de Deus" traduz livremente a formulação *falam ajid aḥadan yuwaḥḥidu Allāha*, "não encontrei ninguém declarando a unicidade de Deus". Como se vê, "declarar a unicidade de Deus" é princípio basilar do islã, que se repete à exaustão, sob as mais variadas formas e pretextos, nesta narrativa.

um abraço de amor no peito do amado.
Depois de você, primo, Deus baniu
quaisquer belos olhos neste tempo;
pudera eu saber queimar meu coração
com seus fogos, sopros e labaredas.[502]

Ao me ver, ela se levantou ligeira, limpou as lágrimas e me dirigiu as mais suaves palavras, dizendo: "Primo, você está vivendo a sua paixão e a sua alegria. Que eu não seja privada de poder ajudá-lo, muito embora eu esteja nesta tristeza e neste choro por perder alguém como você. Quem poderia me censurar e criticar por isso? Que Deus não leve você antes de mim".[503] Em seguida, sorriu na minha cara, tratou-me com gentileza, tirou as minhas roupas, pendurou-as no varal e disse: "Estes não são os odores de quem gozou o abraço dos apaixonados. O que aconteceu, primo?". [Então contei-lhe o que sucedera e tudo quanto me ocorrera.][504] Ela deu um sorriso cheio de ira e me disse: "Primo, minha boca já se encheu,[505] não posso falar e machucar o seu coração. Não viva nem permaneça quem lhe fira o coração. Estou vendo que essa gracinha está bancando a poderosa pra cima de você".

E o amanhecer alcançou Šahrazād, que parou de contar.

QUANDO FOI A NOITE

384ª

Disse Šahrazād:

Eu tive notícia, ó rei venturoso, de que o vizir Darandān disse ao sultão Ḍaw Almakān:

[502] Os três versos finais (isto é, um hemistíquio e meio) desta poesia diferem nas edições impressas: "todo prazer e gozo em minha vida;/ quem dera eu soubesse se o seu coração/ derrete como o meu no calor da paixão". Na verdade, trata-se de leituras defeituosas que, ao cabo, podem produzir variantes curiosas.
[503] A essa fala corresponde a popular formulação, ao menos em certas regiões do Levante asiático, dirigida por mulheres (em geral mães, mas não apenas) aos homens (em geral filhos, mas não apenas): *yā taqbirnī*, isto é, "que você me enterre". Apesar de parecer meio mórbida, é uma fala que expressa amor incondicional.
[504] Traduzido do manuscrito do Cairo e de Gayangos. Em Tübingen e Varsy, a formulação está em terceira pessoa, outro indício de narrativa reelaborada.
[505] Em árabe, nesse caso, "estar com a boca cheia" equivale a estar com o coração na boca, prestes a explodir.

O rapaz disse a Tāj Almulūk:

Minha prima me disse:

Essa gracinha está bancando a poderosa pra cima de você. Por Deus, estou receosa do que ela pode fazer-lhe. Eis o que digo: a interpretação do carvão e do sal é que ela veio, viu você dormindo, mergulhado no sono, e percebeu que você não tem paixão e mente sobre o amor. Ela, por sua vez, tem um amor de merda, e não o acordou porque acha você ainda muito jovem para conhecer o amor; se assim não fosse, você não comeria, nem beberia, nem dormiria. Atirando sobre você indicações cujos símbolos são o sal e o carvão, ela quis dizer o seguinte: com o sal, que você é insosso — "passe um pouco de sal para ganhar algum gosto, porque você é feio, mimado e sensaborão". Quanto ao carvão, "que Deus lhe obscureça a face, pois entre amantes que se prezem o sono é pecado".

Disse o censor, numa fala inteiramente injusta:
"O apaixonado que dorme merece golpe de espada!"
Juro por Meca, e a Pedra Negra e os lugares santos:[506]
faça frio, faça sol, apaixonado de verdade é insone.

E isso ajuda a interpretar aquilo. Que Deus altíssimo e exalçado faça com que você consiga se livrar dela ileso, em boas condições.

Ante as palavras da minha prima, bati com a mão no peito[507] e disse: "É verdade, por Deus! Eu dormi, e a condição para estar apaixonado é não dormir. Fui injusto. Ademais, não existe nada mais nocivo para mim do que a *zīrbāja*, da qual eu comi demasiado! O que me resta fazer? Qual seria a artimanha?". Chorando mais ainda, eu disse a ela: "Prima, indique-me algo para fazer com ela, caso contrário vou morrer. Tenha pena de mim!". Ela, que me amava imensamente, disse:

Sobre o olho e a cabeça, primo. Eu já lhe disse amiúde que, se acaso eu pudesse entrar e sair, tê-la-ia trazido para você há tempos, e os manteria protegidos com as minhas próprias roupas — tudo isso para obter a sua satisfação. Assim, quando a tarde acabar e a noite começar, tal como ontem, retorne ao local onde

[506] No original, a jura é explicitamente feita por Meca, pela "pedra", isto é, a Caaba, pela água sagrada da fonte de Zamzam e pela localidade de Ḥayf, na mesma Meca, onde o profeta Muḥammad acampou quando da sua última peregrinação, chamada de *ḥijjat alwidāᶜ*, "peregrinação da despedida", local onde, posteriormente, foi construída uma mesquita. Esses versos foram excluídos da compilação tardia.
[507] Gesto de contrariedade, conforme já se informou alhures.

estava, mas evite comer, pois a comida é que provoca o sono. Hoje ela irá ter com você até o primeiro quarto da noite. Tudo isso por estar bancando a durona — Deus altíssimo o salve de sua maldade.

Contente com as palavras da minha prima, pus-me a rogar a Deus que a noite logo descesse. Ao dormir, minha prima disse: "Por Deus, eu lhe rogo que, antes de deixá-la, você lhe transmita aquela poesia que eu recitei". Respondi: "Sim", e saí de lá, dirigindo-me ao jardim, onde encontrei o local montado com os mesmos apetrechos que eu vira na véspera, embora a comida tenha sido trocada por outra. Sentei-me no banco, bem longe da mesa do banquete, e me mantive em vigília até que se passou o primeiro quarto da noite. Estava preocupado, a respiração ofegante e o coração exasperado, morto pelo aroma da comida na mesa. Acabei indo até lá...

E o amanhecer alcançou Šahrazād, que parou de contar.

QUANDO FOI A NOITE

385ª

Disse Šahrazād:

Eu tive notícia, ó rei venturoso, de que [o vizir Darandān disse ao sultão Ḍaw Almakān:]

O jovem ᶜAzīz, que estava contando tudo quanto lhe sucedera ao filho do rei Sulaymān, disse:

Morto pelos aromas do banquete e da comida, fui até a mesa, tirei a toalha e encontrei um prato de frango assado e quatro travessas de porcelana chinesa com os quatro tipos habituais de comida. Comi um pouquinho disso, um pouquinho daquilo, um pastelzinho, um pedaço de carne gorda, sorvi uns goles de *ẓīrbāja*, que me pareceu bem cremosa, de modo que a tomei com uma colher, até que me saciei e meu estômago se encheu. Minhas articulações relaxaram, minhas pestanas baixaram e então puxei a almofada até mim, coloquei-a debaixo da cabeça e pensei: "Vou dar uma cochilada", sentado e reclinado sobre ela. Fechei os olhos, dormi e não soube o que aconteceu depois. Só acordei quando o sol nasceu. Levantei-me e vi ao meu lado um dado feito de osso, uma peça de jogo de damas,[508] uma semente de tâmara verde e um grão de alfarroba. O lugar estava tão depenado que me pareceu nada ter visto ali antes. Empurrei tudo aquilo para longe de mim e saí triste e deprimido. Fui para casa e, chorando, contei o que ocorrera à minha prima.

E o amanhecer alcançou Šahrazād, que parou de contar.

QUANDO FOI A NOITE

386ª

Disse Šahrazād:

Eu tive notícia, ó rei venturoso, de que [o vizir Darandān disse ao sultão Ḍaw Almakān:]

O jovem ᶜAzīz disse a Tāj Almulūk:

Quando contei a história à minha prima, seus olhos marejaram-se de lágrimas e ela disse:

Quanto ao sinal da peça de damas, significa que você compareceu mas o seu coração se ausentou; deixe para lá, portanto, a paixão pelas luas graciosas e não se considere parte daqueles que amam. [Quanto ao dado de osso, ele significa:][509] frequente a casa dos apostadores viciados e deixe em paz os apaixonados que acreditam. Quanto à semente de tâmara verde, ela significa: vá procurar outra, pois o amor não é dependência:

Da tâmara me deixou a semente
no coração esta chama ardente;

[508] "Jogo de damas" traduz *ṭāb*, jogo popular (já mencionado na noite 55 do primeiro volume da coleção) que não corresponde exatamente ao de damas, mas a ideia é a de uma peça solta.

[509] O trecho entre colchetes é acréscimo do tradutor. Nenhuma das fontes traz a interpretação do "dado de osso", *kaᶜb ᶜaẓm* (por erro de cópia, em Tübingen e Varsy se lê *ᶜaẓīm*, "enorme"), por uma falha que deve remontar às primeiras cópias da história (mas não ao original primitivo). Com efeito, a explicação da peça de damas é muito longa, e por isso nos pareceu que houve um "pulo" de cópia, o famigerado "salto-bordão", que provocou essa falha. A maioria dos tradutores entendeu que se tratava de "um pedaço de osso", o que não faz sentido e quebra a simetria das coisas largadas ao lado de ᶜAzīz (duas peças de jogo e duas sementes). Note-se que ossos eram o material comumente utilizado para fabricar dados.

estavas em nossa casa, conosco,
e pegaste no sono feito um tosco.

Quanto ao grão de alfarroba, ele significa:

O coração do enamorado
agora está mui fatigado;
com nossa separação tenha só
a mesma paciência que teve Jó.[510]

Ao ouvir essa interpretação, fogos lavraram em meu coração, minha angústia aumentou, [minhas tristezas se ampliaram][511] e explodi em gritos de "Ai, ai, ai! É verdade! Quanta estupidez a minha! Quanta impotência! Prima, pelo valor que a minha vida tem para você, indique o que devo fazer!". Então ela chorou e disse: "ᶜAzīz, meu primo, preciso conter a minha boca, não posso falar. Seja como for, volte lá esta noite, que será a terceira e a decisiva. Previna-se para não dormir, pois se o fizer não atingirá o seu desejo, e é isso que tenho a dizer". Eu disse: "Temo dormir de novo e não conseguir ficar acordado". [Então minha prima me trouxe comida e] disse: "Coma agora o tanto que quiser para depois não pensar em comida nem bebida". [Comi, pois, o suficiente,][512] e quando escureceu ela me vestiu, conforme o hábito, beijou-me e me estreitou ao peito, após ter me feito jurar que recitaria aqueles versos para a moça e que me manteria acordado durante a noite.

Nem acreditei quando cheguei ao jardim: entrei no quiosque e, ao avistar o banquete, fugi para longe dele. Tentei manter os olhos abertos usando os dedos e balançando a cabeça, e nisso escureceu e chegou a meia-noite. Amedrontado, morto pelo aroma da comida e das iguarias, com o cheiro do vinho se espalhando por ali, fui me aproximando da mesa do banquete aos poucos, e então comi de todo tipo de comida um bocado, um pedaço de gordura, um naco de carne, e

[510] Possível referência à crença, em princípio falsa, de que João Batista teria se alimentado, no deserto, dos grãos dessa planta. Pode ser, ainda, alusão à resistência da alfarrobeira.

[511] "Minhas tristezas se ampliaram" traduziu-se de Gayangos. Em Tübingen e Varsy, "aproximei-me dos irmãos", cuja grafia é semelhante. Isso evidencia duas coisas: primeiro, o problema remonta ao original comum de ambos os manuscritos, e, segundo, trata-se de escribas (ou de um escriba) de grande insipiência, uma vez que a formulação não tem o menor cabimento.

[512] Trechos entre colchetes traduzidos do manuscrito do Cairo. A narrativa neste ponto é visivelmente falha.

depois me dirigi até a jarra de vinho e pensei: "Bebo só uma taça", e fui bebendo, uma, duas, três... cinco... Apreciei a bebida e tomei logo dez taças; larguei a vigília, fui atingido pelo vento, levei a cabeça ao chão e dormi... ronquei feito um assassinado, sem consciência de nada, permanecendo deitado até o raiar do dia, quando então acordei e me vi atirado atrás do muro do jardim, ao lado de uma faca afiada e uma moeda nova[513] de um dirham. Cheio de medo, recolhi-as e as levei para casa.

E o amanhecer alcançou Šahrazād, que parou de contar.

QUANDO FOI A NOITE

387ª

Disse Šahrazād:

Eu tive notícia, ó rei venturoso, de que [o vizir Darandān disse ao sultão Ḍaw Almakān:]

O jovem ᶜAzīz disse a Tāj Almulūk:

Quando entrei em casa, encontrei a minha prima chorando, carpindo-se e dizendo: "Estou nesta casa triste e amesquinhada, com pouca ajuda e muito choro". Assim que entrei, desabei no chão de comprido, jogando a faca e a moeda. Bati com as mãos no peito e mordi as palmas das mãos de arrependimento por ter dormido e não conseguido ficar acordado. Chorei e então Dāma Alᶜizz[514] percebeu que eu não alcançara o meu intento. Penalizada de ver meu choro e meus gemidos, ficou algum tempo me distraindo. Depois, contei-lhe o que me sucedera, e mostrei a faca e a moeda, sobre cuja interpretação lhe perguntei. Minha prima disse:

Ela já está bem irritada com você, e minhas palavras não lhe trarão proveito, pois o que essa jovem está dizendo é: "Deus, o Senhor dos humanos, é testemu-

513 "Nova", *jadīd*, é o que está em Tübingen e Varsy; na compilação tardia e em Gayangos, consta "de ferro", *ḥadīd*. A diferença entre as duas palavras, "ferro", *ḥadīd*, e "novo", *jadīd*, é de um pingo, não mais. A moeda não poderia ser de ferro.

514 A partir deste ponto, Tübingen e Varsy passam a usar *ᶜAẓīẓa* em vez de *Dāma Alᶜiẓẓ*. Gayangos manteve o nome original.

nha de que, se acaso você voltar aqui e tornar a dormir, eu irei degolá-lo com esta faca, e que esta moeda perfure o branco do meu olho direito se eu não o fizer". Por Deus, primo, a perversidade e a astúcia dessa mulher me fazem temer por você. Minha boca está muito cheia, nem posso falar. Se você estiver seguro de que, ao voltar para lá esta noite, conseguirá se manter acordado, sem pegar no sono, então vá; do contrário, fique aqui e largue mão disso. Por Deus, se você voltar e dormir, como tem sido o seu costume, ela irá degolá-lo.

Perguntei: "O que fazer? Ajude-me neste assunto, pelo valor que a minha vida tem para você!". Ela disse: "Sobre o olho e a cabeça. Se você me ouvir, satisfará o seu desejo". Eu disse: "Sim, eu a ouvirei". Então ela me trouxe algo para comer e disse: "Coma!". Comi sem discutir: ela me dava os bocados, enfiando na minha boca a comida, que eu engolia sem vontade alguma, até que a minha barriga se encheu; fez-me então beber um jarro de suco, lavou as minhas mãos, enxaguou-as, limpou-as e despejou em mim um frasco de água de rosas. Depois me levou ao seu quarto, colocou-me no colo e me forçou a deitar no colchão, malgrado eu não quisesse dormir. Não parou de me acariciar e massagear até que mergulhei no sono. Pegou um leque, postou-se à minha cabeceira e se pôs a me abanar. Persistiu nisso, comigo dormindo, até o findar do dia e o início da noite, quando então acordei e a vi à minha cabeceira, com o leque na mão e a roupa molhada pelas lágrimas. Sentindo-me muito bem, sentei-me e verifiquei que a escuridão já se instalara. Levantei-me, e ela me vestiu, conforme o hábito, dizendo: "Primo, fique acordado esta noite, [pois ela somente virá no seu final]. Por Deus, desta vez você vai se unir a ela e desfrutar a sua beleza, [mas não se esqueça do que eu lhe pedi". Perguntei: "E o que foi mesmo que você pediu?". Ela respondeu: "Quando for embora, recite-lhe aquela poesia. Respondi: "Sim", e][515] saí caminhando até o jardim, onde encontrei as coisas montadas segundo já se tornara habitual. Vi o quiosque com os seus apetrechos luxuosos e me sentei longe da comida e da bebida. Mantive-me acordado até a meia-noite, pensando no que iria acontecer. Estava eu assim e eis que a jovem chegou, [em meio a dez criadas,][516] semelhante a um pavão entre campinas, vestida com as vestes mais luxuosas, com um cafetã de seda verde ornamentado com ouro vermelho; era tal como disse o poeta em seus versos:

[515] Traduzido de Gayangos.

[516] Traduzido da compilação tardia. Pode haver erro de cópia nas metáforas dessa descrição (por exemplo, o uso de "pavão", *ṭāwūs*, é inusual).

Apareceu no jardim com vestes verdes,
desabotoada a roupa, e solto o cabelo;
falei: "Qual teu nome?", e ela: "Sou quem
na brasa queimou o coração dos amantes".
Queixei-me a ela do meu sofrer por paixão;
e ela: "A uma rocha te queixas, e não sabes";
e eu: "Se o teu coração for de fato uma rocha,
então da rocha Deus fez escorrer água pura!".

Ao me ver, ela riu e disse: "É espantoso você estar acordado! Não dorme até o amanhecer quem com as belezas resplandecentes quer se envolver!". E, voltando-se para as criadas, piscou-lhes o olho e elas saíram, nos deixando a sós. A jovem veio em minha direção, estreitou-me ao peito e nos beijamos por algum tempo; ela sugou o meu lábio inferior e eu suguei o seu lábio superior, e nossos beijos eram como ciscar de pombos; levei a mão à sua cintura, e ela a entregou a mim; belisquei-lhe os seios, e ela se derreteu, e quando se deitou no chão suas calças já estavam arriadas até os tornozelos; rolaram então agarrões, carícias, amassos, lambuzadas, palmadinhas, suspiros, gemidos, choros, incêndios, beijos, mordidas e o tira-e-põe,[517] até que enfim os meus membros se amoleceram e ela desfaleceu, entrando num estado de paralisia que a fez se ausentar deste mundo por algum tempo; então o plenilúnio cresceu[518] e dormimos até o amanhecer.

Quando acordamos, fiz tenção de ir embora, mas ela me segurou e disse: "Espere um pouco para eu falar sobre algo que lhe darei de presente", e, desdobrando um lenço, tirou dele este tecido, estendeu-o na minha frente e foi então que vi a imagem desta gazela, desenhada desta forma, o que me deixou sumamente espantado. Fiquei com esse tecido e prometemos nos encontrar toda noite naquele jardim. [Ao me dar o tecido, ela me dissera: "A gazela bordada neste lenço é trabalho da minha irmã".][519] Perguntei: "Onde está a sua irmã? Qual o

[517] A sequência dos atos amorosos é toda composta de nomes de ação, muitos deles com sentido metafórico ou dialetal: *harāš*, *taḥsīs*, *taẓlīq*, *taġmīq*, *tasfīq*, *ġanj*, *šahīq*, *bukā'*, *ḥarīq*, *baws*, *ᶜaḍḍ*, *sall* e *radm*; no penúltimo, *sall*, a ideia é a da espada desembainhada, e no último, *radm*, a de tapar um buraco. Antes, a locução traduzida como "ciscar de pombos" é clássica: *ẓiqq alḥamām*; e, antes ainda, o verbo traduzido como "sugar" é, hoje, dialetalismo: *mahaṭa*. Na estrutura geral convivem classicismos, dialetalismos e erros de ortografia.

[518] "Então o plenilúnio cresceu" traduz a enigmática locução, constante de Tübingen, Varsy e Gayangos, *ḥattà badriddīn ḥasan bilḥusayniyya*.

[519] Traduzido de Gayangos.

nome dela? O que faz?". Ela respondeu: "O nome dela é Nūr Alhudà.[520] Guarde bem este tecido".

Em seguida, despedi-me, prometendo retornar, e me retirei feliz com a gazela e com esta imagem, uma felicidade tão grande que me esqueci de recitar a poesia que a minha prima me havia recomendado e me feito jurar que recitaria. Chegando em casa, encontrei-a deitada na cama. Entrei, ela acordou e, ao me ver, levantou-se para me receber com as lágrimas a rolar pelo seu rosto. Veio até mim, beijou-me no peito e disse: "Saúde para o seu coração, só ele, meu primo. Você satisfez a sua necessidade e recitou-lhe a minha poesia?". Respondi: "Por Deus, prima, esqueci! E o que me fez esquecer de recitá-la não foi senão a visão desta gazela", e joguei o tecido na frente dela. Seus membros se contraíram e ela, já sem suportar conter-se, chorou recitando o seguinte:

Ó quem pretende romper, devagar:
a luxúria do amante é só artimanha![521]
Devagar, pois o tempo é traiçoeiro,
e toda companhia tende à separação.

Em seguida, disse: "ᶜAzīz, meu primo, dê-me esse tecido", e, pegando-o, estendeu-o diante de si [e se pôs a examiná-lo].[522]

E o amanhecer alcançou Šahrazād, que parou de contar.

QUANDO FOI A NOITE

388ª

Disse Šahrazād:

Eu tive notícia, ó rei venturoso, de que [o vizir Darandān disse ao sultão Ḍaw Almakān:]

[520] *Nūr Alhudà* significa "luz da boa orientação".
[521] Nas edições impressas, esse hemistíquio muda: "Não te iludas com aqueles abraços!".
[522] Traduzido da compilação tardia.

O jovem ᶜAzīz disse a Tāj Almulūk:

Quando anoiteceu, fiz tenção de ir até a jovem, conforme o compromisso, e minha prima disse: "Vá na paz e sob os cuidados de Deus. Assim que estiver com ela, não se esqueça da minha poesia". Eu disse: "Repita-a para mim mais uma vez". Ela a repetiu e eu a entendi muito bem entendida. Saí dali, deixando-a com os olhos lacrimosos, e fui até o jardim, dirigindo-me ao quiosque, onde encontrei a minha amada a me esperar. Ao me ver, levantou-se, beijou-me e me fez sentar em seu colo por algum tempo. Comemos, bebemos e fizemos o nosso serviço — desnecessário ficar me alongando. Quando amanheceu e fiz tenção de me retirar, recitei a poesia da minha prima, dizendo: "Minha prima manda dizer-lhe:

> A todos os amantes, pelo amor de Deus deem notícias:
> quando a paixão aumenta, o que deve um jovem fazer?"

Então ela me respondeu com outra poesia:[523]

> Controlar a paixão, o segredo guardar,
> ter resignação em tudo, e a tudo aceitar.

Decorei essa poesia e, contente com o cumprimento da missão e com a boa resposta, saí do jardim e fui até a minha prima, a quem encontrei deitada no colchão, com a minha mãe à sua cabeceira, chorando por causa do estado em que a jovem se encontrava. Quando entrei, minha mãe virou a cara e disse: "Maldito seja um primo que larga a prima doente, sem poder ficar em pé, desconhecendo o mal que a aflige, ignorando-lhe as queixas e a deixando dormir sozinha!". Minha prima abriu os olhos e perguntou: "Primo ᶜAzīz, você lhe recitou a poesia?". Respondi: "Sim". Ela então ergueu a cabeça, sentou-se com esforço, controlou-se e disse: "Você satisfez o meu pedido ou se esqueceu?". Contei-lhe o que se passara, e que a jovem respondera:

> Controlar a paixão, o segredo guardar,
> ter resignação em tudo, e a tudo aceitar.

[523] Na compilação tardia, acrescenta-se: "com os olhos lacrimejantes".

Minha prima chorou e disse: "Esta noite, se você for mesmo para lá, recite-lhe o seguinte quando estiver para partir:

Controlar a paixão, mortal para o jovem,
cujo coração a todo instante se arrebenta?

Ao anoitecer fui para o jardim e me reuni à minha amada. Comemos, bebemos e fizemos o nosso serviço. Quando Deus fez amanhecer, na hora da partida, recitei-lhe a poesia:

Controlar a paixão, mortal para o jovem,
cujo coração a todo instante se arrebenta?

[Então ela respondeu recitando a seguinte poesia:][524]

Se não encontra resignação para o segredo,
então não tem remédio, e é melhor morrer.

[Fui para casa, e ao me ver minha prima me indagou e eu lhe recitei a poesia da moça.] Ao ouvi-la, ela chorou e me disse: "Recite-lhe a seguinte poesia:

Eis-me aqui atirado à porta, e morto!
Quiçá Deus no Juízo Final nos reúna."[525]

À noite fui ao jardim e encontrei a jovem me esperando. Sentamo-nos, comemos, bebemos, fizemos nosso serviço e dormimos até o amanhecer, quando então lhe recitei estes versos:

Eis-me aqui atirado à porta, e morto!
Quiçá Deus no Juízo Final nos reúna.

[524] Traduzido de Gayangos. Em Tübingen e Varsy, a jovem chora.

[525] Em Gayangos e Cairo a poesia é outra: "Ouvimos, obedecemos e morremos; deem/ minhas saudações a quem impede os encontros". Nas edições impressas se acrescenta o seguinte: "Congratulações aos senhores que passam bem/ e o pobre apaixonado tem de engolir".

A jovem gritou e berrou, dizendo: “Xiiiii! Juro por Deus que não é você o autor desses versos! Ai de você! Qual o seu parentesco com a mulher que disse essa poesia?”. Respondi: “Por Deus, é a minha prima, carne da minha carne e sangue do meu sangue. Ela me é mais cara do que a minha própria vida”. Ela disse: “Por Deus que você está mentindo! Você não sente por ela o mesmo que ela sente por você! Por Deus que você a matou por capricho! Que Deus o mate tal como você a matou. Se tivesse me dito — juro por Deus! — que tinha uma prima eu jamais — por Deus! — me aproximaria de você!”. Eu disse: “Por Deus, era ela que interpretava para mim os sinais e símbolos que você emitia”. Isso tudo e eu não acreditava que houvesse acontecido algo com a minha prima. [Ela perguntou:] “Foi ela que me deixou ao seu alcance e perfumou você para mim?” Respondi: “Sim, minha senhora, por Deus! O que pode ter lhe sucedido, ela que até agora continua a lavar os meus turbantes e a passar incenso nas minhas roupas? Foi ela que me ensinou o que fazer com você. Por intermédio dela cheguei até você, e do contrário eu não saberia qual caminho trilhar”. Ela perguntou: “Sua prima sabe a nosso respeito?”. Respondi: “Sim, sabe”. Ela disse: “Que Deus o mate, e torne pesarosa a sua juventude tal como você tornou pesarosa a juventude dela. Por Deus, você a matou, seu cachorro!”. E emendou: “Vá ver o que aconteceu a ela”.

Saí dali completamente aturdido, e caminhei sem parar até chegar à nossa rua, onde ouvi choros e gritos. Indaguei a respeito e um dos vizinhos me disse: “Meu senhor, encontramos a senhora Dāma Al^{c}izz morta atrás da porta”. Ao ouvir tais palavras, a luz do meu rosto se transformou em treva, e senti que a vida me abandonava.

E o amanhecer alcançou Šahrazād, que parou de contar.[526]

QUANDO FOI A NOITE

389ª

Disse Šahrazād:

Eu tive notícia, ó rei venturoso, de que [o vizir Darandān disse ao sultão Ḍaw Almakān:]

[526] Neste ponto, em Tübingen e Varsy, tem início a “décima parte das mil e uma noites”.

O jovem ^{c}Azīz disse:

Senti que a vida me abandonava. Quase desabei ao solo e perdi a razão. Ao ouvir que eu havia chegado, minha mãe veio até mim, me cumprimentou e me informou do ocorrido, dizendo: "É culpa sua. Que Deus não o perdoe pela morte de Dāma Al^{c}izz nem pelo que fez com ela. Você não é um primo de verdade. Nós a encontramos atrás da porta, morta". Pensei: "Foi isso mesmo que a jovem me disse em sua poesia". Meu pai veio me dar os pêsames e chorou ao meu lado. Depois a preparamos, amortalhamos e promovemos uma sessão de prece de versículos corânicos diante do seu túmulo durante os quatro primeiros dias, após o que retornamos para casa. Eu chorava, triste por ela e por sua juventude. Minha mãe me deu os pêsames por ela e disse: "Meu objetivo é saber o que você fez para lhe enfraquecer o coração e lhe explodir a vesícula, pois eu — por Deus! — quase sempre a encontrava alterada após ter ficado com você. Ela me dizia: 'Juro por Deus que estou bem! Não estou pensando em nada'. Não me contou o seu segredo de jeito nenhum. Por Deus, diga-me o que você estava fazendo com ela para matá-la assim de tristeza". Respondi negando: "Não fiz nada com ela!". Minha mãe disse:

Deus é quem sabe o que aconteceu entre vocês dois. Ela não me contou nada, e agora, morta, o seu segredo está guardado. Fique atento e peça perdão a Deus pelo que você fez com ela. Por Deus, a sua prima morreu dando-lhe a bênção e rogando por você. No dia da sua morte, ela me chamou, e quando eu cheguei pousou os olhos nos meus e disse: "Tia, que Deus abençoe o seu filho, e, no que tange a mim, inocente-o e não lhe cobre nada pelo que fez comigo". Eu disse: "Conte-me o que o seu primo fez com você", e ela respondeu: "Não fez nada. Deus está me transferindo deste mundo efêmero para o mundo eterno". Eu disse: "Que a sua juventude fique bem, minha filha!". Então ela sorriu e disse: "Tia, peça ao seu filho que, quando ele for ao lugar aonde sempre vai, diga, ao ir embora, as seguintes palavrinhas, não mais: a fidelidade é bela, e a traição é horrível. Essa é a minha compaixão por ele. Não se aflija por seu filho, e assim eu terei tido compaixão por ele na minha vida e depois da minha morte". Meu filho, ela me entregou uma coisa para dar a você, um tesouro, e me fez jurar e prometer que eu só o daria a você após vê-lo chorar por ela, carpir-se, recordá-la e recordar o que ela fez por você. Quando eu o vir fazendo isso, entregarei o objeto a você.

Pedi à minha mãe que me revelasse do que se tratava.

E o amanhecer alcançou Šahrazād, que parou de contar.

QUANDO FOI A NOITE

390ª

Disse Šahrazād:

Eu tive notícia, ó rei venturoso, de que [o vizir Darandān disse ao sultão Ḍaw Almakān:]

O jovem ᶜAzīz disse:

Pedi à minha mãe que me revelasse do que se tratava. Ela disse: "Mesmo morta, Dāma Alᶜizz demonstra amor por você. Em minha vida, jamais vi tamanha fidelidade",[527] e, deixando-me ali, entrou na casa do meu pai.

Não me preocupei com aquilo, pois estava com a mente tão perdida que nem senti falta da minha prima. Pensei: "Vou passar a noite inteira e o dia inteiro com a minha amada". Mal acreditei quando a noite chegou e fui para o jardim. Entrei no quiosque e encontrei a jovem se fritando em fogo de tanto esperar por mim. Mal acreditou quando me viu; pendurou-se em mim, beijou-me e perguntou da minha prima. Contei-lhe que ela falecera e fora para a misericórdia divina, e que havíamos guardado luto por dias. E eis que a minha amada gritou, chorou e disse: "Eu não falei que ela iria perecer? Você não soube disso senão depois que eu disse. Eu deveria ter podido recompensá-la pelo bem e pelo favor que ela me fez. Ela me serviu, fazendo você chegar até mim. Por Deus, não fosse ela, não nos teríamos encontrado. Deus tenha misericórdia dela. Agora, meu temor é que alguma desgraça recaia sobre você por causa do pecado dessa morte". Eu disse que ela me isentara de tudo antes de morrer, e lhe relatei a conversa com a minha mãe a respeito das suas recomendações finais. Ela perguntou: "Por Deus, você sabe qual é esse objeto que está com a sua mãe?". Respondi: "Não!". Ela disse: "Sua prima não lhe deixou nenhuma recomendação?". Respondi: "Sim, por Deus! Minha mãe me disse: 'Ela lhe pediu que, ao ir ao lugar do costume, diga estas palavrinhas quando for embora: a fidelidade é bela, e a traição é horrível'".

Assim que ouviu tais palavras, meu amo Tāj Almulūk, a jovem empalideceu, sua cor se alterou e ela disse: "Por Deus, ela salvou você de mim e da minha traição! Deus tenha misericórdia dela, viva ou morta! Por Deus que não irei mais

[527] A última frase, "Em minha vida, jamais vi tamanha fidelidade", traduz uma passagem truncada em Tübingen e Varsy, e excluída nas outras fontes.

prejudicá-lo nem o trair!". Espantado com essas palavras, eu disse: "E por acaso você me fazia algum mal? Entre nós surgiu afeto e amor!". Ela disse: "Você é um garotinho mimado e pateta,[528] que não conhece as astúcias das mulheres nem as suas desgraceiras. Essa sua prima, você nunca mais encontrará ninguém que a iguale. Por Deus, do mesmo modo que a perdeu você também se perderá. Se ela vivesse, tudo seria melhor para você, pois sua prima era a sua vida e sua integridade. Ela o salvava da aniquilação! Agora lhe darei um conselho: muito cuidado toda vez que for falar com alguém, pequeno ou grande, porque você é um pateta, e aquela que o protegia já morreu. Receio que você caia nas garras de alguém e aí, sem a sua prima para salvá-lo, será aniquilado e perderá a vida gratuitamente. Oh, mas que terrível tristeza por sua prima Dāma Al^cizz! Quem dera eu tivesse sabido antes a seu respeito para poder visitá-la, pois ela guardou segredo e não revelou o que sabia; se ela tivesse resolvido o contrário, você não conseguiria ter reação alguma. Seja como for, gostaria que você me levasse para visitar o túmulo dela e escrever nele alguns versos de poesia". Eu disse: "Amanhã, se Deus altíssimo quiser".

Naquela noite, enquanto dormíamos, a todo instante ela perguntava: "Quais foram mesmo as duas frases que a sua prima disse?", e eu repetia: "A fidelidade é bela, e a traição é horrível", e assim foi até o amanhecer, quando então ela se levantou, vestiu-se, arrumou-se, pegou um saco cheio de ouro e disse: "Venha comigo, me leve para visitar o túmulo da sua prima, escrever nele alguns versos e construir uma cobertura de mármore". Incapaz de discordar, caminhei à sua frente, enquanto ela, atrás de mim, abriu o saco de ouro e se pôs a distribuí-lo entre os pobres e desvalidos. A cada um dos que recebiam ela dizia: "Essa esmola é por Dāma Al^cizz, que ocultou o seu segredo e a sua desdita, até que enfim da taça da morte ela bebeu, mas seu segredo com ela morreu". Distribuiu esmolas dizendo tais palavras até que o saco se esvaziou, e então chegamos ao túmulo de Dāma Al^cizz. Ao vê-lo, ela chorou — um choro copioso — e se atirou sobre ele. Depois, retirou de outro saco que levava consigo um compasso de aço, um canivete e um martelinho, pondo-se a traçar, escrever e debuxar sobre o túmulo com o compasso e o canivete três ou quatro versos de poesia.

E o amanhecer alcançou Šahrazād, que parou de contar.

[528] "Pateta" traduz *ġašīm*, que poderia ter um sentido um pouco mais forte: "bobalhão", "tonto", "idiota".

391ª

Disse Šahrazād:

Eu tive notícia, ó rei venturoso, de que [o vizir Darandān disse ao sultão Ḍaw Almakān:

O jovem ᶜAzīz disse:]

Ela debuxou na cabeceira do túmulo estes versos:

Passei por um túmulo oculto no bosque,
coberto por sete camadas de murta olorosa;
"De quem é?", indaguei; respondeu o orvalho:
"Seu tolo, esta é a tumba de um apaixonado";
"Deus te conceda a paixão, ó apaixonado", falei,
"e te faça morar nos vastos Jardins do Éden!"
Desventurados amantes, até suas tumbas
têm entre os homens o pó da humilhação!
Pudesse, um jardim eu plantaria ao teu redor,
e com minha lágrima convulsa o regaria.[529]

E tanto chorou e se carpiu que eu também acabei chorando. Depois, conduzi-a até sua casa e seu jardim. Ela me disse: "Não se afaste de mim de jeito nenhum!". Respondi: "Claro, em nome de Deus!". E, assim, continuei a frequentá-la, indo ficar com ela toda noite. Ela me tratava bem e me dignificava, sempre indagando sobre as palavrinhas ditas por Dāma Alᶜizz, e eu as repetia. Fiquei com ela na melhor e mais agradável vida, encorpando e engordando de tanto comer e beber, sendo obrigado, por isso, a fazer roupas novas constantemente. Desse modo, sem preocupações, medos ou tristezas, esqueci a minha prima.

Fiquei com a jovem durante o período de um ano inteiro. No ano-novo, fui ao banho público. Minha namorada havia confeccionado para mim um

[529] Versos traduzidos do manuscrito do Cairo, cuja redação neste ponto é melhor.

traje novo, luxuoso, passando-lhe incenso e perfume. Fui pois ao banho, lavei-me nas termas, saí, vesti o traje, bebi um jarro de suco, paguei o serviço e saí caminhando, com os aromas do traje trescalando, muito agradáveis. Estava tranquilo em relação às desditas do tempo e aos infortúnios do destino, e prossegui a caminhada para passar o tempo. Perto do anoitecer, dirigi-me até a minha namorada, e encontrei na sua rua, [cujo nome era Rua do Capitão,][530] uma velha que trazia numa das mãos uma vela acesa e na outra um papel enrolado com algo escrito, chorando e vociferando. Quando me aproximei, notei que chorava, olhando para o papel escrito e dizendo [os seguintes versos]:

Alvíssaras para quem noticiou sua chegada,
pois ele trouxe o que de melhor se pode ouvir!
Se ele se contentasse com trapos eu lhe daria
uma roupa que se rasgou durante a despedida.

Ao me ver, a velha disse: "Meu filho, por acaso você sabe ler?". Com a minha curiosidade, respondi: "Sim, eu sei ler, minha velha tia". Ela então me estendeu o papel, com o coração tremendo e batendo forte. Peguei o papel, desenrolei e verifiquei que se tratava de uma carta de pessoas ausentes com saudações para os seus entes amados. Ela ficou contente, deu alvíssaras, rogou por mim e disse: "Que Deus lhe proporcione alívio tal como você proporcionou a mim!", e, recolhendo a carta, sumiu das minhas vistas.

Após avançar mais um pouco, fiquei apertado e fui urinar num canto. Depois, ajeitei as roupas e, ao fazer menção de retomar a caminhada, a velha apareceu de repente, se inclinou para mim, agarrou as minhas mãos, beijou-as e disse: "Você, meu senhor, é meu único instrumento. Pelo profeta e por seu Deus, não seja arrogante nessa sua juventude. Me acompanhe aqui dois passinhos, pare diante daquela porta e leia esta carta para eles a fim de que acreditem. E aceite os meus rogos por você".

E o amanhecer alcançou Šahrazād, que parou de contar.

530 Da compilação tardia.

QUANDO FOI A NOITE

392ª

Disse Šahrazād:

Eu tive notícia, ó rei venturoso, de que o vizir Darandān disse ao sultão Ḍaw Almakān:

ᶜAzīz disse a Tāj Almulūk:

A velha me disse: "Pare diante da porta e leia a carta para eles". Perguntei: "Qual é a questão com essa carta?". Ela respondeu:

Meu rapaz, essa carta é do meu filho, que partiu em viagem e está ausente há dez anos. Ele saiu numa caravana de mercadores para viajar por vários países e desde então está ausente. Já tínhamos perdido as esperanças de reencontrá-lo, e o considerávamos morto, mas agora ele nos mandou esta carta. Na casa mora a irmã dele, que o pranteia noite e dia. Eu lhe disse que o irmão estava vivo, mas ela não acreditou e disse: "Meu coração só vai ter sossego em relação ao meu irmão quando eu ouvir o conteúdo da carta com os meus ouvidos. Somente então eu acreditarei que ele está bem e com saúde". Você bem sabe, meu senhor, que "quem ama sempre cogita o pior".[531] Seja gentil comigo e leia a carta aqui, de pé. Eu vou gritar para que a irmã dele venha ouvi-lo por detrás da porta; assim nos aliviamos dessa angústia e você satisfaz a nossa necessidade. O profeta já dizia: "Quem alivia o seu irmão de uma angústia neste mundo, Deus o aliviará de setenta e duas angústias no dia do Juízo Final".[532] É a você que peço, não me decepcione!

Eu disse: "Claro, em nome de Deus! Vá na minha frente", e ela caminhou até uma casa grande e bela, diante de cuja porta de metal amarelo paramos; a velha gritou: "Ó ᶜAjamiyya!",[533] e, antes que eu me apercebesse, apareceu uma jovem com as roupas arregaçadas até os joelhos; vi então pernas que pareciam duas colunas de mármore, e ouvi o barulho dos seus chocalhos, um de ouro e outro de prata, ambos com fechaduras cujas pontas pareciam cabeça de animal selvagem,

[531] "Quem ama sempre cogita o pior" é provérbio.

[532] Em Tübingen e Varsy, essa fala do profeta contém dialetalismos que estão corrigidos na compilação tardia. Nas edições impressas, são acrescentadas outras falas semelhantes do profeta.

[533] *ᶜAjamiyya*, origem do vocábulo português "aljamia", significa "estrangeira", e pode também referir-se à língua. Assim se entendeu na compilação tardia, onde se lê: "a velha gritou [algo] em língua estrangeira". Mas, como se evidenciará adiante, trata-se do nome da personagem.

e em cada cabeça sete peças de rubi. A jovem[534] também estava com as mangas arregaçadas até as axilas, os seus pulsos brancos e vermelhos a brilhar, nas mãos um par de pulseiras e duas grandes pérolas, no pescoço colares e rosários, na cabeça um turbante em forma de taça trabalhado com martelo e cravejado de pedras preciosas, a camisa enfiada por dentro da calça; parecia ter estado ocupada com sei lá o quê.[535] Ao vê-la, pude distinguir-lhe bem os traços graças à luz da vela. Ela disse, numa língua eloquente e doce, que jamais na vida eu vira ou ouvira mais bela: "Esse aí veio ler a carta para nós, mamãe?". A velha respondeu: "Sim, minha filha". Ela estendeu a mão e eu estiquei a cabeça para o interior da casa, aproximando-me para ler a carta, quando de repente, antes que eu pudesse reagir, ocupado que estava com a carta, a velha encostou a cabeça nas minhas costas e me empurrou lá para dentro.[536]

[534] A partir deste ponto, perderam-se dez folhas, ou vinte páginas, do manuscrito Tübingen. A perda é anterior ao depósito na biblioteca alemã, uma vez que a numeração em algarismos arábicos, feita por algum funcionário que ignorava o árabe, não sofre solução de continuidade (104-105), ao passo que a numeração em algarismos indianos, feita pelo próprio escriba árabe, pula de 390 para 401. Essa perda limita sobremaneira as alternativas tradutórias, pois por ora não é possível contar com o manuscrito Maillet, como se explicou antes.

[535] Neste passo, todas as fontes utilizam a palavra *šuġl*, literalmente "serviço" ou "trabalho", embora não seja incomum que se empregue, em termos coloquiais, com o sentido de prática sexual, como foi o caso nesta história mesma. Como o registro aponta para uma quase nudez, diga-se assim, com joelhos e braços e antebraços à mostra etc., pode-se supor alguma sugestão obscena por parte do narrador.

[536] Em seu célebre relato de viagens ao Oriente, no trecho dedicado à sua passagem pela cidade egípcia de Damieta, o viajante marroquino Ibn Baṭṭūṭa (1304-1377 d.C.) refere-se a um xeique sufi, o persa Jamāluddīn Assāwī, que escolhera essa cidade para viver a partir de 1225 d.C. Esse xeique seria o fundador da confraria dos dervixes calênderes (diferentemente do que informamos na nota 89, p. 131, do primeiro volume desta coleção). A respeito dele, Ibn Baṭṭūṭa conta a seguinte história, que parece ser a origem deste episódio narrado por ᶜAzīz: "Conta-se que o motivo que levou o xeique Jamāluddīn Assāwī a raspar a barba e as sobrancelhas é a seguinte: como ele tinha uma bela estampa e um formoso rosto, uma mulher da cidade de Sāwa se apaixonou por ele e passou a enviar-lhe correspondências e a persegui-lo por onde ele andava, na tentativa de seduzi-lo, mas ele a evitava e se fazia de desentendido. Quando a mulher percebeu que nada obteria dele, contratou uma velha para atraí-lo. Essa velha se muniu de uma carta selada e ficou então à espreita do xeique, diante de uma casa, enquanto ele se dirigia à mesquita; quando ele passou por ela, a velha o parou, dizendo: 'Você sabe ler, meu senhor?'. Ele respondeu: 'Sim'. Ela disse: 'Esta carta me foi enviada por meu filho, e eu gostaria que você a lesse para mim'. O xeique respondeu: 'Pois não', e assim que ele abriu a carta a velha disse: 'Meu senhor, o meu filho tem uma esposa que está no saguão da casa. Gostaria que você fizesse a gentileza de lê-la diante da porta, de modo que ela ouça'. O xeique a atendeu, mas quando ficou diante da entrada a velha trancou o portão e a mulher que estava apaixonada por ele agarrou-o, auxiliada por suas criadas, e juntas elas o empurraram para o interior da casa. A mulher tentou seduzi-lo, e o xeique, vendo que não havia escapatória, disse-lhe: 'Já estou onde você quer que eu esteja. Mostre-me onde fica o banheiro'. A mulher mostrou e ele entrou, levando junto um balde d'água. O xeique tinha uma navalha nova com a qual raspou a barba e as sobrancelhas, e quando saiu a mulher considerou a sua aparência detestável e condenou-lhe a atitude, ordenando que fosse expulso do local. Assim, Deus o salvou daquilo e o xeique resolveu manter aquela aparência, e todos quantos se filiam à sua confraria passaram a raspar os cabelos, a barba e as sobrancelhas" (In: *Riḥlat Ibn Baṭṭūṭa*, "A viagem de Ibn Baṭṭūṭa", Rabat, vol. 1, p. 199).

Quando dei por mim, me vi no meio do corredor interno. A velha entrou mais veloz do que um súbito relâmpago, e não teve outro trabalho que não o de rapidamente passar a tranca na porta. Quanto à jovem, ao me ver já no interior da casa ela se levantou célere, sentou-se sobre o meu peito, imobilizando-me com o seu peso, abraçou-me e apertou a minha barriga com as mãos, fazendo-me desmaiar. Ela se lançou sobre mim e carregou-me com as mãos, sem que eu pudesse escapar, tamanhos eram o aperto e o esmagamento a que me submeteu. Seguida pela velha com a vela acesa, ela me carregou e atravessou sete corredores, entrando afinal num amplo saguão com quatro pavilhões montados; largou-me então e disse: "Abra os olhos", e eu os abri, ainda atordoado por causa do esmagamento. O que vi foi um saguão todo em mármore, de cima a baixo, com guarnições de seda, mosquiteiros, cortinas, colchões e assentos, além de dois bancos de metal amarelo puro, utensílios de ouro e prata, de uma excelência tal que não seria apropriada senão a um rei como você. Ela me disse: "O que você prefere, ᶜAzīz, a vida ou a morte?".

E o amanhecer alcançou Šahrazād, que parou de contar.

QUANDO FOI A NOITE

393ª

Disse Šahrazād:

Eu tive notícia, ó rei venturoso, de que o vizir Darandān disse ao sultão Ḍaw Almakān:

ᶜAzīz disse a Tāj Almulūk: ᶜ

[Respondi a ela: "A vida". Ela disse: "Então case-se comigo". Respondi: "Eu detestaria me casar com alguém como você".][537] Ela disse: "Se você se casar comigo, ficará a salvo de Dalīla, a ardilosa".[538] Perguntei: "E quem é essa Dalīla, a ardilosa?". Ela respondeu rindo: "É aquela com quem você está há um ano e qua-

[537] Traduzido do manuscrito do Cairo. Em Varsy a narrativa está truncada e em Gayangos, resumida.

[538] Na compilação tardia, "ficará a salvo da filha de Dalīla, a ardilosa". Em árabe, o nome Dalīla significa "guia". "Ardilosa" traduz *muḥtāla*, isto é, aquela que é cheia de *ḥila*, palavra traduzível como "artimanha" ou "ardil".

tro meses, que Deus a aniquile! Quanta gente ela matou, quanta gente ela feriu, quantas artimanhas aprontou! Como você pôde se manter a salvo? Malgrado todo esse tempo em que estão juntos, ela nunca lhe fez mal algum, e nem lhe transtornou a vida!". Tomado pelo espanto com aquelas palavras, perguntei: "Minha senhora, como é que você a conhece?". Ela respondeu: "[Eu a conheço tão bem quanto a desgraça.][539] Mas quero que você me conte o que aconteceu entre vocês dois, a fim de saber como se manteve a salvo dessa velha de mau agouro, dessa vagabunda chamada Dalīla, a ardilosa". Então eu lhe relatei tudo quanto sucedera entre mim, a jovem e minha prima, a quem ela desejou que descansasse em paz.

Quando terminei de falar, os seus olhos se marejaram, e ela — batendo uma mão na outra ao ouvir que a minha prima havia morrido — disse: "Foi obra de Deus! Por Deus, ᶜAzīz, foi ela que o salvou da ardilosa Dalīla. Não fosse a sua prima, você é que teria morrido. Por acaso, meu injusto rapaz, ela não lhe disse 'tenho medo do mal que ela lhe faça e de sua astúcia, mas a minha boca está cheia e não posso falar'?". Respondi: "Sim, por Deus, foi isso mesmo que ocorreu". Ela balançou a cabeça e disse: "Onde encontrar, hoje, alguém como a sua prima?". Eu disse: "Por ocasião de sua morte, ela me recomendou que dissesse a Dalīla algumas palavrinhas, não mais: 'a fidelidade é bela, e a traição é horrível'". [Então ela gritou e disse:] "Juro por Deus, ᶜAzīz, que foram essas palavras que o salvaram da morte e das garras dela. Agora estou mais tranquila em relação a você, pois ela já não poderá matá-lo nem lhe causar transtornos. A sua prima — que Deus lhe tenha misericórdia — o salvou, na vida e na morte, daquela mulher. Por Deus que eu o desejei dia após dia, e entabulei artimanhas para tê-lo. Hoje se completou um ano inteiro e mais quatro meses que eu desejo você, mas não conseguia. Contudo, nesta noite a minha artimanha triunfou. Agora, aí está você, um pateta, ignorante das astúcias e perfídias das mulheres, e das ciladas e artimanhas das velhas". Eu disse: "Por Deus, não tenho notícia dos seus estratagemas!". Ela disse: "Pode ficar tranquilo e sossegado. Não sou a ardilosa Dalīla e amo você, que é um rapaz gracioso. Não o quero senão dentro da lei de Deus e do seu profeta, de maneira lícita". Perguntei: "Minha querida, e quanto dinheiro e tecidos você vai cobrar de mim?". Ela respondeu: "Não lhe causarei nenhuma despesa, de forma alguma, e tudo quanto você determinar estará às suas ordens. Na minha casa você terá pão bem quente e água no recipiente. Meu único desejo é que pratiquemos o ofício do galo".

[539] Traduzido do manuscrito do Cairo. Em Varsy, "Conheço-a tal como conheço você"; em Gayangos: "Conheço-a tão bem quanto você conhece o seu pai".

Eu disse: "Não conheço". Então ela riu, bateu palmas e caiu sobre o seu lindo traseiro de tanto rir. Sentou-se, ainda rindo, e perguntou: "Você, meu senhor, meu querido, não conhece o ofício do galo?". Respondi: "Não, por Deus, o único ofício do galo que eu conheço é o chamado para a prece matinal". Ela riu e disse: "Meu senhor, eu não lhe peço senão que ganhe ânimo e pratique em mim o ofício do galo. Coma, beba e trepe!". Encabulei-me com aquelas palavras, e ela, batendo palmas, disse: "Mamãe, traga as testemunhas". A velha sumiu por algum tempo e voltou com quatro testemunhas idôneas e um tecido de seda; acendeu quatro velas e as testemunhas entraram, nos saudaram e se sentaram. A jovem colocou um lenço sobre a cabeça, fez procuração para uma das testemunhas, escreveu o nosso contrato de casamento, declarou que havia recebido o presente nupcial e o dote, e que eu tinha, sob sua responsabilidade, a quantia de dez mil dinares. Pagou o preço da visita das testemunhas, que se retiraram pelo mesmo caminho que tinham vindo, e rapidamente arrancou as roupas, ficando apenas com uma camisola fina estilo quebra-nozes[540] com bordados de ouro, e assim, quase despida, pegou-me pela mão, levou-me para a cama e disse: "Meu querido, não existe vergonha naquilo que é lícito!", deitando-se de costas sem mais delongas e me puxando para cima de seu peito. [Começou a soltar um gemido atrás do outro, ergueu a roupa acima dos seios e, quando a vi naquele estado, não me controlei e a penetrei, não sem antes ter chupado os seus lábios enquanto ela gemia e afetava submissão e obediência, com um choro sem lágrimas. Ela disse: "Faça tudo, meu querido", o que me fez recordar imediatamente certos versos que diziam o seguinte:

E quando ela ergueu a roupa que lhe cobria a vagina,
tão estreita quanto minhas posses e paciência, imagina!,
enfiei a metade do pau, e ela se contorceu num gesto...
Perguntei: "Por que isso?". Ela disse: "À espera do resto!".[541]

[540] "Quebra-nozes" traduz literalmente *kasr albunduq*, expressão hoje enigmática pertencente ao universo da costura, encontradiça em várias fontes, e com cujo sentido ninguém conseguiu atinar.

[541] Esses versos obscenos estão nas edições impressas, mas não no manuscrito do Cairo, nem tampouco num manuscrito bem tardio conhecido como "manuscrito Reinhardt", de 1831-1832, hoje depositado na Biblioteca de Estrasburgo, na França. Talvez consistam em adição do editor de Būlāq e tenham sido copiados pelos editores de Calcutá. Vislumbram-se em tais versos dois temas obsessivos no discurso sexual árabe (e não só nele, obviamente): o tamanho da genitália masculina e a estreiteza da genitália feminina. Seu pressuposto é o de que o prazer se extrai quase que exclusivamente da fricção causada quando do cruzamento das duas características. Seu contraponto, também verificável na temática obscena e cômica, é a pequenez do primeiro e o esgarçamento, por excesso de uso, do segundo.

Ela disse: "Termine quando quiser, meu querido. Sou sua escrava. Pega e enfia tudo, por vida minha! Me deixe agarrar e enfiar com a minha mão, enfiar até o coração, mete, tira e põe no teu vaso, satisfaz meu dengo e meu choro!". E assim continuei ouvindo tanto dengo, soluço e gemido que o barulho chegou até a rua, e logo mergulhamos numa felicidade nua e crua. Dormimos até o amanhecer,][542] quando então me levantei e fiz tenção de ir embora, mas ela riu e disse: "Ai, ai! Está achando que entrar no banho é que nem sair dele? Não suponho senão que você está com a cabeça fora do lugar, seu safadinho! Está pensando que eu sou igual a Dalīla, a ardilosa? Você é meu marido, conforme a lei de Deus e do seu profeta, e com quatro testemunhas! Se estiver dormindo, acorde, e se estiver bêbado, desperte da embriaguez... Saiba que esta casa, onde você vive agora, não se abre senão um dia por ano. Vá lá ver a porta... Se estiver aberta, pode sair". Fui então até a porta, que encontrei trancada e pregada com pregos pelo lado de fora. Voltei e contei-lhe o que vi. Ela disse: "Por Deus, ᶜAzīz, esta casa é aberta uma única vez por ano, por algum tempo, para nos abastecermos de farinha, doce de romã, grãos, romã, açúcar, doces, carnes, carne-seca, carneiro, frango, ganso etc. Não se preocupe, um ano passa fácil, e você só vai se ver fora daqui quando se passar um ano completo. Aí então a porta será aberta". Eu disse: "Não há poderio nem força senão em Deus altíssimo e poderoso!". Ela disse: "E o que é que há de tão ruim em ficar comigo? Você já conhece o ofício do galo!", e riu, [e eu também ri] e disse: "Sim, minha senhora". Permaneci ali com ela, agindo conforme a sua opinião: aperfeiçoei o ofício do galo, comi, bebi e fodi, até que se passou um ano inteiro, doze meses.

E o amanhecer alcançou Šahrazād, que parou de contar.

[542] Trecho traduzido do manuscrito do Cairo, com apoio nas edições impressas. Esse episódio sexual não consta, por possível lacuna no original de onde foi copiado, em Varsy, e em Gayangos está assim resumido: "E aconteceu o que aconteceu". Embora nos faltem aqui folhas dos manuscritos Tübingen e Maillet, pode-se aventar a hipótese de que o original primitivo não continha a cena, que é exigida pelo contexto e consta inteira da compilação tardia.

QUANDO FOI A NOITE

394ª

Disse Šahrazād:

Eu tive notícia, ó rei venturoso, de que [o vizir Darandān disse ao sultão Ḍaw Almakān:]

ᶜAzīz disse:

No decurso desse ano, ela engravidou de mim e deu à luz, agraciando-me com um varão. No ano-novo, ouvi a porta se abrir e homens a passar, carregando tortas, biscoitos, farinha, açúcar e demais víveres. Eu então quis sair, mas ela me disse: "Espere até o anoitecer, e então você sairá tal como entrou". Esperei até o anoitecer, e então fiz menção de sair, mal acreditando que o faria. Ela disse: "Por Deus, só o deixarei sair daqui se você jurar que vai voltar nesta mesma noite, antes do amanhecer, antes que a porta seja trancada". Respondi: "Sim, em nome de Deus!". Ela me obrigou a fazer juras imensas, sobre [o Alcorão e] a espada, e também a dizer que que eu me divorciaria dela,[543] se acaso eu fosse até a minha mãe e não retornasse antes do amanhecer.

Saí de lá e corri a toda pressa até o jardim da minha namorada, o qual encontrei aberto, conforme o hábito. Enfiei a cabeça pela porta, olhei à direita e à esquerda e avistei uma luz e lampiões brilhando no quiosque, conforme o hábito. Cismado com aquilo, pensei: "Faz um ano inteiro que estou ausente deste lugar, e agora chego de surpresa e o encontro do mesmo jeito? Por Deus, é imperioso entrar e vê-la antes de ir cumprimentar a minha mãe. Ainda é o começo da noite". Avancei uns passos, entrei no jardim e caminhei até o quiosque. Olhei bem e vi a jovem, que era a ardilosa Dalīla, sentada com a cabeça nos joelhos e as mãos no rosto. Sua cor e sua face estavam alteradas de tanta vigília noturna por minha causa. Quando enfim ergueu os olhos e me viu, assustou-se, suspirou e me disse: "Graças a Deus que você está bem!", e, ao tentar se levantar, feliz com a minha presença, caiu. Acabrunhado, passei a

[543] Entre os muçulmanos, é (ou era) comum uma espécie de juramento na base do "senão eu me divorcio", *ᶜalayya aṭṭalāq*, locução usada em várias situações, como promessa ou insistência (como dizer a um amigo: "se você não fizer isso ou aquilo, ou não me deixar fazer isso ou aquilo, eu me divorcio"). Desnecessário observar que, de há muito, essa frase se tornou objeto de remoques bastante previsíveis.

mão em sua cabeça e disse: "Meu Deus, que espantoso! Como você soube que eu viria nesta noite?". Ela respondeu:

E por acaso eu disponho de alguém para me contar? Por Deus, faz um ano inteiro que não provo o sono noturno ou diurno, e nem mesmo me alimento. Só fico acordada a noite toda até o amanhecer à sua espera. Estou neste estado desde o dia em que você saiu daqui, vestiu o traje de seda fumigado com incenso e saiu alegando que iria ao banho e voltaria, conforme era o seu hábito. Arrumei todas as coisas e os utensílios e me pus a esperá-lo, mas você não veio, e assim pela segunda noite, pela terceira... Toda noite, neste local, eu o esperava assente, a sua imagem à minha frente. Me sentava e esperava... É assim que agem os enamorados? Mas me fale sobre essa ausência, um ano inteiro!

Então eu lhe contei o que me sucedera, o que ocorrera entre mim e ᶜAjamiyya, a minha história com ela, de cabo a rabo. Após ouvir meu relato, a luz que havia em sua face se transformou em treva, e, ao saber que eu me casara com aquela mulher, ela empalideceu e seu ser se transtornou. Eu disse enfim: "Por Deus que a minha mulher me obrigou a jurar que voltaria para ela ainda nesta noite, antes do amanhecer, antes que a porta da casa seja trancada". Seus olhos brilharam em minha face e ela disse:

Quer dizer então que o encontro dos dois foi uma armadilha que ela montou para se casar com você, e então você se ausentou e ficou com ela durante um ano? E agora ela o fez jurar e não admite que você passe longe dela nem sequer uma noite? Nesse caso, qual a situação daquela de quem você está distante faz um ano completo, trezentas e sessenta noites? Não fui eu que o conheci antes dela? Mas Deus tenha misericórdia da pobre Dāma Alᶜizz! Daquela que nunca fez mal a ninguém, e que se resignou de um modo que jamais ninguém se resignaria, e morreu desmilinguida e doente por sua causa, e que lhe ensinou tudo [e o protegeu de mim]. Não, não vou deixar você ir embora assim, inteiro, com os rins lubrificados![544]

[544] "Lubrificação dos [seus] rins", *šaḥm kilāk*, é o que está nos manuscritos. Nas edições impressas, os revisores mantiveram apenas "lubrificação", também compreendida como "gordura", certamente porque a expressão não fazia sentido para eles. É possível ler, nos versos de Ibn Alḥajjāj, poeta obsceno do século X d.C., uma formulação assim traduzível: "Dizem que te queixaste de uma febre/ no cu, a qual te derreteu a lubrificação dos rins;/ é doença que só um médico pode tratar,/ excitado, de pau duro e fodedor". O pressuposto, como se vê, é que a "lubrificação nos rins" consiste em sinal de boa saúde. Era conhecimento médico banalizado que os rins não podem secar.

E então seus olhos me encararam de um modo tal que todos os meus membros estremeceram. Ela disse:[545] "Qual proveito sobrou em você depois de ter se casado e tido um filho? Por Deus que você já não serve para convivência nem para companhia. Para pessoas como eu, o casamento não tem utilidade, pois somente vemos proveito nos solteiros. Depois do casamento, o homem perde toda serventia. E você já não tem serventia", [e se pôs a me abraçar, dizendo em seguida:] "Aquela que o capturou e afastou de mim — juro por Deus poderoso! — vai ficar sem você, que não será nem meu, nem dela!", e depois, aos gritos, ela chamou: "Criadas, cadê vocês?". Súbito, antes que eu me apercebesse, eis que dez criadas altas, negras e corpulentas apareceram, [me derrubaram,][546] ajoelharam-se sobre mim, seguraram-me as mãos e os pés, todas juntas contra mim. Prostrado ao solo, fiquei debaixo delas como se fosse um passarinho. Dalīla, a ardilosa, pegou uma faca aquecida e disse: "Por Deus que eu vou matá-lo como se mata uma vaca, e fazê-lo perder a sua juventude. Essa será a paga, que ainda é pouca, pelo que você fez". Ao me ver naquela situação, debaixo das criadas, com a cara lambuzada de terra, e ao vê-la afiando a faca, finalmente me dei conta do que estava ocorrendo, e então gritei e implorei, o que só a fazia ficar mais implacável e furiosa. Ato contínuo, as criadas me manietaram e colocaram deitado de costas, sentando-se sobre a minha barriga e me segurando da cabeça à sola dos pés.

Disse o narrador: Desmaiei de medo e pensei: "Não morrerei senão degolado". Então me lembrei da fala de minha prima, garantindo que "Deus o manterá a salvo do seu mal e da sua traição", e gritei e chorei, mas a minha voz não saía por debaixo das criadas. Dalīla largou a faca, voltou-se para nós e lhes disse: "Basta, amarrem-no com as cordas e deixem-no de lado". Elas saíram de cima de mim, que estava na pior das condições. Então Deus altíssimo me inspirou a pronunciar as duas frasezinhas que a minha prima me ensinara, e eu as disse: "A fidelidade é bela, e a traição é horrível". Ao ouvi-las, ela soltou um grito horrendo e disse: "Desde que você morreu, que Deus lhe tenha misericórdia! Que pena que você perdeu sua bela juventude, Dāma Al^{c}izz! O seu primo me foi útil durante a sua vida e após a sua morte! Por Deus, ^{c}Azīz, que ela salvou você de mim e da morte...".

E o amanhecer alcançou Šahrazād, que parou de contar.

[545] Neste ponto, em todas as fontes, com exceção de Varsy, consta que "ela ficou parecendo uma ġūla". Na mitologia árabe pré-islâmica, *ġula*, feminino de *ġūl*, é um monstro, uma espécie de ogro que se alimenta de cadáveres.

[546] Complementos de Gayangos, que, no geral, concorda com as outras fontes. As características das escravas estão somente em Varsy.

QUANDO FOI A NOITE

395ª

Disse Šahrazād:

Eu tive notícia, ó rei venturoso, de que [o vizir Darandān disse ao sultão Ḍaw Almakān:]

ᶜAzīz disse a Tāj Almulūk:

Meu senhor, Dalīla, a ardilosa, jogou a faca de lado e disse: "Mas eu tenho de deixar marcas nele por causa daquela desonrada", e gritou pelas criadas, que apareceram e se ajoelharam todas em cima de mim, puxando-me as pernas, amarrando-as com cordas e me mantendo esticado. [Ela me trouxe uma xícara e disse: "Beba isto!", e eu bebi, perdendo de imediato a consciência; meus olhos ficaram abertos sem que eu conseguisse falar.][547] Ela colocou no fogo uma bacia com óleo de sésamo, deixou ferver bastante, e em seguida fritou um queijo em cima daquilo. Nesse ínterim, eu continuava ali desfalecido. Ela veio, desamarrou minhas roupas, trouxe uma navalha bem afiada, montou em cima de mim, amarrou meus colhões e disse às criadas: "Puxem as cordas", e elas assim procederam. Desmaiei, e foi como se estivesse em outro mundo. Com a navalha, ela cortou meus colhões e meu pênis, deixando-me como se fosse uma mulher.[548] Depois ela cauterizou o local e o esfregou com alguns pós por certo tempo.

Quando despertei do desmaio e o sangue estancou, ela me fez beber um jarro de suco. Eu perdera totalmente a noção, estava inconsciente. Ela soltou as cordas que me prendiam e disse: "Levante-se e vá para aquela que se casou com você, e com a qual você se casou, e que foi avarenta e não quis me conceder que você passasse ao menos uma noite longe dela. Deus bendiga a sua prima Dāma Alᶜizz, que passava incenso em você e o mandava para mim. E que morreu sem revelar o seu segredo! Vá hoje para aquela que você quer e deseja, pois, quanto a mim, já decepei a única coisa que eu queria de você, e por causa da qual eu o amava. Depois disso, não tenho nenhuma precisão da sua pessoa. Vá, levante-se, passe a mão na cabeça e ben-

[547] Essa piedosa atitude – o uso de um narcótico – foi traduzida de Gayangos, que das fontes é a única a referi-la.

[548] Após isso, lê-se em Varsy a locução *masḥ 'ifranjī*, que não faz sentido hoje. A primeira palavra indica o ato de untar, e a segunda significa "cristão europeu", mais particularmente a Europa Ocidental. O sentido decerto se perdeu por completo, e é por isso que foi excluído das outras fontes.

diga a sua prima", e me deu um chute. Como eu não conseguisse ficar em pé, ela sinalizou para as suas criadas que me carregassem. Elas me carregaram para fora e me atiraram no meio da rua. Eu estava combalido. Rastejei a pouco e pouco até chegar à porta da casa de minha mulher, que encontrei aberta. Atirei-me lá dentro; minha mulher saiu e, ao dar comigo, carregou-me para o saguão, onde viu que eu ficara como uma mulher. Rapidamente peguei no sono, e quando acordei me vi jogado diante do portão do jardim. Levantei-me chorando e gemendo, e a muito custo caminhei até chegar à minha casa. Meu pai morrera e minha mãe estava sentada chorando [por ele][549] e por meu desaparecimento, fazendo elogios fúnebres e dizendo: "Meu filho, meu ᶜAzīz, em que terra você está?". Nisso, eu entrei.

E o amanhecer alcançou Šahrazād, que parou de contar.

QUANDO FOI A NOITE

396ª

Disse Šahrazād:

Eu tive notícia, ó rei venturoso, de que [o vizir Darandān disse ao sultão Ḍaw Almakān:]

O devasso e adúltero ᶜAzīz disse a Tāj Almulūk:

Entrei e me atirei sobre a minha mãe enquanto ela fazia o meu elogio fúnebre! Ao me ver, ficou muito feliz, mas, ao me examinar com atenção, verificou que eu não estava bem. Minha face estava tomada pela palidez e havia escurecido. Lembrei-me da minha prima, das suas gentilezas, e chorei, nisso sendo secundado por minha mãe, que também chorou e disse: "Graças a Deus que a sua prima Dāma Alᶜizz foi eloquente nas palavras que disse". E completou: "Estou chorando pelo seu pai faz dez dias, desde que ele morreu". Mostrei-lhe então o meu corpo e contei-lhe o que sucedera. Choramos por um bom tempo. Ela me trouxe comida, comi e lhe relatei tudo quanto havia ocorrido comigo. Ela disse: "Graças a Deus que foi só isso e ela não o matou, porque então nunca mais os meus olhos o veriam. Melhor assim".

[549] Traduzido de Gayangos.

Em seguida, ela me pediu resignação, tratou-me e medicou-me por dias e noites, até que melhorei e recuperei a saúde. Então, minha mãe me disse: "Filho, agora venha receber a lembrança que a sua prima guardou para você. Ela me fez prometer que eu só a entregaria quando você a lembrasse, chorasse por ela e rompesse as suas relações com outras mulheres. Agora estou certa de ter encontrado esses sinais em você". Ela abriu uma caixa e dela retirou este tecido que contém a imagem da gazela, e que eu lhe dera. Peguei o tecido e notei que nele estavam bordados versos de poesia que minha prima recitara:

Encheste o meu coração de afeto e me largaste,
puseste insones meus olhos lacerados e dormiste,
e ora percorres um ponto entre a vigília e a espera;
nem o coração te esquece, nem os olhos repousam;
tu dizias que a tua paixão devias conter e ocultar,
pois um delator te observava e tudo poderia revelar;
por Deus, meus irmãos, se acaso eu morrer escrevei
na tampa de minha tumba: "Aqui jaz um humilhado",
e chamai pelo meu nome: da tumba serás saudado,
aos gemidos, por meus ossos, só de te ouvirem a voz.
Mesmo o menos valente alarife conhece a paixão,
e rezar diante da tumba de um estranho faz bem.
Leva os meus ossos e carrega-os para onde fores,
e onde fixares morada, me enterra por perto.[550]

Quando concluí a leitura desses versos, chorei copiosamente, gritei e me estapeei. Abri o lenço com a gazela bordada e dele caiu um papel, que abri, e eis que nele estava escrito:

Meu primo, que Deus o inocente do pecado da minha morte e do meu sangue, e que favoreça a sua relação com quem você ama. Se acaso você for atingido por algum dos males de Dalīla, a ardilosa, não retorne a ela nem vá a nenhuma outra, senão será morto. Resigne-se à sua desgraça...

E o amanhecer alcançou Šahrazād, que parou de contar.

[550] A maior parte dessa poesia está apenas em Varsy, e com os habituais problemas de cópia. Nas edições impressas, esses versos foram inteiramente substituídos. Em outra poesia, mais adiante, alguns versos se repetem, e em outros se evidencia que a cópia tem problemas.

QUANDO FOI A NOITE

397ª

Disse Šahrazād:

Eu tive notícia, ó rei venturoso, de que [o vizir Darandān disse ao sultão Ḍaw Almakān:]

ᶜAzīz disse a Tāj Almulūk:

Continuei a ler o resto do papel:

Resigne-se à sua desgraça. Se não lhe estivesse predeterminada uma vida mais longa, você já estaria aniquilado e morto há muito tempo, e eu teria sorvido esse desgosto há muito tempo. Louvores a Deus, que fez chegar o meu dia antes do seu. Essa gazela é uma saudação minha para você. Recorde-me sempre que a vir. Era esse bordado que me consolava durante as suas ausências. Por Deus, por Deus, por Deus, [não tente conhecer aquela que bordou esta gazela, nem sequer chegue perto dela, pois, se isso ocorrer, você nunca mais vai querer se aproximar de mulher alguma.][551] Ela borda, todo ano, uma gazela desse tipo e a envia a algum país remoto, a fim de que se espalhem as notícias a respeito de sua grande habilidade no ofício da costura, que é superior à de toda a gente neste mundo. Quanto à sua amada, a ardilosa Dalīla, após ter recebido esta gazela ela passou a usá-la para seduzir os outros, afirmando: "Isso é obra minha e da minha irmã", mas é mentira dela, que Deus lhe envileça a face. Eis a minha recomendação: quando você viajar pelos países e circular por suas várias regiões — pois eu sei que sem mim o mundo se lhe tornou hostil, mas é só após a morte que se reconhece o poder de uma pessoa —, se por acaso conhecer a autora desta gazela, por Deus, por Deus, não a deixe escapar-lhe e case-se com ela. Trata-se da senhora das sedas e dos bordados.[552] Envio-lhe saudações. Fique bem.

Após ler e compreender tudo quanto havia nesse pedaço de papel, chorei, e minha

[551] O trecho entre colchetes apresenta redação ambígua, talvez fruto da indecisão do narrador quanto ao destino da personagem. Poderia ser traduzido também assim: "você deve a todo custo chegar até aquela que bordou esta gazela, uma vez que, depois de a conhecer, você já não vai querer se aproximar de nenhuma outra mulher". Em Gayangos, esse sentido é apresentado de forma incisiva.

[552] As redações dessa carta são ambíguas em todas as fontes, com exceção de Gayangos, cujo texto está resumido, e, por isso mesmo, claro. O final de Varsy, "senhora das sedas e dos bordados", traduz algo que pode se ler como *sayyidat alḥarā'ir wa sayyidat almaġzilāt*. A primeira locução poderia ser também "senhora das mulheres livres", mas "senhora das sedas" parece mais adequado ao contexto. Nas edições impressas se acrescenta: "e ela é filha do rei do Arquipélago da Cânfora", adição precipitada dos revisores, uma vez que, como se verá logo adiante, ele não detinha essa informação.

mãe também chorou. Fiquei contemplando aquela poesia e aquelas palavras até o anoitecer. Aquilo me deixou preocupado durante um ano, findo o qual alguns mercadores da minha cidade se prepararam para viajar. São os mercadores que estão conosco nesta caravana, ó Tāj Almulūk. Minha mãe então me sugeriu que eu arranjasse mercadorias e viajasse com eles "para espairecer e largar essa tristeza. Ausente-se por um, dois ou três anos, até que a caravana regresse; seu peito se reanimará e seus olhos passearão". Ela não parou de insistir até que me decidi: juntei algumas mercadorias e viajei na companhia deles. Porém, minhas lágrimas não secavam, e a cada ponto em que acampávamos eu me lembrava da minha prima, de seu amor e de sua morte, e recitava o seguinte:

Noto-lhe os vestígios,
derreto de saudades,
verto minhas lágrimas
no lugar onde ela está;
rogo a quem nos separou
que permita o reencontro.

Durante dois anos, portanto, viajei com esta caravana, cruzando desertos e terras inóspitas. Mas o que renovou as minhas aflições e tristezas foi ter passado por aquela mulher no Arquipélago da Cânfora, no Palácio de Cristal. São sete ilhas governadas por um rei chamado Šahramān, cuja filha se chama Dunyā,[553] e ela, como sugere o nome, é um mundo. Constatei que foi ela quem fez esta gazela e estes bordados e desenhos. Meu abrasamento e minha ansiedade aumentaram, e me recordei das noites da separação. Chorei por minha desdita, eu que havia me tornado uma mulher, sendo homem,[554] [desprovido do órgão masculino. Desde o dia em que parti do Arquipélago da Cânfora meus olhos estão lacrimosos. Faz um mês completo que estou nessa situação. Agora estou de volta à minha terra, para minha mãe, a cujos pés quero morrer e me livrar deste mundo, do qual já estou farto.

[553] Em Varsy está grafado *Dunyāzād*, mas se trata de erro de cópia, pois no restante da narrativa a personagem é chamada de *Dunyā*, que significa "mundo". Em árabe, a palavra é feminina e, nas letras religiosas e místicas, apresenta amiúde a conotação da "sedução" e "tentação".

[554] Neste ponto, foi perdida uma folha (ou duas páginas), que seria a 170, frente e verso, do manuscrito Varsy. Lamentavelmente, não nos restou senão traduzir a partir das outras fontes, todas tardias, pois aqui também faltam, conforme se disse, várias folhas de Tübingen e de Maillet. A lacuna não foi suprida por Jean Varsy, dono do manuscrito, porque a fonte da qual ele se servia para isso, o manuscrito Maillet, neste ponto também é lacunar. As marcações de fala, que estão em itálico, são do tradutor.

Continuou Šahrazād: Dito isso, ele chorou, gemeu, queixou-se e, olhando a imagem da gazela, as lágrimas desceram e lhe deslizaram pela face, e ele recitou:

Alguém me disse que o consolo não tarda.
Eu: "Quanto falta p'ra esse consolo chegar?"
Disse: "Logo, logo". Falei: "Que espantoso!
E quanto eu tenho de vida, ó mentiroso?".

E mais o seguinte:

Sabe Deus que depois da nossa separação,
chorei tanto que comprei lágrimas a prazo.
O censor me disse: "Paciência e alcançarás!"
Respondi: "Paciência de onde, meu censor?".

Concluiu ᶜ*Azīz*: E esta é a minha história, ó rei. Por acaso você já ouviu algo tão assombroso?

Continuou Šahrazād: Sumamente espantado, Tāj Almulūk sentiu, tão logo terminou de ouvir a história do jovem, fogos lhe inflamarem coração, e isso por causa da menção à jovem Dunyā e à sua beleza.[555]

E o amanhecer alcançou Šahrazād, que parou de contar.

QUANDO FOI A NOITE

398ª[556]

Disse Šahrazād:

Eu tive notícia, ó rei venturoso, de que o vizir Darandān disse ao sultão Ḍaw Almakān:

[555] Note-se, de passagem, que em nenhuma versão se fala explicitamente da beleza da jovem.

[556] Mantivemos a divisão por noites da compilação tardia, mas seguimos a numeração que vinha sendo adotada. Nas edições impressas, o número dessa noite é 129; no manuscrito do Cairo, 132; Reinhardt, um pouco mais adiante, 675; e Gayangos não está dividido em noites.

Quando ouviu a história do jovem, Tāj Almulūk ficou sumamente assombrado, e fogos lhe inflamaram o coração ao escutar sobre a beleza da jovem Dunyā e saber que era ela quem bordava as gazelas. Sua ansiedade e paixão aumentaram, e ele disse ao jovem: "Por Deus, o que lhe ocorreu não ocorreu a mais ninguém! Mas você ainda tem uma vida para viver! Gostaria de lhe pedir uma coisa". ᶜAzīz respondeu: "O que é?". Tāj Almulūk: "Que você me conte como viu essa garota que bordou a gazela". Ele respondeu:

Meu amo, eu fui até ela por meio de uma artimanha, que consistiu no seguinte. Após a caravana ter entrado no país dela, passei a sair e passear pelos jardins de lá, que têm muitas árvores. O vigia desses jardins é um ancião entrado em anos ao qual eu perguntei: "A quem pertencem estes jardins, meu bom velho?". Ele respondeu: "À filha do rei, a jovem Dunyā. Estamos ao pé do palácio dela. Se você quiser, pode abrir aquela poterna,[558] passear pelo jardim e sentir o aroma das flores". Eu lhe disse: "Seja gentil comigo e me deixe ficar neste jardim até que a jovem Dunyā passe. Quem sabe não tenho sorte e ela me lança um olhar?". O velho disse: "Não faz mal". Assim que ouvi a sua resposta, dei-lhe alguns dirhams e disse: "Compre algo para a gente comer". Ele pegou as moedas, contente, abriu a porta, entrou, fez-me entrar consigo e avançamos sem parar até um lugar muito simpático, onde ele me disse: "Sente-se aqui e espere-me voltar". Deu-me algumas frutas, deixou-me e saiu. Retornou depois de uma horinha com um carneiro assado, e comemos até a saciedade. Meu coração estava ansioso para ver a jovem.

Enquanto estávamos ali sentados, eis que o portão se abriu e ele me disse: "Esconda-se", e eu obedeci. Então um eunuco negro enfiou a cabeça por uma portinhola e disse: "Alguém com você, velho?". Ele respondeu: "Não!". O eunuco disse: "Feche o portão do jardim". O velho fechou e eis que a jovem Dunyā saiu pela poterna. Ao vê-la, pareceu-me que a lua surgira e iluminara o horizonte. Bastou-me contemplá-la por alguns instantes para desejá-la tão intensamente quanto um morto de sede deseja a água. Pouco tempo depois ela fechou

[557] História deveras semelhante a esta se encontra na compilação tardia: Ardašīr (Artaxes) e Ḥayāt Annufūs, que, nas edições impressas, vai da noite 719 à noite 738. Diversamente do que se lerá aqui, no entanto, essa história encontra-se despida de correspondência para um elemento muito importante do ponto de vista simbólico, qual seja, a personagem de ᶜAzīz.
[558] "Poterna" traduz *bāb assirr*, "porta secreta".

a poterna e se retirou. Saí então do jardim e fui para casa. Logo tive de reconhecer que jamais chegaria até aquela jovem nem seria um dos homens escolhidos por ela, sobretudo porque agora eu era como uma mulher, sem o órgão masculino; ademais, ela é filha de rei e eu não passo de um mercador. Como poderia eu chegar a alguém como ela, ou mesmo a qualquer outra mulher? Quando esses meus companheiros se aprontaram para viajar, aprontei-me também, e nos pusemos em marcha. Eles vieram para esta terra. Foi por isso que cheguei a esta estrada, onde encontrei você. E essa é a minha história, o que me sucedeu. E é só.

Disse o narrador: Ao ouvir tais palavras, Tāj Almulūk ficou com a mente e o pensamento ocupados pelo amor da jovem Dunyā. Sem saber o que fazer, levantou-se, montou o seu cavalo e, levando ᶜAzīz consigo, retornou para a cidade de seu pai, onde destinou uma casa para ᶜAzīz, provendo-a de tudo quanto fosse necessário: comida, bebida e roupas. Deixou-o e se dirigiu ao seu palácio com as lágrimas a lhe escorrer pelas faces, porque a audição ocupa o lugar da visão e da reunião. Ficou naquele estado até que seu pai foi visitá-lo, e, vendo-o alterado e debilitado, os olhos chorosos, percebeu que estava angustiado devido a algo que lhe sucedera. Perguntou: "Meu filho, me fale da sua situação. O que aconteceu com você para lhe alterar assim a cor e debilitar o corpo?". Tāj Almulūk repetiu tudo quanto lhe sucedera, ou seja, tudo quanto ouvira da história de ᶜAzīz, a história da jovem Dunyā, e contou que ele se apaixonara de oitiva, sem vê-la com os olhos. O pai lhe disse: "Meu filho, ela é filha de rei, e o seu país é distante daqui. Deixe disso, vá para o palácio da sua mãe".

E o amanhecer alcançou Šahrazād, que parou de contar.

QUANDO FOI A NOITE

399ª

Disse Šahrazād:

Eu tive notícia, ó rei venturoso, de que o vizir Darandān disse ao sultão Ḍaw Almakān:

O pai de Tāj Almulūk lhe disse: "Meu filho, o pai dela é rei, e o seu país é distante daqui. Deixe disso, vá para o palácio da sua mãe. Lá estão quinhentas criadas belas como a lua. Case-se com aquela que lhe agradar. Se não quiser nenhuma, podemos pedir-lhe em casamento alguma filha de rei que seja melhor do que essa Dunyā". Tāj Almulūk disse: "Pai, eu não quero outra, de jeito nenhum! Ela é a dona da gazela bordada que eu vi, e me é imprescindível tê-la. Caso contrário, saio feito louco por desertos e terras inóspitas e me mato por causa dela!". O pai disse: "Dê-me um prazo para que eu escreva ao pai dela pedindo-a em casamento. Farei você alcançar o seu anelo. Foi assim entre mim e a sua mãe. Oxalá Deus lhe permita alcançar seu anelo. Se acaso o pai dela não aceitar, vou fazer o seu reino estremecer. Mandar-lhe-ei um exército cujo final ainda estará saindo daqui quando o seu início estiver entrando nas terras dele". Em seguida, o rei chamou ^{c}Azīz e perguntou: "Você conhece o caminho para lá, meu filho?". Ele respondeu: "Sim". O rei disse: "Gostaria que você viajasse para lá com o meu vizir". ^{c}Azīz respondeu: "Ouço e obedeço, ó rei do tempo". Então o rei convocou o vizir e disse: "Quero as suas providências para uma questão relativa ao meu filho, e que sejam certeiras. Viaje para o Arquipélago da Cânfora e peça a filha do rei em casamento para o meu filho". O vizir respondeu ouvindo e obedecendo. Tāj Almulūk voltou para casa mais adoentado ainda, e quando anoiteceu pôs-se a recitar:

As trevas baixaram e minhas lágrimas se estendem,
e a aflição pelas chamas que o fígado me queimam!
Indaguem as noites sobre mim, e elas lhes contarão
se eu tenho outro mister que não a tristeza e agonia.
Pastoreio as estrelas noturnas numa angústia tamanha,
enquanto lágrimas me escorrem na cara feito granizo.
Quedei-me sozinho e solitário, não tenho ninguém...
tal como um apaixonado sem família nem filhos.

Ao concluir a poesia, ficou desmaiado por um bom tempo, não despertando senão ao amanhecer, quando um criado do seu pai apareceu, parou à sua cabeceira e o convocou a ir vê-lo. Tāj Almulūk acompanhou o criado, e, tão logo o viu, o pai percebeu que a sua cor estava mais alterada ainda. Pediu-lhe paciência e prometeu reuni-lo à jovem. Ato contínuo, preparou ^{c}Azīz e o vizir, entregando-lhes presentes e cavalos para o rei do arquipélago. Eles viajaram por dias e noites, até se aproximarem do Arquipélago da Cânfora. Acamparam à beira de um rio e o vizir enviou um mensageiro][559] para informá-los de sua iminente chegada. Não se passou nem uma hora e já os secretários do rei foram recebê-los e lhes dar boas-vindas, mantendo-se à sua disposição até serem postos na presença do rei Šahramān, a quem entregaram os cavalos e os presentes que haviam trazido. Em seguida, o vizir e ᶜAzīz foram instalados no palácio dos hóspedes por três dias, e no quarto ambos compareceram diante do rei. O vizir lhe relatou o motivo pelo qual viera, o que deixou o rei Šahramān em dúvida sobre o que responder, pois sua filha não apreciava o casamento. Manteve-se cabisbaixo por algum tempo, e então chamou um dos criados e lhe disse: "Vá até a sua patroa Dunyā e repita-lhe o que você ouviu, e o propósito que trouxe este vizir até aqui". O criado se ausentou por um tempo e voltou irritado, de traseiro chutado e orelha torcida. Disse: "Ó rei...".

E o amanhecer alcançou Šahrazād, que parou de contar.

QUANDO FOI A NOITE

400ª

Disse Šahrazād:

Eu tive notícia, ó rei venturoso, de que [o vizir Darandān disse ao sultão Ḍaw Almakān:]

Quando o criado voltou de orelha torcida e traseiro chutado, o mercador ᶜAzīz perguntou: "O que foi?". Ele respondeu: "Quando repeti o que ouvi para a patroa, ela se irritou e fez comigo isso que você está vendo. Escapei de ter a cabeça rachada. A patroa lhe diz que a última coisa que falta a ela é se matar". O pai da jovem disse ao vizir e a ᶜAzīz: "Deixem o seu rei a par do que ouviram. Minha filha não aprecia os homens [de jeito nenhum". Então eles retornaram][560] de mãos abanando, e prosseguiram a viagem até chegarem ao rei Sulaymān, a quem informaram do sucedido.

[559] Esse longo trecho entre colchetes, como se disse, foi traduzido com base numa leitura combinada do manuscrito do Cairo, da edição de Calcutá e do manuscrito Gayangos. A partir deste ponto retoma-se a tradução do manuscrito Varsy.

[560] Trecho entre colchetes traduzido de Gayangos. Em Varsy, por erro de cópia, lê-se: "Minha filha não aprecia homens inúteis".

Ele então ordenou aos arautos militares que convocassem o *jihād*. O vizir lhe disse: "Não faça isso. O rei Šahramān não tem culpa nisso. Foi a filha dele que mandou dizer 'eu me matarei se você me obrigar ao casamento'. Ao saber daquilo, Tāj Almulūk se assustou, temeroso de que seu pai atacasse o país do pai da jovem, destruindo-o e levando-a ao suicídio. Disse então ao pai: "Também sou contra isso, meu pai. O que eu quero, isso sim, é ir até lá eu mesmo para trazê-la, e arranjar um pretexto para entrar em contato com ela. Não faça nada além disso". O pai lhe perguntou: "Como você irá até ela?". Ele respondeu: "Irei disfarçado de mercador". O pai disse: "Leve consigo ᶜAzīz e o vizir", e em seguida abriu os depósitos e os proveu do necessário. Montaram uma caravana com cem mil dinares.

À tardezinha, com o coração espoliado pela paixão, Tāj Almulūk foi para casa com ᶜAzīz, e conforme ia anoitecendo a ansiedade pela amada o foi derrubando, e então ele suplicou ao Generoso Criador que lhe concedesse a graça de um encontro com ela. Chorou, rezingou e recitou o seguinte:

> Será que depois da distância nos veremos?
> De meus sentimentos me queixo e vos digo:
> triunfarei em ter nosso encontro, ó amada,
> malgrado a ação dos invejosos e censores.
> Recordei-te, a manhã ainda estava distante,
> meus olhos insones e os homens dormindo.

Disse o narrador: Chorou então, e ᶜAzīz o acompanhou no choro, recordando-se de sua prima. Assim ficaram até o amanhecer. Tāj Almulūk foi ver a mãe, já com as roupas de viagem, e ela lhe perguntou o que ocorrera. Ele repetiu-lhe a notícia, e a mãe lhe deu cinquenta mil dinares. Dali ele saiu — após as despedidas e rogos maternos de que ficasse bem, lograsse o seu intento e se reunisse aos seus amores —, indo até o pai, a quem pediu permissão para viajar. O rei Sulaymān também lhe deu cinquenta mil dinares, e montou a sua caravana fora da cidade. Passados dois dias, trajado de mercador e acompanhado por um grupo de escravos, Tāj Almulūk partiu em viagem.[561] No caminho, estreitou a amizade com

[561] Neste ponto, Gayangos se singulariza por mencionar um séquito: "Tāj Almulūk saiu com os seus companheiros e escravos, e a ele se juntaram mercadores de vários países que se encontravam na cidade de seu pai. A caravana partiu, num cortejo enorme e incontável, e viajou por dias e noites, e noites e dias, rumo ao Arquipélago da Cânfora".

^{c}Azīz e tanto se apegou a ele que lhe disse: "Nunca mais irei me separar de você, meu irmão!". ^{c}Azīz respondeu: "Eu também, mas não posso por causa da minha mãe, que é a única pessoa que me resta neste mundo. Ademais, até que você alcance o seu propósito e satisfaça o seu desejo, é melhor não falar nada".

Continuaram viajando, enquanto o vizir o aconselhava a se munir de paciência e ^{c}Azīz lhe recitava poesias e lhe fazia relatos históricos e crônicas. Apressaram a marcha, noite e dia, pelo período de dois meses completos. Tāj Almulūk, considerando demasiado longo o caminho, mais se inflamou e recitou o seguinte:

A viagem demora, ampliando aflições,
e no coração arde a chama das paixões;
minha cabeça encaneceu de sofrimento,
para tanta paixão, lágrimas aos borbotões.
Juro, ó meu mais extremo desejo e alento,
por Quem o homem de um coágulo criou,
que por ti carrego uma paixão tamanha,
que não a suportaria uma vasta montanha;
"Desististe?", à noite alguém perguntou,
"Não, mas me queima a lenha desta paixão!"
Ó Dunyā, esse amor produz aniquilação,
e morto me deixará, em total desalento!
Não fora a esperança de te ver, minha vida,
meus olhos amanhã não veriam sua partida.

Ao concluir a recitação, Tāj Almulūk chorou e se lamuriou, e ^{c}Azīz dele se comoveu e o acompanhou. O vizir se apiedou de ambos, e, com o coração também comovido com Tāj Almulūk, disse-lhe: "Oxalá, meu senhor!". Tāj Almulūk disse: "Já se prolonga demasiado a viagem, vizir. Quanto falta para chegarmos ao Arquipélago da Cânfora?". ^{c}Azīz respondeu: "Falta pouco, meu amo!". Continuaram em sua marcha, cruzando estradas, vales e florestas.

Disse o narrador: Certa noite, enquanto dormia, Tāj Almulūk viu em sonho como se estivesse reunido à sua amada, abraçando-a e estreitando-a ao peito; acordou aterrorizado, apavorado, o coração aos pulos, desconcertado, e recitou o seguinte:

Amado, o coração divaga e a lágrima escorre,
meu sentimento abunda e a paixão me persegue;
me lamurio como as mães que os filhos perderam;
se minha noite cai aprecio o arrulho das pombas,
quando batem as brisas que vêm das tuas terras,
nelas prevejo refresco para o meu coração.
Saudações te envio com os ventos do leste,
e no voo das rolas e no arrulho das pombas.
As saudades por ti me abalaram e levaram
à tua proximidade, pelo coração conduzido!
Em sonho te vi, e tanta foi minha ansiedade,
que pela vida inteira quisera eu ter dormido.

Quando ele concluiu a poesia, o vizir lhe disse: "Alvíssaras, esse é um bom sinal! Fique tranquilo e não se inquiete, porquanto é absolutamente imperioso que você atinja o seu objetivo, o que você viu no sonho". [c]Azīz se pôs a conversar com ele, a pedir-lhe paciência e a lhe relatar o que sucedera a si próprio, enquanto eles marchavam a toda pressa, nisso persistindo por dias e noites durante o período de dois meses. Certo dia, ao nascer do sol, avistaram ao longe algo branco, e [c]Azīz disse a Tāj Almulūk: "Olhe para aquilo, meu amo! É a cidade que você procura!". Tāj Almulūk alegrou-se e eles prosseguiram a marcha, aproximando-se da cidade e nela entrando disfarçados de mercadores, com o filho do rei como chefe. Hospedaram-se num grande albergue, conhecido como Albergue dos Mercadores. [c]Azīz disse: "Vamos todos nos hospedar aqui", e assim procederam, depositando as mercadorias nos armazéns do albergue.

Descansaram quatro dias, ao cabo dos quais o vizir sugeriu que alugassem uma casa, e eles alugaram uma, espaçosa e graciosa, equipada para grandes festas de casamento. Alugaram, pois, o lugar, e o vizir e [c]Azīz se puseram a administrar o caso de Tāj Almulūk, o qual, feliz e perplexo, não conhecia nenhum pretexto para chegar até a moça, nem conseguia entabular artimanha alguma, salvo a de exercer o papel de mercador especializado na alcaçaria de roupas finas de alto preço. [Passado algum tempo, porém,] o vizir voltou-se para seus companheiros e lhes disse: "Saibam que se continuarmos nisso não lograremos nenhum propósito ou objetivo. Mas eu tive uma ideia, e creio que seja acertada". [c]Azīz disse: "Proceda como melhor lhe parecer e convier, meu amo, pois você é o dono da opinião certeira. Embora nos dê liberdade, é você que sabe de todas as coisas, com a sua experiência de décadas e os terrores que já vivenciou. Qual é o parecer que lhe ocorreu?". O vizir respondeu: "Ouçam o que estou dizendo. Vamos alugar uma loja no mercado dos tecidos de luxo. Tāj Almulūk ficará ali disfarçado de mercador, pois todos, ricos e pobres, necessitam de tecidos. Saiba que, ficando na loja, sua situação logo vai melhorar, e as pessoas para lá acorrerão a fim de comprar tecidos, pois você é uma bela figura. ᶜAzīz o acompanhará, e será ele quem lhe entregará as peças de tecido". Tāj Almulūk respondeu: "É um bom parecer", e concordaram em fazer aquilo.

Levantaram-se de imediato, pois, vestiram-se e saíram, com os criados atrás deles. Tāj Almulūk também vestiu uma roupa de mercador, escondendo nas mangas a quantia de mil dinares de ouro, e assim foram até o mercado. Quando as pessoas viram Tāj Almulūk, com seu séquito de criados, ficaram perplexas com a sua bela juventude e puseram-se a dizer: "O guardião do Paraíso cochilou e deixou alguém escapar!". Outros diziam: "Esse é um dos anjos próximos de Deus!". E o grupo continuou andando até o mercado.

E o amanhecer alcançou Šahrazād, que parou de contar.

QUANDO FOI A NOITE

401ª

Disse Šahrazād:

Eu tive notícia, ó rei venturoso, de que [o vizir Darandān disse ao sultão Ḍaw Almakān:]

Quando chegaram ao mercado, indagaram sobre a loja do intendente.[562] Ao se levantarem para os observar, os mercadores viram Tāj Almulūk, ᶜAzīz e o vizir e disseram: "Não resta dúvida de que esse velho é o pai desses rapazes", e, contentes com a presença deles, apontaram-lhes a loja do intendente. Tratava-se de um velho entrado em anos, e na alcaçaria ninguém tinha mais venturas, res-

[562] "Intendente" traduz *ᶜarīf*, que, nesse caso, designa uma espécie de administrador-geral. Poderíamos ter utilizado o correspondente arabismo "alarife", mas essa palavra, em português, adquiriu outros sentidos, entre os quais o de "valentão".

peito, dignidade, escravos e criados do que ele. Saudou o vizir da melhor maneira, deu-lhe boas-vindas, ficou de pé para ele e fê-lo sentar-se ao seu lado, dizendo: "Talvez eu possa ter a honra de lhe atender alguma necessidade, meu senhor". O vizir disse: "Sou mercador e tenho esses dois filhos. Viajei por todos os países, e em nenhum deles fiquei menos de um ano inteiro, a fim de que os meus filhos o conhecessem e aprendessem sobre o seu povo. Agora vim ao país de vocês e escolhi me estabelecer aqui. O que eu gostaria é de uma nova loja no melhor ponto para nela instalar esses dois, e assim eles conhecerão o seu país e aprenderão a vender e a comprar, enfim, o toma lá dá cá".

Satisfeito com aquilo, o intendente, que apreciava a sodomia,[563] pensou: "Ai, meu fígado! Exalçado seja quem os criou a partir de um líquido desprezível".[564] E começou a tratá-los como se fosse seu criado: ganhou ânimo, pôs-se em pé com seus criados e acabou por lhes arranjar uma loja no centro da alcaçaria. Não havia estabelecimento maior naquele mercado, nem mais bem localizado, bem amplo, com pilares e revestimentos de marfim e ébano. O intendente entregou as chaves ao vizir e disse: "Que Deus faça este momento e esta loja abençoados para você". O vizir agradeceu e eles retornaram ao albergue, onde os criados receberam ordens de transportar para lá todos os apetrechos necessários, mais as mercadorias, os tecidos considerados luxuosos daquele país e joias valiosas, em quantidade tal que encheriam vários armazéns. Em seguida, fecharam a loja e foram dormir.

No dia seguinte, o vizir levou os dois jovens para o banho. Estavam na banheira fria quando o intendente do mercado repentinamente chegou, pois ouvira falar que eles haviam ido para lá. Foi atrás deles, portanto, e observou os dois: pareciam duas gazelas, com a faces vermelhas, o preto dos olhos realçado, as nádegas vibrando e os corpos brilhando como dois ramos ou duas luas. Excitado, controlou-se e disse: "Meus filhos, é a primeira vez que vêm ao banho? Que seja permanente o seu bem-estar, e constante a sua boa vida". Tāj Almulūk lhe respondeu: "Que palavras doces, suaves e cheias de pundonor! Nós lhe beijamos as mãos, tio", e ambos se levantaram da banheira, indo até a porta do

[563] Em Varsy ocorre um termo incompreensível, *ḥuyūḍa* ou *ḥumyūḍa*. Nos manuscritos do Cairo e Reinhardt, ocorre *ḥumūḍa*, "acidez", que Dozy, citando E. W. Lane (1801-1876), tradutor inglês das *Noites*, afirma tratar-se de "pederastia". Nas edições impressas, o editor optou por reforçar o sentido com uma perífrase: "o intendente era apaixonado pelo facínora dos olhares, e preferia o amor dos garotos ao amor das garotas, e apreciava a acidez". O termo "acidez", certamente ligado à teoria dos humores do corpo, indica preferências homossexuais, ou, como se diria neste hoje que já é ontem ainda sendo amanhã, "homoeróticas".
[564] Locução corânica já referida e explicada.

banho, modestos, ao notarem a ansiedade de quem tão gentilmente já os tratara. Observando-lhes a vibração das nádegas, a suavidade de suas palavras, sua flexibilidade,[565] a delicadeza de suas cinturas, ele não conseguiu conter a sua impaciência e recitou:

> Com meus olhos eu os vi andando sobre o solo,
> mas quem dera sobre meus olhos eles andassem![566]

E entrou com eles no banho. Ao ouvir que o intendente lá entrara, o vizir saiu de onde estava e o encontrou no meio do banho. O intendente o convidou para vir com eles, mas o vizir se recusou. Então o intendente pegou Tāj Almulūk por uma mão e ᶜAzīz pela outra…

E o amanhecer alcançou Šahrazād, que parou de contar.

QUANDO FOI A NOITE

402ª

Disse Šahrazād:

Eu tive notícia, ó rei venturoso, de que [o vizir Darandān disse ao sultão Ḍaw Almakān:]

O intendente entrou no banho com uma das mãos dada a Tāj Almulūk e a outra a ᶜAzīz, um de cada lado. Envaidecido com aquilo, o velho maldito, ao se ver no banho com os rapazes, fez Tāj Almulūk jurar que seria ele a banhá-lo, mas o jovem se recusou, e fez ᶜAzīz jurar que seria ele a cuidar da água. O vizir lhe disse: “Eles são como seus filhos!”. O intendente respondeu: “Que Deus lhos preserve, meu amo! Juro que vocês embelezaram o nosso país e o honraram, em especial o senhor, meu amo. A felicidade se instalou na nossa cidade com a sua vinda e permanência”. E, olhando para o vizir, recitou:

565 Aqui, a construção permite que se leia tanto “flexibilidade” como “espaldas” ou “costas”. O olhar da personagem desliza do plano físico ao espiritual com naturalidade.

566 Em Varsy, segue-se mais um verso (isto é, dois hemistíquios) incompreensível.

Chegaste e o solo verdejou,
suas fontes a tudo regaram;
a terra e os homens gritaram:
"Bem-vindo, recém-chegado!".

O vizir lhe agradeceu por tais palavras. Tāj Almulūk o banhou enquanto ᶜAzīz jogava água sobre ele, até que o intendente, considerando-se no paraíso, ficou saciado, levantou-se, agradeceu-lhes efusivamente, rogou por eles e se sentou ao lado do vizir, a pretexto de conversar com ele, mas ficou olhando para os rapazes, como se fosse um corno que se contentava com o desprezo, e com ele ficou conversando até que todos se aprontaram. Piscou então para os criados, que trouxeram toalhas de seda e outras felpudas. Os dois rapazes se enxugaram, vestiram-se e saíram do banho. O vizir se voltou para o intendente e disse: "Meu senhor, o banho não é senão o maior conforto do mundo!". O intendente respondeu: "Que Deus lhe dê neste banho saúde, e que mantenha os seus filhos — essas duas velas — a salvo do mau-olhado. Meu senhor, por acaso ouviu algo do que pessoas nobres e ajuizadas disseram sobre o banho?". O vizir respondeu: "Nada tenho na memória". Tāj Almulūk disse: "Eu sei de cor uma poesia sobre o banho". O intendente disse: "Recite-a, que Deus lhe aumente a capacidade de decorar e falar". Então Tāj Almulūk recitou o seguinte:

A vida no banho é a melhor,
pena que nele pouco se fique;
é paraíso onde desgosta ficar,
e inferno ao qual é delicioso ir;
nele o afogado é seu porta-voz,
e o queimado é amigo querido.[567]
Ele é semelhante aos reis, que
mostram afeto, porém fingido.

ᶜAzīz disse: "Eu também sei alguns versos sobre os banhos". E recitou:

[567] Obscuros, esse hemistíquio e o anterior constam somente de Varsy. As palavras "porta-voz" e "amigo querido" traduzem, respectivamente, *kalīm* e *ḫalīl*, empregadas (quando seguidas de *Allāh*, "Deus") como epíteto de Moisés (a primeira) e de Abrahão (a segunda).

Este seu banho é conforto:
a ventura parece ser sua base;
o mais espantoso que nele vi:
o seu Éden virou um inferno.[568]

Disse o narrador: O intendente apreciou as poesias de ambos.

E o amanhecer alcançou Šahrazād, que parou de contar.

QUANDO FOI A NOITE

403ª

Disse Šahrazād:

Eu tive notícia, ó rei venturoso, de que [o vizir Darandān disse ao sultão Ḍaw Almakān:]

O intendente apreciou as poesias de ambos e lhes disse: "Congratulações aos seus pais, pois ambos são eloquentes e graciosos. Ouçam-me, que também eu sei de cor poesias sobre o banho". E recitou:

Este belo banho é de fato um butim
que reanima os espíritos e os corpos!
Espanto: uma casa com conforto assim
é um paraíso sob o qual se acende fogo!
Vida de alegria para quem o frequenta,
as lágrimas do vapor por lá escorrem,
e a alma nele goza tão grande bem-estar;
parece bosque cujas paredes se ornam
com ramos, e nele há uns traçados que,

[568] Ambas as poesias parecem refratar, de um modo meio obscuro, a ideia de que as casas de banho (semelhantes às saunas modernas) poderiam também ser antros de devassidão, fundindo-as, ainda, ao contraste frescor/calor dos espaços com ou sem aquecimento, em que a palavra "Éden", *Jinān ʿAdn*, corresponde ao frescor, ao passo que *Jaḥīm*, "inferno" ou "fogo infernal", corresponde ao calor.

vistos, a vós parecerão seres humanos;
seu céu tem estrelas que nunca somem,
e que não mudam nem falhas contêm;
nele o jovem entra solitário e desenxabido,
e com o guardião do Paraíso sai parecido;
ali se consomem artigos manufaturados,
e prazeres que ninguém já viu igualados.[569]

Disse o narrador: Eles ficaram admirados com tais versos, e depois conversaram por algum tempo, enquanto os criados lhes providenciavam comida e bebida, e eles comeram e beberam. Vestiram enfim o restante de suas roupas, e o intendente os convidou para o acompanharem, mas eles declinaram e foram para casa, onde descansaram do desgaste do banho, comeram e beberam. Em seguida, foram para a loja, abriram-na, e o vizir estendeu um tapete de seda bizantina e dois colchões adornados, cada qual no valor de mil dinares.[570] Um dos colchões ficou do lado direito da loja, o outro do lado esquerdo, e em torno de ambos o vizir colocou uma esteira redonda dourada com desenhos, cinco almofadas de brocado e uma alcatifa. Tāj Almulūk, o velho vizir e ᶜAzīz se instalaram na loja, entre as peças de tecido e demais mercadorias. Dois criados ficaram ali para atendê-los e entregar os tecidos, enquanto os restantes criados e escravos se espalhavam de cima a baixo na loja para atender quando houvesse precisão, uns às ordens de Tāj Almulūk, e outros às ordens de ᶜAzīz. Ambos se puseram a conversar, e parecia terem saído do paraíso: eram o encanto do tempo. Ao verem os dois, e observarem o conforto em que viviam e a graça que possuíam, os fregueses começaram a se acotovelar na loja, e a comprar alguns tecidos e mercadorias por um preço bem elevado. Tāj Almulūk pensou: "Vou me esforçar e alcançar meu objetivo".

A cada dia que passava, mais gente ia à loja.[571] Então o vizir se voltou para ele, aconselhando-o a guardar segredo de suas intenções, recomendou a ᶜAzīz

[569] Essa poesia consta somente de Varsy, com trechos ilegíveis. Nas edições impressas, está cindida em duas, com versos bem diversos.

[570] A partir deste ponto será possível consultar também o manuscrito "Z12188", da Biblioteca Nacional Egípcia. É tardio – do século XIX, seguramente – e está bem incompleto, além de, em princípio, ser bem inferior ao manuscrito que estamos chamando de "Cairo", muito embora sua letra seja bem melhor. Mas é sempre uma opção a mais. Será referido como "Cairo 2".

[571] A partir deste ponto será possível retomar o manuscrito Tübingen, cuja letra é melhor que a do manuscrito Varsy.

que o vigiasse e foi para casa trabalhar em alguns assuntos, enquanto Tāj Almulūk e ᶜAzīz ficavam à espera das questões que o destino predeterminara. Tāj Almulūk dizia: "Quiçá alguém mencione a minha amada Dunyā", mas não podia perguntar a respeito dela e nem sequer pronunciar o seu nome. E assim ficou por alguns dias, sem conseguir dormir nem gozar as primícias do sono, subjugado pela paixão, debilitado e magro, pois tampouco o sabor da comida ele provava. Nessa situação, os dias começaram a lhe parecer longos.

Certa feita, estando ele sentado em sua loja, parecendo o plenilúnio no instante em que se completa, eis que apareceu uma senhora idosa com duas criadas atrás de si.

E o amanhecer alcançou Šahrazād, que parou de contar.

QUANDO FOI A NOITE

404ª[572]

Disse Šahrazād:

Eu tive notícia, ó rei venturoso, de que [o vizir Darandān disse ao sultão Ḍaw Almakān:]

A velha viu Tāj Almulūk, sua beleza e formosura, seu talhe e esbeltez, e ficou tão admirada com a doçura de suas palavras que começou a gaguejar: sua língua pesou e ela suou até molhar as roupas,[573] dizendo afinal: "Exalçado seja quem o criou a partir de um coágulo e o deixou tão belo! Exalçado seja quem o fez esbelto como um galho de salvadora pérsica! Exalçado seja quem o criou a partir de um líquido desprezível! Exalçado quem fez dele uma tentação para quem olha!". E prosseguiu: "Esse não é um mercador, mas sim um gentil arcanjo". Aproximou-se e o cumprimentou, ao que ele retribuiu com as melhores palavras, ficando de pé e sorrindo para ela — isso tudo a um sinal de ᶜAzīz. Sentou-a ao seu lado e se pôs a abaná-la com um leque, até que ela descansasse e recuperasse o fôlego. Em seguida, a velha perguntou: "Meu filho, jovem de perfeita compleição e perfeito

[572] Neste ponto, a divisão de noites coincide nas fontes. Eis os números: Varsy, 409; Tübingen, 398; Cairo, 136; edições impressas, 133. Em Reinhardt, onde a divisão foi um pouco antes, o número é 677.
[573] Na compilação tardia, *rašaḥat fī sarāwīlihā*, "e ela soltou uma mijadela nas calçolas".

discurso, você é desta terra, deste país?". Tāj Almulūk respondeu com palavras doces e simpáticas: "Por Deus, minha senhora, esta é a primeira vez que adentro esta terra e esta cidade. Fixei residência aqui para o meu conforto e para conhecer o lugar". Ela disse: "Você é o mais digno dos adventícios, e será servido com muito gosto e honra. Quais tecidos você tem aí? Mostre-me algo seja bem bonito, pois os bonitos não carregam senão o que é bonito". Ao ouvir-lhe as palavras, o coração de Tāj Almulūk bateu forte, e ele tossiu, sem compreender bem o que a velha dizia. ᶜAzīz então piscou para ele, sinalizando-lhe que dissesse: "Diga a ela: 'Sim, tenho tudo o que você deseja e quer'". Tāj Almulūk, que pretendia se certificar de quem ela era e o que procurava, respondeu: "Sim, minha senhora, tenho tecidos de boa qualidade, tudo o que você aprecia e quer. Tenho coisas que não servem senão para a realeza. Conte-me para quem você está procurando tecidos, a fim de que eu possa tirar as peças e mostrar-lhe o que só serve para grandes senhores e filhas de reis". Ela disse: "Meu senhor, eu quero de você algo que sirva para a senhora Dunyā, filha do rei Šahramān, o único entre os reis deste tempo".

Disse o narrador: Ao ouvir a menção à sua amada, o rapaz ficou sumamente feliz e, chamando ᶜAzīz, disse-lhe: "Traga-me o que você tiver de mais luxuoso". ᶜAzīz trouxe um fardo e o depositou diante dele. Tāj Almulūk disse: "Minha senhora, isto serve para ela. Você não encontrará nada parecido nem nos depósitos dos reis". Em dúvida, a velha examinou a mercadoria, pegou uma quantidade no valor de dois mil dinares e disse: "Por quanto você vende estas roupas, ó rapaz de graciosa compleição?", pondo-se a conversar com ele e a coçar as coxas. Tāj Almulūk disse: "Não vou cobrar nem ficar fazendo ofertas a alguém como você por causa desse valor desprezível, baixo. Por Deus poderoso que não cobrarei nada de você. Pelo contrário, agradeço a Deus exalçado e altíssimo, que me proporcionou conhecê-la, porquanto, se acaso um dia desses eu precisar de alguma coisa, pedirei a você". A velha disse: "Benza-o Deus! Essa não é senão uma oferta generosa de uma face bela e graciosa. Por Deus, que sortuda será aquela que dormir no teu regaço do anoitecer ao amanhecer, e abraçar os seus membros, e chupar a sua língua, desde que ela também tenha uma face graciosa como a sua, e bigodinhos como os meus...". Ele riu até cair sentado e virar de costas, bem como ᶜAzīz. Tāj Almulūk disse: "Essa aí é uma das que praticam atividades vedadas, devassas, é uma alcoviteira".[574] A velha

[574] Embora "alcoviteira" seja um arabismo (vem de *alqawwād*), o termo traduz aqui o sintagma vulgar *qaḍḍayyīn alḥājāt*, "provedoras de necessidades". Antes, "bigodinhos" traduz uma palavra que, tanto em Varsy como em Tübingen, pode ser lida como *šunaybāt*.

perguntou: "Qual o seu nome, meu filho?". Ele respondeu: "Tāj Almulūk". Ela disse: "Nome gracioso [de reis e filhos de reis],[575] mas a roupa é de mercador". ᶜAzīz disse: "Minha senhora, ele era tão caro aos pais que eles lhe deram esse nome". A velha disse: "Meus filhos, Deus os livre do mau-olhado, dos inimigos e dos invejosos". Em seguida, recolheu os tecidos e partiu, admirada com sua beleza e formosura, desejando ser uma jovem para que ele pudesse desfrutá-la e revirá-la uma noite inteira. Caminhou seguida pelas criadas até ir ter com a jovem Dunyā.

E o amanhecer alcançou Šahrazād, que parou de contar.

QUANDO FOI A NOITE

405ª

Disse Šahrazād:

Eu tive notícia, ó rei venturoso, de que [o vizir Darandān disse ao sultão Ḍaw Almakān:]

A velha foi ter com a jovem Dunyā, que lhe disse: "Você me trouxe bons tecidos para as minhas novas roupas, nana? Quero trocar tudo!". A velha respondeu: "Claro, em nome de Deus, minha senhora! Eis aqui, eu lhe trouxe tecidos graciosos, provenientes — por Deus! — de um mercador que é um rapaz gracioso!". Dunyā disse: "O que você quer dizer com essa conversa?". A velha disse: "Antes veja e investigue, e só então indague. Eu a conheço, minha filha e patroa! O anjo guardião do Paraíso se distraiu e de lá escapuliu um jovem tão belo que esta noite eu o desejaria dormindo entre os meus seios.[576] Ele veio para a sua cidade com roupas de seda do Paraíso. É uma tentação, e que tentação!".

575 Colchetes traduzidos das edições impressas.

576 Em todas as fontes, salvo Gayangos, cujo corpus neste ponto é muito resumido e não refere o diálogo, consta "seus seios". Mas em Tübingen, curiosamente, o copista tentou corrigir "seus seios" para "meus seios", rabiscando a marca de possessivo de segunda pessoa. E, na verdade, é precisamente essa a versão correta (o que foi notado pelo copista de Tübingen, muito embora a fonte de onde ele copiava já contivesse o erro, como se comprova pelo corpus de Varsy, cuja fonte era a mesma): a velha deseja que o jovem durma entre os seios dela, e não entre os seios de Dunyā, conforme se constata no ulterior andamento da narrativa. Mais adiante, "tentação" traduz *fitna*.

Rindo-se de tais palavras, a jovem Dunyā disse: "Que Deus a faça tropeçar, sua velha agourenta! Por acaso está caducando? Perdeu o juízo? Por acaso você ainda tem seios? Mas me dê aqui os tecidos", e, ao abri-los, verificou que eram poucos e muito caros. Não passava de uma amostra, mas ela gostou, pois jamais havia visto igual. Disse à velha: "Por Deus, isso é muito bom. Nossa cidade nunca viu igual". A velha disse: "E se você visse o dono dos tecidos... Deus do céu, tão gracioso! Não existe mais belo na face da terra". Dunyā disse: "Você devia ter lhe dito que nos avise se precisar de alguma coisa, pois poderemos satisfazê-lo". A velha disse balançando a cabeça: "Sim, por Deus, patroa, ele tem uma necessidade, e que necessidade! Porventura existe alguém neste mundo que fique a salvo de ter alguma necessidade?". Dunyā disse: "Vá até ele, cumprimente-o e lhe diga: 'Você honrou o nosso país com a sua vinda, e quaisquer necessidades que tiver nós as satisfaremos, com muito gosto e honra'".

Então a velha voltou a Tāj Almulūk, que ao vê-la sentiu a razão e o coração voarem de alegria e felicidade. Pôs-se de pé, pegou-a pela mão e a acomodou ao seu lado. Tão logo se sentou e descansou, a velha o informou do que a jovem Dunyā dissera, o que o deixou sumamente feliz, e a alegria lhe adentrou pelo coração; pensou: "A minha necessidade já está satisfeita!", e disse à velha: "Talvez você pudesse fazer esta carta chegar à filha do rei e me trazer a resposta". Ela disse: "Ouço e obedeço". Nesse momento ele disse a ᶜAzīz: "Traga-me [pena,] papel e tinteiro", e escreveu o seguinte:

Escrevo a ti, meu desejo, esta carta
sobre o quanto sofro com a tua ausência:
a primeira linha é o fogo no coração;
a segunda: minha ansiedade e paixão;
a terceira: final da minha vida e resistência;
a quarta: o fato é que o sentimento continua;
a quinta: quando os teus olhos me verão?[577]
A sexta: quando será o dia do encontro?

E mais estes versos:

[577] Na compilação tardia, "a quinta: quando os meus olhos te verão?".

Esta é a carta do cativo das paixões,
no cárcere da ansiedade acorrentado,
do qual escapatória alguma existe,
vivendo os mais cruéis sofrimentos,
por causa da separação da amada.

E recito o seguinte:

A ti eu escrevo com as lágrimas a escorrer,
e as lágrimas dos olhos não consigo conter;
mas não me desesperei da bondade divina,
quiçá um dia seja o nosso amor uma sina.

Também digo, cada vez mais debilitado:

Esta é a carta do meu amor e tormento,
e o enorme penar por teu esquecimento;
para uma gazela, que é sol e que é lua,
para um galho esbelto, um ramo de murta,
para aquela que na formosura não tem rival:
por causa dela abandonei família e amigos,
e a cada vez que a sede água me faz tomar,
só o que enxergo na taça é a imagem tua.

E, selando a carta, entregou-a à velha, dizendo: "Faça-a chegar à jovem Dunyā". A velha respondeu: "Ouço e obedeço", e ele lhe entregou cem dinares, dizendo: "Aceite isso de mim". Após agradecer, a velha recolheu a carta, despediu-se e caminhou até ir ter com a jovem Dunyā, que lhe perguntou: "Nana, o que ele pediu? Vamos atendê-lo!". A velha respondeu: "Minha senhora, ele lhe enviou comigo esta mensagem, cujo conteúdo desconheço", e estendeu-lhe a mão com a carta. Dunyā [pegou-a, leu-a, compreendeu-lhe o sentido e][578] começou a se estapear no rosto, dizendo: "De onde é esse homem para me escrever e mandar cartas? O que fizemos para chegar a esse ponto? Ai, ai, ai, ai! Chegamos ao vulgo! Por Deus, não fosse o

[578] Trecho entre colchetes traduzido da compilação tardia.

meu temor a Deus poderoso e excelso, eu o crucificaria na porta da sua loja!". A velha perguntou: "Minha senhora, o que lhe aborreceu tanto o coração neste assunto? Existe alguma história ou está cobrando o valor dos tecidos?". Dunyā respondeu: "Ai de você! Não é história nenhuma, nem cobrança do valor dos tecidos. Essa carta não contém senão paixão, amor e delírios! Tudo isso por sua causa... Do contrário, como é que esse demônio saberia a meu respeito?". A velha disse: "Minha senhora, você está aqui instalada, e nem os pássaros podem alcançá-la! Que você e a sua juventude estejam sempre bem! Você é uma jovem, a patroa...".

E o amanhecer alcançou Šahrazād, que parou de contar.

QUANDO FOI A NOITE

406ª

Disse Šahrazād:

Eu tive notícia, ó rei venturoso, de que o vizir Darandān disse ao sultão Ḍaw Almakān:

A velha disse: "Você é uma jovem, a patroa, e não me leve a mal, pois eu somente lhe entreguei a carta, desconhecendo-lhe o conteúdo, pensei que fosse uma história qualquer. Mas não se importe com ele. Ataque-o, ameace matá-lo e alerte-o contra esses delírios, e então ele vai parar". Dunyā disse: "Receio escrever-lhe e fazê-lo ficar mais ambicioso". A velha disse: "Ele não vai ambicionar nada, pois ao ouvir as advertências e ameaças, minha senhora... Cachorros fogem quando se grita com eles". Dunyā disse: "Traga-me tinteiro, papel e pena". Com esses objetos diante de si, ela escreveu o seguinte:

Ó tu que alegas amor e dor, com insônia,
e sofrer com sentimentos e pensamentos:
Queres contato, insensato, com uma lua?
Por mero desejo, a Lua o homem alcança?
Eis meu conselho, em palavras e ameaças:
já chega, pois o que fazes é ficar em perigo.
Se tornares a falar deste assunto, tu serás
atingido por torturas demasiado nocivas;

sê inteligente, e ouça bem o que te digo;
eis meu conselho, em palavras e ameaças.
Juro por Aquele que tudo criou e avaliou,
juro por Quem fez brilhar o Sol e a Lua,
se tornares a falar no assunto em que tocaste,
crucificar-te-ei no tronco de uma árvore!

Em seguida, dobrou o papel e o entregou à velha, dizendo: "Isso vai bastar. Caso contrário, o dia vai ser nefasto para você". A velha recolheu o papel, feliz com a resposta, e, saindo dali, foi dormir em casa. No dia seguinte, dirigiu-se à loja de Tāj Almulūk, a quem encontrou à sua espera. Ao vê-la aproximar-se, o jovem quase planou de alegria, e ficou de pé, acomodando-a ao seu lado. A velha pegou o papel e o estendeu a ele, dizendo: "Leia-o e tome ciência do conteúdo. Quando leu a sua carta, a senhora Dunyā ficou sumamente encolerizada, mas eu a acalmei, contei piadas e brinquei com ela, fazendo-a rir e distraindo-a com histórias, até que ela resolveu responder-lhe". O jovem agradeceu e ordenou [a ᶜAzīz] que lhe entregasse cem dinares, o que foi feito. Tāj Almulūk leu então o papel e, compreendendo-lhe o conteúdo, chorou copiosamente. O coração da velha se apiedou dele, e o seu choro e queixas lhe causaram tamanha comoção que ela disse: "O que o faz chorar, meu filho? Que resposta há nesse papel?". Ele respondeu: "Ela ameaça me matar e crucificar, e me proíbe de lhe escrever e mandar correspondência. Por Deus que a minha morte é melhor do que a minha vida! Leve a resposta da carta dela e deixe-a fazer o que bem entender". A velha disse: "Por Deus poderoso! Pela sua juventude! Vou colocar a minha vida em risco e ajudá-lo a atingir o seu desejo, fazendo-o chegar até ela". Tāj Almulūk disse, com as lágrimas a lhe escorrer pelas faces: "Mamãe, tudo isso que você está fazendo por mim, desde o início, vai lhe render benefícios. Você conhece a política e sabe administrar as coisas, e tem a capacidade de tornar fácil o difícil". Em seguida, ele pegou papel e escreveu o seguinte:

De morte me ameaças devido a meu amor por ti,
mas a morte me será um repouso, e já está escrita;
ser morto é mais doce para o apaixonado cuja vida
se alonga em tormentos, abandonado e largado;
por Deus, visitai um amante que apoio não tem;
não sede injustos, e de vosso abandono poupai-me;
se acaso dispostos estiverdes a matar-me, adiante!,

pois vosso é este escravo, e se encontra acorrentado!
Qual o caminho, se já não consigo ficar longe de ti?
O que fazer, se o meu coração foi por ti acorrentado?
Piedade, senhora minha, pois por ti estou bem doente,
e aquele que por nobres se apaixona está desculpado.
Meu sono é tão pouco, e meus olhos trago ulcerados!
Qualquer amor, salvo o meu amor por ti, é falsidade!

Após escrever tais versos poéticos, ele [dobrou o papel,] suspirou profundamente, e suas lágrimas escorreram a ponto de fazer a velha chorar junto, sentindo o peso de suas aflições. Ela recolheu o papel e lhe disse: "Acalme o coração e mantenha os olhos tranquilos. Por sua juventude, é absolutamente imperioso que eu o ajude, fazendo-o alcançar seu objetivo e satisfazer a sua necessidade, se Deus altíssimo quiser". Deixou-o só e partiu, enquanto ele fervia ao fogo, inquieto e instável. A velha caminhou em passos contínuos até ir ter com a jovem Dunyā, a quem encontrou com a cor alterada de tanto pensar no que acontecera; entregou-lhe a carta, ela a leu e, ainda mais irritada e colérica, disse à velha: "Eu não falei que ele iria passar a me cobiçar?". A velha perguntou: "E quem é esse cachorro? Mande-lhe uma carta ameaçando e atemorizando; diga-lhe: 'Se você tornar a me escrever, cortarei o seu pescoço e o jogarei longe do seu cadáver'". Súbito a jovem Dunyā pegou papel, tinteiro e pena, e escreveu o seguinte:

Ó desatento das desgraças e suas causas,
e que me disse estar pelo contato ansioso;
olha bem, ó iludido: alcançarás os astros?
Acaso ao plenilúnio brilhante estás colado?
Quando o sol alcançares nos horizontes,
e beijos lhe deres desde o leste ao oeste,
só então com minha estrela poderás ficar,
e gozar a ventura de talhes esbeltos beijar.[579]
Deixa-te dessas cartas e teme a minha força,
e um dia terrível, de encanecer os cabelos!

[579] "Talhes esbeltos", *alqudūd arrawāšiq*, traduz o que consta da compilação tardia. Em Varsy e Tübingen, consta *albanāt assawābiq*, algo como "meninas ligeiras". Já em Gayangos consta *aṯṯanā' wa alᶜawātiq*, "os elogios e as solteiras", o que não faz sentido. São todos sintagmas com a mesma métrica e de grafias assemelhadas.

Ao concluir a escrita, Dunyā dobrou o papel e o entregou à velha, dizendo: "Leve-o, entregue a ele e advirta-o", e a velha pegou o papel e saiu.

E o amanhecer alcançou Šahrazād, que parou de contar.

QUANDO FOI A NOITE

407ª

Disse Šahrazād:

Eu tive notícia, ó rei venturoso, de que [o vizir Darandān disse ao sultão Ḍaw Almakān:]

A velha pegou o papel e o levou para Tāj Almulūk, que ao vê-la se pôs de pé e a cumprimentou; ela o cumprimentou, ele agradeceu-lhe e disse: "Não seja eu privado dos seus favores nem dos seus benfeitos". A velha disse: "Meu senhor, tome aí a resposta à sua carta". O rapaz recolheu o papel, leu, compreendeu o seu sentido e chorou copiosamente, com as lágrimas lhe despencando pelas faces; disse: "Eu gostaria que ela me matasse para eu poder descansar! A morte é mais fácil do que isso que estou vivendo". Em seguida, escreveu uma resposta, dizendo:

> Deixa as censuras: por ti meus cabelos já encaneceram,
> e ficando de ti separado, o meu braço de mim se separa;
> nem sequer pressuponha que esta minha vida me alegra,
> pois sem quem eu amo minha alma se solta e vai embora.
> Pelo amor de Deus, não praticai o abandono e a secura,
> e visitai um apaixonado que na paixão está afogado!

Então dobrou a carta e a estendeu para a velha, dizendo: "Minha senhora, eu a estou cansando em vão". Beijou o papel, entregou-o e ordenou a ᶜAzīz que lhe desse uma peça de seda e cem dinares, dizendo a ela: "Minha senhora, nesse papel estará o contato, se Deus altíssimo permitir". Ela disse, após receber a peça de seda e o dinheiro de ᶜAzīz: "Por Deus, meu filho, eu não desejo senão o seu bem. Gostaria que ela estivesse com você, que é a Lua brilhante, senhor de luzes resplandecentes, ao passo que ela é o Sol nascente e radiante". Assim, tranquilizando o coração do rapaz com promessas,[580] ela se retirou, andando sem parar até chegar à jovem Dunyā, a filha do rei. A velha escondeu o papel no meio dos cabelos e, coçando a cabeça, disse à jovem: "Por Deus, minha senhora, solte as minhas tranças... faz tempo que não vou ao banho". A jovem arregaçou as mangas, soltou o cabelo da velha, começou a mexer-lhe nas tranças e o papel caiu. Ao vê-lo, Dunyā perguntou: "O que é isso?". A velha respondeu: "Xiii, acho que quando eu estava na loja do jovem esse papel se prendeu em mim. Deve ser alguma conta que ele estava fazendo... Dê-me esse papel para que eu o devolva a ele". A jovem, porém, pegou o papel, desdobrou, abriu, leu e entendeu o conteúdo, dizendo-lhe então: "Isso tudo é artimanha sua! Por Deus, se você não tivesse me servido tanto tempo e me criado eu lhe daria uma surra! Toda essa desgraça está acontecendo por sua causa! Eu nem sei de que lugar veio esse que agora está cheio de ousadias! Estou com medo do escândalo, que chegue ao público essa correspondência com um homem do vulgo, que vende e que compra... Ele não é da minha igualha nem do meu meio!". A velha então lhe disse: "Minha senhora, nada tema desse homem. Ele não pode falar nem revelar nada sobre isso, pois ele tem medo da sua força e respeito pelo seu poder e pelo poder do seu pai. Você não correrá perigo, minha senhora, se lhe enviar uma resposta com um discurso bem enfático". A jovem disse: "Nana, como é que esse demônio está se atrevendo a falar desse jeito, sem medo da minha força nem do nome do meu pai, o sultão Šahramān? Estou em dúvida quanto ao que acontecerá se eu ordenar que ele seja morto".

E o amanhecer alcançou Šahrazād, que parou de contar.

QUANDO FOI A NOITE

408ª

Disse Šahrazād:

Eu tive notícia, ó rei venturoso, de que [o vizir Darandān disse ao sultão Ḍaw Almakān:]

580 "Tranquilizando o coração do rapaz com essa promessa" é o que consta em Cairo. Em Tübingen e Varsy, "alquebrando o coração do rapaz", o que não faz sentido, a não ser que se suponha que as promessas mais o prejudicavam que ajudavam.

A jovem Dunyā pegou [papel,] tinteiro e pena e pôs-se a dizer:

Basta de censura e preocupação com tua tortuosidade!
Até quando a minha letra terá de te proibir em versos?
Parece que a tolerância só faz tua insolência aumentar!
Ademais, a ti não te basta ou satisfaz o uso da anistia!
Esconde essa tua paixão, e dela não fales a ninguém!
Se porventura o fizeres, nesse caso proteger-te não vou,
e se acaso voltares outra vez a mencionar este assunto,
então pelas dores da morte tu serás visitado e chamado;[581]
daqui em pouco verás os ventos soprando furiosamente
em tua direção, e o pântano sobre a terra por ti clamando!
Deixarás teus parentes assim arrependidos, ó insensato,
com a separação de ti, e pelo resto da vida te chamando?

Em seguida, ela dobrou o papel e o entregou à velha, que o pegou e andou até a loja de Tāj Almulūk, a quem o entregou. Ao ler a carta, ele reconheceu que se tratava de uma mulher de coração cruel, e que não conseguiria chegar a ela. Queixou-se então para ᶜAzīz, e lhe pediu providências. [ᶜAzīz disse:] "Com ela mais nada vai resolver. Só resta escrever uma carta com ofensas, e depois ficar bem precavido".[582] Tāj Almulūk disse: "Bem, meu irmão, então escreva você mesmo, do seu jeito". ᶜAzīz pegou o tinteiro, o papel e a pena e escreveu o seguinte:

Ó Senhor, pelos cinco espectros, salvai-me,[583]
e puni aquela por causa da qual estou cativo;

[581] Na compilação tardia, em especial nas edições impressas, esse hemistíquio recebe uma solução melhor: "então do corvo da morte receberás a visita e o grasnido".

[582] Na compilação tardia, devido a uma possível lacuna nos originais primitivos, Tāj Almulūk se queixa ao vizir, que é quem lhe faz a sugestão das ofensas, e então ᶜAzīz se encarrega da redação. Mas tal solução é inadequada, uma vez que o vizir não tem frequentado o estabelecimento.

[583] O sintagma "cinco espectros" exige uma explicação, que, apesar de longa, não deixará de ser instrutiva e amena. Na compilação tardia, isto é, tanto nos manuscritos como nas edições impressas (e, por consequência, nas traduções), consta "cinco anciões". Em árabe, a escrita é muito semelhante: *ašbāḥ*, "espectros" (ou "vultos", "sombras", "fantasmas"), e *ašyāḫ*, "anciões" (ou "xeiques"). Ocorre, porém, que o sintagma "cinco anciões" nada quer dizer em árabe, muito embora na tradução italiana, em nota, ocorra um "chute" baldado: tratar-se-ia de referência a "cinco planetas" (quais?), o que, para dizer o mínimo, é absurdo. Já o sintagma "cinco espectros", que é o que consta de Tübingen, Varsy e Gayangos, faz referência, facilmente rastreável, à tradição muçulmana,

sabeis que em minhas entranhas lavra um fogo;
exagerei e caí ante quem de mim não se apieda!
Quanta vez perdi o sono ao me desgraçar por ela!
Tanto maltratou a minha fraqueza e me humilhou!
Repito os meus gemidos por dentro e fora de mim,
e agora vago por abismos cujo final não se entrevê,
tampouco vejo quem queira interceder por mim,
e nem sequer busco algum consolo de vosso amor;
qual consolo, se a esperança por teu amor morreu?
Canta como quiser, ó pássaro da moringueira, pois
ficaste a salvo das desditas e infortúnios do tempo,
e vives mergulhado em prazeres e alegrias sem fim,
e eu no desterro, de meus pais e minha terra apartado.

Em seguida, ^{c}Azīz dobrou a carta e a entregou a Tāj Almulūk, que a leu, gostou e entregou à velha. Ela recolheu o papel e saiu, dirigindo-se diretamente à jovem Dunyā, que a leu até o fim, compreendeu o conteúdo e ficou muitíssimo encolerizada ao ouvir os rogos contra si; disse então: "Tudo quanto ocorreu comigo foi por sua causa, velha", e, gritando pelas criadas, disse-lhes: "Ai de vocês! Peguem-na e lhe deem uma surra com as suas sandálias!". As criadas agarraram a velha e Dunyā lhe disse: "Por Deus, sua velha malvada, não fosse o temor a Deus eu a mataria!". Disse às criadas: "Deem-lhe mais uma surra", e elas a surraram até que a velha desmaiou, sendo então arrastada, retirada do recinto e arrojada à porta. Levantou-se desorientada, foi para casa e esperou o amanhecer, quando então se dirigiu à loja de Tāj Almulūk, a quem relatou tudo quanto lhe sucedera, de surras e humilhações. Condoído e com o coração dolorido, ele disse: "É muito duro

e existem duas versões a respeito do seu sentido. Na primeira, segundo um *ḥadīṯ* do profeta Muḥammad, quando Deus criou Adão e nele insuflou o espírito, ordenou ao arcanjo Gabriel que lhe espremesse na boca o sumo de uma maçã do Paraíso; assim, a primeira gota foi Muḥammad, a segunda, Abū Bakr, primeiro califa, a terceira, ^{c}Umar, segundo califa, a quarta, ^{c}Uṯmān, terceiro califa, e a quinta, ^{c}Alī, quarto califa, e seriam esses os cinco espectros. Na outra versão, mais poética e ligada à tradição xiita, Adão perguntou a Deus logo após a sua criação: "Existe alguém que tu ames mais do que a mim?", ao que Deus respondeu: "Sim, e não fora por eles eu não te criara". Adão perguntou: "Deixa-me vê-los, ó meu Senhor!". Então Deus inspirou aos arcanjos encarregados dos véus que os erguessem, e quando os arcanjos os ergueram Adão pôde divisar cinco espectros (ou sombras, ou vultos), e perguntou: "E quem são eles, ó meu Senhor?". Deus respondeu: "Ó Adão, este é Muḥammad, o meu profeta; este é ^{c}Alī, primo e herdeiro do meu profeta; esta é Fāṭima, filha do meu profeta, e estes dois são Alḥasan e Alḥusayn, filhos de ^{c}Alī e netos do meu profeta".

para mim, minha mãe, o que lhe aconteceu. Tudo se deve ao decreto e à decisão de Deus, e disso não existe escapatória". Ela disse: "Aplaque o seu coração, pois eu vou reunir você àquela que de tanto me surrar me deixou feito um bêbado". Ele disse: "Conte-me por qual motivo ela tanto detesta os homens". A velha disse: "Ela teve um pesadelo que provocou isso". Ao ouvir a conversa, ᶜAzīz se levantou, achegou-se a eles e ouviu a história com atenção. A velha disse:

O PESADELO DA PRINCESA DUNYĀ

Saibam, meus filhos, que certa noite, enquanto dormia, ela viu em sonhos um indivíduo que parecia caçador. Ele havia colocado no chão uma rede em torno da qual espalhou grãos de trigo, e depois [se instalou ali perto à espreita.] Não houve uma única ave que não caísse naquela rede. Foi então que um pombo macho se enroscou na rede e começou a se debater. Todas as outras aves fugiram.

E o amanhecer alcançou Šahrazād, que parou de contar.

QUANDO FOI A NOITE

409ª

Disse Šahrazād:

Eu tive notícia, ó rei venturoso, de que [o vizir Darandān disse ao sultão Ḍaw Almakān] a velha disse:

Um pombo macho se enroscou na rede e começou a se debater. Assustados, todos os outros pássaros fugiram, com exceção da sua mulher, que voltou e o protegeu: enquanto o caçador se distraía com outros misteres, ela pousou, foi até a rede e pegou a ponta na qual a pata do seu marido se enroscara, pondo-se então a puxá-la com seu bico até que ela se rompeu; o macho se salvou e ambos saíram voando juntos. O caçador retornou ao local, consertou a rede e se escondeu à distância. Não se passara nem uma hora e já os pássaros retornavam em bandos ao local, e desta feita foi a pomba fêmea que acabou se enroscando na rede. Novamente, todos os pássaros se assustaram e fugiram, inclusive o pombo macho, que não retornou nem protegeu a sua mulher. Veio então o caçador, recolheu a pomba e a matou. Dunyā despertou aterrorizada de seu sono e disse: "Nenhum macho tem fidelidade. Impossível acreditar em qualquer homem que seja".[584]

Quando a velha terminou de contar, Tāj Almulūk lhe disse: "Eu quero, eu gostaria muito, minha mãe, de vê-la, nem que nisso esteja a minha morte. Ela nunca sai para passear?". A velha respondeu: "Dunyā tem um jardim debaixo do palácio, exclusivo para os passeios dela. Uma vez por mês ela sai para dar um passeio e vai para esse jardim, no qual entra pela poterna. E este é o momento em que ela sai para passear, pois estamos no plenilúnio. Daqui a dez dias ela irá para o jardim. Quando ela sair, virei aqui e o informarei, a fim de que você possa encontrá-la. Tome cuidado para que o encontro se dê bem no jardim. Quiçá o coração de Dunyā se apaixone por você ao contemplar essa sua beleza e formosura, e então ela passe a amá-lo. O amor une todas as coisas". Tāj Almulūk respondeu: "Ouço e obedeço".

Ato contínuo, ambos se levantaram, fecharam a loja e levaram a velha para conhecer a casa onde moravam. Tāj Almulūk disse a ᶜAzīz: "Não preciso mais daquela loja. A necessidade que eu tinha dela já foi satisfeita. Estou dando-a a você, com tudo quanto contém, pois você estava de retorno à sua terra, mas acabou aceitando viajar para cá na minha companhia. Eu atrasei você [dos seus compromissos]". ᶜAzīz lhe beijou a mão[585] e ambos se sentaram para conversar, com Tāj Almulūk o indagando sobre as coisas que lhe haviam sucedido, e ᶜAzīz a tudo respondendo. Tāj Almulūk ficou espantado. Em seguida, foram ter com o vizir, informando-o do que Tāj Almulūk estava disposto a fazer, e perguntaram afinal: "O que fazer, ó vizir?". Ele disse: "Vamos todos até esse jardim". Vestiram cada qual a sua roupa mais luxuosa e saíram, seguidos por três escravos.

Quando chegaram ao jardim, verificaram que os seus muros eram altos e sua estrutura, reforçada, pleno de regatos, árvores e aves. O velho jardineiro estava lá sentado; cumprimentaram-no e ele respondeu ao cumprimento. Estendendo-lhe dez dinares,[586] o vizir disse: "Gostaria que você pegasse esse dinheirinho e

[584] Essa curta mas significativa história, qual seja, a do pesadelo de Dunyā como pretexto para a recusa ao casamento, foi utilizada como prólogo-moldura de uma espécie de "não livro", *Os mil e um dias*, falsificação perpetrada na Europa para explorar e emular o sucesso da primeira tradução francesa do *Livro das mil e uma noites*, de Antoine Galland, publicada entre 1704 e 1717. Nesses *Mil e um dias*, o prólogo-moldura origina as histórias que a sua aia lhe conta para demovê-la de seu ódio ao gênero masculino e convencê-la a aceitar a instituição do casamento.

[585] "Beijou-lhe a mão" é o que consta de todos os manuscritos consultados. Nas edições impressas, "aceitou aquilo". A diferença gráfica entre as duas formulações é mínima. Antes, o trecho entre colchetes foi traduzido de Gayangos.

[586] "Dez dinares" é o que consta de Tübingen e Varsy. Nas outras fontes, são cem dinares. Em Gayangos, a peculiaridade é que o vizir oferece os cem dinares não para comprar comida, mas sim "para os seus filhos". A se notar a habilidade do ato de corrupção, que afeta ser o que não é, ou seja, uma ação desinteressada.

com ele nos comprasse algo para comer. Somos estrangeiros, e estou com estes dois meninos a quem quero mostrar esse jardim". O vigia disse: "Entrem e passeiem por ele todos vocês, e façam tudo quanto quiserem até que eu volte". O velho se dirigiu então para o mercado, enquanto os dois jovens e o vizir entravam no jardim. Após algum tempo, retornou trazendo um carneiro assado, pães e doces, ao custo de quatro dinares. Colocou a comida na frente deles, que se alimentaram, adoçaram a boca e descansaram por uma hora. O vizir perguntou ao jardineiro: "Fale-me sobre este jardim. Pertence a você ou está alugado?". O velho respondeu: "Não é meu, mas sim da filha do rei, a senhora Dunyā". O vizir perguntou: "Quanto você recebe por mês?". O velho respondeu: "Um dinar, não mais". O vizir pôs-se a contemplar o jardim, olhando à esquerda e à direita, e divisou em seu centro um pequeno palácio, alto porém antigo. O vizir disse: "Meu velho, eu gostaria de fazer, neste lugar, uma benfeitoria mediante a qual você se lembre de mim. Vou lhe dar cem dinares para obter a sua permissão". Ao ouvir o tilintar das moedas, o jardineiro ficou alucinado e disse: "Meu senhor, pode fazer essa benfeitoria!". O vizir lhe deu os cem dinares, dizendo: "Amanhã contarei a você, se Deus quiser", e deixaram o local, indo para casa.

No dia seguinte, o vizir contratou um bom artífice, com todos os equipamentos necessários, levou-o ao jardim e determinou que pintasse o palácio. Depois, o vizir providenciou ouro e lazulita, e lhe disse: ["Use isto para pintar, num dos lados da abóbada, um caçador montando uma rede, e depois, no segundo lado, um pombo macho com a fêmea ao seu lado, ela com o bico na rede". Quando ele terminou, o vizir lhe disse: "Agora pinte, do terceiro lado da abóbada, tal como antes, duas imagens, uma pomba fêmea sozinha na rede, e um caçador a levando e colocando-lhe a faca no pescoço. No quarto lado, pinte outra imagem, uma enorme ave de rapina com um grande pombo macho a seus pés, com as garras enfiadas nele".][587]

[587] O trecho entre colchetes é resultado de leitura combinada de Varsy, Tübingen e Gayangos, nos quais fica evidente tratar-se de um único profissional. Na compilação tardia, cita-se "artífice" e "ourives". Nas edições impressas, são três os profissionais: um pintor de paredes, um desenhista e um ourives. A ideia, à qual nenhum dos compiladores conseguiu dar uma forma clara, é a de uma pintura em cada um dos lados da abóbada, ou cúpula. Nas edições impressas, ao final dos trabalhos, que ali são realizados por três trabalhadores, acrescenta-se que eles foram pagos e se retiraram. É bem provável que essa intervenção – a paga pelo trabalho – tenha sido introduzida na gráfica pelos revisores das edições impressas (pois não consta de nenhum dos manuscritos consultados), e não deixa de ser curioso supor uma espécie de solidariedade, diga-se assim, entre trabalhadores urbanos. Lembre-se que os editores e revisores da edição de Calcutá tinham diante de si a edição de Būlāq.

Disse o narrador: Quando as coisas determinadas pelo vizir foram concluídas, eles se despediram do jardineiro e foram para casa, [onde se puseram a conversar. Tāj Almulūk disse a ᶜAzīz: "Recite algumas poesias para mim, meu irmão, e quiçá o meu peito se reconforte, desapareçam estes pensamentos e se esfriem as labaredas que me consomem o coração". Nesse momento, ᶜAzīz usou comoventes melodias e recitou os seguintes versos:

> Tudo quanto disseram os apaixonados sobre o seu sofrer
> eu já experimentei tanto que minha firmeza ficou abalada;
> se procuras a fonte formada pelas minhas lágrimas, vasto
> e extenso para quem o procura é o mar que delas surgiu;
> e se quiseres ver o que, aos apaixonados, foi feito pelas
> mãos da cega paixão, basta que o meu corpo contemples.

E, soltando lágrimas abundantes, recitou os seguintes versos:

> Quem, sem jamais ter amado pescoços e pupilas,
> alega do mundo ter fruído os gozos, verdade não diz,
> pois há na paixão um sentido inteligível somente
> para o ser humano que um dia já se apaixonou.
> Deus não me alivie o coração desse sofrimento
> por meu amor, nem da insônia me salve as pupilas.

Em seguida, mais comovente tornou a melodia e recitou:

> Avicena alega, nos fundamentos de sua doutrina,
> que, para o apaixonado, nas canções está o remédio,
> e na relação com alguém equivalente a seu amado,
> e no consumo de iguarias e bebidas num jardim.
> Assim, para curar-me, certa feita outrem procurei,
> auxiliado pelo destino e por minhas possibilidades;
> só então aprendi que o amor é uma doença mortal,
> para a qual a medicina de Avicena é um delírio.

Quando ᶜAzīz concluiu as poesias, Tāj Almulūk, espantado com sua eloquência e boa narração, disse-lhe: "Você aliviou um pouco o peso do que sinto". O vizir disse: "Já ocorreram aos antigos coisas que deixariam qualquer ouvinte perplexo". Tāj Almulūk disse: "Se porventura lhe vier à mente algo desse gênero, faça-me ouvir poesias sutis, e prolongue a conversa". Então ele usou melodias comoventes e recitou os seguintes versos:

Eu supusera que o teu contato se comprava
mediante as mais gentis moedas e silhuetas,
e crera — tolamente! — ser fácil o teu amor,
que faz definharem as vidas mais valiosas!
Vi então como escolhes e brindas a quem
amas com oferendas as mais graciosas,
e vi que não te conquistam as artimanhas;
enfiei, pois, a minha cabeça debaixo das asas,
e fiz do ninho da paixão a minha morada:
é sempre nele que amanheço e anoiteço.][588]

E o amanhecer alcançou Šahrazād, que parou de contar.

QUANDO FOI A NOITE

410ª

Disse Šahrazād:

Eu tive notícia, ó rei venturoso, de que o vizir Darandān disse ao sultão Ḍaw Almakān:

Quanto à velha, ó rei do tempo, ela estava acomodada em sua casa quando a filha do rei teve vontade de dar um passeio pelo jardim. Como a jovem só saía do

[588] Todo o trecho entre colchetes foi traduzido da edição impressa de Calcutá. Considerou-se a sua inclusão pertinente porque suaviza a passagem – que em Tübingen, Varsy e Gayangos se dá de forma abrupta – de um cenário a outro, e como que "prepara" o leitor para os eventos seguintes. As poesias dos manuscritos da compilação tardia são diferentes das poesias constantes nas edições impressas. Na edição de Calcutá, bem como em Paris 2, atribui-se a última poesia ao vizir, e também isso nos pareceu mais coerente, dado que uma de suas funções é falar pelos "antigos".

palácio acompanhada pela velha, mandou chamá-la e fez-lhe agrados; deu a ela um traje honorífico e disse: "Quero passear no jardim". A velha disse: "Você é quem manda, mas antes eu gostaria de ir para casa, a fim de vestir as minhas roupas, e então voltarei até você e me colocarei à sua disposição". Dunyā disse: "Não demore", e a velha saiu dali feliz, indo até Tāj Almulūk, a quem disse: "Vamos, vista a sua roupa mais luxuosa, vá até o jardim e fique lá escondido". Ele disse: "Ouço e obedeço". A velha combinou um sinal com ele e retornou até a jovem Dunyā. O vizir e ᶜAzīz se apressaram em deixar Tāj Almulūk com aparência de rei: vestiram-no com trajes no valor de mil dinares, fizeram tranças nos seus cabelos e colocaram-lhe um cinto de mil dinares. Tāj Almulūk foi até o jardineiro, o qual, ignorando que a filha do rei se dirigia para o jardim, permitiu que o rapaz entrasse.

Não se passara nem uma hora e já os criados e as criadas saíam pela poterna. Ao vê-los, o velho jardineiro voltou correndo e informou Tāj Almulūk, dizendo-lhe: "O que fazer, meu senhor? A filha do rei, a senhora Dunyā, está chegando!". O jovem disse: "Nada tema. Vou me esconder por aí". O jardineiro lhe reiterou as recomendações e se retirou. Quando os criados e criadas se afastaram, deixando a jovem Dunyā ao lado da velha, esta pensou: "Se esses criados ficarem conosco não lograremos nenhuma esperança ou objetivo. Preciso dispersá-los daqui", e disse à jovem: "Eu lhe direi algo que trará conforto ao seu coração". Dunyā respondeu: "Diga o que quiser". A velha disse: "Não precisamos que os criados permaneçam aqui conosco. Na presença deles, as criadas não conseguem passear nem espairecer. Mande-os embora!". Dunyā disse: "Você está certa, nana", e dispensou todos os criados.

Em seguida, pôs-se a caminhar no meio das criadas, rindo delas e espairecendo. Depois, deu meia-volta, enquanto Tāj Almulūk a observava e contemplava, quase perdendo os sentidos ao constatar a sua beleza e formosura. Sem o ver, ela caminhou atrás da velha, que a conduziu até o velho palácio, e ali Dunyā disse: "Nana, não suponho senão que o jardineiro tenha consertado o palácio". A velha disse: "Sim, decerto". Dunyā disse: "Coitado!", e adentrou-o, examinando-o e vendo as aves, o caçador e o casal de pombos. Ficou admirada, enquanto a velha a conduzia e lhe mostrava as imagens. Num dos lados da abóbada, ao ver o caçador, as aves e a rede, ela disse: "Exalçado seja Deus, nana! Foi isso o que eu vi no meu sonho!", e deixou-se contemplar a imagem por algum tempo, dizendo em seguida: "Exalçado seja Deus poderoso! Veja, nana, esta situação! Você me censura por detestar os homens. Veja como o caçador sacrificou a pomba fêmea enquanto o macho escapulia, [mas depois quis voltar para salvar a fêmea, sendo então interceptado e capturado por uma ave de rapina".][589] Enquanto entretinha a jovem, fazendo-a falar naquele assunto, e a acompanhava até o meio de alguns arbustos para satisfazer certo imperativo da natureza, a velha fez um sinal para que o filho do rei se dirigisse ao sopé do palácio, diante de suas janelas. Súbito, Dunyā voltou o olhar e o avistou caminhando. Ao vê-lo, e notar-lhe a beleza, ela perguntou: "Nana, de onde é esse rapaz gracioso?". A velha respondeu: "Minha senhora, de onde ele veio eu não sei. Só posso dizer que se trata de um dos filhos do Paraíso. É um rei poderoso, pois da beleza, formosura, esbeltez e talhe ele alcançou um grande quinhão". Aquela visão fez o coração da jovem Dunyā estremecer, e ela ficou extasiada.

E o amanhecer alcançou Šahrazād, que parou de contar.

QUANDO FOI A NOITE

41ª

Disse Šahrazād:

Eu tive notícia, ó rei venturoso, de que [o vizir Darandān disse ao sultão Ḍaw Almakān:]

Ao ver Tāj Almulūk, sua beleza e formosura, Dunyā se quedou atônita. Como estava com vontade de urinar, ela se abaixou, urinou e o desejo a dominou; disse então à sua velha camareira: "Por Deus, esse jovem gracioso parece o plenilúnio!". A velha disse: "É verdade, minha senhora, ele se assemelha à lua". Em seguida, a velha sinalizou para Tāj Almulūk que fosse embora, e então ele saiu, despediu-se do jardineiro, [retirou-se do jardim e, com os demais,] tomou o rumo de casa.[590]

589 Trecho entre colchetes traduzido das edições impressas. Nesse ponto, é visível a existência de uma lacuna em Tübingen, Varsy e Gayangos. Como a preparação do cenário foi bem elaborada, é plausível supor que os originais se debruçavam sobre o episódio com maior cuidado.

590 Em Tübingen, Varsy e Gayangos, "então ele e seus acompanhantes saíram" etc. Parece que o pressuposto é o de que o vizir e ᶜAzīz o acompanharam até a entrada do jardim, e, enquanto Tāj Almulūk entrava, os dois ficaram esperando do lado de fora. Na verdade, essa imagem é mais verossímil do que a ida de Tāj Almulūk sozinho para o jardim, pois, dado o nível de seu transtorno amoroso, seus dois companheiros considerariam mais prudente acompanhá-lo até lá.

Tāj Almulūk estava inteiramente dominado pela paixão, mas não podia desobedecer à velha camareira. O vizir e ^{c}Azīz começaram a pedir-lhe calma e paciência, dizendo: "A velha camareira sabe que o mais interessante é voltarmos agora para casa, caso contrário não lhe teria sinalizado nesse sentido". Isso foi o que sucedeu a Tāj Almulūk, a ^{c}Azīz e ao vizir.

Quanto à jovem Dunyā, conforme já se disse, a sua condição se alterou e ela perdeu o controle: com o amor pendurado no coração, disse à velha: "Nana, só sei que a minha reunião com aquele jovem de traços graciosos não será proporcionada senão por você". A camareira disse: "Refugio-me em Deus contra o mal! Você — uma jovem pura e virgem! — não quer homens. Eles são fogo, e você é esparto! Seja como for, para a sua juventude só esse rapaz serve". Dunyā disse: "Nana, me ajude e terá cem dinares de ouro, mais um traje de cem dinares. Se você não promover um encontro entre mim e ele, vou morrer de desgosto!". A camareira disse: "Minha senhora, retire-se e vá ao seu palácio. Eu arranjarei um pretexto para você se encontrar com ele, aconteça o que acontecer". Então, a jovem Dunyā foi para o seu palácio enquanto a velha camareira foi célere ter com Tāj Almulūk, a quem encontrou, por seu turno, ardendo em fogo. Atônito ao vê-la, colocou-se em pé, acomodou-a ao seu lado e disse: "O que você fez? Face de bom agouro, mamãe!". Ela disse: "Meu garoto, a artimanha já se consumou, e a sua necessidade já está satisfeita", e lhe relatou tudo quanto sucedera a Dunyā. O rapaz perguntou: "Quando, mamãe, será essa reunião?". Ela respondeu: "Amanhã cedo, imperiosamente e sem atraso". Ele então lhe deu cem dinares e um traje honorífico, os quais ela recolheu e se retirou, retornando diretamente à jovem Dunyā, que lhe perguntou: "O que aconteceu, nana?". A velha respondeu: "Descobri o lugar onde o rapaz vive, sua pensão, sua base, e já cozinhei tudo com ele. Amanhã ele estará com você". Dunyā se alegrou e tranquilizou, dando-lhe igualmente cem dinares.

A velha se retirou e ficou em casa até o amanhecer, quando então, conforme se conta, foi até Tāj Almulūk, a quem vestiu e enfeitou como fazem as mulheres, colocando-lhe um véu sobre o rosto, e ele ficou semelhante a uma mulher. Disse-lhe: "Ande atrás de mim, requebrando e gingando ao dar seus passos. Não se apresse no seu caminhar, tal como fazem as mulheres, nem se volte para quem lhe dirigir a palavra". Então ele saiu de casa e caminhou atrás da velha, que passou o caminho todo instruindo-o e encorajando-o, a fim de que ele não se acanhasse nem ficasse com medo. Assim, conduziu-o até a porta do palácio, e durante a caminhada ninguém os interrompeu; quem via o rapaz caminhando supunha tratar-se de uma mulher.

No palácio, todos sabiam que a velha era camareira da filha do rei, e a havia criado. Destarte, ela foi avançando de porta em porta pelos corredores. Quando chegou à sétima porta, disse a Tāj Almulūk: "Fortaleça o seu coração e a sua disposição, e nada tema ou receie. Se eu gritar por você dizendo: 'Passe, garota!', avance sem hesitação e caminhe rebolando, e quando chegar ao saguão volte os olhos para a sua esquerda, onde você verá duas fileiras de portas, e então conte, a partir da sua direita, cinco portas, e distinga bem a sexta porta, pois nela estão a sua amada e o seu anelo". Tāj Almulūk perguntou: "E você, para onde vai me abandonando assim?". Ela respondeu: "Não estarei longe de você. Porém, talvez topemos com o criado-mor, o eunuco responsável pelas portas, que as vigia permanentemente, noite e dia. Ele foi disso encarregado pelo pai dela, o sultão Šahramān".

Em seguida, a velha caminhou, com o rapaz atrás de si, até a sétima porta, e fez menção de entrar. Veio então o criado-mor e inquiriu: "Nana, quem seria essa mulher que está com você?". A velha respondeu: "É uma criada a respeito da qual a senhora Dunyā ouviu as pessoas dizerem que conhece todo o tipo de serviço. Ela pretende examiná-la e comprá-la". O criado-mor disse: "Não estou sabendo de criada nem de coisa nenhuma. Ninguém vai entrar no quarto da filha do rei [até que eu faça consultas a respeito dela e a reviste, tal como o rei ordenou!". A velha se encolerizou e lhe disse: "Tenha juízo! Se a patroa souber que você ofendeu uma de suas criadas, vai crucificá-lo!". E, enquanto gritava assim com o criado, ela disse][591] para Tāj Almulūk: "Passe, garota, e nada tema!". Nesse momento, ele se pôs a andar como uma mulher. Quanto ao criado-mor, o seu coração se assustou com aquilo e ele não disse nada. A camareira introduziu Tāj Almulūk nos aposentos que davam acesso a Dunyā e o deixou sozinho.

Quanto a Tāj Almulūk, ele contou cinco portas, e adentrou a sexta, conforme o instruíra a velha camareira, encontrando a jovem Dunyā em pé à sua espera.

Disse o narrador: Ao vê-lo, ela o estreitou ao peito e desfaleceu por alguns instantes. A velha veio e trancou a porta. Em seguida, as criadas da jovem entraram nos aposentos contíguos,[592] cumpriram suas obrigações e fizeram os seus serviços. Dunyā logo as dispensou, trancou todas as portas do apartamento e disse à velha: "Nana, aja como se fosse a porteira".

[591] Traduzido de Gayangos.

[592] O cenário, cuja descrição padece de certa inabilidade, é o de um apartamento constituído por aposentos contíguos, como uma espécie de labirinto, e separados entre si por portas. A ideia é que as criadas não viam Tāj Almulūk, que ficava escondido num quarto trancado à chave.

Disse o narrador: Assim que se viram a sós, eles começaram a se abraçar e a trocar cobranças mútuas e anseios até o alvorecer. Não aconteceu nada além disso, e ele não lhe fez nenhum mal. Na alvorada, Dunyā trocou o quarto em que estavam e o deixou trancado lá dentro. As criadas vieram cumprir suas obrigações e fazer seu serviço. Quando terminaram, Dunyā lhes disse: "Vão embora para os seus quartos. Quero descansar sozinha", e então as criadas se retiraram. O rei Tāj Almulūk saiu do quarto onde estava trancado e a velha camareira lhes trouxe um pouco de comida. Ambos comeram e permaneceram abraçados até o alvorecer. Procederam do mesmo modo durante um mês completo, trinta noites. Isso foi o que sucedeu a eles.

Quanto ao vizir e a ᶜAzīz, depois que Tāj Almulūk adentrou o palácio da filha do rei e se ausentou por todo esse período, eles não tiveram mais notícia alguma a seu respeito. Ficaram à sua espera, cientes de que, após tanto tempo naquele palácio, ele não tornaria a sair de lá, e que seria inevitavelmente aniquilado. ᶜAzīz perguntou ao vizir: "O que fazer?". O vizir respondeu: "É uma questão sobre a qual não temos controle. Porém, esse rapaz estará aniquilado se não formos ao pai dele informá-lo do que se passou com o filho e do que a velha camareira fez, levando-o até a jovem Dunyā, filha do rei". Ato contínuo, ambos se prepararam e partiram em viagem para a Terra Verde, país do poderoso rei Sulaymān.[593] Isso foi o que sucedeu ao vizir e a ᶜAzīz.

Quanto a Tāj Almulūk e à jovem Dunyā, eles se mantiveram na situação já descrita por meio ano, sem se saciarem de agarrões e amores. Após a passagem de um ano inteiro, doze meses, naquela situação, Tāj Almulūk disse à jovem Dunyā: "Ó amada do meu coração, saiba que, quanto mais tempo eu fico com você, mais aumenta a sede da minha paixão, bem como a minha debilidade".

E o amanhecer alcançou Šahrazād, que parou de contar.

[593] Na compilação tardia, descreve-se a chegada de ᶜAzīz e do vizir e o relato ao rei Sulaymān sobre o desaparecimento do seu filho. "Foi como se tivesse chegado o Juízo Final. O rei se carpiu e determinou a convocação do *jihād*. Os soldados se reuniram fora da cidade, e tendas foram montadas. O rei se instalou em seu pavilhão e aguardou até que se reunissem as tropas de todas as regiões do reino. Os súditos amavam o rei graças à sua grande justiça e às benesses que distribuía. Então ele marchou com soldados em quantidade tal que taparam os horizontes, em busca de seu filho Tāj Almulūk". A bem dizer, trata-se de um acréscimo inútil, e que rompe o suspense que virá a seguir.

QUANDO FOI A NOITE

412ª

Disse Šahrazād:

Eu tive notícia, ó rei venturoso, de que [o vizir Darandān disse ao sultão Ḍaw Almakān:]

Tāj Almulūk disse a Dunyā: "Quanto mais tempo eu fico com você, mais aumenta a sede da minha paixão, bem como a minha debilidade. Eu não consigo obter o que desejo de você". Ela disse: "E o que você deseja, luz dos olhos meus? Eu já não posso abandoná-lo nem por um piscar de olhos! Aconteça o que acontecer!".[594] Ele disse: "Minha fala não é nesse sentido. Contudo, eu quero deixá-la a par da minha história. Não sou mercador, nem vendedor, nem comprador; eu sou, isto sim, Tāj Almulūk, filho do poderoso sultão, o rei Sulaymān, que enviou um pedido de casamento entre nós ao seu pai. Consultada, você se recusou e não aceitou", e lhe relatou a história de cabo a rabo, dizendo: "E agora não me resta senão ir ao seu pai e pedi-la em casamento. Assim ficaremos tranquilos em relação a essa questão". Ao tomar ciência daquilo, ela ficou sumamente feliz, pois se tratava do filho de um grande sultão. Ficaram abraçados até o amanhecer, e quando o dia clareou o sono os derrotou e eles dormiram até o meio-dia — glorificado seja Aquele que não dorme.

[Naquele dia,] estando o rei Šahramān, pai de Dunyā, sentado no trono do reino, entre os principais do seu governo, eis que súbito entrou o intendente dos ourives carregando um baú. Abriu-o diante do rei e dele retirou uma linda caixinha no valor de cem mil dinares de ouro. No baú havia gemas, pedaços de rubi e joias com grandes esmeraldas — objetos que não estavam ao alcance de nenhum rei. Admirado com a beleza, a formosura e a raridade daquilo, Šahramān voltou-se para o criado-mor, o eunuco encarregado que havia barrado a velha camareira e o jovem disfarçado às portas do palácio de Dunyā. Disse-lhe: "Ai de você, maldito! Pegue esta caixinha, leve para a minha filha, a jovem Dunyā, e a entregue a ela". O criado

[594] Na compilação tardia, a formulação, que em Tübingen e Varsy está envolta nas brumas de uma variante do amor platônico, ou mais corretamente, como se diria em árabe, *alḥubb alᶜuḏrī*, "amor virginal", perde um pouco da delicadeza: "E o que você deseja, ó luz dos olhos meus, ó fruto do meu coração? Se quiser algo além dos abraços e amassos, e das pernas enroscadas, faça o que lhe comprouver, e Deus não será nosso cúmplice". Mas, como me lembra Pedro Ivo Secco, é possível rastrear outras codificações para essa forma de amor nos tratados árabes sobre o tema, que então abundavam.

então pegou a caixa e a levou, dirigindo-se diretamente ao quarto onde os jovens estavam dormindo. A porta estava trancada, e o eunuco disse à camareira, que estava deitada ali na frente: "Até quando vocês vão dormir?". A velha acordou e, ao ver o criado-mor, amedrontou-se, seus membros se contraíram e ela respondeu: "Espere até que eu pegue a chave", e saiu correndo até sumir.

Considerando aquele comportamento suspeito, o criado-mor arrombou a porta do quarto, entrou e viu os dois dormindo abraçados. Após alguns instantes de aturdimento, ele fez tenção de sair para comunicar ao rei, mas Dunyā acordou, abriu os olhos e, ao vê-lo, empalideceu, e a sua condição se alterou. Correu na direção do seu criado eunuco, humilhou-se, mordeu a barra da sua roupa, beijou-lhe os pés e disse: "Ó Kāfūr, que Deus abençoe a sua boa origem! Proteja aquilo que Deus protege!". Ele respondeu: "Deus a proteja, mas juro que eu não posso ocultar ao rei nenhuma ocorrência, em especial isso que você fez", e saiu. Fez as criadas e os eunucos jurarem lealdade a ele, trancou o lugar e voltou correndo, resfolegante, até o rei, que ao vê-lo perguntou: "Você entregou a caixinha para a sua patroa Dunyā, Kāfūr?". Após breve silêncio, o criado disse: "Eu não posso ocultar nenhuma ocorrência de você". O rei disse: "Conte o que ocorreu". Kāfūr disse: "Encontrei com a senhora Dunyā um homem gracioso e forte. Estavam os dois dormindo sobre a cama, abraçados".

Terrivelmente enfurecido, o rei disse ao criado: "Traga-me os dois na cama, do jeito que estão!". O eunuco saiu e voltou carregando os dois. Ao vê-los, o rei disse à filha e ao rapaz: "Que atitude é essa?", e puxou o espadim para golpear o rapaz, mas Dunyā jogou a cabeça sobre ele e disse: "Mate-me, papai, mas não o mate. Não me faça provar a tristeza da sua perda!". Então o pai gritou com ela, xingou-a e insultou-a, ordenando que fosse levada para o palácio e lá trancafiada. Voltou-se então para o rapaz e disse: "Ai de você! Como chegou até a minha filha, a jovem Dunyā? De onde é? Quem é o seu pai? Quem lhe deu a ousadia de entrar no meu palácio e encontrar a minha filha?". O rapaz respondeu: "Saiba, ó rei venturoso, que se me matar você irá se arrepender amargamente, mas não vai adiantar. Você será aniquilado, bem como o seu país e reino". O rei perguntou: "Por qual motivo isso me ocorrerá se eu o matar?". O rapaz respondeu: "Saiba, ó rei, que sou filho do sultão Sulaymān. Sou filho dele. Antes que você se dê conta, ele virá até aqui com incontáveis e incalculáveis soldados, tão numerosos quanto os grãos de areia e os pedregulhos".

Ao saber daquilo, o rei Šahramān resolveu adiar a decisão sobre a morte do rapaz e enviá-lo à cadeia, até que a veracidade de suas palavras fosse investigada, mas o seu vizir lhe disse: "Ó rei do tempo, meu parecer não é senão matar este vagabundo filho da puta, pois ele violou as suas regras e a sua dignidade". O rei disse ao carrasco: "Ai de você! Corte-lhe a cabeça e nos livre dele!". Então o carrasco levantou a mão e consultou o rei uma, duas e três vezes, com o propósito de retardar a execução. Na terceira consulta, porém, o rei gritou com ele e disse: "Se você perguntar mais alguma coisa, eu cortarei o seu pescoço com as minhas próprias mãos!". Então o carrasco [pegou a espada e] ergueu as mãos até que apareceu o preto dos cabelos do seu sovaco...

E o amanhecer alcançou Šahrazād, que parou de contar.

QUANDO FOI A NOITE

413ª

Disse Šahrazād:

Eu tive notícia, ó rei venturoso, de que [o vizir Darandān disse ao sultão Ḍaw Almakān:]

O rei Šahramān ordenou ao carrasco que cortasse o pescoço de Tāj Almulūk, e então ele ergueu a mão até que apareceu o preto dos cabelos do seu sovaco, mas eis que, subitamente, ouviram-se gritos potentes e o país estremeceu. Ao ouvir aquilo, o rei disse ao carrasco: "Ai de você! Contenha o braço e não se apresse em cortar o pescoço desse rapaz! Devagar, espere!", e, ato contínuo, mandou seus serviçais irem averiguar o que ocorria. Eles saíram e voltaram dizendo: "Ó rei, não vimos senão soldados em quantidade tal que pareciam um mar encapelado, cheio de cavaleiros velozes. Todos estão com equipamentos de guerra, e parecem uma labareda de fogo que encobre a luz do Sol! O chão estremece com o tropel dos seus cavalos". Assustado com a notícia, o rei foi atingido por medo e aturdimento, receoso de que lhe tomassem o reino; perguntou ao seu vizir: "Ninguém do nosso grupo saiu para falar com esse sultão?". Estava nessa conversa com os secretários quando, súbito, os seus serviçais entraram com os mensageiros do rei Sulaymān, que cumprimentaram o rei Šahramān; ele retribuiu o cumprimento, colocou-se de pé, acomodou-os ao seu lado e lhes deu boas-vindas. Levantou-se então, no meio deles, um ancião, que era o seu líder, e disse: "Ó rei, esse que marchou contra você e invadiu as suas terras com cavalos e soldados não é como os sultões antigos ou os reis ancestrais; não, ele é o senhor da justiça e da lealdade, cuja memória e história são transmitidas por todos os viajantes. É um dos reis do tempo, o mais poderoso sultão, Sulaymān, senhor da Terra Verde, de ᶜAmūdān e das montanhas de Isfahan; ama a justiça e a equidade e detesta a injustiça e a iniquidade. Ele afirma que o seu filho está com você, em sua cidade; é o filho dele, o alento do seu fígado; se acaso for encontrado em boa condição, é esse o objetivo, ele lhe agradecerá e o louvará. Porém, se o rapaz tiver sumido da sua cidade, ou estiver ferido com uma agulha que seja, nesse caso espere dele a destruição e a devastação das suas terras. Ele transformará este país num deserto arruinado onde irão crocitar corujas e corvos. Eu o estou aconselhando e lhe repassei a mensagem dele".

Ao ouvir as palavras do velho mensageiro, o rei Šahramān ficou abalado, receoso por seu reino, e gritou com os principais do governo, os vizires, secretários e delegados, dizendo: "Ai de vocês! Salvem a cidade!".

E o amanhecer alcançou Šahrazād, que parou de contar.

QUANDO FOI A NOITE

414ª

Disse Šahrazād:

Eu tive notícia, ó rei venturoso, de que [o vizir Darandān disse ao sultão Ḍaw Almakān:]

Alarmado com o reino, o rei Šahramān disse aos membros do governo: "Saiam e vão procurar pelo rapaz, e encontrem-no bem!", [esquecendo-se de que ele estava nas mãos do carrasco, tamanho era o medo e o terror que sentia.][595] Então, voltando o olhar, o velho mensageiro avistou Tāj Almulūk, o filho do rei, na esteira de execução, com os olhos vendados e as roupas rasgadas, e, aos gritos, lançou-se sobre ele, bem como um jovem que estava no meio dos mensageiros de Sulaymān. O velho se pôs a falar sobre Tāj Almulūk e a

[595] Trecho entre colchetes traduzido de Paris 2.

beijar-lhe as mãos. O filho do rei abriu os olhos, reconhecendo enfim o vizir de seu pai, bem como seu companheiro ᶜAzīz, que tinham vivido consigo naquele país, e chorou e desmaiou.

Nesse ínterim, o rei Šahramān estava perplexo, sumamente receoso por seu reino. Compreendendo que eles haviam encontrado o que procuravam, levantou-se do trono, caminhou até Tāj Almulūk, cuja cabeça beijou, com os olhos lacrimosos, e disse: "Meu filho, não leve a mal quem agiu errado. Ignorávamos o seu valor e o que você fez foi muito difícil para nós. Tenha piedade pelas minhas cãs e não destrua o meu reino". Tāj Almulūk se aproximou dele e lhe disse: "Você não corre perigo. Mas cuidado — muito cuidado! — para que nada aconteça com a minha noiva". Šahramān disse: "Meu senhor, filho do meu senhor", e começou a pedir desculpas. Foi até onde estava a sua filha, após ter adoçado o coração do vizir e lhe prometido muito dinheiro. Ordenou aos maiorais do governo que conduzissem Tāj Almulūk ao banho e o vestissem com um de seus trajes prediletos, e que o trouxessem de volta o mais rápido possível.

Eles assim procederam, vestiram-no com o melhor e mais luxuoso traje do rei Šahramān e o conduziram imediatamente ao conselho do reino, ao qual ele chegou acompanhado pelos comandantes. Todos os principais membros do governo se colocaram a seu serviço e o atenderam. Tāj Almulūk se sentou para conversar com o vizir e ᶜAzīz, contando-lhes tudo quanto lhe sucedera durante o ano em que ali permanecera sem eles. O vizir e ᶜAzīz lhe disseram: "Fomos e trouxemos este exército para resgatá-lo. Seu pai ficou desesperado e nós lhe trouxemos a libertação!". Tāj Almulūk agradeceu-lhes e disse ao vizir: "Que a libertação continue se dando por meio das suas mãos, do começo ao fim".

Enquanto isso, o rei Šahramān, aterrorizado, foi ver sua filha Dunyā. Encontrou a mãe dela aos berros, pranteando, chorando e chorando mais, e viu que a filha tinha pegado uma espada, encostado o seu cabo no chão e se debruçado, curvada, com o peito sobre a sua ponta; ela dizia: "Assim que souber que Tāj Almulūk foi morto, eu me matarei com esta espada, forçando-a a entrar no meu peito e sair por minhas costas. Morro e não vivo sem ele!". Ao entrar, o rei gritou: "Não faça isso! Tenha pena do seu pai e do povo do seu país!", e se pôs a agradá-la, informando-a da questão e do que lhe sucedera, e contando que Tāj Almulūk, filho do rei Sulaymān, estava vivo, "e a questão só depende da sua concordância". Tanto a agradou que ela [largou a espada, acalmou-se,][596] sorriu e disse: "Eu não falei, meu velho, que ele é filho de sultão? Mas você não acreditou! Por Deus, vou fazê-lo crucificar você em dois pedaços de pau [bem baratos".][597] Šahramān disse, com muito jeito e manha: "Ele está vivo!". Ela disse: "Vá chamá-lo para mim". O rei se dirigiu célere a Tāj Almulūk e o consultou, dizendo: "Vamos, venha comigo", e o levou até a filha, que ao vê-lo se levantou, abraçou-o diante do pai e disse: "Como pode alguém maltratar um jovem desses? Um rei, filho de rei!".

Šahramān saiu dali e enviou ao vizir Arqadān[598] e ao jovem ᶜAzīz uma ordem para que informassem ao rei Sulaymān que "o seu filho está vivo, bem e saudável, com a filha do sultão Šahramān, a jovem Dunyā, gozando a melhor vida". Em seguida, chamou os seus privados e membros do governo, ordenando-lhes que saíssem levando alimentos, provisões para as montarias e dinheiro para o exército de Sulaymān, e eles cumpriram tal determinação. Ato contínuo, ele separou cem cavalos de raça, cem cavalos mestiços, cem escravos e cem escravas, conduzindo-os todos, com os membros do governo e dos seus privados, até as cercanias da cidade.

Já informado da situação toda por seu vizir e por ᶜAzīz, o sultão Sulaymān disse, muito contente: "Graças a Deus que o meu filho logrou o seu intento". E, ao saber da chegada do rei Šahramān, pai da jovem Dunyā, saiu de seu pavilhão e foi recepcioná-lo a pé, fazendo-o sentar-se em seu trono, conversando com ele e oferecendo-lhe algo para comer; comeram, portanto, até a saciedade, e depois foram servidos doces, petiscos e bebidas. Passadas algumas horas, chegou Tāj Almulūk, bem trajado e adornado. Ao vê-lo, o pai se levantou, bem como todos os presentes, e ficou abraçado a ele por um bom tempo, saudando-o tal como se saúdam aqueles de há muito ausentes. O rapaz se acomodou entre eles e se pôs a conversar. Sulaymān disse a Šahramān: "Eu gostaria de escrever o contrato de casamento do meu filho Tāj Almulūk com a sua filha Dunyā, diante de testemunhas". Šahramān respondeu: "Ouço e obedeço, meu amo", e, ato contínuo, convocou testemunhas e juiz, que compareceram, escreveram o contrato de casamento, e então os dois grupos ficaram felizes e os dois exércitos deram alvíssaras.

[596] Traduzido de Gayangos.

[597] Traduzido da compilação tardia.

[598] O nome do velho vizir, que aqui surge pela primeira vez, está somente em Tübingen. Em Varsy, por evidente erro de cópia, consta *Darandān*. Nas demais fontes, ele permanece inominado.

Isso feito, o rei Šahramān foi preparar a filha, a jovem Dunyā...

E o amanhecer alcançou Šahrazād, que parou de contar.

QUANDO FOI A NOITE

415ª

Disse Šahrazād:

Eu tive notícia, ó rei venturoso, de que [o vizir Darandān disse ao sultão Ḍaw Almakān:]

O rei Šahramān foi preparar a filha, atendendo-a em tudo quanto ela pedia e desejava.

Por seu turno, Tāj Almulūk voltou-se para Sulaymān e disse: "Meu pai, o jovem ᶜAzīz me serviu. Ele tem direitos sobre mim, e se esfalfou comigo nesta viagem. Além de viajar comigo, foi ele quem me indicou o caminho e esperou comigo até que eu satisfizesse o meu anelo. Agora, já faz dois anos que ele está conosco, e conosco sofreu o exílio. Não poderíamos lhe dar alguns fardos de mercadoria e deixá-lo voltar para o país dele, que é perto daqui?". O pai disse: "Excelente parecer esse que você deu, meu filho". Destarte, arrumaram-lhe cem fardos de mercadorias, com os mais luxuosos tecidos, especiarias e outras coisas, alugaram-lhe camelos, carregadores, criados, escravos, cavalos de raça e animais de carga. Despedindo-se de ᶜAzīz, Tāj Almulūk chorou e disse: "Meu irmão ᶜAzīz, que Deus não me faça sofrer com a sua falta. Esses fardos são um presente, com as minhas bênçãos, para a sua viagem". ᶜAzīz agradeceu, beijou as mãos do companheiro e o solo diante do sultão Sulaymān, partindo a seguir em viagem e tomando estrada.

Tāj Almulūk o acompanhou para despedir-se, mas depois de três milhas ᶜAzīz o fez retornar, dizendo-lhe: "Não fosse a minha mãe, eu não suportaria separar-me de você. Por Deus, não deixe de me dar notícias nem de me escrever", e, despedindo-se, foi para a sua cidade, avançando sem cessar até chegar ao seu bairro. Entrou na casa de sua mãe e verificou que ela construíra bem no seu centro um túmulo vazio, cortara os cabelos e os estendera sobre ele, o que significava que o seu filho estava ali morto. Ela recitava o seguinte:

Ó túmulo, será que a beleza dele se desfez,
ou ainda estará viva a sua face radiante?
Ó tumba, se não és jardim ou firmamento,
como em ti se unem o plenilúnio e a flor?[599]

Súbito, então, ele disse: "Contigo esteja a paz, minha mãe!".

Disse o narrador: Ela ergueu a cabeça, lançou-lhe um olhar desvairado, levantou-se e se atirou sobre ele, ficando desmaiada por um tempo. Quando acordou, ᶜAzīz lhe contou tudo quanto lhe sucedera durante aqueles dois anos com Tāj Almulūk, filho do sultão Sulaymān, informando-a também de que eles lhe haviam dado cem fardos carregados de seda, roupas e todo gênero de tecidos luxuosos, além das especiarias. Muito contente, a mãe rogou por ele. ᶜAzīz ficou morando com a mãe, lamentando a sua sorte e se lamuriando da vida, refletindo sobre o ocorrido entre ele e Dalīla, a ardilosa, que o emasculara. Essa Dalīla tem muitas histórias, as quais serão mencionadas em seu devido lugar,[600] se Deus altíssimo quiser. Isso foi o que aconteceu a ᶜAzīz.

Quanto a Tāj Almulūk, ele possuiu a jovem Dunyā, desvirginou-a e lhe libertou o coração. Eles tiveram um pelo outro um imenso amor. Quando se concluiu a festa e a consumação do casamento, Tāj Almulūk pediu para voltar à sua terra com a mulher, e eles partiram. Šahramān, pai de Dunyā, forneceu-lhes muitas provisões, alimento para as montarias etc. Saíram de sua cidade e o rei Šahramān galopou ao lado deles pelo período de três dias. O sultão Sulaymān lhe pediu então que regressasse, e Šahramān se despediu deles e da filha, e regressou.

Eles avançaram sem cessar por noites e dias até se aproximarem de sua cidade, que a população engalanara para receber o rei, Tāj Almulūk, sua mulher e os soldados. O sultão Sulaymān se dirigiu ao trono para governar com Tāj Almulūk ao seu lado. Distribuiu trajes honoríficos, fez dádivas e concessões, deu esmolas e libertou todos os presos, após o que realizou uma grande festa para o filho. As comemorações se alastraram e vinte bandas musicais tocaram por um mês completo; aias e criadas virgens exibiram Dunyā diante de Tāj Almulūk com velas perfumadas; nem ela se saciava de ser exibida, nem ele de contemplá-la, em vigí-

[599] Versos bem semelhantes a esses são recitados na noite 24 do primeiro volume desta coleção.

[600] Efetivamente, nos manuscritos e edições da compilação tardia, encontra-se a história de Dalīla, a ardilosa, e sua filha Zaynab, a trapaceira, com Aḥmad Addanaf e Ḥasan Šūmān. Situada no período do califa abássida Hārūn Arrašīd, essa narrativa está, nas edições impressas, entre as noites 698 e 719.

lia, até o raiar do sol. E assim viveram a melhor e mais feliz das vidas, até que lhes adveio o destruidor dos prazeres e dispersador das comunidades.

E isso é o que chegou ao nosso conhecimento acerca do que ocorreu a ᶜAzīz e sua prima Dāma Alᶜizz.[601]

Disse o rei Ḍaw Almakān: "Só mesmo alguém como você, ó vizir, para me desoprimir o peito com histórias". Darandān disse: "E isso não é mais espantoso...".

E o amanhecer alcançou Šahrazād, que parou de contar.

QUANDO FOI A NOITE

416ª[602]

Disse Šahrazād:

Eu tive notícia, ó rei venturoso, de que o vizir Darandān disse a Ḍaw Almakān: "Ó rei do tempo, essa história não é mais espantosa que a de Ġānim Bin Abī Ayyūb, o cativo do amor, e do que lhe sucedeu com a jovem Qūt Alqulūb.[603] Essa história, ó rei, é mais espantosa, assombrosa, prazerosa e emocionante que qualquer outra história noturna ou narrativa comum. Eu a contarei a você, se Deus quiser, quando voltarmos desta viagem". Então Ḍaw Almakān, o grão-chanceler, Bahrām, Rustum e Dukāš lhe agradeceram. O peito e o pensamento do rei ficaram curiosos para ouvir essa história espantosa e repleta de emoções e assombros.

O cerco a Constantinopla foi sustentado por quatro anos, ao cabo dos quais tiveram saudades de seus familiares e de suas terras. As tropas se exasperaram e incomodaram, entediadas com o cerco e a vigília. O vizir Darandān foi falar com o rei Ḍaw Almakān em sua tenda, informando-o das conversas que se propaga-

601 Curiosamente, neste ponto todas as fontes são concordes em atribuir o nome de ᶜAzīza à prima de ᶜAzīz. E, mais curiosamente ainda, a conclusão se dá como se a principal história fosse essa, e como se a história seguinte, de Tāj Almulūk e Dunyā, constituísse o seu complemento.

602 Mais ou menos nesta altura, todas as fontes concordam na divisão da noite. Eis os números dessa noite em cada um deles: Tübingen, 401; Varsy, 411; Cairo, 104; Paris 2, 118; Reinhardt, 683; edições impressas, 137.

603 A localização dessa história no interior da narrativa de ᶜUmar Annuᶜmān é exclusiva de Tübingen, Varsy, Gayangos e Paris 1, conforme se verá mais adiante. Teria sido assim também em Maillet, se a parte relativa a essa história não tivesse sido perdida. Nas demais fontes, ela é "independente", ou seja, narrada diretamente por Šahrazād ao rei Šāhriyār, sem intermediários.

vam entre os soldados, e das saudades que sentiam de sua terra natal. O rei imediatamente mandou convocar os líderes militares Bahrām, Rustum e Dukāš, aos quais disse: "Saibam, ó comandantes do tempo, que nós permanecemos aqui durante esses anos todos sem alcançar nosso intento, e as confusões e paixões recrudesceram entre nós".

E o amanhecer alcançou Šahrazād, que parou de contar.

QUANDO FOI A NOITE

417ª[604]

Disse Šahrazād:

Eu tive notícia, ó rei venturoso, de que o rei Ḍaw Almakān disse: "As aflições e preocupações aumentaram entre nós. Viemos para [vingar a morte de nosso pai, ᶜUmar Annuᶜmān, contra o rei bizantino][605] e os adoradores da cruz, mas meu mano Šarrakān, pilar do islã, foi morto, e a aflição, que era uma, virou duas, e a desgraça, que era uma, virou duas. Tudo isso se deve à velha Šawāhī Ḏāt Addawāhī, que com ímpio atrevimento matou o sultão ᶜUmar Annuᶜmān bem no meio de sua residência e reino, sequestrando ademais a sua esposa Ṣafiyya. Como se isso não bastasse, ela fez uma artimanha, disfarçando-se de ancião asceta, introduziu-se em nossas fileiras e matou o meu irmão, degolando-o e queimando aquele que era o alento do meu pai. Eu me engajei e jurei que seria absolutamente imperioso capturá-la nesta terra e neste país. O que dizem vocês, ó comandantes? Entendam o meu discurso e me deem uma resposta!".

Eles abaixaram a cabeça e delegaram a resposta ao vizir Darandān, que deu um passo adiante e disse ao rei: "Saiba, ó rei do tempo, que a nossa permanência aqui já não tem proveito. O melhor é que retornemos às nossas famílias e terras, e lá fiquemos por um curto período, após o qual voltaremos e atacaremos de novo os adoradores da cruz e o povo da infidelidade e da impiedade. Teremos

[604] Neste ponto, a divisão da noite ocorre apenas em Varsy e Tübingen, mas houvemos por bem mantê-la, apesar de muito curta. Talvez consista em indício de alguma possível lacuna nas fontes antigas.
[605] Traduzido de Gayangos. Em Tübingen e Varsy, "para nos vingar dos reis bizantinos".

então descansado e matado as saudades dos nossos filhos, e fabricaremos novas armas, catapultas, grandes escadas, equipamentos, artilharia,[606] e máquinas de guerra, e nossas vontades estarão mais firmes". O rei disse: "É a melhor indicação essa que você me faz, ó vizir, pois também eu estou morto de anelos por meus familiares, meu filho Kān Mākān, e por minha sobrinha Quḍya Fakān, que reside em Damasco, na Síria, e não sei o que se passa com ela".

Plenamente satisfeitos, os presentes rogaram pelo vizir Darandān. O rei ordenou que a retirada se desse em três dias. Os soldados carregaram seus pertences e no quarto dia rufaram-se os tambores e as trombetas dispararam. O vizir disse: "Saiba, ó rei, que o grupo já está de partida". Bandeiras e estandartes foram estendidos. O vizir Darandān tomou a dianteira do exército e, céleres, puseram-se todos em marcha. O rei avançava com o grão-chanceler ao seu lado. Os exércitos se retiraram, as bandeiras estendidas e todos muito felizes, para as terras de seus entes queridos. Mantiveram a marcha acelerada por noites e dias até chegarem à cidade de Bagdá, onde todos se rejubilaram: os amados encontraram os amados, os presentes encontraram os que estavam ausentes e cada comandante foi para sua casa.

O sultão Ḍaw Almakān entrou no palácio e foi ver seu filho Kān Mākān, que completara sete anos e já sabia sair e cavalgar. Após descansar da viagem, o sultão foi ao banho com seu filho Kān Mākān, sentando-se em seguida no trono do reino. O vizir Darandān se postou diante dele, e os líderes do governo e membros da corte se puseram a seu serviço. O rei mandou chamar o foguista, aquele

[606] "Equipamentos" traduz o incompreensível, nesse contexto, *mufradāt*, que consta de Tübingen e Varsy, e que se supôs ser *muᶜiddāt*. Já o termo "artilharia" exige uma explicação. Em Tübingen e Varsy, consta *banādiq*, e em Paris 2, *makāḥil*. Pode tratar-se de referência a equipamentos de guerra que fazem uso da pólvora, conhecida entre os muçulmanos desde o século XIII, como se evidencia no já citado livro *Alfurūsiyya wa almanāṣib alḥarbiyya*, "A arte da cavalaria e os princípios da guerra", do tripolitano Najmuddīn Ḥasan Arrammāḥ, morto em 1294 d.C. Embora tenhamos empregado "artilharia", trata-se, evidentemente, de equipamentos algo rudimentares. A palavra *banādiq* já aparece consignada no célebre dicionário *Lisān alᶜarab*, "A língua dos árabes", de Ibn Manẓūr (1233-1311 d.C.), como plural de *bunduq* (origem do nosso "bodoque"), "aquilo com que se efetuam disparos". Podem ser também projéteis de outra ordem. Mas a possibilidade da pólvora não pode ser descartada. Em Paris 2, bem mais tardio (século XIX), o escriba, ou a fonte da qual ele copiava, substituiu *banādiq* por *makāḥil*, plural de *makḥala*, termo que remete diretamente ao uso da pólvora, e até hoje é usado no Marrocos como "fuzil". À margem, um renitente leitor de Varsy anota: "Este é um dos livros mais espantosos que vi na arte da mentira, pois falar de artilharia [...] indica que a história é posterior ao ano de 804 [equivalente a 1401 d.C.], pois foi naquela época que se fez [inventou?] a artilharia, e Constantinopla já estava nas mãos dos otomanos. Portanto, eu rogo a Deus que conserve a minha fé, bem como a do leitor, e que Deus precipite o autor na ignomínia – e que ignomínia! Não existe poderio nem força senão em Deus altíssimo e poderoso". Traduzimos a partir da transcrição de Ibrahim Akel (cf. o "Posfácio"), pois na cópia de que dispomos, em preto e branco, essa anotação, feita com tinta de cor clara, está muito apagada.

amigo que o ajudara durante o desterro. Ao chegar, o foguista — que adquirira um pescoço capaz, sozinho, de fazer girar um moinho[607] — foi colocado diante do rei, que o recebeu em pé e o acomodou ao seu lado. Ḍaw Almakān havia relatado ao vizir tudo o que o foguista fizera por ele, e assim os demais vizires o trataram com enorme deferência.

O foguista, porém, estava aparvalhado e até aquele momento não reconhecera o rei, que se voltou para ele dizendo: "Quão rápido você me esqueceu!". Então, olhando bem, o foguista o reconheceu, ficou em pé e disse: "Ótimo que você está bem! Quem o fez sultão?". Ḍaw Almakān fez-lhe sinal de silêncio e riu dele, bem como alguns dos líderes do governo. O vizir se voltou para o foguista e lhe explicou uma parte da história, dizendo-lhe: "Tenha decoro! Ele era seu irmão e companheiro, e agora se tornou rei da terra, de sul a norte e de leste a oeste! Necessariamente, irá suceder-lhe todo bem! Eu recomendo que, caso ele lhe ofereça o atendimento de um pedido, você não peça senão algo valiosíssimo, pois hoje você é muito caro ao rei". O foguista disse: "Receio pedir-lhe algo que ele não permita, ou que esteja acima das suas possibilidades". O vizir disse: "Vamos, peça!". O foguista disse: "Deus o recompense, meu senhor, pelo que acabou de me contar. Por Deus, vou pedir algo que tenho em mente e com o qual sonho todo dia. Só rogo a Deus generoso que me permita obtê-lo". O vizir disse: "Mantenha-se tranquilo. Por Deus, mesmo que você peça Damasco, o reino do seu irmão, ele o tornará sultão de lá", e o deixou. O foguista ficou em pé, e Ḍaw Almakān, apontando para ele, disse: "Sente-se ao meu lado". O foguista respondeu: "Deus me livre! Os dias de sentar ao seu lado acabaram". Ḍaw Almakān disse: "Você ainda é o único motivo de eu não ter morrido! Por Deus, meu irmão, quem dera você pedisse algo de todo esse bem que eu desfruto. Peça!". O foguista disse: "Tenho medo, meu senhor!". O rei disse: "Nada tema! Do que tem medo?". O foguista disse: "Temo pedir-lhe algo que você não consinta!". O sultão perguntou: "O que é?", riu, e continuou: "Se você me pedir metade do meu reino, eu o tornaria meu sócio. Faça logo o seu pedido e deixe de conversa!". O foguista disse: "Eu tenho medo, meu senhor!". O rei disse: "Peça e nada tema". O foguista disse: "Vou lhe pedir algo que você não pode dar".

E o amanhecer alcançou Šahrazād, que parou de contar.

[607] Nas edições impressas e no manuscrito do Cairo consta: "o foguista encorpara e engordara de tanto comer e descansar, e o seu pescoço se igualara ao de um elefante, e seu rosto, ao de um golfinho, e sua mente se aparvalhara, pois ele nunca saía de onde estava".

418ª

Disse Šahrazād:

Eu tive notícia, ó rei venturoso, de que o rei Ḍaw Almakān disse ao foguista: "Faça o seu pedido e nada tema".[608] O foguista então disse: "Eu lhe peço a cidade de Damasco, o sultanato da cidade, o lugar do seu irmão". O sultão respondeu: "Concedido", e então escreveram a sua nomeação. Ḍaw Almakān disse ao vizir Darandān: "Você e mais ninguém irá acompanhá-lo até Damasco, onde o fará sultão. Quando voltar, traga junto consigo a minha sobrinha Quḍya Fakān, pois estou informado de que ela está destinada a altos desígnios. Volte logo para me relatar as venturas do apaixonado desafortunado Ġānim Bin Abī Ayyūb e de Qūt Alqulūb". O vizir respondeu: "Ouço e obedeço", e foi preparar a viagem do foguista, a quem o rei outorgara coisas que a avareza se recusaria a dar. O sultão Ḍaw Almakān ordenou que lhe entregassem tendas novas, tecidos valiosos, presentes e joias; também disse aos comandantes de sua corte: "Todo aquele que gostar de mim deve lhe dar algo", e o denominou sultão Zabalkān e o alcunhou

[608] Neste ponto, todas as fontes, com exceção de Tübingen e Varsy, interpolam uma cena cômica. Eis a tradução, baseada em Gayangos: "O foguista disse: 'Eu lhe peço que escreva um decreto me nomeando intendente dos foguistas na cidade de Jerusalém. É só isso que quero de você, mais nada'. O sultão e todos os presentes à assembleia riram, e Ḍaw Almakān lhe disse: 'Deixe dessa conversa e não me venha com brincadeiras!'. O foguista disse ao vizir: 'Eu não lhe falei, desde o início, que eu lhe pediria algo além da sua capacidade?'. O vizir lhe disse: 'Cale-se!'. O foguista respondeu: 'Você não me disse que, se eu quisesse algo bem grande, bastaria pedir?'. O vizir disse: 'Peça algo que seja de enorme importância!'. O foguista disse: 'Se esse pedido não o agrada, então peço que me faça lixeiro na casa de banho de Ṣaḫra [*ou:* Ṣaḥn], [em Damasco]. Satisfeito agora?'. Ao ouvirem tais palavras, os presentes se reviraram de tanto rir, e o vizir lhe deu um safanão. O foguista se voltou para ele e disse: 'O que foi que eu fiz para você me bater? A culpa não é minha, mas sua, que me aconselhou e instruiu a pedir algo grandioso, e então fiz esse pedido. Se o rei não é capaz disso, por Deus, deixe-me voltar em paz ao meu país! Livre-me dessa felicidade toda!'. Ao perceber que o foguista estava troçando, o sultão esperou algum tempo e disse, voltando-se para ele: 'Faça o seu pedido, meu irmão, e pare com essa brincadeira!'". E só então o foguista pede para ser sultão de Damasco. Esse trecho, conforme se disse, só não consta de Tübingen e Varsy. Mas, como ele altera o caráter da cena (pois faz o foguista escarnecer numa situação em que ele não poderia fazê-lo, mesmo tratando-se de uma cena cômica) e não supre nenhuma lacuna perceptível, optamos, após alguma hesitação, por deslocá-lo para as notas. A menção ao banho de Damasco, que deveria ser (e continua sendo) obscura – pois se trata certamente de um estabelecimento extinto – consta de Paris 1, Paris 2 e Reinhardt, mas foi eliminada em Gayangos, bem como nas edições impressas e no manuscrito do Cairo, sendo substituída por "chefe dos lixeiros de Jerusalém e [ou] Damasco".

de rei Mujāhid.[609] Os comandantes então ofertaram cavalos de raça e mestiços e toda sorte de tecidos valiosos ao sultão Zabalkān. Passado um mês, todas as suas necessidades e demandas foram satisfeitas, e ele não precisava de mais nada para ser entronizado.

E assim o sultão Zabalkān, com o vizir Darandān a seu serviço, apresentou-se diante do sultão Ḍaw Almakān para despedir-se e sair em viagem. Ao vê-lo, Ḍaw Almakān se pôs em pé, abraçou-o, saudou-o, recomendou-lhe fazer o bem aos súditos, praticar a justiça e cuidar dos interesses dos muçulmanos, e ordenou que se preparasse para a viagem e que estivesse mobilizado para o *jihād* dali a dois anos, informando-o do que a velha Šawāhī havia feito. Dadas essas recomendações, despediu-se dele, tornando a recomendar-lhe os súditos. Após as despedidas, o sultão Zabalkān partiu enquanto ouvia as reiteradas recomendações de Ḍaw Almakān. Os comandantes lhe haviam oferecido escravos cujo número chegou a três mil, e eles cavalgaram em sua retaguarda; o grão-chanceler, o líder dos daylamitas, Bahrām, o dos persas, Rustum, bem como Dukāš, acompanharam o cortejo e se puseram a seu serviço durante três dias, ao cabo dos quais regressaram a Bagdá, a morada da paz.

O sultão Zabalkān e o vizir Darandān prosseguiram céleres a viagem até a protegida cidade de Damasco. Quando já estavam nas cercanias da cidade, a notícia foi enviada por mensageiros e também pelas asas dos pombos, qual seja, a de que "foi nomeado como sultão desta terra um homem chamado Zabalkān e alcunhado de rei Mujāhid". Os moradores engalanaram a cidade inteira para recebê-los. Foram tocados atabales, tambores e trombetas, e todos em Damasco, os grandes e os pequenos, saíram para saudar o sultão rei Mujāhid, que adentrou a cidade com um grande séquito, num dia que se tornou o principal de sua vida. Dirigiu-se ao castelo e tomou assento no trono do reino. O vizir se postou para servi-lo e dar-lhe ciência das posições e da hierarquia dos comandantes da cidade, os quais se apresentaram e beijaram o chão diante dele, rogando para que tivesse poder e êxito.

E o amanhecer alcançou Šahrazād, que parou de contar.

[609] Essas denominações, por contraditórias, dão margem a especulações. *Zabalkān* é um composto, decerto um neologismo, que significa aproximadamente "era lixo" (e mesmo "era esterco"), ou, com alguma irregularidade ortográfica, "era lixeiro"; já o termo *mujāhid* significa "aquele que pratica o *jihād*". Note, porém, que não raro as fontes embaralham a grafia do nome, registrando *Zaylakān* (hoje, nome de uma localidade no Iraque), e não *Zabalkān*. A diferença, como em tantos casos nas *Noites*, é de um simples pingo.

QUANDO FOI A NOITE

419ª

Disse Šahrazād:

Eu tive notícia, ó rei venturoso, de que os comandantes e os principais do reino rogaram pelo novo sultão, que lhes concedeu terras[610] e ordenou que recebessem trajes honoríficos, presentes e dádivas; abriu os depósitos de dinheiro e pagou aos comandantes e soldados, do pequeno ao grande; governou e fez justiça. Admirado, o vizir Darandān pensou: "Vindo de quem veio, é muito. Este pão não é daquela massa".[611] Ato contínuo, o sultão Zabalkān se pôs a preparar a filha do sultão Šarrakān, a resguardada jovem Quḍya Fakān, montando-lhe uma liteira com cobertura de seda verde e fios de ouro, e proporcionou ao vizir os melhores equipamentos, oferecendo-lhe ainda um tanto de dinheiro, que este recusou dizendo: "Como você acabou de tomar posse, não vamos levar nada. No futuro recolheremos os tributos e tudo o mais. Enviaremos o pedido".

Assim que o vizir Darandān montou e concluiu seus preparativos, o sultão Zabalkān e seu grupo também montaram para se despedir dele, que levou consigo Quḍya Fakān, transportando-a na liteira e disponibilizando duas criadas para servi-la e distraí-la, e assim puseram-se todos em viagem. O sultão Zabalkān retornou então para administrar o seu reino e ocupar-se com a produção de armamentos, à espera do momento em que o rei Ḍaw Almakān o convocasse. Isso foi o que sucedeu a ele.

610 "Concedeu-lhes terras" traduz, por suposição, o sintagma *ṭāwaba lahum*, que consta de Tübingen, Varsy e Gayangos, mas não encontra explicação em dicionário algum.

611 A formulação do vizir, feita em dialetal egípcio, é meio obscura. É possível aventar que se refira ao fato de o foguista, homem de ínfima condição, mostrar-se um bom governante. Um equivalente em português seria a fórmula "está se saindo melhor do que a encomenda", ou "para quem é, bacalhau basta". Note que, do ponto de vista histórico, o período dos governantes mamelucos no Egito e na Síria – em especial em sua segunda fase, dita dos mamelucos "circassianos" (1382-1517), caracterizada por uma paulatina degradação das condições de vida nessas regiões – testemunhou a ascensão de vários membros das "classes populares" ao poder, seja na condição de vizires, seja na condição de fiscais, e isso, conforme se verifica nos registros dos historiadores, redundou em rotundos fracassos, derivados, em geral, da corrupção que então grassava. É bem possível que a afirmação posta na boca do vizir Darandān derive dessa disseminada percepção. Um bom panorama de tal situação, com numerosas remissões às fontes, modernas e antigas, ocidentais e orientais, está no excelente estudo de Maḥāsin Muḥammad Alwaqqād, professora da Universidade de Heliópolis e especialista no período mameluco: *Aṭṭabaqāt aššaʿbiyya fī Alqāhira almamlūkiyya*, "As classes populares no Cairo mameluco", Cairo, 1999, passim.

Quanto ao vizir Darandān, ele tomou uma rota bem aprazível e avançou por vastos territórios conduzindo Quḍya Fakān, aproximando-se de Bagdá ao cabo de um mês, quando então mandou avisar o sultão da sua chegada. Ḍaw Almakān saiu em cavalgada para recepcioná-lo, e ao vê-lo o vizir fez menção de descavalgar, mas o rei o impediu e avançou até se emparelhar com ele, cumprimentando-o e felicitando-o por haver chegado bem. Indagado pelo rei sobre o sultão Zabalkān, Darandān deu-lhe notícias sobre o estado em que o deixara, sobre o seu modo de governar, o que fizera e o bem-estar de que desfrutava, informando-o ainda de que trouxera consigo a sua sobrinha Quḍya Fakān, filha de Šarrakān. Ḍaw Almakān deu-lhe um traje honorífico deveras valioso e disse: "Agora você deve repousar do desgaste da viagem por três dias, findos os quais venha até mim e me conte a história do apaixonado desafortunado Ġānim e de Qūt Alqulūb, que alegra os corações, afasta as aflições e leva o amor ao coração do amado",[612] e lhe deu mais um valioso traje honorífico, [tratando-o com a mais suma dignidade. Esperou que ele descansasse e, quando enfim se encontraram, pediu-lhe: "Quero, meu pai, que você me conte a história de Ġānim Bin Abī Ayyūb, o apaixonado desafortunado". O vizir respondeu: "Com muito gosto e honra, ó rei do tempo. Se Deus quiser, isso logo se dará".

Disse o narrador: Em seguida, o rei se dirigiu aos seus aposentos, e sua sobrinha Quḍya Fakān, que tinha oito anos, foi visitá-lo. Tão logo seus olhos caíram sobre ela, Ḍaw Almakān ficou muito feliz, ao mesmo tempo que sentiu uma insuperável tristeza por causa do pai dela. Mandou imediatamente chamar os alfaiates para lhe costurarem roupas apropriadas, tal como os reis procedem em relação aos seus filhos. Depois disso, convocou os ourives e determinou que lhe confeccionassem toda sorte de joias, e que nisso investissem toda a habilidade que tinham no ofício, com o máximo esforço; eles obedeceram sem discutir.

Disse o narrador: Em seguida, ordenou às mulheres do seu harém que a tratassem com a maior deferência e honra, criando-a ao lado do seu filho Kān Mākān; assim, eles passaram a crescer juntos, e ambos se tornariam as pessoas mais inteligentes do seu tempo. A jovem Quḍya Fakān se tornaria, ademais, dona de juízo, conhecimento, administração, altos desígnios, cálculo, investigação e avaliação das consequências das coisas.

612 Em Tübingen e Varsy, o rei também diz: "Que seja no ano-novo", mas a afirmação foi excluída da tradução por estar obviamente deslocada devido a uma lacuna.

Disse o narrador: Ao atingir a idade de doze anos, Quḍya Fakān aprendeu a cavalgar e a atravessar regiões inóspitas no escuro da noite. Já o seu primo, Kān Mākān, se tornou dono de grande generosidade, tolerância e doçura de linguagem, mas não levava em consideração as consequências das coisas. Quḍya Fakān aprendeu a marchar e atacar por mar e terra, bem como a lutar com espadas e lanças. Isso quando cada um deles completasse a idade de doze anos.

Quando as questões relativas ao *jihād* estavam sendo ultimadas, o rei mandou chamar o vizir e disse: "Saiba, ó vizir e grande conselheiro, que meu coração está ansioso por ouvir a história de Ġānim Bin Abī Ayyūb, o apaixonado desafortunado, e o que lhe sucedeu com Qūt Alqulūb, pois você havia me prometido contá-la quando estávamos no cerco de Constantinopla. Nós estamos prontos, e, se Deus quiser, não voltaremos de lá senão após sermos bem-sucedidos em tomar a vingança, afastar a infâmia e alcançar a maldita rameira devassa Šawāhī D̲āt Addawāhī. Eu desejo que você me conte essa história antes de viajarmos e nos ocuparmos com o *jihād* e o combate em obediência ao Senhor dos homens, quando então não conseguiremos prestar a atenção necessária nem teremos tempo uns para os outros e muito menos coração para ouvir histórias ou algo assim". O vizir respondeu: "Com muito gosto e honra, ó rei venturoso, no começo do ano que vem, pois estes dias que estamos vivendo não são propícios à atenção necessária para que eu lhe conte a história de Ġānim Bin Abī Ayyūb, o apaixonado desafortunado, e tudo quanto lhe sucedeu com Qūt Alqulūb; é uma narrativa que alivia as aflições e traz o amor ao coração do amado".

Ḍaw Almakān lhe deu uma túnica valiosíssima e][613] esperou, com o coração inquieto, até o ano se findar, quando então mandou buscar o vizir Darandān e disse: "Ó vizir, este é o primeiro dia do ano, e quero que você cumpra o que me prometeu". O vizir respondeu: "Com muito gosto e honra!".

E o amanhecer alcançou Šahrazād, que parou de contar.

[613] O trecho entre colchetes foi traduzido de Gayangos. Considerou-se necessário incluí-lo no corpus porque em Tübingen e Varsy o tio não dá atenção à chegada da sobrinha, que no entanto ele próprio havia mandado trazer. Ademais, esse trecho confere maior densidade ao fluxo temporal, básico nesse momento da narrativa.

420ª

Disse Šahrazād:

Eu tive notícia, ó rei venturoso, de que [o vizir Darandān disse:]

ĠĀNIM, O CATIVO DO AMOR, E SUA AMADA QŪT ALQULŪB[614]

Esse Ġānim Bin Abī Ayyūb, cativo da paixão e por ela espoliado, era um jovem gracioso, dono de uma fala eloquente, face imaculada, uma lua entre as luas. Ele tinha uma irmã virgem, das mais encantadoras do seu tempo, chamada Fitna, tamanhas eram sua beleza e formosura. O pai deles, um grande mercador endinheirado, [ficara muito doente e][615] falecera, legando-lhes vastos cabedais, entre os quais se contavam cem fardos de tecidos tais como seda e linho, brocados e perfumes trescalantes. Nos fardos se escrevera: "Feito para atender Bagdá". Esse mercador vivia em Damasco, na época de Muḥammad Bin Sulaymān Azzaynabī, durante o governo de Hārūn Arrašīd,[616] o quinto dos califas abássidas, [que dominava os exércitos em Bagdá. Certo dia, Ġānim

[614] Tübingen, Varsy e Gayangos (além de Paris 1, que não é um manuscrito das *Noites*) são as únicas fontes nas quais essa narrativa está dentro da história de ᶜUmar Annuᶜmān. Como os dois primeiros manuscritos são também a fonte mais antiga dessa narrativa, a tradução houve por bem mantê-la aqui. *Ġānim* significa "aquele que triunfa sem esforço"; *Ayyūb* é a forma árabe do nome do patriarca bíblico "Jó"; *Fitna*, nome da sua irmã, significa "encanto", "sedução", "sedição"; em Gayangos, seu nome é *Fitnat Annufūs*, "encanto das almas". Já *Qūt Alqulūb* significa "alimento dos corações". O nome da personagem principal, Ġānim, é comumente acompanhado dos adjetivos *mutayyam*, "arrebatado (*ou*: perdido) de amor", *maslūb*, "sequestrado", "despojado" etc.

[615] Trecho entre colchetes traduzido de Gayangos, bem como os seguintes. Nesta história em particular, o corpus de Gayangos está mais "encorpado", diga-se assim, refletindo talvez intervenções de copistas e narradores em pontos da história que lhes pareciam demasiado "secos", obscuros ou simplesmente alusivos, demandando a introdução de frases explicativas ou mesmo de redundâncias, assemelhando-se em muitos aspectos ao corpus de Paris 1. Por tal motivo, a tradução serviu-se de Gayangos apenas quando o texto de Tübingen e Varsy pareceu apresentar alguma lacuna.

[616] Hārūn Arrašīd (766-809 d.C.), califa abássida amiúde citado nas *Noites*. A outra personagem, Muḥammad Bin Sulaymān Azzaynabī, que aparece no conto "Anīsuljalīs e Nūruddīn ᶜAlī Bin Ḫāqān" (noites 201-229 do segundo volume desta coleção), também é histórica, mas existem poucas informações a seu respeito. O que se sabe é que tinha relações de parentesco com o califa Hārūn Arrašīd, o qual o nomeou governador de Basra, no sul do Iraque.

Bin Abī Ayyūb foi falar com a mãe e lhe disse:] "Eu gostaria que você me explicasse, minha mãe, por qual motivo papai escreveu nos fardos 'Feito para atender Bagdá'". Ela respondeu: "Meu filho, quando seu pai preparava uma expedição comercial para algum lugar, [ele escrevia o nome do país nos fardos.] E o seu pai estava decidido a comerciar esses fardos em Bagdá, pois as suas mercadorias estão à altura da cidade e ali há demanda". [Ġānim disse: "Então é absolutamente imperioso, minha mãe, que eu viaje até Bagdá, dado que essas mercadorias têm saída por lá".] A mãe respondeu: "Meu filho, você ainda é demasiado jovem, e desconhece o quão fatigantes são essas viagens, [pois os mercadores, meu filho, nelas padecem angústias e aflições que não seriam suportadas nem por montanhas...] Já perdi o seu pai... Não me faça perder você também, meu filho!", e rogou por ele, dizendo: "Eu e sua irmã Fitna não temos mais ninguém!". Ġānim disse: "Mamãe, vocês têm a Deus. Enviar as minhas mercadorias a Bagdá é imprescindível, bem como é imprescindível que seja eu a viajar para lá vendê-las".

Incapaz de demover o filho, e derrotada tanto por sua opinião como pela firmeza do seu coração, a mãe disse: "Essa separação ocorrerá malgrado meu, e sem o meu consentimento, mas esteja à vontade para fazer o que bem entender, meu filho". Então Ġānim[617] se dirigiu ao mercado e comprou escravos, servos e mamelucos, bem como cavalos, jumentos e camelos, além de apetrechos para a viagem. Foi igualmente acompanhado, desde a saída de Damasco, por seis criados para servi-lo. Preparado, saiu com quinhentos camelos e rumaram para Bagdá, aonde chegaram após trinta dias, no primeiro dia do mês, com o surgimento da lua crescente. Ao avistar Bagdá, o jovem mercador ficou feliz e se regozijou.

E o amanhecer alcançou Šahrazād, que parou de contar.

[617] Neste ponto, bem como em outros, a narrativa não cita Ġānim pelo nome, mas sim pelo epíteto "arrebatado pela paixão", como que antecipando o que lhe sucederá; na verdade, nem *mutayyam*, "arrebatado de amor", nem *maslūb*, "espoliado", fazem parte do nome da personagem, mas ele é assim qualificado por diversas vezes, mesmo antes dos eventos que justificarão tais epítetos. Por isso, preferimos ora manter o nome próprio, ora referi-lo como "o rapaz", "o jovem mercador" etc.

QUANDO FOI A NOITE

421ª

Disse Šahrazād:

Eu tive notícia, ó rei venturoso, de que [o vizir Darandān disse:]

[Ao entrar em Bagdá,] Ġānim Bin Abī Ayyūb alugou uma espaçosa casa toda fechada, com janelas, piscina, água corrente, torneiras[618] e uma fonte circular, e a proveu de tapetes, esteiras e adornos, deixando-a bonita como uma boca de romã, e depois foi para o banho. Ao terminar, voltou para casa, vestiu um bom traje, encheu os bolsos, pegou dez peças daqueles tecidos, cada qual com um gracioso papel no qual se registrava o seu custo e valor de compra,[619] e levou tudo para o mercado, onde cumprimentou o intendente, que recolheu a trouxa e vendeu as peças, obtendo o lucro de um dinar para cada dinar gasto. Muito contente, viu que a peça cujo custo era cem dinares dava como lucro os mesmos cem dinares. Mais contente ainda, pôs-se a vender os tecidos aos poucos até que, no período de um ano, vendeu tudo.

Passado o ano, Ġānim foi ao mercado e o encontrou fechado. Ao indagar o motivo, recebeu a informação de que um dos mercadores falecera, e os seus colegas tinham ido acompanhar o enterro. Perguntaram-lhe: "Não gostaria de receber uma recompensa no dia do Juízo Final?". Ele respondeu: "Sim", e perguntou sobre o enterro. Indicaram-lhe o local e ele saiu, fez suas abluções e caminhou com os demais mercadores, próximo do funeral, até chegar ao templo, onde rezaram pelo morto e carregaram o esquife. Como os mercadores preferiram acompanhar o funeral a retornar às suas lojas, dizendo: "Só reabriremos depois que assistirmos ao enterro", Ġānim Bin Abī Ayyūb ficou com vergonha de retornar sozinho e resolveu acompanhar o enterro junto com os demais.

[618] Em Tübingen e Varsy, *ḥanafiyya*, termo hoje usado em todos os dialetos árabes para designar a "torneira". Aqui, provavelmente, refere-se a canaletas que saem de tinas d'água.

[619] Para o que se traduziu como "custo e valor de compra", lê-se em Tübingen, Varsy e Gayangos: *ra's mālihā wa muštarāhā*. O primeiro sintagma, *ra's māl*, é hoje usado para "capital". É certamente estranho, mas preferimos manter o torneio devido à concordância das três fontes principais nessa formulação. É uma prática comercial sofisticada, que envolve o uso de etiquetas de preço (*waraqa laṭīfa*, "um gracioso [*ou*: pequeno] papel"), como deve ter notado o leitor. Na compilação tardia, consta somente *ṯaman*, "valor" ou "preço".

O funeral saiu dos portões da cidade até as cercanias de Bagdá, adentrando por entre os túmulos e as covas cerca de duas milhas, até que chegaram à cova destinada ao morto, em cima da qual os seus parentes haviam montado colunas com tendas cheias de velas e lampiões. Após o enterro, os alfaquis se puseram a recitar e a ouvir o Alcorão diante do túmulo, até que o anoitecer se aproximou, quando então serviram uma mesa com doces e outras coisas, e concluídas as preces sentaram-se e comeram até se fartar, após o que se levantaram, lavaram as mãos e retomaram seus lugares.

Preocupado com a sua casa e os seus bens, Ġānim Bin Abī Ayyūb pensou: "Sou estrangeiro, e os vizinhos desconfiam que tenho dinheiro e bens. Se acaso eu dormir fora de casa esta noite, irão roubar tudo o que possuo". Assim, levado por tais reflexões e medos, saiu do cemitério a pretexto de urinar e satisfazer outras necessidades, e, seguindo os rastros do caminho de vinda, caminhou supondo que seguia pela via correta, mas não chegou à entrada da cidade senão à meia-noite, deparando com os seus portões trancados, sem outra presença que não a de cães ladrando e lobos uivando. Receoso por sua vida, Ġānim disse: "Não existe força nem poderio senão em Deus altíssimo e grandioso! Eu temia perder meu dinheiro, e agora temo perder a vida!".

Fez então meia-volta, à procura de um lugar para dormir àquela hora, depois da meia-noite, e acabou encontrando um túmulo cercado por quatro paredes, com uma tamareira e uma porta de sílex, e ali fez tenção de passar a noite. Não conseguia, porém, entabular o sono em meio àquelas tumbas e, invadido por grande estranhamento, pôs-se em pé, abriu a porta e olhou ao longe, avistando uma luz tênue que provinha da direção dos portões da cidade. Aguçando o olhar, verificou que a luz estava na linha que dava para o cemitério onde ele se encontrava, e de novo temeu por sua vida. Subiu na tamareira após fechar a porta da tumba, ocultou-se bem no alto e, olhando em direção à luz, notou que se aproximava dele a pouco e pouco, até chegar bem perto do cemitério. Apurando mais ainda o olhar, Ġānim pôde distingui-los e constatou que eram três escravos negros, dois carregando um grande ataúde no modelo dos *ifranjes*, com o comprimento de sete braças,[620] enquanto o terceiro escravo portava uma grande vela, um cesto e uma picareta.

E o amanhecer alcançou Šahrazād, que parou de contar.

[620] "Braças" traduz *ḏirāᶜ*, medida equivalente a 64 centímetros, o que daria quase cinco metros.

QUANDO FOI A NOITE

422ª

Disse Šahrazād:

Eu tive notícia, ó rei venturoso, de que [o vizir Darandān disse:]

Os três escravos continuaram a se aproximar até que chegaram ao portão do cemitério onde estava Ġānim. O escravo que carregava o cesto, a vela e a picareta disse: "Ai d'ocê, Ṣawābah, seu danado!",[621] ao que um dos carregadores do ataúde respondeu: "O que cê qué, seu Kāfūr?[622] Ai de você! A gente já não tinha estado aqui e deixado a porta deste lugar aberta?". Kāfūr respondeu: "Sim, por Deus, é verdade!". Ṣawābah disse: "Pois veja só a porta fechada e trancada!". O outro carregador disse: "Deus faça ocês dois trupicá! Ô ideia fraca de arrombado! Seus cabeça de vento! Ocês não sabem que os comedores de merda, quer dizer, os ratos, saem de Bagdá e vêm pastar aqui, e então engordam? Quando anoitece os ratos entram aqui e fecham o portão por medo de que os escravos os vejam, peguem, comam e mastiguem os seus ossos. Esse é o motivo de o portão estar trancado". Seu companheiro disse: "Por Deus que ocê tá certo! É o mais inteligente de todos nós". Ele disse: "Vocês só vão acreditar mesmo quando a gente entrar no cemitério. Aí eu vou tirar o rato e mostrar pra vocês. Não creio senão que ele, ao enxergar as nossas luzes e escutar as nossas vozes, tenha subido para o meio da árvore".

Ao ouvir tais palavras, Ġānim pensou: "Vá embora, escravo de mau agouro! Que Deus não abençoe o seu demônio! Você não tem essa inteligência toda nem esse conhecimento todo. Não existe poderio nem força senão em Deus altíssimo e poderoso! Como é que vou me livrar desses três escravos?". Kāfūr disse ao

[621] O diálogo dos escravos reproduz estereótipos sobre a fala árabe dos escravos africanos, de maneira muito semelhante à que se verifica no primeiro volume desta coleção, na história do rei das Ilhas Negras, noites 22-27.

[622] *Kāfūr*, também nome de escravo em outra história, significa "cânfora". Curiosamente, no Egito do século X houve um governante negro, proveniente da Núbia, com esse nome; governou primeiro como regente e depois como sultão do Egito e da Síria, reunindo uma corte brilhante e letrada, tendo sido, durante os 23 anos de seu governo, alvo tanto de encômios como de vitupérios por parte do grande poeta Almutanabbī. Em Tübingen e Varsy, o copista hesita entre essa forma, *Kāfūr*, e a forma *Ḫāfūr*, "aveia" ou "certo gênero de planta" (mas note que a raiz *k f r* tem, em árabe, relação com a infidelidade, ao passo que a raiz *ḫ f r* tem relação com o ato de proteger e guardar). *Ṣawāb*, ou *Ṣawābah*, tem relação com "acerto" e "correção". Já *Baḫīt*, o nome do terceiro escravo na compilação tardia, significa "afortunado"; aliás, esse nome só aparece na compilação tardia, pois nas fontes antigas ele não tem nome.

escravo que carregava a luz: "Ai d'ocê, seu Ṣawābah! A gente tá cansado, o nosso pescoço tá cansado! Trepa aí no muro, desce lá drento e abre o portão, e assim a gente te dá o crédito de um rato bem gordo. Eu mesmo cozinho pra você, com as minhas mãos, e não vou desperdiçar nenhum pingo de gordura". Ṣawābah disse: "Por Deus, eu só tenho medo de uma coisa. Escutem a minha falta de inteligência e vamos jogar esse ataúde por cima do portão e depois ir embora. Vai ser melhor pra gente". Os dois que carregavam o ataúde disseram: "Vai ser melhor em quê? Por acaso os mortos vão se levantar pra matar a gente?". Kāfūr respondeu: "Não! É que os chefes dos ladrões, que matam e roubam, vêm dormir aqui no cemitério quando anoitece. Eles podem pegar a gente pelos pés e achar que somos ladrões também, e aí vão dizer: 'Entreguem a nossa parte!'. Quando virem que não temos nada, aí eles vão nos matar e iremos para Deus! Eu juro que não vou entrar, e você faça o que quiser com o seu rato. Ainda estamos precisando de viver a nossa vida e curtir a nossa juventude". Ṣawābah e seu companheiro carregador de ataúde disseram: "Ai de você! Entre lá e abra o portão!". Kāfūr respondeu: "Por Deus que eu, Ṣawābah, não consigo subir nem mesmo um degrau de escadas senão com muito esforço. Não consigo escalar esse muro. Carrego o ataúde e durmo debaixo dele quando o sol nascer. Sou um muro sem rachadura. Não queremos perder a nossa juventude!". Ṣawābah disse: "Ai de vocês! Já estou cansado de ficar aqui em pé, debaixo desse maldito ataúde. Ajude a descê-lo, Kāfūr!", e então ele os ajudou. Os três se puseram a discutir sobre qual deles escalaria o muro e entraria no cemitério para abrir o portão.

E o amanhecer alcançou Šahrazād, que parou de contar.

QUANDO FOI A NOITE 423ª

Disse Šahrazād:

Eu tive notícia, ó rei venturoso, de que [o vizir Darandān disse:]

Quando os três escravos depositaram o ataúde no chão, diante do portão do cemitério, cada qual se pôs a dizer ao outro: "Entre você e abra o portão!". Foi então que Ṣawābah disse: "O que vocês me contarão para compensar essa espera? Cada um de nós deve contar aos outros dois o motivo de ter sido castrado. Aquele cuja história for mais espantosa ficará isento de escalar o muro". Kāfūr disse: "Por Deus que vocês estão certos, meus primos!". Nesse momento, Ġānim pôde examiná-los com vagar e, percebendo que se tratava de três escravos eunucos, pensou: "Por Deus! Se eles souberem da minha existência, não me pouparão! Deus me guarde de sua maldade, traição e falta de inteligência. Mas que noite abençoada é esta?". E, bem calado, ouviu as histórias que os escravos contavam a respeito de si mesmos. Então o primeiro escravo disse:

O PRIMEIRO ESCRAVO[623]

Ouçam a verdade sobre a minha castração, e saibam o motivo disso. O senhor que me comprou tinha um irmão solteiro que morava na parte térrea de um sobrado, enquanto o piso superior era habitado por meu patrão, que viajava constantemente, e quando o fazia deixava o irmão na sua casa para que ele cuidasse da minha patroa, sua mulher, e lhe satisfizesse as necessidades. Deu-se então que o irmão do meu patrão ficou atraído por uma bela mulher, e por quatro anos a fio a desejou apaixonadamente, enviando-lhe sempre tudo quanto podia, até que, ao cabo desses quatro anos, ela se inclinou por ele e resolveu atendê-lo. Certa noite, ele parou debaixo da varanda da jovem e ela prometeu visitá-lo, dizendo: "Sexta-feira depois da prece estarei na sua casa. Cozinhe para mim uma panela de *zīrbāja*[624] bem gostosa, pois eu irei sem nenhuma refeição. Não comerei senão na sua casa!".

Então o irmão do meu patrão foi cumprir o pedido, mal acreditando na promessa, porquanto já havia quatro anos que lhe enviava dinheiro e roupas, e nos últimos dois anos tinha lhe custado bem caro. Assim, quase desacreditando das palavras da mulher, naquela mesma noite ele foi para casa limpar o mármore, colocar almofadas, arrumar a casa e acender incenso, começando em seguida a contar as horas do dia e da noite. Quando enfim chegou a noite da quinta-feira, ou seja, a noite anterior à vinda da mulher, ele comprou frutas, colocou-as numa travessa, providenciou verduras, fechou o sobrado e foi encomendar no vende-

[623] Essa narrativa consta somente de Tübingen, Varsy, Gayangos e Paris 1. Nas demais fontes, a história contada pelo primeiro escravo é totalmente diversa e bem mais curta.
[624] Prato já descrito, muito comum na culinária árabe, constituído por cubos de carne temperados com grão-de-bico, vinagre vermelho, açúcar e amêndoas.

dor de comida uma panela bem cheia de *ȥīrbāja*; comprou carne de carneiro gordo, barrinhas de avelã, torrões de açúcar, vinagre, mel, açafrão, azeite preto e substâncias perfumadas e aromáticas, bem como uma panela nova de cerâmica, pois a comida cozida na cerâmica fica mais saborosa do que no metal.

Isso feito, preparou-se, correu até a casa de banho, trocou-se, vestiu uma roupa, passou incenso, perfumou-se, dirigiu-se à mesquita, fez a prece da sexta-feira, saiu, passou pelo vendedor de comida, pediu ao empregado que carregasse a panela de comida, comprou uma bandeja de petiscos, enrolou-os num lenço e levou tudo para casa. A comida estava tão esplêndida que serviria até para os reis. Ele abriu a casa, o rapaz depôs a panela de *ȥīrbāja* lá dentro e a cobriu; saiu em seguida e pagou ao rapaz, que foi embora. Aí o irmão do meu patrão foi se sentar na entrada da rua, à espera da amada, que finalmente cedera após quatro anos. O cheiro da comida e dos temperos subiu até o nosso andar no sobrado. Por algo de antemão predestinado, a minha patroa estava ausente, encontrando-me eu ali na companhia de quatro negros de nossa raça, jovenzinhos que pareciam luas. Eu lhes dera de beber tanta cerveja e outras bebidas[625] que eles se prostraram feito cadáveres, num mundo que já não era este, e disseram uns aos outros: "Estamos morrendo de fome!". Vasculharam o nosso andar e encontraram uma panela de ferro que tínhamos fazia tempo, na qual havia um pouco de lentilhas e mais nada. Rapidamente a recolhi e coloquei-a sobre o fogareiro, nela despejando água salgada, sem higiene nem limpeza. Acendi o fogo e revirei a casa atrás de um naco de carne gorda ou um pedaço de gordura, mas não achei senão um saco de cebolas, das quais escolhi umas vinte ou trinta, grandes como cabeças de nabo, e as enfiei na panela de ferro, pondo-me então a cozinhar, mas ora o fogo subia demais, ora eu tinha de assoprar, ora ele se apagava, até que os meus olhos lacrimejaram[626] e um odor catinguento e enjoativo começou a ema-

[625] Em Tübingen e Varsy existem claros erros de cópia, que não foi possível remediar com Gayangos e Paris 1. Repetem-se aqui as tópicas constantes dos relatos em que se encena a fala de escravos africanos, tanto na sintaxe como no vocabulário. "Cerveja" traduz *miȥr* (que em ambos os manuscritos, por deficiência dos copistas ou do seu original, registrou-se como *rimȥ*). Já o sintagma "outras bebidas" tenta dar conta de *ṭabṭāb* e *tawānī*, que claramente designam bebidas alcoólicas, mas cujo sentido específico não consta dos dicionários. Talvez se tratasse de bebidas geladas, pois em Gayangos consta *būȥa*, "sorvete"; a primeira palavra, *ṭabṭāb*, podia estar associada à prática de alguma atividade esportiva, pois ela indica também um jogo que envolve uso de bola. Em Paris 1 citam-se os nomes dos escravos, todos com sonoridade cômica: *ᶜAbaȥ Ṭallūȥ*, *Saᶜīd Albūȥ*, *Mubāris Šaftar* e *Kaᶜb Aȥȥurbūl*.

[626] Alguns trechos estão em terceira pessoa, sinal inequívoco de que a narrativa constava de outra fonte em que o narrador era a matéria narrada.

nar da comida, que permaneceu no fogo até que as lentilhas se dissolveram e esfarelaram, e a água ferveu.

Fiz menção de tirar a panela do fogareiro, e foi nesse momento que, súbito, o infeliz do irmão do meu patrão entrou com a tal panela de *zīrbāja*, cujo aroma se alastrou. Ele a colocou dentro da casa, saiu e trancou a porta, indo para a entrada da rua, feliz por ter enfim logrado o seu desejo, mas também feliz com a panela de *zīrbāja*, que havia saído melhor do que a encomenda graças aos aromas que espalhava. O que fiz então? Rapidamente escalei o sobrado, peguei a panela de *zīrbāja* e deixei em seu lugar a panela de lentilhas, cobrindo-a com um pano. A panela de cerâmica era parecida com a de metal, pois, por algum motivo predeterminado, ambas eram fruto do trabalho de um mesmo artífice. A panela de metal, que mal acabara de sair do fogo, ainda fervia e borbulhava, com as cebolas saltitando. Recolhi a panela de *zīrbāja* e saí correndo para o térreo. Antes que eu me apercebesse, o irmão do meu patrão chegou com a sua beldade: abriu a porta e entrou junto com ela, que rebolava. Já no interior da casa, ela perguntou: "Preparou a comida? Mandou fazer a *zīrbāja* no cozinheiro?".[627]

E o amanhecer alcançou Šahrazād, que parou de contar.

QUANDO FOI A NOITE

424ª

Disse Šahrazād:

Eu tive notícia, ó rei venturoso, de que [o vizir Darandān disse:]

Enquanto o primeiro escravo falava, os outros dois escravos ouviam, bem como Ġānim, que permanecia trepado no alto da árvore. O escravo disse:

Por Deus, amigos, o irmão do meu patrão entrou feliz com a beldade e disse: "Minha senhora, amada do meu coração, preparei uma deliciosa *zīrbāja* para

[627] "Cozinheiro" traduz, por dedução, *barkajī* (*ou: barakjī*) palavra da qual não se encontrou rastro algum, com exceção dos manuscritos Tübingen e Varsy. Em Gayangos e Paris I, usa-se um termo mais comum, *šarā'ihī*, "vendedor de comida". Talvez fosse o nome de algum restaurante famoso, mas é certo que não se tratava de um lugar simples, pois, mais adiante, notar-se-á que a personagem feminina afirma não apreciar comida comum feita em mercados, o que indica que o termo *barkajī* designava um lugar mais requintado para encomendar refeições; talvez seja uma deturpação do turco *djūrbādjī*, "cozinheiro".

você, e, melhor ainda, comprei uma panela que serviria para a mesa do rei Annāṣir,[628] pois cada um dos seus bocados não pode ser encontrado senão entre os reis. Mandei fazê-la com barras de avelã e açúcar, além de pedaços de carne de cordeiro". Ela disse: "Quanto mais você a descreve, mais me abre o apetite e me dá vontade de comer!", e prosseguiu, sem mais delongas, tirando o lenço e o véu, porém mantendo as sandálias: "Sente-se aqui do meu lado, sirva-me e me dê comida na boca. Vamos, me passe a *zīrbāja*!".

Enquanto isso, eu, escondido no sótão, espiava tudo. Após colocar uma travessa de metal diante da beldade, o infeliz foi até a panela com lentilhas, que estava coberta, pegando-a e depondo-a sobre a travessa, trouxe guardanapos, toalha, e disse: "Por Deus, minha senhora, você me é tão cara que eu não quis provar nada, nem mesmo tocar na panela, até você chegar, pois assim experimentaremos a comida juntinhos". A beldade arregaçou as mangas, desenrolou o pano e abriu a panela para servir-se da primeira porção, e então saíram aquelas lentilhas, espalhando-se um odor detestável e nauseabundo. As lentilhas estavam queimadas e enegrecidas. Ao ver que na panela havia lentilhas — e que lentilhas! —, ela se irritou e gritou, dizendo: "Ai, ai, ai! Este é o valor que você me atribui? Ri na minha cara[629] me dizendo 'Fiz para você uma refeição que serviria para o rei Annāṣir', mas quando vou olhar é lentilha! Esta é a pior comida que eu pediria para você trazer do restaurante", e, enfiando o lenço na cabeça, soltou o véu, que ela só usava nas ruas.

O infeliz irmão do meu patrão olhou dentro da panela e, ao ver as lentilhas, pensou: "Deus me livre e guarde! Meu Deus, meu Deus! A Deus pertencemos e a ele retornaremos! Essa panela foi trocada por aquele cozinheiro putanheiro... Vou voltar lá e dizer-lhe: 'Por Deus, meu irmão, eu já tinha provado a comida! Os seus ingredientes e sabor ainda estão na minha boca! Agora mesmo, o seu aroma continua no meu nariz. É essa então a parte que me cabe? É a minha sorte? Eu não provei nada, nem senti aqueles aromas'. Isso só pode ter sido perpetrado pelo cozinheiro. Quem dera a comida tivesse sido trocada por doce de romã ou inhame, ou por algo saboroso! Mas não, tinha de ser lentilha! Por Deus, nunca vi ninguém mais indecente do que esse cozinheiro... Isso não passa de água, lentilha e cebola!". Andou para

[628] *Annāṣir*, "aquele que dá a vitória", ápodo de vários governantes mamelucos do Egito que estiveram no poder entre os séculos XIII e XV. Os mais proeminentes foram Qalāwūn, que governou por três vezes, entre o final do século XIII e início do XIV, e Yūsuf Bin Muḥammad, que governou em meados do século XIII. A nossa avaliação é que os originais da narrativa são posteriores em um século a essa época.

[629] "Ri na minha cara": literalmente, *taḍḥak ᶜalā ᶜiqṣatī* significa "ri das minhas tranças".

lá, para cá, e começou a quebrar a panela na parede. Em seguida, cheio de ressentimento, resolveu ir atrás dela, dizendo: "Tenha dó! Quatro anos correndo atrás de você, que nem entrou direito na minha casa e já foi saindo irritada! Eu compro o que você quiser!". Estavam na saída do sobrado quando ele, tão nervoso que teve uma diarreia, viu-se forçado a correr para o banheiro.

Enquanto isso, eu escalei a parede, repus no lugar a panela de *zīrbāja*, cobri-a, saí com a panela de lentilhas, fiquei à espreita para ver o que aconteceria e eis que ele disse: "Então, mano, me deixe voltar ao cozinheiro, pois quiçá a panela tenha sido trocada". Entrou em casa, carregou a panela na cabeça — e o cheiro da *zīrbāja* se espalhou, entrando na sua cabeça e no seu cérebro. Ele disse: "Por Deus, mano, isso não é cheiro de lentilha, mas sim um cheiro que abre o apetite", e, colocando a panela no chão, abriu-a e viu que estava tudo bem com a *zīrbāja*, que balançava ali dentro, assim como aquelas carnes gordas boiando em sua superfície, os torrões de açúcar, o azeite preto e os pedaços de traseiro de carneiro, um aroma de abrir o coração. Ao ver aquilo, ele gritou, dizendo: "Deus me perdoe! Por Deus, esta não é senão a *zīrbāja*! Agorinha mesmo a gente tinha visto lentilhas", e, perplexo, disse: "Mano, esse é o mesmo aroma, e eu provei o gosto e provei o sal lá no restaurante, antes de o empregado carregar a panela e trazê-la para cá. E aqui em casa eu ainda dei uma olhada nela... Mas parece claro que aquela mulher só podia estar fora de si para ver lentilhas. Só me resta ir atrás dela". Ato contínuo, cobriu a panela com um pão, fechou a porta e desatou a correr, alcançando a beldade antes que ela entrasse em casa.

E o amanhecer alcançou Šahrazād, que parou de contar.

QUANDO FOI A NOITE

425ª

Disse Šahrazād:

Eu tive notícia, ó rei venturoso, de que o vizir Darandān disse ao rei Ḍaw Almakān [que o primeiro escravo disse:]

Quando o irmão do meu patrão fechou a porta, tornei a pegar a panela de *zīrbāja* para os meus companheiros e recoloquei a panela de lentilhas no lugar, cobrindo-a com o pão. O irmão do meu patrão alcançou a jovem e imediatamente se atirou aos seus pés, beijando-os e dizendo: "Minha senhora, não era senão uma panela de *zīrbāja*! Não sei o que lhe ocorreu para ter visto lentilhas!". Ela disse: "Que vergonha! Por acaso eu sou cega? Vá, cuide da sua dignidade e deixe de lado essa paixão que não vale nem a panela de comida que você fez para mim. A mais abjeta espécie de alimento!". Mas ele lhe jurou por Deus altíssimo que se tratava de *zīrbāja* e nada mais, "mas você, minha senhora, devia estar fora de si, irritada e exausta". Ela disse: "Deus seja louvado! Vi as lentilhas com os meus próprios olhos! E o que são lentilhas, meu senhor? Alguém se confundiria com isso?". Ele, porém, implorou tanto, e tanto lhe beijou a cabeça e as mãos, jurando que se tratava de *zīrbāja*, e tanto disse "gostaria que fosse você a prová-la, e ninguém mais", que ela se suavizou e voltou atrás, refletindo e pensando: "Eu vi que eram lentilhas", e depois: "Talvez aos meus olhos tenham parecido lentilhas".

A beldade aceitou voltar para a casa do irmão do meu patrão, que abriu o sobrado e tentou aspirar o cheiro, mas, nada sentindo, mergulhou em reflexões e seu coração palpitou forte. A jovem não aceitou sentar-se na cozinha, dizendo: "Mostre-me a *zīrbāja*", e então ele tirou o pão da boca da panela, olhou e viu que as lentilhas tinham virado uma gosma, com cada cebola do tamanho da cabeça de uma couve-nabo, [e agora estavam cheirando mal, uma fedentina execrável; deixou cair a panela e disse: "Não existe poderio nem força senão em Deus altíssimo e poderoso!"],[630] começando então a se estapear no rosto e a arrancar a barba. A jovem, ao ver as lentilhas, disse: "Seu infeliz! Por Deus que se trata de lentilha! Não mudou nada! Você está possuído[631] ou então se faz de besta, rindo da minha cara, jurando em falso, se humilhando e me fazendo voltar de um lugar distante! Mas a culpa não é sua, e sim desta que lhe obedeceu e veio com você. O que é que eu vi na sua pessoa? Que Deus lhe aumente a loucura e a estupidez!". Ato contínuo, ergueu a sandália, [fazendo menção de agredi-lo,] cuspiu-lhe no rosto e foi embora balançando a cabeça. Ele chorou devido à raiva, à impotência e às grosserias que haviam sucedido entre ambos, e saiu correndo a fim de contê-la e fazê-la voltar, comprando-lhe *zīrbāja* no mercado.

Tão logo ele saiu, eu desci, repus a panela de *zīrbāja* no lugar e levei a de lentilhas. Enquanto isso, o irmão do meu patrão continuou correndo até trombar num garotinho, que tropeçou num velho, e todos praguejaram contra ele, com

[630] Traduzido de Gayangos.
[631] "Possuído" traduz *maṭᶜūm*, termo aqui indecifrável, que talvez signifique "drogado".

alguns supondo que se tratasse de um louco. Chegou enfim até a moça, que o insultava e empurrava, dizendo: "Eu já não disse que não gosto de comprar comida no mercado? Só agi assim para testá-lo e ver o quanto eu valho para você!". Ele disse: "Juro por Deus, juro por Deus que eu mandei fazer um prato que não seria adequado senão para um rei, mas a panela foi trocada por aquele cozinheiro idiota!". Ela disse: "Vai embora!", e, desviando o olhar, retirou-se. O irmão do meu patrão retornou envenenado, aflito, exausto e resfolegante, com o suor a lhe escorrer pelo corpo e a mente transtornada, ora dizendo "*zīrbāja!*", ora dizendo "lentilhas!", ora dizendo "mentira!", até que chegou ao sobrado, onde não achou nada melhor para fazer que retirar o pão da boca da panela e carregá--la na cabeça, marchando diretamente até o cozinheiro, onde se pôs a gritar, espernear e clamar por socorro, dizendo...

E o amanhecer alcançou Šahrazād, que parou de contar.

QUANDO FOI A NOITE

426ª

Disse Šahrazād:

Eu tive notícia, ó rei venturoso, de que o vizir Darandān disse ao rei Ḍaw Almakān:

Saiba, ó rei, que o primeiro escravo disse:

O irmão do meu patrão carregou a panela e se dirigiu ao cozinheiro, aos berros: "Ó muçulmanos!". As pessoas foram parando, aglomerando-se em fileiras e perguntando: "O que aconteceu?", e ele lhes relatou a história dizendo: "Ó muçulmanos, mando cozinhar esta *zīrbāja*, perco um dinar de ouro e o cozinheiro me troca a *zīrbāja* por uma panela de lentilhas no valor de quatro centavos!". As pessoas disseram: "Isso não está certo!", e ele chorou e disse: "Por Deus, vamos chamar o almotacé,[632] o juiz, o governador! Não deixarei esse cozinheiro em paz

[632] "Almotacé", arcaísmo de origem árabe adrede utilizado para traduzir *almuḥtasib*, designa o fiscal dos mercados e dos processos de venda em geral. "Almotacé" provém de *almuḥtasib* e era empregado em português no mesmo sentido que em árabe.

até despejar as lentilhas na sua boca e lhe desfigurar a face e a barba". Depois, voltando-se para o público, disse: "Minha gente, perdi a minha vida e perdi o meu convidado!". As pessoas disseram: "Você tem razão!", e censuraram o cozinheiro, insultaram-no, humilharam-no e o arrancaram de sua loja. O cozinheiro disse: "Isso que você está afirmando é verdade, nós lhe preparamos uma panela de *zīrbāja* por um dinar", e prosseguiu: "Por que vocês não dão uma espiada dentro da panela?", e então a panela foi aberta e se espalhou o aroma da *zīrbāja*. O cozinheiro então disse aos gritos: "É isso, ó muçulmanos! Este homem me fez uma injustiça!".

Todas as pessoas examinaram a panela e, vendo que continha *zīrbāja*, perdoaram o vendedor e se voltaram contra o pobre infeliz do irmão do meu patrão. Uma pessoa disse: "É uma comida gostosa"; outra disse: "Que falta de senso!"; outra disse: "Leviano!"; outra disse: "Muito!"; outra disse: "Não exagerem com ele!"; outra disse: "Pobre idiota!"; outra disse: "Precipitado!"; outra disse: "Cornudo!"; outra disse: "E também louco"; outra disse: "Não, palhaço!"; disse outra: "Não, possuído!"; outra disse: "Como é que você, pelo amor de Deus, põe em dúvida a honestidade do homem? Você é a criatura mais idiota!". O irmão do meu patrão disse: "Minha gente, eu peço desculpas! Por Deus, minha gente, uma hora eu vejo essa panela com *zīrbāja*, e outra hora eu a vejo com lentilhas!".

As pessoas então riram e abusaram dele mais ainda, submetendo-o aos maiores vexames. Arrependido, ele disse: "Não existe poderio nem força senão em Deus altíssimo e poderoso! Pertencemos a Deus e a Ele retornaremos!", e desmaiou, tamanhas eram as zombarias que o público lhe atirava; depois, recolheu a *zīrbāja* e a levou para casa, onde disse à panela: "Vou fazer com você — ó mais agourenta das panelas! — uma coisa agradável". Recolheu bastante *zīrbāja* da panela, dispondo os cubos de açúcar [numa travessa], picou-os, lançou sobre eles três pedaços de carne, cortou-os bem e se pôs a lamber os dedos e a estalar a língua, dizendo: "Por Deus, mano, é *zīrbāja*! O lugar onde ela estava é que é muito ruim". Em seguida, colocou a travessa na prateleira, cobriu-a com um prato e enfiou a panela na despensa, cuja portinhola trancou. Disse então: "Agora sim estou seguro". Abriu o baú, trocou as roupas, pegou um punhado de ouro e prata, meteu no bolso e saiu, dirigindo-se para a casa de sua amada.

Ao entrar, relatou-lhe o que ocorrera com o cozinheiro, e que ela constituía o seu imenso e maior desejo, e que nada havia mudado em sua paixão; contou-lhe também o que as pessoas haviam feito consigo, como o ofenderam e como sofrera; contou ainda que retirara a *zīrbāja* da panela e a escondera na despensa, e, ao cabo, chorou diante dela, que se comoveu; disse ainda que havia tirado a *zīrbāja* da panela, colocado numa travessa, guardado na prateleira e trancado a portinhola — "e se trata, juro por Deus, minha senhora, de *zīrbāja*!". Ela o fez jurar, e ele jurou que era mesmo *zīrbāja*. Então a jovem disse: "Ouça bem. Eu saí várias vezes da minha casa, cedendo a você e às suas palavras. Mas desta vez, se for mentira de novo, você nunca mais me verá nem ouvirá falar de mim". Ele disse: "Concordo", e aceitou, [pois tinha certeza do que estava fazendo]. Ela pôs o lenço, o véu, vestiu-se e foi com ele, sem acreditar, pensando: "É uma armação".

Enquanto eles conversavam, [meus primos,] eu peguei a panela de lentilhas, forcei a porta da despensa, abri-a, pus dentro dela a panela de lentilhas, peguei a travessa de *zīrbāja* da prateleira, esvaziei-a, substituindo os três pedaços de carne por três cebolas, e a repus na prateleira, deixando tudo do mesmo jeito que estava. Recolhi a *zīrbāja* e voltei. Ao me verem, os outros escravos me disseram, irritados: "Dê-nos de comer dessas lentilhas com as quais você não para de subir e descer. Você está desorientado!". Então eu lhes ofereci a *zīrbāja*. Eram cinco escravos embriagados de tanto tomar bebidas geladas. Ao provarem a comida, disseram: "Por Deus, que lentilhas saborosas! Por Deus, nunca havíamos comido nada igual, meu irmão, com torrões de açúcar e carne de carneiro! Seu escravo danado, você cozinha lentilhas tão bem e tão gostoso. Vamos fazer uma aposta entre você e os escravos do cozinheiro", e rimos todos e folgamos.

Fui à janela para ver o que aconteceria entre os dois, e após algum tempo o irmão do meu patrão entrou com a jovem atrás de si, e viu com seus próprios olhos que a travessa continuava na prateleira, coberta como a deixara, e viu a despensa fechada. Disse à jovem: "Vá lá em cima, tire o lenço e descanse uma horinha". Ela disse: "Não vou subir para o aposento de cima até ver a *zīrbāja* com os meus próprios olhos e comer o tanto que me der vontade". Ele disse: "Minha senhora, por vida minha! Juro pela sua juventude que a *zīrbāja* será servida como se deve. Era o lugar onde ela estava que a modificava e a fazia transformar-se". Ela disse: "Quero ver com meus próprios olhos. Vou ficar aqui parada. Traga a travessa e coloque-a na minha frente para que eu coma". Então ele foi pegar a travessa da prateleira e a depôs na frente da jovem. Ao olhar dentro dela, porém, ficou espantado e vexado, e quase desmaiou de tanta vergonha. Ela disse: "É assim que você mente para mim a fim de me trazer à sua casa? A partir de agora, você não vai ter êxito em nenhum contato comigo. Não olhe mais na minha cara!", e saiu por onde havia entrado.

E o amanhecer alcançou Šahrazād, que parou de contar.

427ª[633]

Disse Šahrazād:

Eu tive notícia, ó rei venturoso, de que [o vizir Darandān disse ao rei Ḍaw Almakān:

Saiba, ó rei, que o primeiro escravo disse:]

Quando a jovem partiu, o infeliz, já sem esperanças de recuperá-la, viu baldados todos os esforços que a sua concupiscência fizera para atraí-la; chorou, arrependeu-se, censurou o tempo, "que não me traz ventura nem sorte", e, sem se deter, chutou o armário da despensa até despedaçá-lo. Entrou lá, olhou a panela e viu que continha lentilhas; recolheu-a e disse: "Ó mais agourenta das panelas, eu a levo ao mercado, no meio do público, e aí você vira uma panela de *zīrbāja*; então a trago de volta para casa, e você vira lentilhas; estou sozinho, você é *zīrbāja*; trago a minha amada, que me é cara ao coração, e você é lentilha...". Erguendo a panela, disse "Sua maldita!", e a atirou no meio do quintal. A panela se espatifou e o sujou de cima a baixo; as lentilhas pareciam uma pomada, e as cebolas, rabanetes. Por Deus, meus irmãos, ao vê-lo nessa situação, [mais engraçada que o teatro de sombras,][634] me acudiu um riso tão intenso que não consegui conter; dei uma risada forte que virou uma gargalhada bem alta. [Ao me ouvir,] o irmão do meu patrão ergueu a cabeça, abriu os olhos, [olhou na minha direção, e as lentilhas lhe escorreram pela cara, cobrindo-lhe novamente a visão; ele gritou: "Estou aniquilado e morto!", e eu gargalhei ainda mais alto.] Sumamente irritado, ele foi se lavar e trocar todas as suas roupas, dirigindo-se em seguida para onde eu estava. Encontrou comigo aquele bando de negros, bem como a panela de *zīrbāja*, na qual havia sobrado um restinho, e gritou: "Oh! Foi você quem fez tudo aquilo comigo", e então eu ri, e os escravos riram. Levantamos e lhe aplicamos uma surra dolorosa. Ele gritou, os vizinhos acorreram, os outros escravos se evadiram e eu fiquei sozinho.

[633] Em Tübingen, o número da noite é 412, e em Varsy, 421. Gayangos, conforme já se ressaltou, não está dividido em noites, e Paris 1 não é nem sequer um manuscrito das *Noites*.

[634] Traduzido de Gayangos. Trata-se, sem dúvida, de uma comparação curiosa, que dá alguma ideia sobre os fundamentos do humor encenado nesta narrativa. "Teatro de sombras" traduz *bābāt alḫayāl,* gênero de diversão popular bastante difundido no Egito sob os governantes mamelucos. Todos os demais colchetes consistem em tradução de trechos constantes de Gayangos.

Ele esperou o irmão dele, que era meu patrão, retornar, e, sem informá-lo do ocorrido, comprou-me, e fui entregue a ele, sem mais delongas. Ele me disse: "Lembra-se do que aprontou comigo? Tal como você me privou do meu prazer — por Deus! —, também eu o privarei do seu prazer", e me castrou, dando sumiço aos meus colhões e me fazendo sentir uma tristeza que jamais abandona o meu coração. Depois, me vendeu pelo preço mais alto que alcançou, e a partir de então mudei continuamente de dono, pulando de maioral em maioral, até que fui parar no palácio do nosso amo, o comandante dos crentes, o califa [Hārūn Arrašīd]. Essa é a minha história e o que me sucedeu.[635]

Ġānim pensou: "Vá embora, que Deus jamais o abençoe! Não sei por que o seu patrão não partiu você ao meio, livrando o mundo da sua pessoa".

O SEGUNDO ESCRAVO

Disse o segundo escravo:

Você fez uma simples palhaçada e lhe aconteceu isso. Ouçam minha história e o motivo da minha castração, primos. [Saibam que, desde a mais tenra idade, aos oito anos, eu anualmente contava para o meu dono, um traficante de escravos, uma mentira tão grande que fazia as pessoas brigarem entre si. Cansado de mim, ele][636] me levou ao vendedor de escravos para que se anunciasse, do alto de um banco no mercado: "Vende-se por dez dinares devido ao seu defeito!". Apareceu então o maior mercador do país, montado numa mula tordilha no valor de mil e cem peças de ouro; soltou a sela em arco na qual estava afundado e perguntou: "Qual é o defeito desse escravo?". O vendedor respondeu ao mercador: "Meu senhor, ele mente uma única vez por ano". [O mercador riu e disse:] "Então ele não mente todo dia... As pessoas, num único dia, contam muitas mentiras. Isso não é um defeito!".[637] O vendedor disse: "Meu senhor, eu não lhe

[635] Como se informou antes, em Tübingen e Varsy, em vários momentos, a narração do escravo está em terceira pessoa, ao contrário de Gayangos e Paris 1, onde ela mantém a coerência, e a voz narrativa é sempre a do escravo. Isso evidencia que os dois primeiros manuscritos provêm de uma refundição mais antiga e ainda não devidamente retocada. Gayangos e Paris 1, por seu turno, exageram nos vitupérios e na degradação da figura do escravo.

[636] Traduzido de Paris 2. Na verdade, a narrativa é praticamente a mesma na compilação tardia. Em Tübingen, Varsy e Paris 1 falta esse pedaço, e em Gayangos a tentativa de remediar a lacuna torna a narração mais confusa.

[637] O complemento foi traduzido de Gayangos, onde o mercador diz o seguinte: "Por Deus, é difícil existir alguém como esse escravo, que mente só uma vez por ano... Não é um mentiroso, pois as pessoas neste nosso tempo fizeram da mentira sua comida e bebida. Isso não é defeito!".

venderei senão com essa condição. Uma mentira por ano, apenas, e no restante do ano ele é veraz". O mercador disse: "Isso é motivo de orgulho para esse escravo. É mais veraz que muita gente". O vendedor gritou: "Venha, Ṣawāb!". Respondi: "Sim, meu senhor, eis-me aqui", e me adiantei, cruzando os braços na frente dele e abaixando a cabeça, numa demonstração de respeito. O mercador apreciou o meu decoro e me perguntou: "Qual é o seu defeito?". Respondi, cabisbaixo: "Minto uma vez por ano". O mercador disse: "Vou comprá-lo. Qual o problema de mentir uma vez por ano? É uma questão de somenos". O vendedor disse: "Essa mentira é indispensável". O mercador aumentou a oferta e me comprou por onze dinares de ouro, aceitando a cláusula da mentira anual. Levou-me para a sua casa, e vi que sustentava mulher e filhos pequenos e grandes, meninos e meninas.

Entrei naquela casa cheia de moradores, beijei as mãos dos grandes e dos pequenos, que ficaram felizes com a minha presença quando viram os serviços por mim prestados. O mercador me recomendou que cuidasse muito bem daquela mula, pois ele lhe atribuía o mesmo valor atribuído à própria esposa. Eles tinham em casa muitas ovelhas, cordeiros, montarias, e uma grande fortuna. A cocheira dos animais ficava junto à casa. Mal cheguei e já fui pegando o balde para dar de beber aos bichos, varri a casa por dentro e por fora e lavei a mula, deixando-a como uma boneca. Trabalhei com vigor. Meu patrão entrou e, vendo os meus bons serviços e a disposição geral que eu dera às coisas, ficou radiante, deu alvíssaras e entrou em casa, onde a mulher e os filhos lhe falaram dos meus bons préstimos e de como eu era obediente. Ele me agradeceu e todos me valorizaram e gostaram de mim.

Eu tinha por hábito, quando o meu trabalho se findava, entrar na casa, indagar a cada um de suas necessidades e satisfazê-las. Permaneci nessa condição por noites e dias, falando somente a verdade. A cada dia que passava, o afeto da família e sua fé em mim aumentavam, a tal ponto que passaram a invocar o meu testemunho. Assim decorreram seis meses, meio ano, com o meu senhor me recomendando, tratando-me bem e dizendo à mulher: "Este escravo é um bom homem a quem este nosso tempo não dá valor".

Passado esse período de seis meses, o tempo me pareceu longo demais e desejei fazer algo correspondente à vileza da minha origem. Certo dia, o meu patrão fez cordeiro assado e um grande prato com muitas fatias de doces, convidando alguns grandes mercadores, da mesma categoria dele, os maiorais do país. Levou-os a um bosque, que ficava na entrada da cidade, e ali a refeição foi servida. Eles comeram o assado e os doces, e depois se dirigiram, comigo a seu serviço, para a beira do rio, onde se sentaram para conversar. O meu patrão me louvava e descrevia os meus bons préstimos, minha inteligência, veracidade, religiosidade e honestidade. Ao entardecer, ele precisou de um pouco de dinheiro e me chamou: "Ṣawāb!". Eu respondi: "Sim?". Ele disse: "Vá para casa e peça para a sua patroa me mandar a quantia tal e tal. E quando retornar traga a mula consigo". Respondi: "Ouço e obedeço", e saí da sua presença, caminhando até me aproximar da casa, quando então tirei o gorro e comecei a me estapear e a jogar terra na cabeça, gritando: "Aaaaai, o meu senhor! Quem será por mim agora, ó meu senhor?! Quem dera estivesse bem!", e foi nesse estado que entrei na casa. Minha patroa gritou, as meninas, grandes e pequenas, se penduraram no meu pescoço, e a patroa perguntou: "O que aconteceu?". Respondi: "O patrão e os seus camaradas mercadores comeram um pouco do que haviam levado, depois foram passear ao lado do muro do bosque, dormiram ali e o muro desabou sobre eles! Morreram todos!". Ao ouvir aquilo, a família inteira começou a berrar e a gemer, e tanto os pequenos como os grandes se estapearam.

E o amanhecer alcançou Šahrazād, que parou de contar.

QUANDO FOI A NOITE 428ª

Disse Šahrazād:

Eu tive notícia, ó rei venturoso, de que [o vizir Darandān disse ao rei Ḍaw Almakān:]

O segundo escravo contava essas coisas a seus companheiros, enquanto Ġānim, no alto da árvore, ouvia o que ele dizia aos seus primos:

A casa inteira virou de pernas para o ar, e a vizinhança veio saber o que estava acontecendo. As mulheres responderam que o patrão havia morrido juntamente com os seus camaradas, e então todos na região entraram numa enorme consternação, deram pêsames, estapearam-se dentro da casa, "ai, ai, ai, pelo mercador e seus camaradas!", "ai, ai, ai, por todos aqueles homens!", "ai, ai, ai, pelo meu senhor!". A patroa arrebentou todas as porcelanas, destroçou as prateleiras, quebrou portas e janelas e passou carvão nas paredes, dizendo-me: "Ai de você, Ṣawāb! Venha me ajudar a arrebentar e quebrar a louça, as porcelanas e as travessas". Eu a atendi e quebrei todas as prateleiras da casa, as travessas de porcelana chinesa e outras coisas mais, aos gritos de "ai, ai, ai, o meu patrão!".

Minha patroa saiu de casa, somente com um lenço na cabeça, acompanhada pelas meninas, e as crianças começaram a gritar e chorar. Ela disse: "Ṣawāb, venha conosco e mostre-me o ponto onde o muro desabou sobre o seu patrão e o matou, a fim de revolvermos a terra, removê-lo de baixo dos escombros, colocá-lo num ataúde e trazê-lo inteiro para casa". Assim, saí na frente, gritando "ai, ai, ai, o meu patrão!", com a família atrás de mim. Ninguém das redondezas deixara de ir dar-lhes os pêsames e se lamentar. Enquanto atravessávamos a cidade, as pessoas, ao longo do caminho, indagavam sobre o sucedido, e eles lhes relatavam o que ouviram de mim. As pessoas diziam: "Não existe poderio nem força senão em Deus altíssimo e poderoso! Por Deus, esses que morreram sob o muro são os maiorais da cidade, seus mercadores!". A notícia se alastrou pela cidade e chegou ao governador, que convocou trabalhadores e escavadores munidos de pás e cestos, e todos rapidamente foram atrás daquele séquito funéreo, o governador e seus administradores, bem como todas as autoridades[638] saíram de suas casas.

Eu ia na frente, chorando e gritando, seguido por minha patroa, seus filhos, os vizinhos e mais muita gente. Quando nos aproximávamos do local, disparei em direção ao bosque, com as roupas rasgadas, me estapeando e gritando "ai, ai, ai, o meu senhor!". Ao me ver, o patrão, assustado, aterrorizado e pálido, perguntou: "O que aconteceu, Ṣawāb? Por que você está nesse estado?". Respondi enquanto me estapeava no próprio rosto: "Ai de você, patrão! Quando cheguei na casa para pegar o dinheiro, encontrei o muro do sobrado caído sobre a patroa e os seus filhos!". O patrão perguntou: "Ai de você! Sua patroa não escapou viva?". Respondi: "A patroa foi a primeira a morrer!". O patrão perguntou: "Ṣawāb, a minha filha caçula não escapou?". Respondi: "Nem ela nem a mais velha!". Ele perguntou: "Nem meu filho primogênito?". Respondi: "Não!". Ele perguntou: "Nem a mula?". Respondi: "As paredes da casa desabaram todas sobre os carneiros, os gansos e as galinhas! Todos morreram, e viraram montes de terra! Não restou vestígio deles", e gritei "ai, ai, ai!". Ao ouvir tais palavras, a luz do rosto do meu patrão se transformou em treva, e ele já não conseguia se

[638] "Autoridades" traduz *ẓālimīn*, "opressores", que é o que consta de Tübingen e Varsy, sem equivalente nas demais fontes. Trata-se de erro de cópia ou, então, de alguma ironia.

controlar nem parar em pé; arrancou as roupas e a barba, estapeou-se no rosto e atirou longe o turbante. Seu rosto sangrou de tanto que se estapeou, enquanto berrava: "Ai, meus filhos! Ai, minha mulher! Ai, que desgraça! Quem já sofreu isso que eu estou sofrendo?". Os demais mercadores, seus companheiros, responderam aos seus gritos com gritos mais altos ainda, chorando com ele, comovidos com a sua situação.

Ele saiu do bosque, ébrio de tanto se estapear, seguido pelos outros. Ao atravessarem o portão, súbito viram uma poeira se elevar, escurecendo o dia, e toparam com o governador, seus funcionários, seguidos por uma multidão e pelos parentes dos mercadores. Os que primeiro encontraram o meu patrão foram a sua mulher e os seus filhos. Ao vê-los, ele se aturdiu e, cheio de pasmo, disse: "O que aconteceu com você e seus filhos? O que faltou cair na casa? Graças a Deus que estão bem!". Os familiares, ao vê-lo, gritaram e se atiraram sobre ele. Os filhos se penduraram em seu pescoço, gritando: "Papai! Papai!". Esgotada, atônita e enlouquecida, a mulher disse: "Como você e seus amigos conseguiram ficar a salvo?". Ele perguntou: "E vocês, como se salvaram na casa?". Ela respondeu: "Nós estamos bem! Não aconteceu nada na casa. Ocorre que o seu escravo Ṣawāb chegou, com a cabeça descoberta e as roupas rasgadas, gritando 'ai, ai, ai, meu patrão! ai, ai, ai, meu patrão!', e nós lhe perguntamos: 'O que aconteceu?'. Ele respondeu: 'O muro do bosque caiu sobre o patrão e seus camaradas, e eles morreram todos!'". O patrão disse: "Pois foi ele mesmo que me veio agorinha gritando 'ai, ai, ai, minha patroa!', lamuriando-se por vocês todos e me contou isso e aquilo...".

Depois, olhando para o lado, eis que me viu com o turbante rasgado, enfiado até o meu pescoço, gritando. Então me disse, aos berros: "Que atitudes são essas? Por Deus, vou esfolar a pele do seu corpo!". Eu disse: "Por Deus, você não me comprou senão com o aceite da cláusula do defeito. Uma mentira por ano foi a condição estabelecida. [Como se passaram somente seis meses, essa foi meia mentira. Quando se completar o ano, contarei a outra metade da mentira, para que se torne uma mentira inteira".][639] O patrão gritou comigo: "Seu cachorro, filho de um cachorro, isso foi uma mentira ou uma calamidade pior do que

[639] Traduzido de Gayangos. Em Tübingen e Varsy, como se disse, o discurso está em terceira pessoa, e passa a impressão de ser de algum dos presentes, e não do escravo. Optou-se por traduzir de Gayangos, que não apresenta dúvidas sobre o falante, com a ressalva de que, nos outros dois manuscritos, a fala parece ser de um terceiro, talvez uma autoridade. Paris 1 também apresenta confusão nessa passagem.

mil mentiras? Pode sumir daqui, está alforriado, por Deus altíssimo!". Disseram-lhe: "Senhor, não lhe dê ousadias alforriando-o! Ele ainda é jovenzinho e não conhece nenhum ofício".[640] Então fui ficando por lá, servindo-o, pois se trata de uma questão legal relativa à alforria por meio da palavra dada.

Entrementes, o público presente, os vizinhos e todos os demais foram dar a alvíssara de que o mercador voltara. Avisados de que aquilo era apenas metade da mentira, os mercadores consideraram a questão gravíssima e ficaram sumamente espantados, amaldiçoando-me, xingando-me e insultando-me. Ao chegar à sua casa, o mercador a encontrou em escombros, pois eu destruíra muita coisa, arrebentara as prateleiras, quebrara as louças e os utensílios de porcelana chinesa, enfim, objetos que valiam uma boa quantia de dinheiro. Mais encolerizado e grosseiro ainda, ele bateu uma mão na outra, dizendo: "Por Deus, nunca em minha vida eu vi alguém como esse escravo! E é só metade da mentira. Se fosse uma mentira inteira, ele teria destruído a cidade".

Em seguida, ainda movido pela cólera, levou-me ao governador, onde me deu uma bebida de cor límpida que me fez desmaiar e perder os sentidos. Comigo naquele estado, ele trouxe um alfageme que me castrou e cauterizou. Assim que acordei, vi que tinha me tornado um eunuco. O patrão me disse: "Tal como você usou o que eu tenho de mais caro para me deixar o coração em brasas, também eu, agora, usei o que você tem de mais caro para deixar o seu coração em brasas". Levou-me ao mercado de escravos e me vendeu pelo mais alto preço. Desse modo, fui passando de poderoso em poderoso, de maioral em maioral, até ser colocado a serviço do comandante dos crentes em seu palácio.

Ao ouvirem a história, seus companheiros riram e gargalharam, dizendo: "Sua mentira foi muito ruim!". Então disseram ao terceiro escravo, Kāfūr: "Conte a sua história". Ele disse: "Ouçam, primos, tudo isso que vocês contaram não é nada. Eu lhes contarei a minha história e vocês verão que os escravos merecem mais até do que a castração, [pois eu fodi a minha patroa, a filha da minha patroa e o filho da minha patroa; não escapou senão o meu patrão. Quando isso foi descoberto, ele se encheu de rancor e me castrou.][641] Eu lhes contarei a minha história, mas o dia já vem raiando. Vamos logo abrir o portão antes que o dia clareie e vocês ainda estejam com o ataúde, o que consistirá num grande

640 Nas outras fontes, quem diz isso é o próprio escravo.

641 Traduzido de Gayangos. Essa obscenidade consta de todas as fontes, com maiores ou menores detalhes, salvo Tübingen e Varsy, onde ele não conta nada de sua vida pregressa.

escândalo!". Eles disseram: "Ó Kāfūr, isso não está certo! Nós lhe contamos as nossas histórias, você ouviu tudo o que nos aconteceu e agora vai nos sonegar a sua história? Ou conta ou então é você que vai ter de abrir o portão".

Então ele aceitou ir abrir o portão e depois contar a sua história. Trepou no muro, pulou, examinou o cemitério, retirou as pedras com que Ġānim tinha bloqueado a entrada e abriu o portão, espetando uma vela na argola de um dos túmulos. Os outros dois entraram com o ataúde e, enquanto escavavam, entre quatro tumbas, uma cova do tamanho do ataúde, Ṣawābah ia carregando os cestos com a terra. Escavaram a profundidade de meio corpo, o suficiente para que o ataúde ficasse coberto; meteram-no então no buraco, cobriram com terra e saíram às pressas do cemitério, fechando o portão e dizendo: "Vamos embora que o dia está nascendo". Avançaram, com os lampiões que carregavam, até que por fim desapareceram.

Sentindo-se seguro, o coração de Ġānim foi ocupado pelo ataúde e por seu conteúdo. Pensou: "Será que contém dinheiro? Ou seriam tecidos, utensílios, joias? O que será que ele tem?". Esperou um pouco, até que a alvorada despontasse, e desceu da árvore; afastou a terra com as mãos, puxou o ataúde do buraco para cima da terra, limpou-o, pegou uma pedra, quebrou a fechadura, ergueu a coberta e olhou…

E o amanhecer alcançou Šahrazād, que parou de contar.

QUANDO FOI A NOITE

429ª

Disse Šahrazād:

Eu tive notícia, ó rei venturoso, de que [o vizir Darandān disse ao rei Ḍaw Almakān:]

Quando abriu o ataúde, Ġānim Bin Abī Ayyūb nele encontrou uma jovem dormindo narcotizada, com a respiração subindo e descendo. Tinha ela, no entanto, uma esplêndida beleza e formosura, que a fazia parecer a lua radiante. Usava adornos e joias, tais como pulseiras e colares, que valiam um bom dinheiro. Vendo-a, o arrebatado Ġānim percebeu que haviam feito algo contra ela com o fito de roubar as suas joias e adornos, e para tanto lhe haviam ministrado narcóticos. Ao constatar isso, revolveu-a e a retirou do ataúde, isso após haver trancado o portão do cemitério e deitado a jovem de costas no chão. Ela inspirou o ar, que lhe entrou pelas narinas, fazendo-a espirrar, e então expeliu e vomitou o narcótico que lhe fora ministrado, um comprimido que, cheirado por um elefante, o faria dormir imediatamente. A jovem abriu os olhos e disse, com palavras doces e eloquentes: "Ai de você! Galho de Moringueira! Laranjeira! Nenúfar do Sedento! Rosa do Paraíso! Flor do Jardim!", mas, voltando-se para trás, não viu ninguém; percorreu o local com o olhar e disse: "Ai de mim, ai de mim! Ai de você, Luminosa! Então, se Deus quiser, Árvore de Pérolas! Luz da Redenção! Estrela da Manhã! Ai de você, Vontade! Delícia![642] Falem algo!". Como ninguém respondesse, ela tornou a percorrer o local com o olhar e disse: "Ai de mim! Ai de mim, tropeçando entre tumbas! Aconteceu o que já estava promulgado! Chegou o Dia do Juízo Final e da Ressurreição! Quem me trouxe para este cemitério? Quem me transportou das nobres alturas para o meio de quatro sepulturas?". Súbito, Ġānim parou em pé diante dela e disse: "Minha senhora...".

E o amanhecer alcançou Šahrazād, que parou de contar.

QUANDO FOI A NOITE

430ª

Disse Šahrazād:

Eu tive notícia, ó rei venturoso, de que o vizir Darandān disse ao rei Ḍaw Almakān:

Ġānim disse à jovem: "Minha senhora, eu não sou senão Ġānim Bin Abī Ayyūb, o arrebatado pela paixão, que foi conduzido até você pelo Conhecedor do invisível, para salvá-la deste sofrimento". Quando enfim caiu em si, ela disse: "Pela Caaba!", e, voltando-se para ele, soltou o véu sobre o rosto e perguntou, com suaves palavras: "Ó meu jovem, qual o motivo de eu ter vindo a este

642 Trata-se dos nomes das criadas da jovem.

lugar?". Ele respondeu: "Minha senhora, três escravos, criados eunucos, vieram para cá carregando este ataúde" — e lhe contou o sucedido do início ao fim, o que eles haviam dito, e lhe disse que ela somente se salvara graças à presença dele no cemitério. Em seguida, indagou-a sobre a sua história e condição. Ela respondeu: "Meu senhor, louvores a Deus, que me fez cair em suas mãos, salvando-me da morte. Agora, por favor, ponha-me de volta no ataúde, tal como eu estava antes, leve-me para uma estrada onde haja almocreves e aí contrate um que me transporte dentro do ataúde. Quando chegarmos à sua casa eu lhe contarei a minha história".

Contente, Ġānim Bin Abī Ayyūb, o arrebatado pela paixão, saiu do cemitério, que ficava fora da cidade. Já amanhecera, e então ele contratou um almocreve, levou-o ao cemitério e transportou o ataúde com a jovem dentro, feliz e contente, pois o amor por ela lhe havia invadido o coração: afinal, tratava-se de uma jovem graciosa, que valia dez mil peças de ouro. Estava tão contente que mal acreditou ao chegar à sua casa: desceu do burro o ataúde em cujo interior estava a jovem, abriu a porta, depositou-o dentro de casa e só então o abriu, tirando-a lá de dentro. Felicíssima, a jovem viu que ele vivia num belo lugar, com utensílios, mobília e tapetes de seda;[643] retirou o véu, olhou para ele e viu que se tratava de um rapaz gracioso, ainda imberbe, e se apaixonou por ele mais do que ele por ela; disse-lhe, com doces palavras: "Ó quem se tornou meu senhor, traga algo para comermos!". Ele respondeu: "Sobre a cabeça e o olho, minha senhora!", e se dirigiu ao mercado com seus dirhams, comprando um carneiro, que mandou assar, um prato de doces, iguarias, velas e o mais que fosse necessário.

Voltou para casa, entrou com as compras, e quando ela as viu ficou contente e o abraçou, conforme já se contou,[644] estreitando-o ao peito e fazendo-lhe agrados. O amor e a paixão dele por ela aumentaram. Serviram a refeição e se puseram a comer [e beber, divertindo-se até o final do dia, ambos apaixonados um pelo

[643] Na compilação tardia, bem como no manuscrito Paris 1, que reflete um estágio da história anterior à sua incorporação às *Noites*, acrescenta-se que ela também notou "os tecidos estocados, os fardos e outras mercadorias, e percebeu que ele era um grande mercador, dono de muito dinheiro".

[644] "Conforme já se contou" traduz *kamā qīla*, constante apenas de Tübingen e Varsy. Essa formulação normalmente antecede uma poesia, que no entanto não ocorre, talvez porque na fonte de ambos os manuscritos ela estivesse incompreensível. O fato é que a qualidade da cópia em ambos os manuscritos vem decaindo sensivelmente, como se os copistas estivessem entediados do trabalho, ou os seus originais contivessem mais defeitos. Mais adiante, "fazendo-lhe agrados" traduz *wa aḫadat bi-ḫāṭirihi*, "consolou-o", que deve ser lido, como consta nas edições impressas, *wa aḫadat tulāṭifuhu*, "fez-lhe agrados".

outro,][645] pois eram da mesma idade. Com a noite adiantada, acenderam velas e lampiões, e o lugar se iluminou; ele enchia uma taça, bebia, depois enchia outra, e dava de beber a ela enquanto recitava poesias, e assim continuaram até as proximidades do amanhecer, quando, vencidos pelo sono, dormiram, cada qual num lugar.

Ao amanhecer, Ġānim acordou, foi para o mercado, comprou as comidas e bebidas necessárias, além de outras coisas, e levou para casa, onde ambos comeram, beberam, descansaram e, saciados, retiraram o banquete e serviram a bebida, bebendo até os seus olhos se avermelharem, como se alguém lhes estivesse servindo bebida de cima do telhado.[646]

Disse o narrador: Então a alma de Ġānim o fez sussurrar para a jovem que desejava beijá-la e dormir com ela. A jovem disse: "Não tem vergonha, meu senhor?". Ele respondeu: "Se eu beijar a sua boca talvez o fogo que está em mim esfrie!". Ela disse: "Tenho ordens de não deixar você chegar perto de mim! Espere até ficarmos embriagados e a razão se ausentar. Aí, secretamente, eu lhe permitirei um beijo". Em seguida ela se levantou, trocou as roupas e vestiu uma túnica fina cor de damasco. Ele disse: "Era isso o que eu queria de você, meu desejo!". Ela disse: "Meu senhor, nada em mim serve para você, pois na dobra da minha roupa está escrito: 'Salve a sua vida'". Derrotado e com o coração dolorido, o fogo se espalhou em Ġānim; sua mente ficou preocupada e ele se quedou perplexo. Ela disse: "Meu senhor, você não tem como me obter", e continuaram a beber e a conversar até o anoitecer. Ġānim ficou em pé, acendeu os lampiões e as velas, encerrou a reunião e começou a beijá-la e a chorar. Ela disse: "Meu amor, alegria dos meus olhos, eu estou mais apaixonada por você do que você por mim. Contudo, você não me obterá nem se aproximará de mim!". Ele perguntou: "E qual é o empecilho para isso?". Ela disse: "Esta noite eu me entregarei a você", e lhe dirigiu palavras doces, prometendo-lhe o contato sexual.

Essa situação perdurou dias e noites, com ela se negando a ele e dando desculpas pelo período de um mês inteiro, embora eles não conseguissem se largar [e tivessem passado a dormir no mesmo colchão].[647] Até que, certa noite, Ġānim esperou que ela dormisse ao seu lado e, com descaramento, esticou a mão e lhe

[645] Traduzido de Paris 2. Mas o complemento é o mesmo em todas as fontes da compilação tardia.
[646] "Como se alguém lhes estivesse servindo bebida de cima do telhado": essa formulação consta somente de Tübingen e Varsy, e parece evidenciar uma lacuna qualquer, mas preferimos mantê-la.
[647] Traduzido de Gayangos.

acariciou a pele, daí passando para a barriga, conforme já se disse, e foi descendo a mão. Então ela acordou...

E o amanhecer alcançou Šahrazād, que parou de contar.

QUANDO FOI A NOITE

431ª

Disse Šahrazād:

Eu tive notícia, ó rei venturoso, de que [o vizir Darandān disse ao rei Ḍaw Almakān:]

A jovem se pôs em pé, e Ġānim, por seu turno, fez o mesmo e ficou ao seu lado, enlouquecido por ela, que lhe disse: "O que você ia fazer?". Ele respondeu: "Beijar os seus dentes, dormir sobre os seus seios, colar a minha boca à sua, o meu peito ao seu etc. etc.". Ela riu e sorriu, dizendo: "Agora vou esclarecer as coisas sobre mim, e lhe revelarei o meu segredo, a fim de que você conheça o meu valor e saiba que eu o amo mais e sinto mais atração por você. Por acaso você sabe ler?". Ele disse: "Sim, eu sei". Então de repente ela mostrou a dobra da túnica, estendeu a mão, pegou a ponta da roupa e lhe disse: "Leia, meu querido, amor do meu coração, o que está escrito na minha roupa". Ġānim pegou-a e observou o que estava ali escrito a ouro: "Eu sou sua e você é meu, ó primo do profeta".[648] Ao ler aquilo, o jovem largou o tecido e disse: "Minha senhora, revele-me a sua história!". Ela disse: "Sim, meu senhor".

QŪT ALQULŪB, O CALIFA E ZUBAYDA

Saiba, amor do meu coração, que eu sou noiva[649] do comandante do crentes, Hārūn Arrašīd, o califa, em cujo palácio fui criada, e meu nome é Qūt Alqulūb.

[648] "Primo do profeta": os califas da dinastia abássida eram assim chamados, pois o ancestral do clã, ᶜAbbās, era tio do profeta Muḥammad.

[649] "Noiva" traduz *ḫaṭība*, que é a redação de Tübingen e Varsy. Nas demais fontes, consta *maḥẓiyya*, traduzível como "favorita", que deve ser o termo mais adequado, pois será empregado adiante nesses dois manuscritos.

Quando cresci, ao notar a beleza e a formosura que Deus me deu, ele passou a me dedicar um amor extremado, levando-me para morar num aposento só para mim e pondo dez criadas ao meu serviço; deu-me roupas e joias, e dinheiro numa quantia tal que nem mesmo os reis possuem. Esse dinheiro todo que você está vendo em mim é a minha dotação diária. Tenho trinta baús cheios de seda e tecidos de brocado, ornados com ouro, prata e pérolas. Um dia, ele me possuiu e desvirginou, e então o amor se instalou entre nós,[650] a tal ponto que ele acordava e dizia "Qūt Alqulūb", sentava-se e dizia "Qūt Alqulūb", comia e dizia "Qūt Alqulūb", bebia e dizia "Qūt Alqulūb", mencionando o meu nome em tudo quanto fazia. Afastou-se de sua prima e esposa Zubayda Bint Abī Alqāsim,[651] passando a dormir comigo todas as suas noites, sem se entediar. A cada dia, o seu amor por mim crescia, na mesma medida em que o ódio da senhora Zubayda, para quem a nossa relação começou a parecer excessivamente demorada, fazendo o ciúme se avolumar em seu coração, pois eu ainda era uma jovenzinha e fora criada em seu palácio.

A senhora Zubayda não cessou de desejar o meu mal, até que, casualmente, topou com uma das minhas dez criadas, que já tinha sido sua criada em seus barcos;[652] então, adulou-a e deu-lhe uma caixinha cheia de joias, pérolas e enfeites de noiva, completos. A seguir, Zubayda disse à criada: "Tenho uma necessidade e eu gostaria que fosse atendida por você, a única que pode resolver esse assunto". A criada beijou o chão diante dela e disse: "Minha senhora, alguém como você teria necessidade de algo por parte dos criados?". Zubayda disse: "Necessito que você faça uma coisa para mim; caso me atenda, eu lhe farei todo o bem". A criada perguntou: "E qual é a sua necessidade? Eu a resolverei rapidamente, sobre a cabeça e os olhos!". Zubayda disse: "Quando o comandante dos crentes viajar eu lhe falarei a respeito".

Disse o copista: A senhora Zubayda continuou a tratar bem essa criada, a lhe dar dinheiro e presentes, e a fazer-lhe promessas, até que o comandante dos cren-

[650] Trecho constante somente de Tübingen e Varsy. Essa frase está em terceira pessoa, o que pode ser indício de história adaptada. Com efeito, é inverossímil que a narradora tivesse conhecimento de tudo o que irá relatar a seguir, pois foi pega de surpresa e não pôde ainda averiguar os fatos.

[651] Zubayda Bint Jaᶜfar (766-831 d.C.), mulher do califa Hārūn Arrašīd, acumulou grande poder e realizou obras importantes. Note que o nome dessa famosa personagem está errado. Não se sabe de onde o escriba tirou o epíteto Bint Abī Alqāsim.

[652] "Que já tinha sido sua criada em seus barcos" é a forma que se encontrou para dar inteligibilidade a um trecho ininteligível, com base no que se pode ler dele em Tübingen e Varsy e em dados registrados de maneira um tanto ou quanto vaga nas outras fontes.

tes viajou, e antes de sair convocou os guardiões do palácio e me recomendou a eles, dizendo: "Não tenho recomendação alguma além de Qūt Alqulūb. Se no meu retorno ela louvar algum de vocês na minha frente, eu o promoverei, aproximarei de mim e lhe aumentarei o salário e os benefícios". Eles responderam: "Ouvimos e obedecemos a Deus e ao comandante dos crentes". Tão logo ele partiu, todos os criados se postaram à minha porta, para me servir. Tal situação aumentou a hostilidade e o ódio da senhora Zubayda, que chamou a minha criada e disse: "Leve esta cartela consigo, e quando a sua patroa beber algo, tire um comprimido e dissolva-o na bebida de Qūt Alqulūb. Assim que ela tiver bebido e dormido, venha me avisar. É esta a necessidade que tenho de você, nada mais. Eu a recompensarei por essa ação".

E o amanhecer alcançou Šahrazād, que parou de contar.

QUANDO FOI A NOITE

432ª

Disse Šahrazād:

Eu tive notícia, ó rei venturoso, de que [o vizir Darandān disse ao rei Ḍaw Almakān:

Disse Qūt Alqulūb:]

A senhora Zubayda entregou a cartela com o narcótico para a criada, ordenando-lhe que pulverizasse um comprimido na minha bebida. A criada respondeu: "Ouço e obedeço", recolheu o narcótico e veio até mim, sua patroa. Pedi-lhe bebida, e ela me trouxe uma taça grande, na qual lançou o comprimido após tê-lo moído; bebi até me saciar e, ao dormir, já estava narcotizada.[653] A criada correu para avisar a senhora Zubayda de que "ela está dormindo narcotizada". Levou consigo três escravos que as próprias mães considerariam uns demônios, todos eunucos, e lhes ordenou que arranjassem um ataúde. Mediante propina, conseguiu que os três criados da por-

[653] A narrativa, neste ponto, é toda em terceira pessoa, o que seria mais lógico, como se afirmou. No entanto, fizemos as adaptações necessárias ao traduzir, de modo a manter Qūt Alqulūb como a narradora, embora seja inverossímil que ela refira os fatos dessa maneira, em vista do que sofrera.

taria liberassem a entrada dos três eunucos, meteu-me no ataúde, narcotizada, com a roupa que estava, cobriu o ataúde, colocou-lhe cadeados fortes e fez os três me carregarem, à noite, até me atirarem [no cemitério] e me enterrarem dentro do ataúde onde você me encontrou e do qual me retirou, salvando-me de tal horror e, ao cabo, trazendo-me até aqui. Essa é a minha história e o que me sucedeu, sem mais.

Disse o narrador: Ao ouvir as palavras de Qūt Alqulūb e se certificar de sua intimidade com o comandante dos crentes Hārūn Arrašīd, Ġānim Bin Abī Ayyūb, o arrebatado pela paixão, ficou apavorado e se afastou dela, sentando-se sozinho num canto da casa para recuperar o autocontrole, mas começou a chorar. Ela se levantou, beijou-o e, mesmo tendo revelado o seu segredo, enlaçou-o, enquanto ele tentava se livrar dela, malgrado a atração que sentia. Ela disse: "Meu senhor, estou estranhando você!". Ele disse: "Deus me livre ocupar o lugar do leão. Tudo quanto pertence ao senhor é proibido ao escravo", e, livrando-se dela, sentou-se e tornou a chorar; Qūt Alqulūb também chorou. Em seguida, pegaram as bebidas e beberam, e a embriaguez os alegrou. Ġānim ajeitou dois colchões, e ela perguntou: "Este segundo colchão é para quem?". Ele respondeu: "Um para mim e outro para vós, pois eu vos evitarei a partir da presente noite".

Disse o narrador: Ela não aceitou e disse: "Não faça isso, meu senhor. Eu e você não nos deitaremos senão num único colchão", e o venceu; dormiram juntos até o amanhecer e nessa situação se conservaram, com Ġānim cada vez mais apaixonado e cheio de amor, não obstante receasse pela própria vida por causa do califa, o comandante dos crentes. Isso foi o que sucedeu a Ġānim e a Qūt Alqulūb.

Quanto a Zubayda e suas ações contra Qūt Alqulūb, ela estava em enorme dúvida, sem saber o que diria ao califa, que finalmente regressara da viagem e perguntara da jovem. Zubayda havia chamado uma velha que trabalhava consigo e lhe dissera:[654] "Traga-me um marceneiro, velha", e ela trouxe. O marceneiro então lhe construiu uma estátua de madeira na forma de ser humano, que Zubayda introduziu numa mortalha e enterrou no centro do palácio. Vestiu as criadas e os criados com roupas de luto compridas, e eles se puseram a chorar e gritar pelo palácio. Assim que chegou da viagem, o califa viu todos os criados e criadas vestidos de luto e com sinais de tristeza, e indagou a respeito do ocorrido.

654 Neste ponto, todas as fontes, com exceção de Tübingen e Varsy, trazem uma longa interpolação, em que Zubayda pergunta à velha o que fazer, e a velha é que lhe sugere o artifício da estátua de madeira, fazendo ainda uma longa dissertação, quase profética, sobre o modo como o califa reagiria. Na verdade, o propósito dessa interpolação é constituir a personagem da velha como malvada e ardilosa, diga-se assim, na mesma linha de outras velhas, das quais o modelo supremo é a arquivilã Šawāhī Ḏāt Addawāhī.

Disseram-lhe: "Que Deus lhe magnifique a recompensa por Qūt Alqulūb!". A essas palavras, a luz que havia no rosto do califa se transformou em treva e ele gritou, ficando desmaiado por algum tempo. Ao acordar do desmaio, perguntou como se dera a sua morte, e onde fora enterrada. A senhora Zubayda respondeu: "Meu senhor, eu a enterrei no próprio palácio, pois receei fazê-lo nesses cemitérios em ruínas". O califa acorreu até a sepultura de Qūt Alqulūb e verificou que estava revestida de seda e outros tecidos, com lampiões e grandes velas acesas. Chorou e se entristeceu pela jovem, e agradeceu à sua prima Zubayda, dizendo: "Por Deus, você agiu muito bem com Qūt Alqulūb", e tornou a louvá-la pelo que fizera, dizendo: "Por Deus, você de fato gostava dela". Zubayda disse: "Como não gostar se era ela o amor do seu coração?". Ele ficou em dúvida, ora desacreditando, ora acreditando, e disse em seu íntimo: "Talvez a senhora Zubayda tenha feito algo contra ela e a matado por causa dos ciúmes", e chorou copiosamente durante um mês inteiro.

Certo dia,[655] enquanto ele chorava, eis que ouviu duas criadas conversando; uma dizia à outra: "Ḫayzurāna, minha irmã!". Ḫayzurāna respondeu: "Sim?". A primeira criada disse: "O que me diz da situação do nosso senhor, o comandante dos crentes, que está choroso e triste por causa de sua amada Qūt Alqulūb? Foi a senhora Zubayda que agiu contra ela!", e relatou o sucedido à sua companheira, Zahr Albustān,[656] que perguntou: "Irmã, por acaso Qūt Alqulūb não morreu e foi enterrada pela senhora Zubayda num aposento dentro do palácio?". Ḫayzurāna respondeu: "Por Deus, Zahr Albustān, que ela não morreu nem foi enterrada! Por Deus, eu ouvi a senhora Zubayda dizendo à velha que Qūt Alqulūb está viva e não morreu, e agora está na casa de um jovem mercador damasceno chamado Ġānim Bin Abī Ayyūb, o arrebatado de amor".[657] Tudo isso e o califa ali parado, ouvindo a fala de Ḫayzurāna à sua amiga Zahr Albustān. O suor da descendência do profeta começou a lhe escorrer por entre os olhos, e ele se dirigiu a seu trono. Chegaram os principais do governo, bem como o seu grão-vizir Jaᶜfar, o barmé-

[655] Em todas as fontes, com exceção de Tübingen e Varsy, que são nossa base, essa cena é montada de modo semelhante à cena da noite 22 do primeiro volume desta coleção, com a revelação se dando enquanto o califa é massageado pelas criadas. Reis que descobrem segredos familiares graças às indiscrições das criadas que os servem (em geral massageando-os) é um lugar-comum da narrativa árabe.

[656] *Ḫayzurāna* significa "bambu", e *Zahr Albustān*, "flor do jardim".

[657] Nenhuma das fontes fornece explicação para o fato de Zubayda conhecer o paradeiro de Qūt Alqulūb. Em Gayangos se acrescenta na fala da criada: "E hoje se completam quatro meses que ele está montando nela. O nosso senhor está chorando e passando as noites acordado à toa".

cida, que beijou o chão diante dele e o felicitou pelo bom termo da viagem. O califa lhe lançou um olhar irado e disse: "Ai de você! Saia acompanhado de quatrocentos espadachins [e procure a casa de Ġānim Bin Abī Ayyūb, o mercador damasceno, um forasteiro".][658]

Naquele dia, o arrebatado pela paixão Ġānim Bin Abī Ayyūb havia comprado para Qūt Alqulūb uma panela de carne feita por um bom cozinheiro. Assim que entrou em casa e estendeu o banquete, fazendo menção de esticar a mão para comer, eis que, subitamente, o grupo enviado pelo comandante dos crentes cercava a casa. Nesse momento, ao avistar aquele grupo, sob comando do vizir Ja^{c}far e com as espadas desembainhadas, Qūt Alqulūb percebeu que as notícias sobre ela haviam chegado ao comandante dos crentes. Sua cor se alterou e, lançando um olhar para o seu amado Ġānim, disse: "Por que está aí parado?". Ao ver a desgraça que se abatera sobre si, Ġānim disse: "Não existe poderio nem força senão em Deus altíssimo e poderoso!". Ela disse: "O que você está esperando? Esses aí são os emissários da cólera!". Ele disse: "O que farei, se todo o meu dinheiro e mercadorias estão aqui nesta casa?". Ela disse: "Meu irmão, por acaso você é louco? Fuja e salve a sua vida!". E, despindo-o de suas roupas, vestiu-o com andrajos velhos de mendigo, untou-lhe o rosto e o corpo com fuligem e ele ficou parecendo um escravo negro desocupado.[659] Isso feito, ela disse:

[658] Devido a um evidente "salto-bordão" em Tübingen e Varsy, houve-se por bem acrescentar esse trecho, traduzido de Gayangos, no qual a fala do califa continua assim: "'Invadam a casa e tragam-me a minha criada Qūt Alqulūb, que está lá faz quatro meses, sem que ele tenha me dado notícias dela; ele violou a minha dignidade e montou na minha embarcação, sem nenhum receio da minha vingança. É absolutamente imperioso que eu o faça sofrer. Quando chegarem lá, invadam a casa, saqueiem o seu dinheiro, destruam-na até que se torne um monte de cinzas e arrastem-no até a minha frente a fim de que eu estude quais torturas lhe irei infligir'. Ja^{c}far ouviu e obedeceu; mandou convocar certo mercador, a quem indagou a respeito de Ġānim, o damasceno, ao que o mercador respondeu: 'Por Deus, ele está recolhido em sua casa, há quatro meses sem sair. Ele mora no lugar tal e tal'. Assim, Ja^{c}far saiu seguido por muita gente e acompanhado pelo delegado, e rumaram todos para a casa". Não é possível saber o tamanho da lacuna em Tübingen e Varsy, e qual parte dessa fala do califa constava deles. É certo que a questão da tortura não compunha a fala (note, adiante, que Ja^{c}far afirma ter ordens expressas para matar Ġānim), mas é possível que, no trecho pulado, o califa tivesse dado ordens para demolir e saquear a casa. Era comum – conforme registram historiadores da época – que os caídos em desgraça sofressem mais essa desdita.

[659] O disfarce é diferente e mais elaborado nas outras fontes; a melhor versão está no manuscrito Paris 1, que contém a história antes de sua incorporação às *Noites*: "vestiu-o com andrajos imundos, sujou-lhe os pés e as pernas com terra, alterou-lhe a aparência, colocou sobre a sua cabeça a panela comprada no cozinheiro, atirou sobre ele migalhas e o conteúdo de comida de uma travessa e lhe disse: 'Esconda dinheiro nas mangas e saia assim vestido. Quem o vir pensará que se trata de algum empregado do cozinheiro'". De qualquer modo, a sugestão de que o rapaz pegasse dinheiro é incoerente, uma vez que, mais adiante, ficará claro, em todas as versões, que ele não dispunha de dinheiro algum.

"Agora, vá embora e tome o seu rumo. Quanto a mim, sei o que tenho em mãos para me salvar do comandante dos crentes. Meu temor não é senão por você". Ele disse: "Ó Doador da boa proteção!", e saiu.

E o amanhecer alcançou Šahrazād, que parou de contar.

QUANDO FOI A NOITE

433ª[660]

Disse Šahrazād:

Eu tive notícia, ó rei venturoso, de que [o vizir Darandān disse ao rei Ḍaw Almakān:]

Ġānim saiu dizendo: "Ó Doador da boa proteção!", e então Deus o protegeu e ninguém o reconheceu.

Ao entrar na casa, o vizir Ja^{c}far olhou para Qūt Alqulūb, que se vestira e adornara, enchera um grande baú com ouro, joias, aljôfares etc., tudo quanto fosse de baixo peso e valor alto. Tão logo viu o vizir, ela se pôs em pé, beijou o solo diante dele e disse: "Meu senhor, não se espante, a pena fez ocorrer o que já estava decidido". Ja^{c}far beijou o chão e disse a ela: "Por Deus, minha senhora, nós não viemos senão por causa de Ġānim. O califa, comandante dos crentes, exige que nós o matemos, saqueemos a sua casa e a deixemos demolida. Onde ele está? E só a ele que procuramos e queremos". Ela disse: "Não tenho notícia de Ġānim, pois ele recolheu as mercadorias e retornou a Damasco. Eu lhe peço, entretanto, que preserve este baú, a fim de que eu o leve comigo para o comandante dos crentes". O vizir respondeu: "Ouço e obedeço", e os guardas o carregaram e conduziram Qūt Alqulūb, com todo o respeito e dignidade, após terem saqueado e demolido a casa de Ġānim.

Chegando ao palácio do califado, o vizir foi ter com o califa, beijou o chão e disse: "Amo, já trouxemos Qūt Alqulūb e saqueamos e demolimos a casa de Ġānim, mas não encontramos vestígio dele", e contou ao califa tudo

[660] Em Tübingen e Varsy, começa aqui a "décima primeira parte". Em Varsy, o copista escreveu antes disso: "conclui-se bem o décimo capítulo". Em Tübingen, o número da noite é 418, e em Varsy, 430.

quanto sucedera, e este, vertendo sua ira sobre Qūt Alqulūb, ordenou que fosse aprisionada numa torre escura, sua nova moradia, e encarregou uma velha de lhe satisfazer as necessidades de comida e bebida. Na suposição de que Ġānim praticara o adultério e orgias com ela, logo tratou de escrever uma ordem ao comandante Muḥammad Bin Sulaymān Azzaynabī, que era seu preposto na cidade de Damasco, dizendo-lhe: "Assim que esta ordem chegar a você, antes mesmo de largá-la da sua mão, capture imediatamente Ġānim Bin Abī Ayyūb, saqueie-lhe os bens e envie-o para nós da maneira mais humilhante possível".

Quando a ordem chegou a Azzaynabī, ele beijou o papel, colocou-o sobre a cabeça, montou no mesmo instante e ordenou que um arauto anunciasse nos mercados da cidade: "Quem estiver disposto a saquear que vá para a casa de Ġānim Bin Abī Ayyūb!". As pessoas rapidamente se dirigiram para lá e a invadiram, sôfregos. Viram que a mãe de Ġānim e a sua irmã Fitna haviam construído para ele uma sepultura na casa e, vestidas de luto, faziam-lhe o elogio fúnebre e o pranteavam; os invasores agarraram as duas e saquearam a casa, sem que elas soubessem o motivo. Ao ver as pessoas fazendo aquilo, o preposto Muḥammad Azzaynabī se condoeu da situação das duas e o seu coração se compadeceu, bem como o de seus acompanhantes, mas ele não podia desobedecer às ordens do califa. Em seguida, ordenou ao arauto que anunciasse: "Essa é a punição dos trapaceiros!". [Mandou convocar a mãe e a irmã de Ġānim e as interrogou sobre o jovem, ao que ambas responderam: "Faz um ano ou mais que não recebemos notícias dele".][661]

[O preposto Sulaymān Azzaynabī ficou em dúvida sobre o que fazer com Fitna e sua mãe; caso as despojasse de suas roupas, seria um pecado diante de Deus, e se as libertasse estaria desacatando as ordens do comandante dos crentes. Mandou então fazer-lhes uma roupa de pelo sem mangas, despiu-as das roupas que traziam e lhes deixou a cabeça descoberta, e então as suas faces graciosas foram cobertas por seus próprios cabelos. Ao vê-las, as pessoas choraram por elas e pelo que lhes sucedera, censurando o tempo e criticando os dias. Ambas saíram descalças, tendo as roupas de pelo como única proteção.

661 Traduzido de Paris 2. Na realidade, a compilação tardia apresenta redação semelhante neste ponto. Excluímos a última frase, "foram então mandadas de volta para casa", que seria incoerente com o que escolhemos acrescentar em seguida a partir das fontes cujo corpus apresenta uma versão mais alongada desta história, ou seja, Gayangos e Paris 1.

Os arautos as expuseram pelos mercados, anunciando: "Essa é a punição — a menor punição! — de quem comete ousadias contra a residência do venerável califado e corrompe as mulheres do seu magnífico reino!". Persistiram nessa exibição enquanto o povo chorava e as mulheres e crianças espiavam pelas portinholas, também aos prantos.

Quando anoiteceu, as pessoas foram lhes levar bebida e comida. Tanto os amigos como os inimigos se desgostaram muito com aquilo, e as mulheres, crianças e jovens andaram atrás das duas até o amanhecer, todos chorando. Nem Fitna nem sua mãe tiveram apetite nenhum ou sede, tamanhas eram as suas preocupações e fadigas. Veio então falar com elas uma velha do palácio do preposto Muḥammad Bin Sulaymān Azzaynabī, funcionária do seu harém. Ela cumprimentou a mãe de Ġānim e a indagou sobre a situação. A mãe respondeu: "E eu poderia estar em situação pior, minha senhora? Até mesmo os meus inimigos se lamentam por mim!". E, chorando, recitou a seguinte poesia:

Não resta aqui senão um leve respirar,
e uns olhos cujo dono está atordoado,
e um apaixonado de entranhas ardendo
em fogo, conquanto em silêncio esteja!
Até mesmo o cínico faz elegias por ele,
mas ai de quem até o cínico lamenta!

Disse o narrador: Então a velha chorou e, voltando-se para a jovenzinha Fitna, perguntou-lhe sobre o seu estado e a aconselhou a munir o coração de paciência. A menina chorou copiosamente e recitou:

O arbítrio das noites e do tempo se acentuou
contra mim: depois da boa vida fui humilhada.

E continuou a chorar, e todas as outras mulheres choraram. Tudo isso ocorria à noite. A velha disse: "Estão dizendo que essas ações do sultão Muḥammad contra o seu filho Ġānim se devem ao fato de que ele foi arrogante e praticou adultério com a favorita do comandante dos crentes, chamada Qūt Alqulūb. Ainda não o encontraram em Bagdá, mas a procura por ele continua bem intensa".

Disse o narrador: E a velha relatou tudo quanto sucedera entre Ġānim e Qūt Alqulūb: que a sua casa fora invadida, o seu dinheiro, confiscado, e os seus homens, mortos. Toda a sua riqueza fora saqueada, e a casa, demolida, havia se tornado um monte de terra, "e se o seu filho tivesse sido capturado, teria sofrido toda sorte de torturas". A mãe chorou, bem como Fitna. Quando amanheceu, os arautos as tiraram dali e as exibiram pela cidade, infamando-as alto e bom som, e à noite tornaram a conduzi-las ao cárcere. Isso durou três dias. No quarto dia, o sultão Azzaynabī determinou que ninguém se aproximasse delas nem lhes desse nada, conforme ordem expedida pelo comandante dos crentes. Então os arautos anunciaram: "A todo o povo. O comandante dos crentes nos enviou uma ordem com o seguinte alerta: quem quer que dê guarida às mulheres da família de Bin Abī Ayyūb, ou as alimente com qualquer coisa, será crucificado na porta de sua própria casa. Quem não acreditar que experimente desacatar!". Ao ouvirem o anúncio dos arautos, as pessoas prorromperam em choros e gemidos, dizendo: "Não existe poderio nem força senão em Deus altíssimo e poderoso", mas passaram a rechaçá-las, temendo por suas próprias vidas, e disseram: "Este é um tempo de cólera!". A população permaneceu em casa, mas todos, na hora do jantar, quando se lembravam do que acontecera às duas, afastavam a refeição e nada comiam, pondo-se a lamentá-las.

Disse o narrador: O povo prorrompeu em choros e lamúrias, não restando ninguém que tivesse coragem de se aproximar delas, pois os arautos continuavam a fazer anúncios contra as duas, que estavam infamadas, de cabeça descoberta, cabelos soltos sobre o rosto e com os pés desnudos. Anoiteceu e elas continuaram sem comer nada, dobrando o estômago de fome. Pela manhã foram soltas e desfizeram a vigilância sobre elas, que se puseram a perambular sem ter onde se abrigar. Toda pessoa de quem se aproximavam fugia. Atônitas, perplexas, chorosas, esfomeadas e desnudas, com a pele esfacelada por causa da aspereza das roupas de pelo, sangrando, com o rosto descascado e os olhos ulcerados pelo choro, durante quatro dias elas tornaram a vida do povo da cidade um enorme desgosto, impedindo que as pessoas trabalhassem; a cidade interrompeu as atividades comerciais e a condição de vida dos moradores se deteriorou por causa das duas.

Quando a notícia do que estava acontecendo na cidade chegou ao sultão Muḥammad Azzaynabī — ou seja, que as pessoas tinham parado de trabalhar por causa das mulheres da família de Ġānim Bin Abī Ayyūb —, ele determinou que elas fossem desterradas de Damasco para a região de Alepo, no norte do país, a três dias de distância.[662]

Disse o narrador: Então alguns emissários as pegaram e as conduziram de Damasco até as proximidades de Alepo, após o que retornaram, chorando ao deixá-las; deram-lhes alguns tarecos, algumas migalhas de comida e um pouco de dinheiro, e penduraram um embornal no pescoço de cada uma. Ambas vagaram, aproximando-se das vilas e aldeias nas cercanias de Alepo, onde se puseram a mendigar, comendo de tudo o que lhes era dado, desnudas, descalças e com a fisionomia enfeada de tanto andar ao sol, naquela terrível penúria, pedindo esmolas e cobertas por tanta imundície que a sujeira passara a ser outra pele sobre a sua pele. A beleza definhou, o rosto escureceu e uma palidez assustadora lhes cobriu as faces. Ambas choravam de autocomiseração e pediam socorro ao Criador.

Disse o narrador: Como essa horrível situação perdurasse demais, Fitna e sua mãe se esfalfaram de tanto caminhar descalças, aniquiladas pela fome, nudez, deambulando de aldeia em aldeia e de terra em terra. A menina se desesperou, sem ânimo algum, muito embora os moradores das aldeias sempre lhes dessem esmolas e alguns pedaços de pano e trapos, que elas costuraram, usando-os para cobrir a cabeça: eram lenços constituídos por vinte trapos, e até mesmo roupas íntimas elas costuraram com tais trapos. Seus olhos ulceraram de tanto chorar, pois após a boa vida estavam sofrendo aquela humilhação, e depois da riqueza haviam se tornado paupérrimas, e depois do conforto viviam na maior desgraça. Então Fitna recitou:

Ó destino, és inconstante com aqueles que unges,
pois eis a minha alma, entre a desgraça e o perigo!
Tem piedade por um poderoso agora humilhado
pelas paixões, pobre após ter a outrem enriquecido!
Qual o recurso do frecheiro que, visto o inimigo,
ao tentar disparar, a corda do seu arco rebenta?
Quando as preocupações se acumulam no jovem,
como poderá escapar ao destino? Qual a saída?

[662] Em Paris 1, é o próprio califa que, inteirado pelo sultão do que acontecia, dá a ordem para o desterro, e a ordem chega por meio do serviço de pombo-correio.

Eu tenho ciúmes até da brisa que passa por ti,
mas quando o destino decreta a vista se cega.

Disse o narrador: Continuaram sua perambulação, e isso foi o que lhes sucedeu desde Alepo até Diarbaquir, depois a cidade de Mossul, de onde enfim tomaram a direção de Bagdá, com o propósito de investigar o paradeiro de Ġānim. Continuaram a mendigar e a dormir em mesquitas, e já ninguém as reconhecia, nem mesmo o próprio Ġānim, se porventura as visse.][663]

Quanto a Ġānim Bin Abī Ayyūb, o arrebatado pela paixão, sucedeu-lhe que, tendo sido espoliado dos seus bens e sofrido tudo aquilo, ele saiu sem rumo nem prumo, e, avaliando a própria situação, chorou mais, mas continuou caminhando até o findar do dia, devastado pela fome e pelo cansaço de tanto andar e correr. Entrou por fim numa mesquita, sentou-se numa esteira e recostou-se na parede; estava tão exausto, esgotado e esfomeado que se estirou na esteira e ali ficou até o amanhecer, com o coração latejando, esfomeado, fedendo e com a condição alterada. Chegou então um grupo de moradores da aldeia para fazer a prece matinal, e o viram estirado na esteira, esfomeado e fraco, embora os indícios de uma boa vida transparecessem em seus traços. Quando concluíram a reza, trouxeram-lhe água para lavar as mãos e os pés, e o vestiram com uma roupa velha sem mangas, dizendo-lhe: "Estrangeiro, de onde você é? Qual o motivo de ter vindo para cá, nessa fraqueza toda?". Ele abriu os olhos e chorou, sem responder.

Compadecidos e comovidos, trouxeram-lhe um pratinho com mel e um pão, dos quais ele comeu um pouco. Sentaram-se ao seu lado até o sol raiar e se retiraram para os seus misteres. Passaram a visitá-lo diariamente, até que a sua estada ali completou um mês inteiro, trinta dias no decorrer dos quais a sua fraqueza aumentou. Eles choraram pelo estrangeiro e, consultando-se a seu respeito, disseram: "Vamos mandá-lo para o hospital em Bagdá". Enquanto assim conversavam e emitiam suas opiniões ao lado de Ġānim, eis que duas mendigas passaram por ali, e eles disseram: "Deem estes pães para aquelas

[663] Esse trecho foi traduzido dos manuscritos Gayangos e Paris 1. Note que a redação e a letra do primeiro são melhores, mas o segundo contém variantes interessantes de formulações obscuras no primeiro. A introdução dessa longa interpolação se impôs por motivos que o leitor facilmente perceberá no decorrer da leitura. Embora as características da narrativa em Gayangos e Paris 1 sejam diversas da narrativa nas fontes mais antigas (Tübingen e Varsy, cujo ritmo, nesta história, é mais rápido e carece de poesias), consideramos mais adequado traduzir a passagem por inteiro, em vez de simplesmente resumi-la.

mulheres", e as chamaram. As mendigas eram a irmã de Ġānim, Fitna, e sua mãe, às quais se deram os pães que estavam ao lado da cabeça de Ġānim. Elas pegaram os pães, comeram-nos e passaram aquela noite na mesma mesquita em que Ġānim estava doente.

Os moradores da aldeia ajuntaram dinheiro para contratar um cameleiro que conduziria o rapaz ao hospital em Bagdá. Quando o cameleiro chegou, eles negociaram o preço e lhe disseram: "Deixe este doente na porta do hospital, e quiçá o mediquem e curem. E você receberá a recompensa divina". O cameleiro disse: "Ouço e obedeço". Trouxe o camelo e o fez ajoelhar-se na porta da mesquita. Os moradores entraram, rezaram perto de Ġānim até o amanhecer e o carregaram na própria esteira. Sua irmã Fitna e sua mãe vieram presenciar o que estava acontecendo, [por compaixão e dó, mas não o reconheceram. Fitna se lembrou do irmão e disse: "Será que o meu irmão está vivo? Estará perdido como esse estrangeiro?". E choraram ambas, ela e a mãe.][664] O rapaz abriu os olhos e, vendo-se sobre um camelo, amarrado numa esteira, chorou e reclamou. Os moradores da aldeia viram a sua irmã e a sua mãe chorando a dizer: "Coitado! Como é triste a condição dos estrangeiros!". Depois, ambas retornaram à mesquita para descansar uns dois dias e em seguida também viajar para Bagdá.

Quanto ao cameleiro, ele viajou sem parar até se apear do camelo e depositar Ġānim na frente do hospital, em Bagdá, após o que fustigou a sua montaria e retornou para a sua aldeia.[665]

Ġānim permaneceu deitado na porta do hospital até o amanhecer. As pessoas começaram a passar e, vendo aquele jovem doente, magro como um palito, pararam para olhar direito. O intendente do mercado chegou, afastou o público e disse: "Eu ganharei o paraíso por meio desse pobre coitado. Vou levá-lo para minha casa, pois, se ele for internado no hospital, é morte certa no mesmo dia". E ordenou aos seus criados que o carregassem e transportassem para a sua casa, e eles assim procederam. Lá, o intendente lhe arranjou colchão e almofada novos, e disse à mulher: "Cuide bem desse estrangeiro, pois se trata de um pobre coitado. Mas são claros nele os indícios de que já gozou boa vida". A mulher disse: "É a melhor coisa que você poderia ter feito por esse estrangeiro", e prontamente arregaçou as mangas, esquentou água e lhe lavou as mãos, os pés e o rosto, ves-

[664] Traduzido de Gayangos, pois neste ponto a narrativa de Tübingen e Varsy é incoerente.
[665] Nos manuscritos Gayangos e Paris 1, o cameleiro se confunde com as aparências e deixa o rapaz não na porta do hospital, mas na entrada do mercado dos ourives.

tiu-o com uma das roupas do marido, deu-lhe de beber uma grande taça de água com açúcar e o aspergiu com água de rosas. Ġānim gemeu, resmungou e, lembrando-se de sua amada Qūt Alqulūb, chorou e ficou mais desesperado ainda. Isso foi o que sucedeu a ele.

E o amanhecer alcançou Šahrazād, que parou de contar.

QUANDO FOI A NOITE 434ª

Disse Šahrazād:

Eu tive notícia, ó rei venturoso, de que [o vizir Darandān disse ao rei Ḍaw Almakān:]

Quanto a Qūt Alqulūb, a cólera do califa a fizera ir morar numa torre escura, onde ela ficou aprisionada por oitenta dias. Certa feita, à noite, enquanto o califa passava diante da porta da torre, pensando no caso de Qūt Alqulūb, ouviu-a recitando:

[Juro: se acaso justo fosses, não me deixarias,
mas no decreto da separação não existe justiça!
Fizeste-me carregar o peso da paixão, porém eu
fiquei incapaz de suportar o peso da minha roupa;
o sono me fugiu das pálpebras e foi para as dele;
minha gente, até o meu sono está com fraqueza!
A languidez de seus olhos se me infiltrou no corpo,
mas a languidez do meu corpo é mais fina e gentil;
é inevitável a ausência daquele que, ao aparecer,
tinha formosura tamanha, indescritível e ilimitada;
as mãos dela todas foram cortadas quando o viram,
de tanto que se encantaram e disseram: "'Este é José!"
Queixo-me para ele, mas de que poderia me queixar?
Ele sabe melhor sobre aquilo que de mim recebeu!
Meu fígado tanto transborda de lágrimas e gemidos

que é como se de minhas pálpebras se disparassem!
E eu juro por ele: de mim já não resta mais nada,
ou talvez reste ainda um pouco de angústia e danação!
Quem sabe comigo ele ainda se isole para conversar,
enquanto a minha alma geme de paixão e se revolve!
E se acaso ouvires sobre um apaixonado puro e casto,
fica sabendo que esse apaixonado tão casto é ele!][666]

Quando terminou a poesia, ela disse: "Meu amado, meu Ġānim, meu Bin Abī Ayyūb! Como é belo e casto! Você fez o bem a quem lhe fez o mal, e preservou a dignidade de quem destruiu a sua! Você preservou a dignidade da mulher da família dele, enquanto ele violou a dignidade das mulheres da sua família e prendeu os seus parentes! É absolutamente imperioso, ó Ġānim, que você e o comandante dos crentes sejam postos na frente de um governante justo, e busque a justiça contra ele no dia em que Deus será o juiz, e os arcanjos, as testemunhas!".

Ao ouvir essas palavras e compreender a sua queixa, o califa reconheceu-lhes o sentido e admitiu que ela fora injustiçada pelas suposições que ele fizera sobre o ocorrido entre Qūt Alqulūb e Ġānim, o arrebatado. Então entrou em seu palácio e enviou Masrūr, o seu ajudante de ordens, buscá-la, e ele se dirigiu, contente, à torre escura, abriu-a e retirou Qūt Alqulūb, levando-a ao califa; ao se ver diante dele, ela beijou o chão e se manteve cabisbaixa, com os olhos lacrimosos e o coração entristecido. O califa disse: "Eu a ouvi, Qūt Alqulūb, queixando-se de uma injustiça e referindo tal injustiça a mim, dizendo que eu fiz mal a quem me fez o bem, e tratei mal as mulheres da família de quem preservou a dignidade das mulheres da minha família. Quem seria essa pessoa?" Ela respondeu: "O arrebatado apaixonado, Bin Abī Ayyūb, Ġānim! Por Deus, ele não se aproximou para me atingir com mal algum nem abominação alguma, nem me pediu nada de ruim". Ouvindo tais palavras, o califa disse: "Não existe poderio nem força senão em Deus exalçado e grandioso!", e prosseguiu: "Peça-me o que quiser". Ela disse: "Eu lhe peço que me traga o meu amado Ġānim!". O califa imediatamente obedeceu àquela ordem, determinando que ele fosse trazido à sua presença. Qūt Alqulūb disse: "Se ele vier você o dará a mim, ó comandante dos crentes?". O califa respondeu: "Sim, se ele vier eu o darei a você. E o generoso não

[666] Poesia traduzida de Paris 1 e Gayangos. As outras fontes falam que Qūt Alqulūb está recitando uma poesia, mas não a transcrevem, o que é incomum nas *Noites*.

volta atrás em sua doação". Ela beijou o chão diante dele e disse: "Permita, ó comandante dos crentes, que eu mesma monte, procure Ġānim e indague a respeito dele. Quiçá Deus me reúna a ele". O califa disse: "Faça o que desejar".

Muito contente, ela saiu levando mil dinares de ouro. Visitou homens santos e santuários, distribuindo esmolas por Ġānim. Indagou a todos, mas ninguém lhe deu resposta positiva sobre ele. Na sexta-feira seguinte, ela foi ao mercado, que estava bem cheio. Levava consigo, novamente, mil dinares, [e entregou dinheiro ao intendente, dizendo-lhe: "Use como esmola para os estrangeiros", e saiu. Na outra sexta-feira, foi de novo ao mercado, desta vez][667] o de ourivesaria e joias, onde gritou pelo administrador, e, quando ele apareceu, entregou-lhe mil dinares e disse: "Dê-os de esmola a quem for pobre ou estrangeiro". Ele disse: "Você me acompanharia até a minha casa para ver a situação de um jovem estrangeiro no qual se enxergam indícios de uma boa vida pregressa? Você mesma poderá lhe dar o dinheiro, com as suas próprias mãos".

E o amanhecer alcançou Šahrazād, que parou de contar.

QUANDO FOI A NOITE

435ª

Disse Šahrazād:

Eu tive notícia, ó rei venturoso, de que [o vizir Darandān disse ao rei Ḍaw Almakān:]

O administrador disse a Qūt Alqulūb: "Você verá esse jovem estrangeiro e lhe dará a esmola com suas próprias mãos". Era o seu amado Ġānim Bin Abī Ayyūb, mas o administrador não tinha conhecimento disso, supondo tratar-se de algum escravo ou endividado cujos bens tivessem sido sequestrados, ou, ainda, que fosse algum apaixonado abandonado por seu amor. Ouvindo tais palavras, o coração da jovem palpitou forte, suas entranhas se reviraram e ela disse: "Meu senhor, envie alguém para me acompanhar até a sua casa. Entrarei e darei a

[667] Traduzido da compilação tardia.

esmola". O administrador enviou então um garoto, que a guiou até a sua casa. Ela agradeceu, entrou na casa e cumprimentou a mulher do administrador, que ficou de pé, beijou o chão diante dela, pois a reconheceu, e disse: "Seja muito bem-vinda, ó amada do comandante dos crentes!". Qūt Alqulūb disse: "Onde está, minha senhora, o doente que vocês receberam em casa?". A mulher chorou e disse: "Minha senhora, ei-lo ali deitado naquele colchão". Qūt Alqulūb olhou na sua direção e, mesmo vendo-o com seus próprios olhos, não o reconheceu,[668] pois se tratava de alguém cuja beleza desaparecera e cuja magreza aumentara: estava feito um palito. Chorando, ela disse: "Coitados dos que sofrem desgraças! Pobres deles!". Nenhuma das duas sabia que se tratava de Ġānim. Com o coração condoído, Qūt Alqulūb disse: "Seja o que Deus quiser", e lhe providenciou água, que ele bebeu, e remédios, sentando-se à sua cabeceira com o seu véu de seda. Ao vê-lo tão enfraquecido, sem forças nem ânimo, colocou-o sentado.

Em seguida, montou e retornou ao palácio. Todo dia ela ia visitá-lo com remédios, beberagens, água de rosas e água de flores, e se sentava à sua cabeceira, sem o reconhecer, até que, certo dia, enquanto estava sentada ao seu lado, súbito o administrador do mercado, o dono da casa, entrou acompanhado da mãe de Ġānim e de sua irmã, Fitna. Entraram, foram até Qūt Alqulūb, cumprimentaram-na e lhe beijaram as mãos. O homem disse: "Minha senhora, entre você também no paraíso! Chegaram hoje à nossa cidade esta mulher e sua filha. Possuem bela fisionomia e indícios de uma boa e venturosa vida pregressa. Estão vestidas com roupas de pelo, e cada uma tem um embornal pendurado no pescoço. Estavam andando descalças, com os olhos chorosos, e então eu resolvi trazê-las para você, a fim de que lhes dê abrigo e proteção contra a indigência. Suas faces são graciosas, e elas não fazem parte da ralé". Qūt Alqulūb lhes disse: "Aproximem-se!", e o administrador repetiu a ordem.

Quando elas se aproximaram, a jovem, notando-lhes a beleza e formosura, começou a chorar, dizendo: "Por Deus, que rostos graciosos!". As duas choraram um choro copioso, recordando o bem-estar em que viviam, e pensando na situação em que ora se encontravam. Lembraram-se do arrebatado pela paixão, Ġānim Bin Abī Ayyūb, seu filho. Qūt Alqulūb as acompanhou no choro. Elas disseram: "Qūt Alqulūb, que Deus nos faça perdê-la, pois você é a origem da desgraça de nosso filho!". Nesse momento, Qūt Alqulūb percebeu que se tratava da mãe do seu

[668] Em Tübingen e Varsy, por evidente erro de cópia, afirma-se que "ela o reconheceu muito bem", o que contraria tanto o desenrolar dos eventos como o que consta das demais fontes. Por isso, adequamos a tradução.

amado Ġānim, o apaixonado, e de sua irmã Fitna, e chorou até desmaiar. Quando despertou, voltou-se para as duas e disse: "Vocês não correm perigo. Este será o primeiro dia da sua ventura. Não se entristeçam. Sim, eu sou Qūt Alqulūb!".

E o amanhecer alcançou Šahrazād, que parou de contar.

QUANDO FOI A NOITE

436ª

Disse Šahrazād:

Eu tive notícia, ó rei venturoso, de que [o vizir Darandān disse ao rei Ḍaw Almakān:]

Qūt Alqulūb disse à mãe e à irmã de Ġānim: "Não fiquem tristes. Sou eu mesma, Qūt Alqulūb, a amada do apaixonado Ġānim!". Ao ouvi-la,[669] Ġānim, que estava meio desacordado e desnorteado, recuperou o ânimo, ergueu a cabeça do travesseiro e disse: "Ó Qūt Alqulūb! [Ó quem eu procurava!]". Ela olhou para ele com vagar, reconheceu-o e gritou: "Sim, sim, amado do meu coração!", e emendou: "Sou Qūt Alqulūb, sou quem você procurava! E você é Ġānim, o arrebatado pela paixão", e, atirando-se sobre ele, desmaiou. Ao ouvirem aquilo, a mãe e a irmã Fitna gritaram, dizendo: "Oh, que grande felicidade!", e desmaiaram todos, acordando após algum tempo.

Qūt Alqulūb disse: "Louvores a Deus, que enfim os reuniu a seu filho!", e, voltando-se para Ġānim, relatou o que sucedera entre ela e o seu amo, o califa, para quem a verdade afinal se descortinara: "Ele viu que você não me fez mal algum, e hoje quer muito vê-lo". Contou-lhe ainda que o califa o dera a ela, e "o generoso não volta atrás em sua doação". Aquilo deixou Ġānim feliz e o consolou. Qūt Alqulūb disse: "Não saiam daqui até eu voltar", e se dirigiu imediatamente ao seu palácio, onde pegou o baú que ela recolhera na casa de Ġānim antes que a saqueassem; retornou então e disse: "Essa é uma parte do seu dinheiro". Abriu o baú, retirou um pouco de ouro e entregou ao administrador, dizendo-lhe:

[669] A partir daqui, será possível usar também o manuscrito Maillet, no qual a história, após uma enorme lacuna, correspondente ao sumiço do que nele seria a décima segunda parte, é retomada.

"Vá ao mercado e compre-lhes quatro trajes completos para cada um, vinte lenços, e mande fazer joias e outros adereços para elas".

Em seguida, levou-os a uma casa de banho, [ordenando que fossem esfregados com sabão perfumado e água de rosas,][670] e preparou-lhes um cozido de galinha [e refrescos] com água de flores, água de rosas e água de nenúfares. Ao sair do banho, a família vestiu as roupas novas. Qūt Alqulūb ficou na casa do administrador três dias, durante os quais não os alimentou senão com cozidos e carne de galinha, nem lhes deu de beber senão água com açúcar. Passados os três dias, eles estavam recuperados e reanimados, e ela os levou novamente ao banho, e quando saíram trocou-lhes as roupas, deixou-os na casa do administrador e se dirigiu ao palácio, onde pediu ao califa que consentisse em recebê-los. Ele consentiu, ela beijou o solo diante dele e o deixou a par do caso por inteiro, ou seja, que vira seu amado Ġānim Bin Abī Ayyūb, o arrebatado pela paixão, e que sua mãe e sua irmã o haviam encontrado. Contente com aquilo, o califa disse: "Quero vê-los já. Traga-os aqui!".

O vizir Ja^{c}far saiu para encontrá-los, mas Qūt Alqulūb se antecipou, foi até Ġānim, informando-o de que o califa queria vê-lo, e lhe recomendou o uso de uma linguagem eloquente e doce, dizendo: "Saiba com quem você está indo falar". Em seguida, vestiu-o com um traje completo e novo, e o vizir Ja^{c}far chegou trazendo-lhe a mula honorífica.[671] Então, Ġānim desceu da casa enquanto a estrela de sua sorte ascendia e o astro de seu destino brilhava. Avançou sem parar, com o vizir Ja^{c}far a seu serviço, até entrar no palácio do comandante dos crentes, Hārūn Arrašīd. Ao se ver em sua presença, Ġānim olhou para o vizir, os comandantes, os secretários, os representantes, os turcos, os árabes, os persas, os principais do governo e os guerreiros impetuosos, e então, com a linguagem mais doce e eloquente, fitou mais uma vez o califa, o comandante dos crentes, baixou a cabeça e recitou:

Saúdo o soberano de altos desígnios,
e de contínuas obras pias e benesses,
disposição inflamada, apelo abundante,
és mais poderoso que o tufão e o fogo;

[670] Traduzido de Gayangos.

[671] "Mula honorífica" traduz *baġlat annawba*, "mula da vez", que a tradução francesa de Miquel e Bencheikh entende equivocadamente como "mula da Núbia". Em Maillet, consta *yuballiġu-hu annawba*, "informá-lo da ocasião". Anteriormente, havia ocorrido, durante a entronização de Ḍaw Almakān, o sintagma *faras annawba*, "égua honorífica", que já explicamos tratar-se de sintagma tardio que refere a montaria de uso exclusivo do potentado. A diferença, neste caso, é que, em vez de égua, a montaria é a mula.

tantos correm atrás das virtudes cesáreas
do teu prestígio, ó senhor das abóbadas;
depositam os reis diante de tuas soleiras,
em tempos de paz, as coroas com joias,
e quando no meio dos olhos tu os encaras,
eles caem de queixo ante a tua gravidade;
teu prestígio insones os deixa, e medrosos,
bem como os teus apelos e a tua nobreza;
se a Terra já é pequena para teus homens,
estende pois tuas tendas no cimo de Saturno,
e atravessa os planetas com cortejos e joias![672]
Que o senhor dos reis do mundo te proteja,
pois tens boa administração e firme coração,
e pela Terra inteira espalhaste a tua justiça,
corrigindo tanto o próximo como o distante.

Disse o narrador: Quando Ġānim concluiu a poesia, o califa se emocionou, admirado com a sua eloquência e a doçura do seu discurso.

E o amanhecer alcançou Šahrazād, que parou de contar.

QUANDO FOI A NOITE

437ª

Disse Šahrazād:

Eu tive notícia, ó rei venturoso, de que [o vizir Darandān disse ao rei Ḍaw Almakān:]

O califa aproximou de si Ġānim, o arrebatado pela paixão, dizendo-lhe: "Chegue mais perto de mim", e prosseguiu: "Conte-me a sua história, deixe-me a par do que lhe sucedeu e mostre-me os seus argumentos". Então Ġānim se sentou e con-

[672] Deixamos de traduzir aqui um hemistíquio completamente incompreensível, embora ele conste, com variações, em todas as fontes manuscritas. Só não está nas edições impressas, que justamente por isso o eliminaram.

versou com o califa, relatando tudo quanto lhe sucedera em Bagdá, falou da noite em que dormira sozinho no cemitério, dos três escravos que carregavam o ataúde, de cabo a rabo, e repetir o que ele disse, ó rei do tempo, não trará benefício. Ao tomar conhecimento daquilo, o califa acreditou em suas palavras, deu-lhe uma veste honorífica e o aproximou ainda mais, dizendo: "Preciso que você inocente a minha consciência", e Ġānim o inocentou, dizendo: "Diante de seu senhor, de nada valem o dinheiro e a alma do escravo". Muito contente, o califa ordenou que lhe reservassem um dos seus palácios, e que lhe dessem uma alta pensão, prêmios luxuosos, terras e várias outras coisas; também ordenou que sua irmã e sua mãe mudassem para lá. Ao ouvir que a beleza da irmã de Ġānim, Fitna, era um encanto, pediu-a em casamento. Ġānim disse: "Ó Deus, Ó Deus! Minha irmã é sua escrava, e eu sou seu escravo". O califa lhe agradeceu e lhe deu cem mil dinares, mandando chamar juiz e testemunhas. Escreveram o contrato de casamento entre ambos com a autorização do seu irmão Ġānim. Em seguida, o califa ordenou que o juiz e as testemunhas também escrevessem o contrato de casamento entre Ġānim, o arrebatado pela paixão, e Qūt Alqulūb, e então os dois contratos foram redigidos num só dia, o contrato do califa com Fitna e o contrato de Ġānim Bin Abī Ayyūb, o arrebatado pela paixão, com a dama Qūt Alqulūb. E os casamentos foram consumados na mesma noite.

Quando amanheceu, o califa ordenou que a história de Ġānim, com todas as suas ocorrências, fosse registrada por escrito de fio a pavio, e que fosse imortalizada em sua biblioteca, a fim de que pudesse ser lida pelos pósteros, porquanto tal história o deixara deveras espantado.

E o amanhecer alcançou Šahrazād, que parou de contar.

QUANDO FOI A NOITE

438ª

Disse Šahrazād:

Eu tive notícia, ó rei venturoso, de que, quando o vizir Darandān concluiu a história do arrebatado pela paixão Ġānim Bin Abī Ayyūb e de Qūt Alqulūb, o sultão Ḍaw Almakān ficou sumamente espantado, deu-lhe um valioso traje honorífico e disse: "Saiba, ó vizir, que irei pedir o seu conselho sobre uma questão, a qual lhe revelarei agora. Dê-me uma resposta bem rápida". O vizir disse: "E qual é essa questão, ó rei do tempo?". Ele disse: "Eu gostaria de nomear o meu filho Kān Mākān como sultão, e poder gozar essa felicidade ainda em vida. Quero travar batalhas na presença dele, até que a morte me alcance. Qual é a sua opinião, ó vizir?". Darandān beijou o solo e disse: "Saiba, rei do tempo, senhor das eras e dos momentos, que a questão que lhe ocorreu é excelente. No entanto, não é esta a hora nem o momento adequado, pois, primeiro, ele é ainda muito jovem, e, segundo, isso não é bom para os reis. Todo aquele que, ainda em vida, empossou o filho como sultão acabou vivendo muito pouco depois disso. Essa é a resposta que tenho para lhe dar, ó rei".[673]

Ḍaw Almakān considerou tal parecer correto e irreprochável. Abaixou a cabeça por alguns momentos e compreendeu que o seu vizir não falava senão com sabedoria e boa administração, pois se tratava de um homem experimentado. Disse: "Ó vizir, então encarregarei o grão-chanceler de cuidar do meu filho. Ele será o tutor de Kān Mākān após a minha morte, porquanto ele agora é um de nós e faz parte da nossa família, ocupando a posição do meu irmão, e se casou com a minha irmã, o que o torna tio do meu filho e seu tutor". O vizir disse: "Aja como lhe parecer melhor. Todos nós acataremos a sua decisão", e mandou chamar o grão-chanceler, que logo apareceu. O rei também mandou convocar os líderes e comandantes do governo, aos quais disse: "Saibam que este é o meu filho Kān Mākān, a quem vocês já conhecem como o mais bravo cavaleiro do seu tempo, e que fará coisas de enorme importância. Este grão-chanceler é tio dele, e será o seu tutor após a minha morte", e, voltando-se para o grão-chanceler, perguntou: "Você aceita a tutoria?". O grão-chanceler respondeu: "Sim, ó rei do tempo. Somos todos fruto das suas benesses. Ele e Quḍya Fakān são como se fossem meus filhos". O sultão disse: "Ó grão-chanceler, o meu filho Kān Mākān e a minha sobrinha Quḍya Fakān são primos paternos. Ele será marido dela e ela será mulher dele, pois ambos foram criados para isso". O grão-chanceler respondeu: "Ouço e obedeço", e os presentes serviram como testemunhas.

[673] Curiosamente, ocorreram na história muçulmana dois célebres episódios dos quais pode derivar a opinião negativa do vizir. Em 1280 d.C., Almanṣūr Qalāwūn, sultão mameluco do Egito, resolveu entregar o reino ao seu primogênito, ᶜAlā'uddīn ᶜAlī. A proposta foi aceita por seus conselheiros, e o rapaz foi de fato empossado, mas morreu oito anos depois, e o pai, em vez de nomear seu segundo filho, Ḫalīl, do qual não gostava, retornou ao poder, morrendo dois anos depois, em 1290. O segundo episódio se deu em 1512, quando o sultão otomano Bayazid 2º foi aparentemente forçado a abdicar em favor do seu filho Selim (Salīm) 1º, e se retirou para a Demótica, na Trácia, mas, durante a viagem, também aparentemente, morreu envenenado por um médico que teria agido a mando do próprio Selim.

Em seguida, Ḍaw Almakān transferiu quantias indescritíveis de dinheiro para o grão-chanceler, dispensou a assembleia e foi ver sua irmã, Nuzhat Azzamān, a quem informou do sucedido. Ela ficou contente e disse: "E por acaso os dois são outra coisa além de meus filhos? Kān Mākān está, para mim, na mesma posição de Quḍya Fakān. E que você viva entre nós para sempre!". [Saindo dali, o rei mandou chamar o vizir Darandān e][674] lhe disse: "Saiba que eu tomei a decisão que estava no meu coração e fiz todas as recomendações possíveis pelo meu filho. Esteja também você atento a ele e à mãe dele, que é uma forasteira sem prestígio nem linhagem. Cuide muito bem dela, igualmente".

Isso feito, o rei se pôs a distribuir recomendações, durante dias e noites, por seu filho Kān Mākān, pois já estava certo de que beberia da taça da morte; após um ano, ficou muito doente e mandou chamar o filho, a quem disse, na presença do vizir Darandān, o seguinte: "Meu filho, este é o vizir Darandān, que será o seu pai depois de mim. Saiba que estou de partida deste mundo, o qual irei abandonar para entrar na eternidade. Tomei a decisão desejada por meu coração e minha vontade. No entanto, resta-me ainda uma única aflição, que será resolvida por seu intermédio, se o altíssimo Deus quiser". Kān Mākān disse: "E qual é essa aflição, meu pai? Porventura há lugar para aflições no coração dos reis?". Ele disse: "Minha aflição, filho, é que a morte já me alcançou e não consegui vingar-me da velha chamada Šawāhī Ḏāt Addawāhī por seu avô ᶜUmar Annuᶜmān nem por seu tio Šarrakān. Meu filho, se Deus lhe der força e mão forte, não deixe de tomar a vingança e apagar a infâmia com que nos cobriram os inimigos infiéis. Vingue-se por seu avô ᶜUmar Annuᶜmān e por seu tio Šarrakān! Se você conseguir alcançar a velha Ḏāt Addawāhī, encha-a de pregos! Mas previna-se contra a maldade e astúcia dela aconselhando-se com o seu tio, o grão-chanceler. Se o tempo for generoso com você, aceite o que lhe disser o vizir Darandān, pois ele é o pilar do nosso reino desde tempos antigos, tendo servido o seu avô ᶜUmar Annuᶜmān, e fez para mim, igualmente, muitos favores e bondades". Kān Mākān beijou o chão. De seus olhos escorriam lágrimas copiosas, bem como dos olhos do vizir Darandān.

A doença de Ḍaw Almakān se agravou, e os assuntos do reino foram transferidos para o seu cunhado, o grão-chanceler, a serviço do qual se colocaram os

[674] Traduzido de Gayangos e Paris 1. Parece que o trecho faltava em boa parte dos originais antigos (pois falta tanto em Tübingen e Varsy como em Maillet, que provêm de fontes diferentes mas pertencentes ao mesmo ramo). Como essa lacuna torna a passagem incongruente, a redação constante da compilação tardia fez com que essa fala do rei fosse dirigida à irmã.

comandantes, os vizires, os secretários e os representantes, acatando-lhe todas as sugestões. Ele mandou abrir o tesouro real e distribuiu dinheiro entre eles, garantindo-lhes toda sorte de benesses e recompensas; instalou-se no trono do reino e governou por mais um ano, distribuindo ordens e proibições. Enquanto isso, Ḍaw Almakān continuava afastado, deitado em sua cama, cada vez mais doente e enfermo, com as condições de saúde totalmente alteradas, situação que perdurou por mais um bom tempo.

Já eram decorridos quatro longos anos, durante os quais ele padeceu doenças e sofrimentos terríveis, e tanto os moradores do reino como os de Bagdá aceitaram bem o governo do grão-chanceler, em favor do qual todos rogavam, fazendo com que o seu poder se estendesse e fosse exercido entre todos os súditos.

Quanto a Kān Mākān, ele não tinha outro mister que não o de montar a cavalo, disparar lanças e atirar com arco e espada, na companhia de sua prima Quḍya Fakān; ambos saíam juntos pela manhã, cedinho, e só voltavam com a noite já bem escura. Quḍya Fakān entrava e ia ter com a mãe e o padrasto,[675] ao passo que Kān Mākān ia ter com a mãe, a quem encontrava sentada à cabeceira do seu pai, Ḍaw Almakān, pelo qual ela chorava noite e dia, varando a noite inteira a cuidar dele; no final da noite, tanto Kān Mākān como Quḍya Fakān se retiravam, conforme o hábito, [e pela manhãzinha tornavam a sair].[676]

Os padecimentos de Ḍaw Almakān se prolongaram demasiado, e nesse tempo tudo mudou: os amigos passaram a ignorá-lo, e os camaradas pararam de visitá-lo. Certo dia, ele ergueu a cabeça, refletiu sobre a sua situação, a dispersão dos seus soldados e homens, a perda do seu dinheiro e o fim do seu reinado após a prosperidade desfrutada, e chorou, com lágrimas abundantes a lhe escorrer pelo corpo enfermo, e recitou o seguinte:

Minha riqueza acabou e meu tempo passou,
e agora eis-me aqui no estado em que estou!
Nos dias de poder, era eu o mais poderoso,
e, antes de todos, meus desejos alcançava;
mas, após tanto poder, do reinado me afastei,

675 "Padrasto" traduz o árabe *ʿamm*, "tio paterno", a forma pela qual são tratados padrastos e madrastas em árabe.

676 Traduzido de Gayangos e Paris 1. Aqui, parece ter havido alguma confusão durante a cópia: o que se afirma em Tübingen, Varsy e Maillet é que ambos os jovens, no final da noite, deixavam os pais, enquanto Paris 1 e Gayangos afirmam que, pela manhã, ambos retomavam as saídas para montar etc. São soluções complementares.

e vivo em humilhação toldada de indiferença;
antes me privei do reinado, agora da paciência;
a resignação se impôs, e a fortaleza se debilitou;
será que antes da morte poderei ver meu filho
se tornar sultão e governante em meu lugar?
Será que Deus, por meio dele, me dará forças
para superar os guerreiros no uso das armas,
e tomar aos inimigos a verdadeira vingança,
a golpes de espada ou com disparo de flechas?
Só assim à minha linhagem voltará o reino,
e dominará tanto o próximo como o distante.
Ficar entre o sério e cômico é coisa de idiota;
portanto, amo, não enfraqueça minha fortaleza!
Quem dera eu pudesse, antes da minha morte,
ver com os meus olhos o que tanto desejo.[677]

E o amanhecer alcançou Šahrazād, que parou de contar.

QUANDO FOI A NOITE

439ª

Disse Šahrazād:

Eu tive notícia, ó rei venturoso, de que, após recitar a poesia, Ḍaw Almakān mergulhou no sono e viu em sonhos alguém lhe dizendo: "Alvíssaras! O seu filho o sucederá com sobras! Reinará neste país e será obedecido pelos súditos. Agradeça ao seu senhor por tal situação, e não se preocupe com a possibilidade do fim do seu reino nem com a perda dos dias". [Despertou feliz com a boa nova

[677] A única versão "completa" dessa poesia, contando dez hemistíquios (vinte linhas na disposição aqui adotada), está em Tübingen, Varsy e Maillet. Em todas as outras falta uma quantidade variável de versos (nas edições impressas há cinco hemistíquios, em Gayangos, Paris 1 há oito, em Paris 2 o copista adotou uma disposição diferente da tradicional, talvez por crer que se tratava de outro tipo de poesia, em Cairo e Reinhardt há seis hemistíquios), cuja distribuição, obviamente, afeta a interpretação que se lhes possa dar.

vista em sonho][678] e, depois de alguns dias, o emissário da morte bateu às suas portas: ele morreu, transferiu-se para a misericórdia de Deus e não há mais o que dizer. A população de Bagdá sentiu-se atingida por uma grande desgraça, e o rei Ḍaw Almakān, chorado tanto pelos humildes como pelos poderosos, foi enterrado num grande cortejo fúnebre. Porém, conforme o tempo foi passando, era como se ele jamais tivesse existido. A situação de seu filho Kān Mākān se desgastou, e ele foi isolado com a mãe numa casa. A situação de ambos ficou ruim, e o dinheiro começou a escassear.

Vendo que após a perda do reino, da opulência e do dinheiro ela agora não conseguiria suportar aquela condição humilhante, a mãe de Kān Mākān pensou: "Por Deus, é absolutamente imperioso ir conversar com o grão-chanceler, e espero encontrar piedade de alguém generoso e experiente". Então a mulher se dirigiu até o palácio do grão-chanceler, que Ḍaw Almakān nomeara tutor de Kān Mākān, mas, encontrando-o sentado no trono do reino, entre os comandantes e os membros da corte, foi ter com a mulher dele, Nuzhat Azzamān, diante da qual chorou, dizendo: "Ó Nuzhat Azzamān!". Ela respondeu: "Sim, minha senhora!". A mulher disse: "O morto não tem amigos!", e chorou, dizendo: "Minha senhora, que Deus jamais os faça passar necessidades, por todos os anos e eras, e que vocês continuem governando com justiça pelas regiões mais longínquas e inóspitas. Seus olhos viram e seus ouvidos ouviram o quanto de poder, homens, bens e dinheiro nós dispúnhamos, e como era boa a nossa situação, até que o tempo se virou contra nós. Vim falar com você, humilhada após ter tido poder, pois quando os homens morrem as mulheres acabam humilhadas, e para tanto basta notar que todos os corações se mostram cruéis conosco". E, chorando, recitou:

> Basta-te que o destino te mostre assombros;
> mas quem muito construiu jamais é ausente;
> estes dias que correm são todos assombrosos,
> e as suas fontes estão misturadas a desgraças;
> senão, onde estarão os nobres que partiram,
> cuja posição estaria acima de todas as outras,
> quando os senhores, com magníficos adornos,
> eram cercados pelas mais opulentas falanges?

678 Traduzido das edições impressas e de Cairo 2. O fato de o trecho também constar desse manuscrito evidencia que não se trata de uma intervenção dos revisores gráficos.

Ao ouvir essa poesia recitada com tão triste coração, Nuzhat Azzamān, condoída, dispensou-lhe o melhor tratamento, lembrando-se dos seus irmãos Ḍaw Almakān e Šarrakān; assim, aproximou a mulher e, encarando-a, disse: "Ó rainha, nós somos o seu melhor tesouro. Não aceitamos viver na riqueza enquanto você vive na pobreza. Por Deus, só paramos de lhe perguntar se precisava de algo por medo de deixar o seu coração alquebrado. Nem cogite que a colocamos na posição de pedinte. Tudo quanto possuímos se deve ao seu mérito e ao mérito do seu marido, o rei Ḍaw Almakān. Nossa casa é sua casa, bem como nosso reino e nossos bens. Tudo quanto possuímos provém de vocês", e lhe deu vários belos e luxuosos trajes honoríficos, mostrando grande prodigalidade para com ela e destinando-lhe uma moradia geminada à sua no centro do palácio; a mulher ali se acomodou na vida mais digna e na melhor situação e disposição.[679] Nuzhat Azzamān repetiu a história da viúva de Ḍaw Almakān para o grão-chanceler quando este chegou, e ao ouvir tais palavras os seus olhos lacrimejaram e ele chorou, dizendo: "Se você quiser saber como ficará o mundo depois da sua partida, veja como ele ficou após a partida dos outros, pois o destino é traiçoeiro", e acrescentou: "Nuzhat Azzamān, trate-a com a maior dignidade e deferência".

E o amanhecer alcançou Šahrazād, que parou de contar.

QUANDO FOI A NOITE

440ª[680]

Disse Šahrazād:

[679] Nesse ponto, a narrativa parece pôr de lado a densidade por assim dizer semântica dos enunciados para se deixar levar por tópicas que não se aplicam ao "gozo curto" (seja ele de uma hora ou de um dia), mas somente à média ou longa duração, tais como "e viveu a melhor vida" etc. – salvo se o pressuposto for o de que o grão-chanceler demorava muito tempo para aparecer em sua residência. O responsável pela compilação tardia percebeu a inadequação e tentou aperfeiçoar a formulação, acrescentando a observação de que Nuzhat Azzamān falou com o marido *baᶜda mudda qalīla*, "após pouco tempo", e que a viúva de Ḍaw Almakān fora morar no palácio "com seu filho Kān Mākān".

[680] Neste ponto, as fontes (exceto Gayangos, que não está dividido em noites; Maillet, cujo corpus, após a retomada, só tem apresentado a custo a divisão em noites; e Paris 1, que não é um manuscrito das *Noites*) coincidem em fazer uma divisão de noite. Eis os números: Tübingen, 425; Varsy, 437; Paris 2, 119; Cairo, 141; Cairo 2, 140; edições impressas, 138; Reinhardt (algumas linhas antes), 685.

Eu tive notícia, ó rei venturoso, de que isso foi o que sucedeu a eles.

Quanto a Kān Mākān e sua prima Quḍya Fakān, ambos cresceram e se desenvolveram como se fossem ramos de moringueira ou galhos de bambu: pareciam duas estrelas ou duas luas radiantes, e foi assim que, aos quinze anos de vida, atingiram a idade adulta. Quḍya Fakān era a mais bela das garotas e a mais formosa das jovens recatadas; sua beleza superava o sol matinal nos horizontes, com uma bonita face, cintura fina, saliva de néctar, tal como disse um dos que a descreveram, Nābit Bin Aṣīl:[681]

É como se da sua saliva proviesse o néctar do vinho,
e as uvas se colhessem dos cachos da sua cabeleira.

O suco da uva que brota das suas mãos ora transparece: exalçado seja quem a fez e criou! Deus glorioso e altíssimo nela agregou todas as belezas: na esbeltez, tinha as curvas dos ramos; na face, as rosas; na saliva, o néctar; e nas pupilas, a luz dos lampiões, tal como disse a seu respeito o poeta Saᶜd:

Sorriso de pérolas arrumadas e granizo
espalhado, e olhos negros como a noite.[682]

E o poeta não queria dela descrever senão quatro predicados:

Modos graciosos, beleza que se tornou completa,
suas pálpebras são mais escuras que o próprio *kajal*;
é como se o seu olhar, no coração do apaixonado,
fosse a espada do comandante dos crentes, ᶜAlī.

Já Kān Mākān, ó rei do tempo, tinha beleza e formosura esplêndidas, perfeição conspícua, sem modelos para descrição, com a nobreza transluzindo por entre os

[681] Esse nome, constante de Tübingen, Varsy e Maillet, não corresponde ao de nenhum poeta conhecido. Em Cairo, Paris 2 e Reinhardt, o primeiro nome é Ṯābit, mas tampouco existe um poeta com esse nome; nas edições impressas, Gayangos e Cairo 2, omite-se o nome do poeta; Paris 1, além do poeta, omite igualmente o próprio verso, alegando tratar-se de uma longa poesia (!). Os registros históricos, contudo, indicam que esse verso (dois hemistíquios) faz parte de uma composição mais longa do poeta egípcio do período fatímida Tamīm Bin Muᶜizz (1027-1108 d.C.). Antes, na descrição da jovem Quḍya Fakān, as demais fontes se debruçam sobre outros atributos físicos comumente valorizados nas *Noites*: olhos negros como o *kajal*, nádegas substanciosas etc. etc.

[682] O nome próprio *Saᶜd*, comuníssimo em árabe, não ajuda em nada a determinar quem seja o poeta. Esse verso, na verdade um mote, parece ter sido sugerido pelo grande poeta Albuḥturī (820-897 d.C.).

seus olhos; a coragem testemunhava a seu favor, e não contra ele; e sua doçura fazia com que os corações o procurassem; olhos escuros, perfeito, reunidor das virtudes e formoso de traços; o seu bigode surgiu, a formosura prevista se completou, e ele passou a ter um buço viçoso, tal como disse a seu respeito o poeta Ṣāliḥ Bin Bakkār:

Dentre as roupas surgiu um lindo pescoço,
que parecia plenilúnio a brilhar entre astros.[683]

Ocorreu então — ó rei do tempo — que, em certo feriado, Quḍya Fakān foi [às cercanias da cidade, cruzando a grande ponte,][684] a fim de passear às margens do rio Tigre, rodeada por suas criadas. Já tinha alcançado toda a beleza e formosura, e a terra já havia vestido sua verde roupagem da estação primaveril, regozijando-se com suas esplêndidas flores, espalhando o aroma das rosas e o perfume do orvalho e das margaridas, com a sua face brilhante a sorrir, as açucenas semelhando uma cauda de pavão.[685]

Kān Mākān se pôs a rodeá-la e a observá-la, espichando bem o olhar para ela, que parecia a lua radiante. Acabou por abandonar seus escrúpulos e soltou a língua: as setas disparadas pelas pálpebras da jovem o atingiram, as garras dos olhos dela o feriram, e por isso ele deu vazão à paixão e à ânsia que tinha dentro de si, recitando:

Quando será a aproximação e cura de um coração afastado?
Quando aquele que chora por contato rirá da barreira que ri?
É só a Deus que me queixo dessa moça que tanto me humilha,
e da escassa justiça que se faz aos meus sentimentos opressos!
Quem dera eu soubesse: será que ela satisfará a minha paixão,
e passará a sentir pelo menos um pouco daquilo que eu sinto?[686]

Disse o narrador: Ao ouvir esses versos, tanto Quḍya Fakān como as criadas começaram a censurá-lo abertamente. A jovem tratou Kān Mākān com a soberba característica dos reis, e lhe disse com seriedade: "Você me expõe e me cita em sua poesia com o propósito de me vexar diante da minha e da sua família, tornan-

[683] Não se encontrou nenhum registro de um poeta chamado Ṣāliḥ Bin Bakkār. Na verdade, o que se leu é a tradução do primeiro verso de uma composição do já citado poeta egípcio Aššarīf Alᶜaqīlī (*c.* 1000-1058 d.C.).
[684] Traduzido de Paris 1.
[685] Note que essa classe de imagens e metáforas não é, ao contrário do que se possa imaginar, comum nas *Noites*.
[686] Versos precariamente adaptados, para a presente circunstância, de uma poesia do supracitado Aššarīf Alᶜaqīlī.

do-me objeto de anedotas para os outros! Por Deus, se acaso não parar com essa conversa eu vou reclamar de você com o meu pai, o grão-chanceler, rei do tempo e sultão de todas as eras e momentos, senhor das terras de Bagdá e de Ḫurāsān, e ele então o lançará na humilhação e na infâmia". Kān Mākān se calou, atravessou a ponte e regressou a Bagdá. Quḍya Fakān também voltou ao seu palácio e se queixou do primo para a mãe, Nuzhat Azzamān, que lhe disse: "Talvez ele não tenha pretendido ser maldoso com você. É seu primo, um jovem órfão, e foi criado pelo seu pai. Ademais, ele não fez nada que a envergonhasse. Muito, muito cuidado para não tocar nesse assunto com o seu pai, que é bem capaz de acabar com a vida dele, apagando-lhe a memória e os vestígios".

As notícias sobre Kān Mākān [e sua poesia][687] se espalharam por Bagdá e viraram alvo dos comentários femininos. O rapaz, já sem paciência, desanimado e triste, não escondia mais o seu estado de ninguém. Ele teria gostado muito de confessar a Quḍya Fakān o que lhe ia pelo coração e pela mente, mas teve medo das consequências e da cólera que ela poderia mostrar contra ele, e então recitou o seguinte:

Se um dia eu temer a censura daquela
cuja índole pura sofreu um transtorno,
resignar-me-ei como se resigna o jovem
com a cauterização ao buscar sua cura.

E o amanhecer alcançou Šahrazād, que parou de contar.

QUANDO FOI A NOITE

441ª

Disse Šahrazād:

Eu tive notícia, ó rei venturoso, de que o pai de Quḍya Fakān, o grão-chanceler — cujo nome era Sāsān —, ficou sabendo, por intermédio de certo notável

[687] Traduzido de Gayangos e Paris 1.

grão-senhor, das poesias de Kān Mākān; arrependido pelo que deixara acontecer, foi ter com sua mulher Nuzhat Azzamān, informando-a dos versos de Kān Mākān que haviam chegado ao seu conhecimento, e disse: "O erro mais terrível é deixar juntos o fogo e o esparto. Os antigos reis afastavam o irmão da irmã para evitar o desejo natural que existe em ambos. Nem homens nem mulheres estarão a salvo enquanto os olhos encararem e os corações baterem. O seu sobrinho Kān Mākān já é adulto, e se tornou um rapaz extraviado. É necessário impedir o seu acesso às mulheres que já devem usar véu, [e mais necessário ainda no caso da sua filha.][688] Você deve afastá-la das vistas dele". Ela respondeu: "Você diz a verdade, [pois ajuizado é aquele que aconselha a si mesmo antes que o seu conselheiro o faça".][689]

No dia seguinte, consoante o hábito, Kān Mākān foi visitar sua tia Nuzhat Azzamān. Saudou-a, ela retribuiu a saudação e disse: "O que eu lhe direi agora, sobrinho, é malgrado a minha vontade". Ele disse: "E o que você dirá, tia?". Ela disse: "Saiba que o pai de Quḍya Fakān ouviu falar coisas a respeito de vocês dois, dos versos que você recitou, e ordenou que ambos fiquem afastados. Se você estiver precisando de alguma coisa, eu lhe entrego da porta. Você não tornará a encontrar Quḍya Fakān nem a lhe dirigir o olhar". Ao ouvir tais palavras, ele se retirou sem pronunciar palavra, com lágrimas a lhe escorrer pelo rosto, e foi contar à mãe o que a tia havia dito. Sua mãe disse: "Meu filho, isso foi porque você fala demais e fica recitando poesias. Você sabe que, ao falar de Quḍya Fakān, acaba tornando-a alvo de conversas em todo lugar, pois é filha do sultão, o grão-chanceler Sāsān, e é proibido falar dela! Você foi criado sob as benesses deles, e comeu das suas provisões. Com isso tudo, ainda vai se apaixonar pela filha deles e citá-la em versos e poesias?". Ele disse: "Mas, mamãe, e quem poderia se casar com ela além de mim? É minha prima paterna, e eu tenho mais direitos sobre ela do que qualquer outro!". A mãe disse: "Cale-se, Kān Mākān! Que essa história jamais chegue ao rei Sāsān, pois isso seria motivo da sua perda e aniquilação! Saiba que, se eles não nos enviassem o que comer, morreríamos de fome. Quem está numa situação dessas deveria [deixar de lado as paixões, quanto mais a pretensão de][690] ascender aos céus para alcançar a constelação de Virgem, pois isso nunca ocorrerá! Se eles não nos dessem proteção, ou se vivêssemos em outro país, estaríamos mendigando ou teríamos de arranjar algum modo de subsistência, ou seríamos criados de alguém".

688 Traduzido de Maillet.
689 Traduzido de Gayangos.
690 Traduzido de Gayangos e Paris 1.

Ao ouvir as palavras da mãe, Kān Mākān ficou mais triste ainda, suas lágrimas rolaram, sua desgraça se ampliou e ele recitou o seguinte:

Basta de censuras que nunca cessam!
Meu coração ama quem me abandonou!
Não me peças um só grão de paciência,
pois dela, juro pela Caaba!, me divorciei!
Quando o censor me chama eu respondo,
e agora ao convite do amor sou sincero;
cruelmente eles me proibiram-me de vê-la;
eis-me aqui — por Deus! — adúltero não sou!
Dizem: "Não cruze a porta" da casa onde
vive o meu amor, como se ladrão eu fosse!
Mesmo que vivesse nos confins do mundo,
eu, por Deus!, seguiria apaixonado por ela!
Meus ossos, assim que ouço falar dela,
ficam iguais aos de ave nas garras de falcão;
por Deus! Derretesse meu coração de paixão,
ainda assim, prima, eu seguiria apaixonado!

Em seguida ele disse: "Mamãe, no meio dessa gente já não temos lugar nem posição! Oh, como os órfãos são humilhados e espezinhados!". E ambos abandonaram o palácio onde moravam, que pertencia a Quḍya Fakān, e alugaram uma casa na vizinhança de gente pobre sem eira nem beira, mas a mãe de Kān Mākān continuou a frequentar a casa do rei Sāsān, pai de Quḍya Fakān, e a receber dali provisões para si e para o filho. [Sempre que a viam tratavam-na bem e lembravam a sua generosidade. Enquanto tudo isso se passava, o vizir Darandān estava ausente de Bagdá, pois fora enviado pelo sultão Sāsān às fronteiras do país a fim de recolher tributos e trazer dinheiro, camelos e cavalos. Com ele havia sido enviada metade do exército, bem como o comandante Bahrām e seus soldados curdos. Instado pelo sultão a cumprir tal missão, o vizir, sem poder divergir, partira, cruzando regiões remotas e terras distantes. Sua ausência durou um bom tempo.][691]

Certa feita, Quḍya Fakān ficou a sós com a mulher e perguntou: "Titia, como

[691] Traduzido de Paris 1.

vai o seu filho Kān Mākān?". Ela respondeu: "Por Deus, minha filha, só chora, reclama e está enredado por você, insone durante a noite e transtornado durante o dia", e prosseguiu: "Eu já o alertei e admoestei, mas ele recitou outros versos de poesia sobre você". Chorando, Quḍya Fakān disse: "Por Deus, titia, eu não o abandonei senão por causa da sua indiscrição e tagarelice com poesias, temerosa dos inimigos e preocupada com o escândalo, [e nós dois já havíamos lido o suficiente de retórica e sapiência para evitar tais atitudes].[692] Mas as saudades que sinto do meu primo e dos tempos da meninice, bem como o meu amor por meus parentes, são tão maiores que os dele que nem consigo descrever. Não fossem os seus tropeços com a língua, ele não teria perdido o afeto do meu pai. Contudo, os dias têm reviravoltas, e a paciência é mais bela. Talvez quem decretou a nossa separação atenda o nosso pedido de reencontro"; deu-lhe então um pouco de dinheiro, dizendo: "Leve isso para ajudar a melhorar a sua condição", e escreveu para Kān Mākān o seguinte:

Primo, a paixão que carrego em mim
é muitas vezes maior que a tua paixão!
Existirá neste tempo uma paixão igual?
Quem me dera tivesses escondido a tua![693]

Então sua tia, a mãe de Kān Mākān, agradeceu-lhe, despediu-se e foi embora, [indo até] o filho, a quem informou do ocorrido e lhe entregou os versos que a prima escrevera para ele. Ao lê-los, o jovem ficou mais apaixonado ainda e mais desejoso dela, ressuscitando após a morte; disse: "Por Deus, não quero senão a ela! Nem o coração a esquece, nem a paixão por ela arrefece!", e recitou o seguinte:

Deixa-te de censura: censores não ouço,
e já revelei o segredo que antes escondia,
mas quem eu queria por perto se afastou:
deixou-me insones as pálpebras e dormiu.

E o amanhecer alcançou Šahrazād, que parou de contar.

[692] Traduzido de Paris 1. Conforme me lembra mais uma vez o professor Pedro Ivo Secco, os manuais árabes de "*adab* amoroso" previam que o amor cortesão deve ser indireto, alusivo e elegante, sendo a quebra desse decoro considerada indiscrição que poderia provocar ignomínias e desgraças. Isso é reforçado pela referência de Quḍya Fakān à leitura de obras de retórica e sapiência, que remetem justamente a esse contexto cultural.
[693] Versos traduzidos conforme a leitura constante de Maillet.

QUANDO FOI A NOITE

442ª

Disse Šahrazād:

Eu tive notícia, ó rei venturoso, de que, após aqueles versos, Kān Mākān não se dedicou a outro mister que não fosse o de recitar poesias ao longo das noites e dos dias, que se iam sucedendo enquanto ele ardia em brasas, e isso durou até os seus dezessete anos, cada vez mais belo e formoso. Certa noite, ele cogitou partir em viagem e disse: "Por que nada faço enquanto o meu corpo se derrete? Até quando permanecerei nesta terra sem poder olhar para minha prima nem lhe apreciar a silhueta? Afastaram-na das minhas vistas. Não posso sequer dar uma espiadela em quem amo, seja no amanhecer, seja no entardecer, por causa do meu único defeito, a pobreza. Quero sair pelo mundo, sem rumo, pois permanecer neste lugar é uma dolorosa tortura. Não possuo nada, nem mesmo um cavalo para montar, nem terras, nem amigos, nem companheiros. Quero me exilar deste país e, assim, ou me livro da humilhação ou morro antes da hora". Gemeu, queixou-se, suspirou, chorou e recitou:

Deixa meu coração palpitar cada vez mais:
não é seu mister prostrar-se ante o poderoso;
perdoa, pois minha alma está cheia de desejos;
sem dúvida, suas lágrimas constituem riachos,
ainda que neles houvesse de mim uma só gota:
a tempestade que causou pôs a terra em tumulto;
mas minha alma eu adulo com esta longa avidez,
e nas minhas entranhas a sua chama se avoluma!
Que Deus guarde a minha prima paterna, a qual
veio me procurar no mais total contentamento;
quem desejar receber seus olhares defendendo-se
de suas espadas não ficará a salvo do seu ataque;
eu vou perambular pela terra de Deus com denodo,
buscando o meu sustento na falta que ela me faz,
e depois voltarei com meu feliz coração pacificado;
com audazes guerreiros lutarei em sua própria terra,

e por certo no retorno comigo eu trarei os despojos.
Arrojar-me-ei, poderoso, sobre os seus combatentes,
uma vez que a morte aviltada, em lugares remotos,
é coisa de almas que no opróbrio submergiram.[694]

Ao concluir a poesia, Kān Mākān saiu em viagem, caminhando a pé, descalço, semidesnudo, com apenas alguns trapos cobertos por uma túnica de mangas curtas: roupas de órfão, enfim; na cabeça, uma touca comprida de lã que já tinha sete anos de uso; para comer, levou um pão seco amanhecido de três dias. Pediu ajuda a Deus e saiu no escuro da noite, dirigindo-se ao portão de Alfaraḥ, na entrada de Bagdá; ficou ali parado e tão logo abriram foi o primeiro a passar. Saiu a perambular por desertos e terras inóspitas, caminhando ao longo de um dia inteiro. Quando o escuro da noite se espessou, sua mãe o procurou e não o encontrou, ficando então angustiada; esperou-o durante o primeiro dia, o segundo, o terceiro... até que transcorreram dez dias sem que ela ouvisse som ou notícia a respeito dele. Mais angustiada ainda, começou a chorar e a se lamuriar, gritando: "Que saudades, meu coitadinho! Ai, que pena, meu filho! Meu anelo, anelo de todos os nobres! Oh, meu filho, meu companheiro de jornada! Mas que tristeza, filhinho! Eu já tinha problemas de sobra e agora você se exila e se distancia da nossa terra. Por Deus, já não quero comer nem beber, nem morar em palácios ou cúpulas! Só chorar e me carpir, meu filho! Onde chamar por você? Que país poderá lhe dar abrigo?". E, sem interromper o choro, recitou a seguinte poesia:

Descobri que após tua partida me desgracei,
e então os arcos da separação me flecharam;
ele se foi, me acendendo fogo nas entranhas,
e também tornou os meus olhos alvo de setas,
isso após ter partido em viagem e me deixado.
A angústia da morte tratei, e ele perdido na areia.
Vaguei pelo escuro perfil da noite como se fora,
no torpor da madrugada, uma rolinha fatigada;
nas trevas da noite arrulhou para mim uma pomba

[694] A tradução procurou basear-se, o mais possível, na interpretação do precário corpus constante de Tübingen, Varsy e Maillet, que diverge muito do que consta das outras fontes.

de colar, aos prantos, e eu lhe disse: "Devagar!"
Por vida tua! Se de fato fosses triste igual a mim,
não usarias colar, muito menos tingirias os pés,
nem te vestirias, após a separação, de colorido,
nem pintarias de preto teus olhos já de si pintados;
a tristeza existe somente nesta mãe entristecida,
que no passado abandonou os bens e a família!
De fato, em meio a meu povo era eu a poderosa,
mas horrores, aflições e provações me cercaram!
Depois, o meu amado me deixou, e fiquei, por isso,
afundada em pesar e tristeza pela partida do amado!
Mas meu filho Kān Mākān era para mim um consolo!
Será que o Senhor, com seu poder, voltará a nos unir?
No seio da humanidade, era só a ele que eu tinha,
meu único parente em meio a todas as criaturas!
Por Deus! Prive-me eu de revê-lo se me apetecer
comida ou sono ou mesmo um corpo que definhe.[695]

E ela, efetivamente, parou de comer e beber, e chorou e se carpiu mais e mais, recitando suas elegias alto e bom som e levando todos ao choro; a tristeza se alastrou pelo país inteiro, e as pessoas se puseram a dizer: "Onde estão os seus olhos, ó Ḍaw Almakān, ó rei do tempo? Volte para ver o que sucedeu a Kān Mākān, que foi expulso de sua terra! Você, que alimentava o famélico, que nos ordenava a prática da justiça, da benemerência e da honestidade, que protegia o atemorizado e o desalentado! Você desapareceu, e agora também desapareceu tal como o seu pai, ó Kān Mākān, deixando o lugar vazio da sua presença!". A notícia chegou ao rei Sāsān, pai de Quḍya Fakān.

E o amanhecer alcançou Šahrazād, que parou de contar.

[695] Esta longa poesia encontra-se deveras estropiada em Tübingen, e mais ainda em Maillet. Para agravar a situação, a fl. 211 do manuscrito Varsy desapareceu, e para preencher a lacuna, que deve ser antiga, um dos proprietários do manuscrito, Jean Varsy, acrescentou no século XIX uma folha que ele transcreveu do próprio manuscrito Maillet, como já descrevemos. Nas demais fontes, essa poesia se encontra destituída de vários versos. As intervenções dos revisores das edições impressas às vezes produzem leituras interessantes, mas por demais arbitrárias. Em Gayangos, a poesia foi inteiramente suprimida. A tradução, portanto, baseia-se numa tentativa de remontagem do texto, como é, aliás, o caso de inúmeros trechos, sobretudo de poesia, do presente trabalho.

443ª

Disse Šahrazād:

Eu tive notícia, ó rei venturoso, de que o relato sobre Kān Mākān chegou ao rei Sāsān, levada por um comandante de alto escalão, que lhe disse: "Ó rei do tempo, ficamos a par do ocorrido a Kān Mākān, filho do nosso rei e sultão, que é da linhagem do rei maior ᶜUmar Annuᶜmān". Ao ouvir tais palavras, o rei se encolerizou com o comandante, gritou-lhe na cara e bradou: "Levem-no, cortem-no em duas partes e pendurem cada parte num lugar diferente!". Assim, o temor ao rei Sāsān invadiu o coração dos restantes, que disseram: "Todos nós estamos à espera dos decretos de Deus".

Depois, Sāsān se recordou dos favores que Ḍaw Almakān lhe fizera, bem como da tutoria, e se entristeceu por Kān Mākān, pondo-se a chorar por ele e a dizer: "É imperioso que eu saia e percorra outras terras em busca dele", e mandou atrás do jovem o comandante Dukāš, sobrinho[696] de Bahrām, acompanhado por cem cavaleiros. Dukāš se ausentou por dez dias, voltou e disse: "Não encontrei notícia alguma nem vestígio do jovem, nem topei com ninguém que o tenha visto". Sāsān ficou triste e muito abalado com isso. Entrementes, a mãe de Kān Mākān continuava a chorar noite e dia, sem conseguir ficar quieta. Passaram-se vinte longos dias. Isso foi o que se deu com eles, ó rei do tempo.

Quanto a Kān Mākān, ele saíra de Bagdá sem saber que rumo tomaria nem aonde chegaria. Perambulou pelo deserto por três dias, sem ver caminhante nem cavaleiro. Seu sono saiu voando e sua insônia aumentou; pensou em sua família e em seu país; alimentou-se de vegetação rasteira e bebeu de regatos; tentava dormir sob as árvores, de cujos frutos colhia suas provisões. Desviou-se então do caminho que tomara, pois nele companhia não encontrara, e embarafustou por outro, no qual vagou pelo período de três dias, e no quarto chegou a uma soidão, um imenso ermo cujas árvores graciosas o faziam parecer parte do paraíso.

E o amanhecer alcançou Šahrazād, que parou de contar.

[696] Em Varsy e Tübingen, "irmão". Mas o autor/compilador se esqueceu de que, durante o cerco de Constantinopla, Dukāš já fora apresentado como "sobrinho" de Bahrām.

QUANDO FOI A NOITE

444ª

Disse Šahrazād:

Eu tive notícia, ó rei venturoso, de que Kān Mākān chegou a uma soidão, um imenso ermo cujas árvores graciosas o faziam parecer parte do paraíso. Tratava-se de um grande vale em cujo centro havia um lago [de ondas tão encapeladas que parecia um mar agitado.][697] Essa terra verdejante se abeberara das taças das nuvens sob o som do canto dos pássaros, e seus cachos de frutas já estavam crescidos; [era um lugar tal como disse o poeta:

E quando suas aves se põem a cantar,
semelham amantes vagando na aurora;
ele semelha o paraíso e suas fragrâncias:
é cheio de sombras, frutas e água fresca.][698]

Logo Kān Mākān lembrou-se de Bagdá, terra de seu pai, e de seus jardins, e recitou o seguinte:

Parti na esperança de um dia voltar,
conquanto eu ainda nem saiba quando,
expulso pelo amor de quem não posso
ver: não tive como evitar o que se deu.

Ao concluir a poesia, comeu dos frutos daquelas árvores, abluiu-se e cumpriu todas as rezas que deixara de fazer, sentando-se enfim para descansar daquele longo dia. Pelo anoitecer, subiu até o ponto mais alto do vale e ali dormiu até o meio da noite, quando foi subitamente acordado por uma voz que recitava e entoava o seguinte:

A vida consiste na visita fugaz do amante,
que como estrela Vésper surge ante o amado!

[697] Traduzido de Gayangos.
[698] Traduzido de Maillet.

Nos mosteiros, os bispos rezaram por ela,
e seu amado por ela se prosterna e inclina!
Ó alegria do arrependido, de ti se abebere
o deus da depravação, que nisso é veraz,
pois o exército das flores montou para ele
pavilhões sobre a trescalante campina,
e virtudes em cima desse tempo primaveril!
Ficar a seu lado foi bom como um presente.
Ó bebedor de vinho, vá em frente, pois você
é de uma terra adornada com água abundante.[699]

Ao ouvir essa recitação, Kān Mākān ficou excitado, os sentimentos se revolveram em seu interior, as lágrimas se lhe escorreram pela face aos borbotões e um fogo intenso se atiçou em seu coração; pôs-se em pé para espiar de onde vinha a voz e quem havia falado daquela maneira, mas, não vendo ninguém, seu estado piorou: foi invadido pela preocupação,[700] e seus olhos se pintaram com os pincéis da insônia. Desceu de onde estava para o ponto mais baixo do vale e caminhou longamente às margens úmidas do lago, quando então tornou a ouvir a voz, que era o gemido de um coração entristecido, dizendo e recitando o seguinte:

Se no peito ocultas alguma pena,
chora sem medo no dia do gemido!
Não fujas de um amor por cujo prazer
tantas veredas fechadas atravessamos!
Entre mim e os meus amores há um pacto,
e o destino continua cheio de saudades,
o coração quer a Síria e por ela se dobra!
A brisa da Síria só me toca por compaixão!
Ó ventura, lembra do som do seu chocalho?
Após tanta distância ainda sou fiel ao pacto!
As noites em que ficávamos juntos voltarão
algum dia, compensando-me os sofrimentos?

[699] Essa poesia está quase incompreensível nas fontes antigas. Evitamos a leitura da compilação tardia.
[700] Curiosamente, em Tübingen, Varsy e Maillet, consta "pelo prazer (*la*d̲*d̲a*) da preocupação", o que é um evidente (e interessante) erro de cópia, que remonta aos originais de ambos os ramos.

Ela me disse: "Me encantaste!". Eu respondi:
"Quantos amantes, Deus te proteja, encantaste?"
Deus não me conceda o gozo de lhe ver a beleza,
se depois dela o prazer da vida eu tiver gozado!
Ó picada em meu coração, eu nunca vi, para o
veneno do abandono, remédio que não o contato!

Disse o narrador: Ao ouvir pela segunda vez essa voz, Kān Mākān percebeu que o seu dono estava, como ele, apaixonado.

E o amanhecer alcançou Šahrazād, que parou de contar.

QUANDO FOI A NOITE

445ª

Disse Šahrazād:

Eu tive notícia, ó rei venturoso, de que, ao ouvir pela segunda vez essa voz, Kān Mākān compreendeu que o seu dono estava, como ele, apaixonado, e que fora impedido de ter contato com quem amava; pensou: "Esse pode encostar a cabeça na minha e se tornar meu companheiro neste exílio, nesta viagem, e me ajudar nesta terra estranha", e, recobrando o ânimo, gritou: "Quem seria o caminhante nesta noite turva? Aproxime-se, conte-me a sua história e assim, quem sabe, você não encontra em mim um ajudante em sua desgraça? O seu choro e os seus ais me deixaram os olhos ulcerados!". Ao ouvi-lo, o dono da voz e do discurso gritou: "Ó atendedor do meu apelo, ouvinte da minha história e estorvo do meu prazer,[701] quem seria você? Um beduíno? Emissário dos homens ou dos gênios? Responda rápido, antes que a sua morte se aproxime e sua vida acabe! Faz vinte dias que estou vagando, e não vi ninguém nem ouvi voz alguma senão a sua".

[701] Novamente, a palavra "prazer" ocorre aqui na maioria das fontes, excetuadas as edições impressas, Reinhardt e Cairo 2, que excluem a passagem, e Maillet, que em vez de "prazer", *ladda*, traz "humilhação", *dull*. Resolvemos manter "prazer" na tradução, embora "humilhação" seja passável neste trecho.

Disse o narrador: Ao ouvir tais palavras, Kān Mākān calou-se e não respondeu, pensando: "Por Deus, a história desse aí é igual à minha, pois também eu estou vagando há vinte dias sem ver ninguém nem ouvir voz alguma. Não lhe darei resposta até que amanheça e esse cavaleiro peregrino apareça", e se manteve calado. O dono da voz tornou a gritar: "Ó chamador, se você for dos gênios, pode partir em paz, e se for dos humanos, espere devagar até que a luz da alvorada faça aparecer o guerreiro por inteiro", e se calou, permanecendo em seu lugar. Kān Mākān também ficou em seu lugar, e ambos trocaram poesias e verteram lágrimas abundantes até que o dia raiou e a turva noite partiu. Kān Mākān olhou então para ele e viu um jovem árabe do deserto com roupas sujas, armado com uma espada enferrujada envolvida numa bainha corroída, um escudo arruinado e furado e um alforje cheio de restos de comida; nele eram visíveis os vestígios de uma grande paixão e eloquentes os sinais de sofrimento amoroso.

Kān Mākān dirigiu-se ao beduíno e o cumprimentou, saudando-o e honrando-o, e ele retribuiu o cumprimento, mas lhe lançou um olhar de desprezo ao ver que se tratava de um jovenzinho com aparência de pobre, e disse: "Jovem, a que povo você pertence? De qual família beduína descende? Qual a sua história, vagando aí pela noite? Isso é comportamento de bravos guerreiros, e ontem à noite você me dirigiu palavras que não são pronunciadas senão por cavaleiros audazes e combatentes ferozes. Porém, hoje você será meu despojo e butim, pois caiu em minhas garras e eu o tomarei para o meu serviço; não o matarei por piedade para com a sua pouca idade. Farei de você meu camarada e servidor por esta longa estrada". Ouvindo-lhe as palavras e a disposição de sua fala, Kān Mākān percebeu que o beduíno desdenhava dele e pretendia escravizá-lo, e respondeu com palavras suaves: "Ó mais nobre dos árabes, eu só o ouvi dizer 'despojo a meu serviço'. O que pretende fazer comigo? Quem é você, afinal, e qual a sua história, o seu nome? Conte-me!". O beduíno respondeu:

Ouça, garoto, meu nome é Ṣayyāḥ Bin Riyāḥ Bin Humām, e sou de uma tribo de beduínos da Síria. Tenho uma prima paterna chamada Nijma,[702]

[702] *Nijma* significa "estrela". Os dois primeiros nomes do beduíno são *Ṣayyāḥ* ("gritalhão", "escandaloso") *Bin Riyāḥ* (*ou: Bin Rayyāh*) na maior parte dos registros de Tübingen, Varsy, Gayangos, Maillet e Paris 1 (pois às vezes se grafa *Ṣabāḥ*, ou *Ṣabbāḥ*, *Bin Rabāḥ*, tal como está na compilação tardia, salvo Reinhardt, onde se lê *Rammāḥ*, "lanceiro"). *Ṣabāḥ* significa "manhã", *Rabāḥ*, "lucro", e o último nome, *Humām*, entre outras coisas, "grão-senhor corajoso e generoso" ou "o que escorre do gelo". *Abū Riyāḥ* era o nome de um jogo infantil.

cuja simples visão produz bem-estar e dissipa as aflições. Meus pais morreram e fui criado órfão por meu tio paterno, o pai de Nijma. Eu e ela estávamos sempre juntos numa só casa; eu a via e ela me via; quando crescemos, isolaram-na de mim e disseram: "Ele é pobre e não tem condições de pagar o dote! Pobre é o seu estado, sem dinheiro e apoucado". Pedi então aos líderes beduínos, os grandes e os pequenos, bem como aos senhores das tribos árabes, que intermediassem, e meu tio, envergonhado, aceitou a intermediação deles e disse: "Sim, vamos estipular o valor do dote". E estipulou como dote um cavalo de raça, cinquenta camelas, dez escravos e dez escravas, cinquenta fardos de trigo e outros cinquenta de cevada e cinquenta coletes de seda. Sabendo que eu era pobre, me deu um encargo que eu não poderia suportar, exagerando no dote. Então parti em viagem da Síria ao Iraque; faz vinte dias que estou vagando e até agora não vi senão você, que foi a única pessoa com quem topei no caminho. Meu propósito é ir até Bagdá e ficar de campana, vigiando os mercadores e grandes capitães de embarcações comerciais que saem de lá, segui-los, roubar-lhes o dinheiro, matar os seus homens, capturar os seus camelos e, por meio disso, conquistar a minha prima e desposá-la. Conte-me, pois, quem é você, e a que classe pertence, qual a sua notícia e qual a sua história.

Kān Mākān então lhe disse: "Por Deus, ó mais nobre dos árabes, a minha história é a sua, a minha notícia é a mesma que a sua, e eu e você estamos agora igualados. O meu mal, porém, é mais grave do que o seu, pois a minha prima é filha de um rei para quem não basta nem satisfaz algo igual ao que você mencionou". O beduíno Ṣayyāḥ Bin Riyāḥ disse: "Estou vendo que você parece um bufão, enlouquecido pelo excesso de paixão! Sua prima paterna é filha de rei, mas de rei você não tem predicado algum, não passando de um pobretão sem eira nem beira!". Kān Mākān disse: "Ó primeiríssimo dos árabes, nem me pergunte sobre a minha condição, nem sobre o que se passou com o decorrer do tempo! As desgraças provocadas pelos acidentes do destino arremessam o homem na humilhação e no abandono. Eu, ó beduíno, vou lhe explicar bem claramente. Sou Kān Mākān, filho do sultão Ḍaw Almakān, filho do rei maior ᶜUmar Annuᶜmān, senhor de Bagdá e de Ḫurāsān, antigo reino dos reis sassânidas".

E o amanhecer alcançou Šahrazād, que parou de contar.

QUANDO FOI A NOITE

446ª

Disse Šahrazād:

Eu tive notícia, ó rei venturoso, de que Kān Mākān disse ao beduíno estas últimas palavras: "Mas o tempo fez suas injustiças conosco, e o sultanato, no lugar do meu pai, foi ocupado pelo grão-chanceler Sāsān. Saí de Bagdá à noite a fim de que ninguém me visse, com traços de humilhação e abandono. Estou lhe dando uma clara explicação. Sou Kān Mākān, e estou viajando faz vinte dias, sem ter visto ninguém, exceto você. Sua história é a minha história, e sua procura é irmã da minha procura". Ouvindo isso, Ṣayyāḥ berrou e gritou: "Oh, que grande alegria! Já atingi o meu propósito e objetivo! Por Deus que você é o meu único lucro, pois pertence a uma linhagem real e sultanesca, mas saiu com roupa de pobretão sem eira nem beira. É imperativo que os seus familiares tenham sentido a sua falta e estejam agora à sua procura. Tão logo souberem que você está em meu poder, virão resgatá-lo e buscá-lo com todo o dinheiro que possuem! Vire as costas, garoto, e ande na minha frente!".

Kān Mākān lhe disse: "Não faça isso, senhor dos beduínos! Deixe-se de ambições delirantes! Por Deus, meus familiares não me resgatarão por um dirham sequer; ao contrário, eles adorariam me ver numa calamidade ou desgraça, pois assim ficariam de vez com o sultanato e o problema se resolveria. Sou um homem pobre, e não disponho de pouco nem de muito. Pare com essa falta de caráter e me tome como um companheiro. Viajarei com você. Vamos deambular pela vastidão das terras do Iraque; quiçá obtenhamos o dote e a paga, assim conquistando os beijos e abraços das nossas primas, e nos vinguemos com espadas agudas". O discurso de Kān Mākān deixou o beduíno furioso e ainda mais espantado; ele disse: "Ai de você! Veja como está me replicando e desafiando! Ó mais abjeto dos cães, vire as costas, caso contrário eu lhe aplicarei torturas!". Ouvindo tais palavras, Kān Mākān sorriu e disse: "Ó mais nobre dos árabes, que coisa é essa de eu lhe virar as costas? Não vi nenhuma equidade da sua parte! Seu comportamento comigo não foi digno. Você não teme as censuras dos beduínos, conduzindo um prisioneiro com infâmia e humilhação sem antes o haver experimentado no campo de batalha, e sem saber se se trata de um bravo cavaleiro ou de um covarde?". O beduíno Ṣayyāḥ riu e disse: "Ó Deus, mas que espantoso! Suas palavras são maiores do que você, e não servem senão para um guerreiro intrépido! Que equidade você quer de mim? Vire-se para que eu o amarre!". Kān Mākān disse: "Se você pretende que eu o acompanhe como seu serviçal, então tenha paciência, deponha as armas, pare de falar, aproxime-se e lutemos eu e você. Quem derrubar o outro o terá à sua disposição". O beduíno Ṣayyāḥ riu até cair sentado e disse: "Não suponho senão que o seu palavreado excessivo se deva à aproximação do momento de receber as rédeas".

Em seguida, o beduíno largou a espada e o escudo, livrou-se do alforje de couro no qual carregava as provisões, tirou algumas roupas para diminuir o peso, arregaçou as mangas e se aproximou de Kān Mākān, que também se aproximou dele. Então se atracaram, lutaram e se agarraram, e o beduíno se viu derrotado pelo adversário e por ele superado, tal como o dinar supera o dirham; notou que ele era uma gota comparada a um oceano, e que os pés do rapaz eram fortes como dois minaretes bem assentados. Arrependido de ter aceitado a luta, pensou: "Quem dera eu o tivesse combatido com as minhas armas!". Enquanto ele pensava, Kān Mākān fixou as mãos nele e o chacoalhou com força, fazendo-o sentir que as suas tripas se lhe arrebentavam nas entranhas, e então o beduíno gritou: "Tire as mãos, garoto!", mas, sem lhe dar atenção, Kān Mākān, ao invés disso, chacoalhou-o mais e mais, ergueu-o do chão e o segurou pelos braços como se fora um passarinho, e, carregando-o sobre a cabeça, levou-o em direção ao lago. Ṣayyāḥ, erguido em cima da cabeça do jovem, gritou: "O que você vai fazer comigo, ó guerreiro?". Kān Mākān respondeu: "Vou atirá-lo nesse lago, que por sua vez vai conduzi-lo ao rio Tigre, e através do Tigre ao rio ᶜIssà, e deste ao rio Eufrates, que o lançará em sua terra; lá, os seus conterrâneos o reconhecerão e saberão do seu brio e da fidedignidade do seu amor". Ṣayyāḥ gritou e lhe implorou: "Ó cavaleiro destemido, não faça comigo essa coisa tão horrenda! Solte-me, pela vida da sua prima, ó adorno dos graciosos!".

Então Kān Mākān o depôs ao solo com cuidado e lhe trouxe sua espada e seu escudo. Ṣayyāḥ cogitou atacá-lo, e o rapaz, atinando com aquilo, disse: "Ó Ṣayyāḥ, já percebi o que lhe vai pelo coração, pois agora você está em posse da sua espada e do seu escudo. As suas mãos são curtas para a luta corporal. Se você estivesse montado em seu cavalo, espada em punho, fazendo carga contra mim, eu estaria morto há tempos. Mas eis-me aqui concedendo a sua preferência, para que não lhe restem cogitações nem ilusões no coração. Deixe-me empunhar o escudo e me ataque com a espada. Ou você me mata ou eu o mato". Satisfeito, o beduíno Ṣayyāḥ atirou-lhe o escudo, empunhou a espada, agitou-a e investiu contra Kān Mākān, que se defendia com o escudo na mão direita, aparando os golpes. A cada estocada, Ṣayyāḥ dizia: "Eis o golpe decisivo", mas sem efeito. Sem dispor de nada com que atacar, Kān Mākān se limitava a defender-se. O beduíno desferiu golpes até que seus braços cansaram e suas forças se esvaíram; seu adversário, percebendo-lhe o cansaço, avançou contra ele, agarrou-o, balançou-o, prostrou-o ao solo, girou-o, amarrou-lhe os braços e o arrastou pelas pernas na direção do rio. Ṣayyāḥ disse: "O que pretende fazer comigo? Deixe para lá esse assunto, ó cavaleiro do tempo, primeiríssimo das eras e dos momentos!". Kān Mākān respondeu: "Eu não disse que ia enviá-lo ao seu povo neste rio, para que ninguém fique aflito a esperá-lo e você não se atrase para o casamento da sua prima?".

E o amanhecer alcançou Šahrazād, que parou de contar.

QUANDO FOI A NOITE

447ª

Disse Šahrazād:

Eu tive notícia, ó rei venturoso, de que Ṣayyāḥ gritou, chorou e disse: "Não faça isso, cavaleiro do tempo, primeiríssimo das eras e dos momentos. Solte-me e me obrigue a jurar que serei um dos seus criados", e, chorando, recitou o seguinte:

Exilei-me de minha família; que longo exílio!
Quiçá eu soubesse: morrerei desterrado de fato?
Morrerei sem que minha família saiba da morte,
e sem que me pranteie um amigo e um amado?

Disse o narrador: Ao ouvir essa poesia, Kān Mākān se apiedou dele, condoeu-se e o libertou, não sem antes exigir promessas e compromissos de que seria o seu companheiro de jornada. Ṣayyāḥ fez tenção de lhe beijar a mão, mas Kān Mākān o impediu. O beduíno recolheu então seu alforje, abriu-o, tirou três bolinhos de cevada e os colocou diante de Kān Mākān. Sentaram-se à beira do lago, comeram, deram-se as mãos, fizeram um pacto e terminaram a refeição; abluíram-se, rezaram e sentaram-se para conversar sobre as dificuldades que haviam enfrentado da parte dos seus parentes. Kān Mākān perguntou: "Em qual direção está disposto a ir?". O beduíno respondeu: "Minha disposição é ir a Bagdá, pois me é necessário ficar lá, e só regressarei quando Deus me der alívio, proporcionando o dote da minha prima". Kān Mākān disse: "Vá indo na frente, e eu logo seguirei o seu rastro", e então o beduíno se despediu e tomou o rumo de Bagdá. Kān Mākān pensou: "Com que cara vou voltar para a minha terra, Bagdá, nesta pobreza e carência? Por Deus, não retornarei fracassado. É absolutamente imperioso que a generosidade de Deus altíssimo providencie alguma ventura!", e, dirigindo-se ao lago, abluiu-se em suas águas e rezou; ao se prosternar e encostar a face na terra, clamou por seu Senhor, dizendo: "Ó Deus, vós que fazeis cair a chuva, que criais as pérolas, e que nutris as baleias nos mares e os vermes nos rochedos! Sois Deus, e não existe nenhuma outra divindade além de vós, que continuais sendo benevolente e misericordioso conosco! Concedei-me a fortuna da vossa misericórdia e a generosidade do vosso poder, pois sois poderoso para tudo quanto quiserdes".

Ao concluir a prece, quedou-se angustiado e desnorteado, sem saber que rumo tomar. Foi então que ouviu ao longe um leve som e, voltando-se para aquela direção, eis que, montado num cavalo semelhante ao relâmpago, vinha um cavaleiro com as costas suadas, tão cheio de graves ferimentos que largara as rédeas do animal. Kān Mākān permaneceu onde estava, e o cavaleiro se aproximou dele, já exalando os últimos suspiros, certo da morte; seu sangue escorria como se despejado do bico de um odre, e seu fim se avizinhava; chamou-o com voz débil e disse: "Pegue a minha mão, ajude-me a desmontar, deite-me no chão, devagar e com cuidado, e me tome como aliado, pois você não encontrará jamais um amigo como eu. Dê-me um pouco de água, malgrado ela seja nociva aos ferimentos, sobretudo quando o espírito está para abandonar o corpo. Se porventura eu viver, dar-lhe-ei tantas riquezas que acabarão com a sua pobreza e lhe trarão novo alento. E se acaso eu morrer, venturoso você será, mercê da sua boa intenção e da sinceridade da sua alma, ó rei do tempo".

Debaixo do cavaleiro ferido estava o cavalo referido, de membros tão excelentes que era impossível descrevê-los: qualquer ser humano por ele se encantaria, e nenhuma língua o descreveria; suas patas pareciam colunas de mármore, e a testa era branca como a lua. Ao olhar para aquele cavalo e para as suas belas características, Kān Mākān ficou encantado e pensou: "Não existe nem existiu cavalo igual a este em tempo algum. Hoje, ninguém poderia ter um igual". Em seguida, Kān Mākān abraçou o cavaleiro, ajudou-o a desmontar, estendeu-o com cuidado no chão, deu-lhe alguns goles de água, esperou-o recobrar o fôlego e perguntou: "Quem é que fez isso com você?". O cavaleiro respondeu:

O LADRÃO DE CAVALOS

Falar a verdade é melhor do que proferir desconchavos. Eu sou um bandido, um salteador trapaceiro, e durante toda a minha vida fui ladrão de cavalos, arriscando-me em toda sorte de calamidade mercê de minha ousadia: sou mais rápido que os relinchos de um cavalo, porquanto, mesmo que esteja diante dos olhos de seu dono, ainda assim eu o roubo e o deixo na saudade, não existindo nó ou amarra que eu não desate. Meu nome é Ġassān, o flagelo de toda égua e todo cavalo, e a provação de todas as noites e todos os dias. Ouvi falar a respeito deste cavalo, que vivia lá longe, na terra dos bizantinos, com o rei Afrīdūn, o adorador das cruzes, que deu ao animal o nome de Qātūl e o apelidou de Majnūn.[703] Quando ouvi falar deste cavalo, viajei a Constantinopla e lá fixei residência, permanecendo por um bom tempo à espreita de uma oportunidade.

Certo dia, saiu uma velha magnificada entre os bizantinos, que a acatam plenamente, chamada Šawāhī D̲āt Addawāhī, montada neste cavalo — acompanhada por dez escravos cuja função exclusiva era cuidar dele —, e se dirigiu às terras de Bagdá e de H̬urāsān a fim de se encontrar com o rei Sāsān e lhe pedir um acordo de paz, com as suas devidas garantias. Saí-lhes então no encalço, mas os escravos exerciam intensa vigilância sobre o cavalo. Finalmente, quando eles estavam para chegar, temi que entrassem em Bagdá antes que eu alcançasse o intento de me apoderar do animal. Enquanto eu pensava em como roubá-lo, eis que subiu uma grande poeira, e quando ela assentou, eis que eram cinquenta cavaleiros ligeiros, [que pareciam ser ladrões circassianos,][704] mancomunados para assaltar mercadores. O comandante que ia à frente deles parecia um urso violento ou um leão virulento, e Kahradāš era o seu nome.

E o amanhecer alcançou Šahrazād, que parou de contar.

[703] *Qātūl* significa algo como "brigador", e *majnūn*, "louco". Já o nome do ladrão, *Ġassān*, significa "vigor juvenil", e foi a denominação, *Banū Ġassān*, de uma famosa tribo árabe cristã pré-islâmica, cujo reino, situado ao norte da Península Arábica, na região hoje ocupada pela Síria, era aliado dos bizantinos contra os persas.
[704] Traduzido de Gayangos. Em Paris 1, "uma parte era de mongóis, outra de circassianos".

448ª[705]

Disse Šahrazād:

Eu tive notícia, ó rei venturoso, de que o cavaleiro ferido disse a Kān Mākān: Então, meu caro, Kahradāš os cercou, gritando com seus comandados e os instigando. Passada uma hora, o cavaleiro já havia amarrado bem os dez escravos e a velha, e capturado este cavalo, que ele, em júbilo, tomou para si. Eu pensei: "Meu esforço foi em vão! Não alcancei meu objetivo", e fiquei à espera de algum cochilo dos seus guardiães. Ao se ver aprisionada, a velha chorara, lamentando o destino, e dissera ao líder Kahradāš, com linguagem suave: "Ó cavaleiro destemido, guerreiro intrépido, o que você fará com esta velha e com os escravos? Você já capturou o cavalo e atingiu seu objetivo. Eu sou uma simples mensageira", e, trapaceando com as palavras, jurou-lhe que conduziria o cavalo e as demais montarias roubadas durante o resto do percurso; então ele a soltou, bem como aos dez escravos, e puseram-se todos em marcha, cruzando desertos, enquanto eu os seguia, por noites e dias.

Quando chegamos a esta região, esperei até lograr uma oportunidade; roubei então o cavalo, montei-o, tirei um chicote da minha mochila e o fustiguei; ao sentir as chicotadas, ele saiu às carreiras. Os ladrões,[706] tão logo se deram conta da minha presença, foram no meu encalço, cercaram-me e me atacaram com lanças e espadas pontiagudas, mas continuei firmemente montado no dorso do cavalo, que se pôs a lutar por mim com suas patas dianteiras e traseiras, até conseguir escapar como se fora a estrela Vésper ou uma seta fulminante. Hoje faz três dias que estou montado nele, sem provar comida nem experimentar o sono. Minhas forças se dissiparam e o mundo se me tornou indiferente. Estes ferimentos me deixaram empapado em sangue, e então surgiu você, que me tratou bem e me socorreu.

Então Ġassān perguntou: "Vejo que está com o corpo mal protegido, e com evidentes sinais de desespero, embora tenha modos de gente próspera. Você ainda tem algum familiar nesta região?". O rapaz respondeu: "Eu sou chamado Kān Mākān, filho do sultão Ḍaw Almakān, filho do rei maior ᶜUmar Annuᶜmān. Meu pai morreu

[705] Mais ou menos nesta altura, a maioria das fontes coincide em efetuar a divisão da noite. Eis os números: Tübingen, 433; Varsy, 439; Cairo, 144; Paris 2, 111; Reinhardt, 690; edições impressas, 141; Maillet, noite sem numeração.
[706] Nas fontes, *arrūm*, "os bizantinos", claro equívoco.

e fui criado órfão. Nosso reino foi usurpado por um homem…" — e lhe contou a história, e tudo quanto lhe ocorrera, de cabo a rabo — "e o tempo me humilhou com suas ocorrências calamitosas". O ladrão cavaleiro Ġassān disse: "Bravo! Por Deus, você é descendente de reis persas e árabes! Mas tudo quanto acontece tem uma razão. Você com certeza ocupará uma posição gloriosa, e que posição! Será o mais valente cavaleiro do nosso tempo. Se puder me transportar em meu cavalo e me enviar aos meus familiares, em meu país, montado atrás de mim, e me abraçar… Já não tenho forças para me manter ereto. Quando a minha vida se esvair, você terá a primazia na posse deste cavalo". Kān Mākān disse: "Por Deus, meu tio, se pudesse carregá-lo nos ombros até a sua família, eu o faria, ou então dividiria com você uma parte da minha vida, sem que esse cavalo importasse! Pertenço a uma gente que aprecia a prática de favores e o socorro aos necessitados, pois isso abre setenta portas de recompensa. Vamos, iniciemos a jornada". O cavaleiro respondeu: "Tenha um pouco de paciência comigo", e, espalmando as mãos para cima, disse: "Declaro que não existe divindade senão Deus"; alteando a voz, continuou: "Ó Grandioso, perdoai meus enormes pecados, e sede generoso nesse perdão, ó Amoroso!". E recitou:

Oprimi os homens de terras remotas,
a vida toda sorvi fermentadas bebidas,
e vaguei por aí para cavalos roubar;
destruí telhados, ações condenáveis
e execrandas, que fariam encanecer
até mesmo as criancinhas pequenas,
na esperança de o meu alvo alcançar;
pratiquei horríveis enormidades, mas
a morte chegou, e desta vida tão curta
o meu cavalo Qātūl é o fecho de ouro;
desviei da boa senda, e fui um ladrão,
mas ora me acabo à beira de um lago;
em resumo: exauri-me para benefício
de um forasteiro órfão e humilhado.[707]

E o amanhecer alcançou Šahrazād, que parou de contar.

[707] Poesia traduzida mediante a leitura combinada de Tübingen e Varsy, Maillet e Gayangos.

QUANDO FOI A NOITE

449ª

Disse Šahrazād:

Eu tive notícia, ó rei venturoso, de que, após recitar a poesia com todo o seu sentido, Ġassān fechou os olhos, abriu a boca, soltou um gemido e perdeu a vida. Kān Mākān se levantou, cavou-lhe uma cova e o deitou à terra. Em seguida, foi até o cavalo, limpou-lhe a cara, beijou-o entre os olhos, montou em seu dorso e tomou o rumo de Bagdá, feliz com aquele animal e dizendo: "Ninguém possui um cavalo igual a este, nem mesmo o rei Sāsān". E prosseguiu a marcha. Isso foi o que se deu com Kān Mākān.

Quanto ao rei Sāsān, chegaram-lhe, da parte de mercadores e viajantes, notícias de que o vizir Darandān se rebelara contra ele, juntamente com metade dos soldados, e que todos haviam jurado que não tinham outro sultão que não o rei Kān Mākān. Para tanto, o vizir obtivera das tropas um pacto de lealdade, e com elas invadira as ilhas da Índia, o reino da Berbéria e a terra do Sudão,[708] conduzindo soldados em quantidade tal que pareciam um mar encapelado, e de cujas fileiras não se distinguia começo nem fim. "Ele agora se dirige a este país para matar quem quer que se lhe oponha, e assim continuará até empossar Kān Mākān como rei, entregando o arco a quem o aprumou e fazendo as águas retomarem seu curso". Ao receber tais notícias, Sāsān foi invadido por reflexões e obsessões, e compreendeu que as reviravoltas do tempo haviam levado grandes, pequenos, homens livres e escravos a se rebelarem contra si. Suas aflições aumentaram, suas preocupações se ampliaram, e ele abriu os depósitos do tesouro, do qual distribuiu dinheiro e bens aos principais do país. Angustiado e arrependido, desejou que Kān Mākān aparecesse para que ele pudesse dispensar-lhe bom tratamento e atribuir-lhe algum cargo, bem como o comando de um batalhão de dez mil homens.

Enquanto ele estava imerso nesses cálculos, eis que Kān Mākān ressurgia do exílio montado naquele cavalo que sequestrava mentes e corações. Todos quan-

[708] Essa geografia implausível consta de todas as fontes, com exceção de Paris 1, onde se diz (de modo menos implausível): "as penínsulas da Índia, o Sind, o Iêmen e a terra do Sudão". "Penínsulas" traduz *jazā'ir*, cujo singular, *jazīra*, significa igualmente "ilha".

tos viviam em Bagdá, inclusive as mulheres cobertas de véus, saíram para recebê-lo e caminhar à sua frente até o palácio, beijando os degraus diante dele. Os escravos acorreram para avisar à sua mãe, que veio recebê-lo e o beijou entre os olhos. Ele disse: "Mamãe, espere para que eu vá ter com meu tio, o sultão Sāsān, sob cujas benesses e generosidade fui criado".

Entrementes, a gente do palácio, perplexa com as características daquele cavalo, dizia: "Ele se assemelha a um ser humano!". Kān Mākān chegou ao conselho do rei, que se levantou e o saudou. Kān Mākān beijou-lhe as mãos, os pés, e lhe ofereceu o cavalo. Sāsān o recepcionou dizendo: "Seja muito bem-vindo o nosso filho Kān Mākān! Você não é senão descendente de rei e filho de rei! Por Deus, a terra tinha-se tornado estreita para mim devido à sua ausência. Graças a Deus que voltou bem!". Kān Mākān louvou o rei, que olhou para o cavalo e, admirado, disse: "Por Deus, eu já ouvira falar desse cavalo chamado Qātūl desde o tempo em que fazíamos o cerco aos adoradores da cruz com o seu pai Ḍaw Almakān e o seu tio Šarrakān. Se o seu pai tivesse podido, comprá-lo-ia dando em troca mil cavalos. Agora, a glória retornou aos seus donos! Nós aceitamos a oferta deste cavalo e o devolvemos a você, que é mais merecedor dele do que qualquer outro". Em seguida, ordenou que lhe trouxessem trajes honoríficos especiais e dinheiro, bem como cavalos, e destinou para o seu uso exclusivo o maior dos aposentos do palácio, tratando-o com extrema deferência e júbilo, concedendo-lhe prêmios, distinções e honrarias, pois ainda não sabia o que havia feito o vizir Darandān.

Feliz com a recepção, Kān Mākān sentiu dissiparem-se a humilhação e o desprezo, e se dirigiu para casa, onde perguntou à mãe: "Como vai a minha prima, mamãe?". Ela respondeu: "Por Deus, filho, durante a sua ausência as minhas preocupações me afastaram da sua amada, em especial porque ela foi o motivo da sua partida". Ele se queixou da situação e de seus sentimentos, e disse: "Mamãe, vá conversar com ela, e assim quem sabe ela tenha a bondade de vir dar uma espiada na minha fraqueza, e dissipe em mim essas penas". Ela disse: "Pare com isso! As ambições decepam o pescoço dos homens! Deixe para lá essa situação que conduz à aniquilação. Não irei vê-la nem ter com ela nessas condições". Depois de ouvir isso, Kān Mākān informou à mãe do que ouvira do ladrão: "A velha Ḏāt Addawāhī está se aproximando deste país, disposta a entrar em Bagdá. Ela matou o meu tio e o meu avô, e me é imperioso desfazer a desonra e tomar vingança. Portanto, não fique triste, mãe, pelo que já passou, mas fique alegre pelo que irá se passar". E, deixando a mãe, dirigiu-se a uma velha negra chamada

Sa^{c}dān, à qual se queixou da sua situação e do amor que nutria por Quḍya Fakān, pedindo-lhe que fosse falar com ela. A velha disse: "Ouço e obedeço", e, deixando-o, foi até o palácio da jovem, de onde logo retornou, informando-o de que Quḍya Fakān lhe enviava saudações e mandava dizer que "no meio da noite virá vê-lo".

E o amanhecer alcançou Šahrazād, que parou de contar.

QUANDO FOI A NOITE 450ª

Disse Šahrazād:

Eu tive notícia, ó rei venturoso, de que Kān Mākān ficou feliz com o compromisso assumido por Quḍya Fakān, e quando a noite ia pela metade ela apareceu, com um véu de seda negra, como se fosse alguma criada. Acordou-o, dizendo: "Como então você alega me amar, mas está tranquilo a dormir?". Ele acordou assustado e disse: "Por Deus, ó minha amada, que eu não dormi senão ambicionando o anelo do meu coração, que é um sonho!". Nesse momento, Quḍya Fakān recitou o seguinte:

> Se fosse veraz o teu amor,
> não te entregarias ao sono,
> pois tu alegas buscar o amor
> mediante os afetos e paixões!
> Por Deus, ó meu primo, olhos
> de apaixonado não repousam:
> a insônia jamais o abandona,
> e ele não dá ouvido à censura.

Envergonhado, Kān Mākān a abraçou sem maldade, e ambos se puseram a reclamar das dores da paixão e da separação, assim permanecendo até que a aurora se anunciou, e o amanhecer surgiu e brilhou. Kān Mākān chorou e recitou o seguinte:

Ó visitante, da testa à maçã do rosto,
as pérolas transparecem em seu colar,
e o abracei, tamanho era o meu amor,
encostando a minha face à sua face,
até que ocorreu a separação entre nós,
como flecha cortante da aljava tirada.[709]

Então Quḍya Fakān [sorriu e][710] se despediu, retornando aos seus aposentos. A jovem acabou revelando o seu segredo a uma das criadas, e esta foi contar tudo ao seu padrasto, o rei Sāsān, que então apontou a espada para Quḍya Fakān, fazendo menção de lhe desferir um golpe a fim de assustá-la. Foi nesse momento que entrou a mãe dela, Nuzhat Azzamān, e disse a ele: "Por Deus, não faça isso, ó sultão, pois assim você vai se tornar objeto de escárnio entre os reis do tempo. Por Deus, ambos são inocentes de maldade, e Kān Mākān não é um jovem despudorado. Paciência com esse assunto! Não se apresse, pois entre os moradores do palácio e todo o povo de Bagdá já se espalharam as notícias de que o vizir Darandān está conduzindo para cá soldados de todos os países a fim de dar a posse do reino a Kān Mākān, que não sabe o que ocorrerá!". Sāsān disse: "Ai de você! Até parece que vou deixar esse filho da puta vivo até a chegada de Darandān! Por Deus, é absolutamente imperioso que eu o precipite numa desgraça tal que nenhuma terra o sustentará e nenhum céu o sombreará. Se eu o agradei e tratei bem, não foi senão por temor aos soldados e ao povo do reino, para evitar que se inclinem a favor dele. Você vai ver só o que acontecerá", e, deixando a mulher, foi administrar os assuntos do reino.

Quanto a Kān Mākān, no segundo dia ele se dirigiu à mãe, dizendo: "Saiba, minha mãe, que eu pretendo realizar algaras para tomar o dinheiro dos grandes senhores. Vou roubar e assaltar, apropriar-me de cavalos, montarias, escravos e servos. Quando eu juntar bastante dinheiro e minha situação melhorar, vou pedir em casamento a minha prima Quḍya Fakān ao rei Sāsān". A mãe disse:

[709] Em Maillet, que abunda em versos neste ponto, registra-se uma poesia encimada, em letras garrafais, pelos dizeres "e o xeique Badruddīn Yūsuf Bin Lu'lu' Aḏḏahabī também disse uma poesia" (p. 253 v.). Trata-se de um poeta sírio de origem mameluca que viveu entre 1210 e 1282, relativamente conhecido em seu tempo, autor de versos fesceninos em que celebrava o amor por efebos. O curioso na passagem é a citação espalhafatosa do nome do poeta, de uma forma incomum nesse manuscrito, talvez refletindo uma data próxima da composição primitiva da história, que nesta parte registra, não raro, uma redação canhestra e descosida.
[710] Traduzido de Gayangos.

"Meu filho, você não pode fazer isso, pois é filho de um sultão, e o dinheiro das pessoas não está por aí à solta, à espera de que você avance sobre ele e o roube. Isso exige luta com espadas e golpes de lança, extinguir vidas, e homens que devorem as feras e aterrorizem os lugares". Kān Mākān respondeu: "Deixe disso!", e enviou a velha para informar a prima de que ele partiria em busca de riqueza, a fim de amealhar dinheiro suficiente para dar um dote adequado à juventude dela. Também lhe pedia que viesse visitá-lo. A mulher retornou com a resposta: "No meio da noite ela estará aqui".

Kān Mākān ficou acordado do começo ao fim da noite, presa de preocupações, e mal se apercebeu quando ela entrou, dizendo: "Dou minha vida para resgatar você da insônia e resgatar o seu coração das angústias!". Tão logo a viu, ele se levantou, impotente e desanimado, e disse: "Ó anelo do meu coração, a minha vida é que lhe pertence, para resgatá-la de tudo quanto seja ruim". Em seguida, informou-a do que se dispusera a fazer e afrontar a fim de ajuntar o seu dote e pedi-la em casamento. Ela chorou ao ouvi-lo dizer que se tornaria salteador de estradas, voltasse ele vitorioso ou derrotado. O rapaz disse: "Não chore, prima, pois eu rogo a Quem nos atingiu com a separação que nos conceda a união". Ficaram abraçados o resto da noite, até o amanhecer. Pronto para sair em viagem e partir, Kān Mākān foi ter com a mãe.

E o amanhecer alcançou Šahrazād, que parou de contar.

QUANDO FOI A NOITE

451ª

Disse Šahrazād:

Eu tive notícia, ó rei venturoso, de que Kān Mākān entrou, despediu-se da mãe e saiu, armado com espada e lança, cabeça e rosto cobertos, montou seu cavalo Qātūl, cruzando a cidade, montado, semelhando a lua na noite do dia catorze. Chegou aos portões de Bagdá, e eis que o seu companheiro, o beduíno Ṣayyāḥ Bin Riyāḥ, também estava saindo da cidade. Ao vê-lo, Ṣayyāḥ o reconheceu e correu atrás dele para cumprimentá-lo e saudá-lo, ao que Kān Mākān respondeu com as melhores palavras, dando-lhe boas-vindas e se alegrando com a sua presença. O beduíno Ṣayyāḥ lhe disse: "Meu irmão, quão rapidamente você obteve esse cavalo e dinheiro! Eu, até agora, continuo como você me viu, só tenho a minha espada e o meu alforje de provisões". Kān Mākān lhe disse: "O caçador não vai à caça senão com sua vontade, e parece claro que a sua vontade é débil, Ṣayyāḥ. Por Deus, uma hora após me separar de você eu já me apoderei desta felicidade! Você gostaria de vir comigo, com vontade sincera, para viajarmos por esse deserto? Aconteça o que acontecer, dividiremos tudo em partes iguais". Ṣayyāḥ disse: "Sim, pelo Senhor dos desertos! Doravante não vou chamá-lo senão de meu amo!", e correu na frente do cavalo, com a espada ao ombro e o alforje no meio das costas. Kān Mākān foi atrás dele.

Perambularam pelo deserto durante quatro dias, não comendo senão da caça das gazelas e bebendo água de fontes e riachos. No quinto dia se aproximaram de uma alta colina em cujo sopé havia pastagens, montículos com açucenas e margaridas, um riacho caudaloso, uma região cheia de cavalos, camelos e carneiros pastando. Ao ver aquilo, Kān Mākān ficou muito contente e aliviado, dispôs-se à luta, capturou camelas e camelos e disse a Ṣayyāḥ: "Vamos tomar estes cabedais únicos. Enfrente comigo tanto os distantes como os próximos, a fim de que nos apossemos de tudo!". Ṣayyāḥ disse: "Meu amo, trata-se de muita gente! E no meio deles há corajosos. Se nos atirarmos a esse vasto campo fértil, nenhum de nós voltará inteiro para os seus familiares, e minha prima se verá privada do meu sopro de vida! Cuide você dessa enormidade, e eu ficarei aqui à espreita". Kān Mākān riu, vendo que ele era um covarde, e não um cavaleiro de guerra e luta; deixou-o, portanto, e disparou rumo à colina feito um leão feroz, aos brados, e atacou enquanto recitava o seguinte:

Filhos de Annuᶜman somos, e de altos desígnios,
senhores que se alçaram aos píncaros da glória,
homens que, mal nos vemos desafiados pela fúria,
ligeiros nos pomos de pé e eretos a enfrentamos;
os de nós que são pobres, lhes dormem os olhos,
mas a horrenda imagem do nada eles não veem;
quanto a mim, eu me limito a esperar o auxílio
do Rei dos reis, Aquele que dá o sopro da vida;
a generosidade é o meu costume e minha honra,
e o bem e a probidade estão na minha natureza.

E arremeteu contra as camelas como se fora um camelo excitado, dando a volta nos cavalos e carneiros, animais e homens, e a todos conduziu à sua frente. Surgiram então escravos armados de pesadas espadas e compridas lanças, comandados por um cavaleiro turco-mongol semelhante a um leão furioso e a um guerreiro valoroso que não se cansa do combate; ele carregou contra Kān Mākān, dizendo: "Ai de você! Se soubesse a quais grão-senhores pertencem estes cabedais, não faria isso! Ai de você, são guerreiros do mar, mongóis de Ḫawārizm e da Circássia, entre os quais não existem senão guerreiros ardorosos, todos arrojados, vigilantes e leões vestidos de ferro! Eles são cinquenta, e não obedecem a soberano algum. Tomaram o deserto como pátria. Roubaram-lhes um cavalo do qual nunca se ouviu falar que existisse igual em tempo algum, e eles juraram que só sairão deste lugar quando o recuperarem!". Kān Mākān respondeu aos brados: "Esse cavalo está comigo! É a mim que vocês procuram e almejam combater. Ajam como bem entenderem!". E soltou um brado nos ouvidos de seu cavalo Qātūl, que saiu em disparada feito louco, passando ao lado do cavaleiro, em quem o rapaz assestou um golpe que lhe arrancou as vísceras; o segundo cavaleiro recebeu um golpe que lhe subtraiu as forças; do terceiro cavaleiro ele fez uma lição para quem o olhasse; e o quarto cavaleiro foi prostrado morto no deserto.

Nesse momento, com os demais escravos tomados pelo pavor, Kān Mākān gritou: "Seus filhos da puta, deponham já os bens e os fardos na minha frente, caso contrário vou tingir minha lança com o seu sangue!", e então eles lhe trouxeram dinheiro, cavalos, fardos e camelos, retirando-se com celeridade. Ṣayyāḥ desceu da colina comemorando aos gritos, muito feliz, mas eis que uma poeira surgiu e subiu, como se fora labareda de fogo, e quando ela se assentou despontaram cinquenta cavaleiros semelhantes a leões ferozes, montados em cavalos velozes. O beduíno Ṣayyāḥ tornou a se refugiar na colina, alçando-se de imediato ao seu ponto mais alto para assistir ao combate e aos golpes de lança, dizendo: "Não sou cavaleiro para lutar, mas sim para jogar e brincar".

Entrementes, os cinquenta cavaleiros cercaram Kān Mākān, que os examinava, quando um deles o encarou e disse: "Para onde você vai levar o dinheiro, seu descendente da escória? Eu supunha que você estivesse fazendo o seu trabalho acompanhado de guerreiros e pequenos líderes, caso contrário eu não teria me dado ao trabalho de vir atrás de você [com tantos cavaleiros]".[711] Kān Mākān

[711] Traduzido de Gayangos.

respondeu: "Deixe de conversa e vamos lutar, seu descendente da escória! Sou da linhagem de Asad Bin Azra^c![712] Vamos, lute e combata, se você for de fato um guerreiro!".

E o amanhecer alcançou Šahrazād, que parou de contar.

QUANDO FOI A NOITE

452ª

Disse Šahrazād:

Eu tive notícia, ó rei venturoso, de que o líder daqueles cinquenta cavaleiros era um homem da Geórgia[713] chamado Kahradāš. Ao ver Kān Mākān, que parecia uma gazela sedenta ou um galho de bambu, e cuja fronte reluzia como o plenilúnio no mês de *ša^{c}bān*, Kahradāš confundiu-o com a filha do [rei de Arīk Alqarmiyya],[714] uma das mais belas e formosas mulheres de então, chamada Kaḥubbak Hāb,[715] a quem Deus altíssimo e exalçado dera tanta força e coragem quanto dera beleza e formosura, e cuja violência até os reis bizantinos temiam. Ela jurara que não se casaria senão com quem a derrotasse na guerra e no campo de batalha, e

[712] *Asad Bin Azra^c* significa "Leão, filho do Malandro".

[713] No original, *Alkarḫ*, nome de bairro em Bagdá e em outras cidades muçulmanas. Mas deve tratar-se de erro de grafia. Supusemos que seja referência a *Alkurj* (*ou: Alkaraj*), que apresenta ortografia idêntica, com exceção de um único ponto. É a antiga forma árabe de "Geórgia", cujo povo o geógrafo Yāqūt Alḥamawī (1178-1225 d.C.) descreveu como corajoso e violento. Note que, antes, os cavaleiros haviam sido referidos como "circassianos". Ainda assim, convém ressalvar que, dado o caráter meio aleatório da geografia mileumanoitesca, estamos no terreno da pura especulação.

[714] Traduzido de Paris 1. As fontes fazem confusão neste ponto. Embora o dicionário geográfico de Yāqūt Alḥamawī registre, com alguma reticência, dois montes chamados *Arik* ou *Urayk* na Península Arábica, o fato é que se trata de uma denominação fantasiosa. Em Tübingen, Varsy, Maillet e Gayangos, consta *ibnat qarmiyya*, "filha do tronco", o que não faz sentido. Nos manuscritos Paris 1 e Reinhardt, *ibnat alqarṣa*, "filha da picada"; em Cairo 1, *ibnat alfurṣa*, "filha da oportunidade"; nas edições impressas e em Cairo 2, o problema é assim resolvido: "uma amada sua chamada Fātin". É bem possível que tal confusão origine-se em lacunas nos originais mais remotos desta história.

[715] O nome da personagem, como seria de esperar, varia. Adotamos o que consta em Tübingen e Varsy, que pode significar "um amor como o seu ele reverenciou". É possível, porém, que se trate de erro de cópia: no seu já mencionado relato de viagens, Ibn Baṭṭūṭa (1304-1377) refere duas das concubinas de Muḥammad Ūzbak Ḫān, sultão de Krim, na Crimeia: uma se chamava Īt Kujujuk, que, segundo ele mesmo informa, significa "cadelinha", e a outra, Kabak, "farelos". A grafia de ambos os nomes pode ser confundida com a de *Kaḥubbak*.

esse Kahradāš, um dos maiorais daquela terra, era um dos que haviam pedido a sua mão em casamento, mas a jovem dissera ao pai: "Não possuirá a minha boca nem a minha face na cama senão quem me derrotar na guerra e no combate". Quando essa fala chegou ao conhecimento de Kahradāš, ele considerou humilhante travar combate com uma mulher, e então um de seus amigos guerreiros lhe disse: "Por Deus, se a luta de fato ocorrer, você decerto a possuirá! Ainda que de igual para igual essa mulher seja mais forte do que você, será que ela já viu alguém mais belo? [Ela se deixará derrotar e] você se apossará da beleza e da formosura dela, pois as mulheres sempre têm um propósito em relação aos homens", mas Kahradāš se recusou a travar o combate, e se manteve em seus misteres até que sucedeu este seu encontro com Kān Mākān. Ao ver a beleza e formosura do rapaz, supôs que [ele fosse a jovem Kaḥubbak Hāb, e que ela][716] se apaixonara por ele ao ouvir falar de sua beleza e coragem; deu então um passo em sua direção e disse: "Ai de você, Kaḥubbak Hāb! Veio me mostrar como é corajosa e exibir sua exímia destreza? Seja muito bem-vinda! Reuni estes bens, cavalos e homens, salteei estradas e traí companheiros, tudo por sua causa, por causa da sua beleza! Venha até este seu escravo, para que eu obrigue as filhas de reis a servirem você e se tornarem suas criadas. Você se tornará senhora de muitos países!".

Ao ouvir tais palavras, Kān Mākān se inflamou mais ainda e disse: "Ai de você, cachorro persa! Pare de falar dessa Kaḥubbak Hāb e venha lutar e trocar golpes. Daqui a pouco você estará prostrado em terra; os seus familiares sentirão a sua falta e seus amores irão pranteá-lo". Em seguida inclinou-se e, rodeando-o, recitou o seguinte:

Ó pérfido guerreiro agora à minha frente,
atente para a verdade e não para a falsidade,
e esqueça a tal Kaḥubbak Hāb e quejandas:
encare a seriedade da guerra, sem palhaçada;
sou aquele que com sua espada tem matado
todo aquele que diante de mim ouve a verdade;
venha me combater e encontrará um leão feroz,
que com sua espada liquida povos corajosos.[717]

[716] Traduzido de Paris 1.
[717] Uma vez mais, essa poesia foi traduzida mediante a leitura combinada das fontes que a contêm: Tübingen e Varsy, Maillet e Paris 1. Nas demais, esses versos foram omitidos.

Ouvindo-o, Kahradāš compreendeu as suas palavras, tanto em prosa como em verso, e percebeu que se tratava de um bravo cavaleiro e um intrépido guerreiro, e que as suas suposições eram baldadas, pois notou-lhe um bigodinho nascente, um buço que surgia e uma pinta que parecia um círculo de âmbar, tal como disse a respeito um poeta na seguinte poesia:

Quando vi o sinal na face de quem me faz sofrer,
como se fora o escuro da noite na brancura do dia,
perdi o recato, pela minha paixão!, e ora continuo
sem recato, muito embora esteja usando véu novo.

Espantado com o rapaz, Kahradāš disse aos seus companheiros: "Ai de vocês! Que um de nós o desafie com espada e lança cortante, pois um grupo inteiro combater um homem sozinho é infamante, ainda que ele seja corajoso ou um leão guerreiro". Então um homem corpulento — vestido de vermelho e montado num cavalo amarelo, alto e magro, semelhante a 'Abjar, o cavalo do guerreiro poeta ᶜAntara, e que quando ia ou vinha parecia moldado com ouro, mais veloz que o olhar e mais rápido do que os cavalos das tribos de Rabīᶜa e Muḍar — fez carga contra Kān Mākān, [enristando a espada, e ambos trocaram golpes tão terríveis que deixavam a vista perplexa, mas Kān Mākān se antecipou e lhe assestou um violento golpe de espada, rasgando o turbante e despedaçando o capacete e o forro do adversário, o qual se curvou sobre o cavalo como se fora um camelo se ajoelhando,][718] [e então um segundo atacou, e foi morto; e um terceiro, que foi abatido; e um quarto, que viu o seu fim chegar mais cedo; e um quinto, que foi dividido em duas partes,][719] e logo os cinquenta cavaleiros fizeram carga contra Kān Mākān; a violência da luta se intensificou e o seu ardor se ampliou: não era passada nem uma hora e já a ponta das suas armas havia ceifado a vida de todos eles, deitando-os ao solo, prostrados e mortos. Kahradāš assistiu a tal situação e, temeroso de fugir, sabendo que o seu inimigo era um grande guerreiro e o maior dos cavaleiros, chamou-o, dizendo: "Ó guerreiro do tempo, eu lhe concedo a vida e o sangue!".

E o amanhecer alcançou Šahrazād, que parou de contar.

718 Traduzido de Maillet.
719 Traduzido de Gayangos.

453ª

Disse Šahrazād:

Eu tive notícia, ó rei venturoso, de que Kahradāš disse a Kān Mākān: "Ó cavaleiro do tempo e guerreiro do século e de todos os momentos, eu lhe concedo o seu sangue e o sangue dos meus companheiros. Leve o dinheiro que quiser, pois eu me apiedei de você em virtude de sua beleza e juventude! Você merece viver". Kān Mākān respondeu: "Que você não se prive desse sentimento, mas aplique isso a si mesmo se tiver necessidade de salvar a sua vida, e não tenha a pretensão de recuperar o seu dinheiro, pois não tornará a vê-lo!". Kahradāš ficou bem irritado e, com o suor da cólera a lhe escorrer por entre os olhos, disse: "Ai de você! Se soubesse quem sou eu, não falaria com tamanha certeza nem seria tão rompante. Eu sou o leão rompedor, e o cavaleiro intrépido conhecido como Kahradāš! Saqueei o dinheiro dos grandes reis, assaltei na estrada tudo quanto é viajante, deixei desnudos grandes e pequenos mercadores. Esse cavalo no qual você está montado é fruto de minhas conquistas, o meu mais excelso alvo e objetivo, e agora você vai morrer por causa dele!". Kān Mākān respondeu: "Este cavalo era um presente ao rei Sāsān, conduzido por uma velha contra a qual temos uma vingança a tomar por causa do meu avô ᶜUmar Annuᶜmān e do meu tio paterno Šarrakān". Kahradāš perguntou: "Ai de você! Quem é o seu pai?". Kān Mākān respondeu: "Sou filho de Ḍaw Almakān, filho de ᶜUmar Annuᶜmān, senhor de Bagdá e de Ḫurāsān".

Ao ouvir aquilo, Kahradāš disse: "Você bem merece ser tão orgulhoso de si mesmo e falar dessa maneira", e, receoso, disse: "Deixe-me em paz, pois o pão do seu pai ainda está no meu estômago. Não vou renunciar a combatê-lo senão em virtude da sua nobreza". Kān Mākān disse: "Mas eu, por Deus, não tenho misericórdia nem respeito por você!", e, aos gritos, aproximou-se dele, que fez carga, e ambos os guerreiros se confrontaram como se fossem duas montanhas, cada qual soltando um brado altissonante que lhes estremeceu o corpo e agitou o rabo de seus cavalos, levando quem assistia a supor que os céus se fendiam; foi uma hora de luta que arrepiou os corpos e cujo calor faria os rochedos se inclinarem; ambos se reviravam em suas selas, ensinando aos guerreiros como entrar e sair, quando então ocorreram dois golpes sucessivos, o primeiro desferido por

Kahradāš, do qual Kān Mākān se desviou, escapando ileso e devolvendo o ataque com um golpe que atravessou Kahradāš da barriga às costas, no meio das quais a ponta da lança surgiu a brilhar.

Kān Mākān reuniu os produtos do roubo, os cavalos, e gritou para os escravos: "Vamos, conduzam-nos com rapidez". Entrementes, Ṣayyāḥ desceu da colina em grande alvoroço e se dirigiu a Kān Mākān, dizendo: "Muito bem, ó cavaleiro do tempo! Fiquei exausto de tanto rogar ao Senhor dos céus que lhe desse a vitória contra os inimigos, e Deus respondeu aos meus rogos!", e, ato contínuo, arregaçou as mangas e decepou a cabeça de Kahradāš, pendurando-a na ponta de sua lança. Kān Mākān riu dessa atitude e disse: ["Ai de você, Ṣayyāḥ! Estou vendo que é um cavaleiro da guerra e das batalhas!".][720] Ṣayyāḥ disse: "Portanto, meu amo, não se esqueça deste seu escravo na hora de repartir o espólio, e dê-lhe a melhor parte, pois assim quiçá eu alcance a minha prima Nijma e tenha a sorte da conquista e da benesse, dissipando enfim essa mágoa!". Kān Mākān gritou para ele: "Conduza com os escravos", e tomaram o caminho de volta para a sua terra, em marcha acelerada, dia e noite, até que se aproximaram de Bagdá e por fim atravessaram os seus portões. O coração dos homens se inclinou por Kān Mākān, e todos vieram recebê-lo, vendo as riquezas e os cavalos de raça que ele trazia, bem como a cabeça de Kahradāš espetada na lança de Ṣayyāḥ. Começou então um terrível alarido, pois alguns mercadores reconheceram o bandido e ficaram muito contentes, dizendo: "Esse morto era um salteador de estradas e de regiões inóspitas!". O povo de Bagdá, jubiloso, deu alvíssaras, magnificou a Deus e acorreu em direção a Kān Mākān; fizeram-lhe perguntas e ele os informou do que ocorrera, de como liquidara o bando, e os guerreiros o respeitaram.

Kān Mākān levou tudo quanto trouxera para o palácio, em cuja porta fincaram a lança na qual a cabeça de Kahradāš estava espetada. Cercado pelo povo e pelos homens, o jovem deu presentes e dádivas e distribuiu cavalos e camelos. O povo de Bagdá o amou, e o coração dos homens e dos guerreiros por ele se inclinou; voltando-se para Ṣayyāḥ, foi hospedá-lo num local aprazível e lhe prometeu todo bem e todo êxito. Em seguida, foi ver a mãe, e sentou-se com ela para contar-lhe tudo quanto sucedera durante a viagem. Enquanto isso, as notícias a seu respeito chegaram ao rei Sāsān.

E o amanhecer alcançou Šahrazād, que parou de contar.

[720] Traduzido de Gayangos e Paris 1.

454ª

Disse Šahrazād:

Eu tive notícia, ó rei venturoso, de que, quando as notícias chegaram ao palácio de Sāsān, ele abandonou o conselho do reino e, ficando a sós com seus privados, disse: "Por Deus, eu não desejo senão revelar o que me vai pelo peito e mostrar o que penso. Saibam que, em relação a esse Kān Mākān, eu só preciso criar um motivo para expulsá-lo e desterrá-lo desta região, pois ele matou Kahradāš e agora conta com o apoio do exército e dos turcos. Eles empurrarão os nossos interesses ao aniquilamento. A maior parte do meu exército é composta de parentes dele e pessoas que o amam. Vocês já ficaram a par do que fez o vizir Darandān, que foi ingrato com todo o bem que lhe fiz e a riqueza que lhe concedi, traindo a sua promessa de lealdade; cooptou soldados de diversos países e agora está se dirigindo para cá, disposto a fazer um novo sultão, e esse Kān Mākān tem parte nisso, pois é do seu interesse que ocorra uma guerra com os bizantinos e que corra o sangue entre [nós e] eles;[721] isso será motivo para nos extirpar de nossa terra, pois todos na cidade estão a seu favor, e o populacho todo só faz aumentar-lhe força e o medo que ele inspira; o reino pertenceu ao seu pai e ao seu avô, e os homens têm fé nele". Os privados disseram: "Ó sultão, trata-se de um ser desprezível, e as pessoas sabem que ele foi criado por você e usufruiu as suas benesses; ninguém o aceitará. Eis-nos aqui, na sua frente; se você quiser que ele morra, nós o mataremos, ou, se quiser que ele seja exilado, nós o exilaremos".

Ao ouvir-lhes a fala, Sāsān disse: "Quero que vocês chamem fulano, fulano... Convoquem-nos", e reuniu os principais do governo, aos quais disse o

[721] Esse trecho apresenta redação confusa em Tübingen e Varsy. Em Maillet: "agora o vizir Darandān se dirige para cá a fim de empossar Kān Mākān como sultão, e esse Kān Mākān tem interesses, podendo ocorrer entre ele e os mongóis e tártaros algo de consequências nefastas, e ele sairá vitorioso e será o motivo de sermos extirpados de nossa terra". Nas demais fontes, a redação parece ainda mais incoerente. Nas edições impressas, essa fala é apresentada de forma simplificada. Fica evidente que, nas redações mais antigas, é difusamente referida a possibilidade de alianças e/ou guerras com diversos povos, bizantinos, tártaros, turcos, mongóis e até mesmo georgianos, o que pode situar a redação inicial do texto num período não muito posterior ao fim das cruzadas, quando a memória das confusas alianças de antanho se tornava ainda mais confusa, talvez os séculos XIV ou XV. Note, ademais, que os antigos historiadores árabes não distinguiam muito bem entre "tártaros" (*tatār*) e "mongóis" (*muġūl*), o que só faz dificultar as coisas.

mesmo que dissera aos seus privados. Eles responderam: "Ó rei, esses são os motivos que, entre nós, nos levam a desejar a morte de Kān Mākān, pois sabemos que já não resta, nos países do Oriente e da Transoxiana, quem não nos tenha inimizade por causa da morte de Kahradāš e do seu bando de uzbeques e indianos. Kān Mākān se tornou agourento entre nós por haver praticado o roubo de dinheiro e o saque, e, como ele lhe trouxe o cavalo de um ladrão, matá-lo poderia ser uma consequência dessa atitude, pois ele tomou o cavalo desonestamente. Não resta dúvida de que, [se ele for morto,] os seus apoiadores não irão atrás de Darandān para ajudá-lo a lutar contra nós e a nos destruir. Ademais, os persas se resignarão e o sangue dos seus corações se esfriará quando virem Kān Mākān aniquilado. E diremos aos turcos: 'Não o matamos senão por causa de vocês!'".[722]

Sāsān disse: "Eis aí o que é correto! Porém, é imperioso que façamos um pacto", e então todos juraram sobre o Alcorão e a separação[723] que estavam de acordo quanto ao assassinato de Kān Mākān. Disseram a Sāsān: "Quando o vizir Darandān chegar e souber da morte de Kān Mākān, o seu ímpeto se arrefecerá, e ele caminhará com você, fazendo compromissos e lhe jurando lealdade, e tudo se corrigirá". O rei agradeceu as palavras dos conselheiros, distribuiu presentes entre eles e se dirigiu aos seus aposentos. A maioria dos habitantes do reino e de seus líderes se distanciara dele, evitando cavalgar ou sair de casa, esperando para ver o que aconteceria com Kān Mākān, pois metade dos soldados apoiava o vizir Darandān, e não se sabia qual seria o resultado das políticas adotadas nem em que pé a questão iria parar.

Com Sāsān em casa, as decisões a respeito de Kān Mākān chegaram ao conhecimento de Quḍya Fakān, para a qual isso teve a mesma ressonância que teria o Juízo Final; mandou chamar, pois, a velha que vinha vê-la da parte do primo.

E o amanhecer alcançou Šahrazād, que parou de contar.

[722] A fala dos principais do governo é terrivelmente confusa e destoante nas fontes que a contêm, Tübingen, Varsy, Maillet, Gayangos e Paris 1. As demais, que constituem a compilação tardia, eliminaram por completo a passagem, a qual, é visível, evidencia má compreensão, por parte dos compiladores das *Noites*, das alianças políticas e militares nos mais diversos períodos, as quais envolviam aspectos étnicos e outras idiossincrasias hoje enigmáticas. Para a tradução, fizemos uma leitura cruzada que seria cansativo precisar em detalhes.

[723] "Jurar pela separação", *yaḥlaf biṭṭalāq*, procedimento comum, antigamente, entre os muçulmanos, que consiste em jurar que, caso não cumpra o pacto, a pessoa estará forçada a se separar de sua mulher.

QUANDO FOI A NOITE

455ª

Disse Šahrazād:

Eu tive notícia, ó rei venturoso, de que Quḍya Fakān mandou chamar a velha e a enviou ao seu primo Kān Mākān a fim de informá-lo das maquinações do seu padrasto contra ele, dizendo: "Primo, nenhum corpo está imune à inveja, e eu não confio no que o meu padrasto Sāsān planeja fazer com você. Mesmo que o mundo fosse propriedade de apenas dois homens, ainda assim um temeria o outro. Ele ouviu a seu respeito coisas que deixam a mente perplexa, e está imaginando que você irá matá-lo, e que busca vingança por causa do seu pai. Tome muito cuidado. É absolutamente imperioso que eu me encontre com você e o deixe a par de tudo". Em seguida, ela disse à velha: "Comunique-lhe as minhas saudades, a minha preocupação, a paixão que me inflama e meus rogos a Deus generoso e criador — que decretou a nossa separação — para que atenda aos nossos anelos de encontro. Não estou segura quanto a alguns problemas que possam advir de certas coincidências funestas", e a deixou ir embora.

A velha se dirigiu a Kān Mākān e o pôs a par do que dissera Quḍya Fakān, e ele agradeceu, dizendo: "Comunique-lhe as saudades que sinto. Quanto ao assunto do meu tio Sāsān, ele não me fez senão o bem. A fortuna não está na minha coragem, nem a tomada do reino depende da minha destreza. Ao contrário, Deus exalçado e altíssimo é que é o rei dos reis; é Ele que dá origem às causas e abre as portas. Portanto, boa velha, retorne à minha prima e beije-lhe os pés por mim". A velha voltou até Quḍya Fakān, informando-a das palavras de Kān Mākān, que atearam chamas no coração da jovem e lhe renovaram as aflições.

Entrementes, Kān Mākān passou a atravessar as noites acordado, sem outra ocupação que não fossem bebedeiras, companhias e caça de prazeres, busca de alegrias despudoradas por meio das taças de vinho e da convivência com toda espécie de cavaleiro garboso. O rei Sāsān tinha colocado espias para manterem o rapaz sob vigilância e o informarem caso ele saísse de Bagdá.

Certa feita, Kān Mākān saiu para caçar e explorar todas as oportunidades de diversão com as quais topasse. Estava acompanhado pelo beduíno Ṣayyāḥ, que não o abandonava, fosse noite, fosse dia. Sempre que Ṣayyāḥ se mostrava saudoso de sua prima Nijma, Kān Mākān lhe dizia: "Devagar, tenha paciência! Será imperioso que eu vá com você até o rei da Síria e lhe traga sua prima Nijma, aquela gazela!". Ṣayyāḥ então corria à sua frente, com a espada e o escudo, e nessa época era ele o encarregado do cavalo Qātūl, do qual cuidava aonde quer que fosse. Então Kān Mākān saiu para caçar, com Ṣayyāḥ atrás de si, e, avistando uma caça, saiu em seu encalço, cercou-a, e assim prosseguiu, até caçar dez gazelas. Ṣayyāḥ se pôs a gritar, dizendo: "Meu amo, não as comeremos senão aos goles de vinho!". Kān Mākān sorriu, contemplou as gazelas e notou que entre elas havia uma de olhos pretos, o que o comoveu, e ele soltou um gemido entristecido; as lágrimas lhe escorreram pelos olhos, o seu coração se afligiu e ele então recitou:

A união se dispersou e seus ecos se espalharam.
Que pena! Crescem as lamúrias e os sentimentos;
A Deus eu me queixo por meu coração só se voltar
para a beleza de Quḍya Fakān e para sua esbeltez;
o contato, após tanta distância, terá seu momento,
e a cólera será apaziguada por seu cabelo cacheado,
e seu almíscar, sua cânfora, suas pérolas e sua luz,
e seus olhares, seu pescoço, seu peito e seus seios;
o seu hálito, quando ela respira, a âmbar rescende,
e os que atendem os desejos acorrem para servi-la!
Bem-aventurado quem dela se torna criado ou cativo!
Caiu em minhas mãos uma gazela cujo olhar pareceu
igual ao teu, e o apaixonado é morto pela distância!
Irei então de propósito soltá-la, graças aos teus olhos,
pois minha paixão não tem, entre os humanos, limites.

Recitada essa poesia, Kān Mākān libertou a gazela, mas Ṣayyāḥ se opôs, dizendo: "Que atitude é essa? Você leva a caça na brincadeira e gozação!". Kān Mākān riu e disse: "Não é brioso soltá-la e manter as companheiras dela presas", e soltou as demais gazelas, dando meia-volta com o cavalo, como se nada tivesse ocorrido. Ṣayyāḥ disse: "Isso não é ação de gente ajuizada! Você nem me liberta para eu ir ter com a minha família, nem me trata de acordo com o meu modo de ser! Estou perplexo quanto ao que você fará comigo". Kān Mākān riu e lhe deu uma pancada com a copa da lança, para brincar com ele, mas a pancada acertou o beduíno no coração e ele viu a morte com os próprios olhos, revirando-se no chão e se contorcendo feito uma víbora.

E o amanhecer alcançou Šahrazād, que parou de contar.

QUANDO FOI A NOITE

456ª

Disse Šahrazād:

Eu tive notícia, ó rei venturoso, de que Ṣayyāḥ, ao despertar do desmaio, disse: "Que você jamais encontre o bem, seu demônio! Se isso é o que você faz por brincadeira, o que não fará quando for a sério? Eu só peço a Deus que o humilhe e lance contra você uma cavalaria armada de espada que o despedace!". E eis que súbito uma poeira se ergueu, e quando se assentou surgiram vinte cavaleiros velozes. O motivo da vinda dessa cavalaria foi que o rei Sāsān, informado de que Kān Mākān saíra para caçar, convocara um grande guerreiro daylamita, chamado Jāmiᶜ, que trouxe consigo outros vinte bravos guerreiros renomados em Bagdá graças às suas guerras e lidas.[724] Sāsān deu-lhes dinheiro e prometeu entregar a eles o governo de vinte regiões caso matassem Kān Mākān e executassem o seu objetivo. [Ele disse: "Saiam com as roupas diferentes das usadas por nossos soldados".][725] Eles responderam: "Ouvimos e obedecemos, [pois nós temos mais desejo de matá-lo do que um bebê deseja o seio da mãe", e isso se devia à inveja das façanhas de Kān Mākān, e sobretudo da sua recém-adquirida fama como cavaleiro. Então, eles foram atrás dele em vestes de circassianos,][726] com turbantes e o rosto velado, avançando até alcançá-lo.

Assim que os viu, Ṣayyāḥ berrou e gritou, dizendo: "Venham para a brincadeira e a diversão! Meu rogo foi atendido pelo Rei Revelador, e agora você será prostrado por terra!". Kān Mākān se zangou com o beduíno e disse: "Ṣayyāḥ, a seriedade chegou e a brincadeira partiu", e fez carga contra o grupo, que também o atacou: as espadas pontiagudas começaram a trabalhar, e a morte lhes apareceu na forma de calamidade, que nem os mais resistentes escudos podiam evitar, tornando-lhes estreitos mesmo os espaços mais amplos. Quando Kān Mākān golpeou o primeiro

[724] A partir deste ponto, aproximadamente, a narrativa da compilação tardia (aqui representada pelos manuscritos Paris 2, Cairo, Reinhardt e Cairo 2, além das edições impressas) se afasta por completo das nossas principais fontes, Tübingen, Varsy, Maillet, Gayangos e Paris 1, cujo corpus é mais antigo. Gayangos e Paris 1 contêm mais detalhes que as outras, e seu texto foi empregado para corrigir eventuais lacunas e incongruências de Tübingen, Varsy e Maillet.

[725] Traduzido de Gayangos.

[726] Traduzido de Gayangos.

homem da cavalaria, foi como se o dia se transformasse em noite. Nesse momento, Ṣayyāḥ subiu em uma alta colina, condoído por Kān Mākān, e se pôs a rogar por ele de todo coração e com toda a força da língua; estendeu os olhos e viu o rapaz golpeando um cavaleiro no peito e fazendo a ponta da lança lhe sair pelas costas; depois, matou o segundo, o terceiro, o quarto, o quinto, o sexto, e não cessou de persegui-los e atacá-los até matar todos, deixando-os entre mortos e prostrados.

Derrubados os cavaleiros, Kān Mākān se aproximou para verificar de quem se tratava, descobrindo enfim que haviam sido soldados do seu pai, e os maiores comandantes de Bagdá, seus companheiros nos dias de guerra e batalha! Sentiu como se o Juízo Final se tivesse abatido sobre si, e começou a censurar-se, arrependido por havê-los matado, mas de nada adiantava o arrependimento. Percebeu que fora a inveja que os matara, e ficou claro para ele o alerta que a prima lhe enviara por intermédio da velha. Percebeu também que aquilo se devia ao grão-chanceler. Estava nessa tristeza quando Ṣayyāḥ desceu da colina e lhe disse: "Seja eu o seu resgate, cavaleiro que brinca e se diverte! Com a sua brincadeira você os prostrou por terra e agora chora por eles? Por Deus, você não os venceu por meio das suas ações, mas sim dos meus rogos!". Kān Mākān deu um riso nervoso e disse: "Ó Ṣayyāḥ, e porventura nós dispomos de outra bênção que não a sua? Que não nos privemos dela jamais!".

E o amanhecer alcançou Šahrazād, que parou de contar.

QUANDO FOI A NOITE 457ª

Disse Šahrazād:

Eu tive notícia, ó rei venturoso, de que Kān Mākān voltou na companhia de Ṣayyāḥ, mas dormiu fora da cidade, envergonhado com o que fizera. Pela manhã, montou no cavalo Qātūl e saiu, com Ṣayyāḥ à sua frente, e eis que o rei Sāsān também havia saído em cavalgada, acompanhado de uns poucos soldados. Como a população o rejeitava, ele desanimara em relação ao reino. Quando ambos se depararam, Kān Mākān conduziu o cavalo até o seu tio, desapeou, beijou o seu estribo e caminhou à sua frente, mas Sāsān fez questão de que ele o acompanhasse montado, e então Kān Mākān montou, emparelharam-se e se puseram a conversar, assim permanecendo até chegarem ao local [onde se travara a batalha.][727] Ao ver o grupo dizimado, Sāsān sentiu tão enorme desgraça que rasgou as roupas, perguntando: "Quem fez isso com os principais do meu governo? Por Deus, isso não é senão obra dos ladrões turcos, em vingança por Kahradāš!". Kān Mākān disse: ["Não se exaspere com isso,][728] ó rei, pois será absolutamente imperioso que eu conduza ao aniquilamento [esses turcos, e o faça por meio dos métodos mais terríveis!". Nesse momento, Sāsān disse, gritando-lhe na cara, tamanha era a sua irritação: "Não queremos mais você, Kān Mākān! Retire-se de nossa presença, vá embora, caso contrário seremos atacados por cavaleiros e sofreremos grandes desgostos; agora mesmo poderemos ser invadidos pelos tártaros, mongóis, homens da Transoxiana e a totalidade dos exércitos turcos, e contra todos esses teremos de lutar! Não nos deixarão em paz até nos fazerem beber da taça do aniquilamento, porquanto você matou Kahradāš, o senhor e maioral deles. Não tivesse eu criado você, a sua única resposta seria um golpe com espada cortante!".

Disse o narrador: Kān Mākān se manteve cabisbaixo, sem mexer os lábios ou a língua, mas em seu coração se acenderam labaredas. Regressou a Bagdá na companhia de Ṣayyāḥ, com o coração alquebrado por causa das palavras do seu tio putanheiro, ora maquinando tomar alguma providência contra ele, ora se imbuindo de resignação e esfregando o dorso e a palma das mãos. Ṣayyāḥ disse: "Por que você não fez com ele uma das suas graciosas brincadeiras? Ele merece tudo de ruim. Você o mataria com as suas brincadeiras e ao menos dessa preocupação ficaríamos livres!". Entraram na cidade, Kān Mākān deixou o cavalo aos cuidados de Ṣayyāḥ e, invadido por preocupações e tristezas, foi ver a mãe, encolerizado.

Quanto ao sultão Sāsān, ele ordenou aos cavaleiros que o acompanhavam que carregassem os mortos até Bagdá, onde a notícia logo se espalhou: as lamúrias começaram por toda parte, com poucos falando a verdade e muitos mentindo, e a alegria virou tristeza. Após o terem louvado e elogiado, as pessoas passaram a criticar Kān Mākān, dizendo: "Nosso exército está ausente e disperso por vários países, e esses turcos e turcomanos não nos atacaram senão para nos liquidar, até que não reste nenhum de nós".][729]

[727] Traduzido de Gayangos.
[728] Traduzido de Gayangos. Em Tübingen, Varsy e Maillet, ocorre uma confissão, que deriva de erro de cópia.
[729] Traduzido mediante leitura combinada de Gayangos e Paris 1. Além dessa notável lacuna, em Tübingen, Varsy e Maillet se evidencia a ocorrência de algum erro de leitura, que certamente estava em seus originais, uma vez que, ali, a fala da população de Bagdá é atribuída ao rei Sāsān, o que não faz sentido.

Kān Mākān enviou a velha criada até Quḍya Fakān, informando-a de tudo quanto sucedera entre ele e seu tio Sāsān, e ela, considerando horrendas as atitudes do padrasto, enviou-lhe a seguinte mensagem: "Não saia de casa até eu me encontrar com você e o instruir sobre como proceder". Kān Mākān ficou à espera da prima, resignado com a injustiça de seu tio. Aguardou durante quatro noites, e no quinto dia ela lhe enviou outra mensagem: "Se você quer saber sobre mim, meu padrasto ordenou que eu fosse trancafiada no quarto, e encarregou três criadas de me vigiarem noite e dia. Ele discutiu com mamãe por minha causa e avançou contra ela de espada em punho. Tome muito cuidado, pois ele planeja matá-lo, e está disposto a levar o plano a cabo. Ele já sabe que você andou falando isso e aquilo, e que matou os cavaleiros".

Ao ouvir que a prima estava trancafiada e isolada dele, Kān Mākān sentiu um aperto no peito, detestou a vida, e a superfície da terra lhe pareceu estreita. Saiu rapidamente, montou o cavalo Qātūl após beijá-lo entre os olhos, e Ṣayyāḥ saiu em disparada na sua frente, dizendo: "Meu amo, noto a cólera em suas faces, e vejo que você tem muito a dizer!". O rapaz respondeu: "Este não é momento de brincadeiras, Ṣayyāḥ, mas sim de luta, de lanças e de marchas por desertos e terras inóspitas!", e saiu de Bagdá, mergulhado e vestido em ferro.

Ao ouvir que ele saíra da cidade, o rei Sāsān saiu-lhe no encalço com quarenta cavaleiros vestidos de ferro, e se dirigiram ao meio do deserto, onde quiçá topassem com o rapaz e o fizessem sorver a taça da morte, mas dele não vislumbraram rastro nem tiveram notícia. Enquanto estavam nessa procura, eis que avistaram quatrocentos cavaleiros semelhantes a leões furiosos; examinaram-nos bem e perceberam que aqueles cavaleiros os buscavam e queriam matá-los; tão logo se aproximaram, fizeram carga contra eles, perguntando: "Quem vem lá?". Responderam: "Ai de vocês! Este é o rei Sāsān, acompanhado dos seus mais bravos cavaleiros!". O comandante dos quatrocentos disse aos brados: "Que dia abençoado é este! Foi ele quem matou o meu pai,[730] Kahradāš!", e engolfaram a comitiva de Sāsān como se fossem uma enchente, castigando-a. A batalha não durou sequer uma hora e já os quarenta cavaleiros estavam mortos; o rei Sāsān foi capturado, bem manietado e conduzido como prisioneiro, enquanto as cabeças dos seus cavaleiros eram espetadas na ponta das lanças dos assaltantes, para cuja terra o rei foi

[730] Em Maillet, Paris 1 e Gayangos, "irmão".

levado; ali, foram recebidos com alvíssaras e alegria, pois se tratava de uma grande notícia. Isso foi o que se deu com a gente de Kahradāš.[731]

Quanto a Kān Mākān, ele se ausentou por três dias, ao cabo dos quais sentiu o peito opresso, e sobre o que fazer ficou perplexo. Voltou então a Bagdá, entregou o cavalo Qātūl aos cuidados de Ṣayyāḥ e foi para casa ter com a sua mãe. Nuzhat Azzamān ficou sabendo da chegada do sobrinho, e o seu coração pressentiu que o seu marido fora morto. Foi então conversar com a filha Quḍya Fakān, a quem disse: "Saiba que Kān Mākān matou o rei Sāsān, infligindo-me essa terrível perda para o resto dos meus dias". Quḍya Fakān perguntou: "Isso é suposição sua ou alguém lhe trouxe a informação?". Nuzhat Azzamān respondeu: "Não. Mas o seu padrasto saiu logo depois dele, com quarenta cavaleiros, disposto a matá-lo. E eis que Kān Mākān regressou são e salvo, ao passo que o seu padrasto deve estar estirado no deserto. O correto, minha filha, é que você vá até o seu primo e lhe relate o que eu disse, pois assim ele a deixará a par da situação, esclarecendo o que é verdade e o que é absurdo". Quḍya Fakān saiu, de coração leve e feliz, e caminhou até chegar à casa de Kān Mākān, o qual, ao vê-la entrar, rapidamente a beijou nos beiços.

E o amanhecer alcançou Šahrazād, que parou de contar.

QUANDO FOI A NOITE 458ª

Disse Šahrazād:

Eu tive notícia, ó rei venturoso, de que, ao ver Quḍya Fakān entrar, Kān Mākān ficou em pé e a osculou na boca. Ela perguntou: "Primo, o que você fez com o meu padrasto, o maridinho da minha mãe?", e lhe contou a história de fio a pavio, dizendo que, após a sua última saída de Bagdá, não houvera mais notícias do padrasto. Kān Mākān sorriu e jurou solenemente, "por todo o meu afeto e paixão por você — e que eu perca a vida por meu amor a você, e que me desgrace sofrendo com o

[731] Gayangos e Paris I se estendem em minúcias sobre a condução e o cativeiro de Sāsān.

seu afastamento e a sua secura! —, juro que não tenho notícia nenhuma dele, nem lhe vi rastro algum. Agora mesmo vou montar o meu cavalo e tentar encontrá-lo!". Ela disse: "Sair nesta escuridão? Deixe para amanhã cedo. Mas faça o que quiser e achar melhor", e se despediu dele com cinco ou seis beijinhos, e então ele renasceu após a morte. Quḍya Fakān retornou para a mãe enquanto Kān Mākān passava a noite sem dormir, e assim ficou até o amanhecer, preocupado com a preocupação de sua amada. Na alvorada, ele saiu, foi até Ṣayyāḥ, montou o cavalo Qātūl, com Ṣayyāḥ à sua frente, gritou com o animal e saiu de Bagdá em busca dos rastros de Sāsān. No caminho, topou com um beduíno que convivia com a gente mais desclassificada de Bagdá, e que trabalhava como almocreve por aquelas redondezas; indagou-o e o beduíno [informou-lhe que, enquanto se encaminhava para uma pradaria chamada ᶜAzzāz Ḫālid, topara com tártaros e grupamentos oirates[732] em torno do rei Sāsān, que eles conduziam aprisionado, humilhado e maltratado; aguardavam a chegada do irmão de Kahradāš, e ele só tinha um, chamado Arjawāš, o qual havia jurado que não o mataria nem o queimaria até que surgisse alguém para intervir por ele e salvá-lo, "e naquela noite dormi entre eles, vestido de turcomano, indo embora no dia seguinte. Faz quatro dias que saí de lá".][733]

Muito contente, Kān Mākān apeou-se do cavalo Qātūl, ajeitou-se, amarrou o animal e disse: "Ṣayyāḥ, que ajuda receberei de você nesta viagem?". Ṣayyāḥ

[732] "Oirates" traduz *alᶜuwayrātiyya*, termo usado para designar grupos tártaros originários do que hoje é a Calmúquia, na Ásia Central, região da bacia superior do rio Yenisei, os quais, no final do século XIII d.C., buscaram refúgio no Levante, recebendo abrigo no Egito. Em seu "Resumo da história da Humanidade" (*Almuḫtaṣar fi aḫbār albašar*), o historiador e príncipe 'Abū Alfidā' (1273-1331 d.C.) afirma apenas que eles eram 10 mil e se converteram ao islã, sendo instalados por volta de 1296 d.C. numa região à margem do Nilo. Já o historiador Almaqrīzī (1364-1445 d.C.), numa passagem um tanto aleatória de sua esplêndida obra *Almawāᶜiẓ wa aliᶜtibār fi ḏikr alḫiṭaṭ wa al'āṯār*, "Alertas e considerações sobre as condutas e os vestígios", fornece várias informações sobre eles, dentre as quais: que foram bem recebidos no Egito porque o então governante mameluco, Zaynuddīn Katbuġā, era da mesma etnia e buscava se apoiar neles para manter-se no poder; que a sua conversão ao islã foi fingida; que se tratava de um povo muito bonito cujos filhos eram disputados pela elite; e, enfim, que o sucessor de Katbuġā, que para variar assumiu o poder após um golpe, deu cabo deles. Outro historiador, Ibn Kaṯīr (1301-1373 d.C.), em sua volumosa obra *Albidāya wa annihāya*, "O começo e o fim", afirma que os oirates escolheram o Egito, onde então se viviam medonhas dificuldades econômicas, pelo fato de o governante pertencer à sua etnia, sem mencionar mais nada sobre eles. Seja como for, o curioso nessa história toda é que a narrativa de ᶜUmar Annuᶜmān guarde memória, ainda que esmaecida, da passagem dos oirates pela Ásia antes de sua chegada ao Egito, não obstante a escassez das referências históricas a esse grupo, sobre o qual nem sequer 'Abū Alfidā', contemporâneo dos eventos relativos à sua chegada, parece estar bem informado.

[733] Traduzido de Paris 1 e Gayangos. O texto em Tübingen, Varsy e Maillet encontra-se assaz deturpado neste ponto. A partir daqui, trataremos essas três fontes como uma só, sem mencionar qual a lição utilizada para a tradução, uma vez que o texto apresenta tantos defeitos que indicar a fonte usada sobrecarregaria demasiado o aparato de notas.

respondeu: "Nenhuma! Se porventura for para dividir o butim e roubar dinheiro, eu sirvo para essa situação, mas, se for para a batalha e o combate com outros homens, eu não me vejo em condições de fazê-lo, e daqui mesmo retornarei para casa, na minha terra. Quanto a esse assunto de cavalos, camelos, casamento e união, minha viagem [já se prolongou demasiado],[734] e estou com saudades da minha terra, a Síria". Kān Mākān, filho de Ḍaw Almakān, sorriu e disse: "Venha comigo para a terra de Sinjār,[735] a fim de que eu cumpra ali uma missão, e na volta eu lhe darei o que você escolher", adoçando assim o coração do beduíno Ṣayyāḥ, que se pôs a correr à sua frente enquanto ele conduzia o seu cavalo Qātūl, e avançaram por todo aquele dia, bem como o segundo e o terceiro; no quarto, aproximaram-se de um córrego chamado Ḫān, no qual localizaram, depois das areias, o grupo descrito pelo almocreve: viram guerreiros, mulheres e crianças, bem como cabanas e tendas de altas cúpulas, com as portas escancaradas.

Disse o narrador: Ao ver aquele lugar, Kān Mākān deslocou-se para lá montado no cavalo Qātūl, enquanto o beduíno Ṣayyāḥ se recusava a acompanhá-lo.

E o amanhecer alcançou Šahrazād, que parou de contar.

QUANDO FOI A NOITE

459ª

Disse Šahrazād:

Eu tive notícia, ó rei venturoso, de que Kān Mākān montou no cavalo Qātūl, enquanto o beduíno Ṣayyāḥ se recusava a acompanhá-lo, dizendo: "Meu amo, ficarei aqui neste lugar esperando até o amanhecer. Se correr tudo bem, serei seu companheiro no triunfo, e se correr tudo mal, então sebo nas canelas. Não tenho condições de fazer nada nessa situação". Ao ouvir tais palavras, e notar a sua insistência nessa brincadeira, Kān Mākān largou mão dele. Enrolou o rosto, cobriu a cabeça com um longo véu, ao modo dos turcomanos, mas, após vestir aquelas roupas, cogitou que não lograria o seu intento se chegasse montado no

[734] Traduzido de Gayangos e Paris 1.

[735] Região do norte do Iraque.

cavalo, e então o entregou aos cuidados de Ṣayyāḥ, dizendo: "Espere-me até o amanhecer". Retomou o caminho até aquele grupo e, parando diante de uma grande tenda, súbito avistou uma jovem bizantina, que saiu para recebê-lo, gritou: "Seja muito bem-vindo, ó hóspede que chega e senhor viandante!", e lhe ofereceu uma esteira de olaia, na qual ele se sentou.

Momentos depois chegou um venerável ancião mongol[736] vestido com os trajes mais luxuosos. Deteve-se diante de Kān Mākān, saudou-o e lhe dirigiu as mais gentis palavras; entrou na tenda, ausentou-se por algum tempo e saiu com duas tigelas contendo alimentos apreciados pelos famintos: uma com leite e outra bem fornida com carne de gazela, cujos nacos boiavam um por cima do outro, e as depôs diante de Kān Mākān, que não se abalançou a comer, pois ali chegara com o intuito de guerrear e lutar; recusou, portanto, a refeição. O velho mongol perguntou: "Meu filho, por que se recusa a comer? Por que não come da minha comida, eu que, durante toda a vida, sempre servi os hóspedes?". Kān Mākān respondeu: "Eu fiz uma promessa; quero humilhar esse demônio, Sāsān, que injustamente matou o meu pai na cidade de Bagdá, deixando-me o coração ulcerado por causa dele, [bem como o de minha mãe e de todos os seus outros filhos.][737] Fizemos a promessa de nos privar de comida até que o nosso fígado satisfaça a sede de vingança". O velho mongol disse: "Então dê alvíssaras, porquanto Deus poderoso e excelso aceitou os seus votos! Vamos, quebre rápido o jejum comendo essa carne, pois a vida do sultão Sāsān só vai durar até o amanhecer, quando então ele será passado pelas armas. Seja você o primeiro a golpeá-lo, logo depois de Arjawāš".

Kān Mākān rogou pelo velho e disse: "Meu amo, onde Sāsān está aprisionado?". Ele respondeu: "Naquele pavilhão vermelho". Kān Mākān olhou para a construção, diante de cuja porta havia dez cavalos. Era a casa de Arjawāš, irmão de Kahradāš. [Os tártaros entravam e saíam dali para dar pancadas na cabeça de Sāsān,][738] o qual, amargurado, recebia a morte, da qual já estava certo, em doses. Foi nesse momento que Kān Mākān se aproximou do pavilhão e tornou a se afastar. Atirou-se sobre as tigelas de comida como se fosse um abutre, enfiando os restos num pote que carregava consigo para o caso de necessidade. Quando

[736] Todas as fontes afirmam tratar-se de um velho de Ḫuṭā, região que os geógrafos árabes situam no leste da Índia, e que o viajante Ibn Baṭṭūṭa (1304-1377 d.C.) situa "nos confins da China". Para a tradução, preferimos usar "mongol", simplesmente.

[737] Traduzido de Paris 1 e Gayangos.

[738] Traduzido de Paris 1.

anoiteceu, Kān Mākān se pôs em pé com agilidade e se dirigiu, por trás, à choupana na qual estava o rei Sāsān, sendo então atacado por um dos cachorros que a vigiavam; atirou-lhe um naco de carne, e ele se distraiu; veio outro cachorro, e ele também lhe atirou um naco de carne, distraindo-o da mesma forma; e assim sucessivamente: para cada cachorro que vinha ele atirava um naco de carne e o distraía, até que enfim rasgou a parede de trás da choupana, entrou e foi depressa até o sultão Sāsān, colocando a mão em sua cabeça. O sultão perguntou: "Quem é?". Kān Mākān respondeu: "Sou aquele que você saiu do seu país para matar, acompanhado dos principais do seu governo. O que foi que eu lhe fiz para você desejar a minha morte? Não lhe basta ter usurpado o meu reino, que foi do meu pai e do meu avô? Nunca fiz nada contra você, nem nunca o ataquei".

Disse o narrador: Então o rei Sāsān jurou solenemente que tal história não era verdadeira, "e eu estou saudoso de contemplar o seu rosto luminoso".

E o amanhecer alcançou Šahrazād, que parou de contar.

QUANDO FOI A NOITE

460ª

Disse Šahrazād:

Eu tive notícia, ó rei venturoso, de que o sultão Sāsān, ao ouvir a fala de Kān Mākān, reconheceu a sua voz de imediato, e jurou solenemente que tal história não era verdadeira, "e eu estou saudoso de contemplar o seu rosto luminoso". Nesse instante, Kān Mākān soltou as amarras de Sāsān e lhe disse: "Siga-me, ó rei do tempo". O rei Sāsān disse: "Não consigo dar um só passo, meu filho, tamanhos foram os suplícios que padeci nas mãos dessa escória". Kān Mākān disse: "A comunidade está dormindo. Com você nesse estado, é melhor pegarmos dois cavalos, um para cada, e cavalgarmos até o meio do deserto mais inóspito e das imensidões poeirentas". O sultão disse: "É o melhor parecer, meu filho". Kān Mākān imediatamente foi roubar, da manada dos turcomanos, dois de seus melhores cavalos, adequados para os dias nefandos; cada qual montou num deles e se dirigiram até onde estava o beduíno Ṣayyāḥ, chegando antes do amanhecer.

Kān Mākān montou em seu cavalo Qātūl, entregando o outro a seu criado, o beduíno Ṣayyāḥ, que exultou com aquilo e disse: "Por Deus, meu amo, eu não sabia que de cavalos você era ladrão, na noite e na escuridão!". Ante tais palavras, Kān Mākān sorriu e disse: "Ṣayyāḥ, se o destino lhe oferecer uma montaria, monte!", e então o beduíno montou e os três cavalgaram durante a noite inteira e o dia inteiro, sem interrupção. Kān Mākān se virou para o sultão Sāsān e perguntou: "O que você dirá, titio, depois deste dia? Ainda resta em seu coração algum ódio contra mim?". Sāsān respondeu: "Meu filho, juro pelo Deus que é único em seu reino e se isolou de todas as suas criaturas, meu filho, que toda a minha cólera contra você já se dissipou, pois entre nós existem relações de parentesco. Nunca mais em minha vida cometerei nenhuma traição contra você, nem lhe desejo mal algum". Com essa resposta, o coração de Kān Mākān se tranquilizou e sua mente se apaziguou no tocante ao rei Sāsān.

Kān Mākān entrou em Bagdá precedido pelo beduíno Ṣayyāḥ, que dava gritos anunciando a boa nova, e viu-se diante de mulheres com adufes e flores. Todos em Bagdá, grandes ou pequenos, saíram para recepcioná-los; no palácio, foram acolhidos pelos empregados, que empunhavam taças de prata cheias de almíscar e açafrão. De repente surgiu a jovem Quḍya Fakān, filha do rei Šarrakān, semelhando o plenilúnio perfeito, vestida com uma fina túnica iemenita; de mangas arregaçadas, ela empunhava uma baixela de cristal com essências de almíscar e açafrão, na dianteira das criadas, e se encontrou com o primo; o espírito se atraiu pelo espírito, o corpo se atraiu pelo corpo, e ela se pôs a acariciar o peito do cavalo. Quanto a Kān Mākān, tão logo ele viu sua prima Quḍya Fakān, embriagou-se sem nada ter bebido das filhas dos alambiques. Foi um dia de imensa alegria, no qual as tristezas e aflições partiram.

Disse o narrador: Os moradores da cidade e do palácio, os comandantes e os maiorais não tinham outra conversa que não fosse sobre Kān Mākān, e todos os cavaleiros testificaram que ele era o mais bravo guerreiro daquele tempo; disseram todos: "Esse é que serve para ser sultão e governante da cidade de Bagdá, de Ḫurāsān e de toda a terra do islã, da fé; com ele, as águas retomariam o seu curso, e o reino voltaria a quem de direito". Isso foi o que sucedeu a Kān Mākān.

Quanto ao sultão Sāsān, ele entrou em seu palácio e ficou a sós com sua mulher, a senhora Nuzhat Azzamān, que lhe perguntou: "Homem, pelo que ouço, as pessoas do palácio não falam de outra coisa que não seja Kān Mākān, a quem descrevem como belo, formoso e generoso, e todos dizem que se trata do senhor dos cavaleiros e dos bravos guerreiros, e que a língua é incapaz de descrevê-lo!". O rei Sāsān respondeu: "Por Deus, eu não concordo com tais descrições! Ouvir falar não é igual a ver com os próprios olhos, e as pessoas não podem, a partir de um grão, descrever uma colheita, nem, a partir de uma gota, descrever uma corrente de água". Ela perguntou: "Como está o seu coração relativamente ao afeto por ele?". Sāsān respondeu: "Por Deus, quanto mais eu tento gostar de Kān Mākān, tanto mais o ódio a ele aumenta em meu coração. Ele me salvou dos inimigos quando eu já estava para ser morto, e no entanto eu não o considero senão o meu maior inimigo. Meu coração não se pacifica em relação a ele de modo algum! Como eu poderia ter-lhe amor, se o coração do povo de Bagdá se inclina por ele, em especial Darandān, o cão traiçoeiro e falto de fé, que reuniu contra mim soldados de diversos países? Já visualizo Darandān ocupando o meu lugar e dele me arrancando! Quem ele escolheria como governante destas terras todas? Ficar sob o domínio de um órfão incapaz e desqualificado? Prefiro a morte e a inexistência a essa infâmia, a essa humilhação, a essa afronta!".

A esposa lhe perguntou: "O que você pretende fazer? Qual o seu plano?". Ele respondeu: "Planejo matá-lo, e não desistirei até fazê-lo beber da taça da morte, forçando Darandān a retroceder, derrotado em seu pleito. Se Kān Mākān morrer, ele não encontrará mais ninguém da sua linhagem, e se verá obrigado a ficar sob a minha obediência. Não lhe restará senão me servir". Nuzhat Azzamān disse: "A traição, ó rei do tempo, é horrenda, e você não deveria associar-se a ela. O mais correto é que você o case com nossa filha. Saiba que Deus altíssimo e exalçado nos recompensa segundo as nossas intenções. Eu já li no *ḥadīṯ* do profeta: 'As obras estão nas intenções, e cada homem receberá em conformidade com elas'. E se diz, num provérbio corrente: 'Quanto inimigo traiçoeiro retesou seu arco com as próprias mãos, ajeitando a flecha para disparar, e Deus a enviou de volta contra ele'". Sāsān disse, encolerizado: "Juro por Deus altíssimo, e faço o mais solene juramento: se acaso eu não soubesse que você está dizendo essas palavras por brincadeira, faria sua cabeça voar com esta espada!".

E o amanhecer alcançou Šahrazād, que parou de contar.

QUANDO FOI A NOITE

461ª

Disse Šahrazād:

Eu tive notícia, ó rei venturoso, de que Sāsān disse a Nuzhat Azzamān: "Eu faria a sua cabeça voar com esta espada. Mas foi veraz quem disse:

O mundo põe em risco quem nele vive;
fica, pois, em alerta com qualquer fêmea:
ainda que trates as mulheres com lealdade,
aos homens elas sempre causarão desgosto".

Ao ouvir tais palavras, Nuzhat Azzamān, temendo pela própria vida, lançou-se sobre ele, beijou-lhe as mãos e disse: "Por Deus, eu só disse o que disse para verificar a sua opinião! Que Deus não me faça experimentar a sua perda. Que se percam mil sobrinhos! Meu marido, nunca vi ninguém igual a você. Correto é o seu parecer. Eu sacarei, dos depósitos do meu pensamento,[739] uma artimanha mediante a qual você o matará e se livrará dele". Feliz com essa fala, Sāsān disse: "Seja rápida e alivie a minha angústia, pois já me vejo sem artimanhas", e recitou o seguinte:

Vieram desgraças e penas, e as esperanças partiram;
a morte é mais suportável que a humilhação que sofri:
quem dera que, quando os turcos me prenderam, não
tivessem demorado mas sim apressado o fatal caminho,
antes que a escória, bem ligeira, me houvesse resgatado!
O mundo e o trono do reino têm reviravoltas, ó Nuzhat!
Ajude-me, pois me são estreitas as vias de vales e montes!
Vamos, faça algo para liquidarmos o que me incomoda,
se ainda algum benefício tiverem a artimanha e a ação! [740]

[739] "Meu pensamento", *fikrī*, é o que consta de Tübingen e Varsy. Em Maillet, Gayangos e Paris I, *makrī*, "minha astúcia", que talvez seja o mais correto.

[740] Essa poesia, que só consta em Tübingen, Varsy, Maillet e Paris I, apresenta problemas. Em Paris I, vários versos são incompreensíveis. Já os escribas de Tübingen e Varsy, certamente baseados em sua fonte comum, não fazem diferença, na transcrição, entre prosa e poesia, e neste caso não foi possível distinguir os versos

Quando Sāsān concluiu, Nuzhat Azzamān, tendo ouvido a poesia, disse: "Alma tranquila e olho sossegado! Vou preparar a morte dele". Sāsān perguntou: "Para isso você vai usar quem?". Ela respondeu: "A nossa criada Bayālūn,[741] senhora de espantos e artes, ó rei do tempo". Essa criada era da raça bizantina, uma velha de mau agouro que criara nos próprios ombros tanto Kān Mākān como Quḍya Fakān. Kān Mākān dormia a seus pés e ficava a maior parte do tempo com ela, que sempre o cobria de beijos.

Sāsān disse à esposa: "Este é um certeiro parecer, uma postura irrepreensível!", e imediatamente mandou chamar a criada Bayālūn; assim que a velha compareceu, o rei ficou a sós com ela e lhe relatou tudo quanto se dera entre ele e Kān Mākān. Acertou pagar-lhe valores copiosos, fez-lhe toda sorte de promessa e disse: "Meu desejo é que você prepare para mim a morte de Kān Mākān". Ela disse: "Por Deus, é muito difícil para mim matar Kān Mākān! Todavia, como ele pretende prejudicar você e hostilizá-lo, então lhe serviremos a taça da morte e anteciparemos a vingança. Para tanto, meu amo, eu gostaria que você me fornecesse um alfanje envenenado, que se antecipe ao decreto e à decisão de Deus, e que seja produzido na Índia e embebido [em veneno do] Sind, ó rei do tempo".

Essa criada Bayālūn era dona de astúcias, trapaças e artimanhas. Sāsān lhe entregou o alfanje, que ela pegou antes de se retirar. Cada uma das gotas que dele pingavam fariam o mar se turvar. Foi até Kān Mākān, que ardia em fogo de tanto esperar, pois tudo o que ele desejava era ver Quḍya Fakān. Agitado por tristezas, deixava-se ficar pela extensão da noite contemplando a estrela de Canopus e recitando o seguinte:

Sois meu propósito e objetivo,
e em vos ter está meu bem-estar;
a distância de vós já se retomou,

(e, para dificultar a situação, neste ponto faltam duas folhas, ou quatro páginas, do manuscrito Tübingen, que é o melhor dos dois). Por isso, optamos por uma tradução combinada utilizando tudo quanto fosse compreensível nas fontes, o que resultou num contrassenso, isto é, nove hemistíquios, ou quatro versos e meio, mas consideramos isso preferível ao corte de algum trecho. Com efeito, é bem plausível que se trate de algum gênero poético popular (*zajal*, *qūmā*, *kān wa kān* – talvez este último, muito usado como poesia de ocasião), cuja métrica, sistema de rimas e modo de transcrição fogem dos padrões mais familiares aos copistas.

[741] Em todas as fontes da compilação tardia, o nome da criada é *Bākūn*. Em seu supracitado relato de viagens, Ibn Baṭṭūṭa (1304-1377) fala de uma mulher chamada Baylūn ou Bayalūn, filha do imperador bizantino Andrônico III Paleólogo (1297-1341), uma das concubinas de Muḥammad Ūzbak Ḫān, sultão mongol da "horda de ouro", que governava Krim, na Crimeia.

mas é infâmia ficar longe de vós;
convosco é minha vida, em vós
minha paixão e todo meu amor!
Não me importa vagar às cegas,
meu Deus!, e ficar desmoralizado
pela paixão por vós, pois eu amo,
e o amor escândalo sempre causou,
e muitas dignidades desmoralizou;
as roupas da languidez eu já vesti,
e minhas entranhas ficaram expostas,
e de tanta paixão perdi meu pudor;
tratai as minhas terríveis doenças,
pois sois vós o remédio e o mal;
ir ao médico em vossa companhia
é continuar para sempre a sangrar.
As lágrimas me escorrem no rosto,
e o meu segredo por aí se alastrou,
e transpareceu em minhas lágrimas
abundantes, ó ventura de meus olhos.[742]

Disse o narrador: Quando concluiu a poesia, suas lágrimas escorreram, suas preocupações e aflições aumentaram, e ele se arrependeu de tudo o que deixara escapar. Estava nesse estado de ânimo, gemendo e se queixando, quando súbito entrou alguém dizendo: "O contato já está arranjado! Acabaram-se os dias de secura e separação! E por essa ação eu serei lembrada enquanto os dias se sucederem às noites!". Kān Mākān virou-se para ver quem falava e assim se expressava, e eis que era a criada Bayālūn! Olhou-a cheio de insuperável felicidade, e ela o cumprimentou e lhe beijou as mãos. Kān Mākān a carregou e perguntou: "Como vai Quḍya Fakān?". A velha criada respondeu: "Ela faz o que tem de fazer e se prepara". Nesse momento, o rapaz se levantou, presenteou-a com algumas de suas roupas e lhe prometeu tudo de bom e o melhor bem. Ela disse: "Meu senhor Kān Mākān, será que eu deveria dormir aqui esta noite?".

E o amanhecer alcançou Šahrazād, que parou de contar.

[742] Traduziu-se essa poesia, que consta somente de Varsy e Maillet, até onde foi possível compreendê-la.

462ª

Disse Šahrazād:

Eu tive notícia, ó rei venturoso, de que [a criada Bayālūn disse: "Meu senhor, esta noite vou dormir aqui e lhe contar histórias que ouvi", e passou com ele o dia inteiro; quando escureceu,][743] ela disse: "Saiba, meu filho, o que ocorreu em tempos remotos". Ele perguntou: "E qual é a história?". Ela disse:

O DESAFORTUNADO COMEDOR DE HAXIXE

Saiba, meu filho, que havia certo homem desafortunado, fanfarrão e desmoralizado,[744] que revoluteava noite e dia por tabernas de vinho e jogos de dados e de azar, entregue à paixão por mulheres graciosas como a lua, e que em dada manhã se viu falido, sem sequer um tostão furado. Então se pôs a vagar pelos mercados, cabisbaixo, e ficou remexendo o chão com os dedos dos pés: um homem arruinado à procura de algo perdido.[745] Enquanto fazia isso, a ponta de um prego se espetou no seu pé, entre os dedos, e o sangue escorreu, fazendo-o desmaiar. Ao despertar, sentou-se no chão e começou a gritar de dor por causa do ferimento. Limpou o sangue, amarrou um trapo no pé machucado e se levantou mancando e trôpego; passou então diante de uma casa de banho e pensou: "Aí encontrarei água quente e me lavarei". [Entrou então no lugar e, ao notar que ali havia muita água e pouca gente, tirou as roupas e se banhou,][746] jogando tanta água sobre si que os seus braços se entorpeceram e a sua respiração ficou ofegante. Saiu dali para uma banheira de água fresca, e nela desfrutou um bom tempo; depois, tentou comer uma noz-moscada pensando que fosse noz-pecã.

743 Traduzido de Maillet. Traduzimos por "histórias" o termo *kalām*, que significa mais propriamente, nesse caso, "conversas". Em Paris 1 e Gayangos, "histórias de pessoas e contos de tudo quanto é homem cativo da paixão".
744 "Fanfarrão" traduz uma palavra que se lê como *qahhār* em Varsy e *mahhār* em Maillet, o que não faz sentido; entendemos que se trata de cópia defeituosa de *faššār*. E "desmoralizado" traduz *tahattakat bihi al-astār*, algo como "cujas intimidades foram violadas".
745 Sobre o hábito de remexer a areia, talvez seja curioso lembrar que, em seu livro *Andanças e viajes*, o viajante espanhol Pero Tafur (*c.* 1410-1484) afirma ter visto, no Cairo, "homens pobres com peneiras a joeirar as areias"; ao indagar a respeito, responderam-lhe tratar-se de "pobres-coitados (*onbres de la ventura*) que buscavam alguma coisa que tivesse caído no chão, pois muitas multidões de gente haviam por ali passado" (Madri, 1874, p. 84).
746 Traduzido de Paris 1. Utilizamos amiúde Maillet, Paris 1 e Gayangos.

Então Kān Mākān disse aos risos: “Ha, ha, ha! Conte mais!”.

[*Prosseguiu Bayālūn:*]

Em seguida, ele comeu haxixe. Como estava esfomeado e de barriga vazia, o haxixe rapidamente fez efeito em sua cachola:[747] fechou os olhos, amolecido, deitou--se de lado, no chão, esticou-se e dormiu sobre o mármore do banho. Sentiu então que alguém o massageava, abriu os olhos e topou com o grão-chefe do estabelecimento, o encarregado, sentado em seus joelhos a massageá-lo, enquanto dois escravos aguardavam em pé, um deles com um conjunto de vasilhas revestidas de metal dourado e o outro com os apetrechos necessários para o banho, tais como jujuba, sabão, potassa, alfazema, junça de Kūfa, pedra para os pés, bucha de Alexandria, pente, duas navalhas e um amolador, enfim, o conjunto completo para banho. Ao ver ali o chefe do banho, o desafortunado ficou perplexo e pensou: “Por Deus, eles se enganaram comigo! Confundiram-me com alguém. [Acho que eles pertencem à nossa comunidade de comedores de haxixe, o qual deve ter-lhes subido à cabeça, e aí me confundiram!][748] Mas deixe ver o que eles farão”. O desafortunado se espreguiçou, esticou as pernas, juntou-as e exclamou: “Aah, aah!”. O chefe, que estava aos seus pés, disse: “Já não era sem tempo, meu senhor! Agora podemos servi-lo! Siga-me, amo e patrão”. O desafortunado riu, supondo que eles não passavam de uns tolos, e pensou: “Por Deus, que bom, ó haxixe!”, e, calado, caminhou atrás dele, devagar, seguido pelos dois escravos com as vasilhas e os apetrechos.

E o amanhecer alcançou Šahrazād, que parou de contar.

QUANDO FOI A NOITE

463ª

Disse Šahrazād:

Eu tive notícia, ó rei venturoso, de que Bayālūn disse a Kān Mākān:

Os escravos e o chefe continuaram a servi-lo e o conduziram de novo à banheira, da qual não o retiraram senão após a encherem de água e lhe lançarem

[747] Em Varsy e Maillet, consta “coração”, *fu'ād*. Preferimos a lição de Gayangos e Paris 1, *muḫḫ*.
[748] Traduzido de Gayangos.

incenso, fatias de âmbar, aloé e pedaços de benjoim, além de deporem ao seu lado frutas, perfumes e duas grandes melancias já cortadas. Sentaram o desafortunado numa cadeira de ébano e marfim, e o chefe começou a banhá-lo enquanto os escravos andavam ao seu redor jogando-lhe água; lavaram-no com alfazema, potassa em grãos, junça de Kūfa e sabão caipira, e tanto o esfregaram e massagearam que todos os seus cascões saíram; [o chefe lhe deu uma toalha preta para pôr na cintura,][749] e então lhe disseram: "Ó amo e patrão, agora se limpe e se enxugue", e saíram, fechando a porta.

O desafortunado disse de si para si: "Livre-se dessa toalha!", e a tirou, pondo-se a rir e gargalhar por um bom tempo, e a dizer: "Ai de mim! Por que eles só me chamam de amo e patrão? Por certo, o patrão não deve senão ter saído para resolver algum assunto, [e então eles chegaram, me viram e me confundiram com ele, e o haxixe deve estar agindo forte na cabeça deles! Porém, daqui a pouco o efeito vai passar e eles me reconhecerão e se perguntarão: 'Ué... quem é esse pobre coitado aí pelado?', e me esbofetearão com vontade, dizendo: 'Nós cometemos um engano a seu respeito! Por acaso não nos ouviu chamá-lo de amo e patrão? Mesmo que você fosse um vizir, não deveria ter agido dessa maneira diabólica para que o lavássemos e massageássemos!'". Continuou dizendo de si para si: "E o que eles poderão fazer além de me dar uma surra ou algumas bastonadas? Bom, vou esperar para ver o que farão quando descobrirem".

E voltou a se banhar e limpar, abrindo a porta a seguir; entraram então dois escravos: um eunuco, grande, e um pequeno, bizantino,[750] carregando um embrulho com toalhas do qual tiraram três toalhas de seda branca, colocando uma na sua cabeça, outra em seus ombros e a terceira em sua cintura; andaram ao seu redor e então o escravo grande caminhou à sua frente, dizendo: "Que Deus mantenha o bem-estar do nosso amo!". Tomado pelo riso, o comedor de haxixe saiu da câmara e lhe deram uns tamancos altos, que ele calçou. Os escravos rodearam-no portando taças, enquanto o escravo maior lhe dava as mãos, com o escravo menor atrás de si. Conduziram-no para fora das câmaras de banho, tudo isso com ele rindo e sorrindo, até que chegou à abóbada central do banho, onde encontrou uma cama com mosquiteiro, um conjunto completo de panos para banho e um banco. Deitaram-no sobre o colchão, e ele se acomodou, fechou os

[749] Traduzido de Gayangos.

[750] "Bizantino" traduz, como temos feito, *rūmī*. Note-se, porém, que após a conquista de Constantinopla, os turcos passaram a também ser chamados dessa maneira.

olhos e viu em seu colo uma jovem na qual deu oito beijos; sentou-se entre as suas coxas e a pegou na posição em que os homens pegam as mulheres; segurou o pau com a mão, esganou-o, amassou-o e puxou a jovem para si, apertando-a contra o seu colo, e, quando fazia tenção de enfiar o pau naquela bucetinha, eis que — meu filho Kān Mākān — alguém lhe deu um pontapé, dizendo: "Ai de você, seu idiota! Acorde! Já passou de meio-dia e ainda está dormindo!".

O desafortunado abriu os olhos e se viu deitado numa banheira fria coberto por um trapo, de pau duro e teso, sem toalha nenhuma, e com as pessoas ao seu redor rindo; só então notou que tudo quanto lhe sucedera havia sido em sonho: eram alucinações e fantasias provocadas pelo haxixe, nada mais. Triste e aflito, olhou para quem o acordara e disse: "Por que você não me esperou meter e gozar, meu irmão?". As pessoas então gritaram com ele, dizendo: "Seu comedor de haxixe, seu imbecil! Não tem vergonha de ficar assim, dormindo de pau duro?". Estapearam-lhe o pescoço e deram tantas pancadas no seu traseiro que este ficou vermelho. Ele disse: "Você não gozou felicidade nenhuma! Isso de eles me dizerem 'Ó amo e patrão' era só para poderem me dar essa surra descomedida". Em seguida, recolheu os seus trapos do interior da casa de banho e saiu, mancando e tropeçando, falido e esfomeado, após ter provado em sonho o gosto da felicidade no banho.[751]

Kān Mākān riu até cair sentado e disse: "Nana, essa é uma história espantosa com coisas assombrosas. Por Deus que nunca na vida tinha ouvido algo igual! Ah! Ah! Ah! Ah! Se você tem mais alguma história além dessa do pobre desafortunado falido, conte-me também!". Então a criada Bayālūn começou a lhe contar histórias ornamentadas de mentiras e calúnias, até que os olhos do rapaz foram invadidos pelo sono, e ele se virou de barriga para baixo. Bayālūn se acomodou à sua cabeceira até o anoitecer, quando então pensou: "Esta é a oportunidade e a hora da vingança", e puxou o alfanje, debruçando-se sobre ele para degolá-lo.

E o amanhecer alcançou Šahrazād, que parou de contar.

[751] A história foi traduzida de Varsy, Maillet, Paris 1 e Gayangos, e em todas essas fontes a cópia é muito ruim. Paris 1 apresenta uma narrativa mais plena de eventos, com a adição de uma poesia, mas nos pareceu que tais acréscimos são tardios para compensar as falhas da cópia e do enredo. Depois do fim da história do comedor de haxixe, acentuam-se as divergências entre as fontes antigas e as fontes que vimos chamando de compilação tardia, cuja redação evidencia problemas que remontam ao seu original comum e que somente poderão ser elucidadas mediante análise minuciosa do texto (seria útil comparar as evidentes lacunas dos manuscritos Paris 2, fls. 376 v.-377 r., e BNF Arabe 3602, fl. 375 v., com as precárias soluções adotadas, por um lado, nos manuscritos Cairo, fls. 333 v.-334 r., e Reinhardt, fl. 485 v., e, por outro, nas edições de Būlāq, p. 291, v. 1, e de Calcutá, p. 695, v. 1, além do manuscrito Cairo 2, pp. 67-68). Ambos os ramos da narrativa só voltarão a apresentar semelhança dezenas de páginas adiante.

QUANDO FOI A NOITE

464ª

Disse Šahrazād:

Eu tive notícia, ó rei venturoso, de que, quando a criada Bayālūn puxou o alfanje para degolar o rapaz, eis que a mãe dele entrou no quarto. Ao vê-la, a criada, trêmula e confusa, tornou a esconder a arma no meio das roupas, levantou-se para recebê-la e sentou-se de novo. A mãe de Kān Mākān o cutucou, ele acordou e a viu ao seu lado. O motivo de sua vinda ao quarto do filho é que Quḍya Fakān a procurara para alertá-la, pois tinha ouvido a conversa e o acordo para matar Kān Mākān, e lhe dissera "Tia, vá rápido ficar com o seu filho antes que ele perca a vida", e relatara tudo quanto ocorrera de cabo a rabo. A mãe de Kān Mākān saíra dali às pressas, desnorteada e perturbada, sem enxergar nada à sua frente, até entrar no quarto do filho, justamente quando ele pegara no sono e Bayālūn fazia menção de atacar para degolá-lo.

Assim que foi acordado, o rapaz disse: "Você chegou em boa hora, mamãe! Nana Bayālūn passou a noite comigo". E, olhando para a criada, disse: "Por vida minha, nana, você não nos contaria outra história além dessa do desafortunado idiota?". Bayālūn disse: "Meu filho, e o que é essa história comparada à história do adormecido acordado? Ela é mais espantosa e assombrosa do que a história do desafortunado e seu sonho". Kān Mākān disse, com o coração e a mente já ansiosos por ouvir tal história: "E qual é a história do adormecido acordado? Conte-a para mim!". Ela disse: "Com muito gosto e honra", e continuou:

O ADORMECIDO ACORDADO E O CALIFA[752]

Havia, meu senhor, em tempos remotos e eras antigas e pretéritas, durante o califado do comandante dos crentes Hārūn Arrašīd, um mercador que tinha um filho

[752] Essa história, que consta da tradução de Galland (com base, como se sabe hoje pelas pesquisas de Ibrahim Akel, no manuscrito aqui chamado de Paris 1), não faz parte do que vimos chamando de compilação tardia, com exceção do peculiar manuscrito Reinhardt (noites 30-35), cuja narrativa é bem pobre se comparada à das fontes antigas (Tübingen, Varsy, Maillet, Gayangos e Paris 1). Também compõe a problemática edição impressa de Breslau, que ocupa um lugar à parte na história editorial das *Noites*, e, ainda, de uma edição ridiculamente massacrada por mutilações, expurgos e censuras feita em Beirute em 1889 pelo padre jesuíta Anṭūn Ṣāliḥānī, a qual, na realidade, tomou como base, para esta história, a edição de Breslau.

ao qual dera o nome de Abū Alḥasan Alḫalī^{c}.[753] Quando esse mercador morreu, o filho[754] dividiu em duas partes os vastos cabedais legados pelo pai: guardou metade em casa e dispôs da outra metade para os seus gastos. Pôs-se a gozar o convívio de gente rica e filhos de mercadores, entregando-se [a comilanças e] ao consumo de vinho, até que, certo dia, [após um ano inteiro de muita gastança com comida, bebida, desfrute de belas faces e noitadas, a primeira metade do seu dinheiro se acabou.][755] Foi então aos seus companheiros e convivas, queixando-se da escassez de suas posses, mas nenhum deles lhe deu atenção, e nem sequer lhe dirigiram uma saudação. Abatido, foi falar com a mãe, a quem contou o que sucedera e o que os companheiros lhe haviam feito, parando até mesmo de cumprimentá-lo. Ela disse: "Meu filho, essa é a índole dos homens deste nosso tempo; se você tiver algo, será amado, mas, quando as suas posses se esgotarem, será rechaçado". Com o coração dolorido e lágrimas lhe deslizando pela face, ele recitou:

> Se o meu dinheiro escasseia, nenhum amigo me acode,
> mas se o dinheiro aumenta, então todos são meus amigos!
> Quantos amigos por causa do dinheiro ficaram comigo,
> e quantos outros quando perdi o dinheiro me largaram!

Disse o narrador: Mas logo ele se pôs em pé, pegou a outra metade do dinheiro, que havia escondido, e viveu bem com ele, jurando que não voltaria a conviver com pessoas conhecidas, mas apenas com forasteiros: essa convivência se limitaria a uma única noite, e quando amanhecesse não tornaria a vê-las nem se aproximar delas. Assim, adquiriu o hábito de se dirigir, toda noite, à ponte que dava acesso a Bagdá, e ali observar os passantes; ao divisar algum forasteiro, ele o convidava, mediante juras de "faço questão", e o levava para sua casa, onde fazia

[753] *Alḫalī^{c}* pode significar "devasso", "bagunceiro", "travesso" e, por extensão, "bufão". Ocorre aqui o mesmo que já ocorrera na história de Ġānim, cujas características, *mutayyam* e *maslūb*, "cativo do amor", "espoliado" etc., são dadas como parte do nome próprio. Para além de constituir um processo usual em narrativas populares, pode indicar, ainda, a reelaboração mais formal de uma narrativa previamente conhecida do público, cuja atenção, nesse caso, recairia sobre o modo como as peripécias seriam narradas, ou seja, sobre a performance do narrador, e não sobre a "novidade" da narrativa propriamente dita.

[754] No manuscrito Paris 1, o qual, conforme observa o pesquisador sírio Ibrahim Akel, foi utilizado por Galland para a tradução desta história, intercala-se a informação de que a mãe de Abū Alḥasan já era muito velha. Embora tenhamos feito algumas adições à tradução com base nesse manuscrito, o fato é que tal informação, que consta somente de Paris 1, parece consistir em acréscimo tardio, e não é fundamental para a economia da narrativa.

[755] Colchetes traduzidos de Paris 1.

as vezes de anfitrião até o amanhecer, quando então o dispensava: o forasteiro ia embora e Abū Alḥasan nunca mais o convidava e nem sequer o cumprimentava se acaso o encontrasse. Aferrou-se a esse hábito pelo período de um ano inteiro.

Certo dia, Abū Alḥasan estava sobre a ponte, como de costume, com o fito de observar os passantes e convidar alguém para passar a noite consigo, quando súbito apareceu, disfarçado como de costume, o califa Hārūn Arrašīd vestido [de mercador de Mossul, com o propósito de averiguar a situação dos súditos, seguido por um criado que o servia].[756] Ao vê-lo, Abū Alḥasan Alḫalīc se dirigiu a ele, pois não o havia reconhecido, e lhe disse: "Meu amo, gostaria de vir comigo a minha casa? Você poderá comer o que lá houver e beber o que lhe aprouver. Pão folhado, carne desfiada no molho, vinho envelhecido e coado". De início, o califa recusou, mas o rapaz jurou fazendo questão e disse: "Por Deus, venha comigo! Você será meu hóspede esta noite. Não me desaponte", e tanto insistiu que o califa enfim cedeu. Muito contente, Abū Alḥasan caminhou à sua frente, e não parou de conversar com ele até conduzi-lo à sua casa, em cuja porta o califa deixou o criado, e ambos entraram num pátio espaçoso; assim que se acomodou, Abū Alḥasan lhe trouxe algo para comer, e comeu também, a fim de que o apetite do hóspede se abrisse. Na sequência, mandou recolher a comida e trouxe os utensílios para bebida, sentando-se ao seu lado: enchia uma taça, bebia, enchia outra e oferecia ao califa.

E o amanhecer alcançou Šahrazād, que parou de contar.

QUANDO FOI A NOITE

465ª

Disse Šahrazād:

Eu tive notícia, ó rei venturoso, de que [Bayālūn disse:]

Abū Alḥasan sentou-se ao lado do califa e, tratando-o como comensal, enchia uma taça de vinho, bebia, e em seguida enchia outra e lhe dava de beber, enquanto conversava com ele. Apreciando-lhe a generosidade e os bons modos, o califa

[756] Traduzido de Paris 1.

disse: "Quem é você, jovem? Apresente-se para que eu possa recompensá-lo por tamanha generosidade". Abū Alḥasan sorriu e disse: "É difícil, meu senhor, é bem difícil que isso se repita, e que eu possa me reunir com você numa outra ocasião qualquer!". O califa perguntou: "E por que isso? Por que você não me explicou tal situação antes de me trazer a sua casa?". Abū Alḥasan respondeu: "Minha história é espantosa, e minha atitude tem um motivo".[757] O califa perguntou: "E qual é o motivo?". Abū Alḥasan respondeu: "Existe, sim, um motivo, e esse motivo tem um rabo". O califa riu de tal fala [e disse: "Conte-me a respeito disso". Abū Alḥasan disse: "Para provar o que estou dizendo,] eu lhe conto o seguinte":

O MOTIVO QUE TINHA UM RABO[758]

Saiba, meu senhor, que certo dia um valdevinos se viu inteiramente despossuído do que quer que fosse. Com o peito opresso e a paciência esgotada, dormiu tanto que passou do meio-dia e entrou pela tarde, enquanto o sol o queimava; sentiu então que a sua alma lhe sairia pela boca e, inteiramente desprovido de tudo, sem ao menos um centavo, passou pelo restaurante de um cozinheiro, ali avistando um caldeirão cujas carnes já estavam macias e cujo aroma já se espalhava; o cozinheiro, em pé atrás do dito caldeirão, já havia limpado a balança, lavado as travessas, varrido e escovado o interior do estabelecimento. O valdevinos então se dirigiu a ele, cumprimentou-o e disse: "Pese para mim meio dirham de carne, um quarto de dirham de comida e outro quarto de pão", e o cozinheiro assim procedeu. O valdevinos entrou, colocou a comida diante de si e se lançou avidamente sobre a carne e os pães, devorando tudo e lambendo os restos.

Ao terminar, entrou em dúvida sobre como pagaria a refeição ao cozinheiro. Começou a circular os olhos pelo restaurante e a remexê-los, como se estivesse pro-

---

[757] Em Tübingen e Varsy, "não tem um motivo". Para a tradução dessa frase, baseamo-nos em Gayangos e Maillet.
[758] Essa curta narrativa não se encontra em Paris 1, e é bem provável que, até o presente momento, jamais tenha sido traduzida para língua alguma ocidental. Está em Tübingen (fls. 462 f.-463 r., noite 450), Varsy (fls. 233 f.-233 v., noite 455), Maillet (fls. 261 v.-262 f., divisão de noite sem numeração) e Gayangos (fls. 263 f.-263 v., sem divisão de noites). "Um valdevinos" traduz o sintagma baʿḍ alḥarāfīš; ḥarāfīš, plural de ḥarfūš, é termo caracteristicamente egípcio, embora hoje em desuso, utilizado a partir do período mameluco para designar a ralé, a plebe, os desocupados, vagabundos e despossuídos. Se esta tradução fosse para o espanhol, o termo "pícaro" não cairia mal aqui. Ḥarfūš tinha conotação negativa, e o escritor egípcio contemporâneo Najīb Maḥfūẓ (1911--2006) tentou resgatá-lo e dar-lhe um sentido positivo em sua obra *Milḥamat alḥarāfīš*, "A epopeia dos ḥarāfīš", de 1977, na qual ele dá à palavra o sentido de "despossuídos" e a usa como metáfora do povo pobre em geral.

curando algo que perdeu. Enquanto examinava o local à procura de alguma escapatória, eis que viu uma terrina virada com a boca para baixo; tirou-a do chão e encontrou debaixo dela um rabo de cavalo com sangue ainda fresco, percebendo então que o cozinheiro adulterava a carne, servindo carne de cavalo. Ao descobrir semelhante trapaça, ficou contente, lavou as mãos, abaixou a cabeça e foi diretamente ao cozinheiro, que já havia ajustado a balança para pesar o dinheiro,[759] pois era a única de que dispunha. O valdevinos não se deteve e saiu sem pagar nada. O cozinheiro gritou: "Parado aí, seu ladrão, seu golpista!". O valdevinos parou, virou-se para ele e disse: "Você grita comigo e me chama nesses termos, seu cornudo?". Colérico, o cozinheiro saiu do restaurante e disse: "E o que você acha? Come da minha comida e do meu pão e vai saindo tranquilo, como se não tivesse feito nada? Você nem me deu o dinheiro para pesar!". O valdevinos respondeu: "Você está mentindo, ó mil vezes cornudo!". O cozinheiro deu um berro, agarrou o valdevinos pelo pescoço e disse: "Ó muçulmanos! Ele me fez abrir o restaurante, comeu da minha comida e não quis pagar!". As pessoas se aglomeraram e censuraram o valdevinos, que disse: "Paguei-lhe um dirham antes de entrar no restaurante". O cozinheiro disse: "Essa teria sido a minha única venda de hoje. É um pecado! Como é que você já me pagou se na minha balança não há nenhum centavo, nenhuma pratinha? Por Deus, ele não me pagou; comeu da minha comida e saiu, isso sim. Foi de graça!". O valdevinos disse: "Pelo contrário, eu lhe paguei um dirham", e o xingou; o cozinheiro respondeu, o valdevinos o socou e ambos se atracaram e lutaram, enquanto as pessoas assistiam, dizendo: "Essa pancadaria de vocês não tem motivo!". O valdevinos respondeu: "Sim, por Deus que tem motivo, e o motivo tem um rabo!".[760] Então o cozinheiro disse: "Por Deus, agora me lembrei de você e do seu dirham! Por Deus, você de fato me pagou um dirham! Venha receber o troco".

[*Prosseguiu Abū Alḥasan*:] "O cozinheiro havia reconhecido o motivo da menção ao rabo. Quanto a mim, meu senhor, a minha história também dá um motivo para o que eu lhe falei". Então o califa riu e disse: "Por Deus, é uma história divertida! Conte-me agora a sua história". Abū Alḥasan disse: "Com muito gosto e honra. Saiba, meu senhor, que o meu nome...".

E o amanhecer alcançou Šahrazād, que parou de contar.

[759] Note que os termos nos quais o pagamento é referido remetem a um contexto em que as moedas não tinham um valor nominal fixo. Note, mais adiante, que o dinheiro ficava depositado nas balanças, possivelmente em alguma caixa, o que as aproxima da função das hoje aposentadas caixas registradoras.

[760] Aqui, a narrativa joga com a ambiguidade, uma vez que, sob a mesmíssima grafia, é possível ler tanto *ḏanab*, "rabo", "cauda", como *ḏanb*, "pecado", "delito".

QUANDO FOI A NOITE

466ª

Disse Šahrazād:

Eu tive notícia, ó rei venturoso, de que a criada Bayālūn disse a Kān Mākān:

Meu filho, o rapaz disse ao califa:

Saiba, meu senhor, que o meu nome é Abū Alḥasan Alḫalīᶜ. Meu pai morreu e me deixou abundantes cabedais, que eu dividi em duas partes, guardando a metade e dispondo da outra metade para gastar com as companhias. Meus convivas eram amigos, amantes, filhos de mercadores, enfim, não houve ninguém que deixasse de ser meu conviva, e nisso dilapidei todo o meu dinheiro, tantos eram os comensais e amantes; não sobrou nada daquela parte. Fui então às pessoas amadas e convivas com os quais eu dissipara minhas riquezas, pois quiçá me ajudassem em algo. Falei com todos e — por Deus! — nenhum deles me foi de utilidade alguma; ninguém sequer repartiu um pão diante de mim. Tal situação me levou ao choro e fui buscar socorro junto à minha mãe, para a qual me queixei da condição em que caíra e das minhas preocupações. Ela me disse: "Assim é a convivência; se você tiver algo, as pessoas lhe dão preferência e o devoram, e se você nada tiver, elas o afastam e expulsam". Após ouvir isso, peguei a outra metade do dinheiro e me determinei a não ter ninguém como conviva ou comensal por mais de uma noite, somente, e estabeleci que não voltaria a conversar nem a cumprimentar a pessoa que tivesse passado a noite comigo. A isso se deve o meu dizer a você "quão longe está de voltar aquilo que já passou", pois eu não voltarei a me reunir com você. Essa é a única noite.

Ao ouvir aquilo, o califa soltou uma gargalhada estrepitosa e disse: "Por Deus, meu filho, você está justificado nessa questão. Agora, sim, conheço o motivo, e esse motivo tem um rabo! Eu, porém, se Deus altíssimo assim o permitir, não me afastarei de você". Abū Alḥasan disse: "Ó meu comensal, quão longe está de voltar o que já passou, pois eu não tornarei a me encontrar com ninguém!". Em seguida, Abū Alḥasan lhe ofereceu um prato de ganso assado com nozes e pão pita, e pôs-se a fazer bocados e a dá-los de comer ao califa, até que ambos se saciaram. Depois, voltaram a comer, e então foi o califa que fez bocados e os deu de comer ao rapaz, dizendo: "Saúde e força!". Na sequência, o rapaz lhe trouxe bacia, moringa e um pouco de potassa, derramando-os sobre as mãos do califa.

Acendeu três velas e três lampiões, e estendeu os apetrechos de bebida na mesinha; trouxe vinho coado [envelhecido e aromatizado com âmbar][761] e encheu a primeira taça, dizendo: "Meu conviva, agora já não há pudores entre nós, com a licença deste seu escravo diante de você. Que eu não sofra com a sua perda nem o seu distanciamento!", e bebeu, servido pelo califa, o qual, admirado com as suas maneiras, boas palavras e discurso agradável, disse de si para si: "Por Deus, irei recompensá-lo!". Ato contínuo, Abū Alḥasan Alḫalīᶜ encheu [a segunda taça, bebeu-a e logo encheu a terceira][762] taça, entregou-a ao califa, beijou-o e, apontando para ele, recitou:

Soubéssemos que viríeis, teríamos vos preparado
a essência de nosso coração ou o negrume dos olhos,
e forraríamos as nossas faces para encontrar-vos,
para que vossa caminhada fosse sobre meus cílios.

Disse o narrador: O califa o beijou na mão e no rosto, bebeu a taça e a devolveu; Abū Alḥasan a recolheu, tornou a enchê-la, bebeu, encheu de novo e a entregou ao califa, dando-lhe três beijos e recitando o seguinte:

Com isso, do vosso mérito sou reconhecedor;
e para vossa ausência substituto não teremos.

Abū Alḥasan Alḫalīᶜ disse ao califa: "Beba! Saúde e força! Isso corta o mal, substitui o remédio e causa excesso de saúde!". E não pararam — meu senhor Kān Mākān — de beber e se divertir até o anoitecer, quando então o califa disse: "Meu irmão, será que você tem em mente algum desejo que gostaria de realizar?". O rapaz disse: "Por Deus, não existe no meu coração nenhuma aflição, salvo que eu peço a Deus que me dê o poder para eu dar ordens, estabelecer proibições, agir conforme o que me der na cabeça e me vingar de quem eu bem entender". O califa disse: "Por Deus, meu irmão, diga-me o que, em sua mente, o faz desejar o poder".

O rapaz respondeu: "Eu me vingaria de um grupo de vizinhos, pois aqui perto existe uma mesquita cujos quatro xeiques se uniram contra mim, e sempre

[761] Traduzido de Maillet.
[762] Traduzido de Maillet.

que recebo algum hóspede me dirigem palavras ríspidas e tantas censuras que me fazem mal; caluniam-me diariamente e me humilham dizendo que vão dar parte de mim ao comandante dos crentes. Eles muito me oprimem e me tratam como tiranos; por isso, eu peço a Deus o poder, nem que seja por um único dia, para surrar cada um deles com quatrocentas chibatadas. E o imã da mesquita seria o primeiro, pois é ele que os instiga contra mim. Depois da surra eu os exporia publicamente por toda a cidade de Bagdá, ordenando que os arautos gritassem: 'Essa é a punição — a menor punição! — de quem é intrometido além da conta, humilha as pessoas e lhes transtorna as alegrias'. É só isso o que quero, nada mais. Ai, ai, estou farto dessa gente!".

O califa disse: "Deus lhe dê o que você pede, pois Ele tudo pode!", e prosseguiu: "Vamos tomar a saideira e então me deixe ir embora, pois o amanhecer já se avizinha. Amanhã estarei aqui de novo como seu comensal". Abū Alḥasan disse: "Não, isso está muito longe de acontecer!". O califa encheu uma taça, colocou um comprimido com uma droga entorpecente e a deu para o rapaz, dizendo: "Por vida minha, irmão, beba essa taça, pelo valor da minha vida no seu coração, aceite-a!". Abū Alḥasan disse: "Sim, por vida sua, eu a beberei das suas mãos". Mal sorveu a taça e já a sua cabeça lhe alcançava os pés, e ele desabou no chão feito um morto. O califa saiu e disse ao seu criado: "Vá lá dentro e traga o dono da casa carregado. Quando sair, feche a porta e leve-o até o palácio", e se retirou.

O criado entrou, carregou Abū Alḥasan, fechou a porta da casa e seguiu seu amo, o califa, caminhando sem parar até o palácio, ao qual chegou com a noite já se dissipando e os galos cantando; [entrou com Abū Alḥasan aos ombros e o depôs diante do comandante dos crentes,][763] que ao ver o rapaz ali deitado riu e mandou chamar seu vizir Ja^{c}far, o barmécida, o qual compareceu imediatamente. O califa lhe disse: "Olhe bem para este rapaz. Amanhã, quando você o vir ocupando o meu lugar, sentado no trono do califado, vestido com a minha roupa, disponha-se a servi-lo [e recomende aos notáveis, aos comandantes, aos principais do governo e aos membros da corte que também o sirvam, obedeçam às suas instruções][764] e façam o que ele ordenar; ouça o que ele lhe disser e cumpra tudo quanto ele determinar; não o desobedeça durante este dia que está nascendo". Ja^{c}far acatou a ordem ouvindo e obedecendo; então o califa se voltou para as criadas do palácio, que o cercaram, e lhes disse: "Quando esse adormecido despertar, beijem o chão

[763] Traduzido de Maillet.
[764] Traduzido de Maillet.

diante dele, sirvam-no, fiquem ao seu redor, vistam-no com o meu traje, tratem-no como califa, não critiquem nada do que ele fizer e digam-lhe: "Você é o califa". E, após orientar a todos sobre o que deveriam dizer ao rapaz e fazer a seu respeito, o califa foi para uma câmara isolada, soltou as cortinas e dormiu.

Quanto a Abū Alḥasan Alḫalī^{c}, ele continuou dormindo e roncando até o amanhecer. Quando o sol já estava próximo de apresentar a sua luminosidade, [Abū Alḥasan abriu os olhos, despertou do sono e viu uma criada à sua cabeceira dizendo: "Já amanheceu, comandante dos crentes; o galo cantou e o almuadem está dizendo: 'Acudam à prece!'". Abū Alḥasan pensou: "E quem é o comandante dos crentes?"; abriu um só olho e deparou com um lugar que ele nunca havia visto igual, nem acordado nem em sonhos, e observou criadas, criados e pequenos escravos, todos em pé a esperar que ele se levantasse. Tomado pelo espanto, ele riu e pensou: "Que Deus me proteja! Estou governando durante o sono", e tornou a fechar os olhos. Abriu-os e viu o criado-mor a seus pés massageando-o e dizendo: "O raiar do sol se aproxima, comandante dos crentes,][765] e você irá perder a prece matinal!". Ao ouvir as palavras do criado, Abū Alḥasan riu, abriu os olhos, percorreu o local com o olhar e, ao ver o palácio — cujas paredes haviam sido pintadas de dourado e azul, com o teto pingando dourado, os incontáveis utensílios, acolchoados, tapetes estendidos, criadas, criados, escravos, efebos, belas moças e moços —, ficou perplexo, dizendo: "Por Deus, estou sonhando! Este é o paraíso, a Morada da Paz!". Então fechou os olhos e voltou a dormir. O criado disse: "Meu senhor, não é este o seu costume, ó comandante dos crentes!".

Em seguida, junto com as criadas, ergueram-no, sentaram-no e ele se viu acomodado num colchão cuja altura era de duas braças, inteiramente forrado de seda; encostou-se então em uma almofada, observou o palácio e sua imensidão, olhou para aqueles criados e criadas em pé para servi-lo e riu de si mesmo, dizendo: "Por Deus, meu irmão, estou acordado ou dormindo?". Levantou-se e tornou a sentar-se, enquanto as criadas olhavam para ele, riam e se escondiam dele; perplexo, mordeu os dedos, sentiu dor e gemeu.

O califa, que o observava sem ser visto, riu. Abū Alḥasan se voltou para uma criada e a chamou; ela veio e ele disse: "Em nome da proteção de Deus, criada, eu sou o comandante dos crentes?". Ela respondeu: "Sim, com a proteção de Deus, você neste momento é o comandante dos crentes!". Ele disse: "Juro por

[765] Traduzido de Gayangos, cujo corpus é, neste ponto, o mais próximo de Tübingen e Varsy, nos quais ocorreu um "salto-bordão".

Deus que você está mentindo, sua mil vezes puta!". Voltou-se então para o criado-mor e o chamou. Ele veio, beijou o chão diante de Abū Alḥasan e disse: "Pois não, comandante dos crentes!". Ele perguntou: "E quem é o comandante dos crentes?". O criado-mor respondeu: "Você!". Abū Alḥasan disse: "Está mentindo, seu mil vezes arrombado!". Voltou-se então para um eunuco e lhe perguntou: "Ó chefia, em nome da proteção de Deus, sou eu o comandante dos crentes?". O eunuco respondeu: "Por Deus, meu senhor, você neste momento é o comandante dos crentes e o califa do Senhor dos humanos".

Abū Alḥasan riu de si para si, a mente confusa e perplexo com o que estava presenciando: tornara-se, da noite para o dia, o comandante dos crentes, "pois até ontem eu era Abū Alḥasan Alḫalīc, e hoje sou o comandante dos crentes". O criado-mor se aproximou e disse: "Ó comandante dos crentes, que o nome do louvor o circunde! Você é o comandante dos crentes, o califa do Senhor dos humanos. Não o invada, relativamente a isso, nenhuma dúvida ou suspeita! Agora levante-se!". As criadas e os criados o cercaram e o levantaram, enquanto ele continuava perplexo com a situação. Um escravo lhe ofereceu sapatilhas verdes de seda e algodão, cravejadas de ouro vermelho.

E o amanhecer alcançou Šahrazād, que parou de contar.

QUANDO FOI A NOITE

467ª

Disse Šahrazād:

Eu tive notícia, ó rei venturoso, de que [Bayālūn disse:]

Um pequeno escravo lhe ofereceu sapatilhas verdes de seda e algodão, cravejadas de ouro vermelho, as quais Abū Alḥasan pegou e pendurou na manga. O escravo gritou: "Ó Deus, ó Deus, meu senhor! Isso são sapatilhas para os pés, para quando você for ao banheiro!". Envergonhado, Abū Alḥasan Alḫalīc arrancou as sapatilhas das mangas e as pôs nos pés, enquanto o califa se matava de rir. O pequeno escravo conduziu Abū Alḥasan ao banheiro, e ele entrou, aliviou-se e voltou ao palácio, onde as criadas lhe apresentaram uma bacia de ouro e uma moringa de prata, derramando água sobre ele, e Abū Alḥasan se abluiu; depois, estenderam-lhe um tapete e ele começou a rezar, mas não conseguia fazê-lo direito, ajoelhou-se e prosternou-se vinte vezes, pois, enquanto rezava, ia calculando de si para si: "Por Deus, eu não sou senão o verdadeiro comandante dos crentes. Não fosse verdade, isso não estaria ocorrendo. Ou será um sonho? Mas em sonho não aconteceriam essas coisas todas!".

Na sequência, certo e convencido de ser o comandante dos crentes, Abū Alḥasan finalizou a prece com os cumprimentos aos anjos, sendo então cercado pelos escravos e ajudantes de armas, que o vestiram com trajes de califa e depositaram em suas mãos o bastão do reinado. Com o criado-mor à sua frente e os pequenos escravos na retaguarda carregando-lhe as caudas do traje, Abū Alḥasan foi encaminhado até o conselho do governo, no interior do palácio, e o instalaram no trono do reino. Assim que se acomodou — e viu as [sessenta] cortinas, as quarenta portas, pessoas como Al^{c}ijlī, Arruqāšī, ^{c}Abbād, Jarīr e Abū Isḥāq Annadīm,[766] cimitarras, armas pontiagudas, espadas douradas, arcos retesados, árabes, persas, turcos, gente de várias nações, comandantes, vizires, notáveis, líderes do governo e gente poderosa —, ficou-lhe claro como era o Estado Abássida e a reverência que inspirava a descendência do profeta. Sentou-se no trono, colocou o bastão[767] no colo, conforme o hábito do comandante dos crentes, e todos começaram a beijar o chão diante dele e a rogar-lhe por vida longa e permanência.

O vizir Ja^{c}far, o barmécida, deu um passo adiante, beijou o chão e disse: "Deus o guarde e faça do paraíso a sua morada, e não torne os seus vizinhos inimigos nem esmaeçam as suas luzes, ó califa de todas as praças-fortes e governante de todos os países". Então Abū Alḥasan Alḫalī^{c} gritou com ele, dizendo: "Ó cão dos barmécidas, vá agora mesmo, na companhia do chefe de polícia da cidade, para o bairro tal, rua tal, e me traga os quatro xeiques da mesquita de lá. Aplique quatrocentas chiba-

[766] Referência a letrados e poetas de períodos diversos. Os nomes estão pessimamente grafados em todos os quatro manuscritos que citam as personagens, Tübingen, Varsy, Maillet e Gayangos. O primeiro foi líder militar e poeta, morto em 840 d.C.; o segundo, poeta, morto em 815 d.C.; o terceiro é suposição nossa (pois está grafado de outra forma nas fontes, *^{c}Ibādāt*, "rituais de adoração", o que não faz sentido) e foi o nome de vários poetas; o quarto, *Jarīr*, poeta renomado, morreu antes de Hārūn Arrašīd, e também é suposição nossa com base em Gayangos, porquanto as outras fontes trazem *ḥarīm*, "harém", o que não faz sentido; já o quinto nome é, salvo engano, do famoso bibliófilo bagdali, autor do fundamental *Alfihrist*, "O catálogo", morto em 990 d.C., ou seja, bem depois de Hārūn Arrašīd. De qualquer modo, da maneira como está feita, essa lista não tem a menor coerência histórica, evidenciando apenas a ironia – ou quem sabe a risonha indiferença – dos escribas. Mais adiante, "armas pontiagudas" traduz, por suposição e analogia com os demais elementos, o incompreensível sintagma *lutūt muḥarrafa*. No dicionário de Dozy, sugere-se, de maneira inconclusiva mas verossímil, que a primeira palavra indica algum tipo de arma.

[767] Aqui, o "bastão", *qaḍīb*, vira "espada reta", *namša*. Mantivemos "bastão".

tadas em cada um, e depois da surra faça-os montar, de costas, em bois, da maneira que estiverem, e circule com eles por toda a cidade; depois disso, pode bani-los para outro país". O vizir Já^{c}far saiu de imediato e cumpriu a ordem: [foi para a mesquita, encontrou os xeiques e o imã lá sentados, agarrou-os e cumpriu o que lhe fora ordenado,][768] determinando a seguir que os arautos anunciassem, enquanto os quatro xeiques estavam montados nos bois: "Essa é a punição — a menor punição! — de quem se intromete demais e fala demais, atrapalhando a vida alheia e transformando os seus prazeres, o seu comer e o seu beber num desgosto!".

Instalado no califado, Abū Alḥasan Alḫalī^{c} pôs-se a dar e a receber, a dar ordens e estabelecer proibições, a julgar e a determinar o cumprimento desses julgamentos, e isso durante aquele dia inteiro, até o anoitecer, quando então deu permissão aos presentes, e os comandantes e membros do governo se retiraram para suas casas. Vieram os criados, rogaram por ele e por sua permanência, serviram-no, tiraram-lhe o manto e ele adentrou o palácio destinado às mulheres, ali encontrando velas acesas, lampiões a brilhar e cantoras a tocar; perplexo, pensou: "Por Deus, eu sou verdadeiramente o comandante dos crentes". Tão logo entrou, as criadas se puseram de pé e o conduziram ao pavilhão do aposento, oferecendo-lhe um estupendo banquete com os alimentos mais opulentos, e ele comeu o quanto podia e seu estômago suportava, até se fartar. Gritou com uma criada dizendo: "Qual o seu nome?". Ela respondeu: "Eu me chamo Rāḥa"; outra disse: "Eu me chamo Tuffāḥa"; e outra: "Eu me chamo Miska"; e outra: "Eu me chamo Ṭarfa"; e outra: "Eu me chamo Tuḥfa".[769] Ele perguntou o nome das criadas uma por uma e saiu dali, indo para a sala de petiscos e frutas, onde encontrou dez grandes travessas com todas as espécies de frutas e coisas saborosas e doces; comeu até se fartar, saciando-se e empanturrando-se.

Depois disso, foi para a sala de bebidas, onde encontrou três conjuntos de criadas cantoras e coisas para alegria e diversão, dotadas de todos os predicados.[770] Ele

[768] Traduzido de Paris 1, cuja narrativa é, visivelmente, uma reelaboração tardia, com detalhes excessivos, ampliações e novas cenas (embora às vezes pertinentes), da narrativa mais antiga – mais crua, lacunar e elíptica – constante de Tübingen, Varsy, Maillet e, em parte, Gayangos (cuja fonte não foi tão metódica na reformulação desta narrativa).

[769] Eis o significado dos nomes: *Rāḥa*, "conforto" ou "descanso"; *Tuffāḥa*, "maçã"; *Miska*, "almíscar"; *Ṭarfa*, "olhadela"; *Tuḥfa*, "joia".

[770] Em Paris 1 consta, um pouco artificiosamente: "onde encontrou sete velas, sete lampiões, sete conjuntos de cantoras, sete jarras de vinho coado sobre sete travessas de prata, sete taças de cristal e sete das mais belas criadas". Mas é evidente que o compilador que reescreveu a história sentiu falta, na sala destinada às bebidas, da descrição das bebidas propriamente ditas, e resolveu introduzir vários conjuntos de "sete" na descrição. Na narrativa mais antiga, ocorre de início uma elipse, pois, supõe-se, na sala de bebidas haveria bebidas, que serão citadas a seguir.

se sentou, bem como as criadas cantoras, [enquanto os escravos, os criados, os pajens, as beldades e os efebos se revezavam entre sentar e ficar em pé; as criadas cantaram][771] as mais deliciosas melodias, e o lugar se alegrou, com flautas e alaúdes tocando. Naquele momento, Abū Alḥasan imaginou estar no paraíso; deliciou-se, espaireceu e o seu peito se regozijou; soltou-se, brincou, alegrou-se, distribuiu trajes honoríficos para as criadas e deu presentes; conversava em voz alta com uma, beijava outra, afastava outra, brincava com outra, dava bocados de comida para outra, [goles de bebida para outra,][772] até que a noite se dissipou e acabou, tudo isso enquanto o califa Hārūn Arrašīd o observava e ria.

Quando a noite se findou totalmente, o califa ordenou a uma das criadas que dissolvesse um comprimido de droga entorpecente numa taça e a desse de beber a Abū Alḥasan Alḫalīᶜ, e ela assim procedeu: ele bebeu e adormeceu de imediato. O califa chamou pelo criado que inicialmente o trouxera de casa e disse: "Carregue esse rapaz, devolva-o ao seu lugar e feche a porta". Sem demora, o criado carregou Abū Alḥasan até o pátio onde estava antes, colocou-o lá e fechou a porta do lugar. O rapaz dormiu até o nascer do sol, cujos raios o queimaram. Ele gritou: "Ó Rāḥa! Ó Tuffāḥa! Ó Miska! Ó Ṭarfa! Ó Tuḥfa! Ó Ḫayzurān! Ó Nāranj! Ó Qamar!".

E o amanhecer alcançou Šahrazād, que parou de contar.

QUANDO FOI A NOITE

468ª

Disse Šahrazād:

Eu tive notícia, ó rei venturoso, de que [Bayālūn disse:]

Abū Alḥasan Alḫalīᶜ tanto gritou pelas criadas, uma por uma, que sua mãe, ouvindo aqueles nomes estranhos, levantou-se imediatamente, foi até ele e disse: "Benza-o Deus, meu filho! Quem você está chamando?". Ele abriu os olhos e,

771 Traduzido de Maillet.

772 Traduzido de Maillet, que neste ponto dá por encerrada a sua décima terceira parte (fl. 264 r.). Na fl. 265 r. se inicia a décima quarta parte, na qual, contudo, a narrativa sofre solução de continuidade devido a uma perda de conteúdo que, na comparação com o manuscrito Varsy, corresponde a 23 páginas.

vendo-se naquele casebre com uma velha à sua cabeceira, estranhou a situação e perguntou: "E quem é você?". Ela respondeu: "Sou sua mãe, meu filho!". Ele disse: "Mentira, sua velha de mau agouro! Quem é o seu filho? Eu não sou senão o comandante dos crentes, o califa do Senhor dos mundos e o protetor das terras dos adoradores do Deus único!", E, lembrando-se das criadas, do palácio e do bem de que gozara, disse: "Por Deus, eu não estava sonhando! Eu não estava senão acordado! Por que me acordou, sua velha de mau agouro?". Refletiu e disse: "Por Deus, eu sou Abū Alḥasan Alḫalīc, e é como se eu tivesse, durante o sono, sonhado ser o califa". Refletiu mais e disse: "Por Deus, meu irmão, não foi sonho, eu sou e sempre serei o comandante dos crentes", e continuou: "Por Deus, meu irmão, por Deus! Distribuí ordens e proibições, fiz dádivas e dei presentes!". A mãe disse: "Pelo amor de Deus, meu filho, não perca o juízo, caso contrário vai parar no hospício! Você é o meu filho Abū Alḥasan Alḫalīc! Tudo isso que aconteceu só pode ter sido obra do demônio, que veio até você e o fez imaginar essa situação!". Ele disse: "O demônio nos faz imaginar coisas, mãe?". Ela disse: "Sim, meu filho, e não presumo senão que seja aquele homem que você trouxe, hospedou e ao qual fez companhia. Não acredito que fosse um ser humano, mas sim o próprio demônio". Ele pensou e disse: "Sim, por Deus! Eu o convidei, e nos divertimos um com o outro. Ele me indagou sobre a minha condição e a minha história. Convicto de que se tratava de um convidado comum, eu lhe contei tudo. Não sei o que me sucedeu. Mas ele era o demônio em pessoa! Agora acabei de acreditar em você! Tudo o que me aconteceu foi obra do demônio!".

Ela disse: "Sim, por Deus, meu filho, isso tudo foi obra do demônio. Peça ajuda a Deus. Porém, meu filho, eu lhe darei uma boa nova que o alegrará". Ele disse: "Sim, minha mãe, fale e me conte a boa nova". Ela disse: "Ontem, às três da tarde, Jacfar Bin Yaḥyà, o barmécida, vizir do califa, veio com os seus homens ao nosso quarteirão, e eles levaram presos os xeiques e o imã da mesquita, aplicando quatrocentas chibatadas em cada um, após o que mandou trazer alguns bois, montou-os neles, de costas, e os desmoralizou pelas ruas cidade por meio de arautos; em seguida, baniu-os da cidade para um lugar distante. Isso tudo, meu filho, foi punição de Deus pelo tanto que nos resignamos com o mal que eles nos faziam". Ao ouvir tais palavras, o rapaz berrou e gritou na cara da mãe, dizendo: "Eu lhe disse, sua velha agourenta, que sou eu o comandante dos crentes, Hārūn Arrašīd, e você disse que não, 'você não é senão Abū Alḥasan Alḫalīc!'. Mas eu, sem sombra de dúvida, sou o comandante dos crentes! É verdade, é verdade! E você, sua velha agourenta, é uma mentirosa", e avançou para ela com um pedaço de pau, agredindo-a, enquanto ela, em vão, gritava por socorro e lhe dizia: "Sim, meu irmão, você é o comandante dos crentes".

Ouvindo a gritaria, os vizinhos acorreram, entraram e encontraram Abū Alḥasan moendo a mãe de pancadas e ela lhe dizendo: "Você é o comandante dos crentes, e o califa do Senhor dos mundos". Ao verem-no naquele estado, os vizinhos disseram: "Esse daí é um louco, e o seu único remédio é o hospício". Diante da sua grosseria, não restou aos vizinhos senão agarrá-lo e levá-lo ao hospício, onde os funcionários perguntaram: "O que tem esse rapaz?". Responderam: "É louco!". Abū Alḥasan começou a gritar e a dizer aos funcionários: "Esses vizinhos estão mentindo contra mim! Eu não sou senão o comandante dos crentes, o califa do Senhor dos mundos!". Os funcionários do hospital lhe disseram: "Você mente, ó mais desprezível dos loucos", e no instante seguinte o internaram, despiram-no e colocaram no seu pescoço compridas correntes de ferro presas à grade da janela. Durante dez dias, o fiscal do hospício lhe aplicou cem vergastadas pela manhã e outras cinquenta à tardinha.

Condoída, sua mãe foi visitá-lo no hospício e, vendo-o naquele estado, ficou amargurada e lhe disse: "Meu filho, recobre o juízo. Deixe de grosseria, deixe essa imaginação, é tudo obra do demônio!". Ele disse: "Você fala a verdade, minha mãe".

E o amanhecer alcançou Šahrazād, que parou de contar.

QUANDO FOI A NOITE

469ª

Disse Šahrazād:

Eu tive notícia, ó rei venturoso, de que a criada Bayālūn disse a Kān Mākān:

Então, meu filho, Abū Alḥasan disse à mãe: "É verdade. Eu me penitencio destas palavras, desta loucura e destas histórias absurdas.[773] Salve-me e tenha misericórdia de mim, mãe, pois estou próximo do meu fim". Com o coração

[773] "Histórias absurdas" traduz *ḫurāfāt*, "fábulas" ou "mitos".

comovido, a mãe o soltou e levou para casa, onde ele se tratou da loucura até o final do mês, quando então saiu para passear e, saudoso dos seus hábitos anteriores — beber e conversar com seus convivas —, arrumou a casa, preparou a comida, coou o vinho e se dirigiu à ponte, sentando-se à espera de alguém para convidar. Súbito, o comandante dos crentes, o califa em pessoa, passou por ele, disfarçado, rindo e o saudando mal lhe deitou os olhos. Abū Alḥasan também o reconheceu, mas não o saudou, dizendo, ao contrário: "Não é bem-vindo esse passante, e nenhum cumprimento aos demônios", e prosseguiu: "Por Deus, você é um dos demônios!". O califa perguntou: "E quem é demônio?". Abū Alḥasan respondeu: "Por Deus, você é o próprio demônio!".

O califa se sentou ao seu lado, começou a conversar com ele e o ludibriou, dizendo: "Meu irmão, quando eu saí da sua casa, [esqueci-me de][774] fechar a porta". Abū Alḥasan disse: "Ó meu hóspede, o que lhe deu na cabeça para deixar a porta aberta e assim permitir que o demônio entrasse? Sucedeu-me isso e aquilo, minha mente se alucinou e enlouqueci! Mandaram-me ao hospital, e já faz dez dias que estou tratando o corpo das pancadas que o encarregado do hospício me aplicou... Sofri demais!", e lhe contou todo o ocorrido, enquanto o califa ouvia a sua fala e ria daquilo, dizendo: "Que seja, meu irmão, pelo menos você satisfez o seu desejo e o seu desgosto partiu. Receba-me hoje na sua casa". Abū Alḥasan disse: "Eu já não lhe disse 'quão distante, quão distante está de voltar o que já passou, ou de que os hábitos se modifiquem'?".

Mas o califa tanto o agradou e fez tantas juras imensas que o rapaz o levou para casa, onde eles entraram e se sentaram para conversar e divertir-se. Abū Alḥasan trouxe comida, dispensou-lhe o tratamento que se dispensa aos hóspedes, e lhe contou e repetiu tudo quanto lhe sucedera, enquanto o califa demonstrava espanto; assim permaneceram até terminar de comer, quando então serviu-se bebida. Abū Alḥasan encheu uma taça, bebeu, encheu outra e entregou ao califa, dizendo: "Ó meu hóspede, sou seu servo, sou seu servo!", e recitou:

Como a vida não presta, ouve este conselho:
se de embriaguez não sofres, então não fujas
de um vinho tão puro como os raios do sol,
e que expulsa as tristezas por meio de alegrias;

[774] Traduzido de Gayangos. Em Tübingen e Varsy, "tranquei a porta", mas o contexto exige o contrário.

continuarei a sorvê-lo em meio à densa noite,
até o sono me fazer a cabeça afundar na taça.[775]

Disse o narrador: O califa se emocionou, bebeu, e ambos se divertiram, compartilhando taças grandes e pequenas; beberam, enfim, até que o álcool lhes subiu à cabeça, e então Abū Alḥasan disse: "Por Deus, meu hóspede, estou perplexo com o que me aconteceu. Parece que eu fui, de fato, o comandante dos crentes; governei, dei ordens, proibi, doei e presenteei. Por Deus, não era sonho!". O califa disse: "Deixe dessa conversa, meu irmão; era tudo pesadelo. Que Deus afaste o demônio de você! Não deixe que essa obsessão o domine, caso contrário o demônio pusilânime voltará e aí você poderá se tornar objeto de conversas e de histórias entre as pessoas", e mergulhou um comprimido de droga entorpecente na taça, entregou-a ao rapaz e disse: "Por vida minha, irmão, beba isto das minhas mãos". O rapaz disse: "Sim, por Deus, vou beber das suas mãos". O califa lhe apreciou as atitudes e o caráter, e pensou: "Por Deus, farei dele meu conviva e comensal no palácio".

Quanto a Abū Alḥasan, o conteúdo da taça mal lhe entrou no estômago e já ele inclinava a cabeça em direção ao chão e dormia. O califa se levantou, deixando-o deitado, foi ao seu palácio e ordenou a um criado que fosse até lá e o carregasse, e ele assim procedeu, trazendo Abū Alḥasan em menos de uma hora e depondo-o diante do califa, o qual ordenou às criadas que o rodeassem, enquanto ele próprio se escondia num lugar onde não podia ser visto.

E o amanhecer alcançou Šahrazād, que parou de contar.

QUANDO FOI A NOITE

470ª

Disse Šahrazād:

Eu tive notícia, ó rei venturoso, de que [a criada Bayālūn disse:]

[775] Versos do poeta tunisiano Arraqīq Alqayrawānī, o "delicado de Cairo", morto em 1029 d.C.

Abū Alḥasan Alḫalīᶜ despertou no final da noite ao som de tambores e flautas, e da bateção de palmas das criadas; abriu um dos olhos e, vendo o brilho de velas e lampiões, o palácio, criadas, escravos e pajens, murmurou: "Que Deus poderoso me perdoe!", e, ao ouvir uma criada dizer: "Comandante dos crentes, contenha as suas criadas e desperte!", ele riu e respondeu: "Vá embora, que Deus a amaldiçoe! Você não é senão o demônio abominável, e quer me enfiar no hospício novamente para eu levar mais surras, sua mil vezes cornuda!". O califa riu ao ouvir tais palavras e ao vê-lo abrir os olhos e fechá-los, dizendo: "Não existe força nem poderio senão em Deus altíssimo e poderoso! Que Deus o derrote, ó demônio, ó abominável!"; encostando o queixo no peito, Abū Alḥasan começou a rir: erguia a cabeça, via as criadas do palácio e ria. Chegou o criado-mor, sentou-se à sua cabeceira e disse: "Meu senhor, comandante dos crentes, sente-se, veja as suas criadas e encerre a sua noite na companhia delas. Ante tais palavras, o rapaz disse: "Pela proteção de Deus, eu sou de verdade o comandante dos crentes? Na outra noite, que foi ontem, não saí eu daqui, governei até o anoitecer, retornei para cá, sentei-me para beber com as criadas, comi, usei a sala de iguarias e frutas, depois fui para a sala de bebidas? Parece que bebi um pouco e dormi, e agora este criado está me acordando". Sentou-se, aprumou-se, lembrou o que ocorrera entre ele e a mãe, de como a agredira, de como o internaram no hospício, e então, com a mente perplexa, disse: "Por Deus, não sei se estou sonhando! Será efeito da surra de chibata que tomei nos lombos e fiquei tratando por dez dias? Não sei quem sou nem o que está acontecendo". Virou-se para uma criada e perguntou: "Ai de você, criada! Eu sou o comandante dos crentes, de verdade?". Ela respondeu: "Vida longa ao comandante dos crentes! Sim, é verdade!". Ele disse: "Mentira, sua mil vezes puta! Você bem merece mil pancadas no pescoço", e continuou: "Morda o meu dedo", e ela o fez com tanta força que quase o arrancou, fazendo-o gritar: "Largue, sua dez mil vezes puta! Que Deus a submeta a mil derrotas!". Aprumou-se e disse: "Eu sou o comandante dos crentes e o califa do Senhor dos mundos". Ela disse: "Sim, por Deus!". Abū Alḥasan lhe deu as costas e saiu andando, fora de si e enlouquecido, dizendo: "Isto é um sonho, juro por Deus poderoso".

Voltou-se então para um pequeno escravo e disse, inclinando-se sobre ele: "Morda a minha orelha, bem forte", e colocou a orelha na boca do menino, que era pequeno, sem juízo nem discernimento, e que, por isso mesmo, mordeu-lhe a orelha como se fora um faminto, e Abū Alḥasan começou a gritar: "Não! Não!". O menino, achando que ele dizia "Força! Força!", mordeu com mais força ainda;

Abū Alḥasan berrou e gritou, dizendo: "Não, não, não!", enquanto as criadas tocavam tambores e flautas, aos risos. Abū Alḥasan pedia socorro mas ninguém o acudia, e o califa pôs a mão no coração de tanto rir. Abū Alḥasan saiu das roupas de tanto gritar, e, nu, pôs-se a alisar a orelha, a cabeça descoberta, tal como no dia em que sua mãe o dera à luz; entrou às carreiras no meio das criadas, pulou, dançou e deu cambalhotas; puxaram-no pela cintura, tocaram flautas e bateram palmas para ele, todas morrendo de rir. Abū Alḥasan pulou e dançou por um bom tempo, com o pau e o saco balangando entre as pernas e as criadas batendo tambor. Quanto ao califa, após morrer de rir com o rapaz naquela situação, [abriu a portinhola do lugar onde estava, colocou a cabeça para fora e][776] gritou, dizendo-lhe: "Ai de você, Abū Alḥasan! Contenha-se! Você está me matando tal como fez com os xeiques e o imã da mesquita do seu quarteirão!".[777]

A ARTIMANHA DE ABŪ ALḤASAN ALḪALĪ^{c}

Bayālūn continuou:

E então — ó meu filho Kān Mākān, cavaleiro do século e de todos os momentos — o califa foi em direção a Abū Alḥasan Alḫalī^{c}, deu-lhe um traje honorífico, aproximou-o de si, casou-o com uma das favoritas do seu palácio, levou-o para morar consigo e tanto o aproximou que ele se tornou o mais íntimo dos seus famosos dez convivas, que eram: Al^{c}amīlī, Arrušāqī, ^{c}Ayyād, Ḥarīz Alġurūš, ^{c}Umar Alkōz,

[776] Traduzido de Paris 1. Aparentemente, o compilador desse manuscrito considerou abrupta a passagem do riso escondido do califa à revelação de sua identidade, e introduziu elementos para torná-la mais coerente. Ocorre, porém, que os originais sobre os quais trabalhava continham problemas de cópia, o que levou a erros de leitura. Mantivemos o que nos pareceu adequado, pois, efetivamente, o trecho apresenta problemas de continuidade em todas as versões, no caso, Tübingen, Varsy, Gayangos e Paris 1.

[777] Em Paris 1, essa fala, amplificada mediante os outros elementos da sua desdita (internação no hospício, agressão à própria mãe etc.), é atribuída a Abū Alḥasan. O que em Tübingen, Varsy e Gayangos é humor perverso do agressor – no caso o poder – transforma-se, na redação de Paris 1, num desabafo de sua vítima. Essa primeira parte da história de Abū Alḥasan parece derivar de relatos pseudo-históricos, *ḫabar*, que eram correntes entre os letrados muçulmanos. Um relato similar, bem mais breve, a essa história encontra-se na obra de um historiador egípcio, ou mais exatamente pseudo-historiador (pois seu trabalho é antes uma compilação de anedotas e "causos" curiosos), chamado Al'isḥāqī, falecido por volta de 1625. O título dessa obra, *Laṭā'if aḫbār al'uwal fī man taṣarrafa fī Miṣr min arbāb adduwal*, é traduzível como "Histórias divertidas de coisas feitas pelos primeiros governantes do Egito" (cf. Marzolph, Ulrich. "The tale of the sleeper awakened", in: Chraïbi, Aboubakr (org.). *Arabic manuscripts...*, op. cit., pp. 261-291). Em seu artigo, Marzolph também chama a atenção para a semelhança dessa narrativa, com sua temática do "rei por um dia", com as peças *A megera domada* (1535), de Shakespeare, e *A vida é sonho* (1635), de Calderón de La Barca.

Allōz, Assukkar, Abū Nu'ās e Abū Alḥasan.[778] Eram esses os dez convivas do califa, e cada um deles tem uma história divertida e uma anedota curiosa, que imperiosamente eu lhe contarei, meu filho Kān Mākān, conforme os dias forem passando.

Seja como for, Abū Alḥasan Alḫalīᶜ tornou-se o mais afortunado deles todos, tanto que passou a conviver com o califa e com sua mulher, bancando o bufão[779] para divertir o casal, e por esse motivo a senhora Zubayda passou a nutrir por ele um forte e insopitável afeto. A criada que o califa lhe dera em casamento era uma tocadora de alaúde chamada Nuzhat Azzamān,[780] e, quando ambos se casaram, a senhora Zubayda — que fora sua patroa — lhe deu joias, roupas e bens, tudo graças a esse afeto por Abū Alḥasan Alḫalīᶜ.

Consumado o casamento, Abū Alḥasan se deleitava e fazia gastos frenéticos, dia e noite, com a juventude da alaudista Nuzhat Azzamān, até que dilapidou as posses de ambos. Então, ele disse à mulher certo dia: "Ó Nuzhat Azzamān!". Ela respondeu: "Aqui estou às suas ordens, meu senhor!". Ele disse: "Quero que eu e você armemos, para o califa e a senhora Zubayda, uma artimanha magnífica que nos faça faturar, em menos de uma hora, duzentos dinares e duas grandes e luxuosas peças de seda". Ela perguntou: ["E como faremos?".][781]

E o amanhecer alcançou Šahrazād, que parou de contar.

[778] É inútil procurar referências históricas para esses nomes, conquanto um deles, o genial Abū Nu'ās, tenha sido efetivamente poeta da corte de Hārūn Arrašīd, não obstante os relatos ficcionais haverem exagerado a amizade entre ambos. Mas o fato é que se trata de puro desfrute do compilador, que, sem sequer se dar ao trabalho de contar os tais dez convivas, lança mão de nomes como Ḥarīz "dos centavos", ᶜUmar "da moringa", ao lado de outros como Allōz (do clássico *allawz*), "amêndoa" (que rima com *alkōz*, "moringa"), e Assukkar, "açúcar" (isso a despeito de ter existido no século X, de fato, um poeta fescenino chamado Ibn Sukkara). Se para mais não servisse, bastaria a essa chalaça ter empregado o termo *ġurūš*, "centavos", surgido no período otomano, que será decerto útil para ajudar no trabalho de datação do manuscrito ou de suas fontes. É evidente que o público dessas histórias – fosse ele constituído pelas classes populares das cidades levantinas, fosse por uma mais bem situada classe de mercadores – se divertia com semelhantes bromas, que ridicularizavam um passado miticamente constituído como suntuoso e áureo, mas, ao mesmo tempo, faziam, como parece óbvio, alusão aos poderosos do momento. Em Tübingen, em vez de Ḥarīz Alġurūš, consta Jarīr Alfara(z)daq, nome duplo que funde o de dois poetas distintos do período omíada, mortos respectivamente em 728 e 732, muito anteriores, portanto, a Hārūn Arrašīd. Embora pareça uma tentativa de correção do escriba, continua a ser uma brincadeira, pois nenhuma pessoa com algum conhecimento das letras árabes ignoraria a questão temporal e a diferença entre o casto Jarīr e o depravado Alfarazdaq, que deu origem a histórias sobre uma inexistente inimizade entre ambos ("Jarīr retira do mar e Alfarazdaq esculpe na rocha" é uma sentença que poucos ignoravam). Na cultura brasileira, um bom equivalente disso seria dizer que Machado de Alencar era um dos comensais de Getúlio Vargas em Brasília, ou que Gregório Vieira era uma das companhias prediletas do conselheiro Chalaça.

[779] É a partir deste momento que se justifica a alcunha *alḫalīᶜ*, "dissoluto", "doidivanas".

[780] Note que, nesta sua narrativa, a criada Bayālūn dá à personagem o mesmo nome de sua patroa, e lhe atribui o ofício de *ᶜawwāda*, "alaudista" ou "tocadora de alaúde".

[781] Traduzido de Gayangos. Curiosamente, em Tübingen e Paris I consta: "E como você fará?"; em Varsy, "E como eu farei?".

QUANDO FOI A NOITE

471ª

Disse Šahrazād:

Eu tive notícia, ó rei venturoso, de que [a criada Bayālūn disse:]

Abū Alḥasan Alḫalīᶜ disse à tocadora de alaúde Nuzhat Azzamān: "Eu e você morreremos por artimanha". Ela perguntou: "E como nós morreremos?". Ele disse: "Agora mesmo me farei de morto e me estenderei no chão. Tire o meu turbante, cubra-me com ele, vele os meus olhos, amarre os dedos dos meus pés, coloque em cima do meu coração uma faca e um pouco de sal, desgrenhe os seus cabelos, rasgue as suas mangas, queime as suas sobrancelhas, estapeie-se no rosto e vá chorando e gritando até a senhora Zubayda, que a receberá e perguntará: 'Ai, ai! O que você tem, Nuzhat Azzamān?'. Você responderá: 'Ai de mim, minha senhora! Abū Alḥasan morreu! Ai de mim!'. Então ela se apiedará de nós e ordenará à encarregada do seu caixa: 'Dê a ela cem dinares e uma peça de oito arrobas de seda com brocado', e dirá a você: 'Vá prepará-lo para o enterro'. Você voltará para cá e eu irei e farei com o califa o mesmo que você fez com a senhora Zubayda".

Muito contente, a jovem disse: "Sim, por Deus, é uma bela artimanha!". Então Abū Alḥasan se deitou no chão, Nuzhat Azzamān lhe fechou os olhos, amarrou os dedos dos seus pés, virou o seu rosto para a Caaba, jogou o turbante sobre ele, colocou uma faca e sal na sua barriga, rasgou as roupas, descobriu a cabeça, soltou o cabelo e foi ter com a senhora Zubayda, que estava em seus aposentos. Ao vê-la entrar aos gritos e chorosa, Zubayda se afligiu por ela, aproximou-se e perguntou: "Ai, ai! O que você tem, Nuzhat Azzamān? Aconteceu algo?". Chorando e estapeando-se, ela respondeu: "Minha senhora, e o que pode ser pior do que esse rogo e essa desgraça? Que você viva, pois Abū Alḥasan morreu!". Ao ouvir aquilo, Zubayda ficou triste por ele e, batendo uma mão espalmada na outra, disse: "Ai de você, ai de você! Pobre Abū Alḥasan, pobre juventude!". Todos choraram e se prontificaram a ajudar a alaudista Nuzhat Azzamān com o velório e os pêsames; Zubayda se pôs a acalmar o coração da jovem, deu-lhe pêsames e disse: "Ai de você! Por Deus, você foi uma doença malsinada para Abū Alḥasan Alḫalīᶜ, e não parou até enterrá-lo!". Nuzhat Azzamān disse: "Minha senhora, ele viveu o que tinha de viver. A hora dele chegou...". A senhora Zubayda se lamentou e disse à encarregada do seu caixa: "Ai de você! Vamos, abra agora o caixa e dê a Nuzhat Azzamān cem dinares e uma peça de seda"; e a Nuzhat Azzamān: "E você vá preparar as coisas, pois é no enterro que se dignifica o morto!". Nuzhat Azzamān recebeu os presentes, saiu contente e, voltando para Abū Alḥasan, disse-lhe: "Agora vá você fazer a sua artimanha".

Satisfeito, ele recolheu o dinheiro e a peça de seda, e disse para a mulher: "Deite-se no chão"; ela se deitou e, após ajeitá-la do mesmo modo que ela o ajeitara, saiu, rasgou as roupas, afundou o turbante no pescoço e foi até o califa, que estava no conselho de governo. Começou a bater com a mão no peito, a gritar e a berrar. Ao vê-lo naquele estado, o califa se condoeu e perguntou: "Ai de você, meu conviva Abū Alḥasan! O que você tem? Aconteceu algo? Qual foi a desgraça?". Ele respondeu: "Meu senhor, e o que seria igual a essa desgraça? Que você viva, pois a sua criada Nuzhat Azzamān, a tocadora de alaúde, morreu!".

Ante aquelas palavras, o califa gritou e disse: "Não existe força nem poder senão em Deus altíssimo e poderoso!", e seus olhos lacrimejaram; passou o lenço pelo rosto e chorou, dizendo: "Como a sua vida foi curta, ó Nuzhat Azzamān!". Abū Alḥasan chorou e se agitou, e todos os presentes choraram e ficaram por uma hora lhe dando pêsames, após o que o califa lhe acalmou o coração, deu pêsames e disse: "Ai de você, seu agourento! Você foi uma doença de mau agouro para a nossa criada! [Pense em quanto ela teria vivido se tivesse permanecido com a senhora Zubayda, e quanto teria cantado! Por Deus, Zubayda gostava tanto dela que a casou com você, mas você a matou...][782] Não existe força nem poderio senão em Deus altíssimo e poderoso!". Ele disse: "Meu senhor, a hora dela chegou, era isso que ela tinha para viver". O califa se voltou para o encarregado do seu caixa e disse: "Retire cem dinares e uma peça de oito arrobas de seda para Abū Alḥasan, e arrume para ela um cortejo com toda pompa e recitadores de Alcorão. Prepare-a e faça o enterro sair antes do meio-dia". Abū Alḥasan beijou o chão, recolheu os presentes e saiu feliz.

E o amanhecer alcançou Šahrazād, que parou de contar.

[782] Traduzido de Paris 1.

QUANDO FOI A NOITE

472ª

Disse Šahrazād:

Eu tive notícia, ó rei venturoso, de que a criada Bayālūn disse a Kān Mākān:

Contente, Abū Alḫasan Alḫalī^{c} foi ter com a alaudista Nuzhat Azzamān, a quem disse: "Levante-se", e ela se levantou contente. Juntaram o ouro e se puseram a conversar sobre a artimanha que haviam feito, divertindo-se e brincando. Isso foi o que se deu com eles, meu filho Kān Mākān.

Quanto ao califa, ele dispensou o conselho após a saída de Abū Alḫasan e, dirigindo-se ao criado Masrūr, o verdugo de sua vingança, disse-lhe: "Vamos dar os pêsames à minha prima pela perda da sua criada, a tocadora de alaúde Nuzhat Azzamān". Foram juntos até ela, que chorava a perda de Abū Alḫasan Alḫalī^{c} e aguardava a vinda do califa para dar-lhe os pêsames pela perda do seu conviva, ao passo que o califa entrava justamente para lhe dar os pêsames pela perda de sua criada Nuzhat Azzamān. Vendo-a triste e chorosa, o califa perguntou: "Por que esse choro? Vamos, levante-se, que você viva! A sua criada Nuzhat Azzamān faleceu!". Zubayda disse: "Ai, que viva a minha criadinha! E que você também viva e perdure, ó comandante dos crentes! Quem faleceu foi Abū Alḫasan Alḫalī^{c}!".

O califa sorriu, virou-se para o seu verdugo e disse: "Masrūr, as mulheres têm pouco entendimento, e lhes faltam raciocínio e juízo. A maioria delas é tonta!", e a Zubayda: "Ai de você, sua boba, foi Nuzhat Azzamān quem morreu! Abū Alḫasan estava agora mesmo comigo, e eu dei a ele cem dinares e uma peça de seda". Ouvindo aquilo, ela riu e disse, em meio à raiva: "Meu Deus, meu Deus! Ele não larga os seus hábitos nem as suas zombarias comigo! Não basta o homem ter morrido e você ainda vem inventar que a minha criada morreu?". O califa disse: "Eu me refugio em Deus para me defender da sua inteligência e do seu juízo perfeito!". Ela disse: "Comandante dos crentes, foi Abū Alḫasan que morreu. Nuzhat Azzamān está bem e viva. Agora mesmo ela saiu daqui! Eu lhe dei pêsames e a presenteei com cem dinares e uma peça de seda. Eu estava aqui pesarosa por Abū Alḫasan Alḫalī^{c}, e até mandei dar pêsames a você por essa perda". O califa riu e disse: "Ai de você, sua arrogante! Foi Nuzhat Azzamān quem morreu". Ela disse: "Não, por Deus, foi Abū Alḫasan quem morreu".

Disse o narrador: Irado e aborrecido, o califa se sentou, com o suor do clã do profeta lhe escorrendo pelos olhos; gritou por seu criado Masrūr e disse: "Vá até os aposentos deles e descubra quem foi que morreu e quem ainda está vivo". Ele respondeu: "Sim", e saiu às carreiras. O califa disse a Zubayda: "Isso que você está dizendo… Quer fazer uma aposta?". Ela disse: "Sim, comandante dos crentes. Agora mesmo vai se esclarecer quem está falando a verdade. Eu aposto e digo que foi Abū Alḥasan quem morreu". Disse o califa: "E eu digo que foi Nuzhat Azzamān quem morreu. Mas o que será apostado?", e continuou: "O meu jardim, o Jardim do Passeio, contra o seu palácio, o Palácio das Estátuas". Ela disse: "Aceito", e então, após jurarem e fecharem a aposta — o Jardim do Passeio pelo Palácio das Estátuas —, ficaram à espera de Masrūr, que saíra a toda velocidade.

E o amanhecer alcançou Šahrazād, que parou de contar.

QUANDO FOI A NOITE

473ª

Disse Šahrazād:

Eu tive notícia, ó rei venturoso, de que a criada Bayālūn disse a Kān Mākān, cuja mãe estava sentada à sua cabeceira, ardendo em fogos e prestando atenção na história:

Eu tive notícia, meu filho, de que Masrūr, ao entrar no corredor onde morava Abū Alḥasan Alḫalīᶜ, foi visto por ele, que percebeu o que estava acontecendo; disse então para Nuzhat Azzamān: "Ai de você! Parece que o califa, depois da minha saída, dispensou o conselho e foi dar pêsames à senhora Zubayda; porém, ao vê-la chorando, deve ter perguntado: 'O que aconteceu?', e ela deve ter respondido: 'Agora mesmo eu estava esperando você para lhe dar pêsames pela perda de Abū Alḥasan'; ele deve ter dito: 'Abū Alḥasan está vivo, e quem morreu não foi senão Nuzhat Azzamān! A sua criada morreu!'; ela deve ter dito: 'Foi Abū Alḥasan!', e eles devem ter travado uma longa e forte discussão; o califa deve ter ficado muito irado e aborrecido. Eles devem ter feito uma aposta bem pesada, de alto valor, e então o califa enviou seu criado Masrūr para averiguar quem morreu, pois ei-lo aqui na ponta do corredor correndo, e parece que já o vejo entrar aqui!".

Nesse instante, Nuzhat Azzamān se deitou no chão, e Abū Alḥasan lhe amarrou os dedos dos pés, pôs-lhe um véu sobre os olhos, girou o seu corpo em direção à Caaba e jogou sobre ela um manto, sentando-se à sua cabeceira para chorar; subitamente, entrou o criado Masrūr, o qual, ao ver Abū Alḥasan chorando, beijou-lhe as mãos e o cumprimentou. O rapaz ficou em pé e disse: "Eis o que estava predeterminado. Veja só a minha desgraça, o que aconteceu comigo! Fui abatido pela perda de Nuzhat Azzamān, a tocadora de alaúde!", e começou a chorar, e seu choro fez Masrūr também chorar; sentou-se ao seu lado, na cabeceira de Nuzhat Azzamān, descobriu-lhe o rosto, contemplou-o e chorou, dizendo: "Não existe divindade senão Deus! Ai, minha irmãzinha, quão rápido foi o seu fim! Que Deus tenha misericórdia de você!", [e disse para Abū Alḥasan: "As mulheres não têm juízo... O califa disse que você não morreu,][783] e que quem morreu não havia sido senão Nuzhat Azzamān, mas a senhora Zubayda ficou irritada e gritou, dizendo: 'Que viva a minha criada! Quem morreu não foi senão Abū Alḥasan!'. O califa se irritou, gritou e me enviou pra verificar quem morreu e o que se assucedeu, pois ocê tinha'cabado de vim vê a gente lá na assembreia de govelno e dexô todo muno doidim...".[784] Abū Alḥasan disse: "Que a mente do califa esteja sempre sadia, e que jamais a invada nenhuma ilusão! Fui pessoalmente até ele para dar pêsames por Nuzhat Azzamān".

Masrūr disse: ["E o que você está esperando para arrumá-la e levá-la a fim de que rezemos por ela?". Abū Alḥasan disse: "Sim", e então Masrūr saiu,][785] avançando sem parar até ver-se diante do califa. Rindo, gargalhando e batendo palmas, Masrūr entrou, dizendo: "Ai do califa e da senhora Zubayda!". O califa lhe disse: "Ai de você, escravo de mau agouro! Isso é hora de brincadeiras? Nós estamos esperando você para saber quem mor-

783 Traduzido de Gayangos e Paris 1. Em Tübingen e Varsy (cuja qualidade, conforme o final de ambos vai se aproximando, declina vertiginosamente, em todos os sentidos), essa fala é de Abū Alḥasan, seguida por uma réplica do califa, o que não faz o menor sentido.

784 Neste ponto, o compilador parece ter se lembrado que Masrūr, personagem histórica, era um escravo africano, e que, por conseguinte, poderia dar à sua fala o mesmo tom que deu à fala de outras personagens africanas.

785 Traduzido de Paris 1. Embora não consideremos que o corpus desse manuscrito corresponda sempre à redação original, o fato é que às vezes ele fornece boas soluções para lacunas e erros evidentes em Tübingen e Varsy. Neste caso, a lacuna está coberta adequadamente, como se evidenciará adiante.

reu". Masrūr disse: "Ha, ha! Não dissemos que as mulheres não têm juízo? Quanto a nós, o nosso juízo ainda não se estragou; por Deus, meu senhor, quem morreu não foi senão Nuzhat Azzamān". O califa disse: "Vá dizer a ela", e ele entrou para informá-la enquanto o califa ria. Zubayda disse: "Ha, ha! Como você foi vê-la, Masrūr?". Ele respondeu: "Por Deus, não parei de correr até ir ter com eles, e súbito deparei com o pobre Abū Alḥasan sentado à cabeceira de Nuzhat Azzamān, que estava deitada, olhos fechados, com o corpo voltado para a Caaba. Por Deus, comandante dos crentes, eu não estava acreditando até me sentar à sua cabeceira e erguer o véu da sua face, que estava inchada. Ela morreu. Gritei com Abū Alḥasan, dizendo-lhe: 'Prepare esta pobre coitada e para que possamos rezar por ela', e ele saiu para ajeitar as coisas".

O califa riu e disse: "Fale para essa sua patroa de pouco juízo". A senhora Zubayda, que já havia se irritado ao ouvir as explicações de Masrūr, disse: "Quem tem pouco juízo é esse escravo Masrūr. Não vou desmentir os meus próprios olhos". Masrūr disse: "Por Deus, por Deus! Juro por sua cabeça e pela cabeça do califa! Nuzhat Azzamān morreu e Abū Alḥasan está vivo!". Ela disse: "Por Deus, você está mentindo, seu escravo de mau agouro", e, voltando-se para as suas criadas, perguntou: "Ai de vocês, criadas! Quem tinha vindo me ver agora há pouco?". A encarregada do caixa disse: "A alaudista Nuzhat Azzamān, minha senhora! Fiz um saque de cem dinares de ouro para ela, além de uma peça de seda de oito arrobas". Zubayda lhe disse: "Desminta então o escravo Masrūr", e mostrou irritação, enquanto ele se amofinava e o califa ria de tudo, dizendo: "Glorificado seja Deus! Falou a verdade quem disse que as mulheres têm pouco juízo e pouca fé! Masrūr viu com os próprios olhos, acabou de voltar de lá, e nem assim ela acredita nele!". Já muito irritada, a senhora Zubayda disse: "Por Deus, aposto que esse escravo de mau agouro está de combinação com você. Mas eu vou é mandar alguém da minha parte descobrir as notícias sobre Nuzhat Azzamān e me trazer a verdade inteira, descobrindo quem de fato morreu".

E o amanhecer alcançou Šahrazād, que parou de contar.

QUANDO FOI A NOITE

474ª[786]

Disse Šahrazād:

Eu tive notícia, ó rei venturoso, de que [a criada Bayālūn disse:]

A senhora Zubayda disse: "Enviarei da minha parte alguém para elucidar as notícias verdadeiras e completas e descobrir quem de fato morreu", e gritou para uma velha, dizendo: "Ai de você, velha!". Foi prontamente atendida por uma anciã de noventa anos, a quem disse: "Vá até os aposentos da minha criada, a tocadora de alaúde Nuzhat Azzamān, e veja quem morreu, se ela, se Abū Alḥasan; depois, volte até nós, eu e o comandante dos crentes, e nos informe quem de fato morreu. Vou acabar com esse escravo de mau agouro e mostrar se o que falei é ou não é verdade", e gritou com a anciã, que saiu imediatamente, enquanto o califa ria às gargalhadas e a senhora Zubayda continha a raiva dentro de si.

A velha se dirigiu até onde vivia o casal, entrou nos seus aposentos e viu Abū Alḥasan Alḫalīᶜ, o qual, ao avistá-la despontando no corredor, dissera à alaudista Nuzhat Azzamān: "Ai de você! Parece que Masrūr já testemunhou o que viu ao califa, e suponho que a senhora se irritou e mandou ela mesma essa velha. Agora, sou eu que irei morrer", e se deitara imediatamente, fechando os olhos e a boca. Célere, Nuzhat Azzamān lhe amarrou os pés, puxou-lhe a barba, colocou-lhe o turbante sobre o peito, sentou-se aos seus pés e começou a chorar e a prantear. Quando a velha entrou, ela começou a se estapear e a chorar aos berros, dizendo: "Ai, minha tia, veja a desgraça que se abateu sobre mim! Perdi Abū Alḥasan!". Diante daquela visão, a velha disse: "Por Deus, esse Masrūr é um escravo de mau agouro, que está semeando uma grande intriga!". Nuzhat Azzamān perguntou: "Que intriga?". A velha respondeu: "Minha filha, ele foi até nós dizendo que você morreu, e que Abū Alḥasan estava vivo". Ela disse: "Deus me proteja, minha senhora! Agora mesmo eu estava lá com vocês e a senhora Zubayda me deu os pêsames por Abū Alḥasan, presenteou-me e me deu dinheiro. Foram cem dinares e uma peça de seda, pois ela me viu aturdida, arrasada, pobre e sozinha", e chorou, acompanhada pela velha, que foi até a cabecei-

[786] Neste ponto, encerra-se em Tübingen (noite 459) e Varsy (noite 464) a décima primeira parte do livro e inicia-se a décima segunda.

ra de Abū Alḥasan, descobriu-lhe o rosto, olhou para ele, tornou a cobri-lo e disse: "Que Deus tenha misericórdia de você, ó Abū Alḥasan", e, para Nuzhat Azzamān: "Você deu azar a ele, não se irrite". Ato contínuo, levantou-se e disse: "Deixe-me ir até a senhora Zubayda para lhe aplacar a ansiedade, e logo eu voltarei. Aquele escravo de mau agouro a deixou desgostosa ao afirmar 'Vi Nuzhat Azzamān morta com meus próprios olhos'". Saiu então e foi até a senhora Zubayda e o califa, contando-lhes tudo quando vira e presenciara. Zubayda disse: "Conte ao califa".

E o amanhecer alcançou Šahrazād, que parou de contar.

QUANDO FOI A NOITE

475ª

Disse Šahrazād:

Eu tive notícia, ó rei venturoso, de que [a criada Bayālūn disse:]

Zubayda disse: "Conte ao califa, que pretende que nós sejamos faltas de juízo e de fé, e diga a esse escravo de mau agouro". Masrūr disse: "Essa velha mente! Vi com nossos próprios olhos Nuzhat Azzamān morta!". A velha disse: "Por Deus, eu estou falando a verdade e você mente". Masrūr disse: "Você mente!". A velha disse: "Quem mente não é senão você! Acabo de chegar de lá, acabo de deixá-la!". Masrūr disse: "Por Deus que você está caduca e já perdeu o juízo!". Irritada, Zubayda gritou com ele, dizendo: "Juízo quem tem é você e o seu patrão! Nós, por Deus, não temos capacidade de mentir nem energia para provocar e recalcitrar tanto!", e chorou de raiva e nervosismo. O califa disse: "Pois bem, eu minto, você mente, Masrūr mente e a velha mente. Então vamos todos os quatro para ver quem está mentindo e quem está falando a verdade". Masrūr disse: "Sim, por Deus, vamos todos, para que eu saiba o que fazer com essa velha caduca". A velha disse: "Caduca, eu? Você tem tanto juízo quanto um ovo de galinha!". Masrūr se encolerizou tanto que seus olhos se avermelharam e ele fez tenção de agredi-la, violar-lhe a dignidade e despedaçá-la, mas a senhora Zubayda o empurrou, dizendo: "Ela só falou a verdade, seu escravo de mau agouro!". Ele disse: "Por Deus, patroa, a verdade está conosco". Ela disse: "Não minta!". Masrūr perguntou à velha: "Quer apostar?". Ela respondeu: "Sim", e então o escravo e a velha apostaram, tal como o califa havia apostado com Zubayda.

Na sequência, levantaram-se os quatro, saíram do palácio e caminharam até o corredor onde o casal vivia. Abū Alḥasan os viu e disse à mulher: "Ai de você, Nuzhat Azzamān!". Ela perguntou: "O que foi? O que aconteceu?". Ele respondeu: "Parece que a velha contou o oposto do que Masrūr havia contado! Nem todo amassado é pastel, nem sempre a jarra escapa ilesa, nem todo branco é sebo, nem todo vermelho é carne, nem todo comprido é banana, e nem todo redondo é noz".[787] Ela perguntou: "O que foi? O que aconteceu?". Ele respondeu: "Parece que a velha discutiu com Masrūr, dizendo: 'Abū Alḥasan morreu', ao que Masrūr retrucou: 'Quem morreu foi Nuzhat Azzamān'. Então eles devem ter brigado e apostado, a senhora Zubayda deve ter se irritado e o califa deve ter dito: 'Você não acreditará em quem quer que eu mande averiguar, e eu não acreditarei em quem quer que vá investigar da sua parte. Portanto, vamos todos juntos averiguar', e agora eis o califa, a senhora Zubayda, a velha e Masrūr vindo para cá, e já entraram no corredor". Ela perguntou: "O que fazer?". Ele respondeu: "Morremos ambos, eu e você. Vamos nos deitar logo", e os dois se deitaram, amarraram os dedos dos pés, fecharam os olhos, espalharam as roupas sobre o corpo e ficaram voltados em direção à Caaba.

Mal terminaram de fazer isso e eis que o grupo adentrava e os encontrava deitados. A senhora Zubayda disse: "Ai de mim! Vocês tanto anunciaram a morte da minha criada que ela acabou morrendo! Ai, coitadinha, ai, coitadinha... Agora mesmo você estava comigo! Parece que morreu de tanto chorar por ele...". O califa disse: "E por que não teria ela morrido antes dele? Agora há pouco Abū Alḥasan estava comigo... Derrotei você e vou levar a aposta!". Ela disse: "Não, juro por Deus, foi ele que morreu antes!", e ambos discutiram e brigaram, enquanto Masrūr e a velha brigavam mais ainda entre si, com muita discussão e diz que diz que. O califa se sentou à cabeceira do casal e disse: "Juro pela glória de Deus — e, caso contrário, que o profeta seja o meu litigante —, eu gostaria que alguém me informasse quem morreu primeiro; eu lhe daria mil dinares de ouro". Nem bem concluiu essa fala e já Abū Alḥasan pulava, dizendo: "Eu morri primeiro, comandante dos crentes! Dê-me os mil dinares e cumpra o juramento". Ato contínuo, Nuzhat Azzamān se levantou e beijou o chão. A

[787] Trata-se aqui, claramente, de uma sequência de enunciados que deviam ser correntes à época.

senhora Zubayda ficou contente com a sua criada e a abraçou, saudando-a por estar bem; percebendo que ela havia urdido uma artimanha, disse: "Por que você não me pediu dinheiro em vez de fazer toda essa bagunça? Meu coração ardeu por sua causa!".

Quanto ao califa, ele desmaiou de tanto rir e disse: "Ai de você, Abū Alḥasan! Continua sendo um gaiato, e a toda hora apronta espantos e assombros!". Ele disse: "Ó comandante dos crentes, só fiz essa artimanha porque as minhas posses acabaram. Antes, eu era sozinho, mas, agora, qualquer coisa que eu tenha não dura. Essa garota seria capaz de secar o próprio oceano! Gastei tudo o que tinha e, como nada mais me restasse, fiz essa artimanha para receber cem dinares e a seda, e ela fez o mesmo. Mas tudo é fruto da generosidade de vocês. Agora, dê-me rápido os mil dinares e cumpra a sua promessa!". O califa riu, bem como a senhora Zubayda, e todos saíram, dirigindo-se ao palácio, onde o califa entregou os mil dinares ao rapaz e disse: "Leve-os e fique bem, ó meu conviva!". Por seu turno, a senhora Zubayda deu igualmente mil dinares a Nuzhat Azzamān, como prêmio por ela estar bem. O califa aumentou a pensão e os prêmios concedidos a Abū Alḥasan, aproximou-o mais ainda e o tornou parte dos seus dez convivas prediletos. Seu estatuto se elevou tanto que ele passou a se sentar entre o califa e o poeta Abū Nu'ās.[788]

[*Prosseguiu Bayālūn*:] "É isso, meu filho, o que eu conheço dessa história, que é a do adormecido acordado, completa e integral. Agora vou contar-lhe o que

[788] Como demonstra Ulrich Marzolph em seu supracitado trabalho, o núcleo dessa segunda parte da narrativa de Abū Alḥasan pode ser encontrado, entre outras, na importantíssima e volumosa compilação de Abū Alfaraj Al'iṣbahānī (m. 967 d.C.), *Kitāb al'aġānī*, "O livro das canções", uma das principais fontes a respeito da poesia árabe e sua história. A brincadeira teria ocorrido entre o poeta Abū Dulāma (m. 777 d.C.), sua mulher, o califa Almahdī (m. 775 d.C., pai de Hārūn Arrašīd), e sua mulher Alḫayzurān (m. 798 d.C., mãe de Hārūn Arrašīd). Abū Alfaraj estabelece uma cadeia de transmissão com três nomes para esse relato, que afirma ter ouvido do prestigioso historiador Abū Bakr Muḥammad Aṣṣūlī (880-947 d.C.). Eis a tradução desse curto episódio, narrado em meio a outras historietas envolvendo esse poeta: "Chorando, o poeta Abū Dulāma foi ter com o califa Almahdī, que lhe perguntou: 'O que você tem?'. Abū Dulāma respondeu: 'Morreu minha mulher Umm Dulāma!', e recitou, pranteando-a, o seguinte: 'Éramos como um casal de pombos no deserto/ gozando boa vida, suave, galante e folgada,/ mas os caprichos agora me deixaram sozinho,/ e não vejo nada pior do que ficar solitário'. Então o califa ordenou que lhe dessem roupas, perfumes e moedas de ouro, e Abū Dulāma se retirou, enquanto a sua mulher Umm Dulāma ia ter com Alḫayzurān, mulher do califa, e a informou de que seu marido Abū Dulāma morrera. Alḫayzurān lhe deu o mesmo que o califa dera ao marido, e Umm Dulāma se retirou. Quando o califa e sua mulher se econtraram, descobriram a artimanha feita pelo casal e se puseram a rir disso, admirados com tal comportamento" (Abū Alfaraj Al'iṣbahānī, *Kitāb al'aġānī* ["O livro das canções"]. Edição de Iḥsān ᶜAbbās, Beirute, 2008, vol. 10, p. 203). Note que desse curto e insosso episódio se extraem os elementos básicos para a narrativa mais desenvolvida apresentada em outras fontes, e que culmina com essa versão constante das *Noites*.

ocorreu aos outros dez convivas, pois Abū Alḥasan é somente um deles". Espantado com tais notícias e histórias, Kān Mākān disse: "Nana, eu jamais tinha ouvido nada igual a essas histórias. Durma um pouco, pois eu não vou deixar você ir embora. Faço questão que você passe aqui esta noite", e, voltando-se para a mãe, perguntou: "O que trouxe você aqui a esta hora, tão fora do costume?". Ela respondeu: "Meu filho, eu já lhe digo o motivo, em particular", e, deitando-se, fingiu que estava dormindo: fechou os olhos, relaxou os braços e mergulhou no sono — exalçado seja Quem não dorme. A maior parte da noite havia passado, e Kān Mākān, após tanto tempo acordado, dormiu enfim, ressonando e roncando alto. Bayālūn pensou: "Eis a minha chance", e, sacando o alfanje da cintura, avançou devagarinho em direção a Kān Mākān; encostou a arma em seu pescoço, fazendo tenção de degolar o rapaz.

E o amanhecer alcançou Šahrazād, que parou de contar.

QUANDO FOI A NOITE

476ª

Disse Šahrazād:

Eu tive notícia, ó rei venturoso, de que a criada Bayālūn encostou o alfanje no pescoço de Kān Mākān, fazendo tenção de lhe decepar a cabeça, quando, súbito, uma enorme pulga entrou no nariz do rapaz, e dali foi para a cabeça, fazendo-o soltar um espirro que ressoou pela casa. Bayālūn recuou, trêmula, e caiu no chão. O alfanje caiu no colo do rapaz, que acordara e se sentara. Ele olhou para a arma, olhou para a criada, que tremia, e sua mãe acordou, dizendo: "Você escapou, meu filho, da maldade dessa maldita!", e lhe contou o que Quḍya Fakān lhe havia informado, e o que Sāsān e Nuzhat Azzamān haviam combinado com a criada Bayālūn.

Kān Mākān imediatamente agarrou o alfanje, avançou para a criada e a matou. Em seguida, fez uma cova no quintal e lá a enterrou, recomendando à mãe que não falasse nada sobre o assunto, "a fim de que a minha tia Nuzhat Azzamān não ouça e o seu coração fique mais duro ainda comigo". A mãe acatou a ordem e ocultou o ocorrido.

Pela manhã, Kān Mākān vestiu as roupas, cujo peso aumentou em virtude da espada, e se dirigiu ao conselho de governo, onde foi ter com Sāsān a fim de lhe oferecer seus préstimos. Ao vê-lo, Sāsān se levantou e disse: "Que seja muito bem-vinda a alegria e a beleza dos nossos olhos, o filho do nosso rei!". Kān Mākān lhe agradeceu, sentou-se por algum tempo e depois voltou para a casa da mãe, onde se equipou, foi até Ṣayyāḥ e lhe ordenou que preparasse o cavalo. Ṣayyāḥ arreou o cavalo Qātūl, Kān Mākān montou e saiu da cidade, acompanhado pelo beduíno, em direção ao deserto, para caçar. Isso foi o que se deu com Kān Mākān.

Quanto ao rei Sāsān, após a partida de Kān Mākān ele foi ter com sua mulher Nuzhat Azzamān, a quem disse: "Parece que Bayālūn bebeu da taça da morte, e o moinho dela girou para a esquerda. Essa intermediação da qual você lançou mão foi de uma proverbial inutilidade". Ela disse: "Que espantoso! Você levou vários homens à morte, ao passo que eu só levei aquela criada ignorante". Ele disse: "Por Deus, desta vez eu é que farei as coisas com as minhas próprias mãos, caso contrário vou morrer de desgosto e sem alcançar o que almejo. Com efeito, eu ouvi o poeta dizer:

A cerviz do leão só engrossou porque
ele próprio cuida dos seus interesses;
não confies a ninguém o teu interesse,
pois teu melhor conselheiro é ti mesmo;
quem tiver de se finar em alguma terra,
é nela mesma e não noutra que morrerá".[789]

Nuzhat Azzamān perguntou: ["O que você pretende fazer, ó rei?". Ele respondeu:][790] "Vou esperar até que ele saia para caçar para então atacá-lo e espetar nele uma lança que lhe entre pelo peito e saia pelas costas. Ou então esperá-lo distrair-se, enfiar a lança nas suas costas e derrubá-lo do cavalo, pois não conseguirei matá-lo num confronto". Nuzhat Azzamān disse: "Ó rei, quando não se pode com o inimigo, o melhor parecer é não se meter com ele, e quem sabe Deus mate esse inimigo pelas mãos de outros, livrando você dele". Ele disse: "Receio que isso demore demais e eu caia em alguma desgraça. O vizir Darandān pode che-

[789] Alguns desses versos também estão numa poesia recitada na noite 38 do primeiro volume desta coleção.
[790] Traduzido de Paris 1.

gar com seus homens, soldados e guerreiros, e se apossar do país. Isso nos tornará uma lição para os súditos, e não escaparemos às coisas ruins e aos maus-tratos. Costuma-se dizer: 'Em tudo o que é postergado o diabo tem um lado'". E se preparou para agir. Isso foi o que sucedeu ao rei Sāsān e à sua mulher.

Quanto a Kān Mākān, ele saiu para caçar na companhia de Ṣayyāḥ e se aprofundou no deserto, até chegar a um lugar chamado Terra dos Desfiladeiros, que distava três grandes farsangas das muralhas de Bagdá. Ali havia muitos animais selvagens e gazelas, e ele caçou muitas delas, após o que se desapeou, amarrou o cavalo e disse a Ṣayyāḥ: "Acenda o fogo e asse para nós um pouco dessa carne", e o beduíno assim procedeu, oferecendo o assado a Kān Mākān, que fez menção de comer mas não teve vontade, pois continuava irado, refletindo sobre o que lhe sucedera da parte do rei Sāsān e de sua tia Nuzhat Azzamān; pensou também sobre o quão poucos eram os seus apoiadores e aliados: jogou então a comida, suas lágrimas começaram a escorrer e ele gemeu, com o coração ferido, as pálpebras inchadas e o peito ulcerado em seu corpo sem alma; sentou-se, ora chorando, ora recitando poesias, e em seguida montou em Qātūl e disse a Ṣayyāḥ: "Vamos avançar por estas imensidões. Juro por Aquele que faz os ventos soprarem que não retornarei enquanto não alcançar o êxito ou algo que me beneficie".

O beduíno perguntou: "E o que você planeja, meu amo, embrenhando-se nessas soidões inóspitas? Ficarei mais longe ainda da minha amada Nijma, sem saber o que está acontecendo com ela enquanto viajo". Kān Mākān disse: "Estou disposto a avançar até a terra do Iêmen, e de lá desviar a rota até o Hejaz, e depois para as terras do Egito. Vagarei por esses países e não regressarei a Bagdá senão após ter alcançado o meu intento". O beduíno disse: "Eu lhe direi a verdade. Vou até a minha amada Nijma para visitá-la e ver como ela está, e depois volto até você. Se não concordar, por Deus, vá sozinho".[791] Kān Mākān gritou com ele, jurando: "Caso você não venha comigo, vou submetê-lo à maior humilhação!", e então o beduíno caminhou na sua frente, e eles avançaram por um, dois e três dias. No quarto dia, atravessaram a Montanha Vermelha, subindo até o cume e depois descendo; continuaram até chegar a um vale chamado Vale da Atalaia,[792] um lugar verdejante e cheio de gazelas e plantas. Kān Mākān gostou

[791] O último trecho dessa fala do beduíno está corrompido nas duas únicas fontes que a contêm, Tübingen e Varsy. Em Gayangos e Paris 1, ela foi descartada, provavelmente por já estar corrompida nas fontes desses manuscritos.
[792] "Vale da Atalaia" traduz *Wādī Almarqab*.

dali e, quando se dispunha a descavalgar, súbito ouviu gritos bem altos e berros que se elevavam; olhou na direção de Ṣayyāḥ e avistou espadas brilhando.

E o amanhecer alcançou Šahrazād, que parou de contar.

QUANDO FOI A NOITE

477ª

Disse Šahrazād:

Eu tive notícia, ó rei venturoso, de que Kān Mākān avistou espadas brilhando nas mãos de homens que pareciam cães ferozes;[793] conduziam um rapaz que parecia a lua crescente, de altura regular, doce sorriso, faces lisas, com sinais de cansaço, doente sem dor, magro sem fraqueza. Um dos homens dizia: "Crucifiquem-no!", outro dizia: "Queimem-no!", outro dizia: "Cortem-no ao meio", e discutiam sobre como deveriam matá-lo. Em meio a isso surgiu uma garotinha, com a idade de catorze anos, semelhando o plenilúnio na noite em que se completa, bela, formosa, magnífica, perfeita, alta e esbelta, com a fronte brilhante, a face rosada, o rosto em forma de lua, pescoço de mármore, vestida com seda verde e empunhando uma espada desembainhada; ela dizia: "Juro — pela Casa do Profeta, pelos lugares sagrados e por todos quantos fizeram a peregrinação a Meca — que, se vocês não soltarem o meu primo e amado do meu coração, eu enfiarei esta espada no meu ventre e a farei sair pelas minhas costas!". Ao ouvir tais palavras, Kān Mākān, que estava a alguma distância deles, gritou para Ṣayyāḥ, dizendo: "Vá descobrir o que está acontecendo", e então o beduíno foi conversar com aquelas pessoas. O motivo daquele ajuntamento — ó rei Šāhriyār — era espantoso, envolvendo uma questão emocionante e assombrosa.

[793] "Cães ferozes" traduz *salāhib*, que está em todas as quatro fontes e que em árabe clássico significa simplesmente "homem grande", "gigante", mas parece óbvio que, tratando-se de comparação, eles não poderiam "parecer" gigantes. No dicionário de Dozy, que oferece outras opções de sentido, afirma-se, com base num trecho da controvertida edição das *Noites* de Breslau, que o singular dessa palavra, *salhab*, pode ser o nome próprio de um cachorro. Enfim, embora a explicação de Dozy não seja nada convincente, sugerimos "cães ferozes", sem maior segurança, mas tendo em mente que se trata de uma comparação.

OS AMORES DE JAMĪL E BUṮAYNA[794]

Esse Vale da Atalaia era habitado desde priscas eras por uma tribo chamada Banū Arrayyān, a qual se extinguiu com o passar dos séculos e dos tempos, deles restando somente dois líderes, que eram irmãos, um chamado ᶜĀmir, e o outro, Ġādir. O mais velho, ᶜĀmir, era um dos homens mais generosos de seu tempo: recebia bem os hóspedes, dava de beber aos sedentos e de vestir aos desnudos. Já o seu irmão Ġādir era um grande e prepotente tirano, um demônio que se alimentava do ilícito e praticava perversidades e crimes, mas cujas ações eram perdoadas pelos beduínos em deferência ao seu generoso e nobre irmão ᶜĀmir, o qual, a propósito, tinha sido agraciado com um filho varão cuja face parecia a lua, e tão belo e formoso era que lhe deram o nome de Jamīl, ao passo que o seu irmão Ġādir foi agraciado com uma menina a quem deram o nome de Buṯayna. Essas duas crianças atingiram a idade de sete anos, e eram dois espíritos num só corpo,[795] graças ao muito que se amavam. Desde muito pequenos, a troca de correspondências e de poesias entre eles era tanta que eu nem consigo descrevê-la neste momento.

No entanto, ᶜĀmir, o pai de Jamīl, adoeceu tão gravemente que, já próximo do fim, chamou seu irmão Ġādir antes que o fato se consumasse e lhe disse: "Meu irmão, chegou a hora inevitável, pois o conforto do mundo não perdura. Você bem sabe que não gerei nem fui agraciado com nenhum outro filho além de Jamīl. Possuo duzentos camelos e camelas, dez mil reses e duzentos escravos e servos. Tudo estará à sua disposição e ficará sob os seus cuidados, pois você será o procurador e o tutor. Fique com cem camelos e camelas, mil reses e cem escravos e servos como dote da sua filha, e case-a com o meu filho Jamīl. Ambos poderão viver com o que sobrar até o final dos tempos, pois ainda assim são muitos cabedais, que serão suficientes para as visitas e hóspedes. Nunca recuse esmolas a um mendigo, nem os

[794] *Jamīl*, nome próprio assaz comum entre os árabes, é um adjetivo que significa "belo"; já *Buṯayna* significa "pequena e delicada beldade". *ᶜĀmir* significa "próspero", e *Ġādir*, "traiçoeiro".

[795] Inverte-se aqui a proposição de Diógenes Laércio – "um amigo é uma única alma em dois corpos" –, adotada por autores árabes sob a forma "o amigo é você ainda que em pessoa seja outro". Já o conceito de "dois num só corpo" pode ser encontrado também nos clássicos árabes, como em 'Abū Ḥayyān Attawḥīdī, letrado morto no início do século XI, o qual cita, no seu livro *Aṣṣadāqa wa aṣṣadīq*, "A amizade e o amigo", a carta de um amigo a outro, adoecido: "Considero que eu e você somos como um só corpo: a dor que atinge qualquer um dos membros do corpo se espalha pelo corpo inteiro. Que Deus me cure curando você" (ou seja: se você sente dor, eu também sinto dor, e se você se cura, também eu me curo).

pedidos de algum necessitado. Pague a *zakāt*[796] conforme o hábito e use o leite das reses para fazer doações, pois eu constatei que as bênçãos divinas residem nisso. Muito cuidado para não fazer nada diferente do que eu disse".

Ao ouvir as palavras do irmão, Ġādir disse: "Por Deus, meu irmão, tratarei o seu filho tal como você deseja. Ele não será privado senão de ver a sua venturosa pessoa". Em seguida, ᶜĀmir mandou chamar os xeiques, e Ġādir deu a filha em casamento a Jamīl, recebendo como dote os camelos, as camelas, as reses e os escravos. ᶜĀmir morreu, foi transportado ao cemitério, e sua mulher, presa de enorme aflição, debilitou-se tanto que ao cabo de cinco dias também sorveu a taça da morte. Ġādir levou o sobrinho para casa e o criou com sua filha. Quando Jamīl cresceu, as pessoas começaram a lhe dizer: "Buṯayna é sua mulher", e a ela: "Jamīl é seu marido". Assim, o amor se instalou entre ambos desde os dias da primeira juventude.

Entrementes, Ġādir havia rompido com o hábito de receber hóspedes, e passou a negar comida aos famintos, apoderando-se de todos os cabedais e ganhando a censura das mulheres e dos homens. Passaram-se meses e anos até que Jamīl atingiu a idade de dezesseis anos, e o seu desejo de se casar com Buṯayna se acentuou; dirigiu-se então ao tio, dizendo: "Tio, eu gostaria que a sua generosidade me permitisse consumar o casamento com sua filha Buṯayna". Ao ouvi-lo, Ġādir disse aos berros: "Seu filho da puta! Qual foi, por acaso, o dote que você me trouxe? Vá até os beduínos e traga camelas e ouro. Se você me encher desses bens, eu a entregarei a você", e tratou-o mal e grosseiramente.

Decepcionado, com os olhos vertendo lágrimas e o coração dolorido, Jamīl foi ter com Buṯayna, a quem relatou a injustiça que o pai dela cometera. A jovem disse: "Por Deus, primo, ontem mesmo, enquanto eu dormia, a minha mãe dizia a ele: 'O que você está esperando em relação a Buṯayna? Ela já cresceu, entregue-a ao marido!', mas ele disse: 'Ai de você! Entregá-la a Jamīl para que amanhã ele venha me pedir os bens do pai? Isso nunca! Buṯayna me foi pedida em casamento por ᶜAjlān, o maioral dos beduínos, que me pagará como dote mil camelas. Quero somar os cabedais que ganhei antes aos que ganharei depois a fim de que aumentem as minhas riquezas, camelas e camelos. Portanto, não me volte a falar desse assunto, do contrário arranco a sua cabeça com esta espada'. Isso foi tudo o que escutei a minha mãe falar, mais nada". Ao ouvir tais palavras

[796] Esmola legal prevista pelo islã.

da prima Buṯayna, seu desespero de apaixonado ganhou vulto e ele gritou: "Oh, quanta humilhação! Por Deus, eu não peço ao meu tio nem muito nem pouco; serei como um escravo qualquer!".

Enquanto ambos conversaram, eis que o seu tio entrou. Jamīl se aproximou para beijar-lhe as mãos, mas o homem o empurrou pelo peito e disse: "Por Deus, seu filho da puta, criado num lupanar, juro pela fonte de Zamzam e pelos lugares sagrados que, se acaso eu voltar a vê-lo neste lugar, farei a sua cabeça voar com esta espada! Juro pela honra dos árabes e pelo sagrado mês de *rajab* que ela não será sua mulher nem você será seu marido, a não ser que me traga mil camelas, cem cavalos, cinco mil reses, duzentos pesos de ouro, quinhentos pesos de prata, cem peças de seda, cem trajes de brocado, quinhentas medidas de âmbar, cem escravos e cem escravas. Só então você poderá desposá-la". Com as lágrimas a lhe escorrer pela face, Jamīl disse: "Eu envidarei todos os esforços por você, meu tio, e para tanto pedirei ajuda ao Rei adorado. Porém, tio, dê-me equipamentos de viagem e proteção, uma égua veloz e uma espada cortante e afiada, para que eu possa sair em viagem e tomar os bens dos beduínos. Se eu escapar, volto, e se eu morrer, você terá direito a tudo, pois é meu tio paterno; aqui permanecem os meus entes amados, e deste mundo eu não almejo senão a sua bênção". Em seguida, as lágrimas de Jamīl lhe escorreram pelos olhos e ele demonstrou sua tristeza e aflição recitando o seguinte:

É de ti, Ġādir, que todos nós dependemos;
quem dera eu morrera quando ᶜĀmir morreu,
mas agora és meu pilar em toda dificuldade,
e na verdade és o pilar de toda a humanidade;
lembrar a tua origem é sempre excelente,
pois és o tronco do qual ᶜĀmir é um galho;
e de ti, meu tio, derivo em tronco e galho;
não me digas, meu tio, que de vós não sou,
pois após o meu pai és tu a minha fortaleza,
e que o destino não te prive de ser fortaleza;
estou de partida, tio, para aquilo que queres:
aniquilar os beduínos com lanças e espadas,
e quem sabe assim Deus me facilite as coisas,
e eu obtenha enfim aquilo que tanto desejo;
já me casaste, e o contrato foi presenciado

por todos os homens, meu tio, em tua casa,
e minha prima é tudo o que almejo e desejo;
rico não me deixaste, tio! Não és um de nós?
É meu direito diante de ti que me dês valor,
e que respeites o meu pai e não nos expulse;
por vida minha! O que hoje fizeste conosco
não tornará a tua vida, neste dia, mais nobre.

Ao ouvir a poesia, o tio ficou ainda mais duro. Deu as coisas pedidas pelo rapaz, querendo com isso que ele partisse logo e fosse liquidado. Jamīl recebeu a montaria e os equipamentos e saiu pelos desertos, aprofundando-se na sua imensidão por alguns dias. Isso foi o que se deu com Jamīl.

Quanto a Ġādir, sua filha e a questão envolvendo ᶜAjlān, o fato é que este último era um grande líder da terra de Ḥaḍramawt,[797] e um cruel tirano, que não deixava apagar-se o fogo da vingança e que nenhum vizinho ousava afrontar; sua injustiça, maldade, astúcia, tramoias e razias eram tantas que todas as terras ao seu redor tinham-se esvaziado. Amava com obstinação as mulheres belas como a lua e as jovens virgens, em cujos dotes não pechinchava. Quando pedia alguma jovem virgem em casamento, aliciava o pai dela mediante dinheiro; caso contrário, ele realizava uma algara e a capturava à força de espadas. Quando ᶜAjlān ouviu falar sobre a filha de Ġādir, mandou pedi-la em casamento ao pai, a quem aliciou com dinheiro, prometendo-lhe riquezas, mil camelas de pelo vermelho e pupilas pretas, mil reses, cinquenta escravos, cinquenta escravas, cinquenta medidas de ouro e cinquenta medidas de prata.

Quando o emissário de ᶜAjlān chegou e Ġādir viu aquilo tudo, ele respondeu ouvindo e obedecendo; foi imediatamente até a esposa e informou-a sobre a questão. Aquilo desgostou a mulher, e, considerando grave a situação, ela disse: "Como você pode aceitar isso, homem? Destruir a nossa tribo? O seu irmão já lhe pagou o dote! Depois dele, você é o tutor de Jamīl, e agora está se apropriando de todo o dinheiro dele!". Ġādir respondeu: "É imperioso que eu me aproprie do dinheiro para com ele me fortalecer contra os inimigos". Em seguida, convocou os cavaleiros da tribo e lhes falou a respeito do emissário de ᶜAjlān, o líder dos beduínos, dizendo: "O que fazer, primos? Se acaso eu

[797] Região do sul da Península Arábica que hoje faz parte do Iêmen. É palavra constituída pelos semantemas *ḥaḍr*, "presença", e *mawt*, "morte".

rechaçar o emissário de ᶜAjlān, receio que ele marche contra nós com o seu grupo". Seus primos responderam: "Enfrente o cavaleiro que quiser, salvo o comandante ᶜAjlān, pois não podemos com ele nem temos forças para enfrentá-lo. Ele não é senão um demônio, um monstro prepotente e violento. Não lhe resta senão atender-lhe o pedido. Se houver relações de parentesco entre vocês, nós ficaremos mais poderosos que todos os outros beduínos". Ante tais palavras, Ġādir rapidamente cedeu; esperou até o terceiro dia, chamou o emissário de ᶜAjlān, cumprimentou-o e disse: "Se ele quer a mão da minha filha, que venha ele mesmo até nós a fim de recebê-la, pois eu a dera em casamento ao primo dela, Jamīl, e já recebi o dote. Se ele vier aqui em pessoa, o primo não terá como reagir nem o que ambicionar, pois será impedido por espadas afiadas". Em seguida, tratou gentilmente o emissário e o devolveu com aquela resposta.

E o amanhecer alcançou Šahrazād, que parou de contar.

QUANDO FOI A NOITE

478ª

Disse Šahrazād:

Eu tive notícia, ó rei venturoso, de que, quando[798] o emissário retornou e o informou do que sucedera, ᶜAjlān ficou contente, preparou o dote e, acompanhado de homens, guerreiros e cavaleiros, num total de seiscentos destemidos e velozes, avançou até o Vale da Atalaia, enviando batedores na frente para informar Ġādir e a sua tribo da chegada. Acompanhado dos seus primos e pessoas do seu círculo íntimo, Ġādir lhe ofereceu a melhor das recepções, e todos muito lhe agradeceram, louvando-o e elogiando-o. Quando ᶜAjlān chegou à aldeia da tribo, montaram-lhe tendas com pavilhões, e ele entrou.

Nesse momento, Ġādir chamou os cavaleiros da tribo, que compareceram, deu a mão de sua filha a ᶜAjlān e ninguém se atreveu a pronunciar uma única

[798] A partir deste ponto, será possível aproveitar de novo o manuscrito Maillet, no início da sua décima quarta parte. Como o corpus de Maillet, aqui, é bem próximo de Tübingen e Varsy, não indicaremos quando for usado.

palavra, com exceção de um velho já entrado em anos chamado Nāṣir Bin Šākir, que estivera presente no dia em que se fizera o contrato de casamento entre Buṯayna e Jamīl. Ele disse: "Não tem medo de Deus altíssimo, Ġādir? Acaso não receia o destino, as calamidades e as reviravoltas que deram cabo dos antigos e dos contemporâneos? Acaso você não dera a sua filha Buṯayna em casamento ao primo paterno dela, Jamīl, recebendo vastos cabedais para tal e nos usando como testemunhas, tanto os grandes como os pequenos? Deus o punirá por isso!".

Disse o narrador: Ao ouvir tais palavras, Ġādir desembainhou a espada e decepou a cabeça do ancião, dizendo: "Por Deus, quem quer que me fale dessa maneira terá como minha única resposta o golpe que lhe decepará o pescoço!".

Quanto a Buṯayna, vestiram-na com trajes e joias luxuosas, adornadas com pérolas e colares valiosos. Ela foi exibida entre as tribos, diante de todos quantos estivessem presentes, e serviram-se banquetes e bebidas, alegrando tanto as mulheres livres como as servas. Ġādir instruíra um escravo a entrar na aldeia, vestido com roupas esfarrapadas, chorando como quem sofreu uma grande perda e pranteando Jamīl; ele devia informar à gente da tribo que o rapaz fora morto, que estava estirado nas terras da tribo de Banū ᶜAqīl, e que ele vira o cadáver com seus próprios olhos. Após assimilar tais instruções, o escravo começou com os gritos e fez o anúncio, chorando e se carpindo. O povo da aldeia ouviu o que ele dizia e, acreditando ser verdade, os chegados e parentes de Jamīl o prantearam.

Buṯayna, ao tomar conhecimento daquilo, desgrenhou-se, soltou os cabelos e chorou o mais que pôde, fazendo menção de se suicidar. O pai e a mãe foram ter com ela e disseram: "Buṯayna, não dispomos de nenhuma artimanha contra a morte, e é imperioso que você tenha um marido. Este ᶜAjlān é bem poderoso, mais opulento do que os reis sassânidas. Com ele, você ficará poderosa e se tornará a rainha do seu tempo", e tanto insistiram nisso que ela os acatou; vestiram-na então com outros trajes e adornos femininos, e as camareiras a fizeram circular entre os convidados enquanto tocavam adufes.

Porém, na noite mesma das núpcias de Buṯayna e ᶜAjlān, seu primo Jamīl chegou trazendo butins, camelos, cavalos e reses. Ele havia atacado a tribo dos Banū ᶜAqīl, cujos membros estavam ausentes, não havendo na aldeia senão uns poucos cinquenta cavaleiros destemidos e bravos, os quais, ao verem que Jamīl havia roubado os cabedais e montarias, cavalgaram e saíram no seu encalço, mas ele lhes deu a volta como um leão veloz, assestando golpes dignos daquele cujo coração está em chamas pela paixão, e em pouco tempo matou, dentre eles, aqueles cuja hora chegara e cujo fim se avizinhara, enquanto os outros fugiram céleres.

E o amanhecer alcançou Šahrazād, que parou de contar.

QUANDO FOI A NOITE

479ª

Disse Šahrazād:

Eu tive notícia, ó rei venturoso, de que os cavaleiros restantes fugiram céleres. Ante aquela situação, os escravos que Jamīl capturara se puseram a guiar as montarias diante dele, o bravo cavaleiro, e assim se mantiveram até a chegada à sua aldeia. Ao ver a festa e a troca de alvíssaras, o coração de Jamīl pulsou e ele foi voando até Buṯayna, temeroso de que lhe houvesse sucedido algo. Abandonou a condução do butim e disse aos escravos: "Conduzam as montarias e me sigam", deixando-os para trás e cavalgando até chegar ao Vale da Atalaia, onde avançou em direção às tendas e aos pavilhões das redondezas, quando, súbito, um dos escravos do seu pai, ᶜĀmir, avistou-o, reconheceu-o, certificou-se de quem era e, ao ter certeza, atirou-se sobre os seus estribos, beijando-os e dizendo: "Você está vivo, meu amo?". Jamīl perguntou: "Como assim, meu bom escravo?", e então o escravo lhe contou tudo quanto ocorrera durante a sua ausência. Mal terminou de ouvir e ver, o jovem disse ao escravo: "Você poderia me fazer um favor? Deixe-me na tenda onde está a minha prima Buṯayna e cuide do meu cavalo". O escravo respondeu: "Por Deus, meu amo, temo que o matem, pois você já não tem como chegar até Buṯayna, e não pode mais tê-la, pois esse ᶜAjlān é um grande tirano, e já a dominou. Com ele estão muitos cavaleiros, além dos maiorais da sua tribo!". Jamīl disse: "Vá na minha frente e pare de falar", e então o escravo foi na sua frente, ambos disfarçados.

E o amanhecer alcançou Šahrazād, que parou de contar.

480ª[799]

Disse Šahrazād:

Eu tive notícia, ó rei venturoso, de que o escravo caminhou na frente de Jamīl, ambos disfarçados, até chegarem à tenda onde a noiva estava se preparando, e da qual as camareiras, após terem paramentado Buṯayna, já haviam ido embora, deixando-a sozinha, a se lembrar do primo, e então ela revelou o que lhe ia pelo coração; suas lágrimas deslizaram e ela recitou o seguinte:

Ó censores, chega de censuras,
pois já não ouço as vossas falas;
quem ajuda este olho, cuja lágrima
pelo amado não para de escorrer?
Quão longe estou de ter consolo,
pois o amado está por aí perdido!
Não supunha que a minha tristeza
fosse durar tanto, pelo resto da vida.[800]

Ante tais palavras, Jamīl não suportou se calar e disse a ela: "Deus altíssimo e exalçado respondeu aos seus rogos, concedendo-lhe o seu pedido e esperança e trazendo-lhe o seu amado, que se juntará a você, conforme o seu rogo!". Desca-

[799] Neste ponto, alguém fez uma anotação à margem de Varsy (noite 470, fl. 249 r.): "Este manuscrito é o mais correto no número das noites, que são 528". A anotação é curiosa porque fica claro para quem manuseia o manuscrito que a sua numeração das noites, eivada de saltos, idas e vindas, nada tem de correta. No lugar correspondente do manuscrito Tübingen (noite 465, fl. 479 v.), uma letra à margem, que não é a mesma do manuscrito Varsy, faz uma anotação que, ao menos na cópia da qual dispomos, não é possível ler por inteiro, mas que se refere, igualmente, à questão do número das noites: "[...] diferente do manuscrito [...] as noites [...] para [*ou*: até] esta [...] completa". Em ambos os manuscritos, após a fórmula "eu tive notícia, ó rei venturoso", introduz-se outra fórmula, também muito comum nas *Noites*: "Disse [o narrador]". A permanência dessa segunda fórmula pode indicar que o original do qual foram copiados Tübingen e Varsy não estava dividido em noites, mas já deveria estar com os pontos para a divisão marcados, e que a escolha para a divisão recaiu em vários pontos onde, no original, já constava o bordão "disse [o narrador]".

[800] Embora nas cinco fontes os versos sejam praticamente os mesmos, a melhor solução está em Gayangos, que adotou outra disposição, sem alterar o sentido, para fazer a rima em "m", e resolver um problema de sentido no terceiro verso (aqui, sexta linha), em que se usa *hā'im*, "perdido", em vez de *jamīl*, "belo", "formoso", o que não faz sentido ali ("pois o amado se tornou formoso").

valgou, entregou o cavalo aos cuidados do escravo e Buṯayna foi abraçá-lo, ambos queixosos das dores da separação e da amargura das saudades, após o que ela o deixou a par da situação e de tudo quanto padecera, dizendo: "Salve-se, primo, desse tirano opressor e prepotente que já derrotou todo mundo". Jamīl respondeu: "Por Deus, prima, para mim é mais fácil morrer do que ficar um só dia sem a ver. Se você não aceitar o que pretendo fazer, terei morrido por causa de uma grande estupidez". Buṯayna disse: "Bem, primo, se isso for absolutamente imperioso, vamos fugir rápido, antes que o perigo recrudesça e que se desfaça a noite espessa". Então saíram ambos do pavilhão e encontraram o escravo parado a cuidar do cavalo. Jamīl montou, colocou a prima na garupa e saiu em direção ao vale no qual havia deixado os cabedais e bens que sequestrara.

Entretanto, ambos mal haviam chegado ao vale e já o lugar era invadido por cavalos a relinchar e homens à sua procura. Sucedera que, após irem à tenda atrás de Buṯayna e não a encontrarem, os homens de Ġādir foram tomados pela fúria e anunciaram, aos gritos, a vingança. Os cavaleiros montaram e a notícia chegou a ^{c}Ajlān, que montou, acompanhado dos membros da sua tribo, os quais ele enviou em todas as direções. Ġādir e ^{c}Ajlān estavam no grupo que encontrou Jamīl. Ao ver que a filha estava com o primo, Ġādir gritou: "Seu filho de um putanheiro! Você pretendia fugir para longe daqui e me deixar afundado na infâmia?", e gritou para ^{c}Ajlān: "Pegue a sua esposa! Salve-a das garras dele e não se descuide, pois o mal que provém desse rapaz se voltará contra você; se não quiser, deixe-me com ele, que lhe cortarei a cabeça, mandando-o atrás da mãe e do pai, fazendo cessar a sua respiração e amaldiçoando quem o criou, pois se trata de um ser horrível e abjeto".

Nesse momento, ^{c}Ajlān disse a um cavaleiro chamado ^{c}Amrān: "Vá até Jamīl, extinga a respiração dele e traga-me a sua cabeça". ^{c}Amrān avançou com seu lépido cavalo e, após algum tempo, foi morto por Jamīl. Um segundo cavaleiro investiu contra o rapaz e também foi morto, e assim se deu com o terceiro, o quarto, o quinto, o sexto, o sétimo, o oitavo, o nono, o décimo... Então ^{c}Ajlān gritou com seus homens, dizendo: "Ai de vocês! Ele não passa de um cavaleiro de traços graciosos! Vamos, peguem-no! É uma vergonha sermos derrotados em combate por um jovenzinho de rosto quase imberbe!". Então os beduínos o atacaram, enquanto o seu tio Ġādir dizia: "Prestem muita atenção, caso contrário ele os matará a todos!".

Ao ver aquela situação, Buṯayna, que havia desmontado quando as investidas começaram, gritou para o primo, dizendo: "Salve-se, primo! Serei eu o seu resgate! Por Deus, você é o único que de mim se apossará!". Jamīl disse: "De modo algum, prima! Pare e assista a um cavaleiro cujas ações deixariam esgotados os cavaleiros, e que nem os reis guerreiros[801] seriam capazes de enfrentar!". Ato contínuo, soltou um brado e investiu na direção dos cavalos, infligindo muitos ais aos cavaleiros: a poeira se levantou, eles sumiram das vistas, e em menos de uma hora ele já havia matado quarenta e cinco deles, enquanto os demais voltavam feridos, o que aumentou o ódio de ᶜAjlān, cujos membros se contraíram de tanto pulsar, e cujos olhos se esgazearam de tanto ele gritar com seu cavalo; soltou-lhe as rédeas, ajeitou a lança e, aos berros, investiu contra Jamīl, recitando enquanto dele se acercava:

Não calculei — juro pelas caravanas
que à Casa de Deus fazem oferendas! —
não calculei que esse moleque prostra
nos dias de feroz batalha muitos leões.
Mas considero infamante eu combater
um só, eu, vencedor de tribos inteiras!
Tenho, contudo, de vingar o meu povo,
pois o sangue dos mortos o guerreiro resgata!
Ai de ti! Queres ver Buṯayna, tua amada?
Por Deus, em meu casamento não entrarás!
Irei te aplicar o forte golpe de uma espada
afiada, cortante, que todo membro decepa.

Disse o narrador: Quando Jamīl ouviu a sua poesia e recitação, bradou do alto de seu forte sentimento...

E o amanhecer alcançou Šahrazād, que parou de contar.

QUANDO FOI A NOITE

481ª

Disse Šahrazād:

801 "Reis guerreiros" traduz *aqyāl*, "régulos", que é o que consta de Gayangos e Maillet. Em Tübingen e Varsy consta *afyāl*, "elefantes", o que não faz sentido. A solução foi sugerida por Paris 1, que traz *aqrān*, "bravos guerreiros".

Eu tive notícia, ó rei venturoso, de que, quando ouviu a poesia e a recitação de ᶜAjlān, Jamīl bradou do alto de seu forte sentimento, revelando o que lhe ia pelo peito; investiu contra ele, assim respondendo à poesia:

Quem enviará a minha mensagem ao amado,
informando-o do combate de morte que travo?
Leva minha paixão se no amor fores como eu,
e suportares o mesmo que eu venho suportando;
e se acaso — por Deus! — ela de mim perguntar,
então põe minha paixão na resposta à mensagem!
Dize a Buṯayna que ao nosso pacto continuo fiel,
e que por isso mesmo é que eu estou combatendo;
não suponhas jamais que esse pacto eu vou trair,
e para tanto eu não me importo com o que digam!
[Ó moradores do vale, a vós as minhas saudações;
contudo, a perda do amado é, sem dúvida, mortal!][802]
Que a Ġādir Deus amaldiçoe enquanto cantarem
os rouxinóis sobre os galhos da árvore salvadora!
De fato eu vos irei matar, mesmo que vós fôsseis,
hoje, tantos quantos são pedregulhos e penhascos!
E se porventura a morte me acometer, ainda assim
não temerei golpes de inimigos nem tribos unidas;
eles abandonaram as suas tendas, e nós as nossas:
tal é a vida, pois após isso tudo também se esvai.

Quando Ġādir ouviu essa poesia na qual Jamīl o amaldiçoava, ele gritou clamando por ᶜAjlān e dizendo: "Faça-o provar a morte, e não o desdenhe!". Esse ᶜAjlān, que era um tirano, um guerreiro destemido, um leão ameaçador, arremeteu contra Jamīl, colando-se a ele, encurralando-o e enfim prostrando--o ao solo com um golpe de lança; nesse momento, Ġādir gritou para os seus homens: "Pela honra dos beduínos, vou decepar com esta espada a cabeça de quem não lhe acertar um golpe!", e então eles o atacaram com lanças, enchendo-o de feridas.

[802] Traduzido de Gayangos e Paris 1.

Aplicados os golpes, seu tio Ġādir gritou: "Tragam-no aqui a fim de que eu lhe corte o pescoço", e então os homens avançaram até Jamīl e o cercaram para que o seu pescoço fosse cortado; um dos homens disse: "Crucifiquem-no!"; outro disse: "Matem-no!"; outro disse: "Queimem-no!". Foi nesse instante que Buṯayna apareceu e disse — ó rei do tempo[803] — as palavras que eu já lhe contei e descrevi, e que foram ouvidas por Kān Mākān: "Juro — pela Casa do Profeta, pelos lugares sagrados e por todos quantos fizeram a peregrinação a Meca — que se vocês não soltarem o meu primo eu enfiarei esta espada no meu ventre e a farei sair pelas minhas costas!".

[*Disse Šahrazād*:] E aqui retomamos o andamento da história, ó rei Šāhriyār. Ao ouvir aquilo, Kān Mākān gritou, dizendo: "Esse é o meu segundo tio Sāsān! E é até pior do que ele, pois traiu um juramento![804] Juro todas as juras, por Deus poderoso, criador da humanidade, e pela vida dos olhos de Quḍya Fakān, que não sairei deste vale sem antes ter salvado esse jovem Jamīl e acabado com as suas preocupações e aflições, matando o seu tio e proporcionando-lhe Buṯayna, a amada do seu coração".

Ato contínuo, gritou e bradou: "A todos os beduínos! Apresentem-se à arena de combates, pois eu sou matador de cavaleiros, o único deste tempo! Sou Kān Mākān, filho de Ḍaw Almakān, filho do rei ᶜUmar Annuᶜmān, senhor de Bagdá e da terra de Ḫurāsān!". E, como últimas palavras, bradou: "Bando de miseráveis, deixem esse garoto, caso contrário eu os farei sorver a taça da morte". ᶜAjlān respondeu: "Ai de você, meu jovem! Se estiver perdido, nós o guiaremos, e se estiver louco, nós o medicaremos! Ai de você! Eu sou ᶜAjlān! Sou o rei do tempo, sou o comandante dos beduínos!". Kān Mākān respondeu: "Já o reconheci, seu cornudo! Se não deixar Buṯayna em paz, vou espezinhá-lo e humilhá-lo".

Ao ouvir as palavras de Kān Mākān, ᶜAjlān não retrucou com palavras, percebendo que se tratava de um cavaleiro intrépido e um leão guerreiro; investiu contra ele, e ambos bradaram, retomando a seriedade e deixando a comicidade de lado.

[803] Note como a narrativa introduz a todo momento marcadores de que Šahrazād está falando a Šāhriyār.

[804] Note a contradição: a história de Jamīl e Buṯayna foi contada por Šahrazād a Šāhriyār, mas, ao menos dentro da estrita formalidade da cadeia de transmissão, ninguém a contou a Kān Mākān; logo, ele não poderia conhecer em detalhes aquilo que está presenciando, pois o cenário ao seu alcance se limita a um jovenzinho ameaçado por guerreiros barbados e uma jovem ameaçando matar-se, e muito menos comparar Ġādir a seu tio Sāsān. Na verdade, o que se pretende é deixar bem evidente (como se isso já não fosse claro o bastante) o paralelo entre as duas personagens, quais sejam, Kān Mākān e Jamīl, ambos apaixonados por suas primas paternas e vilmente atraiçoados por seus tios. Em Paris 1 (que, repita-se, não é um manuscrito das *Noites*) e Gayangos, é o beduíno Ṣayyāḥ quem conta a história a Kān Mākān.

Por algum tempo, elevou-se entre ambos a poeira cuja dispersão revela os segredos, até que enfim Kān Mākān gritou e aplicou em ᶜAjlān um golpe raivoso que o partiu em dois, semelhando um bravo leão, enquanto o seu cavalo Qātūl parecia um ogro ou um touro enlouquecido; voltou-se então para os demais cavaleiros, atacou os mais valentes e, após exterminá-los com a sua espada e lança, recitou o seguinte:

Ó caro Jamīl, ó grande esforçado,
meu coração por ti está adoentado!
Belamente te resignaste ao destino:
a resignação de um homem virtuoso!
Olha agora para ᶜAjlān, a quem eu já
derrotei, deixando-o morto e prostrado;
foi a perfídia que lhe apressou a morte,
e para os pérfidos o destino é traiçoeiro!
Se teu tio for como ele, também o mato,
e nele satisfaço minha sede de vingança,
deixando-o por terra prostrado e bafejado
pela fresca aragem dos ventos sul e norte.

Em seguida, Kān Mākān avançou na direção de Ġādir e lhe disse: "Seu velho iníquo, ai de você! Por que motivo odeia tanto o seu sobrinho? Por que desapontou as esperanças que ele tinha em você?". Ġādir respondeu: "Ai de você! Deixe-se de intromissões e pare com essa conversa. Ele não é meu sobrinho e eu não sou tio dele. E nem você é responsável por ele". Kān Mākān disse: "Por Deus que é mentira, Ġādir!".

E o amanhecer alcançou Šahrazād, que parou de contar.

QUANDO FOI A NOITE

482ª

Disse Šahrazād:

Eu tive notícia, ó rei venturoso, de que Kān Mākān disse: "Por Deus que é mentira, Ġādir! Mas você é traiçoeiro, como diz o seu nome. Ai de você, que cobiçou os bens de ᶜAjlān e negou os direitos do filho de ᶜĀmir, o homem que abrigava os necessitados! Por Deus que Sāsān também era assim, até que Deus o submeteu à humilhação [e o fez precisar de mim para livrá-lo da prisão dos turcomanos, mas ele me recompensou com as piores ações, negando todo o bem que lhe fiz e tentando me matar amiúde!][805] Porém, fui salvo pelo Rei Sentenciador". Ġādir disse: "Você é um rapaz louco ou delirante, que não sabe o que diz. Presumo que você não deixará de ser intrometido até ficar morto e estendido", e investiu contra ele como se fora um ogro, circundando-o, ameaçando-o e recitando o seguinte:

Cautela, pois é Ġādir que te enfrenta,
o aliado de todas as virtudes e glórias,
e o aniquilador dos bravos nas guerras,
na troca de golpes com espada cortante!
Agora tomarei a vingança daqueles que
por terra prostraste, ó filho das putas!
O teu cavalo verás tal como o deixaste,
os membros jogados no extremo da terra;
confuso vagarás pela soidão do deserto,
ao meio-dia, debaixo do sol inclemente,
de bichos ferozes tornado um bom pasto,
no imenso da terra distante terás tua cova,
comido serás pelos monstros das tumbas,
e ninho serás das aves que por ti passarem.

Kān Mākān respondeu: "Ai de você, seu filho de miseráveis! Veremos agora a quem se referem tais palavras, e quem sorverá a taça da morte, pois você é o mais perverso dos tios. Não mentiu quem disse: 'tio paterno [que não faz o bem] é aflição, e tio materno [avarento][806] é perdição'". E, apontando para Ġādir, recitou:

Ó iníquo traiçoeiro, o mais vil dentre beduínos e citadinos,

[805] Traduzido de Gayangos.
[806] Provérbio complementado por intermédio de Gayangos. Em Gayangos e Paris 1 o ditado continua, sempre à base de rimas: "os parentes são escorpiões, o irmão é armadilha, as mulheres são flatos".

és tu o destruidor dos lares, pois o que fizeste não vale nada;
não penses que eu seja igual aos tribais beduínos que já viste!
Juro pela Casa de Deus, pela Pedra Magnífica e pelos Rituais:
ainda que tu e todos os moradores deste vale fossem soldados,
mortos eu os deixaria na terra escaldante sob o sol do deserto!
Levarei Buṯayna ao noivo, diante de todos, suas joias um luxo,
e dormirão esses olhos tornados insones pela força e injustiça.

Ato contínuo, investiu contra Ġādir e se pôs a censurá-lo e adverti-lo, o que só fazia aumentar a grosseria do homem. Então Kān Mākān se precipitou sobre ele tal como se precipita o decreto divino ou o vento ligeiro, trespassando o seu peito com a lança, que lhe saiu pelas costas, e bradou em seguida: "Ó tribos árabes! Existe entre vocês alguém que queira vingar as mortes de Ġādir e ᶜAjlān?". Responderam em uníssono e aos gritos: "Que Deus não tenha misericórdia de nenhuma dessas almas, ó cavaleiro dos bravos! Deus nos livrou deles por intermédio da sua lança afiada", e ficaram todos efetivamente contentes com a morte dos dois: cercaram Jamīl, pediram-lhe desculpas e beijaram as suas mãos. Kān Mākān já o havia desamarrado e restituído os seus bens, e os homens valentes e resolutos acorreram a ele, dirigindo-lhe a palavra com todo o respeito sobre a questão da liderança da tribo e a devolução dos direitos aos seus donos — e Jamīl era o mais merecedor disso tudo; voltando-se para Kān Mākān, beijou-lhe as mãos e os pés; este último, após agradecer, deixou-o a par de tudo quanto lhe sucedera da parte de Sāsān, e da paixão que o prendia à sua prima paterna, Quḍya Fakān. Jamīl rogou por ele e [o instalou na tenda destinada aos hóspedes, juntamente com seu criado Ṣayyāḥ, o qual, por seu turno, relatou o que lhe sucedera, por parte de seu tio paterno, em relação à sua prima Nijma.][807] Jamīl lhe disse: "Alma tranquila e olho firme! Quem está ao lado deste cavaleiro destemido alcançará tudo quanto seu coração quiser e escolher". E os tratou com a deferência devida aos hóspedes.

Kān Mākān ficou naquele lugar por três dias, até recobrar as forças. Jamīl se curou dos ferimentos e finalmente consumou o casamento com Buṯayna na terceira noite, ficando com ela até o amanhecer, cheio de regozijo, felicidade e alegria, e então foi ter com Kān Mākān, sentando-se ao seu lado, mas logo se pôs

[807] Traduzido de Gayangos.

em pé no meio dos beduínos e dos cavaleiros e, atirando-se aos pés de Kān Mākān, beijou-os três vezes e disse: "Isso que você fez por mim, meu amo, é incomparável. Entre os nobres, a prática do bem não se perde. Hoje, sou proprietário de seis mil camelas, sem contar os cavalos, as reses, os escravos e os servos. Eu lhe peço que fique com três mil dessas camelas, e o que restar será fruto da sua generosidade e benevolência".

Ante tais palavras, Kān Mākān respondeu: "Quão longe, quão longe está de mim o recebimento de gorjetas pela prática de favores!". Nesse momento, Jamīl perguntou: "Ó face do bem, você não é Kān Mākān, filho de Ḍaw Almakān, filho de ^{c}Umar Annu^{c}mān, senhor de Bagdá e de Ḫurāsān?". Kān Mākān respondeu: "Sim". Jamīl disse: "Que maravilha! Você pertence a uma poderosa estirpe, e é senhor de grande opulência! Eu lhe rogo, pela fonte de Zamzam, pelo muro de Ismā^{c}īl, e pelo lugar do nosso patriarca Ibrāhīm, que aceite o que estou oferecendo! Se for pouco, leve as seis mil camelas, pois eu fui libertado graças à sua espada!", e lhe beijou as mãos, recitando:

Ó senhor dos beduínos! Acaso me queres
por companheiro? És vitorioso e vencedor,
enfrentaste bravos campeões e os liquidaste;
és eterno, e para além do alcance do tempo!
A tua alta dignidade alcançou tais alturas
a que outras mãos mais longas não chegam!
Ó quem cuja coragem só faz se agigantar, e
ante cuja força até reis poderosos se curvam!
Juro que em tuas mãos já estão nossas vidas,
pois foste tu que me libertaste, todos o viram!
Salvaste a mim e a Buṯayna, e ora não restam
bons elogios e louvores que eu possa fazer!
Todos os meus cabedais e súditos a ti pertencem,
bem como seu líder, e teus escravos eles são.

Kān Mākān ficou acanhado ao ouvir semelhante panegírico.
E o amanhecer alcançou Šahrazād, que parou de contar.

483ª

Disse Šahrazād:

Eu tive notícia, ó rei venturoso, de que, acanhado com a audição daquele panegírico, Kān Mākān disse: "Por Deus, tamanha generosidade é por si só uma recompensa. Você foi muito bom para nós!". Então os moradores daquela aldeia se puseram a servi-lo e a agradecer-lhe as ações, espantados com sua pouca idade. Kān Mākān fez tenção de se despedir e partir, mas Jamīl jurou fazendo questão, beijou-o e o fez prometer que se retardaria por apenas mais um dia, dizendo: "Senhor dos cavaleiros, que nos mergulhou em suas benesses, este seu escravo é um dos poetas beduínos, e amanhã eu quero espalhar aos quatro ventos o panegírico sobre você, para que o ouçam tanto os próximos como os distantes. Sua criada Buṯayna, cujas tristezas você igualmente expulsou, também fez o seu panegírico". Jamīl jurou, fazendo questão, "pela permanência dos olhos de sua amada Quḍya Fakān! Dê-me esse tempo para você ouvir a minha composição e a de Buṯayna", e então Kān Mākān acedeu e concordou em ficar.

No dia seguinte, Jamīl e sua prima Buṯayna, a lua cheia,[808] bem como os notáveis da tribo, colocaram-se em pé diante de Kān Mākān, o qual jurou que não ouviria a poesia senão montado em seu cavalo, a fim de poder tomar seu rumo logo após a recitação. Montou, portanto, o cavalo Qātūl, enquanto os beduínos se enfileiravam à sua direita e à sua esquerda. Buṯayna deu um passo adiante para recitar, mas, ao ver aquela grande aglomeração, sentiu-se envergonhada e inti-

[808] Aqui, todos os cinco manuscritos – a despeito de não provirem necessariamente das mesmas fontes – apresentam a mesma singularidade: nesse tipo de construção, entre o nome de Buṯayna e o sintagma *albadr attamām*, "lua cheia completa", deveria estar o comparativo *ka-annahā*, "semelhando" ou "parecendo", que falta em todos eles (Tübingen, fl. 483 r.; Varsy, 252 r.; Maillet, 268 r.; Paris 1, 248 r.; Gayangos, 299 r.). Isso pode ser evidência de que os originais mais antigos dessa história já se encontravam em mau estado por volta dos séculos XVI-XVII. De qualquer forma, traduzimos como atributo o que normalmente é comparação. A qualidade de Tübingen e Varsy, nunca é demais ressaltá-lo, declina de maneira vertiginosa, com visíveis pulos de linhas, grafias erradas e inversões, entre outros defeitos. A isso se soma a perda de qualidade do próprio suporte material, pois é natural que a deterioração seja mais acentuada no fim e no começo dos manuscritos.

midada, franzindo a testa e cobrindo o rosto. Jamīl deu então um passo à frente, beijou o chão demoradamente, olhou para o seu povo e fez menção de iniciar a recitação, mas Buṯayna se antecipou: apontou para Kān Mākān e, por debaixo da burca,[809] cantou o seguinte panegírico:

Ele se inclina tal como a lança curva o guerreiro,
enquanto a fragrância do seu perfume se espalha;
abracei um ramo não visto por meu irmão piedoso,
e que não poderá senão deixá-lo muito perturbado;
tornou-se turco da gema, enquanto seu tio materno
é negro; quem se assemelhará a ele em formosura?
Aspirei o seu aroma na escura noite de seus cabelos,
mas as suas mensageiras se preocuparam, ciumentas.
De mim terás sempre uma fonte das mais saborosas,
para uma sede que por mais que se beba não termina;
a alegria nos advém e entre nós circula por todo lado.
O nosso final de noite foi adequado às virtudes dele,
e nós fomos bafejados por uma fragrância de âmbar,
tal como é o hábito de Kān Mākān quando o encontras:
levantei-me com todo o respeito para fazer seu elogio,
mas antes de fazê-lo as suas virtudes se anteciparam,
e nessa benesse minha poesia e sua piedade se aliaram,
mas, graças ao uso da espada, os dedos dele venceram;
e eu era o jardim que por sua chuva havia sido regado,
e atingido suas casas e saciado a sede de seus camelos;
seu aroma de flores se extravia e se espalha pelo ar,
enchendo o seu panegírico de derivações elogiosas;
chegas a temer ser queimado pelo fogo do seu arrojo,
mas tranquilo ficas quando suas benesses emergem;
acaso não vês que o relâmpago é o primeiro a surgir,
e só depois dele é que sobrevém o benefício da chuva?
Nunca vi chuva tão benéfica quanto a da sua bondade,
cobrindo e protegendo, caudalosa, o Oriente inteiro!

[809] Curiosamente, embora todos os manuscritos tragam *burquᶜ*, "burca", Buṯayna é desenhada de rosto descoberto e cabelos soltos numa ilustração do manuscrito Tübingen (fl. 483 r.) em que tal cena é representada.

Aos pais ele livra das preocupações com seus filhos,
e toda a humanidade ficará dele órfã ou então viúva;
todo aquele que tentar elogiá-lo deve ir bem devagar,
pois suas residências ficam entre as Plêiades e Arturo:
ele é um nobre cuja nobre moradia é compartilhada,
do seu começo até seu fim, como um elevado legado;
desse-nos o destino apenas um pouco de sua natureza,
nada de ruim atingiria os homens nobres e generosos;
mesmo o destino baldado por meio dele se ornamenta,
de nobreza enchendo até mesmo os que não a possuem;
reverenciam-no igualmente as suas noites e os seus dias,
e eu escrevi o que dele espero na folha de suas virtudes;
se de tudo és dotado, recato, coragem, arrojo, bondade,
o que mais te falta praticar em teu caminho de glória?
Quantos exércitos gigantes invadiram bosques e colinas,
seu armamento chegando até a constelação de Virgem?
Ele abala firmes montanhas quando marcha sobre elas,
e o casco de seus cavalos estremece os sete firmamentos.[810]

Quando Buṯayna concluiu a recitação, Jamīl deu um passo adiante e, apontando para Kān Mākān, recitou, por seu turno, o seguinte panegírico:

Pergunto se ao apaixonado cabem presentes,
ou se tu te corrompeste e teu afeto foi roubado,
pois alegaste que o meu amor e a minha paixão
são falsos e que minhas visitas são bem poucas,
até que o contrário ficou claro para ti, pois eu
anseio por te ver e qualquer dádiva me reanima;

[810] Os versos desse panegírico são do já citado poeta egípcio Jamāluddīn Bin Maṭrūḥ (1196-1260 d.C.), numa composição em que se faz o elogio a um homem chamado ʿImāduddīn, de origem turca e negra, talvez algum potentado mameluco. Seja como for, ao introduzir esses versos nas *Noites*, o compilador efetuou algumas adaptações, evidentemente, como trocar o nome do elogiado, muito embora tenha se esquecido de corrigir a origem, já que Kān Mākān não tinha a ascendência mencionada nos versos. A tradução procurou observar a tênue linha que separa tais alterações dos posteriores erros de cópia perpetrados por copistas pouco atenciosos.

aquele que detestamos jamais é como o amado:
da conversa do detestado pronto nos entediamos;
os olhos estão totalmente cobertos de lágrimas
que correm como se fossem montarias ligeiras;
é tão abundante esse que provocou grande seca
nos olhos tão belos e tão bem pintados de *kajal*;
seus desígnios são elevados, sua brilhante túnica,
e uma pele que de tão pura parece estar brilhando;
defendeu Buṯayna quando ela foi atacada, e depois
liquidou os homens armados que a tentaram aviltar;
Kān Mākān, juntamente com todos seus parentes,
bem como Ṣayyāḥ, que além do mais é divertido;
buscaram a glória usando seus cavalos e dinheiro;
correram, bem poucos, atrás dos inimigos montados,
e quando os alcançaram os fizeram muito sofrer:
foi um dia muito longo por causa de todas as lutas;
os olhos do enfermo se tranquilizam, como se
as pupilas em fogo fossem por bálsamo curadas;
as suas pálpebras aparecem, embora nada falem,
pois, se falassem, as suas palavras seriam de mel.
Ó homem encarregado de proteger a juventude:
os grandes, quando muito jovens, se extraviam;
apresenta-te bem a ti mesmo, antes da tua morte,
e age, pois ninguém poderá viver eternamente,
e logo a morte virá te buscar, com toda a certeza,
e a morte será para todos a inexorável morada:
chegará o dia, mesmo do homem mais longevo,
e a sua vida se completará, e os seus anos findarão;
os seres humanos, todos eles, têm prazo estipulado,
e assim uma geração se vai e outra então a sucede;
o homem que do tempo se sente a salvo, e que do
tempo não nutre suspeitas, não passa de um tolo!
Onde está o filho de ᶜUmar? Nisso há uma lição!
Era um rei diante de quem todo rei se curvava!
A Síria inteira era apenas uma parte do seu reino,
e ele tinha muitas tropas que o defendiam e cavalos;

e ele, se porventura vivo estivesse e com forças,
em único dia viraria hóspede das forças da morte.[811]

E o amanhecer alcançou Šahrazād, que parou de contar.

QUANDO FOI A NOITE

484ª

Disse Šahrazād:

Eu tive notícia, ó rei venturoso, de que, tão logo Jamīl e Buṯayna concluíram as suas poesias, Kān Mākān lhes agradeceu profusamente. Jamīl disse: "Por Deus, você nos fez um grande favor, e por isso afirmamos que, quanto mais o recompensarmos, mais você será generoso conosco", e prosseguiu: "É prioritário recompensar a sua generosidade, meu amo! Eu gostaria muito que você aceitasse a metade dos meus bens, e assim ficariam três mil camelas para você e outras três mil para mim". Kān Mākān respondeu: "Deus me livre! Eu é que devo me esforçar para recompensá-lo pelo resto da minha vida!". Então Jamīl lhe beijou a mão, todos fizeram as suas despedidas e Kān Mākān partiu como se não houvesse feito nada.[812] Ṣayyāḥ disse,

[811] Essa poesia, recitada por Jamīl como panegírico a Kān Mākān, padece de vários problemas de cópia e de sentido, a ponto de nos vermos forçados a excluir da tradução, por ininteligíveis, cinco versos (ou dez hemistíquios). Os três primeiros versos (ou os seis primeiros hemistíquios), bem como os nove últimos versos (ou os dezoito últimos hemistíquios), são de poesias distintas que a tradição atribui a um mesmo autor, Al'aḥwaṣ, "o dos olhos estreitos", alcunha do poeta omíada ᶜAbdullāh Bin Muḥammad Bin ᶜAbdullāh Bin ᶜĀṣim Bin Ṯābit Al'anṣārī (660-723d.C.). A segunda poesia é um panegírico que ele compôs em homenagem ao já citado califa omíada Muᶜāwya Bin Abī Sufyān. O compilador das *Noites*, ao se apropriar dessas duas poesias, e de outros versos cuja origem ainda é ignorada, levou a cabo algumas alterações, que no entanto foram insuficientes para adequá-las aos propósitos da narrativa. Talvez por isso a poesia recitada por Jamīl não conste de Gayangos nem de Paris 1.

[812] Na segunda metade do século VII d.C., existiu efetivamente na Península Arábica, conforme os relatos históricos, um poeta chamado Jamīl Bin Muᶜammar que se apaixonou desde a mais tenra idade por Buṯayna Bint Ḥayyān, jovem pertencente a outra família. Ele ficou conhecido como *Jamīl Buṯayna*, isto é, "o Jamīl da Buṯayna". Quando o pai dessa jovem se negou a dar-lhe a mão da filha em casamento, Jamīl refugiou-se no Egito, onde morreu. Ambos pertenciam a uma tribo chamada Banū ᶜUḏra, celebrizada pela prática de uma espécie de "amor platônico" – em árabe, o sintagma *alḥubb alᶜuḏrī*, "o amor dos Banū ᶜUḏra", significa mais propriamente "amor virginal", isto é, sem contato físico. Seja como for, o amor não consumado entre ambos – devido à proibição paterna – tornou-se objeto de várias histórias, e essa história de amor beduíno, certamente, é uma de suas refrações, mas com final feliz.

revoltado: "Você errou, meu amo, em rejeitar o presente. Jamīl ia lhe dar três mil camelas. Mesmo que você não tivesse interesse, poderia ter me dado mil delas, que eu usaria como dote para a minha prima, e assim me livraria dessa derrota, gozando com ela a melhor vida. Quer saber? Podemos ir do extremo oriente ao extremo ocidente, aos países mais próximos e distantes, mas nunca mais receberemos uma oferta como essa!". Kān Mākān respondeu: "Você está me sugerindo, seu filho da puta, que eu cobre recompensas pelos favores que faço? Isso jamais vai acontecer!", e determinou que prosseguissem, prometendo-lhe coisas boas em fartura. Embora tenha acatado, Ṣayyāḥ já não nutria nenhuma esperança de êxito.

Destarte, durante três dias eles avançaram, e no quarto — ó rei do tempo — se deu algo espantoso: ao se aproximarem de uma terra repleta de frutos e de vegetação abundante, viram uma poeira se elevar em sua direção; Kān Mākān, seguido por Ṣayyāḥ, foi averiguar do que se tratava, e eis que avistaram cavalos aos quais estavam amarrados dez escravos, ao lado dos quais havia uma mulher com dez criadas de seios virgens, também amarradas, a gritar e a chorar, enquanto a mulher lhes dizia: "Um pouco de boa paciência, porque logo virá a libertação! Se estes miseráveis souberem que vocês são criadas do rei Sāsān, irão humilhá-las e maltratá-las mais ainda". Foi quando a mulher dizia tais palavras que Kān Mākān passou perto delas, ouvindo os gritos das criadas, e vendo na sequência que elas haviam sido capturadas por cinquenta cavaleiros.

Tomado pelo orgulho próprio da realeza, o rapaz gritou para Ṣayyāḥ, dizendo: "Não restam dúvidas de que as garotas são criadas, a mulher é a patroa e os escravos estão ali para servi-la durante o percurso. Parece que as criadas estavam sendo enviadas como presente de algum lugar e foram então atacadas por esses cavaleiros beduínos, que prenderam o grupo todo. Os captores dessas garotas não passam de canalhas, que as agarraram mediante injustiça e violência. Quem maltrata criados não tem dignidade. Por Deus, a realização de favores e a ajuda aos aflitos me servem de consolo por Quḍya Fakān. É absolutamente imperioso que eu enfrente esse bando e salve as criadas de tal desgraça".

Ṣayyāḥ disse: "Amaldiçoe Deus quem continua a seguir você, noite ou dia! Por Deus, aquele que o acompanha está distante do êxito e da boa condição! Eis-me aqui dizendo-lhe que desta vez não enfrente esses guerreiros, grão-senhores e líderes tribais! Trata-se de sessenta cavaleiros, não sendo impossível que exista entre eles pelo menos um que se lhe iguale. O mais correto é você não arriscar a vida, pois nessa batalha sua voz poderá ser calada, e a tumba se tornar a sua morada". As palavras de Ṣayyāḥ encolerizaram Kān Mākān, que disse:

"Por Deus, seu filho de miseráveis! Somente os canalhas permanecem impassíveis diante do sofrimento feminino!", e então bradou para o grupo: "Larguem essas gentis criadas, ó escória dos árabes! Do contrário, juro pelo Formador dos universos e Criador dos homens e dos gênios que os irei aniquilar com a minha espada iemenita! Para quem não me conhece, sou Kān Mākān, filho de Ḍaw Almakān, filho de ᶜUmar Annuᶜmān, senhor de Bagdá e de Ḫurāsān. Libertem as criadas e os escravos, ou então — juro pelo profeta árabe — eu farei de vocês cabeças sem corpos, corpos sem crânios e mãos sem punhos!". Gritou também com o cavalo Qātūl, que chispou em disparada feito um ogro. Kān Mākān continuou gritando e alargou o seu espaço para travar a batalha, enquanto os beduínos vociferavam e se afastavam, dizendo: "É algum louco ou extraviado que cobiça fazer o impossível. Peguem-no com o gume das armas brilhantes", e enristaram as suas espadas pontiagudas. Dez dos mais vis dentre os beduínos fizeram carga contra ele, aos gritos de "Vamos à luta", e ele os recebeu tal como a terra sedenta recebe a chuva copiosa, fazendo a poeira subir e escurecer o lugar; após alguns momentos, Kān Mākān saiu de baixo da poeira semelhando um leão ameaçador, a espada empapada em sangue, e quando a poeira afinal assentou e tudo ficou claro para o olhar, eis que os dez estavam estendidos pela vastidão do deserto.

E o amanhecer alcançou Šahrazād, que parou de contar.

QUANDO FOI A NOITE

485ª

Disse Šahrazād:

Eu tive notícia, ó rei venturoso, de que nesse momento uns disseram aos outros: "Ai de vocês! Não desdenhem esse cavaleiro! Pela vida dos árabes, esse rapaz não é louco nem impostor, e esse ataque é suficiente para que vocês saibam o que não sabiam sobre ele! Vamos atacá-lo juntos, pois esta não é hora de ficar com delongas!", e então trinta cavaleiros o atacaram, todos em ferro mergulhados, gritando: "Você já vai saber quem derrotado será e quem hoje da taça da morte beberá", e subiu a poeira, impedindo que se distinguisse o íntegro do machucado, com cinturas e ventres sendo arrebentados, pontas de lança saindo pelas costas e sangue escorrendo como o mar; os abutres começaram a voejar no entorno dos mortos, as lanças atravessaram o valente e o covarde, e os cavalos se assustaram.

Enquanto isso, desnorteado, perplexo e já sem esperanças de tornar a ver Kān Mākān vivo, Ṣayyāḥ [se pôs a gritar: "Ó Generoso Doador, o seu adorador Kān Mākān][813] está defendendo essas criadas e esses criados, e para tanto ele demanda o seu auxílio, ó Onipotente!". Entre os combatentes, a poeira se elevara tanto que cobrira tudo por um bom tempo, e logo saiu dali do meio um cavalo sem cavaleiro, seguido pelo segundo, e então o terceiro, o quarto, o quinto, o sexto, o sétimo, o oitavo, o nono, o décimo, até que, enfim, saiu o trigésimo cavalo com seu cavaleiro partido ao meio, metade caída para a esquerda e metade caída para a direita, enquanto Kān Mākān vociferava: "Venham para a luta, canalhas! Sou Kān Mākān, filho de Ḍaw Almakān, filho de ᶜUmar Annuᶜmān!", mas os cavaleiros restantes fugiram em desabalada carreira, dizendo: "Esse não é senão o gênio de algum lugar assombrado!".

O beduíno Ṣayyāḥ foi correndo até os escravos e as criadas e os desamarrou; quanto à patroa deles, Kān Mākān a examinou e eis que se tratava da velha Šawāhī Ḏāt Addawāhī, [814] o que o fez gritar de alegria; desmontando de Qātūl, ele lhe aplicou um safanão tão forte que a cabeça da mulher encostou nos pés, e antes que ela pudesse abrir os olhos já estava completamente amarrada ao cavalo. Kān Mākān disse a Ṣayyāḥ: "Essa é Šawāhī Ḏāt Addawāhī, da qual lhe contei o que fez e como matou o meu avô no meio do seu palácio. Quando se viu em face da morte, meu pai me pediu que eu não desistisse de procurá-la, e que, se acaso eu conseguisse, deveria expô-la ao vexame público. Louvores a Deus, que a colocou em minhas mãos! Mantenha-a sob vigilância". Muito contente com aquilo, Ṣayyāḥ seguiu, conduzindo a velha amarrada ao dorso do seu cavalo, e com as dez criadas montadas em ligeiros corcéis. Após ter alforriado os escravos, Kān Mākān conduziu as criadas e a velha por dias e noites, juntamente com Ṣayyāḥ, que ficou encarregado de cuidar delas. O tempo todo ele não parou de pensar na amada do seu coração, Quḍya Fakān.

Passados dez dias, chegaram a uma montanha elevada em cujo sopé divisaram um rio corrente, com águas mais frias do que a neve e mais saborosas do que o mel. Kān Mākān ordenou a Ṣayyāḥ que desmontasse, bem como às criadas e à velha, a

[813] Traduzido de Maillet. Embora, com algumas diferenças, o corpus seja o mesmo em Gayangos e Paris 1, é curioso notar que a queda desse trecho – fundamental para a compreensão da cena – ocorre em Tübingen e Varsy justamente num ponto em que, no manuscrito Maillet, ocorre uma divisão (não numerada) de noite.
[814] Trata-se de uma aparente incongruência, uma vez que Kān Mākān reconhece Ḏāt Addawāhī apesar de nunca a ter visto.

qual deveria ser mantida sob vigilância enquanto ele atravessava o rio a fim de caçar algum animal para que eles se alimentassem. Kān Mākān deu de beber ao cavalo Qātūl, montou-o e se embrenhou pela terra firme, sumindo das vistas dos seus companheiros e entregando-se com afinco à caçada. Isso foi o que se deu com ele.

Quanto a Ṣayyāḥ, que durante esses dez dias de viagem padecera muito e estava exaurido, ele mal acreditou quando fizeram parada naquele local. Depois de desapear a velha e as criadas, ele entrou no rio, lavou-se, bebeu um pouco de água e se deitou na beirada, mergulhando no sono. Quando a velha Šawāhī Ḏāt Addawāhī notou que ele estava roncando, ficou contente e fez um sinal às suas criadas, que foram até ela e a desamarraram. Ela se pôs em pé como se fora um camelo solto e, sacando um alfanje envenenado de baixo das roupas, foi bem devagar até Ṣayyāḥ, sentou-se em seu peito, encostou-lhe o alfanje na garganta, degolou-o e gritou para as criadas, dizendo: "Fujamos para a montanha!"; todas correram até o cume, e a velha foi atrás.

Mal a velha subiu e já Kān Mākān retornava e entrava em desespero ao deparar com seu companheiro morto. Ele viu a velha galgando a montanha com mais leveza do que um passarinho e mais lépida que um estorninho; gritou, desmontou e galgou a montanha como um louco, o que a velha logo percebeu, aumentando então a velocidade da subida, enquanto o rapaz seguia em seu encalço, mas, quando ele chegou ao ponto onde a avistara, ela já estava no cume, e ali, vendo um pedaço de pedra parecido com uma pedra de azenha, gritou pelas criadas, que acudiram céleres, e lhes disse: "Ajudem-me com esta pedra. Vamos empurrá-la sobre o nosso inimigo, e quiçá ela de fato nos desvencilhe dele".

As dez criadas rodearam a pedra e a empurraram na direção de Kān Mākān, que estava galgando a montanha, e só se deu conta do que ocorria ao ouvir o barulho da pedra descendo sobre si e vê-la quase sobre a sua cabeça; inclinou o peito e se deitou de barriga, ficando de rastos para não ser atingido e salvando-se por bem pouco de ter os miolos esmagados, muito embora uma parte da pedra lhe tenha passado sobre os pés e lhe cortado os dedos; Kān Mākān foi rolando montanha abaixo e quebrando uma parte do corpo conforme caía, até o sopé, enquanto ouvia a velha a gargalhar, dizendo às criadas: "Alvíssaras, pois as pedras quebraram metade de Kān Mākān! Não creio que ainda lhe reste alguma ambição de se manter vivo, e nem mesmo de que alguém torne a vê-lo! Só estou rindo porque o pai lhe havia recomendado me crucificar! Mas isso está tão longe quanto ele de ressuscitar, tornar a morrer e se arrepender do que passou".

E o amanhecer alcançou Šahrazād, que parou de contar.

486ª

Disse Šahrazād:

Eu tive notícia, ó rei venturoso, de que a velha Šawāhī disse: "Mas isso está tão longe quanto ele de ressuscitar, tornar a morrer e se arrepender do que passou". Depois de ouvir tais palavras e risadas enquanto rolava pelas pedras, Kān Mākān pensou que seria preferível morrer caso não pudesse agarrar a velha; suportou as dores até que a velha e as criadas, supondo que ele estava morto, fossem embora; então ele se arrastou por algum tempo com a barriga no chão, parou para descansar e recuperar o fôlego, e tornou a se arrastar até o rio, onde colocou os pés após tê-los mergulhado na areia quente para cauterizar as feridas e o sangue parar de correr; amarrou os dedos, bebeu um pouco de água, descansou, recobrou o ânimo, acalmou as dores e então, andando sobre os calcanhares, dirigiu-se até o seu cavalo Qātūl e montou nele, tomando a direção do deserto, com o coração alquebrado e lamentando a fuga da velha Šawāhī, que ele perdera a oportunidade de matar. Lembrando-se de seu companheiro Ṣayyāḥ e de sua morte, chorou por ele e recitou o seguinte:

O decreto da morte dos homens não cessa,
pois este mundo não é moradia duradoura:
sua base é o desgosto, embora tu o pretendas
purificado e livre de toda desdita e desgosto;
pedir aos dias o que contraria a sua natureza
é como procurar na água um tição de fogo:
quando tu procuras o impossível, é como se
construísses teu desejo à beira do precipício;
a vida é um sono do qual a morte é o despertar,
e entre ambas o homem é uma sombra a vagar.[815]

[815] Primeiros versos de uma composição bem mais longa do poeta iemenita Abū Alḥasan ʿAlī Bin Muḥammad Bin Fahd Attihāmī, morto numa prisão egípcia em 1025 d.C. Os versos seguintes pertencem a outra poesia, de autor indeterminado, mas em Tübingen e Varsy eles vêm na sequência, como se fossem da mesma composição. É em Maillet que se faz a distinção. Gayangos e Paris 1 não apresentam esses versos.

E continuou:

Quem dera o destino fosse justo entre nós,
e nos permitisse uma reunião até a alvorada;
se os destinos de nós dois estivessem no fim,
juntos rapidamente correríamos para a tumba.

Disse o narrador: Quando concluiu a poesia, sua mente divagou e ele ficou desnorteado; enquanto estava nessa situação, sem saber para onde se dirigir, ou seja, voltar para a sua terra derrotado ou prosseguir viagem sem nenhuma companhia, eis que, súbito, do meio do deserto, subiu uma poeira, espalhando-se tanto pela terra que tapou os horizontes. Espantado com aquilo, Kān Mākān avançou para certificar-se do que ocorria, subindo no alto de uma colina da qual vislumbrou exércitos tão numerosos que ocupavam todos os quadrantes, com soldados de todas as espécies, árabes, persas, turcos, daylamitas, orientais, iraquianos, hejazianos, iemenitas, indianos e norte-africanos, enfim, tropas cujo início não se distinguia do fim, e que haviam sido convocadas a fazer uma parada à beira do rio; os camareiros acorreram para montar as tendas e um grande pavilhão com variadas sortes de seda.

Quando todos os soldados chegaram e foram descansar, o prado se encheu em todos as direções, tamanho era o seu número. Notando que se tratava de alguma questão muito grave, Kān Mākān se misturou às tropas e indagou o que estava ocorrendo. Um homem lhe disse: "Meu amo, estes soldados estão rumando para Bagdá, e o seu comandante é um velho venerável, senhor justo e honesto, chamado vizir Darandān, que os conduz para Bagdá a fim de que deponham o sultão Sāsān e entronizem o sultão Kān Mākān, filho de Ḍaw Almakān, filho de ᶜUmar Annuᶜmān".

Disse o narrador: Ao ouvir aquilo, o seu coração voou de alegria, o seu peito se expandiu e se tranquilizou e ele agradeceu a Deus altíssimo o fim de suas preocupações e tristezas. Voltou-se para o homem que lhe dera a notícia e disse: "Qual o seu nome, meu irmão?". Ele respondeu: "Eu me chamo Qays, meu amo, e minha história é espantosa e assombrosa". Kān Mākān perguntou: "Qual é o motivo de você ter vindo para cá com estes soldados?". Ele respondeu: "Vim porque, quando o rei Kān Mākān for entronizado, irei ter com ele para lhe contar a minha história".[816] Kān Mākān disse: "Meu irmão, Deus lhe facilitou as espe-

[816] A história de Qays, embora anunciada, não será contada. Pode-se supor que o compilador, ao reescrever a história, deixasse vários caminhos para a sua ampliação.

ranças. Você gostaria de entrar em contato com o vizir Darandān e dizer a ele que um homem veio procurá-lo portando uma mensagem da parte de Kān Mākān para ser transmitida diretamente ao vizir?". O homem perguntou: "Você vem da parte de Kān Mākān?". Ele respondeu: "Sim".

Então Qays ficou contente e cavalgou até onde os soldados estavam concentrados, ao passo que Kān Mākān retornava para a colina. Após algum tempo ali sentado, surgiram soldados a pé, servindo o vizir Darandān, que era o único montado, enquanto Qays corria na sua frente. Ao vê-los, Kān Mākān — com os olhos em lágrimas por causa da lembrança do pai e do poder que desfrutava — movimentou o cavalo, desceu a colina e chegou ao sopé. Qays se aproximou e fez um sinal para o vizir Darandān, dizendo: "Meu amo, eis o cavaleiro que veio da parte do sultão Kān Mākān". Ambos descavalgaram, abraçaram-se por um bom tempo e desmaiaram; quando acordaram, montaram em seus cavalos, conversaram e tomaram a direção do acampamento, adentrando as tendas. O vizir se pôs em pé e beijou o chão, depois de anunciar ao exército inteiro que comparecesse, e então todos os soldados acompanharam o vizir, beijando igualmente o chão diante de Kān Mākān.

E o amanhecer alcançou Šahrazād, que parou de contar.

QUANDO FOI A NOITE 487ª

Disse Šahrazād:

Eu tive notícia, ó rei venturoso, de que o vizir se pôs em pé e beijou o chão, e assim procederam os comandantes e os soldados; em seguida, Darandān fez um sinal para que se sentassem, e alguns se sentaram, ao passo que outros se mantiveram em pé. Dirigindo-se à assembleia de soldados, o vizir lhes explicou a história dos sucessos envolvendo Kān Mākān, e disse ao cabo: "A verdade finalmente surgiu e ficou clara". Todos se regozijaram e deram graças ao Generoso Atendedor, que lhes concedera tamanha generosidade, e beijaram o chão diante de Kān Mākān. Metade dos soldados de Bagdá, que serviam com Darandān, ficou sob as ordens de Kān Mākān.

As tropas estacionaram naquele acampamento por três dias, enquanto eram enviados emissários a Bagdá para inteirar Sāsān do que ocorrera e deixá-lo a par de que eles não tinham outro sultão que não Kān Mākān. [Isso feito, o jovem ficou a sós com o vizir e lhe relatou tudo quanto sucedera entre ele e a velha Šawāhī Ḏāt Addawāhī, e como ela matara seu companheiro Ṣayyāḥ e lançara um rochedo contra si. O vizir a amaldiçoou e durante três dias os soldados vasculharam a área em seu encalço, mas não encontraram vestígio algum.][817]

E assim, três dias depois da partida dos emissários, as tropas se movimentaram na direção de Bagdá, com o vizir Darandān e Kān Mākān à frente, encimados por bandeiras. Percorreram aquela distância preenchendo os horizontes com cavalos de raça. Contemplando tudo quanto Deus lhe concedera, Kān Mākān descavalgou, com o coração tomado pela felicidade, prosternou-se sobre a terra em louvor ao Senhor dos senhores e gritou: "Ó Quem foi generoso comigo desde que eu estava na escuridão das entranhas, e me afortunou com o almoço e o jantar, e que fez comigo o que bem quis, o Doador, o Preferido, o Generoso! O louvor a vós é tão grande quanto a vossa criação, e a vós eu agradeço a imensa fortuna que me destes! Saí de Bagdá como um pobre e solitário forasteiro, e agora como rei venturoso me fazeis retornar. Sou incapaz de vos agradecer, ó Onipotente". Erguendo a cabeça, recitou:

A Vós o louvor, meu Amo, em qualquer situação,
pois em cada uma delas existe alguma orientação;
órfão fui criado, e Vós me enriquecestes a pobreza,
e meus se tornaram os bens, o reino e os soldados;
nada do que se diga estará à Vossa altura, ó Senhor:
na humanidade não tendes opositor nem equivalente.

Disse o narrador: Em seguida, o jovem tornou a montar seu cavalo Qātūl e avançou por entre aquele enorme exército, cruzando terras longínquas e inóspitas. As notícias de sua chegada, chefiado por Kān Mākān, alastraram-se por todos os lugares. Isso foi o que sucedeu a eles.

Quanto ao povo de Bagdá e ao rei Sāsān, com eles ocorreu uma história espantosa e um fato assombroso.

[817] Traduzido de Gayangos.

Prosseguiu Šahrazād: Essa história espantosa, ó rei do tempo, é que quando a ausência de Kān Mākān se prolongou após a sua incursão por terras remotas, e as notícias a seu respeito se interromperam, e os seus vestígios desapareceram, Quḍya Fakān chorou tanto por ele que quase morreu, tragada pela tristeza e pela aflição, sem querer comer nem beber. Quando esses fatos chegaram ao conhecimento da mãe de Kān Mākān, ela achou que a garota havia recebido a notícia da morte do rapaz, e se pôs a chorar noite e dia, em tal volume que impedia os outros moradores do palácio de dormir. Ela dizia: "Meu filho, a sua ausência já se prolongou demasiado!". Quanto a Quḍya Fakān, as suas pálpebras já não se fechavam, e ela emagreceu a ponto de não ser mais enxergada. Sāsān e os moradores de Bagdá, vivendo até então na maior segurança, certo dia súbito avistaram uma grande poeira se elevando tanto que escureceu os horizontes e espaços. Sāsān convocou os cavaleiros, que montaram seus cavalos velozes, [com suas lanças, prontos para o combate,][818] e saíram da cidade em direção à poeira. Todos logo se recordaram de Kān Mākān, e choraram por ele os velhos, os jovens e as mulheres. O motivo daquele pó era a chegada do rei Kān Mākān e do vizir Darandān.[819] Assim que os viram, os cavaleiros acorreram a eles e descavalgaram, pondo-se todos a beijar o chão diante do rapaz, com os soldados e homens se acotovelando. O vizir Darandān ordenou que se acampasse fora da cidade, e isso foi feito: tendas e pavilhões foram montados, e o povo saiu para recebê-los, sem que faltasse ninguém.

Ao ver essa situação — o reino se lhe escapando das mãos, e os homens a abandoná-lo —, Sāsān voltou para a cidade, entrou no palácio e foi ter com sua mulher, Nuzhat Azzamān, diante da qual chorou, informando-a da sua condição; [ela disse]:[820] "O direito se recusa a ficar com quem não o merece. O reino é dele, do pai dele e do avô dele. Não nos resta senão ir conversar com Quḍya Fakān, e quem sabe ela interceda por nós ante o seu primo Kān Mākān, pois ele não lhe desobedece". E assim foram ambos conversar com ela, a quem a mãe informou que o primo estava bem e disse: "Minha filha, tenha piedade do seu padrasto e da

[818] Traduzido de Gayangos.
[819] Perdeu-se aqui, pelo visto, a funcionalidade dos emissários enviados para anunciar a chegada, conforme se leu antes. Essa perda de funcionalidade, aliada ao que se vê nos textos da compilação tardia – na qual dezenas de páginas aqui traduzidas foram simplesmente puladas –, é uma evidência de elaboração ou reelaboração tardia e, em algum sentido, apressada, na qual várias passagens, por terem, ao menos na aparência, perdido o sentido ou a função, foram sumariamente omitidas mais tarde.
[820] Traduzido de Maillet.

sua mãe. Coloque-nos sob a sua proteção", e tanto insistiram que o coração da jovem se adoçou e ela se comprometeu a fazer por eles todo o bem, dando a sua palavra ao padrasto. A felicidade que a invadiu encheria todos os corações e peitos. Na sequência, Quḍya Fakān foi se banhar e se trocar, vestindo a roupa mais luxuosa que tinha, enquanto a mãe a arrumava, dizendo-lhe: "Quem é como você, minha filha? Seu marido se tornou rei de todas as terras!".

E o amanhecer alcançou Šahrazād, que parou de contar.

QUANDO FOI A NOITE

488ª

Disse Šahrazād:

Eu tive notícia, ó rei venturoso, de que a mãe disse: "Quem é como você, garota? Seu marido se tornou rei de todas as terras e o sultão de todos os lugares". Isso foi o que se soube delas.

Quanto a Kān Mākān, ele fez juras imensas de que não ficaria em Bagdá senão três dias, após os quais rumaria para terras bizantinas a fim de tomar a sua vingança e desfazer a infâmia matando a velha Šawāhī. Naquela noite — cavalgando ao lado do vizir Darandān, dos maiorais do governo e dos comandantes Bahrām, Rustum e Dukāš —, ele entrou na cidade, cujos mercados e ruas se engalanaram para recebê-lo, e tambores e trombetas foram tocados. Kān Mākān entrou às escondidas no palácio e foi ter com a mãe, a quem encontrou chorando e recitando:

> Seja eu o seu resgate para vê-lo bem,
> gozando as benesses que Deus lhe deu,
> que Ele as aumente e as torne perenes!
> Sê feliz, filho, com o que Ele te deu!

Assim que viu o filho, ela se atirou sobre ele, beijando-o e chorando tanto que desmaiou por um bom tempo; ao acordar, o rapaz a indagou sobre Quḍya Fakān, sendo informado de que ela continuava fiel à sua espera, e que já não lhe suportava a ausência: "A todo instante ela fala de você, anseia por sua presença, sente saudades e chora noite e dia". Enquanto conversavam, de repente surgiu a própria Quḍya Fakān. Ao vê-la olhos nos olhos, Kān Mākān se levantou, enlaçou-a em seu regaço, beijou-a e a estreitou ao peito com os dois braços, e ela fez o mesmo; queixaram-se mutuamente e choraram, recordando a dor da separação, as saudades e os anseios ardentes que sentiram; sentaram-se para conversar por algum tempo, até que se passou a primeira metade da noite, quando então ela disse: "Primo, você aceitaria uma intercessão minha?". Kān Mākān sorriu e disse: "Minha senhora, tudo quanto você determinar este seu escravo acatará". Ela disse: "A minha intercessão é pelo meu padrasto Sāsān, pois eu dei a ele a minha palavra de honra". Sorrindo diante de tais palavras, Kān Mākān disse: "Por Deus, minha senhora, mesmo que você intercedesse por toda a população de Bagdá e de Ḫurāsān, ou me pedisse para torná-lo sultão, eu o faria por sua causa, ó dona dos olhos graciosos! Não passo de um dos seus criados".

Feliz, a jovem o beijou, ele retribuiu o beijo e ambos continuaram a conversar e a se queixar até o amanhecer; nesse momento, Kān Mākān mandou chamar o vizir Darandān, a quem disse quando ele compareceu: "Saiba que eu decidi, antes do *jihād*, passar algum tempo com a minha prima Quḍya Fakān, pois não sei o que será de mim". O vizir considerou correto esse proceder e mandou chamar os soldados, os comandantes, os moradores das aldeias circunjacentes e gente do vulgo e da elite; em seguida, ordenou que trouxessem Sāsān, o qual ao comparecer não teve outro remédio que não o de renunciar ao reino, entronizar Kān Mākān como sultão e escrever o contrato de casamento do novo sultão com a sua prima Quḍya Fakān, além de oferecer um lauto banquete que as palavras da língua são incapazes de descrever.

Quḍya Fakān foi exibida diante de Kān Mākān, que a possuiu e ficou com ela o resto daquela noite, e mais uma segunda e terceira noites, sem se entediar com os beijos e os abraços. No quarto dia, ele foi logo cedo para as cercanias de Bagdá, ordenando aos batedores que circulassem entre os soldados e lhes transmitissem a ordem de que a partida para atacar a terra dos bizantinos se daria dali a três dias. Quḍya Fakān lhe disse: "Por Deus, primo, eu não suporto ficar longe de você", e então ele a preparou e equipou para levá-la consigo. Logo foi a vez de Nuzhat Azzamān dizer: "Eu tampouco suporto ficar longe da minha filha", e ela foi igualmente equipada, preparada e partiu com eles. O grão-chanceler Sāsān permaneceu em Bagdá com o restante do povo, os velhos e as mulheres.

Kān Mākān cavalgou ao lado do vizir Darandān, que estava feliz e contente, e os soldados e as tropas avançavam atrás deles, fazendo a terra virar de ponta-cabeça com o tropel dos cavalos e camelos. Marcharam durante dez noites e dias inteiros, e no décimo primeiro chegaram à extremidade de seus domínios, deixando atrás de si Malatya[821] e se dirigindo às aldeias situadas no começo dos domínios bizantinos. Fizeram alto numa agradável terra repleta de árvores frutíferas e vegetação, com amplos espaços e estepes, e ali acamparam para descansar, deixando seus bens e montarias. Todos gostaram muito daquela região, sobretudo Kān Mākān, que durante seis dias ali se isolou com sua prima Quḍya Fakān, decidindo partir no sétimo dia.

E o amanhecer alcançou Šahrazād, que parou de contar.

QUANDO FOI A NOITE

489ª

Disse Šahrazād:

Eu tive notícia, ó rei venturoso, de que, tendo decidido ir embora daquela terra no sétimo dia, eles viram, súbito, uma poeira se erguer e vir em sua direção pela retaguarda. Passados alguns momentos, a poeira assentou e surdiram cem cavaleiros que rodeavam um cavaleiro alto e intrépido. O grupo avançou na direção do exército e, quando se aproximou, o cavaleiro alto desmontou, enquanto os outros acorriam para servi-lo. Dirigiu-se então a Kān Mākān e ao vizir Darandān, diante dos quais o cavaleiro alto começou a chorar e a beijar o chão, juntamente com os seus criados. Kān Mākān, o vizir Darandān e os demais soldados ficaram atônitos, pois não sabiam de onde ele viera nem qual era a sua condição. O vizir enfim perguntou: "Por que esse choro, meu irmão?". O cavaleiro respondeu: "Uma questão terrível me incomoda, e um transtorno me perturba, ó rei do tempo!".

[821] Trata-se da antiga Melitene, cidade grega da Anatólia oriental conquistada pelos árabes no século VII e retomada pelos bizantinos no século X, após passar cerca de um século com estatuto indefinido, ora como parte do Império Islâmico, ora como vassala de Bizâncio. Foi palco de intensas disputas durante as Cruzadas, tendo passado pelas mãos de várias dinastias turcas. Os otomanos arrebataram-na definitivamente no século XVI.

Esse cavaleiro era o sultão Zabalkān,[822] cuja saída de Damasco tem um motivo terrível e se deve a uma questão emocionante e espantosa, sendo absolutamente imperioso que a expliquemos em detalhes. O vizir Darandān lhe perguntou: "Que notícias você traz, meu amo?". O homem respondeu: "Ó vizir, meu país foi tomado, meus súditos, assassinados e meus homens, trucidados!". Ao ouvir tais palavras, as feições do vizir se alteraram, e ele ficou na mais amarga das situações. Colocou o homem diante de Kān Mākān, que estava perplexo, e lhe disse: "Ó rei do tempo, este é o sultão, o rei Zabalkān, senhor de Damasco. Ele criou o seu pai e foi o motivo da sua salvação. Agora ele veio em busca de socorro contra os inimigos". Diante de tais palavras, Kān Mākān olhou para o homem com profunda veneração devido aos antigos serviços que prestara ao seu pai, e também Zabalkān, ao pousar os olhos no jovem e bem examiná-lo, lembrou-se da amizade que o unira ao seu pai, e suas lágrimas escorreram como pérolas, enquanto ele recitava:

> Sua alteza eu procuro, ó filho de nobres:
> com o fio da espada me extrai da tristeza;
> não tenho entre homens melhor salvador
> do que Kān Mākān, da estirpe dos nobres:
> em ti, ó bravo cavaleiro, está a esperança
> de afastar os transtornos que a vida me traz;
> tem pois piedade do choro, do muito sofrer,
> da imensa provação e das lágrimas copiosas;
> és tu, que a todos os humanos tens superado
> com teus golpes agudos nos dias de embate,
> e és tu, que continuas a ser o maior generoso
> com todos que te pedem esforço e bondade;
> não desprezes o pedido de alguém como eu,
> porquanto assim obterás o teu alvo supremo.

Quando Zabalkān concluiu a recitação, suas lágrimas escorreram, seu desespero aumentou e seus ais se amplificaram; então Kān Mākān clamou, dizendo-lhe: "Eu lhe concedo refúgio contra quem quer que coma, beba ou viva debaixo do céu", e apelou: "Explique-nos a sua situação!". Zabalkān disse: "Ó rei do tempo, senhor de

[822] Continua a indecisão, na grafia desse nome, entre *Zabalkān* e *Zaylakān*, com nítida predominância da segunda forma.

Bagdá e de Ḫurāsān, fui cercado, nossos homens foram mortos, nossas aldeias, tomadas, nossas terras, destruídas, e nossos bens, saqueados!". Kān Mākān perguntou: "Acalme-se e contenha o medo! Quem foi que cercou o seu país?". Ele respondeu:

Um dos reis *ifranjes*, chamado Rawmazān, filho de Marjān, senhor da Ilha da Cânfora, da Cúpula de Cristal e da Cidade dos Oásis, cujos domínios vão até as Fronteiras Tenebrosas, conquistou Jerusalém, capturou as cidades de Ascalon, Arramla, Yafa e Cesareia, ocupou Acre, conquistou a fortaleza de Nablus, o castelo de Kerak, Tiberíades, Safed, a fortaleza de Šaqīf e Baniyās, e agora, nesses locais, todos lhe obedecem; além de Kerak, tomou a fortaleza de Šawbak, Darᶜa, a torre de Salaṭ e o castelo de ᶜAjlūn;[823] o homem parece ser louco, pois jurou que não deixará viva a memória de nenhum rei depois de conquistar Constantinopla e matar o grande rei Afrīdūn; depois disso, afirma que marchará contra o Hejaz, na Arábia, e destruirá a Caaba, a fonte de Zamzam e os locais sagrados, e na sequência se voltará contra o Iraque, porquanto está disposto a se apoderar de todos os lugares e tornar o mundo cristão.

Após ouvir o relato de Zabalkān, os olhos de Kān Mākān começaram a soltar chispas, e ele perguntou: "E qual é a religião desse rei?". Zabalkān respondeu: "Ó rei do tempo, ele cita Jesus, filho de Maria, e beija o crucifixo". Kān Mākān perguntou: "E por qual motivo ele mata a gente da sua própria religião?". Zabalkān respondeu: "Não temos notícia, ó rei do tempo".

E o amanhecer alcançou Šahrazād, que parou de contar.

QUANDO FOI A NOITE

490ª

Disse Šahrazād:

Eu tive notícia, ó rei venturoso, de que o rei Zabalkān disse: "Não temos notícia, ó rei do tempo. O que contamos e relatamos é tudo quanto ficamos

[823] As localidades aí citadas, com exceção da "torre de Salaṭ", que não foi possível identificar, situam-se no Levante asiático, e foram palco de lutas e ocupações durante as Cruzadas. A Cesareia aí citada é, por óbvio, a da Palestina, e não a anteriormente citada cidade da Anatólia. Note, na descrição do procedimento desse rei invasor, a semelhança com certos eventos das Cruzadas, cuja lembrança, é evidente, devia estar bem esmaecida (mas não perdida) na época em que esta narrativa foi elaborada, em especial na memória de compiladores incultos.

sabendo. Dizem também que ele tem uma vingança e contas a ajustar com o povo de Bagdá e do Iraque, bem como com o rei bizantino Afrīdūn". Tendo ouvido e compreendido tais palavras, Kān Mākān apontou para os seus maiores comandantes e para o vizir Darandān, dizendo: "Qual é o parecer de vocês quanto a este assunto?". Eles responderam: "Ó rei do tempo, o nosso parecer é que marchemos contra as tropas desse inimigo e o combatamos, livrando o povo do seu mal e fazendo a sua malignidade se voltar contra o seu próprio pescoço. Quando estivermos a salvo do seu mal e da sua astúcia, voltaremos para tomar a nossa vingança e limpar a infâmia".

O vizir Darandān disse: "Isso é o mais correto. Um parecer irretocável. Se assim não procedermos, o receio será que os *ifranjes* se voltem contra as nossas terras, o que nos deixará alarmados e intranquilos, abrindo-se então uma porta que não conseguiremos fechar, e nem saberemos o que poderá vir depois". Todos os presentes consideraram correta essa opinião, e quando foram dormir já tinham como intuito tomar primeiramente o rumo de Damasco para enfrentar o inimigo Rawmazān Bin Marjān.

Kān Mākān hospedou o rei Zabalkān e os seus homens nos melhores lugares, acalmando-os e dignificando-os ao extremo. Naquela noite, os comandantes Rustum e Bahrām se encarregaram de cuidar deles. Quando amanheceu e a alvorada despontou, brilhando a oriente, Kān Mākān determinou aos batedores que convocassem a partida, e eles assim agiram: todos partiram em direção à Síria, e as bandeiras e estandartes foram estendidos sobre a cabeça dos senhores e dos nobres guerreiros. Todos se puseram em marcha, e Zabalkān montou ao lado de Kān Mākān, que o tranquilizou e lhe prometeu que o inimigo seria expulso, e o seu país, devolvido. O exército era comandado pelo vizir Darandān, Rustum, Bahrām e por Quḍya Fakān, a prima de Kān Mākān, que estava no centro das tropas, com sua tia Nuzhat Azzamān, enquanto na retaguarda iam os beduínos e demais cavaleiros. Contemplando todos aqueles campeões, Kān Mākān recitou:

Preparei para o inimigo golpes que farão cessar seus ataques,
e vou despedaçar com agudos golpes corpos que se acabarão,
e sei que descendo da nobre estirpe Annu^{c}mān, de pai e avô,
uma gente que quando veste ferros cresce em força e altivez;
todos os teus homens, no dia da terrível batalha, se aprontam;
quando vi quem pede socorro a gritar "Vem, bravo guerreiro",
avancei na direção do inimigo já enristando as minhas armas;

aqueles a quem tanto amei já partiram, e hoje eu estou sozinho!
A beleza não é um véu; sabe, portanto, ainda que a túnica vistas,
que a beleza é essência e virtude, e a glória as tem por herança.[824]

Disse o narrador: Prosseguiram a marcha por dias e noites até se aproximarem da região agrícola que cerca Damasco, quando então Kān Mākān disse ao vizir Darandān: "Tio, estes jardins com tantas árvores vão atrapalhar a nossa luta, impedindo que os camelos cheguem até aqueles canalhas".[825] Nuzhat Azzamān disse: "Sobrinho, venham atrás de mim. Eu os conduzirei por estas paragens e lhes mostrarei onde enfrentar os inimigos em campo aberto, sem árvores. Conheço bem esta região, pois vivi aqui algum tempo durante a vida do seu tio Šarrakān". Ele disse: "Está certo, pode agir".

E assim eles marcharam durante a noite toda até o amanhecer, ficando a oeste do inimigo. A poeira feita por seu avanço subiu, fazendo escurecer o lugar e alertando os *ifranjes*, que foram atrás da poeira, supondo que eram *ifranjes* de outros países chegando para apoiá-los. Porém, quando os olhos se encontraram, e os *ifranjes* os viram e se certificaram de quem se tratava, lançaram-se sobre eles como um rio cujas águas afluem com violência, e os seus soldados se agitaram como ondas num mar encapelado; os furacões se encontraram e Kān Mākān gritou: "Apliquem golpes certeiros!". Os cavaleiros se entrechocaram, os campeões acorreram e as cabeças voaram dos corpos; a poeira subiu aos céus, e as espadas atuaram nos corpos.

Kān Mākān, Rustum, Bahrām, o vizir Darandān, Quḍya Fakān, Dukāš e Nuzhat Azzamān distribuíam estocadas e golpes de lança. Observando o grande número de soldados inimigos, Kān Mākān pôs-se a desferir golpes que não eram contidos pelos escudos nem pelas couraças, sem medo da morte: suas espadeiradas eram de um valente campeão, capaz de perfurar capacetes e deixar os adversários estirados como uma pilastra derrubada; diante dele, os cavaleiros inimigos eram como reses.

[824] Poesia praticamente incompreensível, com inúmeras diferenças entre Tübingen/Varsy, Maillet, Gayangos e Paris 1. Nos dois últimos, a transcrição é outra e os hemistíquios desses longos versos estão cindidos. Contudo, esses versos não passam da adaptação de uma poesia constante do oitavo volume da *Sīrat ᶜAntara*, "A vida de ᶜAntara", poeta-guerreiro pré-islâmico cujas façanhas foram, no decorrer do tempo, ampliadas por narradores e compiladores, adquirindo um caráter épico, e se tornaram objeto de grande consumo popular, tanto na forma de manuscritos e mais tarde edições impressas, como na forma oral, por narradores de rua.

[825] Eis aqui uma tática comum nas descrições dos historiadores, sobretudo nas batalhas travadas em terras levantinas por mamelucos, turcomanos, otomanos e outros: empurrar o inimigo para um região com denso arvoredo a fim de prejudicar os seus movimentos.

Enquanto tudo isso sucedia, Rawmazān se conservava parado sob as cruzes como se fora um demônio em forma humana, dizendo: "Por Jesus Cristo, esses cavaleiros do Iraque não são senão leões no campo de batalha, campeões do tempo! Caso amanhã não vá eu mesmo desafiá-los e derrotar os seus mais bravos guerreiros, não alcançarei meus propósitos, nem os súditos me respeitarão". O exército iraquiano era composto de sessenta mil homens, ao passo que o do rei Rawmazān tinha cento e vinte mil, embora ele tivesse convocado os soldados dos castelos e fortalezas, enviando trinta mil deles para Antioquia e mantendo noventa mil consigo para cercar Damasco, ciente de que ali não havia quem o pudesse enfrentar nem inimigo que lhe fosse no encalço, pois ele a todos derrotara, mas não cogitava que os iraquianos marchariam contra si e o atacariam. A luta e o combate prosseguiram até que escureceu.

E o amanhecer alcançou Šahrazād, que parou de contar.

QUANDO FOI A NOITE

491ª

Disse Šahrazād:

Eu tive notícia, ó rei venturoso, de que a luta e o combate prosseguiram noite afora, e a guerra e os golpes continuaram até que a luz da manhã brilhou: só então os soldados se apartaram e descavalgaram por algum tempo, retornando em seguida para a arena, montados nas selas de ferozes cavalos, armados de lanças e vestidos de ferro. Nesse ínterim, meus senhores, os gritos se espalhavam pelo país, com o povo rogando ao Senhor dos céus pela vitória dos iraquianos.

Depois de algum tempo, tocaram-se tambores, gritos se alçaram e o rei Rawmazān montou e os cavaleiros se apresentaram para enfrentá-lo. As fileiras se ordenaram e um cavaleiro cristão fez seu desafio, que foi atendido por Rustum, o comandante dos curdos. O *ifranje* foi para a arena, ambos lutaram por algum tempo e Rustum afinal desferiu um golpe que fez a cabeça do adversário voar. Então o irmão do morto o desafiou, mas Rustum não demorou em lhe desferir um golpe de lança no peito, que saiu a brilhar pelas costas. Em seguida, gritou: "Ó batalhões de *ifranjes*, quem já me conhece se põe a salvo do meu mal, e quem não me conhece que conheça agora! Sou Rustum Bin Kūra! Venham lutar comigo!".

Logo se apresentou um terceiro cavaleiro, que parecia de ferro. Rustum não demorou a se postar diante dele e a lhe extinguir a respiração. E em seguida veio o quarto, o quinto, o sexto... até que ele matou trinta cavaleiros. A noite se aproximou, a luz desapareceu e os dois grupos se recolheram. O rei Rawmazān ficou atônito e foi invadido pela perplexidade: toda vez em que fizera menção de desafiar Rustum, fora impedido pelos seus conselheiros.

Quanto aos iraquianos, eles ficaram contentes com Rustum, e Kān Mākān lhe agradeceu, encarregando-se pessoalmente de servi-lo. Fogueiras foram acesas, os dois grupos instalaram sentinelas, e quando amanheceu montaram seus cavalos, armaram-se, enfileiraram-se, ajeitaram-se e desembainharam as espadas. Súbito, um cavaleiro *ifranje* — que parecia um cântaro ou um pedaço de montanha revestida de ferro — percorreu a arena, no dorso de seu cavalo, jogando com a lança; apontou para os inimigos e lançou seu desafio, para o qual o comandante Rustum fez menção de se apresentar, mas Bahrām, antecipando-se a ele, dirigiu-se ao campo, semelhante a uma serpente; emparelhou-se ao *ifranje* com seu escudo, na cabeça uma cota de malhas coberta por um capacete comum que detinha até golpes de cimitarra, e armado com uma espada persa no signo da morte embebida, tal como disse a seu respeito o poeta:

Essa espada comeu tantas vidas que parece
enviada por Deus como ceifadora das almas;
é como se a sua espada tivesse um espelho
que lhe amplia a força do golpe e o alonga.[826]

Disse o narrador: Ele estava armado com uma longa lança de dentes cegos, bem encapada e fortemente encorpada, e debaixo dele havia um cavalo com a cara esbelta que poderia percorrer espaços ilimitados, já familiarizado com o lugar e

[826] Os versos dessa poesia aparecem, em posições variadas, em mais de uma fonte histórica, e atribuídos a mais de um poeta. Na já citada compilação *Al^{c}iqd alfarīd*, "O colar singular", do andaluz 'Aḥmad Bin ^{c}Abd Rabbihi, esses versos, com variações no final, são atribuídos ao poeta pré-islâmico Aṭṭufayl Alġanawī, morto no início do século VII. Deixamos de traduzir os dois últimos hemistíquios dessa poesia, por incompreensíveis e/ou inconsistentes tanto em Tübingen e Maillet como na supracitada compilação. Curiosamente, essa poesia e a próxima não constam de Varsy, o que elimina a hipótese de esse manuscrito ter sido copiado de Tübingen, ou vice-versa.

paciente no enfrentamento dos guerreiros, tal como disse a seu respeito Rabāḥ Bin Hilāl na seguinte poesia:[827]

Montaria que a tudo escurece quando surge,
ela é noite que se desfaz em manhã radiante,
e para o dono engendra ardis no pó da batalha,
pois ali o vês igual a um vaso que transborda;
peregrina como o sol que em seu rosto brilha,
nela não se juntam jamais as trevas do Oriente;
quando corre, ela te dá a sua rebeldia e recusa,
sob a poeira e a obediência ao seu domador.[828]

Montado na sela, Bahrām, semelhando um leão, arremeteu, colérico, contra o *ifranje* enquanto recitava:

Ai, ó meu censor! Já chega, encurta essa conversa,
pois o meu anseio é pelo fogo que na guerra arde,
e beber dos campeões o sangue no calor da batalha,
mais saboroso que o vinho nas taças compartilhadas,
e que o zumbido das beldades quando resplandecem,
mais saboroso e desejável que o amado enlanguescido.

Disse o narrador: Mal o daylamita Bahrām concluiu a recitação e já o *ifranje* dele se acercava como se fora o próprio despacho divino, arremetendo com sua lança numa velocidade maior que a do olhar. Ao ver a arma se aproximando do seu peito, Bahrām se desviou e a acertou com a espada, quebrando a sua ponta e investindo contra o *ifranje*, em cuja cabeça desferiu uma espadeirada que o dividiu pela metade, mão e pé esquerdo de um lado, e mão e pé direito do outro lado.

Isso feito, Bahrām continuou a cavalgar pela arena e a desafiar os oponentes. Ofereceu-se então para a luta outro cavaleiro, notável e celebrado campeão,

[827] Não existe nenhum poeta com tal nome. Rabāḥ Bin Hilāl é um nome ancestral árabe.
[828] Esses versos constam apenas de Tübingen e Maillet, e são virtualmente incompreensíveis. O que se leu não passa de uma tentativa de conferir legibilidade a uma mixórdia. Os versos referem, de maneira desconexa, os méritos da montaria.

membro do círculo íntimo do rei Rawmazān. Enfrentaram-se e lutaram até que as duas lanças se quebraram e suas pontas se romperam. Já era meio-dia quando o *ifranje*, já exausto, farto e assustado...

E o amanhecer alcançou Šahrazād, que parou de contar.

QUANDO FOI A NOITE

492ª

Disse Šahrazād:

Eu tive notícia, ó rei venturoso, de que o *ifranje*, já exausto, farto e assustado, recebeu um golpe no peito que lhe saiu pelas costas, assestado pelo comandante Bahrām, que voltou a desfilar impetuosamente pela arena, bradando: "Algum desafiante? Que não me apareça nenhum preguiçoso ou incapaz!". Furiosos, os *ifranjes* atacaram Bahrām sem a permissão do rei Rawmazān. Quando os iraquianos viram aquilo, o rei Kān Mākān gritou: "Ao ataque, ao ataque, nobres guerreiros! Os miseráveis *ifranjes* estão sendo traiçoeiros!". Ato contínuo, os soldados muçulmanos se atiraram de cabeça, em busca da própria morte, e soltaram as rédeas dos seus cavalos. Todos respiraram fundo: os cavaleiros mais duros se humilharam, os covardes desafortunados fugiram, os guerreiros se aproximaram, a luta se prolongou, o diz que diz que se interrompeu, as longas lanças se entrechocaram, a seriedade chegou e a tolice partiu; a espada não cessou de agir e o sangue não parou de correr, com homens matando e o fogo da guerra lavrando, até que o dia se findou com suas luzes e a noite chegou com a sua treva, quando então um arauto clamou: "Separar!".

Os guerreiros retornaram às suas tendas, ébrios de tanto beber da taça da morte, a fim de descansar e rememorar tudo quanto lhes sucedera durante a terrível luta daquele dia, e os horrores que haviam arrostado; em seguida, foram contar quantos guerreiros tinham sido perdidos, e verificaram que seu número era pouco menos de mil. Com o peito confrangido pela perda de tantos homens e pela morte de tantos campeões, Kān Mākān disse: "Por Deus, se eles continuarem se enfileirando para lutar nos desafios, em três dias nós os derrotaremos". O vizir Darandān disse: "O desafio na arena é absolutamente imperioso, ó rei do tempo. [Desafiaremos os seus líderes e os mais valentes dentre eles".][829]

Prosseguiu Šahrazād: Isso foi o que sucedeu a eles, ó rei do tempo. Quanto ao rei Rawmazān Bin Marjān, sucedeu que ele se dirigiu à sua tenda, contou os seus soldados e verificou ter perdido seis mil e seiscentos deles. Ante essa constatação, ele se levantou, sentou-se, vociferou, espumou de raiva e jurou por Jesus Cristo, que nasceu sem genitor, e por todos os monges que trabalhavam em algum mosteiro: "Amanhã serei eu a desafiar os cavaleiros iraquianos". Confrontados com a enormidade de tal juramento e com a amplitude de tais pretensões, mas também temerosos da truculência do rei, os *ifranjes* se estapearam e ficaram de vigília durante a noite toda, até o amanhecer, quando então prepararam os cavalos e os montaram, abraçados às suas lanças.

Os soldados de ambas as tropas montaram, e os batedores de cada grupo circularam à direita, à esquerda, no centro e nas laterais de suas fileiras. Os *ifranjes* ergueram os seus crucifixos, seus monges se agitaram com suas doces melodias a recitar os Evangelhos, bem como os diáconos e os arcebispos. Os soldados iraquianos olharam para os *ifranjes* e, percebendo-lhes os desígnios, fizeram duas fileiras, uma à direita, sob o comando de Bahrām e Dukāš, o feroz campeão, e outra à esquerda, sob o comando do intrépido cavaleiro Rustum, chefe dos curdos, que organizou as suas fileiras com mil dos melhores cavaleiros. Kān Mākān encarregou o vizir Darandān da terceira fileira, com dois mil corajosos guerreiros, e da quarta fileira ele encarregou sua tia Nuzhat Azzamān, postando-se ele próprio, com sua amada Quḍya Fakān, diante de uma fileira sob os estandartes. Em seguida, o rei passou a organizar as suas fileiras, estimulando os soldados à luta, e mal eles se tinham ordenado e já do meio das tropas iraquianas[830] surdia um guerreiro montado num cavalo preto que luzia feito um dirham, e cujos relinchos a todos incomodavam. O cavaleiro se integrava ao cavalo, que trotava com lentidão debaixo de si.

Entrementes, mais de quatro mil combatentes *ifranjes* haviam desapeado, pois na frente deles se destacara um cavaleiro semelhante a um enorme rochedo, na

[829] Traduzido de Paris 1.

[830] Em Tübingen/Varsy, consta *ifranjes* em vez de "iraquianos". Nessa altura, ambos os manuscritos, próximos de seu final, apresentam uma qualidade muito ruim, tanto no que tange ao material empregado – o papel está rasgado e com borrões, e a tinta parece desgastada – como no que tange ao corpus, pois o que, neles, ainda é possível ler apresenta muitos erros e incoerências. Isto é, não se trata apenas de uma deterioração resultante da corrosão do material, mas também da corrosão das fontes (ou mais possivelmente da única fonte) de ambos os manuscritos.

cabeça um crucifixo com tiras de seda verde e um capacete de aço; avançou lentamente, sem nenhuma pressa, até o centro da arena, onde se travavam os combates, e ordenou aos seus companheiros que retornassem; o patriarca foi até ele, fumigou-o com um pedaço de suas fezes — bênção essa que o deixou muito feliz —, acariciou-o e leu-lhe um capítulo dos Evangelhos, ó rei do tempo.[831] Esse guerreiro era o rei Rawmazān, o maior de todos os cavaleiros, o rei das ilhas marítimas. Ele investiu contra Bahrām como se fora a morte ligeira; aproximou-se após o ter encurralado e cercado, girou a lança e golpeou Bahrām com o seu cabo, derrubando-o e entregando-o aos seus comandados antes que se desse cabo da sua vida. Os *ifranjes* agarraram Bahrām e o amarraram.

Rawmazān desfilou pela arena, gabando-se entre o seu povo, e disse: "Ó cavaleiros do Iraque, venham para a luta! Eu jurei, pelas igrejas e crucifixos, e pelo cinturão sagrado, que não lhes deixarei nem sequer terras para as quais vocês possam voltar! Eu os informo de que o patriarca me fumigou com seus queridos e poderosos excrementos. Que me enfrentem, pois, os lépidos cavaleiros e os intrépidos guerreiros!". Mal ele terminou de falar e eis que aparecia, da fileira da esquerda...

E o amanhecer alcançou Šahrazād, que parou de contar.

QUANDO FOI A NOITE

493ª

Disse Šahrazād:

Eu tive notícia, ó rei venturoso, de que ele mal terminou de falar e eis que aparecia, da fileira da esquerda, o cavaleiro Rustum, comandante dos curdos, que avançou sobre Rawmazān como se fora o decreto divino; apontou-lhe a lança e o golpeou, mas Rawmazān se desviou, esperou que ele passasse com o cavalo e, tirando o pé do estribo, chutou o adversário na cara, prostrando-o por terra, aprisionando-o e conduzindo-o humilhado e aviltado.

[831] Note, mais uma vez, como o discurso insiste em marcar a presença de Šahrazād.

Retornando à arena, Rawmazān tornou a lançar seu desafio, sendo atendido por um cavaleiro chamado Aṭwāq,[832] ao qual ele não deu tempo algum: agarrou-o pelo pescoço, puxou-o pelas extremidades, arrancou-o da sela e o deixou no ar, entregando-o aos seus comandados, que o amarraram.

Então foi a vez de Dukāš, o feroz campeão, aceitar o desafio de Rawmazān, que lhe assestou com a espada um golpe verdadeiro, semelhante ao relâmpago, fazendo-o rodopiar em seu cavalo e cair de cara na terra. Rawmazān o conduziu aprisionado, humilhado e aviltado, entregando-o aos seus criados e deixando excitados os padres e monges, que ergueram as Bíblias e empunharam os crucifixos.

Rawmazān voltou à arena, feliz com os excrementos do patriarca cornudo, e refez o desafio em busca de mais façanhas. Enquanto os iraquianos se espantavam com as destemidas proezas desse demônio, com a força de suas armas e com sua admirável capacidade de luta, Nuzhat Azzamān deu um salto para diante de Rawmazān, já equipada para a luta, a guerra e o combate; desfilou pela arena até se aproximar do rei, cercando-o como um leão colérico. O rei Rawmazān gritou-lhe: "Ó meu jovem, quais golpes você desfere?". Sem obter resposta, ele se abateu sobre ela como se fora uma nuvem ligeira, mas Nuzhat Azzamān o recebeu com o coração mais forte que o metal, e eles começaram a se digladiar, com idas e vindas. Atônito com a beleza de Nuzhat Azzamān, Rawmazān disse: "Por Jesus Cristo, meu jovem, o que eu havia pensado a seu respeito não estava certo!". Ela perguntou: "E o que você pensava, ó cavaleiro dos cavaleiros?". Ele respondeu: "Por minha fé, quando eu olhei para você e vi a sua juventude[833] e as lágrimas nas suas faces, supus que isso se devesse ao medo da guerra e ao temor do combate e da luta". Nuzhat Azzamān bradou: "Sua esperança fracassou e sua flecha errou o alvo! Juro pela Caaba — por mim visitada com o meu irmão Ḍaw Almakān — que eu mergulhei num mar de reflexões e de perplexidades a seu respeito e a respeito de sua história!". Ele perguntou: "Como assim, ó jovem de discurso sedutor?". Ela respondeu: "Vejo que você fala o árabe de maneira elo-

[832] Palavra que significa "colares" ou "pescoços", com o que o narrador fez um trocadilho, como se verá adiante.

[833] Neste ponto, com o sintagma *lammā naẓartu ilayka wa ilā ṣuġri sinnika*, "quando olhei para você e para a sua pouca idade", encerra-se o corpus de Varsy, bem como o corpus antigo de Tübingen (cujo texto foi completado por um escriba do século XIX que não dispunha do restante dos originais antigos desta história, e que, por isso, lançou mão de uma fonte sem relação alguma com a fonte efetiva do manuscrito). Por tal motivo, a tradução passará a ser feita com base em Maillet (fl. 275 v.) – a partir de agora a fonte principal –, Gayangos (fl. 320 v.) e Paris 1 (fl. 264 f.).

quente, tanto a língua dos beduínos como a dos iraquianos e ḫurāsānianos. Você também tem mérito e decoro, e o seu aspecto difere do amarelo e branco dos *ifranjes*". O rei Rawmazān disse: "O Criador cria o branco a partir do negro e o negro a partir do branco". Ela perguntou: "E a língua árabe?". Ele respondeu: "Aprendi-a com a mulher que me criou. [Eu prefiro a língua dos árabes à língua dos *ifranjes*, porque ela contém sentidos claros e coisas magníficas". Nuzhat Azzamān disse: "Ó cavaleiro do tempo, não se engane supondo que os meus olhos choram por medo da morte ou por algum súbito cometimento! Choro, isto sim, por um irmão que eu tinha, senhor de todos os cavaleiros, morto traiçoeiramente por obra dos inimigos, o qual se chamava Šarrakān. Quando vim enfrentar você aqui na arena, lembrei-me dos feitos desse meu irmão e de como ele lutava contra os valentes guerreiros". Em seguida, Nuzhat Azzamān chorou, gemeu e se queixou, recitando os seguintes versos:

Quando o choro por ele se findou, eu surgi como um raio
e disse: "As lágrimas de meus olhos escorrem, abundantes!
Os gênios da Terra choram o seu sangue no solo espalhado;
dele sempre me lembrarei quando as bandeiras drapejarem,
e a ninguém mais recorrerei, por mais que o tempo passe".

Disse o narrador: Quando Nuzhat Azzamān concluiu a poesia, o rei Rawmazān a atacou e ela o enfrentou como um tigre encolerizado ou um leão irado, e ambos trocaram golpes com suas potentes espadas, desafiando-se e discutindo. O que Nuzhat Azzamān estava presenciando da parte de seu adversário deixaria perplexas todas as inteligências, e o que o rei Rawmazān estava presenciando da parte de sua adversária deixaria atônitos todos os olhares. No entanto, como a troca de golpes se prolongasse demasiado, Nuzhat Azzamān se cansou e se esgotou, e ao vê-la nesse estado ele fez contra ela a investida de um homem que já enfrentara horrores, apertando-a e encurralando-a de modo a não lhe deixar escapatória: então, puxou-a pelo tecido de sua sela e a capturou, regressando à sua tenda quando já escurecia. Diante disso, o ímpeto dos iraquianos arrefeceu. Isso foi o que sucedeu.

Quanto a Kān Mākān, ele foi invadido pela tristeza ao ver Nuzhat Azzamān capturada pelo rei Rawmazān. Reuniu-se com o vizir Darandān e conversou com ele a noite inteira, sem gozar um instante de sono. Quando Deus fez bem amanhecer, os dois grupos retomaram a luta, a guerra e os combates. Mal as fileiras acabaram de se organizar, com seus batalhões de cem e de mil homens, e já o rei Rawmazān se apresentava para a luta com o seu conhecido traje e seu já descrito cavalo. Ele bradou, em língua árabe: "Alguém para me enfrentar? Alguém para me desafiar? Se houver entre vocês um campeão, que se apresente na arena de batalha, mas, caso não tenham capacidade de lutar, entreguem-nos os seus cavalos e os despojos de guerra, e depois tentem se salvar. Se quiserem lutar comigo, pode ser cavaleiro contra cavaleiro, ou então dez ou cem de vocês contra um!".

Nem bem terminou de falar e já tinha diante de si Kān Mākān, a quem Quḍya Fakān agarrara, tentando impedi-lo e rogando que a deixasse vingar a mãe, mas ele não aceitou. Também Zabalkān, o senhor de Damasco, quisera aceitar o desafio em virtude do fogo que lavrava em seu coração, mas Kān Mākān tampouco aceitou e, tão logo se viu diante de Rawmazān na arena, usando o resistente escudo do seu pai, bem como sua cortante espada de ferro, avançou e retrocedeu diante do adversário, bradando em seguida: "Ó mil vezes corno, venha para a luta!" e, apontando para ele, recitou:

Não sabeis que da minha tribo o herói sou eu?
Destemido e forte, a guerra é minha maior busca!
Se o que a minha família deseja é a glória minha,
então quem tem a primazia sem rival é o meu avô.

Ao ouvir as palavras do rei Kān Mākān, o rei Rawmazān sorriu e, levado pela excitação e pela irritação, agitou-se como um leão feroz e a sua língua pronunciou uma poesia, e bem o fez, pois fora criado pelos bizantinos:[834]

Sou o herói de chagas coberto e muito falado:
de altos desígnios, conquisto o que eu quiser,
e sem grande esforço os meus desejos alcanço,
com a espada na cabeça e no peito do inimigo,
e sua ponta é capaz de trucidar o mundo todo.

[834] "Bizantinos", aqui, traduz *banū al'aṣfar*, "os [descendentes dos] amarelos", sintagma extraído da tradição oral atribuída ao profeta Maomé, e que significa, segundo os exegetas, "bizantinos". Em Gayangos, acrescenta-se *min awlād karkar*, "dos filhos de karkar", formulação ininteligível que parece estar ali somente para efeito de rima.

Covarde não sou, nem as derrotas me nutrem:
na paz sou pacífico, e na guerra sou vencedor,
minha liberalidade é pródiga, na guerra derroto;
Rawmazān, cheio de chagas, do povo o senhor,
dizima os inimigos com a sua espada cortante.

Disse o narrador: Ao concluir a sua poesia, Rawmazān foi em direção a Kān Mākān com o coração pleno de ódio, e ambos terçaram armas durante um bom tempo; quanto mais as aflições aumentavam, mais o combate se intensificava e mais corria, abundante, o sangue dos contendores, e isso durou até o escurecer, quando então os reis, agitados, separaram-se, os dois grupos se recolheram e cada qual contou aos seus companheiros o que achara do adversário. Indagado pelos iraquianos sobre Rawmazān, Kān Mākān respondeu: "Pelo túmulo do meu avô ᶜUmar Annuᶜmān, jamais vi alguém como ele neste tempo. A luta me exauriu, mas amanhã cedo ele vai se separar deste mundo". Recebido por seus companheiros e pelos principais do seu governo, o rei Rawmazān também foi questionado sobre o adversário, e respondeu: "Por Jesus Cristo e pela religião verdadeira, esse rei Kān Mākān não é senão um excelente cavaleiro. Mas, se a noite não tivesse chegado, eu o teria capturado".

E todos comeram, beberam e descansaram até que Deus altíssimo fez amanhecer e a luz do dia raiar, e então o rei Rawmazān se dirigiu cavalgando à arena, depois que os exércitos já haviam montado e os cavalos começaram a relinchar uns para os outros. Kān Mākān fez menção de se apresentar na arena,][835] mas o vizir Darandān se antecipou a ele, desembainhou a espada e durante um bom tempo rodeou Rawmazān, que o atacou como se fora uma víbora, capturou-o, aprisionou-o e o conduziu humilhado em seu cavalo, entregando-o aos seus comandados e retornando à arena, onde viu Kān Mākān já montado a esperá-lo. Rawmazān avançou sobre ele, bradando: "Venha para a luta!".

Os dois reis arremeteram um contra o outro e trocaram golpes até que a névoa os envolveu e num véu se transformou, enquanto as suas delgadas espadas brilhavam e sucedia entre eles algo que oprimia as retinas. Kān Mākān logrou acertar um golpe formidável e contundente, mas não mortal — pois atingiu o

[835] Traduzido de Gayangos (fls. 321 f.-323 f.). Para as poesias, usamos algumas variantes de Paris 1. As lacunas de Maillet, que tornam a narrativa incompreensível, eram decerto as mesmas dos originais de Tübingen e Varsy, o que talvez tenha motivado a interrupção da cópia em ambos os manuscritos.

ombro de Rawmazān —, e gritou: "Tome isto do cavaleiro de Bagdá!". O sangue correu como se fosse uma hemorragia. Kān Mākān deu tempo ao adversário e esperou a escuridão espessa da noite, quando então eles se separaram, com Kān Mākān condoído por Rawmazān, que retornou ao seu acampamento, onde foi recebido pela camareira que o criara; ela limpou o sangue — o ferimento o debilitara — e os monges colocaram sobre ele algumas ervas que conheciam, cobrindo-o e fazendo-o cicatrizar, muito embora as dores o impedissem de dormir naquela noite.

Quando amanheceu, ele cavalgou até a arena para prosseguir a luta, e eis que Kān Mākān surdia como se fora um relâmpago ao brilhar ou uma chuva forte ao despencar. Ambos cavalgaram pela arena, deixando perplexos os demais cavaleiros, e deram cada qual um grito que assustou corações e derreteu fígados; o combate entre ambos foi tão intenso que deixou perplexos mesmo os campeões mais audazes, e o seu horror foi tão grande que fez encanecer mesmo os recém-nascidos. A luta perdurou até o fim do dia e o início da escuridão noturna, quando então cada qual retornou para os seus companheiros.

Com as lágrimas a lhe correr pelo rosto como pérolas por causa de sua mãe Nuzhat Azzamān, Quḍya Fakān perguntou: "O que você achou do seu adversário, ó rei do tempo?". Kān Mākān respondeu: "Trata-se de um cavaleiro destemido, juro pelo túmulo do meu pai! Mas amanhã será o dia decisivo", e dormiram naquela noite. Quando a manhã raiou e a sua luz surgiu e brilhou, Rawmazān montou e se dirigiu à arena, onde pediu luta; mal terminou de falar e Kān Mākān já estava à sua frente, caminhando com tal lentidão e falta de pressa que o arrojo do inimigo se desfez em medo e temor; lançou-se contra ele como se fora uma nuvem, soltando os arreios do cavalo e enristando a lança; o rei Rawmazān o enfrentou com o coração cheio de raiva;[836] arremeteram um contra o outro, e Kān Mākān, cuidadoso, utilizava com destreza a sua espada mortal; e tanto imprecaram, guerrearam e duelaram que ambos se convenceram: não voltariam para casa naquele dia.

E o amanhecer alcançou Šahrazād, que interrompeu o seu discurso autorizado. Sua irmã Dīnāzād disse: "Como é bela e saborosa a sua história, maninha!". Ela disse: "Isso não é nada perto do que irei contar-lhes na próxima noite, se eu viver e o rei me preservar".

[836] "Raiva" traduz *ḥanq*, que é o que consta de Paris 1; em Maillet, *ḥaqq*, "verdade", evidente erro de cópia. O manuscrito Maillet contém muitos erros de cópia, o que nos obrigou a recorrer com constância às outras fontes.

QUANDO FOI A NOITE SEGUINTE, [QUE ERA A

494ª][837]

Disse Dīnāzād à sua irmã Šahrazād: "Minha irmã, complete a sua história para nós!". Ela disse: "Com muito gosto e honra".

Eu tive notícia, ó rei venturoso, de que ambos tanto imprecaram, guerrearam e duelaram que se convenceram: não voltariam para casa naquele dia, pois o fogo da luta estava muito alto. Receando que o dia acabasse sem conseguir o que pretendia do inimigo, Kān Mākān encurralou Rawmazān, que se esquivava dos seus golpes, e tal estratégia o fez arremeter tão furiosamente que as amarras da sela do seu cavalo se romperam e ele caiu; então, Rawmazān se atirou célere contra ele e o agarrou, pois a queda o fragilizara. Enquanto Kān Mākān era conduzido prisioneiro, os *ifranjes* gritavam, rufavam tambores e tocavam flautas e clarins; os gritos frenéticos de comemoração se elevaram muito: os olhares se mantiveram perplexos, e as serpentes das lanças continuaram a ceifar tantas vidas que os animais de rapina enjoaram da abundância de cadáveres.

Os corações dos iraquianos ficaram tão desgostosos com a perda do seu rei que nenhum dentre eles conseguiu provar algum alimento, beber água ou ficar em paz. Amargurada, sem enxergar outra saída, Quḍya Fakān dizia: "Eu irei para a arena, que é o lugar da guerra e da batalha. Não posso mais me resignar nem suportar a ausência de Kān Mākān! Vou enfrentar o rei Rawmazān e fazer o máximo esforço para derrotá-lo. Ou bem eu retorno com esse nobre propósito alcançado ou me tostarei ao sol na arena e meu cadáver irá para a tumba", mas seus soldados a impediram. Os dois grupos se separaram e colocaram sentinelas; o rei Zabalkān chorou, [dizendo: "Tudo isso por minha causa!".][838] Naquela noite, os iraquianos dormiram com os corações ardendo em chamas, pois os seus horizontes haviam se estreitado. Isso foi o que sucedeu com eles, ó rei do tempo.

Quanto ao rei Rawmazān, em júbilo ele se dirigiu ao seu pavilhão, cercado pelos padres e monges, que o homenagearam com belas melodias, enquanto o patriarca o fumigava com um pedaço dos seus excrementos, sem nem sequer os

[837] Na parte final da história de ᶜUmar Annuᶜmān, o manuscrito Maillet faz a divisão por noites, mas não lhes atribui número. Em vista disso, optamos por continuar a numeração anteriormente seguida.
[838] Traduzido de Paris 1.

haver pesado numa balança. A fumaça subiu e aqueles odores o embriagaram. Eles viam os soldados iraquianos ardendo em fogo de tanta desolação.

Quando o dia amanheceu e raiou, e os cavaleiros montaram e se enfileiraram, e as lanças se agitaram, Quḍya Fakān foi ter com o rei Zabalkān e com os maiorais do exército iraquiano, aos quais disse: "Saibam que — enquanto vocês se ocupam com a guerra, as batalhas, o combate com lanças e horrores semelhantes — é absolutamente imperioso que eu me misture aos *ifranjes* e encontre um modo de salvar minha mãe e meu maior cabedal, meu primo. Com essas duas enormes desgraças, ou conquisto a salvação deles e me torno motivo de sua libertação, ou então caio com eles na mesma dificuldade". Zabalkān disse: "Ó rainha do tempo, tememos que você seja reconhecida e morta". A jovem respondeu: "Não vai ocorrer senão o bem!", e se preparou, disfarçando-se com os trajes adequados para tais misteres e ações, pois ela sabia lançar mão da astúcia, da artimanha e da trapaça.

Portanto, ela enfaixou a cabeça com um trapo, soltou uma burca amarrotada sobre o rosto, colocou um grande turbante sobre a cabeça, amarrou na cintura um cinto largo, pendurou um saco com cevada nas costas, empunhou um cajado e uma bengala fina, atando-os firmemente, pegou uma vasilha e uma chaleira, pôs no pescoço um crucifixo de cornalina e calçou sapatos puídos, que eram as roupas dos árabes vagabundos do Iraque. Saiu do seu acampamento, fez o contorno pelos campos cultivados e chegou à retaguarda do acampamento dos *ifranjes*, cujos soldados, por coincidência, haviam montado para ir ao combate, pois avistaram os soldados iraquianos já dispostos para tal.

Após a captura de Kān Mākān, os *ifranjes* ganharam confiança. O chão tremeu, o céu se escureceu, os exércitos se encontraram e os milhares chocaram-se com os milhares, sob o império das lanças e das espadas. O rei Zabalkān lutava de maneira extraordinária, afastando dos seus comandados o inimigo e enfrentando-o de peito aberto, pronto para receber a ponta das lanças. Nesse momento, os corajosos e intrépidos guerreiros foram à luta, enquanto os covardes fugiam.

Rawmazān se portou de maneira admirável naquele dia, assim como foram admiráveis as suas ações de bravo cavaleiro. Quantos pulsos decepou, quantos olhos arrancou, quantos narizes cortou! A luta se manteve em plena fúria até que o dia se acabou e se estenderam as cortinas da escuridão, quando então as tropas retornaram aos acampamentos para repousar e dormir. O rei Rawmazān se dirigia ao seu pavilhão, feliz, com velas acesas diante de si, quando, ao olhar na direção da tenda onde estavam os prisioneiros, avistou Quḍya Fakān, que observava a mesma tenda, e disse a um criado: "Traga-me aquela pobre beduína".

Rapidamente conduzida até o rei, Quḍya Fakān, tão logo se viu diante dele, fez o sinal da cruz e beijou o chão. Rawmazān perguntou: "Quem é você? Qual a sua religião?". Ela respondeu: "Meu amo, sou da terra de Sāsān. Sofri com as desditas do tempo, que me desenganou. Perdi os homens da minha família e os meus irmãos". Ele perguntou: "Quem lhe fez isso?". Ela respondeu: "Foram esses seus prisioneiros, essa gente de Ḫurāsān, meu amo, que estão agora nas suas mãos. Isso se deu no tempo de ^{c}Umar Annu^{c}mān. Quanto a esse Kān Mākān — que se assemelha ao demônio ou é um dos gênios malvados —, se ele caísse nas minhas garras eu lhe comeria a carne e lhe beberia o sangue, pois ele matou três dos meus irmãos e me expulsou, com a minha mãe e os meus filhos, para este país, mas eu fugi e fiquei sozinha e isolada. Entrei em Constantinopla, onde até alguns dias atrás servi em alguns conventos, mas ouvi que você, ó rei perfeito, ó leão guerreiro, havia feito alguns prisioneiros iraquianos, e então vim aqui para gozar o prazer de os ver humilhados e espezinhados, pois quiçá assim se esfrie o fogo que arde em mim, satisfaça-se a minha sede e desapareça a minha aflição. Assarei e comerei a carne de qualquer um deles que você matar. Esse, ó rei do tempo, é o meu propósito, e tudo o que tenho para contar". Em seguida, fingindo consternação, soltando altos gemidos e vertendo lágrimas, ela recitou os seguintes versos de poesia:

> Meu coração teria me traído depois de os perder
> se no dia da separação comigo o tivessem deixado;
> qual não seria a fertilidade de sua terra se por acaso
> nuvens carregadas com minhas lágrimas a regassem.

Disse o narrador: Quando concluiu a recitação, Quḍya Fakān continuou fingindo tristeza, e as lágrimas correram dos seus olhos. Rawmazān se apiedou dela, e todos os presentes choraram. O rei disse: "Conte-me quais deles a fizeram chorar e nós ordenaremos que você mesma lhes corte o pescoço, entre na tenda em que estão e os torture como bem entender". Quḍya Fakān foi até a tenda, ergueu a cortina e eis que todos estavam lá amarrados e agrilhoados. Avançou até ficar bem perto deles e, quando os seus olhos pousaram sobre o vizir Darandān, ela soltou um enorme berro, dizendo: "Juro por Jesus Cristo e pela religião verdadeira, meu amo, foi este que matou o meu filho!", e, avançando para o vizir, começou a mordê-lo entre os ombros e a dar-lhe pancadas nas mãos e nos pés, enquanto o rei Rawmazān ria ao longe e Darandān gritava com ela dizendo: "Sua maldita! Esclareça de onde me conhece! Que Deus amaldiçoe quem a amamentou!".

Rawmazān[839] ria ao ouvir as ofensas do vizir, mas Kān Mākān lhe disse: "Não a xingue! É a minha prima, e não veio senão para nos salvar!". Darandān perguntou: "Como essa mulher poderia ser Quḍya Fakān, se ela não passa de uma pobre coitada de Sāsān, a quem o destino prejudicou? Meu coração se queimou de pena, mas ela esfolou as minhas costas de tanto morder! Ela me humilhou, essa filha de mil cornudos!". Todavia, ao olhar com atenção, o vizir enfim a reconheceu e gritou: "Ai de você! Seus dentes me despedaçaram carne! Quando foi que eu matei o seu filho e roubei o seu dinheiro?".

Como Rawmazān continuou a rir, Quḍya Fakān piscou para o vizir Darandān, dizendo-lhe por sinais: "Xingue-me mais", e ele xingou mais, enquanto Rawmazān ria. Foi então que um grande alvoroço se elevou, e surgiu uma mulher acompanhada por dez criadas, bem-vestida, adornada e orgulhosa, de aparência respeitável e veneranda. Assim que ela se aproximou, Rawmazān se levantou, bem como os demais presentes. A mulher se sentou ao lado do rei e perguntou: "Por que vejo o rei rir tão alto?". Ele respondeu: "Nana, estou rindo das atitudes daquela beduína síria", e lhe contou a história. A mulher perguntou: "E onde está essa síria da qual você fala?". Ele respondeu: "Com os prisioneiros". A mulher disse: "Tragam-na até mim".

Quando Quḍya Fakān ficou diante dela, a mulher a contemplou e ordenou ao rei que a prendesse, dizendo: "Tudo quanto ela lhe disse é falso, mentiroso e absurdo. Ela quer salvar os prisioneiros! Juro por Jesus Cristo que, não tivesse eu chegado agora e revelado o segredo, o ardil dela teria dado certo". Então o rei determinou que ela fosse agarrada, o que prontamente se cumpriu, e a amarraram com cordas, deixando-a perplexa e trêmula, bem como ao vizir Darandān, Kān Mākān [e os demais prisioneiros,][840] que já estavam certos de se safar da prisão.

Quanto ao rei Rawmazān, ele mandou trazer Quḍya Fakān à sua presença e disse: "Maldita, diga-me a verdade! Caso contrário — por Jesus Cristo! — cortarei o seu pescoço e farei o seu sangue correr!". Ela disse: "Não o faça, ó rei do tempo! Sou uma mulher, uma pobre beduína com quem o tempo foi iníquo! Que grande humilhação! Que terrível injúria!". Perplexo com tais palavras, o rei mandou trazer Kān Mākān e lhe disse: "Você é um cavaleiro honesto. A mentira é ruim e a veracidade, boa. Eu lhe pergunto — em nome da sua fé muçulmana,

[839] Nos originais consta *Quḍya Fakān*, mas se trata de evidente erro de transcrição.
[840] Traduzido de Paris 1.

da fonte de Zamzam, dos locais sagrados e da Caaba — se você conhece esta filha de miseráveis". Ele respondeu: "Não a insulte, ó rei! Ela é minha prima, carne da minha carne e sangue do meu sangue. Ela veio aqui para nos salvar mediante alguma artimanha, e ela tem esse direito, pois o seu marido e a sua mãe são prisioneiros. Ela foi levada a isso por seus brios e pela falta de homens para ajudá-la". [Irritada com as palavras do primo,][841] Quḍya Fakān disse: "A culpa não é sua, mas sim de quem veio salvar vocês!". Kān Mākān disse: "Ai de você! Queria que eu mentisse depois de ele ter me obrigado a jurar pela Caaba?". Ela disse: "É, você não pode mentir, seu filho da escória".

Espantado, o rei Rawmazān disse para Quḍya Fakān: "Sua filha da puta, criada na indecência, é imperioso que eu a torture!", e ordenou que lhe pusessem pesados grilhões, o que prontamente foi feito.

E o amanhecer alcançou Šahrazād, que interrompeu o seu discurso autorizado. Sua irmã Dīnāzād disse: "Como é bela e saborosa a sua história, maninha!". Ela disse: "Isso não é nada perto do que irei contar-lhes na próxima noite".

QUANDO FOI A NOITE SEGUINTE, [QUE ERA A 495ª]

Disse Dīnāzād à sua irmã Šahrazād: "Minha irmã, complete a sua história para nós!". Ela disse: "Com muito gosto e honra".

Eu tive notícia, ó rei venturoso, de que Rawmazān ordenou que pusessem pesados grilhões em Quḍya Fakān, no que foi rapidamente atendido, e encarregou dois generais de vigiar os prisioneiros, indo dormir em seguida.

Quando amanheceu, os dois exércitos montaram e se atacaram com as suas armas pontiagudas; o pó subiu, a espada cometeu impiedades, o cavaleiro valente resistiu, o covarde recorreu à fuga, e os dois lados, enfim, fizeram coisas espantosas até que o dia se acabou e a noite chegou com a sua escuridão.

[841] Traduzido de Gayangos.

O rei Rawmazān adentrou o seu pavilhão, onde foi recebido por sua aia, diante da qual ele se manteve ereto, em respeito.[842] Ela lhe disse: "Mostre-me aqueles prisioneiros", e assim que os viu ela perguntou: "Vocês são árabes de onde?". O vizir Darandān respondeu: "Não pertencemos à mesma tribo nem somos uma só raça. Esse é daylamita, aquele é curdo. O único rei e descendente de rei entre nós é este" — e apontou para Kān Mākān — "e esta é a sua tia paterna, também rainha, e essa bandida que lacerou as minhas costas de tanto me morder. Todos são descendentes de reis". A aia do rei Rawmazān deu um passo adiante, parou na frente da cabeceira de Kān Mākān e disse: "Meu jovem, você é descendente de ᶜUmar Annuᶜmān? O que Ḍaw Almakān é seu?". Ele respondeu: "Ele é meu pai. Eu o perdi faz algum tempo, bem como o meu tio paterno Šarrakān, que foi morto à traição". Ela perguntou: "E o que é feito da sua tia paterna Nuzhat Azzamān?". Ele respondeu: "Ei-la aqui ao meu lado", e contou à aia a história inteira, tudo quanto o destino o fizera sofrer.

A aia perguntou: "E essa desavergonhada é filha de Šarrakān?". Ele respondeu: "Sim, ó rainha". Ela perguntou: "Seu avô morreu envenenado e seu tio paterno morreu atraiçoado?". Ele respondeu: "Sim". Ela perguntou: "E o que você está esperando para se vingar e lavar essa infâmia?". Ele disse: "Eu não me tornei rei senão por esses dias, ó rainha. Mas estou vendo que você nos conhece bem, assim como aos nossos ascendentes. De onde provém tal conhecimento?". Ela respondeu: "As notícias sobre vocês sempre nos chegam. Mas mantenham os seus corações tranquilos, pois eu serei a causa da sua libertação". Ficaram todos contentes e lhe agradeceram, e ao sair a aia lhes enviou uma comida especial.

No dia seguinte, o rei Rawmazān adentrou o seu pavilhão, dormiu e teve um sonho que o incomodou muito. Com o peito opresso, ele não conseguiu reatar o sono, e quando amanheceu ordenou a interrupção dos combates — era um domingo — em virtude daquele sonho, que o enchera de medo. Mandou convocar os padres e monges para que o interpretassem, e então vieram padres e arcebispos, bem como o chifrudo do grande patriarca; disseram-lhe: "Descreva-nos o que viu", e ele disse: "Vi como se eu tivesse chegado ao meu pavilhão e sentado em minha cama, e então eis que o meu ombro direito começou a se balançar violentamente, e

[842] Neste ponto, em Paris 1 (fl. 271 v.), a aia Marjāna conta a Rawmazān a história de ᶜAlā'uddīn e o magrebino (sem nenhuma relação com a da lâmpada mágica). Como esse manuscrito não é das *Noites*, e a história consta somente dele, resolvemos omiti-la na tradução. No enredo de Paris 1, a audição dessa história é a causa do sonho de Rawmazān, a seguir relatado.

dele saiu uma mão igual à minha mão, que se estendia da base da minha coluna até os meus dedos e a palma da minha mão, e no meu flanco nascia uma nova e larga costela, que se misturou às demais, tornando-se uma delas, e então eu pensei: 'Juro por Jesus Cristo, perdi a minha capacidade de lutar, guerrear e combater, pois eu receio esses horrores!'. Esclareçam e interpretem esse sonho para mim".

Todos ficaram espantados com o sonho, mas, incapazes de lhe compreender o sentido, disseram: "Ó rei do tempo, não sabemos interpretar sonhos", e então apareceu um monge que, após beijar o chão diante de Rawmazān, disse: "Ó rei do tempo, se acaso você quiser saber a respeito de interpretação de sonhos, mande convocar o grande vizir Darandān, pois ele é um mestre na interpretação dos sonhos, do que eles permitem e do que eles proíbem". Considerando correto esse parecer, Rawmazān mandou que lhe trouxessem Kān Mākān e o vizir Darandān.

[Naquele momento, graças a algo espantoso e predestinado, Kān Mākān fazia o seguinte relato ao vizir: "Ontem eu tive um sonho espantoso e assombroso, cujas consequências eu rogo a Deus todo-poderoso que redundem no bem". O vizir Darandān perguntou: "E o que você viu, meu filho? Conte-me para que eu o decifre". Kān Mākān disse: "Vi como se eu estivesse num buraco em forma de tumba, e ali havia um grupo de homens que tinham me jogado no buraco e me faziam ameaças; depois, eles foram embora e eu me pus em pé querendo sair do buraco, mas vi nele um cinturão de ouro e estendi a mão para recolhê-lo do chão; peguei-o, ergui-o e eis que eram dois cinturões; coloquei-os na minha cintura e eis que ambos se transformaram num único cinturão. Isso foi o que vi durante o sono e o que me apareceu em sonhos".[843] O vizir

[843] Por provável erro que remonta aos originais primitivos da presente história, esse sonho é relatado, tanto em Maillet e Gayangos como na compilação tardia, por Rawmazān. Tal lacuna, ao lado de outras, deve ter levado os revisores da compilação tardia a resumir drasticamente a narrativa. Lembremos que, ao cabo da história do comedor de haxixe e da revelação do plano para matar Kān Mākān, todas as fontes derivadas da compilação tardia que pudemos compulsar pulam diretamente para esta passagem, assim resumindo tudo o que se passou entre o fim daquela história e o presente ponto: "Kān Mākān saiu de Bagdá e encontrou-se com o vizir Darandān. Depois que ele saiu, ocorreram fatos entre o rei Sāsān e Nuzhat Azzamān que também forçaram a saída dela da cidade, o que a levou a se unir a eles, bem como aos notáveis do reino de Sāsān que os apoiavam. Sentaram-se então para entabular uma artimanha, e entraram num consenso: deveriam atacar os bizantinos para se vingar, e então foram atacar Bizâncio, mas todos caíram prisioneiros de Rawmazān após ocorrências que seria longo relatar, conforme se evidencia pelo contexto da narrativa [*siyāq*]". No manuscrito Paris 2 (Arabe 4675, fl. 377 r.), o copista anotou à margem: "aqui ocorreu uma grande lacuna", registrando em seguida praticamente o mesmo resumo das edições impressas e do manuscrito do Cairo. Singulariza-se, neste caso, o manuscrito Reinhardt (3/486 f.-486 r.), cujo copista (ou cuja fonte) introduz explicações um tanto ou quanto disparatadas sobre o encontro de Kān Mākān com o vizir, a deposição de Sāsān por meio de uma batalha, e finalmente o casamento entre Kān Mākān e Quḍya Fakān, encerrando então a história, o que evidencia que os originais do tardio manuscrito Reinhardt estavam numa condição ainda mais precária.

Darandān disse: "Juro pelo Todo-Poderoso que, se o seu sonho for veraz, logo surgirá um irmão seu, ou filho de seu irmão, ou tio paterno, enfim, alguém da sua estirpe".

Kān Mākān disse: "Isso não pode ser, ó vizir! Como poderia acontecer algo assim? Meu pai morreu e meu avô não teve senão o meu pai, o meu tio Šarrakān e esta minha tia Nuzhat Azzamān". Darandān lhe disse brincando: "Só pode ser que a sua mãe se casará com algum rei e terá um filho com ele, que será seu irmão!". Kān Mākān disse: "Que conversa detestável é essa? Que palavras injuriosas!". Ainda cheia de irritação, Quḍya Fakān disse: "Talvez esse rei Rawmazān seja seu irmão ou seu tio paterno... Console-se com esses delírios...". Nesse momento, Darandān gritou: "Juro pelo Todo-Poderoso que esse rei Rawmazān é a pessoa mais parecida com Kān Mākān que eu já vi!". Quḍya Fakān disse: "Sim, vão se consolando com esses absurdos...". Enquanto eles estavam nessa conversa, o secretário do rei Rawmazān entrou e lhes ordenou que fossem vê-lo, e eles obedeceram: entraram e beijaram o chão diante do rei, o qual determinou que se sentassem para lhes descrever o que vira no seu já mencionado sonho, e repetir para nada vai servir.

O vizir Darandān disse: "Ó rei, o seu costado será fortalecido por meio de um irmão ou filho de um irmão que surgirá, ou então algum rei o derrotará, conquistando o seu reino e tomando o seu poder". O rei Rawmazān disse: "Ó ancião, o meu pai morreu e a minha mãe foi morta. Sua história só pode indicar que algum rei atacará o meu país e o tomará de mim durante a minha ausência". Em seguida, tomado por preocupações e obsessões que o fizeram perder o fôlego, Rawmazān pensou: "O que eu devo mesmo fazer é matar esses prisioneiros e atirar a cabeça deles aos seus comandados, a fim de lhes arrefecer os ânimos. Feito isso, eu os atacarei, liquidarei o seu exército e logo retorno ao meu país; assim, impedirei que alguém se rebele e o tome de mim".][844]

Disse o narrador: Quando firmou a sua disposição a tal respeito, o rei Rawmazān disse: "Essas são palavras de um demônio!", e, chamando o seu carrasco, ordenou-lhe que cortasse o pescoço dos prisioneiros. Olhando para o vizir Darandān e para Kān Mākān, ordenou que o pescoço de Kān Mākān fosse imediatamente cortado. O carrasco deu a volta, dizendo: "Com a sua permissão, ó rei do tempo!", e fez menção de golpeá-lo, quando súbito surgiu a aia do rei Rawmazān — justamente naquela hora, por algo que Deus queria — e lhe per-

[844] Traduzido de Paris 1 (fls. 279 r.-279 v.). Sem essa longa passagem, a história se tornaria incompreensível.

guntou: "O que você pretende fazer, ó rei?". Ele respondeu: "Vou matar esses prisioneiros que estão em minhas mãos e atirar a cabeça deles aos seus companheiros, após o que desfecharei um ataque verdadeiro, com os meus campeões, contra o restante dos soldados muçulmanos; mataremos quem tivermos de matar e os restantes ficarão derrotados. Essa será a batalha decisiva, e destarte logo retornarei ao meu país, antes que aconteça algo de grave no meu reino". Ante tais palavras, a aia o encarou e disse, na língua dos *ifranjes*: "Como pode lhe apetecer ao coração, ó rei, matar o filho do seu irmão e a filha da sua irmã?". Ao ouvir as palavras da aia, a luz que havia no rosto do rei Rawmazān se transformou em treva, e, violentamente encolerizado com ela, disse: "Ó maldita, você não havia alegado que a minha mãe foi assassinada e que o meu pai morreu envenenado? Você não me deu um avelório, dizendo que pertenceu ao meu pai? Por que não me contou a história verdadeira?". A aia respondeu:

O RELATO DA AIA MARJĀNA

Nossas histórias, tanto a minha como a sua, são espantosas, e o que sucedeu a nós, tanto a mim como a você, é assombroso. Eu me chamo Marjāna, e a sua mãe se chamava Abrawīza, mulher de grande beleza, formosura, esplendor e perfeição. A sua bravura era tão célebre que se tornou proverbial; combatia corajosamente homens e grandes campeões, e a sua eloquência era extrema. O grande rei ᶜUmar Annuᶜmān, senhor da cidade de Bagdá, de Ḫurāsān, do Iraque e de Nahavand, que sem dúvida alguma é o seu pai, enviara o filho mais velho, Šarrakān, para realizar uma expedição militar, na companhia deste senhor, o vizir Darandān, e a ambos sucedeu o que tinha de suceder. Seu irmão, o rei Šarrakān, era o comandante dos exércitos, e acabou se apartando das tropas e encontrando a sua mãe, a rainha Abrawīza, em sua torre e palácio. Estávamos com ela, isoladas, treinando lutas à margem do rio.

[Em virtude de algo decretado por Deus,][845] a sua mãe hospedou o seu irmão, o rei Šarrakān, pelo período de cinco dias no palácio. O rei Abrawīz, pai dela, ficou sabendo disso pela mãe dele, Šawāhī, cognominada Ḏāt Addawāhī, [e enviou cem homens para capturá-lo, mas ele os matou. Sua mãe ficou ao lado dele contra esses homens, e o seu irmão Šarrakān a levou consigo até a terra dele,

[845] Traduzido de Paris 1.

o Iraque. Eu, mais Rīḥāna e outras vinte criadas — as quais eu liderava, por ser a servidora íntima de Abrawīza e a guardiã dos seus segredos — a acompanhamos. Quando a sua mãe foi apresentada ao seu pai, o rei ᶜUmar Annuᶜmān, imediatamente o amor por ela lhe invadiu o coração, e então ele a possuiu e ela engravidou de você. Sua mãe tinha três avelórios, e ela os deu ao seu pai, que deu um para Nuzhat Azzamān, que é a sua irmã paterna, outro para o seu irmão Ḍaw Almakān, pai do rei Kān Mākān,][846] e o terceiro para o seu irmão Šarrakān, mas a sua mãe Abrawīza o pegou dele ao engravidar.

Quando a hora de parir se aproximou, [e, tendo o sultão saído em viagem,][847] Abrawīza me confidenciou estar com saudades da família e da terra natal, e combinou com um dos escravos de ᶜUmar Annuᶜmān, chamado Ġaḍbān, que nos levasse e fugisse. [Ele roubou três cavalos e][848] cavalgamos, cruzamos florestas, atravessamos montanhas, com sua mãe perto de parir. Marchando a toda pressa, adentramos as fronteiras de nossa terra, mas aquele escravo maldito nos fez descavalgar num lugar ermo, com sua mãe já dando à luz, com a permissão do Criador de todas as criaturas, e então o tal escravo, tomado pela luxúria, tentou possuí-la, mas ela, enojada, soltou um grito muito alto, e com tamanha violência que pariu você. Naquele momento avistamos uma poeira se elevando nos lados da nossa terra, e então aquele maldito escravo, temendo pela própria vida, golpeou Abrawīza com a espada, matando-a instantaneamente, tão raivoso estava, [e fugiu para a montanha.][849] Nem bem a poeira baixou, surgiu o seu avô, o rei Abrawīz, que ao ver a sua mãe, a rainha Abrawīza, ali morta e estirada no chão, entrou em desespero. É essa a causa da hostilidade entre os bizantinos e os iraquianos.

Carregamos então a sua mãe Abrawīza, morta, e a enterramos em seu palácio. Eu tomei conta de você, criei-o e pendurei no seu pescoço o avelório que estava com a sua mãe, a rainha Abrawīza. Quando você cresceu e atingiu a maioridade, [eu não pude lhe dizer a verdade, pois se eu o fizesse isso provocaria guerras entre vocês. O seu avô me ordenou que guardasse segredo,][850] e eu não poderia desacatar uma ordem do seu avô, o rei Abrawīz; por isso, ó rei do tempo,

[846] Traduzido de Paris 1. Em Maillet e Gayangos, Marjāna afirma que Abrawīza e as criadas haviam se convertido ao islã pelas mãos de Šarrakān, o que não só não corresponde à narrativa como se opõe frontalmente a ela, uma vez que Abrawīza fora enfática em rejeitar a conversão ao islã.

[847] Traduzido de Paris 1.

[848] Traduzido de Paris 1.

[849] Traduzido de Paris 1.

[850] Traduzido das edições impressas.

só agora eu posso contar que o seu pai é o grande rei ^{c}Umar Annu^{c}mān, senhor de Bagdá e de Ḫurāsān. Portanto, eis-me aqui revelando-lhe o segredo e apresentando a prova. Isso é tudo quanto tenho para informar, mas da sua opinião quem sabe melhor é você.

Os prisioneiros ouviram toda a fala da criada Marjāna, aia do rei Rawmazān, e na mesma hora Nuzhat Azzamān gritou bem alto, dizendo…

E o amanhecer alcançou Šahrazād, que interrompeu o seu discurso autorizado. Sua irmã Dīnāzād disse: "Como é bela e saborosa a sua história, maninha!". Ela disse: "Isso não é nada perto do que irei contar-lhes na próxima noite".

QUANDO FOI A NOITE SEGUINTE, [QUE ERA A 496ª]

Disse Dīnāzād à sua irmã Šahrazād: "Minha irmã, complete a sua história para nós!". Ela disse: "Com muito gosto e honra".

Eu tive notícia, ó rei venturoso, de que Nuzhat Azzamān gritou, dizendo: "Esse é meu irmão! O rei Rawmazān é meu irmão por parte de pai, o grande rei ^{c}Umar Annu^{c}mān, e a mãe dele é a rainha Abrawīza, filha do rei Abrawīz! Sim, eu a conheci muito bem, há muito tempo, e conheço igualmente essa criada Marjāna, aia do grande rei Rawmazān! Eu tenho uma história espantosa com ela, questões íntimas, faz muito tempo!".[851] Ao ouvir aquilo, o rei Rawmazān, tomado pela perplexidade, mandou que colocassem a rainha Nuzhat Azzamān diante de si; tão logo pousou os olhos nela, o sangue sentiu afeto pelo sangue, ele a indagou a respeito daquela história e ela lhe fez o relato do começo ao fim, e as suas palavras corresponderam ao que a aia contara, sem tirar nem pôr.

Convicto então de que ele e suas raízes provinham, sem dúvida nem mentira, do Iraque, e que seu pai era o grande rei ^{c}Umar Annu^{c}mān, ele imediatamente desamarrou sua irmã Nuzhat Azzamān, que lhe beijou as mãos e o fez chorar;

[851] Ao contrário do que parece, a fala de Nuzhat Azzamān é aleatória, e não deriva da compreensão da história de Marjāna, que fora feita em grego.

tomado pelo amor fraterno, com o coração cheio de afeto por seu sobrinho Kān Mākān, Rawmazān se levantou repentinamente, tomou a espada das mãos do carrasco e todos os prisioneiros tiveram certeza de que seriam mortos. Rawmazān colocou-os diante de si, desamarrou-os e disse à aia Marjāna: "Exponha o que você me contou para esse grupo, sem tirar nem pôr uma única letra".[852] Marjāna disse a Rawmazān: "Saiba, ó rei do tempo, que este ancião, o vizir Darandān, é a minha maior testemunha", e, voltando-se para os iraquianos, bem como para os régulos[853] bizantinos e *ifranjes* que estavam ali presentes, fez-lhes o mesmo relato do começo ao fim, inteiro e completo, enquanto a rainha Nuzhat Azzamān e o vizir Darandān atestavam a veracidade de suas palavras.

Quando concluiu o relato, a aia Marjāna olhou de relance e viu no pescoço de Kān Mākān o terceiro avelório, exatamente ele, irmão dos avelórios pertencentes à rainha Abrawīza. Ao reconhecê-lo, ela deu um enorme grito e disse ao rei Rawmazān: "Saiba, meu filho, que agora eu estou mais convencida da verdade dos meus dizeres e das provas que apresentei. Esse avelório que eu lhe dera e ordenara que você colocasse no pescoço é irmão desse que está no pescoço do seu sobrinho Kān Mākān". Ato contínuo, Marjāna disse ao sultão Kān Mākān: "Deixe-me ver esse avelório", e ele rapidamente o tirou do pescoço, entregando-o a ela. Marjāna então indagou Nuzhat Azzamān sobre o terceiro avelório, que também lhe foi entregue. Marjāna mostrou os dois avelórios a Rawmazān, e aqueles sinais lhe evidenciaram a verdade das provas: convencido de que era filho do grande rei ᶜUmar Annuᶜmān e o tio paterno do sultão Kān Mākān, ele abraçou imediatamente o vizir Darandān.

O barulho das trombetas a tocar e dos festejos a se espalhar chegou aos ouvidos dos soldados iraquianos, e todos montaram, inclusive o rei Zabalkān, que disse: "O que serão esses gritos e essa alegria no acampamento dos *ifranjes*?". O exército iraquiano se mobilizou já disposto a lutar, e Rawmazān, informado a

[852] Em Paris 1: "a fim de que eles o registrem em papel".

[853] Embora tenhamos traduzido "régulos", o texto fala em *mulūk*, "reis". Correndo o risco de subordinar a ficção aos eventos históricos, deve-se notar que esse plural só pode referir-se a potentados locais, vassalos dos bizantinos e – por que não? – dos "*ifranjes*", isto é, os europeus cristãos não gregos nem ortodoxos. Novamente, a questão é a das possibilidades de enunciação dos elementos constitutivos do imaginário. Se o imaginário desfrutasse liberdade absoluta, seria o caso de perguntar: por que o texto não fala da existência de mais de um califa, simultaneamente? A resposta é que tal condição, salvo numa situação muito particular, não existiu. Agora, falar em "reis" bizantinos e *ifranjes* evidencia a refração, no plano do imaginário árabe, da pulverização do poder central bizantino, em especial na Anatólia, e dos Cruzados, nas várias localidades das quais se apossaram.

respeito, ordenou de imediato que Quḍya Fakān, filha do seu irmão Šarrakān, fosse o mais rápido possível até o exército iraquiano para informar todas as coincidências ocorridas, e também que se evidenciara ser o rei Rawmazān tio paterno do sultão Kān Mākān. Incontinente, Quḍya Fakān saiu sozinha e marchou até ficar diante de Zabalkān, a quem cumprimentou, informando-o das coincidências ocorridas e do fato de que o rei Rawmazān era tio paterno do sultão Kān Mākān.

Zabalkān estava chorando e temeroso do que sucederia aos seus comandantes e conselheiros, mas, quando Quḍya Fakān lhes explicou a questão de cabo a rabo, todos ficaram contentíssimos e suas tristezas foram embora. Célere, Zabalkān montou, juntamente com os principais do seu governo, e cavalgaram, conduzidos pela rainha Quḍya Fakān, até os pavilhões do rei Rawmazān, que os recebeu com suma dignidade e honra, além de uma profusão de benesses. Ficaram todos satisfeitos com aquilo, tocaram-se flautas, serviram-se banquetes e a alegria e o regozijo predominaram.

Voltando-se para seu sobrinho Kān Mākān, o rei Rawmazān consultou-o a respeito do rei Zabalkān, e ambos convieram em lhe devolver a cidade síria de Damasco, que já era o seu reino, mantendo-se então as coisas como estavam antes. Também convieram em partir para o Iraque e, sem delongas, entregaram trajes honoríficos a Zabalkān, retornaram aos seus pavilhões e determinaram que os arautos anunciassem entre a soldadesca a partida para o Iraque; ambos os exércitos, iraquiano e bizantino, se reuniram e seus reis disseram: "Por Deus, para confortarmos os nossos corações não nos falta senão tomar a vingança e desfazer a infâmia cometida pela velha Šawāhī, cognominada D̲āt Addawāhī. Se Deus nos permitir a sua captura, vamos crucificá-la".[854]

E assim, o rei Rawmazān empreendeu a viagem, acompanhado de sua corte e dos principais do seu governo. Kān Mākān estava feliz com a descoberta daquele tio. Marjāna ficou ao lado das rainhas Quḍya Fakān e Nuzhat Azzamān, e eles avançaram até chegar à sua terra, onde o grão-chanceler Sāsān, assim que ouviu falar deles, saiu para recepcioná-los com toda a gente de Bagdá; ao vê-los, descavalgou para beijar as mãos de Rawmazān, que lhe deu um traje honorífico e o fez cavalgar ao seu lado. Todos aqueles reis adentraram Bagdá, que estava engalanada, num dia que foi considerado dos mais suntuosos. Acompanhado do seu

[854] No geral, todas as fontes concordam com o andamento do restante da narrativa até o seu desfecho, com exceção de Paris 1, no qual, por exemplo, essa fala é de Kān Mākān e está precedida do seguinte: "Pelo meu tio, a honra deve ser concedida a todos, pois a mãe dele é bizantina".

sobrinho Kān Mākān, Rawmazān se dirigiu ao palácio após a dispensa da população e a distribuição de trajes honoríficos que agradaram o coração de todos.

O rei Kān Mākān ofereceu ao seu tio, o rei Rawmazān, o trono do reino, dizendo: "Por Deus, meu tio, este reino não é adequado senão a você", mas ele respondeu: "Deus me livre, sobrinho, de tomar o seu reino!". Nesse momento, o vizir Darandān sugeriu que os dois governassem juntos, um a cada dia: ambos acataram a ideia e tudo ficou bem; serviram-se banquetes, o júbilo e as alegrias aumentaram, e ambos ficaram nessa condição por um bom tempo. [Kān Mākān não se entediava jamais com a companhia de sua prima Quḍya Fakān.][855]

Passado um ano, estando todos tranquilos e gozando a mais deliciosa das vidas, com tudo dando certo, banquetes constantes e alegria cada vez maior, eis que veio a eles um homem jogando terra sobre a cabeça, gritando, pedindo socorro e dizendo: "Ó reis do tempo, como então eu permaneço ileso na terra da impiedade e da iniquidade, mas sou assaltado na terra da justiça e da segurança?". Rawmazān ordenou que o homem fosse trazido à sua presença e o indagou sobre a sua situação; o homem respondeu:

O MERCADOR ESPOLIADO

Sou um mercador como tantos outros, e faz um bom tempo que estou ausente desta minha terra, pois durante vinte anos viajei por vários países. Tenho em mãos uma carta escrita na cidade de Damasco e dada a mim pelo falecido rei Šarrakān, filho do grande rei ᶜUmar Annuᶜmān, graças a uma criada que lhe ofereci. Eu regressei a esta terra, com cem fardos de preciosidades da Índia, e rumava para Bagdá, que está sob os cuidados de vocês, mas quando cheguei às cercanias da cidade fui atacado por um bando de beduínos, acompanhados de curdos provenientes dos mais diversos países, além de escravos negros. Eles mataram os meus homens e roubaram meus cabedais. Essa é a descrição do estado em que ora me encontro.

Encerrado o relato, o mercador chorou e se queixou diante dos reis Rawmazān e Kān Mākān, que, compadecidos da sua sorte, saíram com cem cavaleiros que valiam por mil, levando o mercador como guia, e não cessaram de procurar, o dia inteiro e a noite inteira, até a madrugada, quando então se avizinharam de um vale com rios abundantes e muitas árvores; ali encontraram um bando cujos

[855] Traduzido de Paris 1.

homens haviam se espalhado pelo lugar após terem repartido os fardos do mercador. Os cem bravos cavaleiros cercaram os restantes, o rei Rawmazān e seu sobrinho, o sultão Kān Mākān, gritaram com eles e em pouco tempo todos foram agarrados. Eram mais de trezentos cavaleiros, que constituíam um bando de beduínos criminosos: depois de capturados, tomaram-lhes tudo quanto haviam roubado do mercador e de outros mercadores, e os conduziram à cidade de Bagdá, num dia que foi considerado dos mais jubilosos.

Os dois reis se instalaram em suas respectivas posições e todos os bandidos foram exibidos diante deles e interrogados sobre o seu chefe; responderam: "Nós temos três chefes, os quais nos aliciaram, de tudo quanto é país, para o seu bando", e os apontaram com os olhos, sendo então os três agarrados e os restantes, soltos após terem sido despojados dos seus cabedais, que foram devolvidos àquele mercador, o qual, após examinar os tecidos roubados, descobriu que a quarta parte do seu capital fora perdida, mas os reis prometeram ressarci-lo de todo prejuízo e punir os três bandidos.

Ato contínuo, o mercador lhes mostrou as duas cartas, uma com a letra de Šarrakān e a outra com a letra de Nuzhat Azzamān. [Aquele era o mercador que havia comprado Nuzhat Azzamān][856] do beduíno quando ela ainda era uma garotinha virgem, e a oferecido ao seu irmão Šarrakān, tendo em seguida ocorrido o que já se relatou. Ao ver aquelas duas cartas, o rei Kān Mākān reconheceu a letra do seu tio Šarrakān e ficou a par da história de sua tia Nuzhat Azzamān, cuja letra também reconheceu; foi então mostrar a carta a ela, escrita de próprio punho para o mercador, e lhe contou tudo o que sucedera, de cabo a rabo.

A rainha Nuzhat Azzamān reconheceu muito bem tanto a sua própria letra como a pessoa do mercador, a quem mandou entregar muitos presentes, recomendando-o ao seu irmão Rawmazān e ao seu sobrinho Kān Mākān, e ambos colocaram homens, escravos e criados à disposição dele. Nuzhat Azzamān enviou ao mercador, ainda, cem mil dirhams de prata e cinquenta camelos, além de mais presentes e joias, e mandou chamá-lo. Quando ele apareceu, ela o cumprimentou e o informou ser filha do grande rei ᶜUmar Annuᶜmān, irmã de Šarrakān, irmã por parte de pai de Rawmazān e tia paterna de Kān Mākān, filho de Ḍaw Almakān.[857] Muitíssimo contente, o mercador a parabenizou por ter ficado bem, beijou-lhe as mãos e disse: "Ó rainha, por Deus que os favores feitos a você

[856] Traduzido de Gayangos.

[857] Em Maillet, cuja versão insiste na rememoração de tais detalhes, consta *Šarrakān* em vez de Ḍaw Almakān.

não são baldados". Em seguida, ela se retirou. O mercador permaneceu como hóspede por três dias, findos os quais ele se despediu e rumou para a Síria.

O BEDUÍNO LADRÃO E SEUS COMPARSAS

Os dois reis se acomodaram e mandaram chamar os três ladrões que eram chefes do bando de salteadores, indagando-os sobre a sua condição. Um deles deu um passo adiante e disse: "Saibam que eu sou beduíno e sequestrava crianças pelas estradas, bem como donzelas virgens e recatadas, as quais eu vendia para os mercadores. Por estes dias, induzido pelo demônio, entrei em acordo com este cameleiro e com este escravo, reunimos gente proveniente da escória da humanidade e formamos um enorme bando, pondo-nos a assaltar pelas estradas e a atacar viajantes a traição". Os reis lhe disseram: "Conte-nos o que lhe sucedeu de mais espantoso no que tange ao sequestro de crianças e de donzelas virgens. Conte e nos deixe a par de tudo!". O velho beduíno disse:

O que de mais espantoso me sucedeu, ó reis do tempo, é que certa feita, há vinte e dois anos, sequestrei em Jerusalém uma garota de beleza, formosura, esplendor e perfeição, semelhando o plenilúnio na noite em que se completa. Contudo, ela não passava de uma criada, e estava coberta de trapos com um lenço bem curto na cabeça. Eu a sequestrei em Jerusalém no exato instante em que ela saía de um albergue. Coloquei-a no meu camelo, com a esperança de entregá-la aos meus familiares no interior, fazendo-a apascentar camelos e reunir o gado no vale.[858] Passei com ela pela cidade de Damasco, onde fiquei em dúvida a seu respeito, meus senhores, pois em dada manhã um mercador a viu comigo e, perplexo com tal visão, pôs-se a me fazer ofertas para comprá-la, aumentando continuamente os lances até que a vendi por cem mil dirhams, entregando-a a ele do jeito que estava, com os trapos e o lenço curto na cabeça. Eu havia percebido que ela tinha uma esplêndida eloquência, e depois fui informado de que esse mercador a vestiu com as melhores e mais luxuosas roupas e a ofereceu ao rei que era o senhor de Damasco, o qual, por sua vez, pagou por ela o dobro do valor que eu recebera. Por Deus, ó reis do tempo, que isso foi o que de mais espantoso me ocorreu. Por vida minha, o que o rei de Damasco pagou ainda foi pouco perto do valor daquela garota que eu sequestrei, mas Deus sabe mais.

[858] Nas demais fontes, o beduíno acrescenta que ela chorou muito e ele a surrou por isso. Como se trata de uma revelação meio descabida para os seus propósitos, não a incluímos no texto da tradução.

Disse o narrador: Quando ouviu as palavras e a história do beduíno, a luz da face de Nuzhat Azzamān, que estava junto com os dois reis, transformou-se em treva, e ela gritou com todas as forças, dizendo ao seu irmão Rawmazān: "É esse em pessoa o beduíno que me sequestrou em Jerusalém, sem dúvida nenhuma", e lhes descreveu as agruras que sofrera em suas mãos: as surras, a fome, a humilhação, as ofensas; disse ao irmão e ao sobrinho que, das criaturas de Deus, ele é o que tinha o coração mais cruel, acrescentando: "Agora eu estou autorizada a matá-lo"; imediatamente puxou da espada e avançou na direção do beduíno para matá-lo, mas eis que o velho gritou, dizendo: "Ó reis do tempo, não a deixem matar-me até que eu lhes conte todas as coisas espantosas que me aconteceram".

Então o seu sobrinho Kān Mākān disse a ela: "Tia, deixe-o contar-nos uma história e depois disso faça com ele o que bem entender", e Nuzhat Azzamān recuou. Os reis disseram ao beduíno: "Fale-nos sobre as coisas espantosas que lhe aconteceram". Ele perguntou: "Ó reis do tempo, se acaso eu lhes contar uma história que vocês considerem espantosa, irão me perdoar?". Eles responderam: "Sim", e o beduíno começou a contar a sua história de cabo a rabo. Ele disse:[859]

A PERFÍDIA DO BEDUÍNO

Saibam, meus senhores, que certa noite, há pouco tempo, eu tive uma insônia tão forte que, mal podendo esperar o raiar do dia, levantei-me ligeiro, armei-me com a minha espada, peguei meus equipamentos de guerra, montei meu cavalo e saí para caçar e buscar oportunidades de diversão; [quando me distanciei do meu acampamento, acompanhado por cinco homens dentre os maiores cavaleiros da minha tribo, cada qual valendo cem cavaleiros, todos vestidos de ferro, muito corajosos, eles me perguntaram: "Ó bravo cavaleiro, campeão invencível, você pretende fazer incursões guerreiras na terra do Iêmen, em Sanaa e Áden?". Respondi: "Quero caçar!". Eles disseram: "Vamos lá! Somos seis, mas valemos por mil!",][860] e me seguiram.

Enquanto marchávamos, eis que uma avestruz correu diante de nós com a boca aberta, gritando e de asas abertas; ela fugiu, ganhou distância, e nós cavalgamos atrás dela o dia inteiro; aquela avestruz nos atirou num deserto sem vege-

[859] Aqui, curiosamente, ocorrem em Maillet as palavras "Šahrazād a manhã", riscadas pelo copista, que deve ter considerado impróprio, por algum motivo, fazer a divisão da noite neste ponto.
[860] Traduzido de Paris 1.

tação alguma nem pasto, e no qual não se ouvia senão o silvado das cobras, a gritaria dos gênios e o berreiro dos ogros. Perdemos a avestruz de vista e, sem saber se ela se alçara ao céu ou se afundara na terra, direcionamos a cabeça dos nossos cavalos para o caminho de volta, mas logo notamos que tal propósito não tinha nenhuma correção ou proveito. O calor estava muito forte, nossa sede era intensa, nossos cavalos pararam de caminhar e, certos da morte, nós nos entregamos ao decreto e à decisão de Deus.

Estávamos nesse estado quando avistamos ao longe um acampamento no qual se via uma fonte de água corrente, casas vazias e um imenso prado com gazelas a pastar e uma tenda montada, ao lado da qual havia um cavalo amarrado e as pontas brilhantes de uma lança espetada, e então nossas almas ressuscitaram após terem morrido. Demos meia-volta, apontamos a cabeça dos nossos cavalos para aquela direção e cavalgamos sem parar até o prado e a água, comigo na dianteira dos meus companheiros. Quando chegamos à fonte, atiramo-nos sobre a água, bebemos e demos de beber aos cavalos.

Levado pela rude e grosseira impetuosidade dos beduínos,[861] abri a porta daquela tenda e eis que em seu interior havia um gracioso rapaz ainda imberbe, semelhando a lua crescente, e à sua direita uma jovem esbelta como galho de moringueira, uma sedução tanto para os homens como para os gênios, e só de vê-la o amor por ela invadiu o meu coração. Fiz ao jovem a melhor das saudações, ao que ele me respondeu com as mais agradáveis palavras; disse-lhe: "Conte-me, ó irmão dos árabes, quem é você, e quem é essa jovem que aqui está".

Após se conservar cabisbaixo por algum tempo, ele perguntou: "E você, quem é? E essa cavalaria que está com você?". Respondi: "Eu sou Ḥammād Bin Alfuzārī, o célebre cavaleiro, e as tribos árabes sabem que equivalho a quinhentos cavaleiros. Saí do meu acampamento para caçar com aqueles cavaleiros, mas, atingidos pela sede, viemos para cá e eu bati às suas portas na esperança de que vocês possam nos dar um gole de água". Ao ouvir as minhas palavras, o rapaz se voltou para a jovem graciosa e disse: "Traga água para este homem, e o que tivermos de comida". Ela se levantou arrastando a cauda da roupa, tropeçando nas tranças e com os chocalhos de ouro fazendo barulho em seus tornozelos. Sumiu por alguns instantes e logo retornou com um pote cheio de tâma-

861 "Impetuosidade grosseira dos beduínos" traduz *ḥamiyyat aljāhiliyya*, "impetuosidade do período anterior ao islã".

ras, leite e carne de animais diversos na mão esquerda, e uma taça de prata cheia de água fresca na mão direita. Não consegui pegar das suas mãos nem a comida nem a água, tamanho era o amor que me invadiu, e então recitei os seguintes versos de poesia:

É como se a pintura em sua palma
fosse um corvo em pé sobre a neve;
à visão da sua face, sol e plenilúnio
se quedam num só lugar, com medo.

Prosseguiu o beduíno:
Após comer e beber, eu disse àquele rapaz: "Saiba, ó nobre árabe, que eu lhe dei as notícias sobre mim, e agora quero que você também me dê as notícias verdadeiras sobre si, [e o motivo de viver isolado neste lugar".][862] Ele disse: "Quanto ao que você me perguntou, essa jovem é minha irmã, e não minha esposa". Então eu perguntei a ele: "Pois então escolha, meu jovem! Quer me dar a sua irmã em casamento por bem ou prefere que eu o mate e a leve a força?". Ante essas palavras, o jovem ficou cabisbaixo por instantes, mas logo levantou a cabeça na minha direção e disse: "É verdade. Sim, você é efetivamente veraz no que diz, pois é o cavaleiro conhecido, o célebre campeão, o leão do deserto, enfim. Porém, se vocês me atacarem à traição e me derrotarem, matarem e levarem a minha irmã, isso será uma grande infâmia; portanto, a despeito de vocês serem considerados cavaleiros e bravos campeões, conforme se mencionou, eu lhes peço um pouco de tempo para pegar as minhas armas de combate, minha espada, minha lança, e montar em meu cavalo; vamos nos enfrentar na arena de batalha; caso eu os derrote, tê-los-ei exterminado, e, caso vocês me derrotem e me matem, minha jovem irmã pertencerá legitimamente a vocês, sem mais".

Ao ouvir as palavras do rapaz, eu disse: "Não existe equanimidade maior do que essa" e, dirigindo a cabeça do meu cavalo um pouco para trás, retornei aos meus companheiros, totalmente enlouquecido e dominado pelo amor àquela jovem, cuja beleza descrevi para eles, bem como a coragem e frieza do rapaz, o qual parecia disposto a enfrentar até mil cavaleiros; em seguida, informei-os de todo o dinheiro e das riquezas que havia na tenda, e disse: "Saibam, primos, que

[862] Traduzido de Paris 1.

esse jovem rapaz não estaria aqui isolado no deserto se acaso ele não fosse um terrível flagelo. Recomendo que aquele que o matar fique com a sua irmã, o seu dinheiro e o seu cavalo". Eles responderam: "Aceitamos o pacto" e, ato contínuo, vestiram os seus equipamentos de guerra, montaram nos cavalos e foram na direção do rapaz, que também vestira os seus equipamentos de guerra e montara no seu cavalo. A irmã correu para ele, agarrou-se aos seus estribos e, com a burca molhada de lágrimas, prorrompeu em ais e lamentos, antevendo as piores desgraças, receosa de perder o irmão, enquanto recitava a seguinte poesia:

A Deus me queixo dessa terrível desgraça:
vejo os cavalos já se agitando debaixo deles;
eles estão, ó irmão, bem-dispostos a te matar,
sem que nenhum delito justifique tal atitude;
os homens montados sabem que és cavaleiro,
dos mais bravos de todo o Oriente e Ocidente;
combates por tua irmã, incapaz de se defender,
e assim, para ela, és tanto seu pai como irmão;
não deixes o inimigo se apossar de minh'alma,
e me levar à força na tua frente, malgrado meu,
pois é a ti que remontará a infâmia, meu irmão!
A leste e oeste, as caravanas te pedem socorro!
Não aceites a morte que aos homens tanto tortura,
e que somente amedronta ao desalmado e covarde.
Não quero viver, juro por Deus!, em lugar algum
se prostrado tu estiveres em uma tumba qualquer,
pois o amor por ti é tão grande que prefiro morrer,
e morar numa tumba cujos móveis sejam de terra.

Ao ouvir a poesia, seu jovem irmão chorou copiosamente e, voltando a cabeça do seu cavalo para ela, respondeu com os seguintes versos:

Para e observa quais espantos vou fazer
assim que a batalha e a luta começarem,
ainda que me enfrente o mais feroz deles,
ou o de coração mais valente e constante;
irei fazê-los provar um golpe tão cortante,

que a lança se despedaçará de cima a baixo;
se eu por ti não pudesse lutar, ó minha vida,
melhor seria morrer e pelas aves ser comido;
por bondade, deixa-me lutar o quanto puder,
pois esta história nos livros vai ser registrada.

[E continuou: "Saiba que este mundo é morada do efêmero e do ruinoso, que sobrevêm na forma de emoção. Esses seis homens equivalem a mil cavaleiros, ao passo que eu sou um cavaleiro solitário, e por isso temo perder a vida.][863] Contudo, minha irmã, ouça o que digo e a seguinte recomendação. Se acaso eu morrer, não se entregue a ninguém". Nesse momento, ela começou a se estapear no rosto e a dizer: "Deus me livre, irmão, de ver você assassinado e me entregar aos inimigos". O rapaz estendeu a mão para a sua jovem irmã, levantou-lhe a burca e lhe contemplou a face: parecia um sol coberto por nuvens. Beijou-a entre os olhos e ela o estreitou ao peito, recitando a seguinte poesia:

Vá minha mente a leste ou oeste,
não vejo a quem amar além de ti,
não, nem ninguém se ombreia a ti,
não, e ninguém se assemelha a ti,
pois em tua beleza tu és singular
e é a ti que o coração se apega;
aquele que nas belezas se perde,
quando a tua beleza vê, se acha;
eu estou presa pelo amor a ti,
apaixonada, lágrimas correndo
e se infiltrando em meu amor;
por ele permaneço apaixonada,
coração derretido por sua secura
e agora inteiramente dilacerado;
se acaso um só dos meus suspiros
se perdesse, eu morreria afogada,

[863] Traduzido de Paris 1. A comparação entre Maillet e Gayangos, de um lado, e a compilação tardia, do outro, evidencia que falta alguma coisa na fala do rapaz. Na tradução, corrigimos "cinco homens" para "seis homens".

bem como, não fossem as lágrimas,
meus suspiros teriam me queimado.[864]

Disse o narrador: Quando a jovem concluiu a poesia, seu irmão voltou-se para nós e disse: "Ó cavaleiros árabes, se vocês buscam hospedagem, sejam muito bem-vindos; [a recepção será a melhor, e, se precisam de comida e bebida, nós lhes damos a boa nova da alimentação e do abrigo;][865] porém, se vocês querem a lua radiante, então que se apresentem, um cavaleiro após o outro, para lutar comigo nesta arena". Nesse momento, apresentou-se um dos nossos bravos cavaleiros, a quem o rapaz perguntou: "Qual o seu nome e o nome do seu pai? Eu jurei que não mataria quem tivesse o meu nome ou o nome do meu pai.[866] Assim, se eu constatar que o seu nome é o mesmo que o meu, e que o nome do seu pai é o mesmo que o do meu, dar-lhe-ei esta jovem!". O cavaleiro desafiante respondeu: "Meu nome é Bilāl". Então o rapaz lhe respondeu com a seguinte poesia:

Tuas palavras mentem, ó Bilāl,
e trouxeste trapaças e absurdos;
se souberes algo, então me ouve,
eu que na arena campeões derrubo,
e a espada brilha como o Crescente!
Vamos à luta e aos golpes, Bilāl!

Assim, ambos arremeteram um contra o outro, e o rapaz lhe desferiu um golpe que entrou pelo peito e saiu pelas costas. [Em seguida, ele galopou pela arena, fez desafios e retornou para a tenda, dizendo: "Mana, essa é a consequência da iniquidade. Veja a memória de quem vai perdurar pelos tempos". Ao ver o comportamento do rapaz, meu senhor, percebi que se tratava de um intrépido cava-

[864] Essa poesia, da qual deixamos de traduzir um verso incompreensível, consta somente de Maillet e Gayangos; parece inadequada neste ponto, motivo pelo qual, decerto, foi suprimida das outras fontes.
[865] Traduzido de Gayangos.
[866] Traduzido das edições impressas. Por algum motivo, as outras fontes fazem confusão neste ponto, com o rapaz dizendo que não mataria senão quem tivesse o seu nome e o nome do seu pai. Seja como for, há elementos estranhos no episódio, como essa promessa de só entregar a irmã a quem tivesse o mesmo nome que ele e cujo pai tivesse o mesmo nome que o seu, além da poesia recitada pela irmã, que não pertence ao âmbito do amor fraterno.

leiro e um campeão feroz que já tinha lutado deveras, mandando todos os seus desafiantes ao cemitério. Eu havia tencionado desafiá-lo, mas desisti por alguns motivos. O primeiro, aguardar que os meus companheiros fossem mortos, pois assim eu ficaria com a parte deles; o segundo, esperar que o rapaz se exaurisse, pois assim eu alcançaria meu propósito; e o terceiro, ficar com a jovem só para mim, sem nenhum obstáculo. Quando esse plano se desenhou em meu coração, eu disse ao irmão do morto: "Enfrente aquele demônio para vingar o seu irmão!", e então ele][867] se apresentou na arena recitando a seguinte poesia:

Ó seu cachorro maldito e abjeto,
chegou quem te decepará a cabeça!
Mataste o irmão da minha alma,
e ora já te vejo pela terra coberto.

O rapaz respondeu com a seguinte poesia:

Maldito não sou, muito menos abjeto,
nem o pobre coitado de alguma raça;
sou, isto sim, um leão de nobre estirpe,
destruidor de cervizes, cheio de orgulho;
na luta, minha irmã defendo com a vida,
sem temer na batalha nenhum canalha.

E, sem lhe dar tempo, o rapaz o deixou engasgado com o próprio sangue, clamando em seguida: "Algum desafiante?", ao que surdiu um guerreiro e investiu contra ele.

E o amanhecer alcançou Šahrazād, que interrompeu o seu discurso autorizado. Sua irmã Dīnāzād disse: "Como é bela e saborosa a sua história, maninha!". Ela disse: "Isso não é nada perto do que irei contar-lhes na próxima noite, se acaso eu viver e o rei me poupar".

[867] Traduzido de Paris 1.

QUANDO FOI A NOITE SEGUINTE, [QUE ERA A

495ª]

Disse Dīnāzād à sua irmã Šahrazād: "Minha irmã, complete a sua história para nós!". Ela disse: "Com muito gosto e honra".

Eu tive notícia, ó rei venturoso, de que [o beduíno Ḥammād disse:]

O cavaleiro investiu contra ele recitando o seguinte:

A ti eu enfrento com o coração em chamas
contemplando os mortos, pronto para a luta,
pois hoje mataste os mais nobres dos árabes,
e por isso vou reunir-te a eles, sem aflições.

O rapaz respondeu a essa poesia [de pé quebrado][868] recitando outra poesia:

Mentiste em tua fala, ó demônio,
e o que trazes é calúnia e mentira;
[hoje te mostrarei, com minha lança,
como se dá a luta na hora da guerra.][869]

Ato contínuo, desferiu-lhe um golpe de lança que entrou pelo peito e saiu pelas costas, e tornou a galopar pela arena perguntando: "Algum desafiante?". Surdiu então o quarto cavaleiro, a quem o rapaz [perguntou: "Qual o seu nome e o nome do seu pai?". Ele respondeu: "Eu me chamo Hallāk". Então o rapaz recitou a seguinte poesia:

Mentiste em teu nome, ó Hallāk!
Resigna-te com o que te espera,
teme minha espada, dá meia-volta
e foge: somente na fuga te salvarás,

[868] Traduzido de Gayangos.
[869] Traduzido de Gayangos.

pois nenhum poderoso te livrará
da espada que na tua bunda brilhará,
perfurando-te da direita à esquerda:
neste dia, a morte enfim te achou.

E o rapaz o cercou, assestou-lhe uma espadeirada que lhe fez saltar o pescoço, e disse: "Ó cavaleiros árabes, algum desafiante?". O quinto cavaleiro então surdiu; o rapaz][870] perguntou-lhe o nome, e ele respondeu: "Eu me chamo ᶜAmrū". O rapaz recitou a seguinte poesia:

Mentiste em tua fala, ó ᶜAmrū,
e o que tu trazes é tudo mentira;
sou aquele cuja poesia conheces,
e que a vida te tira, sem que notes,
com espada brilhante qual brasa!
Vamos trocar golpes, ó ᶜAmrū!

E fizeram carga um contra o outro, rodearam-se e, quando a troca de golpes ia começar, o jovem foi mais rápido e desferiu em meu companheiro um golpe que o matou.

Quando vi os meus camaradas todos mortos, caros senhores, pensei: "Se eu desafiar esse rapaz na arena não irei aguentar, mas se eu fugir me tornarei objeto de escárnio entre os beduínos". Sem me dar tempo, o rapaz se lançou sobre mim, e me golpeou com o lado cego da lança, derrubando-me da sela. Caí desmaiado, e ele sacou da espada para me degolar. Pegou-me pelo gasganete, puxou-me para si, e fiquei em suas mãos tal como um passarinho [nas garras de uma águia.][871]

Exultante com as ações do irmão, a jovem foi até ele, beijou-lhe a fronte e os olhos do seu cavalo e o limpou da areia. O rapaz me entregou para a irmã, dizendo: "Cuide dele e trate-o bem, pois agora ele está sob a nossa proteção", e então ela me puxou pela gola e se pôs a me conduzir como se faz com um cachorro. Desamarrou os equipamentos de guerra do irmão, vestiu-o com roupas finas e montou-lhe uma cadeira de marfim, tudo isso após ter acorrentado as minhas

[870] Traduzido de Paris 1.
[871] Traduzido de Paris 1.

pernas. O rapaz se sentou e ela disse: "Deus lhe enobreça a face e a força"; então ele recitou a seguinte poesia:

Diz minha irmã, após ver na guerra
as minhas armas a brilhar como raios:
"Por Deus! Como és bravo guerreiro,
e como na luta humilhas até os leões!"
Respondi: "Indaga pois aos guerreiros
como fogem ante mim os campeões!
Célebre sou por minha ventura e sorte,
e minha bravura aos píncaros se alçou!"
Enfrentaste, ó Ḥammād, um leão que
fará a morte rastejar até ti como cobra.[872]

Ao escutar essa poesia, meus senhores, fiquei perplexo! Minhas lágrimas correram quando observei o meu estado, um mero prisioneiro, e a beleza e formosura da sua jovem irmã; pensei: "Ela é a origem e o motivo desta sedição", e minhas lágrimas correram mais ainda; olhei para ela, para o seu irmão, e fiz um sinal, recitando a seguinte poesia:

Querido, para de me censurar e criticar,
pois as censuras já não posso assimilar;
as pernas e o traseiro da jovem beldade
me levaram a amá-la, entre outros fatores;
a seta de sua pupila me alvejou o coração,
e logo serás tu que desejarás estar a salvo!
Repito: deixa de me censurar, já não ouço,
pois morto de amor estou, e por isso caí.[873]

Disse o narrador: Em seguida, a jovem trouxe comida para o irmão, que comeu, e também ofereceu para mim, por medo de que eu fosse morto. Feliz com a sua atitude, roguei por ela em pensamento e comi, para garantir que continuaria

[872] Poesia traduzida das edições impressas, pois nos manuscritos ela é incompreensível.
[873] Essa poesia, para variar, apresenta problemas de cópia em todos os manuscritos. A tradução não é segura.

vivo.[874] Quando o rapaz terminou de comer, a irmã lhe trouxe os utensílios para bebida, e ele bebeu tanto que os efeitos do álcool se manifestaram em suas bochechas; virou-se então para mim e perguntou: "Ai de você, Ḥammād! Já me conhece ou ainda não?". Respondi: "Por vida sua, estou cada vez mais ignorante sobre quem é você na verdade!". Ele disse: "Ḥammād, eu sou ᶜAbbād Bin Tammām Bin Taġlub[875] Alġazlānī. Deus lhe concedeu a vida e preservou o seu cavalo".[876] Em seguida, soltou as minhas correntes, saudou-me e me deu uma taça, que bebi, e uma segunda, terceira, quarta... Enfim, bebemos juntos e ele me fez jurar — e fiz mil e quinhentas juras — que eu não o trairia e que seria o seu ajudante, e ele também jurou que não me trairia. Terminamos de comer juntos e bebemos juntos, após o que ele ordenou à irmã que me desse dez trajes de seda, e eu os vesti todos. Também ordenou à irmã que escolhesse uma camela e a carregasse de joias e presentes, e outra, menor, para carregar água e provisões de viagem. Eles me hospedaram e alimentaram por três dias, findos os quais o rapaz me disse: "Meu irmão Ḥammād, acho que preciso dormir um pouco. Quero que você não se assuste se acaso vir poeira de cavalaria; saiba que serão homens da minha tribo, os Banū Taġlub, me procurando para a guerra contra a tribo de Banū Šībān",[877] e então, ó reis, ele se recostou na almofada, colocou a espada debaixo dela e dormiu.

Quanto a mim, meus senhores, o maldito demônio se pôs a me sussurrar que o matasse [e também levasse a garota].[878] Assim, levantei-me mais rápido do que o decreto divino e puxei a espada que estava sob a almofada; o rapaz ergueu a cabeça e fez menção de se levantar, mas antes que ele o fizesse desferi um golpe que lhe separou a cabeça do corpo. A sua irmã, que estava num canto da tenda, veio correndo e se pôs a berrar e a se estapear nas faces, rasgando as roupas e recitando a seguinte poesia:

[874] Faz parte da tradição de hospitalidade beduína dar garantias de vida à pessoa com a qual se partilha o alimento.

[875] O nome dessa personagem varia nas fontes (*ᶜAyyād* em vez de *ᶜAbbād*, e *Tamīm* em vez de *Tammām*), mas a variação mais curiosa é a do nome da tribo: Maillet é a única versão em que se pode ler, a despeito da falta de um pingo na palavra, *Taġlub*, nome de uma tribo árabe cristã que, a partir do século III d.C., passou a viver na região entre a Península Arábica e a Mesopotâmia. Nas outras fontes, lê-se mais claramente *Ṯaᶜlaba*, tribo árabe judaica da região de Medina, ou *Ṯaᶜlab*, tribo argelina do norte da África. O mais razoável é que seja, de fato, *Taġlub*. Já o último nome, *Alġaẓlānī*, consta apenas de Maillet.

[876] Nas outras fontes, com exceção de Paris I, que omite a passagem, consta "sua festa de casamento", *ᶜursuka*, em vez de "seu cavalo", *farasuka*.

[877] Tribo árabe que vivia na mesma região de Taġlub.

[878] Traduzido de Paris I.

À família se dê esta que é a pior das notícias!
Vejo a tua face querida toda coberta de sangue,
assassinado, ó meu irmão, e ao solo prostrado,
tua face em si mesma refletindo o círculo da lua!
O mais aziago dos dias foi aquele em que os viste,
e a tua lança, após se tornar tão doce, quebrou-se;
agora, os cavalos já não aceitarão cavaleiro algum;
sim, jamais aceitarão, sejam machos, sejam fêmeas!
Ḥammād é um traidor, meu irmão, e teu assassino;
traiu seus juramentos, e até a convivência ele traiu,
com isso procurando se apropriar de mim! Porém,
eu o irei desmentir em tudo quanto ele planejou!

Disse o narrador: Em seguida, a irmã me disse, com uma espada comprida nas mãos: "Você é maldito pelo lado dos dois avós! Matou o meu irmão à traição, vilmente, depois que ele o tratou tão bem! Ele planejava devolvê-lo ao seu país com provisões e presentes; além disso, pretendia me casar com você no início do mês!". E, colocando o cabo da espada no chão, encostou em sua ponta, inclinou-se sobre ela [como se fosse uma ponte][879] e a fez entrar pelo peito e sair pelas costas, desabando morta no chão.

Fiquei muito triste por ela e me arrependi do que fizera com o seu irmão, mas o arrependimento já de nada adiantava. Chorei por meus familiares, pelo rapaz e por sua irmã. Com rapidez e pressa, vasculhei a tenda, apoderei-me do que era de peso baixo e valor alto e tomei o meu rumo. Minha tristeza e pressa eram tamanhas que não enterrei os meus cinco companheiros, nem a jovem, nem o seu irmão. Essa história, meus senhores, é mais espantosa que a minha primeira história com a jovem criada que sequestrei em Jerusalém. É isso.

Quando ouviu as palavras do beduíno Ḥammād, a luz que havia no rosto de Nuzhat Azzamān se transformou em treva, e ela imediatamente se levantou, desembainhou a espada e desferiu um golpe que lhe fez saltar o pescoço. Os presentes agradeceram a sua atitude, e ela disse: "Graças a Deus, que me permitiu, ainda em vida, vingar-me com as minhas próprias mãos". Em seguida, ordenou aos escravos e criados que arrastassem aquele beduíno pelas pernas e o atirassem aos cães.

[879] Traduzido de Gayangos.

Na sequência, eles se voltaram para o cameleiro e para o escravo. Perguntaram ao segundo: "Conte-nos você também a sua história", e então ele lhes contou que se chamava Ġaḍbān e os informou de tudo quanto sucedera entre ele e a rainha Abrawīza, filha do rei Abrawīz, e como a matara e fugira. O escravo mal conseguiu arrematar a sua história, pois imediatamente o rei Rawmazān avançou até ele e o golpeou no pescoço com sua espada indiana, dizendo: "Graças a Deus, que me manteve vivo para que eu pudesse me vingar com as minhas próprias mãos", e lhes relatou que a sua camareira, Marjāna, lhe contara a mesma história sobre o escravo Ġaḍbān.

Então todos se voltaram para o cameleiro, que lhes contou tudo quanto sucedera entre ele e o rei Ḍaw Almakān quando este ainda era bem menino: como o transportara doente de Jerusalém, com a condição de levá-lo a um hospital na Síria, e que o povo de Jerusalém lhe dera dinheiro, e que ele recebera esse dinheiro, atirara o rapaz no monturo do lixo de uma casa de banho e fugira a seguir. Também o cameleiro mal concluiu a sua fala e já o rei Kān Mākān avançava sobre ele, desembainhava a espada e o golpeava, cortando-lhe a cabeça e dizendo: "Minha gente, eu ouvi essa mesma história contada por meu pai Ḍaw Almakān. Graças a Deus, que me manteve vivo para que eu vingasse o meu pai.[880] Agora não nos resta senão encher de pregos a velha Šawāhī Ḏāt Addawāhī, vingando-nos dela e nos livrando da infâmia à qual ela nos submeteu".

Seu tio Rawmazān lhe respondeu: "Isso é absolutamente imperioso", e, levantando-se de imediato, escreveu uma carta de próprio punho para a velha, informando-lhe que ele se apossara da cidade de Damasco e de suas províncias, bem como de Mossul e do Iraque, desbaratando os exércitos muçulmanos e aprisionando os seus reis, "os quais estou disposto a crucificar agora, e gostaria de fazê-lo na sua presença. Por isso, é imperioso e inadiável que você venha para cá [juntamente com a rainha Ṣafiyya, filha de Afrīdūn, rei de Constantinopla, e quem mais você quiser trazer dos notáveis cristãos. Desnecessário trazer soldados, pois o lugar está seguro após ter caído em nossas mãos",][881] e lhe enviou a carta.

Ao recebê-la, a velha a leu e, reconhecendo muito bem a letra de Rawmazān, ficou exultante [e bateu palmas, dizendo: "Por Jesus Cristo, eu já tinha ouvido

[880] Esse é um dos poucos episódios das *Noites*, se não for o único, em que personagens ameaçadas de perder a vida contam as suas histórias e mesmo assim são mortas, decerto por causa da sua extrema vileza e abjeção, mas também por causa do caráter de acerto geral de contas do desfecho da história.
[881] Traduzido das edições impressas.

que o meu filho Rawmazān se apoderou de todos os países!".][882] Imediatamente, [com a rainha Ṣafiyya, mãe de Nuzhat Azzamān e de Ḍaw Almakān,][883] a velha começou a se preparar para a viagem, que ela fez sem interrupções até se acercar das imediações da cidade de Bagdá, de onde enviou um mensageiro para avisar o rei de sua iminente chegada. [Rawmazān disse: "O mais adequado é que vistamos roupas de *ifranjes* para encontrá-la", e então todos se trajaram conforme ele ordenara. Ao vê-los assim vestidos, Quḍya Fakān disse: "Pelo Deus adorado, se eu não os conhecesse, diria que vocês são *ifranjes*!". Contente, Rawmazān saiu com mil soldados para receber a velha, e assim que a viu descavalgou e caminhou em sua direção. Também ela, ao vê-lo, descavalgou e foi abraçá-lo, mas ele a agarrou pelas costelas, quebrando-as. Ela perguntou: "Mas o que é isso?", e nem bem terminara de falar quando Kān Mākān e o vizir Darandān acorreram até ela, gritaram com as criadas e os criados que a acompanhavam e prenderam-nos todos, retornando a Bagdá. O rei Rawmazān determinou que a cidade fosse adornada, e ela o foi durante três dias, após o quais a velha foi exibida com uma touca vermelha com sinos e na sua frente um arauto gritando: "Essa é a punição — a menor punição! — de quem comete ousadias contra os reis e os seus filhos". Em seguida, ela foi crucificada diante dos portões da cidade. Tão logo viram o que lhe acontecera, os seus acompanhantes se converteram todos ao islã.][884]

Esse foi considerado um grande dia, e os moradores de Bagdá, bem como os de outras cidades, ficaram espantados com tamanhas coincidências e insólitas ocorrências. O rei Kān Mākān ordenou que a história inteira fosse registrada por escrito e depositada em suas bibliotecas [para ser lida por todos os seres humanos.][885] Dali em diante, os reis desfrutaram a vida mais prazerosa e feliz, até que o destino os separou e lhes adveio o destruidor dos prazeres e o dispersador das comunidades.

[*Prosseguiu Šahrazād*:] É isso, ó rei do tempo, o que chegou até nós da história deles.

Disse o narrador: Ao ouvir essa história da sua mulher, a rainha Šahrazād, o rei Šāhriyār ficou sumamente espantado, estremeceu de emoção e disse a ela: "Por Deus, Šahrazād, como a sua língua é eloquente! Você é rara entre as gentes deste

[882] Traduzido de Paris 1.
[883] Traduzido de Paris 1.
[884] Traduzido de Paris 1. As narrativas de Maillet e Gayangos são demasiado elípticas neste ponto.
[885] Traduzido de Paris 1.

tempo! No entanto, eu gostaria que você me contasse algo das histórias de aves e animais". Šahrazād disse: "Com muito gosto e honra! Tenho tudo quanto você quiser e apreciar". Sua irmã Dīnāzād ficou muito contente com isso e disse: "Minha irmã, eu ainda não tinha visto o rei, no decorrer de todo esse período e todos esses dias e noites, ficar tão satisfeito como ficou esta noite! Rogo a Deus excelso e poderoso que o resultado disso seja bom e louvável para você!". Šahrazād respondeu: "Sim, minha irmã!". O rei Šāhriyār fora alcançado pelo sono e dormira.

E o amanhecer alcançou Šahrazād, que interrompeu o seu discurso autorizado. Sua irmã Dīnāzād disse: "Como é bela e saborosa a sua história, maninha!".[886]

[886] Neste ponto, encerra-se a décima quarta parte do manuscrito Maillet, cujas duas partes seguintes, a décima quinta e a décima sexta, foram perdidas. Em todas as fontes aqui utilizadas, com exceção de Paris I (que é exclusivamente dedicado à história de ᶜUmar Annuᶜmān e às histórias nela encaixadas), Šahrazād passa a contar fábulas para o rei. Em Maillet, essas fábulas, embora anunciadas, perderam-se com o que seria a décima quinta parte, que decerto as continha. Em Gayangos, começa a narrativa de uma fábula, interrompida antes do final, que é a mesma constante da compilação tardia, seguida de várias outras. Esses elementos evidenciam que, após a história de ᶜUmar Annuᶜmān, vários manuscritos das *Noites* introduziram as mesmas fábulas, o que não é, obviamente, uma coincidência. Leia a tradução dessas fábulas no "Anexo" do presente volume.

ANEXO: AS FÁBULAS DO *LIVRO DAS MIL E UMA NOITES*

OS ANIMAIS NA FALA DE ŠAHRAZĀD

O conjunto de fábulas traduzidas neste anexo ocupa posições intrigantes nas diversas configurações do *Livro das mil e uma noites*. Nas edições impressas e nos manuscritos do século XIX, elas estão localizadas logo após a história do rei ᶜUmar Annuᶜmān e seus filhos, traduzida neste quinto volume. Nas edições impressas, cuja numeração foi aqui adotada, essas fábulas ocupam as noites 146 a 152. Porém, caso se levem em consideração os enunciados que introduzem as fábulas — basicamente, as falas de Šahrazād, de sua irmã Dīnāzād (às vezes grafada "Dunyāzād") e do rei Šāhriyār —, essa localização resulta incoerente, uma vez que tais falas anunciam a proximidade do fim do ciclo de mil e uma noites, muito embora estejamos ainda no primeiro sexto do livro! Já nos manuscritos mais antigos que contêm essas fábulas, todos incompletos, copiados nos séculos XVI, XVII e XVIII, essa posição é mais próxima do final do livro, o que faz a sua estratégia argumentativa parecer mais eficiente. Enfim, essas divergências se devem, sem dúvida, às diversas configurações que o conjunto de narrativas das *Noites* recebeu no decorrer do tempo.

As fábulas de Šahrazād — que, aliás, contradizem a postura dessa personagem, uma vez que, ao menos no início do livro, ela, à primeira vista, não demonstra grande apreço por esse gênero, ao menos quando empregado como "história exemplar"[1] — são de feitio análogo ao de outra obra célebre na lite-

[1] Lembre-se que, ante as duas fábulas contadas por seu pai para dissuadi-la de casar-se com o rei Šāhriyār, Šahrazād contrapõe: "Essas histórias que você contou não me farão hesitar quanto à minha intenção. E, se eu quisesse, poderia contar muitas histórias semelhantes a essa" (p. 18 do primeiro volume desta coleção). Veja o ensaio de Muhsin Mahdi, "Exemplary Tales in the *Nights*", in: *The Thousand and One Nights* (*Alf layla wa layla*). *From the Earliest Known Sources. Part 3. Introduction and Indexes*. Leiden, Brill, 1994, pp. 140-163.

ratura árabe e universal, o *Kitāb Kalīla wa Dimna*, "Livro de Kalīla e Dimna", composto em meados do século VIII pelo letrado muçulmano de origem persa ^{c}Abdullāh Bin Almuqaffa^{c}. Apesar de sua amplíssima e invulgar difusão mundo afora, esse livro foi objeto de restrições nas antigas letras árabes, por supostamente contrariar os princípios da religião muçulmana, e existem notícias de que mais de um letrado afirmou a pretensão de superá-lo. Como apenas três dessas tentativas chegaram aos nossos dias — *Kitāb annamir wa atta^{c}lab*, "O livro do tigre e do raposo", de Sahl Bin Hārūn (758-830 d.C.), *Al'asad wa alġawwāṣ*, "O leão e o chacal mergulhador", texto anônimo do século XI ou XII, e *Asās assiyāsa wa ḏaḫīrat almarāsa*, "Alicerce da política e tesouro da experiência", de Jamāluddīn Alqifṭī (m. 1248 d.C.) —, é bem plausível que as fábulas aqui traduzidas façam parte de alguma obra escrita com igual propósito, qual seja, o de narrar fábulas cujo conteúdo ético-moral estivesse em conformidade com os princípios da religião muçulmana: em algumas delas, nota-se que a atribuição de eventuais punições e castigos à falta de devoção não se coaduna com os fatos narrados, parecendo uma saída artificiosa, feita ad hoc com o propósito de realçar o seu caráter por assim dizer "islâmico". O presente conjunto de fábulas também pode ser resultado da incorporação, por parte de compiladores das *Noites*, de algum trabalho inacabado, ainda em fase de lapidação, dada a aparente disfuncionalidade de alguns elementos do enredo, o que o faz parecer antes um rascunho ou, ao menos, um texto em fase de acabamento.

Seja como for, trata-se de fábulas que evidenciam, para além da diversidade das estratégias narrativas adotadas por Šahrazād no intuito de dobrar a sanha assassina do rei, as diferentes posturas de escribas e letrados para a construção dessa personagem narradora, cujas histórias vão do cinismo e do sarcasmo mais deslavados à seriedade mais profunda, da religiosidade mais declarada à obscenidade mais desabrida. Se enriquecem Šahrazād como narradora, tornando imprevisíveis as suas estratégias, evidenciam igualmente a hesitação, a insipiência e as diferentes concepções dos escribas e compiladores que, ao longo dos séculos, rechearam a sua fala com toda espécie de histórias.

A tradução foi feita com base nas duas principais edições do *Livro das mil e uma noites*: a primeira edição de Būlāq, de 1835, e a segunda edição de Calcutá, 1839-1842, ambas as quais, não obstante, apresentam erros de leitura, inconsistências e disparates bastante óbvios, motivo pelo qual buscamos apoio no manuscrito "Wetztein II 662", da Staatsbibliothek, de Berlim, copiado em 1759, e na edição crítica do manuscrito 674 da Biblioteca Rashid Efêndi, da cidade de Kayseri, Turquia, feita por Ibrahim Akel em sua tese de doutorado de 2016, manuscrito esse copiado no século XVI e pertencente à mesma família do anterior, com variantes muito úteis. Ambos os manuscritos são incompletos e carecem da numeração das noites, embora seja possível depreender com base no manuscrito "Arabe 3619", descrito no quarto volume desta coleção, que a numeração das noites desses dois manuscritos devesse estar na altura de 800.

Além dessas duas fontes, também lançamos mão dos tardios "Arabe 4675" e "Arabe 3606", ambos da BNF, e do "12188Z", da Biblioteca Nacional Egípcia, todos copiados no século XIX, para eventuais emendas ao texto. No trecho final da tradução, foi possível utilizar outro manuscrito da BNF, o supracitado "Arabe 3619", do século XVII, cuja primeira noite tem o número 824, e que pertence à mesma família do manuscrito de Kayseri. Contudo, dadas as características do presente anexo, não vimos necessidade de indicar tais emendas em notas, ao contrário do que fizemos exaustivamente em todos os volumes da tradução, não obstante o trabalho de estabelecimento de texto tenha sido penoso em algumas fábulas. Para exemplificar, cite-se o caso da história do porco-espinho e do casal de torcazes, em que as edições impressas fazem grande confusão, tornando a narrativa incongruente, bem como as duas últimas fábulas, que foram excluídas das edições impressas, juntamente com a fábula aqui denominada "O governo dos animais ferozes". Isso sem contar numerosas imprecisões e erros de leitura que só foi possível corrigir graças à colação dos manuscritos.

Como já se afirmou, essas fábulas — cuja adequada fixação textual em árabe ainda é trabalho por fazer — foram introduzidas, em muitos manuscritos das *Noites*, após a longa narrativa épica "História do rei ᶜUmar Annuᶜmān e dos seus descendentes". Inicialmente, repita-se, é bem plausível que algum dos compiladores antigos das *Noites* tenha pensado em selar o livro com essas fábulas, mas as configurações posteriores da obra acabaram levando-as para o primeiro sexto da obra, posição que, nunca é demais dizê-lo, parece incongruente quando se leem com alguma atenção os diálogos do quadro-moldura em que tais fábulas estão inseridas

Seja como for, é justo ressaltar, mais uma vez, o prazer da leitura e da recepção, o jogo narrativo e as constantes mudanças de posição da narradora, que determinam de diversas maneiras a compreensão e a interpretação dos eventos narrados. E o resto, como se disse alhures, é silêncio.

Quando foi a noite 146ª,

Disse Šahrazād:

Eu tive notícia, ó rei venturoso, de que em tempos remotos e eras passadas houve um pavão que morava com a esposa à margem de um estuário bem arborizado onde viviam numerosos animais de todas as espécies e desembocavam vários rios. À noite, por medo aos outros animais, o pavão e a mulher se abrigavam no alto de uma das árvores do local, e pela manhã saíam em busca de sustento. O casal ficou nessa situação um bom tempo, mas o temor tanto aumentou que ambos foram procurar abrigo em outro local. Durante a busca, encontraram uma ilha repleta de árvores e regatos, e ali pousaram, passando a se alimentar de suas frutas e a beber de suas águas.

Estavam ambos nessa vida quando apareceu uma pata que, apavorada, correu até a árvore onde estava o casal. Certo de que essa pata tinha alguma história espantosa, o pavão indagou-a sobre a sua situação e o motivo de tanto medo. Ela respondeu: "Estou doente de tristeza, por causa do medo que tenho ao ser humano. Muito, muito cuidado com ele!". O pavão disse: "Nada tema, pois agora você está conosco!". A pata disse: "Louvores a Deus, que me livrou das preocupações e da angústia ao me aproximar de vocês dois, pois eu vim para cá em busca da sua amizade!". Quando ela concluiu a fala, a pavoa desceu da árvore e disse: "Seja muitíssimo bem-vinda! Você já não corre perigo. De qual direção o ser humano poderia nos alcançar? Estamos nesta ilha no meio do oceano, e ele não pode nos alcançar por terra nem por mar. Alegre-se com essa notícia alvissareira e conte-nos o que lhe sucedeu e a prejudicou da parte do ser humano". A pata respondeu:

Saiba, prezada pavoa, que vivi toda a minha vida nesta ilha, em segurança e sem sofrer nenhum desgosto. Certa noite, porém, fui dormir e vi em sonhos a imagem de um ser humano a conversar comigo; tanto ele me dirigia a palavra como eu lhe dirigia a palavra. Então, ouvi uma voz me dizer:

Prezada pata, muita precaução com o ser humano! Não se iluda com as suas palavras nem com as suas insinuações, pois ele é senhor de inúmeras artimanhas e trapaças. Muito, muito cuidado com os seus ardis, pois o ser humano é trapaceiro e ardiloso, tal como disse a seu respeito o poeta:

Com um dos lados da língua ele exibe doçura,
mas faz as mesmas trapaças que faz a raposa.

Saiba que o ser humano urde artimanhas contra os peixes, fazendo-os sair da água, e atira pedras nas aves, e derruba o elefante mediante ardis, e conduz as serpentes com suas melodias. Ninguém escapa ileso da maldade do ser humano, nem dele consegue se safar, seja ave, seja quadrúpede. É isso que eu tinha para lhe contar sobre o ser humano.

Continuou a pata:

Então acordei assustada e aterrorizada, e até agora o meu peito não se acalmou, tamanho é o meu temor de perder a vida nas mãos do ser humano, que pode invadir a minha casa com suas artimanhas ou me caçar com suas redes. Mal o dia findou e eu já me sentia fraca e desanimada. Faminta e sedenta, saí para caminhar com a mente turvada e o coração opresso. Quando cheguei àquela montanha, vi na entrada de uma caverna um filhote de leão amarelo, o qual, tão logo me viu, ficou contente e, admirado com a minha cor e delicadeza, chamou-me e disse: "Aproxime-se de mim!". Ao me aproximar, ele perguntou: "Qual o seu nome e a sua espécie?". Respondi: "Meu nome é pata e pertenço à espécie das aves", e continuei: "Por que, a esta hora, você está parado aqui?". Ele respondeu: "É porque já faz alguns dias que meu pai, o leão, está me alertando contra o ser humano. Deu-se então que eu vi esta noite, em sonhos, a imagem de um ser humano...", e o filhote de leão me contou uma história semelhante à que eu lhe contei, arrematando ao cabo: "Despertei do sono, prezada pata, com muita vontade de encontrar o ser humano".

Após ouvir-lhe as palavras, eu disse: "Ó leão, vim buscar guarida ao seu lado para que você mate o ser humano e decida fazê-lo resolutamente, sem negligência, pois tenho grande receio de perder a vida pelas mãos dele, e agora esse receio aumentou bastante por causa do receio que você próprio tem do ser humano, não obstante seja o sultão dos animais". E continuei, minha irmã, a prevenir o filhote contra o ser humano, e a recomendar-lhe que o matasse, até que ele saiu de onde estava e se pôs a caminhar. Fui atrás dele, e chegamos a uma encruzilhada na qual avistamos uma poeira se elevando, e depois que ela se dispersou despontou debaixo dela um asno selvagem perdido, sem nenhum paramento, ora batendo os cascos no solo a correr, ora se revirando na terra. Ao vê-lo, o filhote de leão rugiu bem alto, chamando-o, e o asno o atendeu, submisso. O filhote perguntou: "Seu animal falto de inteligência, qual é a sua espécie e por que motivo você veio para cá?". Ele respondeu: "Ó filho do sultão, eu sou um asno e vim para cá fugindo do ser humano". O filhote perguntou: "Por acaso você está com medo de que o ser humano o mate?". Ele respondeu: "Não, ó filho do sultão. Eu tenho medo é de que ele faça alguma artimanha para me montar, pois o ser humano é dono de uma coisa chamada albarda, que ele coloca em meu dorso, e outra coisa chamada cinto, que ele amarra em meu ventre, e outra coisa chamada sela traseira, que ele coloca debaixo do meu rabo, e uma coisa chamada freio, que ele prende na minha boca, e ele faz uma coisa chamada aguilhão, com a qual me aguilhoa, submetendo-me a corridas que eu não suporto. Se tropeço, ele me amaldiçoa; se zurro, ele me insulta; se falho, ele me espanca. Depois disso, quando envelheço e já não tenho forças para correr, ele coloca em mim uma sela de madeira e me entrega aos aguadeiros, que transportam em meu dorso a água que colhem do rio em odres ou outros recipientes. E assim permaneço, humilhado, maltratado e exausto, até que morro, quando então me atiram em algum monturo de lixo para servir de pasto aos cães. Qual suplício pode ser pior do que esse? Qual desgraça pode ser pior do que essa?".

Prosseguiu a pata:

Ao ouvir as palavras do asno, prezada pavoa, meu corpo se arrepiou todo de medo ao ser humano, e eu disse ao leãozinho: "O asno está justificado, meu senhor, e suas palavras só fizeram aumentar ainda mais o meu pavor!". O leãozinho perguntou ao asno: "Para onde você vai?". Ele respondeu: "Antes do nascer do sol, eu avistei o ser humano ao longe e fugi em disparada. Agora, eis-me aqui fazendo tenção de partir e continuar correndo, tamanho é o temor que tenho a ele. Talvez eu encontre algum local onde me proteger do traiçoeiro ser humano".

Enquanto o asno conversava com o leãozinho, já se despedindo de nós para partir, súbito divisamos uma poeira, e o asno zurrou, gritou e, olhando bem para os lados de onde provinha a poeira, soltou um ruidoso flato e golpeou o chão com seus cascos. Após alguns instantes, aquela poeira se dispersou e surgiu um cavalo preto com uma bela mancha na cabeça, semelhante à moeda de um dirham, garboso, que galopava com elegância, patas bonitas e agradável relincho, e não parou de correr até ficar diante do leãozinho, que, ao vê-lo, se maravilhou e perguntou: "Qual é a sua espécie, ó animal excelso? Por que está perdido nestas imensidões sem fim?". O cavalo respondeu: "Ó senhor dos animais, eu sou um cavalo, da espécie dos equinos, e o motivo desta minha errância é que estou fugindo do ser humano!". Espantado com as palavras do cavalo, o leãozinho perguntou: "Não fale assim, pois isso é uma vergonha para você, tão alto e largo! Como poderia temer o ser humano, sendo dono desse corpo enorme e dessa grande rapidez? Pois eu, a despeito do meu pequeno corpo, estou disposto a encontrar o ser humano, atacá-lo e devorar-lhe as carnes, acalmando os terrores desta pobre pata e permitindo-lhe viver em paz na sua terra, mas eis que você me vem agora, deixando o meu coração em pedaços e me fazendo voltar atrás em minhas pretensões. Se você, corpulento como é, foi derrotado pelo ser humano, que não temeu a sua altura nem a sua largura, conquanto lhe seja possível matá-lo com um simples coice antes mesmo que ele consiga esboçar alguma reação... Pelo contrário, você é que o faria beber da taça da morte!". Rindo das palavras do leãozinho, o cavalo disse: "Quão distante, quão distante estou de vencê-lo, ó filho do rei! Não se iluda com a minha altura, nem com a minha largura, nem com o meu formidável tamanho comparado ao ser humano, pois as suas artimanhas, astúcias e maldades são tão grandes que ele fabrica uma coisa chamada peia, colocando nas minhas patas duas delas, feitas de corda de fibra e envoltas em feltro; ele me prende pela cabeça numa estaca elevada e fico parado, como que crucificado, sem poder descansar nem dormir; quando quer me montar, coloca nos seus pés uma coisa de ferro chamada espora, e no meu dorso uma coisa chamada sela, que ele amarra com dois cintos por debaixo das minhas axilas, e na minha boca uma coisa de ferro chamada bridão, dentro do qual há outra coisa de couro que ele chama de rédeas; assim, montado no meu dorso, instala-se na sela, pega as rédeas e me conduz, esporeando-me em meus lombos até fazê-los sangrar. Nem me pergunte, ó filho do sultão, o quanto sofro nas mãos do ser humano! Quando cresço mais e o meu dorso se fragiliza, impedindo-me de correr velozmente, ele me vende ao moleiro, que me faz girar o moinho, e nessa labuta eu fico noite e dia; quando afinal envelheço, sou vendido ao açougueiro, que me sacrifica, arranca o meu couro e os fios do meu rabo, vendendo-os aos fabricantes de peneiras e telas de janela, e derrete a minha banha".

Ao ouvir as palavras do cavalo, o leãozinho ficou mais furioso e aflito, e perguntou: "Quanto tempo faz que você se separou do ser humano?". O cavalo respondeu: "Metade de um dia. Ele está me perseguindo". Enquanto o leãozinho trocava tais palavras com o cavalo, eis que uma poeira se ergueu e, ao se dispersar, apareceu um camelo muito assustado, blaterando e batendo as patas no solo; não parou de agir desse modo até se aproximar de nós. Vendo-o tão grande e rombudo, o leãozinho supôs que se tratasse do ser humano, e fez tenção de atacá-lo, mas eu lhe disse: "Ó filho do sultão, esse não é o ser humano, mas sim um camelo, e parece que ele está é fugindo do ser humano!".

Enquanto eu assim falava ao leãozinho, minha irmã, eis que o camelo avançou até nós, postou-se diante do leãozinho e o saudou. O leãozinho retribuiu o cumprimento e perguntou: "Qual o motivo da sua vinda a este lugar?". O camelo respondeu: "Estou fugindo do ser humano". O leãozinho perguntou: "Sendo assim tão grande, alto e largo, como é que você tem tanto medo do ser humano? Um mero coice da sua parte o mataria!". O camelo respondeu: "Ó filho do sultão, saiba que o ser humano faz tramoias insuportáveis e não é derrotado senão pela morte! Ele põe no meu nariz um fio ao qual dá o nome de argola, coloca na minha cabeça um arnês e me entrega ao menor dos seus filhos, e essa pequena criança se põe a me puxar para cá e para lá com o fio, apesar do meu tamanho descomunal. Obrigam-me a carregar os maiores pesos, fazer longas viagens e me utilizam nas atividades mais exaustivas do anoitecer ao amanhecer, e, quando cresço, envelheço e me debilito, ele não se preocupa com a minha saúde, mas sim me vende ao açougueiro, que me sacrifica, vende a minha pele aos coureiros e a minha carne aos cozinheiros. Nem queira saber o quanto sofro nas mãos do ser humano".

O leãozinho perguntou: "Há quanto tempo você se separou do ser humano?". O camelo respondeu: "Ao pôr do sol. Suponho que, ao me procurar e não me encontrar, ele venha no meu encalço. Permita-me, ó filho do sultão, fugir por essas imensidões inóspitas". O leãozinho disse: "Espere um pouco, camelo, até que eu estude como atacar o ser humano e dar a carne dele para você comer. Vou roer os ossos do ser humano e beber o seu sangue!". O camelo disse: "Eu temo por você contra o ser humano, ó filho do sultão, pois ele é trapaceiro e ardiloso!". E recitou o dizer do poeta:

> Quando o poderoso invade alguma terra,
> não vai restar aos moradores senão a fuga.

Enquanto o camelo trocava tais palavras com o leãozinho, eis que uma poeira se levantava, e depois de algum tempo ela se assentou, surgindo debaixo dela um velhote baixinho de compleições delgadas, carregando nos ombros uma cesta com equipamentos de carpinteiro, na cabeça um odre e oito tábuas de madeira, e na mão uma estaca;[2] caminhava com rapidez e não parou até se aproximar do leãozinho. Tão logo o vi, minha irmã, desabei, tamanho foi o meu medo. Quan-

[2] Nas edições impressas e em vários manuscritos, em vez de "estaca", *nabbūt*, consta "seus filhos", *banūhu*, ou "crianças pequenas", *'awlād ṣiġār*, o que não faz o menor sentido. São palavras de grafia semelhante.

to ao leãozinho, ele se encaminhou até o velho. Quando ficaram frente a frente, o velho carpinteiro sorriu e disse com eloquente linguajar: "Ó rei excelso e poderoso senhor, que Deus faça venturosa a sua noite e os seus esforços, e lhe aumente a coragem e a força. Proteja-me de algo que me prejudicou e cujo mal me prostrou! Não vejo mais ninguém que possa me socorrer!". Dito isso, o carpinteiro parou diante do leãozinho, chorou e rezingou.

Ao ouvir-lhe o choro e os reclamos, o leãozinho disse: "Eu o protegerei do que lhe causa receio. Quem foi que o injustiçou? Aliás, de que espécie é você, ó animal que em minha vida eu nunca vi semelhante, nem mais belo ou eloquente? Qual é o seu mister?". O carpinteiro respondeu: "Ó senhor do animais, quanto a mim, sou carpinteiro, e quanto a quem me injustiçou, esse foi o ser humano, que estará aqui neste local pela manhã!". Ao ouvir as palavras do carpinteiro, a luz que havia no rosto do leãozinho foi substituída pela treva; ele rugiu, rosnou, os seus olhos começaram a chispar, e ele gritou enfim: "Por Deus que ficarei acordado esta noite até o amanhecer, e só voltarei ao meu pai após atingir o meu objetivo"; voltando-se para o carpinteiro, disse: "Notei que os seus passos são curtos. Não posso desapontá-lo, pois tenho brios, e suponho que você não consegue acompanhar os outros animais. Conte-me aonde vai". O carpinteiro respondeu: "Saiba que eu vou ter com o vizir do seu pai, o tigre, pois, quando ele soube que o ser humano havia pisado nesta terra, ficou deveras temeroso pela própria vida, e me enviou um mensageiro, um dos animais, pedindo-me que lhe construísse uma casa para morar e nela se abrigar, evitando assim o inimigo e impedindo-o de ser atacado por qualquer ser humano. Quando o mensageiro me comunicou o pedido, peguei estas tábuas e agora estou indo até ele". Ao ouvir tais palavras, o leãozinho, levado pela inveja ao tigre, disse-lhe: "Por vida minha! É absolutamente imperioso que, antes de montar a casa do tigre, você monte para mim uma casa com essas tábuas. Quando concluir o trabalho, aí então você irá ter com o tigre e poderá construir-lhe o que ele quiser".

Diante dessas palavras do leãozinho, o carpinteiro disse: "Ó senhor dos animais, só poderei construir algo para você depois de fazer para o tigre o que ele me pediu. Então me colocarei a seu serviço e lhe construirei uma casa que o protegerá dos seus inimigos". O leãozinho disse: "Por Deus que não o deixarei sair deste lugar antes de me construir uma casa com essas tábuas", e, indo na direção do carpinteiro para brincar com ele e diminuí-lo, deu-lhe uma patada tão forte que derrubou o cesto do seu ombro, espalhando os instrumentos pelo chão e prostrando-o ao solo. Rindo dele, o leãozinho disse: "Ai de você! Como é fraco, carpinteiro! Não tem força nenhuma, e por isso está justificada a paúra que você tem do ser humano!". Ao cair de costas, o carpinteiro ficara deveras irritado, mas, por receio, ocultou seus sentimentos e, levantando-se ligeiro, sorriu para o leãozinho e disse: "Construirei a casa para você".

Em seguida, apanhou as tábuas que trouxera consigo, pregou-as num tamanho ajustado ao do leãozinho e deixou a porta aberta, pois a construiu na forma de uma caixa, nela abrindo uma grande janela que ele cobriu com uma tampa também grande; depois, fez na caixa vários furos com pregos pontudos e disse ao leãozinho: "Entre na casa por esta janela para que eu possa deixá-la na sua medida, meu senhor". Muito contente, o leãozinho foi até a janela e viu que era estreita. O carpinteiro disse: "Entre e deite-se", e o leãozinho assim procedeu: entrou na caixa, mas, como o seu rabo ficasse de fora, fez menção de retroceder e sair. O carpinteiro então disse: "Espere um pouco. Paciência, para que eu veja se o seu rabo vai caber", e o leãozinho obedeceu. O carpinteiro enrolou o rabo do leão, enfiou-o dentro da caixa, colocou a tábua na entrada e a pregou. O leãozinho gritou: "Ó carpinteiro, que casa estreita é essa que você construiu para mim? Deixe-me sair!". O carpinteiro respondeu: "Quão longe, quão longe você está de sair! Agora o arrependimento não vai adiantar. Você não sairá desse lugar!", e, rindo, continuou a dizer: "Você caiu na jaula e nunca mais vai escapar da sua estreiteza, ó mais maligno dos animais!". O leãozinho disse: "Que conversa é essa, meu irmão?". O carpinteiro respondeu: "Saiba, seu cão selvagem, que você caiu exatamente naquilo que temia. O destino o derrubou, e agora de nada servirá a cautela".

A pata prosseguiu:

Ao ouvir tais palavras, minha irmã, o leãozinho percebeu que se tratava justo do ser humano contra o qual o pai o advertira durante a vigília e a voz desconhecida durante o sono. Também eu me certifiquei de que era, sem sombra de dúvida, o ser humano e, extremamente receosa por minha vida, fui me afastando pouco a pouco e passei a observar o que ele faria com o leãozinho. Então, minha irmã, vi o homem escavando um buraco ao lado da jaula onde estava o leãozinho; depois, atirou a jaula dentro do buraco, jogou madeira por cima, tacou-lhe fogo e o queimou. Meu medo aumentou, minha irmã, e faz dois dias que estou fugindo do ser humano, que tanto me atemoriza.

Ao ouvir as palavras da pata, a pavoa...

E a manhã alcançou Šahrazād, que interrompeu sua fala autorizada.

Quando foi a noite 147ª,

Šahrazād disse: eu tive notícia, ó rei venturoso, de que, ao ouvir as palavras da pata, a pavoa ficou sumamente espantada e disse: "Agora você está a salvo do ser humano, minha irmã, pois nos encontramos numa ilha em alto-mar, à qual ele não tem como chegar. Escolha um lugar para ficar aqui conosco até que Deus facilite as coisas para você e para nós". A pata disse: "Temo que algo inesperado me aconteça. O fugitivo não consegue subtrair-se ao que está predeterminado". A pavoa disse: "Fique conosco, pois estamos na mesma situação", e tanto insistiu até que, enfim tranquilizada, a pata concordou, dizendo: "Minha irmã, você bem sabe da minha impaciência; se acaso eu não a tivesse visto aqui, não permaneceria, mas sim continuaria minha fuga em busca de outro lugar". A pavoa disse: "Se mais algum prazo de vida estiver inscrito em nossa testa, iremos cumpri-lo, mas, se estiver escrito que o nosso fim está próximo, ninguém poderá nos salvar. Ninguém perece até cumprir a fortuna que lhe foi destinada e o seu prazo de vida".

Enquanto ambas assim conversavam, eis que subiu uma poeira e a pata gritou, entrando na água: "Cuidado, muito cuidado, pois não existe escapatória do decreto e do desígnio divinos!". Passado algum tempo, a poeira se dissipou, por baixo dela surgindo um antílope, e a pata e a pavoa se acalmaram. A pavoa disse: "Minha irmã, esse que você viu e contra o qual ficou alerta é um antílope, que agora vem em nossa direção. Não corremos nenhum risco, pois os antílopes não se alimentam senão de ervas brotadas da terra. Tal como você pertence à espécie das aves, ele pertence à espécie dos quadrúpedes. Tranquilize-se e não se preocupe, pois a preocupação debilita o corpo". Nem bem a pavoa concluiu sua fala e já o antílope se achegava a elas para se colocar à sombra da árvore sob a qual ambas estavam. Ao vê-las, cumprimentou-as e disse: "Cheguei hoje a esta ilha. Nunca vi lugar mais fértil nem melhor para morar", e em seguida as convidou para acompanhá-lo e se tornarem suas amigas.

Ao verem a maneira amistosa como se dirigira a ambas, a pata e a pavoa atenderam-no e apreciaram a convivência com ele, entabulando amizade e se tornando companheiros. Passaram a viver num só lugar e a comer e beber juntos, e assim permaneceram, em segurança, comendo e bebendo, até que certo dia passou por eles uma embarcação que, perdida no mar, ancorou na sua vizinhança. As pessoas desembarcaram, espalharam-se pela ilha e, vendo o antílope, a pavoa e a pata juntos, foram até eles. Ao avistá-los, a pavoa subiu na árvore e saiu voando pelos ares, o antílope fugiu ilha adentro e a pata permaneceu ali, aturdida, sendo logo capturada, enquanto gritava: "De nada me adiantou tentar fugir do decreto e do desígnio divinos!", e os homens a levaram para o navio.

Ao ver o que sucedera à pata, a pavoa quis abandonar a ilha, dizendo: "Vejo que as calamidades não são senão advertências para todos! Não fosse este navio, eu não teria me apartado da pata, que era a melhor das amigas". Em seguida, voou e encontrou o antílope, que a saudou, felicitou-a por ter se salvado e a indagou sobre a pata. Ela respondeu: "O inimigo a capturou, e a separação entre nós me desgostou o coração e a vida. Passei a odiar a permanência nesta ilha", e chorou por causa da separação, recitando o seguinte:

O dia da separação me dilacerou o coração!
Dilacere, Deus, o coração do dia da separação!

E recitou ainda o seguinte:

Desejo que o contato seja um dia retomado,
para que eu lhe diga o que me fez a separação.

Muitíssimo aflito, o antílope dobrou a disposição da pavoa de abandonar a ilha, e ambos ficaram juntos em segurança, comendo e bebendo, embora tristes pela ausência da pata. O antílope disse à pavoa: "Minha irmã, você sabe que os homens que saíram do navio foram o motivo da nossa separação e da morte da pata. Acautele-se contra o ser humano e contra os seus ardis e trapaças". Ela disse: "Já estou plenamente convencida de que a pata não foi morta senão por ter deixado de louvar a Deus, pois todos os seres criados por Ele louvam-No, e aquele que deixa de fazê-lo é punido com a morte". Ao ouvir as palavras da pavoa, o antílope disse: "Que Deus faça mais bela a sua imagem!", e se pôs a louvar a Deus, sem cessar um só momento. E se diz que o louvor do antílope a Deus é: "Louvores a Deus, o Retribuidor, Senhor do poder absoluto e da majestade".[3]

[3] Esta fábula lembra, ainda que de maneira vaga, a narrativa contida num dos tratados dos Irmãos da Pureza, grupo filosófico esotérico e neopitagórico que floresceu por volta do século X d.C. no sul do Iraque. Naquela narrativa, os animais de certa ilha – governada pelo "sábio Bayrāst, o rei dos gênios" – pedem a intermediação desse rei contra a exploração e os abusos aos quais eram submetidos pelos seres humanos, e então se dá voz às queixas de vários animais. A atmosfera de inconformismo com a dominação humana é semelhante à da presente fábula. Trata-se de sementes cuja árvore mais vistosa é *A revolução dos bichos*, de George Orwell. Note-se, contudo, a artificialidade do desfecho, em que o argumento "religioso" parece insuficiente para explicar os eventos.

O EREMITA E OS POMBOS

Prosseguiu Šahrazād:

Conta-se que em tempos bem remotos um eremita vivia em certa montanha, também habitada por um casal de pombos. O eremita dividira suas provisões em duas partes.

E a manhã alcançou Šahrazād, que interrompeu sua fala autorizada.

Quando foi a noite 148ª,

Šahrazād disse:

Eu tive notícia, ó rei venturoso, de que o eremita dividira suas provisões em duas partes: metade para si e a outra metade para o casal de pombos. Ele também fizera preces pelos pombos, a fim de que tivessem uma grande prole, e efetivamente a prole do casal cresceu. O único lugar em que existiam pombos era aquela montanha onde vivia o eremita, e o motivo da convivência dele com os pombos era que essas aves muito louvavam a Deus, assim dizendo em seu louvar: "Louvores a Quem criou os seres vivos, dividiu as riquezas, construiu os céus e estendeu as terras".

O casal de pombos continuou a gozar a melhor vida, juntamente com seus filhotes, até que o eremita morreu, e por esse motivo os pombos se dispersaram e se espalharam por cidades, vilas e montanhas. E foi isso que nos chegou a respeito do início da história dos pombos, mas Deus sabe mais.

O PASTOR E O ANJO DISFARÇADO

[Prosseguiu Šahrazād:]

Conta-se que em certa montanha vivia um pastor bastante religioso, inteligente e casto. Ele tinha muitas reses, as quais pastoreava e de cujo leite e lã se beneficiava. Na montanha onde vivia o pastor havia árvores, pastos e uma profusão de feras, as quais, entretanto, não tinham nenhum poder sobre o pastor nem sobre as suas reses, e ele continuou vivendo ali tranquilo e despreocupado das coisas mundanas, graças à sua boa ventura, às suas preces e à sua adoração. Ocorreu, todavia, que o pastor adoeceu gravemente, motivo pelo qual passou a morar numa caverna: assim, o rebanho saía durante o dia para pastar e retornava à noite para lá. Ora, Deus altíssimo, querendo experimentar o pastor e pôr à prova sua submissão e paciência, enviou-lhe um anjo na forma de uma bela mulher, que se sentou diante dele. Ao ver aquela mulher diante de si, o corpo do pastor se arrepiou e ele disse: "Ó mulher, quem a mandou vir aqui? Não preciso de você, e não existe entre nós nada que imponha a sua entrada neste lugar".

Ela disse: "Ó ser humano, porventura você não está vendo a minha beleza e formosura, nem sentindo meu bom perfume? Acaso não sabe a necessidade que as mulheres têm dos homens, e os homens, das mulheres? O que o faz evitar-me? Eu escolhi ficar perto de você, apreciei me achegar e vim aqui submissa, sem lhe negar nada! Aqui não existe ninguém que devamos temer. Quero permanecer com você por todo o tempo em que viver nesta montanha. Serei sua companheira, e estou me oferecendo porque você precisa de serviços femininos. Se você me atender, a sua doença desaparecerá e a sua saúde retornará; ademais, você se arrependerá pelo que perdeu da convivência feminina nos anos que já viveu. Esse é o meu conselho. Aceite-o e acerque-se de mim". O pastor respondeu: "Saia daqui, ó mulher trapaceira e traiçoeira! Não acreditarei em você, não a tocarei e não preciso da sua proximidade nem do seu contato, pois quem a desejar rejeitará a vida eterna, e quem desejar a vida eterna rejeitará você, que seduziu os antigos e os contemporâneos, mas Deus altíssimo está vigiando os seus adoradores! Ai de quem se desgraça com a sua companhia!".

Ela disse: "Ó extraviado da correção! Ó desviado da senda reta! Volte o rosto para mim e contemple a minha beleza! Aproveite a minha proximidade, tal como fizeram os sábios que viveram antes de você! Eles eram mais experientes, e sua opinião, mais certeira; no entanto, ao contrário de você, eles não rechaçaram desfrutar as mulheres, mas sim desejaram aquilo que você rejeita, ou seja, tocar as mulheres e delas se aproximar! E isso não lhes fez mal, nem nas coisas da fé, nem nas coisas do mundo. Volte atrás nesse parecer, ó ignorante, e assim você louvará as consequências!". O pastor respondeu: "Eu condeno e detesto tudo quanto você disse, e rejeito tudo quanto você oferece, pois não passa de uma trapaceira traiçoeira, sem compromisso nem lealdade. Quantos horrores não se ocultam debaixo dessa beleza? Quantos homens piedosos foram por você seduzidos, causando-lhes arrependimentos e perdas? Deixe-me em paz, ó mulher que procura seu próprio interesse corrompendo os outros!". Em seguida, o pastor cobriu o rosto com o manto a fim de não ver o rosto da mulher, e se pôs a pensar em Deus. Ao ver a sua boa submissão, o anjo saiu dali e se alçou aos céus.

[Prosseguiu Šahrazād:]

Nas proximidades daquele lugar havia uma aldeia onde vivia um homem piedoso que, sem ter notícia alguma a respeito desse pastor, viu em sonho como se alguém lhe dissesse: "Nas suas proximidades, no lugar tal e tal, vive um pastor piedoso. Vá até ele e obedeça-lhe as ordens". Quando amanheceu, o homem piedoso se dirigiu até lá, mas, fustigado pelo calor intenso, buscou abrigo sob uma árvore junto à qual havia um olho de água corrente. Descansou ali, à sombra da árvore, e súbito surgiram quadrúpedes e aves para beber daquela fonte, mas, ao verem o homem ali sentado, assustaram-se e fugiram. Ele disse: "Não existe força nem poderio senão em Deus! Meu descanso neste local não causou senão o mal a esses quadrúpedes e aves!". Levantou-se e, censurando a si mesmo, disse: "Hoje, a minha permanência neste lugar prejudicou os animais que o frequentam. Qual desculpa apresentarei ao meu Criador e Criador dessas aves e quadrúpedes? Fui o motivo que os impediu de beber e os apartou de sua fonte de sobrevivência e alimentação. Oh, que grande vergonha perante o meu Senhor no dia em que Ele fará justiça às reses sem chifres contra as reses com chifres!". Em seguida, ele chorou e recitou os seguintes versos:

Juro por Deus, se acaso os seres humanos soubessem
para que foram criados, não se distrairiam ou dormiriam:
a morte, a ressurreição, a aglomeração para o Juízo Final,
e logo exprobrações contundentes e gigantescos horrores;
e nós, quer estejamos dando ordens, quer as recebendo,
somos como o povo da caverna,[4] adormecidos despertos.

E, chorando sem cessar por haver se sentado sob a árvore ao lado da fonte e assim impedido as aves e os quadrúpedes de beber, o homem saiu em peregrinação pelo mundo, até que chegou à morada do pastor, ali entrando e saudando-o.

[4] Alusão a um evento citado no Alcorão, *sūra* (capítulo) 18, no qual se menciona um grupo de pessoas que teriam se refugiado da perseguição religiosa numa caverna. Na tradição cristã, são conhecidos como "os sete adormecidos", sendo o oitavo o cachorro que os acompanhava fielmente. Esses perseguidos seriam judeus durante o governo do imperador romano Adriano. Segundo o relato corânico (18,25), Deus, para protegê-los, os manteve adormecidos 309 anos, e quando despertaram, questionados sobre quanto tempo haviam dormido, responderam: "Um dia ou parte de um dia" (18,19).

Quando o pastor retribuiu a saudação, o homem o abraçou e chorou. O pastor perguntou: "O que o trouxe a este lugar que ninguém visita?". O homem disse: "Vi em sonhos alguém descrevendo para mim este lugar e me ordenando que viesse até você e o saudasse. Foi o que fiz, portanto, em obediência à ordem recebida". O pastor o aceitou e estimou a sua companhia. Ficaram os dois na montanha, juntos, adorando a Deus dentro da caverna, e foi muito boa a sua adoração, e evidente o seu ascetismo. E nisso continuaram, adorando a seu Senhor, alimentando-se da carne das reses e do seu leite, despojados de dinheiro e filhos, até que lhes adveio a única coisa da qual se tem certeza, e esse é o fim de sua história.

O rei Šāhriyār disse: "Ó Šahrazād, você está me fazendo renunciar ao meu reino e me arrepender dos excessos que cometi ao matar mulheres e jovenzinhas! Você tem mais algumas histórias de aves?". Ela respondeu: "Sim!".

O PÁSSARO MARINHO, O CADÁVER HUMANO E A TARTARUGA

Conta-se, ó rei, que certo pássaro um dia se alçou aos ares, pousando em seguida num rochedo no meio das águas de uma correnteza. Enquanto se punha ali de pé, subitamente esse pássaro avistou um cadáver humano que, inchado e arrastado pela corrente, parou de encontro ao rochedo. O pássaro marinho se aproximou e, contemplando aquele cadáver repleto de golpes de espadas e lanças, certificou-se de que pertencia a um ser humano e disse de si para si: "Suponho que este morto era um malvado contra o qual um grupo se reuniu e o matou, livrando-se dele e de sua maldade".

E o pássaro marinho continuou perplexo e espantado. Enquanto estava em tal situação, eis que águias e abutres rodearam o cadáver por todos os lados. Ao ver aquilo, o pássaro marinho sentiu muito medo e pensou: "Não posso me resignar a permanecer aqui", e voou à procura de outro lugar para viver, até que tal cadáver se desmanchasse e as aves de rapina fossem embora. Não interrompeu o voo até topar com um rio em cujo centro havia uma árvore, na qual por fim pousou, alterado, aflito e triste por ter abandonado a sua terra natal; pensou: "As tristezas continuam a me perseguir. Eu ficara satisfeito em ver aquele cadáver, e muito feliz, pois pensei que se tratava de uma benesse que Deus me enviara, mas a minha alegria se tornou aflição e a minha felicidade se transformou em tristeza e preocupação quando o cadáver me foi tomado e devorado pelas aves de rapina, que se interpuseram entre mim e ele. Como posso ter a pretensão de ficar imune aos desgostos deste mundo e nele permanecer tranquilo? Já não se disse no provérbio que o mundo é casa de quem não tem casa? Só o desajuizado se ilude com o mundo, no qual vive tranquilo com seu dinheiro, filhos, povo e tribo, e nele continua iludido e confiado, pisando a terra com arrogância até que se muda para debaixo dela, e então os seus entes mais queridos e próximos lançam punhados de terra sobre ele. O melhor para o jovem é resignar-se com as preocupações e desgostos que o mundo causa. Eu abandonei a minha casa e a terra onde vivia, mas detestei apartar-me dos meus irmãos, amados e amigos". Enquanto se entregava a tais reflexões, eis que surgiu, vinda das águas, uma tartaruga; aproximou-se do pássaro marinho, cumprimentou-o e perguntou: "Meu senhor, o que o barrou da sua terra e dela o afastou?". Ele respondeu: "O surgimento de inimigos. O inteligente não pode resignar-se a viver na vizinhança de seu inimigo. Como é boa a fala de certo poeta:

> Quando o poderoso invade a terra de um povo,
> não resta aos seus moradores senão ir embora".

A tartaruga disse: "Se a questão estiver mesmo da forma que você descreve e menciona, então eu ficarei ao seu lado e não o abandonarei, a fim de lhe satisfazer as necessidades e prestar serviços, pois costuma-se dizer que 'não existe solidão pior que a solidão do estrangeiro afastado de sua família e de sua terra'; também já se disse que 'contra os piedosos não se urdem desgraças', e a melhor maneira que o inteligente tem de se consolar no exílio é espairecer e não se impacientar com as desditas e aflições. Espero que você aprecie a minha companhia, e que eu seja a sua servidora, ajudante e secretária". Ao ouvir a fala da tartaruga, o pássaro marinho disse: "Suas palavras são verazes, e seu conselho é certeiro. Nada pode substituir os companheiros piedosos. Por vida minha, o desterro me causou dor e aflição, e este mundo constitui-se numa lição para quem reflete, e dá ideias para quem pensa. Se o jovem não encontra companheiros que o consolem, o bem dele se afasta para sempre, fixando-se o mal de maneira duradoura. O inteligente não deve senão consolar-se, por intermédio dos seus amigos, das preocupações em toda e qualquer situação, além de apegar-se à paciência e à firmeza — duas qualidades louváveis —, ajudando nas desgraças e nos infortúnios do destino, e afastando o medo e a angústia em todas as coisas". Disse a tartaruga: "Muita cautela com a angústia, que lhe corrompe a vida e corta o brio".

E continuaram nessa conversa, até que o pássaro marinho disse: "Continuo a temer os infortúnios do tempo e as desditas imprevistas". Ao ouvir essa fala, a tartaruga deu um passo na direção do pássaro marinho, beijou-o entre os olhos e disse: "Todas as aves continuam procurando a bendição por seu intermédio, e elas reconhecem que a consulta a você só traz o bem! Como então você carrega tanta preocupação e prejuízo?". E continuou a apaziguar os terrores do pássaro marinho até que este enfim se tranquilizou e voou de volta ao lugar onde estava o cadáver humano. Quando chegou, não viu o cadáver nem ave de rapina nenhuma, mas apenas ossos, retornando então para informar a tartaruga sobre o sumiço dos inimigos que haviam invadido a sua terra; disse: "Saiba que eu gostaria de retornar àquele meu lugar para desfrutar a companhia dos meus amigos, pois o inteligente não se resigna com o abandono de sua terra". Foram ambos juntos para aquele lugar, onde nada encontraram que lhes causasse temores. O pássaro marinho recitou:

> Paciência com as desditas, e não se
> abata pela separação nas desgraças,
> pois, conforme se passam os dias e
> se modificam, ocorrem os espantos.

E ficaram ambos morando naquela ilha. Certo dia, enquanto o pássaro marinho estava feliz e seguro, súbito o decreto divino lançou contra ele uma águia faminta, que o golpeou no ventre e o matou. A cautela de nada adianta quando chega a hora final, e o motivo de sua morte foi a sua negligência em louvar a Deus, e se diz que o seu louvor deveria ser: "Louvado seja o nosso Senhor no que determinou e preparou; louvado seja o nosso Senhor em tudo quanto enriqueceu ou empobreceu".

Prosseguiu Šahrazād: "Essa é a história do pássaro marinho e das aves de rapina". Disse Šāhriyār: "Ó Šahrazād, agora que você me forneceu, em sua narrativa, admoestações e considerações, não teria histórias de feras?". Ela disse: "Sim".

O LOBO E O RAPOSO

Saiba, ó rei, que um raposo e um lobo tinham o hábito de frequentar um enorme vinhedo pelo qual constantemente passavam. O lobo se impunha ao raposo, e nisso ambos ficaram por um bom tempo. Deu-se então que, certo dia, o raposo sugeriu ao lobo que fosse mais cuidadoso naquele vinhedo, e que abandonasse a corrupção, dizendo: "Saiba que, se acaso insistir nessa arrogância, é bem possível que Deus arroje contra você o ser humano, que é senhor de artimanhas, ardis e trapaças; ele captura as aves no ar e os peixes na água, atravessa montanhas e as muda de um lugar para o outro, tudo isso mediante as suas artimanhas e astúcias. Você deve ser mais cuidadoso e justo, abandonando o mal e a prepotência, pois isso será melhor para o seu viver". Sem aceitar tais palavras, o lobo lhe respondeu grosseiramente, dizendo: "Como se atreve a mencionar questões de tamanha enormidade e importância?", e desferiu uma patada que fez o raposo cair desmaiado. Ao acordar, ele sorriu para o lobo e se dirigiu a ele a fim de se desculpar por seu lamentável discurso, recitando os seguintes versos:

Se acaso no passado eu cometi um erro
contra o vosso afeto e fiz algo reprovável,
agora me penitencio disso, e vosso perdão
bem cabe a quem errou e ora se desculpa.

O lobo aceitou as escusas e parou de maltratá-lo, dizendo: "Não fale do que não lhe concerne, caso contrário ouvirá o que não lhe apetece".

E a manhã alcançou Šahrazād, que interrompeu sua fala autorizada.

Quando foi a noite 149ª,

Šahrazād disse: eu tive notícia, ó rei venturoso, de que o lobo disse ao raposo: "Não fale do que não lhe concerne, caso contrário ouvirá o que não lhe apetece. Agora, faça-me ouvir algumas palavras de sabedoria", ao que o raposo respondeu: "Ouço e obedeço, ó lobo venturoso. Ficarei longe de tudo quanto o desgoste, pois já dizia o sábio: 'Nunca dê informações sobre o que não lhe é perguntado, nem responda àquilo ao qual não foi chamado, troque o que não lhe concerne pelo que lhe concerne, e nunca desperdice conselhos com os perversos, pois eles lhe pagarão com o mal'". Mas, paciente, o raposo ocultou o que tramava, pensando: "Serei o motivo da aniquilação desse lobo. A insolência e a agressividade trazem o aniquilamento e levam ao emaranhamento nas redes da confusão. Já se disse: 'O insolente é derrotado, o ignorante se arrepende, e o temeroso se salva; a equanimidade é característica dos nobres, e os decoros constituem a mais nobre aquisição'. O melhor parecer é lisonjear esse crápula, sendo absolutamente imperioso que ele logo encontre o seu fim".

Em seguida, o raposo disse ao lobo: "É o Senhor que perdoa e devolve a graça aos seus adoradores quando perpetram delitos, e eu sou um débil adorador que incidiu na prepotência ao lhe dar conselhos. Conhecesse eu previamente a dor da sua patada, saberia então que nem mesmo um elefante conseguia dar uma igual a ela ou suportá-la. Eu, contudo, não me queixo da dor dessa patada, pois ela me ministrou uma importantíssima lição cuja consequência foi uma grande felicidade. Já dizia o sábio: 'As pancadas do mestre são difíceis e duras no começo, mas seu final é mais doce do que o mel puro'". O lobo disse: "Já perdoei o seu delito e esqueci o seu tropeço; esteja convencido, portanto, da minha força, e admita que você é meu escravo, agora que aprendeu como eu derroto quem me desafia, e compreendeu o temor que o dono deste vinhedo tem de mim". Então o raposo se prosternou e disse: "Prolongue-lhe Deus a vida, e que você prossiga derrotando quem o desafia", e continuou, por temor ao lobo, a lisonjeá-lo.

Certo dia, tendo se dirigido ao vinhedo, o raposo, ainda receoso, viu uma fenda num dos seus muros e pensou, desconfiado: "É imperioso que essa fenda tenha algum motivo, pois já se disse: 'Quem vir um buraco no chão e dele não se desviar nem o evitar vai arriscar a vida e expor-se à morte'. É já se disse que é costume, nos vinhedos, atrair as raposas oferecendo-lhes uvas numa arapuca. Vejo que, além da fenda no seu muro, o vinhedo já não dispõe de um vigia, muito embora o seu dono, que não é dado a desperdícios ou negligências, o tivesse fortificado com muito zelo e o mantenha sob vigilância contra as aves. Por isso, creio que essa fenda consista em alguma armadilha. Já se disse que a precaução constitui metade da força. Será mais apropriado que eu investigue direito essa fenda para verificar se nela se instalou alguma armadilha que leve à morte, à qual não quero me lançar".

Isso dito, o raposo cuidadosamente se aproximou da fenda, examinou-a, circundou-a e eis que nela havia um enorme buraco que o dono do vinhedo escavara para nele capturar os animais que devastavam o lugar; pensou então, de si para si: "Por Deus, eu o peguei!". Notando que o buraco tinha uma cobertura bem fina, afastou-se e disse: "O que eu desejo é que o lobo, meu inimigo e inimigo de Deus, caia nesse buraco, pois ele tornou a minha vida um desgosto; ademais, este fértil vinhedo ficará somente para mim, e nele poderei viver em segurança". Em seguida, balançou a cabeça, satisfeito e feliz, riu alto e recitou os seguintes versos:

Ah, quem me dera eu visse agora
bem no fundo deste buraco um lobo
que ao meu coração sempre faz mal
e que me obriga a beber a amargura!

Ah, quem me dera que depois disso
eu possa viver e o lobo enfim morra!
Só então este vinhedo se livrará dele,
e, sozinho, pilharei o que bem quiser.

Após concluir a poesia, o raposo saiu em disparada e foi até o lobo, a quem disse: "Deus lhe facilitou o acesso ao vinhedo, sem cansaços! Eis aí a sua ventura. Parabéns pelo que Deus lhe proporcionou e lhe facilitou daquele espólio cheio de grandes riquezas, sem a menor fadiga!". O lobo perguntou: "Qual é a prova do que você está dizendo?". O raposo respondeu: "Fui até o vinhedo e constatei que o seu dono morreu, derrotado pelo Senhor, e partiu deste mundo. Entrei então no vinhedo e ali encontrei a alegria e a felicidade, o bem-estar estabelecido, e as frutas maduras nas árvores". Sem duvidar das palavras do raposo, tomado pela gula e intensa cobiça, o lobo foi em direção à fenda no muro, iludido pela ambição, enquanto o raposo recitava o seguinte hemistíquio solitário:

Sonhas em te achegar a Layla; contudo,
a cobiça decepa o pescoço dos homens.

Quando o lobo chegou até a fenda, o raposo lhe disse: "Entre por aqui no vinhedo, meu senhor, pois assim evitará a fadiga de escalar o muro, e Deus proverá o resto". E assim fez o lobo, avançando para entrar no vinhedo, mas, quando estava no meio da fenda, despencou pelo buraco, caiu e se estatelou todo, enquanto o raposo se prosternava para Deus, recitando contente os seguintes versos:

O destino se apiedou da minha condição,
e, comovido com o meu longo sofrimento,
concedeu-me tudo quanto eu desejava,
eliminando o que tanto medo me causava;
de fato, vou deixar de lado o muito que ele
cometeu de crimes e delitos no passado;
agora, esse lobo não terá como se salvar
de uma aniquilação que será sua perdição;
doravante, o vinhedo é para mim, sozinho,
e já não terei de dividi-lo com um cretino.

Em seguida, o raposo, após espiar dentro do buraco e ver o lobo chorando, arrependido e triste pela situação em que estava, pôs-se também a chorar, e então o lobo, erguendo a cabeça para ele, perguntou: "Você chora de piedade por mim, amigo esperto?". O raposo respondeu: "Não, juro por quem o lançou nesse buraco! Na verdade, estou chorando pela longa vida que você passou fora dele, e me lamento pelo fato de não haver caído aí antes; se você tivesse caído nesse buraco antes de nos conhecermos, teria descansado e dado descanso, mas você durou até o seu inevitável destino já traçado". O lobo disse, como quem está brincado: "Ó você, que agiu tão mal contra mim, vá até a minha mãe, informe-a do que me aconteceu e quem sabe ela elabore alguma artimanha para me salvar". O raposo disse: "O que precipitou a sua aniquilação foi a cobiça e a avareza demasiada, que o fizeram despencar nesse buraco do qual não escapará ileso. Você deveria saber, seu lobo ignorante, que o autor do disseminado provérbio afirma: 'Quem não pensa nas consequências não tem o destino como amigo nem fica a salvo das desgraças'". O lobo disse: "Ó meu esperto amigo, você afetava amor por mim, desejo de contar com a minha amizade e temor da minha força imensa. Não nutra rancores contra mim por causa do que lhe fiz, pois quem tem poder mas perdoa terá uma recompensa de Deus. Já dizia o poeta:

> Plante as boas ações, mesmo que fora do lugar:
> elas jamais se perdem onde quer que se plantem;
> o fruto das boas ações, mesmo após muito tempo,
> não será colhido senão por aquele que as planta".

O raposo disse: "Ó mais ignaro dos animais, e mais estúpida das feras que vivem aqui, por acaso você se esqueceu da sua soberba, contumácia e arrogância? Você não respeitava os deveres impostos pela convivência nem se manteve bem avisado por meio dos dizeres do poeta:

> Não oprimas enquanto estiveres poderoso:
> opressor tem sempre a vingança por vizinha;
> teu olho dorme mas o oprimido fica desperto,
> rogando contra ti, e o olho de Deus não dorme".

O lobo lhe disse: "Ó pai esperto, não me leve a mal por erros passados, pois o perdão só se pede aos generosos, e a prática de boas ações é o melhor dos tesouros! Como é boa a seguinte fala do poeta:

Oferecei o bem enquanto no poder estiverdes,
pois não será para sempre que nele vós estareis".

E o lobo continuou a se humilhar para o raposo, dizendo: "Quem sabe você não consegue arranjar alguma coisa para me salvar da morte!". O raposo disse: "Ó lobo ardiloso, trapaceiro e traiçoeiro, perca as esperanças de salvação, pois se trata da paga pelas suas más ações. É a pena de talião!", e, rindo com as duas mandíbulas, recitou os seguintes versos:

Não exageres na trapaça:
não alcançarás teu intento!
Impossível é o que me pedes:
colhes o dano que plantaste.

O lobo lhe disse: "Ó mais generosa das feras! A fé que tenho em você me faz acreditar que não me abandonará neste buraco". E, vertendo lágrimas copiosas, queixou-se e recitou os seguintes versos:

Ó aquele que tem muitas mãos comigo,
e cujos talentos são impossíveis de contar:
nesta vida, nunca uma desgraça me atingiu
sem que as tuas mãos me tenham acudido.

O raposo disse: "Ó inimigo estúpido, quão rápido você passou para os rogos e a submissão, após tanta soberba, arrogância, opressão e insolência? Eu lhe fazia companhia, sim, mas temeroso das suas agressões, e por isso o adulei, e não por desejo de alcançar alguma benesse da sua parte. Agora, você foi acometido pela calamidade e a vingança o arrebatou", e recitou os seguintes versos:

Ó aquele que busca fazer uma trapaça,
foste derrubado por tuas más intenções;
prova, pois, os danos da terrível desgraça
e fica doravante afastado dos outros lobos.

Disse-lhe o lobo: "Ó generoso, não fale a língua da inimizade, nem use o olhar dela! Seja leal com o pacto entre nós, antes que se torne impossível voltar atrás!

Mexa-se, arranje uma corda, amarre-lhe a ponta numa árvore e jogue a outra ponta para mim, a fim de que eu me pendure e quiçá me salve desta situação! Como paga, eu lhe darei todos os tesouros que possuo!". O raposo disse: "Esses argumentos cansativos não vão salvar você! Nem fique nutrindo essa ambição! Você não conseguirá de mim nada para se agarrar à vida. Lembre-se das suas pretéritas más ações e da traição e trapaça que contra mim você oculta em seu peito. Fique certo de ser alvejado a pedradas! Saiba que o seu ser vai abandonar este mundo, dele desaparecer e partir, indo em seguida para a total destruição e para a pior das moradas! Como foram péssimas as suas decisões!". O lobo disse: "Ó pai esperto, volte logo a ser o que era, e pare de insistir no rancor da vingança! Saiba que quem salva uma vida da aniquilação a faz reviver, e quem faz reviver uma vida é como se fizesse reviver todos os seres! Não siga a corrupção, que é abominada pelos sábios, e nenhuma corrupção é mais evidente que o fato de eu estar neste buraco bebendo da morte em doses e esperando a aniquilação. Você pode me salvar desta confusão. Seja generoso comigo! Salve-me, pratique essa boa ação!". O raposo disse: "Seu rude grosseirão, eu comparo a sua fala e meço a sua atitude pelo que o falcão fez à perdiz". O lobo perguntou: "E qual é a história do falcão e da perdiz?". O raposo disse:

O FALCÃO E A PERDIZ

Certa feita, entrei num vinhedo para comer uvas e, enquanto eu circulava por ali, vi de repente um falcão que arremeteu sobre uma perdiz. Porém, após ter sido agarrada pelas presas do falcão, a perdiz conseguiu escapar e se enfiou em sua toca, ali se escondendo. O falcão a seguiu e se pôs a chamá-la, gritando: "Ó sua ignorante e mesquinha! Ao vê-la esfomeada no deserto, eu me apiedei, recolhi grãos e a peguei para alimentá-la, mas você fugiu de mim, e para essa fuga não vejo outra justificativa que não a sua carência! Apareça e coma os grãos que eu lhe trouxe! Esteja à vontade e bom apetite!". Ao ouvir essa fala, a perdiz acreditou e saiu da toca, e então o falcão estendeu as presas, agarrando-a com firmeza; ela disse: "É isso que você trouxe do deserto para mim, dizendo: 'Coma à vontade e bom apetite'? Você mentiu e me atraiçoou! Que a minha carne, uma vez no seu estômago, seja por Deus transformada num veneno letal!". Destarte, tão logo devorou a perdiz, as penas do falcão caíram, sua força desapareceu, seus ossos se corroeram e ele morreu imediatamente.

Continuou o raposo: "Saiba, ó lobo, que quem escava um buraco para derrubar o próprio irmão acabará logo caindo nele. Você me atraiçoou primeiro". O lobo disse: "Chega dessa conversa, pare de aplicar paradigmas! Não me fale das minhas horríveis ações no passado, pois já me basta a péssima situação em que me encontro! Estou num lugar que causaria dó até num inimigo! O que dizer então de um amigo? Elabore uma artimanha para me socorrer e salvar. Conquanto isso lhe seja penoso, o amigo costuma arrostar as maiores dificuldades, arriscando a própria vida e expondo-se aos danos para salvar o seu amigo. Já se disse que o amigo solidário é melhor que o irmão de ventre. Se você tentar me salvar e eu de fato escapar, irei com certeza dar-lhe muitos equipamentos, e em seguida lhe ensinarei artimanhas insólitas para invadir férteis vinhedos e colher frutas das árvores. Portanto, esteja tranquilo e seguro".

Aos risos, o raposo respondeu: "Como são bons os dizeres dos sábios a respeito de quem, como você, é demasiado ignorante!". O lobo perguntou: "E quais são esses dizeres?". O raposo respondeu: "Os sábios afirmam que os corpulentos e grosseirões estão distantes da inteligência e próximos da ignorância. E quando você diz, seu estúpido ardiloso, que o amigo deve suportar fadigas para salvar o amigo, está correto, é assim como você mencionou, mas, por favor, mostre-me, com a sua ignorância e pouca inteligência, como é que eu poderia ser amigo de um traiçoeiro como você? Porventura me considera seu amigo? Eu sou é um inimigo feliz com a sua desdita! Essas palavras são piores do que disparar flechas, se é que você me entende. Quanto a prometer que me dará tantas peças que formarei um grande equipamento, e que me ensinará artimanhas por meio das quais entrarei em férteis vinhedos e colherei frutas das árvores, qual é o propósito, seu traiçoeiro trapaceiro? Você não tem sequer uma artimanha para se salvar da morte! Está longe de beneficiar a si mesmo! E eu estou bem longe de aceitar os seus conselhos. Se você de fato dispõe de artimanhas, então elabore alguma para se safar desse problema, do qual eu rogo a Deus que afaste a sua salvação. Veja aí, idiota, se você dispõe de alguma artimanha, e com ela se salve da morte antes de pretender oferecer ensinamentos aos outros! Contudo, o seu caso é semelhante ao do homem que, atingido por uma doença conhecida, foi visitado por um homem acometido pela mesmíssima doença, o qual, alegando ser médico, perguntou: 'Você gostaria que eu lhe ministrasse remédios para curá-lo da sua doença?'. O primeiro homem respondeu: 'Vejo que você sofre do mesmo mal que eu. Por que então não começou medicando-se a si próprio?'. Então o segundo homem deixou-o e se retirou. E você, ó lobo, está na mesma situação. Portanto, fique em seu lugar e resigne-se com o que lhe sucedeu".

Ao ouvir tais palavras, o lobo, percebendo que não poderia esperar nenhum bem do raposo, chorou por seu infortúnio e anunciou com a voz alteada: "Eu vivia na ignorância sobre mim mesmo! Se Deus me salvar dessa desgraça, eu me penitenciarei de minha crueldade com os mais fracos, vestirei roupas de lã grosseira, farei oferendas e subirei à montanha para lembrar de Deus altíssimo, por temor à sua punição, isolando-me de todos os outros animais; darei de comer aos que se esforçam pela fé e aos pobres", e chorou e se carpiu. O coração do raposo não sentiu nem um pouco de dó e, ante aquelas palavras que demonstravam o arrependimento do lobo por sua violência e arrogância, ele começou a rolar de felicidade no entorno do buraco, sentando-se em seguida à sua beira; foi nesse momento que o seu rabo deslizou lá para dentro, o que permitiu ao lobo estender a pata e puxá-lo para baixo, arrojando-o consigo ao interior do buraco e dizendo-lhe: "Ó raposo impiedoso, como então você folgou com o meu mal, embora fosse meu companheiro e vivesse sob a minha dominação? Agora você caiu comigo neste buraco, porquanto o castigo chegou bem rápido. Os sapientes já diziam: 'Aquele que censura ao seu irmão por haver mamado numa cadela mamou no mesmo lugar'. E como são boas as palavras do poeta:

Quando o destino assesta em certas pessoas
os seus golpes, também outras são atingidas;
dizei, pois, aos que nos odeiam: Despertai!,
pois esses que odeiam sofrerão igual a nós.

Os sábios também disseram: 'A morte do inimigo é melhor do que todas as outras coisas'. Portanto, eu apressarei a sua morte antes que você assista à minha". O raposo pensou: "Ai, ai! Caí com esse prepotente, e esta situação exige astúcia e trapaça. Já se disse que a mulher prepara as joias para o dia da festa, o guerreiro amola a espada para o dia da guerra, e o cavaleiro guarda o seu cavalo para o dia da corrida. E diz o provérbio corrente: 'Não te guardei, minha lágrima, senão para a dificuldade'. Se acaso eu não entabular uma artimanha contra essa besta opressora e imbecil, serei inapelavelmente morto! Como são boas as palavras do poeta:

Viva por meio de trapaças, pois você está num
tempo cujos filhos são como os leões iemenitas;
faça bem girar o canal da trapaça a fim de que

gire ainda a pedra do moinho que a vida mantém,
e colha todos os frutos que puder, e se fracassar
então procure agradar a sua alma com o haxixe".

Em seguida, o raposo disse ao lobo: "Não se apresse em me matar, pois poderá se arrepender, ó fera corajosa, dona da força e do grande poder. Se você se acalmar e prestar atenção no que lhe contarei, reconhecerá qual foi o meu verdadeiro intento; porém, se você se apressar e me matar, isso não lhe carreará vantagem alguma e morreremos ambos aqui". O lobo perguntou: "Ó trapaceiro ardiloso, acaso você me pede calma porque espera alcançar a minha salvação e a sua? Informe-me qual é o seu propósito". O raposo respondeu: "Quanto ao propósito que almejo alcançar, trata-se de algo que tornará a minha recompensa melhor, pois eu ouvi o que você prometeu a si mesmo, reconhecendo o que fez no passado e ansioso por recuperar as penitências que ficaram para trás e praticar o bem, assim como ouvi os votos que fez relativamente ao abandono da prática do mal contra os seus companheiros e outros, o deixar de comer uvas e as demais frutas, a observação da obediência, o aparar as unhas, quebrar os dentes, usar lã grosseira e apresentar oferendas a Deus altíssimo se porventura Ele o salvar deste buraco. Fui tomado pela compaixão por você. Antes eu desejava a sua aniquilação, mas, ao ouvir o seu arrependimento e os seus votos se porventura Deus o salvar, vi-me obrigado a salvá-lo daqui, e então lhe estendi a minha cauda para você se pendurar nela e escapar. Todavia, você não abandonou o estado de violência e força, nem buscou salvar-se e, ciosamente, ficar bem, preferindo me puxar com tanta brutalidade que eu supus perder a vida. Agora estamos nós dois em perigo de morte e aniquilação, e não escaparemos daqui senão mediante algo que, se você aceitar, nos deixará a salvo; porém, depois disso você estará obrigado a cumprir a sua promessa, e eu serei o seu camarada". O lobo perguntou: "E o que eu devo aceitar?". O raposo respondeu: "Ponha-se de pé e eu subirei na sua cabeça para me aproximar da superfície da terra, e tão logo eu subir e sair vou trazer-lhe algo no qual você possa se pendurar e então escapar". O lobo disse: "Não confio em você nem boto fé nas suas palavras. Como é bom o seguinte dizer do poeta:

Que não sejam as tuas suposições senão ruins,
pois suspeitar de tudo é a mais poderosa argúcia;
nada arroja mais os seres humanos à aniquilação
do que as boas ações e o pensar bem de tudo.

Também são boas a palavras deste outro poeta:

Segue a certeza de suspeitar sempre e te salvarás,
pois quem vive desperto enfrenta poucas desgraças;
recebe teu inimigo com face sorridente e bem solta,
mas em teu íntimo mobiliza um exército contra ele.

E ainda os dizeres deste outro:

O teu pior inimigo é o próximo em quem confias:
cuidado com as pessoas, e segue-as desconfiando!
Tuas boas cogitações sobre o tempo são absurdas:
supõe sempre o mal, e dele fica sempre receoso".

O raposo disse: "Os sábios já diziam: 'Acerta quem lança mão da boa-fé onde existe boa-fé'. E se disse igualmente: 'Ilude-se quem acredita naqueles que não são de confiança; quem insiste em experimentar aquilo que já foi experimentado é invadido pelo arrependimento; acertará pouco e errará muito todo aquele que não distingue as diferenças entre as várias situações e, em vez de atribuir a cada uma delas a sua devida importância, trata-as a todas como se fossem a mesma coisa'. Supor o mal em tudo nem sempre é louvável, e supor o bem das coisas é um dos traços da perfeição, tendo por consequência a salvação de tudo quanto seja terrível. Você deve, caro lobo, ter artimanhas para se safar desta situação, pois a salvação de nós dois é preferível à morte de ambos. Largue mão de suspeitar de tudo, largue mão desse rancor, pois, se você supuser o bem em relação a mim, eu inevitavelmente estarei numa das duas seguintes situações. Ou bem eu lhe trago algo no qual você se pendure e se salve deste buraco, ou bem o traio, fugindo e abandonando você, mas isso é impossível, pois nesse último caso eu não estarei seguro de ser atingido por algo igual a isto, o que consistirá numa punição por semelhante traição. Já se disse nos provérbios: 'A lealdade é bela e a traição é horrível'. Você deve acreditar em mim, tendo em vista que não sou ignorante dos acidentes da sorte. Portanto, não protele a artimanha para a nossa salvação, pois tal assunto é muito urgente para que fiquemos nos estendendo em discussões".

O lobo disse: "A despeito da minha falta de confiança em você, percebi que lhe ocorreu, em seu íntimo, salvar-me quando ouviu a minha declaração de arrependimento, e agora pensei: 'Se ele estiver falando a verdade, é porque corrigiu a sua corrupção, mas, se ele estiver mentindo, então terá de se ver com o seu Senhor'. Destarte, eis-me aqui aceitando a sua sugestão. Se acaso me atraiçoar, tal traição será a causa da sua aniquilação". Dito isso, o lobo se colocou em pé e pôs o raposo nos ombros, fazendo ficar à altura da superfície, e então o raposo deu um salto e saiu do buraco. Ao se ver livre dali, ele desabou prostrado. O lobo disse: "E então, meu irmão, não se esqueça de mim nem retarde a minha salvação!".

Rindo às gargalhadas, o raposo disse: "Seu iludido, o que me fez cair nas suas garras não foi senão resultado do meu escárnio e sarcasmo, pois, ao ouvir o seu arrependimento, a alegria e a felicidade me deixaram tão leve que eu pulei, cantei e dancei, e aí a minha cauda deslizou para esse buraco, você me puxou e eu caí ao seu lado. Todavia, Deus altíssimo me salvou de você. Por que eu não seria um auxiliar na sua aniquilação? Você pertence ao partido do demônio! Ontem sonhei que eu dançava no seu casamento, e contei essa visão a um intérprete de sonhos, que me disse: 'Você se envolverá numa enrascada, mas vai se salvar', e agora percebo que ter caído em suas garras e logo depois me salvado é o significado do meu sonho. Você bem sabe, seu iludido ignorante, que eu sou seu inimigo! Por que cargas-d'água, então, você ambiciona, com a sua ignorância e falta de inteligência, que eu o resgate, apesar de ter ouvido as palavras injuriosas que lhe dirigi? Como eu me esforçaria para salvá-lo, se um sábio já disse: 'Se acaso o inimigo ficar à sua mercê, não o poupe', e se outros sábios já disseram que a morte do iníquo traz descanso às pessoas e purifica a terra? Mesmo que a dor que eu tivesse de suportar por trair você fosse bem maior que a dor de lhe ser fiel, ainda assim eu me esforçaria por liquidá-lo".

Ao ouvir as palavras do raposo, o lobo mordeu as patas de arrependimento.

E a manhã alcançou Šahrazād, que interrompeu sua fala autorizada.

Quando foi a noite 150ª,

Šahrazād disse: eu tive notícia, ó rei venturoso, de que, ao ouvir as palavras do raposo, o lobo mordeu as patas de arrependimento, mas depois, sem mais remédio, passou a lhe dirigir palavras suaves, dizendo em voz baixa: "Vocês, os raposos, são inegavelmente dotados da melhor linguagem e da índole mais graciosa! Isso é brincadeira sua! Porém, nem sempre é adequado brincar e divertir-se!". O raposo disse: "Seu ignorante, as brincadeiras têm um limite que jamais deve ser ultrapassado! Nem pense que Deus tornará a me atirar às suas garras depois de haver me livrado de você!". O lobo disse: "Você deveria desejar a minha salvação por causa da fraternidade e convivência que existia entre nós. Se acaso você me salvar, será absolutamente imperioso que eu lhe dê a melhor recompensa". O raposo disse: "Os sapientes já diziam: 'Não tenha relação fraterna com o ignorante iníquo, pois ele o enfeia e não adorna; não tenha relação fraterna com o mentiroso, pois se acaso você fizer algo de bom ele o ocultará, e se fizer algo de ruim ele o divulgará'. E eles também disseram: 'Para tudo existe artimanha, exceto a morte; tudo pode ser corrigido, exceto a corrupção da essência; tudo pode ser evitado, exceto o destino'".

O HOMEM E A SERPENTE

Continuou o raposo:

No que tange à recompensa que você alega que eu merecerei de sua parte, nisso eu o comparo à serpente que, em fuga do encantador, foi vista, cheia de pavor, por um homem, o qual lhe perguntou: "Qual é o seu problema, ó serpente?". Ela respondeu: "Estou fugindo do encantador de serpentes, que está à minha caça. Se você me salvar dele e me esconder consigo, eu com certeza lhe darei uma bela recompensa e lhe farei toda sorte de favores". Então o homem, cobiçando a recompensa, recolheu serpente e a enfiou no bolso. Depois que o encantador passou por eles e partiu, e o temor da serpente se dissipou, o homem lhe disse: "Onde está a recompensa? Eu já a salvei do que você temia e a assustava". A serpente respondeu: "É só me informar em qual membro eu devo picá-lo, pois você já sabia de antemão que essa é a única recompensa que nós damos", e lhe deu uma picada que o matou.[5]

Continuou o raposo: "E eu comparo você, seu estúpido, à história dessa serpente com esse homem. Por acaso não ouviu o sábio dizer que 'o único bem que pode sair do traseiro de um macaco é a sua própria cabeça'? Acho que você tampouco ouviu o seguinte dizer do poeta:

Jamais confies num homem cuja alma encheste
de rancor, na suposição de que o rancor acabou:

[5] A fábula da serpente também consta, em outro formato, da compilação *Annawādir*, "Histórias curiosas", feita pelo letrado egípcio Šihābuddīn Alqalyūbī (m. 1659 d.C.). Decerto circulavam muitas histórias assemelhadas, e provavelmente o seu mote deflagrador foi a seguinte sentença contida no fabulário *Kalīla e Dimna*, de Ibn Almuqaffa[c] (m. *c.* 759 d.C.): "Evita os iníquos, ainda que sejam teus parentes, pois quem for assim estará na mesma situação da cobra que alguém recolhe e limpa, mas da qual só pode esperar picada" (*Kalīla e Dimna*. São Paulo: Martins Fontes – Selo Martins, 2005, p. 89).

mesmo as serpentes, ainda que macias ao toque,
só mostram a pele grossa, e escondem o veneno".

O lobo disse: "Ó eloquente, dono da face graciosa, não ignore a minha condição nem o medo que os homens têm de mim, pois você bem sabe que eu avanço sobre as fortificações e arranco os vinhedos. Faça o que ordeno e me sirva como um escravo serve ao seu senhor". Disse o raposo: "Seu estúpido ignaro que lança mão de falsidades, estou espantado com a sua burrice e cinismo em me dar ordens e servi-lo! Até parece que sou um escravo que você comprou com o seu dinheiro! Você vai ver já o que lhe sucederá. Sua cabeça e seus dentes traiçoeiros serão arrebentados a pedradas". Em seguida, ó rei do tempo, o raposo parou sobre uma colina que dava para o vinhedo e se pôs a gritar pelos proprietários do vinhedo, e tanto fez que eles acordaram e correram todos em sua direção. O raposo só fugiu quando eles se aproximaram do buraco, e ali, ao verem o lobo, puseram-se a atirar contra ele pedras enormes e a golpeá-lo com pedaços de pau e lanças até que o mataram, retirando-se em seguida. O raposo voltou para a beira do buraco, verificou que o lobo fora morto e balançou a cabeça, muito contente, recitando os seguintes versos:

O destino liquidou a alma do lobo, que foi levada
para longe. Maldita seja essa alma que se esvaiu!
Tanto tentaste, ó espertalhão, dar cabo de mim,
mas hoje os flagelos caíram sobre ti e se colaram!
Despencaste num buraco do qual jamais ninguém saiu
sem que antes os ventos da morte hajam soprado.

E então o raposo se estabeleceu sozinho e tranquilo no vinhedo, sem temer mal algum, até que lhe adveio a morte. E essa é a história do lobo e do raposo.

Disse o rei Šāhriyār: "Por Deus que você foi muito bem nessa história! Conte-me outra de suas belas e gentis histórias". Šahrazād disse: "Com muito gosto e honra".

O GOVERNO DOS ANIMAIS FEROZES[6]

Conta-se, ó rei venturoso, que os mais ferozes dentre os animais foram viver em certo lugar, mas ali se corromperam e degradaram, e alguns passaram a se impor tiranicamente sobre outros; não passava um dia sem mortos e feridos, e afinal a guerra se desencadeou entre eles. Apareceu então um leão chamado Fayrūz, já idoso, dotado de gravidade e inteligência, gentil, experimentado, que sabia dar ordens e estabelecer proibições. Quando os mais poderosos perceberam que a maioria dos animais se inclinava a segui-lo, também se submeteram a ele, e logo a palavra dos animais se unificou e eles entraram numa senda reta. Fayrūz passou a governá-los, empossando como vizir outro bondoso leão, chamado Ḫayfūr, senhor de bons pareceres e arrojo, o qual incitou os seus companheiros à obediência ao rei, dizendo: "Ó feras, não é sempre que vocês encontrarão um rei que ordena a prática das boas ações e proíbe a prática do que é condenável! A sorte lhes sorriu com esse rei. Sigam os seus pareceres, obedeçam-lhe as ordens e evitem divergir dele". Tais palavras adentraram o coração dos súditos e lhes conquistaram as almas, e sua obediência ao rei foi muito boa. O exército cresceu, a palavra do rei se alçou e o seu valor aumentou aos olhos de todos. Escolheram-se para o conselho muitos dos mais inteligentes e experimentados, que se tornaram membros da corte e seus intermediários perante os súditos. O arrojo do rei aumentou, e, quando ele se viu bem forte e seguro no poder, começou a oprimir os habitantes do reino, limitando os movimentos dos maiorais dentre eles, dos quais chegou a encarcerar alguns. Então um leão corajoso, grave e cheio de bons propósitos chamado Sam^{c}ān, que detinha a confiança do rei por ser membro do seu círculo íntimo, tomou a iniciativa de se dirigir a ele, dizendo: "Ó rei, eu lhe trago um conselho que contém a permanência do seu reino e a estabilidade do seu governo". O rei disse: "Fale, Sam^{c}ān, pois de você não conhecemos senão os bons conselhos, o afeto e a lealdade". Sam^{c}ān disse:

[6] Os pressupostos das relações de poder nesta história – suprimida nas edições impressas das *Noites* – remetem ao governo mameluco no Egito e no Levante, em especial ao período de transição entre as suas duas fases, a primeira, dita dos "mamelucos turcos" ou "mamelucos da ilha" (*almamālīk albaḥriyya*), na qual o poder ficou nas mãos de mamelucos da etnia turca dos quipchacos, que governaram a partir da ilha de Arrawḍa, no Cairo, entre 1250 e 1382, e a segunda, dita dos "mamelucos circassianos", ou "mamelucos do castelo" (*almamālīk alburjiyya*), que governaram a partir de um castelo localizado na montanha de Almuqaṭṭam, também no Cairo, entre 1382 e 1517.

Havia em certo local espaçoso, ó rei, uma grande árvore de muitos galhos, e ao lado dela um rio onde se acumulavam as águas de inverno, disso resultando o surgimento de muito peixe. Certa ave chamada águia foi para aquela árvore com a esposa, e ao ver como o lugar era bom, sem nada de nocivo, disse: "Este lugar, do qual obteremos nosso alimento, nos havia passado despercebido! Em pouco tempo, a água daqui vai ficar rasa, e para nos prevenir disso basta-nos recolher os peixes antes que partam. Assim teremos comida no verão". A mulher disse: "Nós, da espécie das aves, não carecemos de estocar comida. Diariamente saímos esfomeados e voltamos de barriga cheia". O marido disse: "Estocar comida, ainda que não faça bem, mal não faz! Ademais, não é bom adiar as decisões". A mulher disse: "Vocês, do gênero masculino, são superiores a nós mercê do seu saber e do seu tamanho. Vocês é que estabelecem as leis, e as coisas ocorrem dentro da normalidade e dão certo por sua causa, beneficiando a todos". E assim o casal arrumou, dentro do ninho, um espaço para os peixes, nele depositando comida para atravessar o verão. Durante o inverno, eles se alimentaram dos peixes do rio e, quando o verão chegou, o fedor dos peixes guardados no ninho se espalhou; então um mangusto[7] subiu até o ninho, matou o casal de águias e comeu os peixes ali estocados.

Prosseguiu Samᶜān: "Só lhe dei essa notícia, ó rei, porque o acúmulo muita vez pode resultar na aniquilação do acumulador e na utilização do que ele acumulou como alimento por outrem". O rei disse: "Que Deus lhe dê a melhor recompensa por tal conselho, ó Samᶜān! Não fosse você, o demônio teria se apoderado de mim, fazendo-me amar a acumulação de dinheiro e perder os meus aliados, o que causaria a perdição do meu reino, isso se eu não acabasse morto e substituído!". Efetivamente, a situação se tornara complicada para o rei, pois ele não investia mais nada em seus aliados. Ato contínuo, ele nomeou Samᶜān como vizir, voltou a investir em seus aliados, corrigiu a situação e o reino do leão adquiriu uma situação ainda melhor que a dos seus melhores tempos.

Prosseguiu Šahrazād:

[7] Mamífero assemelhado à doninha. É predador de cobras.

Conta-se igualmente que uma rata e uma periquita[8] costumavam frequentar a casa de um chefe de aldeia, homem muito pobre e que tinha um amigo doente para quem o médico receitara sésamo descascado. Então o chefe de aldeia pediu sésamo a outro de seus amigos e o entregou à mulher para que o descascasse. A mulher colocou o sésamo de molho, descascou-o e deixou para secar. Ao ver o sésamo, a periquita começou a recolhê-lo de grão em grão, passando o dia a transportá-lo para o seu ninho, até que levou uma boa parte. Quando notou a diminuição do sésamo, a mulher se pôs a vigiá-lo para descobrir o motivo daquilo. Logo a periquita retornou, mas, tão logo avistou a mulher por ali, percebeu que ela estava vigiando o sésamo e pensou: "Minha ação terá consequências terríveis, pois essa mulher poderá me agarrar! Quem não atenta para as consequências não tem a sorte como amiga! É absolutamente imperioso que eu faça algo de bom, para limpar a minha ação anterior", e se pôs a devolver o sésamo que roubara e depositara em casa, atirando-o sobre o sésamo que havia sobrado. Vendo aquilo, a mulher pensou: "Que atitude é essa? Não devo fazer o mal a quem me faz o bem! Essa ave não é minha inimiga. Continuarei a vigiar o sésamo até descobrir quem é o ladrão". A periquita percebeu o que a mulher planejava e se dirigiu até a rata, a quem disse: "Minha irmã, não existe bem naqueles que não cuidam da boa vizinhança nem se preocupam com a dignidade e a amizade". A rata disse: "Sim, minha amiga. Você é a melhor vizinha. Mas o que pretende com esse discurso?". A periquita respondeu: "O dono da casa que frequentamos trouxe sésamo, do qual ele e a família já comeram até se fartar, e agora não querem mais. Sobrou bastante sésamo. Todo vivente já pegou uma parte, mas você tem mais direito do que os outros". Satisfeita com aquilo, a rata se pôs a cantarolar e a dançar, balançando as orelhas e o rabo; iludida pela ambição de se apossar do sésamo, ela saiu imediatamente de casa e, embora tenha visto o sésamo seco e a mulher sentada a vigiá-lo, não calculou as consequências de sua ação. A mulher estava com um bastão, mas a rata, sem conseguir se controlar, enfiou-se no meio do sésamo e começou a se esfregar nele. A mulher lhe aplicou então uma bastonada, rachando-lhe a cabeça. A ambição e a desconsideração das consequências dos seus atos foram o motivo da morte da rata.

[8] Nas edições impressas e em alguns manuscritos, consta "mangusto fêmea" em vez de "periquita", o que não faz sentido.

O rei Šāhriyār disse: “Por Deus que essa é uma historinha graciosa! Porventura você não tem alguma história sobre a boa amizade e sua preservação nos momentos de dificuldade, quando existe risco de perder a vida?”. Šahrazād disse: “Sim”.

O CORVO E O GATO

Um corvo e um gato conviviam fraternalmente. Certa feita, quando estavam à sombra de uma árvore compartilhando aquela convivência fraterna, viram, de repente, que um tigre se aproximava dali. Como apenas se deram conta de sua presença quando ele já estava perto, o corvo saiu voando para a copa da árvore, enquanto o gato, que se mantinha ali perplexo, disse-lhe: “Você tem alguma artimanha para me salvar, meu irmão? É isso o que espero de você!”. O corvo respondeu: “Nós buscamos a fraternidade justamente no momento da necessidade, quando ocorre algum desgosto! Como são boas as seguintes palavras do poeta:

O amigo verdadeiro é quem está contigo
e chega a se prejudicar para ajudar-te;
é quem, se as desditas da vida te atingem,
é capaz de se desfazer para te recompor.

Portanto, vou atrás da artimanha que esta situação exige”. Havia, nas vizinhanças daquela árvore, alguns pastores que tinham cachorros. O corvo foi até eles e começou a bater as asas no chão, a crocitar e a gritar; ato contínuo, avançou mais, acertou a cara de um dos cachorros com a asa e subiu um pouco; os cachorros se puseram a persegui-lo. Um dos pastores ergueu a cabeça e, vendo aquele pássaro voar tão próximo ao solo e pousar, também começou a persegui-lo. O corvo só voava o suficiente para escapar dos cachorros, sem os desanimar da possibilidade de o agarrarem. Assim, voando baixo, o corvo foi seguido por eles até chegar à árvore debaixo da qual estava o tigre, que foi atacado pelos cães tão logo o viram. O tigre, crente de que iria devorar o gato, bateu em retirada, e o gato se salvou graças à artimanha do seu amigo corvo. Só lhe contei essa história, ó rei, para que você saiba que a pura amizade redime e salva da aniquilação e da queda em desgraças.

O RAPOSO E O CORVO

Certo raposo que morava numa casa em dada montanha devorava todos os filhos que lhe nasciam, pois se acaso não os comesse se veria forçado a ficar ao seu lado, cuidar deles e vigiá-los, e se assim o fizesse ele acabaria morrendo de fome. Embora isso lhe fosse muito nocivo, ele continuou a devorar os filhotes que nasciam. O pico daquela montanha era também frequentado por um corvo, e certo dia o raposo pensou: "Vou fazer amizade com esse corvo, e quando eu tiver de me ausentar de casa ele ficará nela. Farei dele um companheiro nesta solidão e um ajudante na busca de fortuna. O corvo tem mais capacidade do que qualquer outro". E, assim, o raposo se acercou do corvo até ficar bem perto, a ponto de ele poder ouvi-lo, e disse-lhe após saudá-lo: "Ó vizinho, a vizinhança estabelece três tipos de direito. O primeiro é o da própria vicinalidade, o segundo é o do islã e o terceiro é o do parentesco. Eu tenho sobre você dois direitos, o da vicinalidade e o do islã. Saiba, meu querido amigo, que você, por seu turno, também tem os seus direitos sobre mim, os quais eu devo cumprir, graças ao longo período em que é meu vizinho. Tenho no peito um acúmulo de afeto por você, o que me leva a agradá-lo. Por isso devo buscar a sua amizade fraterna. O que me diz disso?". O corvo disse: "A melhor das falas é a mais verdadeira. Às vezes a língua pronuncia o que não está no coração, e eu temo que a sua amizade fraterna manifesta pela língua oculte a inimizade em seu coração, pois você é o que come e eu sou o que é comido. Como os nossos afetos e relacionamentos divergem deveras entre si, o que o leva a procurar aquilo que não se alcançará, e desejar aquilo que não acontecerá? Você pertence à espécie dos quadrúpedes, ao passo que eu pertenço à espécie das aves. Essa amizade fraterna não se realizará, nem tem fundamento". O raposo disse: "Quem conhece os lugares da correção sabe escolhê-los muito bem, alcançando não raro as vantagens advindas da fraterna amizade. Eu aprecio a sua vizinhança, e escolhi ser seu amigo para que nos ajudemos mutuamente em nossos propósitos, e para que dessa amizade resultem triunfos. Conheço várias histórias sobre os benefícios da amizade, e se você quiser poderei contá-las". O corvo disse: "Eu lhe permito que as transmita. Conte-as para mim, a fim de que, por meio delas, eu fique a par do que você pretende". O raposo disse: "Ouça, querido amigo. Conta-se, a respeito de uma pulga e um rato, uma história que confirma o que estou lhe dizendo". O corvo disse: "E como foi isso?". O raposo disse:

Conta-se que um rato vivia na casa de um próspero mercador, em cuja cama, certa noite, uma pulga buscou abrigo. Notando aquele corpo macio, a pulga, que estava sedenta, bebeu do seu sangue, e o mercador, dolorido pela picada, acordou, sentou-se e clamou por seus lacaios, que acorreram até ele, arregaçaram as mangas e reviraram a casa atrás da pulga, a qual, ao se ver procurada, fugiu, topou com a toca do rato e acabou se refugiando ali. Tão logo deu com ela, o rato perguntou: "O que veio fazer aqui, se você não é da minha essência nem da minha espécie, e tampouco está a salvo de que eu seja grosseiro com você e lhe cause algum dano?". A pulga respondeu: "Fugi para a sua toca a fim de salvar a vida. Venho aqui pedindo socorro. Não ambiciono tomar a sua casa nem lhe farei mal algum que o obrigue a abandonar este local. O que espero é poder recompensá-lo por esse benfeito, carreando-lhe tudo quanto existe de melhor. Você ainda agradecerá os resultados do que estou dizendo". Ao ouvir as palavras da pulga, o rato...

E a manhã alcançou Šahrazād, que interrompeu sua fala autorizada.

Quando foi a noite 151ª,
Šahrazād disse: eu tive notícia, ó rei venturoso, de que o raposo disse:

O rato, ao ouvir as palavras da pulga, disse: "Se a questão for mesmo como você traçou, então sinta-se segura aqui, onde não correrá perigo, só encontrará o que a fará feliz e não será atingida senão pelo que também me atingir. Estou lhe dando o meu afeto. Não se arrependa nem se lamente pelo sangue perdido do mercador. Aceite a parte que lhe cabe para viver, pois isso será mais seguro. Eu já ouvi, cara pulga, certo poeta admoestador dizer os seguintes versos:

> Segui a senda da resignação e solidão,
> e vivi minha vida conforme o possível,
> com uns restos de pão, goles d'água,
> sal que caiu da peneira e roupa velha;
> Deus me proporcione uma boa vida,
> mas o que ele der já será suficiente".

Ao ouvir as palavras do rato, a pulga disse: "Meu irmão, já ouvi a sua recomendação e me conduzo à sua obediência, pois não tenho forças para divergir de você, e até o fim da minha vida irei perseverar nesses bons propósitos". O rato disse: "Para a amizade verdadeira bastam os bons propósitos". E assim se estabeleceu e amarrou entre ambos uma relação de afeto. Depois disso, a pulga passou a ir à cama do mercador apenas para extrair não mais do que o estritamente necessário, passando o resto do tempo com o rato na toca. Deu-se então que, certa noite, o mercador chegou com muitas moedas de ouro, as quais ele tanto revirou que o rato lhes ouviu o tilintar e, pondo a cabeça para fora da toca, se deixou contemplá-las até que o mercador as enfiou sob a almofada e dormiu. O rato disse então à pulga: "Não está vendo a oportunidade oferecida e a sorte imensa? Você dispõe de alguma artimanha que nos faça pegar aquelas moedas de ouro?". A pulga respondeu: "Só é bom ir atrás de algum objetivo quando se pode com ele, pois, se acaso você for incapaz de alcançá-lo, irá precipitar-se no que é interdito, fracassando devido a essa incapacidade, e, ainda que a força de quem faz a artimanha seja bem usada, ele será como o pássaro que recolhe o grão mas cai na rede do caçador. Você não tem forças para levar as moedas nem as tirar da casa, ao passo que eu não tenho energia nem sequer para carregar uma única dentre elas. Veja bem o que você quer fazer com essas moedas". O rato disse: "Eu preparei nesta minha toca setenta pontos de saída para quando eu quiser fugir, e preparei para os tesouros um lugar inexpugnável. Se você fizer uma artimanha para tirar o mercador da casa, eu não tenho a menor dúvida quanto ao êxito, se o destino me ajudar". A pulga disse: "Eu me comprometo com você a fazê-lo sair da casa", e em seguida saltou para a cama do mercador e lhe aplicou uma terrível picada, como ela jamais fizera, e depois se escondeu num lugar seguro. O mercador acordou, procurou a pulga e, como não a localizasse, deitou-se sobre seu outro flanco. A pulga lhe aplicou então uma picada mais forte que a precedente, e o mercador, incomodado, saiu da sua cama e se dirigiu a um banco próximo à porta da casa, onde dormiu sem interrupção até o amanhecer. Enquanto isso, o rato se pôs a transferir as moedas até que não sobrou nenhuma. Quando amanheceu, o mercador passou a acusar as pessoas e a nutrir toda sorte de suspeita.

Continuou o raposo: "Saiba que eu não lhe dirigi esse discurso, ó corvo previdente, ajuizado e experiente, senão a fim de que você receba a recompensa por sua boa ação comigo, tal como o rato recebeu a recompensa pela sua boa ação com a pulga. Veja só como ele obteve a melhor recompensa!". O corvo respondeu: "O benfeitor tem o direito de fazer ou não fazer o bem, pois ele está desobrigado de fazê-lo caso redunde em risco de aniquilação para a sua própria vida. Se acaso eu lhe fizer esse bem, sendo você meu inimigo, colocarei a vida em risco, pois você, caro raposo, é ardiloso e trapaceiro. Não se firmam compromissos com quem tem como características a trapaça e o ardil, e aqueles com quem não se firmam compromissos não têm lealdade. Eu soube por um parente que você traiu o seu companheiro lobo, enganando-o e levando-o à morte por meio da sua traição e artimanha. E você fez isso não obstante ele pertença à sua espécie, e ambos tenham sido companheiros durante largo tempo. Se você não poupou nem a ele, um companheiro da sua espécie, como poderei me fiar nos seus conselhos? O que você faria com este seu inimigo, que nem sequer pertence à sua espécie? O seu caso comigo não é senão como o do falcão com as aves de rapina". O raposo perguntou: "E qual é a história do falcão com as aves de rapina?". Disse o corvo:

O FALCÃO ENVELHECIDO

Conta-se que certo falcão era prepotente e teimoso...

E a manhã alcançou Šahrazād, que interrompeu sua fala autorizada.

Quando foi a noite 152ª,

Šahrazād disse: eu tive notícia, ó rei venturoso, de que o corvo disse:

Conta-se que certo falcão era prepotente e teimoso nos tempos de sua juventude, temido pelos animais de rapina da terra e do ar; ninguém escapava da sua maldade, e existem inúmeras histórias sobre sua injustiça e prepotência. Todos os esforços dele eram no sentido de prejudicar as outras aves. Com o passar dos anos, porém, as suas forças foram minguando, sua capacidade diminuiu e ele perdeu as condições de prover o próprio sustento, por mais que multiplicasse os esforços. Resolveu então frequentar o local onde as aves se reuniam, com o fito de comer as sobras. Desse modo, o falcão, que antes obtinha o seu alimento por meio da força e da energia, passou a obtê-lo por meio da artimanha.

Continuou o corvo: "E você também, ó raposo, pode até ter perdido a força, mas não perdeu a trapaça. Não duvido nada que pedir a minha amizade não passa de uma artimanha para obter comida. Não serei daqueles que lhe darão as mãos. Nem tente se comparar a mim, pois Deus me deu força nas asas, atenção para comigo mesmo e visão aguda. Saiba, aliás, que quem se compara aos mais fortes acaba se fatigando e não raro se aniquilando, e eu temo que lhe ocorra, caso você se compare a quem é mais forte, o mesmo que ocorreu ao passarinho". O raposo perguntou: "E o que sucedeu ao passarinho? Conte-me, por Deus!". O corvo disse:

O PASSARINHO, O ABUTRE E O PASTOR

Conta-se que, enquanto voava sobre um pasto de ovelhas, certo passarinho avistou um enorme abutre repentinamente se abater sobre um pequeno filhote de cordeiro, sequestrá-lo com as garras e sair voando. Ao ver a ação do abutre, o passarinho estendeu as asas e disse: "Farei o mesmo que ele". Assim, cheio de autoadmiração, e comparando-se a quem era maior do que ele, o passarinho imediatamente alçou voo e se lançou sobre um carneiro gordo cuja densa lã estava visguenta de tanto que ele se deitava sobre sua própria urina e esterco, o que a tornava semelhante ao catarro. Tão logo se atirou sobre o seu dorso batendo as asas, as patas do passarinho se enroscaram na lã, e então ele quis voar outra vez, mas não conseguiu. Tudo isso ocorria diante das vistas do pastor, o qual, irritado por já ter presenciado o que fizera o abutre, foi até o passarinho, agarrou-o, depenou-lhe as asas, amarrou as suas patas com um fio e o entregou aos filhos. Um dos meninos perguntou: "O que é isso, papai?". O pastor respondeu: "É um que quis se comparar a quem é maior do que ele, e então foi aniquilado".

Continuou o corvo: "E também a você, ó raposo, eu o advirto que não tente se comparar a quem é mais poderoso, pois nesse caso será aniquilado. É tudo quanto tenho para lhe falar, e agora suma-se da minha frente e vá em paz". Desanimado de conquistar a amizade do corvo, o raposo lhe disse: "Quando uma pedra cai sobre outra, ressoa". O corvo perguntou: "Quem é você?". O raposo respondeu: "Eu sou você e você é eu, ó corvo. Você é dotado de artimanhas, astúcias e trapaças, eu também sou; portanto, não posso entrar em disputas com você", e, triste, arrependido, começou a gemer e a bater os dentes um no outro. Ao ouvir-lhe o choro e os gemidos, e ao notar-lhe a depressão, o corvo perguntou: "Caro raposo, o que o atingiu para você bater os dentes desse jeito?". O raposo respondeu: "É que eu percebi que você é mais trapaceiro do que eu", e voltou em disparada para a toca de onde saíra. E foi essa a história deles.

Disse o rei Šāhriyār: "Como são bonitas essas histórias, Šahrazād! Você tem outras fábulas semelhantes?". Ela disse:

Conta-se que um porco-espinho construiu a sua morada ao lado de uma palmeira em cujo topo o torcaz[9] e a sua mulher haviam feito um luxuoso ninho. Deu-se então um ano de seca, e o porco-espinho e sua mulher foram prejudicados e passaram fome. Ao ver a vida próspera desfrutada pelo casal de pombos, o porco-espinho pensou: "É absolutamente imperioso que eu lance mão de alguma artimanha e trapaça, pois os torcazes comem dos frutos da palmeira enquanto eu não consigo pegar nada! Esta é a hora!". Ato contínuo, escavou ao pé da palmeira uma casa e foi morar lá com a esposa, construindo ao seu lado uma mesquita na qual começou a passar todo o seu tempo, dia e noite, afetando ascetismo, devoção, desapego dos bens materiais e renúncia às coisas mundanas.

Ao ver o porco-espinho tanto orar e demonstrar adoração e temor a Deus, o torcaz se comoveu com tamanho esforço e fadiga, e quis obter a sua bênção por meio da aproximação, indo até ele e perguntando: "Há quantos anos você faz isso?". O porco-espinho respondeu: "Há trinta anos". O torcaz perguntou: "Do que você se alimenta?". O porco-espinho respondeu: "Do que cai desta palmeira". O torcaz perguntou: "Com o que se veste?". O porco-espinho respondeu: "Com espinhos, cuja aspereza me faz bem". O torcaz perguntou: "Por que você preferiu este lugar a outros?". O porco-espinho respondeu: "Escolhi este lugar isolado com o propósito de orientar o extraviado e ensinar o ignorante". O torcaz perguntou: "Eu supunha que a sua condição fosse outra. Porém, agora eu gostaria de segui-lo". O porco-espinho disse: "Receio que a sua fala contradiga a sua ação, e nesse caso você será como o agricultor que, chegada a época do plantio, retardou-se em lançar as sementes dizendo: 'Temo que os dias não me façam alcançar o que espero, e assim desperdiçarei o meu dinheiro se eu me precipitar na semeadura'. Porém, quando chegou a época da colheita, e ele viu os demais agricultores colhendo, arrependeu-se pelo que deixara passar por ter se retardado e morreu de arrependimento e tristeza".

O torcaz perguntou: "O que faço para me desprender das coisas mundanas e me entregar à adoração do meu Senhor?". O porco-espinho respondeu: "Prepare-se para a vida eterna e resigne-se em abandonar a acumulação de comida". O torcaz perguntou: "Como poderei fazer isso, se sou uma ave que não consegue ir

[9] Espécie de grande pombo selvagem.

além da palmeira da qual extraio o meu sustento? E, mesmo que eu conseguisse fazê-lo, não conheço nenhum outro lugar onde me estabelecer". O porco-espinho disse: "Lance ao solo a provisão de um ano dos frutos dessa palmeira para você e sua mulher — eu estarei na toca debaixo da palmeira para melhor ajudá-lo e orientá-lo, e nessa toca estocarei, a fim de alimentar os pobres, os frutos espalhados pelo chão, evitando assim que você se veja forçado a carregar grandes pesos. Quando os frutos se esgotarem e houver passado um bom tempo, terá início a sua melhor vida, sem fadiga nem exaustão". O torcaz disse: "Que Deus o recompense por ter me feito recordar a vida eterna e me guiado à boa senda", e em seguida ele e a esposa se esfalfaram atirando os frutos ao solo, até que não restou nenhum na palmeira.

O porco-espinho dispôs do que comer e ficou muito contente, enchendo a toca com os frutos, que ele deixou acumulados para se alimentar no inverno, e pensou: "Quando o torcaz e a mulher dele precisarem de provisões, virão me pedir, e irão querer o que tenho em casa, confiados no meu ascetismo e temor a Deus. Ao ouvirem os meus conselhos e admoestações, achegar-se-ão, e eu os capturarei e devorarei, deixando então o lugar livre para mim. Isso tudo que caiu da árvore me é suficiente". Com efeito, o torcaz e a mulher, após terem feito cair todos os frutos da palmeira, desceram e verificaram que o porco-espinho havia transferido tudo para a sua toca.

Enquanto isso, o porco-espinho dizia à esposa: "Esse ignorante iludido já está precisando das provisões, e virá com a esposa pedi-las a mim, desejando o impossível". A mulher do porco-espinho lhe disse: "Muito cuidado com a mentira. Os oprimidos têm quem os defenda e lhes busque os direitos. Muito cuidado com os ardis e trapaças, pois você poderá ser atingido pelo mesmo que atingiu os trapaceiros que fizeram um ardil contra o mercador". O porco-espinho perguntou: "E como foi isso?". Ela disse:

O MERCADOR E OS TRAPACEIROS

Conta-se que certo mercador muito rico de uma cidade chamada Sinda amarrou seus fardos, arrumou suas coisas e saiu para outra cidade, sendo seguido por dois malandros que, dispostos a fazer artimanhas e ardis contra ele, carregaram todo o dinheiro e bens que possuíam e saíram ao seu lado, fingindo ser mercadores também. Quando fizeram a primeira parada, combinaram trair o mercador e trapaceá-lo para se apoderar do seu dinheiro. Mas cada um dos malandros pensou em seu íntimo: "Se eu também trair esse meu colega, o dinheiro ficará todo para mim", e se separaram, ambos com uma intenção corrupta, e foram pegar comida envenenada; em seguida, cada um deles ofereceu a comida ao colega e ambos comeram. Mais tarde, vendo que os dois estavam demorando, o mercador foi procurá-los a fim de obter notícias, e os encontrou mortos. Percebeu então que se tratava de malandros que pretendiam trapaceá-lo, mas a trapaça se voltara contra eles. O mercador se salvou de sua iniquidade e se apropriou dos bens de ambos.

Continuou a mulher do porco-espinho: "Só o deixei a par disso para que você saiba que o dano dos ardis e trapaças pode se voltar contra quem os fez, e para que saiba igualmente que a alimentação permanece por meio da fidelidade, e que a prática da honestidade aumenta a fortuna. Quanto ao destino, às vezes comer por um dia acaba impedindo que se coma por um ano, tal como aquilo que se conta na história da mulher do açougueiro". O porco-espinho perguntou: "E como foi a história dessa mulher?". A esposa respondeu:

A MULHER DO AÇOUGUEIRO

Conta-se que uma mulher que vivia com um açougueiro bem situado era casta e honesta, jamais traindo o marido em nada. Certa feita, ele levou carne para casa e convidou um amigo para que lá fosse comer naquele mesmo dia. O açougueiro ajeitou as coisas, mas, como o amigo se atrasou, ele tampou a panela de carne e foi chamá-lo. A mulher, considerando que eles se tardavam demasiado, comeu a carne, e, quando o marido chegou acompanhado do amigo e viu a panela vazia, ficou deveras aborrecido e fez tenção de punir a mulher com a morte. Porém, um vizinho, que também era seu amigo, o conteve dizendo: "Não faça isso, pois é um crime!", e então ele lhe deu a mulher. Todavia, esse vizinho era bem avarento, e a mulher passou tanta fome e dificuldades que acabou morrendo.

Continuou a mulher do porco-espinho: "Só lhe contei isso para que você se limite a desejar aquilo que é permanente, ainda que parco, e para que também saiba que aquilo que é abundante mas se esgota é ele próprio a escassez". O porco-espinho disse: "Vocês, mulheres, não sabem ouvir nem reconhecer a autoridade! Nós é que temos de tudo observar e fazer artimanhas! Acaso não sabe que vivemos um ano de seca, com pouca comida, e quase sem provisões para o inverno? Se eu entregar a esse torcaz o que lhe pertence, como arranjarei meu sustento? Onde e em que me esforçar e buscar comida?". A mulher disse: "Faça o que bem entender e aja segundo a sua opinião, se nisso estiver o que lhe é benéfico".

Então o torcaz veio pedir as provisões, dizendo: "Ó piedoso, admoestador e conselheiro porco-espinho, nós não encontramos vestígio algum dos frutos, e não dispomos de nenhum outro alimento!". O porco-espinho disse: "Aquele que desenhou as bocas não as deixa sem comida! Entre, querido amigo, e veja os seus frutos estocados". Tão logo o torcaz entrou na toca para ver as provisões, o porco-espinho o agarrou pela garganta, apertando-a com força até matá-lo, e em seguida o devorou. Isso só aconteceu ao torcaz porque o porco-espinho fingiu o ascetismo, a devoção e despojamento.

Continuou Šahrazād: "Eu apenas o adverti com essa história, ó rei do tempo, para que esteja atento e não confie senão em quem você já experimentou e cuja honestidade conheceu". O rei disse: "Por Deus que você me despertou para todas as coisas em relação às quais eu estava adormecido. Conte-me mais dessas histórias!". Ela disse: "Sim".

O LADRÃO, SEU MACACO E AS ROUPAS USADAS

Eu tive notícia, ó rei venturoso, de que certo homem, ladrão de ofício, tinha um macaco e vivia numa cidade cujos vastos e magníficos mercados se estendiam por algumas farsangas. Esse ladrão ia para os mercados montado em seu enorme asno, puxando atrás de si o macaco, e circulava vários dias por lá, não se retirando senão após amealhar grandes lucros.

Certa feita, ele viu um vendedor de roupas usadas anunciando a sua mercadoria aos brados e recebendo recusas de todos aqueles a quem as oferecia, por temor de que fossem roubadas. O ladrão dono do macaco percebeu que o vendedor de roupas usadas as acomodara numa trouxa e se sentara para descansar. O macaco começou então a brincar na frente dele, e, enquanto o vendedor se ocupava em assistir ao macaco, o ladrão surrupiou a trouxa e, após chamar o macaco, dirigiu-se para um lugar isolado, abriu a trouxa, examinou as roupas usadas e as ajeitou numa mochila valiosa, levando tudo para outro mercado, onde a pôs à venda com todo o seu conteúdo, sob a condição de que não fosse aberta. As pessoas gostaram porque era barata, e um homem, apreciando-lhe a beleza, aceitou a condição, comprou-a e levou-a para a esposa, que lhe perguntou ao vê-la: "O que é isso?". Ele respondeu: "Objetos valiosos que comprei a baixo preço e venderei com lucro". Ela disse: "Seu imbecil, por acaso alguém vende mercadorias abaixo do custo se não forem roubadas? Você não sabe que quem compra algo sem examinar comete um erro, e está no mesmo caso do fiandeiro?". O homem perguntou: "E como foi isso?". Ela respondeu:

O FIANDEIRO QUE QUIS MUDAR DE OFÍCIO

Conta-se de um fiandeiro que vivia em certa aldeia, cujo trabalho só lhe provia a alimentação à custa de desmedidos esforços. Ocorreu então que um dos ricos da aldeia, o qual vivia próximo dele, deu uma festa com banquete e convidou muita gente. O fiandeiro compareceu e — percebendo que as melhores comidas eram oferecidas às pessoas de roupas finas, e que o dono da casa as tratava com grande dignidade ao ver a beleza de suas vestes — disse de si para si: "Se eu trocasse este ofício por outro mais leve e lucrativo, ajuntaria muito dinheiro e compraria roupas luxuosas; eu me elevaria e cresceria aos olhos dos outros". Em seguida, notou que um malabarista convidado ao banquete trepara num muro altíssimo, dali se atirando ao solo e caindo em pé; pensou então: "É imperioso que eu faça o mesmo que esse homem, e não seja inferior a ele". Ato contínuo, subiu no muro e se atirou, mas quando caiu no chão o seu pescoço se quebrou e ele morreu.

Continuou a mulher: "Só lhe contei isso para que o mal não domine você, fazendo-o apreciar aquilo que não é seu mister". O marido respondeu: "Nem todo sábio se salva por meio do seu saber, e nem todo ignorante se desgraça por causa da sua ignorância. Já vi encantadores peritos em serpentes e sabedores de tudo a seu respeito serem picados e mortos por elas, as quais às vezes podem ser dominadas por quem não domina conhecimentos nem saberes a seu respeito". E, contrariando a esposa, adquiriu o hábito de comprar mercadorias daquela espécie, vendidas por ladrões a baixo preço, até que certo dia sofreu uma acusação que o levou à morte.

Continuou Šahrazād:

O PASSARINHO E O PAVÃO

Havia nesse tempo um passarinho que costumava frequentar o rei das aves diariamente; era o primeiro a entrar e o último a sair. Ocorreu então que um grupo de aves se reuniu em dada montanha bem alta e disseram umas às outras: "Nosso número aumentou tanto que as divergências se acentuaram entre nós, de modo que nos é imperioso ter um rei que zele por nossos interesses e una a nossa palavra, pois somente assim as divergências irão desaparecer". Aquele passarinho passou pela reunião e sugeriu aos presentes a entronização do pavão, justamente o rei que ele costumava frequentar, e então escolheram o pavão e o nomearam seu rei.

O pavão começou a tratá-los bem e nomeou como seu vizir e escriba o mesmo passarinho, o qual, por vezes, deixava de se apresentar ao rei a fim de observar outros misteres. Certa feita, o passarinho se ausentou o dia inteiro, deixando o pavão muito preocupado. Quando ele enfim chegou, o rei perguntou: "Por que se atrasou tanto? Você é o meu vassalo mais próximo!". O passarinho respondeu: "Vi uma coisa que me deixou desconfiado e receoso". O pavão perguntou: "O que você viu?". O passarinho respondeu: "Um homem com uma rede montada junto ao meu ninho. Ele lhe bateu as estacas, espalhou grãos no meio dela e se sentou à distância. Fiquei à espreita do que ele faria, e enquanto eu o observava eis que um grou e sua mulher foram para lá conduzidos por obra do decreto e do desígnio divinos, caindo bem no meio da rede, onde se puseram a gritar. O caçador foi até o local e os capturou. Isso me preocupou, e esse é o motivo da minha ausência, ó rei do tempo. Não voltarei a morar naquele ninho, por cautela com a rede". O pavão lhe disse: "Não abandone a sua casa, pois a cautela de nada adianta contra o destino".

O passarinho então acatou a ordem do pavão, dizendo: "Terei paciência e não abandonarei a minha casa, em obediência ao rei", mas resolveu manter-se cuidadoso com a própria vida. Continuou servindo comida ao rei; ambos comiam até a saciedade e em seguida bebiam água. Isso feito, ele ia embora.

Certo dia, estando em casa, o passarinho presenciou outros dois passarinhos brigando no solo, e pensou: "Como posso ser vizir do rei e tolerar a briga de dois passarinhos bem na minha vizinhança? Por Deus, vou fazer as pazes entre eles". Dito e feito: ele foi até os dois para estabelecer a concórdia, e nesse momento o caçador atirou a rede sobre todos. O passarinho foi colhido, o caçador o pegou e entregou a um amigo, dizendo: "Guarde-o com cuidado, pois ele é gordo e nunca vi mais bonito". O passarinho pensou: "Caí justamente naquilo que eu temia. O pavão estava certo, pois a precaução de nada adianta contra o destino, do qual nenhuma cautela pode salvar! Como são belas as palavras do poeta:

O que não tiver de ser, não o será por artimanha,
jamais, e o que tiver de ser, imperiosamente o será;
o que tiver de ser, sem dúvida, o será a seu tempo,
e o amigo da necedade será sempre um fracassado".[10]

[10] Aqui se encerram as fábulas nas edições impressas do *Livro das mil e uma noites* e nos manuscritos do século XIX, que trazem, depois disso, na noite que nas edições impressas tem o número 153, a história de ᶜAlī Bin Bakkār e Šamsunnahār, traduzida no segundo volume da coleção. O que vem a seguir foi traduzido de alguns dos manuscritos citados na apresentação deste anexo.

Continuou Šahrazād: "E esse é o fim da história, ó rei do tempo". Šāhriyār disse: "Dê-me mais dessas histórias, Šahrazād". Ela disse:

O PEQUENO TORDO E O MANGUSTO

Conta-se que, por longo tempo, uma coruja viveu em segurança e tranquilidade com o marido em certa montanha, sem temer desgraças nem inimigos. Nas vizinhanças do casal, vivia um pequeno tordo tão devoto e asceta que as suas preces eram atendidas. Assim ele permaneceu longo tempo, e certo dia, quando saiu em busca de alimento, viu de repente um mangusto a procurar comida, e ficou muito assustado e cauteloso. Ao ver-lhe o medo, o mangusto disse: "Por que o vejo, pequeno tordo, estendendo as asas, já pronto para alçar voo? Até parece que a nossa visão o desgosta, e que você evita a nossa proximidade! Venha cá para que eu lhe aperte as mãos e o cumprimente!". O pequeno tordo respondeu: "Deixe-me em paz, mangusto! A sua proximidade não me faz bem, pois você não é da mesma essência que eu. Não existe nenhum motivo que determine a nossa aproximação. Pelo contrário, o seu pedido indica a sua astúcia, maldade e trapaça! Os sábios e os sapientes já diziam: 'A vizinhança com seres de outra espécie não deve ocorrer, pois ela encurta os dias de vida'. Não resta dúvida, mangusto, de que você é meu inimigo e sua natureza é traiçoeira e predatória. A natureza sempre vence, e certo poeta já disse:

> Tento me resignar à perda de algo que estimo,
> mas não me parece doce tão longa resignação;
> atirando sobre ela a apertada veste da velhice,
> eu a lavo com lágrimas: a natureza é mais doce.[11]

Receio que, devido à natureza, você me traia. O seu caso não é senão como o célebre caso do rei e seu vizir". O mangusto perguntou: "E qual é o caso deles?". E o tordo disse, enquanto o mangusto prestava atenção:

[11] Conhecidos versos do poeta e político egípcio Ibn Nubāta (1287-1366).

Conta-se que certo rei tinha um vizir dotado de inteligência, arrojo, boas ações e experiência, tanto que só agia conforme o seu parecer, administração e conselho. Então esse rei morreu, e o seu filho foi empossado. Era um rapaz vaidoso e prepotente, que passou a não pedir conselhos ao vizir nem o consultar em nenhuma das questões atinentes ao reino. Quando lhe disseram: "Seu pai nunca dispensava os pareceres do vizir", ele respondeu: "Vou testá-lo e experimentá-lo a meu modo", mandando convocá-lo imediatamente, e assim que ele se apresentou o rapaz perguntou: "O que é mais forte, a natureza ou o aprendizado?". O vizir respondeu: "A natureza é mais forte porque é a origem, ao passo que o aprendizado é a derivação, e toda derivação acaba retornando à sua origem".[12]

Nesse momento, o rei mandou trazer comida, bem como alguns gatos com velas acesas nas patas, os quais ficaram ao redor da refeição. Então ele disse ao vizir: "Você se enganou! Porventura o pai desses gatos fabricava velas?". O vizir respondeu: "Dê-me um prazo até amanhã à noite para lhe responder", e se retirou. No dia seguinte, pediu a um criado: "Traga-me um rato", e o criado o trouxe. O vizir enfiou o rato dentro da manga de sua túnica e foi até o rei. Na hora da refeição, assim que os gatos apareceram o vizir tirou o rato da manga e o atirou na direção deles. Então, os gatos imediatamente largaram as velas, correram atrás dele e o arrastaram pelo palácio, que quase se incendiou por causa das velas. Nesse momento o vizir disse ao rei: "Viu só como a natureza derrota o aprendizado, e como tudo volta à origem?". O rei disse: "É verdade", e retomou a antiga prática do pai.

Continuou o tordo: "Saiba, caro mangusto, que quem tenta adquirir hábitos que não fazem parte da sua natureza cedo ou tarde os abandonará e acabará retornando a ela, tal como a água, que você pode aquecer, mas assim que a deixa ela retorna à sua frieza, ou tal como a árvore de mirra, a qual, mesmo que você a

[12] "Origem" e "derivação" traduzem, respectivamente, *aṣl* e *far*ᶜ, termos do vocabulário filosófico em árabe. A ideia é a da existência de uma "natureza primeira" sobre a qual se tenta imprimir alguma modificação, uma "natureza segunda", mas que sempre resultará artificial. É comum em árabe a formulação *ġalaba aṭṭab*ᶜ*u attaṭṭabu*ᶜ*a*, ou seja, "a natureza derrotou o que nela se imprimiu". Assim, conforme essa visão essencialista, alguém cuja "natureza primeira" seja a perversidade, a estupidez e a ignorância, conquanto se lhe imprima, por meio do aprendizado, uma "segunda natureza", *verbi gratia*, a generosidade, a educação e o saber, ele inevitavelmente retornará à sua natureza primeira. Popularmente, corresponde à máxima segundo a qual "pau que nasce torto morre torto" (relativizada por outra máxima, a de que "é de pequenino que se torce o pepino"). É antiquado, "essencialista", mas às vezes vale, conforme estão reaprendendo alguns iludidos.

empape de mel, não dará senão frutos amargos. Portanto, deixe-me em paz e adeus". Após ouvir as palavras do tordo e se conservar cabisbaixo por algum tempo, o mangusto enfim ergueu a cabeça e disse: "Meu irmão, largue esse pensamento fixo, pois eu somente me aproximei de você por desejar a sua companhia e amizade nesta região inóspita. A companhia dos amigos é de grande ajuda nas dificuldades e imprevistos, e serve de consolo nas desgraças e desditas. O inteligente só pede algo a quem pode atendê-lo, pois ninguém se sente tranquilo diante das pessoas indignas de confiança. Vim até você com o fito de firmar a amizade e a paz entre nós, e um corresponderá ao outro no bem e no mal, no avanço e no retrocesso. Conquanto não tenhamos a mesma essência, a alma é uma só. Deixe de lado o terror, o temor e as obsessões!". O tordo disse: "As consciências testemunham para si mesmas, mesmo quando o homem externa algo diferente do que lhe vai pelo coração. Como a minha consciência testemunha a sua perfídia, não serei daqueles que se aproximam de você ou lhe dão as mãos. Alguém já disse os seguintes versos:

> Se quiseres saber, ó companheiro,
> o dever do meu coração para contigo,
> olha para o que deseja o teu coração,
> e calcula o que será pelo que já é.

Em meu coração, não enxergo nenhum afeto fraterno da sua parte, nem amizade. Não andarei com você, salvo se o destino ou alguma desgraça me impelirem a isso, o que eu rogo que jamais aconteça, pois nada pode empurrar para a frente aquilo que o destino faz andar para trás". O mangusto disse: "Por vida minha que a questão do destino é tal como você mencionou e descreveu, e, quando ele se abate, de nada adianta a precaução do inteligente, nem tem utilidade a artimanha do sagaz. Se você possui de fato o mérito e a inteligência que lhe são atribuídos, saberá reconhecer as divergências e convergências de alguém que lhe oferece afeto e fala com sinceridade". O tordo disse: "Não exagere na conversa e nos despautérios, pois, para qualquer ser dotado de inteligência, muito menos do que já sucedeu é suficiente para tirar uma conclusão. Tenho certeza de que você está trapaceando a fim de me devorar. Não sou nenhum tolo para me deixar levar por essa amizade que você oferece. Fique em paz, pois eu vou-me embora".

Ato contínuo, o tordo saiu voando até chegar aonde vivia a coruja, ali avistando um lugar seguro e fértil, com árvores, frutos e rios, e resolveu morar nele.

Pousou rapidamente, aproximou-se da água e bebeu até se saciar. Nas proximidades do rio encontrou uma toca onde vivera um gato que havia morrido. Como ela estava vazia, o tordo foi morar nela, em segurança, sossego e fartura. Por sua boa devoção e fé, as suas preces eram sempre atendidas. O tordo viveu uma boa vida por largo tempo naquele formoso lugar, feliz, comendo, bebendo e louvando a Deus altíssimo e poderoso. Sua prece, que ele não abandonava, consistia no seguinte: "Louvado, Santificado, Senhor dos arcanjos e do espírito".[13]

Disse Šahrazād: "E esse é o final da história, ó rei venturoso".[14]

[13] Trata-se de uma oração comum dos muçulmanos quando se prosternam durante as preces. Note, ademais, que a atribuição a aves e mesmo a plantas de preces a Deus não é estranha às letras árabes e muçulmanas, em especial as místicas, como se vê no belo texto sufi de ᶜIzzuddīn Almaqdisī (m. 1279 d.C.), *Kašf al'asrār ᶜan ḥikam aṭṭuyūr wa al'azhār*, "O desvelamento dos segredos acerca da sabedoria das aves e das flores", no qual flores e aves falam, poeticamente, dos louvores ao Criador.

[14] Nos supracitados manuscritos mais antigos aqui empregados (séculos XVI, XVII e XVIII), após essa história, Šahrazād narra a história do grou, de sua mulher e do caranguejo, traduzida no quarto volume desta coleção, a partir da página 399.

POSFÁCIO: AS *MIL E UMA NOITES* E O SEU DUPLO

Para minha filha Letícia, que cresceu vendo o pai envolvido com a tradução deste livro.

É impossível fixar de maneira precisa a data da composição tanto da história de ᶜUmar Annuᶜmān como das histórias nela encaixadas – impossibilidade essa, aliás, verificável na maioria das outras histórias das *Noites*, conforme observava pioneiramente uma estudiosa egípcia já em 1943.[1] Alguns críticos, com base no enredo dessas narrativas, situam-nas no século XVI, início do que se costuma chamar de "período otomano", segundo a tradicional — e discutível — periodização comumente utilizada para a literatura árabe. Iniciado em 1517, com a derrubada dos mamelucos na Síria e no Egito pelas tropas do sultão turco Salīm I, esse período se estende até o século XVIII, com a invasão napoleônica, que marcaria o início do período moderno nas letras árabes. Além de estarmos diante de marcos bastante discutíveis, que atrelam, de maneira arbitrária e com finalidades didáticas, a produção cultural a eventos políticos, restaria por provar essa datação, com base tanto em indícios internos das próprias narrativas como nos indícios externos, isto é, a data de cópia dos manuscritos, os copistas etc. E essa tarefa, esteja claro, é extremamente dificultosa.

Em princípio, trata-se da primeira narrativa ao modo de *sīra* introduzida nas *Noites*. Gênero literário árabe no qual se narram feitos guerreiros e exemplares de personagens míticas, a *sīra*, literalmente "biografia" ou "conduta", pode também ser entendida, grosso modo, como narrativa épica. Tanto as façanhas e proezas das personagens principais como os grandiosos cenários de batalha exaltam o heroísmo, a astúcia e mesmo a sorte, entendida como urdidura arbitrária do destino, mas em momento algum lançam mão de um recurso no qual a maioria das

[1] Suhayr Alqalamāwī, *Alf layla wa layla*, "Mil e uma noites", Cairo, 1976 (4ª ed.), p. 234, passim.

narrativas de Šahrazād até então abundavam, qual seja, o maravilhoso, ou sobrenatural, ou sobre-humano. Tal característica, que em princípio cristaliza uma tendência já verificável em outras histórias do repertório šahrazādiano, produz uma ampliação nos próprios conceitos de *ᶜajīb* e *ġarīb* (que traduzimos como "espantoso" e "assombroso"), conforme já se delineara nas narrativas do ciclo do bufão do rei da China e no dos irmãos do barbeiro de Bagdá (noites 102-170 do primeiro volume). Nesses dois ciclos de histórias, o espantoso e o assombroso são efeitos não do maravilhoso sobrenatural, ali inexistente, mas da acumulação e superposição de eventos. Na história dos vizires Nūruddīn ᶜAlī e seu filho Badruddīn Ḥasan (noites 72-102 do primeiro volume), o espantoso e o assombroso se situam nos extraordinários processos de simultaneidade e sucessividade dos eventos narrados, e não somente nos gênios e nas criaturas sobre-humanas que povoam a história. Já em ᶜUmar Annuᶜmān, essas características — a acumulação de eventos, aliada à analogia entre simultaneidade e sucessividade — são levadas ao extremo, com imenso rendimento estético e narrativo.[2] As histórias encaixadas também se enquadram nessa tendência, não raro enfocando o excesso, que contraria as recomendações muçulmanas de temperança e morigeração. Excesso de sexo,[3] de cobiça, de curiosidade, perversidade e até mesmo drogas.[4] O único excesso que passa incólume, como não poderia deixar de ser, é o narrativo.

[2] Tentei, de maneira muito breve, abordar o assunto em "Breves considerações sobre os conceitos de *ᶜajíb* e *gharíb* nas *Mil e uma noites*", in: Sena, André de (org.). *Literatura fantástica e orientalismo*. Recife: Editora da UFPE, 2013, pp. 9-14. Estudo obviamente mais detalhado é o de Chraïbi, Aboubakr. "Introduction", in: Chraïbi, Aboubakr (org.). *Arabic manuscripts of the Thousand and one nights*. Paris: Espaces&Signes, 2016, pp. 15-64. Desse grande especialista nas *Noites*, atualmente um dos mais respeitados, também pode-se consultar: *Les Mille et une nuits: histoire du texte et classification des contes*. Paris: L'Harmattan, 2008.

[3] Para a mais enigmática das histórias sobre esse tema, a do bem-amado ᶜAzīz, consultar-se-á com proveito: Bencheikh, Jamel Eddine. "Les trois visages de la féminité: ᶜAzîz et ᶜAzîza", in: Miquel, André et al. *Mille et un contes de la nuit*. Paris: Gallimard, 1991, pp. 289-310.

[4] Sobre o consumo de haxixe, que não aparece apenas na história dedicada a ele, consulte-se: Marino, Danilo. "Raconter l'ivresse à l'époque mamelouke: les mangeurs de haschich comme motif littéraire", in: *Annales islamologiques*. Cairo, Institut Français d'Archéologie Orientale, nº 49, pp. 55-80, 2005; e Cámara, Indalecio Lozano. "Un fragmento del Kitāb Rāḥat Al-Arawāḥ fī l-Ḥašīš wa-l-Rāḥ", in: *Miscelánea de estudios árabes y hebraicos: sección árabe-islam*. Granada: Universidad de Granada, pp. 163-183 (a tradução do título do livro do qual o pesquisador oferece um fragmento é "Conforto do espírito com o haxixe e o vinho"). Seria curioso observar que, no século XVI, o erudito médico judeu-português Garcia da Orta, na sua obra *Colóquios dos simples e drogas da Índia*, impressa em Goa em 1563, afirma no oitavo colóquio: "O grão-sultão Badur dizia a Martim Afonso de Sousa, a quem ele muito grande bem queria e lhe descobria seus secretos, que quando de noite queria ir a Portugal e ao Brasil, e à Turquia, e à Arábia, e à Pérsia, não fazia mais que comer um pouco de *bangue*; e este fazem eles em eletuário [medicamento], com açúcar e com as coisas acima ditas, a que chamam *maju* [provável corruptela de *maᶜjūn*, 'pasta']". "Bangue" era a forma em português de haxixe, e no Egito ainda hoje se diz "bango". Edição utilizada: Lisboa, Imprensa Nacional, 1891, p. 97.

O "encaixe" do conjunto de histórias de ᶜUmar Annuᶜmān na narrativa de Šahrazād é tão bem logrado que parece adrede concebido, muito embora se saiba, pelas evidências documentais, que, antes de sua assimilação pelas *Noites*, essas histórias circularam de forma autônoma, independentes da voz de Šahrazād. Ocorre, porém, que o excessivo zelo do compilador para introduzi-las nas *Noites*, inserindo a todo instante marcadores para explicitar que a voz que narra a história de ᶜUmar Annuᶜmān é de Šahrazād, torna verossímil supor uma espécie de paralelismo, passe o termo, entre os dois conjuntos narrativos, o de ᶜUmar Annuᶜmān e o das *Noites*. Estaríamos diante de histórias que foram criadas com a pretensão de rivalizar com as *Noites*, mas que acabaram, afinal, tragadas por elas? Longe de ser desarrazoada, essa hipótese é, como se afirmou, verosossímil, sobretudo quando se tem em vista o intermitente processo de elaboração de narrativas ficcionais no mundo árabe e muçulmano, o que criava uma espécie de "disputa" por espaço entre tais narrativas.[5]

Em ᶜUmar Annuᶜmān operam-se, relativamente às *Noites*, pelo menos duas inversões de princípio, com previsíveis consequências no plano formal e ficcional: a primeira, a existência de uma narradora que tem o propósito de matar; e a segunda, a existência de personagens que, ameaçadas, contam suas próprias histórias mas nem assim escapam da morte. Nessa ruptura com o automatismo da narrativa que meramente entretém ou então salva a vida do narrador ou de um terceiro, desfaz-se o mecanismo que torna o ato de narrar um equivalente da própria vida. Comparadas com o que se anunciava no plano geral das *Noites*, tais inversões não podem ser vistas senão como deceptivas e irônicas. Mas mais irônico ainda é imaginar que, criadas talvez para rivalizar com as *Noites*, para ser o seu duplo e quiçá contradizer o princípio que as anima, as histórias de ᶜUmar Annuᶜmān tenham sido tragadas por elas e contribuído decisivamente para completá-las, diga-se assim. Daí, portanto, a já referida insistência do compilador em

[5] Lembre-se, a título de exemplificação, que, em outra narrativa cuja cópia remonta ao ano de 1629, com o título de *Sīrat Kamāl wa Dalāl*, "História de Kamāl e Dalāl", cita-se uma rainha, mulher do rei Almuhīb (literalmente, "o temível"), chamada Sitt Almakān, "a senhora do lugar", "filha de Kān Mākān, filho do rei ᶜUmar Annuᶜmān" (cf. o acurado artigo de Ibrahim Akel, "Fann attaṣwīr aššaᶜbī assūrī", in: *Kalamoon. The Syrian Journal of Human Sciences*. Doha/Istambul, Centro Ḥaramūn de Estudos Contemporâneos, nº 12, jun. 2020, pp. 17-47). As narrativas se acumulavam e sucediam, tomando as anteriores como referência explícita ou implícita e criando um diálogo entre os discursos ficcionais. Ademais, se já no século XVII circulam histórias nas quais o rei ᶜUmar Annuᶜmān é citado de um modo que evidencia familiaridade dos leitores, isso sem dúvida aponta para uma maior antiguidade do texto traduzido neste volume, pois é lícito supor que a sedimentação de uma personagem de ficção na memória popular leva algum tempo.

introduzir, mais do que em quaisquer outras histórias das *Noites*, marcadores que remetem a Šahrazād, e que funcionam, ademais, como genuínos índices de propriedade, ou, para falar com Gérard Genette, como marcadores da instância discursiva que constitui a narrativa: "Atenção, esta história pertence a Šahrazād".

Nada disso, porém, contribui para esclarecer a data de elaboração da saga de ^{c}Umar Annu^{c}mān, que deve ser buscada na dramatização de outros eventos mais especificamente "históricos" no interior da narrativa. Não obstante o seu caráter abertamente ficcional, existem dados que permitem tentativas de aproximação ao período de composição.[6] O gritante anacronismo inicial — que tornou contemporâneos um governante omíada (dinastia que governou até meados do século VIII) e a cidade de Bagdá (construída pela dinastia abássida, que sucedeu a omíada) — não passou despercebido aos receptores, e também pode ser lido como procedimento irônico, embora de outra ordem: embaralhar os dados históricos certamente servia como escudo para fazer a crítica da contemporaneidade da composição. Tampouco devem ter passado despercebidas ao leitor as ironias ao exercício do poder no mundo muçulmano. Porém, qual seria essa contemporaneidade? Na noite que esta tradução numerou como 417, menciona-se explicitamente a "artilharia" (*banādiq*), e, na 421, fala-se numa casa alugada com "torneiras" mediante o emprego do étimo árabe *ḥanafiyya*, ainda hoje em uso. Contudo, embora tanto *banādiq*, "artilharia", como *ḥanafiyya*, "torneira", sejam de uso relativamente tardio, os instrumentos não o são. Durante a campanha que culminou com a conquista de Constantinopla em 1453, os turcos empregaram um canhão, o maior jamais conhecido, fabricado sob instruções de um engenheiro húngaro. Note-se, entretanto, que a utilização desse

[6] Houve estudiosos que pretenderam, de um modo ou de outro, estabelecer relações entre a narrativa traduzida neste volume e o poema épico bizantino *Digenis Akritis*, do século X ou XI, história de um herói mestiço de fronteira, filho de uma bizantina e de um árabe muçulmano que se converteu ao cristianismo para poder desposá-la. A questão é controversa, e seus pressupostos fogem aos propósitos e limites deste posfácio. Note-se, contudo, que se trata de hipóteses de mão dupla, isto é, afirma-se tanto a possibilidade de ^{c}Umar Annu^{c}mān derivar de Digenis Akritis como, na via inversa, da possibilidade de Digenis Akritis derivar de ^{c}Umar Annu^{c}mān. Seja como for, nenhum dos estudiosos se baseou na leitura dos manuscritos antigos, mas sim, quando muito, em traduções europeias – amiúde bem problemáticas, como a de Joseph-Charles Mardrus – feitas sobre as estropiadas edições impressas em árabe. Remetemos o leitor eventualmente interessado no assunto aos seguintes trabalhos: Goossens, Roger. "Autour de Digénis Akritas: la 'geste d'Omar' dans les *Mille et une nuits*". *Byzantion*, vol. 7, nº 1, pp. 303-316 (JSTOR), 1932; Gregoire, Henri. "Échanges épiques arabo-grecs: Sharkan-Charzanis". *Byzantion*, vol. 7, nº 2, pp. 371-382 (JSTOR), 1932; Christides, Vassilios. "An Arabo-Byzantine Novel ^{c}Umar B. Al-Nu^{c}mān Compared with Digen s Akritas". *Byzantion*, vol. 32, nº 2, pp. 549-604 (JSTOR), 1962. Em português, temos o excelente trabalho de: Moosburger, Théo de Borba. *Tradução comentada dos versos 1-609 do épico bizantino Vasileios Digenis Akritis*. Florianópolis: Centro de Comunicação e Expressão da Universidade Federal de Santa Catarina, 2008. Dissertação de mestrado.

equipamento de guerra remonta, pelo menos, ao século XIV. Já as torneiras — não as de rosca, evidentemente, inventadas apenas no século XIX — são de uso mais antigo, e, conforme observamos em nota, devem indicar alguma instalação similar. Ainda assim, esses exíguos marcadores não são conclusivos, pois nada impede que tenham sido adicionados a posteriori por copistas ou novos compiladores.

Boa parte da narrativa principal gira em torno da rivalidade entre muçulmanos e bizantinos, bem como das tentativas muçulmanas de conquistar Constantinopla. Tal rivalidade, que na verdade remonta aos primórdios do islã, passou por diversas fases, com a balança pendendo ora para um dos lados, ora para outro. Como é sabido, foram os turcos otomanos que definitivamente conquistaram a cidade em 1453, após longo cerco.[7] No presente da narrativa, a cidade ainda não está em mãos muçulmanas. Nem ela nem Cesareia, ou Kayseri, na Anatólia, que foi conquistada pelos turcos seldjúcidas no século XI, e pelos otomanos em 1515. Isso não significa, necessariamente, que a narrativa seja anterior a essas conquistas. Bem examinadas as coisas, todas as referências fugazes a alusões históricas — o califado omíada contemporâneo de uma Bagdá governada por ᶜUmar Annuᶜmān, a rivalidade com os bizantinos, a hostilidade de mongóis e tártaros, a onipresença do califa Hārūn Arrašīd em Bagdá, seus cortesãos letrados, os amores de Jamīl e Buṯayna, as recorrentes ameaças às terras sírias por parte dos cristãos etc. — não passam de areia lançada em olhos incautos, porquanto, primeiro, tais referências são deformadas por lentes pseudo-históricas, e, segundo, é de conhecimento público que a menção a procedimentos ridículos, desprezíveis e covardes de reis antigos era estratégia sibilina para fazer a crítica dos governantes contemporâneos da narrativa, uma espécie de reverso da moeda da estratégia contrária, qual seja, a de fazer o elogio desmesurado de governantes antigos para realçar a incompetência e a ruindade dos governantes contemporâneos. A possibilidade de situar historicamente o período da elaboração depende de outros fatores, muito mais sutis, pois a narrativa, como é visível, resulta da sobreposição de camadas textuais que acabaram por se confundir e se embaralhar.

Qualificando-a como "pós-mameluca", o historiador francês Jean-Claude Garcin[8]

[7] Cf. Runciman, Steven. *A queda de Constantinopla*. São Paulo: Imago, 2002; Freely, John. *O grande turco*. São Paulo: Grua, 2008.

[8] *Pour une lecture historique des Mille et une nuits*. Paris: Sindbad; Actes Sud, 2013, pp. 408-455. Garcin nota, ainda, que o sobrenome de Annuᶜmān remeteria os receptores de então aos turcos otomanos, e que alguns nomes de personagens, como o do rei Sulaymān, remeteriam igualmente ao soberano otomano conhecido no Ocidente como "Solimão, o magnífico".

situa a história de ^{c}Umar Annu^{c}mān no século XVI, isto é, no período otomano. Segundo a sua argumentação, isso seria evidenciado pelo feitio da narrativa, pelas hierarquias nela encenadas e por seus valores ético-morais, diversos das narrativas do período mameluco propriamente dito. Constitui prova suplementar disso a maneira oblíqua como são relatados certos eventos, em especial aqueles nos quais se pode entrever alguma memória das invasões cruzadas, das incursões mongóis, da vassalagem de reinos cristãos caucasianos a Bizâncio e dos conflitos pelo poder entre as diferentes tribos turcas e na Ásia Menor. No plano formal, chama a atenção a presença de certos "cacoetes narrativos" encontradiços em historiadores da época, como é o caso do esquecido geomante Ibn Zunbul, letrado não muito culto que fez um interessante relato, no século XVI, sobre a vitória dos otomanos do sultão Salīm sobre os mamelucos do sultão Alġūrī no Levante e no Egito. É bem plausível, tendo em vista tais fatores, supor esse período para o corpus mais antigo da narrativa.

Contudo, a reescritura deixou diversos palimpsestos que convém não ignorar. Sem a pretensão da exaustividade, podemos citar, primeiramente, a surpreendente referência à tribo mongol dos oirates, na noite 459. Surpreendente porque esse grupo, que teve uma passagem-relâmpago pela história do Levante no final do século XIII d.C., não deixou vestígios de monta nem sequer entre os historiadores, que chegam a se confundir na grafia do nome. Como pode ter sobrevivido na memória de um compilador que, pelas demais evidências textuais, não era dono de grande cultura histórica, que vacila entre "turcos" e "turcomanos", que não distingue a Geórgia, *Alkurj*, de um bairro de Bagdá, *Alkarḫ*, ou que não consegue acertar a denominação de quase nenhum dos grupos cristãos ("venezianos" é uma das raras exceções) que vieram socorrer os bizantinos quando do cerco muçulmano?

Por outro lado, é perceptível que a introdução de poesias nas histórias de ^{c}Umar Annu^{c}mān (e nas *Noites* em geral) foi problemática sob vários ângulos. Conseguimos, mediante pesquisa exaustiva, estabelecer a origem de várias delas. Curiosamente, não há nenhum poeta posterior ao século XV. E, mais curiosamente ainda, num dos manuscritos antigos ocorre a referência, em letras rotundas que se destacam na mancha textual, a um poeta do século XIII, Badruddīn Yūsuf Bin Lu'lu' Aḏḏahabī, como se fosse resquício de alguma homenagem, o que só teria sentido no caso de proximidade temporal. E, em duas longas passagens, Nuzhat Azzamān e as criadas de Šawāhī Ḏāt Addawāhī demonstram ampla erudição, que na realidade é fruto da cópia de trechos de um compêndio escrito no século XII e intitulado *Attaḏkira alḥamdūniyya*, "As apostilas de Ḥamdūn".

Antes e depois dessa data, escreveram-se compêndios semelhantes, e o fato de a escolha do compilador das *Noites* ter recaído especificamente sobre esse — que apesar de excelente não era tão reputado assim, talvez porque seu autor, Ibn Ḥamdūn (m. 1166 d.C.), tenha sido encarcerado por ordem do califa Almustanjid (1124-1170 d.C.) — também indica uma proximidade temporal maior que o século XVI.

Destarte, a nossa hipótese é a de que, conquanto a forma mais antiga hoje conhecida do texto remonte efetivamente ao século XVI, trata-se da reelaboração de um conjunto narrativo mais antigo, talvez do século XIV ou XV. Nesse processo de reelaboração, alguns elementos permaneceram, formando um palimpsesto que análises mais percucientes poderão decifrar. Existe um dado notável, somente registrado por Rudi Paret e Jean-Claude Garcin,[9] cujas consequências ainda não foram devidamente extraídas. O nome do basileu bizantino começa como Afrīdūn e, a certa altura, conforme consignamos nas notas, transmuda-se em Lāwī, sem que se consiga entrever um motivo para tal mudança, pois a grafia de ambas as palavras é muito diversa, impedindo as habituais confusões dos escribas. Pensamos que, na origem remota, seriam personagens diferentes, que o compilador da versão mais antiga hoje conhecida resolveu fundir numa só, por razões de economia narrativa. Corrobora essa hipótese o fato de que, a certa altura, o leitor é informado do rancor de Afrīdūn pela captura de sua filha, a princesa Ṣafiyya, por ᶜUmar Annuᶜmān, rancor esse tão intenso que o leva a tramar vingança, montando uma armadilha para emboscar as tropas muçulmanas. Pois bem, quando Ṣafiyya é afinal resgatada e reconduzida a Constantinopla por ardis da velha Šawāhī, isso não tem a menor importância para o rei bizantino, que nesse momento passa a ser chamado de Lāwī, e parece mais suscetível à influência da liderança armênia representada por outro rei, Abrawīz, filho de Šawāhī. É inegável que existe aí um hiato qualquer que a reelaboração não soube remediar.

Ademais, a própria grafia do nome Lāwī pode ser objeto de várias especulações. Primeiramente — e aqui se trata de um dado concreto, e não de uma hipótese —, convém lembrar que Lāwī é a forma árabe do nome hebraico que em portu-

[9] Rudi Paret, eminente arabista alemão (1901-1983), foi o primeiro a estudar mais detidamente os manuscritos de ᶜUmar Annuᶜmān, em especial o da Universidade de Tübingen, em *Der ritter-roman von ᶜUmar an-Nuᶜmān*, Tübingen, Verlag von J.C.B. Mohr, 1927, cometendo alguns equívocos devidos ao rudimentar estado da questão em seu tempo. Mesmo um pesquisador percuciente como Jean-Claude Garcin, cujo trabalho é bem mais recente, de 2013, comete um grave equívoco na avaliação do manuscrito de Tübingen, tratando com equivalência o seu núcleo original, do século XVII, e as folhas que foram acrescentadas no século XIX para completar as partes que haviam sido extraviadas por ação do tempo.

guês se escreve como "Levi". Já Garcin, sem apresentar evidências convincentes, considera-o corruptela de "Luís". A nossa hipótese é de que se trata de corruptela do nome de algum líder armênio, pois vários de seus reis tinham um nome que em árabe se transcrevia Liyūn, e, mais especificamente, o rei armênio que algumas fontes árabes chamam de Ibn Liyūn, outras de Malīḥ Bin Lāwin, o qual governou, na Anatólia, o reino da Cilícia, onde esse povo se estabelecera por volta do século XII. Tratava-se de um estado vassalo de Bizâncio que o governante seldjúcida de Alepo, Nūruddīn Maḥmūd Bin Zinkī (1118-1174), líder muçulmano na luta contra as Cruzadas, conseguiu atrair para sua órbita, conquanto tal acordo não tenha durado muito tempo, pois esse reino armênio logo retomou o seu apoio aos cruzados e aos mongóis contra os muçulmanos, numa intrincada política de alianças que os historiadores contemporâneos só entendem a custo, e cujas numerosas obscuridades parecem refletidas na própria imprecisão de várias passagens da narrativa traduzida no presente volume, as quais foram sumariamente excluídas da compilação tardia. Isso não significa, evidentemente, que a história de ^{c}Umar Annu^{c}mān seja contemporânea desses eventos, mas ajuda a situá-la num período menos tardio do que o século XVI. É inegável que os eventos narrados na noite aqui numerada como 454, excluídos da compilação tardia, têm sim como palimpsesto uma redação anterior que estava sendo paulatinamente modificada.[10]

Deve-se ter em mente, contudo, que o propósito de situar a narrativa em termos históricos tem escassa ou nula importância diante do que de fato importa: o prazer da leitura e as inesperadas lições que dela se podem extrair, no tempo presente e na vida presente. Pois também em ^{c}Umar Annu^{c}mān, em meio à crueldade das batalhas, à falta de escrúpulos das tramoias e ao embate cego das paixões, o fluxo da vida acompanha a narrativa: o tempo da história é o tempo da própria vida, e ambos se equivalem e se espelham, e mesmo a morte serve, de alguma forma, para prestar um tributo a vida, possivelmente ilustrando um princípio corrente na justiça de então, "um pouco de morte diminui as mortes", no qual se embute a ideia de que, para a manutenção das vidas às vezes se impõe a pena capital.[11]

[10] Colhi as sugestões para esse parágrafo na obra do erudito historiador damasceno Muḥammad Aḥmad Dahmān (1899-1988), especialista nas Cruzadas e nos Mamelucos, em seu trabalho *Al^{c}irāk bayna almamālīk wa al^{c}uṯmāniyyīn al'atrāk*, "A batalha entre os mamelucos e os turcos otomanos", Beirute, Dār Alfikr, 1986. Aos interessados, pode ser proveitosa, para uma visão geral do contexto, a leitura da conhecida obra de Amin Maalouf, *As cruzadas vistas pelos árabes*. São Paulo: Brasiliense, 1988.

[11] Cf. *O leão e o chacal Mergulhador*, obra anônima do século XI ou XII. São Paulo, Globo, 2009, p. 73.

Principais fontes para a tradução:

1- Manuscrito "Arabic 646", da John Rylands Library, em Manchester. Já utilizado e descrito no terceiro volume desta coleção, resolvemos chamá-lo de "Varsy", em homenagem ao orientalista francês Jean-Georges Varsy (1775--1859), que cuidou dele com desvelo, tentando traduzi-lo e completar-lhe as lacunas. Como dissemos, está adornado com 29 ilustrações um tanto ou quanto primitivas, e, antes de ^{c}Umar Annu^{c}mān, contém outras narrativas que traduzimos integralmente no terceiro volume da presente coleção. Nesse manuscrito, a história de ^{c}Umar Annu^{c}mān, que vai das noites 281 a 541, com diversas falhas de numeração, apresenta uma lacuna no final: faltam-lhe cerca de 7% do conteúdo. Embora, com base em Muhsin Mahdi,[12] tenhamos afirmado que ele remonta ao século XVI, devemos, a partir da avaliação mais embasada de Ibrahim Akel,[13] retificar essa data para meados do século XVII. O local de cópia é o Egito, na oficina de uma família cristã copta conhecida pela produção de manuscritos. Um de seus leitores fez anotações curiosas, que traduzimos nas notas.

2- Manuscrito "Ma VI 32", da Biblioteca da Universidade de Tübingen, na Alemanha, também de meados do século XVII. Foi aqui designado como "Tübingen". Contém apenas a história de ^{c}Umar Annu^{c}mān, e sua numeração de noites vai de 283 a 541, com saltos. Foi copiado no Egito, na mesma oficina do manuscrito anterior, e contém desenhos similares aos do manuscrito anterior, sem que se possa afirmar categoricamente que um derive do outro; a nossa hipótese, contrária à de Ibrahim Akel, é que ambos foram copiados de uma fonte comum. Suas lacunas, espalhadas por todo o manuscrito, sobretudo no início e no fim — são cerca de trinta folhas perdidas —, foram preenchidas com um texto cujo corpus nada tem que ver com o do original, motivo pelo qual o ignoramos na tradução. Seu núcleo antigo se interrompe no mesmíssimo ponto do manuscrito anterior, tendo se completado a história por meio de um corpus igualmente estranho a esse núcleo antigo. Sua letra apresenta semelhança com a do manuscrito anterior, mas é melhor e mais harmônica. Antes de chegar à Europa, fez parte da biblioteca de um mes-

[12] Mahdi, Muhsin. *Kitāb alf layla wa layla min uṣūlihi al^{c}arabiyya al'ūlà*, "O *Livro das mil e uma noites* a partir de seus primeiros originais árabes". Leiden: Brill, 1984, vol. 2: Aparato crítico, pp. 298-300.

[13] "Liste des manuscrits arabes des nuits", in: Chraïbi, Aboubakr (org.). *Arabic manuscripts of the Thousand and one nights*. Paris: Espaces&Signes, 2016, pp. 75-76.

tre sírio do século XIX, o poeta, copista e mercador de manuscritos Aḥmad Arrabāṭ Alḥalabī, que foi o responsável pelo preenchimento das lacunas.[14]

3- Manuscrito "Arabe 3612", da Biblioteca Nacional da França, do século XVII. De grande legibilidade e largamente utilizado em todos os volumes de nossa tradução, já foi objeto da devida descrição. Recebeu a denominação de "Maillet", por ter pertencido a Benoît de Maillet, cônsul francês no Cairo. Apesar de suas lacunas, apontadas nas notas, ele se mostrou providencial para a tradução da parte final de ᶜUmar Annuᶜmān, que falta nos dois manuscritos anteriores. Foi citado, como já se fez nos outros volumes, como "Maillet".

4- Manuscrito "Gayangos 49", da Real Academia de la Historia, em Madri, em dois volumes. Pertenceu ao orientalista espanhol Paschoal de Gayangos (1809-1897), que nele grafou o seu nome em árabe. Utilizamos o segundo volume (na verdade, o terceiro, pois o segundo foi perdido), cujo corpus, visivelmente refundido em vários pontos, apresenta soluções interessantes para certas lacunas e omissões verificáveis nos outros manuscritos. Apesar de ser um manuscrito das *Noites*, não apresenta a divisão por noites e quase não faz menção a Šahrazād. Trata-se de uma cópia feita por um escriba cristão cuja caligrafia era muito bonita. No primeiro volume desta coleção, seguindo os passos de Muhsin Mahdi,[15] afirmamos que esse manuscrito remontaria a finais do século XVIII ou início do XIX, mas, novamente com base na avaliação abalizada de Ibrahim Akel,[16] impõe-se recuá-la para a primeira metade do século XVIII ou mesmo finais do XVII. Aqui, por motivos óbvios, ele foi citado como "Gayangos".

5- Manuscrito "Arabe 3893", da Biblioteca Nacional da França. Importante descoberta do professor e pesquisador Ibrahim Akel,[17] esse manuscrito do século XVII, na realidade, não é das *Noites*. Pertenceu a Antoine Galland, que dele traduziu (a seu modo) as histórias de Ġānim e do adormecido acordado, consignando nas margens desse manuscrito suas indefectíveis anotações em latim. É ele, sem dúvida, o misterioso "quarto volume árabe" de Galland, que se considerava irremediavelmente perdido. Fruto do trabalho de vários copistas que parecem

[14] Cf. a rica tese de doutorado de Ibrahim Akel: *Ahmad al-Rabbât al-Halabî: sa bibliothèque et son rôle dans la réception, diffusion et enrichissement des* Mille et une nuits. Paris: Sorbonne, 2016.

[15] Mahdi, op. cit., pp. 273-274.

[16] Akel, op. cit., pp. 85-86.

[17] "Quelques remarques sur la bibliothèque d'Antoine Galland et l'arrivée des *Mille et une nuits* en Occident", in: Filliozat, Pierre-Sylvain; Zink, Michel (orgs.). *Antoine Galland et l'Orient des savants*. Paris: Académie des Inscriptions et Belles-Lettres, 2017, pp. 197-212, especialmente pp. 202-205.

ter se revezado na escrita, suas primeiras cem folhas contêm um corpus de ᶜUmar Annuᶜmān inteiramente diverso dos demais conhecidos, e nelas a personagem Šarrakān aparece grafada como *Šarkastān*. Após um exame mais detido, constatamos que apenas um de seus copistas grafa *Šarkastān*, e que justamente as páginas copiadas por ele apresentam grande divergência na história. Por esse motivo, descartamos todas as partes desse manuscrito feitas por esse copista. Na maioria das demais partes, é visível a sua similaridade com o corpus de Gayangos. Foi aqui citado, como não poderia deixar de ser, como "Paris 1".

Além dessas, empregamos igualmente as seguintes fontes secundárias, que em certos casos foram de grande proveito:

6- Manuscrito Z13523, da Biblioteca Nacional Egípcia, em quatro volumes, copiado em 1224 H./1809 d.C. Utilizou-se o primeiro tomo. Esse manuscrito apresenta a divertida peculiaridade de conter 1007 noites contadas. Nele, a história de ᶜUmar Annuᶜmān começa no meio da noite 47, fl. 169v. do primeiro volume, imediatamente após a história de Ġānim, e seu término coincide com o término da noite 149, fl. 344, do primeiro volume, sendo sucedida por uma série de fábulas que traduzimos no anexo deste volume. Foi citado como "Cairo".

7- Manuscrito Arabe 4675, da Biblioteca Nacional da França, copiado no século XIX. Na verdade, trata-se do primeiro volume de um conjunto de quatro, dos quais o último foi extraviado. Apresenta interesse especial porque em muitas de suas folhas se evidencia o processo de renumeração e redivisão das noites, além das numerosas emendas nas margens. A história de ᶜUmar Annuᶜmān começa no meio da noite 47, fl. 181v., imediatamente após a história de Ġānim, e seu término coincide com o final da noite 123, fl. 388v., sendo sucedida pela supracitada série de fábulas. Citado como "Paris 2".

8- Manuscrito 4280, da Biblioteca Nacional e Universitária de Estrasburgo, na França. Copiado no Egito em 1831, trata-se do terceiro volume de um conjunto de quatro. Conhecido como "manuscrito Reinhardt", por ter pertencido a Carl Reinhardt, cônsul alemão no Egito. A história de ᶜUmar Annuᶜmān começa em meados da noite 630, fl. 336r. (ou, na abstrusa numeração de trás para a frente feita por algum europeu, fl. 275), imediatamente após a história de Ġānim, e se encerra na noite 694, fl. 486v, sendo sucedida pela história do capitão Ḥasan Šūmān, Aḥmad Addanaf e a trapaceira Dalīla. É um manuscrito com configuração provavelmente única, que recebeu pormenorizado estudo do pesquisador Abu Bakr Chraïbi, mas sua utilidade foi bastante escassa para o presente trabalho, tendo sido consultado mais por desfrute do tradutor. Citado como "Reinhardt".

9- Manuscrito Z12188, da Biblioteca Nacional Egípcia. Copiado no século XIX, trata-se na realidade de um fragmento da história de ^{c}Umar Annu^{c}mān. Parece ter relação estreita com a edição impressa de Būlāq. Sua utilidade foi praticamente nula para a presente tradução. Citado como “Cairo 2”.

10- Edição da oficina gráfica de Būlāq, no Cairo, publicada em 1835 ou 1836 em dois volumes, revisada pelo letrado e poeta ^{c}Abdurraḥmān Aṣṣafatī Aššarqāwī, morto em 1848, que bem possivelmente era funcionário da gráfica. A história de ^{c}Umar Annu^{c}mān está toda no primeiro volume, iniciando-se na noite 44, p. 139, imediatamente após a história de Ġānim, e encerrando-se ao cabo da noite 145, p. 299. É sucedida pela supracitada série de fábulas. Embora se trate de uma edição fundamental para a história das *Noites*, contém muitos erros de leitura, falhas, alterações arbitrárias e saltos de páginas e frases. É interessante assinalar que o historiador francês Jean-Claude Garcin nota, em seu estudo já referido, que, à época do lançamento dessa edição, seu preço relativamente elevado evidencia que havia grande demanda por essa obra entre o público leitor. Foi útil sobretudo nas poesias. Procuramos apontar vários fatos dessa edição nas notas, nas quais foi citada como “Būlāq”.

11- Edição de Calcutá, Índia, publicada em quatro volumes entre os anos de 1839 e 1842 por William Hay Macnaghten e revisada por um grupo de indianos muçulmanos, que em seu trabalho, entre outras fontes, se beneficiaram do texto da edição de Būlāq. É comumente citada pelos pesquisadores como “Calcutá 2”, porque entre 1814 e 1814 publicaram-se nessa mesma cidade dois volumes de uma edição parcial das *Noites*, e essa edição, cujos volumes, em boa parte, se perderam num naufrágio, é chamada de “Calcutá 1”. A história de ^{c}Umar Annu^{c}mān se inicia na noite 45, p. 451, e se encerra ao cabo da noite 145, p. 715 do primeiro volume, sendo igualmente sucedida pela supracitada série de fábulas. Também fundamental para a história editorial das *Noites*, apresenta praticamente os mesmos problemas da edição anterior, e, como ela, foi útil sobretudo na tradução das poesias. Citada aqui simplesmente como “Calcutá”.

Normalmente, a crítica utiliza a sigla ZER, de “Zotenberg Egyptian Recension”, para denominar essas fontes secundárias, pois se trata de um legado do orientalista franco-polonês Herman Zotenberg,[18] que, em 1888, foi o primeiro a siste-

[18] “Nota sobre alguns manuscritos das *Mil e uma noites* e a tradução de Galland”. *Tiraẓ*, São Paulo, FFCLH/USP, 2006, nº 3, pp. 195-233, 2006 (tradução de Gaby Friesskirsch).

matizar o estudo dos manuscritos das *Noites*. Contudo, preferimos um sintagma mais simples e de fácil compreensão: "compilação tardia". Basicamente, a ideia é que — a despeito de ter uma configuração mais antiga, rastreável num manuscrito do século XVIII descrito por Ibrahim Akel[19] — o arranjo em mil e uma noites contadas que resultou nas edições impressas do século XIX (as "vulgatas") é verificável somente em manuscritos desse mesmo século XIX — daí a expressão "compilação tardia". Ressalte-se o seguinte: em princípio, a comparação demonstra que, apesar de se falar numa "redação final" realizada por algum compilador egípcio na segunda metade do século XVIII, essa redação foi deveras alterada pelos editores, os quais se esforçaram para corrigir o texto e poli-lo conforme critérios que hoje seriam chamados de arbitrários, mas que eram moeda corrente na época.

Consideramos relevante registrar que as longas passagens intituladas, respectivamente, como "A exposição de Nuzhat Azzamān" e "A exposição das cinco jovens e da velha", foram copiadas, como já informamos, do compêndio *Attaḏkira alḥamdūniyya*, "As apostilas de Ḥamdūn", trabalho do letrado Muḥammad Bin Alḥasan Bin Muḥammad Bin ᶜAlī, conhecido como Ibn Ḥamdūn, morto em 1166 d.C. Tendo isso em vista, valemo-nos, como apoio para a tradução de tais passagens, da excelente edição crítica dessa obra, em dez volumes, levada a cabo pelo historiador e crítico palestino Iḥsān ᶜAbbās, e publicada pela editora Ṣādir, de Beirute, em 1996, com eventual consulta a outras fontes citadas nas notas. "As apostilas de Ḥamdūn" são um compêndio erudito, no mesmo molde das obras pioneiras de Ibn Qutayba (828-889 d.C.), *ᶜUyūn al'aḫbār*, "As melhores notícias", e de Ibn ᶜAbd Rabbihi (860-940 d.C.), *Alᶜiqd alfarīd*, "O colar singular", nas quais se reúnem informações históricas sobre questões caras aos letrados muçulmanos, tais como ética, poder, retórica, história, religião, poesia etc.

Quanto à tradução propriamente dita, é imperioso ressaltar que nas fontes antigas, para além das divergências que guardam entre si — mesmo os manuscritos Varsy e Tübingen, copiados no mesmo lugar e provenientes da mesma fonte, contêm algumas discrepâncias —, notam-se inúmeros pontos obscuros e/ou ilegíveis, incongruências absurdas, lacunas derivadas de saltos e perda de fólios, o que resultou num trabalho por vezes exaustivo de reconstituição — não atrás de um quimérico texto ideal ou de uma suposta e inefável última vontade do autor,

[19] Akel, "Liste des manuscrits...", op. cit., pp. 84-85.

ao modo tradicional lachmanniano, mas apenas e tão somente de um texto compreensível: uma tradução "eclética", de acordo com a terminologia sugerida pelo filólogo Marcello Moreira, na qual se leva em consideração a ideia da colação de textos in fieri, "em evolução", ou seja, cujo estado é de contínua instabilidade, num "trabalho de recomposição muitas vezes involuntária que o discurso sofria ao ser amplamente socializado e, por conseguinte, largamente difundido e fruído em inúmeros setores sociais".[20] A compilação tardia, que intenta eliminar tal instabilidade por meio da domesticação e mutilação do texto, foi consultada somente em último caso, ou então para assinalar alguma curiosidade, que se consignou em nota. Mais do que em qualquer outro volume da presente coleção, neste o tradutor se sentiu, em numerosas ocasiões, numa situação de autêntico desamparo. Cremos, contudo, ter nos desincumbido a contento da tarefa, à qual não se abalançou nenhum outro tradutor, seja ele o infatigável aventureiro inglês Richard Burton (1821-1890), seja o rigorosíssimo arabista alemão Enno Littmann (1875-1958). Nesse sentido, o texto de Umar Annu^{c}mān aqui traduzido em português é único, sem similar nas demais traduções, todas elas baseadas, repita-se, nas edições impressas.[21] O grande poeta e crítico marroquino Jamel Eddine Bencheikh (1930-2005), na tradução ao francês que dividiu com eminente arabista André Miquel (n. 1929), limitou-se a enumerar alguns dos manuscritos na bibliografia, sem no entanto usá-los efetivamente, embora afetasse fazê-lo ao citá-los. Mas não passava de uma lista, dessas que se colocam no final de um trabalho, e a suposta consulta aos manuscritos resultou em pouco menos de duas singelas páginas em itálico encimadas pela informação: "Resumo de alguns episódios seguintes".[22]

[20] Moreira, Marcello. *Crítica textualis in caelum revocata?* São Paulo, Edusp, 2011, p. 154.

[21] Recentemente, a arabista alemã Claudia Ott anunciou estar traduzindo, após minuciosa pesquisa e em meio a grandes esforços, um manuscrito das *Noites* que remonta ao século XVI e está na biblioteca da cidade turca de Kayseri, Rashid Efendi Kütüphanesindeki, sob o número 674. Trata-se, conforme se pode constatar na tese doutoral de Ibrahim Akel, defendida em 2016, de um manuscrito similar, embora mais completo, ao manuscrito "Arabe 3619", da BNF, que remonta ao século XVII e foi por nós traduzido no quarto volume desta coleção, em 2012. Seja como for, o manuscrito 674 da Biblioteca de Kayseri não contém a história de ^{c}Umar Annu^{c}mān, iniciando-se com as fábulas que vêm depois dela, o que pode nos levar a presumir que, nas partes faltantes, ele talvez contivesse essa história. É necessário aguardar a publicação do resultado das pesquisas de Ott.

[22] Cf. *Les Mille et une nuits. Contes choisis I.* Edição apresentada, estabelecida e traduzida por Jamel Eddine Bencheikh e André Miquel com a colaboração de Touhami Bencheikh. Paris: Gallimard, 1991. A tradução de "*L'Épopée de ^{c}Umar an-Nu^{c}mân*, nuits 45 à 145" está nas pp. 231-658, e o referido resumo, nas pp. 631-632.

À guisa de conclusão, cabe afirmar que a singularidade do texto em português não deixa de ter lá a sua ironia quando se pensa que, das línguas ocidentais, é a nossa a que menos estudos e pesquisas possui sobre esse tema — e não só sobre ele.

E agora, *last but not least*, agradeço à minha mulher, Julia Maria de Paiva, as leituras em voz alta e a ajuda na revisão; ao meu amigo Pedro Ivo Secco a leitura entusiástica, as correções e as sugestões; ao meu irmão Omar Jarouche, o engenhoso arranjo dos dispositivos que me permitiram concluir este trabalho sem arruinar de vez a coluna; aos meus amigos Adriano Aprigliano, Marcello Moreira e Miguel Attie, as conversas esclarecedoras e tranquilizantes sobre, respectivamente, pontuais questões linguísticas, filológicas e filosóficas; à minha amiga Messiane Brito, a leitura da nota introdutória e deste posfácio; e, enfim, ao professor e estudioso Ibrahim Akel, do Inalco, o amável envio de alguns resultados de suas pesquisas acerca das *Noites*.

MMJ

Este livro, composto na fonte Fairfield,
foi impresso em papel Pólen soft 70 g/m², na Edigráfica.
Rio de Janeiro, Brasil, julho de 2021.